Un bonheur si fragile

Michel David

Un bonheur si fragile

Tome 3

Les épreuves

Tome 4

Les amours

ÉDITIONS FRANCE LOISIRS

Édition du Club France Loisirs,
avec l'autorisation des Éditions Hurtubise.

Éditions France Loisirs,
123, boulevard de Grenelle, Paris.
www.franceloisirs.com

ISBN : 978-2-298-04517-8

Tome 3

Les épreuves

Demain quand vous ferez le geste
Qui jette au loin le dernier mois
Demandez-vous ce qu'il vous reste
Des calendriers d'autrefois

Au temps de dire, Gilles Vigneault

Les principaux personnages

La famille Joyal

Napoléon : cultivateur, âgé de 67 ans
Lucienne : épouse de Napoléon, âgée de 65 ans et mère de :
Anatole (44 ans), époux de Thérèse (44 ans) et père de Gustave, Pauline et Estelle
Blanche (42 ans), épouse d'Amédée (43 ans) et mère de Joseph, Rémi et Étienne
Bastien (40 ans), époux de Rosalie (38 ans) et père de Rolande et Constant
Germaine (39 ans), épouse de Bernard (41 ans) et mère de Germain et Aurélie
Corinne (35 ans), épouse de Laurent (38 ans) et mère de Philippe, Madeleine, Norbert, Élise et Lionel
Simon (32 ans), célibataire

La famille Boisvert

Gonzague : cultivateur veuf, âgé de 77 ans et père de :
Henri (52 ans), époux d'Annette (52 ans) et père de Charles (24 ans) et Hélène (22 ans)
Juliette (49 ans), veuve et sans enfant
Aimé (47 ans), époux de Marie (44 ans) et père de trois enfants
Raymond (45 ans), époux d'Amanda (45 ans)
Laurent (38 ans), époux de Corinne Joyal (35 ans)

La famille Laurent Boisvert

Laurent : fils de Gonzague, âgé de 38 ans
Corinne : épouse de Laurent, âgée de 35 ans et mère de Philippe (16 ans), Madeleine (15 ans), Norbert (13 ans), Élise (11 ans) et Lionel (6 ans)

Autres personnages du rang Saint-Joseph

Angèle Beaulac : enseignante à l'école de rang
Honorine Gariépy : mère de Catherine et présidente des dames de Sainte-Anne
Jocelyn Jutras : voisin de la famille de Laurent Boisvert et époux de Catherine Gariépy
Léopold Monette : employé de Laurent Boisvert
Conrad Rocheleau : époux de Marie-Claire Rocheleau et père de neuf enfants

Village de Saint-Paul-des-Prés

Le presbytère

Charles Bilodeau : curé de la paroisse
Anselme Leblanc : bedeau, âgé de 62 ans
Eusèbe Morin : vicaire
Mance Rivest : servante

Le village

Alcide Duquette : époux d'Alexina, propriétaire du magasin général et président du conseil de la fabrique

Fabien Gagnon : maire, fils de l'ancien maire, Bertrand Gagnon

Ulric Lamothe : fils de Marie Lamothe et ami de Philippe Boisvert

Joseph Melançon : maréchal-ferrant et mécanicien

Aristide Ménard : notaire

Adrien Précourt : médecin

Léon Tremblay : employé de Gonzague Boisvert

Ange-Albert Vigneault : boucher

Chapitre 1

Casseau

Corinne ouvrit les yeux dans le noir et attendit un long moment avant de repousser ses couvertures et de s'asseoir dans son lit. À l'extérieur, le vent mugissait et faisait trembler les vitres des fenêtres comme s'il avait décidé, en ce petit matin de février 1918, de pénétrer de force dans la petite maison grise du rang Saint-Joseph.

La jeune femme de trente-cinq ans saisit son châle déposé au pied de son lit, glissa ses pieds dans ses vieilles pantoufles et se leva avant d'allumer la lampe à huile posée sur sa table de chevet. Elle sortit de sa chambre en grelottant et se dirigea vers le gros poêle à bois de la cuisine d'hiver. Elle souleva un rond, il ne restait que quelques tisons qu'elle s'empressa de ranimer en jetant dessus deux rondins.

— Seigneur ! Est-ce que cet hiver-là va finir un jour ? dit à mi-voix la petite femme blonde en serrant encore plus étroitement contre elle les pans de son gros châle de laine. Une tempête attend pas l'autre.

Elle alla remplir la théière à la pompe installée sur le comptoir et la déposa sur le poêle avant de se diriger vers le pied de l'escalier qui conduisait aux chambres.

— Debout, les enfants ! cria-t-elle. Grouillez-vous ! Le train se fera pas tout seul.

À l'étage, il y eut des bruits et aussi des plaintes. La mère de famille, rassurée de constater que les siens étaient réveillés, s'engouffra dans sa chambre pour s'habiller et se coiffer. Quand elle revint dans la cuisine quelques minutes plus tard, une adolescente l'avait précédée et avait commencé à dresser la table pour le déjeuner.

— Est-ce que tout le monde est debout ? lui demanda Corinne en chaussant ses bottes.

— Il y avait juste Philippe qui traînait de la patte, m'man, mais je suis allée le secouer avant de descendre, répondit Madeleine.

La jeune fille de quinze ans ressemblait étonnamment à sa mère avec ses yeux bleu myosotis, sa petite taille, ses traits fins et son air volontaire. Son épaisse chevelure brune semblait être tout ce dont elle avait hérité de son père.

Au même moment, une cavalcade se produisit dans l'escalier. Norbert, suivi d'Élise et de Lionel le dévalaient, précédant de peu un rugissement en provenance de l'une des quatre chambres à l'étage.

— Qu'est-ce que t'as encore fait à ton frère, mon saudit haïssable ? demanda Corinne en s'adressant à l'adolescent de treize ans au visage rond couvert de taches de rousseur.

— Il a lancé de l'eau à Philippe avant de descendre, le dénonça Lionel, le cadet de la famille qui venait d'avoir six ans.

— T'as pas fait ça ? lui demanda sa mère.

— Oui, c'est ce qu'il a fait, confirma Élise, qui, à onze ans, était presque aussi grande que son frère Norbert.

— Toi, si t'as mouillé son lit, tu vas le changer avant

de partir pour l'école. Tu m'entends ? fit Corinne, fâchée.

Elle aurait bien ajouté quelque chose, mais l'escalier fut soudainement ébranlé par un Philippe furieux et mal réveillé.

— Toi, mon…

— Fais bien attention à ce que tu vas dire, toi ! le mit en garde sa mère, en se plantant devant lui au moment où l'adolescent de seize ans cherchait à rejoindre son jeune frère pour lui allonger une taloche.

— Il m'a vidé une cruche d'eau sur la tête, expliqua l'aîné de la famille Boisvert en essayant de contourner sa mère qu'il dépassait d'une bonne tête.

L'adolescent mesurait presque six pieds et possédait la carrure et le caractère emporté de son père.

— Moi, j'ai fait ça pour te rendre service, répliqua Norbert en prenant bien soin de garder sa mère entre lui et son frère aîné. Si tu t'étais pas levé pour faire le train, tu te serais fait chicaner, ajouta-t-il hypocritement.

— Mon maudit, attends que je te pince ! Tu vas le regretter, fit Philippe, menaçant.

— Bon, ça va faire, vos niaiseries ! déclara Corinne sur un ton sans appel. L'ouvrage attend. À part le train, on va être pris pour déneiger à cause de la tempête qui est tombée durant la nuit. Madeleine, tu restes en dedans pour préparer le déjeuner. Toi, Philippe, attelle le blond et commence à déneiger la cour. Lionel, va t'occuper des poules et des cochons avec Élise. Norbert, tu restes avec moi, tu nourriras les vaches et tu nettoieras pendant que je les trais.

La paix revint comme par enchantement dans la maison. La mère et ses enfants endossèrent leurs manteaux et chaussèrent leurs bottes. Philippe, calmé, alluma des fanaux dans la cuisine d'été, en tendit un à sa mère et un autre à Élise, avant de s'emparer du sien et de quitter la maison.

En ouvrant la porte, l'adolescent se retrouva à mi-jambe dans la neige.

— Coliboire ! jura-t-il en baissant la tête. On va en avoir pour la journée.

Même s'il faisait encore noir, il était visible que la tempête avait laissé derrière elle une quantité appréciable de neige. Le vent tourbillonna soudain et plaqua un paquet de neige contre le visage de la mère et de ses enfants. Tous penchèrent la tête et prirent, à la file indienne, la direction des bâtiments dressés au fond de la cour. Un bon tiers de la porte de l'étable disparaissait sous la neige, au point que Corinne et Norbert eurent du mal à se glisser à l'intérieur du vieux bâtiment. La mère et les enfants travaillèrent durant de longues minutes.

Corinne Boisvert ne quitta l'étable qu'au moment où le jour se levait. Norbert avait eu le temps de dégager la porte après avoir nourri les vaches et les deux veaux.

— Si ça a de l'allure ! s'exclama-t-elle en regardant la quantité de neige tombée. On est complètement enterrés !

Elle emprunta l'espace fraîchement nettoyé par Philippe qui encourageait le cheval par des cris. La bête, les naseaux fumants, peinait à tirer une gratte. L'appareil rudimentaire était constitué de trois épais madriers d'une douzaine de pieds de longueur reliés entre eux par des travers solides. On avait fixé aux deux extrémités des chaînes de longueur inégale attachées au harnais du cheval. Le tout était lourdement lesté. Les madriers, tirés en oblique, repoussaient alors la neige sur le côté.

— Viens manger ! cria Corinne à son aîné. Tu continueras après le déjeuner.

Philippe fit signe qu'il l'avait entendue et dirigea son attelage vers l'écurie. Il ne se donna pas la peine de dételer la bête. Il se contenta de la couvrir d'une épaisse couverture et de lui donner un peu d'avoine.

Quand il pénétra dans la maison, le visage rougi par le froid et les doigts gourds, ses frères et sœurs étaient déjà attablés devant leur repas du matin.

— On n'en sortira jamais, se plaignit-il en enlevant son manteau et ses bottes avec mauvaise humeur. Le blond arrive plus à pousser la neige assez loin tellement les bordures sont hautes. Il nous faudrait un deuxième cheval pour tirer la gratte sur notre bout de route.

— Les autres cultivateurs feront pas mieux que nous autres, fit sa mère pour l'amadouer, en déposant au centre de la table un plat rempli d'épaisses crêpes dorées.

— Je veux ben le croire, m'man, mais c'est rendu que deux *sleighs* vont avoir de la misère à se rencontrer dans le rang tellement le chemin est devenu étroit, fit-il remarquer en prenant place à table. En plus, il va falloir baliser encore une fois, la tempête a enterré les branches de sapinage.

— Moi, je suis capable de faire ça après le déjeuner, fit son frère Norbert, comme s'il cherchait à se faire pardonner par son aîné de l'avoir réveillé de façon brutale.

— Non, mon garçon ! déclara tout net Corinne. À matin, tu t'en vas à l'école avec Élise et Lionel.

— Mais, m'man… voulut-il protester.

— Je t'ai dit non, un point c'est tout ! répliqua sèchement sa mère en le foudroyant du regard.

— Vous pensez pas, m'man, que l'école pourrait être fermée après cette tempête-là ? lui demanda Madeleine en se levant pour aller chercher la théière demeurée sur le poêle.

— Il y a pas de raison qu'Angèle Beaulac garde l'école fermée, répondit Corinne en tournant la tête vers l'une des deux fenêtres de la cuisine. Il neige presque plus et le vent est tombé.

— Je serais ben plus utile ici dedans qu'à l'école, voulut argumenter Norbert, sans trop de conviction.

— Tu penses tout de même pas que je vais priver la petite Beaulac de son élève le plus haïssable, répliqua sa mère. Comment elle va faire pour gagner son ciel si tu restes ici ?

— Mais j'ai pas eu le temps de nettoyer à l'étable, plaida Norbert.

— Laisse faire, tu le feras en revenant de l'école.

Après le repas, la table fut desservie. Pendant que Norbert et Lionel allaient chercher du bois dans la remise attenante à la maison pour remplir le coffre, les filles aidèrent leur mère à laver la vaisselle et Philippe sortit pour continuer à déblayer la cour et la portion de route qui longeait la terre des Boisvert.

— Oubliez pas de faire votre lit avant de partir, recommanda la mère de famille en préparant le goûter des trois écoliers qui allaient prendre le repas du midi, comme chaque jour de la semaine, à l'école du rang.

*
**

Quelques minutes après le départ des plus jeunes, Corinne se rendit compte qu'elle avait oublié de rapporter de la crème de l'étable. En poussant un soupir d'exaspération, elle se dirigea vers le crochet derrière la porte auquel son manteau était suspendu.

— Où est-ce que vous allez, m'man ? lui demanda Madeleine, qui venait de vérifier l'état des chambres à l'étage.

— J'ai oublié de rapporter de la crème.

— Laissez faire. Je vais aller vous en chercher, offrit l'adolescente. De toute façon, j'avais l'intention de sortir pour pelleter la neige sur la galerie. Si on laisse tout le déneigement à Philippe, on va l'entendre se plaindre jusqu'à *amen.*

La jeune fille endossa son manteau et ses bottes puis sortit. La neige avait cessé de tomber et le ciel était maintenant dégagé de tout nuage. Un froid vif et sec avait remplacé l'humidité des derniers jours. Elle vit son frère, debout en équilibre instable sur la gratte, en train de hurler après le cheval qui n'avançait pas assez vite à son goût. Elle lui cria de se calmer avant de prendre la direction de l'étable.

Madeleine ouvrit la porte du bâtiment et s'immobilisa soudainement sur le seuil. Elle avait entendu des bruits en provenance du grenier à foin. Immobile, aux aguets, elle guetta le retour de ce qui ressemblait à une plainte. Quand le bruit revint, elle laissa la porte ouverte derrière elle et se précipita vers la maison où elle pénétra avec fracas.

— Bonne sainte Anne ! s'écria sa mère. Veux-tu bien me dire ce que t'as ?

— Il y a quelqu'un caché dans l'étable ! parvint à dire l'adolescente, hors d'haleine.

— Comment ça ? Tu l'as vu ?

— Non, m'man, je l'ai entendu se plaindre. J'ai eu peur.

Le visage de Corinne blêmit soudain. Brusquement, elle fut assaillie par le souvenir de Mitaines se jetant sur elle à son entrée dans le poulailler un matin d'hiver, une quinzaine d'années auparavant alors qu'elle était jeune mariée. Elle se revit se débattant avec l'énergie du désespoir pour échapper à l'innocent jusqu'au moment où Rosaire était venu à son secours et l'avait chassé avec une pelle.

Elle dut se secouer pour revenir à la réalité.

— Va chercher Philippe ! ordonna-t-elle à sa fille en se dirigeant vers son manteau suspendu derrière la porte.

Au moment où la jeune mère de famille quittait la maison, elle aperçut sa fille, debout au milieu de la route, faisant de grands signes à son frère. Ce dernier arriva peu après dans la cour et immobilisa son attelage avant d'en descendre.

— Qu'est-ce qu'il y a encore ? demanda-t-il avec impatience.

— Il y a quelqu'un caché dans la tasserie, répondit sa mère en s'avançant vers lui. Madeleine l'a entendu.

— V'là autre chose ! fit le grand adolescent, exaspéré. C'est correct, je m'en occupe. S'il y a quelqu'un là, il va sortir, je vous en passe un papier, promit-il, l'air mauvais.

— Attends ! On y va avec toi, fit sa mère.

— Vous êtes pas obligées, rétorqua son fils, se dirigeant déjà vers l'étable. Je suis capable de m'en occuper tout seul.

Corinne ne se donna pas la peine de répliquer. Elle suivit son aîné en compagnie de sa fille et tous les trois pénétrèrent ensemble dans l'étable.

— Aïe ! En haut ! T'es mieux de descendre avant que

j'aille te chercher ! cria Philippe en adoptant un air de matamore.

Il ne se produisit d'abord rien. Puis, il y eut une sorte de glissement dans le foin, glissement accompagné d'une toux creuse.

— Envoye, grouille-toi ! Sors de là ! menaça Philippe, qui venait de s'emparer d'une lourde pelle déposée contre le mur avant de se camper au pied de l'échelle conduisant à la tasserie.

Une quinte de toux fut l'unique réponse obtenue.

— Coliboire ! Je vais être obligé d'aller le sortir de là, dit l'adolescent à voix haute, mais je vous garantis qu'il va regretter de m'avoir fait grimper.

Corinne posa une main sur le bras de son fils pour le calmer.

— Attends, lui ordonna-t-elle. Ça se pourrait qu'il soit malade et pas capable de descendre tout seul. Je trouve qu'il tousse pas mal.

— Il manquerait plus rien que ça !

— Monte, on va aller voir, dit sa mère en le poussant devant elle.

Philippe escalada l'échelle avec souplesse sans toutefois se séparer de sa pelle. Sa mère le rejoignit un instant plus tard. La tasserie était plongée dans la pénombre. On n'y voyait que grâce à la lumière se glissant par les interstices entre les planches. Quelque chose bougea dans le coin le plus éloigné. La mère et le fils s'en approchèrent avec prudence, mais demeurèrent à bonne distance de celui qui avait trouvé refuge dans leur foin. L'un et l'autre étaient incapables de discerner les traits de l'inconnu qui venait de s'asseoir.

Enfin, l'homme qui se dissimulait dans le foin se leva en chancelant et demeura immobile contre le mur.

— Qu'est-ce que tu fais là ? lui demanda Philippe d'une voix menaçante en levant déjà sa pelle comme pour le frapper.

— Rien, répondit l'étranger. Je dormais, ajouta-t-il avant d'être secoué par une violente quinte de toux qui l'obligea à se plier en deux.

— Sors de là ! lui ordonna sèchement l'adolescent.

L'autre sortit du foin dans lequel il était enfoui presque à mi-jambe et s'avança difficilement vers la trappe ouverte dans le plancher. Philippe fit un pas en avant comme s'il avait l'intention de le frapper, mais sa mère le retint.

— Laisse faire, lui commanda-t-elle. Tu vois bien qu'il est malade et complètement gelé. Viens te réchauffer à la maison, ajouta-t-elle à l'intention de celui dont elle devinait à peine les traits dans la pénombre.

Cela dit, elle entreprit de descendre l'échelle, suivie par son fils.

— Tu peux retourner nettoyer le chemin, dit-elle à Philippe. Ta sœur et moi, on va s'occuper de lui. Si on a besoin de toi, on ira te chercher.

— Faites ben attention, m'man. On sait jamais avec les rôdeurs, la mit en garde son aîné.

Il tendit sa pelle à sa mère et quitta l'étable. Madeleine se rapprocha peureusement de sa mère en apercevant les pieds de l'inconnu apparaître sur le premier barreau de l'échelle. L'homme descendit difficilement l'échelle et demeura un long moment planté devant la mère et la fille en clignant des yeux devant le flot de lumière qui pénétrait dans l'étable par la porte demeurée ouverte.

À la grande surprise de la maîtresse des lieux, il s'agissait d'un adolescent de taille moyenne âgé de dix-sept ou dix-huit ans. Sa figure aux joues creuses était surmontée d'une tignasse noire hirsute à laquelle se mêlaient des brindilles de foin. Il n'était vêtu que d'un mince manteau brun et d'un pantalon déchiré à un genou.

— J'ai rien pris, madame, dit-il comme si on pouvait l'accuser de vol. Est-ce que je peux m'en aller ?

— Pas avant de t'être réchauffé et avoir mangé quelque chose, répondit Corinne, apitoyée par son air misérable. Suis-nous à la maison, ajouta-t-elle en poussant devant elle sa fille.

Corinne tourna le dos au rôdeur et entreprit de regagner la maison sans se préoccuper de savoir s'il les suivait. Quelque chose dans l'allure et le regard de l'adolescent lui rappelait Rosaire, l'orphelin qu'elle avait recueilli et aimé comme un petit frère l'année où elle s'était mariée. Il était demeuré six ans à la maison. Il avait été son confident, son protégé et son meilleur ami. Même s'il avait été souvent maltraité autant par son mari que par son beau-père, il avait eu le courage de demeurer à ses côtés pour lui offrir son soutien et la protéger. Dieu, qu'elle s'ennuyait de lui !

Peu après ses dix-huit ans, Laurent avait profité d'une brève visite de sa femme chez son frère Bastien, à Saint-François-du-Lac, pour chasser Rosaire, son souffre-douleur. Elle n'avait jamais pardonné à son mari ce geste de lâcheté. Depuis, la jeune mère de famille n'avait reçu des nouvelles de l'orphelin que de loin en loin. Il lui écrivait une fois ou deux chaque année. Dans sa dernière lettre, il lui avait annoncé qu'il venait de décrocher un poste de fonctionnaire à Montréal.

Corinne et sa fille eurent le temps de retirer leurs bottes et leur manteau avant que l'adolescent pousse la porte de la cuisine d'été et s'immobilise, l'air gauche, sur le paillasson.

— Ôte ton manteau et va te réchauffer proche du poêle, lui commanda Corinne. Et toi, prépare-lui quelque chose de chaud à manger, dit-elle à Madeleine qui n'avait pas quitté du regard les yeux fiévreux de l'inconnu.

— Merci, madame, fit le jeune homme en se rendant jusqu'au poêle au-dessus duquel il tendit les mains pour les réchauffer.

— Comment tu t'appelles ? lui demanda la maîtresse de maison.

— Léopold, madame.

— Léopold qui ?

— Léopold Monette.

— Assis-toi proche du poêle pendant que ma fille te prépare à déjeuner, Léopold, lui ordonna Corinne. Mais veux-tu bien me dire ce que tu faisais sur le chemin en pleine tempête et pas habillé plus chaudement que ça ? C'est des affaires pour attraper un coup de mort…

— Je travaillais chez Bruno Lévesque, à Saint-Germain, expliqua l'adolescent. Monsieur Lévesque était veuf et il avait pas d'enfant. Il est mort au mois de janvier et j'ai été obligé de partir.

— Puis ?

— Ben, je cherche de l'ouvrage depuis ce temps-là, mais partout, on me dit que c'est pas le bon temps. Personne a besoin d'un homme engagé en plein hiver.

— Est-ce que ça veut dire que t'as couché dehors tout ce temps-là ? lui demanda Madeleine, occupée à lui dresser un couvert.

— Presque tous les soirs. Je couchais la plupart du temps dans les tasseries.

— À te voir, j'ai ben l'impression que ça fait un bon

bout de temps que t'as pas mangé à ta faim, dit Corinne en regardant ses joues creuses. T'es maigre à faire peur.

Léopold Monette ne la détrompa pas.

— T'as quel âge ?

— Dix-huit ans, madame.

— Pourquoi t'es pas retourné dans ta famille après avoir perdu ton ouvrage ?

— J'ai pas de famille.

— Approche et viens manger, dit Madeleine en déposant sur la table les œufs et les grillades de lard qu'elle venait de cuisiner pour lui.

Apparemment très mal à l'aise, l'adolescent quitta la chaise berçante près du poêle et vint s'asseoir sur le banc devant l'assiette que Madeleine venait de déposer sur la table. Il prit une première bouchée qu'il tenta d'avaler péniblement sous le regard un peu inquiet de la jeune fille.

*
**

— On dirait qu'il a de la misère à avaler, m'man, fit remarquer Madeleine.

— Qu'est-ce qu'il y a ? demanda Corinne au garçon. C'est pas bon ?

— J'ai mal à la gorge, se contenta de répondre Léopold, secoué aussitôt par une violente quinte de toux après avoir tenté de déglutir.

Corinne s'approcha et posa le dos de sa main contre le front de l'adolescent.

— Il est bouillant de fièvre, dit-elle à sa fille. C'est pas surprenant qu'il ait attrapé quelque chose en se promenant dehors à moitié habillé. Bon, je pense qu'on n'a pas le choix. On n'est pas pour le renvoyer dehors arrangé comme ça. Ce serait pas chrétien. On va pas le laisser crever comme un chien sur le bord de la route.

— Où est-ce que vous voulez l'installer, m'man ?

— Dans la chambre bleue. Élise couchera avec toi une couple de jours, le temps de le remettre d'aplomb.

Madeleine ne protesta pas.

— Je vais monter faire le lit et mettre les affaires d'Élise dans ma chambre, se borna-t-elle à dire.

Dès que sa fille fut montée à l'étage, Corinne retira l'assiette devant Léopold et la remplaça par un bol de soupe chaude qui mijotait sur le poêle.

— Mange ça, lui commanda-t-elle. Ça s'avale plus facilement.

Ensuite, elle déposa dans la petite salle de toilettes située au pied de l'escalier un bol à main rempli d'eau chaude, un savon du pays et une serviette, avant d'inviter le garçon à aller faire sa toilette. Pendant qu'il se lavait, elle monta à l'étage fouiller dans une boîte où étaient rangés les anciens vêtements de Philippe pour en tirer un vieux pyjama qui ne lui allait plus.

— C'est pas neuf, mais c'est propre, lui dit-elle en lui tendant le vêtement. Enfile ça et laisse ton linge sale dans les toilettes. On fera une brassée de lavage demain. Sors le sirop de gomme d'épinette et prépare-moi une mouche de moutarde, demanda-t-elle à sa fille qui venait de descendre dans la cuisine. J'ai bien l'impression qu'il va en avoir besoin.

Après avoir fait avaler une cuillerée à table de sirop au garçon maintenant récuré et peigné, la maîtresse de maison le précéda dans l'escalier pour lui indiquer sa chambre. Quand Madeleine les rejoignit avec l'emplâtre, sa mère s'en empara.

— C'est correct, tu peux redescendre, lui dit-elle.

Après avoir demandé au malade de déboutonner sa veste de pyjama, elle appliqua la couche de moutarde sur sa poitrine et le couvrit de quatre épaisses couvertures de laine.

— À cette heure, tu restes bien tranquille. Tu dois suer pour faire sortir le méchant, lui expliqua-t-elle sur un ton maternel. Il faut que ta fièvre baisse. J'ai bien peur que t'aies un début de bronchite. Dans une demi-heure, tu pourras les enlever.

— Merci, madame, dit l'adolescent disparaissant à moitié sous les couvertures.

— Dors, c'est le meilleur remède.

La jeune femme quitta la chambre et referma la porte derrière elle avant de descendre au rez-de-chaussée.

— C'est effrayant être maigre comme ça, dit-elle à sa fille. Ce garçon-là a juste la peau et les os. On pourrait lui compter les côtes.

Un peu plus tard dans l'avant-midi, Philippe rentra dans la maison.

— La cour et le chemin sont nettoyés, annonça-t-il à sa mère en regardant partout autour de lui.

— Qu'est-ce que tu cherches ? lui demanda sa mère qui avait remarqué son manège.

— Ben, le rôdeur. Dites-moi pas que vous vous en êtes déjà débarrassée. Je l'ai pas vu passer.

— Tu l'as pas vu passer pour la simple raison qu'il est couché en haut, dans la chambre bleue, fit sa sœur en quittant des yeux la catalogne qu'elle était en train de tresser.

— Comment ça « couché en haut » ? Qu'est-ce qu'il fait là ?

— Il est malade, se borna à répondre sa mère.

— Mais c'est pas un hôpital ici dedans, protesta l'adolescent.

— Whow ! Toi, tu baisses le ton, lui intima sa mère, que ses airs de matamore n'impressionnaient pas. Je viens de te dire qu'il est malade. Il fait un temps à pas mettre un chien dehors. On n'est tout de même pas pour l'envoyer sur le chemin arrangé comme ça. C'est une question de charité chrétienne, mon garçon.

— Si le père était là, je pense pas que lui, il l'aurait gardé, prétendit Philippe.

— Laisse faire ton père, lui ordonna-t-elle. Quand il sera descendu du chantier, on l'entendra bien assez.

Cette dernière phrase mit fin à toute contestation de l'aîné de la famille. Cependant, au coup d'œil que lança la mère à son fils, il était évident que l'attitude de ce dernier l'inquiétait. Il ressemblait de plus en plus aux Boisvert, et cela lui déplaisait souverainement. Cette sécheresse de cœur et cette indifférence face à la misère d'autrui ressemblaient trop au comportement habituel de son beau-père, Gonzague Boisvert, et même à celui de son mari, pour qu'elle n'y soit pas sensible. Elle aimait profondément son fils, mais elle n'était pas prête à le laisser agir à sa guise sous son toit.

Quelques minutes plus tard, Philippe retourna travailler à l'extérieur pendant que sa mère et sa sœur remettaient de l'ordre dans la maison avant de préparer le repas du midi.

À l'heure du dîner, Philippe rentra au moment même où Corinne envoyait Madeleine porter un bol de bouillon chaud au malade.

— Et il faut que vous le serviez au lit ! s'indigna Philippe, réprobateur.

— Mêle-toi donc de tes affaires, insignifiant, se

contenta de lui dire sa sœur avant de monter au premier.

Le repas fut passablement silencieux, ce midi-là. Philippe faisait la tête et l'absence des trois écoliers qui mangeaient à l'école y était pour beaucoup. Mais l'activité reprit vite l'après-midi même, dès le retour à la maison de Norbert, Élise et Lionel.

— Il s'est encore fait chicaner par madame Beaulac, annonça Lionel en laissant tomber son sac d'école près de la table.

— Qu'est-ce que t'as encore fait, malcommode ? demanda Corinne à Norbert qui venait de s'approcher de la table pour manger deux biscuits à la mélasse, comme chaque jour au retour de l'école.

— Rien, c'était pas ma faute, se défendit l'adolescent. J'ai voulu mettre une bûche dans la fournaise, mais je l'ai échappée sur les pieds de Bertrand Courchesne. Il s'est mis à crier comme un cochon qu'on égorge, le niaiseux.

— La maîtresse l'a mis à genoux dans le coin pendant une demi-heure, précisa Élise.

— C'est correct le porte-panier, s'empressa de dire la mère de famille avant qu'une dispute éclate entre ses enfants. Dépêchez-vous de manger vos biscuits et allez vous changer qu'on fasse pas le train trop tard. Parlez pas trop fort, il y a quelqu'un qui dort en haut.

— Qui ça ? demanda Norbert, curieux.

— C'est pas quelqu'un que vous connaissez. Il est malade, il faut le laisser dormir.

— Il est pas couché dans mon lit, j'espère.

— Non, il est couché dans la chambre d'Élise.

— Et moi ? Où est-ce que je vais coucher ?

— Tu vas coucher avec ta sœur à soir.

Norbert monta à l'étage. Poussé par la curiosité, il ne put s'empêcher d'ouvrir la porte de la chambre de sa sœur pour voir la tête du visiteur inconnu. Ce dernier dormait. Il s'approcha du lit sur la pointe des pieds pour mieux l'examiner. Au moment où il allait se retirer, l'inconnu entrouvrit les yeux et le regarda sans rien dire. Le fils de Corinne Boisvert, gêné, recula brusquement.

— Allô ! le salua le malade d'une voix un peu rauque.

— Bonjour. Je voulais pas te réveiller, je voulais juste voir de quoi t'avais l'air.

L'autre lui adressa un sourire un peu contraint.

— Il faut que j'aille faire le train, déclara l'adolescent en quittant la chambre sans plus de cérémonie.

De retour au rez-de-chaussée quelques instants plus tard, Norbert s'empressa de dire à Élise et Lionel :

— Je l'ai vu, il est maigre comme un vrai casseau, ce gars-là.

— Tu l'as pas réveillé, j'espère ? fit sa mère.

— Pantoute, m'man. Il avait les yeux ouverts quand je suis passé devant sa chambre, mentit Norbert. J'ai jamais vu quelqu'un d'aussi maigre, ajouta-t-il. Un vrai casseau. Pour moi, le soleil doit passer à travers.

Le sort en était jeté. Léopold Monette allait être désigné sous le nom de « Casseau » pendant un certain temps par les plus jeunes enfants de la famille.

*
**

Le troisième matin après son arrivée chez les Boisvert, le jeune homme se trouva suffisamment rétabli pour se joindre aux enfants de Corinne lorsque cette dernière leur cria de se lever. Il apparut au pied de l'escalier, portant ses vêtements qui avaient été lavés et repassés par la maîtresse de maison et Madeleine.

Il semblait en bien meilleure santé que lors de son arrivée. Bien qu'il concédât quelques pouces à Philippe, il n'en était pas moins aussi solidement charpenté malgré sa maigreur.

— Bon, v'là un revenant, se moqua Philippe en l'apercevant. T'es fatigué de te laisser gâter par ma mère et ma sœur ? ajouta-t-il sur un ton désagréable.

Déjà, Corinne avait endossé son manteau pour aller traire les vaches.

— Si ça vous fait rien, madame Boisvert, offrit l'adolescent sans tenir compte de l'agressivité du fils, je peux aller traire les vaches à votre place.

— Non, c'est moi qui fais cet ouvrage-là, déclara Philippe.

— Dans ce cas-là, je peux nourrir les animaux et ramasser le fumier.

— C'est ça, moi, je vais aller à l'étable avec Casseau, déclara Norbert. Je vais vous le dire s'il est capable de faire une bonne *job*, m'man.

— Toi, mon détestable, tu vas t'occuper d'aller nourrir le cheval et les cochons pendant qu'Élise s'occupe des poules. Si t'agaces Léopold, je lui permets de te mettre sur le tas de fumier, derrière l'étable. Tu m'entends ? dit la mère de famille, sévère. Toi, Léopold, il est pas question que tu sortes dehors arrangé comme tu l'étais. Tu vas attendre deux minutes que j'aille te chercher un vieux manteau de mon mari, une tuque et des mitaines.

Corinne disparut dans sa chambre à coucher durant quelques instants et revint en tenant un épais manteau de drap noir, une tuque rouge et des moufles en laine.

— Mets ça, ordonna-t-elle à l'adolescent et arrange-toi pour pas attraper encore la grippe. On a beau être presque rendus au mois de mars, l'hiver est loin d'être fini.

Léopold remercia et obéit. Il sortit de la maison sur les talons de Norbert qui l'avait attendu avec impatience. Un froid vif l'accueillit. La neige crissait sous ses pas quand ils se dirigèrent vers l'étable où l'aîné de la famille les avait précédés.

Au retour à la maison, Norbert ne put s'empêcher de dire à sa mère le plus sérieusement du monde :

— Je suis allé voir si la *job* avait été ben faite dans l'étable, m'man. C'est pas pire. C'est pas aussi propre que quand je la fais, mais c'est endurable.

Cette remarque suscita un sourire sur le visage de Léopold. Durant le déjeuner, Philippe ignora ostensiblement l'étranger, un comportement qu'il avait adopté depuis l'arrivée de ce dernier dans la maison du rang Saint-Joseph. Assis au bout de la table, face à sa mère, il jouait au maître des lieux aussi longtemps que Corinne le tolérait. Lorsqu'il dépassait les bornes, il se faisait remettre sèchement à sa place, mais ces rebuffades ne semblaient pas le décourager.

À un certain moment durant le repas, Corinne aborda le sujet de la glace.

— Il faudrait bien que t'ailles voir le voisin pour voir s'il veut découper de la glace avec toi sur la rivière. C'est le bon temps, elle doit être pas mal épaisse. On va en avoir besoin dès que le printemps va arriver.

— J'ai pas besoin de Jocelyn Jutras pour découper de la glace, fanfaronna son fils.

— Il est pas question que tu fasses ça tout seul, déclara sa mère sur un ton sans appel. C'est trop dangereux. Si tu glissais dans l'eau, il y aurait personne pour te sortir de là. Il faut être au moins deux pour cet ouvrage-là.

— Je pourrais lui donner un coup de main, intervint Léopold en s'adressant directement à la mère.

— T'as déjà fait ça ? lui demanda Corinne.

— Oui, les trois derniers hivers, avec monsieur Lévesque.

Pendant un bref moment, la maîtresse de maison demeura silencieuse, soupesant les implications de cette proposition. Elle se rendait brusquement compte que le jeune homme ne semblait pas du tout pressé de quitter son toit et prenait les moyens pour se rendre indispensable. Son hésitation ne dura guère.

— Si t'es d'accord pour nous aider en échange du vivre et du couvert, ce serait pas de refus, accepta-t-elle.

— C'est correct, fit Léopold.

Immédiatement, un air de vif mécontentement se peignit sur les traits de Philippe et il allait dire quelque chose quand sa mère intervint.

— Vous serez pas trop de deux pour découper de la glace, bûcher et entailler pour les sucres. Mon mari rentrera pas avant la mi-avril et il y a bien trop d'ouvrage pour Philippe. Il a beau être vaillant, il peut pas être partout à la fois.

Cet éloge sembla atténuer la grogne de l'adolescent.

— Je suis certaine que vous allez bien vous entendre tous les deux, ajouta la mère de famille. Après tout, vous avez presque le même âge.

— Est-ce que ça veut dire que Casseau va rester avec nous autres ? demanda Norbert.

Léopold eut un petit rire, comme s'il trouvait plaisant le surnom qu'on venait de lui donner.

— En plein ça, dit sa mère.

— Mais avec cette affaire-là, moi, j'ai plus de chambre, fit Élise, dépitée.

— Je peux toujours coucher sur une paillasse derrière le poêle, proposa Léopold, avant même que Corinne réponde à sa fille.

— Bien non, garde-la, dit la fillette de onze ans sans grand enthousiasme. On a plus chaud à coucher à deux, pas vrai, Madeleine ?

— Oh oui, reconnut sa sœur aînée.

Ce fut ainsi que Léopold Mouette, dit Casseau, devint officiellement l'employé non rémunéré des Boisvert en ce début du mois de mars.

*
**

Après le départ des écoliers, Corinne suggéra aux deux adolescents de commencer le découpage de la glace sur la rivière le matin même.

— On va descendre à la rivière à côté de la boulangerie, déclara Philippe. Ça dérangera pas Grenier qu'on passe au bout de son terrain, c'est la meilleure place pour descendre.

Sans dire un mot, Léopold s'habilla et suivit le fils de la maison qui ne lui avait même pas jeté un regard. Les deux adolescents se dirigèrent vers l'écurie. Le fils de Corinne s'arrêta à la porte de la remise.

— Va atteler le blond au gros traîneau pendant que je sors ce qu'il faut, commanda-t-il à son compagnon.

Debout devant l'une des fenêtres de la cuisine, Madeleine et sa mère virent les deux garçons se séparer.

— Je trouve que Philippe fait pas mal le jars, dit Madeleine à sa mère. Il est bête comme ses pieds avec Léopold.

— Inquiète-toi pas pour eux autres, la rassura sa mère en retournant laver la vaisselle sale du déjeuner. Ils vont bien finir par s'entendre. En plus, j'ai pas l'impression pantoute que Léopold a le genre de caractère à se laisser bourrasser longtemps sans rien faire.

Corinne ne savait pas si bien dire.

Quelques minutes plus tard, le lourd traîneau passa près de la maison. Philippe s'était emparé des rênes pendant que Léopold tenait les outils qui allaient leur permettre de découper de la glace. L'attelage parcourut tout le rang Saint-Joseph et tourna à droite après avoir dépassé la maison de Bertrand Gagnon, l'ancien maire de Saint-Paul-des-Prés. Un quart de mille plus loin, Philippe engagea sa bête dans un chemin étroit situé à gauche d'un vieux bâtiment en pierre d'où s'échappait l'odeur appétissante du pain en train de cuire. Le conducteur ralentit son cheval pour lui permettre de descendre la légère pente qui aboutissait à la rivière.

Dès leur arrivée sur la glace, les deux jeunes hommes se rendirent compte que d'autres cultivateurs avaient choisi l'endroit pour venir y découper leur glace les jours précédents. Ils durent s'éloigner passablement de la berge et il leur fallut quelques minutes pour trouver un lieu où la neige ne s'était pas trop accumulée.

Pendant que Philippe déposait une couverture sur le dos de son cheval, Léopold s'empara d'une pelle et se mit à dégager un espace. Son compagnon le regarda faire, la tarière à la main, avec une impatience grandissante.

— Envoye, sacrement ! jura-t-il. Grouille-toi, on gèle ben raide !

L'employé ne dit rien et fit comme s'il ne l'avait pas entendu. Il poursuivit son travail de déblayage à la même vitesse, ce qui eut le don d'exaspérer son compagnon qui finit par le repousser rudement de la main pour se mettre à percer un premier trou. Quand celui-ci fut percé, Philippe s'éloigna d'environ deux pieds pour en aménager un second pendant que Léopold engageait la lame de la scie dans le premier trou et se mettait en devoir de découper le premier bloc de glace.

Quand le second trou fut percé, Philippe jeta sa tarière près du traîneau et voulut repousser encore une fois son compagnon en lui disant qu'il ne savait pas travailler.

— Ça va faire, dit sèchement Léopold. Là, tu vas te calmer et arrêter de jouer au *boss*.

— Ah ben, toi, le quêteux, tu viendras pas me donner des leçons ! répliqua l'adolescent sur un ton menaçant.

L'adolescent s'avança vers celui qui lui concédait quelques pouces et une bonne trentaine de livres. Léopold ne recula pas d'un pouce. Quand son adversaire s'élança pour le frapper, il se contenta de se pencher à droite et de lui décocher un solide coup de poing qui atteignit l'autre sur la joue. Fou de rage, le fils de Corinne voulut l'empoigner pour le terrasser sous son poids. Mal lui en prit parce que l'engagé le frappa une seconde fois au visage, juste sous l'œil. L'adolescent, étourdi par la force du coup, se retrouva assis dans la neige.

— Si tu en veux encore, on peut continuer, lui dit Léopold sur un ton égal. Mais la prochaine fois, tu vas en prendre un sur le nez et là, tu seras pas beau à voir pour un bon bout de temps.

Comme son adversaire semblait avoir perdu toute

velléité de se battre, il lui tourna carrément le dos et reprit sa scie pour continuer son travail. Bouillant de rage et humilié, Philippe se remit sur pied, s'empara de la seconde scie et s'attaqua à la glace à son tour en tournant le dos à son compagnon.

Les deux jeunes gens ne s'adressèrent pas la parole de la matinée. Ils taillèrent une dizaine de blocs d'environ dix-huit pouces d'épaisseur qu'ils saisirent avec leurs pinces pour les déposer sur le traîneau.

Peu avant midi, ils rangèrent leurs outils sur leur véhicule sans se consulter et, les pieds et les doigts gourds, reprirent le chemin de la maison. Quand ils entrèrent dans la cour de la ferme, ils poursuivirent leur chemin jusqu'à la grange où ils poussèrent le traîneau pour le décharger.

Sans dire un mot, Léopold dételа le cheval et le conduisit à l'écurie avant de lui donner à manger. Il pénétra dans la maison au moment où Corinne venait d'apercevoir le visage tuméfié de son fils dont l'œil gauche virait déjà au violet.

— Seigneur ! s'exclama-t-elle. Veux-tu bien me dire ce qui t'est arrivé ? T'es bien magané.

— Je suis tombé, se contenta de répondre Philippe en s'approchant du poêle pour se réchauffer.

— Il y a pas à dire, t'es mal tombé en pas pour rire, lui fit remarquer sa sœur en le regardant de plus près.

— Toi, mêle-toi de tes affaires, la rabroua son frère aîné.

Corinne fit signe à sa fille de se taire et ordonna aux deux adolescents de s'approcher de la table sur laquelle elle venait de déposer un grand plat de fèves au lard.

Après le repas, Corinne les incita à se reposer un peu avant de retourner sur la rivière.

— Est-ce que ça vous dérange si je fume ? demanda soudain Léopold, l'air un peu gêné.

— Dis-moi pas que tu fumes, toi ? lui demanda Corinne.

— Ça fait presque trois ans, madame Boisvert.

— Mais t'as bien commencé de bonne heure, ne put s'empêcher de lui faire remarquer sa patronne.

— À quinze ans, madame. Mais si ça dérange, je…

— Non, ça dérange pas pantoute. Vas-y, fume si ça te tente.

Léopold monta à l'étage chercher sa pipe et sa blague à tabac qui avaient dû être enfouies au fond de l'une des poches de son léger manteau. De retour dans la cuisine, il tassa soigneusement une petite quantité de tabac dans le fourneau de sa pipe et l'alluma en inspirant avec un plaisir non déguisé, sous l'œil envieux de Philippe.

— Il y en a qui sont chanceux ! dit-il sans avoir l'air d'y toucher. Ils peuvent fumer, eux autres.

— Quand t'auras dix-huit ans, pas avant, fit sa mère sur un ton sans appel. Tu feras de la boucane bien assez de bonne heure.

— Vous dites ça, mais lui…

— Léopold vient de dire qu'il a dix-huit ans, rétorqua-t-elle. T'as pas son âge. Ça fait que t'es mieux d'arrêter de m'achaler avec ça. De toute façon, c'est ton père qui va décider quand tu pourras fumer, pas moi.

L'adolescent se le tint pour dit, mais il n'en conserva pas moins une rancune certaine envers Léopold qui jouissait d'un droit dont il était privé.

Cependant, à compter de ce jour, Philippe changea sensiblement de comportement envers celui qu'il appelait l'homme engagé. Il apprit à le respecter, faute de l'aimer. Au fil des jours, il ne put faire autrement que d'apprécier son endurance aux durs travaux. Après quelques jours à découper la glace qui allait servir à conserver la viande jusqu'à l'été, l'adolescent dut reconnaître que la vie était beaucoup plus facile avec un compagnon capable de l'aider efficacement à bûcher dans le boisé au bout de la terre des Boisvert.

Pendant ce temps, Corinne voyait approcher avec une appréhension certaine le retour de son mari du chantier. Dans quel état allait-il revenir à la maison dans quelques semaines ? Sur le chemin du retour, quelle partie de sa paye aurait-il dépensé dans les hôtels à boire avec des connaissances ? Les années précédentes, le plus souvent, il avait fait son apparition à la maison dans un état lamentable avec des gages sérieusement écornés ; les siens avaient alors dû se serrer sérieusement la ceinture le reste de l'année. De plus, le retour à la maison de Laurent signifiait que Corinne allait devoir protéger ses enfants des colères souvent imprévisibles du père de famille…

Chapitre 2

Le carême

Charles Bilodeau se regarda un bref moment dans le miroir suspendu au-dessus du lavabo des toilettes attenantes à sa chambre et il eut une grimace de dépit. Après trois semaines d'hospitalisation, le curé de Saint-Paul-des-Prés ne pouvait plus dissimuler ses soixante ans avec sa couronne de cheveux gris et ses yeux cernés. Il avait encore perdu du poids, lui qui n'en avait guère à perdre. Il n'y avait qu'à voir son cou décharné sortant de son col romain pour s'en rendre compte.

— Est-ce que tout va bien ? demanda la voix inquiète de l'infirmière qui trouvait qu'il demeurait bien longtemps enfermé dans les toilettes.

— Ça va, ma sœur, se borna à dire sèchement le prêtre en ouvrant la porte.

Il lui tendit la robe de chambre et le pyjama qu'il venait de retirer. La religieuse plia les vêtements et les rangea soigneusement dans la petite valise noire ouverte sur le lit.

— J'ai regardé partout, dit-elle à son patient. Vous avez rien oublié, monsieur le curé. Vous êtes chanceux, il fait un beau soleil dehors pour votre congé de l'hôpital.

— Tant mieux, fit le prêtre en s'emparant de son

lourd manteau noir déposé sur le dossier de l'unique fauteuil de la pièce. Vous pouvez dire à mon bedeau d'entrer.

La garde-malade ouvrit la porte de la chambre et invita à entrer le petit homme à la figure chafouine debout dans le couloir.

— Bonjour, monsieur le curé, salua le visiteur en pénétrant dans la pièce.

— Bonjour, monsieur Leblanc. Vous pouvez prendre ma valise et aller m'attendre dans la *sleigh*. Je suis prêt à partir.

Le petit homme de soixante-deux ans s'empara de la valise et sortit pendant que le pasteur finissait de boutonner son manteau et posait sa toque de fourrure sur sa tête.

— Oubliez pas ce que le docteur Cousineau vous a dit ce matin avant de signer votre congé, lui rappela la religieuse en le raccompagnant jusqu'à l'ascenseur. Ménagez votre cœur et surtout, prenez régulièrement vos pilules chaque jour.

— C'est entendu, ma sœur. Je vais m'en rappeler, lui promit le prêtre avec une certaine impatience. Merci de vous être occupée de moi.

Sur ces mots, Charles Bilodeau la salua et pénétra seul dans l'ascenseur qui le déposa au rez-de-chaussée de l'Hôpital Général de Sorel. Même s'il avait reçu d'excellents soins des sœurs Grises, il quittait l'institution sans le moindre regret. Par ailleurs, force était d'admettre que les infirmières le voyaient partir avec un certain soulagement. De l'aveu de certaines, elles n'avaient jamais connu un patient aussi détestable… et ce n'était pas peu dire.

Sans le déclarer ouvertement, ces dernières en étaient

venues à considérer comme une épreuve particulièrement pénible d'avoir à s'occuper du curé de Saint-Paul-des-Prés. Par exemple, dès son réveil, celui-ci laissait éclater sa mauvaise humeur si l'infirmière ne répondait pas immédiatement à son coup de sonnette. Le ton était donné pour la journée. Rien ne le satisfaisait et il le faisait bruyamment savoir. Le lit était inconfortable, la chambre glaciale et le couloir trop bruyant pour lui permettre de se reposer. De plus, chaque repas donnait lieu à une pluie de récriminations. La nourriture n'était jamais assez chaude, la viande était immangeable et juste bonne à jeter.

Charles Bilodeau prit place sur le siège arrière de la *sleigh* en réprimant un frisson. En cette première semaine de mars, un froid mordant avait succédé à la tempête de neige qui s'était abattue sur la région la semaine précédente.

Anselme Leblanc avait regardé son curé monter dans le véhicule sans dire un mot. L'habitant le plus bavard de Saint-Paul-des-Prés était bien connu pour aimer « parler pour parler », comme il le disait si souvent. Toutefois, l'air renfrogné de son curé l'incita à garder le silence. Il attendit que le prêtre ait abrié ses jambes avec la lourde couverture de fourrure avant de mettre en branle l'attelage. Si tout allait bien, ils seraient de retour dans la paroisse dans un peu plus d'une heure et demie.

À l'arrière, engoncé dans ses lourds vêtements, Charles Bilodeau n'accordait aucune attention aux hautes bordures de neige qui se dressaient de chaque côté du chemin étroit. Il était plongé dans de sombres pensées, les mêmes sombres réflexions qui ne l'avaient guère quitté durant son séjour à l'hôpital.

Comment monseigneur Brunault avait-il réagi en

apprenant son hospitalisation à Sorel ? Le prélat allait-il se servir de cette maladie qui l'avait frappé pour changer d'idée ? Cette possibilité le rendait profondément malheureux…

Après le décès de monseigneur Gravel en 1904, Charles Bilodeau avait appris avec plaisir la nomination de Joseph-Herman Brunault à l'évêché de Nicolet. Cet ami et camarade de séminaire, natif de Saint-David, lui avait toujours témoigné une bienveillance toute fraternelle. Bien sûr, il s'était bien gardé de quémander un traitement de faveur de son nouvel évêque en arguant de leur vieille amitié, mais il n'en avait pas moins attendu, avec une impatience croissante, une nomination à une cure un peu plus prestigieuse que celle de Saint-Paul-des-Prés.

Or, l'automne précédent, lors de sa visite pastorale, l'évêque de Nicolet avait laissé entendre à mots couverts qu'il songeait à lui pour remplacer Gustave Longpré, le curé de la cathédrale, quand ce dernier prendrait sa retraite au mois de juin prochain.

Malheureusement, cette angine qui l'avait traîtreusement frappé risquait de tout remettre en question. L'évêque pouvait le juger de santé trop fragile pour occuper le poste tant convoité et le laisser moisir dans la cure qu'il occupait depuis près de vingt ans.

— Batèche ! je suis guéri, dit-il à mi-voix, comme s'il plaidait déjà sa cause devant son évêque.

Le prêtre s'abîma dans ses pensées à la recherche de tous les arguments qu'il pourrait servir à son supérieur pour défendre sa cause.

Lorsque Anselme Leblanc immobilisa l'attelage près du presbytère, Charles Bilodeau empoigna sa valise et descendit du véhicule en tapant du pied pour rétablir la circulation dans ses pieds engourdis par le froid. Il remercia son cocher du bout des lèvres avant de monter lentement la dizaine de marches qui conduisaient à la porte de l'édifice.

Dès qu'il ouvrit la porte, le vicaire de la paroisse se précipita à sa rencontre pour lui souhaiter la bienvenue.

Âgé d'environ trente-cinq ans, Eusèbe Morin était un prêtre comme les aimait le curé Bilodeau. Avec le temps, il avait appris à bien connaître son vicaire. Le ventre confortable et la figure lunaire surmontée d'une mince chevelure noire toujours soigneusement coiffée n'étaient pas chez lui synonymes de bonhomie, loin de là. L'abbé Morin était d'une intransigeance au moins égale à la sienne quand il s'agissait de moralité et de vertu. Il avait suffi de quelques semaines, lors de son arrivée cinq ans auparavant, pour que le jeune ecclésiastique devienne la terreur des institutrices et des élèves des écoles de rang de la paroisse. De l'avis de beaucoup de paroissiens, il égalait son supérieur quand il s'agissait d'évoquer les flammes de l'enfer et les tourments qui guettaient les pécheurs.

— Je suis content de vous revoir en bonne santé, dit l'abbé en suivant le curé Bilodeau dans le salon.

— Madame Rivest est pas là ? demanda Charles Bilodeau.

— Elle est en train de préparer le dîner dans la cuisine. Je l'ai entendue brasser ses chaudrons tout à l'heure. Et avec le bruit qu'elle fait, j'ai bien l'impression que le temps est à l'orage.

— Elle aurait pu au moins venir me saluer, fit le curé.

— Il vaut peut-être mieux pas, monsieur le curé. Pas dans l'humeur qu'elle est aujourd'hui.

— Qu'est-ce qui se passe encore ? demanda le prêtre, exaspéré avant même d'en savoir plus.

— Il paraîtrait que des mulots ont fait des ravages dans le garde-manger, répondit le vicaire. Le père Leblanc l'a échappé belle en étant obligé d'aller vous chercher à Sorel, sinon il aurait eu toute une corvée aujourd'hui.

— Bon, fit Charles Bilodeau sur un ton indifférent.

Avant de se laisser tomber dans son fauteuil préféré, le curé de Saint-Paul-des-Prés agita la clochette déposée sur la table près du meuble. Il dut attendre une bonne minute avant que la cuisinière daigne apparaître dans la pièce.

Mance Rivest était une grande femme sévère au chignon gris. Veuve sans ressources depuis une vingtaine d'années, elle avait quitté la cuisine du presbytère de Saint-Lucien à la mort du curé Loiselle pour venir remplacer Géraldine Lemieux, retournée vivre à Montréal chez une cousine. Elle avait voulu ainsi se rapprocher de l'une de ses filles demeurant dans le rang Saint-André. Même si elle connaissait la réputation du curé Bilodeau, elle n'avait pas hésité un instant à venir s'établir au presbytère de Saint-Paul-des-Prés.

— Le jour où un curé va me faire peur est pas encore arrivé, avait-elle affirmé à sa fille et à son gendre quand ils l'avaient mise en garde contre sa décision. Si le curé Bilodeau veut me faire de la misère, il va trouver à qui parler, je vous le garantis, avait-elle ajouté, l'air mauvais.

C'était dans cet état d'esprit que la veuve âgée d'une cinquantaine d'années s'était installée au presbytère deux ans auparavant. Depuis ce jour, on était en droit de se demander qui, du curé Bilodeau ou de Mance Rivest, aidait plus l'autre à gagner son ciel.

Cependant, il fallait bien reconnaître qu'il avait fallu peu de temps à la veuve pour prouver ses compétences indéniables de ménagère et de cuisinière aux deux prêtres de la paroisse. Par contre, son caractère abrupt et sa façon peu diplomate de dire tout ce qu'elle pensait la rendaient d'un abord peu facile. Bien sûr, Charles Bilodeau fut mille fois tenté de la renvoyer avec pertes et fracas, mais la menace du conseil de fabrique dirigé par Alcide Duquette avait eu, chaque fois, un effet des plus dissuasifs. Le président du conseil l'avait prévenu qu'il serait pratiquement impossible de trouver une servante exigeant des gages aussi bas et qu'il aurait à se trouver lui-même une remplaçante s'il la renvoyait.

La porte de la salle à manger s'ouvrit sur la cuisinière dont la stricte robe noire était protégée par un tablier blanc.

— Si vous voulez approcher, le dîner est prêt, dit-elle aux deux prêtres avant de tourner les talons, apparemment déterminée à retourner aussitôt dans sa cuisine dont la porte communicante donnait sur la salle à manger.

Rien dans la conduite de Mance Rivest ne laissa deviner qu'elle avait remarqué la présence du curé Bilodeau absent depuis plus de trois semaines.

— Bonjour, madame Rivest, finit par lui dire le curé sur un ton sec.

— Bonjour, monsieur le curé, répondit-elle sur le même ton. Dépêchez-vous de passer à table. Le pâté au poulet va refroidir.

Le curé et son vicaire échangèrent un regard entendu, se levèrent et allèrent prendre place dans l'austère salle à manger encombrée de lourds meubles en noyer. Après le bénédicité, ils mangèrent durant quelques minutes en silence.

— J'espère que vous avez bien insisté dans votre sermon de dimanche dernier sur l'imposition des Cendres de ce soir, fit Charles Bilodeau.

— Oui, monsieur le curé, répondit l'abbé Morin. J'ai bien spécifié que ça aurait lieu à sept heures. J'ai aussi beaucoup insisté sur l'importance d'un carême spécial pour demander à Dieu de protéger nos jeunes qui se battent en Europe.

— Vous avez bien fait, l'abbé, l'approuva son supérieur. Depuis que le gouvernement Borden applique la conscription en ne tenant plus compte des exemptions promises aux cultivateurs et aux fils de cultivateur, les gens s'aperçoivent que la guerre, c'est un fléau qui les touche directement.

— J'ai pas pensé à vous le dire quand je suis allé vous voir à l'hôpital, monsieur le curé, mais on a quatre jeunes qui ont été enrôlés au mois de février. La semaine dernière, la police militaire est même passée. Elle cherchait le jeune Ronald Rocheleau qui a l'air d'avoir pris le bord des bois.

— Il sera pas le seul, si je me fie à ce que m'a raconté le docteur Cousineau, fit Charles Bilodeau. Il est au courant parce qu'il fait passer des examens médicaux aux recrues. Il m'a dit qu'il y avait pas un conscrit sur quinze qui se présentait. Il paraît que c'est rendu au point où les Anglais nous traitent de peureux et de lâches, et qu'ils nous considèrent même comme des traîtres parce que nos jeunes veulent pas aller se battre.

— Mais voyons donc ! protesta le vicaire. J'ai lu dans

Le Canada qu'en 1914, on avait fourni trente mille recrues.

— Ça, c'est du passé, l'abbé, le corrigea son supérieur. Si je me fie à ce que j'ai lu, Borden aurait promis cinq cent mille soldats aux alliés et, pour y arriver, il va serrer la vis, vous pouvez me croire.

— J'ai bien l'impression qu'il va avoir de la misère dans la province. Les hommes de vingt à trente-quatre ans veulent pas plus se battre pour l'Angleterre que pour la France. Ils disent que cette guerre-là les regarde pas.

— C'est là qu'ils se trompent, reprit le curé que fâchait la mauvaise réputation qu'on faisait aux Canadiens.

Il quitta la table après avoir déposé sa serviette près de son couvert.

— Ça fait plus que trois ans qu'elle dure cette guerre-là, et rien dit qu'elle va finir bientôt, reprit-il. Il faudrait peut-être qu'un de nos hommes politiques rappelle qu'il y avait des Canadiens dans le tiers des cent mille soldats qu'on a envoyés dans les vieux pays et qui ont été tués il y a deux ans. Il y en avait aussi l'année passée, à Vimy, parmi les trois mille six cents de nos soldats tués en quelques jours.

— Vous avez raison, monsieur le curé, l'approuva son vicaire en suivant son supérieur au salon. Il va falloir que quelqu'un le rappelle et, surtout, qu'on prie pour que tout ça finisse le plus rapidement possible.

— Prier et rappeler à tous que nous sommes pas à l'abri, poursuivit Charles Bilodeau. On dirait, l'abbé, qu'on a déjà oublié les deux mille morts de l'explosion du *Mont-Blanc*, à Halifax, au mois de décembre passé. Cette affaire-là pourrait bien être un acte de sabotage des Allemands.

Le curé de Saint-Paul-des-Prés faisait allusion à la pire tragédie que le Canada avait connue quelques mois auparavant. Le 6 décembre précédent, au petit matin, le *Mont-Blanc,* un navire français transportant 2 400 tonnes d'explosifs était entré en collision avec un bateau belge et était allé heurter les quais de la ville d'Halifax. L'explosion du navire avait alors détruit près de deux milles carrés de la ville et fait deux mille victimes et quelque neuf mille blessés.

— En tout cas, monsieur le curé, j'ai bien insisté auprès des enfants dans ma tournée des écoles pour qu'ils se privent durant le carême pour hâter la fin de la guerre.

— Vous avez bien fait, l'abbé.

— J'ai aussi annoncé la retraite des femmes pour la semaine prochaine et celle des hommes pour la semaine suivante.

— C'est correct.

— L'évêché va nous envoyer le père Mailloux pour les prêcher.

— Bon.

— J'ai pensé à autre chose, monsieur le curé, fit Anselme Morin en prenant son bréviaire sans l'ouvrir.

— Oui ?

— J'ai pensé que ce serait peut-être pas une mauvaise idée de demander au propriétaire de l'hôtel de ne pas vendre d'alcool durant tout le carême.

Charles Bilodeau sursauta en entendant ces paroles. S'il était une personne dans la paroisse que le curé ne voulait pas affronter, c'était bien le vieux Gonzague Boisvert, le propriétaire de l'hôtel et l'un des plus riches cultivateurs de Saint-Paul-des-Prés. Il n'avait pas davantage oublié la lutte qui les avait opposés plus de quinze ans auparavant lors de la construction de l'hôtel que leurs nombreux démêlés durant le bref mandat à la mairie du cultivateur du rang Saint-André.

— J'ai pris sur moi d'aller en dire un mot au nommé Constant Boivin, le gérant de l'hôtel, poursuivit le vicaire sans se rendre compte du trouble de son supérieur. Il m'a répondu bien poliment qu'il y avait juste le propriétaire capable de décider ça.

— Votre idée est pas mauvaise, l'abbé, reconnut Charles Bilodeau, mais depuis le temps que vous êtes dans la paroisse, vous devriez bien savoir que ce sera pratiquement impossible de persuader Gonzague Boisvert de renoncer à faire une cenne. Mais je vais tout de même vous laisser le soin d'aller le rencontrer.

— Même s'il est dur en affaires, affirma le vicaire avec une certaine suffisance, je suis certain qu'un homme de plus de soixante-quinze ans, comme lui, doit être prêt à faire certains sacrifices pour assurer le salut de son âme.

— On verra bien, dit le curé. Essayez donc de vous débarrasser de cette corvée-là dès cet après-midi, suggéra-t-il.

*
**

Cet après-midi-là, Eusèbe Morin immobilisa son attelage près de la grande maison en pierre de Gonzague Boisvert, dans le rang Saint-André, située à un demi-mille du centre du village. Le prêtre descendit sans se presser de la *sleigh,* entrava son cheval et déposa une couverture sur le dos de sa bête. Il regarda longuement les bâtiments bien tenus situés au fond de la cour ainsi que la maison centenaire ceinte d'une large galerie. Le vicaire prenait sciemment son temps avant d'aller frapper à la porte parce qu'il savait à quel point les ménagères détestaient être prises au dépourvu par une visite imprévue d'un prêtre.

D'ailleurs, son arrivée n'avait pas échappé aux occupants de la maison. Le patriarche de la famille, assis dans sa chaise berçante près de l'une des fenêtres de la cuisine, avait alerté sa bru et son fils dès qu'il avait vu le véhicule entrer dans la cour de la ferme.

— V'là le vicaire ! se contenta-t-il d'annoncer.

Annette rangea immédiatement la chemise qu'elle était en train de repriser et retira ses petites lunettes rondes qu'elle ne portait que pour lire et effectuer ses travaux de couture. La petite femme nerveuse au chignon noir strié de blanc jeta un regard circulaire pour s'assurer que tout était en ordre dans la pièce.

— Qu'est-ce qu'il peut ben nous vouloir ? demanda Henri, un grand et gros homme à l'air peu aimable.

— Va lui ouvrir la porte et on va finir par le savoir, lui ordonna son père en dépliant sa longue carcasse voûtée.

Le vieillard âgé de soixante-dix-sept ans s'était peu à peu desséché au fil des années et on ne remarquait plus dans sa longue figure aux épais favoris blancs que ses petits yeux calculateurs dissimulés sous d'épais sourcils.

L'abbé Morin pénétra dans la maison et Annette l'invita à retirer son épais manteau de chat sauvage avant de lui offrir un siège.

— Qu'est-ce qui vous a poussé à prendre le chemin quand on gèle autant dehors ? lui demanda carrément Gonzague.

— Une affaire un peu spéciale, monsieur Boisvert,

affirma le jeune vicaire en affichant un air bon enfant assez faux. Je vous aurais bien fait dire de passer au presbytère, poursuivit-il, mais…

— Mais j'y serais pas allé, le coupa le vieillard. L'hiver, je sors presque plus de la maison, je suis devenu frileux.

— C'est ce que j'ai pensé, mentit l'abbé. C'est à propos du carême, commença le prêtre.

— Quoi, le carême ? Dites-moi pas qu'on l'a annulé à cause de la guerre ? demanda Gonzague, narquois.

— Non, c'est pas ça, le corrigea le prêtre sans se rendre compte de l'ironie de son vis-à-vis. Monsieur le curé et moi, on a pensé que les paroissiens pourraient s'imposer une privation supplémentaire durant le carême qui commence demain, expliqua Eusèbe Morin. Ce serait pour que la guerre finisse plus vite, vous comprenez ?

— Ben oui, fit Gonzague avec une certaine impatience.

— Bon, on croit que ce serait une bien bonne idée si l'hôtel ne vendait pas d'alcool aux gens de Saint-Paul durant le carême.

— Torrieu, vous y allez pas avec le dos de la cuillère, vous ! ne put s'empêcher de s'exclamer Henri Boisvert qui n'avait pas ouvert la bouche depuis l'entrée du vicaire dans la maison. La boisson, c'est ce qui fait rouler l'hôtel. Si on n'en vend pas, aussi ben fermer les portes tout de suite.

Son père le laissa s'exprimer sans intervenir et remarqua que la figure du vicaire avait pâli devant l'agressivité évidente de son fils. Il s'accorda tout de même un long moment de réflexion avant de reprendre la parole.

— Je pense, monsieur l'abbé, que vous avez eu une ben bonne idée. Je suis pour ça, cent pour cent, déclara le patriarche en se levant pour lui indiquer que cette entrevue tirait à sa fin.

— À la bonne heure, déclara le vicaire, en jetant un regard triomphant au visage déconfit du fils et de la bru.

— Vous savez que mon permis de boisson m'oblige à en vendre à tous ceux qui en demandent, précisa Gonzague sur un ton doucereux. Légalement, j'ai pas le droit de refuser à boire à quelqu'un qui a soif et qui me le demande.

Annette se dirigea vers sa chambre à coucher pour en rapporter le manteau et la toque du vicaire.

— Je vous promets que je me plaindrai pas si vous arrivez à persuader les gens de Saint-Paul de pas venir boire à mon hôtel pendant le carême. Disons que ce sera le sacrifice que je ferai. En plus, vous comprendrez que je suis pas curé et que je peux pas forcer mes clients, surtout les étrangers, à boire de l'eau quand ils veulent boire quelque chose de plus fort. Je pense que monsieur le curé va comprendre ça. Après tout, on a presque le même âge, ajouta-t-il, sarcastique.

Eusèbe Morin remercia du bout des lèvres et quitta la maison des Boisvert sur cette fin de non-recevoir à peine déguisée. Lorsqu'il apprit la nouvelle à Charles Bilodeau, ce dernier se borna à dire sur un ton amer :

— Ça me surprend pas de Gonzague Boisvert.

— Il a tenu à préciser que vous étiez sûrement à même de le comprendre, monsieur le curé, parce que vous aviez presque le même âge que lui, ajouta le vicaire.

— Là, il faut tout de même pas charrier, batèche !

s'emporta le curé de Saint-Paul-des-Prés, toujours très chatouilleux sur son âge. Vous parlez d'un vieil effronté ! J'ai eu soixante ans il y a deux semaines et lui, il en a plus que soixante-quinze.

*
**

Le lendemain soir, après le souper, Corinne retint les siens à table après le dessert.

— Avant de vous lever de table, j'aimerais que vous me disiez quelle résolution vous avez prise pour le carême qui commence à soir, leur dit-elle.

Les enfants se regardèrent sans rien dire durant un bon moment.

— Est-ce que Casseau est obligé d'en prendre une, lui aussi ? demanda Norbert, curieux.

— Léopold est pas mon garçon et il est libre d'en prendre une s'il le veut, lui expliqua sa mère.

— Je trouve pas ça ben juste, protesta l'adolescent. Lui, il va être ben le temps du carême pendant que nous autres, on va se priver.

— Là, t'arrêtes de dire n'importe quoi, lui ordonna sévèrement Corinne. Quelle résolution tu vas prendre ?

— Je le sais pas, moi.

— Moi, j'en ai une pour toi. Tu vas promettre de pas te faire chicaner à l'école une seule fois du carême.

— Ayoye ! se moqua sa sœur Élise. Ça, tu vas trouver ça dur.

Après un bref moment d'hésitation, Norbert accepta et ses frères et sœurs promirent, à tour de rôle, soit de ne pas manger de dessert ou d'accomplir une tâche spécifique jusqu'à Pâques.

— Et vous, m'man ? lui demanda Madeleine.

— J'ai promis de vous endurer, plaisanta Corinne.

— Ça, c'est pas ben difficile, dit aussitôt Norbert. On est fins.

— Je vais me priver de dessert aussi, poursuivit sa mère, plus sérieuse.

— Moi, je fumerai pas du carême, intervint Léopold en s'immisçant dans la discussion familiale.

— C'est beau, ça, Léopold, lui assura Corinne. Tu donnes l'exemple aux plus jeunes.

— C'est peut-être beau, mais c'est niaiseux ce que tu fais là, ne put s'empêcher de lui faire remarquer Norbert. T'es pas obligé comme nous autres.

— Quand on est catholique, c'est normal de se priver pendant le carême, même si on n'est pas obligé, expliqua patiemment Léopold.

Sur le coup, le gamin ne trouva rien à répliquer. Puis, un instant plus tard, il laissa tomber :

— Je pense que je viens de comprendre. Tu fais une promesse parce que t'es peureux. T'as peur d'aller brûler en enfer si t'en fais pas.

Corinne et Madeleine éclatèrent de rire en même temps que l'homme engagé, mais Philippe eut une moue. De toute évidence, il désapprouvait le comportement de Léopold.

*
**

Le dimanche soir suivant, un grand nombre de paroissiennes se rassemblèrent dès sept heures dans l'église du village pour entendre le premier sermon de la retraite du père Mailloux, arrivé l'après-midi même à Saint-Paul-des-Prés.

Ce jour-là, un peu avant le souper, le père dominicain

vint frapper à la porte du presbytère. Mance Rivest ouvrit à l'ecclésiastique et ne put s'empêcher d'écarquiller les yeux devant l'âge vénérable du religieux. Après l'avoir débarrassé de sa petite valise, elle le conduisit au salon.

— Monsieur le curé vous attendait. Assoyez-vous, il va venir tout de suite, se borna-t-elle à lui dire avant d'aller tirer Charles Bilodeau de sa sieste.

Elle se dirigea vers le bureau du curé, frappa un coup discret à la porte et pénétra dans la pièce.

— Le père Mailloux est arrivé, dit-elle au curé mal réveillé, qui cherchait ses lunettes déposées sur la table, près de son fauteuil.

— Très bien.

— Je sais pas à quoi a pensé monseigneur en nous l'envoyant, mais le pauvre homme est tellement vieux que c'est à se demander s'il va vivre assez longtemps pour prêcher toute la retraite, ajouta-t-elle en baissant la voix.

— C'est pas à vous de juger ce que monseigneur fait, la réprimanda sévèrement Charles Bilodeau en se levant.

— Si ça a de l'allure d'envoyer sur les chemins un pauvre vieux comme ça, ne put-elle s'empêcher de poursuivre en ne tenant aucun compte de la remarque du curé.

Même prévenu par sa servante, le curé Bilodeau sursauta en apercevant le vieux religieux tout chenu qu'on lui avait envoyé pour prêcher les deux retraites du carême. Il le salua, lui demanda si son voyage s'était bien déroulé avant de l'inviter à aller s'installer dans la chambre que sa ménagère avait préparée pour lui. Il l'informa que son vicaire, parti voir une malade au village, allait bientôt revenir et qu'ils passeraient à table à cinq heures.

— Si ça vous dérange pas trop, père Mailloux, vous pourriez célébrer votre messe à six heures et demie, le temps que vous allez être avec nous autres, tint à préciser le curé. Je sais que c'est pas mal de bonne heure, mais si vous disiez votre messe après la mienne, on serait obligés de déjeuner pas mal tard, et ça, notre cuisinière aimerait pas trop qu'on dérange sa routine.

— À mon âge, monsieur le curé, on n'a pas besoin de beaucoup de sommeil et je suis debout à cinq heures du matin. Dire ma messe à six heures et demie me dérange pas du tout.

Durant le repas, Édouard Mailloux ne se révéla guère bavard. Il écouta plutôt ses hôtes discuter ouvertement des problèmes de la paroisse en sa présence. À six heures trente, il se prépara à traverser jusqu'à l'église voisine et dispensa le curé et son vicaire de venir le présenter aux paroissiennes qui allaient l'écouter les quatre prochains soirs.

Pendant ce temps, dans le rang Saint-Joseph, Corinne décida de laisser le rangement de la cuisine à ses deux filles pour aller se préparer.

— Qui est-ce qui va aller m'atteler la *sleigh* ? Demanda-t-elle au moment où elle allait se planter devant le petit miroir suspendu au-dessus du lavabo pour remettre de l'ordre dans son chignon blond.

— Je m'en occupe, dit Léopold en se levant pour aller chausser ses bottes et mettre son manteau.

— Vous y allez pas avec madame Jutras et sa mère ? lui demanda Madeleine.

— Sûrement pas, j'y vais avec madame Rocheleau et sa bru. Je leur ai dit que je les prendrais en passant à soir.

Demain, c'est le mari de madame Rocheleau qui va nous conduire.

Madeleine avait mentionné volontairement Catherine Jutras et sa mère, Honorine, parce qu'elle savait bien à quel point les deux femmes déplaisaient à sa mère. Évidemment, l'adolescente ignorait que Catherine Gariépy, devenue madame Jocelyn Jutras une douzaine d'années auparavant, était l'ancienne flamme de son père. Si elle l'avait su, elle aurait peut-être mieux compris l'aversion de sa mère pour la voisine aux airs prétentieux qui, avec sa mère, la présidente des dames de Sainte-Anne et directrice de la chorale paroissiale, s'était arrogé le droit de juger tout le monde.

Pour sa part, Corinne regrettait l'époque où les relations avec le voisin célibataire étaient si agréables. Durant trois ou quatre ans, elle lui avait cuit son pain chaque semaine et, en retour, il lui avait rendu d'innombrables services. Même Laurent avait su profiter d'un Jocelyn Jutras toujours serviable. Après le mariage de ce dernier, les contacts s'étaient espacés entre les voisins et les commérages véhiculés autant par la nouvelle madame Jutras que par sa mère firent en sorte qu'on finit par leur battre froid dans le rang Saint-Joseph. La situation avait été loin de s'améliorer le jour où Honorine Gariépy était venue s'installer chez son gendre après avoir vendu sa petite maison au village.

— On va encore se faire dire d'obéir à notre mari et de le satisfaire en toutes occasions, dit Marie-Claire Rocheleau après avoir pris place dans la *sleigh* aux côtés de Corinne.

— Et on va nous parler du diable et de l'enfer, poursuivit cette dernière avec un sourire.

— En tout cas, à cette heure, on m'achale plus avec

le petit que je devais avoir chaque année. J'ai passé l'âge et c'est pas trop tôt, reprit Marie-Claire. J'en ai eu neuf. J'ai fait ma large part, il me semble… C'est pas votre cas à vous deux, se moqua la voisine, toujours aussi taquine, en faisant allusion à Laurent et à Corinne. Vous êtes encore jeunes, c'est à votre tour de vous faire brasser.

— J'en ai tout de même cinq, se défendit Corinne.

— Mais ton dernier a six ans, ma belle, dit Marie-Claire, se faisant l'avocat du diable. C'est pas normal, ça. J'espère que tu t'en confesses au moins.

Corinne éclata de rire, imitée en cela par Mariette Rocheleau, d'une dizaine d'années sa cadette.

— Veux-tu bien me dire ce qu'un prêtre connaît à la vie d'une femme, toi ? demanda Corinne à Marie-Claire. Il faudrait pas que ma mère m'entende dire ça, prit-elle soin d'ajouter, je te dis que je me ferais parler.

Quelques minutes plus tard, la soixantaine de femmes mariées de tous âges regroupées dans les premiers bancs de la vaste église de Saint-Paul-des-Prés sursautèrent légèrement en découvrant le prédicateur chargé de prêcher leur retraite annuelle.

— Mon Dieu ! Mais il est bien vieux, murmura Corinne à ses voisines. Il a juste le tic-tac et le branlant.

— Ça va peut-être faire notre chance, madame Boisvert, plaisanta Mariette Rocheleau. Il va sûrement avoir le goût d'aller se coucher de bonne heure.

Le religieux fit une rapide génuflexion devant le tabernacle, traversa le chœur et s'approcha des paroissiennes en train de chuchoter. Le père dominicain fit un grand signe de croix et commença sa prédication d'une voix douce et contenue qui tranchait agréablement sur le ton agressif employé généralement par le curé et son vicaire lors de leurs sermons.

Quelques minutes suffirent pour que toutes tombent sous le charme du religieux. Il les entretint durant près d'une heure et demie des exigences de l'Église envers les mères chrétiennes en soulignant à quel point on leur en demandait beaucoup. Il se fit compréhensif et plein d'humour en relatant les incidents de parcours auxquels la plupart d'entre elles avaient ou auraient à faire face. Bref, il leur livrait un message d'amour si convaincant que les femmes furent surprises de constater que le temps avait passé si rapidement quand il se signa pour indiquer la fin du sermon.

— Mon Dieu qu'il est intéressant, ce père-là ! s'exclama Marie-Claire en prenant place dans la *sleigh*.

— Ça, tu peux le dire, l'approuva sa voisine. Pour une fois, ça va me faire plaisir de venir tous les soirs à la retraite.

— En tout cas, je pense que ça va être plus facile de persuader les hommes de venir l'écouter la semaine prochaine, reprit la bru de Marie-Claire.

— J'espère qu'avec une bonne retraite, je vais avoir moins de misère à faire faire les Pâques à mon Conrad, reprit Marie-Claire. J'ai jamais trouvé bien juste que nous autres, les mères de famille, on soit responsables de pousser nos maris à faire leurs Pâques.

— Tu vois, moi, j'ai pas ce trouble-là, se moqua Corinne, en regrettant tout de même un peu que son mari ne soit jamais à la maison durant le carême.

Si Laurent ne descendait pas chaque année dans un chantier pour n'en revenir que quelques jours après Pâques, elle aurait pu, au moins, s'assurer qu'il faisait ses Pâques… Soudain, elle se rendit compte qu'elle ne l'avait jamais vu aller à la confesse en dix-huit ans de mariage. Elle ne s'en était jamais préoccupée. Elle se demanda aussitôt s'il ne conviendrait pas de faire mention de cette négligence à sa prochaine confession.

*
**

Le lendemain avant-midi, Anselme Leblanc alla remplir de bûches le coffre à bois de la cuisinière du presbytère, comme il le faisait deux fois par jour depuis près de dix ans. Dans le salon, Charles Bilodeau lisait paisiblement son bréviaire en cette fin de matinée.

— Je vous dis que ça jase au magasin général à matin, dit le bedeau à Mance Rivest.

La cuisinière ne se donna même pas la peine de détourner la tête du plat qu'elle était en train de cuisiner tant les racontars et ragots colportés par cette commère du village l'intéressaient peu.

— Quand je suis allé acheter mon tabac, poursuivit Anselme, il y avait là au moins cinq ou six femmes qui jasaient avec Alexina Duquette et qui disaient comment elles avaient aimé la retraite hier soir.

Le curé Bilodeau dressa immédiatement l'oreille, attentif à ne pas perdre un mot des racontars rapportés par son bedeau.

— Vous me croirez peut-être pas, madame Rivest, reprit le bedeau en tournant vers elle sa petite figure chafouine, ruais elles disaient toutes qu'elles avaient jamais entendu un prêtre aussi intéressant.

Le curé de Saint-Paul-des-Prés ne put empêcher un rictus de déformer son visage.

— Je le sais, monsieur Leblanc. J'étais là, à l'église, fit Mance pour l'inciter à arrêter de jacasser.

— Il y en a même qui disaient que c'était de valeur que ce soit pas le père Mailloux qui fasse le sermon à la grand-messe du dimanche. D'après elles, ce serait pas mal plus intéressant que ce que monsieur le curé raconte, ajouta le bedeau en baissant un peu la voix.

En entendant ces paroles, Charles Bilodeau ne put retenir un mouvement de mauvaise humeur. Il se leva et se mit à arpenter le salon.

Quand l'abbé Morin rentra de sa tournée des malades une heure plus tard, celui-ci remarqua immédiatement l'humeur maussade de son supérieur et l'accompagna à la salle à manger sans rien dire quand la cuisinière annonça que le repas du midi était servi.

— Où est le père Mailloux ? demanda le curé, prêt à réciter le bénédicité.

— Dans sa chambre, monsieur le curé. Il m'a dit qu'il ne dînait jamais durant le carême.

— En plus, il vient nous donner des leçons de mortification ! s'exclama Charles Bilodeau, furieux.

— Pourquoi vous dites ça, monsieur le curé ? lui demanda son vicaire, surpris par son éclat.

— Laissez faire, l'abbé, je me comprends, rétorqua le prêtre en faisant son signe de croix.

Le repas se prit dans un silence pesant. Dès la dernière bouchée avalée, le curé de Saint-Paul-des-Prés se retira dans son bureau d'où il ne sortit qu'à l'heure du souper. Il trouva le père dominicain planté devant l'une des fenêtres du salon, les mains passées dans ses larges manches.

Incapable de contenir plus longtemps la jalousie qui le rongeait depuis l'avant-midi, Charles Bilodeau lui dit d'une voix acide :

— Il paraît, père Mailloux, que vous êtes bien intéressant…

— Je l'espère bien, répliqua le religieux avec un doux sourire, sinon je perdrais mon travail et personne ne viendrait m'écouter prêcher.

— Je veux bien le croire, mais vous admettrez que c'est pas bien agréable pour les prêtres de la paroisse que les paroissiens trouvent ennuyants quand ils les comparent à vous.

— Consolez-vous en vous disant, monsieur le curé, que je n'ai pas vos talents d'administrateur. Moi, je ne fais que passer quelques jours chez vous. Si je restais plus longtemps, c'est certain qu'on me trouverait des défauts.

— Vous avez raison, déclara abruptement son hôte en lui faisant signe de passer dans la salle à manger où l'abbé Morin venait de pénétrer.

— De plus, une petite leçon d'humilité n'a jamais fait mourir personne, se sentit obligé d'ajouter le dominicain avec un petit rire qui eut le don de faire rougir violemment Charles Bilodeau.

Ce soir-là, le pasteur de Saint-Paul-des-Prés fut fortement tenté d'aller espionner le père dominicain. Il résista difficilement à l'envie d'aller l'écouter en se dissimulant dans la sacristie, mais à la dernière minute il craignit que ce comportement, s'il était découvert, soit mal interprété.

Par malheur, cette jalousie du curé de Saint-Paul-des-Prés s'accrut considérablement les jours suivants quand il se rendit compte que bon nombre des paroissiens qui assistaient généralement à sa messe presque tous les matins l'avaient désertée, préférant celle du prédicateur, même si elle était célébrée plus tôt. Mince consolation, le vicaire avait remarqué, lui aussi, le même phénomène à la célébration de sa messe quotidienne. Aux yeux de Charles Bilodeau, cette infidélité était un affront difficile à pardonner. Il se promit même d'en faire état dans l'un de ses sermons, après le départ du père Mailloux, au milieu de la semaine suivante.

*
**

De tout temps, à la campagne, le début du carême coïncidait avec la période des sucres. Déjà, quelques jours avant le Mardi gras, les cultivateurs de la région guettaient anxieusement les premiers signes de doux temps en préparant tout le matériel nécessaire à la cueillette de l'eau d'érable. Pour leur part, les ménagères ne pouvaient se priver de sirop d'érable et la plupart comptaient sur une excellente saison qui leur laisserait la possibilité de vendre leur surplus aux villageois.

Corinne Boisvert était de celles-là. Même si elle avait toujours été obligée de se débrouiller uniquement avec l'aide de ses enfants durant cette période fort occupée, elle était parvenue, presque chaque année, à produire un surplus de sirop qu'elle vendait à quelques clients fidèles.

Il ne fallait donc pas s'étonner que le surlendemain du début de la retraite, Corinne déclare aux siens que le moment était venu de se préparer pour les sucres. En ce début de mars, il faisait un temps magnifique depuis trois jours. Le soleil brillait dans un ciel sans nuages et, à l'heure du midi, il se révélait assez chaud pour faire fondre la neige.

— Pour moi, ça va se mettre à couler dans une journée ou deux s'il continue à faire chaud le jour et à geler la nuit, précisa-t-elle aux siens. À matin, Madeleine et moi, on va aller faire le ménage de la cabane pendant que vous autres, vous allez planter les chalumeaux et accrocher les chaudières, ajouta-t-elle à l'endroit de Philippe et de Léopold.

— Nous autres, qu'est-ce qu'on va faire ? demanda Norbert en parlant au nom d'Élise et du petit Lionel.

— Devine, répliqua sa mère. Vous autres, vous allez à l'école, comme d'habitude.

— Ah non ! protesta l'adolescent.

— Et je t'avertis, ma tête croche, le prévint sa mère sur un ton sévère. Que je te vois pas refaire ce que t'as fait hier après-midi en revenant de l'école.

— J'ai rien fait, moi ! se défendit Norbert, outré.

— Aïe ! je suis pas aveugle. Je t'ai vu sur le chemin en train de te moquer de ta maîtresse d'école en boitant pour faire rire les autres. Ce que t'as fait là, il va falloir t'en confesser. C'est pas de la faute de madame Beaulac si elle a une jambe plus courte que l'autre.

Norbert se tut, dompté, et peut-être un peu repentant.

Après le départ des plus jeunes vers l'école du rang, Léopold attela le blond au lourd traîneau sur lequel on empila des seaux cabossés, des chalumeaux, deux vilebrequins et divers autres outils. Madeleine apparut à la porte de la remise en portant quatre paires de raquettes qu'elle s'empressa de déposer sur le traîneau.

— À force de charrier ce qu'on a bûché, le chemin est pas mal tapé jusqu'au bois, déclara Philippe en mettant l'attelage en marche.

— Nous autres, on va marcher pour pas éreinter le cheval, fit sa mère qui portait le repas du midi.

Pour la première fois de l'hiver, la jeune femme avait la nette impression que le printemps n'était plus très loin. Il y avait dans l'air une douceur qui ravivait son sourire.

Le traîneau suivi par les trois marcheurs traversa lentement les quatre champs qui séparaient les bâtiments du boisé appartenant aux Boisvert. Le petit cortège suivit l'étroit sentier tracé dans le bois et obliqua quelques centaines de pieds plus loin vers un petit édifice rudimentaire prolongé par un appentis. Le tout était constitué de planches que les intempéries avaient rendues uniformément grises.

À la vue de la cabane à sucre, Corinne eut un léger pincement au cœur, comme chaque année, en songeant qu'elle avait été reconstruite par grand-père Boucher et Rosaire, quinze ans plus tôt.

Avec des pelles, Philippe et Léopold dégagèrent la neige qui obstruait la porte de la cabane avant de pouvoir l'ouvrir. En pénétrant dans les lieux, on dut écarter les toiles d'araignées. Un vieux poêle, une grosse cuve, quatre chaises et une table en pin constituaient l'essentiel du mobilier de la cabane à sucre des Boisvert.

— Léopold, entre donc un peu de bois qu'on puisse faire fondre de la neige, demanda Corinne au jeune homme.

Pendant que ce dernier transportait à l'intérieur quelques brassées de bûches prises dans l'appentis, Madeleine et sa mère remplirent la cuve de neige et Philippe installa la sertisseuse sur la table. Lorsqu'il ne resta plus que les seaux et les chalumeaux sur le traîneau, Philippe et Léopold chaussèrent leurs raquettes et se dirigèrent vers les érables les plus proches pour les percer à l'aide de leur vilebrequin avant d'y planter le chalumeau auquel ils suspendaient un seau. Les deux adolescents travaillèrent sans se parler durant tout l'avant-midi, s'éloignant progressivement de la cabane dont ils n'apercevaient plus que la fumée sortant de la cheminée.

Pour leur part, Madeleine et sa mère ne chômèrent pas. Elles nettoyèrent les deux fenêtres de la cabane, dépoussiérèrent les lieux, lavèrent la table et les chaises avant de récurer à fond la grosse cuve dans laquelle l'eau d'érable allait bouillir.

À l'heure du dîner, la mère et la fille servirent de la fricassée de bœuf et de la mélasse. Au début de l'après-midi, elles annoncèrent à Philippe et Léopold que tout était en ordre et qu'elles rentraient à la maison.

L'une et l'autre savaient bien que la routine de la maison allait être passablement perturbée pendant toute la période qu'allait durer la récolte de l'eau d'érable. Si tout se déroulait comme lors des années passées, il faudrait parfois faire bouillir assez tard le soir. Puisque la mère était la seule personne de la maison capable de faire du bon sirop, Madeleine allait souvent avoir la tâche de demeurer seule à la maison pour préparer les repas et voir à faire exécuter leurs devoirs aux trois plus jeunes.

L'année précédente, Corinne avait bien tenté d'enseigner à son fils aîné comment faire du sirop, mais l'adolescent ressemblait trop à son père par son impatience et son manque d'attention. Cela s'était avéré peine perdue. Madeleine aurait pu apprendre, mais Corinne n'aimait pas l'idée de savoir sa fille seule, en plein bois. Elle préférait la garder à la maison, en sécurité.

Par ailleurs, la mère de famille ne perdait pas de vue qu'elle avait une petite clientèle à satisfaire à Yamaska. Bon an mal an, elle parvenait à vendre une vingtaine de gallons de sirop, ce qui était un apport non négligeable aux finances familiales. Prendre le risque d'une mauvaise cuvée et sa réputation de faire le meilleur sirop disparaîtrait au profit d'un voisin.

Malheureusement, la jeune femme ne pouvait savoir que le mois de mars 1918 allait réserver une bien mauvaise surprise aux cultivateurs de la région qui escomptaient une bonne récolte d'eau d'érable. Les caprices de dame nature allaient faire en sorte que ce serait une année catastrophique.

Chez les Boisvert, les érables coulèrent abondamment durant les quatre jours qui suivirent leur entaillage. Les journées de plus en plus chaudes suivies par des nuits durant lesquelles la température se tint sous le point de congélation en étaient, évidemment, les responsables. Puis, comme sur un signal mystérieux, tout sembla se dérégler.

Cela commença un jeudi matin par une lourde giboulée de printemps qui n'inquiéta pas particulièrement les producteurs de sirop d'érable.

— C'est normal, déclaraient les anciens de Saint-Paul-des-Prés. Qui a jamais vu un mois de mars sans une bonne bordée ?

Tout le problème vint de ce que cette giboulée se transforma rapidement en une pluie abondante qui tomba durant trois jours. Phénomène étrange, le temps se réchauffa au point qu'il ne gela plus la nuit. Alors, la neige se mit à fondre à une vitesse incroyable. En quelques heures, les fossés débordèrent et les routes devinrent de véritables bourbiers impraticables.

— Les arbres sont cernés à cette heure, déclara Philippe en revenant d'une tournée des seaux le lendemain du début de cette pluie inopportune. On cale à mi-jambe dans la neige.

— En tout cas, on y est allés pour rien à matin, poursuivit Léopold en retirant son manteau mouillé. Les chaudières ont pas de couvercles. La pluie les a remplies. C'était juste bon à jeter.

Le troisième jour, le niveau de la neige dans les champs avait si sérieusement baissé qu'on pouvait voir ici et là de larges plaques noirâtres de terre. Au village, on s'inquiétait moins des sucres que de la possibilité que la Yamaska sorte de son lit avec toute cette eau qui venait grossir son débit. Les glaces n'avaient pas encore lâché sur la rivière, mais il y avait tellement d'eau sur cette dernière que les anciens prédisaient la débâcle dans les heures à venir.

— Ceux qui ont le plus à craindre, disaient-ils à qui voulait les entendre, c'est Duquette et Melançon parce que leur terrain est dans le coude du chenal et leur côte va être rongée par en-dessous par les glaces quand elles vont lâcher et venir frapper la côte.

Le dimanche suivant, il pleuvait encore, et plus d'une famille ne put assister à la messe faute de pouvoir se rendre au village tant les chemins étaient devenus impraticables. Au milieu de l'avant-midi, les glaces lâchèrent brusquement sur la rivière et il se forma un sérieux embâcle peu avant le village. En moins d'une heure, l'eau monta de près de huit pieds et envahit la cave d'une demi-douzaine de maisons du village.

Les voisins s'assemblèrent devant les demeures sinistrées en cherchant à évaluer combien de temps l'embâcle allait tenir face à la force d'un courant grossi par autant d'eau de fonte. Par chance, ce dernier lâcha avant l'heure du souper, se contentant d'emporter quelques pieds du terrain de certains riverains.

— Si ça continue comme ça, se plaignit Alcide

Duquette, le propriétaire du magasin général, avec mauvaise humeur, je vais finir par pouvoir pêcher assis sur ma galerie.

Quand la pluie prit fin la nuit suivante, la trop brève saison des sucres était déjà chose du passé.

— On avancerait mieux avec une chaloupe, maugréa Philippe ce matin-là en marchant péniblement à travers les champs vers la cabane à sucre familiale en compagnie de Léopold et de sa mère.

De fait, les champs étaient devenus de véritables lacs et les marcheurs devaient chercher les plaques de neige grisâtres pour y poser les pieds. Dans le bois, la situation n'était guère plus reluisante, même s'il y restait assez de neige pour se déplacer en raquettes.

— On va faire la tournée, annonça l'adolescent. On a vidé les chaudières hier après-midi et depuis, il a presque plus mouillé. C'est surtout de l'eau d'érable qu'il y a dedans à matin.

— Attends, lui ordonna sa mère en se dirigeant vers une chaudière suspendue à un érable voisin de la cabane.

Corinne décrocha le seau et but une gorgée d'eau qu'elle recracha immédiatement.

— C'est fini, déclara-t-elle. La sève a commencé à monter. C'est trop amer pour faire du sirop avec ça.

— C'est pas vrai ! s'exclama son fils. Cybole ! m'man, on s'est donné tout ce trouble-là pour faire même pas six gallons de sirop.

— Ça sert à rien de crier et de s'énerver, le sermonna-t-elle. C'est pas nous autres qui décidons. Le printemps est arrivé et le temps des sucres est bien fini. Vous avez juste à ramasser tout le barda pendant que je range dans la cabane. Vous m'apporterez les chaudières pour que je les rince et les essuie avant de les rapporter à la maison.

La jeune femme entra dans la cabane, incapable de cacher plus longtemps son dépit. Elle avait beau avoir encore quelques gallons du sirop de l'année précédente en réserve, elle devrait conserver les cinq gallons de cette année pour la consommation de sa famille. Pour la première fois depuis dix ans, elle ne pourrait rien vendre de sa production et, par conséquent, elle allait être incapable de déposer le moindre dollar dans le pot vert, dans l'armoire, là où elle rangeait depuis toujours l'argent du ménage.

Elle fut peu à peu envahie par de sombres pensées. Il ne lui restait pratiquement plus rien pour pourvoir aux besoins de sa famille et elle avait compté sur cette rentrée d'argent pour éviter d'ouvrir un compte chez Duquette. Bien sûr, Laurent allait rentrer à la maison dans deux ou trois semaines, mais combien d'argent rapporterait-il de son hiver passé au chantier ? Avec lui, c'était toujours une surprise. Il était impossible de prévoir combien il aurait dépensé dans les tavernes et les hôtels sur le chemin du retour.

Elle poussa un profond soupir et se mit à ranger le contenu de la cabane à sucre en prévision de sa fermeture jusqu'au printemps suivant.

Chapitre 3

Quelques souvenirs

Contrairement aux prévisions pessimistes de certains habitants de Saint-Paul-des-Prés, le temps doux se maintint et il était de plus en plus évident que le printemps de cette année 1918 était bel et bien installé. Sous les assauts du soleil, la neige se mit à reculer de plus en plus et on finit par n'en apercevoir que quelques plaques dans les sous-bois. Partout ailleurs, le paysage devint uniformément brun, en attente de l'éclosion des premiers bourgeons et de l'herbe tendre du printemps. En cette fin du mois de mars, la pluie se mit de la partie pour aider à la renaissance de la nature.

— Un vrai temps de semaine sainte, déclara Corinne à Madeleine. Si ça continue comme ça, on va avoir toutes les misères du monde à monter au village pour faire nos Pâques, ajouta-t-elle en poussant la porte séparant la cuisine d'été de celle d'hiver.

— C'est presque toujours comme ça avant Pâques, m'man, répliqua l'adolescente en finissant d'étendre dans la cuisine d'été les vêtements que sa mère venait de laver. Moi, j'ai juste une hâte, c'est de pouvoir étendre dehors sur notre corde à linge. Ça fait deux grosses semaines qu'il fait assez doux pour le faire, mais il mouille presque tout le temps et…

L'adolescente s'interrompit brusquement en entendant une voix à l'extérieur. Elle se pencha à la fenêtre et vit alors son grand-père Boisvert et son oncle Henri en train de descendre de leur boghei.

— M'man, c'est grand-père Boisvert et mon oncle Henri qui arrivent, cria-t-elle à sa mère qui s'apprêtait à refermer la porte.

— Bon, qu'est-ce qu'ils peuvent bien nous vouloir ? fit la petite femme blonde sans enthousiasme. Gages-tu qu'ils ont besoin de quelque chose ? Ouvre-leur la porte et fais-les entrer.

Corinne n'aimait pas plus son beau-père que son gros beau-frère. Même s'ils demeuraient à Saint-Paul-des-Prés, ils se gardaient bien de venir à la maison du rang Saint-Joseph pour s'informer de ses besoins quand Laurent était au chantier. Ils craignaient beaucoup trop qu'elle leur demande de l'aide. En fait, ils n'étaient pas venus lui rendre visite une seule fois depuis l'automne précédent. Bien sûr, elle les avait croisés pratiquement tous les dimanches sur le parvis de l'église, mais dans le meilleur des cas, Gonzague s'était limité à s'informer de sa santé et de celle de ses petits-enfants. Bref, Corinne les connaissait suffisamment pour savoir qu'ils ne venaient probablement chez elle que par intérêt.

Madeleine fit entrer les deux hommes dans la maison et les précéda dans la cuisine d'hiver.

— M'man, on a de la visite, cria-t-elle à sa mère partie dans sa chambre, comme si elle n'avait pas entendu les visiteurs arriver.

Corinne sortit de sa chambre à coucher.

— Tiens ! Mais c'est de la visite rare, dit-elle sans trop de chaleur. Enlevez vos manteaux et assoyez-vous, poursuivit-elle. Madeleine, sers donc une tasse de thé à ton grand-père et à ton oncle.

— Merci, ma fille, dit Gonzague en se contentant de déboutonner son lourd manteau de drap noir. On n'a pas le temps. T'as fini tes sucres ? demanda-t-il à sa bru.

— Ça fait longtemps.

— Nous autres aussi. Au fond, cette année, ç'a été tout un aria pour pas grand-chose, ajouta le vieil homme en faisant un effort d'amabilité, ce qui ne lui était pas très coutumier.

— Est-ce qu'il y a quelque chose de spécial qui vous amène dans le rang Saint-Joseph ? demanda Corinne, intriguée.

— Oui, on a un petit problème à régler, intervint Henri en ouvrant la bouche pour la première fois depuis qu'il avait mis les pieds dans la maison.

— Ah bon !

— Imagine-toi donc qu'on a perdu notre cuisinière à l'hôtel, reprit Gonzague.

Corinne adressa un regard de connivence à sa fille, mais se garda bien de dire un mot.

— Qu'est-ce qui lui est arrivé ? demanda finalement Corinne en constatant que son beau-frère n'avait pas l'air de vouloir poursuivre.

— Je le sais pas pantoute, intervint son beau-père. Elle a décidé de sacrer son camp à matin, après le déjeuner, sans rien dire.

— Pour moi, c'est parce que ses gages étaient trop gros, ne put s'empêcher d'ironiser Corinne.

Cette remarque faisait allusion à l'avarice bien connue de son beau-père. Elle fit mouche, le visage de ce dernier se renfrogna.

— Elle était ben payée pour ce qu'elle faisait, répliqua

sèchement Henri. Là, le problème, c'est qu'on a comme clients deux commis voyageurs et quatre gars qui travaillent au moulin. Ce monde-là a besoin de manger. On va perdre ces clients-là si on n'a pas personne pour préparer les repas.

— Je comprends, dit sa belle-sœur.

— Ça fait qu'on a pensé que ta Madeleine pourrait peut-être venir faire à manger à l'hôtel, au moins le temps qu'on trouve une autre cuisinière, fit Gonzague. T'as toujours dit qu'elle était ben bonne pour faire l'ordinaire.

— Pourquoi vous demandez pas ça à Annette, à Hélène ou même à la femme de Charles ? suggéra Corinne. Il me semble qu'elles sont capables de faire à manger, elles aussi.

Un air de profond agacement apparut dans le visage du patriarche de la famille Boisvert.

— Voyons, Corinne ! protesta-t-il. Tu sais ben que la femme d'Henri a toujours eu une ben petite santé. Ça prend tout son petit change pour mettre un pied devant l'autre. Pour Hélène, t'oublies qu'elle a deux petits sur les bras et qu'elle a pas une ben plus grosse santé que sa mère.

— Et la femme de Charles, monsieur Boisvert ?

— Ben, c'est elle qui prend soin de la maison parce qu'Annette y arrive plus toute seule.

Corinne se tut. Aussi loin qu'elle s'en souvenait, elle avait toujours entendu les jérémiades de sa belle-sœur Annette, sans cesse trop épuisée pour faire autre chose que se plaindre. Jusqu'au mariage de son fils Charles avec une petite Labonté, trois ans auparavant, sa fille Hélène avait pratiquement tout fait dans la maison. La jeune femme avait été vite remplacée par l'épouse de son frère Charles qui, après son mariage, était venue demeurer dans la maison de ses beaux-parents.

— C'est de valeur, monsieur Boisvert, mais je peux pas me passer de Madeleine, finit par dire Corinne en feignant d'être profondément désolée.

— Mais je la paierais, protesta Gonzague, grand seigneur.

Corinne réprima un petit sourire. Pour l'avoir déjà vécu à quelques reprises, elle savait fort bien que le vieillard trouverait mille excuses pour ne pas la payer le moment venu.

— Je le sais bien, beau-père, mais j'ai deux catalognes et une courtepointe à finir pour la fin du mois. Je les ai promises à des clientes. J'ai absolument besoin de ma fille, mentit-elle avec aplomb.

— Ça nous arrange pas pantoute, admit Henri en se levant en même temps que son père. T'aurais pas une idée où on pourrait trouver quelqu'un pour remplacer la petite Côté.

— Je vois pas.

— J'ai entendu dire que t'avais à cette heure un homme engagé, reprit Gonzague en boutonnant son manteau.

— Oui.

— T'as décidé ça toute seule, sans attendre d'en parler à ton mari ?

— Ben oui, beau-père, comme une grande fille qui doit continuer à faire vivre sa famille quand son mari est au chantier, rétorqua sèchement la jeune femme.

— T'as pas peur que ça le mette en maudit ?

— Il aura juste à se calmer.

— Est-ce qu'il est bon, au moins ?

— Il est pas manchot, reconnut Corinne.

— Combien tu lui donnes en gages ?

— Inquiétez-vous pas pour ça, monsieur Boisvert, dit-elle d'une voix acide. Il me coûte juste le tabac qu'il fume... Et encore, il fume même pas pendant le carême.

— Torrieu ! c'est en plein le genre de gars qu'il nous faudrait, admit Gonzague sans fausse honte. Quand Laurent sera revenu, t'auras plus besoin de lui. Ton mari et Philippe vont largement suffire à la tâche. À ce moment-là, tu diras à ton homme engagé de venir me voir. J'aurai de l'ouvrage pour lui.

— J'y manquerai pas, beau-père, promit Corinne en conduisant ses invités jusqu'à la porte.

Les deux hommes quittèrent la ferme, mais la jeune femme ne se donna même pas la peine d'épier leur départ par la fenêtre.

— Une chance qu'on est Jeudi saint aujourd'hui, m'man, fit Madeleine, prête à retourner finir d'étendre les vêtements mouillés dans la pièce voisine.

— Pourquoi tu dis ça ? lui demanda sa mère, surprise.

— Je dis ça parce qu'on va se confesser cet après-midi. Avec toutes les menteries que vous avez contées à grand-père, votre confession sera pas un luxe.

— Ma polissonne, toi ! dit Corinne en riant. Tu sauras que c'était juste des pieux mensonges.

— On sait bien, mais je suis pas sûre que monsieur le curé vous donne une pénitence plus facile pour ça.

Ce jour-là, les trois écoliers de la famille rentrèrent à la maison un peu avant midi, heureux de commencer le long congé pascal.

— Dépêchez-vous de manger, leur ordonna leur mère. Après, on s'en va à l'église.

— Ah non ! s'écria Norbert. On va pas passer l'après-midi-là.

— Aie ! T'es pas un païen, le gronda sa mère. Ici, tout le monde fait ses Pâques. On va se confesser et, après ça, il y a une cérémonie.

— Avec la lecture de la Passion, ajouta Madeleine.

— Ça, c'est plate et c'est long, intervint Philippe, pas plus heureux que son frère cadet du programme de l'après-midi.

— Philippe ! T'es le plus vieux ! Tu dois donner l'exemple, le réprimanda sa mère. Comme on est trop nombreux pour y aller tous ensemble, nous autres, on va y aller cet après-midi. Toi, t'iras à l'église à soir avec Léopold.

— Je pourrais ben y aller à soir avec eux autres, proposa Norbert, le visage éclairé par l'espoir.

— Il en est pas question, trancha sa mère. T'es trop haïssable. Je veux t'avoir à l'œil pendant la cérémonie.

Un peu avant deux heures, Corinne et ses quatre plus jeunes enfants firent leur entrée dans l'église paroissiale dont les crucifix et les statues avaient été recouverts de voiles violets. Une cinquantaine de fidèles les avaient précédés. L'abbé Morin et le curé Bilodeau avaient déjà pris place dans deux confessionnaux et, devant chacun des isoloirs, une dizaine de pénitents attendaient patiemment leur tour de confesser leurs péchés.

— D'après vous, m'man, dans quel confessionnal est monsieur le curé ? demanda Norbert à voix basse à sa mère.

— Pourquoi tu demandes ça ? fit Corinne. Tu sais bien que l'abbé Morin donne des pénitences aussi sévères que monsieur le curé.

— Je le sais ben, mais je voudrais aller à monsieur le

curé parce que c'est toujours les mêmes péchés que j'ai à confesser et ça fait trois fois que l'abbé les entend.

— Prends une chance, dit sa mère en réprimant difficilement un sourire.

Après leur confession, les paroissiens assistèrent à la longue cérémonie du Jeudi saint avant de retourner à la maison, à la fin de l'après-midi.

— Une bonne chose de faite, ne put s'empêcher de déclarer Corinne en retirant son manteau. On a la moitié de nos Pâques qui sont faites. Il restera juste à communier dimanche matin pour être en règle. Changez-vous avant d'aller aux bâtiments, ordonna-t-elle à ses enfants.

— Demain, on va enfin pouvoir profiter un peu de notre congé, fit Norbert.

— Jusqu'au dîner, le corrigea sa sœur Madeleine en couvrant sa robe d'un tablier.

— Pourquoi tu dis ça, la grande ?

— Parce qu'il y a une cérémonie à l'église demain après-midi…

— Et elle est encore plus longue que celle d'aujourd'hui, poursuivit Élise, moqueuse. Tu devrais écouter madame Beaulac quand elle parle au lieu de t'amuser. Elle nous a tout expliqué ça hier matin.

— Ah ben, maudit !

— Toi, surveille ta langue, si tu veux pas que je te la lave avec du savon, le réprimanda sévèrement sa mère.

*
**

Deux jours plus tard, Corinne se leva un peu après cinq heures dans l'intention de préparer une double recette de sucre à la crème pour marquer la fin officielle du carême. Elle était fière de ses enfants qui avaient respecté leur résolution prise le mercredi des Cendres et elle voulait les récompenser par cette petite gâterie qu'elle ne leur servirait toutefois qu'au retour de la grand-messe de Pâques.

Elle se leva sans bruit, alluma une lampe à huile et, après avoir jeté un châle sur ses épaules, se dirigea vers la cuisine. Le poêle à bois mit plusieurs minutes avant de réchauffer la grande pièce. La jeune mère de famille eut le temps de compléter sa recette avant d'entendre des pas dans l'escalier. Tournant la tête, elle aperçut Madeleine.

— Va donc réveiller Philippe, lui demanda-t-elle. Il est temps qu'il se lève pour l'eau de Pâques.

L'adolescente rebroussa chemin et alla réveiller son frère aîné. Ce dernier n'apparut au rez-de-chaussée que quelques minutes plus tard, la tête ébouriffée et les yeux encore gonflés de sommeil.

— Grouille, Philippe. Si tu continues à te traîner les pieds, on n'aura pas d'eau de Pâques.

— Pourquoi c'est pas un autre qui y va ? demanda l'adolescent, excédé.

— Parce que c'est toi l'homme de la famille quand ton père est pas là, déclara sa mère sur un ton sans appel. Dépêche-toi.

Même s'il était flatté, Philippe n'en ronchonna pas moins en chaussant ses bottes et en endossant son manteau.

— J'ai mis la cruche proche de la porte de la cuisine d'été hier soir, le prévint sa mère. Pendant que tu vas être parti, Léopold et Norbert vont s'occuper du train.

Philippe alluma un fanal et quitta la maison en le tenant à la main. Il faisait encore noir à l'extérieur et un petit vent du nord le fit frissonner. Il se dirigea vers les bâtiments, les contourna et prit la direction de la source qui coulait au bout de la terre de ses parents, près du boisé. Il longea les labours de l'automne précédent, en pataugeant parfois dans la boue épaisse.

Arrivé sur les lieux, il n'eut à attendre que quelques minutes avant l'apparition du jour. Avant même le lever du soleil, l'adolescent plongea la cruche dans l'eau et la remplit, selon la tradition. Il songea même à faire une courte prière, comme l'avait exigé sa mère.

De retour à la maison quelques minutes plus tard, il remit la cruche à celle-ci avant d'aller rejoindre Léopold et Norbert à l'étable. À ce moment-là, le soleil était entièrement levé et une bruyante volée d'oies blanches traversa le ciel en direction des battures de Baie-du-Fèvre.

À l'intérieur, Corinne avait commencé à se préparer pour la grand-messe. Avant de finir de se coiffer, elle rangea soigneusement la cruche d'eau de Pâques sans laquelle elle aurait été bien mal prise pour soigner certains bobos des siens. On prêtait à cette eau des vertus miraculeuses que personne n'aurait songé à contester. Elle ne servait pas qu'à protéger la maison des intempéries et des mauvais esprits. On l'utilisait aussi pour guérir autant les maux de tête et les brûlures que les rages de dents et certaines infections.

Quand les garçons rentrèrent pour se préparer à aller assister à la basse-messe, la maîtresse de maison tendit à Léopold un paquet de tabac Quesnel qu'elle avait acheté deux jours auparavant au magasin général.

— Tiens, Léopold, tu l'as pas volé, lui dit-elle. Ton carême est fini. On ne t'entendra plus téter ta pipe vide.

Le jeune homme prit le paquet de tabac avec un plaisir

évident et se mit en devoir de bourrer sa pipe qu'il alluma sans tarder.

— Traînez pas trop, les garçons, sinon vous allez arriver en retard à la messe, les prévint la maîtresse de maison.

Quand Philippe, Léopold et Norbert rentrèrent du village au milieu de l'avant-midi, Corinne, Madeleine, Élise et Lionel s'empressèrent d'endosser leur manteau pour aller à la grand-messe.

— Je vous dis que la Germaine Rocheleau a pas arrêté de regarder Casseau pendant toute la messe, annonça Norbert en posant le pied dans la maison.

— Arrête donc de faire le père Leblanc ici dedans, le mit en garde sa mère.

— Je vous le dis, m'man, elle a l'air de le trouver pas mal à son goût, à part ça, insista l'adolescent.

Léopold Monette rougit légèrement et ne remarqua pas le regard mécontent que Madeleine adressait à son frère cadet.

— Remarquez que moi, je comprends rien là-dedans, continua Norbert. Moi, je le trouve laid sans bon sens, mais…

— Arrête donc de dire des niaiseries, lui ordonna plus sèchement sa mère en fixant son chapeau sur sa tête, plantée devant le petit miroir suspendu au-dessus de l'évier. Germaine a juste dix-sept ans. C'est encore une enfant.

— Si c'est vrai ce qu'il dit, je la trouve pas mal effrontée, ne put s'empêcher d'ajouter Madeleine.

— Ton frère raconte n'importe quoi pour se rendre intéressant.

— Je vous le dis, m'man, insista Norbert.

— Toi, mon agrès, je pense que c'est la dernière fois

que tu vas à la basse-messe avec ton frère. La semaine prochaine, tu vas venir à la grand-messe avec moi et je te garantis que tu vas suivre la messe plutôt que passer ton temps à écornifler à gauche et à droite. Bon, ça va faire. Arrivez, on n'est pas en avance, houspilla-t-elle les siens en sortant la première de la maison.

La jeune mère de famille ne remarqua pas l'étrange silence dans lequel sa fille aînée s'enferma durant tout le trajet qui les conduisit à l'église paroissiale. La jeune fille, secrètement amoureuse de Léopold, venait d'être mordue par la jalousie en découvrant que la voisine, son aînée de deux ans, cherchait à le séduire.

La douce Madeleine était malheureuse. Elle sentait qu'elle ne pourrait pas lutter d'égale à égale avec Germaine Rocheleau si celle-ci était décidée à attirer Léopold. À ses yeux, la vie était soudainement injuste parce que le jeune homme était devenu son seul rayon de soleil, l'objet de tous ses rêves.

La pitié qu'elle avait éprouvée à son égard quand elle avait aidé sa mère à remettre sur pied le vagabond malade trouvé dans la grange s'était peu à peu muée en admiration devant son caractère égal et son courage. Son père et son frère Philippe ne l'avaient guère habituée à autant de calme. Puis, au fil des semaines, l'adolescente s'était mise à rêver de Léopold en présence duquel elle ressentait un doux émoi.

Bien sûr, il lui fallait faire preuve d'une extrême prudence devant sa mère pour ne rien laisser voir de ses sentiments à l'égard de leur homme engagé. Si celle-ci s'en était aperçue, elle aurait pu décider de se priver de ses services pour mieux la protéger… D'ailleurs, rien n'était encore réglé, pensait-elle parfois en songeant au retour prochain de son père. Rien n'était moins certain qu'il garde un employé à la maison alors qu'il pouvait compter sur l'aide de Philippe.

En ce matin ensoleillé de Pâques, il y avait de la joie dans l'atmosphère, même si Madeleine n'en profitait pas. Il n'y avait qu'à regarder le visage réjoui des gens arrivant à l'église pour s'en rendre compte. Chacun semblait heureux d'être enfin parvenu à la fin de la trop longue période de privation du carême. Beaucoup de femmes et de jeunes filles avaient même pris la peine de changer les ornements de leur chapeau.

Corinne salua quelques connaissances arrivées en même temps qu'elle sur le parvis et s'engouffra dans l'église un quart d'heure avant le début de la grand-messe. Elle fit une génuflexion à l'entrée du banc familial et indiqua à ses enfants de passer devant elle, puis elle s'agenouilla à son tour. Lorsqu'elle s'assit après s'être recueillie un instant, elle aperçut soudainement les deux grands fils d'Alexandre Brisebois, l'un de ses voisins du rang Saint-Joseph. Ils étaient déjà revenus du chantier.

— Pas déjà ! murmura-t-elle pour elle-même en songeant que Laurent était à la veille de revenir à la maison.

Cette pensée assombrit son humeur et la fit plonger dans des souvenirs qu'elle aurait préféré oublier. Chaque année, au retour des hommes des chantiers, le passé lui revenait en mémoire et son cœur s'alourdissait.

*
* *

En décembre 1902, après le départ tardif de Laurent pour le chantier, entre Noël et le jour de l'An, elle avait espéré ne plus jamais le revoir. Trois jours auparavant, il l'avait battue sauvagement avant d'aller passer Noël à l'hôtel de Yamaska, probablement en compagnie de la femme avec laquelle il la trompait, celle qui laissait des traces de rouge à lèvres sur le col de ses chemises blanches. Cette année-là, elle n'avait pu bouger de la maison durant les fêtes de fin d'année parce qu'elle ne voulait pas montrer aux siens son visage tuméfié par les coups de son mari. Elle avait dû prétexter que Philippe était malade pour excuser son absence des festivités familiales chez les Joyal. Finalement, elle avait passé les fêtes en compagnie de son bébé, le petit Philippe, et de Rosaire, l'adolescent orphelin que son mari et elle avaient recueilli pour les aider.

Une semaine plus tard, son beau-père était venu frapper à sa porte pour réclamer le paiement des soixante-trois dollars annuels que Laurent et elle lui devaient en remboursement du prêt consenti pour acheter la ferme et les animaux. Déjà, l'année précédente, grand-père Boucher, encore vivant, avait puisé dans ses économies pour payer le prêteur. Mais cette fois, en ce début d'année 1903, elle ne pouvait plus compter sur le généreux grand-père de son mari pour lui venir en aide. Pendant un bref moment, ce jour-là, Corinne avait été tentée de puiser dans le petit héritage que lui avait laissé le vieil homme pour rembourser Gonzague Boisvert. Puis, elle s'était dit que c'était à son mari de régler ce problème-là.

— Laurent m'a pas laissé une cenne pour ça, avait-elle expliqué à son beau-père. Là, vous allez être obligé d'attendre qu'il revienne du chantier pour lui demander votre argent. Moi, j'en ai pas.

— Maudit torrieu ! avait juré Gonzague. T'es certainement capable de me donner quelque chose sur ce montant-là.

— Pas une cenne, monsieur Boisvert. Si vous voulez reprendre la maison et me mettre dehors avec votre petit-fils, vous avez le droit de le faire. Je peux retourner vivre chez mes parents à Saint-François, avait-elle poursuivi, sarcastique.

— Ça m'apprendra à prêter à la famille, avait alors bougonné avec mauvaise humeur Gonzague en quittant la maison de son fils.

À l'époque, Corinne espérait que son mari ne rentrerait pas et elle avait imaginé toutes sortes de scénarios pour faire patienter son beau-père. Malheureusement, Laurent était revenu un beau matin, à la mi-avril, comme si rien ne s'était passé avant son départ. Sérieusement éméché, il s'était contenté de laisser tomber son sac de toile rempli de vêtements sales au milieu de la cuisine et était allé s'étendre sur le lit sans prendre la peine de retirer la courtepointe. Si ses souvenirs étaient exacts, elle l'avait laissé dormir tout son soûl, n'ayant pas trop de temps pour digérer sa déconvenue de le voir de retour.

Quand il était apparu dans la cuisine à la fin de l'après-midi, il s'était retrouvé en face d'une femme enceinte de huit mois, au visage fermé, qui se déplaçait dans la pièce comme s'il n'avait pas été là.

— Sacrement ! On peut pas dire que t'as l'air ben contente de me voir ! s'était-il exclamé, surpris de l'accueil réfrigérant qu'elle lui réservait.

— Non.

— Qu'est-ce que t'as à faire la baboune ?

— J'ai trop de mémoire, s'était-elle contentée de lui répondre.

— Dis-moi pas, Christ, que tu m'en veux encore pour t'avoir brassée un peu ?

— …

— Écoute, je te l'ai pas dit à ce moment-là, mais j'avais une maudite bonne raison d'être enragé, avait-il poursuivi en manifestant une certaine gêne.

— Je voudrais bien savoir laquelle, avait-elle répliqué sèchement en se tournant vers lui pour la première fois.

Pendant un moment, son mari avait semblé hésiter avant de lui révéler cette raison.

— Tu te rappelles de Mitaines, avait-il dit à mi-voix en jetant un coup d'œil autour de lui pour s'assurer que Rosaire était bien absent de la pièce.

— …

— Ben. J'avais trouvé l'argent qu'il avait volé et je l'avais caché dans les poches de jute que t'as brûlées dans ton four, avait-il avoué, apparemment sans le moindre remords. Sacrement ! Plus de six cents piastres parties en fumée ! avait-il dit en haussant la voix, repris par la rage qui lui avait fait battre sa femme cinq mois auparavant.

Corinne avait alors regardé son mari en ne prenant même pas la peine de dissimuler tout le mépris qu'il lui inspirait.

— Au fond, ce que t'es en train de me dire, c'est que t'es un voleur, avait-elle laissé tomber avant de retourner à la préparation de son souper.

— J'avais trouvé cet argent-là sur ma terre. C'était à moi, avait-il plaidé avec force.

— Bien voyons ! s'était-elle moquée. Je suppose que la police qui arrêtait pas d'interroger tout le monde pensait la même chose que toi.

— T'es pas parlable, avait-il conclu avec rage en allumant sa pipe.

Puis, fouillant dans la poche de son pantalon, il avait

déposé sur la table de cuisine le reliquat de sa paye d'hiver en signe de bonne volonté.

— T'es tout de même pas pour continuer à avoir l'air bête comme ça, avait-il ajouté en arborant son air charmeur.

La petite femme blonde s'était brusquement immobilisée pour lui faire face.

— Écoute-moi bien, Laurent Boisvert, lui avait-elle ordonné d'une voix qui ne tremblait pas. J'ai passé l'hiver à t'haïr. Est-ce que c'est assez clair, ça ? Je t'avertis que si jamais tu lèves encore la main sur moi, je vais te frapper avec ce qui va me tomber sous la main. Là, j'en ai assez enduré et j'ai pas l'intention pantoute de continuer comme ça. Si ça fait pas ton affaire, la porte est là. Tu peux la prendre. Ça fait longtemps que j'ai appris à me débrouiller sans toi.

— C'est correct. Énerve-toi pas.

— Je m'énerve pas. Et, pendant que j'y pense, t'es mieux d'aller arranger ton emprunt avec ton père. Il est encore venu cet hiver pour se faire payer.

— Tu l'as pas payé ? s'était-il étonné.

— Avec quel argent je l'aurais payé ? avait-elle répliqué avec humeur. Tout de même pas avec celui que tu dépenses à l'hôtel !

Son mari n'avait rien rétorqué. Il s'était contenté de sortir de la maison et de prendre la direction des bâtiments pour aller voir dans quel état étaient ses bêtes. À son retour, il n'avait même pas osé s'en prendre à Rosaire qui venait de faire le train à sa place. Ce soir-là, en bonne chrétienne, Corinne s'était pliée aux exigences de son mari. Mais elle l'avait fait à contrecœur, sans y prendre le moindre plaisir.

Si sa mémoire lui était fidèle, le pire avait été d'obliger

son mari à renouer avec la famille Joyal. À l'époque, Laurent continuait à en vouloir à Napoléon et Lucienne Joyal de l'avoir durement sermonné quand leur fille l'avait quitté l'automne précédent parce qu'il la trompait ouvertement. La mère de Corinne n'avait pas été dupe de l'excuse utilisée par sa fille pour expliquer son absence durant les festivités de fin d'année, elle avait deviné qu'il s'était passé quelque chose.

La naissance de Madeleine cinq semaines plus tard avait un peu aidé à arranger les choses. Laurent avait accepté, un peu de mauvaise grâce, que sa belle-mère se charge des relevailles de sa fille. En fait, il avait fallu plusieurs mois avant que Laurent rétablisse des relations un peu plus harmonieuses tant avec ses beaux-parents qu'avec ses beaux-frères Bastien et Anatole. Seule sa belle-sœur Germaine et Bernard Provencher trouvaient grâce à ses yeux.

Cette année-là, la naissance de sa première fille et les deux brèves visites de sa belle-sœur Juliette furent les seules joies de Corinne. La grande et grosse femme, à qui elle n'était pas parvenue à cacher le fait que son frère l'avait battue l'hiver précédent, avait vu rouge en apprenant la chose et, malgré les objurgations de Corinne, s'était empressée d'aller rejoindre son frère alors occupé à réparer une roue de la charrette devant la remise. Elle avait assisté à la scène, debout sur la galerie. La restauratrice montréalaise était presque aussi grande que son frère. Sans le prévenir le moins du monde, elle l'avait empoigné par le devant de sa chemise et l'avait projeté contre la porte de la remise en le tenant solidement.

— Toi, l'ivrogne, j'ai deux mots à te dire, lui avait-elle dit, les dents serrées, les yeux flamboyants de colère et brandissant un poing de grosseur respectable sous son nez. Si jamais tu frappes encore ta petite femme, c'est à moi que tu vas avoir affaire, m'entends-tu ? Je vais prendre le train exprès pour venir te sacrer la volée de ta vie. Puis, surtout, va pas t'imaginer que tu m'intimides ! Un morveux que j'ai torché me fera jamais peur. J'espère que tu m'as bien comprise.

— T'es complètement folle, toi, avait protesté un Laurent au visage devenu subitement blafard. Prends tes paquets et sors de ma maison.

— Whow ! Je sortirai quand ta femme me dira de partir, pas avant. C'est elle qui m'a invitée, pas toi.

Là-dessus, Juliette était revenue vers la galerie et était entrée dans la cuisine d'été, suivie par une Corinne torturée par une folle envie de rire.

Puis, les années avaient passé, avec leur lot de joies et de peines. L'année suivante, la jeune mère de famille avait perdu son bébé à la naissance, quelques mois après le mariage de sa sœur Germaine avec Bernard Provencher. Moins d'un an plus tard, elle accoucha de Norbert, son second fils. Mère de trois enfants, Corinne aurait bien voulu se vanter d'avoir maintenant un mari bien rangé, soucieux de ses devoirs, mais il n'en était rien. Après quelques semaines de pénitence à son retour du chantier, il avait repris ses sorties habituelles qui le conduisaient chaque samedi soir à l'hôtel de Yamaska d'où il revenait ivre deux fois sur trois. Son père, toujours propriétaire de l'hôtel du village, n'était pas parvenu à le convaincre de venir dépenser son argent dans son établissement, ce qui avait concouru à refroidir passablement les relations entre le père et le fils.

Par ailleurs, Laurent avait fini par comprendre que son salaire d'hiver ne suffisait pas à faire vivre sa famille durant toute l'année et à payer ses sorties hebdomadaires de surcroît. Par conséquent, il avait trouvé le moyen de se faire engager une bonne partie du printemps et de l'été au moulin de Fabien Gagnon, dont le père était décédé accidentellement quelques mois après sa défaite aux élections à la mairie de Saint-Paul-des-Prés, passée aux mains de Gonzague Boisvert.

Même si elle n'aurait jamais accepté de l'avouer ouvertement, Corinne voyait avec plaisir son mari partir pour le chantier à la mi-novembre chaque année.

— Enfin, la paix jusqu'au printemps prochain ! avait-elle coutume de dire lorsqu'elle voyait la voiture disparaître en direction du village.

Au fil des ans, au prix d'énormes sacrifices, la jeune mère de famille avait fini par économiser suffisamment pour rembourser toute la somme due à son beau-père. Il lui avait fallu dix ans pour y arriver. Maintenant, la petite ferme du rang Saint-Joseph appartenait à son mari et le maigre troupeau de vaches avait fini par doubler de taille.

— On est chez nous à cette heure ! s'était-elle exclamée avec une satisfaction non déguisée après que son mari eut versé à son père, devant elle, le dernier paiement qui les libérait définitivement de sa dette.

— Ça vous fait tout de même une terre pour pas cher, avait eu le culot d'affirmer Gonzague en empochant l'argent si durement économisé par sa bru.

— Vous nous l'avez pas donnée, beau-père, avait-elle répliqué. On vous a payé des bons intérêts, si je me trompe pas.

— Il aurait manqué plus que ça, que je vous la donne ! avait rétorqué le vieil avare en arborant une mine horrifiée.

Cette année-là, année d'élection à la mairie, Gonzague

Boisvert avait été battu à plate couture par Fabien Gagnon, le fils de son ancien adversaire. Le dimanche suivant, le curé Bilodeau n'avait pu s'empêcher de déclarer du haut de la chaire que Saint-Paul-des-Prés s'était enfin doté d'un maire à la moralité irréprochable, ce qui avait bien fait sourire Corinne qui n'avait pas manqué d'observer la grimace de mécontentement de son beau-père, assis dans le banc voisin du sien, à l'église.

Quelques mois plus tard, l'épouse de Laurent Boisvert donna le jour à sa seconde fille qu'elle prénomma Élise. Juliette Marcil s'était chargée, encore une fois, de venir prendre soin de sa petite famille durant la période de ses relevailles. Si la présence de la restauratrice avait bien plu à Madeleine et Norbert, par contre, Philippe, âgé de six ans à l'époque, trouva la discipline rigide imposée par sa marraine plutôt difficile à supporter.

— Tu surveilleras bien ton plus vieux, avait dit Juliette à sa belle-sœur avant de retourner chez elle, à Montréal. J'ai comme l'impression qu'il va avoir le même caractère que son père.

Enfin, Lionel était arrivé. Ce cinquième enfant à presque trente ans fit prendre conscience à la jeune mère que les années fuyaient rapidement et que sa tâche était de plus en plus lourde.

— On en a cinq sur six de vivants, avait-elle déclaré à son mari dans l'intimité de leur chambre à coucher. Il va bien falloir prendre les moyens de s'arrêter un jour. Je peux tout de même pas accoucher chaque année…

Ce dernier avait répondu par un vague grognement, comme si le problème ne le concernait pas.

— Il va falloir faire quelque chose, avait-elle insisté.

De fait, elle avait pris elle-même les moyens pour

mettre fin à ses grossesses annuelles. Comme à l'habitude, son mari ne s'était soucié de rien, lui laissant toute la responsabilité dans ce domaine, comme dans beaucoup d'autres, d'ailleurs.

Après qu'elle eut modestement célébré ses trente ans, les années avaient continué à filer beaucoup trop rapidement au goût de la mère de famille. Elle avait vu ses enfants quitter un à un la maison pour l'école du rang. Contrairement à certains voisins, elle tenait à ce que chacun fréquente l'école et obtienne son diplôme de septième année. Laurent n'avait pas trop protesté contre ce qu'il appelait sa « manie de l'école » pour la bonne raison qu'il était absent de la maison durant pratiquement toute l'année scolaire.

Depuis trois ans, Corinne vivait une autre étape puisque Philippe et Madeleine avaient achevé leurs études et travaillaient à ses côtés à la ferme. Son aîné avait été, de loin, le plus récalcitrant à poursuivre ses études, mais il avait dû plier devant la volonté de fer de sa mère.

— Tu vas lâcher l'école avec ton diplôme, pas avant ! lui avait-elle répété chaque fois qu'il manifestait l'intention d'abandonner. S'il faut que tu y ailles jusqu'à vingt ans, tu vas y aller jusqu'à cet âge-là, tu m'entends ?

— P'pa sait même pas lire ni écrire, lui, et ça l'empêche pas de vivre, protestait l'adolescent, à l'époque.

— Peut-être, reconnaissait-elle, mais regarde aussi la vie dure qu'il mène.

Il fallait reconnaître qu'elle devait faire des efforts visibles pour ne jamais critiquer leur père devant ses enfants, même si parfois ils posaient des questions plutôt embarrassantes à son sujet. Cependant, quand il se produisait une crise, elle pouvait compter, depuis quelques années, sur l'appui inconditionnel de Madeleine, déjà très mature pour son âge.

*
**

Corinne reçut un léger coup de coude de sa fille pour l'inciter à se lever au moment de la lecture de l'Évangile.

— Vous avez l'air dans la lune, m'man, lui chuchota à l'oreille sa fille sur un ton narquois.

— Chut ! fit Corinne pour lui signifier de se taire.

La jeune femme de trente-cinq ans s'efforça de reprendre pied dans la réalité et de se recueillir. Durant le long sermon du curé Bilodeau portant sur l'importance de la résurrection du Christ et de l'obéissance aux lois de l'Église en faisant ses Pâques, elle demeura très attentive. Son esprit ne se remit à vagabonder que lorsque le célébrant recommanda aux fidèles l'âme de Rosaire Malenfant, le père d'une paroissienne décédé durant la semaine sainte.

« Rosaire », pensa Corinne, le cœur gros à l'évocation du prénom du jeune orphelin qu'elle avait recueilli chez elle la première année de son mariage. L'adolescent âgé de douze ans était demeuré chez elle jusqu'à l'âge de dix-huit ans. Il avait été pour elle un frère, un ami et un soutien. Comme il lui manquait encore ! C'était un peu en souvenir de lui qu'elle avait recueilli Léopold Monette au mois de février.

Elle n'avait jamais pardonné à son mari d'avoir hypocritement profité de son absence de la maison pour chasser son protégé.

— Pourquoi t'as fait ça ? s'était-elle emportée

lorsqu'il lui avait appris la nouvelle. Il t'a jamais rien fait !

— Aïe ! Je suis encore maître dans ma maison, avait affirmé Laurent avec force en haussant le ton. J'avais plus besoin de lui pantoute ici dedans. Je vois pas pourquoi j'aurais continué à le nourrir pour rien. À son âge, il est capable de se débrouiller tout seul, sacrement !

— Comment t'as fait pour le jeter dehors comme ça ? lui avait-elle demandé.

— Je lui ai juste dit qu'on n'avait plus besoin de lui, avait répondu son mari, comme si l'affaire n'avait aucune importance.

Durant des semaines, elle avait vainement attendu un signe de vie de Rosaire. Il ne s'était pas manifesté. Peu à peu, elle avait fini par s'imaginer que le jeune homme avait possiblement cru qu'elle partageait l'avis de son mari pour qu'il le chasse de la seule famille qu'il eût jamais connue. L'automne suivant, elle avait même rêvé un certain temps de voir l'orphelin revenir dès le départ de Laurent pour le chantier. Il n'en avait rien été. Cependant, quelques mois plus tard, il lui avait écrit de Montréal pour lui apprendre qu'il travaillait depuis peu pour la Ville et qu'il se proposait de rendre visite, un jour ou l'autre, à sa belle-sœur, Juliette Marcil. De fait, il était allé souper au restaurant de cette dernière ; malheureusement, la veuve était absente ce soir-là et il s'était borné à lui laisser un message par l'entremise de son associée.

Le *Ite missa est* du curé Bilodeau indiqua la fin du sacrifice divin qui avait duré près de deux heures.

— J'ai mal aux fesses, chuchota Lionel à sa sœur Élise en sortant du banc où ils avaient été confinés si longtemps.

— Dis pas ça, lui ordonna sa mère en lui faisant les gros yeux.

Sur le parvis, les fidèles s'assemblèrent par petits groupes pour échanger des nouvelles et s'extasier sur l'arrivée tant attendue du printemps.

Corinne fit un effort pour entraîner ses enfants jusqu'à leur grand-père, accompagné de leur oncle Henri et de leur tante Annette, pour les saluer. Elle jugeait de son devoir de leur apprendre les belles manières. Fidèle à lui-même, Gonzague Boisvert prêta à peine attention à ses petits-enfants et se contenta de demander à sa bru si son fils était enfin descendu du chantier.

— On devrait le voir apparaître d'un jour à l'autre, se borna-t-elle à lui répondre après avoir demandé à Annette des nouvelles de sa santé et des siens.

— Tu lui diras que je voudrais ben le voir dès qu'il sera arrivé.

— J'y manquerai pas, promit-elle, se doutant bien que le vieil homme avait l'intention de demander directement à son fils la permission d'engager Madeleine pour faire la cuisine à l'hôtel. Bon, vous allez m'excuser, je dois aller dire deux mots à Fabien Gagnon, dit-elle aux Boisvert avant de les quitter pour se diriger vers un homme de taille moyenne au visage ouvert donnant le bras à sa femme.

— Vous pouvez aller m'attendre dans le boghei, dit-elle à ses enfants qui l'avaient suivie. J'en ai juste pour une minute.

Madeleine entraîna sa sœur et son frère vers la voiture pendant que sa mère se dirigeait vers le maire et Angeline, son épouse.

— Bonjour, monsieur Gagnon. Bonjour, madame, les

salua-t-elle poliment en s'arrêtant près du couple. Je veux pas vous déranger bien longtemps.

— Bonjour, madame Boisvert. Vous nous dérangez pas pantoute, la rassura le premier magistrat de Saint-Paul-des-Prés.

— Mon mari est à la veille de revenir du chantier. Est-ce que je peux vous demander si vous pensez avoir encore de l'ouvrage pour lui cette année ?

— Dites-lui de passer me voir quand il sera prêt à venir travailler pour moi, je finirai bien par lui trouver quelque chose à faire, répondit Fabien Gagnon sur un ton rassurant.

Corinne remercia l'homme d'affaires et alla rejoindre ses enfants qui l'attendaient.

Fabien Gagnon avait repris les affaires de son père après son décès et quelques années lui avaient suffi pour les développer de manière assez surprenante. Déjà riche d'un moulin et de deux grandes fermes, il avait acheté la fromagerie du village et ouvert un second moulin aux limites du village voisin. Anselme Leblanc, le bedeau, avait même lancé la rumeur que le maire avait fait une offre sérieuse à Alcide Duquette pour lui acheter son magasin général.

*
**

À la fin du dîner, Corinne régala les siens avec le sucre à la crème confectionné en cachette le matin même.

— Dépêchez-vous à vous préparer, on part dans dix minutes pour Saint-François, ordonna-t-elle en rangeant la cuisine avec l'aide de ses filles.

— On va être bien trop tassés dans le boghei, déclara

alors Madeleine. Je pense que je serais mieux de rester ici dedans.

— Il en est pas question, fit sa mère, l'air sévère. T'es pas pour rester toute seule avec l'homme engagé.

— Mais Philippe a dit qu'il aimait mieux rester pour faire le train, s'entêta l'adolescente.

— Ton frère est supposé aller passer l'après-midi avec le petit Lamothe, au village. Tu discutes pas. Tu viens avec nous autres.

Corinne n'aimait pas beaucoup voir son aîné traîner avec Ulric Lamothe, au village. À son avis, c'était une « vraie tête croche ». Plus d'une fois, elle avait mis son fils en garde contre sa mauvaise influence, mais en pure perte. Elle ne pouvait tout de même pas enfermer un garçon de seize ans dans la maison…

— Et Casseau, lui, il va faire quoi ? demanda Norbert.

— Léopold fera ce qu'il voudra, répondit sa mère. Et arrête de l'appeler Casseau, tu m'énerves.

— Je vais aller faire un tour chez les voisins d'en face, dit tout de même Léopold Monette. Jérôme m'a invité à aller jouer aux cartes cet après-midi.

En entendant ces mots, Madeleine piqua un fard. Quand Corinne apprit à Norbert qu'il conduirait la voiture jusque chez ses grands-parents de Saint-François-du-Lac, l'adolescent, tout fier, sortit pour aller aider Léopold à atteler le blond au boghei.

Un peu avant deux heures, la voiture vint s'immobiliser dans la cour de la maison des Joyal, rang de la Rivière. L'endroit était déjà encombré par trois autres véhicules.

Lucienne Joyal fut la première à se précipiter à la

porte lorsqu'elle aperçut sa cadette, entourée de ses enfants, en train de descendre du boghei.

Âgée de soixante-cinq ans, la mère de Corinne avait un visage rond et un tour de taille toujours aussi imposant. Ses cheveux blancs coiffés en un strict chignon, sa robe boutonnée très haut et ses petites lunettes rondes lui donnaient un air sévère que son sourire chaleureux démentait.

— Ça, c'est de la belle visite ! s'exclama-t-elle en embrassant sa fille et chacun de ses petits-enfants dès qu'ils eurent franchi la porte.

Un nuage de fumée de pipe flottait près du plafond de la grande cuisine d'hiver de la maison de pierre des Joyal. À l'arrivée des visiteurs, les conversations cessèrent et plusieurs personnes se levèrent pour les saluer.

— On va pouvoir le dire que c'est de la belle visite si tu te décides à les lâcher une seconde pour qu'on les embrasse, nous autres aussi, fit Napoléon Joyal en s'approchant.

Le petit homme bedonnant à la calvitie prononcée s'avança à son tour pour embrasser sa fille et les enfants. Ensuite, Corinne embrassa tour à tour son frère Bastien et sa belle-sœur Rosalie, Anatole et sa femme, Thérèse, Blanche et Amédée Cournoyer, descendus de Sorel, ainsi que Germaine et son mari, Bernard Provencher.

— À ce que je vois, dit-elle avec bonne humeur, presque toute la famille est là. Il manque juste Simon.

— Notre vieux garçon est parti voir le petit Lagacé au village, fit son père.

— Il manque aussi ton mari, lui fit remarquer Amédée. Je suppose qu'il est pas encore revenu du chantier ?

— T'as deviné juste, répondit Corinne en feignant la

bonne humeur. Il devrait sourdre dans le courant de la semaine prochaine.

Lucienne regarda sa fille sans faire de commentaire. Après toutes ces années, elle savait pertinemment que sa fille était toujours très peu enthousiaste à l'idée du retour prochain de Laurent. C'était encore bien évident ce printemps-ci.

— Naturellement, tu restes à souper avec nous autres, dit sa mère. On a fait à manger pour les fous et les fins hier parce qu'on s'attendait à ce que tous les jeunes viennent nous voir aujourd'hui, mais ça a tout l'air qu'il va y avoir juste tes enfants et ceux d'Anatole. Les autres se sont trouvé des excuses. Peut-être parce qu'ils nous trouvent trop ennuyants, je crois bien.

— Voyons, m'man, protesta Blanche. Mes trois gars étaient invités à souper chez leur blonde.

— Pour les miens, c'est mon père et ma mère qui se sont plaints qu'on les laissait tout seuls le jour de Pâques, dit Rosalie à son tour. Rolande et Constant ont décidé de jouer aux cartes avec eux autres parce qu'ils trouvaient qu'ils faisaient pitié.

— Germain serait bien venu, m'man, fit Germaine, mais il est parti mercredi soir passer les vacances de Pâques à Montréal, chez un frère de Bernard.

— À ce que je vois, intervint Napoléon en adressant un clin d'œil à sa fille cadette, t'as amené avec toi juste les moins haïssables.

— Je dirais pas ça, p'pa, déclara Corinne en jetant un coup d'œil significatif vers Norbert qui venait d'aller rejoindre ses sœurs et ses cousins dans le salon. J'en ai un qui donne pas sa place. Lui, j'aime mieux le traîner avec moi quand je pars en visite. Comme ça, je suis sûre qu'il me fera pas de coups pendables en mon absence.

— Il me semble ben que Thérèse et Anatole en ont un qui ressemble à ça, fit Napoléon en parlant de l'unique fils de son aîné.

— C'est vrai qu'il est tannant en jériboire ! reconnut Anatole, ce qui eut le don de lui attirer un regard noir de sa femme.

Thérèse Rochon n'avait guère changé avec les années. Les traits du visage sans grâce de la femme de quarante-quatre ans au chignon poivre et sel s'étaient peut-être un peu plus durcis avec les années. Maigre et d'un caractère peu agréable, elle avait dû apprendre à cohabiter avec sa belle-mère dès le premier jour de son mariage, ce qui ne s'était pas fait sans heurts. En tout cas, elle n'avait rien en commun avec Rosalie, l'épouse de Bastien, dont le caractère jovial se mariait harmonieusement à ses rondeurs confortables.

Lucienne Joyal fut brusquement secouée par une quinte de toux. Elle se rendit compte alors que le nuage de fumée de pipe prenait des proportions exagérées.

— Ce serait peut-être pas une mauvaise idée, les hommes, d'aller emboucaner la cuisine d'été pendant une heure ou deux, histoire de nous laisser respirer un peu, déclara-t-elle soudain.

Son mari comprit le message et entraîna ses deux fils et ses deux gendres vers la pièce voisine.

— Ça sera peut-être un peu plus frais, leur expliqua-t-il, mais on va être loin des jacasseries des femmes et des jeunes dans le salon.

Après avoir pris place autour de la grande table de la cuisine d'été, Amédée Cournoyer, toujours commis dans une quincaillerie de Sorel, entreprit de se plaindre de l'état des routes ce printemps-là.

— Ça a pas d'allure, les roulières sont tellement

profondes à certaines places, avant d'arriver à Yamaska, que j'ai pensé qu'on resterait embourbés là.

— C'est pas tellement mieux entre Nicolet et Saint-François, intervint Bernard. En plus, à trois ou quatre places, dans des baissières, l'eau de la fonte est encore sur le chemin.

— Notre maire nous a promis de faire passer la gratte dès qu'il va y avoir trois ou quatre jours sans pluie, fit Napoléon. C'est toujours la même histoire chaque printemps et chaque automne. Si on a le malheur d'avoir ben des jours de pluie, les chemins sont plus regardables.

Puis, Amédée se fit un plaisir de faire dériver la conversation vers la politique. Ardent libéral, le commis avait mis en garde sa belle-famille contre un vote conservateur aux élections du 17 décembre précédent.

— Fais ben attention à Borden, avait-il dit alors à son beau-frère Anatole, c'est un maudit visage à deux faces, ce gars-là. Je suis sûr qu'il raconte pas pantoute la même chose dans l'Ouest que quand il vient dans la province. Il est là depuis 1911 et il y a rien de bon qui est arrivé aux Canadiens depuis qu'il est au pouvoir. Par exemple, vous l'avez jamais entendu dire un mot contre la Loi 17 en Ontario qui défend qu'on se serve du français dans les écoles.

Napoléon mordit dans sa pipe et arbora un air dépité. Il se rappelait fort bien avoir juré ses grands dieux que Borden ne serait jamais réélu premier ministre du Canada après avoir fait voter la conscription générale le 29 août précédent.

— Il paraît qu'il aurait promis cinq cent mille soldats canadiens aux alliés, avait-il ajouté. Voyons donc ! On sait ben qu'il y a pas un maudit Canadien qui va voter pour lui avec des promesses comme celle-là !

— Je suis pas sûr de ça pantoute, beau-père, avait alors laissé tomber le mari de Blanche, un petit homme à la constitution plutôt fragile. Moi, j'ai ben l'impression que les Anglais vont être tellement contents qu'ils vont se dépêcher de le réélire.

Six mois après cet échange, Amédée revenait à la charge.

— Vous vous souvenez de ce que je vous avais dit au sujet de Borden. Les Anglais ont presque tous voté pour lui aux dernières élections. La preuve, Laurier est allé chercher seulement vingt comtés en dehors de la province et Borden a eu cent cinquante-trois sièges. Dans ces conditions-là, ça lui a pas fait un pli de voter la loi de la conscription le 1er janvier passé.

— Il l'a passée, sa loi, intervint Bastien, mais là, il doit s'apercevoir que nous autres, les Canadiens, on n'est pas prêts pantoute à se laisser manger la laine sur le dos. Nos jeunes veulent rien savoir d'aller se battre pour le roi d'Angleterre. T'as entendu parler des émeutes de jeudi et vendredi passés à Québec ?

— Si je me fie à ce que j'ai lu dans le journal, ce devait pas être beau à voir, fit Bernard Provencher en allumant sa pipe.

— Je comprends, reprit Amédée. Deux *spotters* ont arrêté un jeune qui avait pas ses papiers d'exemption et ils l'ont traîné de force au poste de police. Il paraît qu'il y a eu presque deux mille personnes qui se sont rassemblées et qui ont bombardé le poste avec tout ce qui leur tombait sous la main. Un tramway a même été renversé.

— Le journal racontait aussi qu'avant-hier, c'est trois mille personnes qui sont montées à la haute-ville. On rit pas. Les gens ont défoncé les fenêtres de la bâtisse où on garde les registres d'enrôlement. Il paraît qu'ils les ont jetés dans la rue et brûlés, poursuivit Bernard.

— J'ai entendu dire qu'hier, Borden avait décidé d'envoyer des soldats d'Ontario pour venir calmer le monde, dit Bastien. On va savoir par le journal de demain ce qui s'est passé Samedi saint.

— Si le gouvernement a envoyé l'armée, je pense ben que le monde aura pas le choix de se calmer, conclut Napoléon.

— Le cardinal Bégin va sûrement s'en mêler, ajouta Bernard.

— En tout cas, je sais pas comment tout ça va finir, fit Anatole, la mine sombre, mais j'espère que le gouvernement changera pas l'âge des hommes qui vont être enrôlés. C'est déjà pas drôle de voir qu'il a enlevé les exemptions pour les cultivateurs et les fils de cultivateurs.

Il y eut un bref silence dans la pièce enfumée avant que Bastien fasse remarquer avec un certain humour :

— Je pense pas que nous autres, on risque grand-chose. On a tous plus que trente-deux ans. Pour nos enfants, c'est une autre paire de manches. Les deux plus vieux d'Amédée sont en âge, mais les autres sont trop jeunes pour le service.

— T'oublies ton frère Simon, lui fit remarquer son père. Il a trente-deux ans, l'âge limite.

— J'espère qu'il va être assez fin pour prendre le bord du bois et aller se cacher quand les *spotters* vont arriver à Saint-François.

— Tu peux être sûr que c'est ce qu'il va faire, le rassura Napoléon avec détermination. Il manquerait plus qu'il aille se faire tuer ou estropier de l'autre bord pour rien.

— Et toi, Amédée, qu'est-ce que tes garçons vont faire ?

— La même chose, assura le commis. Blanche les a ben avertis que si elle les voyait avec un uniforme sur le dos, elle leur parlerait plus jamais. Tout à l'heure, elle a raconté qu'ils étaient partis souper chez leur blonde. C'est vrai juste pour Joseph. Les deux autres se cachent déjà depuis un mois et demi.

— C'est parfait, l'approuva son beau-père.

— On se sauve peut-être de la conscription, reprit Bernard, mais on se sauvera pas de l'impôt de guerre sur le revenu, par exemple.

À titre d'entrepreneur en construction, le mari de Germaine avait été durement frappé par la loi sur l'imposition des revenus qu'avait fait voter Robert Borden l'année précédente, sous le prétexte d'aider l'économie du pays en guerre. Pour la première fois de leur histoire, les Canadiens devaient payer un impôt, ce qui en faisait grincer des dents plus d'un.

— Moi, donner un vingt-sixième de ma récolte en impôts, je trouve ça écœurant, affirma Bastien. Il y a déjà ben assez que je paie la dîme au curé… Si ça continue, je vais travailler une partie de l'année à engraisser tout le monde autour.

— Dans mon cas, reprit Bernard, c'est toute la paperasse que je dois remplir pour chacun de mes employés. Et vous devriez les entendre râler quand je leur remets leur paye à la fin de la semaine après leur avoir enlevé l'impôt. C'est tout juste s'ils me traitent pas de voleur. Mon père arrête pas de répéter que le gouvernement a beau dire que cet impôt-là est provisoire, il est sûr, lui, qu'il va rester. À son avis, le gouvernement pourra plus se passer de tout cet argent-là.

Napoléon alla chercher une bouteille de caribou dissimulée dans le garde-manger et il en servit de larges rasades à ses invités. L'alcool finit par avoir le mérite de chasser les sombres pensées des visiteurs et on se mit à parler de semailles et de moisson. Quand Bastien parla d'engager un homme pour remplacer son beau-père devenu incapable de l'aider, Anatole jeta un coup d'œil à son père avant de dire :

— C'est une bonne idée que le père de Rosalie a eu d'arrêter de travailler et de te laisser la place. À son âge, il a ben mérité de se reposer un peu.

Napoléon, ayant sensiblement le même âge que le père de sa bru, comprit très bien l'allusion de son fils, qui exploitait la terre familiale avec lui, mais il ne dit pas un mot.

— Surtout qu'il parle de se donner à nous autres, reprit Bastien. On est supposés passer chez le notaire dans deux semaines pour régler cette affaire-là.

Anatole n'osa pas relever les dernières paroles de son frère cadet, mais Napoléon savait bien que son fils aîné rêvait du jour où son père et sa mère se donneraient à lui. Il deviendrait alors roi et maître de la terre des Joyal.

À la fin de l'après-midi, Simon rentra à la maison. Si le cadet de la famille Joyal ressemblait beaucoup à son frère Bastien avec sa taille moyenne, ses cheveux bruns ondulés et ses taches de rousseur, il était nettement moins gras et sa moustache avait une forme plus conquérante.

Tous les hommes présents allèrent aider à faire le train pendant que les femmes dressaient deux tables pour le souper. Dans le salon, les adolescents négligeaient Élise et Lionel pour s'amuser avec un jeu de cartes. Une heure plus tard, le repas fut servi dans une joyeuse animation.

— Profitez-en bien, annonça Lucienne à ses invités.

Ce que vous allez manger là, c'est notre dernier jambon.

Les femmes avaient déposé sur chacune des deux tables de la soupe aux légumes, un plat de pommes de terre et une grande assiette sur laquelle avaient été déposées de larges tranches de jambon.

— Gardez-vous de la place pour le dessert, annonça Germaine. Je vous ai préparé un gâteau aux épices et deux tartes au sucre.

Les jeunes avaient pris place autour de la table de la cuisine d'été et chahutaient un peu pendant que les adultes se taquinaient avec bonne humeur dans la cuisine d'hiver.

On essaya de trouver dans la paroisse une fille qui aurait pu convenir à Simon, apparemment peu tenté par l'idée de traîner une fille au pied de l'autel.

— Il va ben falloir que tu te maries un jour, finit par lui dire son beau-frère Bernard.

— Pourquoi ça ?

— Pour avoir une femme et des enfants, intervint Amédée, sérieux.

— Vous êtes drôles, vous autres, reprit le cadet des fils Joyal. Je vois pas pourquoi je m'encombrerais d'une femme qui me mènerait par le bout du nez du matin au soir quand je suis si ben comme je suis là.

— Ah ça ! C'est pas bête pantoute, ce qu'il dit là, fit Napoléon, moqueur. Il est intelligent, ce garçon-là. Tout le portrait de son père.

— Bien intelligent, dit Lucienne, acide. Je suppose qu'il va se chercher une femme juste le jour où il aura plus sa mère pour lui faire à manger et laver son linge.

— Comme tous les hommes, m'man, l'approuva

Corinne en riant. Quand ils nous marient, c'est pour avoir une servante à la maison.

Après le repas, on mit les adolescentes à contribution pour laver et essuyer la vaisselle pendant que les femmes rangeaient la cuisine. Peu après, Corinne annonça son intention de rentrer à Saint-Paul-des-Prés et demanda à Norbert d'aller atteler le blond.

Le soleil disparaissait à l'horizon, quand les Boisvert reprirent le chemin de la maison, heureux de la visite qu'ils venaient de rendre aux grands-parents.

— Pourquoi grand-père Boisvert fait jamais des fêtes comme ça ? demanda Élise à sa mère au moment où le cheval quittait le rang de la Rivière.

— Ta tante Annette a pas une grosse santé. En plus, la femme de ton cousin Charles aime pas trop cuisiner.

— Et grand-père Boisvert aime surtout pas gaspiller une cenne pour recevoir, ajouta Norbert, qui tenait les rênes de l'attelage.

— Dis pas ça, lui ordonna sa mère. Tu dois respecter ton grand-père.

— C'est pourtant vrai, m'man, s'entêta l'adolescent. Quand est-ce qu'il nous a donné un cadeau ? Jamais.

— Ton grand-père a soixante-dix-sept ans et on le changera pas à son âge, nuança la mère de famille.

— Grand-père Joyal nous donne toujours quelque chose au jour de l'An et même à notre fête, s'entêta Norbert. Le père de p'pa nous donne jamais rien.

— C'est vrai, m'man, renchérit Élise. C'est même rare qu'il nous parle quand il nous voit.

— Il est comme ça. Il faut pas lui en vouloir, les enfants, déclara Corinne, peinée de constater que ses enfants souffraient de l'indifférence de leur grand-père paternel. Ça veut pas dire qu'il vous aime pas, ajouta-t-elle sans trop y croire elle-même.

— En tout cas, s'il nous aime, ça paraît pas trop, laissa tomber Norbert sur un ton définitif.

Pendant tout cet échange, Madeleine, assise sur la banquette arrière du boghei aux côtés d'Élise et de Lionel, n'avait pas ouvert la bouche. Sa mère finit par s'en rendre compte et tourna la tête dans sa direction.

— Qu'est-ce que t'as, Madeleine ? Il me semble qu'on t'a presque pas entendue de la journée.

— J'ai rien, m'man, se défendit l'adolescente d'une voix morne.

— Chiques-tu la guenille ?

— Pantoute, je suis juste fatiguée, mentit la jeune fille.

En réalité, la fille aînée de Corinne Boisvert n'avait cessé d'être tourmentée par le fait que Léopold était allé passer l'après-midi chez les Rocheleau, supposément pour jouer aux cartes. Elle était persuadée que la Germaine en avait profité pour chercher à le séduire. Cette unique pensée avait gâché sa journée de Pâques.

Comment allait-elle devoir réagir à son retour à la maison ? Devait-elle bouder l'homme engagé et lui faire sentir son déplaisir ou feindre une parfaite indifférence ? Elle ne parvenait pas à se décider.

Alors que le boghei s'immobilisait devant la galerie, l'adolescente opta finalement pour l'indifférence, persuadée que Léopold, pas plus que sa mère, ne comprendrait la raison de sa bouderie.

Chapitre 4

La fugue

Deux jours plus tard, Corinne était occupée à repriser un vieux pantalon de Philippe, assise près de la fenêtre, quand elle vit Élise revenir de l'école en compagnie de Lionel. La mère de famille eut un sourire de satisfaction en constatant à quel point l'adolescente de onze ans prenait son rôle de sœur aînée au sérieux en s'occupant de son petit frère.

Le ciel était gris et une petite brise désagréable soufflait en ces premiers jours d'avril.

Les deux enfants poussèrent la porte et pénétrèrent dans la maison. Corinne les entendit retirer leurs bottes dans la cuisine d'été avant de venir la rejoindre dans ce qu'elle appelait le « haut côté ».

— Est-ce que Norbert s'en vient ? demanda Corinne à sa fille.

— Il est en pénitence, lui annonça sa fille.

— Bon, qu'est-ce qu'il a encore fait ?

— Madame Beaulac l'a mis à genoux dans le coin parce qu'il s'est battu avec le petit Bergeron dans la cour de l'école, fit Lionel.

— V'là autre chose ! s'exclama la mère de famille, mécontente.

— Norbert lui a donné un coup de poing sur le nez. Je l'ai vu, rapporta Lionel.

— Madame Beaulac l'a pas puni juste pour ça, fit Élise en se servant une tasse de lait. Il a été impoli, en plus.

— Impoli !

— Oui, il lui a répondu quand elle l'a chicané.

— Ah bien ! Attends donc, toi ! fit sa mère en colère. Lui, il va m'entendre.

Quelques minutes plus tard, Corinne aperçut son fils entrant dans la cour de la ferme, son sac d'école négligemment balancé à bout de bras. Elle se leva précipitamment, ouvrit la porte de la cuisine d'été et lui ordonna d'entrer.

Norbert pénétra dans la cuisine d'été et retira ses bottes et son manteau avant de rejoindre sa mère, qui avait entrepris de peler les pommes de terre du souper en compagnie de Madeleine et d'Élise.

— Qu'est-ce qu'il y a, m'man ? demanda l'adolescent en arborant un air innocent assez réussi.

— Qu'est-ce qui s'est encore passé à l'école pour que madame Beaulac te punisse ?

— Tiens ! La porte-panier a encore tout rapporté, dit-il avec humeur en jetant un coup d'œil furieux à sa jeune sœur, qui l'ignora ostensiblement.

Corinne se leva brusquement et l'attrapa par une oreille, ce qui eut le don de tirer une grimace de douleur à son fils.

— Je t'ai posé une question, Norbert Boisvert. Qu'est-ce qui s'est passé à l'école ?

— Je me suis battu, avoua-t-il, les larmes aux yeux.

— À part ça ?

— Ben…

— Ben quoi ?

— J'ai répondu à la maîtresse.

— Écoute-moi bien, mon polisson, fit la mère, furieuse. Tu vas aller te coucher à sept heures tous les soirs cette semaine pour t'apprendre à être poli. Si jamais tu recommences, je te promets de te faire goûter à mon manche à balai. M'as-tu entendue ?

— Ben oui !

— À cette heure, va te changer et grouille-toi d'aller aider les autres à faire le train, lui ordonna-t-elle en lâchant son oreille qui était devenue toute rouge.

L'adolescent se précipita vers sa chambre pendant que sa mère recouvrait peu à peu son calme.

— Si vous arrêtez pas de lui tirer les oreilles chaque fois qu'il fait un mauvais coup, m'man, lui fit remarquer Madeleine en riant, il va finir par avoir les oreilles tellement longues qu'il passera plus dans la porte.

— J'ai jamais vu un agrès pareil, s'indigna sa mère en se passant une main sur le front. À lui tout seul, il me donne plus de misère que vous autres réunis. Si ça continue, je vais être obligée d'en parler à votre père quand il va revenir.

Madeleine ne dit rien, mais elle savait fort bien que sa mère n'en ferait rien.

Cette dernière ne se plaignait jamais de ses enfants à son mari parce qu'il était incapable de se contrôler quand il se mettait en colère. L'unique fois où elle avait voulu qu'il punisse Philippe qui s'était amusé à poursuivre les vaches dans le champ, au risque qu'elles se blessent, Laurent était entré dans une telle fureur qu'il avait empoigné le gamin de huit ans et l'avait battu comme plâtre avec un bâton qu'il avait ramassé par terre. La correction avait été tellement sévère et hors de proportion face à la faute commise que Corinne avait dû se jeter sur lui pour y mettre fin. Depuis lors, elle faisait en sorte de cacher à son mari toutes les petites incartades de ses cinq enfants, s'arrangeant pour les corriger elle-même.

Ce soir-là, Philippe et Léopold rentrèrent les derniers à la maison après avoir fait le train. Les deux jeunes hommes avaient passé cette journée maussade à changer des plaques de tôle rouillée sur le toit de la porcherie parce que la pluie pénétrait à l'intérieur du petit bâtiment et risquait de faire pourrir les poutres.

— S'il peut arrêter de mouiller cette semaine, j'ai l'impression que vous allez être capables de consolider les clôtures, leur déclara Corinne en prenant place à table après y avoir déposé un plat de grillades de lard.

— On est juste au commencement d'avril, m'man, lui rappela son aîné. Ça servira pas à grand-chose de se dépêcher à changer des piquets quand la terre est pas encore dégelée. De toute façon, il y a encore rien à brouter dans le champ.

— Si c'est pas encore dégelé, on fera autre chose, répliqua sa mère. C'est pas l'ouvrage qui manque.

— Est-ce que vous avez appris la nouvelle, m'man ? lui demanda Philippe après avoir avalé deux ou trois bouchées de nourriture.

— Quelle nouvelle ?

— C'est Léopold qui a appris ça hier soir en allant chez Duquette.

— Qu'est-ce qu'il y a, Léopold ? demanda Corinne en tournant la tête vers son employé.

— Il y a une annonce dans la vitrine du magasin général, madame Boisvert. Il paraît que le 15 juin Hector Pellerin et Blanche de La Sablonnière vont venir chanter à l'hôtel, au village.

— C'est qui ce monde-là ? demanda la maîtresse de maison, curieuse.

— D'après monsieur Duquette, ce sont des grands chanteurs ben connus à Montréal et à Québec. Il paraît que c'est tout un honneur qu'ils font à Saint-Paul de venir chanter pour le monde de par ici.

— Est-ce qu'on va pouvoir y aller, m'man ? demanda immédiatement Madeleine. C'est à l'hôtel de grand-père.

— Whow ! On s'énervera pas trop vite, fit sa mère, modérant l'enthousiasme de sa fille. C'est juste dans deux mois. Il y a encore pas mal d'eau qui va passer sous les ponts avant que ça arrive.

Durant la soirée, la mère de famille jeta de nombreux coups d'œil à son fils aîné. Depuis une semaine ou deux, son comportement avait changé. L'adolescent qui allait avoir dix-sept ans dans moins d'un mois était devenu plus ombrageux, plus silencieux. À n'en pas douter, quelque chose le travaillait. Peut-être s'agissait-il seulement d'une réaction à la perspective du retour prochain de son père. Elle avait bien tenté, à quelques reprises, de savoir ce qui le préoccupait, mais il avait refusé de se livrer.

*
**

Cet après-midi-là, au presbytère, le curé Bilodeau quitta son bureau après sa sieste pour prendre une légère collation. En passant devant le salon, il remarqua l'air étrangement préoccupé de son vicaire. Eusèbe Morin, le front soucieux, regardait par la fenêtre. Ce comportement était si inhabituel que le pasteur de Saint-Paul-des-

Prés se sentit obligé d'entrer dans la pièce, remettant à plus tard sa part de tarte et sa tasse de thé.

— Voulez-vous bien me dire, l'abbé, ce qui vous arrive ? lui demanda-t-il en s'approchant. Vous avez l'air d'avoir perdu un pain de votre fournée.

— C'est pas bien grave, monsieur le curé, s'empressa de répondre l'abbé en reprenant soudain pied dans la réalité.

— De quoi il s'agit exactement ? insista Charles Bilodeau.

— C'est juste une affaire qui est arrivée hier midi, après la grand-messe. Ça m'a fatigué au point de m'empêcher de bien dormir la nuit passée.

— Qu'est-ce qui est arrivé ? s'enquit le prêtre, intrigué.

— Après la grand-messe, je suis sorti de l'église pour revenir au presbytère et il y avait pas mal de paroissiens en train de se souhaiter de joyeuses Pâques et de discuter.

— Puis ?

— Ben, au moment où je passais devant un groupe d'une dizaine de personnes qui parlaient avec Gonzague Boisvert, le bonhomme m'a interpellé.

— Pourquoi donc ?

— Il a commencé par me demander si j'avais remarqué que le chemin était à moitié bloqué par les voitures arrêtées des deux côtés de la route et que le stationnement à côté de l'église était bien trop petit pour les besoins de la paroisse.

— Qu'est-ce que vous lui avez répondu ?

— Je pouvais pas dire le contraire. C'est après ça qu'il est devenu franchement désagréable, ajouta Eusèbe Morin, l'air outré.

— Comment ça ?

— On aurait dit qu'il était tout content que d'autres paroissiens s'approchent pour l'écouter. Il m'a demandé, l'air mauvais, si, à mon avis, notre église était au centre du village.

— Et ?

— Qu'est-ce que vous vouliez que je réponde à ça, monsieur le curé ? J'ai dit qu'elle était plutôt au commencement du village. Vous auriez dû voir l'air triomphant qu'il a eu quand il m'a entendu :

« Vous étiez pas dans la paroisse il y a une quinzaine d'années, monsieur l'abbé, s'est-il écrié haut et fort pour que chacun l'entende bien, j'étais président du conseil de fabrique. Dans ce temps-là, on n'avait pas d'église parce qu'elle avait brûlé. On allait à la messe au couvent à côté.

— Monsieur le curé m'a déjà dit ça, lui ai-je répondu, mais ça ne l'a pas empêché de continuer.

— Ce que vous savez probablement pas, l'abbé, c'est qu'on s'est démenés comme des diables dans l'eau bénite pour ramasser l'argent nécessaire pour la reconstruire. Quand on en a eu assez, j'ai proposé que la nouvelle église soit bâtie au milieu du village, comme dans la plupart des villages autour. J'étais même prêt à donner à la fabrique le beau grand terrain où se trouve mon hôtel aujourd'hui. Tous ceux qui avaient un peu de jugeote à l'époque se rendaient ben compte que c'était la meilleure place où construire la nouvelle église. Le terrain était ben plus grand et était face à la rivière, comme l'ancien. En plus, l'ancien terrain aurait pu servir à agrandir le cimetière qui était déjà trop petit. »

— Si le vieux Boisvert a osé dire ça, ça prouve qu'il a du front tout le tour de la tête ! s'écria Charles Bilodeau, rouge de fureur. Le vieux maudit menteur ! Il voulait nous le vendre la peau et les os, ce terrain-là.

— Il a même dit devant tout le monde, monsieur le curé, que vous aviez été malhonnête dans l'affaire et que vous aviez acheté son avocat…

— Ça, il peut pas le prouver, déclara le curé de Saint-Paul-des-Prés.

— Mais on peut pas le laisser raconter n'importe quoi, monsieur le curé. Cet homme-là a aucun respect pour la soutane qu'on porte.

— Les gens de Saint-Paul le connaissent. Ça fait des années qu'il rabâche les mêmes choses. Il m'a jamais pardonné d'avoir fait construire notre église à l'endroit même où était l'ancienne. Pensez-y un peu, l'abbé. D'après vous, est-ce que ça aurait eu du sens de construire au milieu du village alors que le presbytère et le cimetière auraient encore été ici ? Voyons donc ! C'est ça qu'il a jamais voulu comprendre, le vieil entêté.

— Allez-vous tout de même en parler dans votre prochain sermon ? s'enquit Eusèbe Morin, rassuré par les explications de son pasteur.

— Sûrement pas ! fit le curé d'une voix tranchante. On n'est pas pour se remettre à souffler sur les vieilles braises. Ça a pris des années pour que les paroissiens arrêtent d'en parler, on n'est pas pour recommencer cette histoire-là. À cette heure, l'abbé, oubliez tout ça et venez boire une tasse de thé dans la salle à manger.

Le vicaire suivit Charles Bilodeau dans la pièce voisine et il ne fut plus question de la scène désagréable dont Gonzague Boisvert avait été l'auteur.

Quelques heures plus tard, les deux ecclésiastiques passèrent à table pour souper. Le temps froid et nuageux des derniers jours semblait avoir un effet déprimant sur l'humeur des prêtres.

Même s'il était à peine six heures, Mance Rivest avait dû allumer la lampe à huile suspendue au-dessus de la longue table en chêne de la salle à manger. Après le bénédicité, les deux prêtres se servirent un bol de soupe au poulet et mangèrent dans le silence le plus complet. À l'extérieur, la pluie fine de l'après-midi s'était transformée en une averse beaucoup plus forte qui venait frapper les vitres des fenêtres.

La servante revint quelques instants plus tard pour débarrasser la table de la soupière et des bols avant de laisser les deux prêtres se servir une généreuse portion de bœuf baignant dans une sauce brune. Dès la première bouchée, Charles Bilodeau eut une grimace significative après s'être acharné à mastiquer vigoureusement la viande qu'il venait de déposer dans sa bouche. Il finit par déglutir péniblement avant de s'adresser à son vicaire.

— Est-ce que je me trompe ou cette viande-là est pas mangeable, l'abbé ?

— Je le sais pas, monsieur le curé, mais elle m'a l'air aussi dure qu'un bout de bois, répondit Eusèbe Morin après avoir craché un bout de viande dans sa serviette de table parce qu'il ne parvenait pas à le mastiquer.

Charles Bilodeau agita la sonnette de service et attendit l'apparition de la cuisinière. Celle-ci pénétra dans la pièce en s'essuyant les mains sur son tablier.

— Qu'est-ce qu'il y a, monsieur le curé ? demanda Mance Rivest sur un ton peu amène.

— Le bœuf, madame Rivest.

— Qu'est-ce qu'il a, le bœuf ?

— Il est dur comme de la semelle de botte, déclara le vicaire sans s'encombrer de précautions.

La cuisinière l'ignora totalement et regarda le curé en attente d'une réponse de sa part.

— Comme vient de vous le dire monsieur le vicaire, le bœuf est pas mangeable, madame Rivest.

— C'est pas mal surprenant, se permit de commenter la ménagère en s'approchant du plat de service dans lequel il restait deux morceaux de viande, comme si elle doutait de la parole des deux prêtres.

Le curé Bilodeau interpréta le geste de sa servante comme une injure et il réagit aussitôt.

— Puisqu'on vous le dit, madame ! lança-t-il avec une certaine hauteur. On n'est plus au temps où les paroissiens payaient leur dîme en espèces. À ce moment-là, il arrivait qu'on nous donne de la viande mal coupée, mais là, c'est vous qui allez l'acheter chez Vigneault. J'ai l'impression qu'Ange-Albert vous a passé un mauvais morceau.

— Ça arrive quand on connaît pas trop la viande, ajouta le vicaire, ulcéré par le fait que la servante l'ignore aussi ostensiblement.

— C'est bien parfait, fit sèchement cette dernière. Je connais rien à la viande, même si j'ai aidé mon père et mon mari à faire boucherie pendant des années. C'est pas grave. Je vais vous faire cuire des œufs à la place.

— Merci, madame Rivest, dit Charles Bilodeau en lui tendant son assiette.

— À partir de demain, par exemple, vous vous occuperez d'aller acheter la viande chez Vigneault ou ailleurs, comme vous le voudrez. Moi, je m'en mêle plus. Je ferai cuire ce que vous aurez acheté.

Avant même que le curé de Saint-Paul-des-Prés ait eu

le temps de répondre, Mance tourna les talons et quitta la pièce en emportant les assiettes. Charles Bilodeau ne dit rien, mais il lança un regard furieux à son vicaire, comme s'il le tenait personnellement responsable de la scène déplaisante qui venait d'avoir lieu.

Quelques minutes plus tard, Mance revint dans la salle à manger et déposa sur la table avec une certaine brusquerie une assiette sur laquelle reposaient quatre œufs au plat. Les deux prêtres se servirent et mangèrent en silence, regrettant, l'un et l'autre, d'avoir provoqué la colère de l'irascible servante.

— Je sais que le moment est pas bien choisi pour parler de ça, fit Eusèbe Morin après s'être essuyé la bouche avec sa serviette de table, mais avez-vous vu l'affiche dans la vitrine de chez Duquette, monsieur le curé ?

— Quelle affiche ? demanda le curé Bilodeau sur un ton rogue.

— Il y a des saltimbanques qui vont venir donner un spectacle à l'hôtel au mois de juin. C'est du moins ce qui est annoncé sur l'affiche.

— Ah bien ! On aura tout vu, s'exclama l'ecclésiastique, outré. Il manquait plus que ça !

— Ça m'étonne que monsieur Duquette, le président de la fabrique, vous en ait pas parlé avant d'afficher ça dans son magasin, fit le vicaire d'une voix fielleuse.

— Lui, il va avoir affaire à moi, promit le curé avec hargne, en se levant de table. Bon, c'est fin, l'abbé, vous êtes arrivé à me couper l'appétit, bonyenne ! J'ai plus faim. Je vais aller voir moi-même avant qu'il fasse trop noir ce que c'est que cette affiche-là, ajouta-t-il en quittant la pièce. Pour une fois, on va laisser faire les grâces après le repas. Il y a des choses plus importantes à régler.

Charles Bilodeau se dirigea au bout du couloir, endossa son manteau et n'oublia pas de se munir de sa lourde canne avant de sortir pour se protéger des chiens dont il avait une peur maladive.

— Mais il pleut, monsieur le curé, lui fit remarquer Eusèbe Morin qui l'avait suivi jusqu'à la porte d'entrée du presbytère.

— Oui, je le vois bien, l'abbé. Je suis pas aveugle, rétorqua ce dernier avant de fermer la porte d'entrée du presbytère derrière lui.

Sur ce, le pasteur de Saint-Paul-des-Prés quitta le presbytère et entreprit de traverser la moitié du village en contournant les larges flaques d'eau laissées par la pluie. Il était surtout attentif à ne pas glisser dans l'épaisse boue du chemin sillonné par des profondes ornières. Arrivé devant le magasin général, il monta les quatre marches et s'immobilisa devant une grande affiche en couleurs qu'il se mit à lire après avoir essuyé ses lunettes avec un mouchoir tiré de l'une des larges poches de son manteau noir.

L'homme d'Église venait à peine de terminer la lecture de l'affiche que la porte du commerce s'ouvrit pour livrer passage à un Alcide Duquette jovial.

Le marchand d'une soixantaine d'années de taille moyenne avait un visage ouvert et portait une visière verte qui dissimulait en partie ses cheveux blancs soigneusement coiffés.

— Entrez donc, monsieur le curé. Restez pas dehors à geler comme ça. Il y a pas un chat dans le magasin. Venez prendre une tasse de thé avec nous autres. Alexina vient d'en préparer.

— Merci, monsieur Duquette, répondit le prêtre, mais j'ai pas le temps d'entrer. Ce sera pour une autre fois. J'étais juste venu voir si ce qu'on m'avait dit était bien vrai. Je vois que ça l'est.

Alcide Duquette tourna la tête vers la vitrine et se rendit compte soudainement que c'était l'affiche qui avait attiré le curé de la paroisse chez lui.

— Ah ! Vous vouliez voir ce qui était annoncé.

— En plein ça, fit le curé en pinçant les lèvres. Et laissez-moi vous dire, monsieur Duquette, que je suis étonné que le président de la fabrique ose faire de la publicité pour un spectacle immoral.

— Mais ce sont juste deux chanteurs, plaida le commerçant, désarçonné par la colère évidente du prêtre. Deux chanteurs bien connus, à part ça.

— C'est un spectacle profane, monsieur. On sait quelle sorte de monde les chanteurs sont. Monseigneur Brunault en a déjà parlé dans une lettre pastorale que j'ai lue à une assemblée, il me semble.

— Mais vous comprenez, monsieur le curé, que je pouvais pas refuser à Gonzague Boisvert d'annoncer le spectacle qui va avoir lieu à son hôtel…

— Oui, vous le pouviez, et même, je dirais que vous le deviez, monsieur Duquette, le contredit le curé Bilodeau. De toute façon, vous pouvez être certain que je vais en parler dans mon prochain sermon et il est pas question que cette affaire-là ait lieu à Saint-Paul, du moins tant que je serai le curé de la paroisse. Et vous, en tant que président de la fabrique, vous avez pas à encourager l'immoralité.

— Là, je suis ben embêté, reconnut Alcide Duquette en se grattant la tête.

— Vous avez juste à m'arracher cette cochonnerie-là

de votre vitrine, trancha l'ecclésiastique avant de planter là le président de la fabrique, après un bref salut de la tête.

*
**

À neuf heures, comme tous les soirs, Corinne annonça qu'il était l'heure de la prière. Chacun s'agenouilla dans la cuisine et la mère de famille entreprit de dire le chapelet après avoir récité les actes de foi, d'espérance, de charité et de contrition. À deux reprises, elle interrompit la prière pour exiger de Philippe qu'il cesse de s'appuyer sur la chaise placée devant lui.

— Tiens-toi comme un homme, lui ordonna-t-elle sévèrement.

Par réaction, Léopold et Lionel se redressèrent eux aussi. Au moment de terminer, par diverses invocations, Corinne feignit d'ignorer l'air exaspéré des siens qui souffraient, comme elle, d'être agenouillés si longtemps sur le dur parquet en bois. À vrai dire, au fil des ans, elle avait fini par imposer aux siens des prières aussi longues que celles que sa mère l'obligeait à réciter à l'époque où elle demeurait chez ses parents. Quand ses enfants faisaient allusion aux prières interminables du soir, elle se contentait de leur dire qu'il fallait remercier Dieu pour tout ce qu'Il leur donnait.

Quelques minutes plus tard, les jeunes commencèrent à monter les uns après les autres pour se mettre au lit. La mère de famille entendit soudain clairement la voix de Norbert, pourtant couché depuis plus de deux heures, se vanter d'une voix triomphale auprès de son frère aîné de ne pas avoir eu à faire la prière à genoux à cause de sa punition. Corinne n'intervint pas, mais elle prit tout de suite la ferme résolution de l'obliger à descendre s'agenouiller avec ses frères et sœurs le lendemain soir, quand viendrait l'heure de la prière.

Après avoir jeté quelques rondins dans le poêle et remonté le mécanisme de l'horloge murale, la mère de famille s'empara d'une lampe à huile et alla se préparer pour la nuit. Fatiguée par une dure journée de travail, elle s'endormit rapidement.

Quelques heures plus tard, la jeune femme se réveilla, persuadée d'avoir entendu quelqu'un marcher dans la cuisine. Les yeux ouverts dans l'obscurité, elle attendit aux aguets durant un long moment pour s'assurer que ce n'était pas un des enfants qui faisait un cauchemar ou qui était malade. Il faisait froid dans la maison qu'elle avait cessé de chauffer la nuit une semaine plus tôt et elle ne tenait pas à quitter inutilement l'abri chaud de ses épaisses couvertures. Comme le bruit ne se répéta pas, elle finit par se rendormir.

Beaucoup plus tard, Corinne se réveilla en sursaut et jeta immédiatement un coup d'œil au réveille-matin placé à sa droite, sur la table de nuit.

— Déjà six heures moins quart, dit-elle à mi-voix en repoussant résolument ses couvertures.

Elle se leva, déposa un châle sur ses épaules en frissonnant et quitta sa chambre après avoir allumé sa lampe. Dans la cuisine d'hiver, elle s'empressa d'allumer le poêle. Elle y déposa la vieille théière un peu noircie qu'elle utilisait depuis son mariage avant d'aller se camper au pied de l'escalier pour crier à ses enfants et à Léopold qu'il était l'heure de se lever.

Elle se hâta ensuite d'actionner avec vigueur le bras de la pompe à eau qu'elle avait fini par persuader Laurent de faire installer sur l'évier l'année précédente. Elle se lava rapidement la figure et les mains avec l'eau très froide avant que Madeleine et Élise descendent.

— Grouillez-vous, les garçons, cria-t-elle en revenant au pied de l'escalier. Il y a de l'ouvrage à faire.

Le temps de retourner dans sa chambre s'habiller, Léopold et Norbert étaient venus rejoindre les filles dans la cuisine et avaient entrepris de revêtir leur manteau et de chausser leurs bottes, debout sur le paillasson.

— Où est Philippe ? demanda la mère de famille en sortant de sa chambre.

— Il est pas descendu, lui apprit Norbert.

— Allez commencer le train, leur ordonna-t-elle. Moi, je vais aller le réveiller, le grand paresseux.

Madeleine prit la direction du poulailler pendant que Lionel et Élise allaient nourrir les porcs. Pour sa part, Norbert avait à s'occuper des deux jeunes veaux nés deux semaines auparavant, alors que Léopold allait commencer à traire la douzaine de vaches des Boisvert.

Corinne monta l'escalier avec impatience et poussa la porte de la chambre de son fils aîné dans l'intention de bien lui faire sentir qu'elle avait autre chose à faire le matin que de venir le réveiller.

— Qu'est-ce que t'attends pour sortir de ton lit ? demanda-t-elle en entrant.

À l'extérieur, le jour commençait à se lever et la pièce baignait dans une lueur grise. Corinne s'arrêta sur le seuil, stupéfaite de constater que le lit de Philippe était défait, mais vide.

— Où est-ce qu'il est passé, lui, à matin ? s'écria-t-elle en quittant la pièce et en descendant au rez-de-chaussée.

Pendant un bref moment, elle le crut aux toilettes, à l'extérieur. Puis, elle vérifia les crochets fixés derrière la porte de la cuisine d'été auxquels tous les habitants de la maison suspendaient leurs manteaux.

— Grand insignifiant ! dit-elle avec humeur en constatant que le manteau de son fils n'était pas là. Il est déjà aux bâtiments.

Elle entreprit de préparer une omelette pour le déjeuner. Madeleine, puis Élise et Lionel rentrèrent à la maison après avoir accompli leur travail. Les deux filles aidèrent leur mère à dresser le couvert pendant que le plus jeune allait chercher du bois dans la remise pour remplir le coffre placé près du poêle. Peu après, Norbert et Léopold rentrèrent à leur tour.

— Est-ce qu'il y a juste moi et Casseau capables de travailler à l'étable à matin ? demanda Norbert en se lavant les mains. Pourquoi Philippe est pas venu nous donner un coup de main ?

— Comment ça ? fit sa mère, soudain inquiète. Il était pas à l'étable avec vous autres ?

— Pantoute, on l'a pas vu, affirma l'adolescent en s'assoyant à table à côté de l'homme engagé.

— Il est sûrement là, reprit la mère de famille, la voix un peu tremblante. Il est pas dans sa chambre et son manteau est pas dans la cuisine d'été.

— Il est pas là, madame Boisvert, fit Léopold.

— Où est-ce qu'il peut ben être passé aussi de bonne heure le matin ? demanda Corinne sans s'adresser à quelqu'un en particulier. Pour moi, il lui est arrivé quelque chose. Madeleine, va voir en haut. J'ai peut-être mal regardé. Vous autres, vous allez venir avec moi. On va aller voir aux bâtiments. Lionel, va donc vérifier s'il est pas aux toilettes.

Tout le monde quitta la table où on s'apprêtait à manger et la pièce se vida en quelques secondes. Lionel rejoignit sa mère en même temps que sa sœur Madeleine. L'un et l'autre assurèrent que l'adolescent n'était ni aux toilettes ni dans l'une des quatre chambres à l'étage.

— As-tu pensé à regarder dans le salon ? demanda Corinne, se raccrochant à un dernier espoir.

— J'ai regardé, m'man, dit Madeleine. Il est pas là non plus.

Au même moment, Léopold, Norbert et Élise revinrent des bâtiments qu'ils avaient fouillés. Aucune trace de l'aîné de la famille. Le soleil était maintenant bien levé et éclairait tous les membres de la famille Boisvert curieusement réunis au centre de la cour de la ferme.

— Il peut pas être allé ben loin, fit remarquer Léopold Monette avec un certain bon sens. Le blond est encore à l'écurie et le boghei est à côté de la remise.

— En tout cas, lui, il va en entendre parler quand il va remettre les pieds ici dedans, promit Corinne avec rage. Si ça a du bons sens de nous faire des peurs comme ça ! Arrivez, venez déjeuner, sinon ce sera pas mangeable.

Tout le monde rentra dans la maison et Madeleine et sa mère durent réchauffer l'omelette avant de la servir.

— Veux-tu ben me dire où il est passé, ce grand niaiseux-là ? demanda Corinne à Madeleine à plusieurs reprises durant l'avant-midi.

— Je le sais pas plus que vous, m'man, répondait chaque fois l'adolescente.

Soudain, alors qu'elle pétrissait sa pâte pour faire son pain, elle se souvint d'avoir été réveillée au milieu de la nuit par un bruit dans la cuisine.

— Est-ce que ça se peut que ce soit lui qui sortait dehors à cette heure-là ? s'interrogea-t-elle à mi-voix.

Alors, elle s'en voulut de n'avoir pas eu le courage de se lever à ce moment-là pour voir ce qui se passait dans sa maison. Si elle l'avait fait, elle aurait pu intervenir… Madeleine, voyant sa mère broyer du noir et à demi morte d'inquiétude, cherchait à la rassurer.

— M'man, Léopold a raison. Philippe peut pas être allé bien loin à pied. Si on était en automne, je vous dirais qu'il est peut-être parti chercher à se faire engager dans un chantier. Il est grand et gros comme un gars de vingt ans, même s'il va avoir juste dix-sept ans le mois prochain. Mais là, les chantiers viennent tous de fermer.

— Lamothe ! dit soudainement Corinne. Il y a de l'Ulric Lamothe en-dessous de ça, j'en donnerais ma main à couper ! Mets ton manteau, et va dire à Léopold d'atteler. Je veux en avoir le cœur net.

Madeleine obéit pendant que sa mère achevait de pétrir son pain, avant de déposer la pâte dans des moules qu'elle plaça dans le fourneau. Quand l'adolescente rentra, Corinne se dirigea vers sa chambre pour y prendre son chapeau et son manteau de sortie.

— Tu vas surveiller le pain et nettoyer la table, dit-elle à sa fille. J'en ai pas pour longtemps, précisa-t-elle en se penchant vers le miroir suspendu au-dessus de l'évier après avoir retiré son tablier.

Au moment où elle sortait, Léopold arrivait près de la galerie en tenant le blond par le mors.

— Voulez-vous que je vous conduise ? offrit-il.

— Merci, Léopold, c'est gentil, accepta-t-elle, se sentant trop nerveuse pour conduire l'attelage. Je vais te montrer où on va dans le rang Notre-Dame, à côté.

Quelques minutes plus tard, le boghei des Boisvert s'immobilisa près d'une vieille maison décrépite couverte d'un papier brique rougeâtre en mauvais état. Les bâtiments auraient eu besoin d'être chaulés et la cour de la ferme était encombrée par toutes sortes d'instruments aratoires rouillés. Léopold fit en sorte d'éviter les deux grandes mares au centre de la cour et Corinne descendit de voiture. Un rideau bougea à l'une des fenêtres du rez-de-chaussée.

— Attends-moi, j'en ai pas pour longtemps, dit la jeune femme à son conducteur avant de relever légèrement sa jupe pour ne pas la tacher avec de la boue.

Elle alla frapper à une porte qui s'ouvrit presque tout de suite. Un homme à l'épaisse chevelure rousse vint lui ouvrir et la fit entrer sans toutefois l'inviter à s'asseoir. Un peu gauche, debout sur le paillasson, Corinne entendit une femme pleurer dans la pièce voisine.

— Je pense que j'arrive au mauvais moment, parvint-elle à dire, mal à l'aise.

— Ça, on peut pas dire que vous tombez ben, dit le cultivateur qui se conduisait comme s'il ignorait à qui il avait affaire.

Pour sa part, Corinne connaissait l'homme pour l'avoir souvent vu au village et à l'église, mais elle ne se souvenait pas lui avoir déjà adressé la parole.

— Écoutez, reprit Corinne. Je suis la femme de Laurent Boisvert du rang Saint-Joseph. Je sais que mon garçon Philippe…

— Ah bon ! l'interrompit l'homme. Entrez, finit-il par lui proposer. Ma femme va vouloir vous parler, ajouta-t-il en se dirigeant vers la pièce voisine. Marie, c'est la mère de Philippe Boisvert qui est là, annonça-t-il à sa femme.

Un instant plus tard, une petite femme au visage

chiffonné apparut dans la cuisine. Elle s'essuya les yeux avant d'offrir un siège à la visiteuse.

— Je voudrais pas vous déranger bien longtemps, dit Corinne. Je sais que votre garçon et le mien se voient de temps en temps au village. Ça fait que je me suis demandé s'il serait pas chez vous, par hasard.

— Non, madame. Votre gars vous a rien dit ?

— Il aurait dû me dire quoi ? fit Corinne, soudain inquiète.

— Il vous a pas dit où il allait ? Mon Ulric est parti avec votre garçon en pleine nuit, poursuivit la mère de famille en se remettant à pleurer. On s'y attendait pas pantoute, mon mari et moi.

— À matin, quand on s'est levés, intervint le mari, on s'est aperçus qu'il était parti. Il nous a juste laissé un mot pour nous faire savoir que lui et votre garçon avaient l'intention de s'engager dans l'armée pour aller se battre de l'autre bord.

— Faut-il être assez fou pour faire une affaire comme ça ? fit la mère d'Ulric Lamothe.

— Ils seront jamais engagés, déclara Corinne. Ils ont pas l'âge. L'armée les prend pas avant dix-huit ans.

Soudain lui revint en mémoire ce qui s'était dit à table le dimanche précédent chez ses parents.

— Moi, madame Boisvert, je dis pas ça pour vous faire peur, mais je suis pas sûr de ça pantoute, reprit le cultivateur. Je pense pas que l'armée se casse la tête à vérifier l'âge des jeunes qui viennent s'engager volontairement. En plus, mon garçon est comme le vôtre. Il fait pas mal plus vieux que son âge.

— Ça se peut pas qu'on prenne des enfants pour les envoyer se faire massacrer, plaida Corinne, la voix éteinte et le cœur lui faisant soudainement mal.

— C'est ce que je me répète aussi, affirma la mère d'Ulric Lamothe, les yeux pleins d'eau.

— Ils peuvent pas faire ça à des enfants, voyons donc ! se révolta Corinne. Ça aurait pas d'allure. Ils ont pas le droit… Je suis sûre que l'armée les engagera pas, ajouta-t-elle d'une voix rauque.

— J'espère me tromper, conclut le cultivateur en la raccompagnant jusqu'à la porte. D'après moi, il nous reste juste à prier pour que ça arrive pas.

Corinne salua ses hôtes et monta dans la voiture où l'attendait Léopold qui ordonna au cheval de se mettre en marche.

— Est-ce que mon garçon t'a déjà parlé qu'il avait envie d'entrer dans l'armée ? lui demanda-t-elle après un long silence.

— Non, madame Boisvert, fit son homme engagé, surpris par la question. Mais, vous savez, je pense que votre garçon m'aime pas ben gros. C'est rare qu'il me parle, même si on travaille ensemble toute la journée.

Corinne se tut et réfléchit durant tout le trajet du retour. En arrivant près de la maison, elle dit à Léopold :

— Dételle pas le blond. On va repartir tout de suite.

La petite femme énergique venait de prendre la décision de faire tout ce qu'elle pouvait pour empêcher son aîné de commettre une folie. Elle entra dans la maison en coup de vent pour prévenir Madeleine qu'elle partait avec Léopold pour Sorel et qu'elle ignorait à quelle heure elle reviendrait.

— Mon Dieu ! m'man, voulez-vous bien me dire ce qui se passe ? s'exclama l'adolescente, alarmée.

— Il paraît que ton grand niaiseux de frère a décidé de s'engager dans l'armée, même s'il a pas l'âge, lui répondit sa mère, en colère. Il est parti faire ça avec la tête folle d'Ulric Lamothe. Mais je le laisserai pas faire cette niaiserie-là, ajouta-t-elle. Quand je vais lui mettre la main dessus, je vais lui mettre du plomb dans la tête à ce grand insignifiant-là, promit-elle, les dents serrées.

Sur ce, elle quitta la maison et monta dans la voiture après avoir recommandé à sa fille de commencer le train avec ses frères et sa sœur si elle n'était pas revenue à temps.

— Envoye, Léopold, on s'en va à Sorel. On n'a pas de temps à perdre, dit-elle au conducteur en prenant place à ses côtés.

Malgré les chemins ravinés et transformés souvent en bourbier, la voiture mit un peu moins de deux heures pour arriver à Sorel. Au passage, Corinne refusa même de laisser le cheval se reposer un peu à Yamaska.

— On n'a pas le temps, se borna-t-elle à dire à Léopold.

À leur arrivée à Sorel, elle guida ce dernier jusqu'à la rue Adélaïde où demeurait sa sœur Blanche, qui fut pour le moins étonnée de la voir devant sa porte un jour de la semaine.

— Ma foi du bon Dieu ! s'exclama cette dernière, ça fait bien deux ans que t'es pas venue nous voir, dit-elle à sa cadette en l'embrassant sur une joue. Entre. Viens t'asseoir.

— T'es bien fine, Blanche, mais j'arrêtais juste une minute pour te demander si tu savais où se trouve le bureau où les hommes s'engagent dans l'armée, refusa Corinne en demeurant debout sur le paillasson, devant la porte d'entrée. Il me semble avoir entendu Amédée en parler dimanche passé.

Devant l'étonnement de sa sœur aînée, elle dut lui

expliquer pourquoi elle voulait se rendre là de toute urgence. Alors, sans perdre un instant, Blanche endossa son manteau.

— Arrive, ordonna-t-elle à sa sœur. On va aller voir Amédée à la quincaillerie. Lui, il va savoir comment faire pour que ton gars soit pas engagé.

Les deux femmes vinrent rejoindre Léopold en train de donner à manger au cheval et tous les trois n'eurent que quelques centaines de pieds à parcourir avant de pousser la porte de la quincaillerie où Amédée travaillait depuis près de vingt-cinq ans. Après avoir écouté sa belle-sœur, le commis alla dire quelques mots à son patron avant de s'emparer de son manteau et de faire signe aux deux visiteuses de le suivre.

Quelques minutes plus tard, Blanche et Léopold demeurèrent à l'extérieur pendant qu'Amédée précédait Corinne dans l'édifice où les conscrits devaient se présenter. Après qu'ils eurent exposé leur requête à un sous-officier à la fine moustache un peu ridicule, celui-ci les pria d'attendre et alla frapper à la porte de son supérieur, le capitaine Auger, si on se fiait au nom inscrit en lettres noires sur la vitre dépolie de la porte. Il disparut dans la pièce quelques instants. Quand il en sortit, il laissa la porte ouverte et s'effaça légèrement en leur faisant signe de venir.

— Entrez, se contenta-t-il de leur dire.

Corinne et Amédée se retrouvèrent devant un capitaine à la figure rougeaude dont le bureau était surchargé de dossiers. L'homme finit la lecture d'un document avant de retirer ses lunettes et de se soulever à moitié pour les saluer.

— Si vous voulez bien vous asseoir, fit-il aimable, en fixant Corinne avec insistance.

À l'évidence, le capitaine était subjugué par la beauté de la jeune femme blonde aux yeux myosotis.

— Qu'est-ce que je peux faire pour vous ? demanda-t-il, apparemment plein de bonne volonté.

Corinne lui expliqua que son fils de seize ans s'était enfui de la maison la nuit précédente avec l'intention de s'engager comme volontaire.

— Je peux pas croire que vous allez enrôler un enfant de cet âge-là, conclut-elle, pleine d'espoir.

— Calmez-vous, madame. C'est certain que l'armée prendra pas un jeune de moins de dix-huit ans. En plus, laissez-moi vous dire que ce genre de chose me surprend pas mal. Si vous saviez tout le mal qu'on a à courir après les conscrits qui ont reçu leur avis de mobilisation et qui se présentent pas.

— Comme ça, il s'est pas présenté ici à matin, voulut savoir Corinne.

— C'est certain, madame. Et je peux vous assurer que s'il se montre ici, je vous promets de lui passer un savon et de le renvoyer chez vous.

— Vous savez pas à quel point vous me soulagez, affirma Corinne en se levant, la figure illuminée par un large sourire de reconnaissance. J'avais tellement peur que ce soit déjà fait.

— Je vous promets que ça se fera pas, dit le capitaine Auger en quittant son fauteuil pour raccompagner ses visiteurs jusqu'à la porte… du moins, pas à Sorel, ajouta-t-il sans avoir l'air d'y toucher.

Corinne s'immobilisa soudain sur le seuil et tourna vers l'officier un visage où l'inquiétude venait de réapparaître.

— Qu'est-ce que vous voulez dire par là ? demanda-t-elle dans un souffle.

— Je veux dire que rien empêche votre garçon et son ami d'aller à Trois-Rivières ou même à Montréal pour s'enrôler. Là, je suis pas certain qu'on va se montrer bien regardant sur leur âge, surtout s'ils ont l'air d'être plus vieux. Mais, ayez pas peur, s'ils viennent ici, l'armée les prendra pas.

Corinne et Amédée remercièrent l'officier et sortirent de l'immeuble, aussi inquiets que lorsqu'ils y avaient pénétré quelques minutes plus tôt.

— Bon, je pense qu'on peut rien faire de plus, annonça Amédée avant de quitter sa belle-sœur pour retourner à son travail.

Corinne le remercia de s'être dérangé avant de raccompagner sa sœur chez elle. Elle refusa l'invitation à dîner de cette dernière et reprit le chemin de Saint-Paul-des-Prés, le cœur en lambeaux. Dès son retour à la maison au milieu de l'après-midi, elle pria Madeleine de donner à manger à Léopold avant d'aller se réfugier dans sa chambre à coucher, incapable de surmonter son chagrin.

Lorsqu'elle sortit de la pièce, à la fin de l'après-midi, elle n'eut d'autre choix que d'apprendre à ses enfants, qui venaient de rentrer de l'école, ce que leur frère aîné avait fait. Elle persuada les siens d'entreprendre une neuvaine le soir même pour que Philippe revienne vite à la maison.

Dès qu'elle s'était retrouvée seule dans sa chambre après que les enfants furent montés se coucher, la mère de famille fut incapable de contrôler plus longtemps sa peine et son désespoir et elle se mit au lit en pleurant. Elle s'en voulait de n'avoir rien vu venir et allait jusqu'à se reprocher d'avoir peut-être été trop sévère avec son aîné.

— Si je m'étais levée aussi quand j'ai entendu du bruit dans la cuisine la nuit passée, rien serait arrivé, se répéta-t-elle pour la dixième fois.

Épuisée par tant d'émotions, elle ne parvint finalement à trouver le sommeil qu'au milieu de la nuit.

Le lendemain, la vie chez les Boisvert se transforma sensiblement. Le départ de Philippe faisait en sorte que Corinne devait compter plus encore sur Léopold et Madeleine pour l'aider. Celle-ci avait eu la délicatesse de demander à ses frères et à sa sœur de parler le moins possible de Philippe devant leur mère pour éviter de raviver sa peine, mais il était évident qu'elle y pensait continuellement. Il n'y avait qu'à voir de quelle façon elle scrutait la route chaque fois qu'elle passait devant une fenêtre, comme si elle s'attendait à tout moment à y apercevoir le fugueur rentrant à la maison.

Chapitre 5

Le retour

Même si la neige avait presque complètement fondu, la température restait fraîche. On aurait juré que le timide soleil de printemps hésitait avant de s'installer sérieusement sur la région. Il ne pleuvait plus, mais le ciel demeurait nuageux, ce qui ne facilitait guère l'assèchement de la route et des champs.

— Un vrai temps d'octobre, se plaignait Corinne.

— Ça finira ben par se réchauffer, madame Boisvert, fit Léopold pour lui remonter le moral.

Trois jours après le départ impromptu de Philippe, la maîtresse de maison était occupée à faire le ménage des chambres à l'étage quand, jetant un coup d'œil par la fenêtre à la fin de l'avant-midi, elle aperçut au loin quelqu'un qui s'avançait lentement à pied sur la route. La silhouette lui sembla si familière qu'elle se figea soudain. Elle prit un long moment pour la scruter avant d'abandonner son chiffon et son seau d'eau sur place pour descendre précipitamment au rez-de-chaussée.

— Qu'est-ce que qui se passe, m'man ? lui demanda Madeleine en train de balayer la cuisine.

— Je pense que c'est ton père qui arrive, répondit-elle en posant son châle sur ses épaules avant de sortir sur la galerie.

L'adolescente prit le temps de ramasser la poussière et de la jeter dans le poêle avant d'aller rejoindre sa mère à l'extérieur. Au moment où elle sortait, son père entrait dans la cour de la ferme d'un pas incertain, son grand sac de toile grise jeté négligemment sur l'épaule.

À trente-huit ans, l'homme de grande taille avait commencé à s'empâter. Il avait conservé la large carrure et la moustache conquérante de sa jeunesse, même si sa chevelure brune et ondulée avait commencé à reculer sérieusement. En ce matin de la mi-avril, il revenait à la maison dans le même état que tous les ans, à la fin de la saison des chantiers. De toute évidence, il était ivre. Sa barbe longue, son teint brouillé et sa mise débraillée attestaient qu'il avait traîné plusieurs jours à boire dans les hôtels et tavernes rencontrés sur son trajet de retour.

— Ah ben, sacrement ! Si c'est pas ma pe… petite femme qui m'attend sur la ga… galerie, s'écria-t-il d'une voix avinée tout en avançant d'un pas hésitant.

— Rentre dans la maison, dit Corinne à sa fille sans tourner la tête vers elle. Va mettre de l'eau chaude dans le bol à main et sors des serviettes.

Corinne ne bougea pas de la galerie et attendit son mari qui, arrivé devant elle, laissa tomber son sac de toile à ses pieds.

— Encore soûl comme un cochon ! se contenta-t-elle de lui dire sur un ton méprisant.

— Quand on passe cinq mois à tra… travailler comme un chien dans le bois, on a ben le droit de pren… prendre un petit coup en re… revenant, expliqua Laurent d'une voix hésitante.

— C'est ça, laissa-t-elle tomber. À cette heure que tout le monde de la paroisse t'a vu dans cet état-là, tu peux entrer.

— Tu vas me do… donner d'abord un petit bec, dit-il en s'approchant d'elle et en posant une large main sur sa taille.

— Pas avant que tu te sois décrotté, fit-elle sur un ton tranchant en repoussant sa main. Entre, Madeleine est allée te préparer tout ce qu'il faut pour te laver et te raser. Pendant ce temps-là, je vais te sortir du linge propre.

Dompté par le ton abrupt de sa femme, qui lui arrivait pourtant à peine à la hauteur de l'épaule, Laurent Boisvert la suivit dans la maison sans se préoccuper de récupérer son sac de toile abandonné sur la galerie.

— Tout est prêt dans les toilettes, annonça Madeleine à sa mère.

— Tiens, si c'est pas ma belle fille, ça ! s'exclama l'ivrogne, comme s'il voyait Madeleine pour la première fois depuis son arrivée. Viens em… embrasser ton père.

L'adolescente s'exécuta sans grand enthousiasme.

— Toi, au moins, t'as… t'as du cœur. C'est pas comme certaines, ajouta-t-il en bafouillant.

Corinne ne tint aucun compte de ce qu'il venait de dire et l'entraîna jusqu'au minuscule lavabo situé au pied de l'escalier.

— Pendant qu'il se décrotte, dit la mère à sa fille, remplis-moi le bac à lavage avec de l'eau du *boiler.* On va lui laver son linge. Mais laisse tout ça dans la cuisine d'été. Ça doit pas sentir la rose.

Quand Laurent eut terminé sa toilette, Corinne l'invita à aller s'étendre dans leur lit en attendant l'heure du dîner.

— Tu m'as mê… même pas encore embrassé, se plaignit-il d'une voix toujours avinée.

Elle s'exécuta sans grande tendresse, surtout désireuse de le voir disparaître dans la chambre.

La mère et la fille eurent le temps de laver les vêtements du voyageur et de les mettre à sécher sur la corde à linge avant le dîner.

— Est-ce qu'on réveille p'pa pour manger ? demanda alors l'adolescente.

— Non, on est mieux de le laisser cuver, trancha sa mère en déposant une miche de pain et des cretons sur la table. On lui donnera quelque chose quand il se réveillera.

Léopold n'avait pas vu arriver son patron. Il se contenta de manger en silence.

En fait, Laurent Boisvert ne se réveilla qu'au milieu de l'après-midi, apparemment en proie à une migraine atroce.

— C'est écœurant comme j'ai mal à la tête, se plaignit-il en pénétrant dans la cuisine.

— Comme chaque fois que tu bois trop, laissa tomber sa femme en ne levant même pas la tête de la courtepointe qu'elle était en train de piquer.

— J'ai pas bu tant que ça, tu sauras, se défendit son mari.

— Ben non, juste assez pour pas en voir clair, fit-elle, sarcastique… Est-ce que je peux te demander depuis quand tu fêtes ? ajouta-t-elle en tournant enfin le visage vers lui.

— Juste deux jours, tu sauras, dit-il en allant se servir une tasse de thé à la théière déposée en permanence sur le réchaud du poêle.

— Une chance, fit-elle.

— Est-ce que vous voulez avoir quelque chose à manger ? demanda Madeleine à son père.

— Non, je vais attendre le souper.

Le silence retomba dans la pièce durant un long moment, silence que le maître des lieux finit par briser.

— Tu sauras que, cette année, j'arrive plus tard parce que j'ai fait la drave, reprit-il en s'adressant à sa femme.

Cette dernière sursauta, mais ne dit rien. Elle savait que draver était un travail des plus dangereux qu'elle avait toujours demandé à son mari de refuser les années précédentes. S'il s'était attendu à ce qu'elle le blâme ou pousse des cris de frayeur en apprenant qu'il avait risqué sa vie en faisant la drave, il en fut pour ses frais. Elle demeura sans réaction.

— Ça fait que je rapporte pas mal plus d'argent que les années passées, déclara-t-il, un rien dépité par cette indifférence, en fouillant dans l'une de ses poches pour en sortir un rouleau assez impressionnant de billets de banque.

— Enfin une bonne nouvelle, reconnut Corinne en s'adoucissant. Mais pourquoi t'as pris le risque de draver ? finit-elle par lui demander. T'as toujours dit que tu ferais jamais ça.

— Parce que, dans mon idée, c'était la dernière année que je montais au chantier. Je commence à être trop vieux. Je pense ben que je vais laisser ça aux jeunes comme Philippe l'automne prochain.

— T'as peut-être raison, reconnut sa femme. T'es sûr que tu veux pas manger un morceau avant d'aller faire le train ? Ça te remettrait les idées en place.

— Non, laisse faire, refusa-t-il.

Il se leva pour aller déposer l'argent dans le pot vert placé sur la seconde tablette de l'armoire.

— Sacrement ! On dirait ben qu'il était temps que je

revienne, s'exclama-t-il en montrant à sa femme le pot vide. Il reste plus une maudite cenne dans le pot.

Surprise, Corinne abandonna son travail de couture et s'approcha de lui pour voir.

— Voyons donc ! Il y avait cinq piastres il y a encore quelques jours…

— Es-tu en train de me dire que tu t'es fait voler ? s'étonna Laurent, l'air mauvais.

— Oui et non, se décida-t-elle à avouer, d'une voix hésitante. Assis-toi. J'ai une mauvaise nouvelle à t'annoncer.

— Christ ! qu'est-ce qui va encore me tomber sur la tête ?

— Je pense que c'est Philippe qui a pris les cinq piastres dans le pot.

— Ah ben, viens pas me dire que je me fais voler par mes propres enfants ! s'emporta-t-il, bouillant de rage. Attends que je lui mette la main dessus, lui. Je vais lui faire regretter d'être venu au monde.

— Ce sera pas pour aujourd'hui ou demain, lui apprit Corinne pour l'apaiser. Il est parti en pleine nuit il y a trois jours avec le petit Lamothe.

— Où ça ?

— Ben, d'après ce que son ami a écrit à ses parents, tous les deux allaient s'enrôler dans l'armée.

— Voyons donc, Christ ! fit son mari, sidéré. Il manquait plus que ça ! Ça tient pas debout, cette histoire-là ! Tu sais ben que l'armée prend pas des enfants.

— Notre gars a beaucoup grandi et vieilli, reprit Corinne. C'est facile pour lui de passer pour plus vieux qu'il est. Je suis même allée au bureau de l'armée à Sorel pour empêcher ça, mais il a dû essayer de s'engager ailleurs.

Le visage de Laurent avait soudainement pâli, comme s'il réalisait brusquement la portée de la nouvelle que sa femme venait de lui apprendre. Il n'avait jamais été un père au cœur tendre ni très compréhensif. Il avait la réputation fort méritée d'avoir la main lourde et la patience courte quand il s'agissait des siens. Pourtant, selon toute apparence, le départ de son aîné le bouleversait profondément.

Après un long silence, il finit par tourner sa rancœur contre sa femme.

— Je te dis que ça paraît que tu l'as ben élevé, lui reprocha-t-il.

— Aussi bien que les autres, tu sauras, répliqua Corinne avec humeur.

— Dans ce cas-là, ça promet pour les autres, rétorqua-t-il. Là, je viens de perdre celui qui pouvait m'aider le plus, ajouta-t-il.

— Si c'est juste ça qui t'inquiète, tu pourras toujours te faire aider par notre homme engagé, tint-elle à préciser, acide.

— Quel homme engagé ?

— À la fin de l'hiver, on a trouvé un jeune en train de mourir de froid dans la grange. Je l'ai pris pour aider Philippe à couper la glace et à bûcher. C'est un bon jeune qui travaille bien, même si je lui donne juste son tabac comme gages.

— Je veux pas pantoute d'un étranger dans ma maison ! s'écria son mari. Tu m'encombreras pas avec un autre Rosaire, c'est compris ?

En entendant ces paroles dans la bouche de son père, Madeleine avait soudainement pâli. Il n'allait tout de même pas jeter dehors celui qu'elle aimait en secret.

— Comme tu voudras, répondit sèchement Corinne.

Ça tombe bien. Justement, ton père veut l'engager. Il m'en a parlé dimanche passé. Tout à l'heure, quand il va rentrer, je vais lui dire d'aller voir ton père.

Un autre silence tomba dans la pièce avant que le maître de la maison ne déclare :

— Whow ! Il y a pas le feu, sacrement ! Il y a rien qui presse. On verra ça demain.

Au même moment, il y eut des bruits de pas sur la galerie ainsi que des éclats de voix et des rires en provenance de l'extérieur. La porte s'ouvrit sur un Lionel à bout de souffle, poursuivi par Élise. Les deux enfants se figèrent en apercevant leur père debout au milieu de la pièce.

— Ben, qu'est-ce que vous attendez pour venir embrasser votre père ? leur demanda Corinne en les poussant vers Laurent.

Lionel et Élise s'approchèrent de leur père et l'embrassèrent rapidement sur une joue. Ils arboraient un air vaguement craintif qui en disait long sur la relation existant entre Laurent Boisvert et ses enfants.

— Est-ce qu'ils ont été tranquilles pendant l'hiver ? demanda Laurent à sa femme.

— La plupart du temps, se limita à répondre Corinne.

— Oui, mais pas Norbert, par exemple, dit imprudemment Lionel.

Sa mère fit les gros yeux au cadet de la famille.

— Qu'est-ce qu'il a encore fait, lui ? demanda Laurent en se tournant vers sa femme.

— Rien de spécial. Tu le connais, il a juste un peu plus la bougeotte que les autres.

Sur ce, Léopold entra dans la maison et s'immobilisa

près de la porte, intimidé par la présence du maître des lieux.

— Entre, Léopold. C'est mon mari, fit Corinne.

— Laurent, c'est Léopold Monette qui travaille pour nous autres depuis la fin février.

— Bonjour, monsieur Boisvert, fit poliment le jeune homme.

Laurent l'examina des pieds à la tête d'un air revêche avant de lui demander avec une certaine brusquerie :

— T'as quel âge ?

— Je viens d'avoir dix-huit ans, monsieur Boisvert.

— Comment ça se fait que t'es pas dans l'armée ?

— J'ai pas reçu de lettre qui me disait d'y aller, répondit Léopold, intimidé.

— L'armée a dû perdre ta trace après que tu sois parti de chez celui où tu travaillais avant, fit Corinne en lui souriant pour le rassurer.

— Bon, on va aller faire le train, décida Laurent en se levant.

L'employé le suivit à l'extérieur. Quand Norbert revint de l'école quelques minutes plus tard, ses sœurs lui apprirent que leur père était de retour, ce qui n'eut pas l'air de réjouir particulièrement l'adolescent.

— T'es mieux de te tenir le grain serré, l'avertit sa mère. Tu sais que ça lui prend pas grand-chose pour te faire goûter à sa ceinture.

— Je le sais, dit Norbert, l'air sombre.

— Va te changer et dépêche-toi d'aller le rejoindre à l'étable.

Le souper se prit dans une atmosphère plutôt lourde. Les enfants étaient silencieux autour de la table, osant à peine lever les yeux de leur assiette. Leur mère connaissait bien la raison d'un tel comportement. Ils savaient que leur père ne cherchait qu'une raison pour sévir et imposer de nouveau son autorité.

Après le repas, les écoliers firent leur devoir à la lumière de la lampe à huile placée au centre de la table pendant que Laurent se berçait lentement près du poêle. À l'autre bout de la table, Corinne et Madeleine terminaient une courtepointe multicolore. Léopold était monté à sa chambre dès la dernière bouchée avalée.

— Achèves-tu tes courtepointes ? demanda Laurent à sa femme.

— C'est la dernière, déclara-t-elle. On a pas mal travaillé tout l'hiver, ajouta-t-elle. On a aussi tressé quatre catalognes.

Plus la soirée avançait, plus Corinne sentait l'impatience de son mari de se retrouver seul en sa compagnie dans leur chambre à coucher. Lorsqu'elle annonça la prière un peu avant neuf heures, il ne fit aucune remarque, contrairement à son habitude. Il se contenta de s'agenouiller devant sa chaise berçante en même temps que ses enfants.

Après la prière, il se dirigea immédiatement vers l'horloge murale pour en remonter le mécanisme. Par ce geste, il signifiait clairement qu'il reprenait la direction de la maison. Les enfants montèrent à l'étage après être allés aux toilettes situées au bout de la remise pendant que leur père se retirait dans l'unique chambre à coucher du rez-de-chaussée pour se préparer pour la nuit.

Quand Corinne vint le rejoindre, elle s'empressa d'éteindre la lampe à huile qu'elle déposa sur sa table de chevet. Son mari lui laissa à peine le temps d'enfiler sa robe de nuit avant de l'attirer vers lui. Pour elle, il s'agissait d'un scénario bien connu qui se répétait chaque printemps quand il revenait du chantier. C'était aussi inéluctable que son retour en état d'ivresse et les crises de rage incontrôlées des premiers jours pour prouver qu'il était bien demeuré le maître des lieux, malgré sa longue absence.

Comme d'habitude, il imposa ses droits conjugaux sans faire preuve d'aucun ménagement envers celle qui partageait sa vie depuis dix-huit ans. Fidèle à elle-même, Corinne se montra passive, attendant avec une impatience mal déguisée que son mari en ait fini. « C'est le devoir d'une femme mariée de satisfaire son mari », avait-elle entendu parfois sa mère lui dire.

— Je veux bien le croire, m'man, mais il y a tout de même des limites à se laisser faire, avait-elle osé rétorquer la dernière fois que sa mère lui avait fait la même remarque.

Dans le noir, fixant un point invisible au plafond, la jeune femme eut un mince sourire au souvenir de l'air réprobateur que sa mère avait alors affiché. Lorsque Laurent se laissa retomber sur le côté, essoufflé, elle attendit un peu avant de lui adresser la parole. L'expérience lui avait appris que c'était le meilleur moment pour lui parler.

— Essaye de pas te montrer trop dur avec Léopold, lui chuchota-t-elle dans le noir. C'est vraiment un bon petit gars, bien serviable, et il va nous être pas mal utile cet été. Je vois pas pourquoi on le laisserait à ton père quand on en a tant besoin.

— Ouais, se contenta-t-il de dire.

— Je t'ai dit que j'avais parlé à ton père à Pâques. Il m'a dit qu'il voulait te voir aussitôt que tu reviendrais, ajouta-t-elle.

— Il t'a pas dit ce qu'il me voulait ?

— Pantoute. Tu le connais, il me dit jamais rien.

C'est comme si j'existais pas. Je serais un meuble, ce serait la même chose.

— Exagère pas, la réprimanda-t-il.

— En plus, j'ai rencontré Fabien Gagnon, poursuivit-elle, comme si elle ne l'avait pas entendu. Il m'a dit qu'il aurait probablement de l'ouvrage pour toi.

— Je verrai ça cette semaine. Il y a pas le feu. Je vais tout de même prendre le temps de souffler un peu après cinq mois de chantier.

Sur ces mots, il se tourna sur le côté, apparemment décidé à dormir. Corinne fit de même, mais ne trouva pas aussi facilement le sommeil. Encore une fois, il lui faudrait réapprendre à dormir avec son mari à ses côtés et supporter ses exigences deux ou trois fois par semaine. Le pire était les enfants. Elle allait devoir être continuellement aux aguets pour éviter qu'ils ne s'attirent ses explosions de colère qui pouvaient dégénérer en corrections brutales. Avec les années, elle trouvait cette situation de plus en plus harassante.

*
**

Le lendemain matin, au réveil, la répartition des travaux entre les membres de la famille ne changea pas, malgré le retour du maître de maison. Madeleine remit de l'ordre dans les chambres pendant que sa mère préparait le déjeuner. Lionel et Élise furent chargés d'aller nourrir les porcs, les poules et le cheval.

— Toi, tu vas t'occuper de ramasser le fumier dans l'étable pendant qu'on va traire les vaches, ordonna Laurent à Norbert au moment où il pénétrait dans l'étable, suivi par Léopold.

Ce dernier s'éloigna à l'autre extrémité du bâtiment

avec son petit banc à trois pattes et son seau pour recueillir le lait de la traite tandis que son patron commençait à nettoyer le pis de la première vache qu'il avait l'intention de traire.

Quelques minutes plus tard, le silence relatif de l'étable fut troublé par un bruit de verre brisé. Immédiatement, Laurent sortit du port où il était occupé à traire une vache.

— Qu'est-ce qui se passe ? hurla-t-il en direction de Léopold.

— Je le sais pas, monsieur Boisvert, déclara l'employé.

Au même moment, la vache que Laurent finissait de traire broncha et renversa le seau à demi rempli de lait qu'il avait laissé dans le port.

— Maudit sacrement ! hurla-t-il en constatant le gâchis.

Il aperçut alors Norbert debout dans l'étroit couloir, devant l'une des fenêtres de l'étable, tenant une fourche avec laquelle il ramassait le fumier.

— Qu'est-ce que t'as encore fait ? lui demanda son père en s'avançant vers lui, menaçant.

— J'ai pas fait exprès, p'pa, dit l'adolescent en reculant peureusement d'un pas. En me retournant, le manche de la fourche a frappé la vitre.

À cet instant, le père se rendit compte que l'un des carreaux de l'étroite fenêtre était brisé.

— T'as cassé la vitre, maudit sans-dessein ! hurla-t-il en décochant une gifle à son fils.

Norbert leva un bras trop tard pour se protéger, mais son geste parut enrager encore plus son père qui ne semblait plus se posséder.

— T'es pas capable de faire attention à ce que tu fais,

Christ de niaiseux ? s'écria Laurent, un ton plus haut, en se mettant à frapper son fils des deux mains et à coups de pied. Je vais te montrer, moi, à regarder ce que tu fais !

Norbert, le visage ensanglanté, se laissa tomber par terre et se recroquevilla sur lui-même pour tenter de se protéger le plus possible des coups qui pleuvaient. Pendant un court instant, il craignit que son père s'empare de la fourche qu'il avait laissée tomber pour lui en assener des coups. Il avait beau crier qu'il ne le ferait plus, rien ne semblait en mesure d'arrêter son bourreau.

Un peu plus loin, dans le couloir, Léopold, le visage blafard, assistait à cette scène de pure démence sans oser intervenir.

Finalement, à bout de souffle, Laurent Boisvert cessa de frapper et abandonna sa victime pour retourner à la traite des vaches. L'employé s'empressa de faire de même.

Il fallut quelques instants à Norbert pour trouver la force de se relever. Il quitta alors l'étable en boitillant et prit la direction de la maison. À son entrée dans la cuisine, sa sœur Élise fut la première à l'apercevoir.

— Mon Dieu ! qu'est-ce qui t'est arrivé ? s'écria-t-elle.

Ce cri incita sa mère, Madeleine et Lionel à tourner brusquement la tête vers la porte. À la vue du visage ensanglanté de son fils, le cœur de Corinne cessa de battre un court instant. Puis, elle se précipita vers Norbert pour l'examiner de plus près.

— Qu'est-ce qui t'est arrivé ? lui demanda-t-elle, le cœur serré.

— C'est p'pa, répondit difficilement Norbert dont les lèvres étaient enflées.

— Qu'est-ce que t'as fait ?

— C'était pas ma faute. Le manche de ma fourche a cassé une vitre pendant que je nettoyais.

— Madeleine, apporte-moi un bol d'eau tiède et une serviette propre que je le nettoie un peu, commanda-t-elle à son aînée. Toi, Élise, va me chercher de l'alcool à friction et du mercurochrome dans la pharmacie.

Norbert demeura stoïque tout le temps que sa mère lava sa figure. Il avait une arcade sourcilière ouverte, une sérieuse meurtrissure à une joue et un œil qui tournait déjà au violet.

— Si ça a de l'allure de battre un enfant comme ça ! ne put s'empêcher de dire la mère, le cœur étreint par la pitié.

— Ayoye ! se plaignit soudain l'adolescent quand sa mère toucha l'un de ses bras.

— As-tu mal au bras ? lui demanda-t-elle.

— À ce bras-là et à ma jambe, admit Norbert.

Corinne découvrit alors un bleu important au bras gauche de son fils et une large ecchymose sur l'une de ses cuisses.

— Bon, là, Madeleine va te donner tout de suite à manger et après, tu vas monter te coucher dans ta chambre, déclara la mère de famille sur un ton sans appel. Tu vas pas à l'école aujourd'hui.

Sur ces mots, les traits durcis par la colère, elle se dirigea vers le crochet auquel était suspendu son manteau. Elle l'endossa et sortit en claquant la porte derrière elle. Elle se dirigea vers l'étable d'un pas décidé.

À son entrée dans le bâtiment, elle s'empara de la fourche abandonnée contre le mur par son fils quelques minutes plus tôt et s'avança.

— Léopold ! cria-t-elle à l'employé.

— Oui, madame Boisvert, répondit l'adolescent en train de donner du fourrage aux bêtes.

— Laisse faire ça, tu peux rentrer à la maison.

Le jeune homme eut un regard inquiet en direction de son patron qui venait d'apparaître en haut de l'escalier qui conduisait au fenil.

— Qu'est-ce qui se passe ? aboya ce dernier. On n'a pas encore fini notre train.

— Le reste peut attendre, déclara-t-elle sur un ton péremptoire. J'ai affaire à toi. Fais ce que je viens de te dire, Léopold.

L'employé attendit quelques secondes en prévision d'un contrordre éventuel de son patron, mais il n'en fut rien. Il sortit donc, passablement inquiet de ce qui allait se passer dans le bâtiment après son départ.

— Qu'est-ce qui est si important que ça pouvait pas attendre après le train ? demanda Laurent en finissant de descendre l'échelle.

En faisant face à sa femme, il remarqua soudain qu'elle tenait une fourche dont les pointes d'acier étaient dirigées vers lui. Les traits de son visage se figèrent.

— Lâche cette fourche-là ! lui ordonna-t-il sèchement.

Corinne ne tint aucun compte de ce qu'il venait de dire.

— Je la lâcherai quand j'en aurai plus besoin. Je suppose que t'es fier de ce que tu viens de faire à ton garçon ? lui demanda-t-elle, l'air mauvais.

— Je lui ai sacré la volée qu'il méritait, se contenta-t-il de répondre en ne quittant pas la fourche des yeux. Il a cassé une vitre.

— Et ça méritait de l'estropier !

— Il a juste reçu une couple de claques pour lui apprendre à faire attention.

— Une couple de claques ! fit-elle d'une voix cinglante. Il a un œil bouché, il est ouvert au-dessus de l'autre œil et ses lèvres sont enflées. En plus, il a mal à un bras et à une jambe.

— C'est moi le père, et j'ai le droit de le dompter, affirma son mari avec force. Si je t'avais moins écoutée et si je l'avais fait plus souvent avec le plus vieux, il serait pas à courir les chemins au lieu de nous aider.

— Je te l'ai répété cent fois qu'on n'élève pas des enfants à coups de poing et à coups de pied. C'est pas des chiens !

— Je vais les élever comme ça va me tenter et t'as rien à dire, finit par s'emporter Laurent en esquissant le geste de s'éloigner.

Les pointes de la fourche se rapprochèrent dangereusement de son ventre et il se figea sur place en constatant l'air déterminé de la petite femme blonde dressée devant lui.

— Si c'est comme ça, Laurent Boisvert, on va mettre les choses au clair une fois pour toutes, lui dit-elle, les dents serrées. J'ai pas mis au monde des enfants pour que tu les maganes. Là, je t'avertis. Si jamais tu bats un des enfants comme tu viens de battre Norbert, tu vas avoir affaire à moi. Je vais prendre n'importe quoi qui va me tomber sous la main et tu vas le regretter.

— Je voudrais ben voir ça ! plastronna-t-il.

— Essaye encore et, sur la tête des enfants, t'auras pas la chance de recommencer, promit-elle.

— Maudit calvaire ! jura-t-il.

— À ton âge, tu devrais commencer à te connaître, il me semble. Quand tu te mets à frapper un enfant, t'es plus capable de t'arrêter... C'est comme quand tu te mets à boire, ajouta-t-elle en déposant brusquement sa fourche contre le mur.

— Si t'as fini ton sermon, rentre à la maison et renvoie-moi l'homme engagé qu'on finisse ce train-là à matin, lui ordonna-t-il, soudain rassuré de ne plus être menacé.

Corinne lui tourna carrément le dos et quitta le bâtiment sans un mot. Durant le court trajet qui la ramena à la maison, elle ne cessa de trembler tant elle avait conscience d'avoir été bien près de frapper son mari.

Les jours suivants, Laurent Boisvert bouda, mais à aucun moment il ne montra le moindre signe de remords à la vue du visage tuméfié de son fils Norbert. De toute évidence, il considérait qu'il avait fait son devoir de père en le corrigeant.

Chapitre 6

Un tout nouveau projet

Deux semaines étaient passées depuis le retour de Laurent et il y avait tellement à faire que ce dernier en oublia d'aller rendre visite à son père. Avec les premiers jours du mois de mai, la chaleur avait enfin fait son apparition. L'air charriait des effluves de terre mouillée, les arbres arboraient leur jeune feuillage vert tendre et l'herbe s'était mise à pousser résolument. Les hirondelles construisaient leurs nids et les oiseaux réveillaient les gens en leur offrant un véritable concert chaque matin. En peu de temps, toutes les teintes grises d'un début de printemps pluvieux avaient été gommées du paysage. Maintenant, partout où l'œil se posait, il ne rencontrait que diverses variantes de vert.

Ce beau temps incita Laurent à redresser les clôtures sur sa terre sans tarder pour pouvoir sortir ses bêtes des bâtiments. Il avait décidé de n'aller offrir ses services à Fabien Gagnon qu'après avoir fait le plus gros du travail sur sa terre. L'épierrage, les labours du printemps et l'ensemencement allaient être ses principales occupations durant les semaines suivantes.

— On va aller à la récitation du chapelet à l'église, à soir, déclara sa femme après avoir servi le souper. Le mois de mai est commencé depuis presque une semaine et on n'y est pas encore allés une fois, expliqua-t-elle. Monsieur le curé va finir par s'en apercevoir.

— Monsieur l'abbé nous a dit qu'on était obligés d'y aller, ajouta Élise. Il nous a dit ça quand il est venu à l'école, lundi.

Corinne tourna la tête vers son mari pour guetter sa réaction. Il ne dit rien. Depuis son retour à la maison, il n'en avait bougé que pour aller à la grand-messe, le dimanche précédent. Il ne s'était même pas rendu à la ferme familiale du rang Saint-André et son épouse avait bien pris garde de lui rappeler que le vieil homme l'attendait.

— Est-ce que t'as l'intention de venir avec nous autres à l'église ? finit-elle par lui demander.

— Es-tu folle, toi, sacrement ? J'ai ben assez de la messe du dimanche.

— Comme tu voudras, répliqua Corinne sur un ton sec.

— Mais je reste pas à la maison. Je vais aller faire un tour au village, reprit son mari en se dirigeant vers leur chambre à coucher dans l'intention de changer de vêtements. Léopold, va donc atteler pendant qu'on se prépare, ordonna-t-il à son employé.

— Oui, monsieur Boisvert, répondit ce dernier en se levant.

Corinne suivit son mari dans la chambre pour changer de robe et se coiffer d'un chapeau pendant que ses enfants se préparaient de leur côté.

— Ça, c'est plate, se plaignit Norbert à mi-voix en essayant de discipliner ses cheveux avec de l'eau. Il fait beau, on pourrait jouer dehors au lieu d'aller encore s'enfermer dans l'église.

— Tu ferais mieux de te taire, toi, le réprimanda

Madeleine, déjà prête à partir. Si m'man t'entend, tu vas encore te coucher de bonne heure.

— De toute façon, ça dure pas bien plus longtemps que la prière de m'man, plaida Élise.

Toute la famille Boisvert s'entassa dans le boghei et l'attelage prit le chemin du village.

— J'aime pas ben ça laisser la maison à un pur étranger, fit remarquer Laurent à sa femme.

— T'as pas à t'inquiéter. Léopold est honnête, il prendrait pas une cenne qui est pas à lui.

Le père de famille déposa les siens devant l'église. À l'arrivée des Boisvert, l'abbé Morin faisait les cent pas sur le parvis en lisant son bréviaire. Déjà, quelques paroissiens se hâtaient d'entrer à l'intérieur. Laurent ignora le regard curieux du vicaire. Il laissa descendre sa femme et ses enfants, puis il fit faire demi-tour à sa voiture pour retourner au cœur du village.

Le cultivateur avait projeté d'aller boire une bouteille de bière ou deux à l'hôtel de son père, même s'il n'aimait pas l'endroit. Il approchait de l'hôtel quand il aperçut un attroupement devant le magasin général d'Alcide Duquette.

Poussé par la curiosité, il poursuivit son chemin quelques centaines de pieds plus loin avant d'immobiliser sa voiture dans la cour du magasin général. Il descendit du boghei et alla rejoindre une dizaine d'hommes rassemblés près d'une grosse automobile noire devant laquelle plastronnait Fabien Gagnon, le maire de Saint-Paul-des-Prés.

Le quadragénaire un peu bedonnant et à la moustache aux pointes soigneusement cirées était reconnu pour être pieux et généreux. L'habile homme d'affaires n'avait peut-être qu'un point faible : un orgueil démesuré. Il adorait être admiré par son entourage et ne reculait devant aucun sacrifice pour attirer l'attention. C'était probablement la raison qui l'avait poussé à devenir maire de la petite municipalité.

— Ça, mes amis, c'est la nouvelle Chevrolet 940 ! annonça le maire sur un ton suffisant aux hommes réunis autour de son véhicule. C'est un V8. C'est puissant en masse et il y a rien pour arrêter ça sur le chemin, je vous le garantis.

— Dis donc, Fabien, l'interpella le bedeau, Anselme Leblanc. As-tu acheté pour vrai cette bébelle-là ?

Le clin d'œil que le bedeau avait adressé à ses voisins avait échappé à l'homme d'affaires :

— Vous avez ben deviné, père Leblanc. Ça, c'est tout un char ! Regardez en dedans, ajouta-t-il en ouvrant toute grande la portière côté conducteur. C'est un vrai salon avec des sièges capitonnés. Il se fait rien de plus beau sur le marché. Je vous dis qu'on est loin en maudit du boghei quand on est assis là-dedans.

Beaucoup de spectateurs s'extasièrent devant la luxueuse voiture de leur maire. Bien sûr, la plupart avaient déjà vu une automobile lors d'un déplacement à Sorel ou à Yamaska, mais jamais encore à Saint-Paul-des-Prés.

— C'est ben beau, ton affaire, Fabien, intervint Alcide Duquette, debout sur la galerie de son commerce, mais cette machine-là, ça marche pas avec de l'eau. Où est-ce que tu vas prendre la *gasoline* pour le faire avancer, ton char ?

— Pas ben loin de chez vous, mon Alcide, répondit le maire en passant ses pouces dans la ceinture de son pantalon. Chez Melançon, à côté.

— Mais Joseph est maréchal-ferrant, comme son

père. C'est une forge qu'il a, pas un garage, dit avec justesse un cultivateur du rang Notre-Dame.

— À partir de la semaine prochaine, chez nous, ce sera plus juste une forge, intervint un homme de taille moyenne à l'aspect très robuste. Moi, je suis pour le progrès. Je vais faire installer une pompe à *gas* et je suis capable de réparer un moteur et un *flat* n'importe quand, à part ça.

Joseph Melançon jeta un regard suffisant aux curieux, comme s'il les mettait au défi de le contredire.

— Ça, mon Joseph, prépare-toi à en réparer des *flats* sur ce char-là, fit un loustic. Avec les chemins qu'on a, j'ai comme l'impression que notre maire va passer plus de temps à faire réparer qu'à rouler.

— Au fond, ce sera ben bon pour lui, dit un vieillard à l'air revêche. Il a juste à s'organiser pour que les chemins de la paroisse aient de l'allure.

— Vous êtes pas drôle, monsieur Meunier, dit Fabien, bon enfant. Vous savez aussi ben que moi que si les chemins sont tout défoncés, c'est que le gouvernement se décide pas à nous donner une maudite cenne pour les entretenir.

— Cette idée aussi d'être un bleu quand le gouvernement est rouge. Tu ferais partie de la gang de Lomer Gouin, comme certains qu'on nommera pas, fit Évariste Meunier en tournant la tête vers l'unique représentant des Boisvert, qui n'avait pas encore ouvert la bouche, on aurait des chemins qui ont du bon sens.

Laurent fit comme s'il n'avait pas entendu. Son père et son frère Henri étaient d'ardents libéraux qui, à chaque campagne électorale, ne ménageaient jamais leurs efforts pour faire élire celui qui était député de Nicolet-Yamaska depuis plusieurs années. Pour sa part, la politique l'intéressait peu. Quand il s'en mêlait, ce n'était que pour rendre service à son père, rien de plus.

Ange-Albert Vigneault avait parcouru les quelques centaines de pieds qui séparaient sa boucherie du magasin général et le gros homme avait lentement fait le tour du nouveau véhicule rutilant du maire sans desserrer les dents. Il était bien connu dans la paroisse que le boucher âgé d'une cinquantaine d'années était férocement jaloux de la réussite de Fabien Gagnon et tentait, par tous les moyens, de saper sa réputation dans l'intention évidente de se présenter contre lui aux prochaines élections municipales.

— Toi, Ange-Albert, qu'est-ce que tu penses de ça ? lui demanda Anselme Leblanc pour le provoquer.

Il était connu dans la paroisse qu'il n'y avait pas homme plus habile que le bedeau de Saint-Paul-des-Prés pour « mettre le diable aux vaches », comme on disait.

— Je trouve que c'est garrocher son argent par les fenêtres, laissa tomber le boucher, assez fort pour que tous l'entendent.

Laurent sentit immédiatement qu'il y avait de l'affrontement dans l'air. Il s'immobilisa, renonçant de ce fait à son projet d'aller boire à l'hôtel, situé un peu plus loin, face à la rivière.

— Pourquoi tu dis une affaire pareille ? lui demanda Duquette en s'approchant.

— Tout simplement qu'on n'achète un char que pour se montrer meilleur et plus riche que le voisin, fit le boucher d'une voix acide.

— C'est la jalousie qui te fait parler, Ange-Albert, se borna à dire le maire en refermant la porte de sa Chevrolet.

— Pantoute. On m'en donnerait un, j'en voudrais pas

pour tout l'or du monde, répliqua le boucher, hargneux. Il faut pas être un génie pour s'apercevoir qu'une affaire comme ça, ça a pas d'avenir. Voyons donc, baptême ! Tout le monde sait ben qu'il y a rien qui vaut un bon cheval. Ça coûte pratiquement rien, ça passe presque partout et c'est jamais brisé. Un cheval, t'as juste à le nourrir et à le traiter comme du monde, il va te durer un maudit bon bout de temps. C'est pas un paquet de tôle comme ça, ajouta-t-il, l'air méprisant.

Là-dessus, le boucher tourna les talons et retourna à son commerce, ne se souciant nullement des murmures d'approbation ou de contestation qu'il venait de susciter.

— Il peut japper tant qu'il veut, reprit Fabien en retrouvant peu à peu son aplomb, mais les chars sont là pour rester. Écoutez-moi ben, ajouta-t-il, l'air important. D'ici dix ans, il va y en avoir partout. Vous saurez ben me le dire. Là, ce sont les chevaux qui vont disparaître.

— Pousse, Fabien, mais pousse égal, intervint Évariste Meunier. On va toujours avoir besoin des chevaux.

— La meilleure preuve que je peux vous donner, le père, c'est que même le docteur Précourt pense s'en acheter un cette année, annonça le maire, sur un ton triomphant.

— Ah ben, petit Jésus, c'est pas vrai ! s'exclama un cultivateur du rang Saint-André. S'il s'en achète un, il va falloir faire attention en maudit quand on va prendre le chemin. Un char, ça frappe pas mal plus fort qu'un bicycle. Ça va devenir dangereux à Saint-Paul.

Un éclat de rire général salua la saillie. Il était connu qu'Adrien Précourt, le médecin venu s'installer dans l'ancienne maison de l'avocat Parenteau une quinzaine d'années plus tôt, avait pour le moins la vue courte. Ses lunettes, dont les verres étaient pourtant épais comme des culs de bouteille, corrigeaient plutôt mal le sérieux problème de vision que son propriétaire avait. On ne comptait plus ses mésaventures lorsqu'il chevauchait son antique bicyclette dépourvue de freins.

Quelques minutes plus tard, Laurent alla chercher sa femme et ses enfants à l'église. Durant le trajet de retour à la maison, il raconta aux siens que le maire avait fait l'achat d'une automobile.

— Moi, j'en ai jamais vu, avoua Norbert à son père. J'ai ben hâte de la voir.

— Il faut être brave pour conduire ça, intervint Élise. C'est pas comme un cheval. Ça s'arrête pas en lui criant : « Whow ! »

— J'ai même entendu dire au chantier qu'on a inventé une machine qui remplace un cheval pour travailler sur la terre, dit Laurent, encouragé par l'intérêt manifesté par ses enfants. Il paraît que ça s'appelle un tracteur.

— J'ai bien peur que toutes ces belles affaires-là, ce sera jamais pour nous autres, conclut Corinne en descendant de voiture près de la maison en compagnie de ses enfants. Ça doit coûter pas mal d'argent, tout ça.

Son mari ne dit rien. Il poursuivit son chemin jusqu'à l'écurie où Léopold vint le rejoindre pour l'aider à dételer.

*
**

Deux jours plus tard, Corinne n'envoya pas Norbert à l'école, le gardant à la maison pour un travail qui ne pouvait attendre plus longtemps. Il faisait beau et chaud, et Laurent avait décidé de procéder au ramassage des pierres dans ses champs ce jour-là. Dès le départ d'Élise et Lionel pour l'école de rang, Léopold attela le blond à la voiture à foin après y avoir déposé des seaux vides. Corinne et Madeleine, la tête couverte de leur chapeau de paille et les manches de leur robe soigneusement attachées pour éviter de bronzer « comme des sauvagesses », rejoignirent Norbert, Léopold et Laurent derrière l'étable.

Alors commença le quadrillage des champs. Chacun examinait le sol et déposait dans son seau toutes les roches que le dégel avait fait remonter à la surface. Lorsque le seau était plein, on s'empressait d'aller le vider sur le plateau de la voiture avant de poursuivre son travail. Il s'agissait là d'un travail essentiel si l'on ne souhaitait pas briser la lame de la charrue durant le labourage ou une faux lors de la moisson. C'était une tâche obligatoire qu'aucun cultivateur n'aurait osé ignorer. D'ailleurs, il suffisait de jeter un regard aux alentours pour se rendre compte que tous les voisins étaient en train d'œuvrer au même travail.

À droite, Laurent aperçut Jocelyn Jutras et sa femme, Catherine, en train d'épierrer, eux aussi. Il s'arrêta un bref moment pour soulever sa casquette et essuyer la sueur qui lui coulait dans les yeux.

— On dirait ben que la grosse Honorine a décidé que cet ouvrage-là était pas pour elle, dit-il, sarcastique, à sa femme, en faisant référence à Honorine Gariépy, la mère de Catherine, qui vivait sous le toit de sa fille et de son gendre.

— Elle est plus toute jeune, lui fit remarquer sa femme en se relevant après avoir jeté une roche dans son seau.

— Mon père fait encore cette *job*-là, il approche soixante-dix-huit ans, rétorqua-t-il.

Corinne n'avait jamais particulièrement aimé Honorine Gariépy, directrice de la chorale paroissiale et présidente des dames de Sainte-Anne. Elle la trouvait hautaine et autoritaire. En réalité, à ses yeux, le principal défaut de la dame était d'être la mère de celle que son mari avait fréquentée jusqu'à leurs fiançailles. Bien sûr, elle avait fini par accepter de faire partie des dames de Sainte-Anne, comme la plupart des femmes mariées de la paroisse, mais elle participait aux activités de l'organisme davantage dans le but de ne pas attirer l'attention que pour faire plaisir à son imposante présidente.

Les Boisvert travaillèrent aux champs toute la journée. Ils ramassèrent tellement de roches que Léopold et Laurent furent obligés d'aller vider la voiture à deux reprises dans ce que le cultivateur appelait la décharge. À la fin de l'après-midi, le travail était terminé, à la plus grande satisfaction de tous.

— À cette heure, on va pouvoir étendre du fumier demain si le beau temps se maintient, déclara Laurent en se mettant à table après s'être aspergé d'eau froide.

Norbert voulut imiter son père et actionna avec trop de vigueur le bras de la pompe.

— Sans-dessein, tu vois pas que tu mets de l'eau partout sur le plancher, le réprimanda sa sœur Madeleine. Fais donc attention à ce que tu fais. J'ai lavé ce plancher-là pas plus tard qu'hier.

Léopold, qui attendait son tour pour se rafraîchir, prit un chiffon sur le comptoir et se pencha pour essuyer les dégâts.

— Laisse faire, Léopold, il est capable d'essuyer ça

tout seul, reprit l'adolescente d'une voix radoucie en lui adressant un regard de reconnaissance.

Corinne, occupée à servir la soupe, leva la tête et examina brièvement sa fille. Le ton employé par celle-ci venait soudain de l'alerter. Son intuition lui révéla soudain qu'il était en train de se passer quelque chose entre le jeune homme et sa fille. Elle se promit illico de veiller au grain.

— Nous autres, on va commencer demain matin le barda du printemps, annonça la maîtresse de maison au moment où elle versait un peu de sirop d'érable dans son assiette, quelques minutes plus tard. On va en profiter pour vider les paillasses et remplacer la paille, ajouta-t-elle.

— On pourrait même remettre des plumes dans deux ou trois oreillers, intervint Madeleine. J'ai remarqué qu'il y en avait qui étaient pas mal mous.

— On fera ça aussi, accepta sa mère.

Après le souper, Laurent alla changer de chemise et fit un brin de toilette. Comme on était mercredi, Corinne s'inquiéta en se demandant si son mari n'allait pas se mettre à sortir durant la semaine en plus du samedi soir. S'il commençait à boire la semaine, les finances familiales n'y survivraient pas.

— Tu sors ? lui demanda-t-elle, prête à l'affrontement.

— Je serai pas parti longtemps. Je suis pas encore allé voir le père depuis que je suis revenu. Il va finir par croire que je suis sans cœur.

Soulagée, Corinne le regarda quitter la maison et atteler le cheval au boghei.

— À soir, on finit notre dernière catalogne, même si on doit travailler jusqu'à dix heures, déclara-t-elle à sa fille en déposant une poche de tissu sur la table de cuisine. Comme ça, samedi, on pourra aller porter notre ouvrage de l'hiver au complet à Yamaska. On est tellement en retard que les clientes doivent se demander ce qui se passe.

Même si elle était épuisée par la journée éreintante qu'elle venait de vivre, Madeleine se voulut aussi courageuse que sa mère et se contenta de hocher la tête en signe d'acceptation.

*
**

Lorsque Laurent Boisvert immobilisa sa voiture dans la cour de la ferme paternelle du rang Saint-André, il aperçut son père, son frère Henri et son neveu Charles en train de se bercer paisiblement sur la galerie.

— Torrieu ! On peut dire que t'étais pas trop pressé de venir nous voir ! s'exclama Gonzague lorsque son fils atteignit la première marche de l'escalier menant à la galerie.

Avant même que Laurent ait pu répondre, la porte moustiquaire s'ouvrit pour livrer passage à Annette et à Alexandra, l'épouse de Charles. Le visiteur salua tous les gens présents. Il n'embrassa personne, se contentant de serrer la main aux hommes. Chez les Boisvert, on ne connaissait guère les effusions et les rencontres demeuraient toujours assez froides.

Charles alla chercher quelques chaises à l'intérieur et tous s'entassèrent sur la galerie.

— À ce que je vois, tout le monde a passé un bon hiver, dit Laurent, même s'il avait remarqué que son père s'était voûté un peu plus et que sa chevelure blanche avait reculé sur son crâne tavelé.

— Ouais, mais ça risque de se gâter, par exemple, lança le gros Henri en bourrant sa pipe avec du tabac tiré de sa blague.

— Pourquoi tu dis ça ? lui demanda son frère cadet.

— Je dis ça parce que Charles et le mari d'Hélène vont être obligés de prendre le bois d'un jour à l'autre. Ils ont reçu leur avis de mobilisation.

— Il faut être malchanceux pour être poigné comme ça, fit Annette de sa voix geignarde habituelle. Il y a pas un an, les fils de cultivateurs avaient droit à une exemption.

— Ben là, ça sert à rien de se lamenter, la rabroua son beau-père. Tous les deux vont aller se cacher, le temps que les *spotters* arrêtent de les chercher.

— De toute façon, cette maudite guerre-là va ben finir un jour, conclut Henri.

— C'est sûr, mais en attendant, on va manquer de bras pour l'ouvrage, reprit Gonzague. Ta femme m'a dit que t'avais un homme engagé ?

— Oui, p'pa, reconnut Laurent.

— Ben, avec la petite terre que t'as, tu dois certainement pas avoir trop besoin de lui. T'as déjà Philippe et Norbert. Si t'as plus besoin de ce gars-là, envoie-le-moi.

— Je pense que j'aime mieux le garder un bout de temps, p'pa, déclara Laurent. J'ai de l'ouvrage en masse pour lui, avec Philippe qui est parti de la maison pour aller s'enrôler.

— Hein ! s'exclama Gonzague. Ton gars a pas l'âge pantoute.

— Je le sais ben. Si j'avais été à la maison, j'aurais pu l'empêcher de faire cette folie-là, mais c'est arrivé une couple de jours avant que je revienne.

— On te l'a toujours dit que ta femme élevait pas tes enfants assez sévèrement, dit le vieillard irascible. Regarde ce qui arrive quand les enfants écoutent pas. Je me demande qui mène chez vous.

Les traits du visage de Laurent se durcirent et le silence tomba sur la demi-douzaine de personnes assises sur la galerie. Le soleil commençait à se coucher en rougissant tout le paysage.

— En tout cas, c'est pas une ben bonne nouvelle que tu nous apportes là, reprit Gonzague, sans paraître plus ému qu'il ne fallait.

— Ça se peut que l'armée ait pas voulu de lui, ajouta Henri. À ce moment-là, il doit avoir pris le bord de Sorel ou de Montréal. Tu vas le voir revenir un beau jour, la queue entre les deux jambes.

— Bon, c'est pas tout, ça, lui annonça son père en reprenant la parole. Je voulais te dire que j'ai presque décidé de vendre l'hôtel.

— Pas vrai ! s'exclama Laurent, stupéfait.

— Oui, c'est presque fait, déclara le vieillard en arborant un air content de lui.

— Je comprends pas, p'pa. Ça fait seize ans que vous l'avez et vous avez toujours dit que c'était payant.

— C'est vrai, reconnut son père. Et je peux te dire que c'est encore pas mal payant. Encore cette semaine, j'ai sept pensionnaires, en plus des clients de la taverne et de la salle à manger. Les pensionnaires sont des gars de la voierie provinciale en train d'ouvrir un chemin entre Baie-du-Fèvre et Saint-Zéphirin. Ils m'ont dit que c'était possible qu'ils en aient encore pour jusqu'à l'automne.

— Pourquoi vous vendez, d'abord ?

— Parce qu'il y a quelque chose de plus payant

encore, dit mystérieusement le vieillard… En plus, c'est quand une affaire marche ben qu'il faut penser la vendre. Si j'attends que la clientèle baisse, celui qui veut acheter va me donner pas mal moins.

— Votre acheteur, est-ce que c'est quelqu'un de la paroisse ? demanda son fils cadet.

— Es-tu fou, toi ? Tu sais ben qu'il y a juste Fabien Gagnon qui aurait les reins assez solides pour acheter mon hôtel. J'aimerais mieux y mettre le feu que de le lui vendre, ajouta-t-il en serrant les dents, tellement sa haine du maire était vive. Non, un nommé Hector Mondou de Sorel est passé me voir au début d'avril pour me faire une offre. Là, je me suis mis à penser. Je rajeunis pas et je commence à en avoir assez d'avoir du trouble à me trouver des employés fiables.

Laurent connaissait assez son père pour savoir que ses problèmes avec ses employés provenaient surtout du fait qu'il s'entêtait à très mal les payer.

— Puis ?

— Je l'ai laissé poireauter un bon bout de temps en lui disant que ça m'intéressait pas. Il a fini par augmenter son offre et j'ai finalement eu mon prix.

Son fils aurait aimé savoir combien il avait obtenu pour l'immeuble à un étage et ses dépendances situés au centre du village, en face de la rivière Yamaska, au milieu d'un très grand terrain. Cependant, il ne se hasarda pas à le demander, persuadé d'essuyer une rebuffade s'il osait le faire.

— On passe chez le notaire samedi matin. Parles-en à personne. Ça va être une surprise pour pas mal de monde dans la paroisse, poursuivit Gonzague en ricanant.

— En tout cas, vous allez enfin pouvoir vous reposer, déclara Laurent. À votre âge…

— Laisse faire mon âge, l'interrompit brutalement son père. Je vends pas l'hôtel pour me reposer. Je le vends pour faire autre chose de plus payant.

— De plus payant ?

— Ben oui.

— Si vous êtes pour parler de politique, je pense que nous autres, les femmes, on va rentrer, intervint Annette en se levant.

Sa bru l'imita. Les deux femmes rentrèrent leurs chaises à l'intérieur.

— Aux dernières élections, Henri est venu me donner un coup de main pour faire réélire Édouard Ouellette. C'est un bon homme qui sait reconnaître les services rendus. Ça fait que je lui ai demandé de me faire rencontrer le sous-ministre de la Voierie.

— Puis ?

— Puis je suis allé le rencontrer à Nicolet. Il est ben parlable.

— Qu'est-ce que vous voulez faire avec la voierie, p'pa ? s'étonna son fils cadet, qui, de toute évidence, n'y comprenait plus rien.

— Attends, je vais t'expliquer. As-tu vu le char acheté par le gros enflé de Fabien Gagnon ? lui demanda-t-il.

— Oui, hier.

— Il l'a acheté il y a quinze jours, mais il le cachait dans sa remise parce qu'il voulait pas le crotter sur nos chemins. Il faut croire qu'il attendait le beau temps pour le montrer. Moi, je l'ai su le lendemain qu'il l'a acheté et ça m'a donné une idée. Les gars de la voierie qui pensionnent à l'hôtel arrêtent pas de dire que c'est ben beau ouvrir des chemins, mais il faut les entretenir et là, il y a presque personne outillé pour le faire, même si le gouvernement est prêt à donner des contrats.

— À ceux qui ont voté du bon bord, ben sûr, intervint Henri avec un bon gros rire.

— Ben, c'est ça qui m'a décidé en fin de compte à vendre, déclara le vieillard. Il est pas écrit nulle part que Fabien Gagnon va être le seul à faire de l'argent à Saint-Paul, poursuivit-il. Avec une partie de l'argent que va me rapporter la vente de l'hôtel, je vais m'acheter deux *trucks* neufs, pas plus tard que la semaine prochaine et, avec ça, on va charroyer de la terre et de la gravelle pour le gouvernement. Le sous-ministre m'a promis un contrat.

— Ah ben ! J'en reviens pas, fit Laurent, sidéré.

— À cette heure, c'est ben beau penser à acheter deux *trucks*, mais il faut que je me trouve deux gars capables de les conduire.

— C'est sûr, l'approuva son fils cadet.

— Henri veut rien savoir d'apprendre ça. Il dit que ça lui fait peur, affirma le vieil homme. J'avais pensé à Charles et au mari d'Hélène, mais tous les deux doivent disparaître un certain temps. Ça fait que je me suis dit que toi, t'étais capable d'apprendre une affaire comme ça. J'ai déjà approché Léon Tremblay. Son père m'a dit qu'il en a conduit un l'année passée pendant un mois ou deux, à Sorel. Qu'est-ce que t'en penses ?

Laurent mit un moment avant d'accepter l'offre paternelle. Évidemment, il était alléché par la perspective de conduire un camion neuf. Il se voyait arriver, triomphant, à la maison au volant d'un pareil véhicule. Il restait à savoir combien son père était prêt à le payer…

Le vieillard interpréta mal l'hésitation de son fils.

— Voyons donc, torrieu ! Prends pas cet air-là. T'es

pas plus bête qu'un autre. T'es capable de conduire ça. Il paraît que c'est ben facile à apprendre.

Cette dernière phrase emporta les dernières hésitations de Laurent qui accepta la proposition de son père.

— Jeudi prochain, Henri va passer te prendre chez vous et je connais une place à Sorel où je peux avoir deux *trucks* à un bon prix.

De retour à la maison, Laurent avait un tel air excité que sa femme ne put s'empêcher de lui demander ce qu'il avait.

— J'ai rien, mentit-il en allumant sa pipe.

— Aïe, Laurent Boisvert, prends-moi pas pour une folle, dit-elle en quittant sa chaise et en commençant à ranger les articles de couture qui lui avaient permis de terminer sa dernière catalogne, avec l'aide de Madeleine. T'as l'air du chat qui vient d'avaler une souris.

Laurent finit par lui apprendre la nouvelle.

— Ah ben ! J'aurai tout entendu ! s'exclama-t-elle après l'avoir écouté. À quel âge ton père va se calmer, tu penses ? Ça, ce sont des plans d'un homme qui a la moitié de son âge…

— On le changera pas, admit son mari. Tu sais ben que là où il y aura une piastre à faire, il sera jamais ben loin.

— Parlant de piastre, as-tu pensé à lui demander combien il entend te payer quand tu vas travailler pour lui ?

— Je suis pas inquiet, mentit-il. Il va me payer comme du monde.

— Tu serais bien le premier, fit Corinne, acide. Puis, si tu fais cet ouvrage-là, qui va s'occuper de la terre pendant que tu seras pas là ?

— T'as pas à t'énerver avec ça, affirma-t-il. Le plus

gros de l'ouvrage va être fait avant que je commence à travailler pour le père. Quand le temps des foins et des récoltes arrivera, je lâcherai le *truck* une couple de jours pour m'occuper de la terre. En attendant, Léopold et les enfants sont capables de te donner un bon coup de main.

— Mais tu sais même pas conduire ça ! protesta Corinne. C'est des plans pour te tuer.

— Prends-moi pas pour un gnochon ! s'emporta son mari. S'il *y* en a qui sont capables d'apprendre à chauffer ça, je suis pas plus bête qu'eux autres. Je vais apprendre.

— En tout cas, moi, je trouve ça pas mal risqué, dit-elle en pliant la catalogne avec l'aide de sa fille Madeleine.

— As-tu pensé qu'avec cette *job*-là, j'aurai plus besoin de partir au chantier ?

— De toute façon, tu m'as dit que tu voulais plus y retourner.

— Je vais avoir une paye qui va entrer chaque semaine, ajouta-t-il, comme s'il ne l'avait pas entendue.

— À la condition que ton père te la donne, laissa tomber sa femme sans grand enthousiasme.

Le lendemain matin, Norbert retourna en classe avec Élise et Lionel pendant que Léopold secondait le maître de maison dans le pénible travail de l'épandage du fumier. Ce travail occupa les deux hommes jusqu'au samedi midi. Pendant les deux journées suivantes, Corinne et sa fille nettoyèrent la maison de fond en comble, comme chaque printemps.

Elles vidèrent les tuyaux du poêle de la cuisine d'hiver avant de se mettre à laver murs et plafonds de toutes les pièces de la maison. Une fois le travail accompli, elles commencèrent à emménager dans la grande cuisine d'été qui allait devenir le centre de la vie familiale jusqu'à l'automne suivant. Au retour de l'école, ces jours-là, Norbert, Élise et Lionel furent mis à contribution pour accélérer les travaux. Bref, le samedi midi, le barda du printemps, comme le disait la maîtresse de maison, était bel et bien terminé.

*
**

Ce samedi-là, après le repas du midi, Corinne et ses filles rangèrent rapidement la cuisine.

— Qu'est-ce que t'aimes mieux faire ? demanda-t-elle à son mari. Aimes-tu mieux rester ici pour te reposer un peu cet après-midi ou venir nous conduire, Madeleine et moi, chez nos pratiques pour leur apporter nos courtepointes et nos catalognes ?

— Ah non, sacrement ! J'ai pas le goût pantoute d'aller traîner sur le chemin et vous attendre à la porte, dit-il avec mauvaise humeur.

— Dans ce cas-là, Léopold va venir nous conduire, décida-t-elle.

— Non, Léopold a de l'ouvrage à faire. Il doit nettoyer l'étable, trancha-t-il. Si t'as absolument besoin de quelqu'un pour conduire le boghei, prends Norbert. Il est ben capable de faire ça.

— C'est pas que j'aie absolument besoin de quelqu'un pour conduire, mais tu sauras, Laurent Boisvert, que deux femmes toutes seules sur le chemin, ça fait toujours jaser. Dans ce cas-là, Norbert va venir avec nous autres. Toi, va te décrotter un peu et monte te changer, ajouta la mère de famille en se tournant vers son fils. Il est pas question que tu viennes nous faire honte à Yamaska.

Quelques minutes plus tard, l'adolescent aida sa mère et sa sœur à déposer avec soin à l'arrière de la voiture les courtepointes et les catalognes qu'elles avaient fabriquées depuis le début de l'automne précédent. Ces ouvrages représentaient des centaines d'heures de travail et il n'était pas question de les abîmer durant le trajet.

Il faisait un temps magnifique et le soleil avait asséché depuis longtemps les mares laissées par les pluies du début du mois. Vêtues de leur robe du dimanche et soigneusement coiffées de leurs petits chapeaux qu'elles avaient étrennés à Pâques, la mère et la fille prirent place dans le boghei.

— Excite pas trop le blond, recommanda Corinne à son fils. Il fait beau et on n'est pas si pressés que ça. Il manquerait plus qu'on arrive couverts de poussière.

Une heure plus tard, la mère ordonna au conducteur de s'arrêter devant une maison cossue située en face de l'église de Yamaska. La petite femme blonde et sa fille s'emparèrent d'une courtepointe et d'une catalogne et allèrent sonner à la porte de madame Timothée Legendre, l'épouse du propriétaire d'une meunerie de la région. La dame, tout à fait séduite, acheta sans barguigner les deux travaux de couture et en commanda deux nouveaux pour le printemps suivant.

Le client suivant était le propriétaire d'une mercerie bien connue de Yamaska. L'homme, un peu grincheux, se plaignit du retard de la livraison de sa commande passée au mois de septembre précédent, mais il paya rubis sur l'ongle le prix demandé pour deux courtepointes et deux catalognes. Il était même prêt à acheter les deux dernières productions, mais Corinne refusa en alléguant qu'elle les avait promises à une dame Giguère, demeurant près de l'hôtel.

Quand elle revint à la voiture en compagnie de Madeleine, Norbert se plaignit d'avoir à attendre si longtemps au soleil.

— La prochaine fois, tu le sauras, répliqua sa mère. T'auras juste à rester à la maison. Si t'aimes mieux nettoyer l'étable plutôt que te promener, c'est ton affaire. Je suis certaine que Léopold aurait pris ta place sans se plaindre.

Cette réplique maternelle eut le don de faire taire les plaintes de l'adolescent qui déposa ses deux passagères près de l'hôtel. Les deux femmes venaient à peine de disparaître à l'intérieur de la maison qu'un étranger s'approcha d'un pas incertain de la voiture surveillée par Norbert.

— Ta... Tabarnouche ! Dis-moi pas que le grand Boisvert est ren... rendu qu'il vient voir sa blonde le samedi a... après-midi, à cette heure ! s'exclama l'homme âgé d'une quarantaine d'années passablement éméché, en s'arrêtant pour flatter l'encolure du cheval des Boisvert. L'Amélie doit être sur... surprise en joual-vert de le voir a... apparaître comme ça, en plein cœur de la jour... journée.

Norbert, assis sur le siège du conducteur, sursauta, mais garda le silence. Il n'avait rien compris à ce que l'homme venait de dire.

— C'est... C'est ben le cheval de Laurent Bois... Boisvert, non ? demanda l'ivrogne avec un entêtement auquel son état n'était pas totalement étranger.

— Oui, monsieur.

— Il me sem... semblait ben aussi. Mais toi, qu'est-ce que tu fais dans son bo... boghei ?

— Je suis son garçon, monsieur.

— Ben, si je co… connais ben ton père, t'es pas près de le voir sourdre de l'hôtel, dit en ricanant l'inconnu. Pour moi, t'es mieux de t'ô… t'ôter du soleil parce que tu vas en a… avoir pour un bon bout de temps à l'a… l'attendre.

L'homme finit par se diriger d'un pas hésitant vers la galerie de l'hôtel voisin et Norbert, intrigué, le vit disparaître à l'intérieur. Quand sa mère et sa sœur revinrent à la voiture quelques minutes plus tard, l'adolescent ne put s'empêcher de répéter tout ce que l'homme lui avait dit.

— Il faut pas que tu fasses attention à ce qu'il a raconté. C'est juste un soûlon, lui dit sa mère, dont le visage s'était soudain rembruni. Bon, avant de rentrer, tu vas t'arrêter à la mercerie. On a besoin de quelque chose.

— Est-ce qu'on est obligés de retourner là ? demanda son fils, mécontent.

— Discute pas. On y va, trancha sa mère.

Le changement d'expression dans le visage de sa mère n'avait pas échappé à Madeleine. La jeune fille avait aussi bien compris que sa mère l'allusion à une certaine Amélie que son père avait l'air de fréquenter quand il venait traîner à Yamaska le samedi soir. Elle posa une main apaisante sur le bras de sa mère quand elle remarqua que cette dernière avait envie de pleurer.

— Ce sera pas long, déclara Corinne en descendant devant la petite mercerie où elle avait pénétré moins d'une heure plus tôt. Viens, Madeleine, ordonna-t-elle à sa fille. On va se grouiller, sinon on sera jamais revenues à temps pour préparer le souper.

En fait, la mère et la fille ne demeurèrent que quelques

minutes dans le commerce. Elles le quittèrent en portant un paquet enveloppé dans un grossier papier brun.

— Vous avez acheté quelque chose ? demanda Norbert, surpris, en se tournant vers ses passagères.

— Oui, senteux ! répondit sa sœur. C'est du matériel pour faire une robe. Es-tu content, là ?

— C'est correct ! Énerve-toi pas, la grande, dit le conducteur en mettant la voiture en marche. C'était pas un crime de le demander.

— Vous auriez pas dû dépenser autant, m'man, fit l'adolescente, dont les yeux brillaient de plaisir.

— C'est pour ta fête et, en plus, t'as travaillé tout l'hiver à coudre ça. C'est normal que t'en sois récompensée.

— Vous aussi, vous avez travaillé tous les jours à faire les courtepointes et les catalognes, m'man, protesta la jeune fille. Vous méritiez, vous aussi, de vous acheter du matériel.

— Ben non, fit sa mère. J'ai trois robes propres, c'est en masse. Il faut pas gaspiller. On sait jamais quand est-ce qu'on va avoir besoin d'argent pour acheter à manger.

Madeleine prit note de la leçon. Corinne était heureuse d'avoir fait plaisir à sa fille. Elle savait à quel point elle se sentait désavantagée face à la petite Rocheleau qui étrennait depuis deux semaines une robe neuve qui avait attiré les regards de Léopold. Elle venait d'avoir seize ans et elle méritait amplement la joie de se confectionner une robe à la mode du jour. L'achat du tissu bleu nuit s'était fait rapidement parce qu'il avait plu tout de suite à Madeleine. Le plus long avait été le choix d'un patron et de la dentelle dont elle voulait orner le col et les poignets de sa robe neuve.

À leur arrivée à la maison, Laurent était déjà à l'étable, occupé à faire le train avec Léopold. Élise sortait du poulailler avec Lionel. Tous les deux venaient de donner à manger aux poules. Norbert alla dételer le cheval et le conduire dans l'enclos après lui avoir donné à manger.

— Range ton matériel dans ta chambre, conseilla Corinne à sa fille en mettant son tablier. Ça sert à rien d'en parler à ton père quand il rentrera des bâtiments.

Quand tout le monde se retrouva assis autour de la table, Corinne et Madeleine servirent du veau réchauffé et Laurent ne remarqua pas le visage fermé de sa femme ou, s'il le remarqua, il le mit sur le compte de la fatigue.

— Est-ce que t'es venue à bout de vendre toutes tes affaires ? lui demanda-t-il au moment du dessert.

— Oui, j'ai même des commandes pour l'hiver prochain, se borna-t-elle à dire. Lionel, tiens-toi comme du monde à table et ferme ta bouche quand tu manges. Je te le répète à tous les repas, dit-elle avec humeur à son fils de six ans.

Dès la dernière bouchée avalée, Laurent s'empressa de se raser et de faire sa toilette. Sa femme alla le rejoindre dans leur chambre à coucher au moment où il revêtait une chemise propre.

— T'en vas-tu à Yamaska ? lui demanda-t-elle.

— Pose donc pas de question inutile, répliqua-t-il en boutonnant sa chemise.

— Si c'est là que tu vas, tu diras bonsoir à Amélie pour moi, ajouta-t-elle sèchement.

— Qu'est-ce que tu racontes là ? fit-il en rougissant légèrement.

— Je raconte que j'aimerais bien être capable de

mettre les pieds à Yamaska avec mes enfants sans me faire demander si t'es avec ton Amélie ! rugit-elle.

— Je comprends rien à ce que tu me racontes là, se défendit son mari avec une mauvaise foi évidente.

— Dans ce cas-là, cherche pas à comprendre. Arrange-toi juste pour que j'aie pas honte quand je sors de la maison avec les enfants. Il me semble que c'est déjà assez d'avoir un père ivrogne sans qu'ils soient obligés de s'apercevoir que c'est un courailleux en plus ! lui précisa-t-elle avec rage avant de sortir de la chambre à coucher en claquant la porte derrière elle.

Quelques minutes plus tard, Laurent quitta la maison. Il ne revint chez lui qu'aux petites heures du matin.

Chapitre 7

Une grande perte

Comme la plupart des dimanches matin, Laurent Boisvert fut incapable de se lever assez tôt pour faire le train. Sa femme, Léopold et les enfants s'en chargèrent à sa place. Ensuite, Norbert et Léopold avaient attelé pour assister à la basse-messe au village.

Ce dimanche-là, le cultivateur, mal remis de sa cuite de la veille, alla tout de même à la rencontre de son père et de son frère après la grand-messe pendant que sa femme, accompagnée par Madeleine, Élise et Lionel, allait saluer Marie-Claire Rocheleau à qui elle n'avait pas parlé depuis deux semaines.

— Est-ce que Germaine est malade, madame Rocheleau ? demanda Madeleine à la voisine.

— Pantoute, ma belle. Depuis deux semaines, elle dit qu'elle aime mieux aller à la basse-messe avec ses frères.

Le visage de l'adolescente se renfrogna et son changement d'expression n'échappa pas à sa mère. Corinne en comprit immédiatement la cause. De toute évidence, sa fille n'était pas heureuse d'apprendre que la voisine allait à la même messe que Léopold. Elle se promit de lui parler franchement à la première occasion.

Pendant ce temps, Laurent, le front encore serré dans

l'étau d'une atroce migraine, avait appris que la vente de l'hôtel s'était déroulée sans anicroche, la veille, chez un notaire de Sorel. Son père lui avait répété de n'en parler encore à personne. Il désirait que les habitants de Saint-Paul-des-Prés en soient informés de la bouche même du nouveau propriétaire de l'endroit.

— Jeudi prochain, on va aller acheter les *trucks*, tel que prévu, prit-il le soin de rappeler à son fils cadet. Le petit Tremblay va monter, lui aussi, avec nous autres. Comme il en a déjà conduit un, il va pouvoir t'expliquer comment ça marche, ces machines-là.

— Où est passé Charles ? demanda Laurent à son frère aîné qui n'avait pas encore ouvert la bouche.

— Il est parti avec le mari d'Hélène hier matin.

— Tu sais où ils vont se cacher ? lui demanda son frère à voix basse.

— Je suis pas censé le savoir.

— Annette est pas avec vous autres ?

— Oui, on l'attend, répondit Gonzague. Elle avait deux mots à dire au curé. Elle est passée le voir dans la sacristie.

*
**

Annette Boisvert, la mine revêche, avait attendu patiemment que l'église se vide avant de prendre la direction de la sacristie. La petite femme au visage en lame de couteau et au chignon poivre et sel voulait formuler une demande spéciale au curé Bilodeau en ce second dimanche du mois de mai.

La mère de Charles et d'Hélène Boisvert avait fait trois fausses couches et n'avait jamais été une femme très robuste. D'une nature geignarde, elle donnait souvent l'impression de passer plus de temps à se plaindre qu'à travailler.

— Elle s'écoute trop ! répétait son beau-père, qui ne l'appréciait guère.

Quoi qu'il en soit, le mariage de son fils Charles avait été une véritable bénédiction pour cette femme peu volontaire, tiraillée constamment entre son mari et son beau-père. Inutile de préciser qu'elle s'était empressée d'abandonner avec un soulagement évident la direction de sa maison à Alexandra, sa jeune bru, dès que cette dernière était venue s'installer dans la grande maison de pierre du rang Saint-André.

La jeune femme avait rapidement classé sa belle-mère dans la catégorie des malades imaginaires et s'était mise en devoir de remettre de l'ordre dans la demeure. Si Gonzague apprécia le changement, il aurait été faux de croire que la jeune femme de vingt ans était enchantée de vivre dans la même maison que lui. Dès les premiers jours, le vieillard apprit à ses dépens qu'elle n'était pas femme à reculer, comme l'avait toujours fait sa belle-mère.

— Monsieur Boisvert, je suis pas votre servante, ni celle de mon beau-père ou de mon mari, avait-elle clamé lorsque le vieillard avait osé critiquer ce qu'elle venait de lui servir au repas. Si ce que je cuisine fait pas votre affaire, vous aurez juste à vous faire à manger tout seul ou à aller manger à votre hôtel.

Dompté, Gonzague s'était contenté de lui jeter un regard furibond avant de repousser son assiette.

Mais ce dimanche-là, Annette Boisvert ne venait pas voir le curé Bilodeau pour se plaindre de sa bru, loin de là.

— Oui, madame ? fit Charles Bilodeau, sur le ton

peu amène qu'il réservait à tous les membres de la famille Boisvert, en se tournant vers elle, encore vêtu de son aube.

Le prêtre avait vite reconnu une Boisvert, cette famille qu'il détestait royalement. De plus, à jeun depuis la veille, il avait hâte de dîner.

— Je voulais vous dire deux mots dans le particulier, monsieur le curé, fit Annette d'une voix humble en lui montrant de la tête les deux servants de messe en train de retirer leur soutane, à l'écart.

— Pour ça, madame, vous n'avez qu'à passer au presbytère, dit sèchement le prêtre.

— Ce sera pas long, monsieur le curé.

Le pasteur de Saint-Paul-des-Prés fit signe aux garçons de s'éloigner et s'approcha de sa paroissienne.

— Qu'est-ce qu'il y a ? lui demanda-t-il assez abruptement, incapable de dissimuler son agacement.

— Il y a, monsieur le curé, que j'ai pas une bien grosse santé, dit Annette en adoptant un air misérable. Ça fait que je me suis demandé si vous m'accorderiez pas une dispense de faire maigre le vendredi pour que je puisse me renforcir un peu.

— Vous êtes faible à ce point-là ? demanda l'ecclésiastique avec l'air d'en douter fortement.

— Oui, monsieur le curé.

— Pourtant, on peut pas dire que vous avez l'air mourante, ajouta-t-il avec une certaine dose de méchanceté.

— …

— Je donne pas des dispenses comme ça, madame Boisvert, précisa-t-il. Si vous en voulez une, il va falloir que vous passiez voir votre docteur pour lui demander un papier certifiant que vous avez absolument besoin de manger de la viande le vendredi, comme les autres jours de la semaine. Quand vous aurez ce papier-là, vous passerez me voir et on examinera ça ensemble.

— C'est correct, monsieur le curé, accepta Annette. Merci, excusez-moi pour le dérangement.

L'épouse d'Henri Boisvert quitta la sacristie et alla rejoindre son beau-père et son mari, encore debout sur le parvis. Laurent, Corinne et ses enfants venaient de quitter l'endroit.

— Puis ? lui demanda Henri.

— Il veut pas, laissa-t-elle tomber d'une voix plaintive.

— Qu'est-ce que le curé veut pas ? intervint Gonzague, intrigué.

— Annette voulait une dispense pour manger de la viande le vendredi, lui expliqua son aîné.

— Torrieu ! Qu'est-ce que le curé a à voir là-dedans ? s'emporta le vieil homme. Si tu sens que t'as besoin de viande, manges-en. T'es pas obligée d'aller le crier sur les toits que tu manges de la viande le vendredi, ajouta-t-il avec humeur. Bon, on a assez bretté ici. On rentre.

*
**

À leur arrivée à la ferme, Corinne et Laurent eurent la surprise de découvrir un boghei arrêté près de leur galerie.

— On dirait que c'est le cheval de ton frère Bastien, dit Laurent en laissant descendre sa femme et ses enfants près de la maison.

Avant même que Corinne ait pu répondre, la porte moustiquaire s'ouvrit sur Bastien Joyal, suivi de Norbert et Léopold.

— Mon Dieu ! T'es de bonne heure pour faire tes visites, lui fit remarquer Corinne avec bonne humeur. Rosalie est en dedans ?

— Non, elle est restée à la maison, dit son frère en l'embrassant sur une joue.

Voir Bastien sans Rosalie était si inhabituel que la maîtresse de maison se douta immédiatement que quelque chose de grave était arrivé.

— Dis-moi pas que Rosalie ou un de tes petits est malade ? s'inquiéta-t-elle en l'entraînant à l'intérieur.

— Non, ils vont ben. C'est le père qui est pas rougeaud pantoute.

— P'pa ? Qu'est-ce qu'il a ?

Avant que Bastien Joyal ait pu répondre, Laurent monta sur la galerie après avoir laissé à Léopold et à Norbert le soin de dételer le cheval. Il serra la main de son beau-frère préféré et attendit la réponse, comme sa femme.

— Ben, il faut d'abord que je te dise que la maison chez p'pa est pas mal à l'envers. La semaine passée, Simon a reçu son avis de mobilisation.

— Comment ça ? s'étonna Laurent. Ton frère a trente-deux ans, il devrait être exempté, non ?

— Pantoute, il a l'âge. La conscription, c'est de dix-huit à trente-deux ans.

— J'espère qu'il est parti se cacher, comme presque tous les autres de la paroisse ? demanda Corinne, soudain alarmée.

— Ben non, répondit Bastien. Imagine-toi donc que ce maudit innocent-là a décidé de faire comme ton gars. Il s'est engagé en disant que, grâce à l'armée, il allait pouvoir voir du pays.

Corinne adressa une prière muette à Dieu pour que son fils aîné n'ait pas été enrôlé.

— Il a pas fait ça ! s'exclama-t-elle.

— Comme je viens de te le dire, fit Bastien.

— Moi, je comprends ça, intervint Laurent. Si j'avais l'âge, j'irais, moi aussi. Une affaire comme ça, ça arrive pas deux fois dans la vie d'un homme.

— Surtout s'il se fait tuer, conclut sa femme en lui lançant un regard furieux… Comme ça, p'pa l'a mal pris.

— Tu peux le dire. Encore plus mal que m'man. En plus, il est tombé malade.

— C'est ça qui l'a rendu malade ? s'étonna Corinne.

— Non, on sait pas trop ce qui est arrivé. Il était à l'étable avec Anatole avant-hier et, à un moment donné, il est monté dans la tasserie pour jeter en bas du foin pour nourrir les vaches… Une affaire qu'il fait presque tous les jours.

— Puis ?

— Puis, on pense qu'il a eu un étourdissement ou une distraction. Il a perdu pied et il est tombé en bas.

— Il s'est pas cassé un membre, j'espère ?

— Non, pour mal faire, sa tête s'est cognée contre une pile de madriers et il est resté sans connaissance. Anatole s'est fait aider par Thérèse et par m'man pour le transporter dans la maison. Comme il ne revenait pas à lui, notre frère est allé chercher le docteur…

— Qu'est-ce que le docteur a dit ?

— Il est pas sûr pantoute que p'pa va s'en remettre. D'après lui, il est dans le coma.

— Voyons donc ! s'exclama Corinne. On meurt pas bêtement comme ça.

— Il est pas mort, la corrigea son frère, mais je pense que tu ferais peut-être mieux de venir le voir aujourd'hui. On sait jamais.

Cette nouvelle jeta un voile de tristesse chez les Boisvert. Les enfants adoraient leur grand-père maternel qui, à chaque jour de l'An, leur remettait un jouet qu'il avait façonné lui-même. Il aimait les taquiner et leur faire plaisir, contrairement à Gonzague, qui ne leur adressait pratiquement jamais la parole quand il les rencontrait.

Bastien refusa de rester à dîner malgré l'insistance de sa sœur. Il lui promit de la revoir chez leurs parents le jour même. Après son départ, Corinne et Madeleine, les larmes aux yeux, servirent les restes d'un rôti de porc avec des pommes de terre.

— Ça va, finit par dire Laurent aux siens. Votre grand-père est pas encore mort. Il peut toujours guérir.

— On va tous aller le voir cet après-midi, décida Corinne.

Son mari esquissa une grimace de contrariété. Il se serait bien passé d'aller à Saint-François-du-Lac l'un des jours les plus chauds de ce printemps de 1918. Il aurait préféré s'étendre sur son lit pour récupérer de sa sortie de la veille. Pendant un bref moment, il hésita entre laisser partir sa famille sans lui ou l'accompagner. Puis, il se rendit compte que, s'il demeurait à la maison, toute la famille Joyal lui en voudrait de ne pas être venu à un moment aussi important.

Durant tout le trajet conduisant les siens à la maison des Joyal située dans le rang de la Rivière à Saint-François, il garda un visage renfrogné. Il se rappelait trop bien les nombreuses fois où son beau-père avait dû le rappeler sévèrement à l'ordre pour l'inciter à traiter sa femme de façon convenable. À ses yeux, Napoléon Joyal était un homme bon, mais un peu trop porté à se mêler de ce qui ne le regardait pas.

À deux heures et demie, le boghei des Boisvert arriva devant la grande maison en pierre de Saint-François-du-Lac. La cour était encombrée de voitures.

— Sacrement, tout le village est déjà là ! s'exclama Laurent avec mauvaise humeur en dirigeant sa voiture au fond de la cour.

— Il y a au moins huit bogheis, lui fit remarquer sa femme, la gorge étreinte par un étrange pressentiment. C'est pas juste les voitures de Bernard, de Bastien et d'Amédée.

La porte moustiquaire s'ouvrit brusquement sur Blanche au moment où la jeune femme, suivie par ses enfants, posait le pied sur la première marche conduisant à la galerie. À la vue de sa sœur en pleurs, Corinne comprit immédiatement.

— Il est pas mort ? demanda-t-elle les yeux pleins de larmes et la gorge serrée.

Blanche se contenta de hocher la tête. Corinne se précipita à l'intérieur. Le vieux docteur Lemire, assis à table, était en train de signer un document en compagnie de Thérèse, la femme de son frère aîné.

— Anatole est parti chez Desfossés, à Pierreville, dit à mi-voix la grande femme osseuse. Il devrait être à la veille de revenir. Il est arrêté en passant au presbytère. Monsieur le vicaire vient d'arriver.

Corinne lui fit un signe de tête pour lui faire comprendre qu'elle l'avait bien entendue. Elle traversa la cuisine d'été et pénétra dans la grande cuisine d'hiver où les plus jeunes membres de la famille Joyal attendaient en silence. La porte de la chambre de ses parents était ouverte. Le cœur serré, la fille cadette de Napoléon Joyal trouva le courage de s'avancer vers la petite pièce au centre de laquelle était le lit où reposait son père.

La fille de sa sœur Germaine s'écarta pour la laisser pénétrer dans la chambre où un prêtre, étole violette autour du cou et barrette sur la tête, était en train d'administrer l'extrême-onction à son père. Malgré ses larmes, elle aperçut sa mère, Amédée, Bastien, Rosalie, Germaine et Bernard, debout dans la pièce. Elle se glissa aux côtés de sa mère, secouée par des sanglots convulsifs. Elle, la préférée de son père, s'en voulait de n'avoir pu être près de lui avant sa mort.

— Nous vous recommandons, Seigneur, l'âme de votre serviteur Napoléon, et nous vous prions pour elle, dit le jeune prêtre qui officiait dans la chambre du défunt.

Après avoir oint différentes parties du corps de Napoléon Joyal, l'officiant invita les personnes présentes à prier pour le salut de son âme. Il s'agenouilla, imité par les proches du disparu. Laurent s'installa à côté de Corinne. Dans la pièce voisine, les jeunes se mirent à genoux à leur tour et participèrent à la récitation du chapelet.

Quelques minutes plus tard, Alexandre Desfossés et un employé entrèrent dans la maison, précédés d'Anatole Joyal. Le grand et gros quinquagénaire enleva poliment son chapeau noir, révélant un crâne presque entièrement chauve. À la vue de l'entrepreneur des pompes funèbres, l'abbé Rioux invita les personnes présentes dans la chambre à lui céder la place. Les gens sortirent les uns après les autres de la pièce. Le vicaire partit en promettant de revenir le soir même pour prier avec eux.

Finalement, seules Lucienne et la cadette de ses filles

s'attardèrent un peu plus longtemps. Corinne put enfin s'approcher du lit sur lequel son père gisait, recouvert jusqu'au menton par un drap blanc. Elle se pencha vers lui et l'embrassa sur une joue avant d'éclater bruyamment en sanglots. Sa mère lui saisit le bras et l'entraîna hors de la pièce.

En ces moments pénibles, Lucienne Joyal se révélait égale à elle-même. C'était une femme forte à la foi inébranlable. Les yeux rougis par le chagrin, elle demanda à ses filles de s'occuper des gens pendant qu'elle retournait dans la chambre mortuaire préparer les vêtements dans lesquels son mari allait être exposé. Elle demanda à ses fils et à ses gendres de préparer le salon pour l'exposition.

Anatole sortit de la maison pour aller chercher les tréteaux et le drap noir apportés par Desfossés dans sa voiture pendant que Bastien, Bernard, Amédée et Laurent repoussaient les meubles pour libérer l'un des murs du salon.

Blanche, Germaine, Corinne, Rosalie et Thérèse se consultèrent à voix basse pour savoir quelle nourriture elles allaient préparer pour les nombreux visiteurs qui n'allaient pas manquer d'envahir la maison durant les jours suivants.

Quelques minutes plus tard, Desfossés apparut à la porte de la chambre pour solliciter l'aide de deux hommes pour transporter, avec lui et son employé, le cercueil dans le salon. Laurent s'avança avec Bastien pour aider à déplacer le disparu. Lucienne fut la dernière à sortir de la chambre. Elle transportait deux longs cierges qu'elle disposa à chaque extrémité du cercueil après les avoir allumés. Ensuite, elle retourna dans la chambre et n'en sortit qu'un peu plus tard, vêtue d'une robe noire.

— On va aller faire le ménage de la chambre, chuchota Blanche à l'oreille de Corinne en se dirigeant déjà vers la pièce que leur mère venait de quitter.

— C'est correct, accepta la jeune femme. Madeleine, occupe-toi des jeunes, veux-tu ? demanda-t-elle à sa fille qui venait de s'essuyer les yeux, debout devant le cercueil de son grand-père.

Madeleine hocha la tête et entraîna tous les jeunes, ses frères, sa sœur aussi bien que les plus jeunes enfants de son oncle Bastien et de sa tante Germaine vers la balançoire extérieure. Dans la cuisine, les femmes avaient entrepris de préparer le souper et de cuisiner plusieurs gâteaux qui seraient servis en soirée.

À la fin de l'après-midi, Laurent attira sa femme à l'écart pour lui dire :

— Écoute, je vais ramener les enfants à la maison. Il y a le train à faire et la maison de ton père va être pleine de monde toute la soirée. Toi, tu peux coucher ici dedans, si ça te dit. Je reviendrai demain après-midi avec les enfants.

Corinne reconnut le bon sens de sa proposition et poussa ses enfants à aller voir leur grand-père dans le salon et à embrasser leur grand-mère avant de partir pour Saint-Paul-des-Prés.

— Tu pourrais avertir chez ton père que mon père est mort, dit-elle à son mari après avoir recommandé à ses enfants d'être sages et d'obéir à Madeleine.

Après le départ des siens, la jeune femme se joignit aux autres membres de la famille pour préparer la maison à recevoir les visiteurs. Comme Bastien avait le rare privilège d'avoir le téléphone à la maison, elle lui demanda de téléphoner à Juliette Marcil, la sœur de

Laurent, pour lui apprendre la nouvelle avant de revenir après avoir fait son train.

En ce premier soir de veille, beaucoup de gens de Saint-François-du-Lac vinrent prier au corps de Napoléon Joyal, le maître chantre de Saint-François-du-Lac depuis plus de vingt-cinq ans. Le petit homme grassouillet au sourire communicatif ne comptait que des amis dans la paroisse. Le curé Gascon apparut à la maison dès sept heures pour réconforter les membres de la famille du disparu. En même temps, il fut décidé que les funérailles auraient lieu à neuf heures, le mercredi matin.

Les derniers visiteurs quittèrent la maison peu avant onze heures ce soir-là. Les enfants de Lucienne durent se fâcher pour convaincre leur mère d'aller dormir quelques heures pendant qu'ils remettraient de l'ordre dans la maison. Lucienne finit par accepter à condition qu'on la réveille au début de la nuit pour pouvoir veiller son mari défunt.

— Elle est épuisée, dit Anatole. Elle a pas dormi une heure depuis que p'pa a eu son accident.

— On va la laisser dormir autant qu'elle va pouvoir, intervint Blanche. Ça sert à rien qu'elle se rende malade. Les journées vont être bien assez longues comme ça.

— Profites-en donc pour aller te coucher toi aussi avec Amédée, lui suggéra Germaine. Le mieux serait qu'on reste juste deux ou trois à veiller p'pa environ deux heures. Comme ça, on sera pas trop éreintés demain. Qu'est-ce que vous en pensez ?

Après une rapide consultation, on accepta la proposition de l'ancienne institutrice. Anatole et Thérèse imitèrent Rosalie et Bastien ainsi que Blanche et Amédée, laissant derrière eux Corinne, Germaine et son mari,

Bernard. Dès qu'ils se retrouvèrent seuls, ils se retirèrent dans le salon pour veiller le défunt.

Corinne rapprocha sa chaise du cercueil pour mieux voir la figure de son père, comme si elle essayait d'imprimer son visage dans sa mémoire. Dans le silence de la nuit, elle se laissa emporter peu à peu par un flot de souvenirs qui lui fit monter rapidement les larmes aux yeux.

Il n'avait jamais été un secret pour personne chez les Joyal que la cadette était la préférée de son père, et elle en avait largement profité. Adolescente, combien de fois avait-elle échappé à des tâches rebutantes en feignant la maladresse ? Chaque fois, son père avait fini par l'en exempter. Sa mère, jamais dupe de ses subterfuges, avait toujours fait en sorte qu'elle abatte tout de même sa part de travail.

Plus tard, quand Laurent Boisvert était venu demander sa main, son père, inquiet, avait exigé du temps pour y penser. Il avait été aussi méfiant que sa femme et n'avait finalement accordé sa main qu'après bien des réticences et s'être assuré que sa fille ne manquerait de rien.

— Pauvre p'pa ! murmura-t-elle pour elle-même.

Napoléon Joyal ne pouvait pas savoir alors à quel point son futur gendre l'avait trompé sur sa véritable personnalité.

Soudain, Corinne se revit s'agenouillant aux pieds de son père, le matin de son mariage, pour lui demander sa bénédiction. Elle se souvenait de lui, ému, l'embrassant sur les deux joues et lui souhaitant tout le bonheur possible. Pas plus qu'elle, il ne pouvait deviner que celui à qui il la donnait était un ivrogne violent et irresponsable.

Quand il s'était rendu compte que sa fille préférée

avait épousé un tel homme, il n'avait pas hésité à venir sermonner son gendre, même si poser ce geste avait dû être difficile pour ce bon vivant au caractère assez accommodant. En fait, elle ne savait plus combien de fois son père, un homme doux et jovial, avait dû se faire violence pour intervenir auprès de celui qui avait pourtant promis de prendre soin de sa fille.

Puis, la jeune femme blonde se revit arrivant chez ses parents un après-midi d'hiver, portant dans ses bras son bébé, après avoir découvert la veille une preuve évidente de l'infidélité de son mari. À l'époque, elle n'en pouvait plus. Pendant quelques jours, les Joyal l'avaient recueillie et son père avait exigé que ce soit Laurent qui vienne chercher sa femme quand Rosaire s'était présenté à la maison de pierre de Saint-François-du-Lac pour la ramener à la maison.

Corinne grimaça légèrement au souvenir de son mari venu frapper, faussement humble, à la porte de ses beaux-parents. Ceux-ci l'avaient invité à entrer, mais il avait eu droit à une sévère mise au point de son beau-père. « Si tu penses pas être capable de te conduire comme du monde avec ma fille, laisse-la ici dedans. Chez nous, elle mangera pas de misère », avait-il conclu avant d'inviter Corinne à quitter la chambre où elle s'était réfugiée avec son bébé à l'arrivée de son mari.

Après cette crise, Laurent lui avait fait payer chèrement l'humiliation subie. De plus, il avait longtemps boudé les Joyal, leur reprochant de se mêler de ce qui se passait chez lui. Son père avait pilé sur son orgueil et avait fait en sorte que son gendre recommence à fréquenter sa belle-famille. Il était bien évident qu'il ne voulait pas que sa fille soit isolée à Saint-Paul-des-Prés.

— Merci pour tout, p'pa, murmura-t-elle tout bas. Je sais pas ce que je vais faire sans vous.

— À qui tu parles ? lui demanda Germaine à voix basse.

— Je me parlais toute seule, répondit sa jeune sœur.

— Est-ce qu'on récite un chapelet ? Ça va nous aider à rester réveillés.

Corinne se contenta de quitter sa chaise et de s'agenouiller, imitée par Germaine et Bernard.

Une heure plus tard, Rosalie et Bastien descendirent au rez-de-chaussée, le visage un peu chiffonné.

— Il est déjà deux heures, dit Rosalie. C'est à votre tour d'aller vous coucher.

— On ira réveiller Blanche et Anatole vers quatre heures, poursuivit Bastien en se versant une tasse de thé.

— Et qu'est-ce qu'on fait pour m'man ? demanda Germaine.

— Pourquoi on la laisserait pas dormir ? suggéra Corinne. La journée va être longue demain.

En fait, Lucienne ne s'éveilla que sur le coup de quatre heures du matin. Elle s'était étendue tout habillée sur le lit. Furieuse de constater qu'elle avait dormi aussi longtemps, elle se précipita hors de la pièce pour découvrir Anatole, Thérèse, Amédée et Blanche en train de veiller au corps, à la faible lueur d'une unique lampe à huile.

— Vous auriez dû me réveiller bien avant, leur reprocha-t-elle.

— On a tous pris notre tour, m'man, lui dit Anatole. Rosalie et Bastien viennent de monter. On a encore deux jours et deux nuits à le veiller. On n'arrivera à rien si chacun dort pas un peu.

Pour toute réponse, Lucienne s'approcha de son mari

et posa une main sur celles du défunt autour desquelles un chapelet avait été enroulé.

*
**

L'après-midi suivant, Corinne eut la surprise de voir entrer chez sa mère sa belle-sœur Juliette, suivie par Laurent et ses enfants. La grande et forte veuve de quarante-neuf ans serra sa jeune belle-sœur dans ses bras pour lui prouver toute sa sympathie avant d'aller présenter ses condoléances aux Joyal qu'elle connaissait tous. Corinne la laissa prier au corps durant quelques instants avant de l'attirer sur la galerie.

— Je t'ai fait avertir par Bastien, mais je pensais jamais que t'allais descendre de Montréal, dit-elle à la restauratrice.

— Tu pensais tout de même pas que j'étais pour rester bien tranquille à servir mes clients pendant qu'une affaire de même t'arrivait, rétorqua la restauratrice en lui serrant la main.

— Laurent a pu aller te chercher à la gare ?

— Bien non, il y avait pas moyen de l'avertir. J'ai trouvé quelqu'un à la gare à matin pour m'emmener chez vous.

— J'espère que ça t'a pas causé trop de problèmes ?

— Pantoute, répondit Juliette. Sais-tu que je viens de m'apercevoir que ta Madeleine a pas les deux pieds dans le même sabot, déclara-t-elle en changeant de sujet de conversation. Ça va faire toute une femme, cette fille-là. Tu devrais voir comment elle mène son monde et comment elle se débrouille pour faire à manger. Si t'en avais pas besoin, je la prendrais n'importe quand à mon restaurant.

— C'est vrai que j'ai une bonne fille, reconnut Corinne en jetant un coup d'œil à l'adolescente en train de parler avec sa tante Rosalie un peu plus loin.

— As-tu eu des nouvelles de Philippe ? demanda Juliette en baissant involontairement la voix.

— Non, répondit la mère en retrouvant intacte toute son angoisse.

— Tu parles d'un petit maudit sans-cœur de laisser sa mère sans nouvelles comme ça, fit la forte femme.

— Il a pas écrit un mot depuis qu'il est parti. Il y a même pas moyen de savoir s'il s'est engagé dans l'armée, reprit Corinne, d'une voix éteinte.

— J'aurais cru que mon filleul aurait un peu plus de cœur et de jarnigoine que ça, fit Juliette. Comment Laurent a pris ça ?

— Pas trop mal, reconnut la mère, un peu à contrecœur. C'est tout juste s'il l'a pas approuvé. Il m'a même dit qu'il aurait peut-être fait la même chose à son âge.

— Beau nono ! On dirait bien qu'il a pas plus de tête avec les années, cette espèce de grand sans-dessein !

— Je suppose que t'as appris que Charles et le mari d'Hélène sont partis se cacher, poursuivit Corinne.

— Oui, mon père m'a dit ça tout à l'heure quand on a arrêté pour lui dire que ton père était mort.

Les deux femmes discutèrent longuement, heureuses de se revoir après si longtemps. La dernière visite de la restauratrice à Saint-Paul-des-Prés datait du début du mois de février.

— Ah ! J'allais oublier de te dire, fit Juliette à un certain moment. J'ai eu de la visite rare la semaine passée. J'allais justement te l'écrire.

— Qui ?

— Imagine-toi donc que notre Rosaire est venu manger au restaurant.

— Ah, enfin il s'est décidé à aller te voir ! s'exclama Corinne, oubliant un bref moment son chagrin. La dernière fois qu'il m'a écrit, c'était pour les fêtes. Est-ce qu'il va bien ?

— Tu le reconnaîtrais pas. Rosaire est devenu tout un bel homme. C'est surprenant qu'il soit pas encore marié à vingt-huit ans. En tout cas, la femme qui va mettre la main sur lui aura pas trop à se plaindre, ajouta la restauratrice.

— Il a beaucoup changé ?

— Juste en apparence, répondit sa belle-sœur. Il est toujours aussi timide et peu bavard. Il m'a dit qu'il travaillait pour la Ville de Montréal. Il vient d'avoir une promotion.

— Est-ce qu'il se souvient encore de nous autres ? demanda Corinne, inquiète.

— C'est sûr, la rassura Juliette. Il a pas arrêté de demander de tes nouvelles et des nouvelles de tes enfants.

— Mon Dieu que j'aimerais ça le revoir ! avoua Corinne. Ça fait dix ans que je l'ai pas vu.

— Décourage-toi pas, fit Juliette. Il y a rien qui dit que tu le verras pas arriver un beau jour à Saint-Paul. En passant, je trouve que votre homme engagé ressemble un peu à Rosaire quand il était jeune, tu trouves pas ?

— C'est bien possible, reconnut Corinne.

À l'heure du souper, Corinne apprit que son mari et ses enfants demeureraient avec elle jusqu'au milieu de la soirée parce que Léopold allait se charger du train.

Le lundi et le mardi furent si épuisants que les membres de la famille étaient à bout de force lorsque Wilfrid

Desfossés et ses porteurs se présentèrent chez les Joyal le mercredi matin. Des journées chaudes et humides suivies par des nuits incomplètes ne permettaient à personne de reprendre des forces.

Ce matin-là, la pluie se mit à tomber avec force un peu avant l'aube, détrempant ainsi tout le paysage et transformant la route en bourbier. Laurent arriva assez tôt chez les Joyal en compagnie de sa sœur et de ses enfants. Peu après, la cour de la ferme se remplit de bogheis appartenant à des membres de la famille, à des amis et à des connaissances. Tout le monde s'entassa dans le salon et la cuisine d'hiver pour une dernière prière avant que Wilfrid Desfossés invite les gens à se retirer pour lui permettre de fermer la bière.

Les enfants du disparu furent les derniers à obtempérer à la demande de l'entrepreneur. Corinne, incapable de retenir plus longtemps sa peine et réalisant tout à coup qu'elle voyait son père pour la dernière fois, se mit à pleurer bruyamment.

— Tiens-toi, ma fille ! lui ordonna sèchement sa mère. C'est pas en te laissant aller qu'il va revenir.

Sur ces mots, elle la saisit par un bras et l'entraîna hors de la pièce.

Quand les porteurs rouvrirent les portes du salon quelques minutes plus tard, Desfossés tendit à Lucienne le chapelet qui avait été enroulé autour des mains de son mari. La veuve le prit et le serra contre elle pendant qu'on sortait le cercueil de la maison en empruntant la porte de la façade. Déjà, la plupart des bogheis s'étaient alignés sur la route détrempée, derrière le corbillard sur lequel on déposa le corps de Napoléon Joyal.

Le ciel était uniformément gris. La pluie avait cédé la place à une sorte de crachin. Le convoi funèbre prit lentement le chemin de l'église paroissiale et le glas retentit au moment où les premières voitures venaient s'immobiliser devant le parvis de l'église. Les gens s'assemblèrent près de la porte où le curé Gascon, les épaules couvertes par une chape noire, accueillit son vieux paroissien pour la dernière fois. L'officiant suivit le corps déposé sur un chariot et poussé par les porteurs jusqu'à l'avant de l'église. Les fidèles se glissèrent silencieusement dans les bancs pour assister à la messe qui allait être célébrée pour le salut de l'âme de Napoléon Joyal. Lors de sa brève homélie, le prêtre sut trouver des paroles de réconfort propres à apaiser la douleur des parents et amis du défunt.

Après la célébration, toutes les personnes présentes suivirent le curé Gascon au cimetière voisin. Le cercueil fut déposé près de la fosse creusée par le bedeau et on récita une dernière prière avant qu'il soit déposé en terre. Sur un signe du prêtre, une première pelletée de terre fut jetée sur le cercueil. La terre produisit un son mat lorsqu'elle heurta le bois. Les personnes présentes furent invitées à se retirer. Blanche et Corinne entraînèrent leur mère hors du cimetière.

Revenus près des voitures, les gens se saluèrent avant de se séparer. Juliette accepta l'offre d'Amédée et de Blanche de la déposer à la gare de Sorel. Quand Corinne entendit Germaine proposer d'aller remettre de l'ordre chez sa mère en compagnie de Rosalie et de Bastien, elle décida de rentrer chez elle, à Saint-Paul-des-Prés. Elle alla embrasser sa mère en lui promettant de lui rendre visite très bientôt et elle monta dans le boghei où Laurent et ses enfants l'attendaient déjà.

Le retour à la maison se fit dans un lourd silence. Corinne sentait que ses enfants faisaient un effort pour se tenir tranquilles, par respect pour sa peine. À leur arrivée, Léopold abandonna la brouette pleine de fumier qu'il venait de sortir de l'étable pour s'approcher de la voiture. Laurent lui confia les rênes et pénétra dans la maison à la suite de sa famille.

— Tout le monde se change, décréta Corinne en faisant un effort pour reprendre pied dans la vie quotidienne.

Elle suivit son mari dans leur chambre à coucher dans l'intention de retirer sa robe noire pour la remplacer par sa robe de cotonnade de tous les jours.

— On n'a pas trop vu ta famille cette semaine, dit-elle avec une certaine rancœur.

— Il faut croire qu'ils avaient autre chose à faire, laissa tomber Laurent en retirant son pantalon.

— Même s'ils avaient pas le temps de venir veiller au corps, ils auraient pu, au moins, venir aux funérailles à matin, reprit-elle, amère.

— T'oublies qu'il y avait Juliette. Aux dernières nouvelles, c'est une Boisvert.

— C'est sûr que j'ai rien à reprocher à ta sœur, dit Corinne en replaçant une mèche qui s'était échappée de son chignon blond. Mais il me semble que par sympathie pour moi, ton père ou ton frère aurait pu se déplacer.

— Qu'est-ce que tu veux que j'y fasse ? Moi, je les ai avertis. Je pouvais pas faire plus.

Là-dessus, il quitta la pièce en passant ses bretelles, puis il sortit de la maison pour vérifier si Léopold avait bien fait le travail qu'il lui avait donné à exécuter durant son absence.

Dans la cuisine, Corinne s'activa à préparer le dîner des siens avec l'aide de ses filles. Cependant, après le repas, Madeleine exigea que sa mère aille se reposer pendant qu'elle se chargeait de tout ranger avec Élise.

— Allez vous coucher un peu, m'man, fit l'adolescente. Ça va vous faire du bien.

Corinne, reconnaissante, ne se fit pas prier. Elle alla s'étendre sur son lit avec l'intention de dormir une heure ou deux avant de s'occuper des vêtements à repriser qui attendaient dans le panier d'osier. Elle se sentait si épuisée après ces trois nuits incomplètes et toutes les heures des derniers jours passées devant le fourneau qu'elle sombra dans un gouffre dont elle ne fut tirée qu'à la toute fin de l'après-midi quand Élise vint la prévenir que le souper était prêt.

— Vous auriez dû venir me réveiller avant, reprocha-t-elle à ses filles en pénétrant dans la cuisine.

— Bien non, m'man, la contredit Madeleine. Il fait mauvais dehors et il y avait pas grand-chose à faire.

— Vous êtes bien fines, les filles, de m'avoir laissée dormir, dit-elle en leur adressant un sourire de reconnaissance avant d'attacher son tablier.

Chapitre 8

Les camions

Le lendemain matin, le soleil se leva dans un ciel entièrement dégagé. Une petite brise du sud transportait toutes sortes d'odeurs agréables. L'air était si doux qu'il donnait envie de sourire.

Corinne fut la première levée. Elle avait les traits tirés parce qu'elle avait connu une très mauvaise nuit. Le sommeil l'avait boudée jusqu'aux petites heures du matin. Elle avait même fini par aller s'asseoir dans l'une des chaises berçantes de la cuisine et elle avait passé de longues heures à se remémorer les bons souvenirs de son père. Vers trois heures du matin, Laurent s'était réveillé et rendu compte de son absence à ses côtés. Il s'était levé à son tour et l'avait trouvée somnolente, en train de se bercer dans le noir. Il l'avait ramenée dans la chambre où elle avait fini par s'endormir.

— On a passé la mi-mai et j'ai encore rien fait dans le jardin, dit-elle au moment où les siens finissaient de déjeuner. Il fait beau, c'est à matin qu'on s'en occupe, annonça-t-elle sans s'adresser à quelqu'un en particulier.

Laurent se leva de table et prit la direction de la chambre d'où il sortit vêtu de ses habits du dimanche.

— Veux-tu bien me dire où tu t'en vas habillé comme

ça ? s'étonna-t-elle en le voyant pénétrer dans la cuisine d'été.

— T'oublies que c'est à matin que le père passe me prendre pour aller chercher les *trucks* qu'il est supposé acheter à Sorel.

— Et le labourage ? demanda-t-elle.

— C'est presque fini, laissa-t-il tomber. On s'est pas mal avancés pendant que t'étais à Saint-François. À matin, après avoir ramassé le fumier dans l'étable, Léopold et Norbert pourront te donner un coup de main dans le jardin, ajouta-t-il.

À peine venait-il de parler que le bruit d'un attelage entrant dans la cour l'incita à se pencher à l'une des fenêtres pour identifier le visiteur.

— Bon, c'est le père, Henri et Léon Tremblay qui arrivent. Attends-moi pas. Je sais pas à quelle heure on va revenir.

— Est-ce que c'est vous qui allez conduire le *truck,* p'pa ? lui demanda Norbert, tout excité par cette perspective.

— Ça se pourrait, répondit son père en quittant la maison.

Corinne ne se donna pas la peine de sortir sur la galerie pour saluer son beau-père et son beau-frère. Elle ne voyait pas pourquoi elle se serait montrée hospitalière envers des gens qui ne s'étaient même pas dérangés pour venir lui offrir leur sympathie à l'occasion du décès de son père. Même ce matin-là, ils auraient pu descendre de voiture et venir lui présenter leurs condoléances…

— Maudits Boisvert ! dit-elle à mi-voix, les dents serrées. Ça a pas de cœur, ce monde-là !

Elle allait s'en souvenir longtemps, comme elle n'avait

pas oublié leur presque indifférence à la mort de grand-père Boucher, quinze ans auparavant.

Quand elle entendit la voiture faire demi-tour plus loin dans la cour, elle s'approcha de la fenêtre pour la voir partir.

— Pauvre bête ! ne put-elle s'empêcher de murmurer en faisant référence au poids que le boghei transportait. Elle a toute une charge à tirer jusqu'à Sorel. Une chance que Tremblay est un vrai chicot. Il a l'air de Notre-Seigneur entre les deux larrons, ajouta-t-elle en regardant Léon coincé entre son beau-père et son mari.

Près de deux heures plus tard, Henri arrêta son attelage devant un vieil édifice délabré situé près de l'hôtel de ville de Sorel. Au fond d'une grande cour boueuse, les quatre hommes purent apercevoir deux camions.

Au moment où Léon Tremblay allait s'avancer pour pénétrer dans la cour, Gonzague Boisvert le retint.

— Vous pouvez attacher le cheval à la borne et aller vous asseoir dans le parc, en face, pour m'attendre. J'irai vous chercher quand j'en aurai fini. Moi, j'ai à discuter affaires avec le type qui a ces deux *trucks*-là.

— Vous aviez pas dit que vous vouliez acheter des *trucks* neufs, p'pa ? lui demanda Laurent, déçu. Ceux que je vois là ont pas l'air neufs pantoute.

— Laisse faire, le rabroua sèchement son père. J'ai pas dit que je les avais achetés non plus. Quelqu'un m'a dit que le bonhomme qui a ces *trucks*-là était intéressé à les vendre. Je veux juste savoir combien il en demande.

Henri, Laurent et Léon Tremblay s'éloignèrent pendant que Gonzague pénétrait dans l'édifice.

Une heure plus tard, les trois hommes, inquiets de ne pas le voir revenir, vinrent se planter devant l'immeuble.

— Baptême ! Pour moi, votre père est mort là-dedans ! s'exclama Tremblay, fatigué d'attendre. J'ai pas l'intention de prendre racine dans la rue, moi.

Au même moment, Gonzague sortit de l'édifice en compagnie d'un homme de taille moyenne coiffé d'une vieille casquette en toile. L'homme en manches de chemise et crayon sur l'oreille, prit la direction des camions, suivi de près par son visiteur qui fit signe à ses fils et à Tremblay de le rejoindre.

Tous les cinq se retrouvèrent près des camions. L'homme, Elphège Labrie, donna un coup de poing sur le capot du camion vert bouteille près duquel ils se tenaient.

— Ça, c'est un *truck* solide, déclara-t-il. L'autre est pareil. Je les ai depuis deux ans et pas une fois, ils ont fait défaut. Le noir est aussi bon que celui-là. Son moteur roule comme un moine. Tous les deux sont des International cinq tonnes avec une bonne boîte en bois. C'est fort sans bon sens, ces *trucks*-là.

Les Boisvert firent le tour des deux camions en s'efforçant de prendre des airs de connaisseurs, ce qu'ils n'étaient assurément pas.

— Est-ce qu'on peut faire tourner les moteurs ? demanda Léon en tendant la main vers le vendeur un peu trop disert pour être honnête.

— Ben sûr, fit l'autre en tirant de ses goussets un petit trousseau de clés.

Il en sélectionna une et la tendit au jeune homme. Ce dernier monta dans la cabine du camion vert pendant que le vendeur s'empressait d'aller tourner la manivelle devant le capot pour lancer le moteur. Après quelques hésitations, ce dernier consentit à tourner en émettant une épaisse fumée noire. Le conducteur laissa le moteur en marche et descendit du véhicule.

— Je pense qu'on est aussi ben de voir ce que donne l'autre, ajouta-t-il en tendant encore une fois la main vers le vendeur.

Il répéta la même opération avec le camion noir et obtint les mêmes résultats. Au moment où il allait descendre de cabine, Gonzague lui ordonna :

— Arrête le moteur des deux *trucks*. On s'entend plus parler.

Léon s'exécuta. Tous les hommes présents firent encore une fois le tour des deux lourds véhicules. Les Boisvert s'empressèrent d'imiter Tremblay quand ils le virent décocher des coups de pied dans chacun des pneus. On s'immobilisa finalement devant le nez de l'un des camions. Gonzague affichait un air incertain.

— Puis, qu'est-ce que t'en penses, Léon, demanda-t-il à celui qui était le seul à avoir déjà conduit un camion.

— Ils m'ont l'air pas trop pires pour des *trucks* de seconde main, monsieur Boisvert, dit le jeune homme sur un ton pénétré. Ce sont pas des Ford, mais les International sont pas mauvais non plus, sentit-il le besoin de préciser en se donnant l'air d'un expert en la matière. Ils sont de quelle année, demanda-t-il au vendeur ?

— De 1915. Mais ils ont presque pas roulé, ajouta ce dernier.

— Ouais ! Je pense que je vais me laisser tenter, intervint Gonzague en affichant un air calculateur. Viens, on va aller régler ça en dedans pendant que mes chauffeurs vont voir s'ils sont corrects, dit-il à l'intention d'Elphège Labrie.

Dès que le vieillard eut disparu avec le propriétaire

des camions à l'intérieur du bâtiment, Léon s'empressa de donner un cours accéléré de conduite à Laurent.

— Tu sais comment faire partir ça, à cette heure, lui dit-il. Il suffit de mettre le *choke* dessus et de donner une couple de coups de manivelle. Normalement, le moteur devrait partir.

— C'est correct, dit Laurent en montant dans la cabine aux côtés de son professeur.

— Quand tu veux avancer, tu pèses sur la *clutch* pour passer tes vitesses. C'est cette pédale-là, lui précisa-t-il en lui montrant la pédale de gauche. L'autre, c'est le *brake*. Le mieux, quand tu veux arrêter, c'est de te mettre au neutre avant de *braker.*

Pendant quelques minutes, Léon enseigna au fils de son futur patron comment passer les différentes vitesses. Il lui permit de prendre le volant et le fit conduire lentement dans la grande cour. Le lourd véhicule se déplaçait par à-coups et les plaintes stridentes de la transmission torturée arrachaient des grimaces à l'enseignant improvisé.

— Pèse sur la *clutch* à fond, répéta-t-il à plusieurs reprises à Laurent. Si tu fais pas ça, tu vas finir par briser la transmission, et ça, ça coûte cher en maudit. La même chose quand tu repars, donne pas trop de *gas,* sinon tu vas étouffer le moteur.

Pendant ce cours improvisé de conduite, Henri s'était prudemment réfugié près de l'édifice pour ne pas être sur la trajectoire du camion conduit par son jeune frère. Pour sa part, le cheval attaché à la borne devant l'édifice s'ébrouait nerveusement en entendant le vacarme du moteur du véhicule tout près de lui.

Finalement, Gonzague sortit de l'immeuble en se frottant les mains.

— Approchez les deux *trucks* de la pompe, ordonna-t-il à Laurent et à Léon. Labrie va les remplir de *gas.*

Le vendeur apparut à son tour derrière lui, l'air assez mécontent. Il fit signe aux deux conducteurs d'approcher leur véhicule de la pompe placée près des larges portes de sa remise. L'homme se mit à actionner vigoureusement un levier, ce qui eut pour effet de faire monter l'essence dans la pompe. Il remplit le réservoir de chacun des camions sans desserrer les dents. Quand ce fut fait, il salua son acheteur d'un bref signe de tête et rentra dans l'immeuble.

— Qu'est-ce qu'il a, le bonhomme ? demanda Henri. On dirait qu'il est pas content pantoute.

— Il est pas de bonne humeur parce que j'ai pas voulu signer tant qu'il a pas promis de remplir gratis les deux *trucks* de *gas*, affirma le vieil homme.

De fait, Elphège Labrie avait appris en grinçant des dents de quelle manière Gonzague Boisvert négociait un prix. Il avait cédé ses camions quasi à perte, tant il était excédé par des pourparlers qui n'en finissaient plus. La goutte qui avait fait déborder le vase avait été la dernière exigence de l'acheteur, soit de remplir gratuitement les réservoirs des deux mastodontes.

— Mon vieux verrat ! ricana Labrie en le voyant monter dans son boghei en compagnie du plus gros de ses fils, tu vas voir ce que c'est que d'avoir des *trucks.* Tu vas peut-être regretter de les avoir achetés !

Dans la cour, Léon descendit de la cabine du camion noir et cria à Laurent de le suivre lentement. Ce dernier fit signe de la main qu'il avait bien compris. Pendant ce temps, Gonzague demanda à Henri de pénétrer dans la cour avec le boghei. Sans descendre, il cria aux deux hommes, penchés à l'extérieur de leur cabine pour bien l'entendre :

— Nous autres, on pourra pas aller aussi vite que vous autres. Vous allez conduire votre *truck* jusque chez vous. Prenez ben votre temps en traversant le village de manière à ce que chacun vous voie ben. Demain matin, je veux vous voir à sept heures et demie chez nous. Puis, faites ben attention à mes *trucks*, prit-il soin d'ajouter. Oubliez pas que c'est ben de l'argent que vous avez là entre les mains.

Laurent et Léon le rassurèrent. Ils laissèrent le boghei quitter la cour avant d'embrayer et de se mettre en route à leur tour. Henri rangea prudemment le boghei près du trottoir en bois pour laisser passer les deux camions.

Le voyage de retour sembla durer une éternité au fils cadet de Gonzague Boisvert. Ce qui avait fini par sembler relativement facile dans la cour se révéla étrangement compliqué dès qu'il se retrouva sur la voie publique. En un rien de temps, la sueur l'inonda et il aurait donné tout ce qu'il possédait pour se retrouver ailleurs que derrière le volant. Avant même d'avoir quitté la ville, il étouffa à quatre ou cinq reprises le moteur de son véhicule et il jura comme un charretier chaque fois qu'une voiture tirée par un cheval venait lui couper la route. En chaque occasion, le cocher se tournait vers lui et ne ménageait pas ses sarcasmes.

Il était sur la route depuis moins de dix minutes quand son camion s'inclina curieusement sur la droite et se mit à tressauter comme si le chemin n'était qu'une suite de trous. Il finit par se ranger sur le côté et il descendit de sa cabine pour aller voir de quoi il s'agissait. Le pneu arrière droit était totalement dégonflé.

— Maudit calvaire ! jura-t-il en s'épongeant le front.

Là, j'ai l'air fin. Qu'est-ce que je suis supposé faire à cette heure ?

Il se mit à tourner autour de son véhicule, comme si cette manœuvre allait regonfler son pneu. Il songea que son père et son frère allaient sûrement finir par passer près de lui et s'arrêter sans se rendre compte que les deux hommes allaient être absolument incapables de lui expliquer quoi faire pour réparer. Cependant, il fallait croire que le ciel était de son côté puisqu'il vit, quelques minutes plus tard, un camion noir venir en sens inverse dans sa direction. Le véhicule ralentit et s'immobilisa à sa hauteur. À ce moment-là, il s'aperçut qu'il s'agissait de Tremblay qui était revenu vers lui.

— Attends, lui cria le jeune homme. Je vais tourner dans la prochaine cour et je reviens.

Soulagé, le conducteur novice attendit que son compagnon vienne arrêter son véhicule derrière le sien. Le petit homme sec et nerveux descendit de la cabine et alla directement vers la roue dont le pneu était crevé.

— Ça a tout l'air d'un *flat* qu'il va falloir réparer, lui annonça-t-il, comme si c'était la chose la plus normale du monde.

— Sacrement ! Veux-tu ben me dire comment ça se fait, une affaire comme ça ? lui demanda Laurent.

— Des *flats*, tu vas en avoir autant comme autant, répondit Léon. Il y a juste à les réparer pour repartir. Roule jamais dessus trop longtemps parce que là, ça va coûter un pneu neuf à ton père et, d'après moi, il aimera pas trop ça.

Ensuite, sans perdre trop de temps, le jeune homme enseigna à Laurent comment retirer la roue après avoir soulevé le camion avec le cric. Il retira la chambre à air perforée du pneu et repéra immédiatement le trou laissé par une roche trop pointue.

— T'as juste à prendre une *patch* et à la coller sur le trou, expliqua-t-il en passant de la parole aux actes, après avoir trouvé ce qu'il fallait dans le coffre fixé sur le marchepied. Ensuite, t'as juste à regonfler le pneu avec la pompe, à reposer la roue et à ôter le cric. Après, tu repars… jusqu'au prochain *flat*, ajouta-t-il en éclatant de rire devant l'air déconfit de son compagnon.

— J'ai compris, fit Laurent, un peu humilié de n'avoir rien su de tout cela.

Au moment de remonter dans la cabine du camion, le boghei de son père s'arrêta derrière ses deux camions.

— Qu'est-ce que vous faites là ? demanda le vieillard avec humeur.

— J'ai eu un *flat*, répondit son fils, en nage.

— Torrieu ! je vous pensais déjà au moins rendus à Yamaska. C'est ben lent, ces maudits *trucks*-là. Traînez pas, ordonna-t-il aux deux conducteurs. On n'est pas pour passer la journée sur le chemin.

Laurent eut tout le mal du monde à ne pas exploser. Il en avait des bonnes, son père ; ce n'était pas lui qui devait apprendre à conduire. Il mourait de faim et il aurait tout donné pour boire une bouteille de bière bien fraîche. Il n'eut pas le temps de s'étendre plus longtemps sur ses frustrations parce que le camion noir de Léon venait de se remettre en route et il n'était pas question qu'il le perde de vue, au cas où il aurait d'autres ennuis en cours de route.

Quelques milles plus loin, ce fut au tour de Léon Tremblay de s'arrêter sur le bord du chemin, victime d'une crevaison.

— Continue, cria-t-il à Laurent. J'ai pas besoin de toi pour réparer. Je te rejoindrai plus loin.

Heureux de ne pas avoir à participer à cette réparation, sous le soleil de midi, le fils de Gonzague poursuivit sa route. Quand il passa devant l'hôtel de Yamaska, il ralentit volontairement en espérant que l'une de ses connaissances l'aperçoive au volant de son camion vert bouteille. En pure perte, à cette heure de la journée, l'endroit était vide. Les gens étaient probablement tous attablés en train de dîner. D'ailleurs, il eut à peine le temps de se plaindre de son manque de chance qu'il dut arrêter de nouveau son camion parce que le pneu avant droit venait de crever.

En constatant cela, le conducteur vida l'église de tous les vases sacrés et flanqua un grand coup de pied dans le pneu crevé. Puis, après avoir passé sa rage, il n'eut d'autre choix que de le réparer du mieux qu'il put. Il venait à peine de remettre son véhicule en marche quand Tremblay le dépassa. Il le suivit en espérant arriver à la maison sans autre avarie.

Il faut croire que le ciel l'entendit. Il put traverser Saint-Paul-des-Prés sans autre incident. Il se rappela à temps les recommandations de son père de bien se faire voir par les gens du village. Il klaxonna et fit signe à Léon Tremblay de s'arrêter devant le magasin général. Les deux hommes descendirent de leur véhicule en laissant tourner le moteur.

— On va aller boire une liqueur, lui dit Laurent. Le père veut qu'on se fasse voir et qu'on dise au monde que ce sont ses *trucks* qu'on conduit.

Alors qu'ils poussaient la porte de chez Duquette, Laurent se félicita d'être parvenu au moins à maîtriser de façon à peu près convenable la transmission de son camion. Il n'aurait plus manqué qu'il arrive au village en étouffant son moteur ou en faisant grincer les vitesses au passage.

— Tabarnouche ! s'exclama Alcide Duquette en servant aux deux hommes une boisson gazeuse. D'où ça sort, ces *trucks*-là ?

— Ça appartient à mon père, dit Laurent avec fierté.

— Qu'est-ce qu'il va faire avec ça ? fit le commerçant, stupéfait. Il a plus assez de son hôtel, à cette heure ?

— Ça, j'en sais rien, monsieur Duquette, mentit Laurent. Vous connaissez mon père, il manque jamais d'idée.

— On sait ben, se borna à dire le marchand en scrutant par la vitrine les deux gros véhicules immobilisés devant son magasin.

Laurent et Léon burent lentement leur boisson gazeuse en espérant que d'autres personnes entrent dans le magasin général et leur demandent à qui appartenaient les camions, mais ils en furent pour leurs frais. Après quelques minutes d'attente, d'un commun accord, ils décidèrent de rentrer chez eux.

Peu après, Laurent vit son compagnon virer dans le rang Saint-Pierre. Il poursuivit sa route et emprunta le rang Saint-Joseph, tout heureux de pouvoir bientôt épater sa famille qui devait l'attendre avec impatience. Il klaxonna avant de pénétrer dans la cour de sa ferme et, immédiatement, Léopold et ses enfants apparurent sur la galerie de la maison pour le voir aller faire demi-tour au fond de la cour et venir immobiliser son camion devant la remise. Aussitôt, tous se précipitèrent pour admirer le véhicule. Corinne sortit du jardin et vint aussi à la rencontre du conducteur.

— Puis, qu'est-ce que vous en dites ? demanda le père de famille en bombant le torse. Il est pas pire, non ?

— Il est ben beau, p'pa ! s'exclama Norbert, conquis par le mastodonte. Allez-vous nous faire faire un tour ?

— Tout à l'heure, lui promit son père.

— As-tu mangé ? lui demanda Corinne.

— Non.

— Entre, je vais te servir quelque chose. Je t'ai gardé une assiette dans le réchaud.

— T'as rien dit pour le *truck*, lui fit remarquer son mari en la suivant à l'intérieur de la maison.

— Moi, je connais pas grand-chose là-dedans, rétorqua-t-elle en se dirigeant vers le réchaud, au-dessus du poêle. Mais il me semble que c'est pas mal dangereux de conduire une grosse affaire comme ça sur le chemin. J'espère que tu vas faire ben attention quand tu vas travailler pour ton père.

— Inquiète-toi pas pour ça, dit-il pour l'apaiser.

— Est-ce que c'est un *truck* neuf ? reprit-elle.

— Non, le père a trouvé quelqu'un qui en avait deux de seconde main à vendre. Il les a achetés.

— Bon, je retourne dans le jardin, dit-elle après avoir déposé une assiette devant son mari. Quand t'auras fini, t'auras juste à tout laisser sur la table. Je m'en occuperai en rentrant.

Quelques minutes plus tard, Laurent sortit de la maison et cria aux enfants :

— Ceux qui veulent faire un petit tour peuvent venir monter dans la boîte en arrière.

Corinne leva la tête lorsqu'elle l'entendit crier. Elle jeta un coup d'œil à Madeleine qui mourait d'envie de laisser tomber son travail à ses côtés pour aller profiter de l'occasion. Elle poussa un soupir d'exaspération avant de dire à sa fille :

— Viens, on va faire plaisir à ton père. On va aller essayer son *truck*.

La mère et la fille quittèrent le jardin et s'avancèrent vers le camion devant lequel Léopold était en train d'apprendre comment donner un tour de manivelle pour le faire démarrer.

— Montez en avant, dit Laurent à sa femme et à sa fille. Les enfants sont en arrière.

— Il y a pas de danger pour eux autres ? demanda Corinne, inquiète.

— Pantoute, je vais aller doucement.

C'était du moins son intention première. Malheureusement, l'International refusa obstinément de démarrer malgré les sacres et les jurons bien sentis proférés par son conducteur. Ce dernier accusa d'abord Léopold de ne pas savoir manipuler la manivelle, mais il ne fit pas mieux lui-même. Après plusieurs minutes d'acharnement inutile, il finit par perdre patience en entendant les plus jeunes commencer à se chamailler dans la benne du camion et il leur ordonna de descendre et d'aller jouer ailleurs. Pour leur part, Corinne et sa fille descendirent de la cabine sans rien dire et retournèrent à leur travail dans le jardin.

Fou de rage, Laurent finit par aller atteler le blond au boghei et prit le chemin du rang Saint-Pierre. Il revint moins d'une heure plus tard, précédé de quelques minutes par Léon Tremblay venu à bord de son camion noir. Avant l'arrivée du fils de Gonzague Boisvert, il avait déjà eu le temps d'essayer à plusieurs reprises de faire démarrer le véhicule sans plus de succès que son conducteur.

— Ben, je sais pas ce qu'il a de travers, avoua-t-il à Laurent, en soulevant sa casquette pour se gratter la tête. À mon avis, il y a quelque chose de pas correct avec le moteur. Je pense que le mieux à faire est d'aller prévenir ton père.

Sur ces mots, Léon monta dans son camion et reprit la route.

— Sacrement de cochonnerie ! ragea Laurent en flanquant un grand coup de pied sur l'un des pneus du véhicule avant d'aller dételer son cheval et de le conduire dans l'enclos près de l'écurie.

Le cultivateur rejoignit ensuite Léopold qu'il avait chargé de changer quelques planches pourries de l'un des murs de l'étable. Il venait à peine de scier sa première planche qu'il vit arriver Jocelyn Jutras, son voisin, qui s'arrêta à la clôture de fil barbelé qui séparait leurs terres.

— Sacrifice, t'as tout un engin dans ta cour ! s'exclama-t-il en montrant le camion stationné devant la remise. Dis-moi pas que tu t'es greillé de ça ?

— Pantoute, fit Laurent. C'est un des deux *trucks* que mon père vient de s'acheter. Je devrais travailler pour la voierie cet été.

— T'es ben chanceux, dit le voisin. Moi, j'haïrais pas ça me promener là-dedans.

Le voisin venait à peine de le quitter que Laurent vit revenir le camion de Léon Tremblay d'où descendit son père.

— Il paraît que t'as déjà trouvé le moyen de casser mon *truck* neuf, l'apostropha ce dernier avec hargne.

— Je l'ai pas cassé pantoute, se défendit Laurent avec humeur. Il marchait ben quand je suis arrivé. Après le dîner, il a jamais voulu repartir. C'est ça qui arrive quand on achète du seconde main, p'pa.

— T'as dû faire quelque chose de pas correct, s'entêta le vieillard. Une affaire comme ça, ça brise pas pour rien.

— Si c'est ce que vous pensez, je pense que vous êtes mieux de vous trouver un autre chauffeur, fit sèchement son fils.

— On en reparlera plus tard, dit Gonzague, évasif. En attendant, Melançon va venir jeter un coup d'œil au moteur. Il se vante d'être capable de réparer ça. On va ben voir. Viens me reconduire, Léon, ordonna-t-il à Léon Tremblay, demeuré prudemment à l'écart.

Sans un mot pour sa bru et ses petits-enfants, le vieillard irascible remonta dans la cabine et le camion noir reprit la route dans un nuage de poussière.

Corinne n'avait pas perdu un mot de l'échange entre son beau-père et son mari. Elle résista difficilement à la tentation de sortir du jardin pour faire remarquer à Laurent que ce qu'il venait de vivre n'était probablement qu'un avant-goût de ce qui l'attendait en travaillant pour son père. Cependant, son mari semblait si furieux qu'elle préféra garder sa remarque pour elle.

Quand Joseph Melançon arriva chez les Boisvert, Laurent ne se donna même pas la peine de quitter son travail. Il se contenta de lui crier qu'il pouvait essayer de réparer le camion. La clé était sur le contact.

Le maréchal-ferrant-mécanicien souleva le capot et se mit à farfouiller à l'intérieur en s'aidant avec les outils qu'il tirait de son coffre. Un peu plus tard, Corinne et ses filles le saluèrent au passage avant de pénétrer dans la maison pour aller préparer le souper. Lionel alla chercher les vaches dans le champ, laissant derrière lui son frère Norbert, hypnotisé par le travail du mécanicien.

— Arrête de niaiser et va nourrir les cochons, lui cria son père en route vers l'étable en compagnie de Léopold.

Moins d'une heure plus tard, au moment où le cultivateur finissait de s'occuper de ses bêtes avec son employé, il entendit enfin le bruit du moteur de son camion. Il laissa alors Léopold terminer le travail et s'empressa d'aller rejoindre Melançon dans la cour.

— T'as fini par trouver ce qu'il avait ? demanda-t-il à l'homme aux bras couverts de cambouis.

— Les bougies, affirma l'autre. Elles étaient tout encrassées. En plus le filtreur était bouché. Pour moi, celui qui a vendu ce *truck*-là à ton père en a pas pris soin pantoute.

— Les deux viennent du même gars. D'après moi, tu vas avoir la même *job* à faire avec celui que Tremblay conduit.

— C'est ben possible, dit Melançon en ramassant ses outils pour les jeter bruyamment dans son coffre.

— Ça fait tout de même pas mal drôle de voir un mécanicien se promener en boghei, fit Laurent, sarcastique.

— Inquiète-toi pas pour moi, répliqua l'homme. Je vais ben finir par avoir un char un jour quand j'en aurai les moyens. En attendant, mon cheval me suffit et il me coûte pratiquement rien à nourrir.

Après le repas, Laurent, sa bonne humeur revenue, emmena les siens faire une balade jusqu'au village. Les exclamations de joie des plus jeunes lui firent oublier les ennuis subis durant la journée.

Le lendemain matin, il se rendit chez son père pour sa

première journée de travail à titre de conducteur de camion. Il faisait beau et chaud, et il était persuadé qu'il allait gagner de l'argent sans trop se donner de mal. Il ne lui fallut que quelques heures pour comprendre qu'il n'en serait rien. Le transport de terre et de gravier était loin d'être une sinécure avec un camion dont la benne n'était pas basculante. Il apprit rapidement que le chargement et le déchargement se faisaient avec une pelle qu'il allait être appelé à manipuler plus de dix heures par jour. Le nouveau camionneur se rendit bien compte que travailler pour son père ne serait pas facile et n'aurait rien d'agréable.

Dès le premier matin, il comprit pourquoi il devait se présenter très tôt à la ferme paternelle du rang Saint-André avec Léon Tremblay. Le vieil homme, l'air soupçonneux, salua à peine ses deux employés qui venaient de descendre de leur camion avant d'examiner avec soin chacun des véhicules.

— Qu'est-ce qui se passe, monsieur Boisvert ? lui demanda Léon. Cherchez-vous quelque chose ?

— Pantoute, répondit sèchement son patron. Je regarde pour voir si vous avez bossé ou cassé quelque chose. Là, j'aime autant vous le dire tout de suite, poursuivit-il en repoussant son chapeau, si vous maganez mes *trucks*, vous payez les réparations.

— Ah ben ! C'est la première fois que j'entends une affaire comme ça, ne put s'empêcher de dire Léon, étonné, en regardant un Laurent Boisvert silencieux.

Gonzague ne tint aucun compte de ce que l'un de ses conducteurs venait de dire et il monta ensuite dans la cabine de chacun des camions. Chaque fois, il en descendit en écrivant quelque chose sur un vieux calepin qu'il venait de tirer de l'une de ses poches. Il n'était pas nécessaire d'être grand clerc pour s'apercevoir qu'il venait de noter le niveau d'essence.

— Pendant que j'y pense, monsieur Boisvert, dit Léon, agacé par le manège, vous seriez peut-être ben mieux de vous occuper des pneus de vos deux *trucks* plutôt que du *gas* qu'ils vont prendre. Je le sais pas pour votre garçon, mais moi, le *gas*, je le bois pas.

— Pourquoi tu me parles de ça ? lui demanda Gonzague d'une voix peu amène.

— Au cas où vous vous en seriez pas aperçu hier, chaque *truck* a eu deux *flats* en revenant de Sorel. Vous savez ce que ça veut dire ?

— Pantoute.

— Ça veut dire que les *tires* sont finis et qu'il va falloir penser à les changer ben vite si vous voulez pas qu'on passe la moitié de nos journées à réparer des *flats*.

— T'aurais pas pu le dire hier, quand j'ai acheté les *trucks* ? rugit Gonzague, fou de rage.

— Vous m'avez pas demandé mon avis, laissa tomber le camionneur sur un ton indifférent.

— Ah ben, maudit baptême ! Nous v'là propres, à cette heure ! Avant même de faire une cenne avec mon contrat, je vais être poigné avec cette dépense-là.

— Vous êtes pas obligé de faire ça tout de suite, dit Léon pour l'apaiser. On peut rouler encore un bout de temps sur les vieux *tires*.

— Je l'espère ben, déclara le vieillard, l'air mauvais. En tout cas, à partir de demain matin, arrangez-vous pour être ici à six heures et demie au plus tard, ordonna-t-il à ses deux conducteurs. Aujourd'hui, vous allez passer la journée à charrier du gravier que vous déchargerez dans le village de Saint-François. Perdez pas de temps. Vous arrêterez de travailler à six heures et organisez-vous pour que les *trucks* aient toujours l'air propres.

*
**

Ce soir-là, Corinne finissait de laver la vaisselle du souper avec l'aide de Madeleine et d'Élise quand elle entendit le camion conduit par Laurent entrer dans la cour de la ferme. Elle regarda par la fenêtre son mari quitter la cabine, il avait l'air épuisé.

— Sors le souper de ton père du réchaud, commanda-t-elle à Élise alors que le maître des lieux s'arrêtait au puits pour se rafraîchir.

Laurent se tourna vers Norbert assis sur l'une des marches de l'escalier menant à la galerie.

— Prends une chaudière d'eau et une guenille et lave le *truck*, lui ordonna-t-il avant de pénétrer dans la cuisine d'été.

Il alla prendre place sans un mot au bout de la table sur laquelle Élise venait de déposer une assiette de bouilli de légumes. Il mangea en silence. Corinne prit son panier de reprisage et sortit sur la galerie avec ses deux filles pour le laisser manger en paix.

Au moment où Norbert venait annoncer à son père que le camion était maintenant propre, celui-ci s'installait dans sa chaise berçante favorite sur la galerie. À la vue de sa mine renfrognée, les enfants choisirent de se réfugier dans la balançoire, laissant leurs parents en tête-à-tête.

Durant de longues minutes, aucune parole ne fut échangée entre le mari et la femme. Finalement, Corinne se décida à parler.

— T'as bien l'air fatigué, Laurent, dit-elle doucement. Est-ce que c'est si épuisant que ça de conduire ce *truck*-là ?

— C'est pas de conduire le *truck* qui est fatigant, c'est le pelletage. Je me sens plus les bras tellement j'ai travaillé toute la journée. Je suis tout seul pour remplir la boîte du *truck* avec du gravier. Après ça, il faut encore que je pellette pour vider la boîte. Tout ça doit être fait à la course. Il est pas question de traîner en chemin. Il a même fallu que je mange en conduisant. En plus, j'ai eu encore un *flat* au milieu de l'après-midi. Une vraie vie de chien.

— Tu peux toujours lâcher ça et aller travailler au moulin du maire, suggéra-t-elle.

— Le père compte sur moi, se contenta-t-il de dire d'une voix lasse.

— Il compte souvent sur toi, lui fit-elle remarquer. Mais combien de fois as-tu pu compter sur lui quand t'étais mal pris ?

Laurent ne répondit pas.

— Est-ce qu'il t'a parlé de ton salaire ? poursuivit-elle, curieuse.

— Pas encore.

— J'espère qu'il s'imagine pas que tu vas travailler pour rien.

— Ben non, fit-il, agacé, mais d'une voix pas trop convaincue.

— Tu le connais, c'est pas l'homme le plus généreux, ajouta-t-elle. À ta place, je lui parlerais au plus vite du salaire qu'il entend te donner chaque semaine.

— Il va nécessairement me donner la même chose qu'à Tremblay.

Après cet échange, le silence revint sur la galerie et

quand Corinne tourna la tête vers son mari quelques minutes plus tard, elle se rendit compte qu'il somnolait.

— Qu'est-ce que tu dirais de rentrer te coucher ? lui demanda-t-elle en posant la main sur son épaule.

Laurent ne protesta pas. Le soleil n'était même pas couché ce soir-là qu'il ronflait déjà comme un bienheureux dans son lit.

Chapitre 9

Une nouvelle étonnante

Cinq jours plus tard, soit le dernier soir de mai, le curé Bilodeau s'apprêtait à rentrer au presbytère après la récitation du chapelet. Il tendit son large surplis à Anselme Leblanc pour qu'il le suspende à un cintre avant de quitter la sacristie.

— Je pense qu'il était temps que le mois de Marie finisse, monsieur le curé, lui dit le petit homme à la figure chafouine. Il me semble qu'il y avait de moins en moins de monde le soir pour réciter le chapelet.

Le prêtre eut envie de formuler une remarque cinglante pour lui faire connaître son mécontentement devant la baisse marquée de la piété de ses paroissiens, mais il se retint en songeant que l'homme allait répéter partout ses paroles, en les déformant selon toute probabilité. Il se borna à secouer les épaules et à sortir de l'église par la petite porte de la sacristie.

Au moment où le digne ecclésiastique allait poser le pied sur la première des dix marches qui conduisaient à la large galerie du presbytère, il entendit une voix dans son dos.

— Excusez-moi, monsieur le curé. Est-ce que je peux vous dire deux mots ?

Charles Bilodeau tourna la tête et reconnut le maire

Gagnon, tout endimanché. C'était bizarre, il ne se souvenait pas l'avoir vu à la récitation du chapelet quelques minutes plus tôt.

— Oui, monsieur le maire, répondit-il avec un certain agacement, en s'arrêtant. Je suppose que vous voulez passer à mon bureau ?

— Ce sera pas nécessaire, monsieur le curé, affirma l'homme d'affaires. J'arrête juste pour vous apprendre une bonne nouvelle.

— Tiens ! Si elle est vraiment bonne, elle sera la bienvenue, dit le prêtre en scrutant le visage de son vis-à-vis.

— Ben, je voulais vous dire que je vais déménager au village cette semaine.

— Avec votre femme et vos enfants ?

— En plein ça, monsieur le curé. J'ai décidé de louer ma maison à Charles Beausoleil, mon homme engagé.

— Est-ce que c'est indiscret de vous demander où vous allez rester au village ? fit Charles Bilodeau, intrigué.

— En plein cœur du village. À l'hôtel.

— À l'hôtel ! s'exclama le prêtre. Voyons donc ! Avez-vous perdu la tête, monsieur le maire ? Ça a pas d'allure, votre histoire ! Vous êtes pas pour faire vivre votre femme et vos enfants dans une place où on vend de la boisson. S'il y a un endroit où le péché règne, c'est bien là.

— Vous m'avez mal compris, monsieur le curé, reprit Fabien en cachant difficilement son envie de rire. J'ai acheté l'hôtel de Gonzague Boisvert.

— Puis après ! C'est pas une raison pour y emmener vivre votre famille, s'emporta Charles Bilodeau.

— C'est là que vous vous trompez, j'ai…

— Et c'est ça que vous osez m'annoncer comme une bonne nouvelle !

— Attendez, monsieur le curé. Laissez-moi finir, lui demanda le premier magistrat de Saint-Paul-des-Prés. J'ai acheté l'hôtel de Gonzague Boisvert pour en faire ma maison. Ce que j'essaie de vous dire depuis tout à l'heure, c'est qu'à partir de demain matin, Saint-Paul-des-Prés n'a plus d'hôtel. Le panneau devant va être décroché et la bâtisse va devenir ma maison, rien de plus. C'est fini les soûlons qui se ramassent là les fins de semaine et le va-et-vient tous les soirs. Le village va retrouver sa tranquillité.

Ébahi, le curé Bilodeau regardait Fabien Gagnon sans oser croire ce que ses oreilles venaient d'entendre. Était-il possible que Dieu ait écouté ses prières et fasse disparaître pour de bon cet antre du vice, comme il le désignait depuis plus de quinze ans ?

— Répétez-moi ça lentement pour que je sois bien sûr de vous avoir compris, dit le prêtre en tendant le cou vers le maire pour ne perdre aucune de ses paroles.

Lorsque Fabien lui eut répété la nouvelle, les traits du pasteur s'éclairèrent et il fut la proie d'une joie si intense qu'il invita son vis-à-vis à entrer au presbytère pour boire une goutte de madère pour célébrer une aussi grande nouvelle.

— Je veux pas manquer à la charité chrétienne, prit la précaution de dire le curé de Saint-Paul-des-Prés, le visage fendu d'un large sourire, mais on dirait bien qu'il y a une justice dans ce bas monde.

Après avoir poussé la porte du presbytère, Charles Bilodeau demanda à Mance Rivest de prier le vicaire de les rejoindre, lui et son invité, au salon. Quand l'abbé Morin, intrigué, entra dans la pièce, son supérieur se contenta de lui tendre un verre de madère en lui disant :

— Célébrez avec nous autres, l'abbé. Il faudra marquer cette soirée d'une pierre blanche dans l'histoire de Saint-Paul-des-Prés. L'hôtel disparaît grâce à monsieur le maire.

À l'invitation du curé, ils prirent place dans les vieux fauteuils au velours côtelé brun un peu élimé et le maire fut invité à expliquer à Eusèbe Morin ce qu'il venait de raconter au curé de la paroisse, soit qu'il s'était servi d'un prête-nom pour acheter son hôtel à Gonzague Boisvert. Il revenait justement de chez le notaire Boudreau de Yamaska pour finaliser la vente avec Hector Mondou, l'homme de paille utilisé pour arracher son hôtel à son vieil adversaire.

— J'ai idée que le pauvre vieux va en faire une maladie quand il va s'apercevoir que c'est à moi qu'il a vendu son affaire, conclut Fabien en se rengorgeant.

— Dans tous les cas, dit le vicaire, il me semble que cette leçon-là va faire le plus grand bien à monsieur Boisvert.

— C'est sûr qu'il va prendre son trou, affirma le maire avec un petit rire de satisfaction. Il me semble que ça fait assez longtemps qu'il en mène large dans la paroisse et qu'il respecte personne.

Le curé Bilodeau servit une seconde tournée de madère avant de reprendre place dans son fauteuil.

— Dieu a finalement entendu mes prières, avoua-t-il. Gonzague Boisvert a fait construire cet hôtel-là il y a quinze ans pour se venger. Il a jamais accepté que la nouvelle église soit bâtie là où était l'ancienne. J'ai eu beau le supplier et le menacer, il s'est entêté avec son hôtel. Il a même tout fait pour inaugurer son antre du péché la veille de la bénédiction de la nouvelle église. Là, il paye pour ses mauvaises actions et il est pas trop tôt, ajouta le prêtre, l'air satisfait.

— Moi, en tout cas, monsieur le curé, j'aimerais ben lui voir la face quand il va s'apercevoir que c'est moi qui ai acheté son hôtel. À mon avis, il va en faire une jaunisse, le vieux maudit.

— Vous êtes certain qu'il peut pas faire annuler la vente ? demanda Eusèbe Morin, vaguement inquiet.

— Il peut plus rien faire. Mondou lui a donné le prix qu'il demandait. Tout ce qui lui reste à faire, c'est de se mordre les doigts jusqu'au coude, plaisanta Gagnon en se levant.

— J'ai bien l'impression qu'on va en entendre parler longtemps dans la paroisse, déclara Charles Bilodeau en imitant son invité.

— Tant mieux, affirma le maire. Saint-Paul va s'être débarrassé d'un hôtel qui attirait pas mal d'ivrognes et le village va retrouver la paix. Tout ce monde-là ira boire et faire du trouble à Pierreville ou à Yamaska.

Après avoir reconduit Fabien Gagnon jusqu'à la porte, le pasteur de Saint-Paul-des-Prés revint au salon en se frottant les mains de contentement.

— Là, l'abbé, on vient de faire tout un ménage dans la paroisse, dit-il guilleret en s'emparant de son bréviaire dans l'intention de terminer sa lecture quotidienne.

*
**

En fait, la nouvelle que Saint-Paul-des-Prés avait perdu son hôtel ne se répandit dans la population que deux jours plus tard. Chose étonnante, ce fut Gonzague lui-même qui fut l'un des premiers à l'apprendre par un pur hasard.

Ce matin-là, il venait d'aller acquitter à contrecœur la facture d'essence de ses deux camions et il était d'assez mauvais poil en quittant la forge-garage de Joseph Melançon.

— Ça a pas un torrieu de bon sens ! s'était-il lamenté à Joseph Melançon quand ce dernier lui avait expliqué en détail, et par deux fois, la facture qu'il devait payer. Ces maudits *trucks*-là vont me mettre dans le chemin.

— Il faut comprendre, monsieur Boisvert, qu'il y a pas seulement la *gasoline.* Vous avez trois *tripes* neuves, et deux filtreurs en plus.

— Ouais ! Ouais ! Je veux ben le croire, mais c'est pas mal cher pareil, avait-il dit en sortant son argent d'un vieux porte-monnaie en cuir. Avoir su, j'aurais jamais acheté ces cochonneries-là. Il y aura jamais moyen de faire une maudite cerne à ce train-là.

— C'est sûr que ça revient plus cher qu'un cheval, avait conclu Joseph Melançon, sans éprouver la moindre parcelle de compassion pour le vieil avare.

Mis de mauvaise humeur par le déboursé qu'il venait de faire, le vieil homme était monté dans son boghei et avait repris la route dans l'intention de rentrer à la maison. Lorsqu'il passa devant son ancien hôtel, il n'y jeta qu'un regard distrait, trop préoccupé à calculer mentalement la marge de profit qu'allait finalement lui laisser son contrat gouvernemental si ses deux camions continuaient à lui coûter aussi cher. Puis, il sursauta et arrêta son cheval au moment où son attelage allait dépasser l'église, frappé soudain par une bizarrerie que son œil avait enregistrée sans qu'il en ait tenu compte.

— Qu'est-ce que Mondou a fait de l'annonce ? demanda-t-il à voix haute.

Il appelait « annonce » un grand panneau coloré décoré de belles arabesques sur lequel était écrit le mot « hôtel » en belles lettres gothiques. Cette œuvre d'un artiste de Nicolet était sa dernière véritable dépense à titre de propriétaire de l'hôtel de Saint-Paul-des-Prés. Dès qu'il en avait pris possession, il l'avait fait suspendre sur le bord de la route devant l'immeuble. Il fallait reconnaître que le panonceau avait un joli effet et beaucoup de clients de l'hôtel en avaient félicité le gérant.

L'hôtelier fit faire demi-tour à son cheval dans le terrain servant de stationnement à l'église et revint s'arrêter devant l'hôtel, au cœur du village. Il ne s'était pas trompé. Son « annonce » avait bel et bien disparu.

— Tu parles d'un baptême de sans-dessein ! jura-t-il en descendant du boghei. Il a la plus belle pancarte pour annoncer son hôtel et il l'enlève. Il va falloir qu'il se réveille, lui, s'il veut que les clients s'arrêtent. Pour moi, j'aurais été ben mieux de garder ça plutôt que de m'embarquer avec des *trucks*.

Cependant, le vieillard ne remarqua pas plus l'absence de clients habituellement assis sur la large galerie que la présence de la Chevrolet noire de Fabien Gagnon stationnée devant la remise, derrière l'imposant immeuble à un étage. Habitué aux aîtres, il monta sur la galerie et poussa la porte d'entrée.

Dès qu'il posa le pied à l'intérieur, il fut surpris de constater la disparition du petit comptoir où on avait toujours accueilli les clients avant de leur louer l'une des huit chambres à l'étage ou de les diriger vers la taverne ou la petite salle à manger attenantes. Deux hommes chargés du lourd comptoir de la taverne lui demandèrent soudainement de s'écarter pour les laisser passer.

— Baptême ! Mondou est en train de faire des gros travaux, se dit-il en constatant que la petite salle servant de taverne avait été vidée de ses tables et de ses chaises.

Des pas dans l'escalier du fond le firent se retourner au moment même où un Fabien Gagnon en manches de chemise descendait, suivi d'un gros homme dont il ne voyait encore que les jambes.

— Tu me sortiras les *sets* de chambre des trois chambres du fond, dit Fabien à l'homme avant de sursauter en apercevant son adversaire politique planté au milieu de ce qui avait été la taverne de l'hôtel.

— Dis-moi pas, torrieu, que t'es rendu assez riche pour louer une chambre de mon hôtel ? fit Gonzague, sarcastique.

— Pantoute, monsieur Boisvert.

— Est-ce que je peux te demander ce que tu fais dans mon hôtel, d'abord ?

— C'est plus votre hôtel, laissa tomber sèchement le maire en faisant signe au gros homme demeuré derrière lui qu'il pouvait se mettre au travail.

— Non, je le sais, répondit le vieillard sur le même ton. Je l'ai vendu à Hector Mondou.

— Et Mondou me l'a vendu.

— Hein ! fit Gonzague, interloqué.

— Vous m'avez ben entendu, Mondou me l'a vendu la semaine passée.

— Es-tu en train de me dire que tu t'es servi de lui pour me l'acheter ? demanda Gonzague, rouge de colère.

— On pourrait presque dire ça, admit le maire, sarcastique.

— Eh ben ! je te souhaite ben du plaisir, mon jeune. Tu vas t'apercevoir que tenir un hôtel, ça coûte les yeux de la tête, ajouta-t-il d'une voix fielleuse.

— C'est pour ça que j'en veux pas, déclara le maire, qui avait l'air de bien s'amuser. Je sais pas si vous l'avez remarqué, monsieur Boisvert, mais il y a plus de panneau accroché sur le bord de la route. Ici dedans, c'est plus un hôtel, c'est ma maison, une maison privée.

— Qu'est-ce que ça veut dire cette affaire-là ? ne put s'empêcher de demander son vis-à-vis, visiblement estomaqué par la nouvelle.

— Ça veut juste dire que la prochaine fois que vous viendrez, j'aimerais ben que vous frappiez à la porte et que vous attendiez qu'on vous dise d'entrer.

Furieux et humilié, le vieillard tourna carrément le dos à son interlocuteur et sortit de l'édifice en faisant claquer bruyamment la porte derrière lui. Il monta dans sa voiture et prit le chemin de la maison en pierre du rang Saint-André en vouant son adversaire politique aux feux de l'enfer. Aveuglé par la colère, il se promit de faire passer le goût du pain à Hector Mondou si jamais il lui mettait la main dessus. Avoir été la victime d'un véritable complot était ce qu'il avait le plus de mal à accepter. Comment lui, un homme de son expérience, avait-il pu être assez bête pour se laisser berner ainsi ? Il ne le comprenait pas. « Je suis trop bon avec le monde, c'est ça qui arrive », conclut-il en grinçant des dents.

— Tu parles d'un maudit hypocrite ! s'exclama-t-il quelques minutes plus tard, lorsqu'il raconta toute l'affaire aux siens. Il a préparé son mauvais coup par en-dessous, comme un vrai traître. Torrieu ! J'aurais mieux aimé sacrer le feu dans la bâtisse plutôt que de la vendre à un Gagnon.

— Au fond, monsieur Boisvert, Fabien Gagnon vous a joué le même tour que vous avez essayé de lui jouer en achetant vos *trucks*, intervint Alexandra, l'épouse de son petit-fils Charles. Ça prouve peut-être qu'il y a une sorte de justice.

Le vieil homme jeta un regard furibond à la jeune femme tout en sachant fort bien qu'il ne réussirait pas à intimider l'effrontée.

Le dimanche suivant, le curé Bilodeau annonça du haut de la chaire la disparition de l'hôtel du village en affirmant que la communauté venait de recouvrer une moralité disparue depuis plus de quinze ans. Avec une allégresse mal dissimulée, le pasteur de la paroisse félicita le maire d'avoir converti ce lieu de péchés en une maison honnête. Sur la même lancée, il en profita pour informer ses ouailles que le spectacle d'Hector Pellerin et de Blanche de La Sablonnière prévu pour la semaine suivante avait été annulé, faute d'endroit où le tenir.

La double nouvelle suscita des chuchotements dans l'assistance. Beaucoup de têtes se tournèrent vers le banc occupé par Gonzague Boisvert pour voir comment il encaissait tout cela. Ils en furent pour leurs frais. Le vieil homme ne broncha pas, se contentant de fixer un point devant lui, au-dessus de l'autel. Après la messe, loin de s'esquiver, il s'attarda à parler à quelques connaissances, surtout au bedeau. Il savait que tout ce qu'il dirait à Anselme Leblanc serait rapidement su dans tout le village.

— Je le savais que le gars à qui j'ai vendu était un homme de paille de Gagnon, mentit-il avec aplomb. Je me suis dit que si Gagnon tenait absolument à avoir mon hôtel, il allait payer le double de ce qu'il valait... et c'est ce qui est arrivé. C'est sûr qu'il s'en vantera pas, mais j'ai pas de pitié pour lui. Moi, les hypocrites, je peux pas sentir ça.

*
**

Les premiers jours de juin ne furent pas trop chauds, ce qui plut beaucoup aux institutrices qui craignaient toujours d'avoir plus de difficulté à maintenir la discipline chez leurs écoliers quand on approchait de la fin de l'année scolaire. Cependant, Norbert Boisvert avait adopté un comportement à la limite du supportable à l'égard de madame Beaulac, l'enseignante de l'école du rang Saint-Joseph. L'adolescent allait quitter définitivement sa classe dans quelques jours après avoir réussi, de peine et de misère, sa septième année.

— Si tu te calmes pas, le menaça l'institutrice après l'avoir grondé pour une troisième fois durant la dernière heure, je te renvoie chez vous et t'auras pas ton diplôme, tu m'entends, Norbert Boisvert ?

— Oui.

— Oui, qui ?

— Oui, madame.

— Ta mère m'a dit qu'il était pas question que tu lâches l'école avant d'avoir ton diplôme. Si t'as décidé que t'aimais mieux recommencer ton année l'an prochain, t'es libre.

Cette menace avait eu le don de jeter une douche froide sur l'adolescent de treize ans, déjà l'élève le plus âgé du groupe. Angèle Beaulac lui adressa un regard narquois avant de poursuivre l'exercice de grammaire entrepris quelques instants plus tôt avec les plus jeunes de sa classe.

Il ne restait plus qu'une semaine avant les vacances et Norbert comptait les jours avec une impatience manifeste. Cet après-midi-là, il eut la surprise de découvrir le camion vert bouteille stationné près de la maison à son retour de l'école. Il pénétra dans la maison. Il n'y avait personne.

— Grouille-toi, lui ordonna sa jeune sœur Élise, revenue de l'école avec Lionel plus rapidement que lui. On a déjà eu le temps de se changer. M'man et Madeleine sont dans le champ de fraises. Ils étendent de la paille. P'pa doit être là, lui aussi.

Sur ces mots, elle sortit de la maison avec Lionel et il les vit prendre la direction du champ situé derrière les bâtiments. Il monta alors changer de vêtements.

L'idée lui vint au moment où il posait le pied sur la galerie. Indécis, il s'arrêta un instant devant le camion de son père et en fit le tour, incapable de cacher son admiration pour le gros véhicule couvert de poussière. Ensuite, cédant à une impulsion soudaine, il monta sur le marchepied, ouvrit la portière et s'assit derrière le grand volant. Il s'imagina alors qu'il conduisait le camion et il tourna le volant autant qu'il le pouvait. À un certain moment, tout à la joie de se retrouver seul dans la cabine, il desserra accidentellement le frein à main. Immédiatement, le lourd véhicule se mit à rouler lentement sur le terrain légèrement en pente de la cour des Boisvert.

En proie à une folle panique, l'adolescent chercha désespérément à immobiliser le camion qui continuait à avancer très lentement vers la route. Quand il se rendit compte qu'il ne parvenait pas à stopper le mastodonte, il ouvrit la portière et se jeta en bas.

Le mauvais sort voulut qu'Honorine Gariépy, la mère de la voisine, passe devant la maison au même moment. L'imposante matrone à l'air altier était allée voir au bout du rang si elle ne trouverait pas des fraises des champs. Alors qu'elle passait devant l'entrée de la cour, elle vit venir vers elle le gros camion vert bouteille qui lui passa presque sur les pieds avant de traverser la route et d'aller se planter dans le fossé.

La dame hurla de frayeur, ce qui eut pour effet de figer sur place l'adolescent qui s'apprêtait à rentrer dans la maison pour jouer l'innocence la plus totale. Ce cri dans un après-midi aussi paisible fit sursauter le fils Rocheleau, en train de travailler dans son champ, de l'autre côté de la route. Corinne entendit, elle aussi, le cri de frayeur alors qu'elle finissait de contourner l'étable, de retour de son champ de fraises. Elle faillit échapper son seau en apercevant le camion planté dans le fossé, de l'autre côté du chemin.

— Laurent ! cria-t-elle à son mari, à l'autre bout du champ de fraises. Viens voir. Il y a quelque chose qui est arrivé à ton *truck*.

Ce dernier abandonna la paille qu'il transportait pour se précipiter vers sa cour. À son arrivée, il découvrit Honorine Gariépy, campée au centre de la route, image même de la vertu outragée.

— Espèce de petit sauvage ! glapit-elle en menaçant Norbert du doigt. Des plans pour tuer quelqu'un !

— J'ai rien fait, moi, madame, se défendit l'adolescent aussi perturbé que sa victime.

Il devint blanc de terreur lorsqu'il aperçut son père qui se précipitait vers son camion.

— Ah ben, Christ ! jura ce dernier en voyant son International dont le nez disparaissait dans le fossé. Qu'est-ce qui s'est passé là ? demanda-t-il en courant vers son véhicule.

— C'est ton gars, le responsable de tout ça ! hurla Honorine Gariépy, en se tenant encore la poitrine de saisissement, toujours debout au centre de la route. Je l'ai vu sortir du camion. Un peu plus, je me faisais tuer !

Laurent jeta à peine un regard à la belle-mère de son voisin. Il ne se donna même pas la peine de lui répondre. Il ne l'aimait pas, et c'était réciproque. Les airs hautains et les prétentions de la veuve à la meilleure société de Saint-Paul-des-Prés ne rendaient pas la grande et grosse femme très sympathique.

— Toi, arrive ici ! ordonna-t-il durement à son fils. Qu'est-ce que t'as fait là ?

— J'ai juste regardé, p'pa, mentit Norbert.

— Va m'attendre dans la remise, lui dit son père en proie à une fureur noire. Tu vas avoir affaire à moi tout à l'heure.

Corinne, accourue sur les lieux avec Madeleine, Léopold et les deux plus jeunes, tenta de désamorcer la folle colère de son mari pour ainsi protéger Norbert d'une autre correction.

— Il a peut-être rien fait, Laurent, plaida-t-elle.

— Ben oui ! fit ce dernier, les dents serrées. Ce *truck*-là est allé se jeter dans le fossé tout seul, calvaire !

Après avoir fait le tour du camion enlisé à moitié, son conducteur finit par dire à Léopold, debout en retrait :

— Attelle le blond et va chez Léon Tremblay, dans le rang Saint-Pierre. Dis-lui de venir avec son *truck*.

Alertés par tout ce bruit, Jocelyn Jutras et sa femme

Catherine vinrent voir de quoi il retournait. Sans dire un mot, Catherine Jutras eut un regard méprisant pour ses voisins, prit sa mère par le bras et la ramena chez elle. Jocelyn ne tint aucun compte du comportement désagréable de sa femme et de sa belle-mère. Il offrit d'essayer de sortir le camion de sa fâcheuse position en utilisant son cheval et celui de Laurent.

— Merci quand même, dit Laurent. Mais je pense que ça vaut pas la peine de risquer de crever nos chevaux quand l'autre *truck* va le sortir facilement de là.

— Si t'as besoin d'aide, t'as juste à me lâcher un cri, fit Jocelyn avant de retourner chez lui.

— Ça vous sert à rien de rester plantés sur le chemin à rien faire, dit sèchement Laurent aux siens. Allez donc travailler, leur commanda-t-il avant de tourner les talons et de se diriger vers la remise.

Corinne et les enfants demeurèrent un bref moment sur la route. Quand ils se décidèrent à revenir vers la maison, Laurent avait déjà disparu dans la remise dont il avait refermé la porte derrière lui.

— Madeleine, va commencer à préparer le souper, lui demanda sa mère, soudain inquiète pour Norbert. Élise, va nourrir les poules et les cochons. Toi, Lionel, va chercher les vaches dans le champ.

La mère de famille n'avait fait que quelques pas dans la cour qu'elle entendit les premiers cris de douleur de son fils. Elle se précipita vers la remise dont elle ouvrit la porte à la volée. Elle découvrit alors Norbert écrasé contre le mur du fond, se protégeant tant bien que mal la tête avec ses mains pendant que son père, incapable de contenir sa rage, le frappait à coups redoublés avec un rondin qu'il avait pris sur une corde de bois. Plus son fils criait de douleur, plus il le frappait en l'injuriant à tue-tête.

— Mon sacrement ! Tu vas arrêter de nous en faire voir de toutes les couleurs, toi ! Après celle-là, je te garantis que tu vas te calmer !

— Arrête, Laurent ! Tu vas le tuer ! lui cria sa femme en se précipitant sur lui.

— Toi, mêle-toi pas de ça. Si t'es pas capable de l'élever, je vais m'en occuper, moi !

— Arrête, je te dis ! cria-t-elle plus fort. Tu vois pas qu'il saigne ?

Rien ne semblait pouvoir calmer la rage du père de famille. Il ne voyait plus clair. Folle d'inquiétude pour son fils, Corinne regarda autour d'elle à la recherche de quelque chose capable d'arrêter son mari. Elle aperçut un manche de pioche. Elle se précipita vers le solide manche en chêne, s'en empara et se jeta contre son mari.

— Je t'ai dit d'arrêter, lui cria-t-elle en menaçant de le frapper.

Laurent recula d'un pas, abandonnant sa victime à ses gémissements et sa colère se retourna brusquement contre sa femme. Il leva son rondin en esquissant le geste de vouloir la frapper.

— Je te conseille pas d'essayer, Laurent Boisvert, dit-elle avec un calme effrayant. Je te promets sur la tête de mon père que si t'essayes, je te le casse sur la tête, ajouta-t-elle en levant son arme improvisée.

Cette menace sembla soudain calmer son mari qui jeta son rondin sur la corde où il l'avait pris.

— Je te l'ai dit le mois passé. Quand on n'est pas capable de se contrôler, on se mêle pas de corriger les enfants, lui cracha-t-elle à la figure. Toi, rentre dans la maison et monte te coucher, ordonna-t-elle à son fils. Tu vas te passer de souper à soir pour te montrer à te conduire comme du monde.

L'adolescent se releva en grimaçant de douleur et fit un détour en clopinant pour ne pas passer à la portée de son père. Il sortit du bâtiment. Dès qu'elle eut entendu le claquement de la porte moustiquaire indiquant que son fils était rentré dans la maison, Corinne quitta la remise à son tour après avoir replacé posément le manche de pioche contre le mur.

En entrant dans la cuisine d'été, elle se précipita vers l'une des fenêtres pour voir quelle direction son mari prenait. Quand elle s'aperçut qu'il se dirigeait vers l'étable, elle entreprit de s'occuper de Norbert qui s'était arrêté à la pompe à eau. Madeleine était déjà occupée à lui essuyer le visage avec une serviette imbibée d'eau.

— Viens me montrer ça, lui ordonna sa mère qui avait de la difficulté à cacher à quel point le cœur lui faisait mal.

Norbert s'approcha à contrecœur de sa mère et la laissa l'examiner. L'adolescent avait une pommette éclatée et une sérieuse bosse au front. En plus, il portait des marques déjà bleues sur un bras et une jambe.

— Va me chercher de la teinture d'iode et de l'eau de Pâques, dit Corinne à sa fille. Apporte aussi de l'alcool.

— Des plans pour… commença à dire la jeune fille de seize ans.

— Laisse faire, lui commanda sa mère.

Après avoir pansé son fils du mieux qu'elle pouvait, elle souleva sa chemise, ce qui lui permit de découvrir une large estafilade sur son corps, blessure qu'elle soigna aussi.

— Quand est-ce que tu vas arrêter de te mettre dans

le pétrin ? demanda-t-elle à Norbert d'une voix pleine de reproche. Tu vas finir par me faire mourir de peine ou par te faire estropier par ton père, ajouta-t-elle sur un ton convaincant. À cette heure, tu vas monter dans ta chambre avec ton souper. Quand t'auras fini de manger, cache ton assiette sale sous ton lit.

Elle déposa rapidement dans une assiette un morceau de rôti de porc, deux tranches de pain et des biscuits à la mélasse cuisinés le matin même.

— Fais-toi oublier par ton père, le temps qu'il se calme, lui dit-elle au moment où il posait le pied sur la première marche de l'escalier qui conduisait aux chambres.

Corinne laissa à sa fille le soin de préparer le repas du soir et retourna dans le champ de fraises étaler de la paille entre les plants de fraisier.

Elle ne vit pas Laurent sortir de l'étable, quelques minutes plus tard, pour aller au-devant de Léon Tremblay qui venait d'arriver au volant de son camion. À l'aide d'une chaîne, ce dernier parvint, sans trop de mal, à sortir le camion vert du fossé. Quand le camion fut parvenu à tirer l'autre dans la cour, Tremblay descendit de sa cabine pour examiner les dégâts.

— Une chance que ce *truck*-là est solide ! affirma Laurent après avoir fait le tour de son véhicule et constaté que le pare-chocs et les garde-boue n'étaient pas abîmés.

— Oui, mais le radiateur est défoncé, par exemple, lui fit remarquer son collègue. Regarde. Il coule. Tu pourras pas t'en servir tant que Melançon l'aura pas réparé.

— Sacrement ! C'est pourtant vrai, reconnut Laurent en repérant une importante fuite sous son camion.

— C'est ton père qui va être content, ne put s'empêcher de dire Tremblay avant de le quitter. Déjà qu'il trouve qu'on fait exprès de prendre trop de *gasoline.* Bon, on n'a pas le choix. Je vais avertir en passant Melançon de venir te réparer ça au plus sacrant, sinon tu vas manquer une journée d'ouvrage demain.

Tremblay quitta les lieux en soulevant un nuage de poussière et Laurent retourna à l'étable, encore plus en colère qu'avant la visite de son collègue. Quand Léopold rentra en boghei, il lui reprocha sèchement d'avoir traîné en route.

Durant le repas, le père de famille prit place au bout de la table et mangea sans desserrer les dents. À quelques reprises, il jeta un regard noir à sa femme qui avait osé le menacer, mais il se garda bien de remettre ça sur le tapis devant ses enfants. Il allait s'en souvenir et il allait lui montrer qui était le maître dans cette maison.

Pour sa part, Corinne agissait comme s'il ne s'était rien passé, mais elle le connaissait assez pour savoir qu'à la moindre occasion il allait lui faire payer ce qu'elle avait fait.

Un peu après le souper, Joseph Melançon vint réparer le camion. Il ne quitta la cour des Boisvert qu'un peu avant le coucher du soleil.

— Le père va être ben de bonne humeur ! se contenta de dire Laurent après le départ du mécanicien.

Le lendemain matin, la mère de famille eut envie de pleurer quand elle vit dans quel état son fils était. Sa bosse au front était violacée et sa joue droite, enflée. Il avait du mal à bouger l'un de ses bras et il boitait passablement.

— Mon Dieu ! Un peu plus, il le tuait ! ne put-elle s'empêcher de murmurer en le voyant.

L'adolescent s'arrêta devant sa mère.

— Qu'est-ce que je fais ? lui demanda-t-il.

— La même chose que d'habitude. Tu vas aller aider à l'étable et, après le déjeuner, tu t'en vas à l'école.

— Qu'est-ce que madame Beaulac va dire quand elle va me voir arrangé comme ça ?

— T'auras juste à lui dire que t'es tombé, se contenta de répondre sa mère. Fais ça vite. Va-t'en à l'étable. Ton père et Léopold sont là déjà depuis dix minutes. Arrange-toi pas pour le faire enrager encore une fois.

— Je pourrais ben pas aller à l'école aujourd'hui, suggéra l'adolescent. Il reste juste trois jours d'école.

— Tu t'en vas à l'école, trancha sa mère.

Ce matin-là, rien dans le comportement du père de famille à l'égard de son fils ne laissait deviner qu'il regrettait la sévère correction qu'il lui avait infligée la veille.

*
**

Le lendemain, Léon Tremblay et Laurent Boisvert cessèrent de travailler à quatre heures précisément. Il s'agissait là d'une concession arrachée de haute lutte à leur employeur, qui avait voulu exiger que ses deux chauffeurs travaillent jusqu'à six heures le samedi comme les autres jours de la semaine. Le fils du patron avait persuadé son compagnon de travail de l'appuyer dans cette demande parce qu'il tenait absolument à sa sortie hebdomadaire du samedi soir, à Yamaska.

Lorsque les deux camions s'immobilisèrent près de la maison de Gonzague Boisvert, ce dernier sortit sur la galerie pour jeter un coup d'œil à ses deux véhicules, histoire de s'assurer que tout était en ordre.

— Ce serait ben moins de trouble si je vous payais une fois par mois, dit-il à ses deux employés en leur tendant une petite enveloppe beige dans laquelle il avait mis leur salaire de la semaine.

— Ce serait pas pratique pantoute pour nous autres, p'pa, lui répéta encore une fois son fils.

— Je trouve que sept piastres par semaine, c'est pas mal d'argent, ajouta le vieillard, comme si on l'étranglait.

— Peut-être, monsieur Boisvert, mais il y a des gars de Sorel qui font la même *job* que nous autres et qui sont payés huit piastres.

— Je sais pas où le *boss* de ces gars-là prend son argent, répliqua Gonzague, l'air dégoûté. Il doit pas arriver.

Pendant que son père parlait, Laurent avait tiré de l'enveloppe l'argent qu'elle contenait. Éberlué, il regardait les quatre billets de un dollar qui reposaient dans sa main.

— Je pense que vous vous êtes trompé, p'pa, dit-il en lui montrant ce qu'il tenait.

— Pantoute, fit le vieil homme.

— Mais il y a juste quatre piastres dans mon enveloppe, protesta Laurent.

— C'est ça. Tu pensais tout de même pas que j'étais pour payer les réparations de ton *truck* à ta place, reprit son père, l'air sévère. Melançon m'a chargé trois piastres pour avoir réparé le radiateur. Cet accident-là me regarde pas pantoute. J'ai déjà ben assez de payer la *gasoline* quand tu vas traîner avec mon *truck à* Yamaska ou à Sorel, le samedi soir, ajouta-t-il.

Laurent ne dit pas un mot de plus. Il ravala sa frustration et monta dans la cabine du gros camion vert bouteille.

Ainsi, son père était au courant qu'il utilisait son camion le samedi soir pour aller boire et s'amuser à Yamaska. Il était vrai qu'il devait nécessairement passer devant la maison paternelle pour se rendre à la ville voisine et que le bruit d'un camion sur la route était facilement identifiable.

— Calvaire ! Ça fait pas une grosse paye, ne put-il s'empêcher de dire à haute voix alors qu'il traversait le village en direction du rang Saint-Joseph.

Cela faisait d'autant plus un maigre salaire qu'il avait fait croire à sa femme, dès les premiers jours, que son père ne le payait que six dollars par semaine, de manière à se garder suffisamment d'argent pour payer sa sortie hebdomadaire. Habituellement, il déposait dans le pot vert de l'armoire cinq dollars. Corinne n'avait fait aucun commentaire. Elle était habituée à planifier leurs dépenses en fonction de l'argent qui était déposé dans le pot. Son mari n'avait jamais cherché à prendre en main les finances familiales. Depuis qu'il avait commencé à toucher un salaire, elle avait décidé de verser deux dollars par semaine à Léopold, ce qui était le salaire que la plupart des cultivateurs versaient à leur homme engagé quand ils lui assuraient le vivre et le couvert.

Lorsque Laurent rentra à la maison, les siens avaient terminé le train et l'attendaient pour passer à table.

— Tiens, c'est tout ce que j'ai gagné cette semaine grâce à notre maudite tête folle, dit-il à sa femme en jetant trois dollars sur la table sans un regard pour son fils, qui venait de s'asseoir à table.

— Comment ça ? lui demanda Corinne.

— Ben, tu pensais tout de même pas que le père allait payer la réparation du radiateur. Il a pris le montant sur ma paye, c'est tout.

— Ah ça ! Je reconnais là son grand cœur, fit sa femme, amère.

Elle alla déposer l'argent dans l'armoire et fit signe à Madeleine de servir la soupe au poulet qui mijotait sur le poêle. Il régnait dans la cuisine une chaleur intense générée par le poêle qu'il fallait bien utiliser pour avoir un repas chaud. Pendant que l'adolescente déposait devant chacun un bol de soupe fumante, Corinne sortit du four un pâté contenant des cubes de bœuf et de porc qu'elle servit avec des pommes de terre.

Après le repas, Laurent s'empressa de faire sa toilette et de changer de vêtements. Sa femme ne dit rien, même si elle se doutait bien qu'il allait occuper cette soirée à boire et sans doute aussi à la tromper avec cette Amélie…

— Sais-tu que c'était peut-être bien mieux quand t'allais à Yamaska avec le boghei, lui fit-elle remarquer en finissant d'essuyer la vaisselle que sa fille avait lavée.

— Pourquoi tu dis ça ? demanda-t-il sur un ton rogue, en finissant d'ajuster sa cravate.

— Parce qu'avec le bruit que fait ton *truck*, tu réveilles immanquablement tout le village et le monde du rang quand tu reviens au milieu de la nuit.

— Parle donc pas pour rien dire, la rabroua-t-il.

— En tout cas, ça me surprend pas mal que ton père t'ait pas encore fait remarquer qu'il t'entend passer avec son *truck*. Comme il est pas sourd, il doit le savoir depuis longtemps.

Il se garda bien de lui apprendre que son père lui avait justement fait une remarque à ce sujet quelques heures plus tôt. Il avait bien l'intention de continuer à utiliser le camion pour ses sorties, même s'il dérangeait les dormeurs quand il revenait au milieu de la nuit. À ses yeux, il aurait été stupide de laisser le véhicule dans la cour de sa ferme pour se contenter du boghei. Avec l'International, il gagnait du temps et surtout de la considération de la part des habitués de l'hôtel.

Chapitre 10

Quelques tracas familiaux

Le mois de juin tenait finalement ses promesses. Après quelques jours de temps maussade, l'été s'était déjà solidement installé quand les écoles de Saint-Paul-des-Prés fermèrent leurs portes rendant ainsi aux enfants de la paroisse leur liberté. Malheureusement, le seul jour véritablement pluvieux fut le dimanche de la Fête-Dieu, au grand désespoir d'Alexina Duquette et du curé Bilodeau.

Ce dimanche-là, le jour se leva sur un ciel gris et une petite pluie fine de mauvais augure. L'épouse du marchand général, alertée par le bruit de la pluie sur l'avant-toit, s'était précipitée sur la galerie du magasin dès qu'elle avait ouvert les yeux.

— Ah non ! C'est pas vrai ! s'exclama-t-elle en apercevant les drapeaux papaux jaune et blanc, les banderoles blanches et le tissu ornant son reposoir pendre lamentablement sous la pluie. Ça vaut bien la peine de se donner tant de mal. Regarde-moi ça. C'est pas regardable !

— De toute façon, tu sais ben qu'il y aura pas de procession à matin s'il fait ce temps-là, voulut la consoler son mari en arrivant derrière elle.

— Ce qui m'enrage le plus, c'est que j'en connais qui

vont être bien contents de pouvoir rire de moi, dit la grande femme sèche en faisant claquer la porte derrière elle avec mauvaise humeur.

À l'arrivée de Charles Bilodeau dans la paroisse, Alexina Duquette était allée piquer une crise célèbre au nouveau curé quand elle avait appris qu'il avait volontairement ignoré l'alternance de la tenue du reposoir de la Fête-Dieu établie de longue date entre Honorine Gariépy et elle. À l'époque, elle s'était bien promis de ne jamais plus se donner le mal d'installer le reposoir chez elle. De fait, le curé de la paroisse l'avait boudée durant plusieurs années, ce qui l'avait grandement humiliée, elle qui se plaisait à affirmer que son reposoir avait toujours dépassé de cent coudées celui de sa rivale.

Dix ans auparavant, Honorine Gariépy avait vendu sa maison à un vieux couple de retraités pour aller vivre avec sa fille et son gendre, dans le rang Saint-Joseph. Cette année-là, le président de la fabrique était venu supplier l'épouse d'Alcide Duquette de revenir sur sa décision et d'installer le reposoir chez elle. Il s'engageait personnellement à ce qu'elle soit choisie une année sur deux. Elle s'était longuement fait prier. Alcide s'en était même mêlé en prétextant qu'un refus de sa part pourrait indisposer leur clientèle. Elle avait fini par accepter par crainte de voir leur chiffre d'affaires baisser pour cette raison.

Depuis lors, au fil des années, la digne commerçante avait fini par accumuler un nombre assez impressionnant de décorations sous forme de banderoles, de drapeaux, d'anges aux ailes cartonnées et de rouleaux de tissu décoratif. Par conséquent, il allait de soi que l'installation du reposoir requérait de plus en plus de temps, mais, de l'avis de sa conceptrice, cela valait la peine parce qu'il lui attirait chaque année de nombreuses louanges. Le reposoir d'Eugénie Vigneault avec qui elle alternait ne supportait pas la comparaison, et cela pour son plus grand plaisir.

*
**

Chez les Boisvert, Léopold venait de quitter la maison en compagnie de Norbert et d'Élise pour assister à la basse-messe. Laurent dormait encore et il faudrait bientôt le réveiller et supporter sa mauvaise humeur dominicale habituelle en tentant de le convaincre de venir à la grand-messe. Corinne et Madeleine avaient déjà revêtu leur robe du dimanche et étaient occupées à dresser la table du dîner.

La mère de famille avait, encore une fois, très mal dormi. Son insomnie n'avait nullement été causée par l'arrivée de son mari aux petites heures du matin. Non, elle s'inquiétait pour son fils Philippe. Elle aurait tout donné pour savoir où il était. Il n'avait donné aucun signe de vie depuis son départ de la maison. Était-il parvenu à s'enrôler ? Jocelyn Jutras l'avait un peu apaisée l'avant-veille quand elle lui avait parlé d'un côté à l'autre de leur clôture mitoyenne. Il lui avait dit avoir lu que les conscrits étaient envoyés dans des camps en Ontario, par exemple, pour apprendre leur métier de soldat. L'entraînement durait très longtemps. Il y avait sûrement un moyen de le sortir de là, mais comment ? Puis, elle s'était mise à penser à son père. Napoléon Joyal lui manquait au-delà de toute expression. Dans le noir de sa chambre à coucher, étendue aux côtés de son mari qui ronflait bruyamment, elle avait longuement pleuré.

Ce matin-là, la mère de famille avait scruté le visage de Norbert au moment où il finissait de se préparer pour assister à la messe. Il ne portait pratiquement plus de marques de la sévère correction infligée par son père.

— S'il pouvait se tenir tranquille un bout de temps, se dit-elle, inquiète. Il a un don pour faire enrager son père…

Depuis cette raclée, elle avait fait en sorte de le faire travailler le plus souvent possible en compagnie de Léopold, en espérant que celui-ci parvienne à le calmer.

À un certain moment, Corinne regarda sa fille s'activer autour de la grande table de cuisine et elle observa qu'elle était en train de devenir une vraie femme. Elle se rendit compte tout à coup que l'adolescente à l'épaisse chevelure brune lui ressemblait de plus en plus. Elle retrouvait chez Madeleine ses yeux bleus, ses traits fins et son air volontaire.

Elle esquissa un mince sourire en se rappelant comment elle était à cet âge. Elle n'avait pas oublié à quel point elle avait réagi avec emportement quand elle s'était rendu compte que le jeune Gérald Marcoux était apparemment tombé amoureux d'elle. À l'époque, elle avait échafaudé toutes sortes de plans pour se retrouver seule en compagnie du timide Gérald et avait mis au point toutes sortes d'artifices pour l'amener à se déclarer. Durant un bref instant, elle se demanda quel genre de vie elle aurait eu aux côtés de ce jeune homme frisé un peu effacé. Puis, elle se reprocha cette pensée coupable et revint à la réalité quand Madeleine s'approcha d'elle pour prendre des ustensiles dans l'armoire.

— Est-ce qu'il y a quelque chose qui va pas, m'man ? demanda la jeune fille, un peu inquiète de voir sa mère immobile, les yeux dans le vague, debout près du comptoir.

— Non, tout est correct, la rassura sa mère. Mais je viens de penser à quelque chose et il faut que je te parle.

— De quoi, m'man ?

— Je suppose que tu t'es aperçue que Léopold a l'air de te trouver à son goût, fit Corinne, un peu embarrassée.

— Voyons, m'man, protesta Madeleine en rougissant légèrement.

— C'est normal, t'es une belle fille, fit sa mère avec un léger sourire.

— Mais, m'man !

— Non, écoute plutôt ce que j'ai à te dire, reprit sa mère, l'air soudainement sévère. Vous êtes trop jeunes tous les deux pour vous fréquenter. Fais bien attention de pas l'encourager à se faire des idées, ma fille.

— Je suis pas folle, m'man, répliqua l'adolescente, apparemment très mal à l'aise.

— Non, je le sais, mais t'es jeune, par exemple. Pense juste à une affaire, poursuivit-elle en baissant la voix. Si jamais ton père se rend compte qu'il y a la moindre chose entre toi et Léopold, je te garantis que ton Léopold va prendre le bord et ce sera pas long. Et pour une fois, je serai pas contre.

— J'ai compris, fit la jeune fille, excédée.

— Dis-toi bien qu'une fille a juste une réputation. Si elle la perd, elle en trouvera pas une deuxième.

Madeleine ne dit rien et poursuivit son travail. Cependant, sa mère sentit bien que l'adolescente avait été troublée par sa mise en garde.

À l'approche de l'heure de la grand-messe, Corinne,

Madeleine et Lionel montèrent dans le boghei aux côtés d'un Laurent mal réveillé et grognon. La pluie s'était intensifiée quand la voiture quitta la cour pour emprunter la route dont les ornières étaient remplies d'eau.

— Pour une fois que ça aurait servi à quelque chose d'avoir un *truck*, laissa tomber Corinne en se protégeant du mieux qu'elle pouvait de la pluie.

— Le père veut pas qu'on se serve de ses *trucks* quand on travaille pas. Il dit qu'il veut pas avoir à payer de la *gasoline* pour rien, répliqua son mari en grimaçant comme si le fait de parler le faisait souffrir.

— Dans ce cas-là, ça me surprend qu'il te permette de t'en servir le samedi soir, reprit sa femme avec une logique certaine.

Son mari ne se donna pas la peine de répliquer.

— En tout cas, tu vas être content aujourd'hui, poursuivit Corinne. Il y aura sûrement pas de procession avec un temps pareil.

— Je m'en plaindrai pas, laissa-t-il tomber.

De fait, le curé Bilodeau annonça à la fin de la messe l'annulation de la procession et son remplacement par une courte cérémonie à l'église même, à la fin de la messe. Dès qu'il prononça son *Ite missa est*, la plupart des hommes se précipitèrent sur le parvis où, malgré la pluie, ils s'empressèrent d'allumer leur pipe en attendant le début de la cérémonie de la Fête-Dieu.

Le bedeau se posta près des portes du temple, autant pour profiter de sa pipe que pour prévenir les fidèles quand le curé et l'abbé Morin rentreraient dans le chœur.

— Puis, monsieur le maire, il paraît que vous avez décidé de remiser votre beau char dans le garage de

Joseph, dit Anselme en apercevant le maire qui venait de se joindre à un petit groupe de ses administrés.

— Pourquoi vous dites ça, monsieur Leblanc ? demanda Fabien Gagnon, étonné.

— Il me semble qu'il est toujours au garage, ce char-là, lui fit remarquer le bedeau d'un air narquois.

— C'est de la mécanique, père Leblanc, intervint le mécanicien du village. Vous pouvez pas savoir ce que c'est, ajouta-t-il en adoptant un air supérieur.

— Ça se peut ben que tu sois dans le vrai, mon jeune, consentit le bedeau, l'air finaud, mais mon neveu, qui est vendeur de Ford, m'a expliqué pourquoi on appelait le char de notre maire une Chevrolet 940.

— Ah oui ? Pourquoi ? demanda Fabien, intéressé et fier de voir que plusieurs personnes suivaient leur conversation.

— D'après lui, ce char-là s'appelle comme ça parce qu'après avoir roulé neuf jours sur la route, il doit en passer quarante au garage pour se faire réparer.

Le maire, touché dans son orgueil de propriétaire d'une voiture prestigieuse, allait répliquer quand l'incorrigible bavard reprit.

— Mais il faut dire qu'avec le genre de mécanicien qu'il y a aujourd'hui, c'est sûr qu'un char peut pas rouler ben longtemps.

Joseph Melançon, la figure toute rouge, allait défendre son honneur de mécanicien quand la chorale paroissiale, dirigée par Honorine Gariépy, entonna un cantique, signal du début de la cérémonie. Tous les hommes durent retourner dans l'église. Au passage, Melançon lança un regard furieux au bedeau, qui lui adressa un sourire moqueur.

Les paroissiens de Saint-Paul-des-Prés ne purent

rentrer à la maison que bien après midi. Le curé Bilodeau avait fait en sorte que la « brève cérémonie » annoncée soit presque aussi longue que l'aurait été la procession. Le seul avantage de tout cela fut que la pluie avait cessé quand les gens sortirent de l'église.

*
**

Depuis que Laurent exerçait le dur métier de camionneur, la vie s'organisait sur sa ferme sans sa participation active. Avec l'aide de Léopold et des enfants, Corinne parvenait à s'en tirer sans que son travail de ménagère en souffre. Dans sa maison, il n'y avait pas de perte de temps. On travaillait de l'aube au crépuscule et chaque membre de la famille était mis à contribution selon son âge et ses capacités.

Lionel était chargé de nourrir les porcs et le cheval. Élise s'occupait des poules et du ménage. Norbert aidait Léopold à faire le train et à réparer ce qui était brisé. Pour leur part, Corinne et Madeleine voyaient au lavage, au repassage, au reprisage ainsi qu'à la confection des repas et à la cuisson du pain. Si tous participaient à l'entretien du jardin, la mère de famille se réservait le nettoyage de ses plates-bandes, source de sa plus grande fierté.

Quand vint le temps des fraises, tous s'activèrent à la cueillette. La température avait été si clémente que les petits fruits rouges étaient nombreux, gros et juteux.

— Placotez moins et ramassez plus vite, ordonna Corinne en apercevant Norbert en train de taquiner sa sœur Élise, à genoux au bout d'une rangée de plants.

— Je placote pas, m'man, se défendit l'adolescent. Je lui ai juste dit qu'elle en oubliait.

— C'est pas vrai, répliqua Élise, furieuse. Lui, il ramasse juste les plus grosses pour remplir plus vite son casseau.

— Ça va faire, vous deux. Taisez-vous et travaillez.

Elle aperçut un peu plus loin Léopold et Madeleine, côte à côte, en train de remplir un contenant et une légère ride d'inquiétude barra son front.

Durant plusieurs jours, toute la famille travailla à la cueillette, occupant les soirées à équeuter les fraises et à les faire bouillir pour en faire une savoureuse confiture.

— Je pense qu'on en a fait presque vingt pots, déclara la mère de famille en essuyant la sueur qui perlait à la racine de ses cheveux. On en a assez pour l'année.

— Dans une semaine, je pense que les framboises vont être prêtes, madame Boisvert, lui fit remarquer Léopold.

— On va les ramasser, inquiète-toi pas pour ça. Cet après-midi, on va prendre ce qui nous reste de viande et la mettre dans une chaudière dans le puits. J'ai remarqué hier que notre glace est presque toute fondue.

— Il nous reste pas grand-chose, m'man, intervint Madeleine.

— Je le sais, fit sa mère. On va manger plus de légumes et moins de viande à partir d'aujourd'hui. Ça tombe bien, le jardin commence déjà à donner des fèves jaunes.

*
**

À la fin de la première semaine de juillet, Corinne était occupée à épousseter le salon un peu avant le repas du soir quand elle entendit le camion de son mari entrer dans la cour. Il était un peu plus tôt que d'habitude. Elle quitta la pièce, se pencha à l'une des fenêtres de la cuisine et constata que Laurent ne faisait pas mine de se diriger vers les bâtiments. Elle le vit venir vers la maison. Il pénétra dans la cuisine, alla immédiatement remplir un verre d'eau à la pompe et le vida d'un trait.

— T'as fini plus de bonne heure ? lui demanda sa femme.

— Oui, je voulais arrêter en passant chez Lamothe.

Corinne fut tout de suite sur le qui-vive. Depuis deux ou trois dimanches, elle guettait l'apparition de Marie Lamothe après la grand-messe pour lui demander si elle avait reçu des nouvelles de son Ulric. Elle espérait ainsi en recevoir de Philippe dont elle continuait à être sans nouvelles. Malheureusement, les Lamothe avaient l'air de préférer fréquenter la basse-messe parce qu'elle n'était pas parvenue à rencontrer le mari ou la femme.

— Puis ? Est-ce qu'ils ont eu des nouvelles, eux autres ? demanda-t-elle, pleine d'espoir.

— Tu me croiras si tu veux, mais leur garçon est revenu il y a une semaine, répondit Laurent. Son père l'a envoyé chercher quand je lui ai dit que je voulais lui parler.

— Ulric Lamothe est revenu ? fit-elle, stupéfaite.

— Je viens de te le dire, fit son mari sur un ton rageur.

— Et Philippe, lui ?

— Le petit Lamothe m'a dit qu'ils ont essayé de s'enrôler, mais que ça a pas marché pantoute. L'armée a pas voulu les prendre, elle les trouvait trop jeunes.

— Enfin une bonne nouvelle, dit Corinne, profondément soulagée.

— T'appelles ça une bonne nouvelle, toi ? Sacrement ! L'autre est revenu à la maison, mais pas ton

Philippe. Il paraît qu'ils ont traîné à Québec, puis à Montréal un bon bout de temps.

— Et là, où est-ce qu'il est, notre garçon ?

— Il y a pas moyen de le savoir. Si j'ai ben compris, les deux jeunes ont fini par se chicaner. Le petit Lamothe est revenu et notre gars a pris le bord des États, d'après lui.

— Aux États ? Qu'est-ce qu'il est allé faire là ?

— Comment tu veux que je le sache ? Lui, quand il va remettre les pieds ici dedans, il va avoir affaire à moi, promit-il, en serrant les poings. Laisse faire ! Quand il aura mangé assez de misère, il va sourdre un beau matin et, à ce moment-là, on va régler les comptes. Nous autres, on se crève à travailler d'une étoile à l'autre pendant qu'il va se promener, le petit calvaire de sans-cœur !

— Ça me fait penser à quelqu'un, ça, se contenta de dire sa femme en lui lançant un regard noir.

Bien sûr, elle faisait allusion à son mari qui n'avait pas hésité à la laisser sans nouvelles pendant près de six mois la première année de leur mariage parce qu'il avait décidé d'aller se balader aux États-Unis, supposément pour se renseigner sur les emplois disponibles.

— T'as du front tout le tour de la tête de me dire ça en pleine face, s'emporta Laurent en se rappelant ce à quoi sa femme faisait allusion. J'avais pas son âge et moi, c'était pour me trouver une *job*.

— Si tu le dis, fit-elle sur un ton sarcastique.

Déjà, elle ne l'écoutait plus fulminer contre la paresse et le comportement inacceptable de son aîné. Elle était tout de même un peu soulagée. Son fils ne servirait pas de chair à canon. Il n'allait pas se faire tuer de l'autre côté de l'océan. Évidemment, il était assez inquiétant de le savoir aussi loin qu'aux États-Unis, sans ressources, mais c'était tout de même mieux que de l'imaginer en train de se démener sur un champ de bataille.

Ce soir-là, la prière familiale s'allongea d'une demande à Dieu de ramener Philippe au plus tôt à la maison. Le visage de Laurent se crispa en entendant cette prière.

*
**

Le dimanche suivant, Corinne voulut profiter d'une journée ensoleillée pour aller rendre visite à sa mère qu'elle n'avait vue qu'une fois depuis le décès de son père. Lorsqu'elle aborda le sujet en revenant de la messe, son mari refusa carrément cette sortie, prétextant la fatigue d'une semaine de travail.

— Si c'est comme ça, je vais y aller avec les enfants, lui annonça-t-elle sans un moment d'hésitation.

— Fais à ta tête, se contenta-t-il de répondre.

Après le repas, Laurent s'esquiva rapidement dans la chambre à coucher pour y faire une sieste pendant que son fils Norbert allait atteler le boghei. L'adolescent, qui fêtait ce jour-là ses quatorze ans, n'était pas de bonne humeur. Son père lui avait carrément refusé le droit de fumer.

— Toute une fête ! se plaignit-il au moment où sa mère, son frère Lionel et ses sœurs montaient dans la voiture. Je vais être poigné pour m'ennuyer tout l'après-midi à vous attendre chez grand-mère.

— Si t'es pas content, t'as juste à rester ici dedans avec ton père et Léopold, rétorqua sèchement sa mère. On n'a pas besoin de toi.

L'adolescent ronchonna encore un peu, mais finit par se taire.

À l'arrivée des Boisvert chez les Joyal, à Saint-

François-du-Lac, Norbert fut le premier à identifier le boghei immobilisé dans la cour de sa grand-mère.

— Je pense que mon oncle Bernard est là, dit-il à sa mère.

— Tant mieux, fit cette dernière. Dételle le blond et envoie-le dans le clos avec les autres chevaux.

La porte moustiquaire de la cuisine d'été s'ouvrit sur une Lucienne Joyal toute vêtue de noir et amaigrie. Germaine et Bernard sortirent à leur tour de la maison pour accueillir les nouveaux arrivants.

— As-tu perdu ton mari en chemin ? demanda Lucienne en regardant Norbert, près des bâtiments, en train de dételer le cheval.

— Il est resté à la maison, m'man. Il a eu une bien grosse semaine et il avait besoin de dormir.

Corinne se rendit bien compte que sa mère n'était pas dupe, mais préféra se taire. Elle l'embrassa ainsi que sa sœur et son beau-frère, imitée par Madeleine, Élise et Lionel.

— Seigneur ! s'exclama Germaine, je crois bien que tu vas avoir les deux plus belles filles de Saint-Paul.

Madeleine rougit légèrement alors qu'Élise se contentait de glousser de contentement.

— Êtes-vous toute seule ? demanda Corinne en entrant dans la maison à la suite de sa mère.

— Bien oui, Anatole et Thérèse sont partis passer l'après-midi chez les Rochon, lui expliqua sa mère. Bastien, lui, aimait mieux rester avec Rosalie à la maison. Elle attend du nouveau pour ces jours-ci.

— Avez-vous eu des nouvelles de Blanche et Amédée ?

— Ils sont venus la fin de semaine passée. Leurs deux plus vieux se cachent. Il paraît que des soldats sont allés à la maison pour les emmener. Ils les ont pas encore trouvés.

— Avez-vous eu des nouvelles de Simon ?

Le visage de Lucienne se rembrunit à l'évocation de son fils cadet et elle fit un effort visible pour ne pas laisser voir son chagrin.

— Il a écrit un petit mot pour dire que tout allait bien et qu'il haïssait pas trop l'armée, répondit la mère de famille. C'est bien de valeur qu'il soit parti comme ça. J'aurais bien eu besoin de lui depuis que ton père est plus là, ajouta-t-elle.

Corinne adressa un regard interrogateur à sa sœur et à son beau-frère. Après une courte hésitation, Germaine se décida à parler.

— M'man te l'a pas dit, mais il paraît que Thérèse a déjà mis dans la tête d'Anatole de la persuader de se donner à lui.

— C'est pas vrai ! s'exclama Corinne en cherchant une confirmation chez sa mère.

— Disons qu'ils m'en ont parlé tous les deux, dit Lucienne.

— Je veux pas me mêler de ce qui me regarde pas, intervint Bernard, Mais je les trouve pas mal vite. À mon avis, madame Joyal, vous êtes pas assez vieille pour vous donner à un de vos enfants.

Norbert entra dans la cuisine d'été à cet instant précis et vint s'asseoir derrière la table après avoir salué sa grand-mère, son oncle et sa tante.

— Anatole dit que ça fait vingt ans qu'il travaille sur notre terre et qu'elle lui revient de plein droit, expliqua Lucienne. Je sais que cette idée-là vient pas de lui. C'est encore sa femme qui le pousse. Comme elle a commencé à parler que ce serait une bonne idée que je leur laisse la grande chambre en bas parce que maintenant votre père est parti.

— J'espère, m'man, que vous vous laisserez pas faire, s'insurgea Corinne. Si vous vous donnez, vous serez plus maîtresse dans votre maison. Vous allez vous faire mener par le bout du nez du matin au soir par la Thérèse.

— Aïe ! je suis pas retombée en enfance ! déclara Lucienne, l'air farouche. Je le sais bien ce qui arriverait si je faisais ça.

— Vous avez pas pensé leur vendre votre terre pour aller vous installer au village, pas trop loin de l'église, madame Joyal ? demanda Bernard.

— C'est vrai que ce serait pas une idée folle, reconnut sa belle-mère, l'air songeur.

— Vous avez juste à leur faire un bon prix pour votre terre et le roulant, et leur donner tout le temps de se décider. Pendant ce temps-là, vous auriez la chance de regarder à droite et à gauche s'il y aurait pas une petite maison sans trop d'entretien à vendre au village. À la limite, je pourrais vous en construire une selon vos goûts, proposa Bernard.

Cette suggestion de son gendre sembla redonner sa bonne humeur à la veuve de Napoléon Joyal et la conversation dériva sur des sujets moins épineux. À un certain moment, Bernard, toujours associé à sa famille de Nicolet dans des projets de construction, surprit toute la petite assemblée en disant :

— Je vous dis qu'on sait pas jusqu'à quel point on est chanceux de pouvoir parler français autant qu'on veut ici, dans la province. On a engagé la semaine passée deux bons hommes qui viennent d'Ontario. Ils se sont installés à Sainte-Monique avec leur famille, il y a un mois. Ils m'ont dit qu'ils en pouvaient plus de vivre là-bas parce que leurs enfants avaient même plus le droit d'apprendre le français à l'école à cause d'une loi du gouvernement de la province. Ils disent que ça s'appelle la Loi 17.

— C'est bien effrayant une affaire comme ça, fit remarquer Lucienne.

— Mais c'est pas nouveau, m'man, intervint Germaine. Comme je l'ai dit à Bernard, ça fait au moins cinq ans que cette loi-là existe.

— Ça empêche pas que les Canadiens qui vivent là-bas sont pas libres de parler leur langue quand ils veulent, poursuivit son mari en allumant sa pipe. Les Anglais gèrent tout. Si on les traitait comme ça chez nous, j'ai ben l'impression qu'ils crieraient comme des cochons qu'on égorge.

À ce moment-là, le mari de Germaine sembla s'apercevoir que son neveu Norbert s'ennuyait. Il mit fin abruptement à la conversation et entraîna l'adolescent dehors pour parler entre hommes. Pour sa part, Madeleine amena sa jeune sœur et son petit frère s'amuser dans la grosse balançoire en bois placée sous le vieux chêne, près de la maison. Enfin seules, les trois femmes purent aborder des sujets dont elles n'osaient pas parler devant les enfants, ni même devant Bernard.

— J'aime pas bien gros le genre de grossesse que Rosalie a, affirma Lucienne à ses filles. La pauvre en a jamais autant arraché.

— Il faut dire, m'man, qu'elle commence à être pas mal vieille pour être en famille, lui fit remarquer Germaine. Elle a trente-neuf ans, le même âge que moi. Moi, en tout cas, je me verrais pas en attendre un autre.

— Moi… voulut dire Corinne, mais le regard sévère que sa mère lui adressa lui coupa la parole.

— Vous êtes assez vieilles toutes les deux pour savoir qu'on fait pas toujours ce qu'on veut dans ces cas-là, intervint Lucienne avec un air de ne pas plaisanter. C'est le bon Dieu qui décide.

— Bien oui, m'man, répliqua Germaine en faisant un signe discret de connivence à sa sœur.

À la fin de l'après-midi, les invités virent revenir Anatole et sa femme.

— Est-ce que ça leur arrive de rester à souper chez les Rochon ? demanda Corinne à sa mère en regardant Thérèse descendre de voiture dans la cour.

— Jamais, les Rochon sont pas des inviteux. En plus, ils ont pour leur dire que leur fille reste pas loin et qu'elle peut bien aller manger à la maison.

— Parlant de manger à la maison, je crois bien qu'on va y aller, nous autres, reprit Corinne en se levant.

— Pourquoi tu restes pas à souper ? s'étonna sa mère.

— Je veux pas laisser Laurent et Léopold se débrouiller seuls dans la cuisine. Si je fais ça, je vais être prise pour nettoyer pendant des heures.

Norbert alla atteler le blond pendant que sa mère saluait Anatole et sa femme, à l'air toujours aussi revêche.

— Vous restez pas à souper ? demanda cette dernière sans trop insister.

— Merci bien, mais ce sera pour une autre fois, Thérèse, répondit Corinne,

Thérèse et Anatole laissèrent Lucienne, Germaine et Bernard sur la galerie pour l'accompagner jusqu'à la voiture dans laquelle les enfants avaient déjà pris place.

— Ta mère t'a-t-elle parlé de ce qu'on lui a proposé ? demanda Thérèse à sa belle-sœur.

— Un peu, reconnut Corinne, sans trop s'avancer.

— Il me semble que ce serait une bonne affaire pour elle. Elle a bien mérité de se reposer, ajouta la femme d'Anatole en s'efforçant d'afficher une compassion qu'elle n'éprouvait sûrement pas.

Cette dernière remarque eut le don de faire bouillir Corinne qui ne put s'empêcher de lui faire remarquer sur un ton un peu sec :

— M'man est pas si vieille que ça, Thérèse ! Elle est pas encore prête à passer ses journées à se bercer. Si je me trompe pas, elle est même pas mal plus jeune que tes parents. Eux autres, est-ce qu'ils ont accepté de se donner à ton frère, qui reste chez eux ?

— Je pense pas que ça les intéresse, répondit sa belle-sœur en se gourmant.

— J'ai l'impression que c'est la même chose pour ma mère. D'après ce que j'ai cru comprendre cet après-midi, elle a l'air d'être plus intéressée à vendre la terre pour aller s'installer dans une petite maison au village.

— Ah bien ! il manquerait plus que ça ! s'indigna Thérèse à voix basse en jetant un coup d'œil à son mari qui se tenait impassible à ses côtés. Depuis le temps qu'on la cultive, cette terre-là…

— Si elle se décide, vous pourriez toujours l'acheter, fit Corinne avec un sourire narquois. Bon, il faut qu'on y aille, ajouta-t-elle en montant dans le boghei.

Elle salua de la main sa mère, Germaine et Bernard, demeurés sur la galerie et probablement intrigués par les messes basses qu'elle venait de tenir avec Thérèse.

Ce soir-là, après le souper, toute la famille Boisvert s'empressa de quitter la cuisine surchauffée pour aller respirer un peu d'air à l'extérieur. Assise à une extrémité de la galerie en compagnie de son mari, Corinne lui raconta en quelques mots ce que sa mère lui avait appris au sujet des pressions de plus en plus fortes d'Anatole et de Thérèse pour qu'elle se donne à eux.

— J'espère ben qu'elle se laissera pas faire ! s'exclama Laurent en allumant sa pipe. Il manquerait plus que ça !

La jeune femme fut agréablement surprise de constater que, pour une fois, son mari semblait vouloir prendre la défense de sa mère. C'était d'autant plus surprenant qu'elle avait toujours cru qu'il la détestait royalement.

— C'est ce qu'on lui a tous dit. Bernard aussi est du même avis, ajouta-t-elle.

— Ce serait ben écœurant qu'elle donne tout à ton frère. Il est pas tout seul. Bastien, Blanche, Germaine et toi, vous avez droit à une partie de l'héritage. Pourquoi Anatole garderait tout ce que ton père a laissé à ta mère ? Ce serait pas juste pantoute.

— C'est pas une question d'argent ou d'héritage. C'est pas à nous autres qu'on pensait quand on a conseillé à m'man de pas se donner, rétorqua-t-elle amère, en reconnaissant bien l'esprit toujours calculateur des Boisvert dans la remarque de son mari. On pensait surtout à elle. On voudrait pas qu'elle dépende du bon vouloir de Thérèse et de mon frère dans ses vieux jours. Quand les vieux se donnent, tu sais comme moi qu'ils sont pris pour tout endurer et il leur reste plus rien pour se défendre.

— Et ton héritage là-dedans ? demanda Laurent.

— Inquiète-toi pas pour ça, le rassura-t-elle. J'ai jamais compté là-dessus. J'ai deux bras et deux jambes, et j'ai surtout un mari pour me faire vivre.

Laurent hocha la tête comme s'il était incapable de comprendre la façon de penser de sa femme. De toute évidence, il n'approuvait pas qu'elle se désintéresse à ce point de ce que sa mère devrait lui laisser en mourant. Puis, il s'enferma dans un profond mutisme, apparemment plongé dans un abîme de réflexion. En réalité, il s'était mis à songer à son propre père et à la façon dont ce dernier pouvait avoir choisi de partager ses avoirs dans son testament.

Soudain, un sourire fugace apparut sur son visage. Son père avait toujours été à couteaux tirés avec ses fils Raymond et Aimé, qu'il avait refusé d'aider à s'installer lorsqu'ils s'étaient mariés. Il ne s'entendait guère mieux avec son unique fille, Juliette Marcil, qui préférait habiter chez lui plutôt que chez son père à chacune de ses visites à Saint-Paul-des-Prés. Cela laissait présager que tout ce qu'il laisserait à sa mort – ce qui pouvait représenter un joli magot – serait partagé entre son frère Henri et lui. Il se voyait déjà propriétaire des deux camions et d'une somme non négligeable d'argent alors que son frère conserverait la terre et la maison paternelles... Cette perspective était loin d'être triste.

*
**

Le mois de juillet tirait à sa fin. L'air chaud semblait vibrer sur la campagne écrasée par un soleil de plomb depuis plus de dix jours. Le jardin de Corinne était magnifique parce qu'il était abondamment arrosé chaque jour. Cependant, il en allait tout autrement pour les récoltes qui commençaient à souffrir sérieusement du manque de pluie.

— Si ça continue comme ça, s'était plaint Laurent le

matin même, tout va brûler dans les champs. Le foin était ben parti, mais il a complètement arrêté de pousser depuis quinze jours. Le reste des récoltes est pareil.

Corinne n'avait rien dit, occupée à chercher les clous de girofle dans le garde-manger.

— T'as pas mis le pot à la même place, reprocha-t-elle à Norbert, debout au milieu de la cuisine et se tenant la bouche avec une grimace éloquente.

— Ben oui, m'man. Je l'ai remis à la même place que d'habitude, dit-il en s'approchant de sa mère.

Enfin, la mère de famille trouva ce qu'elle cherchait. Elle tendit le pot à son fils.

— Il faut toujours que ça tombe au mauvais moment, ces affaires-là, fit-elle remarquer à son mari. Cet enfant-là a mal aux dents depuis trois jours et on peut rien y faire. Le dentiste est venu au village il y a deux semaines. Il reviendra pas avant la mi-août.

Pendant que sa mère parlait, Norbert frotta l'une de ses gencives avec du clou de girofle pour apaiser les élancements qui l'avaient empêché de dormir pour une seconde nuit consécutive. Son père ne dit pas un mot, comme si le problème ne le concernait en rien.

— J'ai regardé, poursuivit Corinne. Il a une dent toute noire. C'est celle-là qui lui fait mal. T'es sûr que tu pourrais pas l'emmener à Yamaska, chez Gauthier, à matin ?

— Je peux pas, se contenta de laisser tomber Laurent en finissant de boire sa tasse de café. Je peux pas prendre le *truck* pour l'emmener là. J'ai de la gravelle à charrier toute la journée dans le rang Sainte-Marie, à la Visitation.

— Bon, si c'est comme ça, je vais demander à Léopold d'atteler cet après-midi et je vais y aller. On peut pas le laisser souffrir davantage. Il arrête pas de se frotter les gencives avec de l'eau de Pâques et du clou de girofle : ça donne plus rien.

Après le départ de son mari pour le travail, Corinne envoya Norbert dormir un peu dans sa chambre pour tenter de récupérer après sa nuit d'insomnie.

Vers la fin de l'avant-midi, Corinne et ses deux filles étaient occupées à installer des tuteurs pour les plants de tomates dans le jardin. Il faisait si chaud que la jeune mère de famille avait l'impression de travailler dans une fournaise. À un certain moment, elle se releva et posa les mains sur ses reins pour les soulager quand, levant la tête, elle aperçut quelqu'un en train de marcher au milieu de la route.

— Bonne sainte Anne ! veux-tu bien me dire qui est assez bête pour marcher comme ça en plein soleil ? dit-elle à Madeleine, qui venait de se relever à son tour.

— On dirait bien, m'man, que c'est La Patte, dit la jeune fille en plissant les yeux pour mieux voir. Il a l'air de vouloir s'arrêter chez les Rocheleau. J'ai bien l'impression qu'on va le voir sourdre juste à temps pour quêter un bol de soupe pour dîner, ajouta-t-elle.

— Si c'est lui, il est pas mal de bonne heure cette année, fit remarquer Corinne. Pour moi, Marie-Claire Rocheleau va lui proposer de dîner là. Nous autres, on va lui donner deux ou trois cennes et il va être bien content.

Celui que les gens de Saint-Paul-des-Prés avaient surnommé La Patte était un vagabond affligé d'une jambe plus courte que l'autre, conséquence, disait-il, d'un coup de sabot administré par un cheval nerveux. Depuis une douzaine d'armées, l'homme au crâne totalement chauve et à la moustache grise jaunie par la nicotine quêtait de maison en maison dans la municipalité chaque année, habituellement au début de l'automne. Il avait la réputation de ne pas être commode et d'avoir la langue bien pendue. Les gens ne l'aimaient guère, mais la plupart se fendaient de quelques sous lorsqu'il venait frapper à la porte de crainte qu'il leur jette un mauvais sort.

Dans la région, d'étranges histoires circulaient. On racontait à qui voulait l'entendre que des récoltes prometteuses avaient été perdues, que des puits s'étaient taris et même que des bâtiments avaient pris feu après qu'on eut refusé de faire la charité à ceux qu'on appelait des « quêteux ».

La prédiction de Corinne ne se réalisa pas. Moins de cinq minutes après avoir vu le vagabond entrer dans la cour de la ferme des Rocheleau, l'épouse de Laurent Boisvert le vit en sortir et marcher, clopin-clopant, dans sa direction.

L'homme n'avait guère changé depuis l'automne précédent. Il se déplaçait en s'aidant d'un gros bâton de marche et il portait sur l'épaule un sac en toile d'une couleur indéterminée. Il était vêtu d'un justaucorps noir passé sur une chemise grise soigneusement boutonnée jusqu'au cou, mais déchirée aux deux coudes. Son pantalon brun était retenu par une ficelle.

En le voyant arriver, Corinne quitta son jardin en compagnie de Madeleine et d'Élise. Elle arriva au pied de la galerie en même temps que le vagabond.

— Bonjour, madame, salua l'homme en soulevant légèrement sa vieille casquette en toile. La charité, s'il vous plaît.

— Bonjour, fit Corinne. Vous devez bien mourir de

chaleur à être sur la route en plein soleil comme ça, lui dit-elle sur un ton compatissant.

— On peut pas dire que c'est ben frais, ma petite dame, répondit La Patte en passant sur son visage un large mouchoir à carreaux.

— Venez vous asseoir un peu à l'ombre sur la galerie, lui proposa-t-elle. Il me semble qu'un bon verre d'eau froide vous ferait du bien.

— C'est pas de refus, fit-il, l'air un peu moins revêche, en la suivant sur la galerie.

— Mangeriez-vous quelque chose pour dîner ? lui demanda-t-elle. J'ai pas grand-chose, mais c'est de bon cœur.

— Vous êtes ben bonne de me l'offrir, remercia-t-il, l'air soudain radouci. Je dis pas non.

— Madeleine, donne un verre d'eau au quêteux, dit-elle à sa fille. Pendant que je prépare à dîner avec mes filles, vous pouvez vous rafraîchir au puits, si le cœur vous en dit, proposa Corinne avant de pénétrer dans la cuisine d'été avec ses filles.

Quelques minutes plus tard, Madeleine invita le vagabond à entrer et à prendre place à la table sur laquelle la maîtresse de maison avait déposé les premières tomates de son jardin, du fromage et un grand bol de soupe aux légumes.

Après la récitation du bénédicité, La Patte se mit à manger en silence en appréciant, semblait-il, la fraîcheur toute relative de la cuisine d'été, ombragée par l'épais feuillage des érables.

— Vous êtes ben à la campagne, fit remarquer le vagabond après avoir mangé une pointe de tarte à la mélasse. On dirait presque que la guerre existe pas pour vous autres.

— Mais vous êtes tout le temps à la campagne, vous aussi, lui fit remarquer poliment Madeleine.

— C'est là que tu te trompes, ma belle fille. J'ai passé tout l'hiver et le printemps chez de la parenté à Montréal. Là, on entend ben plus parler de la guerre. En plus, moi, je suis chanceux. Je sais lire. L'année passée, au mois d'avril, quand je disais au monde que les États-Unis venaient de déclarer la guerre à l'Allemagne et qu'il y avait eu plus que trois mille soldats canadiens tués à Vimy, en France, le monde me regardait avec des grands yeux ronds et ils avaient l'air de croire que je racontais n'importe quoi.

— À Saint-Paul, on l'a su, intervint Corinne.

— Je veux ben vous croire, reprit l'homme. Mais savez-vous que le mois passé il y a quelques-uns de nos soldats qui sont revenus de l'autre bord avec une drôle de maladie. J'ai parlé à un docteur qui dit qu'on sait pas comment soigner cette maladie-là. Il paraît qu'on peut en mourir en une couple de jours. Je me suis laissé dire que ça ressemble à une grippe, mais que ça en est pas une pantoute.

— La chaleur va finir par tuer ces microbes-là, comme elle tue tous les autres, fit Corinne, optimiste.

— Vous avez pas de grands garçons pour vous aider ? demanda La Patte en changeant de sujet au moment où la maîtresse de maison lui versait une tasse de thé.

— J'en ai trois. J'ai Lionel qui va avoir sept ans le mois prochain et qui fait sa grosse part, répondit-elle en désignant son fils cadet assis près d'elle à table. En plus, j'en ai un de dix-sept ans aux États et même un autre qui vient d'avoir quatorze ans. Il est en haut, dans sa chambre. Il a trop mal aux dents pour manger. Je pense même que je vais être obligée d'aller courir un dentiste à Yamaska aujourd'hui pour lui faire enlever une dent. J'espère juste que le dentiste va être là, ajouta-t-elle.

Le vagabond la regarda pendant un bref moment avant de demander :

— Pourquoi vous lui arrachez pas cette dent-là vous-même ?

— Elle branle pas pantoute, se défendit la jeune femme.

— Avez-vous une trappe qui va dans la cave ? fit-il, hors de propos.

— Oui, comme dans toutes les maisons, répondit-elle, désarçonnée.

— Demandez donc à votre garçon de descendre. Je pourrais peut-être lui régler son problème, si vous avez du bon fil.

Après un court moment d'hésitation, Corinne se leva, ouvrit la porte entre la cuisine d'été et ce qu'elle appelait le « haut côté » avant de crier à Norbert de descendre. Moins d'une minute plus tard, ce dernier apparut dans la cuisine d'été et sursauta en apercevant le vagabond.

— Aimerais-tu que je t'arrache ta dent ? lui demanda ce dernier sans plus de cérémonie.

— Ben…

— Écoute, c'est bête de pâtir pour rien. Je veux pas te forcer. Si t'aimes mieux avoir mal encore, c'est ton affaire.

— C'est correct, consentit Norbert, épuisé par la souffrance, mais guère rassuré.

— Avez-vous du fil solide, madame ? demanda La Patte à Corinne.

Cette dernière se rendit à son panier à ouvrage, prit une bobine de fil noir et la lui tendit.

— Où est votre trappe ?

— Dans la cuisine d'hiver.

— Viens, mon garçon. On va régler ça, ce sera pas ben long, promit La Patte en se levant de table. Montre moi où est la trappe.

L'homme clopina jusqu'à la pièce voisine. Il se pencha vers l'épais panneau de bois qui couvrait la trappe permettant de descendre dans le caveau où étaient entreposés les légumes. Il saisit le gros anneau de fer qui permettait de soulever le panneau retenu au parquet par deux grosses pentures.

— C'est en plein ce qu'il faut, déclara-t-il avec une mine satisfaite en regardant Corinne, qui se tenait prudemment à l'écart, tout de même un peu inquiète en écoutant les paroles du vagabond.

Ce dernier fit asseoir son patient sur une chaise placée près du panneau soulevé. Il s'affaira ensuite à doubler une bonne longueur du fil noir donné par la maîtresse de maison avant d'en attacher une extrémité à l'anneau.

— Ouvre la bouche, ordonna-t-il à Norbert en se penchant pour bien identifier la dent malade.

L'adolescent obéit, mais il était visiblement craintif et nerveux. Sa mère se fit attentive, mais ne dit rien.

— Je la vois. Aie pas peur, ça te fera pas mal, reprit le vagabond. Je vais passer le fil autour de ta dent.

— Ayoye ! se plaignit l'adolescent.

— Reste tranquille, lui ordonna La Patte. V'là, j'ai fini. J'ai juste passé le fil autour, lui expliqua-t-il en retirant ses gros doigts de la bouche de Norbert.

En fait, il avait fait une sorte de nœud coulant autour de la dent avec le fil doublé. Corinne s'était un peu approchée, mais La Patte lui fit signe de demeurer où elle était en lui adressant tout de même un petit sourire rassurant. Ensuite, il passa lentement dans le dos de son patient et déposa ses deux mains solides sur ses épaules.

— Prêt ? lui demanda-t-il.

Avant même que Norbert puisse se demander à quoi il devait se tenir prêt, le vagabond avait donné un violent coup de pied au panneau qui avait brusquement basculé vers l'avant pour se refermer dans un bruit assourdissant. Évidemment, cette chute avait donné un grand coup sur le fil tendu entre la dent malade et l'anneau, et la tête de Norbert avait été brutalement tirée vers l'avant. La Patte avait maintenu sa prise sur les épaules du garçon et la dent avait été arrachée sur le coup.

— C'est fini ! déclara l'homme sur un ton triomphant en relâchant sa prise. Ta dent est partie.

Corinne se pencha pour enlever le fil de l'anneau et tendit à son fils la grosse dent noircie qui l'avait tant fait souffrir. Ce dernier, encore étourdi, avait du sang au coin de la bouche.

— Va te rincer la bouche avec de l'eau salée. T'auras plus mal, lui conseilla le vagabond.

— Merci, dit Norbert en précédant l'homme et sa mère dans la cuisine d'été.

— Vous êtes bien fin, fit Corinne, reconnaissante. Combien je vous dois ?

— Rien, madame, dit La Patte en se dirigeant vers son sac de toile, laissé près de la porte.

— Attendez que je vous donne au moins vingt-cinq cennes, lui offrit-elle.

— Il en est pas question, protesta La Patte. Vous m'avez offert un bon dîner, c'est ben assez.

— Est-ce que je peux vous laisser au moins un pain et un morceau de fromage ? proposa-t-elle.

— Je veux ben, accepta le vagabond.

Après avoir déposé le pain et le fromage dans son sac, La Patte quitta la ferme des Boisvert.

— Comment tu te sens à cette heure ? demanda Corinne à son fils.

— Ça fait encore mal, se plaignit l'adolescent. J'ai du sang dans la bouche.

— Rince-toi encore la bouche. Dans une heure, tu sentiras plus rien.

— Comme ça, on va avoir au moins encore une heure de paix avant que tu penses faire un autre mauvais coup, intervint Élise, moqueuse.

Chapitre 11

Des accidents

— Si ça peut se mettre à tomber, dit Corinne à bout de patience, ça va faire du bien à tout le monde et surtout au foin. C'est rendu qu'on a de la misère à s'endurer.

Laurent jeta un coup d'œil au ciel en train de se couvrir de lourds nuages.

— Pour moi, ce sera plus ben long, fit-il avant de monter dans la cabine de son camion.

Le mois d'août avait commencé par un changement radical de la température. Durant les derniers jours, la chaleur était accompagnée d'une humidité de plus en plus difficile à supporter. Les gens et les bêtes haletaient littéralement dès qu'ils devaient fournir un effort. On aurait dit que toute la campagne était écrasée sous une épaisse chape de ouate.

Ce matin-là, le camionneur n'était sûrement pas encore rendu à la gravière où il était attendu quand les premiers coups de tonnerre se firent entendre. Immédiatement, les éclairs se mirent à zébrer le ciel qui était en train de virer au noir et le vent se leva. La pluie se mit alors à tomber. Les premières grosses gouttes s'écrasèrent d'abord paresseusement sur l'avant-toit et sur le sol craquelé de la cour de la ferme. Puis, comme répondant à un signal, la pluie se fit de plus en plus forte. En quelques secondes, ce fut un véritable déluge qui noya tout le paysage.

— Mets-toi quelque chose sur le dos et va dire à ton frère et à Léopold de rentrer, ordonna Corinne à Lionel. Dis-leur que je veux pas qu'ils restent dans les bâtiments quand il y a de l'orage.

Le petit garçon prit un bout de toile pour se couvrir la tête et les épaules puis s'élança vers l'étable où Léopold et Norbert étaient en train de ramasser le fumier. Il revint à la maison presque immédiatement, suivi de près par ces derniers. La pluie tambourinait de façon assourdissante sur l'avant-toit qui couvrait la galerie.

— On se faisait pas mouiller en dedans, se plaignit Norbert.

— Laisse faire, dit sa mère. Des étables frappées par la foudre, ça arrive. Ce que vous étiez en train de faire peut attendre.

Madeleine tendit des serviettes aux nouveaux arrivés pour qu'ils s'essuient.

— Je pense, madame Boisvert, que votre voisin va prendre tout un bain. Je l'ai vu partir tout à l'heure en boghei, déclara Léopold en déposant la serviette sur le comptoir après l'avoir utilisée.

— Jocelyn Jutras est pas bête. S'il voit que l'orage se calme pas, il va s'arrêter en route et attendre que ça passe.

Les rafales de vent cessèrent brusquement, mais la pluie forte continua à tomber. Corinne et ses filles sortirent un long moment sur la galerie pour profiter de la fraîcheur toute relative apportée par les précipitations.

Elles venaient à peine de rentrer pour terminer le rangement de la maison quand Norbert, demeuré sur la galerie, cria en s'approchant de la porte moustiquaire :

— M'man, madame Jutras s'en vient en courant sur la route.

Surprise, Corinne déposa son chiffon sur la table et s'approcha de l'une des fenêtres pour s'assurer que son fils ne se trompait pas.

— Qu'est-ce que Catherine Jutras peut bien nous vouloir ? demanda-t-elle à mi-voix. D'habitude, c'est tout juste si elle nous dit bonjour quand on la rencontre.

Madeleine et Élise se regardèrent, mais n'ajoutèrent pas un mot. Elles n'ignoraient pas que la voisine n'adressait pratiquement jamais la parole à leurs parents.

— Qu'est-ce qui peut bien presser autant pour courir dehors comme une vraie folle quand il mouille comme ça ? reprit la maîtresse de maison.

La fille d'Honorine Gariépy était sa voisine depuis treize ans, mais elle s'était toujours montrée particulièrement distante à son endroit. Par le fait même, les relations très amicales que les Boisvert avaient entretenues si longtemps avec Jocelyn Jutras s'étaient peu à peu refroidies.

Pendant un certain temps, Corinne, mal à l'aise, avait pensé que la voisine était tout simplement jalouse d'elle parce qu'elle avait épousé Laurent, qui l'avait longuement fréquentée. Elle s'était même demandé si elle n'était pas elle-même responsable du peu de chaleur dans leurs relations par sympathie pour sa belle-sœur Juliette Marcil. Avant de fréquenter Catherine Gariépy, Jocelyn Jutras avait semblé sensible au charme de la veuve et Corinne avait même cru, durant quelque temps, qu'il l'épouserait. Finalement, leur relation avait pris la forme d'une amitié épistolaire.

En fait, il avait fallu un certain temps à l'épouse de

Laurent Boisvert pour s'apercevoir que Catherine Jutras regardait de haut, de très haut même, toutes ses voisines du rang Saint-Joseph… Et les choses ne s'étaient pas améliorées, loin de là, après l'installation de sa mère chez elle. Toutes les deux, férues de chant, se plaisaient à laisser clairement voir qu'elles appartenaient à une classe supérieure.

— Elles peuvent bien péter plus haut que le trou si ça leur fait plaisir, déclarait en riant Marie-Claire Rocheleau, mais la Catherine Jutras est juste une femme d'habitant qui doit mettre les pieds dans le fumier de temps en temps, comme tout le monde.

Il arrivait à Corinne de regretter encore les soirées d'hiver où Jocelyn venait jouer aux cartes à la maison et l'époque où elle lui cuisait son pain chaque semaine. Pour sa part, il lui avait enseigné comment dépecer une bête et découper la viande… Il n'avait jamais été avare de ses services.

Des bruits de pas précipités se firent entendre dans la cour, puis sur la galerie.

— Entrez, ma mère est en dedans, dit Norbert à la voisine.

Corinne eut à peine le temps de s'avancer vers la porte moustiquaire que Catherine Jutras, à bout de souffle, pénétrait dans la cuisine d'été des Boisvert.

— Est-ce que vous pourriez venir m'aider ? demanda la jeune femme, en tentant de retrouver une respiration normale. Ma mère est tombée dans l'étable et elle est pas capable de se relever. Je pense qu'elle s'est cassé quelque chose.

Corinne ne perdit pas une seconde en civilités. Elle alla ouvrir la porte de la cuisine d'hiver et cria à Léopold qui venait de monter à sa chambre :

— Léopold, va atteler. Dépêche-toi !

Elle revint sur ses pas, attrapa un léger manteau et fit signe à la voisine de la suivre.

— Norbert, aide Léopold à atteler et viens nous rejoindre avec lui chez les Jutras. Fais ça vite.

— Voulez-vous que j'y aille avec vous autres ? offrit Madeleine.

— Non, je pense que Norbert et Léopold vont suffire pour nous aider, répondit sa mère en s'élançant sous la pluie en compagnie de Catherine Jutras.

Un instant plus tard, Corinne demanda à sa voisine :

— Où est passé Jocelyn ?

— Il est parti à Yamaska. Je l'attends pas avant le dîner, répondit Catherine en marchant très rapidement à ses côtés.

La pluie était toujours aussi dense, mais le tonnerre s'était tu. Corinne ne fit aucun effort pour entretenir la conversation. Les deux femmes entrèrent dans la cour des Jutras. Catherine prit les devants et conduisit la voisine jusqu'à l'étable. En pénétrant dans les lieux, elle se laissa guider par les plaintes poussées par la mère de la voisine. Elle trouva cette dernière étendue par terre, à une dizaine de pieds de la porte, dans une demi-obscurité. Sa jambe gauche faisait un angle bizarre.

— Seigneur que ça fait mal ! se plaignit la grande et forte femme en soulevant péniblement la tête pour identifier qui venait d'entrer.

— Qu'est-ce qui vous est arrivé, madame Gariépy ? lui demanda Corinne en s'agenouillant près d'elle.

— J'ai glissé en venant chercher du lait. C'était sombre et il y avait quelque chose qui traînait à terre. Je l'ai pas vu, expliqua-t-elle tout en se montrant incapable de réprimer une grimace de douleur.

— Votre fille et moi, on n'est pas assez fortes pour vous transporter. Mon homme engagé et mon garçon s'en viennent. À quatre, on devrait être capables de vous ramener à la maison. Après, on enverra chercher le docteur.

— Ça prendra pas de temps, m'man, voulut la rassurer sa fille en lui épongeant le front avec un mouchoir qu'elle venait de prendre dans la poche de tablier de sa mère.

À peine venait-elle de parler que le boghei conduit par Léopold s'arrêtait près de l'étable. Corinne ouvrit la porte et dit aux garçons de venir la rejoindre.

— Bon, comment on pourrait bien transporter madame Gariépy ? demanda-t-elle, indécise. On dirait bien qu'elle a une jambe cassée.

Elle aurait pu ajouter que le poids respectable de la dame avait aussi son importance.

— Qu'est-ce que vous diriez, madame Boisvert, si on la transportait dans une couverte ? suggéra Léopold. On pourrait la tenir chacun par un coin et ça lui ferait moins mal.

— On va essayer, décida sa patronne.

Catherine Jutras quitta l'étable en courant et revint moins d'une minute plus tard en portant une courtepointe. Honorine fut déposée sur la couverture avec mille précautions. Corinne se garda bien de faire remarquer à la fille de la blessée que sa mère avait probablement glissé sur une bouse de vache parce qu'elle s'était rendu compte que sa robe en était toute maculée quand Honorine avait été soulevée.

— Ça serait peut-être plus facile si on la transportait dans la brouette, au moins jusqu'à la galerie ? proposa Norbert à son tour en avisant une grosse brouette en bois dont les manchons étaient appuyés contre le mur de l'étable.

— C'est pas bête comme idée, reconnut sa mère.

Honorine fut à demi étendue dans la brouette et maintenue en place par Corinne et sa fille pendant que Léopold et Norbert poussaient en contournant les importantes flaques d'eau que la pluie avait formées entre l'étable et la porte de la maison des Jutras. Arrivés près de la porte, tous les quatre unirent leurs forces pour transporter la directrice de la chorale paroissiale jusqu'au lit de la chambre de sa fille, au rez-de-chaussée.

— Léopold, je pense qu'on n'a pas le choix. Il va falloir que t'ailles chercher le docteur, annonça Corinne en revenant dans la cuisine. Fais ça vite.

— Voulez-vous que je vous ramène d'abord à la maison avec Norbert ? demanda l'employé.

— Laisse faire, de toute façon, on est déjà tout mouillés. Un peu plus, un peu moins changera pas grand-chose, refusa-t-elle.

Léopold parti, Norbert rentra à la maison après que sa mère lui eut dit qu'elle n'avait plus besoin de lui.

— Je pense que t'es aussi bien d'aller aider ta mère à changer de robe, suggéra Corinne à sa voisine. Elle est tombée dans quelque chose qui sent pas bien bon et je suis certaine qu'elle aimerait pas que le docteur la voie dans cet état-là. Je vais attendre le docteur Précourt avec toi au cas où il aurait besoin d'aide, ajouta-t-elle.

— Merci, madame Boisvert, dit l'autre, cérémonieuse.

— Si tu veux un coup de main pour t'aider à changer ta mère, t'as juste à me le dire, offrit-elle.

— Je pense être capable de me débrouiller toute seule.

Corinne, demeurée seule dans la cuisine des Jutras, eut un petit sourire en se rappelant l'air contrarié de Catherine lorsqu'elle l'avait volontairement tutoyée. Elle entendit des murmures dans la chambre voisine, mais Catherine Jutras ne lui demanda pas son aide pour changer sa mère. Il était probable que cette dernière s'était révoltée à l'idée que la voisine la voie dans une situation aussi humiliante.

Moins d'une heure plus tard, le docteur Précourt vint frapper à la porte des Jutras après avoir appuyé contre la galerie l'antique bicyclette qui lui servait de moyen de transport durant la belle saison. L'homme était trempé par la pluie, même si cette dernière était beaucoup moins forte. Sans se presser, il prit sa trousse et un sac de grosse toile dans le panier fixé au porte-bagages.

— Ma mère va être bien fâchée de le voir, chuchota Catherine Jutras à sa voisine en apercevant le petit homme coiffé d'un béret bleu marine et vêtu d'un mince manteau en toile noire. Elle va faire une vraie crise. Elle peut pas le sentir. Je pensais que votre homme engagé irait chercher le docteur de Yamaska.

— Voyons donc ! protesta Corinne. Voir si ça aurait du bon sens d'aller courir si loin pour aller chercher un docteur quand on en a un vrai bon au village.

— C'est pas l'avis de maman, se gourma Catherine en s'avançant vers la porte pour ouvrir au médecin.

— Si elle aime mieux souffrir en attendant pour rien, c'est son affaire, rétorqua Corinne. T'as juste à renvoyer le docteur Précourt et à lui dire que tu veux envoyer chercher le docteur de Yamaska.

L'autre, domptée, se tut au moment où le médecin montait les marches conduisant à la galerie.

— Bonjour, docteur, dit Corinne à Adrien Précourt lorsqu'il se présenta devant la porte moustiquaire.

— Bonjour, mesdames, les salua à son tour de son étrange voix de fausset le petit homme en pénétrant dans la maison.

Il fixa durant un court moment les deux femmes de ses yeux de myope protégés par des lunettes aux verres d'une incroyable épaisseur.

— Pauvre vous ! Vous êtes trempé comme une soupe, lui fit remarquer Corinne, pleine de sollicitude.

— C'est pas bien grave, fit le médecin en essuyant les verres de ses lunettes. Je serais venu en boghei, ça aurait pas été plus rapide. En plus, mon cheval est nerveux sans bon sens quand il y a de l'orage dans l'air. Où est la blessée ? demanda-t-il en empoignant sa trousse.

— Si vous voulez me suivre, dit Catherine.

— Si t'as plus besoin de moi, je rentre à la maison, annonça Corinne en se dirigeant déjà vers la porte.

— Merci pour votre aide, madame Boisvert, dit Catherine, toujours aussi empruntée.

Sur un signe de tête, Corinne rentra chez elle, suivie, moins de deux minutes plus tard, par Léopold.

— Sacrifice, Casseau, t'as mis plus de temps à revenir du village que le petit docteur sur son bicycle ! se moqua Norbert pour taquiner le jeune homme quand il rentra dans la maison.

— Ça a l'air de rien, mais le petit docteur, il pédale vite en maudit, se contenta de répondre l'employé. J'étais même pas remonté dans le boghei qu'il était déjà parti. Quand je l'ai vu partir en fou comme ça, je me suis dit qu'il était pour se casser la gueule sur son bicycle qui a même pas de *brakes*. Pantoute ! Il roulait comme si le diable lui courait après.

Corinne ne put s'empêcher de sourire en l'écoutant raconter comment Adrien Précourt s'était dépêché pour venir soigner Honorine Gariépy. Elle aurait donné cher pour savoir ce que l'irascible mère de la voisine avait pu lui dire en le voyant pénétrer dans sa chambre.

Au retour de Laurent à la maison, elle lui raconta l'accident dont avait été victime Honorine qui n'avait jamais cessé de déblatérer sur son compte depuis qu'il avait abandonné sa fille, dix-huit ans plus tôt, pour l'épouser.

— Ben bon pour elle ! se borna-t-il à dire méchamment. Ça lui apprendra à regarder où elle met les pieds. Avec sa manie de marcher le nez en l'air, ça devait lui arriver un jour ou l'autre.

Ce soir-là, les habitants de Saint-Paul-des-Prés dormirent plus confortablement parce que la température était revenue à la normale. Cependant, la pluie continua à tomber par intermittence durant les jours suivants. Si toute cette eau permit de sauver les récoltes brûlées par le soleil de juillet, il n'en restait pas moins que les travaux de la terre avaient pris un sérieux retard.

Le surlendemain, Corinne finit par s'étonner en constatant que les voisins ne s'étaient même pas donné la peine de venir lui communiquer des nouvelles de la santé d'Honorine Gariépy.

— C'est drôle pareil que Jocelyn Jutras ou sa femme se soient pas dérangés pour nous dire comment elle allait, fit-elle remarquer à Madeleine alors qu'elle finissait son repassage.

— Voulez-vous que j'aille chez eux m'informer ? proposa obligeamment l'adolescente.

— Non, laisse faire. On les dérangera pas. Si j'aperçois le voisin, je lui demanderai des nouvelles.

À la fin de cet après-midi-là, le hasard voulut que Corinne aperçoive Jocelyn au moment où il longeait leur clôture commune. Elle le héla.

— Comment va ta belle-mère ? lui demanda-t-elle en s'approchant de la clôture.

— Pas trop mal. Le docteur Précourt lui a mis la jambe dans le plâtre et elle passe ses journées à se faire servir par Catherine. D'après le docteur, elle en a pour au moins cinq semaines. Pendant que j'y pense, tu remercieras ton homme engagé pour avoir aidé ma femme à la transporter dans la maison et pour être allé chercher le docteur, ajouta-t-il. Je me proposais justement de venir le voir à soir pour le remercier en personne.

Corinne sursauta légèrement en entendant ces paroles et devina que l'épouse de Jocelyn n'avait peut-être pas raconté exactement ce qui s'était produit.

— Tu peux bien venir le voir après le souper, dit-elle. Je suis certaine que ça va lui faire plaisir. Et en même temps, tu pourras dire un mot à Norbert qui nous a aussi aidés à transporter ta belle-mère dans la maison.

— T'étais là, toi aussi ? demanda Jocelyn, apparemment surpris.

— Voyons, Jocelyn. Il me semble que tu me connais depuis assez longtemps pour savoir que je suis pas le genre de femme à refuser de donner un coup de main à une voisine qui vient me chercher.

L'air franchement étonné du voisin prouvait bien à la jeune femme que Catherine Jutras s'était bien gardée de lui révéler être venue chercher son aide alors qu'elle était mal prise.

— Excuse-moi, Corinne. Catherine a dû me le dire et ça m'est sorti de la tête. Je te remercie ben gros d'être venue aider, toi aussi. Si je comprends ben, vous étiez quatre pour transporter la belle-mère dans la maison.

— Et on n'était pas de trop, conclut Corinne en faisant allusion au poids plus que respectable de la belle-mère du voisin.

*
**

Le dimanche suivant, le curé Bilodeau se leva très tôt, impatient de mettre au point une idée qu'il avait eue la veille, en s'endormant.

Quelques jours auparavant, le bedeau lui avait montré de longues traînées de suie sur les murs de l'église et la poussière qui s'accumulait sur chacune des stations du chemin de croix en plâtre que la fabrique était parvenue à acheter une dizaine d'années plus tôt.

— J'ai beau faire mon gros possible pour ben l'entretenir, monsieur le curé, l'église est ben crottée, comme vous pouvez le voir, avait affirmé Anselme Leblanc. Tout ça, c'est surtout à cause du chauffage, l'hiver, avait-il senti le besoin d'expliquer.

— C'est vrai que c'est sale, avait reconnu le prêtre, mécontent. Mais le travail d'un bedeau, monsieur Leblanc, c'est pas juste d'essuyer les planchers et de balayer le parvis.

— Je le sais ben et je fais pas juste ça aussi, avait rétorqué l'homme d'une humeur maussade. Je travaille du matin au soir. À part ça, monsieur le curé, à mon âge, je peux pas passer mes journées en haut d'un escabeau à laver des murs, certain.

— Pourtant, c'est surtout sale à partir des stations du

chemin de croix jusqu'en bas des murs, lui avait fait remarquer avec justesse le prêtre. Le haut des murs et le plafond semblent bien corrects.

— Même là, monsieur le curé, c'est encore trop pour un homme de mon âge, s'était défendu Anselme Leblanc.

Le curé Bilodeau avait hoché la tête et quitté son bedeau sans rien ajouter. Il était revenu au presbytère et s'était empressé d'apostropher son vicaire en train de lire paisiblement son bréviaire sur la galerie.

— Dites donc, l'abbé. Aviez-vous remarqué, vous, que notre église était pas mal sale ?

— C'est certain, monsieur le curé, qu'elle pourrait être plus propre, fit l'abbé Morin sans trop s'avancer.

— Il va falloir trouver un moyen de régler ça, avait conclu le pasteur de Saint-Paul-des-Prés avant d'entrer dans le presbytère.

En ce dimanche matin, le curé se réfugia dans son bureau et prit quelques notes qui lui semblaient importantes.

Quelques heures plus tard, avant de célébrer la grand-messe, le prêtre envoya Anselme Leblanc chercher Alcide Duquette, le président du conseil de fabrique. Ce dernier était toujours parmi les premiers fidèles à se présenter à l'église, le dimanche matin.

— Dites-lui de venir me voir à la sacristie avant la messe, ordonna-t-il au bedeau.

Quand le marchand pénétra dans la pièce où le curé Bilodeau achevait de revêtir ses habits sacerdotaux, le prêtre lui parla de la malpropreté de la maison du Seigneur et de son idée de lancer, sans tarder, une grande corvée de nettoyage. Un peu estomaqué par cette décision rapide, Alcide Duquette demeura d'abord sans voix.

— De coutume, monsieur le curé, on en discute d'abord à une réunion du conseil avant de se lancer dans une grosse patente comme ça.

— Allons, monsieur Duquette ! protesta Charles Bilodeau. C'est pas nécessaire. Je demande pas d'argent à la fabrique. Je vais dire aux paroissiens d'apporter leurs chiffons, leurs chaudières et même leur savon du pays. Je pense que trois ou quatre jours vont suffire pour nous redonner une église bien propre. Oubliez pas qu'on n'a jamais fait de grand ménage dans notre église depuis sa construction, il y a seize ans. C'est le temps de le faire pendant qu'il pleut. On m'a dit qu'on pourrait pas faire les foins avant une bonne semaine. Il faut en profiter.

— C'est correct, monsieur le curé, l'approuva Alcide Duquette avec une certaine réticence. Je vais demander aux marguilliers de venir surveiller l'ouvrage à tour de rôle. Ça leur fera pas ben plaisir de pas avoir été consultés, mais ils en mourront pas.

Quelques minutes plus tard, le curé Bilodeau monta en chaire et il termina son homélie en annonçant son grand projet.

— C'est avec cette corvée-là, mes bien chers frères, qu'on va mesurer à quel point vous êtes de vrais chrétiens. Si vous êtes le moindrement fiers, vous accepterez pas plus longtemps que Notre-Seigneur habite une maison sale. Je m'attends à ce que chacun d'entre vous ait à cœur de faire sa part et vienne consacrer quelques heures à notre église paroissiale. Nous commencerons dès la fin de la messe de huit heures, demain matin. Apportez tout ce dont vous aurez besoin : chiffons, chaudières, savon et surtout des escabeaux.

À la fin de la grand-messe, les gens ne s'attardèrent pas sur le parvis à cause de la pluie qui s'était remise à tomber durant le service divin, mais beaucoup de fidèles discutèrent de la demande pressante de leur curé dès leur retour à la maison.

Pour sa part, Corinne avait l'air sombre en rentrant chez elle avec Madeleine, Élise et Lionel. Norbert était allé à la basse-messe avec Léopold. La mère de famille était beaucoup moins préoccupée par cette corvée que par le fait que pour un second dimanche d'affilée, son mari avait carrément refusé de se lever pour assister à la messe. D'ailleurs, il n'était pas encore levé à son retour du village.

Les dents serrées, elle ordonna à ses enfants d'aller changer de vêtements avant de disparaître dans sa chambre à coucher dont elle referma bruyamment la porte derrière elle.

— Sacrement ! Tu pourrais pas faire moins de bruit ! se plaignit Laurent en se soulevant sur un coude, les yeux à demi fermés.

— Là, ça va faire, Laurent Boisvert ! déclara fermement sa petite femme, campée au pied du lit, les mains sur les hanches.

— Aïe ! parle moins fort ! J'ai mal à la tête.

Corinne ne tint aucun compte de cette plainte qu'elle entendait tous les dimanches matin.

— Il y a bien assez que tout le monde du rang sache que tu bois comme un trou, il manquerait plus, à cette heure, que tu passes pour un païen. Ça fait deux dimanches que tu viens pas à la messe. C'est sûr que ça commence à jaser au village. Les enfants sont pas sourds et tu leur fais honte. Tu vas finir par te faire montrer du doigt par monsieur le curé en pleine chaire ! Est-ce que c'est ça que tu veux ? Tu veux nous faire mourir de honte ?

— Achale-moi pas avec ça ! s'emporta son mari à son tour. J'irai ben à l'église quand ça me tentera, Christ ! Si jamais le curé me nomme en pleine chaire, ça me fera pas un pli. Il pourra dire ce qu'il voudra.

— Tout un exemple pour tes enfants, déclara Corinne, dégoûtée, avant de retirer sa robe du dimanche pour revêtir celle qu'elle portait tous les jours.

*
**

Le lundi matin, un ciel tout gris et une petite pluie fine accueillirent Corinne à son lever. Elle décida immédiatement de remettre au lendemain le lavage hebdomadaire des vêtements parce qu'elle ne pourrait pas les étendre sur sa corde à linge à l'extérieur pour les faire sécher. Après une brève hésitation, elle décida de consacrer la journée à l'église paroissiale. Elle ne se donna même pas la peine de parler de la corvée du curé Bilodeau à son mari. Quand il partit au volant de son camion, la jeune femme envoya Léopold et Norbert atteler le blond et déposer les deux seuls escabeaux de la maison dans la voiture. Elle s'empressa ensuite de déposer dans des seaux du savon du pays et des chiffons après avoir préparé une collation pour Norbert, Léopold et elle.

— Madeleine, tu vas rester ici dedans pour surveiller Élise et Lionel et préparer le souper, lui expliqua-t-elle. Nous autres, on va aller passer la journée à l'église pour nettoyer. On va revenir te donner un coup de main pour faire le train.

— J'aurais bien pu y aller avec vous autres, fit la jeune fille, un peu mortifiée d'être laissée de côté.

— Je le sais bien, reconnut sa mère, mais on sait jamais à quelle heure ton père peut revenir s'il se met à mouiller. Il serait pas content de trouver la maison vide et le souper pas prêt.

Un peu avant neuf heures, Corinne, son fils et son employé arrivèrent au village. Léopold entrava le cheval et tous les trois pénétrèrent dans l'église où une quinzaine de personnes étaient déjà rassemblées à l'arrière devant un Alcide Duquette jouant à l'important.

— Bon, il y a de l'eau dans la sacristie. Monsieur le curé aimerait que vous commenciez le ménage par le chœur et les deux autels de chaque côté. Il est pas nécessaire pantoute de laver plus haut que ce que vous pouvez atteindre une fois montés sur vos escabeaux… Un pied plus haut que le chemin de croix devrait faire l'affaire. Le reste a pas l'air trop sale. Faites ben attention de pas tomber, recommanda finalement le président de la fabrique avant de se mettre en marche vers la sacristie pour montrer aux gens où se trouvait la pompe à eau.

En quelques minutes, on se répartit le travail sans que Duquette ait besoin d'intervenir. Les quelques jeunes hommes présents s'empressèrent de monter sur les escabeaux et se mirent à laver les murs souillés pendant que les femmes, plus minutieuses, s'occupèrent des statues, des autels et des ornements.

Moins d'une heure plus tard, le nombre de bénévoles avait doublé. L'intérieur de l'église bruissait comme une ruche. Beaucoup de ces gens étaient venus aider en ce lundi pluvieux de manière à ne pas être obligés de revenir le lendemain ou plus tard si la température changeait et permettait de commencer à récolter le foin.

Un peu avant l'heure du dîner, l'abbé Morin et le curé Bilodeau apparurent sur les lieux pour examiner de près la qualité du travail exécuté dans la maison de Dieu. À un certain moment, le pasteur de la paroisse s'approcha de Corinne. Cette dernière était agenouillée, occupée à laver les plinthes en chêne près du premier confessionnal.

— Bonjour, madame Boisvert, la salua-t-il sans grande chaleur.

— Bonjour, monsieur le curé, dit la jeune femme en se relevant après avoir laissé tomber son chiffon dans son seau d'eau savonneuse.

— J'ai remarqué, madame, que ça faisait un bon bout de temps que j'ai pas vu votre mari à la messe du dimanche, dit l'ecclésiastique en arborant un air sévère.

— Il a pas pu venir les deux dernières semaines parce qu'il était malade, monsieur le curé, mentit-elle en rougissant légèrement.

Le visage du prêtre se ferma pendant que sa paroissienne jetait un coup d'œil autour d'elle pour s'assurer que les bénévoles travaillant près d'elle n'avaient pas entendu.

— Drôle de maladie ! laissa sèchement tomber Charles Bilodeau. Il est malade le dimanche matin seulement. Je l'ai entendu passer avec son camion encore ce matin.

— Il s'est senti mieux à matin, ne put que dire Corinne, de plus en plus mal à l'aise sous le regard inquisiteur du prêtre.

— Peut-être ferait-il mieux de se coucher plus tôt le samedi soir, conclut perfidement le curé de Saint-Paul-des-Prés avant de tourner les talons et de s'éloigner pour poursuivre son inspection.

La jeune femme retourna à son travail, bouleversée par les remarques du prêtre. Elle avait beau s'y être attendue, elles n'en étaient pas moins désagréables à entendre et assez humiliantes. De toute évidence, le curé avait remarqué l'heure tardive du retour de Laurent les samedis soir. Il était même très probable que le grondement du camion passant durant la nuit devant le presbytère le réveillait…

Quelques instants plus tard, elle se retrouva agenouillée près de Marie-Claire Rocheleau en train de laver vigoureusement les boiseries du confessionnal.

— As-tu entendu ce que monsieur le curé vient de me dire ? demanda-t-elle à voix basse à sa voisine et amie.

— C'était difficile de pas l'entendre, reconnut Marie-Claire.

— Je trouve ça bien gênant.

— Arrête donc ! protesta Marie-Claire avec bonne humeur. C'est tout de même pas ta faute si ton mari veut pas se lever pour aller à la messe. Il me semble que t'as déjà bien assez de t'occuper de tes enfants…

Ces paroles eurent le don de calmer Corinne.

Quand l'angélus sonna midi, tout travail cessa dans l'église et la plupart des bénévoles s'apprêtèrent à manger la collation qu'ils avaient pris la précaution d'apporter.

— Il est pas question que le monde mange dans l'église, dit sèchement l'abbé Morin à Alcide Duquette.

Le vicaire était demeuré sur place après le départ de son supérieur.

— Il mouille à boire debout, lui fit remarquer le président de la fabrique. On n'est tout de même pas pour les envoyer manger dehors.

— Qu'ils se débrouillent, répliqua l'abbé sur un ton cassant.

— Ils pourraient s'installer dans la sacristie, proposa Alcide Duquette, agacé par l'entêtement du prêtre.

— Je pense pas que monsieur le curé va approuver, trancha l'autre.

— Aïe, monsieur l'abbé, il y a tout de même des limites ! fit Alcide Duquette, à bout de patience. Après tout, ils ont travaillé tout l'avant-midi à nettoyer l'église. S'ils peuvent pas manger, ils vont retourner chez eux et le nettoyage va s'arrêter là.

— Tant pis, laissa tomber le prêtre sur un ton indifférent.

— Si c'est comme ça, je vais aller voir monsieur le curé.

Le marchand sortit de l'église et alla sonner à la porte du presbytère en se protégeant du mieux qu'il pouvait de la pluie drue qui tombait. Mance Rivest vint lui ouvrir et le conduisit au salon où Charles Bilodeau attendait son vicaire pour passer à table.

Le président de la fabrique expliqua le problème en quelques mots au curé qui n'eut même pas le temps d'émettre son avis avant que sa servante s'en mêle.

— Voyons donc, monsieur Duquette ! Vous aviez même pas besoin de vous déranger pour demander une affaire de même. Ça tombe sous le sens que tout ce monde-là peut manger dans la sacristie. Il y a une grande table là. C'est la moindre des choses qu'après avoir travaillé tout ce temps-là, ils puissent manger et se reposer un peu. Pas vrai, monsieur le curé ? ajouta Mance Rivest d'une voix tranchante.

Charles Bilodeau lui lança un regard furieux et allait enfin dire ce qu'il voulait exprimer quand Mance Rivest poursuivit.

— Le repas est déjà sur la table de la salle à manger.

Monsieur le curé et monsieur le vicaire sont capables de se servir tout seuls. Ça fait que vous allez me donner un coup de main, monsieur Duquette. J'ai préparé deux grosses théières et trois recettes de biscuits à l'avoine pour ceux qui sont venus. On va aller porter ça dans la sacristie.

— Dites aux gens qu'ils peuvent s'installer dans la sacristie, finit par dire le curé. Et vous, madame Rivest, traînez pas trop là-bas. C'est ici qu'on a besoin de vous.

— Je viens de vous le dire, tout est déjà sur la table, répliqua l'insolente servante. Est-ce que c'est rendu que je vais être obligée de vous faire manger à la petite cuillère ?

Charles Bilodeau se contenta de faire signe à Alcide Duquette et à sa servante qu'ils pouvaient s'en aller. Il les entendit discuter un bref moment dans la cuisine voisine avant que la porte d'entrée ne claque. Peu après, Eusèbe Morin vint rejoindre son supérieur, l'air mécontent.

— J'espère au moins qu'ils toucheront pas aux habits sacerdotaux rangés dans la sacristie, dit-il à son curé en prenant place à table.

— Je l'espère aussi, fit le curé, pas plus heureux de cette intrusion dans une pièce habituellement réservée aux prêtres et aux servants de messe.

*
**

Cet après-midi-là devait être marqué par une malchance dont se serait bien passée Corinne.

Après avoir mangé, certains travailleurs plus âgés et trop fatigués pour poursuivre rentrèrent chez eux.

Toutefois, il resta sur place une bonne douzaine de paroissiens prêts à continuer la tâche entreprise au début de la matinée. Peu après deux heures, Léopold et Norbert, juchés sur le haut de leur escabeau, étaient occupés à laver le mur droit de l'église à une vingtaine de pieds de la sainte table.

Pour sa part, Charles Bilodeau avait renoncé à sa sacro-sainte sieste pour venir « encourager » les bénévoles, avait-il dit au vicaire. Son dur combat contre la somnolence à cette heure du jour le rendait encore plus irascible que d'habitude. Sans grand plaisir, on l'avait vu revenir dans l'église après le dîner.

— Faites bien attention au chemin de croix, recommanda-t-il aux deux jeunes en se plantant derrière eux dans l'allée centrale de l'église. Frottez pas trop fort. On sait pas si la peinture est bien résistante.

Il était bien connu que le curé de Saint-Paul-des-Prés tenait à son chemin de croix comme à la prunelle de ses yeux. Son attachement à cette œuvre naïve s'expliquait par le fait qu'il lui avait fallu plusieurs années pour arracher à son évêque la permission de la commander chez un artiste de Montréal. Il avait dû attendre jusqu'en 1912 pour que monseigneur Brunault fléchisse et accepte que la fabrique de la paroisse s'endette encore une fois pour cet achat.

Chacune des quatorze stations du chemin de croix réalisé par Alphonse Verrier était un tableau en plâtre moulé de trois pieds sur quatre. Le lettrage et la bordure dorés attiraient autant le regard que les teintes vives utilisées par l'artiste. Ce dernier avait tenu à présider lui-même à l'installation de son œuvre. On avait suspendu à de solides crochets sept stations sur le mur gauche et autant sur le mur droit de l'église.

Au moment de l'intervention du curé Bilodeau en ce lundi après-midi, Norbert Boisvert, debout sur la dernière marche de son escabeau, était en train d'essuyer l'avant-dernière station du chemin de croix, celle où le Christ meurt, entouré des deux larrons et sous le regard éploré de sa mère et de Marie-Madeleine. Soudain, l'adolescent s'étira un peu trop pour rejoindre une toile d'araignée découverte dans le coin supérieur gauche de la station. Son geste le déséquilibra légèrement et il eut le réflexe de se rattraper de justesse au tableau pour éviter que son escabeau ne bascule et le précipite dans le vide. Le brusque mouvement n'échappa pas au curé qui lui cria :

— Bondance ! fais attention à ce que tu fais.

Trop tard… Norbert retrouva de justesse son équilibre, mais l'un des gros crochets retenant la station céda soudainement et le tableau en plâtre alla se fracasser sur le banc au-dessus duquel il était suspendu. Il y eut un cri et le travail cessa immédiatement dans l'église. Tous les bénévoles accoururent pour venir constater ce qui avait bien pu se produire. Le premier arrivé fut, bien entendu, le curé de la paroisse dont l'air catastrophé faisait peine à voir.

— C'est pas vrai ! C'est pas vrai ! ne cessait-il de répéter en considérant les morceaux de plâtre répandus sur le sol et le banc sur lequel la station s'était écrasée.

Les rangs des travailleurs furent parcourus de murmures.

Piteux, Norbert était descendu de son escabeau. L'adolescent avait les jambes flageolantes et son visage blafard disait assez à quel point il était bouleversé par les conséquences de sa maladresse.

— J'ai pas fait exprès ! murmura-t-il au moment où

sa mère et Léopold venaient le rejoindre. J'ai eu peur de tomber...

— Toi ! hurla soudain le prêtre, rouge de colère, ramasse tes affaires et va-t'en !

— C'est un accident, monsieur le curé ! plaida Corinne, malheureuse pour son fils.

— Ça fait rien, répliqua le curé, fou de rage, je veux plus le voir ici !

Sur ces mots, Charles Bilodeau se dirigea vers la sacristie dont il rabattit la porte avec fracas derrière lui.

— On va ramasser tout ça avant de s'en aller, annonça Corinne. Léopold, va porter les escabeaux dans la voiture. On va te rejoindre dans deux minutes.

Marie-Claire Rocheleau et Alcide Duquette se joignirent à Corinne et à son fils pour ramasser les débris de plâtre. À l'instant où la jeune femme s'apprêtait à partir, le président de la fabrique ne put s'empêcher de lui faire une remarque en s'éloignant du mur pour regarder l'espace vide entre la douzième et la quatorzième station du chemin de croix :

— Je pense ben qu'on va être la seule paroisse du diocèse où dans son chemin de croix Notre-Seigneur meurt pas crucifié.

— C'est pas bien drôle, monsieur Duquette, ne put s'empêcher de lui faire remarquer Corinne, encore bouleversée par la scène qu'elle venait de vivre.

— Il faut pas non plus en faire une maladie, madame Boisvert, répliqua le président de la fabrique, philosophe. Monsieur le curé a pas le choix. Il fera le deuil de sa station. Après tout, c'était juste un accident.

L'épouse de Laurent Boisvert s'excusa et quitta l'église. Quelques instants plus tard, elle prit place sur le siège arrière du boghei sans dire un mot. À l'avant,

Léopold et Norbert se taisaient, eux aussi. À l'est, le ciel commençait à se dégager. Tout laissait croire que la pluie allait prendre fin bientôt.

Alors que la voiture tournait dans le rang Saint-Joseph, la mère de famille remarqua les épaules voûtées de son fils et tint à le rassurer.

— Arrête de t'en faire avec ce qui vient de se passer, lui dit-elle. Ça aurait pu arriver à n'importe qui. C'était pas ta faute.

Norbert ne dit rien. À leur arrivée à la maison, Léopold immobilisa la voiture au pied de l'escalier pour laisser descendre sa patronne avant de poursuivre son chemin en compagnie de l'adolescent jusqu'à la remise pour y déposer les seaux et les escabeaux.

— Envoye, Casseau ! je veux avoir le temps de manger quelque chose avant d'aller faire le train, dit Norbert à Léopold en empoignant un escabeau.

Il avait suffi de bien peu de temps pour qu'il retrouve toute sa vivacité. Sans se presser, l'employé des Boisvert prit l'autre escabeau et alla le déposer dans la remise. Puis, sans prévenir, le jeune homme se tourna brusquement vers l'adolescent qu'il empoigna solidement par le devant de sa chemise.

— Écoute-moi ben, Norbert. C'est la dernière fois que tu m'appelles Casseau. Est-ce que c'est clair ? Ça fait ben des fois que je te dis d'arrêter de m'appeler comme ça. Si tu m'appelles encore une fois comme ça, je vais t'appeler Morveux devant tout le monde et t'aimeras pas ça.

— C'est correct ! C'est correct ! Énerve-toi pas, fit l'adolescent en secouant la poigne solide de Léopold. Qu'est-ce que tout le monde a contre moi aujourd'hui ? demanda-t-il, l'air misérable.

— C'est juste une mauvaise journée, fit Léopold en souriant. Pour moi, t'aurais été mieux de rester couché à matin.

Quand Laurent rentra à la maison à l'heure du souper, Corinne servit le repas et attendit que son mari ait terminé de manger son dessert avant de lui raconter la mésaventure survenue à leur fils.

— Sacrement ! Il manquait plus que ça, laissa tomber Laurent. Le curé Bilodeau va ben finir par haïr à mort toute la famille Boisvert.

— C'était juste un accident, plaida sa femme.

— Mais veux-tu ben me dire quel besoin t'avais d'aller travailler là aujourd'hui avec Norbert et Léopold ? lui demanda son mari, mis de mauvaise humeur par la nouvelle. T'as pas assez d'ouvrage à faire ici dedans ?

— Si tout le monde pensait comme toi, il se serait rien fait à l'église.

— C'est ça, fit-il sur un ton moqueur, et le curé aurait encore son chemin de croix. À part ça, il me semble qu'il ramasse ben assez de dîme pour être capable de payer du monde pour faire ce genre de *job*-là.

Corinne fit signe à Lionel et à Élise de quitter la table puisqu'ils avaient fini de manger. La jeune femme attendit quelques instants avant de reprendre la parole.

— En passant, comme je l'avais prévu, monsieur le curé a remarqué que t'étais pas à la messe les deux derniers dimanches, ajouta-t-elle à mi-voix pour ne pas être entendue par les plus jeunes. Il était pas content pantoute.

— Puis après ? demanda Laurent, l'air faraud.

— Après ? Il te conseille de te coucher plus de bonne heure le samedi soir, répondit-elle, sarcastique. Pour moi, il t'entend passer dans le village avec ton *truck* au milieu de la nuit.

— C'est pas de ses maudites affaires et il viendra pas me dire à moi, Laurent Boisvert, ce que je dois faire ! s'écria son mari. Est-ce que c'est compris ?

— Toi, ça te dérange peut-être pas, mais ça me dérange et ça dérange les enfants, plaida-t-elle. On est fatigués de se faire regarder de travers dans la paroisse. Tout le monde jase sur notre compte, et c'est pas en bien, tu peux être sûr de ça. Chaque fois que je mets les pieds chez Duquette, c'est comme si la brebis galeuse venait d'entrer dans la place. Personne me parle. C'est comme si j'étais pas une honnête femme, ajouta-t-elle, au bord des larmes.

— Je m'en sacre ! laissa-t-il tomber d'une voix rageuse, insensible au désarroi de Corinne.

— Pense un peu aux enfants et à moi, demanda-t-elle d'une voix suppliante. Fais un effort pour venir au moins à la messe du dimanche matin.

— Je verrai ça plus tard, se borna-t-il à dire avant d'aller se réfugier sur la galerie.

Chapitre 12

Les foins

Pour la première fois depuis le début de la guerre, la période des foins ne put débuter qu'au début de la seconde semaine du mois d'août parce qu'il fallut laisser sécher le foin plusieurs jours après les pluies abondantes.

— On va commencer à couper demain avant-midi, annonça Laurent aux siens le samedi soir, un peu avant sa sortie hebdomadaire.

— En plein dimanche ? demanda Corinne, stupéfaite.

— Ben oui, en plein dimanche, sacrement ! s'exclama son mari. Quand est-ce que tu veux que je fasse les foins, à part ça ? La semaine, je peux pas lâcher le *truck.* Mon père m'a dit qu'on était déjà en retard pour son contrat avec le gouvernement.

— Tu sais bien qu'on peut pas faire ça le dimanche. Tout le monde va nous regarder de travers. Ça s'est jamais vu. Monsieur le curé va piquer une vraie crise s'il apprend ça.

— Ben, il la piquera, sa crise !

— Dans ce cas-là, tu commenceras les foins tout seul, trancha sa femme sur un ton décidé. Ici, personne travaille le dimanche. Je suis catholique et nos enfants le sont aussi.

— Si tu le prends comme ça, t'auras juste à les faire toute seule, les foins, déclara Laurent en quittant la maison après avoir vérifié la position de son nœud de cravate.

Corinne, debout derrière la porte moustiquaire, regarda son mari monter dans la cabine de son camion que Norbert avait reçu l'ordre de laver avant le souper. Le véhicule sortit de la cour dans un sourd grondement et prit la direction du village en tressautant dans les ornières creusées par les pluies de la semaine précédente. Lorsqu'elle regagna l'évier pour aider au lavage de la vaisselle, la jeune mère de famille avait du mal à dissimuler son inquiétude. Son mari avait obstinément refusé de retourner à la messe le dimanche précédent, moitié par paresse, moitié par crainte de se faire montrer du doigt par le curé Bilodeau. S'il décidait en plus de couper le foin le lendemain, elle ne serait pas étonnée que toute sa famille soit mise à l'index dans la paroisse, ce qu'elle craignait par-dessus tout.

Durant toute la soirée, elle chercha désespérément des arguments pour persuader son mari, le lendemain, de ne pas poser ce geste de provocation. Toutefois, elle s'inquiéta bien inutilement.

Le dimanche matin, elle ne tenta même pas de le réveiller. Elle alla soigner les animaux avec l'aide de Léopold et de ses enfants avant de se préparer pour assister à la grand-messe. Durant le service divin, son regard fut attiré à de nombreuses reprises vers l'espace vide sur le mur de l'église, conséquence de la disparition de la treizième station du chemin de croix. À n'en pas douter, la mésaventure de Norbert avait dû faire le tour de la paroisse, même si personne ne lui en avait parlé. Par ailleurs, à son grand soulagement, le curé Bilodeau semblait avoir renoncé à expliquer la disparition de cette station aux fidèles réunis dans l'église. Norbert, qui avait assisté à la basse-messe en compagnie de Léopold, lui avait rapporté en rentrant que l'abbé Morin n'en avait pas parlé non plus.

Durant l'interminable sermon du curé Bilodeau, les pensées de Corinne se mirent à vagabonder. Elle songea à sa belle-sœur Juliette à qui elle écrivait deux fois par mois. Les liens d'amitié entre les deux femmes ne s'étaient jamais démentis, en grande partie, fallait-il le mentionner, parce que la veuve avait toujours apporté un appui inconditionnel à l'épouse de son frère. Elle allait probablement venir lui rendre visite pour son anniversaire de naissance, comme elle le faisait pratiquement tous les ans.

Soudain, elle se rendit compte avec un certain malaise qu'elle ignorait totalement la date de naissance de Juliette et qu'elle n'avait jamais célébré son anniversaire. Elle prit immédiatement la décision de s'en informer le jour même.

« Je fais une belle sans-cœur, se dit-elle, honteuse. Elle m'a toujours apporté un cadeau pour ma fête et j'ai jamais pensé à lui demander à quelle date elle est venue au monde ! »

Puis, ses pensées bifurquèrent vers son Philippe qui n'avait toujours pas donné signe de vie après plusieurs mois de fugue. Son cœur se serra. Le fait qu'il n'ait pu se faire enrôler dans l'armée ne la rassurait qu'à moitié. Elle avait maintenant peur pour sa sécurité. « Il peut faire une mauvaise rencontre n'importe où aux États et personne va lui venir en aide… Il y a rien qui dit qu'il est pas en train de mourir de faim dans un fossé quelque part… Si encore Laurent essayait de me rassurer ! Il veut même pas en parler… et quand il le fait, c'est pour dire qu'il va lui sacrer une volée quand il va remettre les pieds à la maison. Mon Dieu ! Faites qu'il lui arrive rien. »

Sur cette invocation, elle décida de réciter silencieusement son chapelet pendant que le curé de Saint-Paul-des-Prés s'en prenait aux jeunes gens et aux jeunes filles qui allaient danser à Pierreville ou à Yamaska. Seules les lèvres de l'épouse de Laurent Boisvert bougeaient.

Après la messe, la jeune femme aperçut la haute silhouette voûtée de son beau-père en train de quitter l'église, encadré par Henri et Annette. Elle pressa le pas après avoir murmuré à Madeleine d'aller l'attendre dans le boghei avec Lionel et Élise.

— J'en ai juste pour une minute, conclut-elle. J'ai deux mots à dire à grand-père Boisvert.

À sa sortie de l'église, Corinne s'empressa de rejoindre le trio qui s'apprêtait à descendre les marches du parvis. En réalité, elle se prêtait à ce jeu que par obligation, tant les Boisvert lui étaient peu sympathiques. En temps normal, elle se serait limitée à les saluer. Elle fit un effort pour se montrer aimable et elle prit d'abord de leurs nouvelles.

— Où est passé ton mari ? lui demanda Gonzague en regardant autour.

— Il a pas voulu se lever pour la messe, monsieur Boisvert, répondit Corinne sans chercher à farder la réalité.

— C'est nouveau, ça, fit le vieil homme, en arborant un air mécontent.

— Ça fait trois semaines qu'il fait ça, se borna-t-elle à dire.

— Pousse-le à venir à la messe, reprit son beau-père. Il va se faire remarquer par le curé s'il continue.

— C'est ce que j'ai fait, mais ça a pas l'air de le déranger. Mais c'est pas pour ça que je voulais vous parler, monsieur Boisvert.

— Qu'est-ce qui se passe ? demanda Gonzague, soudain sur la défensive.

— J'écris de temps en temps à Juliette et j'aurais aimé savoir sa date d'anniversaire.

Gonzague Boisvert souleva son chapeau pour se gratter la tête d'un air pensif avant de se décider à répondre :

— Sais-tu que je le sais pas pantoute. Pourquoi tu veux savoir ça ?

— Je voudrais lui organiser une petite fête.

— Sa fête, c'est le 29 juillet, intervint Henri d'une voix bourrue.

— T'es sûr de ça ? lui demanda sa belle-sœur.

— C'est deux jours après la mienne.

— Sais-tu quel âge elle a eu cette année ?

— Moi, je viens d'avoir cinquante-trois ans. Elle, elle a eu cinquante ans à la fin de juillet.

— Tout ça, c'est des niaiseries, laissa tomber Gonzague, l'air méprisant. Nous autres, les Boisvert, on n'a jamais perdu de temps avec les fêtes.

— J'ai remarqué ça, oui, fit sèchement Corinne.

— C'est vrai que c'est niaiseux, confirma Annette en ouvrant enfin la bouche.

Le visage de Corinne s'empourpra soudainement.

— C'est vrai aussi que pour vous autres, les Boisvert, tout ce qui rapporte pas de l'argent, c'est de la niaiserie, répliqua-t-elle sur un ton cinglant. Vous auriez peut-être dû fêter un peu plus, ça empêche de vieillir avant le temps. Merci quand même pour le renseignement. Les enfants m'attendent dans la voiture.

Sur ces mots, la jeune femme tourna carrément le dos aux parents de Laurent et alla rejoindre les siens.

— Vous parlez d'un air bête ! s'exclama Annette, outrée. Elle vient quêter un renseignement et elle nous remercie en nous disant des bêtises.

— C'est ce qui arrive quand un mari dompte pas sa femme, laissa tomber Gonzague en se remettant en marche en compagnie de son fils et de sa bru.

À son retour à la maison, Corinne comprit que son mari n'était pas encore levé quand elle vit Léopold et Norbert assis sur la galerie. Dans le cas contraire, ils auraient déjà été au champ en train de couper le foin en sa compagnie.

Elle ne dit rien et s'empressa d'aller changer de vêtements en faisant le moins de bruit possible.

— On réveille pas p'pa ? demanda Madeleine, surprise de voir que son père ne se levait pas alors que les aiguilles de l'horloge murale dépassaient légèrement midi.

— On va le laisser dormir, déclara sa mère.

La jeune femme s'activa à dresser la table avec l'aide de ses filles. Quelques instants suffirent pour y déposer de la tête fromagée, des tomates, de la laitue, du pain et une tarte aux pommes cuisinée la veille. À la fin du repas, Corinne laissa le couvert de son mari sur la table.

— On va juste laver la vaisselle, dit-elle à ses filles. Quand votre père va se lever, il mangera.

Pendant que Madeleine et Élise rangeaient la cuisine,

elle mit au four le dernier morceau de bœuf qui lui restait. Ensuite, elle sortit sa bouteille d'encre et écrivit une invitation à Juliette pour la fin de semaine suivante en sachant fort bien que cette dernière s'arrangerait pour se libérer en constatant que la date de son trente-sixième anniversaire approchait et qu'elle aimait venir lui rendre visite en cette occasion chaque année.

Elle venait à peine de cacheter sa lettre et de ranger sa bouteille d'encre qu'une voiture pénétra dans la cour de la ferme.

— C'est mon oncle Amédée et ma tante Blanche, vint annoncer Norbert à travers la porte moustiquaire.

— C'est correct, fit sa mère. Va aider ton oncle à dételer pendant que je vais réveiller ton père. Toi, Madeleine, va recevoir ta tante. Je te rejoins dans une minute.

Sans perdre un instant, Corinne prit la direction de sa chambre à coucher. Elle ouvrit la porte.

— Laurent, lève-toi, lui ordonna-t-elle. On a de la visite. Amédée et Blanche viennent d'arriver.

— Christ ! Ils sont ben de bonne heure sur le pont, eux autres, rétorqua son mari, mal réveillé. Ils pourraient pas arriver chez le monde à une heure raisonnable.

— Il est une heure raisonnable. Il est passé une heure de l'après-midi, répliqua sa femme. Fais ça vite. Je vais leur dire que tu filais pas en revenant de la messe et que t'étais parti t'étendre une couple de minutes.

— Maudite famille encombrante ! ragea-t-il en repoussant brusquement la couverture qui le couvrait. Il y en a toujours un qui vient traîner chez nous.

Corinne ne se donna même pas la peine de lui répondre. Elle referma la porte et s'empressa de sortir sur la galerie pour accueillir sa sœur et son mari. Elle les embrassa tous les deux et les entraîna à l'intérieur.

— Entrez, les invita-t-elle. Laurent s'en vient. Il était allé s'étendre une couple de minutes après le dîner. Il a des semaines pas mal éreintantes ces temps-ci.

Blanche remarqua que Madeleine s'empressait de ranger la nourriture laissée sur la table ainsi que le couvert, mais elle ne dit pas un mot.

— Approchez que je vous serve une bonne tasse de thé. Ça va vous faire du bien après une aussi longue trotte.

À peine venait-elle de les servir que Laurent pénétra dans la pièce, la barbe longue et l'air mal réveillé.

— Pauvre toi ! On t'empêche de faire ton somme, le plaignit Amédée en lui tendant la main.

— Ben non, protesta mollement le maître des lieux. Tu sais ce que c'est. Le dimanche après-midi, c'est toujours pas mal plate. Il y a pas autre chose à faire que de dormir une heure ou deux.

Les visiteurs ne pouvaient pas ne pas avoir remarqué la barbe non rasée et les yeux bouffis de leur beau-frère, mais ils eurent le bon goût de ne pas en faire mention. Il était bien évident qu'il n'était pas allé à la messe ce jour-là.

— Est-ce que Bastien vous a appris la nouvelle ? demanda Blanche.

— Rosalie a acheté, fit Corinne, toute réjouie.

— Non, elle a perdu son petit au commencement de la semaine passée.

— C'est pas vrai ! s'écria l'hôtesse, peinée pour sa belle-sœur préférée.

— Une fausse couche, se borna à dire Blanche d'une voix résignée. Bastien l'a aussi mal pris que les Cadieux.

C'est le monde à l'envers. Comme c'est là, c'est Rosalie qui doit remonter le moral de tout le monde.

— J'ai bien de la peine pour elle, fit Corinne... Mais on la connaît assez pour savoir que ça lui prendra pas bien du temps pour remonter la pente. Elle a l'air de rien, notre Rosalie, mais elle est solide.

— Ça, tu peux le dire, confirma Blanche, qui, de toute évidence, partageait la bonne opinion de sa jeune sœur.

— Puis, avez-vous eu des nouvelles de vos deux garçons ? demanda la maîtresse de maison en baissant involontairement la voix, comme si elle avait craint qu'une oreille indiscrète entende ses paroles.

— Ils nous ont envoyé un mot il y a trois semaines, répondit Amédée. Ils ont l'air de bien aller, mais Rémi a ben hâte de revenir. Il est pas mal moins aventureux qu'Étienne.

— Vous êtes bien chanceux qu'un de vos gars prenne la peine de vous donner des nouvelles, ne put s'empêcher de dire Corinne, l'air attristé.

Laurent lui jeta un regard de reproche, mais il ne dit rien.

— Si j'ai ben compris, votre Philippe vous a pas encore écrit ? fit Amédée d'une voix compatissante. À cet âge-là, ils sont encore trop jeunes pour comprendre à quel point les parents se font du sang de cochon quand ils savent pas où ils sont.

— Il faut pas trop s'en faire, déclara Laurent d'une voix indifférente. On le verra ben rebondir ici dedans un beau jour et à ce moment-là, je vais m'organiser pour lui mettre du plomb dans la tête.

Les visiteurs se jetèrent un regard entendu, mais ne dirent rien. Pendant quelques instants, la conversation tomba à plat dans la cuisine d'été et il fallut que Corinne fasse un effort méritoire pour la relancer.

— Avez-vous vu m'man dernièrement ? demanda-t-elle.

— Il y a deux semaines, répondit Blanche. Elle était encore tout à l'envers.

— Comment ça ? s'inquiéta immédiatement sa sœur. C'est pas encore Thérèse qui fait des siennes, j'espère ?

— Non, c'est à propos de Simon. Elle t'a pas écrit ?

— Non, qu'est-ce qu'elle aurait dû m'écrire ? fit Corinne, soudain alarmée.

— Simon part pour l'autre bord à la fin du mois. Son entraînement est fini. Pas nécessaire de te dire que m'man s'en fait pour son bébé.

— Pauvre m'man ! la plaignit sa fille cadette. Elle va en avoir passé des épreuves cette année. En tout cas, on va prier pour qu'il arrive rien à Simon.

— Est-ce que c'est sûr qu'il va partir ? demanda Laurent en se décidant enfin à participer à la conversation.

— On le dirait ben, répondit son beau-frère. Dans les journaux, on raconte que le gouvernement veut envoyer de plus en plus de soldats aider les alliés. Il paraît qu'ils en ont ben besoin si on veut que la guerre achève. En attendant, dans la province, le monde est de plus en plus contre cette guerre-là. Je sais pas si t'en as entendu parler, mais les émeutes à Québec au mois d'avril ont fait quatre morts, tous des innocents.

— Vous autres, vous avez au moins la consolation de savoir que Philippe ira pas se faire tuer de l'autre bord, dit Blanche en posant une main sur le bras de sa sœur. Il risque même pas de se faire ramasser par les *spotters* comme nos deux garçons, ajouta-t-elle, la larme à l'œil.

— Inquiète-toi pas, Blanche, dit Corinne pour la rassurer. Tes gars sont pas bêtes et ils vont savoir où se cacher.

L'après-midi se déroula lentement. Les visiteurs se joignirent à leurs hôtes pour prendre le frais sur la galerie. Élise et Lionel allèrent s'amuser chez les Rocheleau pendant que Norbert, Madeleine et Léopold discutaient à l'ombre, dans la balançoire. De temps à autre, Corinne ne pouvait s'empêcher de jeter un coup d'œil inquisiteur à sa fille aînée.

À la fin de l'après-midi, la maîtresse de maison insista pour que Blanche et Amédée restent à souper. Lionel alla chercher les vaches dans le champ tandis que l'employé et Norbert prenaient la direction de l'étable.

— Je veux pas t'empêcher d'aller faire ton train, dit Amédée à son beau-frère.

— Laisse faire, ils ont pas besoin pantoute de moi, fit Laurent en rallumant sa pipe. Ils sont habitués. Durant la semaine, j'ai pas le temps et c'est eux autres qui le font.

Pendant que les hommes discutaient à l'extérieur, Blanche et Corinne travaillaient dans la cuisine à la confection du souper avec l'aide de Madeleine et d'Élise.

— Ton mari va bien ? demanda Blanche à sa sœur cadette en ne parvenant pas à cacher une pointe d'inquiétude.

— Oui, il est correct.

— Et toi ?

— Moi aussi. Est-ce que j'ai l'air d'être malade ? demanda Corinne, un peu agacée.

— Bien, tu vas avoir trente-six ans dans quinze jours.

Comme p'pa a toujours dit, t'es plus une jeune poulette du printemps.

— Arrête, fit sa sœur en riant. Tu vas finir par me faire croire que je vais avoir besoin d'une canne pour marcher.

— Non, mais il va bien falloir que t'apprennes à te ménager un peu, lui fit remarquer sa sœur aînée, sincèrement inquiète devant ses traits tirés. Tu vieillis comme tout le monde.

Ces dernières paroles jetèrent un autre léger voile d'inquiétude dans les yeux bleus de Corinne. Après un bref silence, la maîtresse de maison reprit la parole.

— Parlant de fête, dit Corinne en baissant un peu la voix, est-ce que tu me rendrais un petit service ?

— Bien sûr, fit Blanche, un peu intriguée.

— Quand vous êtes arrivés, je finissais d'écrire une lettre à Juliette, la sœur de Laurent. Tu sais combien elle a toujours été fine avec moi. J'aimerais lui organiser une petite fête pour ses cinquante ans dimanche prochain. Toi, t'as le téléphone. Est-ce que tu l'appellerais pas pour lui dire que je l'attends sans faute dimanche prochain, sans lui dire que c'est pour la fêter ? Fais juste lui dire que j'ai bien insisté et que ça a l'air important. Je suis certaine qu'elle va venir.

— C'est correct, accepta sa sœur aînée, pleine de bonne volonté.

— Si elle accepte, tu pourrais téléphoner à Germaine pour l'inviter. Je sais que Bernard travaille à Saint-François ces temps-ci, il pourrait s'arrêter chez m'man et chez Bastien pour les inviter, eux autres aussi. Naturellement, t'es invitée toi aussi, avec Amédée.

— Seigneur ! s'exclama Blanche. Avec les Boisvert, ça va faire toute une fête !

— Tu peux oublier les Boisvert, répondit sèchement Corinne. Je me donnerai même pas la peine de les inviter. De toute façon, ils viendraient pas.

— Pourquoi ça ? s'étonna Blanche.

— Pour eux autres, c'est des niaiseries, comme ils disent.

— À ce que je vois, c'est le grand amour entre vous autres, fit remarquer Blanche avec un demi-sourire.

— Non, c'est vrai que je les aime pas plus qu'il faut, mais c'est pas pour ça que je les invite pas. Ils m'ont encore dit à matin que ce genre de fête-là, c'est de la perte de temps.

— C'est du drôle de monde, cette famille-là, conclut Blanche. Si jamais ta belle-sœur peut pas venir, je demanderai à Bernard de te prévenir pour pas te laisser te préparer pour rien.

Les Cournoyer quittèrent la maison un peu après huit heures. Au moment où ils montaient à bord de leur boghei, Laurent ne put s'empêcher de dire à Amédée :

— Tu devrais te greiller d'un char, le beau-frère. Je te garantis que tu sauverais pas mal de temps.

— Es-tu fou, toi ? fit le commis de quincaillerie en riant. T'oublies qu'il faut être riche en maudit pour s'acheter une affaire de même. J'ai pas autant d'argent que ça. Je vais continuer à me servir de mon vieux boghei. De toute façon, qu'est-ce que tu voudrais que je fasse du temps que j'arriverais à sauver avec un char ? Même le propriétaire de la quincaillerie où je travaille en a pas.

Immédiatement après la prière du soir, tous regagnèrent leur chambre à coucher pour refaire leurs forces en prévision de la semaine de travail qui allait commencer le lendemain.

En pénétrant dans leur chambre, Laurent déposa la lampe à huile sur sa table de chevet et se mit en devoir de se déshabiller. Corinne, de l'autre côté du lit, l'imita et passa sa robe de nuit.

— Trouves-tu que j'ai l'air vieille ? demanda-t-elle à brûle-pourpoint à son mari.

— Pourquoi tu me demandes ça ? fit Laurent, surpris par la question.

— Blanche trouve que j'ai l'air fatiguée, je crois bien. Puis ?

— Ben, comment tu veux que je sache ça ? répondit-il avec impatience. T'as l'air d'une femme de ton âge.

— En tout cas, ça fait du bien d'avoir de la visite de temps en temps, dit-elle en renonçant à lui faire dire ce qu'il pensait réellement.

— C'est drôle, mais moi, à la place de ta sœur et de son mari, je serais gêné d'aller me faire recevoir ailleurs, déclara Laurent en prenant place dans le lit. Quand est-ce qu'on est allés manger chez eux ? Une fois en dix-huit ans…

— Mais t'es bien regardant ! dit Corinne, choquée par sa remarque. Je croirais entendre ton père.

— Je suis pas regardant, mais j'aime pas faire rire de moi.

— En tout cas, leur visite aura au moins servi à t'empêcher d'aller faire les foins en plein dimanche.

— C'est ça, répliqua son mari, narquois. Comme ça, vous allez être poignés pour faire l'ouvrage tout seuls cette semaine.

— Aie pas peur. On va t'attendre le soir pour nous aider à décharger, répliqua Corinne en prenant place dans le lit à son tour.

Laurent souffla la lampe, se tourna sur le côté et étira

le bras pour attirer vers lui sa femme qui lui tournait le dos. Cette dernière ne dit rien, mais son soupir excédé aurait dû persuader son mari de renoncer à ses intentions très claires. Il n'en fin rien et elle ne put trouver le sommeil que plusieurs minutes plus tard.

*
**

Le lendemain matin, Laurent se leva plus tôt qu'à l'ordinaire et alla aider Léopold et Norbert à faire le train, un geste qu'il posait de moins en moins souvent. Corinne n'en fit pas la remarque, devinant que son mari devait se sentir coupable d'être absent durant la période la plus active de l'été.

— Je pense qu'on va commencer les foins aujourd'hui, annonça-t-elle à son mari.

— Ça pourrait ben attendre une semaine de plus, fit ce dernier. Je le trouve pas encore ben long. Si tu commences les foins à matin, prit-il soin de lui préciser au moment de partir à bord de son camion, attends que la rosée soit ben séchée avant d'envoyer les gars les couper.

— Inquiète-toi pas, le rassura-t-elle. C'est pas la première fois que je fais ça.

Après le départ de Laurent, elle organisa sa maisonnée.

— Il est encore trop de bonne heure pour s'occuper du foin, annonça-t-elle. Je pense qu'on va avoir le temps de faire le lavage et de replacer la maison avant d'aller aux champs. Pendant qu'on fait ça, Norbert, emmène Lionel avec toi et va nettoyer l'étable. Pendant ce temps-là, Léopold va aller aiguiser les faux. Un coup parti, Léopold, ajouta-t-elle à l'intention du jeune homme, vérifie donc la charrette pour voir si tout est correct. Élise, toi, tu montes et tu vas faire les chambres.

En quelques minutes, la ferme Boisvert ressembla à une ruche. La cuve fut remplie d'eau chaude et déposée sur la petite galerie, à l'arrière de la maison. Madeleine installa le tordeur après avoir séparé les vêtements sales selon leur couleur. La mère et la fille frottèrent vigoureusement à tour de rôle les vêtements sur la planche à laver avant de les plonger dans de l'eau claire pour en extraire le savon.

Soudain, Lionel vint les rejoindre en affirmant que le fumier avait été ramassé dans l'étable et que Norbert était allé rejoindre Léopold pour l'aider.

— Est-ce que je peux vous aider à passer le linge dans le tordeur ? demanda le garçon de sept ans, plein de bonne volonté.

— C'est correct, accepta sa sœur aînée, mais tu tiens bien le linge pour l'empêcher de retomber dans la cuve, une fois passé dans le tordeur.

Quand Corinne eut terminé de savonner et de frotter un pantalon de son mari, elle le plongea dans la cuve d'où sa fille le tira tout dégoulinant avant de commencer à le passer dans le tordeur dont elle tournait avec beaucoup d'effort la manivelle en bois.

— Attention à tes doigts ! cria-t-elle soudain à son jeune frère qui avait avancé un peu trop la main près des deux rouleaux qui faisaient office de tordeur.

L'avertissement arriva trop tard et Lionel poussa un cri de douleur, le bout des doigts de sa main droite engagé entre les rouleaux. Corinne lâcha immédiatement sa planche à laver pour se porter au secours de son jeune fils.

— Ça fait mal ! hurla Lionel, des larmes plein les yeux.

— M'man, je peux pas lui ôter la main de là, cria Madeleine, paniquée. Les rouleaux veulent plus tourner.

— Touche plus à rien, lui ordonna sa mère en se précipitant vers le tordeur dont elle tira brusquement l'un des montants.

Immédiatement, les rouleaux se séparèrent, libérant les doigts de l'imprudent.

— Montre-moi ça, commanda la mère en s'emparant de la main blessée de Lionel.

Elle regarda les doigts et les bougea doucement.

— T'as rien de cassé, constata-t-elle à haute voix. Bon, là, tu vas nous laisser travailler tranquilles. Pendant qu'on finit le lavage, occupe-toi de remplir le coffre à bois.

Ensuite, Corinne prit le temps d'expliquer à sa fille aînée comment libérer les rouleaux du tordeur quand c'était nécessaire, avant de retourner à son travail.

Au milieu de l'avant-midi, le lavage était terminé et une première cordée de vêtements séchait déjà au soleil.

— T'emmènes ton frère désherber dans le jardin pendant qu'on va aller commencer à faucher, dit la mère de famille à Élise. Quand le linge sera sec sur la corde, plie-le et étends une autre cordée.

Avant de quitter la maison, elle prit la précaution de se munir d'un cruchon rempli d'eau froide. Elle se dirigea ensuite vers la grange devant laquelle Léopold, Madeleine et Norbert l'attendaient.

L'été précédent, la récolte du foin s'était faite sans problème parce que Laurent avait profité de l'aide non négligeable de Philippe, presque aussi résistant que son père au dur labeur. Cette année, Corinne ignorait si

Léopold allait être à la hauteur de la tâche qui l'attendait. De plus, elle hésitait à demander à Norbert de faucher alors que l'année précédente il n'avait aidé qu'à constituer des meules avec elle et Madeleine.

— Est-ce que je fauche avec Léopold ou bien tu penses être capable de tenir ton bout, Norbert ? demanda-t-elle à son fils en arrivant au champ de foin.

— Je suis capable de faire ça, assura l'adolescent.

— Bon, on vous laisse prendre de l'avance et on vous suit, fit la mère.

Léopold entreprit de faucher une largeur d'environ cinq pieds et il fut vite évident qu'il était habitué à ce dur travail. Norbert le laissa prendre quelques pieds d'avance avant de se mettre à faucher une autre largeur à sa droite. Quand les deux garçons se furent suffisamment éloignés, Corinne et sa fille entreprirent de constituer des meules avec leurs râteaux.

À l'approche de midi, le soleil se fit de plus en plus chaud et la sueur ruisselait sur la figure des travailleurs. À un certain moment, Corinne ordonna une pause et tendit le cruchon d'eau aux faucheurs d'abord.

— Buvez pas trop vite, leur recommanda-t-elle. C'est mortel, de l'eau froide, quand il fait chaud comme ça.

Après avoir laissé les jeunes se désaltérer et se reposer quelques instants, la mère de famille donna le signal du retour au travail.

— On en fait encore une heure avant de s'arrêter pour aller manger, dit-elle en reprenant son râteau en main.

Un peu avant une heure, tous revinrent à la maison prendre un rapide repas froid. Élise avait eu la bonne idée de tout préparer sur la table. On ne s'accorda que quelques minutes de repos avant de parler de retourner au champ.

— Je vais m'occuper de la vaisselle avec Lionel, proposa Élise. Après, on va aller vous rejoindre dans le champ.

Le retour au travail ne se fit pas sans mal après la pause du repas. Le soleil sembla encore plus chaud parce qu'il n'y avait pas le moindre souffle de vent. L'air paraissait vibrer. Les faucheurs reprirent leurs faux après leur avoir donné quelques coups de lime. Corinne et Madeleine s'armèrent de leurs râteaux pour poursuivre leur tâche interrompue par le repas du midi. De temps à autre, quelques mulots détalaient entre les jambes des travailleurs, chassés de leur habitat par ces intrus. On travailla sans relâche durant plusieurs heures, ne s'accordant qu'une courte pause au milieu de l'après-midi.

— Il y a pas à dire, dit Léopold à Madeleine alors que Corinne s'était avancée pour tendre le cruchon d'eau à Norbert, t'es une fille drôlement endurante.

— Je suis pas plus endurante qu'une autre, répliqua la jeune fille en rougissant légèrement sous le compliment, mais je suis capable de tenir mon bout.

Le travail reprit sans que les deux jeunes gens eussent l'occasion de se retrouver seuls.

Peu avant le souper, il fallut tout de même s'arrêter.

— Les garçons, allez atteler la charrette, vous avez le temps de venir charger un voyage pendant qu'on va aller préparer le souper. Lionel, va chercher les vaches. Nous autres, après avoir mis le souper au feu, on va s'occuper du train.

Léopold et Norbert venaient à peine d'immobiliser leur première charge de foin sous le panneau du fenil, au-dessus de la porte de la grange, que Laurent arrivait dans la cour à bord de son International. Au moment où il s'approchait d'eux, il vit sortir Madeleine et sa femme de l'étable.

— Cré maudit ! On dirait ben que vous avez pas chômé aujourd'hui, dit-il en considérant la charge de foin.

— Il y a même un autre voyage qui attend dans le champ, p'pa, ajouta Norbert, tout fier du travail accompli.

— Bon, on a juste le temps de se décrotter un peu avant le souper, intervint Corinne en se passant une main sur le front pour en essuyer la sueur. Il faudrait pas perdre trop de temps si vous voulez avoir le temps de rentrer ce foin-là à soir.

Norbert, Léopold et Laurent se dirigèrent vers le puits pour se laver la figure et les mains pendant que Corinne et Madeleine entraient dans la maison.

Après le repas, il fut décidé qu'on profiterait des dernières heures de clarté pour décharger le foin. Pendant que Corinne et ses filles remettaient de l'ordre dans la cuisine, Léopold et Norbert furent envoyés dans la tasserie tandis que Laurent grimpait sur la charge de foin pour leur envoyer le fourrage. Il régnait une chaleur infernale dans le grenier de la grange quand les deux jeunes ouvrirent la porte pour recevoir les premières fourchées de foin lancées à la volée par Laurent. Léopold s'installa devant la porte pour projeter derrière lui le fourrage que Norbert reprenait pour le projeter au fond du grenier.

Une heure plus tard, la charrette était vidée et, après avoir jeté un coup d'œil à sa montre de gousset, Laurent décida qu'ils avaient le temps d'aller chercher dans le champ le reste du foin coupé durant la journée. Corinne et Madeleine s'approchèrent, prêtes à participer à la corvée.

— Vous autres, ça va faire pour aujourd'hui, trancha Laurent en s'emparant des rênes. Vous en avez assez fait. Retournez à la maison. On est ben assez pour charger.

Sans se donner la peine d'écouter leurs molles protestations, il fit signe à Norbert et à Léopold de monter dans la charrette qui s'éloigna en cahotant pour contourner les bâtiments. À leur retour à la maison, Corinne expliqua à ses filles son intention d'organiser une petite fête pour leur tante préférée.

— Je vais lui donner une paire de taies d'oreiller que j'achève de broder, dit Madeleine.

— Et moi, deux mouchoirs, fit Élise.

— Votre tante va être bien contente, assura leur mère. Moi, j'ai presque fini mon châle bleu marine. C'est ce que je vais lui offrir.

— Mais c'était pour vous, m'man, protesta sa fille aînée.

— J'ai amplement le temps de m'en tricoter un autre pour l'hiver prochain.

Quand les hommes rentrèrent à la brunante après avoir déchargé la seconde charretée de foin, Madeleine leur avait préparé des serviettes pour faire leur toilette.

— À ce régime-là, dit Laurent en se laissant tomber sur une chaise berçante sur la galerie, vous allez ben finir les foins en trois jours.

— Je le sais pas, reconnut sa femme, mais j'aimerais bien avoir fini jeudi pour avoir le temps de cuire mon pain avant la fin de semaine.

Pendant un court moment, elle se demanda s'il ne valait pas mieux prévenir son mari de la fête qu'elle planifiait pour sa sœur. Finalement, elle s'estima trop fatiguée pour faire face à la crise que cette nouvelle n'allait pas manquer de déclencher. Elle allait attendre qu'ils soient plus reposés pour aborder la question.

Le lendemain et le surlendemain, la nature fut favorable aux cultivateurs de la région. Le beau temps se maintint et ils purent travailler à la récolte du foin sans être interrompus par la pluie. Chez les Boisvert, Corinne put entraîner son monde encore plus tôt dans le champ parce qu'elle ne fut pas retardée par des tâches ménagères qui furent, exceptionnellement, confiées à Élise.

— Tu vas avoir douze ans cet automne, déclara-t-elle à sa fille. T'es capable de repasser le linge. Fais juste attention à pas te brûler et à pas brûler le linge avec le fer.

Chaque soir, le même scénario se reproduisait. Laurent s'empressait de souper pour participer au chargement et au déchargement du foin coupé durant la journée.

Le jeudi après-midi, le ciel commença à se couvrir, laissant craindre une pluie qui risquait de prolonger considérablement la fin de la récolte. Sans se consulter, on se mit au travail avec plus d'ardeur encore, cherchant à prendre la pluie de vitesse.

— S'il se met à mouiller, dit Corinne, il va falloir attendre que la pluie arrête et laisser sécher le foin coupé avant de devoir revenir le retourner. Ça va nous faire perdre du temps sans bon sens.

Un peu après trois heures, Norbert et Léopold immobilisèrent la dernière charretée de foin sous la porte du fenil, quand il se mit à tomber une petite pluie fine.

— On va finir l'ouvrage tout de suite, annonça Corinne aux siens avec sa détermination coutumière. On laissera pas mouiller ce foin-là pour rien. Je vais monter en haut avec Norbert pendant que Léopold va nous lancer le foin.

— Non, m'man, s'opposa Madeleine. C'est moi qui vais monter avec Norbert. On est capables de s'en occuper. De toute façon, on doit pas avoir à lancer le foin bien loin, ça doit être presque plein en haut.

Norbert acquiesça.

— Si c'est comme ça, je vais aller préparer le souper et commencer le train avec Élise pendant que vous déchargez, accepta la mère de famille, qui ne parvenait que difficilement à cacher son épuisement à la suite des trop nombreuses tâches accomplies depuis plusieurs semaines.

Lorsque Laurent rentra ce soir-là, la pluie avait repris de plus belle après s'être arrêtée un bon moment. Il découvrit, avec un plaisir non déguisé, que les siens avaient terminé les foins sans son aide.

— Là, on est tranquilles pour un maudit bon bout de temps, déclara-t-il après le repas en allumant sa pipe, On fera peut-être une petite coupe au commencement de septembre, si ça vaut la peine, conclut-il.

Tout le monde finit par sortir sur la galerie en ce début de soirée de la mi-août. La pluie avait enfin apporté une fraîcheur bienvenue.

— Cette pluie-là est partie pour durer, fit remarquer Laurent.

— Tant mieux. Le jardin en a bien besoin, dit sa femme.

Lorsque l'obscurité tomba, Madeleine, Élise, Norbert et Léopold décidèrent de rentrer jouer aux cartes à la lueur de la lampe à huile. Corinne, assise près de son mari, se sentait bien, délivrée enfin de la tâche ardue de rentrer le foin. Après quelques secondes d'hésitation, elle décida de mettre Laurent au courant de son projet.

— On va avoir de la visite en fin de semaine, lui annonça-t-elle doucement.

— De la visite ? Qui ça ? demanda-t-il, tout de suite sur ses gardes.

— Ta sœur Juliette.

— Encore elle. Elle est venue ce printemps ! Pourquoi elle va pas rester chez le père de temps en temps quand elle vient à Saint-Paul ? On n'est pas un hôtel, sacrement !

— Voyons, Laurent, c'est ta seule sœur, protesta Corinne. Elle vient pour une raison spéciale.

— Ouais ! Laquelle ?

— Savais-tu ça qu'elle a eu cinquante ans il y a deux semaines ? lui demanda sa femme.

— Puis après ?

— Bien, c'est important.

— Pour qui ?

— Pour tout le monde, voyons ! Viens surtout pas me dire que c'est de la niaiserie. Un anniversaire, c'est important, sentit-elle le besoin de préciser pour lui faire penser que son propre anniversaire allait avoir lieu à la fin du mois.

— Et pour combien de temps on va l'avoir sur les bras, la mère supérieure ?

— Le temps qu'elle voudra, fit Corinne, heureuse de constater qu'il ne s'opposait pas plus que ça à la visite de sa sœur. Les filles vont lui préparer des petits cadeaux et moi, je vais lui donner le châle que j'ai presque fini de tricoter, ajouta-t-elle.

— C'est faire ben des embarras pour pas grand-chose, laissa-t-il tomber, mécontent.

Corinne décida de ne pas pousser sa chance plus loin et se garda bien de mentionner qu'elle avait invité toute sa famille à participer au souper du dimanche suivant.

Chapitre 13

Une fête

Durant deux jours, Corinne et ses filles se lancèrent dans un grand ménage et cuisinèrent en vue du souper spécial qui allait être offert à Juliette Marcil. La maîtresse de maison eut le temps de cuire son pain et de confectionner des tartes aux fraises et au sucre avant de mettre au four un morceau de bœuf acheté, pour l'occasion, chez le boucher du village. Le samedi après-midi, Madeleine prépara un gâteau de fête qu'elle recouvrit soigneusement d'un glaçage à la vanille.

La jeune fille venait à peine de terminer que sa mère demanda à Léopold d'atteler le blond. La pluie avait cessé au début de l'après-midi et l'humidité avait disparu.

— Je t'ai préparé quelque chose à manger, dit-elle à son employé en lui tendant un sac. Ma belle-sœur devrait arriver par le train de quatre heures et demie à Yamaska. Si jamais elle a pas pu prendre ce train-là, elle va arriver par celui de sept heures. Attends-la.

— Moi, je pourrais ben aller la chercher avec lui, proposa Norbert, jaloux de voir Léopold quitter la ferme et échapper au train à faire.

— Bien oui, et nous autres, les belles dindes, on va faire le train toutes seules, intervint Madeleine.

— Non, on a besoin de toi, refusa sa mère sur un ton qui ne souffrait pas la contestation.

— Maudit que je suis écœuré d'être toujours poigné ici dedans, s'emporta l'adolescent en colère. Tout ce qu'on peut faire, c'est de travailler. Je vais finir par faire comme Philippe et sacrer mon camp, menaça-t-il sans trop de conviction.

— Qu'est-ce que tu viens de dire là, toi ? lui demanda sa mère.

— J'ai dit que je vais finir par faire comme Philippe et sacrer mon camp, répéta l'adolescent avec beaucoup moins d'aplomb.

— Avise-toi jamais de faire une affaire comme ça, le mit-elle en garde, mécontente. En attendant de partir, va dire à Lionel d'aller chercher les vaches et commence à préparer le train. Tu connais ton père, il arrive de bonne heure le samedi et il aime pas voir le train pas fait quand il revient.

L'adolescent quitta la maison en ronchonnant et en houspillant son jeune frère.

Corinne vit que Madeleine regardait Léopold quitter la ferme, mais elle se garda bien de faire une remarque. Elle avait envoyé le jeune homme chercher Juliette parce qu'elle savait par expérience qu'il n'y avait rien qui mettait plus son mari hors de lui que d'être dans l'obligation d'aller chercher sa sœur à la gare un samedi soir, son sacro-saint soir de sortie. Comme la restauratrice venait lui rendre visite trois ou quatre fois par année, elle avait fini par connaître ses habitudes. Elle savait qu'elle préférait arriver le samedi après-midi ou en début de soirée.

Quand Laurent rentra, les siens venaient de terminer de soigner les animaux.

— Où est passé Léopold ? demanda-t-il en regardant autour de lui.

— Il est parti chercher ta sœur à la gare.

— C'est vrai, elle, je l'avais complètement oubliée, dit-il sur un ton qui cachait mal sa mauvaise humeur. Je t'avertis, j'ai pas l'intention pantoute de l'attendre pour manger, ajouta-t-il. Je sors à soir.

— Nous autres, on va se montrer polis, on va l'attendre, rétorqua sa femme.

— Si c'est comme ça, Norbert, va laver le *truck* au lieu de rester à rien faire, ordonna-t-il à son fils.

L'adolescent allait se plaindre quand il saisit le regard de mise en garde que sa mère lui adressa. Il comprit qu'il était préférable de conserver pour lui ce qu'il avait envie de dire. Il s'empressa de sortir de la maison pour aller remplir un seau au puits.

Laurent mangea seul, au bout de la table, le bol de soupe et les saucisses que lui servit sa fille. Il quitta rapidement la table et entreprit de se raser devant l'unique miroir de la cuisine. Il venait de couvrir ses joues de mousse avec son blaireau quand Corinne lui fit remarquer sur un ton narquois :

— T'es pas obligé de tant te presser pour pas voir ta sœur. J'ai bien l'impression qu'elle a pris le train de sept heures.

— C'est pas moi qui l'ai invitée, répliqua-t-il en aiguisant son rasoir sur la petite courroie de cuir avant de commencer à se raser. J'ai pas d'affaire à l'attendre.

Quelques minutes plus tard, comme pour faire mentir Corinne, le boghei conduit par Léopold pénétra dans la cour de la ferme au moment même où Laurent finissait de s'habiller. Le véhicule s'arrêta près de la galerie pour laisser descendre une Juliette Marcil débordante de bonne humeur.

Corinne et ses enfants se précipitèrent à l'extérieur pour l'accueillir et la décharger de sa petite valise pendant que Léopold poursuivait son chemin jusqu'à l'écurie devant laquelle il dételа le cheval avant de le faire entrer dans l'enclos.

La restauratrice montréalaise eut le temps de serrer dans ses bras sa belle-sœur, ses nièces et ses neveux avant de voir apparaître sur la galerie son jeune frère tout endimanché qui descendit la rejoindre au pied des marches.

— Eh bien ! Te v'là déjà prêt pour la messe de demain matin, lui dit-elle en l'embrassant sur une joue.

Juliette Marcil était presque aussi grande que son frère et avait un tour de taille plutôt imposant. Elle avait hérité des Boisvert une force physique assez impressionnante et son air frondeur montrait suffisamment qu'elle n'avait rien de la femme craintive et docile.

— Bonsoir, Juliette, se contenta de dire Laurent en lui rendant distraitement son baiser.

— Tu m'as pas répondu, insista-t-elle en examinant son frère de la tête aux pieds… Ah oui ! J'oubliais, feignit-elle de se souvenir. Je suppose que c'est encore le temps de ta sortie du samedi soir. C'est ça ?

— En plein ça !

— J'espère au moins que tu vas revenir à une heure de chrétien, sans avoir les pieds ronds, ajouta-t-elle en adoptant un ton sévère.

— Aïe !

— Ce serait pas mal de te voir au moins une fois un dimanche matin autrement qu'avec une gueule de bois et un mal de tête, prit-elle la peine de préciser.

— Exagère pas, sacrement ! se défendit-il mollement.

— Et ça, c'est le *truck* de p'pa que tu conduis, dit sa sœur en montrant l'International vert bouteille que Norbert venait de laver.

— Ben oui, reconnut Laurent, heureux de changer de sujet de conversation.

— P'pa est pas mal bon avec toi. Il te le laisse pour que tu puisses t'en servir, même quand tu travailles pas pour lui.

— Pantoute, je peux même pas m'en servir pour aller à la messe le dimanche matin.

— Tu m'en diras tant, feignit de le plaindre sa sœur. C'est de valeur que ce soit comme ça. Autrement, t'aurais pu venir me chercher avec à la gare.

— C'est sûr, dit Laurent sans grande conviction. Je rentrerai pas trop tard, ajouta-t-il en grimpant dans la cabine du camion.

Il avait très bien saisi l'allusion au fait qu'il ne craignait pas d'utiliser le camion pour sa sortie hebdomadaire, mais qu'il ne s'était pas donné la peine d'aller chercher sa sœur à la gare.

Durant tout cet échange entre le frère et la sœur, Corinne s'était bien gardée d'intervenir. Elle n'avait pas peur pour Juliette. Malgré le caractère explosif de son mari, celui-ci avait conservé une certaine crainte de celle qui l'avait éduqué après le décès de leur mère.

Dès que son mari fut parti, Corinne entraîna sa belle-sœur à l'intérieur de la maison et monta avec elle à l'étage pour l'installer dans l'une des chambres.

— Veux-tu bien me dire ce qui se passe ? demanda Juliette, tout sourire envolé. J'ai été inquiète toute la semaine après le coup de téléphone de ta sœur. J'ai eu beau lui demander ce qui se passait, elle a rien voulu me dire. Si je m'étais écoutée, j'aurais pris le train dès lundi matin.

— Excuse-moi de t'avoir inquiétée pour rien, répondit Corinne, l'air contrit. Je voulais juste être sûre que tu viendrais.

— Pourquoi ? demanda la fille de Gonzague Boisvert, intriguée.

— J'ai organisé un souper spécial pour ta fête demain soir et ça aurait eu l'air fou que tu sois pas là, avoua la maîtresse de maison.

— En quel honneur ?

— J'ai appris que tu viens d'avoir cinquante ans et ça se fête, non ?

— Arrête donc ça ! protesta Juliette en riant. C'est bien la première fois que quelqu'un fait quelque chose pour ma fête. Je trouve ça pas mal gênant, tu sauras.

— Il y a pas de raison. Les enfants ont tout de suite été d'accord parce que t'es leur tante préférée. J'espère que t'es pas trop fâchée que je t'aie obligée à venir à Saint-Paul ?

— Pantoute, je vais te dire bien franchement que je me sens plutôt soulagée. Je me suis demandé toute la semaine s'il était pas arrivé un accident à un de tes enfants.

— Bon, on va aller souper avant que tu tombes de faiblesse, proposa la maîtresse de maison en l'entraînant hors de la chambre. Les enfants meurent de faim, et après on va avoir toute la soirée pour placoter.

La soirée passa rapidement en compagnie de Juliette. La restauratrice était une source intarissable d'anecdotes. Ces dernières se déroulaient toutes dans son restaurant de la rue Ontario, qu'elle exploitait toujours avec une associée. Vers neuf heures, Corinne s'agenouilla dans la cuisine d'été avec ses enfants pour la prière commune et sa belle-sœur les imita.

— J'aime ça quand vous venez, ma tante, dit Norbert avant de monter se coucher. La prière est pas mal moins longue quand vous êtes là.

Juliette jeta un coup d'œil à sa belle-sœur qui se pinça les lèvres pour ne pas rire. Avant de monter se mettre au lit à son tour, la fille de Gonzague Boisvert ne put s'empêcher de faire remarquer à voix basse à son hôtesse :

— Léopold a l'air d'un bon petit gars, mais si je me fie à ce que je vois, il a les yeux dans la graisse de binnes chaque fois qu'il regarde ta Madeleine.

— Je le sais, fit la jeune mère. J'ai averti Madeleine et je les surveille de près.

— Je suppose que tu restes pas debout pour attendre mon frère ? poursuivit l'invitée en changeant de sujet.

— Non, je sais jamais à quelle heure il va rentrer.

— Moi, je te trouve bien bonne d'endurer ça, conclut Juliette en prenant une lampe pour monter à l'étage. S'il était mon mari, il y a longtemps que je lui aurais fait passer le goût de ses petites sorties du samedi soir.

— Qu'est-ce que tu veux ? fit Corinne sur un ton moqueur. J'ai pas ton bon caractère !

Juliette disparut dans l'escalier sur un éclat de rire communicatif.

Cependant, la veuve sursauta violemment au milieu de la nuit. Elle avait été réveillée par le bruit du camion qui venait de s'arrêter près de la maison. Elle se leva en ronchonnant et s'approcha de la fenêtre juste à temps pour voir son frère cadet se diriger vers la maison d'un pas chancelant.

— Maudit ivrogne ! jura-t-elle entre ses dents. Si ça a de l'allure de se mettre dans un état pareil !

*
**

Le lendemain matin, Juliette entra dans la cuisine d'été au moment où Corinne, Léopold et les enfants rentraient dans la maison après avoir soigné les animaux.

— Qui va à la basse-messe avec Léopold ? demanda Corinne en retirant ses bottes de caoutchouc pour les laisser sur le paillasson.

— Mon Dieu, mais vous vous êtes bien levés de bonne heure ! s'exclama la visiteuse.

— Il faut que le train se fasse, même le dimanche, lui répondit sa belle-sœur avec sa bonne humeur habituelle.

— Dis-moi pas que mon frère est déjà debout ?

— Non, il dort encore.

— Il dort encore pendant que sa femme et ses petits font son ouvrage ? fit Juliette avec une note de mépris dans la voix.

— C'est pas grave, lui dit sa belle-sœur sur un ton apaisant. Il est pas mal fatigué.

— Comme si toi, tu l'étais pas ! Je pense que je vais aller à la basse-messe pour vous laisser de la place dans le boghei, à toi et à Laurent, ajouta-t-elle en faisant un effort visible pour ne pas dire ce qu'elle pensait du comportement de son frère.

— C'est pas nécessaire, Laurent ira pas à la messe, lui annonça Corinne, embarrassée.

— Comment ça ? Est-ce qu'il est malade ?

— Non, mais depuis une couple de semaines, il veut plus y aller.

— Ah bien ! Ça, c'est le boutte ! s'emporta la veuve. C'est pas comme ça que je l'ai élevé et il va se lever, je t'en passe un papier.

Sans écouter les protestations de Corinne, Juliette se dirigea d'un pas décidé vers la porte entre les deux cuisines, traversa la cuisine d'hiver et alla pousser la porte de la chambre à coucher de ses hôtes avant de la refermer bruyamment derrière elle.

— Laurent Boisvert, lève-toi ! ordonna-t-elle au dormeur d'une voix de stentor. C'est l'heure de te préparer pour la messe.

Son frère sursauta violemment et entrouvrit les yeux.

— Qu'est-ce que tu veux ? demanda-t-il d'une voix ensommeillée.

— Lève-toi pour te préparer pour la messe, répéta sa sœur.

— J'y vais pas. Laisse-moi dormir.

— Aïe ! Tu vas te lever et tout de suite, à part ça, fit-elle sur un ton menaçant. Même les ivrognes vont à la messe. Grouille-toi ! Si dans deux minutes t'es pas debout en train de t'habiller, tu vas recevoir une chaudière d'eau froide dans le visage et tu vas passer un mauvais quart d'heure, je te le garantis. Il y a tout de même des limites à ambitionner sur le pain béni ! Je suis encore capable de t'allonger une claque qui va t'arracher la tête, mon grand sans-cœur !

Sur ces mots, la grande et grosse femme quitta la pièce en claquant bruyamment la porte derrière elle. Comme elle avait pris soin de fermer les portes, Corinne et les enfants n'avaient rien entendu de ce qui s'était dit entre le frère et la sœur.

— Il s'en vient, dit-elle à sa belle-sœur qui guettait son retour avec une certaine appréhension. Il faut juste savoir lui parler. Bon, est-ce qu'on y va à cette messe-là ? demanda-t-elle à la ronde.

Le boghei venait de quitter la cour de la ferme quand Laurent apparut dans la cuisine, hors de lui.

— Elle, je vais l'assommer, la maudite folle ! s'écria-t-il en apercevant sa femme en train de se coiffer devant le miroir. Où est-ce qu'elle est ?

— Elle est partie à la basse-messe avec Léopold et les garçons.

Pendant un court moment, il sembla balancer entre retourner se mettre au lit ou faire sa toilette. Puis, probablement influencé par les menaces non équivoques de sa sœur, il finit par se décider à se raser et à s'habiller. Silencieuses, Madeleine et Élise, déjà prêtes pour la grand-messe, étaient occupées à terminer ce qu'elles avaient l'intention d'offrir à leur tante au souper.

Au retour de Juliette et des garçons, Laurent se borna à lancer un regard furieux à sa sœur qui lui répondit par une mimique qui remplit Corinne d'aise.

— Tu serais fine de jeter un coup d'œil au morceau de bœuf que j'ai mis dans le fourneau, dit-elle à sa belle-sœur. C'est pour le souper. À midi, j'ai du bouilli de légumes réchauffé.

— Je m'en occupe, promit Juliette. Pendant la messe, fais comme moi. Prie pour le salut de l'âme de ton mari. Il en a bien besoin.

Laurent lui répondit par une grimace et houspilla sa femme et ses filles pour qu'elles montent dans le boghei.

À la fin de la messe, Gonzague Boisvert laissa son fils Henri et sa femme en conversation avec des voisins et s'approcha de Laurent et de sa bru au moment où ils s'apprêtaient à monter en voiture.

— Il paraît que vous avez de la visite ? demanda-t-il sans s'adresser à l'un plus qu'à l'autre.

— Oui, Juliette est arrivée hier soir, répondit Corinne.

— C'est ben ce que Noré, mon homme engagé, m'a dit en revenant de la basse-messe, tout à l'heure. Est-ce qu'il y a une raison spéciale qui l'amène à Saint-Paul ? demanda le vieil homme, curieux.

— C'est de la parenté, monsieur Boisvert. Juliette a pas besoin de raison spéciale pour venir nous voir.

— On sait ben, se borna à laisser tomber Gonzague, peu convaincu de la véracité de ce que venait de dire sa bru.

— Là, par exemple, votre fille avait une bonne raison de venir nous voir, finit par ajouter une Corinne un peu moqueuse. On va faire une petite fête à soir pour son cinquantième anniversaire. Vous êtes invités à venir souper à la maison, vous, Henri, Annette et Alexandra, si ça vous tente. Je suis certaine que ça ferait bien plaisir à Juliette.

— Je pense pas qu'on puisse venir, s'empressa de rétorquer le vieillard.

— Vous viendrez même pas voir votre fille ? feignit de s'étonner Corinne.

— Elle sait où on reste. Si elle veut venir nous voir, on est à la maison, répondit froidement Gonzague. Bon, il faut que j'y aille, ajouta-t-il en guise de salutation avant de s'éloigner.

Sur le chemin du retour à la ferme, Corinne ne put s'empêcher de dire à son mari qui n'avait pratiquement pas ouvert la bouche depuis son lever :

— J'aurais dû m'y attendre. Personne chez vous va venir à la fête de Juliette. Ils ont bien trop peur d'être obligés de lui faire un petit cadeau. Ça leur arracherait le cœur de dépenser une cenne pour quelqu'un, ajouta-t-elle, pleine d'amertume.

— Moi, je les comprends, laissa-t-il tomber, de mauvaise humeur. Tu m'ôteras pas de la tête que c'est du maudit gaspillage, ces niaiseries-là. Je travaille pas toute la semaine pour garrocher mon argent par la fenêtre.

Sa femme eut une folle envie de lui faire remarquer que boire à l'hôtel toute la soirée était aussi une belle façon de « garrocher son argent par la fenêtre », comme il disait. Au moins, une fête avait le mérite de faire plaisir à quelqu'un. Cependant, elle se retint pour ne pas envenimer les relations déjà assez tendues entre le frère et la sœur.

Corinne s'était inquiétée pour rien. À leur retour à la maison, Laurent ne fit aucune allusion à son réveil brutal et Juliette évita, avec tact, d'en faire mention.

Au moment où Laurent s'apprêtait à aller faire une sieste après le repas du midi, Bernard Provencher et Germaine arrivèrent. La bonne humeur du couple chassa rapidement l'air contrarié de leur hôte. Germaine offrit un petit cadeau à Juliette qu'elle avait appris à apprécier dans le passé. Laurent ne sembla pas trouver étrange que sa belle-sœur soit au courant de la fête de Juliette.

Une heure plus tard, Blanche et Amédée arrivèrent à leur tour en compagnie de Lucienne.

— Sacrement, pas encore eux autres ! jura Laurent à l'oreille de sa femme. Ils sont pas capables d'aller s'échouer ailleurs le dimanche. Ils sont venus souper dimanche passé. En plus, ils ont emmené ta mère.

— Chut ! lui ordonna sa femme en s'avançant pour accueillir les nouveaux arrivants.

On s'embrassa et la maîtresse de maison entraîna tout le monde à l'ombre, sur la galerie. Lucienne et Blanche tendirent des cadeaux à Juliette, toute rose d'émotion.

— Bastien et Rosalie seraient bien venus, déclara Blanche, mais Rosalie est pas encore assez remise de sa fausse couche, précisa Lucienne à voix basse pour ne pas être entendue par Madeleine et Élise.

— Ça se comprend, fit Juliette.

— Mais Rosalie t'envoie ce cadeau-là, reprit Lucienne en lui tendant un petit paquet. Elle m'a dit que c'était pas grand-chose, mais que c'était de bon cœur.

— Elle est bien trop fine, déclara la veuve. Ça me gêne sans bon sens.

— Anatole et Thérèse avaient déjà promis aux Rochon d'aller faire un tour cet après-midi. En plus, il y avait le train, tint à préciser la mère de Corinne.

Soudain, Laurent comprit tout. Sa femme avait invité dans son dos toute sa famille à venir participer au souper offert en l'honneur de Juliette. Une rage naissante altéra alors passablement sa bonne humeur. Cette constatation fit qu'il éprouva beaucoup de mal à continuer à faire bon visage aux invités.

Durant l'après-midi, on parla beaucoup du droit de vote que le gouvernement de Borden allait accorder aux femmes à compter du 1er janvier.

— Là, on n'est pas sortis du bois, plaisanta Amédée. Si les femmes se mettent à voter contre leur mari, ça va être beau à voir dans la maison.

— C'est une affaire de fou, cette histoire-là, déclara Laurent. Comme si les femmes comprenaient quelque chose à la politique.

Cette remarque sembla piquer au vif sa belle-mère et les autres femmes présentes.

— Tu sauras, mon gendre, que les femmes sont pas plus folles que vous autres, répliqua Lucienne d'une voix cinglante. C'est écrit nulle part qu'il faut porter des pantalons pour comprendre la politique. Si t'es capable de comprendre quelque chose là-dedans, je vois pas pourquoi on serait pas capables, nous autres aussi.

— C'est vrai, ce que vous dites là, madame Joyal, l'approuva Juliette. Si on avait eu le droit de voter aux dernières élections, je suis sûre qu'on serait pas en guerre aujourd'hui.

— Partez pas en peur, leur conseilla Amédée Cournoyer pour calmer le jeu. Vous allez pouvoir voter aux prochaines élections, mais juste au fédéral, prit-il la peine de préciser. J'ai dans l'idée que dans la province, c'est pas demain la veille que vous allez avoir ce droit-là… Surtout que les évêques ont pas l'air pour ça pantoute.

À l'heure du souper, Corinne demanda aux hommes de dresser une grande table de fortune derrière la maison avec des tréteaux et des madriers entreposés dans la remise. Laurent se fit un peu tirer l'oreille, mais il n'eut pas le choix de consentir quand Bernard et Amédée se proposèrent de l'aider.

Lorsque tous les gens furent attablés, Corinne et ses enfants apportèrent à Juliette les cadeaux qu'ils avaient préparés pour son anniversaire.

— Bonne fête, Juliette, même si c'est un peu en retard, lui souhaita sa belle-sœur en l'embrassant sur les deux joues.

Toutes les personnes présentes lui offrirent leurs meilleurs vœux. La veuve, attendrie et la larme à l'œil, remercia tout le monde. Germaine tint à aider à servir le bœuf et les pommes de terre, mais on laissa à Madeleine le soin de se charger du gâteau qu'elle avait confectionné pour sa tante.

Après avoir goûté au gâteau, Juliette s'écria, enthousiaste :

— Tes tartes, Corinne, sont toujours aussi bonnes, mais Madeleine fait le meilleur gâteau que j'ai jamais mangé. Si jamais ça te tente de venir travailler en ville, ajouta-t-elle à l'intention de sa nièce, j'ai de l'ouvrage pour toi à mon restaurant.

— Whow ! protesta sa belle-sœur en riant. T'es pas pour m'enlever ma grande fille. J'en ai bien trop besoin.

En début de soirée, Amédée et Blanche furent les premiers à partir, en compagnie de Lucienne.

— On s'ennuie pas, déclara Blanche, mais on a une longue route à faire et Amédée travaille de bonne heure demain matin.

Peu après, ce fut au tour de Bernard et Germaine de s'en aller, non sans avoir fait promettre aux Boisvert de venir souper chez eux, à Nicolet, le dimanche suivant.

Après le départ des invités, Juliette disparut un instant dans sa chambre à coucher pour en revenir en portant un paquet joliment enveloppé dans un papier doré.

— Demain matin, j'ai l'intention de prendre le train de huit heures, dit-elle à ses hôtes. Penses-tu pouvoir me laisser à la gare avant de commencer ta journée d'ouvrage ? demanda-t-elle à son frère.

— Oui, mais je t'avertis qu'il va être pas mal de bonne heure, par exemple, sentit-il le besoin de la prévenir.

— Inquiète-toi pas, je vais être prête. J'ai pas oublié

que dans une semaine ça va être ta fête, reprit-elle en se tournant vers sa belle-sœur. Je t'ai apporté un petit cadeau parce que je pourrai pas venir te voir ce jour-là. Je peux pas demander à Alice de s'occuper du restaurant chaque fois qu'il me prend la fantaisie de partir.

— Voyons donc, Juliette, c'était pas nécessaire, protesta Corinne en prenant le paquet qu'elle venait de lui tendre.

Debout à l'écart, Laurent secoua la tête en signe de désapprobation avant de se mettre à bourrer sa pipe. Corinne déballa le paquet pour trouver un écrin de velours rouge qui fit accourir vers elle Madeleine et Élise, très curieuses de voir ce qu'il contenait.

Émue, Corinne ouvrit l'écrin pour découvrir un petit collier de perles reposant sur un lit de satin noir.

— Mais c'est bien trop beau ! s'exclama-t-elle, le visage rayonnant de plaisir.

Elle se contentait de regarder le bijou sans oser le tirer de son écrin, comme si elle avait craint de le briser.

— Bien non, c'est juste un petit collier que tu vas pouvoir mettre avec ta robe du dimanche, fit Juliette, apparemment tout heureuse de constater la joie de sa belle-sœur. Arrête de le regarder et essaye-le donc pour voir si ça te fait bien.

C'était le premier bijou que recevait Corinne et elle en était aussi fière que mal à l'aise. Elle prit le collier avec précaution et l'attacha maladroitement autour de son cou.

— Je pense qu'il te fait bien, approuva Juliette. Va te regarder dans le miroir.

Corinne prit la lampe à huile et alla se planter devant le petit miroir suspendu au-dessus de l'évier.

— Il est beau sans bon sens, dit-elle en passant le

bout des doigts sur le bijou qu'elle portait au cou. Ça me gêne, un cadeau comme ça.

— T'as pas à être gênée, la rabroua Juliette. C'est juste un petit cadeau. Je suis sûre que Laurent va te faire un bien plus beau cadeau que ça à ta fête, pas vrai, mon petit frère ?

— On verra, se contenta de laisser tomber Laurent sans aucun enthousiasme.

Puis, apercevant les regards admiratifs et envieux de Madeleine et d'Élise, la restauratrice eut un sourire avant de promettre :

— Je vais vous en donner un à votre fête à toutes les deux l'année prochaine.

Quand tout le monde fut monté se coucher quelques minutes plus tard, Laurent alla faire la tournée des bâtiments et il remonta l'horloge murale avant de prendre la direction de sa chambre à coucher. À son entrée dans la pièce, sa femme venait d'endosser sa robe de nuit et admirait encore le bijou qu'elle venait de recevoir pour son anniversaire.

— Ça, c'est un bel exemple de gaspillage, dit-il en s'assoyant sur le lit pour retirer ses chaussures. Veux-tu ben me dire, sacrement, à quoi ça sert ce genre de bébelle-là ?

— Ça sert à faire plaisir, dit Corinne après avoir déposé délicatement le collier dans son écrin.

Le mari et la femme se mirent au lit et Corinne souffla la lampe. Pendant un court instant, le silence régna dans la pièce, à peine troublé par le bruissement des feuilles de l'érable planté devant la fenêtre ouverte. Corinne commençait à sombrer doucement dans le sommeil quand la voix de son mari la fit sursauter.

— Tu me prends pas pour un fou, hein ? J'espère que

tu t'imagines pas que je me suis pas aperçu que t'avais invité en cachette toute ta famille à venir souper ? poursuivit-il en élevant la voix. En tout cas, t'es une belle maudite hypocrite !

— Il y avait pas d'hypocrisie là-dedans, tu sauras, Laurent Boisvert, protesta sa femme en se soulevant sur un coude pour tenter de le voir dans le noir. Il y a rien eu de fait en cachette. J'ai invité ma famille comme j'ai invité la tienne, à matin, après la messe. Tu le sais, t'étais là.

— Mais t'as ben fait attention de me le dire, par exemple !

— Si je te l'avais dit, t'aurais encore chialé. Tu te serais plaint que c'était encore des dépenses inutiles.

— C'est vrai, sacrement, que c'est des dépenses inutiles ! explosa-t-il.

— Pas si fort, lui ordonna Corinne. Ta sœur va t'entendre et va finir par croire que t'es aussi serre-la-cenne que ton père.

— Je m'en sacre !

— T'as vu comment ça lui a fait plaisir, cette petite fête-là. Il me semble que tu lui devais bien ça pour avoir pris soin de toi pendant tant d'années, tu trouves pas ?

— Ah ! Dors donc ! fit-il excédé en se tournant de manière à lui présenter carrément son dos.

Dans le noir, Corinne s'étendit et lui tourna le dos à son tour. Un mince sourire éclairait son visage. Elle était heureuse d'avoir réussi à fêter Juliette comme elle le souhaitait. Bien sûr, elle espérait aussi que son mari souligne d'une façon ou d'une autre son anniversaire, dans quelques jours… La petite fête à laquelle il venait d'assister allait peut-être lui donner l'idée de faire quelque chose pour célébrer ses trente-six ans… mais c'était probablement trop lui demander.

Si sa mémoire lui était fidèle, Laurent n'avait souligné que son vingtième anniversaire en lui ramenant à la maison un Rosaire qu'il avait tiré de l'orphelinat où son beau-père l'avait renvoyé. Elle avait beau lui préparer une petite surprise pour chacun de ses anniversaires en juin, il demeurait imperméable à ce genre de célébration. Par chance, elle avait eu beaucoup moins de mal à inculquer à ses enfants l'habitude de donner un petit cadeau dans ces circonstances.

Le lendemain matin, à son lever, Corinne eut la surprise de découvrir sa belle-sœur en train de se bercer dans la cuisine d'été.

— Veux-tu bien me dire ce que tu fais debout si de bonne heure ? lui demanda-t-elle.

— Je voulais qu'on ait le temps de jaser un peu avant que Laurent et les enfants se réveillent, répondit Juliette à voix basse. Tu peux te servir une tasse de thé, j'ai allumé le poêle et j'en ai préparé, ajouta-t-elle sur le même ton.

Corinne prit la vieille théière et se versa une tasse avant de s'asseoir aux côtés de sa belle-sœur.

— On n'a pas eu le temps d'en parler, reprit la restauratrice, mais je suppose que Philippe t'a toujours pas donné de ses nouvelles ?

— Non, et tu peux pas savoir comment je suis morte d'inquiétude, répondit la petite femme blonde. Il y a pas une journée où je pense pas à lui. Je prie tous les jours pour qu'il lui arrive rien.

— Le petit maudit sans-cœur ! ne put s'empêcher de dire Juliette. Il a aucune idée à quel point il te fait de la peine.

Corinne se borna à secouer la tête.

— Et Laurent dans tout ça ? Est-ce qu'il t'aide au moins ?

— Tu le connais aussi bien que moi. Tout ce qu'il trouve à dire, c'est qu'il va lui donner la volée de sa vie quand il va revenir.

— Insignifiant ! T'en fais pas trop, poursuivit sa belle-sœur d'une voix compatissante. Moi aussi, je prie tous les jours pour que mon filleul revienne à la maison. Je suis certaine qu'il lui arrivera rien.

Le tête-à-tête entre les deux femmes ne put durer plus longtemps parce que Léopold et les enfants entrèrent dans la pièce, prêts à aller soigner les animaux. Quelques instants plus tard, Laurent pénétra à son tour dans la cuisine d'été en se grattant le cuir chevelu.

Après le train, Laurent donna le signal du départ à sa sœur avec une certaine brusquerie.

— Envoye ! Traîne pas, la grande, lui ordonna-t-il avec impatience. Je dois être à l'ouvrage à sept heures.

La veuve feignit de ne pas l'entendre.

Pendant qu'il faisait démarrer le camion rangé sur le côté de la maison, Juliette s'empressa d'embrasser sa belle-sœur et ses neveux et nièces. Quand elle les salua au moment où le véhicule sortait de la cour de la ferme, Corinne et ses enfants la virent partir à regret. Juliette Marcil avait le don d'apporter de la vie dans une maison. De plus, ils appréciaient, sans l'avouer ouvertement, de la voir semoncer le maître de maison comme s'il était demeuré un adolescent indiscipliné.

Chapitre 14

L'inattendu

Depuis une semaine, le curé Bilodeau flottait sur une sorte de nuage. À la grande surprise de Mance Rivest et de l'abbé Morin, sa bonne humeur ne se démentait pas. Il était presque agréable de vivre à ses côtés.

— Je sais pas ce qu'a monsieur le curé depuis quelques jours, chuchota la servante à Alexina Duquette en arborant une mine de conspiratrice, mais il chiale plus sur rien. Pour moi, il doit couver quelque chose. C'est pas normal.

— Il a peut-être décidé d'être tout le temps de bonne humeur, avança la femme du marchand général sans trop y croire.

— Ça me surprendrait bien gros, laissa tomber Mance en arborant une mine peu convaincue. Je le connais. Ça durera pas.

— Ça doit être la belle température qu'on a depuis deux semaines.

— Peut-être, fit la servante du curé Bilodeau avec l'air d'en douter en prenant congé.

De fait, en ces premiers jours de septembre, la température était anormalement douce et agréable. Le soir, l'air fraîchissait à peine, à la brunante.

Mance Rivest n'eut pas à s'interroger bien longtemps

sur les raisons de la bonne humeur du curé de la paroisse Saint-Paul-des-Prés. Dès le jeudi après-midi suivant, ce dernier la retint un instant au salon où il lisait son bréviaire pour lui annoncer la visite de monseigneur Brunault le lendemain avant-midi.

— Il va rester à dîner, lui dit-il.

— « Il va rester à dîner », répéta la servante en singeant son employeur sur un ton sarcastique. Juste ça ! Vous auriez pas pu me le dire avant, monsieur le curé ? demanda-t-elle, furieuse. Depuis quand vous le savez que monseigneur va venir dîner ?

— La semaine passée, répondit sèchement l'ecclésiastique.

— Vous auriez pas pu me prévenir à ce moment-là ? Recevoir monseigneur à manger, c'est pas une petite affaire ! Il faut mettre les petits plats dans les grands. J'aurai jamais assez de temps pour préparer un repas qui a du bon sens.

— Voyons, madame Rivest ! Calmez-vous ! lui ordonna le prêtre, excédé par cette sortie. C'est pas la fin du monde. Je connais monseigneur depuis des années et il est pas difficile sur la nourriture. Ayez pas peur, il va aimer tout ce que vous allez cuisiner.

— On dit ça ! répliqua Mance, les dents serrées tant elle était folle de rage. En tout cas, je vous avertis que vous aurez pas grand-chose à manger à soir parce que je vais être trop occupée à préparer le dîner de demain, dit-elle en sortant précipitamment de la pièce.

Charles Bilodeau poussa un soupir d'exaspération. Il tarda à reprendre en main son bréviaire pour poursuivre sa lecture. Il reconnaissait qu'il aurait pu prévenir plus tôt sa cuisinière de la visite de son évêque, mais cela lui était totalement sorti de l'esprit. Depuis qu'il avait reçu une lettre le vendredi précédent lui annonçant la visite de son supérieur et camarade de séminaire pour le vendredi suivant, il avait été envahi par une allégresse difficile à contenir.

Il ne pouvait y avoir qu'une seule explication à cette visite imprévue du prélat. Joseph-Herman Brunault venait lui apprendre sa nomination à la cure de la cathédrale de Nicolet. Enfin, son évêque s'était souvenu de la promesse qu'il lui avait presque faite. Il avait attendu qu'il soit complètement rétabli de ses petits ennuis de santé de l'hiver précédent pour venir lui faire l'annonce officielle de sa nomination. Finalement, on reconnaissait ses capacités d'administrateur. Il allait faire en sorte que son confrère de séminaire ne regrette pas de lui avoir fait confiance et il cherchait déjà comment le remercier.

Le curé de Saint-Paul-des-Prés avait dû faire preuve d'une force de caractère peu commune pour ne pas avoir encore révélé cette visite importante à l'abbé Morin. S'il l'avait annoncée, il n'aurait pu s'empêcher, dans son enthousiasme, d'avouer à son vicaire avoir suggéré à mots couverts à l'évêque de Nicolet, lorsqu'il l'avait rencontré lors de sa retraite annuelle, que le jeune prêtre possédait toutes les qualités pour faire un excellent curé. Dans son esprit, il ne faisait aucun doute que monseigneur Brunault allait nommer bientôt son ancien confrère de séminaire à la cathédrale et il s'était senti obligé de vanter les mérites de son vicaire.

Charles Bilodeau prit finalement la décision d'attendre le soir même pour informer son vicaire de cette visite, mais il se promit de ne pas dire un mot des bonnes nouvelles qu'allait apporter le prélat. En son for intérieur, il se réjouissait autant de sa nomination à la cure de la cathédrale de Nicolet que de celle de son vicaire à celle de Saint-Paul-des-Prés.

Ainsi, le lendemain midi, monseigneur Brunault allait apprendre au vicaire sa nomination à un poste qu'il devait rêver d'occuper. C'était normal. Curé de Saint-Paul-des-Prés, à son âge, ce n'était pas rien ! Charles Bilodeau, plein de mansuétude, se disait que son jeune vicaire avait accompli un excellent travail durant son hospitalisation, l'hiver précédent, et qu'il méritait, jusqu'à un certain point, d'avoir une cure. Plus tard, après le départ de leur évêque, il lui apprendrait l'avoir chaudement recommandé. L'abbé lui en serait sûrement reconnaissant.

Cette perspective réjouissante lui redonna sa bonne humeur et il en oublia vite la petite crise de sa cuisinière. Il déposa son bréviaire sur la table posée près de son fauteuil et se leva. Il venait de décider de retourner dans son bureau pour classer des documents personnels qu'il se proposait d'emporter avec lui à la cathédrale. Depuis quelques jours, il avait entrepris de mettre de l'ordre dans tout ça de manière à ne pas être indûment retardé lorsqu'il aurait à partir pour la cathédrale de Nicolet. Tout guilleret, il prit la direction de son bureau.

Ce soir-là, avant de passer à table, le vicaire chuchota au curé Bilodeau :

— Je sais pas ce qu'a madame Rivest, mais elle semble dans une colère noire et les chaudrons en prennent pour leur rhume dans sa cuisine. Comme le disait ma pauvre mère : « Ça bardasse pas mal fort. »

— Elle est fâchée parce que je viens juste de lui apprendre la visite demain de monseigneur pour dîner, répondit Charles Bilodeau sur le même ton. Vous savez comment ça l'énerve quand on a du monde à manger…

Imaginez comment elle est depuis qu'elle a appris qui va manger à notre table demain.

Soudain, la figure lunaire du vicaire se figea et un pli d'inquiétude apparut sur son front.

— J'espère que monseigneur a pas quelque chose à nous reprocher, fit-il.

— Inquiétez-vous pas pour ça, l'abbé, répliqua son supérieur. Comme je vous l'ai déjà dit, monseigneur est un ami de séminaire qui vient prendre de mes nouvelles en passant.

Les deux prêtres passèrent à table et mangèrent un long moment en silence.

— Qu'est-ce que vous êtes supposé faire demain avant-midi ? s'enquit le curé de Saint-Paul-des-Prés.

— Je devais aller rendre visite aux deux paroissiennes malades dans Saint-Pierre.

— Vous remettrez ça à samedi, lui ordonna son supérieur. C'est plus important que vous restiez ici pour accueillir monseigneur avec moi.

Rassuré, le petit vicaire bedonnant finit son repas en écoutant Charles Bilodeau raconter comment était la vie au séminaire à son époque. Plus ou moins volontairement, ce dernier embellit ses relations passées avec l'actuel évêque du diocèse. À l'entendre, on aurait juré qu'ils étaient des amis inséparables, alors qu'en réalité ils n'étaient que des camarades de promotion.

*
**

Le lendemain avant-midi, le curé et son vicaire ne quittèrent pas le presbytère qu'ils avaient réintégré dès la fin de leur messe matinale. Après le déjeuner, l'un et l'autre s'étaient plongés dans la lecture de leur bréviaire après que le curé eut exigé du bedeau de ne pas s'éloigner et d'être prêt à s'occuper de l'attelage de monseigneur à son arrivée.

Un peu après dix heures trente, Charles Bilodeau, n'en pouvant plus d'attendre, décida de poursuivre sa lecture en faisant les cent pas sur la large galerie du presbytère. Il désirait être aux premières loges pour voir arriver son supérieur. Il n'eut pas à patienter très longtemps. Sur le coup de onze heures, un boghei s'immobilisa devant l'imposante demeure.

Le temps que le curé de la paroisse descende la dizaine de marches pour venir au-devant de monseigneur Brunault et de son secrétaire, l'abbé Morvan, Anselme Leblanc s'était précipité pour retenir le cheval par la bride et retirer sa casquette pour saluer le prélat.

— Merci, mon brave, fit l'évêque en se tournant aussitôt vers Charles Bilodeau pour le saluer.

— Bienvenue à Saint-Paul, monseigneur, fit le curé, tout sourire. Bienvenue à vous aussi, monsieur l'abbé, ajouta-t-il en saluant Côme Morvan, le secrétaire à l'air compassé de l'évêque. Si vous voulez bien me suivre.

Sur ces mots, il précéda de deux pas ses visiteurs pour leur montrer le chemin. À leur entrée dans le presbytère, l'abbé Morin se matérialisa soudainement près de son curé et tous les deux entraînèrent le prélat et son secrétaire vers le salon. Après les avoir débarrassés de leur léger manteau de voyage et leur avoir offert les sièges les plus confortables, Charles Bilodeau agita une sonnette pour appeler sa cuisinière avant de s'asseoir à son tour.

Mance Rivest apparut à l'entrée du salon et salua à son tour les visiteurs, attendant de savoir ce qu'on désirait qu'elle serve.

— Boiriez-vous quelque chose pour vous rafraîchir ? proposa l'hôte.

— Une tasse de thé serait bienvenue, accepta Joseph-Herman Brunault.

Si Eusèbe Morin remarqua le manque de chaleur de l'évêque de Nicolet, il n'en montra rien. Monseigneur Brunault ne semblait guère enclin à extérioriser l'amitié qu'il éprouvait pour le curé Bilodeau. L'homme de taille moyenne arborait un long visage sévère et avait tendance à fixer sans ciller ses vis-à-vis de ses yeux gris perçants. Il était connu de tous qu'il avait une très haute opinion de son rôle. Il savait se montrer cassant quand les circonstances l'exigeaient. On lui obéissait habituellement sans discuter.

Mais en cette belle matinée du mois de septembre, il était évident qu'il ne venait pas réprimander ses subalternes. Si cela avait été le cas, ils auraient été convoqués à l'évêché et tancés d'importance derrière la porte matelassée du vaste bureau de l'évêque.

Mance Rivest servit le thé et se retira en annonçant que le repas allait être prêt dans une trentaine de minutes. Les visiteurs burent quelques gorgées du liquide brûlant et monseigneur Brunault sembla soudain se faire plus humain.

— Vous avez une bien belle paroisse, monsieur le curé, dit-il à Charles Bilodeau.

— Elle est encore plus belle, monseigneur, depuis qu'on n'a plus d'hôtel pour encourager l'intempérance, répliqua aimablement le curé de Saint-Paul.

— Je n'en doute pas, reconnut le prélat.

Pendant plusieurs minutes, Joseph-Herman Brunault interrogea le curé sur les affaires courantes de sa paroisse, la rentrée des dîmes, son conseil de fabrique ainsi que sur le nombre d'enfants qu'il aurait à préparer pour leur confirmation et leur première communion, le printemps suivant.

Quand la cuisinière vint avertir les prêtres qu'ils pouvaient passer à table, Charles Bilodeau était sur des charbons ardents. Il s'était attendu à apprendre avant le repas sa nomination à la cathédrale et son remplacement à Saint-Paul-des-Prés par l'abbé Morin.

Faisant contre mauvaise fortune bon cœur, il proposa à ses invités de passer dans la salle à manger voisine. Le curé et les deux abbés, debout devant leur place, attendirent que l'évêque de Nicolet récite le bénédicité avant de s'asseoir. Mance Rivest servit un bol de soupe au poulet qui fut suivi par un excellent rôti de bœuf et des pommes de terre en purée. Malheureusement, la tension empêcha le curé Bilodeau de savourer ce repas de fête. Il mangea du bout des dents, de plus en plus impatient d'entendre son supérieur annoncer la bonne nouvelle.

Le repas se prit dans un silence presque total. L'hôte attendait que son évêque l'interroge ou s'adresse à lui pour parler. Celui-ci ne parut pas remarquer son manque d'appétit. Tout laissait croire que monseigneur Brunault avait l'habitude de manger en silence. Cependant, au moment du dessert, l'abbé Morin et les deux invités savourèrent avec un plaisir évident une généreuse portion de tarte aux pommes cuisinée le matin même par Mance Rivest.

— Ce fut un excellent repas, madame, la félicita le prélat en retrouvant la parole au moment où la cuisinière commençait à desservir la table.

— Merci, monseigneur. Mais il aurait pu être cent fois meilleur si monsieur le curé m'avait avertie avant hier de votre visite.

L'évêque réprima difficilement un sourire entendu devant le regard noir que Charles Bilodeau venait de jeter à sa servante.

— C'était très bon, mais je n'ai pas fait tout ce chemin uniquement pour venir manger vos provisions, monsieur le curé, déclara le prélat, détournant son attention de la cuisinière qui se retira.

Le repas savoureux qu'il venait de prendre semblait avoir mis monseigneur Brunault d'excellente humeur. Il se leva de table, immédiatement imité par les autres convives.

— Je suggère, monsieur le curé, que nous allions dans votre bureau pour régler l'affaire qui m'amène dans votre paroisse aujourd'hui, déclara-t-il.

Aussitôt, le cœur de Charles Bilodeau se mit à battre plus vite. Enfin, on passait aux choses sérieuses. Le moment tant attendu était arrivé. Eusèbe Morin esquissa alors le geste de se retirer discrètement pour laisser son curé en tête-à-tête avec les visiteurs.

— Non, monsieur l'abbé, intervint aussitôt Joseph-Herman Brunault. Venez avec nous, vous êtes aussi concerné par ma visite.

Lorsqu'il entendit ces paroles, le visage du vicaire devint blafard. De toute évidence, il allait avoir à affronter un blâme de son évêque. Par expérience, il savait que ce dernier ne vous invitait jamais à une rencontre pour vous féliciter. Les jambes un peu flageolantes, il pénétra le dernier dans le bureau de son curé en se demandant ce qu'il avait bien pu faire d'incorrect.

— Trouvez-vous une chaise, l'abbé, lui ordonna Charles Bilodeau qui avait cédé son fauteuil à son supérieur et occupait l'une des deux chaises réservées aux visiteurs en compagnie du secrétaire de l'évêque.

Le vicaire quitta la pièce un instant et revint avec une des chaises de la salle attenante.

— Bon, je vous apporte une bonne nouvelle, annonça monseigneur Brunault en esquissant un mince sourire.

Le cœur du curé Bilodeau eut un raté. Il fixa toute son attention sur son évêque, prêt à boire chacune de ses paroles. Il frémissait d'impatience et anticipait la joie qu'il allait éprouver en apprenant sa nomination.

— Comme je vous l'ai déjà mentionné, notre excellent curé Longpré a demandé d'être relevé de sa cure à la cathédrale en raison de son âge, dit monseigneur Brunault sur un ton patelin. Je lui ai demandé de patienter jusqu'à la semaine prochaine, le temps de lui trouver un poste convenable d'aumônier dans un couvent.

Charles Bilodeau hocha la tête à plusieurs reprises pour signifier qu'il comprenait tout cela.

— Vous conviendrez qu'il n'est pas facile de trouver un prêtre capable de prendre en charge la paroisse où se trouve la cathédrale.

— Bien sûr, monseigneur, approuva Charles Bilodeau.

— J'ai mûrement réfléchi pour trouver un prêtre digne de succéder au curé Longpré à la tête de la paroisse la plus importante du diocèse.

Le curé de Saint-Paul-des-Prés en haletait presque d'impatience.

— J'espère, monsieur le curé, que vous ne m'en voudrez pas trop, fit l'évêque avec un sourire à l'endroit de son hôte.

Charles Bilodeau leva les deux mains en signe de protestation muette.

— Mais je suis venu aujourd'hui vous enlever votre vicaire, poursuivit monseigneur Brunault.

De stupéfaction, la mâchoire de Charles Bilodeau en tomba presque, alors que le visage d'Eusèbe Morin virait au rouge brique.

— Quand est venu le temps de choisir le remplaçant du curé Longpré, je me suis rappelé à quel point vous m'aviez fait l'éloge de votre vicaire.

— Mais… voulut intervenir le curé de Saint-Paul-des-Prés.

Monseigneur Brunault leva la main pour lui imposer le silence avant de reprendre :

— Monsieur Morin, vous serez le nouveau curé de la cathédrale de mon diocèse. Vous voudrez bien vous présenter au presbytère de la cathédrale dès lundi avant-midi pour ne pas retarder inutilement le départ du curé en poste. Je lui ai demandé de demeurer à vos côtés trois ou quatre jours pour vous familiariser avec votre nouvelle tâche et vous faire connaître les trois vicaires qui vont vous aider à remplir vos fonctions.

Le visage d'Eusèbe Morin reprit sa teinte habituelle et un grand sourire l'illumina. De toute évidence, il était rempli de fierté en apprenant sa nomination à une cure aussi prestigieuse.

— Merci, monseigneur, balbutia-t-il. Je vais faire mon possible pour que vous ne regrettiez pas votre décision de me faire confiance.

— Mais… répéta Charles Bilodeau, tout à fait estomaqué. Moi, je pensais jamais que…

Tout le sang semblait s'être retiré d'un seul coup du visage du prêtre, incapable d'assimiler la nouvelle qui venait de lui tomber dessus.

— Oui, je sais, monsieur le curé, dit l'évêque en se méprenant sur le sens de la protestation que son subalterne voulait formuler. Je vous prive d'un excellent vicaire. Mais je vous connais assez pour savoir que vous allez être capable de bien former les deux prêtres que je vais vous envoyer pour remplacer monsieur Morin. Monsieur Morvan, donnez donc à monsieur le curé quelques renseignements sur ses deux prochains vicaires, ajouta l'évêque en se tournant vers son secrétaire qui avait gardé le silence durant toute l'entrevue.

Le secrétaire ouvrit le mince porte-documents en cuir dont il ne s'était séparé que durant le repas et en tira un dossier.

— René Biron est un jeune prêtre fraîchement ordonné le printemps dernier. Il vient d'une excellente famille de dix-huit enfants et il est très pieux.

— Bon, fit Charles Bilodeau, sans grand enthousiasme.

Il avait beaucoup de mal à reprendre pied dans la réalité après l'amère déception qu'il venait d'encaisser.

— Votre autre vicaire a plus d'expérience. Il s'appelle Alphonse Dupras. Il a trente-quatre ans et il a secondé le curé Gervais de Saint-Célestin les cinq dernières années.

— Est-ce que je peux savoir au moins pourquoi ces deux prêtres viennent à Saint-Paul ? demanda Charles Bilodeau, impuissant à dissimuler plus longtemps sa mauvaise humeur.

— Dans le cas de l'abbé Biron, c'est un problème de santé qui l'a empêché d'être nommé dans une paroisse après son ordination, expliqua monseigneur Brunault en quittant son fauteuil, signe qu'il entendait partir rapidement. Pour l'abbé Dupras, vous n'avez pas à savoir la raison de son changement de ministère, conclut sèchement le prélat. Bon, il est temps d'y aller, ajouta-t-il en se dirigeant déjà vers la porte du bureau.

— L'abbé, allez donc prévenir le bedeau que monseigneur s'en va, dit sèchement Charles Bilodeau à son vicaire.

— L'abbé Morvan a vu à ce que vos nouveaux vicaires soient chez vous dès lundi, annonça l'évêque en précédant le curé de Saint-Paul-des-Prés dans le couloir.

Quelques minutes plus tard, ce dernier se retrouva debout aux côtés d'Eusèbe Morin, près de la voiture dans laquelle l'évêque de Nicolet et son secrétaire venaient de prendre place. Il salua son supérieur et rentra vivement dans le presbytère sans se préoccuper le moins du monde de vérifier si son vicaire le suivait. Sans tourner la tête une seule fois, il se précipita dans son bureau dont il referma la porte à la volée.

— Merci bien, monseigneur ! s'écria-t-il en assenant un grand coup de poing à son bureau. Merci pour la belle récompense d'avoir passé tant d'années à me dévouer dans cette paroisse ! J'ai l'air d'un bel insignifiant ! Ça m'apprendra à vanter quelqu'un ! Je me suis coupé moi-même le cou.

Le curé se laissa tomber dans son fauteuil, d'autant plus déprimé qu'il était intimement persuadé que le poste lui revenait de plein droit. La pilule aurait été moins amère à avaler si un autre curé du diocèse ayant ses états de service avait accédé à la cure convoitée, mais il n'en était rien. Eusèbe Morin était un bon vicaire, mais ses talents d'administrateur restaient encore à prouver.

La frustration de l'ecclésiastique était si grande qu'il lui fallut de nombreuses minutes pour retrouver un semblant de calme. Il dut se faire violence pour ne pas en vouloir à son vicaire de lui avoir été préféré. Après tout, Eusèbe Morin n'était en rien responsable de sa nomination.

Charles Bilodeau ne sortit de son bureau qu'à l'heure du souper, bien décidé à faire bonne figure à son vicaire qui allait le quitter deux jours plus tard. Il eut d'autant plus de mérite que ce dernier avait soudainement perdu toute trace de sa servilité habituelle et s'adressa à lui d'égal à égal à l'heure du repas.

À la fin du souper, le curé de Saint-Paul-des-Prés n'y tint plus et finit par dire d'une voix cassante au vicaire prétentieux assis en face de lui :

— Faites bien attention, l'abbé ! Dans le passé, ça s'est vu dans le diocèse des jeunes curés sans expérience être démis de leur poste pour être renvoyés comme simples vicaires dans leur ancienne paroisse. Accéder à une cure est une chose, y rester en est une autre.

Eusèbe Morin se borna à hocher la tête comme s'il avait compris le message, ce qui ne l'empêcha pas de rétorquer avec une certaine morgue :

— J'ai entièrement confiance dans le jugement de monseigneur, monsieur le curé. S'il pense que je suis capable d'occuper la cure de la cathédrale, il doit avoir ses raisons.

Sur ces mots, le petit abbé bedonnant se leva de table et salua son supérieur d'un bref hochement de la tête. Après son départ de la salle à manger, Charles Bilodeau, amer, dit à mi-voix :

— Même pas un mot de remerciement pour l'avoir vanté ! Un ingrat !

— Êtes-vous rendu à vous parler tout seul ? lui demanda Mance Rivest qu'il n'avait pas entendue pénétrer dans la pièce pour commencer à desservir.

Le prêtre lui jeta un regard furieux sans toutefois répondre.

— Comme ça, on va perdre l'abbé Morin qui s'en va

à Nicolet, poursuivit la veuve, sans tenir compte de sa mauvaise humeur apparente.

— Qui vous a dit ça ? s'enquit le curé.

— Votre vicaire. Il m'a même dit qu'il allait être le nouveau curé de la cathédrale… C'est toute une promotion, ça ! ajouta-t-elle.

— Ce sont surtout de bien grosses responsabilités pour un jeune prêtre, répliqua-t-il sèchement. L'avenir nous dira bien si c'était sa place.

La cuisinière n'ajouta rien et quitta la salle à manger, les bras chargés de plats.

*
**

Le lendemain après-midi, Corinne accepta que Norbert aille « traîner au village » quelques heures, comme elle disait, parce que l'adolescent avait vraiment travaillé très fort toute la semaine. La mère de famille était consciente du besoin de son fils de se distraire un peu. Comme il avait réussi sa septième année deux mois auparavant, il ne retournerait pas à l'école la semaine suivante et il demeurerait à la ferme pour y travailler. Il fallait donc qu'elle prévoie lui accorder quelques instants de répit si elle ne voulait pas qu'il quitte Saint-Paul-des-Prés, comme l'avait fait son frère aîné.

— Essaye de pas faire le malcommode, lui recommanda-t-elle au moment où il s'apprêtait à partir. Tu le sais que j'aime pas bien ça te voir traîner avec le petit Brisebois. On dirait que vous avez juste des mauvais plans dans la tête quand vous êtes ensemble.

— Est-ce que je peux attendre que p'pa passe dans le village pour revenir dans le *truck* avec lui ? demanda Norbert, prêt à pousser la porte moustiquaire.

— Il en est pas question, trancha sa mère. Je veux te voir ici à quatre heures pour le train. Léopold est tout de même pas pour le faire tout seul. Nous autres, on est dans le ketchup par-dessus la tête.

— C'est correct, mais je prends le boghei, par exemple.

— Vas-y.

Depuis trois jours, Corinne et ses enfants étaient occupés à vider presque complètement le jardin. Après avoir cuisiné quelques dizaines de pots de ketchup rouge, la maîtresse de maison avait utilisé ses tomates qui n'avaient pas eu le temps de mûrir pour faire du ketchup vert. La semaine précédente, ses filles l'avaient aidée à faire mariner des betteraves et des petits concombres.

— Il faut finir tout ça aujourd'hui, décréta Corinne en essuyant la sueur qui perlait à la racine de ses cheveux. Lundi, on s'occupera de faire de la compote de pommes. On peut plus attendre. Les pommes sont en train de se gâter dans l'arbre. En plus, il arrête pas d'en tomber et elles pourrissent par terre.

La cuisine baignait dans une odeur appétissante d'épices, ce qui aidait un peu à supporter la chaleur infernale dégagée par le poêle à bois qu'il fallait tenir allumé toute la journée.

— Qu'est-ce qu'on va préparer pour souper ? demanda Madeleine, qui semblait aussi fatiguée que sa mère.

— Le reste du blé d'Inde. On n'est pas pour le laisser se gaspiller. On va manger ça avec du pain et du beurre.

Quelques minutes plus tard, la maîtresse de maison entendit son fils crier au cheval d'avancer. Elle sortit précipitamment sur la galerie.

— Norbert, l'apostropha-t-elle avant qu'il ne sorte de la cour de la ferme.

— Quoi, m'man ? demanda l'adolescent avec une certaine impatience.

— Fais pas le fou avec le cheval, l'avisa-t-elle. Il fait trop chaud pour le faire trotter.

— Ben oui, m'man.

Sur ce, Norbert quitta la ferme pour aller s'immobiliser quelques arpents plus loin, devant celle des Brisebois, où son ami Gérald l'attendait déjà depuis près d'une heure. Ensuite, le boghei parcourut un mille et demi avant de venir s'arrêter dans la cour mitoyenne entre le magasin général Duquette et la forge-garage de Joseph Melançon.

Avant de descendre de voiture, les deux adolescents vérifièrent d'abord s'ils possédaient suffisamment d'argent pour s'offrir une bière d'épinette fabriquée par Alcide Duquette. Après s'en être assurés, ils pénétrèrent dans le magasin où une demi-douzaine de clients semblaient plus enclins à échanger des nouvelles qu'à acheter les produits offerts par le marchand. Les deux jeunes payèrent leur bouteille de boisson gazeuse et sortirent la boire lentement sur la galerie du magasin général.

Avalant une première gorgée de bière d'épinette, Norbert remarqua l'antique bicyclette du docteur Précourt appuyée contre la galerie. Elle n'était pas là quelques instants plus tôt. Le médecin devait être arrivé après eux et être en train d'effectuer quelques achats à l'intérieur.

Durant quelques instants, Norbert se contenta d'examiner à distance le lourd engin qui datait du début du siècle. Puis, il déposa sa bouteille sur la galerie et descendit les marches pour regarder la bicyclette de plus près. Il osa même la redresser.

— Aïe ! Touche pas à son bicycle, lui conseilla son copain, un petit roux que Norbert dépassait d'une demi-tête. Le docteur sera pas content pantoute s'il te poigne à faire ça.

— T'es ben peureux, Brisebois. Il est pas en or, son bicycle. Je le mangerai pas, fit le fils de Corinne en affichant un air crâneur.

— Tu sais même pas comment monter là-dessus, répliqua l'autre.

— Ça s'apprend, tu sauras, déclara Norbert en enfourchant la lourde bicyclette.

À cet instant précis, la porte du magasin général s'ouvrit pour livrer passage à Adrien Précourt, portant un sac de victuailles. Le petit homme s'immobilisa sur la galerie et regarda, les yeux retranchés derrière ses épaisses lunettes, l'adolescent installé sur sa bicyclette.

— Si tu sais pas t'en servir, t'es mieux de la remettre où elle était, dit-il à Norbert sur un ton égal.

— Je voulais pas la prendre, monsieur Précourt, s'excusa l'adolescent en obéissant précipitamment. Je voulais juste savoir quel effet ça fait de monter dessus.

— C'est pas si amusant que tu penses, fit le médecin en descendant de la galerie du magasin. Elle est vieille. Elle a presque vingt ans et elle n'a pas de freins.

— Ça fait rien. Moi, j'aimerais ben ça en avoir une comme ça, dit Norbert, l'air envieux.

Pendant tout l'échange, Gérald Brisebois s'était tenu à l'écart. Adrien Précourt déposa ses achats dans le panier suspendu devant le guidon et enfourcha son antique bicyclette après avoir attaché le bas de chaque jambe de son pantalon avec une pince métallique. Au moment de partir, il sembla prendre une décision soudaine et demeura les deux pieds solidement posés sur le sol.

— T'aimerais l'avoir ? demanda-t-il à Norbert.

— Ben oui, répondit l'adolescent.

— J'ai un marché à te proposer. Tu viens faucher ma cour et le devant de ma maison cet après-midi, et je te la donne.

— Hein ! Êtes-vous sérieux ? demanda Norbert, stupéfait.

— Très sérieux. La semaine prochaine, je vais avoir une automobile et j'en aurai plus besoin… À moins que ton copain, lui, soit plus intéressé que toi, ajouta le docteur Précourt, l'air narquois.

— Non ! Non ! s'écria Norbert. Je peux aller vous faucher ça tout de suite, si vous le voulez.

— C'est parfait, dit le médecin en quittant les lieux.

Norbert, qui avait presque oublié la présence de Gérald, se précipita vers le boghei stationné dans la cour voisine.

— Aïe ! Puis moi ? Qu'est-ce que je fais là-dedans ? demanda Gérald.

— Toi, si tu veux venir me donner un coup de main, je te laisserai essayer mon bicycle, fit Norbert, grand prince.

Il ne fallut pas plus d'une heure trente de travail aux deux adolescents pour faucher et ramasser les hautes herbes qui avaient envahi le terrain entourant la maison située en face du presbytère.

— Sacrifice ! Ça devait ben faire un mois au moins que ce terrain-là avait pas été fauché, se plaignit Norbert, le front couvert de sueur.

Quand ils eurent terminé le travail, Norbert alla frapper

à la porte du docteur Précourt. Ce dernier sortit de la maison, examina son terrain et se déclara très satisfait.

— Tu peux prendre la bicyclette. Elle est dans le hangar. Elle est à toi. Mais fais bien attention les premières fois que tu vas t'en servir. Souviens-toi qu'elle a pas de freins, prit-il soin de lui rappeler.

— Merci, monsieur Précourt, fit Norbert.

L'adolescent s'empressa d'aller chercher la bicyclette et de la déposer dans le boghei.

— T'aurais pu t'en servir pour revenir chez vous, lui fit remarquer Brisebois. Moi, j'aurais ramené le boghei.

— Es-tu fou, toi ! protesta son compagnon. Il faut que j'apprenne comment ça marche, cette patente-là. J'ai pas envie qu'une fille du village me voie me casser la gueule là-dessus. Je vais attendre après le souper pour l'essayer chez nous.

— Et moi, là-dedans ?

— Toi, t'apprendras plus tard, quand j'aurai appris, décida Norbert avant de monter dans la voiture aux côtés de son compagnon.

Norbert laissa Gérald devant chez lui et rentra à la maison, tout fier de son acquisition. Élise le vit entrer dans la cour et aperçut la célèbre bicyclette du docteur Précourt dans le boghei, pendant qu'il poursuivait son chemin jusque devant l'écurie pour dételer le blond.

— M'man, cria-t-elle à travers la porte moustiquaire. Norbert revient avec le bicycle du docteur.

— Qu'est-ce que c'est que cette histoire de fou ? demanda Corinne en quittant la table où elle était occupée à trancher des tomates pour venir voir de quoi il s'agissait.

Elle n'alla pas plus loin que le bout de la galerie. À ce moment-là, Norbert venait de faire entrer le blond dans l'enclos et était en train de retirer sa bicyclette du boghei. Il revint vers la maison en poussant à ses côtés l'antique bécane.

— Qu'est-ce que tu fais avec le bicycle du docteur ? lui demanda sa mère, inquiète.

— Il me l'a donné, m'man. Tout ce que j'ai eu à faire, ça a été d'aller lui faucher son terrain.

— Voyons donc ! fit Corinne, incrédule.

— Je vous le dis, m'man. Il paraît qu'il va avoir une automobile la semaine prochaine et il en veut plus.

Sa mère sembla accepter l'explication, mais elle s'inquiéta soudain pour une autre raison.

— Mais ce bicycle-là est ben trop dangereux pour toi. Si tu tombes, tu vas te casser quelque chose.

— Pantoute, m'man. Le docteur m'a dit que c'était ben facile d'apprendre à s'en servir, mentit-il.

— C'est ce qu'il dit, conclut Corinne d'une voix peu convaincue en rentrant dans la maison.

Léopold qui sortait de la remise où il avait travaillé une bonne partie de l'après-midi, ne partageait pas du tout l'enthousiasme du fils de la maison pour son nouveau moyen de locomotion.

— C'est une patente pour prendre une bonne débarque, cette affaire-là, décréta-t-il avant d'inviter l'adolescent à venir faire le train avec lui.

Un peu après cinq heures, le grondement du moteur d'un camion apprit aux Boisvert que Laurent revenait de sa journée de travail. À l'instant précis où le père de famille descendait de son véhicule, Norbert et Léopold sortaient de l'étable après en avoir chassé les vaches qui venaient d'être traites.

Laurent s'immobilisa soudain en apercevant la bicyclette appuyée contre la galerie.

— Qui est-ce qui est malade ? demanda-t-il en la reconnaissant, sans s'adresser à l'un ou l'autre des garçons en particulier.

— Personne, p'pa. C'est le docteur Précourt qui me l'a donnée tout à l'heure parce que j'ai fauché son terrain.

— T'es capable d'aller là-dessus, toi ? fit Laurent.

— J'ai pas encore essayé, p'pa, reconnut son fils.

Le camionneur était particulièrement de bonne humeur en ce samedi après-midi, bonne humeur probablement causée par la perspective de sa sortie hebdomadaire après le repas. Élise sortit sur la galerie et son père lui tendit l'argent de sa paye, moins, bien sûr, l'allocation qu'il conservait pour ses plaisirs.

— Va donner ça à ta mère, lui ordonna-t-il. Je vais te montrer comment ça marche, cette affaire-là, dit-il à Norbert en enfourchant la lourde bicyclette.

— Le docteur m'a dit que c'était pas facile, le prévint l'adolescent, tout de même un peu inquiet pour sa bicyclette.

— Pantoute ! décréta son père sur un ton assuré. Si le petit docteur à moitié aveugle est capable de se promener là-dessus, n'importe qui est capable, tu sauras.

Corinne et ses deux filles sortirent sur la galerie et vinrent rejoindre Norbert et Léopold. Lionel quitta les toilettes sèches juste à temps pour voir son père démarrer sur la haute bicyclette et se mettre à zigzaguer au milieu de la cour sous les encouragements des siens.

— C'est ben facile, cria le cycliste en accélérant pour mieux assurer son équilibre tout de même assez incertain.

Chacun put l'admirer exécuter un large virage au fond

de la cour et revenir vers la maison en allant encore plus vite, juché sur la lourde bicyclette.

— Fais attention, Laurent, c'est dangereux, lui cria sa femme.

— Il y a pas de danger, fanfaronna Laurent.

— Arrête ! Tu vas te faire mal, lui cria-t-elle en le voyant aller encore plus rapidement.

— Laisse-moi donc tranquille, tu vois ben que c'est facile, rétorqua son mari en tournant la tête vers elle alors qu'il passait devant la galerie où tout le monde s'était réfugié.

Ce simple mouvement eut l'étrange effet de le déconcentrer. La bicyclette cessa soudain d'aller en ligne droite, traversa la route et plongea directement dans le fossé, scène accompagnée par un cri d'horreur des spectateurs. Le cycliste avait brusquement disparu de leur vue.

— Mon bicycle ! hurla Norbert.

Tout le monde se précipita vers le fossé d'environ quatre pieds de profondeur qui bordait le rang Saint-Joseph de chaque côté. Un concert de sacres et de jurons s'en échappait au moment où Corinne et les siens arrivaient à l'endroit où la bicyclette venait de disparaître.

— T'es-tu fait mal ? demanda Corinne à son mari, encore prisonnier sous la lourde bicyclette, au fond du fossé.

— Maudit sacrement de cochonnerie ! hurla ce dernier en se dégageant de sa fâcheuse position après avoir repoussé d'un solide coup de pied l'engin qui l'écrasait. Où est-ce qu'ils sont les *brakes* là-dessus ?

Le père de famille sortit tant bien que mal du fossé et se remit péniblement sur ses pieds. Fou de rage, il prit la direction de la maison en boitant sans plus se soucier de la bicyclette de son fils ni des siens.

Catastrophé, Norbert s'empressa d'aller tirer sa bicyclette du fossé avec l'aide d'un Léopold silencieux. Il laissa son père prendre la direction de la maison en boitillant en compagnie de sa mère et de ses sœurs. Debout au milieu de la route, il examina sa bicyclette qu'il n'avait même pas encore eu l'occasion d'étrenner. La roue avant était voilée et le guidon n'était plus aligné.

— Mon bicycle est cassé, finit-il par dire à Léopold, les larmes aux yeux. Je pourrai même plus m'en servir.

— Ben non, le rassura le jeune homme. Il y a pas une broche de cassée. On va le réparer.

La mort dans l'âme, Norbert poussa sa bicyclette jusqu'à la maison. Il l'appuya contre le mur avant d'entrer. Il arriva à temps pour entendre sa mère déclarer à son père :

— T'es chanceux de t'être rien cassé. T'as juste une bonne bosse dans le front et des égratignures sur les bras et à une jambe.

— Si t'avais pas crié aussi quand je suis passé proche de la maison, ce serait pas arrivé, Christ ! jura Laurent en claudiquant vers sa chaise berçante. Quant à cette cochonnerie-là, je veux pas la voir traîner autour de la maison.

Cet incident n'empêcha pas le père de famille de s'empresser de faire sa toilette dès la dernière bouchée du souper avalée. Il disparut à bord de son International alors que sa femme et ses filles n'avaient pas encore terminé le lavage de la vaisselle.

Pour sa part, Norbert dut travailler deux jours à réparer les dégâts subis par sa bicyclette qui ne roula jamais plus vraiment bien. Il aurait fallu acheter une nouvelle roue au lieu de l'ancienne redressée tant bien que mal, mais il ne possédait pas l'argent nécessaire à cet achat. Par ailleurs, à compter de ce jour, il vit à ce que sa bicyclette demeure hors de vue et de portée de son père.

*
**

Le lendemain avant-midi, le curé Bilodeau annonça en chaire, à la grand-messe, le départ de l'abbé Morin sans préciser quel nouveau poste ce dernier était appelé à occuper à Nicolet. Avec une économie de mots remarquable, il remercia son vicaire pour toutes les années qu'il avait consacrées à Saint-Paul-des-Prés. Ces remerciements manquaient singulièrement de chaleur et plus d'un paroissien s'en rendit compte. Par contre, le prêtre insista beaucoup sur le fait que la paroisse allait avoir dorénavant deux vicaires pour le seconder dès la semaine suivante.

Après la messe, Alcide Duquette, à titre de président de la fabrique, se rendit à la sacristie pour s'informer auprès de son curé s'il ne convenait pas d'organiser une petite fête en l'honneur du vicaire avant son départ, comme cela s'était pratiquement toujours fait dans la paroisse.

— Donnez-vous pas cette peine, monsieur Duquette, fit Charles Bilodeau en retirant son aube avec l'aide du bedeau. Vous auriez pas le temps d'organiser quoi que ce soit, de toute façon. L'abbé doit partir tout de suite après le dîner, si je me trompe pas, mentit-il sans aucun remords.

— Je peux toujours avertir au moins les autres membres de la fabrique pour venir lui souhaiter bonne chance, s'entêta le marchand général.

— Oui, vous pourriez faire ça, mais comme je connais l'abbé, vous le gêneriez plus qu'autre chose.

Alcide Duquette se le tint pour dit et conclut que son curé souhaitait voir partir son vicaire sans tambour ni trompette.

— Je comprends rien là-dedans, chuchota-t-il à sa femme à leur retour de l'église. On dirait que monsieur le curé a peur qu'on montre à son vicaire qu'on l'appréciait. On dirait presque une sorte de jalousie.

— De toute façon, dit sa femme, moi, l'abbé Morin, je l'ai jamais bien aimé. Il est aussi bête que monsieur le curé.

Deux heures plus tard, l'abbé Eusèbe Morin monta dans la voiture conduite par le bedeau après y avoir déposé ses maigres bagages. Charles Bilodeau ne s'était même pas donné la peine de sortir du presbytère pour l'accompagner. Il s'était borné à lui serrer la main et à lui souhaiter bonne chance dans le couloir, à l'instant où le jeune prêtre empoignait sa dernière valise. Pendant un bref moment, le vicaire avait cru que quelques paroissiens l'attendraient devant le presbytère pour lui offrir leurs bons vœux en ce beau dimanche après-midi de septembre. Il n'y avait personne.

— Des ingrats ! murmura-t-il en coiffant son chapeau.

— M'avez-vous dit quelque chose, monsieur l'abbé ? demanda Anselme Leblanc en se penchant vers lui après avoir saisi les rênes.

— Non, monsieur Leblanc. On peut y aller.

L'attelage se mit en route en soulevant un léger nuage de poussière. Le nouveau curé de la cathédrale de Nicolet ne tourna pas une seule fois la tête pour saluer l'un de ses anciens paroissiens en train de prendre le frais sur sa galerie.

*
**

Tôt le lendemain après-midi, on sonna à la porte du presbytère. Mance Rivest s'essuya les mains sur son tablier et alla ouvrir.

— Bonjour, madame, la salua un jeune prêtre d'une maigreur remarquable. Est-ce que monsieur le curé est ici ?

— Oui, monsieur l'abbé. Entrez, je vais aller le prévenir.

L'ecclésiastique se pencha pour empoigner une valise cartonnée déposée à ses pieds et pénétra dans l'édifice.

La servante abandonna le visiteur dans la petite salle d'attente et alla frapper à la porte du bureau du curé Bilodeau. Ce dernier, assis dans son fauteuil, le menton enfoui dans la poitrine, venait de succomber à la somnolence. Les deux coups secs frappés à sa porte le firent violemment sursauter et lui firent échapper ses lunettes qu'il tenait dans une main.

— Oui ! Qu'est-ce qu'il y a ? demanda-t-il sur un ton rogue.

La porte s'ouvrit sur une Mance Rivest à l'air sarcastique.

— Je m'excuse de vous déranger pendant que vous réfléchissez, monsieur le curé, dit-elle sur un ton moqueur, mais il y a un prêtre qui voudrait vous voir.

— Faites-le entrer, lui commanda Charles Bilodeau, sans se donner la peine de relever l'insolence de la veuve.

Le jeune abbé entra dans la pièce et se présenta.

— René Biron, monsieur le curé. Je suis votre nouveau vicaire.

Le curé Bilodeau dévisagea longuement le jeune homme frêle qui se tenait debout devant lui. À la vue de son visage très pâle et de ses traits émaciés, il ne douta pas un seul instant de la mauvaise santé de celui qui se tenait debout devant lui. Le pasteur de la paroisse Saint-Paul-des-Prés pria le visiteur de s'asseoir.

— Monseigneur m'a dit que vous aviez été très malade. J'espère que vous êtes guéri, dit-il abruptement au jeune prêtre.

— Oui, monsieur le curé.

— Tant mieux parce que le travail manque pas dans une grosse paroisse comme Saint-Paul. Je suppose qu'on a dû vous dire que vous alliez partager votre ministère avec un autre vicaire ?

— Non, monsieur le curé.

— Il est pas encore arrivé, dit Charles Bilodeau. Quand il sera là, je vous expliquerai ce que vous aurez à faire. Là, je vais demander à madame Rivest de vous installer dans une des chambres libres, en haut. Le souper est à cinq heures et demie. Vous allez avoir tout le temps de ranger vos affaires avant le repas. Mais, de grâce, soyez à l'heure pour manger parce que sinon vous risquez de passer sous la table.

Charles Bilodeau se leva et accompagna son nouveau vicaire jusqu'à la porte de la cuisine pour demander à sa servante de montrer sa chambre au nouvel arrivé. Sans dire un mot, Mance entraîna René Biron à sa suite à l'étage.

À son retour au rez-de-chaussée, elle retrouva le curé assis dans le salon, son bréviaire dans les mains.

— Seigneur, monsieur le curé, dites-moi que c'est

pas vrai ! s'exclama-t-elle. Dites-moi pas que je vais être poignée pour remplumer ce petit prêtre-là ! Il a juste le tic-tac et l'erre d'aller ! On voit le jour à travers.

— Il relève de maladie, madame Rivest.

— S'il faut que l'autre soit du même genre, répliqua la servante avec humeur, je vais bien passer ma vie devant mon poêle pour les engraisser, bonyenne !

— Il y a rien qui dit que l'abbé Dupras est aussi chétif, fit le prêtre en ouvrant son bréviaire pour lui signifier que l'entretien était terminé.

Moins d'une heure plus tard, on sonna de nouveau à la porte du presbytère.

— Si ça continue comme ça, maugréa Mance Rivest, je vais m'installer une chaise à côté de la porte et je vais passer ma journée à l'ouvrir et à la fermer.

Elle se retrouva en face d'un très bel homme à la chevelure noire gominée qui lui sourit avec une aisance qui en disait long sur son talent de plaire aux femmes. Mance dut regarder deux fois plutôt qu'une pour s'assurer que l'inconnu portait une soutane et un col romain. Le prêtre, âgé d'une trentaine d'années, avait une taille légèrement supérieure à la moyenne et semblait un homme robuste.

— Bonjour, madame. Je suis l'abbé Dupras, se présenta l'ecclésiastique. Je crois que monsieur le curé m'attend.

— Entrez, monsieur l'abbé. Je vais le prévenir que vous êtes arrivé, dit la servante en s'effaçant pour le laisser passer dans le couloir avec sa valise.

Charles Bilodeau apparut au bout du couloir en provenance du salon. Il s'avança rapidement vers son nouveau vicaire et le fit entrer dans son bureau après lui avoir brièvement serré la main. L'abbé Dupras n'attendit pas que son supérieur l'ait invité à prendre place sur l'une des chaises disposées devant son bureau pour s'asseoir. Le curé tiqua devant ce manquement à l'étiquette. De plus, dans son bureau bien éclairé, il remarqua, immédiatement que son nouveau vicaire au visage si avenant avait les cheveux gominés, ce qu'aucun de ses vicaires n'avait jamais osé faire.

Le curé de Saint-Paul-des-Prés tint à Alphonse Dupras, à peu de chose près, le même discours qu'à l'abbé Biron une heure plus tôt avant de le confier aux soins de Mance Rivest qui devait lui indiquer sa chambre.

Quand la veuve descendit, elle s'arrêta un instant devant Charles Bilodeau pour lui dire :

— Il va falloir qu'on se parle, monsieur le curé. Et le plus vite sera le mieux.

— Qu'est-ce qu'il y a encore qui fait pas votre affaire ? fit le prêtre, excédé.

— Il y a, monsieur le curé, qu'à partir d'aujourd'hui, je vais avoir deux fois plus d'ouvrage qu'avant. Là, je vais avoir trois prêtres à nourrir. À part ça, trois hommes au lieu de deux, ça salit pas mal plus. En plus, j'espère que vous avez remarqué que notre nouveau vicaire se met quelque chose de gras dans les cheveux pour les coller. Bien, ça, monsieur le curé, ça veut dire que je vais être obligée de laver ses taies d'oreiller, et peut-être son drap, deux fois plus souvent.

— …

— En tout cas, tout ça va me demander pas mal plus d'heures d'ouvrage. Je vais réclamer de meilleurs gages ou vous vous trouverez une autre servante, conclut-elle sèchement.

— Je vais en parler au conseil, lui promit Charles Bilodeau pour s'en débarrasser.

Ce soir-là, le curé présenta ses deux vicaires l'un à l'autre. Quelques minutes lui suffirent pour se rendre compte qu'Alphonse Dupras avait la parole facile et cherchait déjà à prendre de l'ascendant sur l'abbé Biron, beaucoup plus discret. Il se promit de l'avoir à l'œil et de tenter de savoir ce qui avait provoqué son transfert de Saint-Célestin à Saint-Paul-des-Prés.

Chapitre 15

Affaires de famille

Au début de la seconde semaine de septembre, Lionel et Élise reprirent le chemin de l'école du rang qu'Angèle Beaulac avait réintégrée quelques jours auparavant.

— Vous pouvez dire à mademoiselle Beaulac que votre frère Norbert retournera pas à l'école cette année, dit Corinne aux deux écoliers, le matin de la rentrée.

— Je suis sûre qu'elle va pleurer en apprenant ça, se moqua Madeleine.

— Tu peux ben parler, toi, la grande, répliqua son frère, piqué par la remarque. Tu sauras qu'elle va trouver ça ben plate que j'y sois pas.

— En tout cas, ça va être certainement plus tranquille, conclut sa mère.

Le temps commençait doucement à rafraîchir durant le jour, même si on était encore dans la première quinzaine de septembre. Il ne restait plus dans le jardin que les dernières tomates, des carottes et les citrouilles qu'on laisserait là jusqu'au début du mois d'octobre.

Corinne regarda partir ses deux plus jeunes vers l'école et jeta un coup d'œil au camion vert stationné devant la porte de la remise. Laurent allait demeurer à la maison durant quelques jours. Son père lui avait expliqué que son contrat avec le ministère de la Voierie était échu, mais qu'il poussait le député à lui en obtenir un autre. Si on se fiait à ce que racontait le vieil homme, le politicien lui avait promis quelque chose pour la semaine suivante.

Ce congé forcé ne pouvait mieux tomber puisqu'il était grandement temps de procéder à la récolte du blé et de l'orge avant les pluies d'automne.

Ce matin-là, Laurent avait entrepris de faucher son champ de blé avec l'aide de Léopold. Norbert s'apprêtait à aller les rejoindre après avoir nettoyé l'étable.

Corinne jeta un coup d'œil à Madeleine qui revenait de faire les lits à l'étage. Pendant un court moment, la mère de famille s'interrogea sur la nécessité de reprendre la discussion entreprise quelques jours plus tôt avec sa fille aînée. Elle secoua la tête et se dit qu'elle ne pouvait abandonner si facilement. Elle s'était mis en tête depuis trois semaines de persuader Madeleine de retourner étudier, mais cette fois au couvent, à Nicolet. L'idée lui était venue après une visite de Germaine qui lui avait révélé que Bernard lui avait avoué récemment qu'il ne l'aurait jamais épousée si elle n'avait pas été enseignante. Il lui avait même fait remarquer que, dans sa famille, toutes les femmes avaient de l'instruction.

— C'est sûr que si tu veux faire un beau mariage et avoir une belle vie, t'as plus de chances d'y arriver si t'as de l'instruction, avait conclu sa sœur.

Cette dernière phrase n'était pas tombée dans l'oreille d'une sourde. Durant quelques jours, la mère de famille songea au genre de vie qu'elle menait et commença à s'inquiéter pour l'avenir de ses filles pour qui elle souhaitait une vie plus facile que la sienne. C'est alors qu'elle avait commencé à échafauder un plan pour envoyer son aînée au couvent.

Elle s'était d'abord discrètement informée pour savoir s'il y aurait une place disponible au couvent des sœurs de l'Assomption, au village. Très déçue, elle avait appris que faute de place, les religieuses n'acceptaient pas de nouvelles élèves.

— C'est sûr, avait-elle dit, dépitée. Elles prennent des filles venant de toutes les paroisses autour.

Mais il n'était pas dans son caractère de renoncer aussi facilement. Elle échangea quelques lettres avec Germaine qui lui apprit que le couvent de Nicolet, tout près de chez elle, acceptait de nouvelles élèves. La mère de famille projeta immédiatement d'y inscrire sa fille aînée, quitte à s'entendre avec sa sœur pour faire croire à Laurent que le coût de la pension chez les religieuses allait être assumé par Germaine, la marraine de Madeleine. En réalité, Corinne projetait d'écorner l'héritage laissé par grand-père Boucher pour payer les études de sa fille.

Une vague de tristesse envahit Corinne au souvenir du grand-père de son mari qu'elle avait hébergé jusqu'à sa mort. Le vieil homme lui manquait encore avec son humour et sa sagesse. Les cent cinquante dollars qu'il lui avait laissés en héritage quinze ans plus tôt, à l'insu de Laurent et des autres Boisvert, avaient fait des petits parce qu'elle avait toujours résisté à la tentation de toucher au capital. Dans son esprit, cet argent ne devait servir qu'à ses enfants.

Durant toutes ces années, elle n'avait demandé au notaire de lui verser les intérêts annuels qu'à deux reprises parce qu'elle n'avait plus rien à donner à manger à ses enfants. Habituellement, dans les cas urgents, elle avait toujours préféré confectionner plus de catalognes et de courtepointes pour joindre les deux bouts.

Maintenant, à son avis, le temps était venu d'utiliser une petite partie du legs de grand-père Boucher.

À quelques jours de la reprise des classes, elle avait profité d'un moment où elles étaient seules dans la maison pour exposer son projet à Madeleine, persuadée que cette dernière allait être folle de joie à l'idée d'abandonner les tâches domestiques qu'elle accomplissait depuis près de deux ans pour se consacrer aux études.

À sa grande surprise, cette dernière avait carrément refusé en alléguant qu'elle était maintenant trop vieille pour retourner à l'école. Corinne plaida alors durant de longues minutes pour la faire revenir sur sa décision, mais l'adolescente se buta. Elle ne voulait pas quitter la maison. De guerre lasse et profondément déçue, la mère de famille abandonna après que Madeleine lui eut promis de réfléchir à sa proposition. Elle se doutait bien que c'était moins une question d'âge que son penchant pour Léopold qui l'empêchait d'accepter. De plus, elle avait l'impression que sa fille s'inquiétait surtout à l'idée de laisser le champ libre à Germaine Rocheleau, son aînée de deux ans, qui continuait à faire ouvertement les yeux doux à Léopold.

— L'école recommence, dit Corinne à sa fille, ce matin-là. Élise et Lionel ont l'air contents d'y retourner. Je les comprends, je trouve qu'ils sont chanceux de pouvoir aller apprendre de nouvelles choses, bien assis sur les bancs d'école. Si je pouvais, j'y retournerais, ajouta-t-elle avec un brin de nostalgie… Nous autres, c'est pas la même chose. On va continuer à travailler d'une étoile à l'autre, d'abord à compléter les provisions pour l'hiver, puis à faire le grand barda d'automne avant de s'encabaner tout l'hiver à coudre des catalognes et des courtepointes.

Madeleine ne dit rien. Elle s'empara d'un chiffon et se mit à laver la table sur laquelle les Boisvert avaient déjeuné. Devant ce mutisme, Corinne perdit un peu patience et voulut en avoir le cœur net, non sans d'abord préparer le terrain.

— As-tu remarqué le petit Lamothe, hier soir ? Demanda-t-elle à sa fille.

— Non, pourquoi voulez-vous que je l'aie remarqué ? Il reste dans le rang Saint-Pierre, répondit Madeleine, étonnée.

— Je te dis ça parce qu'il a commencé à venir veiller avec Germaine Rocheleau.

— Avec Germaine ? demanda Madeleine, étonnée.

— On le dirait bien. Sa mère trouve que dix-huit ans, c'est pas mal jeune pour commencer à veiller au salon avec un garçon, mais pas son père.

Corinne avait guetté du coin de l'œil la réaction de sa fille en apprenant que son Léopold n'était plus en danger. Le soulagement évident de l'adolescente l'incita à revenir à son sujet de préoccupation.

— Puis, as-tu fini de penser à ce que je t'ai dit la semaine passée ? demanda-t-elle à sa fille.

Il y eut un court silence dans la pièce avant que Madeleine se décide à répondre.

— J'ai pas envie d'aller passer tout l'hiver à Nicolet dans un couvent, m'man. Toutes les filles vont être plus jeunes que moi. Je vais m'ennuyer.

— Si tu penses à Léopold… commença sa mère.

— Je pense pas pantoute à lui et… protesta la jeune fille en rougissant légèrement.

— Je suis pas aveugle, ma fille, l'interrompit sèchement sa mère. Si tu penses à Léopold et s'il t'aime, il pourra pas faire autrement que de t'approuver d'aller t'instruire.

— À part ça, m'man, même si j'allais au couvent, ça me servirait à faire quoi après ?

— Cette affaire ! s'exclama Corinne. Tu pourrais devenir maîtresse d'école, secrétaire, n'importe quoi qui demande de l'instruction. Est-ce qu'il va falloir que je te répète ce que je t'ai dit la semaine passée ? Là, aujourd'hui, tu viens d'avoir seize ans. T'es forte et en santé, et t'es capable de faire de l'ouvrage dur. Mais tu vas vieillir comme tout le monde. Il va venir un temps où tu vas être pas mal moins capable. À ce moment-là, tu vas te rendre compte que les gens instruits en arrachent pas mal moins que les autres et qu'ils sont moins usés. Avoir un diplôme de neuvième année, ma fille, c'est pas rien. Ça veut dire que tu pourrais choisir ton ouvrage.

— Oui, mais vous, m'man, vous allez être toute seule et…

— Occupe-toi pas de moi, la coupa sa mère, qui sentait la volonté de sa fille en train de fléchir. Je travaillais bien avant que tu sois au monde et j'en suis pas encore morte. Je pourrais me passer de toi pendant l'hiver. Sans parler que tu t'en irais pas au bout du monde. Ta tante Germaine reste presque en face du couvent et tu pourrais venir avec elle et ton oncle Bernard à Saint-Paul chaque fois que t'aurais congé.

— Mais l'argent ?

— L'argent, c'est pas un problème, trancha sa mère. Si t'es prête à y aller, je vais en trouver.

— P'pa, lui.

— Ton père ? J'en fais mon affaire, déclara-t-elle avec un aplomb qu'elle était loin d'éprouver. Là, ce qui est important, c'est que tu te décides le plus vite possible, sinon les sœurs risquent de refuser de te prendre.

La mère de famille devina alors que l'adolescente avait longuement réfléchi à son avenir et qu'elle ne demandait plus qu'à être rassurée. Après un court silence, elle rendit finalement les armes.

— C'est correct, m'man, je vais y aller, dit-elle, la voix légèrement éteinte.

— Tu le regretteras jamais, fit sa mère d'une voix rassurante. À cette heure, tu vas aller faire le tour de tes tiroirs pour voir ce qui te manque dans cette liste-là, ajouta Corinne en tirant une feuille pliée en quatre de la poche de son tablier.

— C'est quoi ce papier-là ? s'étonna Madeleine en le lisant.

— C'est la liste des affaires que les sœurs veulent que t'apportes.

— Comment ça se fait que vous ayez ça, m'man ? fit la jeune fille d'une voix soupçonneuse. On dirait bien que vous étiez pas mal sûre que j'étais pour accepter d'y aller.

— Je le savais que tu te deciderais, déclara Corinne. T'es une fille intelligente et tu pouvais pas faire autrement que de vouloir y aller. Pendant que tu vas vérifier, je vais parler à ton père.

Sans plus attendre, Corinne remplit un cruchon d'eau fraîche et sortit de la maison. Elle prit la direction du champ où son mari fauchait depuis déjà près de deux heures.

— Est-ce qu'il y en a qui ont soif ? cria-t-elle aux travailleurs.

Ces derniers s'arrêtèrent immédiatement et se dirigèrent vers elle. Après qu'il eut bu, Corinne dit à son mari qu'elle voulait lui parler. Laurent, intrigué, s'éloigna de Norbert et de Léopold.

— Qu'est-ce qu'il y a ?

— Je veux te parler de Madeleine.

— Qu'est-ce qu'elle a ?

— Rien, elle aimerait juste aller au couvent pour avoir son diplôme de neuvième année.

— Qu'est-ce qui lui prend tout d'un coup ? Pourquoi elle veut aller là ? Elle sait déjà lire et écrire, c'est en masse !

— Avec ce diplôme-là, elle pourrait faire l'école, comprends-tu ? Elle pourrait rapporter de l'argent à la maison, ajouta-t-elle, certaine que cet argument pourrait faire fléchir son mari.

— On n'a pas l'argent pour ça, déclara Laurent sur un ton sans appel.

— Ce serait pas un problème. Bernard et Germaine sont prêts à payer sa pension. Ce serait un cadeau qu'ils feraient à leur filleule. Germaine me l'a proposé dans sa dernière lettre, mentit-elle.

— On n'est pas des quêteux, sacrement ! rétorqua son mari, piqué au vif dans sa fierté.

— C'est pas une charité qu'ils nous font, c'est un cadeau à Madeleine. On peut tout de même pas refuser.

— Ça, ça m'a tout l'air d'une autre de tes maudites manigances que t'as faite dans mon dos ! s'emporta son mari.

— Pantoute. Mais ça empêche pas que je serais bien fière d'avoir une de mes filles maîtresse d'école, par exemple.

— Ouais ! Une autre qui va essayer de mener son mari par le bout du nez sous le prétexte qu'elle sait lire et écrire, fit-il, l'air mauvais.

Corinne ne dit rien. Elle attendait que son mari se familiarise avec l'idée que sa fille parte vivre à Nicolet.

— T'as même pas pensé que t'as besoin d'elle pour faire tes catalognes et tes courtepointes cet hiver, reprit-il.

— Je suis capable de me débrouiller toute seule. Je peux aussi me faire aider de temps en temps par Élise.

— Je trouve que c'est une idée de fou ! laissa-t-il finalement tomber, à moitié vaincu.

— As-tu pensé qu'Henri et Annette ont pas été capables d'envoyer leur Hélène au couvent ? Nous autres, on est peut-être plus pauvres, mais notre fille serait plus instruite que la leur. Je suis sûre que ça va les faire rager.

Ce dernier argument sembla emporter le morceau. Corinne s'était rendu compte que son mari souffrait d'une sorte de complexe d'infériorité devant son frère aîné qui avait une vie beaucoup plus facile que la sienne parce qu'il cultivait la terre paternelle et profitait de la préférence marquée de Gonzague à son endroit.

— Fais donc à ta tête, comme d'habitude ! fit Laurent en l'abandonnant sur place pour retourner à son travail après lui avoir remis le cruchon d'eau à demi vide.

Corinne, remplie d'allégresse, retourna rapidement à la maison pour apprendre à sa fille que son père acceptait qu'elle fréquente le couvent.

— Je vais écrire à ta tante d'aller t'inscrire au couvent et, après ça, on va s'occuper de ton trousseau. Dimanche prochain, on va aller te conduire là-bas.

— Mais m'man, l'argent ?

— J'ai ce qu'il faut pour payer ta pension, mais pour éviter que ton père chiale, je lui ai fait croire que c'est ton oncle Bernard et ta tante Germaine qui la payent parce que t'es leur filleule.

Lorsque Lionel et Élise apprirent ce jour-là que leur sœur aînée allait partir pour le couvent, Élise ne put s'empêcher de demander à sa mère :

— Moi, m'man, est-ce que je vais pouvoir y aller au couvent quand j'aurai fini ma septième année ?

— On verra ça dans ce temps-là, répondit Corinne avant de l'envoyer disposer les couverts sur la table.

Cette seconde semaine de septembre fut particulièrement occupée. Pendant que Madeleine épluchait et faisait cuire les pommes cueillies par Élise et Lionel au retour de l'école, sa mère, penchée sur son antique machine à coudre, confectionnait tous les vêtements que les religieuses exigeaient que leurs pensionnaires possèdent à leur entrée au couvent.

Le samedi soir, Laurent rentra à la maison de mauvaise humeur sans que les siens connaissent la cause de sa morosité. Pourtant, il aurait dû être satisfait de la belle récolte qu'il était parvenu à rentrer durant la semaine.

— En avez-vous fini ? lui demanda sa femme en ignorant volontairement son air maussade.

— Oui, il reste juste à transporter le blé et l'orge au moulin de Saint-David, lundi prochain. Pour le foin, on va laisser faire, il est trop court. Ça vaut pas la peine, précisa-t-il en prenant place au bout de la table.

En fait, il ne resterait qu'à procéder à la récolte du sarrasin dans quelques semaines pour que la terre des Boisvert soit entièrement dénudée.

Pour célébrer l'événement, Corinne servit de la saucisse et des pommes de terre. Comme les provisions de viande étaient épuisées depuis le début du mois d'août, il avait fallu encore en acheter chez Vigneault, au village. Cependant, par souci d'économie, la maîtresse de maison n'en servait que deux ou trois fois par semaine. C'était l'époque de l'année où le bouilli de légumes était à l'honneur, un bouilli dans lequel on servait quelques rares morceaux de bœuf plus ou moins tendres.

Après le repas, Corinne, surprise, vit son mari se diriger vers la grange plutôt que vers la chambre à coucher pour faire sa toilette du samedi soir. Contrairement à son habitude, il semblait peu pressé de quitter la maison à bord de son camion.

La mère de famille ne dit rien et guetta sa sortie du bâtiment, sortie qui ne se produisit que plusieurs minutes plus tard. Elle le vit alors revenir lentement vers la galerie et s'y asseoir, comme si ce samedi soir était un soir semblable aux autres soirs de la semaine.

Intriguée, Corinne termina le rangement de la cuisine avec l'aide de ses filles avant d'aller s'asseoir à son tour sur la galerie. Quand elle sortit, son mari était retourné à la grange d'où il ne revint qu'une dizaine de minutes plus tard. À l'odeur qu'il dégageait, elle devina immédiatement qu'il était allé boire de l'alcool qu'il avait dû cacher quelque part dans le bâtiment. Cela l'étonna beaucoup moins que le fait qu'il ne semblait guère décidé à partir pour Yamaska, comme il le faisait toujours le samedi.

Se pouvait-il qu'il ait été si inquiet de ne pouvoir rapporter une paye cette semaine-là qu'il ait décidé de ne pas sortir par manque d'argent ? Se priver de quelque chose sous le prétexte de ne pas en avoir les moyens financiers n'était pourtant pas dans son caractère.

Toutefois, Laurent ne bougea pas de la galerie jusqu'à l'arrivée de l'obscurité. Lorsque la température rafraîchit, il entra dans la maison en même temps que les enfants. Pendant que ces derniers jouaient aux cartes avec Léopold qui venait de descendre de sa chambre, il alla s'asseoir dans sa chaise berçante et passa le reste de la soirée sans dire un mot. À dix heures, la famille se mit à genoux pour la prière du soir et chacun alla se coucher. Le maître de maison sortit encore une fois sous le prétexte de vérifier si tout était en ordre dans les bâtiments. Sa femme devina qu'il allait en profiter pour boire encore un peu avant de la rejoindre dans son lit.

Étendue dans le noir, la jeune femme eut du mal à trouver le sommeil tant la conduite anormale de son mari l'intriguait. Se pouvait-il qu'il ait pris la résolution de ne plus aller boire à l'hôtel le samedi soir ?

Le lendemain matin, après la grand-messe, Corinne aurait bien aimé éviter sa belle-famille et rentrer à la maison sans trop tarder pour vérifier une dernière fois que sa fille avait tout ce qu'il lui fallait pour son entrée au couvent ce jour-là, mais ce fut impossible. Gonzague Boisvert, accompagné, comme d'habitude, d'Henri et Annette, fit signe à Laurent de venir le retrouver à gauche du parvis, un peu à l'écart de la foule.

— Sois pas trop long, lui demanda sa femme à voix basse. On doit être à Nicolet de bonne heure pour Madeleine.

Laurent fit comme s'il ne l'avait pas entendue et s'avança vers son père. Corinne décida de le suivre après avoir recommandé à Madeleine, Élise et Lionel de les attendre dans le boghei. Comme elle approchait des Boisvert, elle entendit son beau-père dire à son mari :

— Tu recommences à travailler demain matin.

Le vieillard ne prit même pas la peine de la saluer en l'apercevant.

— Vous avez un nouveau contrat ? lui demanda Laurent.

— Oui, c'est un petit contrat, mais il va faire l'affaire en attendant mieux.

— Encore pour la voierie ?

— Ouais. Arrange-toi pour aller charger du gravier à sept heures demain matin. C'est pour le petit chemin qui mène à Saint-Elphège, à la sortie de Pierreville. Les hommes vont t'attendre pour commencer à travailler. Ça fait que niaise pas en chemin.

— C'est correct.

— Trouve donc le temps aujourd'hui d'aller avertir Tremblay. Je pense qu'il sera pas fâché de recommencer à travailler, lui aussi.

— Ben là, p'pa, je sais pas si je vais avoir le temps, fit Laurent. Je dois aller mener Madeleine au couvent cet après-midi.

— Qu'est-ce qu'elle va faire là ? demanda le vieil homme, curieux.

— Elle a décidé de continuer à étudier pour avoir son diplôme de neuvième année, intervint Corinne pour la première fois depuis qu'elle s'était approchée de son beau-père.

— Ça va lui servir à quoi, cette affaire-là ? fit Gonzague, un rien méprisant. Une femme d'habitant a pas besoin d'en savoir autant pour faire son ouvrage comme du monde.

— Rien l'oblige à devenir une femme d'habitant, se rebiffa sa bru. À part ça, monsieur Boisvert, une femme qui en sait un peu plus que lire et écrire, ça peut être bien utile dans une maison.

— Moi, j'ai pour mon dire qu'une femme trop

instruite devient prétentieuse sans bon sens, fit Annette en se gourmant.

— Je pense la même chose, dit le gros Henri en adoptant un air important.

— Vous avez le droit de penser ce que vous voulez, fit Corinne avec un mince sourire, mais on n'est pas obligés de tous partager votre point de vue. Laurent et moi, on croit que des parents qui ont du cœur vont pas hésiter à se saigner aux quatre veines pour faire instruire leurs enfants le plus possible.

Le sourire plein de fierté de Laurent n'échappa pas à sa femme.

— En avez-vous parlé à monsieur le curé ? demanda Annette, les lèvres pincées.

— J'aime bien monsieur le curé, Annette, répondit sa belle-sœur, mais pas au point de lui demander son avis sur une affaire qui le regarde pas.

— Je pourrais toujours envoyer mon homme engagé avertir Tremblay cet après-midi, suggéra Laurent en s'adressant à son père, soudain pressé de mettre fin à une discussion qui risquait de tourner à la dispute.

— Fais donc ça, dit Gonzague, prêt à partir.

— Le problème, c'est que j'ai juste un cheval. Si j'envoie Léopold l'avertir, il va avoir besoin du boghei, reprit Laurent, l'air en apparence embêté. À moins que je prenne le *truck* pour aller à Nicolet ? Comme ça, je pourrais lui laisser le blond, ajouta-t-il, comme s'il venait d'en avoir l'idée.

— C'est correct, accepta son père avec agacement, mais tu paieras le *gas*.

Durant le trajet de retour à la maison, Laurent n'ouvrit guère la bouche, mais il était visible qu'il était satisfait d'avoir arraché à son père la permission d'utiliser le camion. Il venait d'épargner beaucoup de temps.

— Je te dis que ton père risque pas de mourir pauvre, laissa tomber sa femme quelques minutes plus tard, au moment où elle s'apprêtait à descendre de la voiture immobilisée près de la galerie de la maison du rang Saint-Joseph. Il faudrait peut-être que quelqu'un se dévoue pour lui expliquer que son saudit argent, il l'emportera pas dans sa tombe.

— Parle donc pas pour rien dire, rétorqua son mari.

Pendant que sa femme et ses filles pénétraient dans la cuisine d'été, Léopold sortit de la maison pour aller dételer le cheval. Laurent lui commanda de n'en rien faire et lui expliqua le message qu'il devrait aller transmettre à Tremblay après le repas.

On passa à table rapidement. Corinne servit la poule qu'elle avait mise au fourneau avant de partir pour la grand-messe. Pendant le repas, elle remarqua la tristesse de leur employé qui ne pouvait s'empêcher de jeter des regards furtifs vers une Madeleine songeuse qui mangeait sans grand appétit, en face de lui.

La dernière bouchée avalée, les bagages de la future couventine furent chargés dans la benne du camion. Madeleine embrassa ses frères et sa sœur puis salua Léopold avant de sortir à l'extérieur où ses parents l'avaient déjà précédée.

— Hou donc, Madeleine ! la houspilla sa mère. On n'est pas pantoute en avance. Puis, prends pas cet air de condamnée à mort, lui ordonna-t-elle. Tu pars pas pour une éternité. Tu vas revenir pour la Toussaint. En plus, tu t'en vas juste à Nicolet, pas au bout du monde, bonne sainte Anne !

Madeleine adressa un dernier sourire à Léopold,

Norbert, Élise et Lionel, debout sur la galerie, avant de grimper dans la cabine du camion où son père avait déjà pris place derrière le volant. Sa mère la rejoignit et referma la portière.

— Faites pas de misère à Léopold, vous trois, commanda-t-elle à ses enfants avant que son mari embraye.

Une heure et demie plus tard, les Boisvert frappèrent à la porte des Provencher et tous les quatre allèrent conduire à pied la jeune fille au couvent voisin avant de revenir à la maison.

— Vous restez à souper, déclara Germaine sur un ton décidé.

— T'es bien fine, Germaine, fit sa jeune sœur, mais j'ai plus Madeleine à la maison et j'ai rien préparé aux plus jeunes pour le souper. Ce sera pour une autre fois.

— En tout cas, inquiète-toi pas pour ta fille, voulut la rassurer la femme de Bernard Provencher. S'il y a la moindre chose, on va s'en occuper comme si c'était notre propre fille.

Les Boisvert rentrèrent à la maison. Malgré tout le courage qu'elle avait démontré depuis le début de la journée, la mère de famille avait le cœur meurtri. Elle venait de perdre volontairement celle sur qui elle pouvait compter le plus. Elle se demanda même un instant si elle avait vraiment bien fait en l'incitant à retourner étudier.

Durant un long moment, ses pensées dérivèrent vers son fils Philippe parti de la maison depuis plus de six mois et dont elle n'avait toujours reçu aucune nouvelle. Mes deux plus vieux ne sont plus à la maison, se dit-elle en refoulant ses larmes. Ils partent les uns après les autres… Puis, elle fit un effort pour se raisonner. Philippe allait sûrement revenir avant les premiers froids et

Madeleine serait une jeune fille instruite qui ne connaîtrait pas la misère comme elle.

— Ce qui est fait est fait, dit-elle à mi-voix en descendant du camion que Laurent venait de stationner près de la maison.

— Qu'est-ce que tu dis ? lui demanda-t-il.

— Je dis que v'là une bonne chose de faite, mentit-elle en refermant la portière du camion.

— On dirait que t'es contente de t'être débarrassée de ta fille, l'accusa-t-il.

— Va surtout pas penser ça, se révolta-t-elle. La placer au couvent va nous demander des gros sacrifices, ajouta-t-elle, mais on va être fiers d'elle quand elle va avoir son diplôme.

— Ouais ! se contenta-t-il de laisser tomber sur un ton peu convaincu.

*
**

Corinne se rendit vraiment compte à quel point sa fille lui était utile dans la maison les jours suivants. Soudain, en cette troisième semaine de septembre, elle retrouvait une solitude qu'elle n'avait plus connue depuis son mariage.

Dès la première année, elle avait eu grand-père Boucher et Rosaire à demeure dans la maison. Puis, après, il y avait toujours eu des enfants qui n'étaient pas encore en âge de fréquenter l'école de rang. L'année où Lionel avait été prêt à y faire son entrée avait coïncidé avec le retour de Madeleine à la maison après l'obtention de son diplôme de septième année. Bien sûr, il y avait Norbert à la maison durant le jour, mais un garçon n'était d'aucune aide dans l'accomplissement des tâches ménagères. Maintenant, la mère de famille ne pouvait compter que sur Élise lorsqu'elle revenait de l'école.

Pendant que Corinne songeait à entreprendre ce qu'elle appelait le grand barda d'automne, Léopold et Norbert avaient commencé à répandre le fumier dans les champs avant les labours d'automne. Laurent avait promis à Norbert de lui montrer comment labourer avant la fin de la semaine.

Après quelques journées de chaleur propres à laisser croire que l'été se poursuivrait indéfiniment, la fraîcheur arriva enfin après une nuit de violentes averses. Au matin, Corinne se rendit compte que le feuillage des deux érables plantés devant la maison avait commencé à changer de couleur. Le vert était soudainement devenu plus terne et la pointe des feuilles avait pris une teinte orangée du plus bel effet.

— Ça, c'est un signe que le froid s'en vient, dit-elle à son mari au moment où il s'apprêtait à monter dans son camion pour aller travailler.

Comme pour lui donner raison, un immense voilier d'outardes criardes traversa le ciel, en route vers son territoire d'hibernation.

— S'il y a un ouvrage qui m'écœure, c'est ben d'étendre du fumier, déclara Norbert ce matin-là, peu après le départ de son père.

— On en ramasse tous les jours dans l'étable, lui fit remarquer Léopold.

— Je le sais, mais ça dure pas toute la journée.

C'était le troisième jour où le fils de Laurent Boisvert allait être astreint à accomplir ce travail une bonne partie de la journée en compagnie de l'employé et cela le dégoûtait. L'adolescent avait évidemment attendu que son père ait quitté la ferme à bord de son camion pour déclarer cela. Léopold ne dit rien, mais Corinne, occupée à laver la vaisselle sale du déjeuner avec Élise, ne laissa pas passer l'occasion d'intervenir.

— Si je me souviens bien, mon garçon, l'an passé, à ce temps-ci de l'année, tu me faisais une crise presque chaque matin parce que tu voulais plus aller à l'école. Tu voulais rester ici dedans pour devenir un bon habitant.

— Oui, mais…

— Ben là, tu restes avec nous autres et t'apprends que, sur une terre, il y a pas que des choses agréables à faire. Les récoltes poussent pas toutes seules, poursuivit-elle, il faut du fumier pour enrichir la terre.

— Je le sais ben, m'man, protesta Norbert, mais j'aime pas plus ça. J'ai les pieds là-dedans toute la journée et ça me lève le cœur.

— T'as pas le choix, il va falloir que tu t'habitues, trancha sa mère. Le fumier qu'on ramasse toute l'année dans l'étable sert à ça. Si personne l'étend, il servira à rien.

Quelques minutes plus tard, Norbert suivit Léopold et l'aida à atteler le blond au tombereau. Ensuite, armés de fourches, les deux jeunes hommes firent contourner l'étable à l'attelage avant de l'arrêter près de l'imposant tas de fumier.

— Calvas ! Dire qu'il nous reste tout ça à étendre, se plaignit Norbert en ne parvenant pas à réprimer une grimace de dégoût avant d'enfoncer sa fourche dans la petite colline de fumier odorant près de laquelle le tombereau venait de s'immobiliser.

Les pieds dans un liquide immonde, Léopold et lui se mirent à charger le véhicule en ahanant. Quelques minutes plus tard, l'employé allait signaler que le tombereau était suffisamment chargé quand son jeune compagnon de travail fit un mouvement brusque qui le déséquilibra soudainement.

— Maudit calvas ! hurla l'adolescent en battant l'air de ses bras après avoir échappé sa fourche à ses pieds.

— Fais attention ! le mit en garde inutilement Léopold en s'écartant de quelques pas pour ne pas être éclaboussé.

Norbert chercha vainement à se rattraper au tombereau, mais celui-ci était hors de portée. Malgré ses efforts désespérés, l'adolescent s'étala dans l'espèce de boue nauséabonde dans laquelle il pataugeait depuis quelques minutes.

Il y eut un bref silence durant lequel le fils de Corinne Boisvert chercha à se relever. Il ne réussit pas tant le sol était glissant. Il leva la tête et s'aperçut que son compagnon avait tout le mal du monde à ne pas éclater de rire.

— Maudit sans-cœur, viens au moins m'aider à me relever, lui ordonna-t-il, hors de lui.

L'employé des Boisvert s'avança prudemment vers lui et lui tendit l'extrémité de sa fourche.

— Tu pourrais au moins me tendre la main !

— T'es pas malade, toi, répliqua le jeune homme. J'ai pas envie d'être plein de fumier. Tiens-toi après ma fourche, je vais te tirer de là.

L'adolescent finit par reprendre pied et examina ses vêtements couverts de fumier.

— On peut pas dire que tu sens la rose, se moqua l'homme engagé en réprimant mal un fou rire. Pour moi, t'es mieux d'aller te laver au puits et de changer de linge.

— On le dirait, reconnut Norbert, de mauvaise humeur.

— Tu viendras me rejoindre dans le champ quand tu te seras changé, conclut Léopold en lui tournant le dos.

Il incita le blond à se mettre en marche et le tombereau s'éloigna. Offusqué, le cœur au bord des lèvres, Norbert revint lentement vers la maison et s'arrêta au pied de l'escalier conduisant à la galerie.

— M'man ! cria-t-il à sa mère qu'il savait en train de préparer la pâte du pain qu'elle allait faire cuire durant l'avant-midi dans son four.

Corinne apparut immédiatement derrière la porte moustiquaire.

— Ah ben, il manquait plus que ça ! s'exclama-t-elle en poussant la porte avant de s'avancer sur la galerie. Viens pas me dire que t'es tombé dans le fumier.

— D'après vous ? fit l'adolescent sur un ton ulcéré. Et j'ai pas fait exprès, à part ça !

— Je l'espère bien, ajouta sa mère. Tu sens mauvais comme un putois. Là, reste pas planté devant la galerie comme un membre inutile. Prends les deux serviettes qui sont sur le bord du puits et lave-toi. Après, tu iras te changer dans la remise. Je vais aller te chercher du linge propre. Tu mettras ton linge sale dans le *boiler* que je vais laisser sur la galerie, je vais le remplir d'eau chaude.

Quelques minutes plus tard, Norbert, lavé et portant des vêtements propres, s'apprêtait à aller rejoindre Léopold quand sa mère apparut sur la galerie.

— Est-ce que tout est correct ? demanda-t-elle à son fils.

— Oui, m'man.

— Bon, à cette heure, essaye juste d'étendre le fumier, cherche pas à en manger, lui dit-elle avec humour.

— Vous êtes ben drôle, m'man, répliqua l'adolescent en tournant les talons.

Devant la fureur de son fils, Corinne ne put s'empêcher d'éclater de rire.

*
**

Le samedi soir suivant, Laurent Boisvert sembla avoir décidé de demeurer à la maison pour une seconde semaine. Après le souper, Corinne le vit par la fenêtre effectuer deux ou trois brèves visites à la grange alors qu'elle finissait de ranger la cuisine avec l'aide d'Élise.

Bien sûr, elle connaissait maintenant la raison de ces va-et-vient. Elle avait découvert au début de la semaine l'endroit où il dissimulait quelques bouteilles de caribou. Elle était même allée en plusieurs occasions vérifier à quel rythme les provisions de son mari baissaient. Tout tendait à prouver que ce dernier faisait une consommation déraisonnable de cet alcool.

— S'il continue à boire comme ça, il va finir par se tuer. Ça a pas de bon sens ! En plus, j'aimerais bien savoir avec quel argent il arrive à se payer autant de boisson, n'avait-elle cessé de répéter à voix haute alors qu'elle se trouvait seule dans la maison.

Cette semaine-là, elle avait vainement tenté de se rassurer en se disant qu'il était peut-être préférable qu'il boive à la maison plutôt qu'à l'hôtel, mais en son for intérieur, elle savait très bien qu'il était anormal que Laurent boive à un tel rythme et en cachette.

Ce soir-là, dès la dernière assiette rangée dans l'armoire, elle accorda la permission à Norbert d'aller passer une heure ou deux chez son ami Brisebois alors que

Léopold, fidèle à son habitude, montait à sa chambre après avoir fumé tranquillement sa pipe.

— Vous deux, allez vous installer dans la balançoire, ordonna la mère de famille à Élise et Lionel en retirant son tablier. J'ai à parler à votre père.

Corinne attendit que ses enfants se soient éloignés de la maison pour venir s'asseoir aux côtés de son mari qui se berçait, l'air maussade, à l'extrémité de la galerie.

— Tu sors pas à soir ? lui demanda-t-elle sur un ton neutre.

— Tu le vois ben.

— Est-ce que t'as décidé de plus sortir le samedi soir parce que t'aimes mieux, à cette heure, boire à la maison ?

Laurent tourna brusquement la tête en direction de sa femme et lui jeta un regard furieux.

— Pourquoi tu demandes ça ?

— Parce que c'est ce que tu fais depuis au moins une semaine, répondit-elle sans élever la voix. Écoute, Laurent Boisvert, prends-moi pas pour une folle. J'ai des yeux pour voir.

— Non, t'es juste une maudite fouineuse, par exemple, dit-il rageusement.

— Tu pensais tout de même pas que personne dans la maison remarquerait pas que t'allais quatre ou cinq fois par soir dans la grange ?

— J'ai le droit de faire ce que je veux chez nous, calvaire ! s'insurgea-t-il. C'est pas de tes maudites affaires ! Si j'ai envie de boire, je vais boire et il y a personne qui va venir m'en empêcher.

Corinne laissa passer l'orage et attendit avant de reprendre la parole sur un ton raisonnable.

— Moi, j'ai peur que tu te rendes malade à force de

boire, dit-elle à son mari qui arborait une mine on ne peut plus renfrognée.

— Ça te regarde pas.

— Pense aux enfants, fit-elle sur un ton un peu suppliant.

— Qu'est-ce qu'ils viennent faire là-dedans, eux autres ?

— Ils sont pas fous. Ils savent que tu vas boire en cachette dans la grange.

— Eux autres, ils ont rien à dire. Ils me doivent le respect. C'est moi qui apporte le manger sur la table ici dedans.

— Le respect, ça se mérite, ça se commande pas, répliqua Corinne avec justesse.

Laurent se leva brusquement, descendit de la galerie et prit la direction de la grange. Il n'y resta que quelques instants. Quand il en sortit, il portait dans une main une bouteille de caribou à demi pleine. Sans dire un mot, il revint s'asseoir dans sa chaise berçante, près de son épouse, déboucha la bouteille et en but une large rasade en affichant un air de profonde satisfaction. Il déposa ensuite la bouteille d'alcool près de sa chaise, à portée de la main.

— Si tout le monde est au courant, je vois pas pourquoi je passerais mon temps à aller à la grange, dit-il d'une voix un peu avinée.

Sa femme n'avait rien dit, se bornant à le regarder avec pitié.

Finalement, elle tenta de relancer la conversation en lui disant :

— J'aimerais bien savoir avec quel argent tu paies toute cette boisson-là.

— Ça, c'est une autre affaire qui te regarde pas

pantoute, lui répondit-il d'une voix cinglante avant de se pencher pour reprendre en main la bouteille d'alcool.

Corinne quitta alors sa chaise berçante et héla Élise et Lionel en train de s'amuser dans la balançoire.

— Entrez dans la maison, les enfants, leur ordonna-t-elle. Il commence à faire noir.

Elle les suivit à l'intérieur, alluma une lampe et leur proposa de jouer aux cartes durant quelques minutes avant de réciter la prière du soir. Norbert, revenu de chez les Brisebois, se joignit à eux.

Plus tard, après que les enfants furent montés se mettre au lit, Corinne alla se préparer pour la nuit. Avant de se retirer dans sa chambre à coucher, la jeune femme poussa doucement la porte moustiquaire pour voir ce que faisait Laurent. Ce dernier, affalé dans sa chaise berçante, s'était endormi, la bouteille de caribou vide à ses pieds. Elle décida de le laisser cuver son alcool sur place et rentra se coucher.

Elle fut réveillée un peu avant l'aube par son mari qui venait de se laisser tomber, tout habillé, dans le lit, à ses côtés. Elle lui tourna le dos en poussant un soupir d'exaspération alors qu'il se mettait à ronfler bruyamment.

Chapitre 16

La honte

Le premier mardi d'octobre, Corinne prit la résolution de commencer son grand ménage d'automne le jour même parce qu'il faisait de plus en plus froid et humide dans la cuisine d'été. Ce matin-là, avant même le départ des enfants pour l'école, elle avait fini de pétrir sa pâte de manière à être prête à faire cuire son pain avant de commencer le nettoyage de la pièce qui avait servi à toute la famille durant les cinq derniers mois. Quelques minutes plus tôt, Norbert avait allumé le four dans la cour avant de prendre la direction du champ de sarrasin qu'il devait faucher en compagnie de Léopold.

Lorsqu'elle jugea sa pâte suffisamment gonflée par le levain, elle la répartit dans huit contenants. Elle en transporta quatre à l'extérieur et les déposa dans le four après avoir vérifié si la chaleur était adéquate.

Quelques minutes plus tard, elle venait à peine de remettre en place les tuyaux du poêle qu'elle avait vidés de leur suie quand un bruit de voix à l'extérieur l'attira à l'une des fenêtres de sa cuisine. Elle aperçut alors deux étrangers debout à l'entrée de la cour de la ferme. Ils avaient immobilisé leur boghei sur le bord du chemin. L'un et l'autre semblaient hésiter à venir frapper à la porte de la maison. Durant un court moment, la maîtresse de maison les épia, hésitant sur la conduite à tenir.

Les deux hommes étaient solidement charpentés et n'avaient pas l'air particulièrement commodes. L'un et l'autre possédaient une grosse tête ronde posée sur un cou puissant. À y regarder de près, Corinne eut tout de suite l'impression qu'il s'agissait de parents tant la ressemblance physique était frappante. Cependant, l'un semblait un peu plus âgé que l'autre. À première vue, l'aîné pouvait avoir, une quarantaine d'années et ses tempes avaient commencé à s'éclaircir sérieusement.

Finalement, elle se décida à abandonner sa serpillière contre l'armoire et elle poussa la porte moustiquaire. Debout sur sa galerie, elle demanda aux deux inconnus ce qu'ils voulaient.

— Est-ce que vous cherchez quelque chose ? leur demanda-t-elle en demeurant prudemment près de la porte.

Les deux hommes se regardèrent, comme s'ils étaient étonnés de la voir à cet endroit. Ils s'avancèrent jusqu'à la maison et Corinne put alors se rendre compte qu'ils avaient des épaules massives et que leur large visage à la lourde mâchoire n'exprimait aucune douceur.

— Excusez-nous, madame, fit l'aîné des deux hommes en faisant un effort évident pour se montrer aimable, mais on cherche un nommé Laurent Boisvert.

— Vous êtes bien chez Laurent Boisvert, rétorqua Corinne, intriguée.

— Vous êtes une parente ? Sa sœur ? demanda le cadet.

— Non, sa femme. Vous êtes qui ? J'ai pas entendu vos noms, fit Corinne.

— Moi, je m'appelle Constant Laliberté, dit le plus jeune en s'avançant. Lui, c'est mon frère Armand.

— Vous êtes pas de Saint-Paul, reprit la maîtresse de maison.

— Non, madame, on est de Yamaska.

— Vous avez affaire à mon mari ? demanda-t-elle, curieuse.

— Non, madame. Je pense qu'on s'est trompés de place. Depuis deux semaines, nous autres, on cherche un nommé Laurent Boisvert qui est pas marié, répondit Armand Laliberté en faisant quelques pas vers la maison, suivi de près par son jeune frère.

— À ce moment-là, c'est sûr que vous êtes pas à la bonne place, affirma Corinne avec un sourire. Mon Laurent est marié et il a cinq enfants.

— Bon, on s'excuse de vous avoir dérangée, dit l'aîné des deux hommes. Il faut comprendre, le Laurent Boisvert qu'on cherche nous a fait croire qu'il restait à Sorel. C'est pas les Boisvert qui manquent à Sorel. On en a trouvé trois, mais c'était pas eux autres. On l'a cherché partout. On l'a pas trouvé.

— Mon Dieu ! On peut dire que vous tenez vraiment à le trouver ! s'exclama Corinne, de plus en plus intriguée.

— Ça, vous pouvez le dire, madame, dit Constant Laliberté, l'air soudain mauvais.

— Le problème, c'est qu'on sait à peu près rien sur lui, admit son frère, à son tour. Tout ce qu'on sait, c'est ce que notre sœur Amélie nous en a dit, poursuivit-il.

L'évocation de ce prénom fit légèrement sursauter la jeune femme qui se rappela soudain la remarque d'un passant à demi ivre le printemps précédent, quand elle était allée livrer ses courtepointes et ses catalognes à

Yamaska. Si sa mémoire lui était fidèle, l'homme avait demandé à Norbert si Laurent était venu voir une Amélie au milieu de l'après-midi au lieu d'attendre le samedi soir, comme d'habitude.

— Vous savez juste son nom ? demanda-t-elle, le cœur battant.

— À peu près, reprit le plus jeune des frères Laliberté. À part ça, on sait qu'il a un *truck* vert. Même si ça doit pas être un cultivateur, on a pris une chance en venant à Saint-Paul parce que quelqu'un nous a dit qu'il connaissait un Boisvert qui avait un *truck*.

— Mon mari a pas de *truck*, admit Corinne, mais il en conduit un qui est à son père…

Les deux frères se firent tout de suite attentifs. Il était évident qu'ils croyaient avoir enfin trouvé l'homme qu'ils cherchaient depuis quelques semaines.

— C'est sûrement pas lui, reprit Armand Laliberté, l'air faussement désintéressé, mais où est-ce qu'on pourrait le trouver, juste pour voir ? demanda-t-il.

— À matin, il m'a dit qu'il allait transporter du gravier sur la route de Saint-Elphège. Vous devriez le trouver dans ce coin-là.

— Merci ben, madame.

— Mais est-ce que je peux savoir ce que vous voulez à votre Laurent Boisvert ?

Les deux frères se regardèrent pendant un bref moment, l'air plutôt indécis.

— Écoutez, madame Boisvert, je sais pas trop comment vous dire ça, reprit Armand Laliberté en cherchant ses mots de toute évidence. C'est pas mal gênant à dire.

Il consulta son frère du regard avant de poursuivre sur un ton embarrassé :

— Le Laurent Boisvert qu'on essaye de trouver a mis notre sœur en famille et on veut l'obliger à la marier avant que ça paraisse trop.

En entendant ces paroles, le visage de Corinne pâlit et elle dut faire un effort terrible pour ne pas montrer son malaise.

— Amélie prend soin de notre mère depuis des années. Elle reste toute seule avec elle, expliqua son frère Constant en prenant le relais. Elle a rencontré ce gars-là l'année passée et il lui a fait toutes sortes de promesses. Elle l'a cru, cet écœurant-là. Quand elle a appris le mois passé qu'elle était en famille, elle le lui a dit. Depuis ce jour-là, il a disparu.

— Ce qui est sûr, c'est que ce gars-là s'en tirera pas comme ça, affirma Armand, l'air menaçant, en serrant convulsivement ses larges poings. On va ben finir par lui mettre la main dessus, ce bâtard-là ! Il va réparer ou il va dire pourquoi, ajouta-t-il sur un ton qui fit peur à Corinne.

Les deux hommes avaient l'air si déterminés à venger l'honneur de leur sœur que Corinne ne put s'empêcher de frissonner d'appréhension.

Finalement, ils prirent congé et remontèrent en voiture. Corinne demeura debout sur la galerie durant quelques minutes, incapable de se décider à rentrer pour poursuivre sa tâche.

Tout prouvait que celui que les deux hommes recherchaient avec tant de hargne était bien son mari. Le même nom. Il conduisait un camion. Les camions étaient tellement rares… Le prénom de la sœur… Enfin et surtout, le fait que son mari ne sortait plus le samedi soir depuis que les Laliberté s'étaient lancés à sa recherche.

— Mon Dieu ! Qu'est-ce qui va encore nous arriver ? gémit-elle. Qu'est-ce qu'il a fait là ?

Elle sentit ses jambes se dérober sous elle et elle se laissa tomber sur une chaise. Puis, elle se mit à craindre pour la vie de son mari.

— Ils sont bien capables de le tuer s'ils le trouvent, murmura-t-elle pour elle-même. Qu'est-ce que j'ai fait là ? J'aurais jamais dû leur dire où il était.

Puis, peu à peu, la consternation céda le pas à l'humiliation d'avoir été trompée qui elle-même se transforma en une rage folle.

— Je me désâme du matin au soir depuis qu'on est mariés ! Je lui ai donné cinq enfants ! Je lui ai pourtant jamais rien refusé... Et c'est comme ça qu'il me remercie, le saudit sans-cœur ! dit-elle à voix haute. Ben, si c'est comme ça, j'espère que les deux frères vont lui mettre la main dessus et lui faire payer tout le mal qu'il fait aux autres.

Elle serra les dents et rentra dans la maison en faisant claquer la porte moustiquaire. Elle passa sa colère en poursuivant son ménage avec une brusquerie qui n'était pas dans sa nature de femme douce et accommodante. Elle se souvint à temps d'aller retirer ses miches de pain du four pour les remplacer par les quatre derniers contenants de pâte.

— Une chance que les enfants étaient pas là pour entendre ça ! dit-elle en remplissant son seau d'eau chaude tirée de ce qu'elle appelait le *boiler* du poêle.

Tout en lavant les murs et le parquet, elle ne cessa de se demander quelle conduite elle devait adopter dans ce qui était un véritable drame qui frappait les siens.

Cette honte n'allait pas rester cachée bien longtemps. Tout allait finir par se savoir. Rien ne certifiait que les frères Laliberté allaient faire en sorte de dissimuler ce qui arrivait à leur sœur. Pourquoi ne viendraient-ils pas répandre dans Saint-Paul-des-Prés le bruit que Laurent Boisvert avait séduit leur sœur ? Si cela se savait, comment ses enfants allaient-ils réagir ? Et elle, qu'allait-elle faire ? Elle ne pourrait pas feindre bien longtemps de tout ignorer…

Elle devrait le quitter sans attendre de devenir la risée de toute la paroisse. Mais où aller ? Si son père était encore vivant, elle n'aurait pas hésité un instant. Elle aurait plié bagage et serait retournée à Saint-François-du-Lac avec ses enfants. Mais là, la situation avait beaucoup changé. Sa mère avait beau être encore propriétaire de la ferme, il n'en restait pas moins qu'Anatole et Thérèse étaient les véritables maîtres des lieux. Non, elle ne partirait pas. C'est lui qui allait quitter la maison. Après tout, c'est beaucoup plus elle que lui qui exploitait la ferme depuis leur mariage.

— Si je m'écoutais, dit-elle, les yeux pleins de larmes, je l'assommerais. J'en peux plus d'endurer un calvaire pareil ! ajouta-t-elle dans un de ses rares moments de faiblesse.

Quand elle entendit Norbert et Léopold parler dans la cour, prêts à entrer dans la maison pour dîner, elle s'essuya les yeux et se dépêcha de dresser le couvert dans la cuisine d'hiver.

— Enlevez vos bottes sur la galerie, leur cria-t-elle en se dirigeant vers la cuisine d'hiver où le repas allait être servi pour la première fois de la saison. La cuisine d'été a été nettoyée.

L'employé et l'adolescent obéirent avant de venir s'attabler.

— J'ai pas eu le temps de faire un gros repas à midi,

s'excusa-t-elle. Tout ce que j'ai, c'est de la tête fromagée et du pain que je viens de sortir du four. Elle déposa tout cela au milieu de la table avant d'aller chercher le carafon de sirop d'érable dans le garde-manger. Elle prit place ensuite à table, mais elle mangea si peu que Norbert s'en inquiéta.

— Vous mangez pas, m'man ?

— Non, j'ai pas bien faim. J'ai mal à la tête, mentit-elle.

— Vous en avez trop fait à matin, madame Boisvert, intervint Léopold avec sollicitude. Vous devriez vous reposer un peu cet après-midi.

— C'est peut-être ce que je vais faire, reconnut-elle. Mais avant de retourner dans le champ, vous seriez fins de m'atteler le blond. J'ai affaire au village.

— Mais, m'man, on aurait besoin du cheval cet après-midi. On a presque fini de faucher et on voudrait ben rentrer le sarrasin avant qu'il mouille, protesta Norbert.

— Je serai pas longtemps partie. Ça vous retardera pas, promit-elle à son fils et à son employé.

En fait, elle venait de prendre la décision d'aller voir le curé Bilodeau pour lui demander conseil. Même si elle n'était pas du genre à aller voir le curé chaque fois qu'elle avait un problème à résoudre, comme beaucoup de paroissiennes, elle sentait tout de même le besoin de consulter quelqu'un qui n'était pas de la famille.

Dans les circonstances, elle regrettait un peu que les Boisvert soient si peu en odeur de sainteté à Saint-Paul-des-Prés à cause des démêlés de son beau-père avec le curé actuel. Il était évident que ce dernier s'était toujours arrangé pour que ce soit son vicaire qui fasse la visite paroissiale dans le rang Saint-Joseph, de manière à ne pas avoir à visiter un Boisvert, tellement il les aimait peu. C'est du moins ce que Laurent croyait et elle n'était pas loin de partager son avis.

Après le repas, elle s'empressa de ranger la cuisine avant de disparaître dans sa chambre à coucher d'où elle sortit, quelques instants plus tard, vêtue de sa robe du dimanche et coiffée. Elle s'était contentée de planter un peigne d'écaille dans son chignon blond avant de déposer un petit chapeau à voilette sur sa tête. À peine venait-elle d'endosser son léger manteau d'automne bleu marine que Léopold avançait le boghei près de la maison.

— Je serai pas longue, les garçons, promit-elle en encourageant le blond à avancer.

*
**

Quelques minutes plus tard, Corinne frappa à la porte du presbytère et Mance Rivest, l'air toujours aussi peu aimable, vint lui ouvrir. Pendant le court trajet qui l'avait conduite au village, la jeune femme avait pris la décision de parler au curé Bilodeau plutôt qu'à l'un ou l'autre des deux nouveaux vicaires qui venaient de s'installer dans la paroisse. L'un lui semblait trop jeune pour bien comprendre son problème alors que l'autre ne lui inspirait guère confiance.

— Est-ce que je peux parler à monsieur le curé ? demanda-t-elle à la servante qui venait de s'effacer devant elle pour la laisser entrer.

— Je vais aller voir s'il peut vous recevoir, fit Mance Rivest en lui ouvrant la porte de la petite salle d'attente.

L'épouse de Laurent Boisvert s'assit sur l'une des six chaises placées le long du mur et, les mains posées dans son giron, elle se demanda si elle avait raison de venir consulter un prêtre qui n'aimait pas particulièrement les Boisvert. Au moment où elle allait se lever pour se retirer sans attendre le curé Bilodeau, ce dernier ouvrit la porte de la salle. Il eut un vague rictus de contrariété en voyant à qui il avait affaire.

— Je peux faire quelque chose pour vous, madame Boisvert ? demanda-t-il sur un ton peu amène.

— J'aurais aimé vous parler, monsieur le curé, mais si ça vous dérange, je repasserai plus tard.

— Non, c'est correct. Passez dans mon bureau, lui commanda-t-il en lui faisant signe de le suivre.

Le prêtre ouvrit la porte de son bureau, lui indiqua de la main une chaise avant d'aller s'asseoir dans son fauteuil, de l'autre côté de l'imposant meuble en chêne qui occupait une bonne partie de la pièce.

— Je vous écoute, madame, dit-il à Corinne sans la moindre chaleur, en la regardant par-dessus ses lunettes à fine monture d'acier.

Corinne garda le silence pendant un moment. Elle cherchait les bons mots pour raconter le malheur qui lui arrivait. Elle était déchirée entre le besoin de trouver un appui et la honte d'être devenue une femme trompée. Finalement, ce fut plus fort qu'elle. Les mots se précipitèrent et elle raconta au prêtre impassible l'ivrognerie de son mari et son infidélité.

— Je m'en doutais, monsieur le curé, dit-elle en se tamponnant les yeux avec un mouchoir qu'elle venait de tirer de sa bourse, mais là, il paraît que la fille attend un enfant de lui. J'en peux plus. Je sais plus quoi faire, admit-elle.

— Quel âge a votre mari ? lui demanda Charles Bilodeau.

— Trente-huit ans, monsieur le curé.

— Et vous ?

— Je viens d'en avoir trente-six.

— Vous faites régulièrement votre devoir de femme mariée ?

— Je me suis jamais refusée à mon mari, avoua Corinne, rougissante.

— Quel âge a votre dernier enfant ?

— Sept ans, monsieur le curé.

— Si je comprends bien, dit sèchement le curé Bilodeau, vous empêchez la famille…

— Mais j'ai déjà cinq enfants et j'en ai perdu un, protesta Corinne d'une voix faible.

— Mais ça excuse rien ! s'écria le prêtre. Il y a dans cette paroisse des familles de quatorze et même de seize enfants. Est-ce que vous manqueriez de courage, par hasard ? Manquez-vous de confiance en Dieu au point de croire qu'il vous donnera pas la force de remplir votre devoir ?

Corinne fit un signe de dénégation de la tête peu convaincant.

— Savez-vous, madame, que vous êtes en état de péché mortel ? Si la mort vous frappait là, maintenant, vous iriez directement brûler dans les flammes de l'enfer pour l'éternité.

Corinne se tamponna les yeux de nouveau avec son mouchoir, effrayée subitement par le châtiment éternel qui la guettait.

— Vous empêchez la famille, madame, et après, vous venez vous plaindre que votre mari vous délaisse pour une autre ! Mais c'est Dieu qui vous punit ! Si vous aviez fait votre devoir de mère chrétienne, rien de tel ne serait arrivé, vous m'entendez ?

Figée au bord de sa chaise, Corinne avait soudainement pâli sous l'algarade que lui servait le prêtre dont la voix enflait progressivement.

— Si vous êtes venue chercher un conseil, madame, le voici. Tout ce qui vous reste à faire, c'est de rentrer dans le droit chemin. Arrêtez de penser à vous. Priez pour le salut de votre âme et de celle de votre mari. Dites-vous que votre rôle, c'est de voir à ce que votre foyer soit un foyer chrétien.

Corinne se leva, les jambes légèrement tremblantes.

— Merci, monsieur le curé, balbutia-t-elle.

— Oubliez pas de venir vous confesser le plus vite possible pour rentrer dans les bonnes grâces de Dieu, lui rappela-t-il en se levant à son tour pour lui ouvrir la porte.

La jeune femme s'empressa de quitter le presbytère où elle avait l'impression d'étouffer. Elle monta dans le boghei et reprit la route du rang Saint-Joseph. Il lui fallut quelques minutes avant qu'une folle colère l'envahisse progressivement. Elle s'en voulait, et en voulait au curé Bilodeau et à son mari.

— J'ai été bien niaiseuse d'aller lui parler de ça, dit-elle à mi-voix. Comme s'il était capable de comprendre quoi que ce soit là-dedans ! J'aurais bien pu rester à la maison ! De toute façon, on le sait bien, quoi qu'il arrive, ce sera toujours ma faute…

Quand elle arrêta la voiture dans la cour, Léopold vint au-devant d'elle pour se charger de l'attelage.

— Je pense qu'on va avoir juste le temps de charger le sarrasin avant qu'il commence à mouiller, lui annonça-t-il.

— Vous aurez juste à mettre la voiture chargée à

l'abri, dans la grange, lui conseilla-t-elle avec un pauvre sourire.

Corinne rentra dans la maison. Après avoir changé de robe, elle aurait dû aller déterrer les dernières carottes du jardin pour les entreposer dans le caveau à légumes, mais elle se sentait sans énergie. Elle se contenta de rallumer le poêle et s'assit dans l'une des chaises berçantes placées près d'une fenêtre, regardant le paysage sans le voir.

Le feuillage orangé et or des arbres donnait des touches de couleur aux champs dénudés du rang Saint-Joseph. Quelques feuilles racornies avaient été poussées par le vent sur la route et dans les fossés. Des mouettes criardes s'abattaient sur les sillons tracés par Arthur Rocheleau, qui achevait ses labours d'automne. À l'ouest, le ciel avait pris une couleur plombée annonciatrice d'orage.

Durant plus d'une heure, la jeune mère de famille s'interrogea sur la conduite à tenir quand son mari rentrerait. Elle aurait aimé pouvoir le mettre à la porte après lui avoir révélé qu'elle savait tout. Impossible. La terre lui appartenait et il aurait tôt fait de la mettre au pas. Si encore elle avait pu partir avec ses enfants… Mais elle ne pouvait aller se réfugier nulle part et elle ne possédait pas suffisamment d'argent pour survivre.

Si elle demeurait à la maison, quel comportement devait-elle adopter ? Feindre de ne rien savoir ou faire une crise de jalousie qui ne ferait que le flatter ou le rendre furieux ? Faire l'autruche aurait certes l'avantage de préserver la paix dans son foyer, mais à quel prix ! Elle avait beau examiner chaque scénario, elle se sentait déchirée, incapable de prendre une décision. Finalement, elle opta pour ce qui lui semblait être l'unique solution :

lui montrer qu'elle savait tout et, contrairement à ce que le curé Bilodeau lui avait conseillé, se refuser dorénavant à lui. Cette trahison venait de tuer définitivement les derniers vestiges d'un amour qu'elle avait jadis éprouvé à son endroit.

Une fois cette résolution prise, elle se secoua pour commencer à préparer le souper. Quand Élise et Lionel rentrèrent de l'école, elle les pressa d'aller changer de vêtements. Elle envoya ensuite son fils cadet chercher les vaches pendant qu'elle prenait la direction de l'étable pour commencer le train. Léopold et Norbert n'en avaient pas encore fini avec le sarrasin. Au moment où elle sortait de la maison, les premières gouttes de pluie se mirent à tomber.

— Grouille-toi d'aller chercher les vaches ! cria-t-elle à Lionel. Tu vas rentrer mouillé comme une soupe.

Ce soir-là, Laurent ne rentra pas vers six heures, comme il le faisait d'habitude. Après avoir attendu un bon moment, Corinne servit à souper à Léopold et à ses enfants et, avec l'aide d'Élise, lava la vaisselle et rangea la pièce après le repas. Elle plaça la portion de son mari au réchaud. Depuis quelques minutes, la pluie avait redoublé et tambourinait sur les vitres.

Léopold s'était installé à un bout de la table avec un jeu de cartes pour faire une patience pendant qu'Élise et Lionel faisaient leurs devoirs à la lueur de la lampe à huile posée au centre de la table. Pour sa part, Corinne s'était assise près du poêle et reprisait des vêtements tirés de son panier en osier posé à ses pieds.

— Comment ça se fait que p'pa soit pas encore arrivé ? demanda Norbert sur le coup de huit heures, en revenant de sa chambre à coucher, à l'étage.

— On va le savoir quand il arrivera, se borna à dire

sa mère. Là, on va faire tout de suite la prière et, après, vous pourrez aller vous coucher, dit-elle en visant les deux plus jeunes.

Une heure plus tard, Corinne se retrouva seule. Fatiguée, elle ne trouva aucune bonne raison d'attendre le retour de son mari dont le retard aurait dû normalement l'inquiéter.

— Il a dû s'arrêter quelque part pour boire, murmura-t-elle en s'avançant vers l'horloge murale dont elle remonta le mécanisme, persuadée que son mari oublierait de le faire à son retour s'il rentrait ivre.

Elle jeta deux rondins dans le poêle pour chasser l'humidité et prit la direction de sa chambre à coucher où elle se prépara pour la nuit. Avant de souffler la lampe, elle entrouvrit la porte de la pièce et jeta un coup d'œil vers l'unique fenêtre sur laquelle ruisselait la pluie. À l'extérieur, il faisait aussi noir que dans un four. Elle se glissa sous les couvertures, persuadée que le sommeil allait la fuir durant des heures. Elle se trompait. Épuisée par toutes les émotions de la journée, elle sombra dans un sommeil si profond qu'elle pensa qu'elle venait à peine de s'endormir quand elle se réveilla en sursaut.

Assise dans le noir, elle tâta le lit à côté d'elle par réflexe pour vérifier si Laurent était rentré. La place était vide. Elle entendit à ce moment l'horloge sonner à onze reprises dans la pièce voisine. Soudain, le claquement d'une portière lui fit tourner inutilement la tête vers la fenêtre. Elle réalisa alors que c'était le bruit du camion de Laurent qui l'avait réveillée.

Avant même de se rendre compte qu'elle cherchait à voir à l'extérieur par une fenêtre qui donnait sur la route et non sur la cour de la ferme, des bruits de pas se firent entendre sur la galerie. Des portes furent ouvertes et fermées sans grande précaution. Elle se recoucha et décida de feindre de dormir.

Aux aguets dans l'obscurité, Corinne remarqua que son mari traînait les pieds, comme lorsqu'il rentrait particulièrement ivre. Elle attendit un long moment, croyant qu'il allait finir par pénétrer dans la pièce sans allumer de lampe et se coucher. Finalement, elle ouvrit les yeux pour apercevoir la lueur d'une lampe à huile allumée dans la pièce voisine. Elle pensa d'abord qu'il était en train de manger quelque chose puisqu'il n'était pas rentré souper, mais l'absence de bruit dans la cuisine finit par l'inciter à repousser les couvertures et à se lever pour aller voir ce qui se passait.

En posant le pied dans la pièce, elle découvrit avec stupéfaction son mari, écroulé sur une chaise berçante près du poêle éteint. La lampe à huile allumée sur la table ne lui permettait pas de bien le voir.

— Qu'est-ce que tu fais là, dans le noir ? lui demanda-t-elle.

Elle n'obtint aucune réponse.

— Qu'est-ce que t'attends pour venir te coucher ? insista-t-elle en s'approchant.

Seul un grognement lui répondit. Elle devina immédiatement que quelque chose n'allait pas. Elle se précipita vers la table pour s'emparer de la lampe à huile et l'approcha de son mari pour mieux le voir.

— Mon Dieu ! s'exclama-t-elle, effrayée, en voyant dans quel état il était.

Laurent avait le visage tout ensanglanté et il serrait ses bras contre sa poitrine. Elle approcha encore plus la lampe pour mieux l'examiner, ce qui entraîna une plainte de protestation du blessé. Il avait une longue estafilade sur le front et ses deux pommettes étaient éclatées. Ses yeux n'étaient plus que deux fentes minuscules qu'il semblait incapable d'ouvrir plus grand.

— As-tu eu un accident avec le *truck* de ton père ? lui demanda-t-elle, en constatant avec horreur qu'elle était incapable d'éprouver la moindre compassion pour lui.

— Non, parvint-il à dire à travers ses lèvres tuméfiées.

— Qu'est-ce qui t'est arrivé, bonne sainte Anne ?

— Deux gars à qui j'avais rien fait m'ont sauté dessus, les enfants de chienne ! expliqua-t-il d'une voix chuintante.

— Ce serait pas les frères Laliberté, par hasard ? fit Corinne en se redressant.

— Comment tu veux que je le sache, maudit sacrement ! Si jamais je les poigne, ces gars-là, ils sont pas mieux que morts.

— En attendant, c'est toi qui as l'air à moitié mort, laissa-t-elle sèchement tomber. As-tu quelque chose de cassé ? reprit-elle en déposant finalement la lampe sur le poêle éteint.

— Achale-moi pas, lui ordonna-t-il. Je suis capable de me débrouiller tout seul, ajouta-t-il en cherchant à se lever.

Il fut incapable de se mettre sur ses pieds et se mit à geindre. Corinne sentit alors une vague odeur d'alcool et choisit de ne pas lui demander ce que les frères Laliberté avaient à lui reprocher. Cela se ferait plus tard. Elle poussa un soupir d'exaspération, déposa la lampe sur le bord de la fenêtre et alluma le poêle.

— Qu'est-ce que tu fais là ? lui demanda Laurent en grimaçant de douleur.

— Je te fais chauffer de l'eau pour que tu puisses au moins te nettoyer le visage. T'es plein de sang.

Sans plus se préoccuper de lui, elle alla dans l'armoire chercher de l'alcool à friction et du mercurochrome qu'elle déposa sur la table. Elle trouva même un petit morceau de lard qu'il pourrait toujours appliquer sur l'une de ses blessures, si le cœur lui en disait. Pendant ce temps, Laurent avait fermé les yeux. Quand il les rouvrit, sa femme se contenta de lui dire :

— T'as tout ce qu'il te faut pour te soigner sur la table. Moi, je m'en vais me coucher en haut, dans la chambre de Madeleine.

— Tu pourrais me donner un coup de main, fit-il d'une voix geignarde.

— Non, dit-elle d'une voix tranchante. Débrouille-toi tout seul.

Sans plus d'explication, elle monta à l'étage, le laissant seul à soigner ses plaies.

*
**

Le lendemain matin, Corinne ouvrit les yeux dès que la clarté de l'aube envahit la chambre où elle avait très mal dormi. Elle se leva, enfila sa vieille robe de chambre bleue et descendit dans la cuisine où elle s'empressa d'allumer le poêle pour chasser l'humidité qui avait envahi la maison. Elle déposa la théière sur le poêle avant de se diriger vers la chambre au pied de l'escalier. Elle ouvrit la porte silencieusement et découvrit son mari, endormi et tout habillé, en position assise contre les oreillers placés à la tête du lit. Son cœur se serra à la vue de son visage qui n'avait pratiquement pas forme humaine. Elle s'habilla rapidement, coiffa son chignon blond et allait sortir, quand elle entendit Laurent gémir dans son sommeil.

— Qu'est-ce que t'as ? lui demanda-t-elle en s'approchant du lit. Où est-ce que t'as mal ?

Il ouvrit péniblement les yeux et sembla éprouver de la difficulté à reprendre pied dans la réalité.

— J'ai de la misère à respirer, se plaignit-il, l'air misérable.

— Si c'est comme ça, je vais envoyer Norbert chercher le docteur après le train.

— Non, c'est pas nécessaire, affirma-t-il dans une grimace.

— Tu guériras pas comme ça, en faisant rien, se borna-t-elle à lui dire avant de sortir de la pièce en refermant la porte derrière elle.

Elle réveilla Léopold et les enfants. La maison se remplit des bruits matinaux familiers. Pendant qu'elle préparait le déjeuner, le train fut fait et les enfants revinrent s'habiller proprement, prêts à manger avant d'aller à l'école.

— P'pa va pas travailler à matin ? demanda Norbert en ne voyant pas son père assis au bout de la table, comme il le faisait tous les matins.

— Non, il est malade à matin, déclara sa mère. Dépêche-toi de manger. En allant porter le sarrasin au moulin avec Léopold, tu pourras arrêter chez le docteur pour lui demander de venir voir ton père. Après, en chemin, t'arrêteras chez ton grand-père pour lui dire que ton père pourra pas aller travailler pendant une couple de jours parce qu'il est malade. Si vous voyez qu'on peut moudre le sarrasin aujourd'hui, attendez vos poches de farine avant de revenir. Ça vous évitera de faire un autre voyage à Saint-David. En revenant, vous pourriez même en laisser une poche de cinquante livres chez Duquette. Il nous l'a commandée.

— Est-ce qu'on peut aller voir p'pa ? demanda Lionel.

— Non, il vient juste de s'endormir, mentit sa mère. Surtout, parlez pas trop fort pour pas le réveiller.

Une demi-heure plus tard, la maison se vida. Élise et son jeune frère se hissèrent tant bien que mal à l'arrière de la *waggine* dans laquelle Norbert et Léopold avaient chargé le sarrasin. Ils désiraient que ces derniers les laissent à l'école du rang au passage. Corinne sortit à l'extérieur à l'instant où la voiture chargée du sarrasin fauché la veille quittait la cour de la ferme. Elle jeta un coup d'œil au ciel. Il était gris, mais il ne semblait plus y avoir de menace de pluie.

Avant de procéder au rangement de la maison, elle décida de renouveler sans plus attendre sa provision de savon du pays. La veille, elle avait remarqué qu'il ne lui en restait que trois morceaux lorsqu'elle avait entrepris son ménage d'automne. Elle alla dans la remise chercher son vieux chaudron en fonte qu'elle déposa sur la plaque de son four extérieur. Elle alluma ce dernier avant d'aller chercher le seau dans lequel elle avait amassé du gras animal et des os durant les deux derniers mois. Elle vida le seau dans son chaudron, ajouta des cristaux de soude et de l'eau de lessive. Elle laissa bouillir le tout. En quelques instants, une odeur si nauséabonde se dégagea du mélange, qu'elle s'empressa de rentrer à l'intérieur pour commencer à ranger la maison.

Elle venait de balayer la cuisine après être allée vérifier l'état des chambres à l'étage quand le bruit d'une automobile sur la route la poussa à regarder par l'une des fenêtres. Le bruyant véhicule noir avançait par à-coups, comme s'il était en proie à une crise incoercible de hoquets. Il tourna au dernier moment dans la cour des

Boisvert en frôlant dangereusement la galerie avant d'aller s'immobiliser à moins d'un pied du camion vert bouteille.

— Mon Dieu ! s'exclama Corinne. Un peu plus, il s'écrasait sur le *truck* du beau-père.

Elle vit alors descendre le docteur Précourt de sa grosse Buick Touring Car dont il avait pris possession quelques jours auparavant. De toute évidence, le petit homme aux lunettes très épaisses éprouvait encore certaines difficultés à maîtriser cette nouvelle mécanique fort éloignée de son antique bicyclette ou de son boghei.

Corinne s'empressa de venir ouvrir la porte au médecin et le conduisit sans tarder jusqu'à la chambre où son mari reposait.

— Petit Jésus ! vous êtes-vous fait frapper par les gros chars ? demanda Adrien Précourt à Laurent en déposant sa trousse en cuir au pied du lit.

— C'est pas si pire que ça, crâna le blessé en tentant de se redresser dans son lit avec une grimace de souffrance.

— Laissez-moi le soin d'en décider, rétorqua le médecin de sa petite voix haut perchée en s'approchant davantage de son patient.

Laurent Boisvert se tut et se laissa examiner par Adrien Précourt. Ce dernier l'ausculta longuement, palpa minutieusement son torse, regarda de près ses hématomes et lui fit même ouvrir la bouche.

— Il y a pas grand-chose à faire à part bander les côtes fêlées pour que vous ayez moins de mal à respirer, déclara le praticien en ouvrant sa trousse. Vous êtes chanceux dans votre malchance, une côte aurait pu vous percer un poumon. À part ça, le reste va finir par désenfler et se cicatriser. Il y a juste les deux dents cassées au ras de la gencive. Il va falloir que vous vous les fassiez arracher.

Il se tourna alors vers Corinne qui s'était tenue debout au pied du lit, sans rien dire durant tout l'examen.

— Madame, je vais avoir besoin de bandes, lui dit-il.

Elle se dirigea vers la commode, ouvrit un tiroir et en sortit un drap qu'elle se mit en devoir de déchirer en larges bandes.

— C'est parfait, madame, l'arrêta Adrien Précourt en tendant la main pour prendre l'une des bandes. Pendant que je le bande, prenez donc la bouteille de mercurochrome dans ma trousse.

Corinne s'exécuta et lui tendit la bouteille dès qu'il eut fini de bander le torse de Laurent qui grimaçait de douleur. Ensuite, il badigeonna du mercurochrome sur les plaies de son patient.

— Si je voyais pas à quel point vous avez une petite femme, je croirais qu'elle vous a donné la volée de votre vie, plaisanta le médecin.

Laurent ne répondit rien.

— Comment ça vous est arrivé une affaire comme ça ? demanda le docteur Précourt, curieux.

— C'est un accident, mentit Laurent. Je suis tombé.

— Vous feriez peut-être mieux de regarder où vous mettez les pieds quand vous marchez, commenta le médecin, qui n'était pas dupe du mensonge. Je pense qu'il va survivre, madame, ajouta-t-il à l'intention de Corinne après avoir refermé sa trousse. Dans quelques jours, il devrait être capable de retourner travailler, mais pour le visage, ça va prendre un peu plus longtemps avant que les traces disparaissent.

Corinne le paya et le reconduisit jusqu'à la galerie après l'avoir remercié d'être venu si rapidement. Elle demeura un long moment debout devant la porte à regarder le médecin s'escrimer avec une manivelle pour tenter de faire démarrer le moteur de sa voiture. Finalement, après de multiples tentatives, Adrien Précourt parvint à ses fins et monta sans attendre dans sa Buick. Il sembla chercher pendant un certain temps la marche arrière. Quand il la trouva enfin, la voiture se mit à reculer par à-coups et frôla si dangereusement le fossé que Corinne craignit de la voir y plonger. Par miracle, le gros véhicule noir s'arrêta à quelques pouces du bord, demeura là durant un bon moment, comme hésitant sur la conduite à tenir, puis il se mit à avancer sur la route rendue boueuse par la pluie de la nuit précédente.

Corinne demeura debout au même endroit durant quelques instants, hésitant sur ce qu'elle devait faire. Allait-elle laisser son mari récupérer en paix ou l'affronter immédiatement ? Elle quitta la maison pour aller touiller son mélange malodorant en train de bouillir sur la plaque de son four. Quand elle constata qu'il avait assez bouilli, elle déposa le chaudron par terre pour le laisser refroidir et alla chercher le grand moule dans lequel elle versa le contenu de la marmite. Le lendemain, elle n'aurait plus qu'à découper les pains de savon qu'elle utiliserait autant pour laver les vêtements que pour nettoyer la maison. Après avoir rangé le chaudron dans la remise, elle avait pris sa décision. Elle rentra dans la maison et prit immédiatement la direction de la chambre à coucher.

À son entrée dans la pièce, elle ne tint aucun compte du fait que son mari somnolait. Elle le réveilla.

— Est-ce que je vais finir par savoir ce que les deux

frères Laliberté te voulaient ? lui demanda-t-elle d'une voix cassante.

— Veux-tu ben me laisser dormir tranquille ! lui ordonna-t-il.

— Tu dormiras après m'avoir répondu, répliqua-t-elle.

— Ça te regarde pas pantoute.

— Ah oui, ça me regarde pas ! fit-elle sur un ton sarcastique. Deux parfaits inconnus viennent me voir un beau matin pour m'apprendre que mon mari a mis leur sœur en famille et ça me regarde pas ! Dis donc, Laurent Boisvert, me prends-tu pour une saudite folle ?

— Tu racontes n'importe quoi, sacrement ! s'emporta Laurent. J'ai rien à voir avec ce que ces deux gars-là racontent.

— Bien sûr ! Je suppose que des Laurent Boisvert qui conduisent un *truck* vert dans le comté, il y en a des dizaines. As-tu fini de me mentir en pleine face ? Tu m'écœures, Laurent Boisvert. Tu m'entends ? Si c'était pas des enfants, je partirais tout de suite.

— Calme-toi les nerfs !

— Non, ça fait assez longtemps que j'endure sans rien dire. T'as fini de rire de moi. À partir d'aujourd'hui, tu me touches plus. C'est fini ! Quand ça te prendra, t'iras voir ton Amélie. Peut-être que ses frères vont avoir pitié de toi et vont te laisser faire, eux autres !

Sur ces mots, elle sortit de la chambre en claquant bruyamment la porte derrière elle.

Quelques minutes plus tard, elle commençait à peine à retrouver son calme et à préparer le dîner quand elle entendit un cheval hennir près de la maison. Un coup d'œil à l'extérieur lui apprit que son beau-père venait d'arriver. Elle ne se pressa pas d'aller lui ouvrir, attendant qu'il vienne frapper à la porte. Lorsqu'elle s'aperçut qu'il tardait, elle se déplaça vers une autre fenêtre pour voir ce que faisait le vieil homme. Elle l'aperçut en train de faire le tour de l'International en l'examinant avec soin. De toute évidence, il vérifiait si son fils cadet n'avait pas eu un accident avec son camion. Enfin, Gonzague Boisvert se décida à venir frapper à la porte et sa bru lui ouvrit.

— Bonjour, dit-il. Ton Norbert m'a dit que son père était malade.

— En plein ça, monsieur Boisvert, répondit Corinne en s'effaçant pour le laisser entrer. Si vous voulez le voir, il est dans la chambre du bas.

— Est-ce qu'il dort ?

— Je le sais pas, mais vous pouvez le réveiller, il se rendormira, dit-elle sur un ton indifférent en lui ouvrant la porte de la chambre.

Gonzague, son manteau noir d'automne sur le dos, entra dans la pièce en reniflant légèrement. Il eut un léger sursaut en apercevant la figure tuméfiée de son fils cadet.

— Bon Dieu, qu'est-ce qui t'est encore arrivé ? demanda-t-il sur un ton légèrement excédé.

— J'ai eu un accident, mentit Laurent.

— Pas avec mon *truck* en tout cas, fit son père. Je viens de le regarder.

— Non, pas avec le *truck.*

— Mais t'es ben magané, reprit Gonzague en s'approchant plus près pour mieux l'examiner. Tu t'es battu, c'est ça ?

— Oui.

— C'est intelligent en torrieu, ton affaire ! s'emporta le vieillard. Là, je suis poigné avec un *truck* qui me rapportera rien pendant des jours alors que j'ai un contrat à respecter, moi. As-tu pensé une minute à tout l'argent que tu vas me faire perdre avec cette maudite niaiserie-là ?

— Ben…

— Ben, torrieu ! j'ai pas d'autre chauffeur pour le *truck* et il va rester dans ta cour à servir à rien. Là, j'aime autant te le dire tout de suite, si jamais ça t'arrive une autre fois, ce sera la dernière. Je vais me trouver un autre chauffeur plus fiable et toi, tu te trouveras une autre *job*. Tu m'entends ?

— Ben oui, répondit le malade, excédé.

— En attendant, grouille-toi de guérir au plus sacrant ! Aussitôt que tu seras capable de te tenir sur tes pieds, reviens travailler.

Furieux, Gonzague Boisvert sortit de la chambre sans même songer à souhaiter un prompt rétablissement à son fils. À aucun moment il ne s'était informé s'il souffrait ou de l'identité de celui qui l'avait mis dans un tel état.

— Bon, je m'en retourne, se contenta de dire l'irascible vieillard à sa bru avant de quitter la maison.

Corinne eut du mal à réprimer un sourire en le regardant monter dans son boghei. Elle ne put s'empêcher de retourner à la porte de la chambre, où son mari était étendu, pour lui dire, l'air moqueur :

— Il est bien fin, ton père. On voit tout de suite qu'il a bon cœur.

Avant que Laurent ait la chance de lui répondre, elle referma la porte et retourna à son travail.

Ce soir-là, les enfants ouvrirent de grands yeux quand ils aperçurent leur père pour la première fois au moment de passer à table. Élise, plus sensible, demanda à son père d'une voix émue ce qui lui était arrivé.

— C'est pas de tes affaires, mange, la rabroua Laurent, la mine farouche.

Pour sa part, Norbert semblait avoir compris d'emblée en voyant la figure de son père. Il se contenta de dire à sa mère sur un ton convaincu quand Laurent fut retourné s'étendre sur son lit :

— On dirait qu'il en a mangé une maudite bonne.

— Toi, surveille ta façon de parler, répliqua Corinne, sévère. Ce qui est arrivé à ton père te regarde pas. Sois respectueux et va me remplir le coffre à bois.

*
**

Durant les deux jours suivants, Laurent eut largement le temps de se rendre compte du changement de comportement de sa femme. Comme d'habitude, elle vaqua à l'entretien de la maison et à la préparation des repas. Elle vit à ce que Léopold et Norbert finissent de répandre le fumier. Par contre, elle refusa obstinément de soigner son mari et le laissa, la plupart du temps, seul avec sa conscience. Elle ne lui adressait la parole que lorsque c'était absolument nécessaire.

Le troisième jour, elle eut la surprise de le voir entrer dans la cuisine tout habillé et prêt à déjeuner quand Léopold et les enfants revenaient des bâtiments. De toute évidence, il avait décidé de retourner au travail ce matin-là. Corinne lui prépara une collation avant de lui servir son repas.

— Il serait temps qu'on laboure, se décida à dire Norbert, mais moi, je sais pas comment faire et Léopold a pas l'air de le savoir plus que moi.

Laurent leva la tête et garda le silence durant un court

moment, comme s'il n'avait rien entendu. Cependant, il finit par dire :

— Allez donc voir le voisin à matin. Jutras va vous expliquer comment faire. Moi, je suis pas encore capable de vous le montrer, dit-il en se levant avec une grimace de douleur.

Le maître de maison prit son dîner déposé près de la pompe à eau et sortit dans la cuisine d'été où il endossa avec peine son manteau d'automne. Corinne fit comme si elle avait besoin de quelque chose dans l'armoire et s'arrêta un instant devant l'une des fenêtres pour le regarder partir. Elle le vit se diriger vers la grange d'où il sortit, un instant plus tard, en enfouissant quelque chose dans l'une des grandes poches de son manteau.

— Dis-moi pas qu'il va se mettre à boire pendant qu'il travaille à cette heure, murmura-t-elle.

Elle le vit faire démarrer l'International que la pluie des derniers jours avait lavé. Le lourd camion fit demi-tour et sortit de la cour en cahotant.

Une heure plus tard, Corinne exigea que Norbert aille chez le voisin lui demander son aide.

— Je vais avoir l'air d'un beau nono, protesta Norbert, gêné d'aller demander du secours.

— Vas-y pareil avec Léopold, lui ordonna sa mère. On n'a pas le choix, il faut que ces labours-là soient faits avant que le gel arrive. T'as entendu ton père ? Il est pas assez en santé pour vous le montrer.

Quelques minutes plus tard, Corinne vit arriver Jocelyn Jutras à pied, en compagnie de son fils et de Léopold. Elle s'empressa de déposer son châle sur ses épaules pour sortir sur la galerie.

— On s'excuse bien gros de te déranger comme ça,

Jocelyn, dit-elle au voisin, mais Laurent a été malade et il est pas capable de leur montrer comment faire.

— C'est pas un gros dérangement, dit Jocelyn en lui adressant un sourire chaleureux. J'ai presque fini de labourer. En plus, sais-tu, j'ai failli pas reconnaître ton Norbert tellement il a forci cette année. C'est devenu un homme. Il est rendu presque aussi grand que ton plus vieux.

L'adolescent de quatorze ans bomba le torse, tout fier du compliment.

— Merci beaucoup. Tu nous rends un bien grand service.

Jocelyn la salua de la main et se dirigea vers l'écurie avec ses deux jeunes compagnons. Le voisin dut demeurer à leurs côtés près d'une heure pour leur enseigner comment tracer un sillon bien droit en tenant solidement les manchons de la charrue après s'être passé les rênes autour des épaules.

— Le plus important, conclut-il, c'est de ben guider votre cheval et de pas chercher à aller trop vite.

Depuis un bon moment, Corinne guettait le passage de Jocelyn près de la maison pour le remercier avant son départ. Quand elle le vit enfin passer, elle se précipita sur la galerie.

— Inquiète-toi pas, la rassura-t-il. Ils vont être capables de faire une bonne *job*.

Corinne le remercia encore une fois avant de demander poliment des nouvelles de la santé de sa femme, Catherine, et de sa belle-mère.

— Elles vont ben, répondit-il. Il y a juste la belle-mère qui a commencé à tousser un peu hier. Mais on sait ce que c'est, ça doit être une petite grippe d'automne.

Elle va être sur le piton pour diriger la chorale dimanche prochain, ajouta-t-il.

— Tant mieux.

— Et toi, est-ce que t'as eu des nouvelles de ton Philippe ? lui demanda le voisin par politesse.

À la vue des yeux embués de larmes de Corinne, Jocelyn regretta immédiatement de lui avoir posé la question.

— Non, répondit-elle avec difficulté. Tu peux pas savoir à quel point je suis inquiète, avoua-t-elle, la voix étreinte par l'émotion. Il y a pas une journée où je ne pense pas à lui. J'ai tellement peur qu'il lui soit arrivé quelque chose…

— À ta place, je m'en ferais pas trop, dit le voisin pour la rassurer. Ton gars est bâti pour se défendre. Tu vas finir par le voir sourdre à ta porte un de ces beaux matins.

Elle le remercia d'un sourire et il quitta les lieux.

Cet après-midi-là, Marie-Claire Rocheleau vint frapper à la porte des Boisvert pour offrir à sa voisine de lui rapporter des choses du village si elle en avait besoin.

— Si tu me donnes une minute pour me préparer, j'irais bien avec toi au village, fit Corinne. J'aurais besoin d'un peu de viande chez Vigneault.

— Je t'attends, déclara Marie-Claire en prenant place dans une des chaises berçantes.

La femme de Laurent Boisvert appréciait beaucoup la bonne humeur communicative et le bon sens de sa voisine. Cette mère de famille à l'embonpoint confortable était une véritable amie.

Corinne s'engouffra dans sa chambre pour changer de robe et vérifier le bon ordre de son chignon.

— À ce que j'ai vu, ton mari a l'air d'aller mieux, fit remarquer Marie-Claire.

— C'est vrai, reconnut Corinne du fond de sa chambre.

— J'ai entendu dire qu'il avait été pas mal magané, reprit la voisine.

— Pas mal, reconnut la jeune femme d'une voix rendue méconnaissable par les deux épingles à chapeau qu'elle tenait entre ses lèvres.

— Je veux pas me mêler de ce qui me regarde pas, poursuivit Marie-Claire en se levant, mais est-ce que c'est vrai ce qui se raconte partout dans la paroisse ?

Corinne sortit de sa chambre. Son visage était devenu soudainement pâle.

— Qu'est-ce qui se raconte ?

— Bien…

— Tu peux bien me le dire, fit la maîtresse des lieux d'une voix pressante.

— Il y en a qui disent que ton mari aurait été battu comme un chien par deux gars de Yamaska. Mon mari a même entendu dire que c'est des gars qui travaillaient à refaire le chemin qui ont dû s'en mêler pour qu'ils arrêtent de bûcher dessus. D'après eux autres, ils étaient en train de le tuer.

— Je le savais pas, mentit Corinne d'une voix peu convaincante.

Marie-Claire lui lança un regard perçant et se tut.

— Est-ce qu'on raconte pourquoi ces gars-là ont battu Laurent ? demanda-t-elle à son amie.

Cette dernière prit un air profondément embarrassé et allait mentir quand Corinne reprit.

— Envoye, Marie-Claire. Tu peux bien me le dire. De toute façon, je vais finir par le savoir.

— Bien, c'est pas mal gênant de rapporter une affaire comme ça, admit-elle. C'est peut-être juste un paquet de menteries.

— Puis ?

— Il y a des langues sales qui disent que les gars sont venus demander des comptes à ton Laurent parce qu'il aurait mis leur sœur en famille, dit-elle en baissant progressivement la voix, comme si elle risquait d'être entendue. Mais ça, je le crois pas pantoute, s'empressa-t-elle d'ajouter pour réconforter sa voisine.

— Ben, t'as tort, fit Corinne d'une voix coupante.

— C'est pas vrai ! Il t'a pas fait ça ? demanda Marie-Claire, indignée.

Le visage défait de son amie lui apprit qu'elle ne mentait pas et elle éprouva une immense pitié pour elle.

— Les maudits hommes ! ragea-t-elle. Tu leur donnes ta vie. Tu les sers dans les dents comme une bonne. Tu leur fais des enfants presque tous les ans. Et c'est pas encore assez !

— Il faut le croire, murmura Corinne.

Il y eut un long silence dans la cuisine d'hiver pendant qu'elle endossait son manteau après avoir jeté une bûche dans le poêle.

— Est-ce que je peux te donner un conseil ? demanda Marie-Claire en reprenant son sang-froid.

— Tu peux toujours, consentit Corinne en s'immobilisant.

— À ta place, je ferais comme si de rien n'était. Je continuerais à marcher la tête haute sans m'occuper des racontars dans la paroisse. Après tout, toi, t'as rien à te reprocher. Si ton Laurent a fait quelque chose de travers, qu'il en supporte tout seul les conséquences.

— T'as peut-être raison, reconnut Corinne en lui adressant un mince sourire. Puis, est-ce qu'on va les faire, ces commissions-là ? Je suis prête, ajouta-t-elle en mettant dans sa voix une joyeuse animation qu'elle était bien loin d'éprouver.

Durant l'heure suivante, autant chez Vigneault que chez Duquette, où Marie-Claire Rocheleau avait des emplettes à faire, Corinne perçut la gêne que sa présence entraînait et elle saisit quelques regards apitoyés qui lui étaient destinés. Sur le chemin du retour, elle prit la résolution de demeurer une femme mariée et une mère de famille sans reproche. Même si le geste lui coûtait énormément, elle réintégra le lit conjugal ce soir-là.

Chapitre 17

La grippe

Le dimanche suivant, veille de l'Action de grâces, le curé Bilodeau, la mine préoccupée, pénétra dans la sacristie avec l'intention de se préparer pour la célébration de la grand-messe. À peine venait-il de refermer la porte que le maire de Saint-Paul-des-Prés s'y présenta, l'air passablement agité.

— Est-ce que je peux vous dire deux mots, monsieur le curé ? lui demanda Fabien Gagnon.

— Ça peut pas attendre après la messe ? fit le prêtre, ennuyé d'être dérangé alors qu'il cherchait fébrilement une façon d'informer ses ouailles du contenu de la lettre pastorale que son évêque lui avait fait parvenir deux jours auparavant.

La veille encore, il était persuadé d'être en mesure de compléter sa tournée annuelle des foyers de la paroisse en une semaine, grâce à l'aide de ses deux nouveaux vicaires, mais une lettre pastorale de l'évêque du diocèse l'obligeait à y renoncer. Contrairement à son habitude, en ce premier dimanche d'octobre, son sermon n'allait pas porter sur les fruits de la terre et sur les excellentes récoltes que Dieu venait de donner aux cultivateurs de Saint-Paul-des-Prés. Il n'aborderait même pas l'importance de s'acquitter rapidement de la dîme et de la nécessité de rencontrer Alcide Duquette afin de régler la location des bancs d'église pour l'année. Non, il avait dû passer son samedi soir à préparer un sermon si inhabituel qu'il espérait ne plus jamais avoir à en prononcer un semblable.

— C'est plutôt urgent, monsieur le curé, insista le maire.

— Bon, fit Charles Bilodeau en poussant un soupir agacé. De quoi s'agit-il ?

— La police est venue me porter hier soir, à la maison, des affiches que le gouvernement me demande de faire clouer aussi bien sur les portes de l'église que sur celles des écoles et des commerces de la paroisse dès ce matin.

— Je suppose que c'est au sujet de la grippe ? demanda le prêtre. Si c'est ça, je suis au courant. J'ai reçu une lettre de monseigneur qui m'en parle. Je vais annoncer aux gens tout à l'heure que je ferai pas de tournée paroissiale cet automne à cause de cette grippe-là.

— J'ai encore rien affiché, monsieur le curé, reprit Fabien Gagnon en tirant une feuille de l'une de ses poches. J'ai peur que ça énerve les gens de la paroisse pour rien s'ils lisent ça sans que personne leur explique. Je me demandais si vous liriez pas en chaire l'affiche qu'on m'a envoyée. Comme ça, après la messe, je pourrai faire ce que le gouvernement veut que je fasse sans que le monde parte en peur.

Charles Bilodeau s'empara de l'affiche que le maire venait de déplier avant de la lui tendre. Au fur et à mesure de sa lecture, le sang sembla se retirer de son visage.

— Bondance ! est-ce aussi pire que ça ? fit-il d'une voix changée.

— J'en ai ben peur, monsieur le curé. Il paraît que c'est pas mal plus grave que ce que les journaux racontent.

— En tout cas, c'est encore plus inquiétant que ce que monseigneur écrit dans sa lettre, avoua le curé Bilodeau. C'est correct. Attendez après la messe pour afficher ça, monsieur le maire. Je vais la lire.

Quelques minutes plus tard, après la lecture de l'Évangile, Charles Bilodeau monta en chaire. L'église était bondée. Tous les bancs étaient occupés. Il y avait même une vingtaine de personnes qui avaient trouvé refuge dans le jubé.

— Ce matin, on ne sort pas dehors pendant le sermon, tonna le célébrant à l'endroit des quelques hommes qui, fidèles à leurs habitudes, s'apprêtaient à aller fumer leur pipe sur le parvis pendant son homélie.

Beaucoup de fidèles tournèrent la tête vers l'arrière, ce qui eut pour effet d'intimider ceux qui désiraient s'esquiver durant le sermon.

Les têtes se tournèrent ensuite vers le célébrant au moment où il se signait avant de commencer son homélie. À la surprise de tous, le prêtre annonça d'une voix dramatique qu'il devait d'abord faire la lecture d'un communiqué extrêmement important en provenance du gouvernement.

Aussitôt, les fidèles rassemblés dans l'église cessèrent de bouger, intrigués par son ton inhabituel.

— Mes bien chers frères, mes bien chères sœurs, poursuivit l'officiant, le gouvernement a décidé de prendre des mesures extrêmes pour freiner l'épidémie de grippe qui sévit dans la province. Par conséquent, il a décidé de fermer toutes les écoles, les cinémas, les théâtres et tous les lieux publics à compter de demain,

8 octobre. Monsieur le maire m'a fait savoir que cet ordre allait être affiché dès aujourd'hui un peu partout dans la paroisse. On demande aux gens d'éviter le plus possible les contacts avec les étrangers. Par ailleurs, notre évêque m'a fait parvenir cette semaine une lettre pastorale dans laquelle il me demande de surseoir à mes visites paroissiales cette année à cause de l'épidémie. Cependant, il tient à faire savoir aux fidèles que toutes les églises demeureront ouvertes pour permettre à chacun de venir prier.

Les gens se regardèrent, soudain inquiets. La plupart avaient entendu parler de l'étrange épidémie qui frappait les habitants de la province depuis quelques semaines, mais personne n'avait imaginé qu'elle avait pris une telle ampleur et représentait un danger si grand.

Charles Bilodeau sentit le besoin de faire comprendre à l'assistance la gravité et l'urgence de la situation.

— Vous avez tous entendu parler de l'épidémie de grippe qui se répand de plus en plus dans la province, poursuivit-il. Il semble que nous ayons été particulièrement épargnés ici, dans la région, mais ce n'est pas le cas dans le reste du pays et aux États-Unis. Ceux qui lisent les journaux savent de quoi je parle. Par exemple, à Montréal, on ne compte plus les morts depuis trois semaines et, à Québec, les autorités parlent déjà de plus de deux mille morts dans la ville seulement.

Dans l'église, on échangea des regards alarmés et des chuchotements s'élevèrent. Comme ces derniers semblaient en voie de se généraliser, Charles Bilodeau frappa du plat de la main sur le rebord de la chaire pour rétablir le silence.

— Puisque les médecins semblent impuissants face à ce fléau, ajouta-t-il, il ne nous reste plus que la prière pour implorer Dieu de nous sauver. Je vous rappelle que les seuls lieux publics qui demeureront ouverts seront les maisons de Dieu et, à compter d'aujourd'hui, votre église sera ouverte jour et nuit pour que vous puissiez venir Le prier. Souvenez-vous que cette maladie mortelle nous est peut-être envoyée par le ciel pour nous punir de nos péchés et nous inciter à faire pénitence.

Un silence profond tomba sur l'assistance quand le prédicateur descendit de la chaire pour poursuivre le service divin.

— Saint chrême ! jura à voix basse Fabien Gagnon, assis aux côtés de sa femme. Une chance que je lui ai demandé de calmer le monde ! S'il continue comme ça, ils vont se garrocher dehors en criant !

Quelques minutes plus tard, à sa sortie de l'église en compagnie de Lionel et d'Élise, Corinne fut abordée brièvement par son beau-père.

— À ce que je vois, ton mari est pas encore venu à la messe, fit-il, réprobateur.

— Qu'est-ce que vous voulez, monsieur Boisvert ? C'est pas moi qui l'ai élevé, votre Laurent, répliqua sa bru, passablement énervée et inquiète après avoir écouté le curé Bilodeau.

— Il va falloir que je lui parle, se borna à dire le vieillard avant de s'éloigner sur un petit salut de la tête.

Pour une fois, Corinne eut vaguement pitié de lui en le regardant descendre les marches du parvis, les épaules voûtées et dodelinant légèrement de la tête. Il n'y avait pas motif à être particulièrement fier d'un fils comme Laurent. Si elle s'était écoutée, elle se serait immédiatement dirigée vers son boghei pour fuir les regards apitoyés ou goguenards qu'elle sentait dans son dos. Mais les paroles du curé de Saint-Paul-des-Prés l'avaient passablement bouleversée. De plus, elle avait pris la résolution de se montrer forte, comme le lui avait suggéré Marie-Claire Rocheleau. Elle redressa la tête en se disant qu'elle n'avait rien à se reprocher.

Elle s'avança vers un groupe de femmes où se trouvaient, entre autres, Marie-Claire Rocheleau et Marthe Brisebois, ses deux voisines. Elle était désireuse de savoir ce qu'elles pensaient de l'épidémie annoncée par le curé.

— Ça commence à être pas mal effrayant, cette affaire-là, déclara Alexina Duquette aux femmes qui l'écoutaient. Il paraît qu'en ville il y a tant de gens qui en meurent que le glas arrête plus de sonner. Moi, je vous le cache pas, ça me donne des frissons dans le dos.

— Je suppose que ce sont surtout des enfants et des vieux qui en réchappent pas, laissa tomber Estelle Boivin.

— Pantoute, madame Boivin, la contredit Mariette Vigneault, la femme du boucher. Mon mari a lu dans le journal que cette grippe-là tue aussi bien du monde dans la force de l'âge que des vieux et des enfants.

— Arrêtez donc, vous ! fit l'autre, affolée.

— Une autre maudite affaire qui nous vient des vieux pays, poursuivit Rolande Gagnon, l'épouse du maire. Mon mari a entendu dire que ce sont nos soldats qui ont rapporté ça dans la province, l'été passé.

Au même moment, le docteur Précourt sortit de l'église et descendit les marches du parvis sans se presser.

— Docteur ! Docteur ! l'interpella Alexina Duquette.

— Oui, madame, fit aimablement Adrien Précourt,

en saluant de la tête les autres femmes rassemblées autour de l'épouse du président de la fabrique.

— Vous avez dû en entendre parler, vous, de la drôle de maladie qui tue tant de monde partout en ville ? demanda Alexina.

— Évidemment, madame, répondit le médecin en prenant un air avantageux. Mais cette grippe-là tue pas du monde juste en ville. Elle en tue à la campagne aussi. J'ai parlé au docteur Lemire pas plus tard qu'hier. Il m'a dit qu'il y a deux jeunes enfants à Pierreville qui l'ont attrapée. Il pense qu'ils passeront pas la journée.

— Voyons donc ! protesta Marthe Brisebois. C'est pas possible une affaire comme ça. Une grippe, c'est juste une grippe.

— Malheureusement non, madame, pas celle-là, la coupa le médecin de sa voix haut perchée. J'ai des confrères qui assurent qu'on est juste au commencement d'une vraie épidémie et la science sait pas trop comment soigner cette maladie-là.

— C'est donc vrai, ce que racontait monsieur le curé, tout à l'heure ? intervint Alexina, alarmée. Les docteurs savent pas comment soigner cette affaire-là ?

— Une chance que j'ai pas mal d'eau de Pâques, fit observer Mariette Vigneault. Ça et des mouches de moutarde, ça fait passer n'importe quelle grippe.

— Je veux pas vous inquiéter, intervint Adrien Précourt, mais vous seriez mieux d'avoir du camphre. Ça nuirait pas. En passant, vous le savez peut-être pas, mais cette grippe-là a déjà fait plusieurs dizaines de milliers de morts aux États-Unis.

— C'est loin, les États, fit remarquer Alexina.

— Essayez-vous de nous faire peur, docteur ? s'alarma Marthe Brisebois, devenue soudain livide.

— Non, madame, mais j'ai le devoir de vous prévenir. Les conseils donnés par monsieur le curé, tout à l'heure, sont pleins de bon sens. Il faut éviter les contacts avec les étrangers.

— Et il y a vraiment aucun moyen de soigner cette grippe-là ? demanda Corinne d'une toute petite voix.

— Je viens de le dire, madame Boisvert : éviter les contacts avec les étrangers. Moi, je crois que le camphre peut aider, répondit Adrien Précourt. On sait jamais. Le mieux serait que le froid arrive au plus vite. J'ai idée que ça aiderait à tuer le microbe.

Le petit groupe de femmes qui écoutait le médecin s'était accru de quelques hommes arborant un air sceptique évident, ce qui sembla agacer prodigieusement le médecin.

— Je parle pas à travers mon chapeau, fit-il sèchement. On dirait que vous avez aucune idée à quel point la situation est grave, ajouta-t-il, renonçant pour le coup à apaiser les craintes de ses auditeurs. Si vous faites pas attention, n'importe qui peut y passer en quelques jours.

— Vous êtes sûr de ça ? s'enquit encore Alexina Duquette, incrédule.

— Pendant deux ou trois jours, le malade fait tellement de fièvre qu'il a pas la force de résister quand une pneumonie ou une pleurésie se déclare.

— Mon Dieu ! s'exclama une vieille dame, terrifiée.

Corinne se détacha du groupe et se dirigea vers son boghei où Élise et Lionel commençaient à s'impatienter. La mère de famille monta à bord et prit la direction du rang Saint-Joseph. Cependant, elle tint à s'arrêter un bref moment au magasin général, dont le propriétaire ouvrait les portes jusqu'à midi, comme tous les dimanches. Elle s'empressa d'acheter un gros morceau de camphre.

Après le dîner, la mère de famille résista à son envie d'aller faire une sieste et entreprit de coudre des petits sachets dans lesquels elle enferma un morceau de camphre. Ce soir-là, elle en remit un à chacun des siens avec une épingle à ressort en leur recommandant de l'épingler à leur sous-vêtement.

— On a déjà notre scapulaire, m'man, protesta Norbert.

— Le morceau de camphre que je viens de te donner, c'est pour te protéger de la grippe. C'est pas la même chose.

— En tout cas, ça pue, fit l'adolescent en plissant le nez avec une mine dégoûtée.

— Tu vas t'habituer.

— C'est quoi cette niaiserie-là encore ? lui demanda Laurent qui avait passé sa journée assis dans sa chaise berçante à regarder par la fenêtre.

— Si t'étais venu à la messe comme tout le monde, tu le saurais, répondit-elle. C'est du camphre. C'est ce que le docteur Précourt conseille de porter pour éviter la grippe.

— Moi, j'en veux pas, déclara-t-il. Ça pue trop.

— Comme tu voudras, fit Corinne en reprenant le sachet et en le mettant dans sa poche de tablier. Je le donnerai à Madeleine demain.

— Comment ça, demain ?

— Toutes les écoles de la province ferment à compter de demain. Je suppose que ça veut dire que les couvents vont fermer aussi, rétorqua-t-elle. Il va falloir aller chercher notre fille à Nicolet.

— T'enverras Norbert ou Léopold la chercher, fit

Laurent. J'ai pas envie de me promener avec le visage arrangé comme ça.

— Non, c'est moi qui vais y aller avec Norbert, trancha-t-elle. Je veux arrêter voir ma mère en passant.

— Tu feras ce que tu voudras, dit-il avant d'allumer sa pipe, comme si le sujet ne l'intéressait pas le moins du monde.

— Demain, c'est l'Action de grâces, je suppose que tu travailleras pas. Tu t'organiseras pour aller payer la dîme et notre banc à l'église pendant que j'irai chercher Madeleine.

Laurent grogna quelque chose, mais elle n'en tint aucun compte.

*
**

Le lendemain avant-midi, elle montra à Élise la nourriture qu'elle aurait à servir pour le repas du midi à son père, Léopold et Lionel, puis elle quitta la ferme en compagnie de Norbert.

L'air était chargé d'humidité et le ciel couvert. Les pluies de la semaine précédente avaient raviné la route et parsemé celle-ci de mares plus ou moins profondes.

— On va être chanceux si on n'attrape pas de pluie, dit-elle à son fils.

Le boghei traversa le village, passa devant la maison de Gonzague Boisvert et poursuivit jusqu'à la route conduisant à Saint-François-du-Lac.

— Est-ce qu'on arrête chez grand-mère en montant ou en descendant ? demanda l'adolescent à sa mère.

— On est aussi bien d'attendre que Madeleine soit avec nous autres, déclara Corinne. Ça fait longtemps qu'elle a pas vu sa grand-mère.

Le glas sonnait à Pierreville quand ils passèrent devant l'église et la mère de famille se demanda un bref moment si c'était pour l'un des deux enfants dont avait parlé le docteur Précourt, la veille.

À leur arrivée à Nicolet, c'était presque l'heure de dîner et elle décida de s'arrêter chez sa sœur Germaine pour prendre de ses nouvelles, avant d'aller chercher sa fille aînée au couvent voisin.

Norbert s'arrêta sur le côté de la petite maison blanche à un étage de la rue Monseigneur-Panet construite quelques années plus tôt par son oncle Bernard. La demeure, comme les bâtiments, était d'une propreté impeccable et les propriétaires avaient apparemment râtelé le gazon parce qu'il n'y avait aucune feuille morte malgré les deux grands érables aux branches dépouillées qui la flanquaient.

— Occupe-toi de donner à manger au cheval et viens nous rejoindre, ordonna Corinne à son fils en descendant de voiture.

La jeune femme alla sonner à la porte et sursauta quand elle vit sa fille Madeleine venir lui ouvrir en compagnie de sa jeune cousine Aurélie.

— Seigneur ! Qu'est-ce que tu fais ici ? lui demanda-t-elle après l'avoir embrassée sur les deux joues avec un plaisir évident.

— Mon oncle Bernard est venu me chercher au couvent avant-hier, m'man.

— Parce que les sœurs ont demandé aux parents des élèves de tous venir les chercher, poursuivit Germaine en venant accueillir sa sœur qu'elle embrassa à son tour avant de céder sa place à son mari.

— Ça fait que je me suis dépêché à aller la chercher,

expliqua ce dernier. Il aurait plus manqué qu'elle attrape cette maudite grippe-là, ajouta-t-il.

— On s'était promis d'aller te la conduire à la maison cet après-midi, dit Germaine, mais on aime encore mieux avoir de la visite.

À cet instant, Norbert frappa à la porte après avoir donné à manger au cheval.

— Entre, Norbert, l'invita sa tante. C'est de valeur que Germain soit pas là. Il est encore chez son grand-père Provencher.

— Il aime son grand-père sans bon sens, expliqua Bernard après avoir débarrassé sa belle-sœur de son manteau.

— Moi, je pense plutôt que notre garçon aime surtout la petite Céline, la fille du voisin de ton père, fit sa femme. Lui, il est pas mal essoufflant. Il faut le garder à l'œil tout le temps.

— Inquiète-toi pas, la rassura son mari en riant. Avec ma mère, il a intérêt à marcher droit. Des gars, elle en a élevé trois et elle sait comment les dompter, je t'en passe un papier.

— Arrivez, mon dîner est prêt, fit Germaine avec bonne humeur. Il faut dire qu'à midi, j'avais de l'aide pour le préparer. Ça a pas traîné, expliqua-t-elle en montrant Madeleine de la main.

Avant de passer à table, Bernard disparut un bref moment puis revint dans la cuisine en tendant une petite enveloppe à sa belle-sœur.

— Ça vient de la sœur économe du couvent, dit-il à Corinne. T'avais payé sa pension jusqu'à Noël. Comme ta fille est restée là juste trois semaines, elle te rembourse ce que le couvent te doit.

— Est-ce que ça veut dire que le couvent rouvrira pas ? demanda Corinne, déçue.

— D'après ce que la sœur m'a dit, il rouvrira pas avant que le gouvernement le permette.

On mangea de bon appétit le rôti de porc servi par la maîtresse de maison tout en échangeant des nouvelles de la famille.

— Blanche m'a écrit pour me dire que ses fils se tiraient bien d'affaire, dit Corinne à ses hôtes. On dirait bien qu'Amédée leur a trouvé une bonne cachette.

— Tant mieux, fit Germaine, la mine soudain assombrie. C'est pas pantoute la même chose pour Simon.

— Il est encore à l'entraînement, non ? lui demanda Corinne, soudain inquiète pour le cadet de la famille.

— Non, il a écrit il y a une dizaine de jours pour dire qu'il embarquait pour les vieux pays à la fin de la semaine.

— C'est pas vrai ! laissa tomber Corinne.

— Bien oui, tu imagines un peu comment m'man a pris la nouvelle.

— Pauvre m'man ! On peut dire que c'est pas son année. Elle a perdu p'pa, Anatole lui pousse dans le dos pour qu'elle se donne à lui et en plus Simon qui...

— Whow ! les femmes, les calma Bernard. Simon est pas encore mort.

— Comment ça se fait que Laurent soit pas venu avec toi ? demanda Germaine en faisant un réel effort pour changer de sujet de conversation. Est-ce qu'il a peur qu'on le mange ? Il me semble qu'il est pas venu à Nicolet depuis une éternité.

— Il file un mauvais coton depuis une couple de jours, mentit Corinne en jetant un bref coup d'œil à son fils pour s'assurer qu'il n'intervienne pas. Je pense que conduire un *truck* lui fait pas. Et toi, Bernard, ça doit se calmer pas mal pour la construction avec l'arrivée de l'automne, s'empressa-t-elle d'ajouter pour détourner l'attention de ses hôtes. Qu'est-ce que tu vas faire cet hiver ? Vas-tu passer tous ces mois-là les pieds sur la bavette du poêle ? demanda-t-elle en mettant de l'animation dans sa voix.

— Pas de saint danger ! s'exclama l'entrepreneur en construction. Tu connais pas ta sœur, toi ! Elle m'endurerait pas plus que trois jours à rien faire dans la maison avant de me mettre à la porte. Non, à la fin du mois, je vais aller travailler avec mon frère Gédéon à Baie-du-Fèvre. Le curé Bellemare a décidé de faire pas mal de transformations au presbytère. Je pense qu'on va en avoir pour une bonne partie de l'hiver.

Durant quelques minutes, on parla de l'accident survenu à Constant, le fils de Bastien et de Rosalie. L'adolescent s'était cassé un bras. Ensuite, on s'entretint à mots couverts de Rosalie, qui semblait avoir finalement repris le dessus après sa fausse couche.

Après le repas, Corinne et sa fille refusèrent carrément de partir avant d'avoir aidé à remettre de l'ordre dans la cuisine des Provencher.

On se quitta sur la promesse de se revoir bientôt et Norbert reprit les rênes pour conduire sa mère et sa sœur à Saint-François-du-Lac. Une heure plus tard, au moment où la voiture s'arrêtait à la grande maison de pierre des Joyal du rang de la Rivière, les premières gouttes de pluie commencèrent à tomber, poussées par un petit vent du nord qui faisait frissonner.

— On restera pas trop longtemps chez votre grand-mère, dit Corinne à ses enfants avant de descendre. Pas plus qu'une heure. On va revenir à la maison à temps pour préparer le souper.

Au moment où elle finissait de parler, la porte de la maison s'ouvrit sur une Lucienne Joyal dont le visage était illuminé par un large sourire.

— Ça, c'est de la belle visite ! s'exclama-t-elle en demeurant sur la galerie, à l'abri de la pluie. Dépêchez-vous à entrer avant de vous faire trop mouiller, ordonna-t-elle à ses visiteurs comme Anatole et Thérèse apparaissaient à leur tour sur la galerie.

— Gustave, va chercher une couverte dans l'écurie pour le cheval de ton cousin, commanda Anatole à l'adolescent qui venait de rejoindre ses parents.

Bien qu'il eût le même âge que Norbert, le fils unique d'Anatole et de Thérèse avait une demi-tête de moins que son cousin. Le rouquin aux yeux pétillants de malice jouissait d'une réputation bien méritée d'incorrigible farceur.

— Arrive, le grand fanal, dit-il à Norbert en descendant de la galerie. On dirait que le monde de Saint-Paul ont les deux pieds dans la même bottine.

— Aïe ! le comique, l'interpella son père, tiens-toi tranquille, sinon tu vas avoir affaire à moi. Je sais pas ce que j'ai fait au bon Dieu pour avoir un agrès comme ça, ajouta le frère aîné de Corinne en regardant les deux adolescents se diriger vers l'écurie. Il y a des fois qu'il me rappelle Bastien quand il était jeune. Il y en avait pas comme lui pour faire étriver le monde.

Corinne et Madeleine entrèrent dans la maison à la suite de Lucienne et Thérèse. Pendant que sa bru débarrassait les invitées de leur manteau, la grand-mère leur servit une tasse de thé bouillant.

— Je trouve que t'es pas bien raisonnable, ma fille,

de te promener comme ça à la pluie, dit-elle à Corinne sur un ton réprobateur. Ça, c'est des plans pour attraper ce qu'ils appellent leur grippe espagnole.

— Il vient juste de commencer à mouiller, m'man, se défendit la jeune femme.

— Ça fait rien, prends pas de chance. Je sais pas si tu le sais, mais il y a deux enfants de la paroisse qui sont morts hier soir de cette maladie-là. Monsieur le curé nous a même demandé de prier pour notre deuxième voisin, Honoré Painchaud. Il paraîtrait qu'il l'a attrapée, lui aussi. Il a même pas trente-cinq ans.

— On commence à trouver que ça fait peur, cette maladie-là, intervint Thérèse. Aujourd'hui, on avait pensé aller passer l'après-midi chez mon père, mais quand Raoul, un de mes frères, m'a dit qu'il avait commencé à faire de la fièvre et qu'il toussait à fendre l'âme, on a décidé de rester ici dedans et de pas courir de risque.

Norbert entra dans la maison en compagnie de son cousin et tous deux montèrent à l'étage, dans la chambre de Gustave.

— Ces deux-là m'inquiètent quand ils sont ensemble, déclara Thérèse, l'air aussi revêche que d'habitude. On se demande toujours quel mauvais plan ils vont nous sortir.

Corinne ne dit rien, mais elle jeta un long regard à sa mère qui lui semblait avoir un peu maigri depuis la dernière fois qu'elle l'avait vue. On parla de Rosalie et de Bastien. Puis, Corinne s'entretint brièvement de l'avancement des travaux de la terre avec son frère Anatole.

— C'est Norbert et notre homme engagé qui ont labouré cette année, dit-elle fort imprudemment.

— Comment ça ? s'étonna sa mère. Laurent pouvait pas le faire ?

— Cette année, il a pas fait grand-chose sur la terre, à part aider un peu à entrer le foin, admit sa fille. Vous comprenez, m'man, il conduit le *truck* de son père six jours par semaine, du matin au soir. Il a pas le temps.

— Ça tenterait pas à ton mari de lâcher cet ouvrage-là pour s'occuper juste de son bien ? intervint Thérèse.

— Je le sais pas. L'argent est pas mal rare et il y penserait deux fois plutôt qu'une avant d'arrêter.

Corinne saisit le regard d'intelligence que sa belle-sœur lança à son mari. Elle devint mal à l'aise et sa mère s'en rendit compte.

— Je t'ai pas montré les rideaux que je me suis crochetés pour la fenêtre de ma chambre, dit-elle à sa cadette.

— Non.

— Viens les voir, lui offrit Lucienne en quittant sa chaise. Ça va peut-être te donner le goût de t'en faire des pareils.

La mère laissant Madeleine en compagnie de son oncle et de sa tante, entraîna sa fille dans la chambre située près du salon. Quand Corinne la vit fermer la porte derrière elle, elle comprit que sa mère voulait lui parler, loin des oreilles de son frère et de sa belle-sœur.

— Veux-tu bien me dire ce qui se passe exactement avec ton mari ? lui demanda Lucienne, l'air sévère, en se plantant devant elle.

— Mais il se passe rien, m'man, mentit-elle.

— Corinne Joyal, prends-moi pas pour une valise, lui dit sa mère en haussant légèrement la voix. Saint-Paul est pas à l'autre bout du monde, tu sauras. Nous autres, on a entendu toutes sortes de bruits au sujet de ton beau Laurent.

— Quels bruits ? demanda la jeune femme en blêmissant.

— Il y a un Turcotte de Saint-François qui travaille pour la voierie. Il a raconté partout qu'un nommé Laurent Boisvert de Saint-Paul avait mangé toute une raclée la semaine passée. À l'entendre, les deux hommes qui l'ont battu l'ont presque tué.

L'air soudain malheureux de sa fille apprit à Lucienne que les rumeurs étaient fondées. Son visage sévère se fit tout à coup compatissant et elle prit un ton maternel pour poursuivre.

— Est-ce que c'est vrai cette histoire de fille qu'il aurait mise en famille à Yamaska ?

Corinne se borna à hocher la tête.

— Ma pauvre petite fille ! la plaignit Lucienne. On peut pas dire que t'as tiré le bon numéro quand t'as choisi de marier cet énergumène-là. Veux-tu bien me dire quelle sorte d'homme on t'a laissée marier ?

— On pouvait pas deviner, m'man, fit sa fille en esquissant un sourire sans joie.

— En tout cas, lui, il est chanceux de pas être ici dedans aujourd'hui parce que je l'achèverais, ajouta la veuve sur un ton menaçant. Tu sais que c'est Bastien qui a entendu parler de ça au village et quand il en a parlé à Anatole, tous les deux voulaient aller chez vous lui demander des comptes.

— Ça aurait servi à rien, m'man. Je pense que, là, il est assez puni comme ça.

— Et toi, qu'est-ce que tu vas faire ?

— J'ai pas le choix. Il y a les enfants. Je vais rester et

continuer à l'endurer comme il est, dit-elle, la voix tremblotante.

Lucienne ne prononça pas un mot de plus. Elle se borna à attirer sa fille sur son sein et lui tapota doucement le dos, comme pour la consoler.

— Crains rien, finit-elle par lui dire un instant plus tard. Dieu va te donner la force de traverser cette épreuve-là.

La mère et la fille quittèrent la chambre et revinrent dans la cuisine. Quelques minutes plus tard, Corinne donna le signal du départ et résista aux tentatives de sa mère de la retenir à souper avec les siens.

— Je peux pas demander à Élise de préparer le souper. Déjà qu'elle s'est occupée du dîner, prétexta la jeune mère en boutonnant son manteau. En plus, on dirait qu'il a arrêté de mouiller. On va en profiter pour faire un bout de chemin.

À leur retour à la maison, Laurent et Léopold étaient en train de faire le train. Corinne et Madeleine s'empressèrent de changer de robe avant d'aider Élise à finir de préparer le souper.

— Quand tu verras ton père, fais surtout pas de remarques sur son visage, recommanda la mère à l'adolescente. Il s'est battu la semaine passée. C'est déjà moins pire que c'était, se borna-t-elle à dire.

Quand les deux hommes rentrèrent, ils découvrirent Madeleine en train de mettre le couvert. Celle-ci ne put s'empêcher de sursauter en apercevant les marbrures violacées sous les yeux de son père ainsi que les cicatrices sur ses joues et son front. Elle se contenta d'aller l'embrasser sur une joue avant de saluer Léopold. Corinne, attentive, avait vu le visage de ce dernier s'illuminer à la vue de la jeune fille dans la cuisine, mais elle s'était gardée de faire le moindre commentaire. Quand la mère de famille se rendit compte que Norbert avait tout remarqué et qu'il s'apprêtait à mettre son grain de sel, elle lui fit les gros yeux, ce qui eut le don de lui faire renoncer à sa plaisanterie.

Ce soir-là, en se mettant au lit, Corinne ne put s'empêcher de dire à son mari :

— J'ai trouvé ça bien plaisant aujourd'hui quand ma mère m'a dit qu'ils avaient entendu parler de la volée que t'avais mangée.

— Qui a raconté ça ? demanda-t-il, surpris.

— Des gars qui travaillaient pour la voierie, à Pierreville.

— Ils ont du temps à perdre, ces niaiseux-là, dit-il, apparemment indifférent.

— Si c'était juste ça, ce serait pas la fin du monde, ajouta sa femme. Mais ils ont rapporté bien d'autres choses…

— Quoi encore, sacrement ?

— Ils ont répété partout qu'ils t'avaient battu parce que t'avais mis leur sœur en famille.

— C'est juste des maudits menteurs !

— Ça, c'est toi qui le dis… En attendant, c'est moi qui passe pour une folle dans ma famille. J'aime bien ça, conclut-elle en soufflant la lampe posée près d'elle, sur la table de chevet avant de lui tourner le dos.

Laurent ne se donna pas la peine de répliquer. Les yeux ouverts dans l'obscurité, sa femme attendait que le sommeil lui apporte enfin l'oubli. Les remarques formulées par sa mère l'après-midi même avaient ravivé sa peine. Elle trouvait humiliant d'être l'objet de la pitié des gens.

*
**

Le lendemain de l'Action de grâces, le soleil était revenu et les cultivateurs retardataires en profitèrent pour terminer leurs labours d'automne. Déjà, le ciel était traversé par de nombreux voiliers d'outardes en route vers le sud. C'était là un signe que l'hiver approchait à grands pas.

Depuis la mise en garde dramatique du curé Bilodeau, on ne parlait plus que des ravages de la grippe espagnole dans la paroisse et on guettait son apparition à Saint-Paul-des-Prés. On venait d'entrer dans une période fort sombre où le désespoir s'emparait des âmes les moins bien trempées. Déjà, on pouvait se rendre compte que l'église accueillait de plus en plus de fidèles venant prier à toute heure du jour pour demander à Dieu de les épargner. La veille, le bruit avait couru que Mathias Cormier et sa femme, des cultivateurs du rang Saint-André, étaient atteints. Pourtant, une mésaventure survenue au maire de la petite municipalité allait tout de même susciter quelques sourires en ces jours qui s'annonçaient bien sombres.

Étrangement, le maire Fabien Gagnon était un des rares fanatiques de la chasse aux canards à Saint-Paul-des-Prés. Il était si passionné par ce sport qu'il ne pensait plus qu'à ça chaque automne. Chaque matin, dès l'aube, il allait prendre place dans son embarcation transformée en cache et laissée près de la berge de la Yamaska, quelques arpents plus loin que la terre de Gonzague Boisvert. Les années passées, l'homme d'affaires avait pu compter sur la complicité de Maurice Grenier, un vieux célibataire de la paroisse qui partageait son engouement pour la chasse. Cependant, Grenier était parti demeurer chez l'une de ses sœurs, à Saint-Germain, au début de l'été, et il lui avait fallu se trouver un autre compagnon.

Le maire avait éprouvé énormément de difficultés à remplacer son vieux compagnon. Il lui avait même fallu déployer des trésors d'éloquence pour finalement convaincre Ernest Laforce, conseiller municipal et l'un de ses employés, de l'accompagner dans ses excursions matinales.

— Moi, aller me geler les fesses et claquer des dents pendant des heures pour rien dans une cache, ça me tente pas ben gros, avait fini par lui dire l'homme âgé d'une quarantaine d'années.

— Sers-toi de ta tête un peu, Ernest, avait répliqué le maire à bout de patience. T'es mon employé et je t'offre de rentrer à neuf heures le matin au lieu de six heures en te coupant pas ton salaire. Qu'est-ce que tu veux de plus ? T'es payé pour t'amuser, saint chrême !

— Ouais, on sait ben, avait commencé à faiblir le gros homme au souffle court.

— En plus, t'auras même pas à atteler ou à marcher. On va aller à ma cache dans mon char.

— Ma femme sait pas comment préparer ça, du canard, fit Ernest en guise de dernière tentative d'éviter ce qu'il considérait apparemment comme une corvée.

— C'est pas compliqué pantoute. Elle aura juste à aller voir ma femme. Elle va lui expliquer ça.

Bref, les deux hommes avaient entrepris, dès le début d'octobre, de se rendre chaque matin à la grosse Verchères dissimulée sous des branches de sapinage. Là, après avoir écopé l'eau de pluie accumulée dans l'embarcation, ils laissaient flotter leurs appeaux et guettaient le moindre signe de présence des outardes dans le ciel.

Ernest Laforce, les dents serrées, attendait avec une impatience mal déguisée la fin des trois heures obligatoires avant de regagner la chaleur toute relative de la Chevrolet 940 abandonnée sur le bord de la route.

Ce matin-là, Fabien déclara d'un air dégoûté à son compagnon, en prenant place derrière le volant :

— Je sais pas ce qui se passe depuis une semaine, saint chrême ! On poigne presque rien. Je pense qu'on devrait déplacer la cache demain matin.

Laforce, debout près de la portière, acquiesça mollement. Là-dessus, le maire tendit au gros homme la manivelle pour faire démarrer sa voiture. Ce dernier l'engagea à l'endroit approprié et en donna un tour pour lancer le moteur. Rien. Il répéta la manœuvre à plusieurs reprises avant que le propriétaire de l'automobile neuve, à bout de patience, s'écrie :

— Veux-tu ben me dire ce qu'il a encore de travers, ce maudit char-là ?

Sur ces mots, il se décida à descendre du véhicule et à en relever le capot. Il se pencha au-dessus du moteur tout en repoussant sa casquette pour se gratter la tête. Son employé s'approcha à son tour.

— Tu t'y connais, toi ? demanda-t-il à Laforce sans trop y croire.

— Ben non, je connais rien pantoute là-dedans, répondit Ernest, un peu essoufflé d'avoir manié la manivelle à plusieurs reprises.

— Bout de cierge ! jura le maire. Je sais pas ce qu'a cette maudite machine-là. Elle arrête n'importe où, n'importe quand. Je me demande si je vais être capable de me fier à ça cet hiver.

— Ah ça ! fit son compagnon en haussant les épaules, l'air indifférent.

Fabien Gagnon farfouilla à l'aveuglette sous le capot, essaya ensuite à quelques reprises de faire démarrer sa Chevrolet avant de déclarer, humilié :

— Il y a rien à faire. Il va falloir la faire tirer par quelqu'un.

— Je peux toujours aller demander au père Boisvert s'il pourrait pas venir nous tirer jusqu'au garage de Melançon, proposa Ernest Laforce avec un sourire narquois.

La haine opposant les deux hommes était bien connue par tous les habitants de Saint-Paul-des-Prés.

— Laisse faire tes farces plates, le réprimanda sèchement son patron. Va plutôt demander à Auguste Laramée s'il pourrait pas venir avec deux de ses chevaux. Dis-lui d'apporter des chaînes.

— Vous pensez qu'il est capable de faire ça ? lui demanda son employé, l'air indécis.

— Ben oui, envoye ! Grouille ! lui ordonna l'homme d'affaires avec impatience. On n'est pas pour passer la journée au milieu du chemin.

Si son employé avait émis des doutes au sujet des capacités du cultivateur, c'est que le pauvre homme avait la réputation d'être un peu simple d'esprit. Comme le disait sans méchanceté Alcide Duquette : « Ce pauvre Auguste a pas inventé le bouton à quatre trous. » Mais là, Fabien Gagnon n'avait pas le choix. Il n'allait tout de même pas demander un service à Gonzague Boisvert, un homme qu'il détestait à s'en confesser.

Ernest Laforce partit sans se presser vers la ferme des Laramée située à quelques arpents de l'endroit où était la voiture pendant que le maire claquait la portière avec rage et décochait un solide coup de pied à l'un des pneus de son véhicule.

Quelques minutes plus tard, il vit venir vers lui Ernest en compagnie d'un petit homme maigre à la chevelure hirsute conduisant par le mors un couple de lourds chevaux bais. Laramée portait des chaînes sur son épaule.

— Il paraît que vous êtes encore poigné avec votre mécanique, monsieur le maire, dit Auguste Laramée en cachant mal son air sarcastique.

Comme chaque fois qu'il avait affaire à lui, le maire eut du mal à détacher son regard de la pomme d'Adam proéminente de son interlocuteur, qui semblait prise de folie quand son propriétaire parlait.

— Ben oui, saint chrême ! Mon char veut pas partir. Mais là, t'es venu sans charrette pour le tirer. Comment tu vas faire ? fit le maire, intrigué.

— J'ai juste une charrette et elle est en réparation chez Melançon, expliqua le fermier. Je me suis dit que je vais tirer votre mécanique jusque-là puis atteler mes chevaux à ma charrette pour revenir. Ça va m'éviter un voyage, expliqua Auguste en affichant un air finaud.

Là, Fabien Gagnon était un peu perdu. Il ne voyait pas trop bien comment le cultivateur allait s'y prendre pour touer son véhicule jusqu'au village situé à près d'un mille et demi. Allait-il marcher devant ses chevaux ?

— C'est ben correct, dit-il, mais je peux pas passer l'avant-midi à me traîner sur le chemin, prit-il soin d'ajouter.

— Inquiétez-vous pas, le rassura le cultivateur en se penchant pour attacher les chaînes que lui tendait Ernest au pare-chocs du véhicule. Vous pouvez monter dedans, ajouta-t-il en se relevant. Je pense que ça va marcher.

Fabien et Ernest montèrent dans le lourd véhicule. Ils n'avaient pas encore refermé les portières qu'ils virent

Auguste Laramée s'asseoir sans façon sur le capot de la Chevrolet qui se mit lentement en branle en direction du village.

— Regarde-moi l'innocent ! pesta le maire en montrant le dos d'Auguste à son employé. On va avoir l'air fin en maudit quand on va passer devant tout le monde, arrangés comme ça.

— Moi, monsieur Gagnon, ça me dérange pas ben gros, se défendit Ernest. Je suis juste un de vos employés. Le char est pas à moi.

Fabien Gagnon grimaça de dépit, conscient que sa réputation allait en prendre un coup. Ce matin-là, on aurait dit que tout se liguait contre le maire de Saint-Paul-des-Prés puisque trois ou quatre paroissiennes sortaient de l'église au moment où l'étrange attelage passait devant l'édifice. Un peu plus loin, quelques clients rassemblés devant le magasin général ouvrirent de grands yeux et éclatèrent de rire en apercevant Auguste Laramée en train de trôner sur le capot de la Chevrolet tirée par ses deux chevaux.

Auguste fit tourner l'attelage dans la cour commune, située entre le magasin général et le garage-forge de Joseph Melançon, et descendit enfin de son perchoir pour en détacher les chaînes sous les quolibets des spectateurs qui venaient de s'approcher du véhicule.

Alerté, Joseph Melançon sortit de son atelier en s'essuyant les mains sur un linge. Fabien, furieux d'être l'objet de plaisanteries, descendit de sa voiture.

— Mon char marche pas encore, dit-il au mécanicien, comme s'il lui reprochait de mal l'entretenir. Baptême, à t'entendre, tu l'avais ben réparé la semaine passée !

— On va essayer de le faire partir, se contenta de dire Joseph en tendant la main vers la manivelle que tenait

Ernest Laforce. Donne-moi ça, ordonna-t-il à ce dernier.

Le maire monta dans sa voiture et essaya à plusieurs reprises de faire démarrer son véhicule. Inutile. Rien ne se produisit. Le silence était tombé sur la petite foule intéressée rassemblée autour de la Chevrolet. Sans désemparer, le mécanicien releva le capot et examina pendant un bref moment la mécanique. Il y eut des murmures chez les spectateurs qui commentaient la complexité évidente de la mécanique d'un tel véhicule.

Soudain, Joseph sortit la tête de sous le capot et s'avança vers la portière, côté conducteur. Il demanda au maire de sortir de sa voiture et de lui céder sa place derrière le volant. Fabien Gagnon s'exécuta, non sans jeter un regard mauvais aux badauds qui cernaient sa Chevrolet. Le mécanicien prit place dans le véhicule et se pencha vers l'un des deux cadrans du tableau de bord. Il tapa doucement du bout du doigt sur l'un d'eux avant de descendre de la voiture. Il se campa alors, l'air excédé, devant le maire de Saint-Paul-des-Prés qui, quelques minutes plus tôt, l'avait accusé devant les gens d'avoir mal réparé sa Chevrolet.

— Monsieur le maire, ce char-là, c'est pas un cheval, dit-il d'une voix tranchante. Il marche à la *gasoline,* pas à l'air du temps, bonyeu ! Il y en a pas une goutte dans le réservoir. Comment voulez-vous qu'il marche ?

Un immense éclat de rire secoua les spectateurs et le maire, rouge de honte, ordonna alors à Melançon de faire le plein !

Évidemment, l'histoire fit le tour de la paroisse en moins de vingt-quatre heures. Les adversaires politiques du maire en firent des gorges chaudes et amplifièrent sa mésaventure. Incontestablement, le premier à se réjouir de l'affaire fut Gonzague Boisvert.

— Quand t'es trop bête pour savoir te servir d'un char, dit-il à son fils Henri, t'es ben mieux de rester avec un cheval et une voiture. Ça va moins vite, mais c'est moins compliqué, ajouta-t-il avec une pointe de méchanceté.

Le vieillard ne se rendait pas compte qu'il avait beau posséder deux camions, il ne se déplaçait lui-même qu'en boghei parce qu'il ne savait pas conduire.

Ce matin-là, à titre de président de la commission scolaire, il avait décidé de faire la tournée des écoles de rang de la paroisse pour s'assurer que chacune des institutrices avait bien quitté les lieux après avoir remis de l'ordre dans son école, comme il l'avait exigé quarante-huit heures auparavant.

Gonzague Boisvert était demeuré président de la commission scolaire de Saint-Paul-des-Prés contre vents et marées durant les vingt dernières années. Dans la municipalité, on lui reconnaissait beaucoup de défauts, mais on était d'accord pour lui concéder le mérite d'être un bon gestionnaire et de ne pas dépenser l'argent des contribuables à tort et à travers. Par le passé, il serait probablement demeuré maire de Saint-Paul-des-Prés beaucoup plus longtemps qu'un mandat s'il n'avait pas été constamment à couteaux tirés avec le curé Bilodeau.

Quand la lettre des autorités lui était parvenue, exigeant la fermeture immédiate de toutes les écoles pour juguler l'épidémie de grippe espagnole qui sévissait dans la province, il n'avait pas hésité une minute. Il était allé lui-même dans les quatre écoles annoncer aux enseignantes et aux enfants que les petits établissements fermaient leurs portes le jour même. Cette nouvelle avait été saluée par des cris de joie des enfants. Il en avait profité pour demander à chaque institutrice de rentrer le plus rapidement possible chez elle, de manière à ce que la commission scolaire ne soit pas obligée de continuer à chauffer l'école plus longtemps que nécessaire.

Peu avant midi, il avait eu le temps d'inspecter l'école du village ainsi que celles des rangs Saint-André et Notre-Dame. Il avait trouvé les lieux déserts et verrouillés, comme il se devait. Il lui avait suffi d'un simple coup d'œil dans chacun des bâtiments pour constater que l'institutrice avait correctement fait son travail avant de rentrer chez elle.

Quand il arriva devant l'école du rang Saint-Joseph, il aperçut de la fumée sortant de la cheminée, ce qui le fit grimacer de déplaisir. Il immobilisa son attelage près du perron du petit édifice blanc, descendit de voiture et entra dans l'école dont la porte était déverrouillée.

— Il y a quelqu'un ? cria-t-il.

— Oui, je suis là, répondit Angèle Beaulac en quittant le fond de la pièce en claudiquant.

— Veux-tu ben me dire ce que tu fais encore ici dedans ? lui demanda le président de la commission scolaire sur un ton mécontent. Je pensais avoir été ben clair il y a deux jours.

— Mais monsieur Boisvert, je peux pas m'en retourner à pied chez mes parents à Saint-Guillaume. Il faut que mon vieux père vienne me chercher. Le temps de lui écrire et que la lettre arrive à la maison, j'ai bien l'impression qu'il sera pas ici avant samedi ou dimanche.

— Et pendant ce temps-là, tu dépenses le bois qu'on t'a fourni.

— Aimez-vous mieux que je me laisse mourir de froid ? demanda l'enseignante au chignon parsemé de quelques cheveux gris.

De toute évidence, elle commençait à prendre la mouche.

— Ben, c'est pas ça, mais…

— Ayez pas peur, monsieur Boisvert, je chauffe juste mon poêle, en haut, et juste assez pour réchauffer l'appartement.

— C'est correct, laissa-t-il sèchement tomber.

— En passant, pendant que vous êtes là, est-ce que vous pouvez me dire ce qui va se passer avec mon salaire pendant que l'école va être fermée ? lui demanda l'institutrice.

— Le gouvernement a rien dit là-dessus, fit Gonzague à qui aucune des autres institutrices n'avait osé poser la question. D'après moi, on va vous enlever le salaire des semaines où l'école va être fermée.

— Vous êtes pas sérieux ?

— Ben, écoute donc, toi ! commença à s'emporter le vieillard. Tu voudrais tout de même pas être payée pendant que tu travailles pas, non ? J'espère que ton père tardera pas trop, ajouta-t-il en ouvrant la porte, prêt à sortir. Oublie surtout pas de ben barrer quand tu partiras.

Les lèvres pincées, Angèle Beaulac se planta devant l'une des fenêtres de sa classe pour le regarder monter dans sa voiture.

— Lui, chaque fois que je lui vois la face, j'ai envie de l'étrangler, le vieux maudit ! dit-elle à voix haute.

*
**

Deux jours plus tard, Corinne rentrait à la maison après être allée chercher des œufs dans le poulailler quand elle aperçut le facteur en train de faire demi-tour dans l'entrée de la cour de la ferme. Le drapeau rouge relevé de sa boîte aux lettres lui apprit que l'homme venait de lui laisser une lettre. Immédiatement, elle songea à sa belle-sœur Juliette qui ne lui avait pas écrit depuis quelques semaines. Elle tourna la tête pour voir si Lionel n'était pas dans les parages pour l'envoyer chercher le courrier. Son garçon devait être parti dans le champ avec Norbert et Léopold. Tant mieux. Depuis que l'école était fermée, l'enfant de sept ans l'énervait quand il demeurait dans la maison à se plaindre qu'il ne savait pas quoi faire.

Elle déposa au passage son plat rempli d'œufs sur la galerie et se dirigea vers la boîte aux lettres qu'elle ouvrit. À sa grande surprise, elle y découvrit deux enveloppes. Elle reconnut immédiatement l'écriture sur la première. Elle provenait bien de Juliette Marcil. La grosse écriture sur la seconde lui sembla un peu malhabile. Elle eut la vague impression de la reconnaître et s'immobilisa un instant, cherchant dans sa mémoire à l'identifier.

Le vent venait de se lever et charriait les feuilles en les faisant tourbillonner avant de les plaquer contre le mur de la petite maison grise. Le soleil cherchait à percer la couverture nuageuse sans grand succès. Corinne réprima un frisson et rentra à la maison après avoir repris ses œufs sur la galerie.

— Tiens, dit-elle à Madeleine en lui tendant le bol. Je vais jeter un coup d'œil sur la lettre que ta tante Juliette vient de m'écrire.

L'adolescente prit les œufs et alla les déposer dans le

garde-manger pendant que sa mère s'assoyait dans la chaise berçante, hésitant un court moment entre les deux enveloppes. Laquelle ouvrir en premier ?

— Elle vous a écrit deux lettres ? lui demanda sa fille, curieuse, en apercevant les deux enveloppes.

— Non, je sais pas d'où vient l'autre, reconnut sa mère en se décidant brusquement à la décacheter.

Madeleine ne dit rien. Elle se contenta de regarder les lèvres de sa mère bouger pendant qu'elle lisait le contenu de la missive qu'elle venait d'ouvrir.

— Mon Dieu ! Enfin des nouvelles ! finit par dire la mère de famille en pressant contre elle la petite feuille blanche qu'elle venait de tirer de l'enveloppe.

— Des nouvelles de qui, m'man ?

— De ton frère, répondit-elle, émue. Il m'en a pas écrit long, mais assez pour me dire qu'il va bien et qu'il s'est trouvé de l'ouvrage dans une glacière, à Montréal.

— C'est un beau sans-cœur pareil de pas avoir trouvé le temps de donner de ses nouvelles depuis le printemps passé, laissa tomber la jeune fille. Il aurait pu écrire avant.

Corinne fit comme si elle ne l'avait pas entendue.

— Il écrit qu'il va essayer de venir nous voir la semaine prochaine.

— J'ai pas hâte de voir ce que p'pa va lui faire quand il va le voir arriver, dit l'adolescente en formulant ouvertement la crainte que sa mère avait éprouvée elle-même après la lecture de la lettre.

— On va préparer ton père, dit-elle avec une assurance qu'elle était loin de ressentir. Après tout, c'est son garçon, ajouta-t-elle en ouvrant la lettre de sa belle-sœur Juliette.

Elle lut lentement et avec une inquiétude croissante la

longue lettre de la restauratrice. Quand elle la replia, elle était submergée par l'angoisse.

— Vous avez l'air tout drôle, m'man, lui fit remarquer sa fille. Est-ce qu'il y a une mauvaise nouvelle ?

— Oui et non, répondit sa mère d'une voix éteinte.

— Qu'est-ce qu'il y a ?

— Ta tante me parle de Montréal. Ça a l'air bien effrayant ce qui se passe en ville avec la grippe. Je sais pas si elle exagère, mais elle dit qu'il y a des morts partout. C'est pourtant pas son genre de s'énerver pour rien, poursuivit Corinne. Elle dit qu'il y a tellement de morts à Montréal qu'on les ramasse dans des charrettes durant la nuit pour les enterrer dans des fosses communes. Ça a quasiment pas d'allure, une affaire comme ça. Elle raconte qu'elle pense fermer son restaurant le temps que ça passe parce qu'il y a presque plus de clients. Les seuls qui se promènent sur les trottoirs se cachent le visage avec un masque pour pas attraper la grippe. Il paraît que le monde ne se parle plus et se dépêche de rentrer à la maison sans regarder personne.

— Ma tante doit exagérer, dit Madeleine pour rassurer sa mère.

— En tout cas, là, avec tout ce qu'elle me raconte, ça me rassure pas pantoute pour ton frère. Il est tout seul là-bas. S'il lui arrive quelque chose, on le saura même pas. Si je savais où il reste, je demanderais à ton père d'aller le chercher tout de suite…

— Il lui arrivera rien, m'man, lui dit l'adolescente sur un ton apaisant.

— Je vais tout de même écrire à ta tante d'essayer de retrouver ton frère pour lui dire de revenir à la maison le plus vite possible. Il doit pas y avoir des centaines de glacières à Montréal, après tout. Il me semble qu'il doit y avoir bien moins de chance d'attraper la grippe à la campagne qu'en ville. Du même coup, je vais inviter ta tante à venir vivre avec nous autres, au moins le temps que cette maladie-là passe.

Sur ces mots, Corinne alla chercher sa bouteille d'encre, sa plume et sa tablette de papier à lettres dans l'un de ses tiroirs, et elle s'empressa d'écrire à Juliette Marcil.

Ce soir-là, la mère de famille attendit que tout le monde soit monté se coucher pour sortir la lettre de son fils et la montrer à son mari, qui venait de revenir de sa tournée des bâtiments. À son haleine, il semblait avoir fait un arrêt à sa provision de bouteilles de caribou. Pendant toute la soirée, elle s'était torturé l'esprit pour trouver la meilleure façon de lui apprendre la nouvelle.

— C'est quoi ce papier-là ? lui demanda-t-il, bourru.

Chaque fois qu'on lui tendait un papier, Laurent Boisvert avait ce réflexe de défense, handicapé par le fait qu'il ne savait ni lire ni écrire.

— Ça, c'est une lettre de notre garçon, répondit sa femme.

— Ah oui ! fit-il sans manifester grand intérêt en se dirigeant vers l'horloge dans l'intention d'en remonter le mécanisme.

— Il est à Montréal. Il travaille dans une glacière, poursuivit-elle.

— Puis, il vient de se souvenir tout à coup qu'on existe ? demanda Laurent d'une voix pleine de rancœur.

— Il aimerait venir nous voir la semaine prochaine, dit-elle sans tenir compte de sa question.

Il remonta le mécanisme de l'horloge, puis s'empara

de la lampe à huile avant de se diriger vers la chambre à coucher.

— Il peut ben rester où il est, fit-il d'une voix abrupte quand sa femme le rejoignit dans leur chambre. Ici dedans, on n'a pas besoin de lui pantoute. Il a choisi de sacrer son camp comme un maudit sauvage, qu'il se débrouille !

— Tu peux pas faire ça à ton propre garçon, s'emporta Corinne en enfilant sa robe de nuit.

— Je vais me gêner encore ! répliqua Laurent, avec hostilité. C'est ma maison et je veux pas le voir y mettre les pieds.

— C'est ma maison à moi aussi, tu sauras ! rétorqua-t-elle en haussant le ton. Il a sa place dans ma maison, comme tous mes autres enfants.

— J'ai ben hâte de voir ça, sacrement ! jura son mari en s'étendant dans le lit. On va ben voir qui est le maître ici dedans. Cette maudite tête folle là va rester dehors !

— C'est tout de même pas sa faute à cet enfant-là s'il ressemble à son père, laissa-t-elle tomber d'une voix acide en se couchant à son tour.

Il souffla la lampe et lui tourna le dos pour bien lui montrer que la discussion était close. Ce soir-là, encore une fois, la mère de famille mit beaucoup de temps avant de trouver le sommeil. Il lui fallait absolument trouver un moyen de persuader son mari de laisser Philippe revenir à la maison.

Chapitre 18

Le drame

Le lundi suivant, Corinne terminait son lavage avec l'aide de Madeleine quand elle vit Norbert entrer dans la cour de la ferme, de retour de chez les Brisebois auxquels elle l'avait envoyé emprunter une lime. Au lieu de poursuivre son chemin jusqu'à la remise où il se savait attendu par Léopold, l'adolescent choisit de s'arrêter à la maison.

— L'as-tu, cette lime-là ? lui demanda sa mère en finissant de tordre un pantalon qu'elle venait de rincer.

— Oui, mais là, j'arrête pour vous dire qu'il se passe quelque chose de pas normal chez les voisins.

— Chez les Rocheleau ?

— Non, chez les Jutras. Quand je suis passé devant chez eux, j'ai vu deux hommes en train d'entrer un cercueil par la porte d'en avant.

— Mais voyons donc ! laissa tomber Corinne en s'éloignant brusquement du bac de rinçage pour aller regarder par la fenêtre qui donnait sur la maison de Jocelyn Jutras.

Madeleine avait suivi sa mère sans rien dire et scrutait, elle aussi, la maison voisine.

— En tout cas, m'man, il y a une voiture dans leur cour.

Sa mère ne dit rien. Elle retira son tablier et alla prendre son châle déposé sur l'une des chaises berçantes.

— Je vais aller voir ce qui se passe, déclara-t-elle à ses enfants. S'il leur est arrivé un malheur, ils vont avoir besoin d'aide.

— Voulez-vous que j'y aille avec vous ? proposa l'adolescente.

— Non, finis plutôt le lavage. Toi, Norbert, va rejoindre Léopold dans la remise. Il t'attend depuis assez longtemps.

Sur ces mots, la jeune femme sortit de la maison. En posant le pied sur la galerie, elle eut du mal à réprimer un frisson. Depuis le début de la matinée, le temps était devenu beaucoup plus frais à cause du vent du nord qui s'était levé. Elle serra son châle un peu plus étroitement contre elle et prit la route en direction de la maison des Jutras.

Quand elle passa devant la ferme des Rocheleau, l'épouse de Laurent Boisvert entendit héler. Elle tourna la tête et aperçut Marie-Claire Rocheleau qui venait dans sa direction.

— T'en vas-tu voir ce qui se passe chez le voisin ? lui demanda la petite femme grassouillette.

— Oui, Norbert vient de me dire qu'il a vu deux hommes entrer un cercueil dans leur maison.

— C'est en plein ce que Germaine m'a dit avoir vu de la fenêtre de sa chambre. Si ça te dérange pas, on va aller voir ensemble si on peut pas être utiles à quelque chose.

Quelques instants plus tard, les deux femmes entrèrent dans la cour de la ferme de Jocelyn Jutras. Aucune voiture n'y était plus stationnée. Elles s'apprêtaient à monter sur la galerie pour aller frapper à la porte quand celle-ci s'ouvrit sur un Jocelyn Jutras au visage ravagé.

— Restez là où vous êtes ! Approchez pas ! leur ordonna-t-il.

Corinne et Marie-Claire se figèrent sur place, stupéfaites par le comportement du voisin.

— Qu'est-ce qui se passe, Jocelyn ? lui demanda Corinne.

— Catherine est morte aux petites heures, à matin, leur annonça-t-il d'une voix chargée de chagrin.

— Voyons donc ! Je l'ai vue vendredi chez Duquette, elle avait pas l'air malade pantoute, protesta Marie-Claire.

— Elle a attrapé la grippe, se contenta de dire Jocelyn. Elle a commencé à faire de la fièvre samedi après-midi et, hier, elle était trop malade pour aller à la messe. Le docteur est venu de bonne heure dimanche matin, il m'a dit qu'il y avait plus rien à faire parce qu'elle avait plus assez de force pour lutter contre la pneumonie, expliqua le veuf d'une voix éteinte.

— Pauvre toi ! fit Corinne d'une voix pleine de compassion.

— Le docteur m'a dit qu'il fallait que le moins de monde possible s'approche d'elle. Camil Giroux de Yamaska vient de m'apporter un cercueil.

— Nous autres, on venait te proposer notre aide, intervint Marie-Claire, pleine de bonne volonté.

— Oui, on pourrait préparer ta femme.

— Vaut mieux pas, déclara Jocelyn. C'est trop dangereux. Je vais m'en occuper avec ma belle-mère.

— On va au moins venir prier au corps après le souper, lui promit Corinne.

— Vous êtes ben fines, mais ce serait mieux de prier

chez vous. C'est trop risqué d'entrer chez nous. C'est pour ça que je me suis dépêché à sortir dehors quand je vous ai vues arriver.

— Ça a quasiment pas d'allure de te laisser veiller ta femme tout seul, dit Corinne, peinée pour lui.

— C'est mieux comme ça, affirma-t-il.

— Quand les funérailles vont être chantées ? demanda Marie-Claire.

— Demain matin, à huit heures. Monsieur le curé m'a dit qu'il valait mieux qu'elle soit enterrée le plus vite possible.

— On va y être, promit Corinne. Bon courage, souhaita-t-elle à son voisin avant de quitter les lieux en compagnie de Marie-Claire.

— Pauvre Jocelyn ! c'est pas humain ce qui lui arrive, fit Marie-Claire au moment où les deux femmes reprenaient pied sur la route. As-tu remarqué Honorine dans la fenêtre de la cuisine ?

— Non, pourquoi ?

— Elle faisait pitié sans bon sens.

De retour à la maison, Corinne apprit aux siens le décès de l'épouse du voisin, ce qui ne sembla pas les peiner outre mesure. Il fallait reconnaître que Catherine Jutras avait toujours été une femme très distante et assez désagréable. Sa disparition n'allait probablement susciter que peu de regrets chez les habitants du rang Saint-Joseph.

Lorsque Laurent revint de sa journée de travail ce soir-là, Corinne s'empressa de lui apprendre la nouvelle en guettant du coin de l'œil sa réaction. Elle n'avait jamais oublié qu'il avait fréquenté la jeune femme en même temps qu'elle durant plus d'un an et qu'il ne l'avait abandonnée qu'après leurs fiançailles.

— Elle est morte de quoi ? demanda-t-il sans manifester aucune émotion en prenant place à table.

— De la grippe.

— Sacrement, j'espère que cette affaire-là s'étendra pas dans notre rang à cause d'elle ! se borna-t-il à dire.

Ce fut là l'unique commentaire auquel son ancienne flamme eut droit. Corinne hocha la tête, incapable de comprendre pareille sécheresse de cœur.

Au milieu de la soirée, la jeune femme profita d'une absence momentanée de son mari parti boire dans la grange pour inviter ses enfants à la récitation d'un chapelet pour le repos de l'âme de Catherine Jutras.

— Normalement, on aurait dû aller veiller au corps, leur expliqua-t-elle. Mais là, avec la grippe, c'est devenu trop dangereux.

Quand Laurent rentra, il se laissa tomber dans sa chaise berçante et alluma sa pipe, ignorant les siens à genoux dans la pièce.

*
**

Le lendemain matin, Corinne ne sentit pas le besoin de mentionner à son mari qu'elle avait l'intention d'assister aux funérailles de la voisine en compagnie de leurs enfants. Après son départ pour son travail au volant de son camion, elle houspilla les siens pendant que Léopold attelait le blond au boghei.

Quelques minutes plus tard, la voiture conduite par Norbert vint prendre place derrière celles d'une demidouzaine de voisins, sur le bord de la route. Quand Camil Giroux et ses employés sortirent de la maison le cercueil dans lequel reposait Catherine Jutras, tous les hommes retirèrent leur chapeau en signe de respect.

Le petit défilé se mit en marche derrière le corbillard, longea le rang Saint-Joseph et traversa le village avant de venir s'arrêter devant l'église. Une poignée de paroissiens attendait sur le parvis. La cérémonie funèbre célébrée par l'abbé Biron fut sobre. Ensuite, le jeune prêtre conduisit la dépouille jusqu'au cimetière voisin où il récita quelques prières pour le repos de l'âme de sa paroissienne défunte.

À la sortie du cimetière, Corinne, triste, ne manqua pas d'offrir ses services à Jocelyn.

— Ne te gêne surtout pas, lui dit-elle. Si t'as besoin de quelque chose, viens nous voir.

Comme elle remontait dans le boghei rejoindre les enfants qui l'attendaient avec une certaine impatience, l'épouse de Laurent Boisvert fut interceptée par Marie-Claire Rocheleau.

— C'est tout de même drôle qu'Honorine Gariépy soit même pas venue à l'enterrement de sa fille, lui dit-elle à voix basse.

— C'est vrai, ça, reconnut Corinne. Pour moi, elle doit pas se sentir bien.

Les deux voisines eurent l'explication de cette étrange absence moins de vingt-quatre heures plus tard.

Le lendemain avant-midi, Norbert joua encore le rôle de messager de mauvaise nouvelle. En allant chercher le courrier laissé par le facteur dans la boîte aux lettres sur le bord du chemin, il remarqua avec stupéfaction deux hommes en train de transporter un cercueil chez Jocelyn Jutras. L'adolescent se précipita à l'intérieur pour apprendre la nouvelle à sa mère en train de repasser.

— C'est pas vrai ! s'exclama cette dernière.

— Je vous le dis, m'man. Je les ai ben vus, protesta Norbert.

— Va voir tout de suite ce qui se passe chez le voisin, lui demanda-t-elle. Pourvu que ce soit pas Jocelyn qui soit mort, ajouta-t-elle en s'adressant à Madeleine.

On sentait dans ce commentaire de Corinne l'inquiétude d'une amie sincère qui, malgré quelques différends au cours des ans, avait toujours été très attachée à son voisin.

— Il va ben me prendre pour un fouineux, dit son fils, peu tenté d'obéir.

— Vas-y, Norbert, insista sa mère. Tu lui diras qu'on lui offre notre aide.

L'adolescent quitta la maison sans grand entrain, regrettant d'avoir révélé à sa mère ce qu'il avait vu. À son arrivée devant la maison du voisin, Jocelyn Jutras en sortait pour aller chercher deux tréteaux sur lesquels allait être déposé le cercueil. Lorsqu'il aperçut le fils de Corinne, il l'enjoignit de ne pas s'approcher et il lui révéla que sa belle-mère était morte durant la nuit.

— Ma mère vous fait dire que si vous avez besoin de quelque chose…

— Tu diras à ta mère qu'elle est ben charitable. Tu lui diras aussi que c'est encore la grippe. Ma belle-mère l'a attrapée en soignant ma femme. Hier, elle était déjà trop malade pour venir aux funérailles. Elle va être enterrée demain matin, conclut-il.

Quand Corinne apprit la triste nouvelle quelques minutes plus tard, elle s'empressa d'aller en informer Marie-Claire Rocheleau.

— La pauvre femme va même pas avoir vécu deux jours de plus que sa fille, dit Marie-Claire.

— Cette pauvre Honorine va pas mal manquer à la paroisse, fit remarquer Corinne, qui n'avait jamais apprécié beaucoup cette femme orgueilleuse et passablement prétentieuse. Notre curé va être obligé de se trouver une nouvelle organiste et une autre présidente des dames de Sainte-Anne.

Lorsqu'elle apprit le décès d'Honorine Gariépy à son mari ce soir-là, ce dernier se contenta de dire :

— Bon débarras ! J'ai jamais pu la sentir.

Le lendemain, pour la seconde fois de la semaine, Corinne Boisvert assista à des funérailles. Pour l'occasion, elle ne fut accompagnée que de Marie-Claire Rocheleau, sans ses enfants.

— J'espère que ça va s'arrêter là, dit cette dernière en descendant devant sa maison. Si ça continue, le rang va se vider.

*
**

Une dizaine de jours plus tard, Laurent revint à la maison après sa journée de travail un peu plus tôt qu'à l'ordinaire, comme tous les samedis après-midi. Lorsqu'il descendit du camion, Corinne, occupée à balayer les feuilles mortes que le vent avait poussées sur la galerie, s'immobilisa un court instant pour le regarder. Les dernières traces de la raclée reçue avaient presque entièrement disparu et tout dans son maintien prouvait qu'il avait retrouvé sa superbe habituelle. Son mari était bel homme et ne le savait que trop.

Le camionneur n'accorda pas la moindre attention à sa femme. Il se dirigea vers Norbert en train de s'escrimer à poser une nouvelle penture à la porte de la remise. Il s'arrêta un instant derrière lui pour le regarder faire.

— Tu travailles comme un maudit gnochon ! lui

dit-il. Va donc chercher des vis plus longues pour que ça tienne comme du monde.

Sur ces mots, il tourna le dos à son fils et poursuivit son chemin vers la grange. Corinne se doutait de ce qu'il allait y faire. Le niveau de l'une de ses bouteilles de caribou allait probablement sérieusement baisser. Elle finit de balayer la galerie et demanda à Lionel de transporter les feuilles dans le jardin où elle les ferait brûler le lendemain, s'il n'y avait pas de vent.

— Avant de faire ça, va chercher les vaches et avertis Léopold de commencer à faire le train, lui dit-elle avant d'entrer dans la maison.

Dix minutes plus tard, Laurent pénétra dans la cuisine et laissa tomber sur la table sa paye que Corinne s'empressa de déposer dans le pot vert, dans l'armoire. Quand cette dernière le vit remplir le bol à main d'eau chaude et sortir son rasoir et son blaireau, elle sut immédiatement que sa retraite forcée du samedi soir était terminée. De toute évidence, il se sentait prêt à affronter ce qui pouvait l'attendre à Yamaska. Il avait décidé de retourner boire à l'hôtel ou, pire, de rendre visite à celle qu'il avait mise enceinte.

— Mettez la table, les filles, on va souper aussitôt que les garçons vont avoir fini le train, dit-elle à Élise et Madeleine.

Pendant que son mari vaquait à sa toilette, elle touillait la fricassée de porc en train de mijoter sur le poêle. Une odeur appétissante remplissait la pièce. Quand elle le vit tailler son épaisse moustache et peigner sa chevelure avec soin, elle se mordit la langue pour ne pas lui faire une remarque acide devant ses deux filles.

À la fin du repas, le père de famille ordonna à Norbert d'aller nettoyer un peu le camion pendant qu'il allait changer de vêtements. Ce dernier ne dit rien, mais il était visible que ce travail ne lui plaisait pas du tout. Le soleil finissait de se coucher et il ne voyait pas l'utilité d'aller se geler les mains dans l'eau froide alors que la route, rendue boueuse par les pluies des derniers jours, allait annihiler tous ses efforts en quelques minutes.

Corinne laissa ses filles commencer à desservir la table et pénétra dans la chambre à coucher quelques instants après son mari pour aller chercher un tablier propre. À son entrée dans la pièce, il était en train de nouer sa cravate.

— Essaye de revenir avec tous tes membres à soir, lui dit-elle.

— Parle donc pas pour rien dire, se borna-t-il à répondre sèchement en ne se donnant même pas la peine de la regarder.

— Ça fait un mois que t'es pas sorti. Est-ce que tu trouves bien raisonnable d'aller traîner à Yamaska alors qu'ils conseillent partout de rester à la maison pour pas attraper la grippe ?

— Justement, ça fait un mois que je suis poigné en dedans, répliqua-t-il. Je suis écœuré de passer ma vie à travailler sans jamais pouvoir respirer. Pour la grippe, ils se font des peurs. Je travaille dehors à cœur de jour et je connais encore personne qui l'a attrapée.

Corinne jugea inutile de poursuivre ce dialogue de sourds. Elle tourna les talons et quitta la chambre. Une minute plus tard, son mari revint dans la cuisine, endossa son manteau et sortit en disant :

— Je sais pas à quelle heure je vais rentrer.

Sa femme haussa les épaules pour montrer sa parfaite indifférence. Laurent sortit de la maison et monta dans son camion après avoir tourné la manivelle. Il n'avait pas encore quitté la cour au volant de l'International que Norbert rentrait.

— Tu parles d'une idée de fou de me faire...

— Tais-toi ! lui intima sèchement sa mère, l'air menaçant. C'est de ton père que tu parles. Tu dois le respecter !

Dompté, l'adolescent monta à sa chambre en ronchonnant et n'en redescendit qu'une heure plus tard pour demander à ses sœurs et à Léopold s'ils étaient intéressés à jouer aux cartes. Assise à l'écart, Corinne avait entrepris de tailler de vieux linges avec l'intention de les utiliser dans la confection de catalognes un peu plus tard dans la saison.

— Vous voulez pas que je vous donne un coup de main ? lui proposa Madeleine.

— Non, repose-toi un peu, répondit sa mère. T'as pas arrêté de la journée.

Ce soir-là, comme tous les soirs, on récita la prière en commun sur le coup de neuf heures. Peu après, chacun prit la direction de sa chambre après avoir procédé à une toilette sommaire. En temps normal, la mère de famille aurait insisté pour que chacun prenne un bain, comme il avait toujours été de tradition de le faire le samedi soir. Cependant, la menace de la grippe l'avait incitée à conseiller aux siens d'éviter tout risque d'attraper froid en se lavant de la tête aux pieds.

— Oubliez pas de préparer votre linge pour la messe de demain avant de vous coucher, recommanda-t-elle aux siens avant qu'ils montent à l'étage se mettre au lit.

Léopold ne monta pas en même temps que les autres. Il endossa son manteau et alluma le fanal suspendu près de la porte pour aller vérifier si tout était en ordre dans les bâtiments. Il reprenait ce travail accompli par Laurent chaque soir sans que personne le lui ait demandé. La maîtresse de maison attendit que son employé rentre quelques minutes plus tard pour quitter sa chaise berçante.

— T'es bien fin, Léopold, lui dit-elle en lui adressant un sourire.

— C'est pas grand-chose, madame Boisvert, répondit le jeune homme après avoir retiré ses bottes et son manteau.

La maîtresse de maison le laissa monter à l'étage avant de s'emparer de la lampe à huile et de se retirer dans sa chambre. Elle s'habilla pour la nuit, souffla sa lampe et s'étendit dans son lit avec un profond soupir de bien-être. Elle était fatiguée et inquiète.

Comment se faisait-il que Philippe ne soit pas encore arrivé ? Madeleine et elle avaient cuisiné toutes sortes de bonnes choses pour fêter son retour. De plus, qu'est-ce qui allait encore arriver à Laurent ? Il ne manquerait plus que les frères Laliberté le battent de nouveau... À cette pensée, son cœur se serra. Elle avait beau ne plus éprouver grand amour pour lui, il était encore son mari et le père de ses enfants. S'il fallait qu'il lui arrive quelque chose... Elle aimait autant ne pas y songer. Elle s'endormit sur ces sombres pensées.

*
**

Il faisait noir lorsqu'elle ouvrit les yeux. Corinne allait se retourner et dormir encore un peu quand l'horloge murale sonna six coups dans la pièce voisine. Elle ne bougea d'abord pas, goûtant avec volupté les dernières secondes de repos et de chaleur sous les épaisses couvertures. Elle savait bien qu'il fallait qu'elle se lève tout de suite et réveille au moins Norbert et Léopold pour qu'ils aillent s'occuper des animaux si elle désirait qu'ils puissent être à l'heure à la basse-messe.

Elle ne se laissa aller qu'un bref moment. Avec l'énergie qui la caractérisait, elle repoussa brusquement les couvertures et s'assit au bord du lit pour chercher du bout des pieds ses vieilles pantoufles. Une fois chaussée, elle se leva sans attendre, prit son châle de laine noire et s'en couvrit les épaules avant de quitter la pièce dont elle referma la porte derrière elle. Elle alluma l'une des lampes à huile de la cuisine et s'empressa de jeter quelques rondins dans le poêle ainsi qu'un peu de papier avant d'y jeter une allumette.

Ensuite, elle monta à l'étage pour réveiller ses fils et Léopold en prenant soin de faire le moins de bruit possible pour ne pas empêcher Élise et Madeleine de dormir. Depuis quelques années, la mère de famille avait pris l'habitude de laisser dormir un peu plus longtemps ses filles le dimanche matin parce qu'il n'y avait pas de déjeuner à préparer. De plus, elles l'accompagnaient à la grand-messe qui n'avait lieu qu'à neuf heures trente.

Revenue au rez-de-chaussée, elle entendit le ronflement rassurant du poêle. Cette « attisée », comme elle disait, allait chasser l'humidité qui avait envahi la maison durant la nuit. Elle décida de retourner dans sa chambre pour s'habiller pendant que les garçons en faisaient autant en haut. Elle laissa sa lampe sur la table de cuisine et pénétra dans la pièce. Immédiatement, quelque chose l'intrigua et il lui fallut un court moment avant de réaliser que c'était le silence qui y régnait. Normalement, elle aurait dû entendre son mari ronfler. Elle s'avança vers le lit. Il était vide. Sur le coup, elle ne comprit pas très bien comment elle ne s'était pas aperçue de son absence en se levant quelques minutes plus tôt.

— Où est-ce qu'il est encore passé ? se demanda-t-elle à haute voix en quittant la pièce. J'espère qu'il lui est rien arrivé.

Puis, la crainte qu'il se soit endormi dans la cabine de son camion après l'avoir stationné près de la maison la poussa à sortir sur la galerie pour vérifier si le véhicule était dans la cour. Il n'y était pas. Cette constatation fut loin de la rassurer. Elle regagna sa chambre et s'habilla rapidement.

Elle finissait de coiffer son chignon quand Lionel, houspillé par Norbert, quitta la maison pour aller chercher les vaches dans leur pâturage. Léopold descendit derrière lui.

— Faites pas tant de bruit, vous allez réveiller les filles, les avertit Corinne en refermant la porte de la cuisine d'été derrière elle.

L'adolescent et l'employé endossèrent leur manteau, allumèrent un fanal et quittèrent la maison. Un instant plus tard, la porte se rouvrit sur Norbert.

— P'pa est pas là ? demanda-t-il. Son *truck* est pas dans la cour. Où est-ce qu'il est ?

— Je le sais pas, dut lui avouer sa mère. Occupe-toi du train et laisse faire le reste, ajouta-t-elle en se mettant à préparer le dîner qui allait être servi au retour de la grand-messe.

Madeleine et Élise vinrent la rejoindre au moment où le soleil se levait.

— Vous auriez pu dormir un peu plus longtemps, leur dit Corinne, qui venait de remettre un peu d'ordre dans sa chambre à coucher.

— On gèle en haut, se plaignit Élise en s'approchant frileusement du poêle.

— Ma pauvre petite fille, attends cet hiver, fit sa mère. On dirait que t'as oublié ce que c'est que geler.

— M'man, vous trouvez pas ça drôle, vous, qu'on soit encore obligés d'aller à l'église quand on vient de fermer le couvent pour qu'on n'attrape pas la grippe ? intervint Madeleine.

— Bien…

— Il me semble que c'est aussi dangereux de l'attraper là qu'ailleurs.

— Si c'était dangereux, tu sais bien que monsieur le curé nous avertirait, répondit Corinne chez qui sa fille venait de semer le doute.

Les garçons revinrent des bâtiments. Pendant que Léopold se préparait à se raser, Norbert et Lionel allèrent changer de vêtements.

— Moi aussi, je suis à la veille d'être obligé de me faire la barbe, déclara l'adolescent en jetant un regard envieux à Léopold en train de ranger ses articles de toilette à son retour dans la cuisine.

— Arrête donc, toi, se moqua sa sœur aînée. T'as encore les joues douces comme des fesses de bébé.

Norbert allait lui servir le genre de remarque cinglante dont il avait le secret quand le bruit d'une voiture sur la route l'attira à la fenêtre.

— Tiens ! C'est grand-père Boisvert qui arrive, annonça-t-il à la ronde.

— Arrête tes niaiseries et dépêche-toi à atteler si tu veux pas être en retard à la basse-messe, le sermonna sa mère.

— Je fais pas de farce, m'man. Je vous dis que c'est grand-père Boisvert, s'entêta l'adolescent.

Corinne se pencha à l'une des deux fenêtres de la cuisine et découvrit son beau-père qui venait d'engager son boghei dans la cour de la ferme. Pendant un certain temps, la petite femme blonde ne bougea pas, en proie à un sombre pressentiment. Le vieil homme immobilisa sa voiture à une trentaine de pieds de la maison.

— Grand-père est de bonne heure sur le pont pour faire ses visites de politesse, lui fit remarquer Madeleine, qui s'était avancée à son tour près de sa mère pour regarder à l'extérieur.

Dehors, Gonzague Boisvert, tel un grand corbeau, demeurait perché sur son siège, comme s'il hésitait à descendre de voiture pour venir frapper à la porte. À l'intérieur, Corinne se secoua brusquement, saisit son châle déposé sur le dossier d'une chaise, le mit sur ses épaules et sortit sur la galerie.

— Qu'est-ce qui se passe, monsieur Boisvert ? demanda-t-elle au visiteur. Avez-vous un malaise ?

Cet appel de sa bru sembla tirer le grand vieillard de sa léthargie.

— Non, j'arrive, se borna-t-il à lui répondre en descendant du boghei.

Corinne demeura debout sur la galerie pour l'accueillir. Pendant que le vieil homme de soixante-dix-sept ans s'avançait vers elle, elle se demanda durant un bref instant s'il était arrivé une seule fois que son beau-père lui apporte une bonne nouvelle à l'occasion de l'une de ses visites. Si cela s'était déjà produit, elle ne s'en souvenait pas.

— Entrez, monsieur Boisvert. C'est pas chaud pantoute à matin, lui dit-elle en s'efforçant de se montrer accueillante.

Le vieil homme, plus voûté que jamais, passa devant

elle et pénétra à l'intérieur pour se retrouver en présence de tous ses petits-enfants qui le saluèrent sans grande effusion.

— J'aurais affaire à te parler dans le particulier, dit-il en se tournant vers sa bru.

— C'est Laurent ? demanda-t-elle, soudainement alarmée.

Gonzague hocha la tête. Corinne jeta un regard affolé à ses enfants, incapable tout à coup de prendre une décision.

— On pourrait peut-être passer au salon, lui suggéra son beau-père. Vous autres, les jeunes, éloignez-vous pas trop. On va avoir affaire à vous parler dans deux minutes, ajouta-t-il à l'intention de ses petits-enfants, sans toutefois exclure Léopold, qui assistait à la scène.

Après une brève hésitation, la maîtresse de maison précéda son beau-père dans la pièce voisine. Celui-ci la suivit et prit la peine de fermer la porte derrière eux.

— Qu'est-ce qui se passe avec Laurent ? demanda Corinne, morte d'inquiétude, en demeurant debout au centre de la pièce.

— Il a eu un accident, répondit Gonzague sans ménagement et sans prendre la peine d'enlever son manteau.

— Où ça ? Quand ? s'enquit sa bru, les larmes aux yeux.

— Sur le chemin, entre Sorel et Yamaska. La police sait pas pantoute quand est-ce que c'est arrivé.

— La police ? Est-ce que c'est grave ? Est-ce qu'ils l'ont transporté à l'hôpital de Sorel ? demanda Corinne en se laissant tomber dans le vieux fauteuil, les jambes flageolantes.

— Laisse-moi placer un mot si tu veux savoir ce qui est arrivé, s'impatienta son beau-père en élevant la voix.

À matin, c'est la Police provinciale qui nous a réveillés à la maison. Ils venaient de trouver mon *truck* dans une décharge.

— Dans une décharge ? répéta la jeune femme, de plus en plus alarmée.

— Ben oui, d'après la police, ton mari se serait peut-être endormi en chauffant et il aurait manqué un virage, ce qui fait que le *truck* a lâché le chemin et a plongé dans la décharge.

— Mon Dieu ! s'écria Corinne en plaquant une main contre sa bouche.

— Il paraît que ça sentait pas mal la boisson dans le *truck*, ajouta Gonzague sur un ton amer, comme s'il lui reprochait d'en être responsable.

— Est-ce qu'il est bien blessé ? demanda-t-elle, une main crispée sur la poitrine.

Son beau-père garda le silence un long moment avant de se décider à poursuivre.

— C'est si grave que ça ? insista-t-elle.

— Écoute, il paraît que sa tête a passé à travers la vitre en avant…

— Il est tout de même pas mort ! s'exclama-t-elle d'une voix horrifiée.

— D'après la police, il est mort au bout de son sang, lui révéla Gonzague d'une voix éteinte. Personne a vu l'accident en pleine nuit. Personne a pu l'aider.

Sa bru, assommée par la nouvelle, se mit à pleurer bruyamment. Elle avait eu beau deviner qu'un malheur avait conduit son beau-père chez elle en ce dimanche matin, elle n'avait jamais pensé que Laurent, un homme aussi solide, puisse se tuer bêtement au volant de son camion. Elle ne pouvait s'empêcher de hocher la tête comme si elle refusait d'accepter ce que son beau-père venait de lui dire.

À sa décharge, il fallait reconnaître que Gonzague Boisvert sut faire preuve d'un peu de sensibilité pour l'occasion. Il se tut un long moment pour laisser à Corinne le temps de reprendre pied dans la réalité.

— Comment ça se fait que ce soit vous que la police est allée voir ? finit-elle par demander après s'être essuyé les yeux.

— Parce qu'ils ont trouvé le *truck* et que les enregistrements sont à mon nom.

— C'est pas humain, une affaire comme ça, dit-elle en se remettant à pleurer.

— On peut rien y changer, ma fille, lui dit-il sèchement. Bon, là, il faut aller identifier le corps à Sorel. Comme ça avait l'air pressant, j'ai fait atteler et je m'en allais demander au petit Tremblay de m'emmener avec mon autre *truck* là-bas, à moins que tu veuilles y aller à ma place…

— Non, allez-y, monsieur Boisvert, parvint-elle à dire d'une voix éteinte.

— Pour les derniers arrangements, je vais te laisser ça entre les mains, prit-il soin de préciser en se levant.

— C'est correct, on va demander à Giroux de Yamaska d'aller le chercher. Il s'est bien occupé de grand-père Boucher, ajouta-t-elle, j'ai confiance en lui.

— Comme tu voudras. Je suppose que tu vas annoncer toi-même la nouvelle aux enfants ?

Elle se contenta d'opiner de la tête.

— Il va falloir que tu sois courageuse, poursuivit le vieillard. Ça va être un dur moment à passer, ajouta-t-il en sortant de la pièce devant elle.

À aucun moment le vieillard ne lui avait offert son

aide ou celle des siens pour surmonter la pénible épreuve que la famille de son fils allait devoir vivre.

Quand il traversa la cuisine en reboutonnant son manteau, le grand-père n'eut pas une parole pour ses petits-enfants. Silencieux, il se dirigea vers la porte et quitta la maison.

— Seigneur ! Il a bien l'air drôle, grand-père, ne put s'empêcher de faire remarquer Élise.

— Je vois pas pourquoi tu dis ça, intervint Norbert. Il a le même air bête que d'habitude.

— Toi, sois poli, lui ordonna sa mère. Tu parles de ton grand-père.

— Qu'est-ce qu'il avait de si important à dire ? demanda Madeleine à sa mère dont elle venait de remarquer les yeux gonflés.

Corinne fit un effort méritoire pour maîtriser son chagrin.

— Les enfants, votre grand-père était comme ça parce qu'il a bien de la peine, leur dit-elle d'une voix étranglée. Il est venu m'apprendre que votre père a eu un gros accident la nuit passée, ajouta-t-elle d'une toute petite voix.

— Où est-ce qu'il est, p'pa ? demanda Lionel en s'approchant de sa mère.

— Est-ce qu'il est ben blessé ? demanda Norbert qui avait soudainement pâli.

— Est-ce qu'il est à l'hôpital ? fit Élise, aussi bouleversée que son frère aîné.

Madeleine fut la seule à ne pas poser de question. À voir sa mère, elle venait de deviner que la nouvelle rapportée par son grand-père Boisvert était pire. Pour sa part, Léopold s'était retiré dans un coin de la cuisine et regardait à l'extérieur par la fenêtre, laissant la famille de ses patrons au drame qu'elle vivait.

Corinne se moucha bruyamment après s'être essuyé les yeux. Elle tenta vainement de raffermir sa voix.

— Écoutez, les enfants, finit-elle par dire d'une voix tremblante. Votre père est mort.

Chacun réagit différemment en apprenant la terrible nouvelle. Pendant que la mère de famille épongeait encore ses larmes avec un mouchoir déjà passablement détrempé, sa fille aînée serra contre elle sa sœur Élise et son jeune frère Lionel qui s'étaient mis à pleurer à fendre l'âme. Pour sa part, Norbert s'effondra sur le banc placé près de la table, abruti par ce qu'il venait d'apprendre. Il faisait des efforts désespérés pour ne pas pleurer, lui aussi.

— Ça se peut pas, finit-il par dire d'une voix étouffée. Il était correct hier soir.

— Il est tombé dans une décharge avec le *truck* en pleine nuit, lui expliqua sa mère en s'approchant de lui pour le réconforter. Personne a pu l'aider.

Pendant un long moment, le temps sembla suspendu dans la cuisine d'hiver. La mère et ses enfants pleuraient dans une maison où le père ne rentrerait plus jamais. Léopold, le visage grave, continuait à se tenir à l'écart, prêt à aider si on le lui demandait.

Finalement, il fallut que Corinne se secoue pour reprendre en main sa maisonnée. Il y avait chez cette petite femme aux traits délicats une force de caractère stupéfiante. Elle remit son mouchoir dans la poche de son tablier et s'adressa aux siens sur un ton déterminé.

— À matin, on n'ira pas à la messe, déclara-t-elle. Le bon Dieu va comprendre. Là, on va se préparer à déjeuner.

Après, Léopold, tu vas atteler le blond et on va aller chez Giroux à Yamaska pour qu'il nous ramène mon mari.

En un rien de temps, la mère de famille vit à ce que chacun soit occupé à une tâche et le repas du matin fut servi. Elle exigea que chacun fasse un effort pour manger, même si le cœur n'y était pas. Après le déjeuner, elle endossa son manteau, posa son petit chapeau noir sur sa tête et monta dans le boghei en promettant à ses enfants de revenir le plus rapidement possible.

— Essaye de consoler ta sœur et tes frères, demanda-t-elle à Madeleine avant que Léopold excite le blond pour le faire avancer.

Au moment où l'attelage quittait la cour, elle entendit au loin le triste tintement du glas en provenance du clocher de l'église, au village. Était-il possible que son beau-père se soit déjà arrêté au presbytère pour annoncer la mort de son fils cadet ? S'il avait eu l'intention de le faire, il l'aurait certainement prévenue. À ses côtés, Léopold se taisait, attentif à éviter les ornières du chemin remplies d'eau.

Durant tout le trajet jusqu'à Yamaska en ce dernier dimanche gris d'octobre, la jeune femme, perdue dans ses pensées, se demanda comment elle allait se débrouiller sans son mari. Ses enfants avaient besoin d'un père, même s'il était loin d'être un exemple. Seule, allait-elle pouvoir faire face à toutes les dépenses qui l'attendaient ? L'hiver arriverait bientôt…

Le boghei traversa tout le village de Saint-Paul-des-Prés, passa devant la grande maison en pierre des Boisvert et finit par arriver à la route conduisant à Yamaska. Une demi-heure plus tard, la voiture s'immobilisa enfin près de la maison de Camil Giroux. La veuve de Laurent

Boisvert descendit en promettant à son employé de ne pas être absente très longtemps.

L'entrepreneur de pompes funèbres vint lui ouvrir lui-même. L'homme âgé d'une cinquantaine d'années avait une longue figure glabre et était vêtu de noir.

— Je m'excuse de venir vous déranger en plein dimanche matin, fit Corinne. Mon mari est mort cette nuit, et j'aurais besoin de vos services, ajouta-t-elle en se mettant à pleurer.

— Vous me dérangez pas, madame. Je vous en prie, passez dans mon bureau.

Camil Giroux ouvrit une porte qui donnait sur une petite pièce meublée d'un bureau, de trois chaises et d'un classeur métallique.

— Qu'est-ce que je peux faire pour vous, madame ? demanda-t-il à la visiteuse en lui indiquant une chaise.

— J'aimerais que vous rapportiez le corps de mon mari à la maison.

— Ah ! il est pas chez vous, fit l'entrepreneur, apparemment surpris. Je croyais qu'il avait été tué par la grippe. La grippe espagnole, comme ils disent, commence à tuer pas mal de monde dans la région. Et pas juste des vieux et des enfants, lui fit remarquer l'homme pour expliquer sa méprise. J'ai même de la misère à fournir.

— Non, monsieur Giroux. Mon mari s'est tué dans un accident sur la route. Il paraît que la police l'a trouvé seulement à matin. Il devrait être à Sorel si je me fie à ce que mon beau-père m'a dit.

— Je vous offre toutes mes condoléances, madame, dit l'homme sur un ton pénétré.

— Merci, monsieur.

— Savez-vous où la police a transporté son corps ?

— Non.

— Bon, inquiétez-vous pas avec ça. Je vais envoyer mon garçon et un employé aller le chercher. Ils vont le trouver. Je suppose que vous voulez que nous nous occupions de ses funérailles ?

— Oui, monsieur.

— Dans ce cas-là, je vais vous montrer quelques cercueils dans ma salle d'exposition, en arrière. Si vous voulez bien me suivre.

Il ne fallut que quelques minutes à Corinne pour choisir le cercueil dans lequel le défunt allait être inhumé. Camil Giroux s'excusa de ne pouvoir lui offrir un plus grand choix.

— J'en avais encore huit il y a quatre jours, dit-il en guise d'excuse. Là, il m'en reste juste trois.

Corinne se contenta de hocher la tête. Camil Giroux prit tous les renseignements dont il avait besoin avant de reconduire la veuve jusqu'à la porte.

— Aussitôt que nous aurons le corps de votre mari, madame Boisvert, soyez assurée que nous vous le ramènerons sans tarder. D'après moi, ça devrait être fait au commencement de l'après-midi.

Corinne remercia l'homme et quitta les lieux. Elle remonta dans la voiture où Léopold l'attendait. Son employé la regarda s'installer à ses côtés. Elle s'était remise à pleurer et serrait dans une main un mouchoir. Sans prononcer un mot, il mit l'attelage en marche. Le trajet de retour jusqu'à l'entrée de Saint-Paul-des-Prés se fit dans un silence complet. À l'approche de l'église à côté de laquelle était érigé le presbytère, la veuve dit au conducteur :

— On va arrêter au presbytère pour prévenir monsieur le curé.

— Pour moi, madame Boisvert, monsieur le curé va

être encore dans la sacristie. On dirait que la grand-messe vient juste de finir, lui fit remarquer Léopold en lui montrant la foule de gens en train de parler sur le parvis et dans le stationnement de l'église paroissiale.

— C'est pas grave s'il est pas là. J'aime autant avoir affaire à un de ses vicaires, avoua-t-elle avec un pauvre sourire contraint.

Son employé arrêta le blond dans l'allée située à gauche du presbytère et sa passagère descendit et se dirigea vers l'escalier qui conduisait à la large galerie de l'édifice. Elle sonna et Mance Rivest vint lui répondre en essuyant ses mains sur son tablier.

— Est-ce que je pourrais parler à monsieur le curé ou à un des vicaires ? demanda Corinne à la grande femme à l'air sévère.

— C'est que c'est pas bien l'heure de les déranger, répondit assez sèchement Mance Rivest. La grand-messe vient de finir et c'est l'heure du dîner.

— C'est pour une mort, dit Corinne d'une toute petite voix. Mon mari vient de mourir.

Aussitôt, les traits de la ménagère du curé Bilodeau s'adoucirent et elle l'invita à passer dans la petite salle d'attente et à s'asseoir.

— Ce sera pas long, je vous envoie tout de suite l'abbé Biron.

Peu après, Corinne vit le jeune prêtre au visage émacié pénétrer dans la salle d'attente. Il la pria de le suivre dans la pièce voisine.

— Bonjour, madame. Madame Rivest m'a prévenu que votre mari vient de mourir ? demanda le jeune prêtre à l'air souffreteux.

— Oui, monsieur l'abbé.

— De la grippe ?

— Non, dans un accident de la route.

— Excusez-moi, fit l'ecclésiastique. Votre mari est le troisième paroissien qu'on perd depuis hier.

Le nouveau vicaire nota tous les renseignements utiles dans le registre paroissial et promit de venir prier au corps le soir même. Il fut entendu que le service funèbre allait être célébré le mercredi matin.

— Et pour l'inhumation, madame, qu'avez-vous prévu ? demanda le jeune prêtre compatissant à Corinne. Je suppose que vous avez un lot familial au cimetière ?

Cette question du vicaire la prit de court. Elle ne possédait pas suffisamment d'argent pour acheter un lot et elle n'avait pas songé à demander à son beau-père s'il entendait laisser inhumer son fils dans le lot des Boisvert. Puis, elle songea au lot acheté par sa belle-sœur Juliette pour l'enterrement de grand-père Boucher quinze ans auparavant et elle prit rapidement sa décision.

— Mon mari sera enterré avec son grand-père, Wilfrid Boucher, dans son lot.

— Très bien, fit René Biron en se levant pour lui indiquer que l'entrevue était terminée. Je vous offre encore toutes mes condoléances, madame Boisvert.

*
**

Quelques minutes plus tard, le curé Bilodeau et l'abbé Alphonse Dupras entrèrent dans le presbytère. L'un et l'autre étaient affamés et se promettaient de faire un sort au repas préparé par la cuisinière. Après avoir retiré et suspendu leur manteau à la patère, dans l'entrée, ils se dirigèrent vers le salon où René Biron les attendait patiemment en lisant son bréviaire.

— On passe à table, déclara Charles Bilodeau d'une

voix péremptoire. Si je me fie aux odeurs, ce que madame Rivest nous a préparé devrait pas être mauvais.

Ses deux vicaires lui emboîtèrent le pas et pénétrèrent derrière lui dans la salle à manger. La cuisinière les suivit de peu pour déposer au centre de la grande table en chêne une grande omelette agrémentée de petits lardons.

Les trois prêtres demeurèrent debout, le temps de réciter le bénédicité avant de s'asseoir.

— Ça, ça va être bon, fit le curé en passant sa serviette de table entre son cou et son col romain.

L'abbé Dupras lui tendit le plat et il se servit généreusement avant de le lui rendre. Seul l'abbé Biron ne prit qu'une toute petite portion.

— Si vous mangez pas plus que ça, l'abbé, le tança son supérieur, vous allez retomber malade. Forcez-vous un peu, bondance !

Durant un bon moment, on n'entendit dans la salle à manger que le bruit des ustensiles heurtant la vaisselle.

— J'oubliais de vous dire, monsieur le curé, dit soudain René Biron en déposant son couteau et sa fourchette. On a un autre paroissien qui est mort cette nuit.

— Encore ! s'inquiéta Alphonse Dupras.

— Qui est-ce ? demanda le pasteur de Saint-Paul-des-Prés d'une voix assez indifférente.

— Un Boisvert.

— Dites-moi pas que le vieux Gonzague Boisvert s'est décidé à aller rencontrer son Créateur, reprit Charles Bilodeau en cachant mal une joie mauvaise. On sait que Dieu est infiniment bon, mais lui, j'aurais pas aimé être dans ses souliers quand il s'est présenté devant saint Pierre. Il va avoir beaucoup à se faire pardonner…

— Non, monsieur le curé, parvint à dire le jeune prêtre. C'est son fils qui est mort.

— Henri Boisvert, celui qui reste avec lui ?

— Non, Laurent. Il paraît que c'est le plus jeune de la famille. Sa veuve m'a dit qu'il s'est tué dans un accident de la route.

— L'ivrogne ? s'étonna Charles Bilodeau. Il devait être dans son camion, je suppose ?

— C'est ce qu'elle m'a dit.

— Vous savez, l'abbé, que ce serait arrivé il y a une vingtaine d'années, affirma le curé en retirant sa serviette de table, on aurait refusé de chanter les funérailles de cet homme-là et il aurait probablement pas été enterré au cimetière.

René Biron, surpris par cette déclaration, se borna à fixer son supérieur, attendant de plus amples explications.

— Vous vous demandez pourquoi, l'abbé ? Tout d'abord, je me souviens pas d'avoir vu le garçon de Gonzague Boisvert faire ses Pâques depuis des années. En plus, c'est un secret pour personne dans la paroisse que ça fait des mois qu'il ne vient pas à la messe du dimanche. Enfin, il était connu comme Barabbas dans la Passion pour être un ivrogne et un coureur de jupons.

— Avez-vous vraiment l'intention de lui refuser des funérailles à l'église et une place au cimetière ? lui demanda Alphonse Dupras, curieux.

— Les temps ont malheureusement changé, fit le curé en dissimulant mal son regret. J'ai bien peur que monseigneur accepterait jamais que je fasse ça… Pourtant, ce serait justice !

Sur ces mots, il quitta la salle à manger et prit la direction de son bureau où il avait l'intention de faire une bonne sieste qui faciliterait sa digestion.

Chapitre 19

La famille

À sa sortie du presbytère, Corinne monta aux côtés de Léopold dans le boghei.

— On va arrêter chez Duquette, dit-elle à son employé. J'ai besoin de téléphoner. J'espère que le magasin est pas déjà fermé.

La voiture traversa la moitié du village avant de venir s'immobiliser dans la cour du magasin général où il ne restait qu'un véhicule. Corinne reconnut Conrad Rocheleau qui devait attendre sa femme encore à l'intérieur du commerce. Elle descendit de voiture. Parvenue au pied de la galerie, elle vit sa voisine sortir en saluant Alexina Duquette qui la suivait de près dans l'intention évidente de verrouiller la porte du magasin. Il était largement dépassé midi, heure de fermeture le dimanche.

— Pauvre toi, fit Marie-Claire en reconnaissant Corinne. J'ai bien peur que t'arrives trop tard pour te faire servir.

— Je vais essayer quand même de me faire ouvrir, lui dit la jeune femme en lui adressant un pauvre sourire.

À cet instant précis, Marie-Claire Rocheleau remarqua les yeux rougis et les traits tirés de son amie et elle s'immobilisa brusquement au pied des marches.

— Mais qu'est-ce qui t'arrive ? lui demanda-t-elle en

déposant sur la galerie ce qu'elle venait d'acheter. Es-tu malade ?

— Non, répondit Corinne dans un murmure. C'est Laurent...

— Qu'est-ce qu'il t'a encore fait ? fit Marie-Claire, l'air mauvais.

— Il s'est tué la nuit passée dans un accident. Je m'en venais téléphoner à la parenté pour leur apprendre la nouvelle.

— C'est pas vrai ! s'écria son amie en s'approchant pour la serrer dans ses bras. Pauvre petite fille ! Il y a donc rien qui te sera épargné.

Au moment où Marie-Claire tapait doucement dans le dos de la jeune veuve pour tenter de la consoler, les cloches de l'église sonnèrent le glas encore une fois, répandant une note de tristesse profonde sur Saint-Paul-des-Prés.

— Va téléphoner, dit-elle à Corinne. Je rentre chez nous. Après le dîner, je vais aller te donner un coup de main.

Sur ces mots, Marie-Claire reprit ses achats sur la galerie et la quitta.

Au moment où Corinne posait le pied sur la première marche conduisant à la galerie du magasin général, la porte du commerce s'ouvrit sur Alcide Duquette et sa femme qui avaient épié avec curiosité les deux femmes depuis la vitrine de leur magasin.

— Bonjour, madame Boisvert, la salua le commerçant. Vous avez pas l'air dans votre assiette ce matin. Avez-vous oublié qu'on n'ouvre que jusqu'à midi, le dimanche ?

— J'ai pas oublié, monsieur Duquette. Mais mon mari s'est tué cette nuit dans un accident et je voulais juste donner un ou deux coups de téléphone pour prévenir la famille.

Alexina, debout aux côtés de son mari, n'hésita pas un instant. Elle invita Corinne à pénétrer dans le magasin et lui indiqua de la main l'appareil téléphonique.

— Quand il y a une urgence, ça nous fait toujours plaisir de rendre service, prit-elle soin de préciser.

Corinne la remercia d'un sourire.

Elle téléphona d'abord à Juliette Marcil. La sœur de Laurent demeura d'abord sans voix en apprenant la mort de son jeune frère. Cependant, avec son énergie habituelle, la restauratrice surmonta vite le choc et accepta immédiatement de prévenir ses frères habitant à Saint-Césaire et à Sorel avant de prendre le premier train de l'après-midi. Corinne la remercia et lui assura qu'elle enverrait quelqu'un l'attendre à la gare avant de raccrocher.

Elle contacta ensuite sa sœur Blanche. Cette dernière annonça, sans la moindre hésitation, qu'elle se chargerait de prévenir tous les Joyal.

Corinne remercia les Duquette et s'excusa de les avoir retardés à l'heure de leur dîner. Elle s'empressa ensuite d'aller rejoindre Léopold qui la ramena à la maison.

De retour chez elle, elle découvrit que Madeleine avait pris les choses en main durant son absence. Tout était en ordre et elle avait même préparé de la pâte à crêpes pour le dîner.

Avant le repas, Léopold et Norbert libérèrent l'un des murs du salon pour qu'on puisse y installer le cercueil pendant qu'Élise et sa mère allaient préparer la chambre où dormirait Juliette Marcil.

Le dîner un peu tardif fut pris en silence. La mère de famille n'avait pas faim, mais elle mangea un peu pour donner l'exemple à ses enfants. Durant tout le repas, son regard ne cessa de se porter vers la chaise libre, au bout de la table et elle ne parvenait pas à imaginer que Laurent ne s'y assoirait plus jamais. Après avoir lavé la vaisselle, elle demanda à Norbert d'aller attendre sa tante à la gare pendant qu'elle préparerait avec ses sœurs de la nourriture pour les visiteurs qui viendraient.

— En passant, arrête une minute chez Jocelyn Jutras pour lui dire que ton père est mort.

L'adolescent n'avait pas encore quitté la ferme que Marie-Claire Rocheleau se présentait chez sa voisine, prête à l'aider, comme promis.

Une heure plus tard, une longue voiture noire de l'entreprise de Camil Giroux s'immobilisa près de la maison. Un jeune homme âgé d'une trentaine d'années et de constitution robuste vint frapper à la porte en compagnie d'un collègue à peu près du même âge. Il se présenta comme étant Georges, le fils de Camil Giroux, et il annonça, avec une mine de circonstance, qu'il ramenait le corps de Laurent Boisvert.

Serrés les uns contre les autres, Madeleine, Élise et leur jeune frère Lionel ne disaient pas un mot, les yeux pleins de larmes. Pour sa part, Corinne, soutenue par la voisine, demanda aux deux hommes de passer par la porte de la façade, celle qu'on n'ouvrait que dans les grandes circonstances, lors de la visite annuelle du curé ou à l'occasion d'un décès.

Léopold quitta sa chambre à l'étage et arriva au rez-de-chaussée juste à temps pour ouvrir la porte au fils de Giroux et à l'employé portant deux tréteaux et un drap noir. Ils disposèrent les tréteaux à quelques pieds de distance l'un de l'autre. Ils les couvrirent du drap noir avant de sortir de la maison pour y revenir, un instant plus tard, en portant avec peine le cercueil renfermant la dépouille de Laurent Boisvert. Massés dans l'entrée de la pièce, les enfants et la veuve du disparu assistaient à la scène en pleurant.

Georges Giroux s'approcha de Corinne et lui murmura quelque chose à l'oreille. Cette dernière s'essuya les yeux et fit signe à Marie-Claire d'entrer dans le salon.

— Attendez dans la cuisine. Ce sera pas long, dit-elle à ses enfants avant de refermer la porte de la pièce.

Marie-Claire Rocheleau et elle s'approchèrent de l'humble cercueil en pin qui venait d'être déposé sur les tréteaux.

— Avez-vous la date des funérailles, madame ? demanda l'entrepreneur des pompes funèbres.

— Mercredi matin à neuf heures, répondit Corinne d'un seul souffle.

— C'est parfait.

Il attendit un instant pour voir si la veuve aurait d'autres questions à poser. Quand il se rendit compte qu'elle demeurait silencieuse, debout près du cercueil, attendant de toute évidence qu'il se décide à l'ouvrir, il toussota d'un air gêné – avant de reprendre la parole sans esquisser le moindre geste.

— On vient d'aller chercher le corps à Sorel, madame. On n'a pas pu faire la toilette de votre mari.

— Je comprends, fit-elle d'une toute petite voix. On va vous laisser la faire. Vous avez juste à me dire ce qu'il vous faut.

Le fils Giroux secoua doucement la tête.

— Écoutez, madame, reprit tout bas le fils Giroux. Mon père l'a vu quand on s'est arrêtés à Yamaska. Il vous conseille de ne pas ouvrir la tombe.

— Pourquoi ça ? s'étonna Corinne.

— Votre mari est pas mal magané.

— Voyons donc ! protesta la veuve en posant la main sur le cercueil comme si elle avait l'intention de l'ouvrir toute seule.

Marie-Claire allongea le bras et la retint.

— Attends, Corinne, lui dit-elle.

— Ça me fait de la peine de vous le dire, madame, poursuivit Georges Giroux, mais il est pas reconnaissable. On a dû vous dire que sa tête avait passé à travers la vitre. On peut pas réparer des dommages comme ceux-là.

— Mais je veux le voir. Ses enfants vont vouloir le voir, eux autres aussi, s'entêta Corinne en se remettant à pleurer.

— Si vous ouvrez le cercueil, madame, vous et vos enfants, vous allez garder un bien mauvais souvenir du défunt. Vous le regretteriez.

— Je pense qu'il a raison, intervint Marie-Claire en tapotant le dos de son amie. Il vaut peut-être mieux que tu conserves le souvenir de son visage comme il était quand tu l'as vu la dernière fois.

— Mais pour le linge ? objecta Corinne, en oubliant que Laurent portait son unique costume, la veille, quand il avait quitté la maison.

— Si le cercueil reste fermé, madame, répondit Giroux, plein de compassion, ça a pas grande importance. On a déjà pris le temps de préparer rapidement votre mari pour qu'il supporte les quelques jours d'exposition. Cependant, si vous voulez qu'on dépose quelque chose de spécial dans le cercueil avant d'en visser définitivement le couvercle, on peut le faire.

— J'aimerais que vous mettiez un chapelet dans ses mains, dit Corinne, la voix brisée, en se dirigeant déjà vers la porte pour aller chercher l'objet dans sa chambre à coucher.

Elle entra dans sa chambre, s'empara de son chapelet suspendu à la tête du lit et revint dans le salon pour le remettre à Georges Giroux.

— Si vous voulez vous retirer quelques instants, nous allons placer le chapelet entre ses mains, dit-il.

Marie-Claire entraîna Corinne hors de la pièce et repoussa Élise qui cherchait à voir ce qui se passait dans le salon.

— Attends, ma belle, lui dit la voisine. Dans cinq minutes, tu vas pouvoir aller prier pour ton père.

Peu après, Giroux et son compagnon ouvrirent la porte du salon, saluèrent Corinne en lui promettant de revenir le mercredi matin, à huit heures, pour transporter le corps à l'église.

Dès le départ des deux hommes, les enfants s'empressèrent d'entrer dans le salon.

— Pourquoi on peut pas voir p'pa ? demanda Élise.

Ce fut la voisine qui se chargea d'en expliquer la raison aux enfants du disparu pendant que Corinne fixait le cercueil d'un regard vide.

— As-tu des cierges quelque part ? demanda Marie-Claire à sa voisine après s'être assurée que les enfants avaient bien accepté ses explications.

Sans répondre, la maîtresse de maison quitta la pièce et revint peu après avec un crêpe noir et deux cierges. Ces derniers furent installés et allumés à chacune des extrémités du cercueil.

— Tiens, Madeleine, va fixer le crêpe sur la porte d'en avant, lui demanda sa mère. Après, on va dire un chapelet pour votre père, ajouta-t-elle d'une voix brisée en s'agenouillant déjà.

Ses enfants, Léopold et Marie-Claire Rocheleau l'imitèrent et récitèrent le chapelet. Après la prière, la voisine entraîna Corinne et ses filles dans la cuisine pour préparer de la nourriture, une distraction bienvenue en ce dimanche après-midi de deuil.

Un peu après quatre heures, Norbert revint de la gare en compagnie de sa tante Juliette. Dès que le véhicule s'immobilisa près de la galerie, l'imposante restauratrice montréalaise en descendit, empoigna sa valise et monta les quelques marches qui conduisaient à la porte.

Corinne se précipita à sa rencontre et l'étreignit, heureuse de pouvoir compter sur le soutien de sa belle-sœur en ces circonstances. Juliette la précéda dans la cuisine, salua la voisine et embrassa les enfants. Avant même de retirer son manteau et son chapeau, la maîtresse femme s'avança dans le salon. La jeune veuve se tenait debout à ses côtés. Elle vit alors la restauratrice déglutir péniblement et chercher fébrilement un mouchoir dans la poche de son manteau gris.

— Pauvre petit gars ! ne put s'empêcher de dire celle qui avait servi de mère à Laurent Boisvert durant une demi-douzaine d'années, c'est bien triste de mourir comme ça, aussi jeune. Je suppose que si le cercueil est fermé, c'est que l'entrepreneur a pas pu l'arranger ? demanda-t-elle à voix basse à sa belle-sœur.

— C'est ça, reconnut Corinne, la voix étranglée.

— Tu sais, j'ai entendu dire que la plupart de ceux qui meurent de la grippe sont exposés comme ça parce que le monde a trop peur de l'attraper… et ça, c'est quand on les expose. C'est rendu qu'il y en a tellement à Montréal, à Québec et à Trois-Rivières, qu'on les enterre le même jour parce qu'on a trop peur de la contagion.

Madeleine débarrassa sa tante de son manteau et de son chapeau pendant qu'Élise allait porter sa valise dans sa chambre.

— C'est si pire que ça ? demanda Marie-Claire à la belle-sœur de Corinne alors que les trois femmes s'assoyaient sur les chaises qui avaient été placées dans le salon pour les éventuels visiteurs.

— J'aurais jamais cru voir ça de mon vivant, reconnut Juliette Marcil, la mine sombre. Mes voisins, au-dessus, ont perdu quatre de leurs six enfants la semaine passée. Ils sont tous morts en trois jours. La mère est devenue complètement folle.

— Ici, à Saint-Paul, on a déjà cinq morts, lui dit Marie-Claire. Mais il faut dire que la grippe est apparue juste il y a deux semaines. C'est le petit Dessureault qui a rapporté ça de Québec. Il est mort le mardi. Le vendredi suivant, c'est son père qui y est passé. Trois jours plus tard, c'est la femme et la belle-mère de Jocelyn Jutras qui sont mortes.

— C'est pas vrai ! lança Juliette Marcil qui avait toujours éprouvé beaucoup d'amitié pour le voisin. Il a pas perdu sa femme ! Pauvre Jocelyn ! Il doit trouver ça dur, le plaignit-elle sincèrement.

— À cette heure, il se retrouve encore tout seul, fit Corinne.

— En plus, il paraît qu'à matin, le curé Bilodeau a annoncé que Mélanie Forget, une fille de dix-huit ans qui s'est mariée l'été passé, est morte hier soir, poursuivit Marie-Claire Rocheleau.

Puis, Norbert entra dans la maison après avoir dételé le cheval et l'avoir nourri. Sans la moindre hésitation, il se dirigea vers le salon pour enfin voir son père.

Corinne abandonna immédiatement la voisine et sa

belle-sœur pour aller au-devant de l'adolescent et lui expliquer pourquoi le cercueil de son père demeurerait fermé. Norbert ne protesta pas. Il se contenta de s'approcher de la bière et de la regarder fixement, sans rien dire.

Un peu plus tard, Corinne tint à accompagner sa belle-sœur à l'étage pour l'aider à s'installer dans la chambre qu'elle lui avait réservée.

— Je sais que c'est toi qui as payé le lot où grand-père Boucher a été mis en terre, dit-elle, mais est-ce que ça te dérangerait que ton frère soit mis en terre à côté de lui. Ton père m'a pas offert de faire enterrer Laurent dans le lot des Boisvert.

— Pantoute, fais comme si ce lot-là était à toi ? Garde-moi juste une place, mais je te dis tout de suite que j'ai pas l'intention de me presser pour l'occuper, ajouta-t-elle avec un sourire sans joie.

— Es-tu venue à bout de rejoindre tes frères ?

— Oui, Aimé viendra probablement pas de Saint-Césaire parce que sa femme est pas mal malade, mais Raymond m'a promis de venir à soir.

Il y eut un bref silence entre les deux femmes. Pendant que Juliette défaisait sa valise et rangeait ses vêtements dans un tiroir du bureau, Corinne s'était assise sur le lit, les mains dans son giron, le regard perdu dans le vide, l'air malheureux. Sa belle-sœur finit par se rendre compte de son abattement. Elle s'assit à ses côtés et la serra contre elle.

— Je sais que c'est bien triste, fit-elle à voix basse. Mais dis-toi que t'as rien à te reprocher, si ça peut te consoler. T'as toujours été une bonne femme pour mon frère. Il a jamais rien eu à dire contre toi…

— J'ai pas été une si bonne femme que ça, finit par

murmurer la jeune veuve. J'aurais dû insister plus pour qu'il vienne à la messe le dimanche. Depuis un bout de temps, il voulait plus venir, même si je lui disais qu'il donnait le mauvais exemple aux enfants. Tu peux pas savoir à quel point je m'en veux. S'il est en enfer, c'est peut-être à cause de moi…

— Voyons donc ! protesta énergiquement Juliette. C'était plus un enfant. T'as pas à te blâmer pour ça.

*
**

Cet après-midi-là, au presbytère, le curé Bilodeau était planté debout devant l'une des fenêtres de son bureau. Le pasteur de la paroisse arborait un air tourmenté qui ne l'avait guère quitté depuis près d'une semaine.

Jusqu'à l'annonce des mesures gouvernementales fermant les lieux publics de la province, il avait cru que les journaux avaient amplifié exagérément le nombre de victimes de l'épidémie de grippe espagnole. Il en était d'autant plus persuadé que sa paroisse ne comptait encore aucune victime du fléau. Cependant, depuis l'Action de grâces, la grippe avait causé cinq décès à Saint-Paul-des-Prés.

Ce matin-là, il avait été estomaqué de constater que la moitié de son église était vide au moment où il pénétrait dans le chœur pour célébrer la grand-messe. Du haut de la chaire, il avait tonné et brandi un Dieu de vengeance. Comment s'étonner qu'Il punisse aussi durement les hommes quand on voyait le peu de cas qu'ils faisaient de Lui. Au moment où il fallait prier de toutes ses forces pour qu'Il enraye l'épidémie, on ne respectait même pas le jour du Seigneur.

Le docteur Précourt avait jugé bon de venir le rencontrer à la sacristie après la grand-messe. Il lui avait même révélé sa crainte de voir beaucoup d'autres décès se produire dans les jours à venir.

— Comment voulez-vous qu'il en soit autrement ? avait tonné le prêtre, indigné. Vous avez vu vous-même, ce matin, que la moitié des bancs de l'église étaient vides.

— Il faut comprendre, monsieur le curé. C'est rendu que les gens ont peur de sortir de chez eux, avait temporisé le médecin de sa petite voix de crécelle.

Charles Bilodeau s'était alors efforcé de cacher sa propre terreur pour adopter un comportement plus conforme à celui qu'on attendait de lui. Cependant, il n'avait pas pu s'empêcher de demander au médecin :

— Mais vous pouvez donc rien faire pour arrêter ça ?

— Entre vous et moi, monsieur le curé, absolument rien, s'était contenté d'admettre le petit homme. On n'a pas de remède pour soigner ça. J'ai suggéré du camphre, comme la plupart de mes confrères, mais je sais fort bien que c'est inutile. Je pourrais tout aussi bien rester à la maison et ne pas aller voir les malades, mais quand j'y vais, cela a l'air de les rassurer. Je peux vous dire, monsieur le curé, que je me sens pas mal inutile par les temps qui courent, avait-il avoué.

— Et vous avez pas peur de l'attraper ? demanda le prêtre en réprimant difficilement un frisson d'appréhension.

— Oh oui, je vais probablement l'attraper un jour ou l'autre, mais je fais ce que je dois faire, reconnut Adrien Précourt avec un courage tranquille.

Si le docteur Précourt était courageux, ce n'était certes

pas le cas de Charles Bilodeau. Le curé de Saint-Paul-des-Prés avait eu tellement peur de mourir le printemps précédent lors de son hospitalisation à Sorel qu'il en était resté profondément marqué. Dans les circonstances, il n'approuvait nullement la décision de messieurs les évêques de conserver les églises ouvertes durant l'épidémie. S'il n'en tenait qu'à lui, il les fermerait et se barricaderait dans son presbytère pour éviter tout contact avec l'extérieur. Bref, pour dire crûment la vérité, le curé Bilodeau avait une peur maladive de la mort. Bien sûr, il était bien prêt à préparer ses paroissiens à faire le dernier voyage, pourvu que ça ne mette pas ses jours en danger.

À dire les choses telles qu'elles étaient, même s'il se méprisait pour sa lâcheté, il n'en avait pas moins passé tout l'après-midi de ce dimanche à chercher un moyen lui permettant de demeurer enfermé dans son presbytère aussi longtemps que l'épidémie sévirait. Le problème n'était pas aussi facile à solutionner qu'il le paraissait à première vue. Il avait beau l'examiner dans tous les sens, il ne voyait pas encore comment le régler.

S'il se déclarait malade, le docteur Précourt serait appelé à son chevet et, à son avis, c'était le meilleur moyen de contracter la grippe, puisqu'il ne cessait d'être en contact avec des malades. À la rigueur, il pourrait demander à son évêque un congé, mais il ne saurait où aller si ce dernier le lui accordait. Finalement, il opta pour une solution qui tiendrait Adrien Précourt loin de son presbytère tout en lui évitant tout contact avec ses paroissiens.

— Ils seront pas plus avancés si je meurs de cette grippe-là, dit-il à mi-voix pour se justifier.

Quand Mance Rivest annonça que le souper était prêt,

Charles Bilodeau quitta son bureau à demi courbé en feignant un horrible mal de dos. À son entrée dans la salle à manger, René Biron et Alphonse Dupras l'attendaient poliment, debout derrière leur chaise.

— Qu'est-ce que vous avez, monsieur le curé ? s'empressa de lui demander le pâle abbé Biron en faisant un pas dans sa direction.

— Un lombago, mentit le pasteur en adoptant un air misérable. J'ai de la misère à mettre un pied devant l'autre.

Sur ces entrefaits, la servante poussa la porte qui séparait la cuisine de la salle à manger en portant une soupière fumante. Elle contourna Charles Bilodeau et alla déposer le plat au centre de la table.

— Bon, qu'est-ce qui vous arrive encore ? demanda-t-elle avec un agacement mal déguisé.

— Monsieur le curé a un lombago, s'empressa de répondre René Biron.

— Si je me trompe pas, un lombago, ça rend pas muet ? fit la ménagère irascible en ignorant ouvertement le vicaire pour s'adresser au curé de Saint-Paul-des-Prés.

— On vient de vous le dire, madame Rivest, j'ai un lombago. J'ai de la misère à me traîner, ajouta-t-il en prenant un visage de martyr.

— V'là autre chose, à cette heure, répliqua la servante avec humeur. Depuis le temps que je vous connais, c'est bien la première fois que vous attrapez ce mal-là. Je suppose qu'il va falloir vous servir au lit…

— Ça va peut-être être passé demain, dit Charles Bilodeau, l'air pitoyable.

— Si c'est un vrai lombago, vous en avez au moins pour une semaine à rester couché, déclara Mance Rivest sur un ton définitif. Il va falloir demander au docteur Précourt de passer vous voir.

— Non, ce sera pas nécessaire, intervint rapidement le curé. J'ai du liniment dans ma chambre. J'ai même un remède que le docteur Lemire m'a déjà prescrit qui va faire l'affaire, mentit-il.

— Si je comprends bien, vous allez vous soigner tout seul ? demanda la cuisinière en le fixant sans aménité.

— Je vais me débrouiller, madame Rivest. Là, je suis pas capable de m'asseoir, ça me fait trop mal, poursuivit-il. Je vais aller me coucher.

— C'est correct, monsieur le curé. Je vais vous monter quelque chose à manger tout à l'heure, ajouta la servante sur un ton radouci.

Sur ce, elle quitta la pièce, et Charles Bilodeau, continuant à jouer l'homme souffrant, s'excusa auprès de ses deux vicaires d'être obligé de se décharger de sa tâche sur eux.

— C'est pas grave, monsieur le curé. Occupez-vous juste de vous soigner, le rassura René Biron.

Le curé quitta la pièce et monta lentement, très lentement, l'escalier, pour donner le change où cas où la cuisinière l'aurait aperçu. Il ne se redressa qu'une fois entré dans sa chambre à coucher. Il alluma la lampe à huile sur sa table de chevet, mit son pyjama et s'étendit dans son lit en poussant un soupir d'aise. En attendant l'arrivée de son souper, il prit son bréviaire et entreprit de poursuivre sa lecture quotidienne.

Pendant ce temps, dans la salle à manger, les deux vicaires mangeaient en silence. Au moment du dessert, l'abbé Dupras ne put se retenir de faire remarquer à son jeune confrère :

— La maladie de monsieur le curé arrive bien mal, tu trouves pas ?

— On choisit pas quand on tombe malade, répondit René Biron, dont la santé avait toujours été fragile.

— Ça, j'en suis pas sûr pantoute, dit l'ancien vicaire de Saint-Célestin en arborant un air soupçonneux. Je trouve que ce mal de dos là arrive pas mal à pic.

— Pourquoi tu dis ça ? fit le jeune prêtre, surpris par la remarque de son confrère.

— Il me semble que, depuis deux semaines, notre bon curé sort pas trop souvent du presbytère, tu trouves pas ?

— Puis ?

— C'est comme s'il avait peur de quelque chose, poursuivit Alphonse Dupras.

— Il aurait peur de quoi ? s'étonna l'abbé Biron.

— Je le sais pas, mais j'ai eu l'impression tout à l'heure qu'il était presque content d'avoir un lombago.

Le jeune vicaire regarda son confrère sans vraiment comprendre, dans sa naïveté, ce qu'il sous-entendait.

*
**

Chez Corinne Boisvert, on finissait de ranger la cuisine après le repas, quand deux voitures s'arrêtèrent devant la maison. Les visiteurs arrivaient une minute à peine après que Norbert eut allumé deux fanaux suspendus de chaque côté de la porte de la cuisine d'été.

— Va ouvrir, Élise, demanda Corinne à sa cadette pendant qu'elle retirait précipitamment son tablier.

Un instant plus tard, Thérèse et Anatole entrèrent dans la pièce en compagnie de Lucienne Joyal, qui s'empressa d'aller serrer sa fille dans ses bras avant d'embrasser chacun de ses petits-enfants. La grand-mère offrit ses condoléances à Juliette aussitôt après son fils et sa bru. Bastien et Rosalie entrèrent à leur tour dans la maison et la même scène se reproduisit. Après avoir déposé son manteau sur le lit de la chambre de Corinne, chacun se dirigea vers le salon pour faire une courte prière devant le cercueil. La pièce était éclairée par deux lampes à huile qu'on avait dû allumer dès la fin de l'après-midi tant il faisait sombre.

Moins de quinze minutes plus tard, Amédée et Blanche Cournoyer faisaient leur apparition en compagnie de Germaine et Bernard Provencher et de leurs deux enfants. Toute la famille Joyal était réunie pour soutenir Corinne et consoler ses enfants.

L'abbé Biron arriva peu après, suivi de près par Gonzague Boisvert, son fils Henri et sa bru. Le vieil homme vint se planter devant le cercueil dans lequel reposait son plus jeune fils avant de recevoir les condoléances de tous les gens rassemblés dans le salon. Quand sa fille Juliette s'approcha pour l'embrasser sur une joue, Gonzague s'étonna de la voir déjà sur place.

— Quand est-ce que t'es arrivée ? lui demanda-t-il.

— À la fin de l'après-midi, p'pa.

— Ça t'aurait pas tentée d'arrêter d'abord à la maison ? fit-il sur un ton légèrement vindicatif.

— Norbert est venu me chercher et j'ai pensé être plus utile chez Corinne que chez vous, p'pa, lui répondit sa fille aînée. En plus, vous savez bien que j'aime pas déranger Annette et Alexandra.

Son père n'insista pas. Il n'avait jamais été particulièrement hospitalier, même pour les siens. Par le passé, chaque fois que Juliette était venue en visite quelques jours dans la maison familiale du rang Saint-André, il y avait toujours eu un peu de « tiraillage », comme il disait. À son avis, elle était mieux de se faire recevoir par Corinne, comme elle le faisait spontanément depuis quelques années… Sans compter qu'il n'était pas obligé ainsi de la nourrir.

L'abbé Biron dispensa des paroles réconfortantes aux membres de la famille, s'attachant particulièrement à consoler les enfants du disparu. Ensuite, il invita toutes les personnes présentes à s'agenouiller pour réciter un chapelet pour le salut de l'âme de Laurent Boisvert.

À la fin de la prière, les hommes choisirent de se retirer dans la cuisine d'été où Bastien avait allumé le poêle quelques minutes auparavant pour en chasser l'humidité. Jocelyn Jutras, les Brisebois et les Rocheleau arrivèrent au moment même où les hommes allumaient leur pipe dans la grande pièce. Pendant qu'on commençait à échanger des nouvelles, Gonzague demeurait plongé dans ses pensées et son fils Henri, assis à ses côtés, ne faisait rien pour le tirer de son mutisme.

Un peu plus tard, le maire Gagnon, Léon Tremblay ainsi que quelques connaissances ou compagnons de beuverie du défunt vinrent frapper à la porte pour offrir leurs condoléances aux proches de Laurent Boisvert. Ils ne s'attardèrent pas dans le salon. Ils allèrent rapidement rejoindre les autres hommes en train de fumer dans la cuisine d'été où planait déjà un véritable nuage de fumée près du plafond.

Après le départ du vicaire, Corinne attira Léopold à l'écart pour lui murmurer :

— Pourrais-tu aller voir dans la grange si mon mari aurait pas laissé là une bouteille ou deux de boisson derrière les poches de jute, au fond ?

— Je vais aller voir, madame Boisvert.

— Si jamais tu trouves quelque chose, on pourrait en servir aux hommes. Ici dedans, j'ai juste du vin de cerise dans le garde-manger.

Quelques minutes plus tard, le jeune homme rentra en portant trois bouteilles de caribou et il fut chargé d'offrir un peu d'alcool aux hommes présents.

Pendant que les femmes discutaient à mi-voix dans la cuisine d'hiver et dans le salon, les hommes avaient formé des petits groupes dans la pièce voisine. Évidemment, Fabien Gagnon s'était empressé de se rapprocher des Joyal pour éviter d'avoir à s'adresser à un Gonzague Boisvert à qui il s'était borné à offrir ses condoléances du bout des lèvres. Le vieil homme s'était contenté de secouer la tête avant de se tourner vers Henri et les rares amis de son fils.

À l'autre extrémité de la pièce, Bernard Provencher écoutait, l'air vaguement réprobateur, son beau-frère Bastien en train de dire à mi-voix au mari de Marie-Claire Rocheleau et à Fabien Gagnon :

— En tout cas, c'est pas ma mère qui va brailler le plus. C'était connu que le beau-frère prenait un coup pas mal fort. Un accident comme ça lui pendait au bout du nez, un jour ou l'autre.

— Faut pas dire ça, Bastien, intervint son frère Anatole. Laurent est parti et on parle pas contre les morts. Il avait ses défauts, comme tout le monde. Rien de plus.

Bastien, soudain mal à l'aise devant la désapprobation évidente de son auditoire, se contenta d'ajouter :

— Je disais pas ça pour le débiner.

Il y eut un court moment de malaise.

— Il laisse tout de même une femme et cinq enfants

derrière lui, reprit Bernard Provencher. J'ai ben peur que ce soit pas facile pour personne.

— Si encore son plus vieux était là, précisa Anatole en acquiesçant. On sait même pas où il est passé, ce petit baptême-là !

— Je pense qu'il a du père dans le nez, conclut Amédée Cournoyer. Remarquez que moi, je sais pas ce qui se passe dans la tête d'un jeune comme lui, expliqua le commis de quincaillerie. Mes trois garçons ont jamais été du genre à partir comme ça.

Près de la porte d'entrée, Gonzague était enfin sorti de son mutisme et avait du mal à dissimuler sa mauvaise humeur.

— Avec tout ça, je suis poigné pour faire réparer mon *truck* au garage. Je suis même pas sûr que le petit Melançon va être capable d'arranger ça. Il est ben bon pour réparer un *flat* ou jouer dans le moteur de ces engins-là, mais de là à remettre tout mon *truck* d'aplomb, c'est une autre paire de manches. Il a le devant tout défoncé et il y a des vitres à changer. Henri avait ben raison..., commença-t-il à dire.

Les trois hommes debout autour des Boisvert tournèrent la tête vers Henri.

— Le père veut dire que ça faisait un bon bout de temps que je lui conseillais d'obliger ses chauffeurs à laisser les *trucks* dans la cour, chez nous, chaque soir, après leur journée d'ouvrage. Cet accident-là serait pas arrivé si...

— Ça sert à rien de revenir là-dessus, le coupa Léon Tremblay, le conducteur du second International de Gonzague Boisvert. Ce qui est fait est fait. À votre place, monsieur Boisvert, poursuivit-il, je m'inquiéterais pas trop. Melançon est pas mal bon. Je suis certain qu'il est capable de remettre votre *truck* d'aplomb.

— C'est que ça va encore me coûter toute une beurrée, cette affaire-là, se plaignit le vieillard, révélant ainsi ce qui le préoccupait vraiment.

Ceux qui l'écoutaient se jetèrent des regards entendus. En plein deuil, Gonzague Boisvert pensait avant tout à ce qu'allait lui coûter la réparation de son camion accidenté.

Vers dix heures, Bastien et Anatole décidèrent de concert d'aller s'informer, auprès de leur mère et de leurs épouses, de leurs intentions. Allaient-elles passer la nuit chez Corinne ou rentrer à Saint-François-du-Lac ?

Pendant ce temps, Amédée et Bernard discutaient avec Fabien Gagnon. Après que le maire eut parlé des premières victimes de la grippe dans sa municipalité, les deux beaux-frères lui décrivirent ce qui se passait à Sorel et à Nicolet depuis que le gouvernement avait fermé les lieux publics.

— Je pensais jamais être témoin d'une affaire pareille de mon vivant, admit Amédée, l'air sombre. Le monde vient à la quincaillerie en se mettant un mouchoir sur le visage, tellement ils ont peur de l'attraper.

— C'est pas plus drôle chez nous, reprit Bernard. On a trois hommes sur cinq qui veulent plus venir travailler sur nos deux chantiers. Ils aiment mieux rester à la maison, le temps que ça passe.

— Ça fait peur en sacrifice, cette affaire-là, admit Amédée. Si j'écoutais Blanche, je ferais la même chose, moi aussi.

— Je pense qu'il faut s'encourager, affirma Fabien Gagnon en repoussant les idées noires qui ne cessaient de l'envahir depuis une semaine. Moi, je crois que cette grippe-là va disparaître quand les grands froids vont poigner. En plus, vous avez lu comme moi dans les journaux qu'on parle de la fin de la guerre. Il y en a même qui disent que ça pourrait être fini avant les fêtes, ajouta-t-il. Ça, ce serait une maudite bonne nouvelle !

Bernard jeta un regard plein de sous-entendus à son beau-frère dont le visage s'était éclairé. L'entrepreneur comprenait fort bien ce que devait éprouver ce père de famille dont deux des fils se cachaient depuis plusieurs mois pour éviter d'être enrôlés dans l'armée.

À la fin de la soirée, quelques femmes aidèrent la maîtresse de maison et ses filles à disposer sur la table un peu de viande, du pain et des morceaux de gâteau. La plupart des personnes présentes mangèrent avant de quitter les lieux.

Finalement, Corinne parvint, non sans difficulté, à persuader ses sœurs et ses belles-sœurs de l'inutilité de demeurer à ses côtés durant la nuit pour veiller Laurent. Elle allait s'en charger avec sa mère, Juliette et les enfants. Cependant, elle n'eut pas à déployer de tels efforts avec les Boisvert. Annette, Henri et Gonzague quittèrent la maison sans parler de veiller au corps durant une partie de la nuit. Évidemment, aucun d'eux ne proposa son aide à la veuve. Ils se contentèrent de promettre de revenir le lendemain soir en compagnie d'Hélène et d'Alexandra.

Un peu avant onze heures, le dernier visiteur quitta la maison et on entreprit de ranger sommairement les lieux avant de se retrouver dans le salon.

— Les enfants, je pense qu'il est assez tard pour aller vous coucher maintenant, déclara Corinne.

— On va rester debout avec vous toute la nuit, m'man, fit Madeleine avec une belle détermination.

— T'es bien fine, mais je pense pas que ce soit raisonnable, rétorqua sa mère. Il va falloir durer pendant trois jours encore. Il faut qu'on dorme tous un peu.

— Ta mère a raison, intervint sa grand-mère avec autorité. Ce serait pas raisonnable de rester tous debout. On va s'organiser. Moi, je m'endors pas pantoute. Je vais rester à veiller votre père pendant une couple d'heures.

— Moi aussi, intervint Juliette. Toi, Corinne, tu vas donner l'exemple à tes enfants et aller te coucher. T'as l'air au bout du rouleau. On va te réveiller vers deux heures et tu pourras demander à Madeleine ou à Norbert de te tenir compagnie, si tu veux.

— Mais je peux veiller, protesta sa belle-sœur. Je suis pas fatiguée.

— T'es morte de fatigue et t'es cernée sans bon sens, lui fit remarquer Lucienne à son tour. Tes enfants ont besoin de toi ; c'est pas le temps de tomber malade. Envoye ! Va te coucher. Et vous autres, les jeunes, faites la même chose.

— Ça a pas de bon sens, ajouta Corinne d'une voix brisée. Je peux…

— Non, tu vas te coucher, lui ordonna Lucienne, sévère. Fais ce qu'on te dit.

— Oubliez pas de me réveiller, demanda-t-elle, incapable de résister plus longtemps.

Léopold et les enfants montèrent à l'étage et Corinne obéit à sa mère. Elle s'empara d'une lampe et se dirigea vers sa chambre à coucher pendant que Juliette tendait une tasse de thé à Lucienne. En quelques instants, un lourd silence tomba sur la maison, à peine troublé par le tic-tac de l'horloge et les chuchotements des deux femmes assises dans le salon, à faible distance du cercueil.

Après avoir refermé la porte de sa chambre derrière elle, la jeune veuve se demanda un bref instant si elle n'allait pas se contenter de s'étendre tout habillée sur les couvertures tant elle se sentait soudainement vidée de son énergie. Elle dut alors se faire violence pour enfiler sa robe de nuit et se glisser sous les couvertures après avoir soufflé la lampe.

Les yeux grands ouverts dans l'obscurité, elle eut une pensée pour son fils aîné qui aurait dû être revenu à la maison depuis longtemps.

— Pourvu qu'il lui soit rien arrivé ! dit-elle à mi-voix, angoissée. Je m'ennuie tellement de lui.

Puis, ses pensées se tournèrent vers Laurent qui ne dormirait plus jamais à ses côtés. Dix-huit ans de mariage ! Elle fit un effort louable pour se remémorer des moments de bonheur sans nuage durant toutes ces années de vie commune… et elle y parvint, mais très difficilement.

Il lui semblait qu'elle avait passé sa vie à l'attendre et, à sa grande honte, elle devait s'avouer qu'elle avait fini par préférer cela à sa présence quotidienne à la maison. Elle devait aussi reconnaître honnêtement qu'elle en était venue à espérer chaque année l'arrivée du mois de novembre parce que son mari disparaissait au chantier durant les cinq mois suivants. Au moins, pendant ce temps, elle n'avait pas à se préoccuper de ses sautes d'humeur imprévisibles, de sa consommation d'alcool et de ce qu'il faisait à l'hôtel chaque samedi soir. Elle n'oserait jamais le dire ouvertement, mais la mort de son mari lui apportait une certaine libération. Immédiatement, elle s'en voulut qu'une telle pensée ait pu l'effleurer à un moment pareil.

— Pauvre lui ! On peut pas dire qu'il a eu bien de la chance dans la vie, chuchota-t-elle pour elle-même. Il avait aussi des qualités…

Elle fit un effort pour en identifier quelques-unes, mais son épuisement eut raison d'elle et elle sombra dans un sommeil sans rêves.

*
**

Des bruits de pas dans l'escalier réveillèrent Corinne en sursaut. Elle ouvrit les yeux et sentit une présence à ses côtés, dans l'obscurité. Quelqu'un venait de reposer un rond du poêle à bois dans la cuisine.

Corinne se leva, prit son châle sur le pied du lit et sortit de la chambre sans faire de bruit après avoir réalisé que c'était sa mère qui dormait à ses côtés. Elle referma doucement la porte pour ne pas la réveiller et entra dans la cuisine où elle découvrit Madeleine en train de préparer de la pâte à crêpe.

— Qu'est-ce que tu fais debout à cette heure-là ? demanda-t-elle à sa fille en tournant la tête vers le salon où Norbert et Léopold étaient assis, les yeux gonflés de sommeil.

— Il est presque six heures, m'man.

— Six heures ! Mais comment ça se fait que personne m'a réveillée ?

— Grand-maman et ma tante Juliette sont restées debout jusqu'à quatre heures, expliqua la jeune fille. Elles voulaient que tu dormes un peu. Ma tante est venue me réveiller et j'ai réveillé Norbert. Léopold a tenu à venir lui aussi. On a laissé dormir Lionel et Élise. Ça fait juste deux heures qu'on est debout.

— Elles auraient dû venir me réveiller, affirma Corinne, en proie à un fort sentiment de culpabilité.

Quand Juliette et Lucienne se levèrent un peu avant dix heures, elles trouvèrent Marie-Claire Rocheleau en train de siroter une tasse de thé en compagnie de Corinne dans la cuisine.

Ce jour-là, Juliette profita d'un moment où elle se trouva seule avec sa belle-sœur pour lui offrir son aide.

— Je suppose que mon père et Henri t'ont pas offert de t'aider à payer quoi que ce soit pour les funérailles de Laurent ?

— T'es pas sérieuse ? fit Corinne en réprimant un mince sourire.

— Je m'en doutais, reprit la restauratrice avec humeur. Je crois bien que mon père s'imagine qu'on va l'enterrer avec tout son argent.

— J'ai pas besoin de son aide, affirma la jeune veuve.

— Oui, je le sais. T'es bien riche, se moqua doucement Juliette en posant sa main sur le bras droit de sa belle-sœur. T'as cinq enfants à faire vivre et Léopold à payer, lui rappela-t-elle.

— Je le sais.

— Je sais, moi, que t'es trop fière pour demander de l'aide, reprit la sœur de Laurent, mais je veux que tu comprennes quelque chose. Moi, j'ai pas de mari et pas d'enfant. Je travaille sept jours sur sept au restaurant. Le peu d'argent que j'ai va te revenir, à toi et à tes enfants, quand je vais partir. Ça fait que tu serais bien bête de pas en profiter tout de suite si t'en as besoin. Tu m'as comprise ?

— Je le sais que je peux toujours compter sur toi, répliqua Corinne, émue par tant de générosité. T'as jamais arrêté de m'aider depuis que je suis mariée. Tu peux être certaine que je vais te demander ton aide aussitôt que je vais me sentir mal prise.

— Parfait, déclara Juliette Marcil avec un grand sourire. Je vois que tu m'as bien comprise. Dis donc, pendant que j'y pense, notre Madeleine continue à faire les yeux doux à ton homme engagé, à ce que j'ai remarqué !

— Je le sais. C'est une des raisons qui m'ont poussée à l'envoyer au couvent, à Nicolet.

— Je les regardais cette nuit, dans le salon. Ils font tout pour cacher leur jeu, mais on montre pas à un vieux singe à faire la grimace, ajouta Juliette, incapable de réprimer un petit rire de gorge.

— Tu peux me croire que je m'en suis vite aperçue, avoua Corinne. J'ai même pensé, un moment donné, à renvoyer Léopold, même si j'aurais bien de la misère à trouver quelqu'un d'aussi fiable et qui me coûterait aussi peu cher.

— Si tu veux mon avis, reprit sa belle-sœur, je trouve que t'as bien fait de pas faire ça. Ça aurait été le meilleur moyen qu'elle s'amourache bien dur de lui et qu'elle finisse par faire une folie. Madeleine est une bonne fille, mais on sait jamais. Là, au moins, tu peux les avoir à l'œil tous les deux.

Ce soir-là, la fille et la bru d'Henri et d'Annette Boisvert vinrent prier au corps en leur compagnie. Gonzague arriva un peu plus tard, suivant de peu son fils Raymond et sa femme Amanda. Corinne eut du mal à reconnaître son beau-frère, elle n'avait pas vu le débardeur de Sorel depuis plus de dix ans.

L'homme de quarante-six ans compensait une calvitie

prononcée par une moustache impressionnante. Quelques minutes suffirent à la veuve pour regretter de ne pas avoir eu l'occasion de fréquenter ce couple, aussi chaleureux que pouvait l'être Juliette. La responsabilité en incombait en grande partie à Gonzague qui n'avait jamais rien fait pour créer des liens entre ses enfants. Comme les fêtes familiales étaient inexistantes chez les Boisvert, il y avait peu de chances que les enfants et leurs conjoints se fréquentent.

Corinne venait à peine de raconter ce qu'elle savait de l'accident à Raymond et à son épouse que son beau-père pénétra dans le salon. Le visage du débardeur se ferma immédiatement en apercevant son père. Elle se rappela alors la dispute qui opposait Gonzague à deux de ses fils, Aimé et Raymond, qu'il avait refusé d'aider à s'établir, même s'ils avaient travaillé longtemps à la ferme paternelle.

L'arrivée de l'abbé Biron et de quelques voisins l'obligea à laisser Juliette tenir compagnie à son frère et à sa belle-sœur. Bernard et Germaine arrivèrent peu après, les bras chargés de plats cuisinés durant la journée par l'ancienne institutrice.

Comme la veille, le jeune vicaire récita le chapelet avec les gens présents avant de prendre congé. Après son départ, les hommes s'empressèrent de se réfugier dans la cuisine d'été pour fumer et discuter plus à leur aise.

Ce soir-là, aucun argument ne parvint à persuader Corinne d'aller se coucher après le départ du dernier visiteur.

— C'est à mon tour de veiller, affirma-t-elle. C'est mon mari, c'est la moindre des choses que je sois là. Allez vous coucher. Si vous tenez absolument à le veiller, j'irai vous réveiller vers trois heures.

Vaincues, Juliette et Lucienne acceptèrent de la laisser veiller le corps de Laurent en compagnie de Madeleine et de Norbert. Les deux femmes avaient deviné qu'elle avait besoin de se retrouver seule avec les siens durant quelques heures. Élise et Lionel auraient désiré demeurer avec leur mère, eux aussi, mais le sommeil les avait vaincus quelques minutes auparavant.

Les deux femmes venaient à peine de se retirer dans leurs chambres que Corinne aperçut Léopold en train de descendre l'escalier pour venir s'asseoir à côté de Madeleine dans le salon. De toute évidence, le jeune homme tenait à montrer à la famille Boisvert qu'il participait à son deuil.

Vers trois heures, Juliette descendit dans le salon et exigea que tous les veilleurs aillent se reposer quelques heures. Personne n'eut le courage de s'opposer à sa volonté.

*
**

En cette dernière journée d'exposition de la dépouille de Laurent Boisvert, la fatigue se fit plus pesante chez ses proches. Corinne se sentait au bord de l'épuisement. La tension des derniers jours et le manque de sommeil faisaient leur œuvre autant chez elle que chez ses enfants. Elle avait beau avoir l'aide de sa mère, de sa belle-sœur, de Madeleine et souvent de Marie-Claire Rocheleau pour voir à la propreté de la maison et à la préparation des repas et de la nourriture à servir aux visiteurs, il n'en restait pas moins que la fatigue la poussait à pleurer à la moindre occasion.

— Il est temps que ça finisse, déclara Lucienne avec sa franchise habituelle. Un mort dans une maison pendant trois jours, on a tous vécu ça. C'est bien difficile pour tout le monde.

Son entourage l'approuva.

En ce dernier soir de veillée au corps, Juliette alla accueillir à la porte son frère Aimé qui avait tenu à venir de Saint-Césaire, même si sa femme était gravement malade. Corinne fut sensible à cette visite. Quand Henri Boisvert aperçut son frère près du cercueil, il l'ignora, tout comme son père. De toute évidence, le fils aîné de Gonzague n'avait pas oublié la bagarre qui l'avait opposé à son cadet lors des noces de Laurent, dix-huit ans plus tôt.

Comme son frère Raymond, Aimé détestait Henri à s'en confesser parce que leur père avait toujours injustement favorisé son fils aîné, au détriment de ses autres enfants.

En cette dernière soirée, tous les Joyal vinrent prier au corps, sauf Blanche qui était demeurée à Sorel avec Amédée. Lors de sa visite, l'avant-veille, elle avait promis d'être présente aux funérailles.

À la fin de la soirée, Aimé Boisvert demanda l'hospitalité à sa belle-sœur parce qu'il désirait assister au service funèbre, le lendemain matin.

— Reste, on va se tasser, accepta Corinne avec son sens de l'hospitalité habituel.

— Nous autres, on s'en va coucher chez Bastien, annoncèrent Germaine et Bernard.

— Si Amédée et Blanche l'avaient voulu, ils auraient pu venir coucher à la maison, fit Thérèse. On a en masse de la place.

Corinne remarqua que sa mère se pinçait les lèvres pour ne rien répliquer. Sa bru parlait de sa maison comme étant la sienne…

Après le départ des visiteurs, on rangea la nourriture et on remit un peu d'ordre dans la maison.

— Norbert, va ouvrir une fenêtre de la cuisine d'été, lui ordonna sa grand-mère. C'est pas possible de faire autant de boucane avec leurs saudites pipes. On voit pas à six pouces en avant de soi.

— Il a commencé à mouiller, grand-mère. La pluie entre en dedans, lui fit remarquer son petit-fils.

— Voyons, sers-toi de ta tête, mon garçon, fit Lucienne avec impatience. T'as juste à ouvrir une fenêtre du côté où il y a pas de vent.

Cette nuit-là, on n'établit pas de tour de veille auprès du disparu. Cependant, il y eut toujours au moins deux personnes présentes dans le salon.

À un certain moment, Corinne se retrouva aux côtés d'Aimé Boisvert. Son beau-frère était un grand homme maigre, âgé de quarante-huit ans, au visage profondément marqué par la vie. En vieillissant, il allait probablement finir par ressembler physiquement à son père. Cependant, son visage exprimait une douceur dont celui de Gonzague Boisvert était dépourvu.

— Est-ce que je peux te demander quel genre d'homme mon frère était devenu ? demanda-t-il à voix basse à Corinne.

La veuve chercha quoi répondre à cette question plutôt directe et son hésitation n'échappa pas à son beau-frère.

— Je devine qu'il était pas facile, pas vrai ?

— Il avait ses bons jours, dit-elle prudemment.

— Déjà, quand il était jeune, on avait pas mal de misère à le faire écouter. À vrai dire, il y avait juste Juliette qui était capable de le faire marcher droit, ajouta-t-il avec un petit sourire triste.

— C'est ce qu'elle m'a dit.

— J'espère, au moins, qu'il buvait pas trop, reprit Aimé. Avant que je me marie, je me souviens qu'il haïssait pas pantoute boire un coup solide.

— Il a jamais craché sur la boisson, avoua Corinne sans trop s'étendre sur le sujet.

— Ça aurait pu être une autre histoire si on avait pu s'installer à Saint-Paul, Raymond et moi, reprit Aimé, l'air songeur. On aurait pu s'aider entre frères…

— Pourquoi vous avez pas fait ça ? demanda Corinne, qui connaissait bien la réponse à cette question.

— Le père a jamais voulu nous donner un coup de main pour nous établir, et ça, même si on avait travaillé comme des esclaves sur le bien paternel. Quelqu'un a dû te dire que j'ai voulu acheter à mon père la terre que Laurent a achetée.

Corinne hocha la tête, attentive aux explications que son beau-frère lui offrait.

— Mon père a voulu faire de l'argent sur mon dos et ça m'a mis en maudit, avoua le cultivateur. C'est là que j'ai décidé d'aller en acheter une à Saint-Césaire, même si c'était pour moi à l'autre bout du monde. Baptême ! J'aurais jamais dû faire ça. J'aurais dû en acheter une autre à Saint-Paul ou même à Saint-François avec l'argent que Juliette m'a passé. Quand je me suis réveillé, il était trop tard.

— T'as regretté d'être allé t'installer si loin ? lui demanda Corinne.

— Ça, tu peux le dire, reconnut le cultivateur. Quand on va s'établir aussi loin, on est des étrangers et le monde nous regarde longtemps de travers. Tu me croiras si tu veux, mais on connaît presque personne, même si ça fait plus que vingt ans qu'on vit là. En plus, les enfants sont presque tous partis. Il me reste juste un garçon pour m'aider et il a pas plus de santé que sa mère.

Corinne compatit avec son beau-frère et ne put s'empêcher de lui parler de son Philippe qui n'avait plus donné signe de vie depuis près de deux semaines, même s'il avait annoncé sa visite prochaine.

— Est-ce que je me trompe ? fit Aimé. Ton gars m'a l'air à tenir de son père, non ?

— J'en ai bien peur, admit-elle.

Plus tard dans la nuit, Juliette apparut dans le salon et obligea son frère et sa belle-sœur à aller se reposer un peu pendant qu'elle prenait la relève. Peu après, Madeleine et Norbert vinrent la rejoindre pour veiller la dépouille de leur père à leur tour.

*
**

Un petit jour gris se leva sur Saint-Paul-des-Prés en ce mercredi matin d'octobre. Lorsque Corinne regarda par la fenêtre de sa chambre après avoir revêtu sa robe noire, elle remarqua que le vent de la nuit avait arraché les dernières feuilles des deux érables plantés devant la maison et qu'une pluie fine s'était mise à tomber.

— Es-tu prête ? lui demanda sa mère après avoir entrebâillé la porte de la pièce. Ils viennent d'arriver.

La jeune veuve se secoua et quitta la chambre sur les talons de Lucienne pour aller accueillir Giroux et son fils qui venaient d'immobiliser leur corbillard devant la porte de la façade de la maison. Au même moment, Juliette descendit au rez-de-chaussée, suivie par Élise et Lionel dont elle avait supervisé la toilette.

Quand Corinne pénétra dans le salon, la pièce était remplie des membres de la famille. Aimé Boisvert se tenait aux côtés de ses frères Bastien et Anatole pendant que Bernard Provencher et Amédée Cournoyer discutaient à voix basse à l'autre extrémité de la pièce, en compagnie de Germaine et de Blanche.

Norbert ouvrit la porte à l'entrepreneur de pompes funèbres et à son fils qui s'empressèrent de retirer leur chapeau en signe de respect. Immédiatement, le silence se fit dans le salon. Camil Giroux salua de la tête les gens présents et s'approcha du cercueil. Immédiatement, Corinne et ses enfants se rapprochèrent.

— Mesdames, messieurs, annonça l'homme en adoptant un ton de circonstance, le moment est venu de réciter une dernière prière avant d'aller à l'église.

Puis, sans attendre, il entama un *Je crois en Dieu* suivi d'un *Notre Père* et conclut avec un *Je vous salue, Marie.* Tous les gens présents récitèrent ces prières avec lui. Puis, l'homme demanda aux gens de se retirer dans la pièce voisine pendant que le cercueil serait transporté vers le corbillard.

Bernard Provencher et Bastien Joyal s'avancèrent immédiatement pour proposer leur aide. Une fois le cercueil déposé dans le véhicule, Léopold vint immobiliser le boghei des Boisvert derrière le corbillard. Ensuite, le fils Giroux rentra dans la maison pour en rapporter les tréteaux et le drap noir pendant que les gens sortaient un à un de la maison pour prendre place dans leur voiture.

Lorsque tous se furent entassés dans les voitures en se protégeant du mieux qu'ils le pouvaient de la fine pluie froide qui tombait, le corbillard se mit lentement en marche, suivi par son court cortège funèbre. Au passage, le véhicule des Rocheleau, puis celui de Jocelyn Jutras prirent place derrière le dernier boghei du cortège. Au moment où les premières voitures pénétraient dans le village, le glas sonna au clocher de l'église paroissiale.

À son arrivée devant l'église, Corinne aperçut Léon Tremblay et sa femme ainsi que Gonzague, Henri et Annette. Ils étaient accompagnés d'Hélène et d'Alexandra, leur bru. Elle salua d'un léger sourire Raymond et Amanda qui se tenaient à l'écart des autres Boisvert. Quand Aimé les aperçut, il s'empressa d'aller serrer la main de son frère et il embrassa sa belle-sœur.

Corinne vit son beau-père s'adresser brièvement à son fils Henri, qui descendit les marches du parvis pour aider à transporter le cercueil. Ses frères Aimé et Raymond l'imitèrent sans lui adresser le moindre regard.

Tout le monde s'engouffra dans l'église à l'arrière de laquelle l'abbé Biron, revêtu d'habits sacerdotaux noirs, attendait l'arrivée du défunt. Il était secondé par un enfant de chœur portant un bénitier et un goupillon. Le cercueil fut déposé sur un chariot et poussé vers l'avant de l'église. L'officiant le suivit pendant que les fidèles prenaient place dans les bancs. Corinne et ses enfants s'installèrent dans le premier banc en compagnie de Juliette et de Lucienne.

Personne ne formula de remarque sur l'absence du curé Bilodeau. Habituellement, le pasteur de Saint-Paul-des-Prés célébrait les services funèbres. Marie-Claire Rocheleau avait révélé à Corinne et Juliette avoir appris que le pauvre homme était alité depuis quelques jours, victime d'un douloureux lombago.

L'abbé Biron sut dispenser des paroles apaisantes lors de sa courte homélie. Sa façon toute simple de parler d'un Dieu d'amour et de pardon fut un véritable baume au cœur de la jeune veuve.

Pendant toute la cérémonie, Corinne serra contre elle Lionel et Élise pour tenter inconsciemment de leur transmettre un peu de sa force. À la fin du service funèbre, le célébrant invita l'assistance à le suivre dans le cimetière voisin pour accompagner Laurent Boisvert à sa dernière demeure.

En silence, les gens emboîtèrent le pas au prêtre et suivirent les porteurs qui déposèrent le cercueil près de la fosse creusée dans le lot où était enseveli grand-père Boucher. Il ne pleuvait plus. Le vent était même parvenu à opérer une timide percée ensoleillée dans les nuages qui encombraient encore le ciel. Les gens se rassemblèrent autour du vicaire qui récita encore quelques prières avant d'inviter les personnes présentes à ne jamais oublier le disparu.

Le cercueil fut descendu lentement dans le trou et Corinne retint contre elle ses enfants pour apaiser leur chagrin. Ensuite, Juliette et Lucienne entraînèrent la mère et les siens vers la sortie du cimetière. Tous les gens qui avaient assisté aux funérailles les imitèrent.

Revenue devant l'église, Corinne trouva la force d'inviter tout le monde à venir manger quelque chose à la maison. Gonzague fut le premier à refuser et à s'esquiver en compagnie d'Henri, Annette, leur fille et leur bru. Pour sa part, Aimé remercia sa belle-sœur et annonça son intention de rentrer immédiatement à Saint-Césaire, sans oublier toutefois d'offrir son aide si elle avait besoin de lui, offre que Corinne apprécia à sa juste valeur.

Après s'être rapidement consultés, les Joyal et les Provencher trouvèrent plus approprié de laisser la jeune mère de famille se reposer plutôt que d'envahir sa maison. Ils déclinèrent, eux aussi, son invitation et décidèrent de rentrer chez eux. Lucienne hésita un bon moment, puis se rangea à l'avis de ses enfants et prit le parti de retourner à Saint-François-du-Lac si Anatole et

Thérèse voulaient bien d'abord l'accompagner chez Corinne pour y récupérer ses maigres bagages. Bref, moins d'une heure après les funérailles de son mari, Corinne se retrouva seule en compagnie de Juliette et de ses enfants.

La jeune femme de trente-six ans fut d'abord désorientée. Sa maison lui sembla étrangement silencieuse maintenant que les visiteurs des derniers jours étaient partis. Dès son entrée chez elle, elle fut attirée vers le salon. La vue du mur nu contre lequel avait été appuyé le cercueil de Laurent lui fit brusquement comprendre que son compagnon l'avait définitivement quittée et que, contrairement à son habitude, il ne reviendrait plus jamais. Elle éclata alors en sanglots convulsifs.

Madeleine s'empressa de venir soutenir sa mère.

— Emmène ta mère dans sa chambre pour qu'elle puisse se reposer un peu, lui conseilla sa tante.

Corinne laissa sa fille la conduire à sa chambre. Elle s'étendit quelques instants sur son lit. Pendant ce temps, Juliette Marcil avait pris les choses en main avec l'aide de Léopold, Norbert, Madeleine et Élise.

En quelques minutes, le salon retrouva son aspect habituel, la table fut dressée, le repas du midi préparé et le ménage des chambres et de la cuisine d'été exécuté. Léopold pensa même à aller retirer le ruban noir fixé à la porte donnant sur la façade.

À midi, Juliette vint frapper à la porte de la chambre de sa belle-sœur. Cette dernière, épuisée par tant d'émotions et par les obligations des trois précédentes journées, s'était endormie. Elle se réveilla en sursaut.

— Viens manger, lui conseilla la restauratrice. T'as besoin de refaire tes forces pour passer à travers ce que tu vis.

— J'ai pas bien faim, fit Corinne en se levant.

— Ça fait rien. Force-toi, lui ordonna Juliette. Je vais partir après le dîner. J'ai demandé à Léopold de venir me conduire à la gare.

— Es-tu vraiment obligée de partir si vite ? lui demanda-t-elle, un peu effrayée de se retrouver si rapidement seule.

— Il le faut bien, confirma Juliette. Même si je viens de décider que mon restaurant allait fermer jusqu'à ce que cette grippe-là soit finie, je peux pas laisser mon associée faire le grand ménage seule.

— T'arrêteras pas chez ton père en passant ? s'informa Corinne en vérifiant du bout des doigts le bon ordre de son chignon.

— Je serais bien arrêtée s'il m'avait invitée, mais il a oublié, dit Juliette sur un ton désabusé. C'est pas nouveau et je pense que j'arriverai pas à le changer à l'âge où il est rendu, ajouta-t-elle, sur un ton acide.

Après le départ de sa belle-sœur, Corinne s'assit dans sa chaise berçante. Tout en regardant par la fenêtre le vent chassant devant lui les feuilles mortes tombées sur la route, elle s'interrogeait sur l'avenir de sa famille.

Comment allait-elle parvenir à traverser l'hiver qui s'annonçait déjà ? Allait-elle renvoyer Madeleine au couvent à Nicolet quand la grippe aurait cessé de faire des ravages ? Léopold et Norbert allaient-ils être en mesure de bûcher assez de bois pour les besoins de la maison ? Pourraient-ils cultiver ? Allait-elle être capable de confectionner suffisamment de courtepointes et de catalognes durant l'hiver pour subvenir aux besoins des siens ? Philippe allait-il revenir un jour à la maison ? Et le plus important, est-ce que Dieu allait épargner sa famille de la grippe qui faisait tant de ravages ?

Chapitre 20

Un nouveau départ

Quelques jours après les funérailles de Laurent, Corinne avait retrouvé une grande partie de son énergie. La nouvelle veuve avait repris la pleine direction de sa maisonnée et avait nettement fait comprendre ses intentions aux siens.

Elle avait informé Madeleine qu'elle retournerait au couvent dès que les religieuses annonceraient la réouverture de leur institution.

— Mais, m'man… voulut protester l'adolescente.

— Il y a pas ni ci ni ça, la coupa sa mère. J'ai l'argent qu'il faut pour payer ton couvent, t'es pas pour cracher sur un cadeau comme ça. L'instruction, ma fille, ça a pas de prix ! De toute façon, on a déjà parlé de tout ça. On n'est pas pour revenir là-dessus.

— Mais vous arriverez pas à faire toute seule les courtepointes et les catalognes qu'on vous a commandées, voulut argumenter Madeleine.

— Inquiète-toi pas. Je vais faire juste ce que je peux, voulut la rassurer sa mère.

Ce jour-là, Norbert trouva le moyen de s'attirer les foudres de sa mère. Elle venait d'inviter ses enfants à passer à table pour souper quand elle découvrit son fils installé au bout, à la place qu'avait toujours occupée son père.

— Qu'est-ce que tu fais là ? lui demanda-t-elle d'une voix tranchante.

— Ben, j'attends pour manger, répondit son fils de quatorze ans en adoptant un petit air frondeur assez déplaisant.

— Tu vas me faire le plaisir de retourner t'asseoir à ta place, lui ordonna sèchement sa mère en déposant un plat de pommes de terre fumantes au centre de la table.

— Pourquoi ?

— Parce que t'es assis à la place de ton père ! répondit Corinne.

— Ça en fait une affaire, répliqua l'adolescent, mis de mauvaise humeur par la remarque maternelle. Même quand il était là, il était soûl la plupart du temps et…

Norbert n'eut pas le temps de finir sa phrase. Il reçut une gifle magistrale qui l'étourdit.

— Toi, mon garçon, tu vas te taire et apprendre à respecter la mémoire de ton père ! s'écria Corinne, en colère. C'est pas à toi de le juger, tu m'entends ? Change de place et arrange-toi pour que j'aie pas à te le redire ! Cette place-là va rester vide tant et aussi longtemps que j'aurai pas décidé le contraire. Est-ce que c'est clair ?

Norbert, fou de rage d'avoir été corrigé devant tous, serra les poings, mais n'en changea pas moins de place à table. Autour de lui, personne n'osa élever une protestation. On mangea dans un tel silence que chacun put entendre tomber les tisons dans le poêle.

Après le repas, l'adolescent alla bouder dans sa chambre et sa mère en profita pour mettre les choses au clair avec son homme engagé.

— On est rendus au mois de novembre, Léopold, lui

dit-elle. L'hiver est presque arrivé. Est-ce que t'as l'intention d'hiverner avec nous autres ?

Pris de court, le jeune homme blêmit et ne sut d'abord quoi répondre. Il regarda brièvement Madeleine, qui se tenait debout près du comptoir, avant de tourner la tête vers la mère de la jeune fille.

— Ben...

— Écoute, reprit Corinne. Je te demande pas ça parce que je suis pas contente de toi. Loin de là. Je veux juste savoir si tu penses passer l'hiver avec nous autres.

— J'aimerais ça, madame Boisvert, finit par répondre Léopold.

— Comme ça, je vais pouvoir compter sur toi pour bûcher sur notre terre à bois avec Norbert ?

— C'est correct, dit l'employé, de toute évidence soulagé.

— C'est parfait comme ça. Tu vas pouvoir montrer à travailler à mon garçon, conclut la maîtresse de maison en s'emparant de son panier où étaient déposés des vêtements à réparer.

En fait, Corinne se demandait depuis quelques jours si elle parviendrait à payer les maigres gages de Léopold sans avoir à écorner de nouveau l'héritage laissé par grand-père Boucher plus de quinze ans auparavant. Elle décida de faire confiance à l'avenir.

*
**

Une semaine plus tard, la jeune veuve se réveilla en frissonnant dans son grand lit qu'elle occupait maintenant seule. Il faisait encore noir à l'extérieur. Elle dut se faire violence pour se lever tant il faisait froid dans la maison. Elle s'empara de son châle qu'elle jeta sur ses épaules et alla allumer le poêle à bois. Ensuite, debout au pied de l'escalier, elle cria à Léopold et à ses enfants de se lever.

Quand ces derniers descendirent au rez-de-chaussée, le poêle ronflait déjà en jetant une timide chaleur dans la grande cuisine d'hiver.

— Lionel, arrête de te traîner les pieds et va chercher les vaches dans le champ, ordonna-t-elle à son fils cadet. Dis-toi que c'est la dernière fois que tu fais ça cette année. Je pense qu'on va les garder dans l'étable à partir d'aujourd'hui. C'est rendu qu'il fait trop froid.

Léopold et Norbert approuvèrent et sortirent de la maison quelques minutes plus tard pour traire et nourrir les vaches. Pour leur part, Madeleine et Élise allèrent s'occuper des poules, du cheval et des porcs. Demeurée seule à l'intérieur, la mère de famille entreprit de cuisiner le déjeuner des siens. Elle prépara une omelette et fit rissoler du lard.

Quand le jour se leva enfin, elle regarda à l'extérieur et s'aperçut que les champs et les toitures des bâtiments étaient recouverts d'un frimas blanc qui la fit frissonner.

— Pas déjà ! ne put-elle s'empêcher de dire à mi-voix. Il va falloir que je demande aux garçons de vérifier la *sleigh* et la gratte, mais avant ça, on va aller au plus pressé : il faut s'occuper de la viande.

Corinne attendit que Lionel et Élise soient montés à l'étage ranger leur chambre à coucher avant d'annoncer à Léopold, Madeleine et Norbert que, ce jour-là, ils allaient devoir abattre leur plus vieille vache, qui ne donnait pratiquement plus de lait, et un porc.

— J'haïs ça faire cet ouvrage-là, ne put s'empêcher de dire Madeleine en arborant une mine dégoûtée.

— C'est ça ou pas manger de viande de l'année, rétorqua sa mère avec une certaine impatience. Léopold, penses-tu être capable de tuer une vache avec la masse ?

— Je l'ai déjà fait là où je travaillais, affirma le jeune homme avec une certaine assurance.

— Norbert va te donner un coup de main. Quand la vache sera suspendue à la porte de la grange, j'irai t'aider à enlever la peau.

— Et pour le cochon ? demanda Norbert.

— Ça, madame Boisvert, j'en ai jamais égorgé un, crut avoir besoin de préciser l'employé.

— C'est pas grave, je vais le faire, promit-elle. Après, on se mettra tous ensemble pour gratter la peau.

Madeleine et son frère ne songèrent même pas à demander à leur mère comment elle allait s'y prendre pour couper la viande. Ils l'avaient toujours vue se charger de cette tâche que leur père n'avait ni la patience ni le talent d'accomplir.

À la fin de l'après-midi, Corinne venait à peine de finir son travail de boucher. Elle était en train de transporter des morceaux de viande dans la remise pour les déposer dans le coffre quand l'arrivée d'une voiture dans la cour de la ferme l'incita à tourner la tête. Elle vit sans grand plaisir son beau-père, engoncé dans un lourd manteau de drap, descendre péniblement de son boghei. Elle s'empressa de déposer sa viande dans le coffre et sortit de la remise pour aller au-devant de son visiteur.

— Venez vous réchauffer, monsieur Boisvert, lui offrit-elle en le précédant sur la galerie.

Madeleine et Élise les suivirent alors que les garçons demeuraient à l'extérieur pour continuer à remettre de l'ordre dans l'entrée de la grange où ils avaient travaillé à faire boucherie depuis le début de la matinée.

Gonzague Boisvert entra dans la cuisine et déboutonna son épais manteau sans se donner la peine de l'enlever.

— Dites-moi pas que vous avez fait tout ce chemin-là pour prendre de nos nouvelles ? demanda Corinne sur un ton un peu narquois en retirant sa tuque et son manteau.

— Oui et non, répondit son beau-père, énigmatique.

— Est-ce qu'il y a quelque chose de nouveau ? fit-elle en lui indiquant une chaise berçante.

— Non, c'est plutôt tranquille, avoua le vieil homme en s'assoyant. Je suis venu voir comment tu t'en tirais toute seule.

— Vous êtes ben fin de vous en faire pour moi, dit Corinne, un peu surprise d'une mansuétude aussi inattendue.

— Je me doute ben que ça doit pas être facile de faire marcher une terre toute seule, sans un homme pour voir à tout.

— Vous oubliez, beau-père, que ça fait pas mal d'années que je m'occupe de la terre presque toute seule. Laurent passait tous ses hivers au chantier et, plus souvent qu'autrement, au printemps, il finissait par se trouver de l'ouvrage ailleurs que sur sa terre en revenant à Saint-Paul.

— Ouais, je sais ben, reconnut le vieil homme, l'air songeur. Mais tu peux pas nier que Laurent faisait tout de même sa large part.

— Si on veut, monsieur Boisvert.

— En tout cas, je suis passé aussi pour te dire que t'as pas à t'en faire si tu décides de te débarrasser de ta terre. Je suis prêt à te la racheter tout de suite, si tu veux.

— Ah oui ! fit la jeune femme, interloquée.

— D'après moi, malgré tout ce que tu penses, tu seras jamais capable de t'en occuper comme il faut. Tu sais aussi ben que moi que cultiver une terre, c'est pas de l'ouvrage de femme pantoute. Tu serais ben mieux de la vendre pendant qu'elle est encore d'aplomb. Moi, je te l'achèterais avec tout ton roulant et les animaux, à part ça.

Corinne eut du mal à se retenir devant une telle rapacité chez son beau-père. Elle se fit naïve pour voir jusqu'où le vieil homme était prêt à aller pour s'emparer de son bien.

— Ça mérite réflexion, feignit-elle d'admettre. Est-ce que vous avez une idée de combien vous êtes prêt à m'offrir pour ma terre, la maison, le roulant et les animaux ?

— Il faut que tu comprennes que ta terre est pas ben grande et que la maison et les bâtiments auraient besoin de pas mal de réparations, avança Gonzague sur un ton calculateur.

Corinne saisit une lueur de ruse dans les yeux du vieillard qui semblait plongé dans des calculs compliqués.

— Je pense que cinq cents piastres, ce serait un prix ben raisonnable, annonça-t-il d'une voix en apparence hésitante.

— Cinq cents piastres ! explosa Corinne en faisant sursauter ses deux filles qui écoutaient, assises à la table de cuisine. Mais vous nous l'avez vendue six cents piastres il y a dix-huit ans ! À ce prix-là, il y avait pas les animaux et tout était en démanche, ajouta-t-elle, furieuse.

— Le prix des terres a ben baissé, affirma son beau-père avec aplomb en se levant et en commençant lentement à boutonner son manteau. Penses-y ben, ma fille. Cinq cents piastres, c'est ben de l'argent. Si t'attends trop, je pourrai peut-être pas t'offrir autant.

— C'est tout pensé, beau-père, dit-elle d'une voix dure en lui ouvrant la porte. Jamais je vendrai ma terre. J'aime mieux me crever à l'ouvrage dessus que de la laisser partir pour une bouchée de pain.

— Comme tu voudras, fit Gonzague en sortant de la maison.

Corinne, en proie à une fureur noire, referma la porte de la maison à la volée dans son dos.

— J'aurai tout entendu dans ma chienne de vie ! s'écria-t-elle en assenant une claque sur le comptoir. Mais ça a pas de cœur, ce monde-là !

Il lui fallut plus d'une heure pour retrouver son calme. Que son beau-père ait osé profiter de son malheur pour chercher à les exploiter, elle et ses petits-enfants, dépassait son entendement. Qu'est-ce qu'il n'était pas prêt à faire pour de l'argent ? Son défunt mari avait bien des défauts, mais il n'avait jamais été aussi avaricieux.

*
**

L'apparition des premiers grands froids coïncida avec la quasi-disparition des cas de grippe dans la paroisse. Durant presque deux semaines, il n'y eut plus aucune victime du fléau. Le docteur Précourt ne se gêna pas alors pour affirmer avec une certaine pédanterie que le gel avait probablement tué le microbe.

Les habitants de Saint-Paul-des-Prés commençaient alors à croire que ce cauchemar était maintenant derrière eux quand Conrad Beaulieu, un jeune père de famille du rang Saint-André, tomba subitement malade. En quelques heures, la nouvelle fit le tour de la paroisse. L'homme était au plus mal et Adrien Précourt, interrogé, ne put qu'avouer que son patient était atteint de la grippe espagnole.

— Mais il faut s'encourager, prit-il la précaution de dire aux quelques personnes rencontrées au magasin général. C'est pas tout le monde qui en meurt. Dans la paroisse, il y en a au moins trois qui en ont réchappé. En plus, j'ai l'impression que le jeune Beaulieu est le dernier cas qu'on va avoir.

Le médecin aurait probablement été pas mal moins affirmatif s'il avait pu voir l'abbé Biron cet après-midi-là. Le jeune vicaire s'était retiré dans sa chambre après avoir chipoté dans son assiette durant le dîner sous le regard désapprobateur de Charles Bilodeau, assis au bout de la table.

Le curé de Saint-Paul-des-Prés s'était déclaré remis de son terrible lombago trois jours auparavant après avoir entendu Mance Rivest rapporter aux vicaires les paroles du docteur Précourt. Ayant jugé qu'il ne courait plus aucun risque, le pasteur de Saint-Paul-des-Prés était sorti un beau matin de sa chambre, miraculeusement guéri de son mal.

Quelques heures plus tard, Mance Rivest, un peu inquiète de constater que l'abbé Biron n'était pas sorti de sa chambre, monta s'informer s'il allait bien. Elle le trouva alité et bouillant de fièvre. La ménagère descendit immédiatement en rendre compte à Charles Bilodeau, confortablement installé au salon.

— Je pense que l'abbé Biron file un mauvais coton, déclara la ménagère à son curé.

— C'est pas surprenant, c'est une petite santé, madame Rivest, fit le prêtre sur un ton supérieur, comme s'il avait déjà oublié avoir gardé la chambre durant les deux dernières semaines à cause de son fameux lombago.

— Il a rien gardé de son dîner, poursuivit Mance. Je suis allée voir s'il avait besoin de quelque chose. Il fait pas mal de fièvre.

— On ferait peut-être mieux de faire venir le docteur, suggéra l'abbé Dupras, en levant le nez de son bréviaire. J'ai remarqué que ça fait une couple de jours qu'il a pas l'air dans son assiette.

Charles Bilodeau hésita un moment avant de dire à sa cuisinière :

— Dites donc au bedeau de traverser pour demander au docteur Précourt de venir jeter un coup d'œil à l'abbé Biron.

Quelques minutes plus tard, Adrien Précourt vint sonner à la porte du presbytère. Même si la rumeur publique affirmait que l'épidémie de grippe était jugulée à Saint-Paul-des-Prés, le curé Bilodeau ne quitta pas son bureau pour aller saluer le médecin. Il préféra demeurer prudemment hors de portée pendant que Mance Rivest conduisait le petit homme jusqu'à la chambre du vicaire malade.

Moins de quinze minutes plus tard, le docteur descendit au rez-de-chaussée en affichant une mine préoccupée. L'abbé Dupras et la cuisinière vinrent au-devant de lui pour s'informer de l'état de santé de René Biron. Le curé Bilodeau avait légèrement entrouvert la porte de son bureau pour entendre le diagnostic.

— J'ai une bien mauvaise nouvelle, déclara Adrien Précourt. L'abbé Biron a attrapé la grippe. Il est bouillant de fièvre. Là, je viens de le frotter avec de l'alcool pour la faire baisser, mais je peux pas lui donner grand-chose pour le soulager. Il m'a pas l'air bien fort. Je pense que le mieux est de prier pour lui, ajouta le praticien avant de s'emparer de son chapeau suspendu au porte-manteau.

Dans son bureau, Charles Bilodeau se sentit envahi de sueurs froides et ses jambes faiblirent lorsqu'il entendit les paroles du médecin. Il avait été en contact avec l'abbé depuis qu'il avait quitté sa chambre quelques jours auparavant…

— Mon Dieu, vous permettrez pas ça, j'espère ! s'exclama-t-il à mi-voix en songeant à la possibilité d'avoir été contaminé par le fléau.

Dès que la porte du presbytère se fut refermée derrière Adrien Précourt, Alphonse Dupras frappa à celle du bureau de son curé. Il dut attendre quelques instants que son supérieur ait retrouvé un semblant d'aplomb.

— Oui, entrez, finit par dire Charles Bilodeau d'une voix qu'il voulait assurée.

Il venait à peine de réintégrer son fauteuil, derrière son bureau en chêne.

— Monsieur le curé, le docteur Précourt vient de partir. D'après lui, l'abbé Biron a attrapé la grippe, lui annonça le vicaire d'une voix changée.

— Dites-moi pas ça ! lança Charles Bilodeau en prenant un air horrifié, comme s'il apprenait la nouvelle à l'instant même. Pauvre abbé ! Il nous reste plus qu'à prier pour lui, ajouta-t-il.

Avant que l'abbé Dupras sorte de la pièce, Charles Bilodeau se leva, puis se pencha brusquement vers l'avant, comme s'il subissait une nouvelle attaque de son lombago.

— C'est pas vrai, gémit-il en se retenant au meuble. V'là que ça me reprend ! Voulez-vous me donner ma canne, l'abbé, demanda-t-il d'une voix misérable en tendant une main vers la canne appuyée derrière la porte.

Alphonse Dupras, l'air soupçonneux, lui tendit sa canne et regarda son supérieur se traîner péniblement jusqu'au pied de l'escalier qu'il entreprit de monter avec force grimaces.

— Vous direz à madame Rivest que je descendrai pas souper, dit-il à son vicaire en faisant une pause dans son ascension vers l'étage des chambres.

Alphonse Dupras regarda son supérieur se hisser en ahanant jusqu'en haut en secouant la tête. Ensuite, il se rendit à la cuisine prévenir la cuisinière.

— Encore ! s'écria-t-elle. Eh bien, c'est la première fois que je vois deux crises de lombago revenir aussi vite. C'est quand même bizarre ! ajouta-t-elle.

— Moi aussi, madame, c'est la première fois que je vois ça, ne put s'empêcher de lui dire le vicaire.

*
**

Durant les trois jours suivants, Alphonse Dupras fut seul à assurer le service dans la paroisse. Il célébrait deux messes chaque matin et rendait visite aux malades. Deux fois par jour, il allait tenir compagnie à son jeune confrère qui luttait pour sa survie. Pas plus que Mance Rivest, qui soignait le jeune prêtre malade, le vicaire ne semblait craindre pour sa vie.

— Si le bon Dieu a décidé de nous rappeler à lui, dit-il à la cuisinière, il le fera. Il est écrit dans les Évangiles qu'il viendra nous chercher comme un voleur.

— Vous avez raison, monsieur l'abbé, se contenta alors de répliquer Mance en continuant à servir ses prêtres avec une admirable abnégation.

— Madame Rivest a peut-être pas un caractère facile, chuchota l'abbé Dupras à son supérieur, toujours cloîtré dans sa chambre, mais elle a un cœur en or.

Le quatrième jour, c'est un docteur Précourt tout souriant qui descendit de la chambre de l'abbé Biron.

— C'est fini, madame Rivest. Sa fièvre est tombée. Il a passé à travers, annonça-t-il à la cuisinière. Il est encore pas mal faible, mais il va s'en tirer.

— Là, vous me faites pas mal plaisir, docteur, reconnut Mance, émue comme si c'était son fils qui venait d'échapper à la mort.

— On dirait que ça va être la journée des bonnes nouvelles, poursuivit le petit homme à la voix haut perchée. Le jeune Beaulieu s'en est sorti, lui aussi.

— Tant mieux, fit la servante. On a déjà eu bien assez de morts dans la paroisse depuis le commencement de l'automne.

Une heure plus tard, l'abbé Dupras alla frapper à la porte de la chambre du curé Bilodeau après avoir rendu une courte visite à son confrère miraculé pour lui apprendre la bonne nouvelle. Le vicaire reconnut à peine la voix qui l'invita à entrer. Il découvrit son supérieur enfoui sous une pile impressionnante de couvertures et claquant des dents.

— Qu'est-ce qui vous arrive, monsieur le curé ? demanda l'abbé, qui devinait déjà la réponse.

— Je le sais pas, admit Charles Bilodeau, les yeux brillants de fièvre. Demandez au docteur de venir me voir le plus vite possible.

— Je m'en occupe tout de suite, le rassura Alphonse Dupras en quittant rapidement la chambre.

À la fin de l'avant-midi, peu de paroissiens de Saint-Paul-des-Prés ignoraient que leur pasteur, victime de la grippe espagnole était au plus mal. Les gens étaient bouleversés et beaucoup envahirent l'église durant la journée pour prier Dieu de l'épargner.

Le lendemain, Mance Rivest communiqua des nouvelles de la santé du curé de la paroisse Saint-Paul-des-Prés. Elles n'étaient guère encourageantes.

— On peut dire qu'il a pas de chance, le pauvre homme, déclara Alcide Duquette à deux clients en train de fumer leur pipe, assis près de la fournaise qui réchauffait le magasin général. Il a attrapé un lombago et, au moment où il commençait à prendre du mieux, v'là que cette maladie-là lui tombe dessus.

— Il reste juste à prier pour qu'il guérisse, intervint sa femme en déposant une jarre de biscuits sur une tablette derrière le comptoir. Il paraît qu'il y avait au moins une vingtaine de personnes qui ont passé la nuit dans l'église à prier pour lui.

Mais Dieu en avait décidé autrement. Charles Bilodeau mourut des complications engendrées par cette grippe trois jours plus tard. L'abbé Biron profita de l'un des rares moments de lucidité de son supérieur, la veille de son décès, pour le confesser et lui administrer les saintes huiles.

Dès la mort du curé Bilodeau, Alphonse Dupras prit les choses en main à titre d'aîné des vicaires de la paroisse. Sur la recommandation du secrétaire de monseigneur Brunault, il fut décidé d'exposer le curé Bilodeau dans le chœur de son église durant une journée, cercueil fermé, avant de célébrer son service funèbre.

Tous les habitants de la paroisse, sauf Gonzague Boisvert et sa famille, se firent un devoir de venir saluer une dernière fois la dépouille de leur curé exposé en chapelle ardente. Si certains pouvaient reprocher au disparu son intransigeance, tous s'accordaient tout de même pour voir en lui un saint homme d'une foi inébranlable.

Le jour des funérailles, l'église ne suffit pas à contenir tous les paroissiens venus assister à la cérémonie. La foule envahit ensuite le cimetière paroissial pour prier avec le célébrant pour le repos de l'âme du défunt dont le corps fut le premier de la saison à être déposé dans le charnier.

Après le service funèbre, Corinne en profita pour rappeler encore une fois aux siens de demeurer le plus possible à la ferme et d'éviter tout contact avec les étrangers. En ce sens, elle ne faisait que partager l'opinion générale selon laquelle il s'agissait du meilleur moyen pour contrer la contagion.

— Mais, m'man, on vient de l'église qui était pleine de monde, protesta Norbert avec un bon sens évident.

— Le bon Dieu permettra pas qu'on attrape la grippe en allant Le prier, déclara sa mère sur un ton convaincu.

Durant la journée, la veuve de Laurent Boisvert ne cessa de se tourmenter pour son fils Philippe. À son retour des funérailles, elle avait été frappée par une idée qui ne l'avait plus quittée depuis. Se pouvait-il que son fils aîné ne soit jamais arrivé à Saint-Paul-des-Prés parce qu'il avait été victime de la grippe, lui aussi ? Elle avait beau essayer de se raisonner, elle n'arrivait pas à chasser cette pensée.

— Il peut pas être mort comme un chien, tout seul,

en ville… murmura-t-elle à un certain moment. Ce serait pas juste.

Ce soir-là, au moment de la prière commune, elle demanda à ses enfants de prier pour le salut de l'âme de leur père et surtout d'avoir une pensée spéciale pour leur frère.

*
**

Une autre semaine passa sans qu'on ait à déplorer une autre victime de la grippe. Le froid s'était fait plus mordant en ce début de la troisième semaine de novembre, mais à la surprise de tous il n'était encore tombé aucun flocon de neige. Le sol était maintenant dur comme de la pierre et le paysage habillé de brun et de gris inspirait la tristesse.

— Madeleine, va donc m'allumer le four dehors, demanda Corinne à sa fille cet avant-midi-là. On va faire cuire encore dehors cette semaine, ajouta-t-elle en pétrissant sa pâte à pain qu'elle s'apprêtait à découper pour la déposer dans des contenants préalablement graissés.

— Vous avez pas peur qu'il se mette à neiger pour vrai, m'man ? demanda l'adolescente en regardant dehors. On dirait qu'il commence à tomber un peu de neige.

— Pour neiger, il va sûrement neiger, rétorqua sa mère en jetant un coup d'œil vers Élise et Lionel qui se disputaient en triant des rectangles de tissus qui allaient servir à la confection d'une courtepointe. Il y a juste à voir comment les enfants sont énervés.

— M'man ! protesta Élise, insultée d'être traitée d'enfant alors qu'elle venait de célébrer ses douze ans.

Sa mère ne se donna pas la peine de relever. Elle se

contenta de regarder sa fille aînée endosser son vieux manteau et sortir. Léopold et Norbert avaient quitté la maison deux heures auparavant dans l'intention d'aller marquer les arbres à abattre dans le boisé situé au bout de la terre des Boisvert.

Quelques instants plus tard, Corinne était en train d'essuyer la farine saupoudrée sur la table quand un cri de sa fille aînée l'attira à l'une des fenêtres. Elle regarda d'abord à gauche pour tenter de voir Madeleine près du four, mais elle ne vit que les flocons tombant doucement dans l'air immobile. Ces derniers commençaient même à couvrir la galerie. Inquiète, elle regarda ensuite vers la route. Elle aperçut alors Madeleine se précipitant vers un jeune homme. Il lui fallut un instant avant de le reconnaître, tant la surprise était grande.

— Philippe ! s'écria-t-elle, faisant sursauter Élise et Lionel.

La mère de famille s'empressa de revêtir sa grosse veste de laine brune suspendue derrière la porte et sortit sur la galerie juste au moment où Madeleine et son frère montaient les trois marches qui y conduisaient. Philippe s'arrêta sur la dernière marche, soudainement gêné de se retrouver devant sa mère, qui l'attendait, le visage sévère.

— Bonjour, m'man, lui dit-il en lui adressant un sourire timide.

— Bonjour, mon garçon, répondit-elle en lui cachant sa joie de le revoir vivant. Entre, t'as l'air complètement gelé.

Sans plus s'occuper de lui, elle tourna les talons et le précéda dans la maison. Son fils aîné, apparemment très mal à l'aise, la suivit sans dire un mot, en tenant dans une main un sac en toile. Aussitôt, Élise et Lionel entourèrent leur frère en lui exprimant leur plaisir de le revoir pendant que leur mère retirait sa veste.

— Laissez-le respirer, vous deux, ordonna-t-elle à ses deux plus jeunes enfants. Toi, ôte ton manteau et réchauffe-toi près du poêle, ordonna-t-elle à son aîné. Mais avant ça, viens embrasser ta mère.

Philippe, un peu gauche, s'exécuta. Sa mère se planta devant lui et le détailla. Son fils, qui allait avoir dix-huit ans dans quelques mois, avait encore grandi. Cependant, il lui revenait passablement amaigri et son visage était marqué. Il semblait avoir perdu un peu de cet air frondeur qu'il avait toujours affiché.

Corinne lui versa une tasse de thé chaud qu'elle lui tendit avant de lui demander abruptement :

— Est-ce que je vais finir par savoir pourquoi t'arrives un mois après t'être annoncé ?

— Ben …

— Ben quoi ?

— J'ai pensé que ce serait mieux d'attendre que p'pa soit parti au chantier avant de venir, avoua Philippe, l'air gêné. Je suppose qu'il est pas content pantoute que je sois parti de la maison…

Élise ouvrit la bouche pour intervenir, mais sa mère lui fit un signe impératif de se taire.

— Pour pas être content, il était pas content pantoute, confirma sa mère, sévère. Moi non plus, j'étais pas contente, si tu tiens à le savoir, ajouta-t-elle.

— Je voulais juste voir si…

— T'as plus à t'inquiéter de savoir si ton père est content ou pas, le coupa-t-elle. Il reviendra plus à la maison.

— Comment ça ? demanda Philippe, interloqué. Où est-ce qu'il est parti ?

— Ton père est mort le mois passé, lui annonça sa mère en baissant la voix.

— C'est pas vrai ? fit l'adolescent, refusant de croire la nouvelle. De quoi il est mort ?

— Un accident avec le *truck* qu'il conduisait pour ton grand-père Boisvert.

Le sang semblait s'être retiré d'un seul coup du visage de Philippe. Il déposa sa tasse sur la table et chercha quoi dire durant un long moment. Corinne n'était pas sans savoir que son mari avait été l'idole de son fils aîné qui s'était très souvent attaché à l'imiter.

— Ton grand-père Joyal est parti, lui aussi, ajouta sa mère, décidée à lui apprendre en une seule fois toutes les mauvaises nouvelles familiales.

Philippe ne dit rien, trop occupé à assimiler ce qu'il venait d'apprendre. Rien ne ressemblait à ce qu'il s'était imaginé. Il avait cru retrouver le même monde qu'il avait quitté le printemps précédent. Et voilà que son père et son grand-père étaient morts durant sa courte absence…

Pour sa part, Corinne renonça à faire remarquer à son fils qu'il aurait pu assister aux obsèques de son père s'il n'avait pas tant tardé à revenir à la maison.

— Maintenant, tu vas me dire ce que t'as fait depuis que t'es parti de la maison, lui dit-elle sur un ton sans appel.

Durant de longues minutes, l'adolescent raconta comment il avait survécu pendant les six derniers mois. Il était parti pour s'engager dans l'armée. Comme on n'avait pas voulu de lui, il avait abandonné son ami Lamothe pour voir du pays. À l'entendre, il s'était rapidement rendu compte que la vie hors du cocon familial n'était pas aussi facile qu'il se l'était imaginé. Il avait occupé toutes sortes de petits emplois avant d'aboutir à Montréal où on l'avait engagé dans une glacière à charger de la glace dans les voitures des livreurs.

— Je suppose que t'es fier d'être parti comme un sauvage au moment où on avait le plus besoin de toi ? finit par lui demander sa mère.

— Je voulais pas partir longtemps comme ça, m'man, se défendit le jeune homme, sans manifester trop de remords.

— Écoute-moi bien, mon garçon. À cette heure, ton père est plus là pour voir à notre terre. C'est sûr que tu prendras pas sa place. Mais t'es le plus vieux et ton devoir est de t'occuper de la terre et de m'aider. Tes frères et tes sœurs ont besoin de toi et tu dois surtout leur donner l'exemple.

— Je comprends, m'man, et…

— Écoute plutôt, lui ordonna-t-elle avec une certaine impatience. J'ai pas fini. Si t'as dans l'idée de repartir pour aller courir les chemins, j'aime autant que tu me le dises sans détour. Je tiens à savoir tout de suite si je peux compter sur toi ou pas.

— Je repartirai pas, promit un Philippe apparemment repentant.

— Si c'est comme ça, t'es le bienvenu chez vous, reprit sa mère, très soulagée. Mets au lavage ton linge sale et tu peux aller te changer dans ta chambre. Ton linge est encore dans tes tiroirs.

Au dîner, si Philippe montra une certaine froideur à l'égard de Léopold, il se comporta tout autrement avec Norbert. Les retrouvailles entre les deux frères furent bruyantes et chaleureuses. Après le repas, Philippe décida d'accompagner Léopold et son frère dans le bois pour continuer le travail entrepris le matin même.

Corinne sortit de la maison en même temps que les trois jeunes hommes pour aller déposer dans son four quatre nouveaux moules remplis de pâte à pain. La neige avait presque cessé de tomber. Après avoir refermé la porte du four et jeté deux autres bûches d'érable dans le foyer, la jeune veuve leva la tête pour regarder ses fils s'éloigner en compagnie de Léopold en direction du boisé, la hache sur l'épaule. Elle ne vit pas Madeleine qui avait écarté le rideau de l'une des fenêtres pour mieux suivre du regard Léopold marchant entre ses deux frères.

Les mains frileusement enfouies dans les poches de sa veste de laine, Corinne, pensive, se demanda durant un court instant ce qu'il allait advenir de sa famille dans les prochaines années. Certes, ses enfants grandissaient, mais il lui restait tant à faire. Depuis quelque temps, elle était angoissée à l'idée de la tâche énorme qui l'attendait.

Sainte-Brigitte-des-Saults
avril 2010

Tome 4

Les amours

La fleur du temps vous offrirai
Aussitôt que belle et qu'éclose
N'en soyez triste ni morose
Puisqu'au jardin que j'en ferai
Vous la prendrez… pour une rose

Au temps de dire, Gilles Vigneault

Les principaux personnages

La famille de Laurent Boisvert

Corinne : veuve de Laurent, âgée de 38 ans et mère de Philippe (19 ans), Madeleine (18 ans), Norbert (16 ans), Élise (14 ans) et Lionel (9 ans)

La famille Joyal

Lucienne : veuve de Napoléon, âgée de 77 ans et mère de :
Anatole (46 ans), époux de Thérèse (46 ans), père de Gustave, Pauline et Estelle
Blanche (44 ans), épouse d'Amédée (45 ans), mère de Joseph, Rémi et Étienne
Bastien (42 ans), époux de Rosalie (40 ans), père de Rolande et Constant
Germaine (41 ans), épouse de Bernard (43 ans), mère de Germain et Aurélie
Corinne (38 ans), veuve et mère de Philippe, Madeleine, Norbert, Élise et Lionel
Simon (34 ans), célibataire

La famille Boisvert

Gonzague : cultivateur veuf et président de la commission scolaire, âgé de 79 ans et père de :
Henri (55 ans), époux d'Annette (52 ans), père de Charles (marié à Alexandra) et d'Hélène
Juliette (52 ans), veuve et sans enfant
Aimé (49 ans), époux de Marie (46 ans), père de Léon, Rachel et Anne-Marie
Raymond (47 ans), époux d'Amanda (47 ans)

Personnages du rang Saint-Joseph

Jocelyn Jutras : cultivateur veuf, voisin de Corinne
Léopold Monette : homme engagé de Corinne, âgé de 21 ans
Ernest Pouliot : cultivateur et époux de Marie Pouliot
Tit-Bé : homme engagé d'Ernest Pouliot
Marie-Claire Rocheleau : épouse de Conrad, voisine de Corinne et mère de neuf enfants
Ian Sullivan : cultivateur célibataire de 38 ans et fils de Rose Sullivan

Le village de Saint-Paul-des-Prés

Le presbytère

René Biron : vicaire
Hector Cormier : curé de la paroisse
Alphonse Dupras : vicaire
Alcide Duquette : époux d'Alexina, propriétaire du magasin général et président du conseil de la fabrique
Anselme Leblanc : vieux bedeau
Émilia Lévesque : directrice de la chorale
Mance Rivest : servante

Le village

Fabien Gagnon : maire
Joseph Melançon : forgeron et mécanicien, époux de Victorine et père d'Oscar, Victor et Cécile
Aristide Ménard : notaire
Émilie Michaud : jeune et jolie célibataire
Adrien Précourt : médecin
Mariette Vigneault : épouse d'Ange-Albert, boucher
Léon Tremblay : conducteur de camion, employé de Gonzague Boisvert

Chapitre 1

Pâques

— Va moins vite, Norbert ! On va arriver tout crottés à Saint-François.

L'adolescent de seize ans jeta un bref coup d'œil à sa mère, assise à l'arrière de la voiture avec Élise et Lionel avant de répondre sur un ton un peu agacé :

— Ça me fait rien, m'man, mais si on va plus lentement, on risque de rester pris au milieu du chemin. C'est pas roulable.

La petite femme au chignon blond ne dit rien, se contentant de regarder d'un air distrait le paysage gris qui défilait sous ses yeux en ce début d'après-midi du mois d'avril.

— C'est de valeur que Pâques soit aussi de bonne heure cette année, fit remarquer sa fille Madeleine, assise près de son frère, sur la banquette avant du boghei. Si ç'avait été plus tard, on aurait peut-être pu étrenner un nouveau chapeau.

La jeune fille de dix-huit ans vérifia du bout des doigts la position de son chapeau maintenu avec des épingles sur son abondante chevelure brune. La fille de Laurent Boisvert et de Corinne Joyal ressemblait étrangement à sa mère. On aurait pu les prendre pour des jumelles s'il n'y avait pas eu vingt ans qui les séparaient. La même stature, les mêmes traits fins et les mêmes yeux myosotis.

— Pas étrenner me fatigue pas mal moins, tu sauras, que le fait que les sucres soient déjà finis, répliqua sa mère. Vinyenne ! Ça venait juste de commencer à couler pour la peine, ajouta-t-elle sur un ton désolé.

Le printemps de 1921 était précoce, bien trop précoce de l'avis des cultivateurs de la région. À la mi-mars, on avait percé les érables, installé les chalumeaux et suspendu les seaux en prévision d'une saison des sucres que chacun espérait abondante à cause de l'hiver très rigoureux qu'on venait de traverser. Une semaine plus tard, la température durant le jour s'était progressivement réchauffée et les érables s'étaient mis à couler. Le gel la nuit et le soleil le jour, c'était la recette incontournable pour obtenir une bonne récolte d'eau d'érable. Malheureusement, la nature en avait décidé autrement. Huit jours plus tard, des pluies abondantes s'étaient mises de la partie, faisant fondre la neige à une vitesse extraordinaire et déclenchant la débâcle sur la rivière Yamaska. Il ne gela plus la nuit et la montée de la sève rendit l'eau d'érable trop amère.

— On a tout de même fait une dizaine de gallons de sirop, intervint Norbert.

— On n'ira pas loin avec ça, laissa tomber sa mère.

— On n'est pas obligés de tout dégreyer cette semaine, m'man, lui fit remarquer son fils. J'ai vu que Sullivan continuait à bouillir hier. Il y avait de la fumée qui sortait de la cheminée de sa cabane.

— Je sais pas quelle sorte de sirop l'Irlandais peut bien faire, rétorqua sa mère, mais j'aimerais autant pas y goûter.

Les Sullivan étaient une famille irlandaise venue

s'installer sur la ferme des Brisebois, dans le rang Saint-Joseph, deux ans auparavant. Le père était décédé un mois à peine après son arrivée, laissant sa terre à sa femme Rose et à son fils Ian, un solide gaillard âgé de trente-huit ans. À Saint-Paul-des-Prés, on avait vu arriver ces étrangers avec une certaine méfiance, mais à la surprise générale, on avait vite découvert que la mère et le fils parlaient un français impeccable et, surtout, qu'ils étaient de foi catholique. Le fils, célibataire, était fort en gueule et semblait bien décidé à se faire accepter par les gens de la paroisse.

— Comment ça se fait que tu parles français comme nous autres ? lui avait demandé Duquette quand l'homme était venu s'approvisionner au magasin général la première fois.

— Parce que je suis venu au monde à Saint-Célestin, cette affaire, avait rétorqué l'homme dans un éclat de rire. Mon père et ma mère sont venus au monde en Irlande, mais ils sont arrivés ici en 1873. Ça fait une mèche.

— Mais tu parles anglais ? s'était informé le commerçant.

— Ben oui, taboire ! Mais j'espère que c'est pas un péché mortel à Saint-Paul de parler anglais.

— Pantoute, avait répondu le marchand général en riant.

Évidemment, l'histoire avait fait le tour de la paroisse, mais il n'en restait pas moins qu'on traitait un peu Ian Sullivan comme un étranger dont on se méfiait vaguement. À Saint-Paul-des-Prés, il fallait être enraciné dans le milieu depuis au moins deux générations pour être considéré comme un vrai habitant de la place.

— En tout cas, c'est le temps de l'année que j'haïs le

plus, déclara Norbert hors de propos. On peut plus se servir de la *sleigh* parce qu'il y a plus de neige et on a de la misère à avancer avec le boghei.

Au moment où la voiture sortait du rang Saint-Joseph pour tourner dans le rang Saint-André qui menait au village, Norbert dut tirer violemment sur les rênes pour immobiliser son cheval.

La Buick noire du docteur Précourt passa à quelques pouces de la tête du cheval des Boisvert qui se cabra en entendant les « Honk ! Honk ! Honk ! » assourdissants de l'avertisseur de cette mécanique infernale.

Tous les occupants du boghei poussèrent un cri de peur.

— Le maudit sans-dessein ! hurla l'adolescent en colère en retenant sa bête de toutes ses forces. Un peu plus et il nous garrochait dans le fossé ! À part ça, je vais vous gager qu'il nous a même pas vus !

— Un jour, il va finir par tuer quelqu'un ! s'exclama à son tour Madeleine.

— Calmez-vous, leur dit leur mère. L'important, c'est qu'il nous est rien arrivé.

Le petit docteur Précourt, avec sa voix de crécelle et ses lunettes épaisses, n'était jamais parvenu à maîtriser toutes les subtilités de la conduite automobile. Lorsque les gens voyaient poindre sa Buick, ils avaient une nette tendance à se mettre à l'abri.

Un mille plus loin, la voiture des Boisvert traversa tout le village de Saint-Paul-des-Prés. Elle passa devant la boucherie Vigneault, la forge-garage de Melançon et le magasin général d'Alcide Duquette ainsi que devant l'ancien hôtel de Gonzague Boisvert, devenu la maison du maire Gagnon. Puis elle longea le cimetière paroissial, l'église et le presbytère avant de quitter le village proprement dit.

Quelques minutes plus tard, on passa devant la grosse maison en pierre du grand-père Boisvert. Norbert aperçut son oncle Henri dans la cour de la ferme et le salua de loin. Ce dernier leva la main pour lui signifier qu'il l'avait bien vu.

— Je sais pas s'il a pensé qu'on s'en venait les voir, dit Élise qui n'avait pas encore ouvert la bouche depuis le départ de la petite maison familiale grise du rang Saint-Joseph.

— Ça me surprendrait, répliqua sa sœur aînée. J'ai pas entendu grand-père nous inviter après la messe…

— Ça risquait pas de nous arriver, fit Norbert, sarcastique. Je pense que ça fait cinq ou six ans que j'ai pas mis les pieds là.

— Ça va faire, les enfants, intervint leur mère. Vous le savez que votre tante Annette a pas une grosse santé et que c'est pas dans les habitudes de la famille de votre père de recevoir.

Norbert adressa un regard entendu à sa sœur aînée et jugea inutile d'ajouter quoi que ce soit. Leur grand-père Boisvert était aussi connu pour son avarice que la tante Annette l'était pour son manque d'hospitalité. Les relations entre Gonzague et la famille de son fils Laurent n'avaient jamais été particulièrement chaleureuses. Le vieil homme de soixante-dix-neuf ans se contentait de répondre au salut de sa bru et de ses petits-enfants lorsqu'il les rencontrait et il ne s'était guère préoccupé de ce qui leur était arrivé après le décès de leur père survenu deux ans plus tôt.

— Il me semble que Philippe aurait pu faire un effort et venir voir grand-mère cet après-midi, fit Madeleine en se tournant à demi vers sa mère.

— C'est ce que je lui ai dit, répliqua cette dernière,

mais il trouvait plus important d'aller passer l'après-midi chez la petite Melançon. De toute façon, tu le sais, on n'avait pas assez de place pour quelqu'un de plus dans la voiture, prit la peine d'ajouter Corinne.

Madeleine hocha la tête. Sa mère n'était pas sans savoir que sa fille de dix-huit ans aurait préféré demeurer à la maison pour passer l'après-midi au salon en compagnie de Léopold, son prétendant.

— Il est bien chanceux, lui, de faire ce qu'il veut, laissa tomber la jeune fille.

— Voyons, Madeleine, tu sais bien que ça se fait pas de laisser une fille recevoir un garçon au salon sans chaperon.

— Élise aurait pu rester à la maison avec nous autres, m'man.

— Aïe ! Je suis pas un coton, moi, protesta l'adolescente de quatorze ans. Tu pensais tout de même pas que j'étais pour passer la journée de Pâques à la maison pour jouer à la police.

— La paix, vous deux ! ordonna Corinne sur un ton sans appel.

Madeleine haussa les épaules et tourna la tête vers l'avant en affichant un air boudeur.

Trois ans auparavant, Corinne avait découvert Léopold Monette, malade, couché dans sa grange. Une fois rétabli, le jeune homme sans famille avait alors accepté de travailler pour elle. Dès les premiers mois, la mère avait remarqué le penchant de sa fille Madeleine pour celui qu'elle appelait son homme engagé. À l'époque, elle avait été fortement tentée de renvoyer son employé pour éviter les complications. Finalement, elle s'était résignée à le garder parce que Philippe était alors en fugue. Quelques semaines après le décès de son mari, elle avait renvoyé sa fille de quinze ans au couvent de Nicolet et cette mesure lui avait évité d'avoir à surveiller les deux amoureux. Au mois de septembre précédent, Madeleine avait obtenu le poste d'institutrice à l'école du rang Saint-Joseph et Corinne avait enfin consenti à ce que sa fille soit courtisée ouvertement par Léopold.

Plongée dans ses pensées, la mère de famille remarqua à peine que l'attelage venait de passer devant l'église de Saint-François-du-Lac. Un mince sourire éclaira son visage pendant un bref instant à l'idée qu'elle s'était tout de même assez bien débrouillée depuis la mort de Laurent.

Après avoir fait nettement comprendre à son beau-père qu'elle ne lui vendrait jamais sa terre, elle avait entrepris de l'exploiter avec l'aide de ses deux fils et de Léopold. La vie avait été passablement dure et l'argent rare. Elle s'était saignée aux quatre veines pour maintenir Madeleine au couvent et elle avait dû écorner sérieusement le maigre héritage de grand-père Boucher pour faire vivre sa famille. Mais elle y était arrivée en repoussant fièrement l'aide aussi bien des Joyal que de sa belle-sœur Juliette, toujours aussi généreuse.

Quelques minutes plus tard, le boghei vint s'immobiliser dans la cour de la ferme de sa mère que son frère Anatole exploitait depuis le décès de leur père. La voiture venait à peine de s'arrêter que la porte de la maison livra passage à Lucienne Joyal dont les épaules étaient couvertes par un épais châle de laine verte.

— Je commençais à me demander si vous étiez pour venir, dit la sexagénaire en descendant les marches de la galerie pour venir à la rencontre de sa fille et de sa famille.

— Vous savez bien, m'man, qu'on n'aurait pas laissé

passer Pâques sans venir vous voir, dit Corinne en embrassant sa mère.

Au même moment, Anatole et sa femme Thérèse sortirent de la maison en compagnie de leur fils Gustave.

— Mon Dieu ! mais Thérèse a encore maigri, chuchota Corinne à sa mère.

— Oui, reconnut Lucienne à mi-voix, et plus elle maigrit, plus elle devient détestable.

Elle n'eut pas le temps d'en dire plus avant que le couple les rejoigne et embrasse les visiteurs. Ensuite, tout le monde se dirigea vers la maison.

— Vous êtes les premiers arrivés, dit Thérèse en ouvrant la porte. Simon doit être à la veille de revenir avec Bastien et sa femme.

— Où sont passées tes filles ? lui demanda Corinne.

— Elles sont chez mon père depuis hier midi.

— Les filles sont pas là, mais inquiète-toi pas, on va voir arriver le reste de la famille dans pas grand temps, ajouta Anatole.

Quelques minutes plus tard, Bastien et Rosalie se présentèrent à la ferme. En entendant une voiture entrer dans la cour, Corinne s'était levée puis penchée à la fenêtre pour identifier les visiteurs.

— C'est Bastien, annonça-t-elle à ses hôtes. Simon est avec eux.

Elle regarda son frère cadet descendre de voiture avec un léger serrement au cœur. Le jeune homme de trente-quatre ans avait un air souffreteux qui faisait peine à voir. Il était revenu de la guerre dans un état pitoyable.

Enrôlé à la fin de 1917, il avait fait partie du dernier contingent de soldats canadiens envoyé en Europe et il n'avait participé qu'à une bataille avant l'armistice.

Malheureusement, il avait été victime d'une attaque au gaz moutarde. Rescapé de justesse, l'armée ne l'avait rendu à la vie civile qu'après de longs mois d'hospitalisation. Les poumons malades, Simon était aujourd'hui un infirme incapable de travailler pour gagner sa vie. Comme sa mère était encore propriétaire de la ferme familiale du rang du haut de la rivière, Anatole n'avait eu d'autre choix que de recueillir son frère cadet. On devait reconnaître qu'il ne l'avait pas fait de gaieté de cœur.

— Comment se débrouille Simon ? demanda Corinne sans s'adresser à quelqu'un en particulier.

— Il fait pas grand effort pour s'aider, s'empressa de répondre Anatole.

— Il a de la misère à remonter la pente, précisa sa mère en lui jetant un regard désapprobateur. C'est pas facile pour un jeune comme lui d'être à la traîne. De temps en temps, il va passer une journée ou deux chez Bastien et Rosalie qui le gâtent un peu, ajouta-t-elle, comme si elle blâmait sa bru Thérèse de ne pas en faire autant.

Les trois invités venaient à peine de monter sur la galerie que deux autres voitures pénétrèrent dans la cour l'une derrière l'autre.

— Bon, je pense bien qu'on est au complet, déclara Lucienne avec un air satisfait. Blanche et Germaine arrivent.

Toutes les personnes présentes sortirent de la maison pour aller accueillir les nouveaux arrivants.

Blanche et Amédée Cournoyer furent les premiers à venir embrasser Lucienne.

— On est venus tout seuls, dit le commis de

quincaillerie de Sorel. Les garçons sont partis après la messe chez leurs blondes.

— Nous autres aussi, déclara Rosalie. Rolande et Constant ont été invités à passer la journée chez des amis, au village.

— Vous êtes ben chanceux qu'ils soient assez vieux pour s'épivarder, plaisanta Bernard Provencher en s'approchant en compagnie de sa femme et de leurs deux enfants. Nous autres, on est encore poignés pour les traîner avec nous.

— P'pa ! protesta Aurélie, sa fille de treize ans.

Son frère Germain se contenta d'adresser un clin d'œil à son cousin Norbert.

Les adultes décidèrent de rentrer dans la maison pendant que les jeunes optaient pour la galerie et la balançoire. Corinne, la mine sombre, regarda son jeune frère Simon reprendre son souffle après avoir monté les trois marches conduisant à la galerie.

— J'ai du thé sur le poêle, et j'ai aussi du vin de cerise et de la liqueur, annonça Thérèse.

Corinne jeta un coup d'œil à sa mère pour voir sa réaction. Depuis près de vingt ans, Lucienne et sa bru se livraient une lutte sourde de tous les instants pour la mainmise sur la maison et, après tant d'années, aucune ne s'était résignée à rendre les armes. Trois ans auparavant, peu après la mort de Napoléon Joyal, Anatole et sa femme avaient tenté de persuader la veuve de se donner à eux, mais cette dernière avait résisté. Elle avait plutôt proposé dernièrement de leur vendre la ferme familiale et d'aller s'établir au village. Cette riposte avait apparemment étouffé dans l'œuf l'affaire et il n'en avait plus été question… du moins ouvertement.

— Tabarnouche ! belle-mère, on voit que vous êtes

pour la tempérance, plaisanta Bernard. Je vous ai pas entendue nous proposer du fort.

— Ça, c'est Anatole qui s'en occupe, répliqua Lucienne. Je sais pas pantoute ce qu'il a caché dans les armoires de la cuisine d'été.

— J'espère que c'est pas du *stock* de contrebande, fit Amédée en adoptant un air vertueux qui suscita quelques sourires.

— Il faut pas devenir fou avec cette affaire-là, intervint Bastien. On dirait que depuis que les États ont voté la prohibition l'année passée, c'est devenu un péché mortel de boire un petit verre.

— Ce qui va être un péché, mon Bastien, c'est de boire de la boisson qui aura pas été vendue par la régie des liqueurs de la province à partir du 1er mai prochain, lui fit remarquer son frère.

— Monsieur le curé a dit en chaire que le monde allait boire bien moins comme ça, dit Corinne. Si c'était juste de moi, il s'en vendrait nulle part de la maudite boisson.

La veuve de Laurent Boisvert avait tellement souffert du penchant immodéré de son défunt mari pour l'alcool qu'il était facile de comprendre sa haine de ce produit.

— On a beau dire ce qu'on voudra, mais je pense pas que ça va empêcher quelqu'un de boire, déclara Bernard. Tout ce qui va arriver, c'est qu'on va encore payer des taxes et le gouvernement va pouvoir donner des permis de vente de boisson à ses amis pour les récompenser.

— De toute façon, inquiétez-vous pas, fit Anatole en se levant. J'ai une couple de bouteilles de caribou à servir à la visite.

Thérèse et son mari offrirent des rafraîchissements aux visiteurs pendant que Germaine parlait avec émotion des suites de l'affaire de la petite Aurore Gagnon, surnommée « Aurore, l'enfant martyre » par la presse canadienne. Comme des centaines de milliers de gens, Germaine et son mari avaient suivi avec passion, dans les journaux, le procès des meurtriers de l'enfant qui s'était tenu un an auparavant, au mois d'avril. Ce dernier s'était conclu par une sentence d'emprisonnement à vie pour le père et par une condamnation à mort pour Anne-Marie Gagnon, la marâtre responsable de la mort de l'enfant.

— Est-ce que c'est pas assez effrayant ? s'exclama Germaine. Il paraît que cette femme-là sera pas pendue.

— Comment ça ? s'étonna sa mère qui lisait rarement les journaux.

— Je le sais pas, m'man. J'ai lu dans le journal de vendredi passé qu'on a décidé de la condamner à la prison à vie, comme son mari. Je trouve ça pas mal trop doux pour quelqu'un qui a martyrisé un enfant pendant des années.

— Remarque, Germaine, que c'est pas en la pendant qu'ils vont ressusciter la petite, intervint son beau-frère Amédée.

— Ça fait rien. D'après moi, elle méritait une punition bien plus dure que la prison à vie, s'entêta la femme de Bernard.

— Sacrifice ! Germaine, j'aurais pas voulu que tu sois ma maîtresse d'école du temps que t'enseignais. Tu devais être pas mal portée sur les coups de baguette, plaisanta le commis de quincaillerie.

— Ça t'aurait pas fait de mal d'en recevoir quelques coups sur les doigts, plaisanta sa femme.

— Tiens, parlant de maîtresse d'école, fit Germaine

en se tournant vers sa nièce Madeleine, qui n'avait pas pris part à la conversation depuis son arrivée, comment t'aimes ça, faire l'école ?

— Tout ce que je peux vous dire, ma tante, c'est que je commence à avoir hâte que les vacances d'été arrivent, avoua la jeune fille.

— C'est normal, déclara l'ancienne institutrice. C'est ta première année et c'est le métier qui entre. Mais tu vas voir que tu seras pas encore rendue à la fin du mois de juillet que tu vas avoir hâte que l'école recommence.

— Peut-être, dit Madeleine d'une voix peu convaincue.

— En plus, t'es bien chanceuse de pouvoir faire l'école proche de chez vous. T'as même pas à rester toute seule dans l'appartement au-dessus de ta classe. Tu peux rentrer à la maison tous les soirs et trouver un bon souper qui t'attend.

— C'est vrai, reconnut la fille de Corinne en jetant un regard affectueux à sa mère.

— Sans parler que tu gagnes un bon salaire, ajouta son oncle Bernard.

— J'irais pas jusqu'à dire ça, fit Amédée Cournoyer en lissant son épaisse moustache poivre et sel. J'ai lu quelque part que les commissions scolaires refusent de payer aux maîtresses d'école le salaire minimum de douze piastres et quarante par semaine, comme l'exige la loi votée par le gouvernement Gouin il y a deux ans. Il paraît qu'elles y ont pas droit parce qu'elles travaillent pas soixante heures par semaine, comme la plupart des autres femmes. C'est vrai qu'être maîtresse d'école, c'est pas vraiment travailler, ne put-il s'empêcher d'ajouter pour asticoter autant Madeleine que ses belles-sœurs Germaine et Corinne qui avaient exercé la profession.

— Je te trouve pas bien gêné, Amédée Cournoyer, répliqua Corinne. On voit bien que t'as jamais eu sur les bras une trentaine d'enfants de tous les âges cinq jours par semaine. Quand on fait la classe, on travaille bien plus que soixante heures. T'oublies qu'il faut préparer nos classes et corriger les devoirs.

— C'est correct, j'ai rien dit ! s'écria Amédée en levant les mains en signe de reddition.

À l'extérieur, Élise et Aurélie se racontaient leurs secrets dans la balançoire en bois pendant que Gustave, Norbert et Germain tenaient des messes basses, assis au bord de la galerie, les pieds dans le vide. Gustave se pencha vers Norbert pour lui chuchoter quelque chose à l'oreille. Aussitôt, ce dernier s'empressa de repousser son jeune frère Lionel qui alla bouder seul, au bout de la galerie.

À un certain moment, les trois adolescents, sensiblement du même âge, s'esquivèrent derrière la maison, ignorant superbement leurs cousines.

— Je savais que vous viendriez aujourd'hui, dit Gustave. J'ai quelque chose pour vous autres. On va s'en rouler une.

Ce disant, le rouquin au visage constellé de taches de rousseur sortit de l'une des poches de son pantalon une vieille blague à tabac et un paquet de papier à cigarettes *Zig-Zag*.

— Depuis quand t'as le droit de fumer, toi ? lui demanda Norbert, étonné.

— J'ai pas le droit, avoua son cousin. J'ai pris une feuille de tabac à mon père et je l'ai hachée. En plus, j'ai dépensé deux cennes pour acheter le papier à cigarettes au magasin général, expliqua-t-il avec fierté.

— On peut pas fumer derrière la maison, décida Germain. Si mon père me poigne à fumer, je vais en manger une.

— Moi aussi, reconnut Gustave.

— On a juste à aller derrière la grange, proposa Norbert en prenant la direction des opérations. Là, il y a personne qui va venir nous déranger.

— Les filles, elles ? demanda Gustave en étirant le cou pour voir si elles étaient toujours assises dans la balançoire.

— Elles sont ben trop niaiseuses pour venir écornifler dans ce coin-là, trancha Germain en affichant un air supérieur de jeune mâle.

Les trois jeunes s'esquivèrent derrière la grange et là, ils parvinrent à se confectionner, tant bien que mal, des cigarettes avec le tabac à pipe d'Anatole. Même si chacun tenait à prouver aux autres qu'il était un véritable fumeur, l'âcreté du tabac les fit tousser à tour de rôle, ce qui ne les empêcha nullement de crâner pour prouver qu'ils posaient là un geste courant.

— Il reste assez de tabac pour qu'on s'en fasse une autre, fit Gustave après avoir inspecté le contenu de sa vieille blague à tabac.

Ses cousins acceptèrent son offre avec enthousiasme et se confectionnèrent une seconde cigarette. Les trois adolescents venaient à peine de tirer une première bouffée qu'Élise et Aurélie apparurent au coin de la grange.

— Je vais le dire à m'man que tu fumes en cachette, dit Aurélie à son frère.

— Mêle-toi de tes affaires, la porte-panier ! s'écria ce dernier.

— Aïe ! Si tu fais ça, tu vas le regretter, intervint son cousin Norbert en s'approchant de l'adolescente qui les narguait.

— Et qu'est-ce que tu vas me faire, grand niaiseux ? le brava sa cousine en se campant devant lui, les mains sur les hanches.

— Viens-t'en, Aurélie, la supplia Élise en tournant déjà les talons.

— Pourquoi ? Penses-tu qu'ils me font peur, ces tatas-là ? lui demanda-t-elle en tournant tout de même le dos aux trois adolescents.

Ce fut trop pour Norbert qui attrapa sa cousine par l'une de ses tresses dans l'intention de préciser ce que tous les trois lui feraient si elle s'amusait à rapporter ce qui se passait derrière la grange. La réaction de l'adolescente fut immédiate. Elle lui décocha une gifle retentissante qui le fit reculer de deux pas. Dès qu'elle sentit qu'il avait lâché sa tresse, Aurélie alla rejoindre Élise et toutes deux retournèrent dans la cour de la ferme. Pendant ce temps, Norbert, encore éberlué d'avoir été frappé par une fille, avait posé la main sur sa joue où la trace de celle de sa cousine était clairement visible.

— Est-ce qu'elle t'a fait mal ? lui demanda Germain avec un air narquois.

— T'es malade, toi ! C'est juste une fille, plastronna Norbert en arrêtant de frotter sa joue.

— C'est peut-être juste une fille, mais ma sœur cogne dur, tint à préciser le fils de Germaine. À part ça, t'es chanceux, d'habitude elle se sert de ses ongles. Quand elle te les plante dans la peau, elle part avec le morceau.

Les garçons s'empressèrent de finir leurs cigarettes sans le moindre plaisir, taraudés par l'inquiétude d'être pris à partie par leurs parents dès qu'ils poseraient les pieds dans la maison. Après avoir jeté leurs mégots sur le tas de fumier, ils décidèrent, d'un commun accord, de rentrer, jugeant qu'il valait mieux affronter tout de suite l'orage.

À leur grande surprise, leur entrée dans la maison ne suscita aucun éclat.

— Vous pouvez vous installer dans la cuisine d'été, si ça vous tente, leur offrit leur grand-mère. Gustave, sers de la liqueur à tes cousins.

Norbert jeta un coup d'œil aux adultes entassés dans la cuisine d'hiver et aperçut sa sœur et sa cousine sagement assises près de la table et l'ignorant vertement. Il allait quitter la pièce quand sa mère, qui avait tourné la tête vers lui à son entrée, l'arrêta.

— Qu'est-ce que t'as à la joue, toi ? lui demanda-t-elle.

— Rien, m'man.

— Dis-moi pas rien, elle est toute rouge.

— Ah ! Ça ? Je me suis cogné, répondit-il en ouvrant déjà la porte de la cuisine d'été.

— Ton gars a peut-être besoin de lunettes, plaisanta Amédée.

À la fin de l'après-midi, Anatole et Gustave refusèrent toute aide pour faire le train. Les femmes dressèrent le couvert sur les tables des deux cuisines et servirent du jambon et des pommes de terre. Au dessert, Rosalie envoya son mari chercher les tartes aux raisins laissées dans leur voiture.

Si on parla peu durant ce repas de fête, les langues se

délièrent passablement à la table des adultes au moment de boire le thé fort servi par Thérèse.

— Je me suis abonné au nouveau journal de Trois-Rivières, annonça Bernard Provencher. Nous autres, à Nicolet, on n'est pas ben loin. Je trouve *Le Nouvelliste* aussi intéressant que *Le Canada* et puis on a plus de nouvelles de notre coin.

— J'espère qu'on a écrit dans ton nouveau journal que Lomer Gouin est plus notre Premier ministre et qu'il a donné sa place à son gendre, Taschereau, se moqua Amédée Cournoyer.

— T'es pas sérieux ? J'étais pas au courant pantoute, dit Bernard en riant.

— On peut pas dire que le bonhomme a été ben brillant en faisant ça, laissa tomber Anatole. Tu parles d'une idée de fou de lâcher sa *job* de Premier ministre de la province pour aller se présenter comme député à Ottawa.

— Tu sais ben, Anatole, que King a dû lui promettre mer et monde pour l'attirer.

— En tout cas, je continue à dire qu'il a pas été ben fin dans cette histoire-là. Il s'est fait battre et là, il se retrouve gros Jean comme devant.

Puis la conversation dériva sur la loi de l'assistance publique que le gouvernement Taschereau venait de faire voter.

— Il y a personne qui va dire le contraire : le gendre du père Gouin est pas mal efficace, reprit Amédée, un libéral convaincu.

— Là, par exemple, tu te trompes d'adresse, mon Amédée, fit Bastien. T'as oublié que nous autres, les Joyal, on est bleus de père en fils. Cette loi-là, il y a personne qui en veut. Le curé de ta paroisse a dû te le dire que les évêques sont contre. D'après eux, le gouvernement Taschereau cherche juste à mettre son nez là où il a pas affaire. Ce sont toujours les communautés religieuses qui se sont occupées de ceux qui sont dans la misère et il y a jamais eu de problème.

— Je veux bien le croire, mais le gouvernement veut leur donner un coup de main, insista Amédée. La preuve, c'est qu'il paraît que ce sont les curés qui vont décider à cette heure qui a droit d'avoir de l'aide. Avant même de recevoir une cenne, les pauvres vont être obligés de prouver qu'ils pratiquent leur religion comme il faut.

— Aïe ! Les hommes, qu'est-ce que vous diriez de changer de sujet de conversation ? intervint Lucienne.

— M'man a raison, reprit Germaine. Il y a rien de plus inutile que de discuter de politique. J'ai jamais entendu dire que quelqu'un avait changé de parti après en avoir parlé.

Peu après le lavage de la vaisselle et le rangement de la cuisine, Simon, les traits tirés, s'excusa et se retira dans sa chambre. Il se sentait fatigué. Les gens présents le laissèrent monter à sa chambre avant de se mettre à parler à mi-voix de son état de santé précaire.

— Ça a quasiment pas d'allure, affirma Lucienne. Ça fait deux ans qu'il est revenu et il a pas l'air de remonter la pente pantoute.

— Ça va ben finir par se replacer, madame Joyal, dit Bernard pour la rassurer. Peut-être qu'une couple de semaines de repos à respirer l'air de Nicolet lui ferait du bien, offrit-il. En plus, il pourrait tenir compagnie à sa sœur. J'ai deux chantiers qui vont reprendre la semaine prochaine et Germaine va commencer à se plaindre qu'elle me voit pas souvent à la maison.

— Je me plains pas parce que je veux te voir plus

souvent, protesta sa femme, sarcastique. C'est juste parce que quand t'es là, les enfants sont moins détestables. C'est rendu qu'Aurélie est aussi pire que son frère.

— Tu devrais avoir honte, ma fille, rétorqua Lucienne. Toi, une ancienne maîtresse d'école, pas être capable de dompter seulement deux jeunes.

— Je dis pas que je suis pas capable, m'man, protesta la femme de Bernard Provencher. Je dis seulement que c'est plus facile quand il est à la maison, même si souvent il est pire que les enfants.

Une heure plus tard, Corinne donna aux siens le signal du départ. Norbert alla atteler le cheval avec l'aide de Gustave.

— T'es pas obligée de partir si de bonne heure, protesta sa mère.

— Il commence déjà à faire noir, m'man, lui expliqua sa fille en l'embrassant sur une joue. Les chemins sont pas bien beaux, ce sera pas facile de s'en retourner à la maison à la lueur du fanal.

— Vous auriez pu coucher ici dedans, offrit Anatole sans trop insister.

— T'es bien fin, mais j'aime pas trop laisser Philippe tout seul à la maison avec Léopold. Tous les deux sont capables de me mettre la maison à l'envers juste pour se préparer à souper.

Après avoir remercié leurs hôtes, les Boisvert allèrent rejoindre Norbert qui venait d'immobiliser le boghei près de la galerie après avoir allumé un fanal qu'il avait suspendu à l'avant de la voiture. On échangea des salutations avant de quitter la cour de la ferme et de prendre le chemin du retour.

Chapitre 2

Une bien bonne nouvelle

— Je vous le dis, madame Duquette, ce prêtre-là, c'est une vraie soie ! affirma Mance Rivest à l'épouse du propriétaire du magasin général. J'ai servi trois curés depuis que je suis au presbytère, mais j'en ai jamais eu un aussi fin en vingt-cinq ans.

La grande femme au sévère chignon gris se gourma, assurée qu'Alexina ne la contredirait pas.

— C'est vrai que le curé Cormier est pas mal fin, confirma Alexina. C'est pas lui qui viendrait nous crier après. Le mois de mai vient de commencer, il s'est pas plaint une seule fois qu'on n'allait pas assez nombreux à la récitation du chapelet, le soir.

— Vous avez raison, c'est pas son genre, confirma la servante avec conviction. Il y a deux semaines, il a tout de suite remarqué un matin que j'avais pas l'air dans mon assiette. Vous savez quoi ? Il a jamais voulu me laisser finir de préparer le déjeuner… Il m'a dit que les vicaires et lui étaient capables de se passer de moi une journée ou deux, le temps de passer à travers ma grippe, et il m'a défendu de revenir au presbytère avant d'être correcte.

— Mon Dieu ! s'exclama Alexina, c'est pas le curé Bilodeau qui vous aurait dit ça.

— J'aime pas trop parler contre les morts, reprit son vis-à-vis, mais lui, il était bête comme ses pieds. Tout le contraire de notre curé. À part ça, vous devriez voir comment il s'entend bien avec l'abbé Biron et l'abbé Dupras. C'est comme un père pour ces prêtres-là. Jamais un mot plus haut que l'autre. Toujours de bonne humeur. C'est un vrai plaisir de travailler pour du monde comme ça.

— En tout cas, vous avez dû trouver votre cuisine pas mal à l'envers quand vous êtes revenue au presbytère après votre grippe, avança la commerçante.

— Pantoute, madame Duquette, les prêtres avaient tout remis en ordre. J'en revenais pas.

La porte du magasin général s'ouvrit tout à coup sur une dame vêtue avec une certaine recherche et au chapeau abondamment orné.

— Bonjour, mesdames ! salua-t-elle.

Mance et Alexina lui rendirent son salut sans grande chaleur. Mance s'écarta du comptoir, le temps que la cliente achète une livre de sucre à glacer et un savon. Cette dernière paya et remercia avant de quitter le magasin.

— Ma foi du bon Dieu ! Si je l'avais pas vue de mes propres yeux, je l'aurais jamais cru, affirma la servante du curé Cormier, l'air scandalisé. En plein lundi matin, fardée et habillée comme si c'était le dimanche !

— En plus, elle sent le parfum à plein nez, renchérit Alexina en affichant une mine dégoûtée.

— Vous parlez d'une femme qui a un drôle de genre. Je serais même pas surprise qu'elle se lave avec du savon d'odeur, à part ça, ajouta la servante du curé Cormier, méprisante.

— Moi, je serais bien curieuse de savoir d'où ça vient du monde comme ça, conclut la commerçante.

Les deux commères ne rataient jamais une occasion de dire du mal d'Émilie Michaud depuis son arrivée au village, à la fin de l'automne précédent. La femme, âgée de moins de quarante ans, était une jolie brunette très soignée de sa personne. La rumeur publique laissait entendre que cette belle femme, qui se disait originaire de Contrecœur, avait acheté la petite maison des Mignault, au village, pour fuir une très mauvaise réputation. Certaines commères malintentionnées ne se gênaient pas pour murmurer que l'argent servant à son entretien provenait de sources inavouables. Selon elles, ses sorties hebdomadaires à Sorel, tous les vendredis, s'en trouvaient ainsi expliquées. Par conséquent, bon nombre d'habitants de Saint-Paul-des-Prés la surveillaient de près dans l'espoir de la prendre en faute depuis son arrivée. Il suffisait qu'elle adresse la parole à un homme pour que la rumeur publique s'emballe et qu'on lui prête les intentions les plus malhonnêtes. Il ne fallait donc pas s'étonner que les femmes de la municipalité la tiennent à l'œil et ne ratent pas une occasion de déblatérer sur son compte.

*
**

Quelques heures plus tard, Mance Rivest venait à peine de desservir la table qu'elle fut dérangée par la sonnette de la porte d'entrée du presbytère. Alors qu'elle retirait son tablier pour aller répondre, le curé Cormier ouvrit la porte de son bureau.

— Laissez faire, madame Rivest. Je m'en occupe, lui cria-t-il.

À cinquante ans, Hector Cormier était un prêtre sans prétention. Rien n'attirait le regard chez cet homme de taille moyenne dont les tempes commençaient à peine à blanchir. Ses yeux bruns, dissimulés derrière de petites lunettes rondes à monture d'acier, étaient chaleureux et l'homme avait une voix chaude beaucoup plus faite pour la conversation que pour tonner du haut de la chaire. À son arrivée à Saint-Paul-des-Prés après le décès du curé Bilodeau, il n'avait guère mis de temps à se faire aimer de ses paroissiens. Il n'était pas moins strict que son prédécesseur sur la morale et la tempérance, mais il ne semblait éprouver aucun goût à brandir les flammes de l'enfer à tout propos. Bref, ses paroissiens avaient la nette impression d'avoir mis la main sur un pasteur exceptionnel et il fallait vraiment être pointilleux pour trouver quelque chose à lui reprocher.

Le curé Cormier ouvrit la porte à un homme légèrement voûté vêtu d'un strict manteau de drap noir qui s'empressa de retirer son chapeau quand le prêtre l'invita à entrer.

— Bonjour, est-ce que je pourrais parler à monsieur le curé ? demanda l'inconnu.

— Je suis le curé de Saint-Paul, lui dit Hector Cormier. Voulez-vous passer dans mon bureau ?

— Je voudrais pas vous déranger, monsieur le curé, s'excusa l'autre. Je suis Aurèle Malenfant, notaire à Montréal.

— Passez quand même vous asseoir deux minutes, monsieur le notaire, offrit aimablement le curé.

Hector Cormier fit entrer le visiteur dans son bureau et attendit que ce dernier ait pris place en face de lui pour s'informer de la raison de sa visite.

— Depuis quelques mois, monsieur le curé, je suis à

la recherche d'un héritier. C'est pas que l'héritage soit énorme, mais j'aime bien que mes dossiers soient complétés. Normalement, je confie ce genre de recherche à l'un de mes deux clercs. Manque de chance, mon clerc le plus expérimenté s'est brisé une jambe, il y a deux semaines, et l'autre n'a aucune expérience et fait un stage à mon étude.

— Je vous comprends.

— Il y a un peu plus d'un an, un nommé Elzéar Monette est décédé à Montréal. C'était un célibataire sans enfant. Quelques années auparavant, il était venu faire rédiger son testament à mon étude. Il a laissé une coquette somme d'argent en plus d'une maison que je suis parvenu à vendre dernièrement. Cet argent, il l'a laissé à un lointain parent du nom de Léopold Monette qui devrait avoir une vingtaine d'années aujourd'hui. J'ai contacté les services civils et j'ai appris qu'on n'était jamais parvenu à l'enrôler parce qu'on ignorait où il était. Tout ce que j'ai appris durant mes recherches, c'est qu'il a travaillé comme ouvrier agricole à Saint-Germain, chez un cultivateur du nom de Lévesque il y a trois ou quatre ans. Manque de chance, ce monsieur Lévesque est mort et le jeune homme a disparu.

— Malheureusement, vous êtes pas à Saint-Germain, lui fit aimablement remarquer le curé Cormier.

— C'est vrai, reconnut volontiers l'homme de loi. Mais je me suis dit que ce garçon avait dû se chercher de l'emploi sur une terre dans les environs et j'ai décidé d'entreprendre une tournée des villages autour. On sait jamais. Je vais peut-être retrouver sa trace. Vous savez, monsieur le curé, c'est le rôle d'un notaire de retrouver les héritiers.

— Bien sûr.

— Ça fait que je me suis dit que la meilleure place pour avoir des informations, c'est au presbytère. Depuis une semaine, j'ai eu le temps de passer à Saint-Germain, Saint-Lucien, Saint-Cyrille, Saint-François-du-Lac, Saint-Gérard. Aujourd'hui, je viens chez vous et je veux aller à Sainte-Monique et à Saint-Elphège, si j'en ai le temps.

— Quel nom m'avez-vous dit ?

— Léopold Monette.

— Ce nom-là me dit absolument rien, avoua Hector Cormier. Mais attendez, je vais demander à mes vicaires. Ils sont ici, dans la paroisse, depuis un peu plus longtemps que moi.

Sur ce, le curé de Saint-Paul-des-Prés quitta son bureau et alla poser la question aux deux prêtres en train de lire leur bréviaire au salon.

— Léopold… Léopold… fit l'abbé Biron en cherchant à se souvenir. Il y a bien un Léopold âgé d'une vingtaine d'années dans le rang Saint-Joseph, il me semble. Chez la veuve Boisvert, si je me trompe pas, mais je pourrais vraiment pas vous dire son nom de famille, avoua-t-il.

— Et toi, Alphonse, ce nom-là te dit rien ? demanda le curé à son autre vicaire.

— Je cherche moi aussi, monsieur le curé, mais je vois vraiment pas de qui il peut s'agir.

— En tout cas, je vais donner ce renseignement-là au notaire et il verra bien ce qu'il peut en tirer.

Le curé Cormier retourna à son bureau et donna les maigres informations recueillies auprès de ses vicaires à l'homme de loi.

— Merci beaucoup, remercia le notaire Malenfant en se levant. Comme je suis déjà sur place, je pense que je vais aller voir dans le rang Saint-Joseph si ce Léopold-là serait pas le garçon que je cherche.

— Je vous souhaite bonne chance, fit le prêtre en accompagnant son visiteur jusqu'à la porte. Le rang Saint-Joseph est le dernier au bout du village. Si mes souvenirs sont exacts, la maison de la veuve Boisvert est la dernière maison du rang, à droite. C'est une petite maison grise.

*
**

En ce lundi avant-midi, Corinne profitait de ce que sa fille aînée n'enseignait pas ce jour-là pour se faire aider dans les tâches ménagères qu'elle effectuait habituellement elle-même avec Élise. Pendant que ses deux filles se chargeaient du lavage hebdomadaire des vêtements dans la cuisine d'été, elle étendait le linge à l'extérieur pour la première fois de la saison. La mère de famille allait retourner dans la maison quand elle vit une voiture entrer dans la cour. Elle crut d'abord qu'il s'agissait de l'automobile de Fabien Gagnon et se demanda ce que le maire pouvait bien venir faire chez elle. À la vue de l'inconnu qui en descendait, elle abandonna son panier en osier sur la galerie et se porta à sa rencontre pour savoir ce qu'il désirait. Madeleine sortit de la maison au même moment.

— Est-ce que je suis chez madame Boisvert ? demanda le notaire Malenfant en s'adressant à l'aînée des deux femmes.

— Oui, monsieur. Qu'est-ce que je peux faire pour vous ? lui demanda Corinne.

— Je cherche un nommé Léopold Monette, dit-il en

s'avançant vers elle. Est-ce que vous le connaîtriez, par hasard ?

— Oui, répondit la veuve, intriguée. C'est notre homme engagé.

— Ah ! fit le visiteur, apparemment soulagé. Est-ce que je pourrais lui parler ? Je suis le notaire Aurèle Malenfant, de Montréal.

— Qu'est-ce qui est arrivé à Léopold ? demanda Corinne, subitement inquiète.

— Malheureusement, madame, je peux rien vous dire. Mais inquiétez-vous pas, ce sont pas des mauvaises nouvelles.

— Lionel ! cria Corinne en se tournant vers la remise. Va chercher Léopold. Il doit être derrière la grange avec Norbert.

Son fils de neuf ans apparut à la porte de la remise, regarda avec curiosité le visiteur et se dirigea vers la grange qu'il contourna. Pendant ce temps, Corinne invita le notaire Malenfant à entrer dans la maison et le fit passer au salon en lui offrant une tasse de thé que l'homme de loi refusa poliment.

Madeleine sortit sur la galerie et vit son amoureux traverser la cour derrière Lionel.

Le jeune homme de taille moyenne était solidement charpenté. Des yeux bruns éclairaient un visage aux traits réguliers.

— Qu'est-ce qui se passe ? demanda-t-il à Madeleine.

— Il y a un notaire de Montréal qui veut te parler. Il t'attend dans la maison.

Léopold retira ses bottes et se passa une main dans son épaisse chevelure brune avant de pénétrer dans la maison.

— Il t'attend dans le salon, se contenta de lui dire la maîtresse des lieux. Ferme la porte. Ce qu'il a à te dire nous regarde pas, ajouta-t-elle en s'efforçant d'être discrète alors qu'elle brûlait de curiosité.

Le jeune homme obtempéra et entra dans le salon. Le notaire Malenfant se leva et lui serra la main après s'être présenté.

— Avant tout, je dois d'abord m'assurer que j'ai affaire au véritable Léopold Monette, déclara-t-il.

L'employé des Boisvert tira d'une poche de son pantalon un vieux porte-monnaie fatigué duquel il sortit deux papiers jaunis qui établissaient son identité.

— C'est parfait, déclara Aurèle Malenfant, apparemment très soulagé d'avoir enfin découvert l'héritier qu'il recherchait. Si vous voulez bien vous asseoir, je dois vous lire un testament qui vous concerne.

— Moi ? demanda le jeune homme, stupéfait.

— Oui, vous. Connaissiez-vous un certain Elzéar Monette ?

— Elzéar Monette… répéta Léopold. Ce nom-là me dit vaguement quelque chose, mais je me rappelle pas l'avoir connu, admit-il.

— Si je me fie à son testament, vous seriez le fils de son neveu Gérard, expliqua l'homme de loi. Votre père s'appelait bien Gérard Monette ?

— Oui.

— Vous seriez donc son petit-neveu.

— Ça se peut, fit l'employé de Corinne Boisvert d'une voix hésitante.

Aurèle Malenfant se pencha, prit le porte-document en cuir déposé près de son fauteuil et l'ouvrit sans marquer le moindre empressement. Il en extirpa un document d'allure officielle.

— Ceci est le testament de votre grand-oncle, annonça-t-il. Même si vous ne le connaissiez pas, monsieur Elzéar Monette a fait de vous son unique héritier.

— Moi ! s'exclama Léopold.

— Oui, remarquez que j'ignore si vous êtes le dernier membre survivant de sa famille. Il ne l'a pas mentionné. Comme ce testament a été rédigé il y a un peu plus de deux ans, c'est possible que l'épidémie de grippe espagnole ait emporté plusieurs membres de la famille Monette plus proches de lui que vous… Il faut pas oublier que cette épidémie-là a fait treize mille morts dans la province, c'est pas rien.

— Oui, je comprends. Est-ce que l'oncle de mon père était vieux ?

— Il est décédé à l'âge de quatre-vingt-quatre ans, ce qui est un âge vénérable. Monsieur Monette était célibataire et, si je me rappelle bien, avait été commerçant la plus grande partie de sa vie active. C'est tout de même étrange que vous n'en ayez jamais entendu parler.

— Mes parents sont morts quand j'avais douze ans, fit Léopold. Tout de suite après, j'ai été placé chez monsieur Lévesque qui avait une ferme à Saint-Germain et j'ai plus jamais entendu parler de ma famille.

— C'est pas mal triste, reconnut le notaire. Bon, je vais maintenant vous lire le testament, comme les devoirs de ma charge l'exigent. Je vais sauter tout le charabia qui n'a rien à voir avec l'héritage pour en venir tout de suite à l'essentiel, ajouta-t-il en déposant un lorgnon sur son nez. Votre grand-oncle a rédigé et signé son testament le 18 mars 1919 à mon étude.

« Moi, Elzéar Monette, sain de corps et d'esprit, je lègue trois cents dollars à la fabrique de la paroisse

Saint-Eusèbe de Montréal pour qu'on chante des messes pour le salut de mon âme. Ma maison, rue d'Iberville, ainsi que tout le reste de mes biens devront être remis au fils unique de mon neveu Gérard, Léopold Monette, s'il est encore vivant. Si tel n'est pas le cas, tout ce que je possède devra être partagé à parts égales entre les Sœurs grises, qui ont pris soin de moi durant ces dernières années et mon ancienne servante, Rose-Aimée Lefort. »

— J'en reviens pas ! déclara Léopold d'une voix altérée. J'hérite de quelqu'un que j'ai jamais vu.

— En plein ça.

— Pourquoi il m'a pas adopté quand mes parents sont tous les deux morts de la typhoïde en 1912 ? demanda l'orphelin avec un rien de reproche dans la voix.

— Ça, il y a des chances que vous ne le sachiez jamais, répondit le notaire Malenfant.

— Est-ce qu'il me laisse un peu d'argent ?

— Plus qu'un peu, le rassura le notaire avec bonne humeur.

— Mais il me devait rien…

— Bien sûr, monsieur Monette. C'est toujours le cas avec un héritage. C'est un cadeau du ciel, jamais un dû. Tenez-vous bien. Votre grand-oncle vous laisse, tous frais déduits, la somme très appréciable de dix-huit mille quatre cent cinquante-huit dollars et vingt-trois cents.

À l'énoncé d'une telle somme, le jeune travailleur agricole pâlit. Il resta bouche bée durant un très long moment, cherchant, selon toute évidence, à assimiler la nouvelle. Presque dix-huit mille cinq cents dollars, c'était plus qu'il ne pouvait l'imaginer à une époque où un ouvrier gagnait sept ou huit dollars par semaine. Pour sa part, il en gagnait à peine cent vingt-cinq par année au service des Boisvert.

— Mais c'est une vraie fortune ! finit-il par dire dans un souffle. Il était donc ben riche, l'oncle de mon père !

— Cette somme représente les économies de toute une vie de travail, crut bon de lui rappeler l'homme de loi. Bon, maintenant, monsieur Monette, vous me permettrez de vous donner quelques conseils à propos de tout cet argent qui vous tombe du ciel.

— Je vous écoute, monsieur, dit Léopold, les yeux brillants d'excitation.

— Comme vous venez vous-même de le faire remarquer, c'est une grosse somme qui vous tombe dessus. Vous êtes jeune. Je peux vous remettre immédiatement un chèque au montant que je viens de vous dire et vous êtes libre d'en faire ce que vous voulez. Cet argent-là est à vous. Toutefois, je crois que vous travaillez depuis assez longtemps pour savoir que l'argent est difficile à gagner et encore plus difficile à conserver. Si j'étais à votre place, je le confierais en entier à un notaire ou même à une banque, si vous avez plus confiance dans une banque, pour qu'on investisse cet argent-là pour vous. Vous pourriez garder une petite somme pour satisfaire un caprice ou deux et laisser le reste de votre petite fortune faire des petits parce que les intérêts, à cette époque-ci, sont plutôt intéressants. Qu'en dites-vous ?

Pendant un bref instant, l'ouvrier agricole donna l'impression de ne pas trop savoir quoi faire. Puis, il inspira longuement, comme s'il venait de prendre une soudaine décision.

— Je vais suivre votre conseil. Je vais le placer chez le notaire Ménard, au village.

— Parfait, je vois que vous êtes un jeune homme avisé, dit le notaire Malenfant avec un sourire contraint.

De toute évidence, l'homme de loi était un peu dépité de constater que Léopold ne lui confiait pas son héritage pour le faire fructifier.

— Je fais un chèque à votre nom, annonça-t-il en tirant un carnet de chèques de son porte-document. Vous pourrez le confier à mon confrère quand vous le voudrez.

— Merci, monsieur.

Aurèle Malenfant rédigea rapidement le chèque qu'il tendit cérémonieusement au jeune homme assis devant lui.

— C'est dommage que vous n'habitiez pas Montréal, ne put-il s'empêcher de dire. J'aurais pu gérer votre argent beaucoup mieux que ne le fera peut-être votre notaire Ménard.

Les deux hommes se levèrent et le notaire tendit la main à Léopold.

— Je suppose, monsieur Monette, que vous êtes encore célibataire.

— Oui, monsieur.

— Vous fréquentez une jeune fille ?

— Oui.

— Dans ce cas, permettez à un homme d'âge mûr de vous donner un sage conseil. Ne mentionnez à personne le montant de votre fortune, surtout pas à votre petite amie ou à son entourage.

— Ah oui, pourquoi ? fit Léopold, réellement étonné.

— Vous pouvez pas savoir, jeune homme, à quel point l'argent change les gens. Dans le meilleur des cas, il fait des envieux et, malheureusement, il rend très souvent les personnes intéressées. Très rapidement, vous savez plus si ces gens vous aiment pour vous-même ou uniquement pour votre argent. Dans tous les cas, on cherchera à vous emprunter de l'argent, et si vous refusez, on vous détestera.

— Je comprends.

— C'est certain que c'est tentant de révéler à son entourage la chance qu'on a d'avoir hérité, reprit Aurèle Malenfant avant de quitter le salon. Vous pouvez le faire, mais je vous suggère de toujours taire le montant de cet héritage. Comme ça, vous serez seul maître de votre fortune et vous pourrez en disposer sans qu'on cherche à vous forcer la main.

Léopold plia le chèque et le déposa religieusement dans son vieux porte-monnaie avant d'ouvrir la porte du salon à l'homme de loi. Les deux hommes traversèrent la cuisine d'hiver et entrèrent dans la cuisine d'été où Corinne et sa fille finissaient de remettre de l'ordre après le lavage hebdomadaire des vêtements de la maisonnée.

— Êtes-vous certain que vous ne prendriez pas une tasse de thé ? offrit Corinne à l'homme de loi.

— Merci beaucoup, madame, vous êtes bien hospitalière. Mais j'ai une longue route à faire pour retourner à Montréal. Ce sera pour une autre fois.

Sur ce, Léopold accompagna son visiteur jusqu'à sa voiture et lui ouvrit la portière.

— Je vous souhaite la meilleure des chances, monsieur Monette, lui dit Aurèle Malenfant après que le jeune homme eut tourné la manivelle permettant de faire démarrer la voiture. Si vous vous rappelez toujours que l'argent dont vous venez d'hériter est le fruit d'une vie de sacrifices, il vous durera longtemps.

Sur ces mots, la Ford noire 1920 recula jusqu'à la route et prit la direction du village de Saint-Paul-des-Prés en soulevant un nuage de poussière. Toujours aussi curieuses, Corinne, Madeleine et Élise, demeurées à l'intérieur de la maison, avaient épié Léopold par les fenêtres de la cuisine. Elles durent faire un effort pour ne pas héler le jeune homme quand il se dirigea vers l'étable dès le départ de l'automobile au lieu de venir leur apprendre pourquoi un notaire de Montréal s'était donné la peine de venir le rencontrer.

— Vous parlez d'un cachottier ! s'exclama Madeleine, prête à sortir sur le balcon pour l'appeler.

— Laisse faire, lui ordonna sa mère en posant une main sur son bras. S'il a envie d'en parler, il le fera en temps et lieu.

— Pourquoi il vient pas nous le dire ? demanda Élise.

— Peut-être parce que ça nous regarde pas, lui dit sèchement sa mère. À cette heure, assez perdu de temps. Il est presque l'heure de dîner. Élise, va me chercher un pot de lait à l'étable. Nous autres, on va s'occuper du dîner.

Quand Léopold rentra pour dîner en compagnie de Norbert et de Philippe, tout le monde prit place autour de la table et on récita le bénédicité avant de goûter aux fèves au lard réchauffées servies par la maîtresse de maison et Madeleine. Le silence autour de la table ne fut brisé que par Lionel qui demanda à son frère s'il pouvait utiliser la vieille bicyclette que le docteur Précourt lui avait donnée trois ans auparavant.

— Je veux pas te voir toucher à ça, lui ordonna sa mère. C'est une affaire pour se casser un membre, cette patente-là. Il y a même pas de freins.

Corinne revit alors son mari, tout faraud, monter sur cette antique bicyclette pour se faire admirer des siens. Laurent en avait rapidement perdu la maîtrise et était allé se planter dans le fossé.

— Et Norbert, lui ! voulut protester le gamin.

— Norbert a pas ton âge et il s'en sert presque plus tellement c'est dangereux, répliqua sa mère sur un ton sans appel.

— On devrait lui laisser prendre mon bicycle, m'man, plaisanta Norbert. Comme ça, il pourrait peut-être se couper la langue en tombant et on aurait la paix.

— C'est vrai qu'il parle pas mal, renchérit Élise. C'est pas tout le monde qui est bavard comme lui, ajouta-t-elle en dirigeant un regard significatif vers Léopold qui fit semblant de ne pas le remarquer.

À une extrémité de la table, Philippe regarda sa mère, cherchant à comprendre ce que sa jeune sœur avait voulu dire. Le jeune homme de dix-neuf ans ressemblait beaucoup à son père. Il avait hérité de la forte stature de Laurent Boisvert, de son air un peu arrogant et même de son goût pour l'alcool et les femmes.

Quand il était revenu deux ans et demi auparavant après une fugue de six mois, sa mère avait été très claire. Elle lui avait nettement fait comprendre qu'elle avait besoin de lui pour exploiter la ferme et qu'à titre d'aîné il était de son devoir de se mettre au travail et de donner l'exemple à ses frères et sœurs. Il avait accepté, mais en ruant très souvent dans les brancards. Lorsqu'il avait pris des airs de maître des lieux en suggérant de licencier Léopold parce qu'il croyait être en mesure d'accomplir la tâche avec l'aide de son frère Norbert, sa mère avait carrément refusé. Elle lui avait fait comprendre que conserver leur homme engagé pourrait lui permettre d'aller travailler au chantier à l'automne, ce qui rapporterait l'argent dont la famille avait un pressant besoin... Le fils aîné de Corinne avait tout de suite compris que passer cinq mois dans les bois lui ferait le plus grand bien. Il pourrait ainsi respirer un peu plus librement loin de la surveillance maternelle et se procurer assez d'argent pour payer ses sorties.

— Qu'est-ce qu'il y a ? demanda-t-il à sa mère. Pourquoi elle dit ça ?

— Ta sœur se mêle de ce qui la regarde pas, répondit Corinne. Elle parle du notaire qui est venu voir Léopold cet avant-midi.

— Ah oui ! Qu'est-ce qu'il voulait ?

— Ça regarde Léopold, intervint Madeleine.

Philippe lança un regard peu amène à l'ouvrier agricole qu'il n'avait jamais beaucoup aimé. Même si ce dernier demeurait chez les Boisvert depuis trois ans, Philippe ne s'était jamais habitué à sa présence et se comportait encore comme s'il menaçait sa place dans la maison. Sa mère avait nettement conscience que Léopold était tout à l'opposé de son aîné et elle comptait sur sa pondération et son sérieux pour calmer le caractère emporté de son fils.

— Je peux ben vous le dire, fit Léopold en s'adressant à Madeleine et à sa mère. Le notaire est venu pour m'apprendre que je venais d'hériter d'un petit montant d'un vieil oncle de mon père.

— Est-ce que ça veut dire que t'avais encore de la famille ? s'étonna Madeleine.

— On le dirait ben, mais je le savais pas moi-même, avoua Léopold.

— Je suis bien contente pour toi, c'est une bonne

nouvelle, déclara Corinne, qui devinait que le jeune homme n'avait pas l'intention d'en dire plus.

— Qu'est-ce que tu vas faire avec cet argent-là ? lui demanda Madeleine, curieuse.

— Je pense que je vais aller le placer chez le vieux notaire Ménard, au village.

— Je crois que c'est la meilleure chose que tu peux faire, l'approuva Corinne. Le notaire Ménard est aussi fiable qu'une banque.

— Il y a aussi autre chose que tu peux faire avec cet argent-là, intervint Norbert. S'il t'embête tant que ça, évite-toi tous ces troubles-là et sépare-le entre nous autres. On va s'en occuper.

— Ça en ferait pas assez pour chacun, répondit Léopold sur le même ton plaisant en quittant la table.

Tout avait été dit et il ne fut plus question de l'héritage de Léopold. Même Madeleine ne revint pas sur le sujet le samedi soir suivant quand ils se retrouvèrent pour veiller au salon, sous la supervision attentive de Corinne.

La mère de famille avait clairement établi les balises des fréquentations de sa fille au début de l'automne précédent quand elle avait accepté que son employé fréquente sa fille pour le bon motif.

— Vous allez veiller ensemble juste le samedi et le dimanche soir, avait-elle déclaré à sa fille sur un ton sans appel. Le reste de la semaine, Léopold est notre homme engagé, rien de plus.

— Mais m'man, avait voulu protester la nouvelle institutrice du rang Saint-Joseph.

— C'est ça ou rien pantoute, tu m'entends ? avait rétorqué sa mère avec sévérité. De toute façon, tu passes tes journées à l'école et tes soirées à corriger et à préparer tes classes. T'as pas le temps de faire autre chose. Dis-toi bien, ma fille, que t'es chanceuse d'avoir de l'ouvrage si proche de chez vous. Presque toutes les maîtresses d'école sont obligées de vivre seules dans leur appartement au-dessus de leur classe et là, elles ont pas le droit de recevoir leur amoureux. Toi, tu peux le voir toute la semaine ici dedans.

De mauvaise grâce, Madeleine avait dû accepter les règles édictées par sa mère, tout en reconnaissant, malgré elle, qu'elles n'étaient pas dénuées de bon sens.

Chapitre 3

Au feu !

Étendue dans son lit, Corinne se tourna du côté gauche pour trouver une posture plus confortable. Le jour n'était pas encore levé et elle venait d'entendre l'horloge de la cuisine sonner cinq coups. Elle garda les yeux fermés et poussa un soupir d'aise. On venait à peine de franchir la mi-mai et déjà son barda du printemps était terminé.

La veille, la famille Boisvert s'était installée dans la cuisine d'été pour la belle saison. Tout avait été lavé et nettoyé à fond avec de l'eau de Javel et du savon du pays. Avec l'aide de Lionel et d'Élise, elle avait même eu le temps de changer la paille des matelas et de rembourrer quelques oreillers en y ajoutant des plumes.

Ce matin, après le déjeuner, elle avait prévu cuire son pain pendant que les garçons commenceraient les labours du printemps. Depuis un mois, la température était douce et la pluie assez rare pour qu'on ait eu le temps de réparer les clôtures et de ramasser les pierres dans les champs.

À la fin de la semaine, elle serait en mesure d'aller livrer à Yamaska, chez quelques clientes, les courtepointes et les catalognes confectionnées durant l'hiver. Bien sûr, elle en faisait moins depuis qu'elle ne pouvait plus compter sur l'aide efficace de Madeleine, mais quand même… ce qu'elle avait fabriqué allait rapporter un peu d'argent.

Ce rappel de l'argent lui fit penser à Philippe qui en avait rapporté à la maison beaucoup moins qu'elle ne l'avait prévu. Le jeune homme avait eu beau prétexter que la compagnie propriétaire du chantier avait moins bien payé les simples bûcherons cet hiver-là, la mère avait nettement senti que son aîné lui mentait. À son retour à la maison à la fin de la première semaine d'avril, il n'avait remis à sa mère que les deux tiers de la somme espérée et elle avait dû s'en contenter, incapable de connaître le salaire exact versé aux bûcherons.

Une lueur rouge sembla passer devant ses paupières closes et elle entendit les hennissements de leur cheval.

— Pas déjà le jour ! murmura-t-elle en entrouvrant les yeux.

Pas encore tout à fait réveillée, elle se rendit vaguement compte que la lueur rouge dansait sur le mur vers lequel elle était tournée. Puis, elle réalisa soudain que ce n'était pas du tout normal. À son lever, le soleil n'éclairait pas comme ça et d'ailleurs il était encore beaucoup trop tôt pour qu'il se lève.

Elle s'assit d'un coup dans son lit et jeta un regard vers la fenêtre de sa chambre. Le ciel n'était pas encore clair et les lueurs rouges ne venaient pas de l'est. Elle se précipita hors du lit, ouvrit la porte de sa chambre à la volée, traversa la cuisine d'hiver, pénétra dans la cuisine d'été et sortit sur la galerie, pieds nus.

— Mon Dieu ! Mais c'est notre étable qui brûle ! s'écria-t-elle, au bord de la panique.

Elle rentra dans la maison et se précipita au pied de l'escalier pour crier à Léopold et à ses enfants, couchés à l'étage :

— Vite, levez-vous ! Le feu est pris dans l'étable. Dépêchez-vous de descendre !

En haut, il y eut des bruits de bousculades et des cris. Des portes claquèrent et Léopold fut le premier au pied de l'escalier, précédant de peu un Philippe mal réveillé. Norbert et ses sœurs suivirent quelques instants plus tard.

— Élise et Madeleine, allez avertir les voisins que le feu est pris chez nous. Perdez pas une seconde, leur cria-t-elle avant de sortir sur les talons des trois garçons déjà en route vers l'étable.

Pendant que Madeleine courait vers la ferme de Jocelyn Jutras, Élise se dirigeait vers celle des Rocheleau, située de l'autre côté de la route. Pour sa part, Corinne venait de s'immobiliser au milieu de la cour, saisie par l'ampleur de l'incendie. Dans le jour qui se levait, les flammes rugissaient en s'élançant à l'assaut de la toiture du vieux bâtiment en bois. Déjà, elles sortaient par les fenêtres et léchaient les murs à l'extérieur.

— Attendez ! ordonna-t-elle à Philippe, Norbert et Léopold qui s'apprêtaient à s'élancer vers l'étable en flammes. Il est pas question d'essayer de sortir quoi que ce soit de l'étable. C'est trop dangereux. J'ai bien peur que ça serve pas à grand-chose d'essayer de la sauver. Le feu a l'air pris partout. Il faut s'occuper de l'écurie et de la porcherie avant que le feu prenne là-dedans. Prenez des chaudières et commencez à arroser les murs. Une chance que les vaches sont dans le champ, ajouta-t-elle d'une voix altérée.

Puis, voyant Lionel debout à ses côtés, elle lui commanda de sortir les trois porcs de la porcherie pendant qu'elle allait s'occuper du cheval dont elle entendait les hennissements apeurés dans le clos situé près de l'écurie.

La jeune femme venait à peine d'attacher le cheval à un montant de la balançoire, devant la maison, qu'elle vit arriver en courant Jocelyn Jutras, Ian Sullivan, Conrad Rocheleau et quelques autres voisins, qui avaient tous pris la précaution de se munir de seaux.

— Cette étable-là est finie, déclara Ian Sullivan en se campant devant les autres. On va faire la chaîne et arroser surtout les bâtiments voisins pour que le feu s'étende pas partout autour.

— Maudite affaire ! s'exclama Corinne, au bord des larmes en serrant contre elle les pans de sa robe de chambre. On sauvera rien de ce qui est dedans.

— L'important, Corinne, c'est qu'il y a personne de pris là-dedans, lui fit remarquer Jocelyn Jutras pour la consoler.

Ian prit d'autorité la direction des opérations. En quelques instants, une chaîne constituée de toutes les personnes présentes se forma du puits jusqu'aux bâtiments. Sullivan et Philippe se mirent à lancer des seaux d'eau à la volée sur les murs de l'écurie et de la porcherie, ignorant volontairement le brasier en train de consumer l'étable voisine. Maintenant, une épaisse colonne de fumée s'élevait dans le petit matin et on entendait les craquements des poutres que le feu était en train de consumer.

— Reculez ! hurla Sullivan quand une partie du mur ouest du bâtiment en flammes s'écroula dans une pluie d'étincelles.

Au même moment, quatre voitures vinrent s'immobiliser dans l'entrée de la cour. Des hommes et des adolescents en descendirent et vinrent prêter main-forte. D'autres bogheis arrivaient déjà. De toute évidence, on avait vu la colonne de fumée d'un peu partout dans

Saint-Paul-des-Prés. Maintenant, la cour était remplie de gens. Une seconde chaîne de pompiers volontaires s'était formée et on arrosait abondamment la façade de l'étable, même si on savait que c'était inutile.

Soudain, Jocelyn Jutras cria à Philippe et à Conrad Rocheleau d'abandonner leurs seaux et de le suivre. Le voisin venait de se rendre compte que la voiture à foin des Boisvert, stationnée derrière le bâtiment en flammes, risquait de brûler. Les trois hommes se précipitèrent vers le lourd véhicule et parvinrent à l'éloigner d'une trentaine de pieds en déployant des efforts surhumains.

À peine étaient-ils revenus à leur place dans la chaîne que l'édifice s'écroula dans un vrombissement assourdissant accompagné de tisons enflammés qui s'éparpillèrent un peu partout. Même les plus braves ne purent que reculer.

— Attention ! cria soudain Ian Sullivan, il y a des tisons qui sont tombés sur le toit de l'écurie.

Pendant que Sullivan, à la tête de sa chaîne, se mettait en devoir d'arroser le toit de l'écurie, Philippe continua à déverser les seaux qu'on lui passait sur les débris de ce qui avait été l'étable des Boisvert. Après l'écroulement du vieux bâtiment en bois, les flammes commencèrent progressivement à baisser d'intensité faute de combustible. Par contre, le foin enflammé engendrait une fumée de plus en plus dense.

— C'est le foin sec qui brûle comme ça, déclara Rocheleau à son voisin de chaîne. Ça va finir par s'éteindre. Le bois est presque tout brûlé.

De fait, moins d'une demi-heure plus tard, tout était terminé. Après avoir écarté tout danger de propagation de l'incendie aux autres bâtiments, toutes les personnes présentes s'étaient mises à lutter de concert pour éteindre définitivement ce qui restait du brasier. Un peu après huit heures, l'étable n'était plus qu'un vieux souvenir. Il ne restait qu'un amas désolant de décombres calcinés au fond de la cour des Boisvert.

Alors qu'on était en train de rassembler les seaux et de discuter sur les causes possibles de l'incendie, Corinne et ses filles s'étaient mises à distribuer du thé chaud et à proposer des biscuits au gingembre que la maîtresse de maison avait cuisinés la veille.

— Taboire ! jura Sullivan, c'est difficile à comprendre comment le feu a pu poigner dans cette étable-là. Je dis pas. Si c'était arrivé le soir quand il fait noir ou au petit matin quand on a besoin de s'éclairer avec un fanal, on aurait l'idée de croire que c'est une étincelle qui aurait pu mettre le feu à la paille ou au foin, mais là, à l'aurore, quand tout le monde dort…

— C'est peut-être un rôdeur, suggéra Rocheleau en passant une main ridée sur son crâne dénudé.

— Un quêteux ? demanda l'Irlandais. On l'aurait vu dans le rang, il me semble.

— S'il y avait eu de l'orage, on aurait pu croire que la foudre était tombée sur la couverture, intervint Camil Girard, celui qui avait acheté l'ancienne maison de Fabien Gagnon.

— Peut-être un malfaisant, dit un nommé Lacombe qui demeurait à l'entrée du rang, près de chez Girard.

— Ça, c'est plutôt inquiétant, intervint le vieil Ernest Pouliot. Ça voudrait dire qu'on peut plus dormir sur nos deux oreilles à cette heure.

— On est peut-être mieux de pas trop chercher, dit Jocelyn Jutras sur un ton égal. De toute façon, ça changera rien. L'étable a brûlé et on y peut rien.

Quelques minutes plus tard, la cour des Boisvert

commença à se vider. Avant de quitter les lieux, la propriétaire tint à remercier tous ceux qui s'étaient déplacés pour l'aider. La plupart des volontaires lui souhaitèrent bon courage et promirent de venir aider quand viendrait le temps de reconstruire.

À regarder la jeune femme, il était visible qu'elle était durement secouée par le malheur qui la frappait. Elle faisait vraiment des efforts pour garder contenance.

— Le pire, dit-elle à son amie Marie-Claire Rocheleau, c'est qu'on n'a rien pu sauver de ce qu'il y avait en dedans. Là, je sais pas trop ce qu'on va faire pour se débrouiller.

Ian Sullivan, en train de discuter avec quelques voisins peu pressés de quitter les lieux, ne put s'empêcher de l'entendre et se tourna vers elle.

— Si vous avez besoin de quelque chose, madame Boisvert, ne vous gênez pas pour me le dire, lui déclara-t-il en lui adressant un chaud sourire.

De toute évidence, Corinne ne lui était pas indifférente et il ne s'en cachait pas.

La jeune veuve repoussa une mèche de ses cheveux blonds, ce qui laissa une traînée de suie sur son front.

— Vous êtes bien fin, monsieur Sullivan, mais je pense qu'on va être capables de s'en sortir.

— T'as perdu tes bidons de lait et t'as plus de coton à fromage pour filtrer le lait, lui fit remarquer Jocelyn Jutras. Moi, j'en ai en trop. Je vais t'en rapporter tout à l'heure.

À quarante-cinq ans, le voisin était demeuré l'homme robuste, sympathique et serviable que Corinne avait toujours connu. Après le décès de sa femme emportée par la grippe espagnole, l'homme ne s'était pas remarié et avait continué à exploiter sa petite ferme seul.

— Merci, Jocelyn, mais j'ai deux ou trois vieux bidons dans la remise qui vont faire l'affaire. J'entends meugler nos vaches. Les pauvres bêtes doivent trouver qu'on est bien longs à matin pour les traire.

— En tout cas, il me reste du foin en masse, reprit son voisin. Je vais t'en apporter cet avant-midi.

— Moi aussi, intervint Conrad Rocheleau.

— Est-ce que votre brouette à fumier y a passé ? demanda Sullivan, qui ne voulait pas être en reste.

— J'ai bien peur que oui, répondit Léopold à la place de sa patronne.

— J'en ai une vieille dont je me sers pas. Je vous l'apporterai dans la journée.

Quand les garçons quittèrent la cour pour aller traire les vaches derrière ce qui avait été l'étable, les derniers volontaires partirent. Alors, Corinne, entourée de ses deux filles, s'approcha des décombres fumants et les regarda longuement avant de dire :

— Là, les filles, je sais vraiment pas où on va trouver l'argent pour rebâtir, leur avoua-t-elle, la mine sombre.

— Combien vous pensez que ça pourrait coûter ? lui demanda Madeleine, aussi inquiète que sa mère.

— Je le sais pas trop. Dans les deux cents piastres, je suppose.

— Il y en a qui vous ont dit qu'ils viendraient vous aider, m'man, lui fit remarquer Élise.

— Je le sais bien, mais le bois, les clous et la tôle sont pas donnés. En plus il va falloir renouveler ce qui a brûlé en dedans.

— En tout cas, ça fait tout drôle de voir les champs d'ici, dit l'adolescente en regardant par-dessus les débris noircis.

— Bon, je suppose que ça sert à rien de se lamenter

jusqu'à *amen*, reprit la mère de famille. On va aller préparer le déjeuner et après on avisera.

— Moi, je vais aller me laver et ouvrir l'école, annonça Madeleine sur un ton décidé. Vous connaissez grand-père Boisvert, il acceptera jamais que j'aie pas fait l'école aujourd'hui, même si on a passé au feu.

— Lionel, rentre le blond dans l'écurie, ordonna Corinne à son fils cadet, assis sur la galerie, les jambes dans le vide. Toi, Élise, tu vas aller ouvrir l'école, le temps que ta sœur se change et déjeune. Quand elle sera rendue à l'école, tu reviendras à la maison pour manger. Je pense que tu peux te passer d'aller en classe aujourd'hui avec tout ce qu'on a à faire.

— Et moi ? demanda Lionel.

— Toi, tu vas aller te décrotter et t'habiller avant de déjeuner avec Madeleine. Tu t'en vas à l'école, toi aussi.

— Pourquoi je suis obligé d'aller là ? s'insurgea le gamin. Élise y va pas, elle, plaida-t-il, se sentant victime d'une injustice criante.

— Tout simplement parce qu'on n'a pas besoin de toi ici dedans aujourd'hui. Il reste un mois d'école et il est pas question que tu manques pour rien.

Lionel rentra dans la maison en boudant et laissa claquer la porte derrière lui pour bien montrer son mécontentement.

*
**

Une heure plus tard, l'institutrice avait repris son poste à l'école du rang Saint-Joseph, son frère l'y avait suivie, et leur jeune sœur, élève de septième année, était revenue à la maison. Cette dernière trouva ses frères aînés et Léopold encore assis autour de la table en compagnie de sa mère. Elle prit la dernière portion de l'omelette gardée au réchaud et vint s'asseoir à table.

— Là, le feu a l'air bien éteint, déclara Corinne, mais il va falloir attendre que ça refroidisse. À partir de demain, on va commencer à nettoyer tout ça et jeter les débris dans la décharge. On va essayer de récupérer ce qui peut encore servir.

Il était visible que la jeune veuve avait déjà retrouvé le courage qui l'avait toujours caractérisée et qu'elle n'entendait pas perdre de temps à des lamentations stériles.

— Au fond, m'man, on a été chanceux que ce soit arrivé en plein mois de mai quand les vaches couchent dehors, lui fit remarquer Philippe. Ce serait arrivé il y a un mois et on aurait perdu nos douze vaches et les trois veaux.

— C'est vrai, reconnut Corinne.

— Vous avez perdu le foin qui restait, mais les vaches peuvent se débrouiller un peu en mangeant dans le champ, fit Léopold.

— C'est vrai, m'man, intervint Norbert à son tour. On a été un peu chanceux. On a même été capables de sauver la charrette.

Corinne secoua la tête.

— Tout ce que vous me dites est vrai, reconnut Corinne en hochant la tête. Mais oubliez pas qu'il va falloir reconstruire bien avant l'automne et pour ça, il va falloir trouver de l'argent quelque part. Si on n'a pas d'étable, on n'aura pas de place pour mettre le foin et on n'est tout de même pas pour traire nos vaches en plein champ. Bon, ça sert à rien de se plaindre, conclut-elle.

Tout ce qui nous reste à faire, c'est de nous retrousser les manches et de nous mettre à l'ouvrage.

— C'est correct, dit Philippe en se levant. On va continuer les labours commencés hier matin.

— C'est ce que vous avez de mieux à faire, accepta la mère de famille, en quittant la table à son tour pour desservir.

Une heure plus tard, Corinne et sa fille quittèrent la maison qu'elles venaient de ranger pour entrer dans le jardin, armées d'une bêche. La maîtresse des lieux avait décidé qu'il était largement temps de préparer le sol avant d'y repiquer toutes les plantes qu'elle avait entretenues chaque jour depuis de nombreuses semaines dans ses serres chaudes.

Coiffées de vieux chapeaux de paille et les manches boutonnées aux poignets, la mère et la fille se mirent à retourner la terre. L'une et l'autre semblaient insensibles à cette magnifique journée. Elles n'étaient pas d'humeur à apprécier le temps doux de ce matin de mai 1921 après ce qui venait de se produire. Elles n'eurent pas un seul regard pour la nature en pleine renaissance, où le vert foncé du nouveau feuillage des arbres disputait la tonalité au vert tendre des champs.

Pour sa part, le visage de Corinne Boisvert s'assombrissait chaque fois qu'elle levait la tête et que ses yeux rencontraient le tas de décombres encore fumants au fond de sa cour. Elle allait avoir besoin d'une étable de toute urgence… Mais où trouverait-elle l'argent nécessaire ? Cette question ne cessait de l'obséder depuis qu'elle avait vu le bâtiment ravagé par les flammes quelques heures plus tôt.

— M'man, c'est grand-père qui vient d'arriver, dit

Élise à sa mère, occupée à transplanter des plants de tomates.

La veuve leva la tête et aperçut le père de son défunt mari en train de descendre péniblement de son boghei. Elle se rendit compte qu'elle devait avoir la tête ailleurs pour ne pas avoir entendu l'attelage entrer dans sa cour. Elle fit semblant d'ignorer l'arrivée du grand vieillard voûté de soixante-dix-neuf ans qui se déplaçait depuis peu à l'aide d'une canne. Avec ses épais favoris blancs et ses habits noirs, Gonzague Boisvert avait le même air que sa bru lui avait toujours connu : celui d'un grand corbeau.

Même si ce dernier avait aperçu sa bru et sa petite-fille dans le jardin, derrière la maison, il prit la direction de ce qui restait du bâtiment calciné. Il resta planté devant les débris durant un très long moment avant de leur tourner le dos et de s'approcher du jardin. Alors, Corinne fit celle qui venait de s'apercevoir de sa présence. Elle se releva en se frottant les reins et se porta à sa rencontre.

— Bonjour, monsieur Boisvert ! Vous venez voir ce qui reste de notre étable ?

— Ben oui, j'ai appris ça tout à l'heure chez Duquette, dit le vieillard sans démontrer la moindre compassion envers sa bru. C'est sûr que de chez nous on pouvait pas voir qu'il y avait quelque chose qui brûlait dans ton rang. As-tu perdu des bêtes ?

— Non, on a été chanceux pour ça. En plus, les voisins sont arrivés assez vite pour qu'on puisse sauver les autres bâtiments.

Le vieillard secoua la tête et garda un long silence. Il n'eut pas un seul bon mot pour sa petite-fille et cette dernière, en représailles, ne se donna pas la peine de venir le saluer. Corinne connaissait son beau-père depuis assez longtemps pour ne pas attendre la moindre parole de réconfort de sa part. En outre, elle était presque certaine qu'il n'était venu dans le rang Saint-Joseph que pour vérifier si Madeleine était bien à son poste. À titre de président de la commission scolaire, il voulait s'assurer que sa petite-fille faisait son travail comme il se devait, malgré l'incendie qui avait frappé chez sa mère.

— Il va falloir que tu rebâtisses au plus sacrant, laissa tomber Gonzague.

— C'est certain, répondit Corinne.

Soudain, elle éprouva de la pitié pour le vieil homme debout en plein soleil, au milieu de la cour.

— Voulez-vous venir vous asseoir un peu en dedans, monsieur Boisvert ? lui offrit-elle.

— Oui, mais pas longtemps, accepta son beau-père. Je dois aller à Yamaska pour affaires.

Tous les deux entrèrent dans la cuisine d'été et prirent place dans les deux vieilles chaises berçantes placées de chaque côté du poêle.

— À ce que je vois, t'as déjà fini ton barda du printemps, fit le vieux cultivateur en jetant un regard appréciateur à la grande pièce dans laquelle Corinne et les siens venaient de s'installer pour la belle saison.

— Ça s'est fait hier, se contenta de préciser la veuve.

— Chez nous, ça se fait pas aussi vite que ça, reconnut le vieillard. Chaque printemps, Alexandra et Annette brettent et il faut leur pousser dans le dos pour qu'elles se décident à lâcher la cuisine d'hiver.

— Il faudrait peut-être que votre garçon ou Charles leur donne un coup de main pour le lavage, suggéra sa bru.

Il y eut un silence assez embarrassant dans la pièce et Corinne fut alors certaine que son beau-père allait enfin lui exposer le véritable motif de sa visite.

— Sais-tu que je pensais à une affaire, finit-il par dire à son interlocutrice.

— Ah oui ? fit Corinne, curieuse.

— Je me disais que ça se pourrait ben que t'aies pas assez d'argent pour te faire bâtir une étable tout de suite, même si c'est pas mal pressant, poursuivit-il, l'air retors.

— Vous avez bien deviné, monsieur Boisvert.

— Si c'est ça, je pourrais peut-être te passer l'argent qu'il te faut, proposa-t-il.

— D'après vous, combien vous pensez qu'une nouvelle étable pourrait me coûter ?

— Autour de deux cents, deux cent cinquante piastres, annonça Gonzague sur un ton assuré.

— C'est pas mal fin de votre part de vouloir m'aider, le remercia sa bru.

— T'es de la famille, laissa tomber son beau-père. C'est pour ça que je te chargerais les mêmes intérêts que le notaire ou la banque de Yamaska. Quatre pour cent.

— Ah bon ! fit Corinne, qui avait osé croire durant un instant que son beau-père lui proposait un prêt sans intérêts.

— C'est pas mal raisonnable quand on sait que t'as pas grand-chose à offrir en garantie, poursuivit Gonzague.

— Comment ça, pas grand-chose en garantie ? demanda-t-elle, la moutarde commençant à lui monter au nez. Ma terre, mon roulant et ma maison sont à moi et vous trouvez que c'est pas assez comme garantie ?

— Fâche-toi pas, fit le vieillard en levant une main

pour l'apaiser. Je disais ça pour parler. Je le sais que je prendrais pas un grand risque de pas être remboursé en te prêtant cet argent-là. C'est sûr qu'avec le salaire de maîtresse d'école de Madeleine et celui que Norbert pourrait se faire en allant travailler chez des cultivateurs de la paroisse, t'aurais pas trop de mal à me rembourser. Et là, je parle même pas de ce que ton Philippe t'a rapporté du chantier et de l'argent que tu dois te faire avec tes courtepointes et tes catalognes, ajouta-t-il.

La jeune veuve eut de la peine à retenir la réplique cinglante qui lui était venue aux lèvres en entendant le père de son défunt mari décortiquer ses finances familiales, comme s'il s'était agi de ses propres affaires. Elle se leva.

— C'est bien charitable de votre part d'avoir pensé à venir me prêter de l'argent pour reconstruire chez moi, dit-elle à Gonzague, qui venait de quitter à son tour sa chaise berçante, mais je pense que j'ai assez d'argent pour être capable de me débrouiller sans emprunter, mentit-elle.

— Cré maudit ! s'exclama le vieillard, surpris. T'es ben plus en moyens que je pensais !

— Ici dedans, beau-père, on dépense pas une cenne noire pour rien. Ça fait que quand on est mal pris, d'habitude, on a juste à piger dans notre bas de laine pour s'en sortir. Mais là, je reconnais que c'est spécial. Je jure pas que j'aurai pas à vous emprunter un peu d'argent, mais je vais faire tout mon possible pour me débrouiller sans m'endetter.

— C'est correct, ça prouve que t'as une tête sur les épaules, mais attends pas trop, fit le vieillard, visiblement contrarié. C'est pas sûr pantoute que j'aie de l'argent à prêter ben longtemps.

— Je vais bien examiner mes affaires et je vais vous faire signe, monsieur Boisvert, si j'ai besoin de votre argent, promit-elle.

— Il reste quand même, ma fille, que je continue à penser que t'aurais dû me vendre ton bien quand je te l'ai offert, il y a deux ans, reprit Gonzague en se dirigeant vers la porte. Aujourd'hui, t'aurais pas ces troubles-là.

Corinne poussa la porte pour permettre à son visiteur de sortir.

— Peut-être, monsieur Boisvert. Mais aujourd'hui, je serais en train de quêter de porte en porte pour faire manger mes enfants si je vous avais vendu mon bien pour le montant que vous m'aviez offert.

Le vieillard la salua de la tête et sortit sur la galerie. Corinne demeura devant la porte moustiquaire, le temps qu'il monte dans son boghei et quitte la cour de sa ferme.

— Même sur son lit de mort, je suis presque sûre qu'il va essayer de faire de l'argent avec le prêtre qui va venir lui donner l'extrême-onction, murmura-t-elle avant de retourner travailler dans le jardin.

Corinne ne dit pas un mot de l'objet de la visite de leur grand-père à ses enfants, jugeant inutile de leur faire mépriser le vieil homme. Cependant, ce soir-là, elle passa un long moment assise à table à calculer sur une feuille comment elle pourrait bien s'y prendre pour trouver suffisamment d'argent pour au moins commencer la construction de son étable.

Elle ne voulait en aucun cas toucher au reliquat de l'héritage que lui avait laissé grand-père Boucher. Il devait servir à inscrire Élise au couvent, l'automne suivant. Elle s'était promis de faire instruire ses filles et rien ne la ferait dévier de son objectif, quoi que cela lui coûte. L'adolescente allait profiter de la même chance que sa sœur aînée.

Par ailleurs, en grattant tous les fonds de tiroir, elle ne possédait qu'une cinquantaine de dollars, ce qui était nettement insuffisant. Sa fierté l'empêchait de même envisager d'emprunter à l'un de ses frères ou beaux-frères. Sa belle-sœur Juliette aurait sûrement assez d'argent. Elle connaissait assez son bon cœur pour prédire que la restauratrice de Montréal refuserait qu'elle lui verse des intérêts, mais il n'était pas question qu'elle fasse encore appel à sa générosité.

Bref, à force de chercher une solution à son problème, la veuve se coucha avec une horrible migraine.

*
**

Le lendemain, après le déjeuner, Corinne prit la direction des travaux de nettoyage de la cour. Le blond fut attelé à la charrette et Léopold, Philippe, Norbert et elle travaillèrent toute la journée à dégager les décombres du bâtiment incendié. Le bois calciné était jeté dans la voiture et transporté dans la décharge, au bout de la terre des Boisvert. Au début de l'après-midi, Jocelyn Jutras, puis Ian Sullivan vinrent leur prêter main-forte et le travail avança rapidement. Plus tard, deux autres voisins s'ajoutèrent aux bénévoles pour déblayer la cour des derniers vestiges de l'incendie de l'étable.

Deux jours plus tard, l'espace occupé par l'ancien bâtiment était totalement libéré des débris et il ne restait qu'un vaste espace noirci au fond de la cour rappelant que s'était élevé là l'édifice en bois.

Ce soir-là, après le souper, Corinne demanda à ses

enfants de ne pas trop s'éloigner parce qu'elle avait à leur parler.

— C'est bien beau d'avoir tout nettoyé, leur dit-elle, mais il va falloir penser rebâtir.

Léopold comprit que la mère désirait s'entretenir avec les siens et s'esquiva discrètement en prétextant avoir des choses à aller dire à Ian Sullivan. Madeleine attendit que son amoureux soit sorti de la cour de la ferme avant de dire à sa mère :

— C'est fin encore ! On traite Léopold comme si c'était un pur étranger quand il se désâme à nous aider depuis des années.

— Léopold est juste un homme engagé, pas plus, déclara Philippe en s'assoyant lourdement au bout de la table.

— Toi, personne t'a demandé ton avis, répliqua sèchement sa sœur avec humeur.

— Là, vous allez vous calmer, tous les deux, leur ordonna leur mère en venant prendre place à la table en compagnie de Norbert, Élise et Lionel. Il faut parler de la nouvelle étable qu'on doit absolument construire.

— On va avoir de l'aide en masse, m'man, intervint Norbert pour la rassurer.

— Le problème est pas là, rétorqua sa mère, la mine soucieuse. Le problème, c'est l'argent que ça va coûter pour les matériaux. Le bois, la tôle, les clous, les fenêtres, les ferrures, tout ce qu'il faut, on peut les commander au moulin de Fabien Gagnon et chez Duquette, mais il va falloir payer un jour, et ça, on n'en a pas les moyens.

— Comment ça ? demanda Philippe avec emportement. Je vous ai rapporté ma paye du chantier il y a juste un mois.

— La plus grande partie de ta paye a servi à payer

nos comptes qu'on a faits durant l'hiver chez Vigneault et chez Duquette, lui expliqua sa mère.

— Et ma paye, m'man ? demanda Madeleine.

— La même chose, ma fille.

— Qu'est-ce qu'on fait d'abord ? fit Norbert avec impatience.

— Je pense qu'on n'a pas un gros choix, déclara Corinne. Norbert va aller se chercher de l'ouvrage dans la paroisse cet été et on va emprunter ce qu'il faut à votre grand-père. C'est sûr qu'on va être obligés de se serrer la ceinture le temps de rembourser cet argent-là, mais on peut pas faire autrement.

— Vous pensez pas, m'man, qu'avant d'envoyer Norbert travailler pour d'autres, on devrait se débarrasser de notre homme engagé, fit Philippe en évitant de regarder sa sœur dont le visage avait soudainement pâli. Au fond, Norbert et moi, on est ben capables de faire l'ouvrage qu'il y a à faire sur notre terre.

— Je voudrais pas… commença sa mère.

— Voyons, m'man ! protesta sa fille aînée. Vous pouvez pas faire ça !

— Ça sauverait un salaire à payer, poursuivit Philippe avec un petit sourire mauvais au coin des lèvres.

— C'est certain que bien mal pris, il va falloir penser à faire ça, finit par admettre Corinne en jetant un regard désolé à sa fille. Mais ce qui est sûr, c'est que je le ferai pas de gaieté de cœur.

Madeleine se leva de table et, les larmes aux yeux, prit la direction de la cuisine d'hiver pour monter à sa chambre. Elle ne reparut pas dans la pièce de la soirée, même pas pour la prière familiale.

Lorsque son amoureux revint de chez Sullivan, il monta à son tour à sa chambre, mais Madeleine l'attendait sur le palier pour lui chuchoter ce dont il avait été question lors de la réunion pendant son absence. Le jeune homme eut à peine le temps de lui dire de ne pas s'inquiéter que Lionel monta à l'étage, probablement envoyé par sa mère pour s'assurer que tout demeurait convenable sous son toit.

Léopold Monette ne se mit pas au lit. Il se contenta de s'asseoir sur son lit et d'attendre qu'Élise et ses frères montent se coucher à leur tour quelques minutes plus tard. Alors, il quitta sa chambre et descendit au rez-de-chaussée. Il arriva au pied de l'escalier quand la maîtresse des lieux finissait de remonter le mécanisme de l'horloge.

— Madame Boisvert, est-ce que je peux vous dire deux mots ? lui demanda-t-il.

— À cette heure-ci ? fit Corinne, surprise de le voir debout alors qu'elle le croyait couché depuis longtemps.

— Si ça vous dérange pas trop.

— Bon, fit-elle avec un soupir de résignation. Qu'est-ce qui se passe ?

Léopold garda le silence un court moment avant de poursuivre.

— Ben, c'est au sujet de votre nouvelle étable.

— Oui.

— Je voudrais pas me mêler de ce qui me regarde pas, reprit-il, mais je sais que vous avez eu ben des dépenses dernièrement. Je me suis dit…

— Non, Léopold, le coupa Corinne. Il est pas encore question que je te demande de partir parce que j'ai de la misère à te payer.

— C'est pas ce qui m'inquiétait, madame Boisvert, la corrigea le jeune homme. Je me disais que je pourrais facilement vous prêter l'argent qu'il faut pour reconstruire.

— Toi ? s'étonna sa patronne. J'ai besoin d'au moins deux cent cinquante piastres.

— Mon héritage…

— T'as fait un si gros héritage que ça ?

— C'est pas qu'il est gros, madame, mais j'ai assez d'argent pour vous prêter cette somme-là.

— Quels intérêts tu me chargerais ? demanda la veuve, soudain pleine d'espoir.

— J'ai pas besoin d'intérêts.

— Non, non, refusa Corinne. Si tu me prêtes l'argent pour reconstruire, il est pas question que je te prive des intérêts que ton argent t'aurait rapportés chez le notaire.

Léopold resta silencieux un bref moment avant de suggérer :

— Puisque vous avez l'air d'y tenir, madame Boisvert, qu'est-ce que vous diriez de me faire une catalogne ou une courtepointe quand vous en aurez le temps ? Pour moi, ce serait des beaux intérêts.

— Je veux pas que tu me fasses la charité, Léopold. Tu nous dois rien.

— C'est pas de la charité, madame. En plus, si vous acceptez, j'aimerais que ça reste entre nous. Je pense pas que ce soit utile que le monde soit au courant de cette affaire-là.

— J'accepte ton offre, fit la maîtresse de maison, avec un grand sourire. Je te trouve bien généreux, Léopold. Je vais m'en rappeler longtemps.

— C'est parfait comme ça. Je vais passer chez le notaire Ménard cette semaine, précisa-t-il avant de monter se coucher.

Corinne prit la lampe à huile demeurée sur la table et gagna sa chambre à coucher. Elle se déshabilla, souffla la lampe et se mit au lit. L'angoisse des derniers jours venait subitement de s'envoler. Elle aurait une étable neuve avant la fin du mois de juin. De son lit, elle jeta un coup d'œil vers la fenêtre. Quelques nuages couraient dans un ciel illuminé par la pleine lune.

Elle allait fermer les yeux quand une pensée soudaine lui vint.

— Mon Dieu ! j'ai complètement oublié de lui demander de quelle manière il s'attend à ce que je lui remette cet argent-là, dit-elle à mi-voix. Quel montant va-t-il vouloir que je lui rembourse chaque année ? S'il s'attend à un gros montant, je pourrai jamais arriver…

Pendant de longues minutes, le sommeil la fuit. L'inquiétude était subitement revenue. Si Léopold exigeait un trop fort montant, elle allait devoir emprunter à son beau-père malgré tout. Puis, elle songea que s'il était possible d'éviter de faire affaire avec Gonzague Boisvert, elle allait sauter sur l'occasion, quitte à emprunter au notaire Ménard, au village. Elle se demanda même ce qui se serait passé si Laurent avait été encore vivant.

— Comme d'habitude, il m'aurait tout laissé sur les bras, murmura-t-elle dans le noir. Encore chanceuse qu'il m'accuse pas d'avoir mis le feu.

Un peu honteuse, elle se rendit compte qu'elle pensait de moins en moins à son mari décédé deux ans et demi plus tôt. Il lui en avait fait tellement voir qu'elle avait du mal à le regretter. Bien sûr, elle avait fait en sorte que ses enfants gardent un bon souvenir de leur père et respectent sa mémoire ; mais l'homme qu'était devenu Laurent Boisvert après leur mariage ne lui manquait pas.

Alors qu'elle sombrait dans un sommeil réparateur,

ses dernières pensées furent pour son fils aîné. Le jeune homme de dix-neuf ans ressemblait de plus en plus à son père, ce qui l'inquiétait énormément. Il était violent, rancunier et imprévisible. Souvent, Léopold devait s'interposer entre lui et son frère Norbert pour éviter que le conflit ne dégénère en bagarre.

Le lendemain matin, elle attendit que Madeleine ait quitté la maison pour l'école en compagnie de Lionel et d'Élise pour attirer Léopold à l'écart, dans la cuisine d'hiver.

— C'est quoi ces messes basses là ? demanda Philippe qui passait par là, intrigué de voir sa mère parler à voix basse à l'employé.

— Si quelqu'un te le demande, tu lui diras que ça te regarde pas, lui répondit sèchement Corinne. Au lieu d'écornifler, va donc atteler le blond avec Norbert.

— Moi, je suis écœuré d'être traité comme un enfant ici dedans, répliqua le jeune homme en claquant la porte derrière lui.

Quand Corinne se retrouva finalement seule avec Léopold, elle lui demanda à quel rythme il entendait être remboursé de son prêt.

— Fatiguez-vous pas avec ça, madame Boisvert, l'apaisa-t-il. J'aurai pas besoin de cet argent-là avant un bon bout de temps. Vous me rembourserez quand vous aurez l'argent, pas avant.

— Voyons donc ! C'est pas comme ça que ça se passe d'habitude.

— Avec d'autres, peut-être, répliqua-t-il, mais avec moi, c'est comme ça.

Sur ces mots, le jeune homme sortit de la maison, laissant derrière lui sa patronne nettement soulagée.

Chapitre 4

Une nouvelle étable

Le mois de juin débuta par quatre jours de pluies abondantes qui permirent aux lilas et aux pivoines de fleurir et d'embaumer l'air de leur odeur entêtante.

— Il me semble, m'man, que vous auriez pu planter vos lilas un peu plus loin des fenêtres, se plaignit Madeleine, revenue quelques minutes plus tôt de l'école.

— Pourquoi ? Tu les trouves pas beaux ? s'étonna sa mère qui s'enorgueillissait de ses fleurs et de ses plates-bandes à l'entretien desquelles elle consacrait de nombreuses heures chaque semaine.

— Ils sont beaux, reconnut la jeune fille, assise à table en train de peler des pommes de terre, mais leur parfum me donne mal à la tête.

— C'est nouveau, ça, s'étonna Corinne en la regardant. Ce serait pas plutôt autre chose qui te rend marabout ?

— Ben…

— Qu'est-ce qu'il y a ?

— Grand-père est passé à l'école à midi.

— Qu'est-ce qu'il te voulait ? Viens pas me dire qu'il passait une autre inspection…

— Non, c'était pour mon contrat de l'année prochaine.

— Il veut pas te garder comme maîtresse d'école ?

— Non, il est justement venu pour me faire signer un contrat pour l'année prochaine. Il m'a même dit que l'inspecteur était pas mal content de mon ouvrage cette année.

— C'est une bonne nouvelle, ça, fit Corinne. Où est le problème d'abord ?

— Il veut me changer d'école.

— Te changer d'école ! Pourquoi ?

— Il dit qu'il veut m'envoyer à l'école du rang Saint-André.

— Mais c'est à l'autre bout de la paroisse, s'insurgea sa mère. Pourquoi il veut faire ça ?

— D'après lui, ce serait mieux. Les enfants me connaîtraient pas et je pourrais vivre dans l'appartement au-dessus de ma classe.

— Il manquait plus que ça ! Toi, qu'est-ce que t'en penses ? lui demanda Corinne, secouée.

— J'aimerais bien mieux rester à l'école de notre rang. Je peux venir coucher ici chaque soir et…

— Et voir Léopold, compléta sa mère avec un sourire entendu.

— Pas juste Léopold, m'man, protesta mollement Madeleine.

— Bien sûr, ajouta Corinne sur un ton sarcastique. En fin de compte, as-tu signé ton nouveau contrat ?

— Non, répondit la jeune fille. J'ai dit à grand-père que je vous en parlerais avant d'accepter. Je vous dis qu'il était pas de bonne humeur quand il est parti.

— T'as bien fait, fit Corinne. Je connais ton grand-père. Il doit avoir une idée derrière la tête. Si je me trompe pas, il a dû calculer que si t'allais rester dans l'école du rang Saint-André, tu coûterais moins cher à la commission scolaire.

Corinne faisait allusion à la décision qu'elle avait arrachée avec peine à son beau-père au début de l'été précédent quand il était venu à la maison avec l'intention d'engager sa petite-fille comme enseignante. Lorsque le vieil homme avait tendu son contrat d'engagement à Madeleine, sa bru avait exigé de le lire avant que sa fille, encore mineure, ne le signe.

Comme il entendait retenir les services de cette dernière pour l'école du rang Saint-Joseph, la mère avait déclaré que sa fille allait coucher à la maison. Par conséquent, la commission scolaire économiserait le bois de chauffage qu'aurait nécessité la présence de Madeleine à l'école le soir et la nuit. Gonzague l'avait reconnu. Par contre, il avait été outré que sa bru exige qu'il ajoute à son traitement la somme économisée. C'était probablement ce calcul que le président de la commission scolaire avait fait ce jour-là quand il avait proposé que sa petite-fille enseigne dans une autre école au mois de septembre suivant.

— Il va revenir demain, annonça Madeleine, les sourcils froncés.

— Si tu veux vraiment rester à ton école, il va falloir mentir un peu à ton grand-père.

— Comment ça, m'man ? s'étonna la jeune enseignante.

— Quand il va venir te voir pour te faire signer ton contrat, tu vas lui dire que t'as entendu parler qu'il y avait des places libres de maîtresse d'école à Nicolet et que tu penses que t'aimerais mieux aller enseigner là parce que t'aurais la chance de rester chez ta tante Germaine.

— Mais c'est pas vrai, m'man ! s'insurgea Madeleine.

— Je le sais, mais on va bien voir si ton grand-père tient à te garder. S'il veut que tu continues à faire la classe dans la paroisse, il va te faire signer ton contrat quand même et il va te laisser dans l'école de notre rang.

— Je trouve ça pas mal risqué. Je prends une chance de me ramasser le bec à l'eau l'année prochaine.

— À toi de voir, fit sa mère, comme si elle se désintéressait brusquement de la question.

Le lendemain après-midi, Madeleine rentra à la maison passablement bouleversée. Sa mère le remarqua dès qu'elle la vit entrer dans la cuisine d'été.

— Bon, qu'est-ce qui se passe encore ? On dirait que t'as perdu un pain de ta fournée.

— Grand-père est venu, se contenta de dire sa fille.

— Puis ?

— J'ai fait ce que vous m'avez conseillé.

— Et alors ?

— Il était pas pantoute de bonne humeur quand je lui ai dit que j'aimais mieux aller faire la classe à Nicolet plutôt que de changer d'école. Il a remis tout de suite le contrat dans ses poches et il m'a souhaité bonne chance. Là, j'ai l'air fin. J'aurai pas d'ouvrage l'année prochaine.

— Inquiète-toi pas trop vite. Le mois de juin est pas fini et il y a rien qui dit qu'il va trouver quelqu'un pour te remplacer.

*
**

Le dimanche suivant, Bernard Provencher et Germaine vinrent rendre visite à Corinne. C'était la première belle journée du mois de juin.

L'entrepreneur en construction ne changeait guère avec les années. Toujours affable, l'homme à la stature imposante continuait à éprouver une tendresse particulière pour celle qui l'avait incité à quitter le célibat pour épouser sa sœur Germaine. Il avait toujours admiré le courage de cette petite femme énergique qui élevait cinq enfants malgré un mari ivrogne et coureur de jupons.

Corinne et ses enfants sortirent sur la galerie pour accueillir les visiteurs. Il ne manquait que Norbert et Philippe, partis voir des amis au village.

— Ça fait tout un trou dans tes bâtiments, fit remarquer Bernard à l'hôtesse en montrant de la main l'espace vide au fond de la cour de la ferme.

— C'est certain, reconnut Corinne, l'air sombre. Il faut reconstruire, j'ai pas le choix.

— Tu peux pas savoir comment j'ai regretté d'être pris sur un chantier à Victoriaville quand c'est arrivé, lui avoua son beau-frère.

— Même si t'avais été là, t'aurais pas pu faire grand-chose, lui fit-elle remarquer.

— Mais je suis là pour la construction, par exemple, lui précisa-t-il avec un large sourire.

— T'es pas malade, Bernard ! Tu construis des églises, des maisons, des presbytères, pas des étables, se défendit Corinne. T'es pas pour venir perdre ton temps à bâtir mon étable.

— Beau dommage ! La construction coûte trop cher aujourd'hui pour que tu te permettes de gaspiller du matériel, poursuivit le mari de Germaine. T'as besoin de quelqu'un qui fasse les plans, commande le matériel et voie à ce que tout soit monté d'aplomb.

— Le monde de Saint-Paul va vouloir faire une corvée, prétexta Corinne.

— Si c'est ça, c'est encore plus important que je vienne m'occuper des travaux.

— Tu me gênes sans bon sens, fit sa belle-sœur.

— Il y a pas de raison, fit Bernard avec le sourire. Quand est-ce que tu veux bâtir ?

— Le plus vite possible. Si je peux avoir le bois et la tôle la semaine prochaine, ce serait parfait, si ça te convient.

— Pour moi, il y a pas de problème. La semaine prochaine, il reste juste la finition à faire sur la maison qu'on vient de construire à Victoriaville. Mon frère Honoré va être ben content d'être débarrassé de moi. Il a toujours trouvé que je le fatigue plus qu'autre chose quand on arrive à la fin d'un ouvrage.

— Si c'est comme ça, je vais faire savoir à monsieur le curé que je suis prête à accepter une corvée la semaine prochaine.

— Parfait. Est-ce que t'as l'intention de bâtir plus grand ? demanda Bernard.

— Je sais pas trop, hésita Corinne, incertaine.

— Viens, on va aller voir sur place, lui ordonna Bernard en entraînant Corinne et Germaine vers l'endroit où l'étable se dressait, entre l'écurie et la porcherie.

Tous les trois firent lentement le tour des fondations calcinées que l'entrepreneur sonda du pied à plusieurs reprises.

— T'avais de la place pour combien de vaches ? demanda-t-il à Corinne.

— Une trentaine.

— As-tu l'intention de grossir ton troupeau un jour ?

— Seigneur, non !

— Dans ces conditions-là, j'ai ben l'impression que ta nouvelle étable pourrait garder les mêmes dimensions que ton ancienne, si ça te convient, ben sûr.

— C'est toi qui connais ça.

— L'avantage, c'est qu'on pourrait bâtir sur les mêmes fondations en pierre. Elles m'ont l'air encore pas mal solides.

Après cette courte visite sur le site, Corinne rentra à la maison avec ses invités. Elle échangea des nouvelles avec sa sœur pendant que Bernard calculait la quantité de matériaux nécessaires à la reconstruction et il en dressa une liste complète.

Pendant que son beau-frère terminait le travail, la porte de la cuisine d'été s'ouvrit pour laisser entrer Philippe et Norbert à qui leur mère communiqua la bonne nouvelle.

— Votre oncle Bernard va venir s'occuper de la construction de notre étable la semaine prochaine, leur annonça-t-elle.

Elle ne remarqua pas l'air mécontent que son aîné ne parvint pas à dissimuler.

— On aurait pu se débrouiller tout seuls, déclara-t-il sèchement. On n'est pas des gnochons.

— Personne a dit que vous étiez des gnochons, répliqua son oncle Bernard, piqué au vif par sa réaction, mais on bâtit pas une étable n'importe comment. Il faut un peu d'expérience. En plus, vous pouvez pas vous permettre de passer une grande partie de votre été à travailler sur votre étable. Il faut qu'elle soit finie le mois prochain pour y mettre le foin.

— Vous avez raison, mon oncle, l'approuva Norbert. En tout cas, ça va être ben plus rassurant d'avoir quelqu'un comme vous pour nous dire quoi faire.

— Moi, je vais aller dormir une heure, annonça Philippe. J'ai mal à la tête.

Les personnes présentes dans la cuisine d'été le regardèrent disparaître dans la pièce voisine.

— Qu'est-ce qu'il a à avoir l'air bête comme ça ? demanda Germaine à sa sœur.

Corinne adressa à Norbert un regard interrogateur.

— Qu'est-ce qui s'est passé au village pour que ton frère ait le taquet bas comme ça ?

— Ben…

— Ben quoi ?

— On s'est arrêtés chez Melançon, au village.

— Depuis quand vous vous entendez bien avec Oscar Melançon, vous deux ? demanda Corinne, soupçonneuse.

— On l'aime pas plus qu'avant, mais il y avait Cécile dans la balançoire.

— Qu'est-ce que la fille de Joseph Melançon vient faire là-dedans ?

Germaine adressa un sourire entendu à son mari avant d'intervenir.

— Tiens ! Tiens ! Est-ce que le beau Philippe aurait l'œil sur cette fille-là ?

— Faites-moi pas dire ce que j'ai pas dit, ma tante, se défendit l'adolescent. Disons qu'il la trouve pas mal à son goût.

— C'est nouveau, cette affaire-là, fit Corinne, étonnée. Il en a jamais parlé.

— Voyons, Corinne ! dit sa sœur aînée. On dirait que t'as déjà oublié quand on était jeunes. On racontait pas tout à m'man, tu t'en rappelles pas.

— Je veux bien le croire, mais ça explique pas pourquoi il avait l'air aussi bête, par exemple.

— Cécile l'a envoyé promener, expliqua Norbert. Elle lui a dit qu'elle voulait même pas lui parler.

— Ayoye ! s'exclama Madeleine que Léopold venait de rejoindre dans la cuisine. C'est tout un changement pour le Beau Brummel de Saint-Paul. C'est bien la première fois qu'une fille l'envoie sur les roses.

— Tant mieux, se contenta de déclarer sa mère. Il était temps qu'une fille le remette à sa place.

Depuis plus d'un an, Philippe jouait au joli cœur à Saint-Paul-des-Prés et ses conquêtes étaient nombreuses. Les jeunes filles de la paroisse résistaient mal à ses airs avantageux et à ses manières pleines d'assurance.

— En tout cas, on peut pas dire que ça l'enchante ben gros que je vienne m'occuper de ton étable, lui fit remarquer Bernard, l'air songeur.

— Occupe-toi pas de lui. Il va faire ce que je lui dis de faire, lui conseilla Corinne.

À la fin de l'après-midi, la maîtresse de maison envoya Lionel rassembler les vaches près de la porcherie pour que Norbert et Léopold fassent la traite. Elle profita de l'occasion pour fausser compagnie à ses invités sous le prétexte d'aller réveiller son aîné.

Elle monta à l'étage et pénétra dans la chambre à coucher de son fils sans frapper. Philippe était étendu sur son lit, les yeux ouverts.

— Il est l'heure d'aller faire le train, lui dit-elle avec brusquerie.

— J'y vais, fit-il sans aucun entrain.

— En passant, tu trouveras le moyen de t'excuser à ton oncle, ajouta-t-elle sur le même ton. Tu passes pour un polisson et un ingrat, Philippe Boisvert !

— J'ai rien dit de mal, se défendit le jeune homme en se levant, l'air buté.

— Ton oncle a passé sa vie à construire. Il a de l'ouvrage par-dessus la tête. Par charité chrétienne, il propose de venir travailler pour rien chez nous et ta façon de le remercier a été de l'insulter. J'accepte pas ça dans ma maison, tu m'entends ?

— Ben oui ! Ben oui !

— Dans ce cas-là, fais ce que je te dis, lui ordonna-t-elle sèchement. T'es pas obligé de te faire haïr par tout le monde parce que t'as un caractère de cochon, conclut sa mère avant de quitter la pièce devant lui.

Ce soir-là, avant le départ de ses invités, Corinne promit à son beau-frère qu'elle allait passer ses commandes de matériaux dès le lendemain matin autant chez Duquette qu'au moulin de Fabien Gagnon, le maire de la municipalité.

— Si ça t'adonne, on pourrait peut-être commencer dans une huitaine, précisa-t-elle, le temps que monsieur le curé annonce une corvée en chaire dimanche prochain.

— Remarque qu'on serait peut-être ben assez pour faire l'ouvrage tout seuls, dit Bernard.

— C'est vrai ce que tu dis, admit Corinne. Je suis certaine qu'on va pouvoir compter sur l'aide de mes frères. Même Simon va vouloir venir donner un coup de main. Mais dans la paroisse, personne comprendrait qu'on fasse pas une corvée.

— Pas mon oncle Simon, m'man, intervint alors Philippe. Il a de la misère à tenir sur ses deux pieds.

Son oncle et sa tante lui jetèrent un regard désapprobateur avant de souhaiter le bonsoir à tout le monde. La voiture des invités n'avait pas encore quitté la cour que Norbert s'en prit à son frère.

— Tu pourrais pas fermer ta gueule de temps en temps, maudit insignifiant !

— Qu'est-ce qui te prend, toi ?

— Il me prend que t'avais pas besoin de dire ce que tu viens de dire sur mon oncle Simon. C'est pas de sa faute s'il est revenu malade de la guerre, grand tata !

— Norbert a raison, laissa tomber sa mère en lui tournant déjà le dos pour aller s'assurer que tout se passait selon les convenances dans le salon où Madeleine veillait avec Léopold.

Pendant une seconde, Philippe eut l'air de vouloir se jeter sur son frère cadet, puis il y renonça. Il se contenta de hausser les épaules avec dédain et rentra dans la maison.

L'aîné de la famille hésitait de plus en plus à s'en prendre physiquement à son frère. Norbert avait presque dix-sept ans. Il était peut-être un peu plus petit que lui, mais il était costaud et râblé comme tous les Joyal. Comme le disait souvent sa grand-mère Lucienne, il ressemblait à son oncle Bastien comme deux gouttes d'eau quand il avait son âge.

*
**

Le lendemain avant-midi, Corinne s'empressa de faire son lavage avant de demander à Norbert d'atteler le blond au boghei. Quand elle descendit de la galerie, prête à monter dans la voiture que Norbert venait d'immobiliser, Philippe sortit de la remise et s'avança vers sa mère.

— Si vous allez commander le matériel pour l'étable, je peux ben y aller avec vous, lui offrit-il.

— Non, vous avez de l'ouvrage à faire et j'ai la liste de votre oncle. Je peux me débrouiller toute seule.

Sur ce, elle monta dans le boghei, saisit les rênes et prit la direction du village. Parvenue à l'intersection des rangs Saint-Joseph et Saint-André, elle tourna à gauche et parcourut un bon mille avant d'arrêter son attelage devant le moulin à bois construit près de trente ans auparavant par Bertrand Gagnon, le père de l'actuel propriétaire. Dès qu'elle mit le pied à terre, un employé vint vers elle.

— Est-ce que monsieur Gagnon est là ? lui demanda-t-elle.

— Il est à l'office, madame, répondit l'homme en lui indiquant la petite maison située à sa gauche.

Corinne le remercia et alla frapper à la porte de l'édifice. Fabien Gagnon, tout sourires, vint lui ouvrir.

— Bonjour, madame Boisvert ! la salua-t-il. Je pense deviner pourquoi vous venez me voir. Vous pensez reconstruire votre étable.

— En plein ça, monsieur le maire.

L'homme âgé d'une quarantaine d'années l'invita à entrer et à le suivre dans son bureau. Au passage, un commis lui sourit. Fabien Gagnon en était à son second mandat comme maire de la municipalité. C'était un homme d'affaires entreprenant qui n'avait pas craint d'acheter en sous-main l'hôtel de Gonzague Boisvert pour en faire sa maison familiale. Le seul fait qu'il soit devenu la bête noire de son beau-père le rendait sympathique aux yeux de Corinne. Au demeurant, l'homme était d'un abord facile et avait la réputation d'être charitable malgré sa légère tendance à plastronner. Propriétaire du moulin et de deux grosses fermes de

Saint-Paul-des-Prés, on lui prêtait depuis peu l'intention de racheter le magasin général.

Après s'être informée de la santé de sa femme et de ses enfants, Corinne tendit au marchand la liste dressée par son beau-frère la veille. Gagnon la consulta brièvement avant de lui dire :

— On dirait que celui qui a fait cette liste-là connaît ben son affaire. Je pense avoir dans ma cour tout le bois nécessaire, ajouta-t-il. Des planches et des madriers, j'en ai en masse. Quand voulez-vous avoir ça ?

— Cette semaine, si vous me faites un bon prix, monsieur Gagnon.

— Je vais voir ce que je peux faire pour vous, lui promit-il, l'air soudainement très sérieux.

L'homme prit un crayon et se mit à calculer. Quand il eut terminé, il déclara :

— Je vais vous laisser le bois au prix coûtant, madame Boisvert. Je suppose que vous allez lever une corvée ?

— Ça me rendrait bien service, admit-elle.

— Moi, j'aurai pas grand temps d'aller vous donner un coup de main, dit le maire. En vous vendant le bois au prix coûtant, ce sera ma contribution. Je vais vous le laisser pour cent piastres.

— Écoutez, je veux pas exagérer, fit Corinne, un peu gênée devant tant de générosité.

— Non, ça me fait plaisir, madame.

— Vous êtes bien fin. Vous pouvez le livrer aujourd'hui, si vous voulez, ajouta-t-elle en se levant, déjà prête à partir. Il me reste à passer chez Duquette pour voir s'il a ce qui reste sur ma liste.

— Je pense que vous allez ben tomber. Il m'a encore dit samedi passé qu'il venait de recevoir un lot de fenêtres et de la tôle, la rassura Fabien Gagnon.

Quelques minutes plus tard, Corinne entra dans le magasin général où Anselme Leblanc, le bedeau, était en grande discussion avec Onésime Lupien, Magloire Côté et le maître des lieux. Il était question de la décision de la fabrique d'acheter un bout de terrain dans le prolongement du cimetière actuel aux religieuses du couvent. On avait donné à ces dernières un très grand terrain plusieurs années auparavant pour les attirer à Saint-Paul-des-Prés.

Les hommes se turent à l'arrivée de la veuve et Alcide Duquette leur fit un signe discret de s'éloigner de son comptoir pour qu'il puisse servir la cliente. Ils s'éloignèrent un peu tout en lorgnant sans vergogne la jeune femme.

Corinne commença à énumérer le contenu de sa liste.

— Vous êtes chanceuse, madame Boisvert, dit Alcide Duquette, heureux de faire une aussi bonne vente tôt un lundi matin. La tôle, les clous, les ferrures, les poignées de porte et le goudron, j'en ai toujours en réserve. C'est pour les fenêtres que vous tombez surtout ben. J'ai la grandeur que vous voulez et j'en ai exactement huit, la quantité que vous me demandez.

— C'est parfait, déclara Corinne, soulagée de constater qu'elle n'aurait pas à attendre l'arrivée d'une commande. Est-ce que vous êtes capable de me livrer ça cette semaine, monsieur Duquette ? demanda-t-elle au commerçant.

— Demain avant-midi au plus tard. Est-ce que vous voulez voir les fenêtres et la tôle ? Tout ça, c'est dans la remise, à côté.

— C'est pas nécessaire. Je vous fais confiance, répondit-elle avec le sourire.

— Est-ce que vous avez l'intention de faire une corvée ?

— Ça va dépendre du monde de Saint-Paul, dit-elle avec diplomatie. C'est un temps de l'année où chacun est pas mal occupé. Par contre, je peux pas attendre trop longtemps pour une nouvelle étable.

— Inquiétez-vous pas, fit le marchand. Je connais assez les gens de la paroisse pour savoir qu'ils se feront pas tirer l'oreille pour aller travailler une couple de jours chez vous.

— J'en serais bien contente, avoua Corinne. En attendant, je vais tout de même arrêter voir monsieur le curé avant de rentrer à la maison pour savoir s'il peut annoncer une corvée la semaine prochaine.

Corinne salua le propriétaire des lieux et adressa ensuite un signe de tête aux trois hommes qui l'avaient écoutée sans dire un mot. Ils la suivirent des yeux jusqu'à la porte.

— Sacrifice ! s'exclama Onésime Lupien. La veuve du petit Boisvert est ben riche tout à coup. Je l'ai pas entendue pantoute demander le prix de ce qu'elle a acheté.

— Voyons, Onésime, le réprimanda le marchand général. Elle a pas demandé le prix parce qu'elle sait que j'ambitionne jamais sur le pain bénit.

— Ouais ! fit Magloire Côté, l'air peu convaincu. Pour moi, le beau-père est en arrière pour payer tout ça.

— T'es pas malade, toi ! s'exclama le bedeau. On voit ben que tu connais pas Gonzague Boisvert. Si c'est avec son argent que sa bru bâtit, tu peux être certain qu'il l'a prêté avec des gros intérêts. As-tu déjà entendu dire qu'il a donné quelque chose à quelqu'un, ce vieux verrat-là ?

Il y eut un bref silence dans le magasin avant qu'Anselme Leblanc reprenne la parole.

— En tout cas, moi, cette petite veuve-là ferait ben mon affaire. Maudit que c'est un beau brin de femme ! Elle a un ben beau visage et tout ce qui faut…

— Whow, le père ! Excitez-vous pas comme ça, s'exclama Alcide Duquette avec un sourire moqueur. À votre âge, le cœur peut vous lâcher rien qu'à avoir des idées.

— Surtout, mon Anselme, que t'es marié et que si ta Lucinda t'entendait dire ça, tu passerais un mauvais quart d'heure, intervint Magloire Côté, sérieux.

— À part ça, qu'est-ce que tu veux qu'une jeunesse comme elle fasse d'un vieux trognon comme toi qui a même plus une dent dans la bouche ? demanda Lupien, sarcastique.

— C'est vrai ça, dit Côté. Pas de dent, t'as l'air de vouloir te mordre le menton quand tu fais cet air-là.

— Vous êtes ben drôles, tous les trois, fit le bedeau en piquant un fard.

— Décourage-toi pas, mon Anselme, fit Onésime. T'as juste à te faire faire un dentier pour être présentable.

— Trop cher, laissa tomber l'employé de la fabrique paroissiale, qui n'avait pas encore retrouvé sa bonne humeur.

— Va voir Desfossés à Pierreville pour arranger ça, lui conseilla le cultivateur sur un ton sérieux.

— Pourquoi j'irais le voir ? C'est un entrepreneur de pompes funèbres, pas un dentiste, répliqua Anselme, étonné par cette remarque.

— Je le sais ben, mais j'ai entendu dire qu'il gardait

les dentiers de ses clients. Je suis certain que t'en trouverais un dans son *stock* qui ferait ton affaire.

— Arrête-moi ça, toi, tu me donnes mal au cœur, fit le bedeau, incapable de réprimer une grimace de dégoût.

Alexina Duquette poussa alors la porte qui séparait le magasin de la maison privée et s'approcha de la vitrine pour y déposer un gros pot de bonbons. La grande femme un peu sèche demeura plantée au même endroit si longtemps que son mari finit par lui demander ce qu'elle regardait de si intéressant.

— Regarde ! lui dit-elle en montrant du doigt un couple en train de discuter debout sur le trottoir de bois.

Intrigués, Côté, Lupien et le bedeau s'avancèrent à leur tour pour voir ce qui retenait tant l'attention de la femme du propriétaire du magasin général. Ils virent l'abbé Dupras en grande conversation avec une Émilie Michaud souriante.

— Voilà une autre belle femme, affirma Magloire. Qu'est-ce que vous en dites, père Leblanc ?

— Ça aussi, c'est du ben beau monde, reconnut le bedeau, la mine gourmande.

— On dirait bien que notre vicaire la trouve pas mal à son goût, laissa tomber Alexina sur un ton acide.

— Allez pas partir des rumeurs, vous, la mit en garde le bedeau, soudain sévère. L'abbé Dupras, c'est un bon prêtre. C'est tout de même pas sa faute si les femmes de la paroisse l'aiment mieux que l'abbé Biron. En tout cas, moi, je peux vous dire qu'il est toujours à sa place et qu'on peut rien lui reprocher.

Aucune des personnes présentes n'osa faire le moindre commentaire. La conversation prit une autre tangente et on laissa Alexina surveiller ce qui se passait à l'extérieur entre le prêtre et la nouvelle paroissienne.

Après quelques minutes, l'épouse d'Alcide Duquette finit par se lasser et décida de retourner à son travail.

— En tout cas, dit-elle, on ne me fera pas croire que c'est normal qu'un prêtre parle si longtemps à une paroissienne en plein village.

Son mari lui jeta un regard désapprobateur. À titre de président du conseil de fabrique, il n'acceptait pas que sa femme fasse courir des rumeurs sur les prêtres de la paroisse.

*
**

Après le souper, Léopold demanda à sa patronne la permission de prendre la voiture pour se rendre au village. Cette dernière devina que son employé voulait passer chez le notaire Ménard pour retirer la somme qu'il désirait lui prêter.

— C'est rendu qu'il s'en permet, lui, dit Philippe avec mauvaise humeur en voyant Léopold quitter la cour.

— La voiture et le cheval sont pas à toi, rétorqua sa sœur Madeleine. Mêle-toi donc de tes affaires.

— On sait ben, toi ! il te ferait manger dans sa main.

— Jaloux, se contenta de dire sa sœur en lui tournant carrément le dos.

*
**

Le lundi suivant, Norbert fut le premier à se lever à la barre du jour.

— Veux-tu bien me dire ce que tu fais debout aussi de bonne heure ? lui demanda sa mère en pénétrant dans la cuisine d'été où il venait d'allumer le poêle pour faire bouillir de l'eau.

— Je m'endormais plus, m'man. C'est à matin qu'on commence, ajouta-t-il en se frottant les mains.

— Seigneur ! On dirait bien que ça t'excite, cette affaire-là, lui fit remarquer Corinne.

— Ben, c'est pas tous les jours qu'on se bâtit quelque chose de neuf.

— Bon, puisque t'es déjà debout, va donc réveiller tout le monde. On va faire le train et manger de bonne heure. Comme ça, s'il vient du monde pour nous aider, on va être prêts.

La mère de famille se mit à dresser la table tout en révisant mentalement si elle avait bien tout prévu pour la journée. La veille, dès son retour de la messe à la fin de laquelle le curé Cormier avait annoncé du haut de la chaire une corvée chez elle à compter du lendemain, elle avait embrigadé ses deux filles dans la confection de plusieurs plats.

— Mais m'man, avait protesté Madeleine, le monde qui va venir donner un coup de main apporte son manger d'habitude. Pourquoi on en prépare autant ?

— Tu sauras, ma fille, que c'est la moindre des choses que d'offrir à manger à tous ceux qui viennent travailler gratuitement pour nous autres. Il manquerait plus qu'on soit pas capables de les nourrir.

Comble de malchance, il avait fallu que ce dimanche de juin fût une journée extrêmement chaude. Cuisiner autour du poêle jusqu'au milieu de la soirée avait été si épuisant que les femmes de la maison avaient décidé d'aller se coucher au moment où le soleil disparaissait à l'ouest. Par ailleurs, Corinne n'avait pas accepté que ses fils demeurent les bras croisés devant les matériaux empilés au centre de la cour, la veille du début de la construction de l'étable. Après le dîner, elle avait exigé qu'ils assemblent tous les outils de la ferme et les vérifient. Léopold se joignit à eux, même si le dimanche était sa journée de congé.

— Si vous aviez attendu trois jours plus tard, m'man, j'aurais pu être à la maison pour vous aider, dit Madeleine en vérifiant si elle avait bien mis dans son sac tout ce dont elle aurait besoin pour sa journée de classe.

— Tu m'as bien aidée avec Élise hier. Je pense que je vais être capable de me débrouiller sans vous deux aujourd'hui.

— Et moi, est-ce que je peux rester ? demanda Lionel.

— Pas question, trancha sa mère. Tu t'en vas à l'école.

Madeleine venait à peine de disparaître sur la route en compagnie de son frère et de sa sœur que la voiture de Bernard Provencher arrivait chez les Boisvert. Il était accompagné de sa femme qui descendit de voiture et s'empara de deux chaudrons avant d'aller rejoindre sa jeune sœur qui venait de sortir pour l'accueillir.

— Veux-tu bien me dire ce que t'apportes là ? lui demanda Corinne.

— Du manger, ma sœur. Tu sais pas combien d'hommes vont avoir oublié d'apporter leur repas.

— Tu dois bien te douter que j'en ai préparé hier toute la journée avec les filles.

— Puis après ? Aie pas peur. On laissera rien se perdre, la rassura la femme de Bernard en la suivant à l'intérieur pendant que son mari dirigeait son attelage vers l'écurie.

Moins d'une heure plus tard, Bastien et Anatole arrivèrent chez leur sœur en compagnie de Rosalie qui, elle aussi, avait préparé de la nourriture.

— Je sais pas si on va travailler aujourd'hui, plaisanta Bastien, mais il paraît qu'on va ben manger.

Si on comptait les hommes de la maison, il y avait déjà six ouvriers au travail quand des cultivateurs de Saint-Paul-des-Prés se mirent à arriver les uns après les autres avec leurs outils, leur bonne volonté et leur savoir-faire. Quand ils furent près d'une vingtaine, Bernard confia à chacun une tâche précise et le travail se mit à progresser à une vitesse folle sur le chantier où il régna bientôt un bruit assourdissant. Personne ne contesta son autorité parce que certains se rappelaient encore qu'il avait été le maître d'œuvre de la construction de l'église de Saint-Paul-des-Prés, quelques années plus tôt.

— Cré maudit ! plaisanta Conrad Rocheleau en le reconnaissant, on peut dire que la voisine se mouche pas avec des quartiers de terrine. Elle a engagé un bâtisseur d'église pour son étable ! Batèche ! J'espère qu'il la fera pas aussi grosse que notre église.

Un éclat de rire général vint saluer la saillie du voisin.

— Inquiétez-vous pas, le rassura Bernard en riant. Elle va être moins longue et moins haute que l'église du village. En plus, je vous dis tout de suite qu'il y aura pas de clocher à bâtir sur la couverture.

Ian Sullivan s'était joint très tôt à l'équipe et avait d'abord semblé déçu de constater que Corinne puisse compter sur un beau-frère aussi compétent pour diriger la construction. De fait, il était venu dans l'espoir de faire ce travail pour attirer l'attention et les bonnes grâces de la jeune veuve. Cependant, beau joueur, il s'était effacé devant l'expérience évidente de Bernard et s'était contenté du simple rôle de menuisier.

Cet avant-midi-là, Bernard Provencher se rendit compte que si son neveu Philippe aimait faire montre de sa force physique en étant toujours le premier à se précipiter pour lever de lourdes charges, Norbert était particulièrement doué pour les coupes de précision. L'adolescent, d'un naturel minutieux, accomplissait un excellent travail avec Jocelyn Jutras, qui s'était joint, lui aussi, aux bénévoles.

À l'heure du repas du midi, on dressa trois grandes tables avec des madriers déposés sur des tréteaux à l'ombre des érables, près de la maison, et on mangea. La plupart des hommes avaient apporté leur repas, mais aucun ne refusa un bol de soupe et le dessert offerts par les femmes.

Après une courte pause, le travail reprit dans la bonne humeur, et à la fin de l'après-midi une bonne partie de la charpente était érigée, à la plus grande satisfaction de Corinne qui n'en revenait pas de la rapidité avec laquelle le travail progressait. Quand Bernard et Germaine parlèrent de retourner à Nicolet à la fin de la journée, elle les retint à coucher, sachant que leurs deux adolescents étaient hébergés chez un frère de Bernard.

Les jours suivants, le beau temps se maintint, rendant ainsi le travail plus facile. Comme lors de toutes les corvées, les gens venaient consacrer une ou deux journées au travail commun et ils étaient remplacés le lendemain par d'autres bénévoles qui poursuivaient la tâche. La plupart des cultivateurs de la région étaient capables d'accomplir les travaux les plus divers sans grande difficulté, habitués qu'ils étaient à se débrouiller sur leur ferme.

En cette deuxième journée de travail, Bernard avait conservé la même organisation que la veille. Dès le matin, il constitua deux équipes : un groupe d'ouvriers mesurait et sciait le bois alors que l'autre le clouait.

Ce jour-là, le temps était venu de clouer la toiture de l'étable. Ian Sullivan fut le premier à s'installer au haut de l'échafaudage en compagnie de Philippe.

— Faites ben attention où vous mettez vos pieds, leur recommanda Bernard en les voyant grimper et se tenir debout au haut de la charpente. Cherchez pas à aller trop vite, c'est le meilleur moyen pour tomber et vous casser un membre. Il y a pas de presse. Prenez pas de chance.

Pendant que le contremaître improvisé parlait, deux autres paires d'ouvriers vinrent prendre place sur l'autre versant de la future toiture. Philippe adressa un signe impatient à un voisin de lui tendre les premières planches.

Le travail avait à peine commencé que Simon Joyal arriva à la ferme. Corinne venait de déposer un cruchon d'eau froide au bout de la galerie pour les ouvriers quand elle aperçut son jeune frère. Elle descendit dans la cour pour l'accueillir. Le jeune homme de trente-quatre ans, toujours aussi pâle, était d'excellente humeur.

— Pas encore un ouvrier ! plaisanta la maîtresse de maison en l'embrassant.

— À matin, je suis supposé remplacer Anatole qui pourra pas venir parce qu'une de nos vaches est en train de mettre bas, expliqua le célibataire.

Il venait à peine de finir sa phrase que son beau-frère Bernard s'avançait vers lui.

— Toi, t'arrives ben, lui dit-il joyeusement. Norbert

a justement besoin d'aide pour scier le bois. Tu vas le trouver de l'autre côté de l'étable. Grouille-toi, à part ça, sinon je vais te couper ton salaire.

— C'est ben ce que je pensais, plaisanta Simon. T'es un maudit *boss* ben dur.

Sur ces mots, il salua sa sœur de la main et alla rejoindre son neveu.

— Fais-toi-z-en pas, dit Bernard à sa belle-sœur. Quand je l'ai vu arriver, j'ai parlé à Norbert. Ton gars va s'arranger pour lui donner de l'ouvrage ben facile à faire. En passant, je sais pas si tu t'en es aperçue, mais ton Norbert est pas manchot pantoute pour travailler le bois. Je pense que c'est à lui que je vais demander d'ajuster les fenêtres quand ça va être le temps.

— Il est meilleur que Philippe ?

— Je le sais pas, reconnut Bernard, mais il est certainement plus patient et plus minutieux. Si jamais il veut plus travailler sur ta terre, je l'engagerai pour travailler avec mes hommes sur mes chantiers, promit-il.

— Mets-lui surtout pas ça dans la tête, le supplia la veuve.

— Tu sais ben que je ferai jamais ça avant de t'en parler, la rassura-t-il.

— Tu m'as fait peur.

— Dis donc, pendant que j'y pense, poursuivit-il, je me souviens pas d'avoir vu un seul Boisvert venir nous donner un coup de main depuis qu'on a commencé. D'après toi, est-ce qu'ils sont tous morts ?

— Je suppose qu'ils ont ben des affaires à faire chez eux, dit Corinne, l'air désabusé, avant de se diriger vers la galerie dans l'intention de rentrer dans la maison.

Au même instant, le bruit d'une voiture entrant dans la cour de la ferme l'incita à tourner la tête.

— Tiens, en parlant du loup ! dit-elle à son beau-frère. Voilà mon beau-père et mon neveu Charles, le garçon d'Henri.

— Je te les laisse, dit Bernard en s'esquivant.

La voiture s'immobilisa près de la maison et Gonzague Boisvert en descendit en même temps que son petit-fils.

Le mari d'Alexandra n'avait rien d'un Boisvert. De petite stature, le jeune homme de vingt-cinq ans était frêle et manquait d'énergie comme sa mère.

Comme les deux hommes demeuraient figés devant le spectacle de la douzaine d'ouvriers bénévoles en plein travail, Corinne dut s'avancer vers eux pour les saluer.

— Dites-moi pas, beau-père, que vous venez donner un coup de main à bâtir mon étable ? demanda-t-elle.

— J'ai passé l'âge depuis longtemps, fit Gonzague en se tournant vers elle. T'oublies que je vais sur mes quatre-vingts ans.

— J'oublie pas, monsieur Boisvert.

— Non, je suis venu parce que j'avais affaire à ta fille. Je la pensais encore à l'école en train de tout remettre en ordre avant de fermer pour l'été. L'école a fini juste hier. J'espère qu'elle me laissera pas ça tout à l'envers.

— Pantoute, grand-père, affirma Madeleine qui venait de s'approcher du trio. Si je suis restée à la maison aujourd'hui, c'est que j'ai fini de faire le ménage de l'école. Vous pouvez aller voir vous-même.

— C'est correct. Je te crois, laissa tomber le vieillard. J'aurais aussi deux mots à te dire.

— J'ai quelque chose sur le feu, grand-père. Quand vous voudrez me parler, vous aurez juste à entrer.

Le vieillard hocha la tête et considéra de nouveau le

chantier bruyant dominé par les coups de marteau et les cris des ouvriers.

— Dis-moi pas, Charles, que t'es devenu celui qui conduit ton grand-père partout, à cette heure ? plaisanta Corinne.

— Non, ma tante. Mon père avait pas besoin de moi, à matin. Ça fait que je me suis dit que ce serait pas une mauvaise idée que je vienne faire ma part chez vous.

— T'es ben fin, fit la maîtresse de maison, tout de même surprise qu'un Boisvert soit devenu aussi altruiste.

— Mais là, je m'aperçois que vous avez déjà beaucoup de monde pour vous aider. Je vois ben que vous avez pas besoin pantoute de moi.

— Si tu le dis, laissa tomber Corinne.

— T'as acheté tout ton matériel chez Gagnon et chez Duquette ? demanda Gonzague en se retournant vers sa bru.

— Oui.

— Ils t'ont pas fait trop de problèmes pour te faire crédit ?

La veuve fronça les sourcils. Évidemment, le vieillard était surtout venu s'informer de la manière dont elle était parvenue à acheter tous les matériaux nécessaires à la construction de sa grange.

— Ils ont pas eu à me faire crédit, beau-père, répondit-elle sèchement.

— Ah non ?

— Non, tout a été payé comptant, si ça peut vous rassurer.

— Cré maudit ! Je savais pas que t'étais aussi riche, reprit Gonzague, en affichant un air un peu dépité.

— Je suis pas riche comme vous, monsieur Boisvert,

mais je me débrouille. Bon, il faut que j'aille aider ma fille à préparer le dîner. Si vous avez à lui parler, vous avez juste à me suivre.

— C'est ben correct. Toi, attends-moi dans le boghei, j'en ai pour une minute, ajouta le vieil homme à l'intention de Charles.

Gonzague entra dans la maison sur les talons de sa bru. Il faisait si chaud dans la cuisine d'été à cause du poêle à bois qu'il fallait chauffer pour cuire le repas qu'il sentit le besoin de retirer sa vieille casquette beige en toile. Il tira de la poche de poitrine de sa chemise une petite enveloppe qu'il tendit à Madeleine.

— Je t'ai apporté ta dernière paye, lui dit-il.

— Merci, grand-père.

— Puis, t'es-tu fait une idée ? Je suis prêt à te faire signer ton contrat pour l'année prochaine. Toutes les autres maîtresses d'école reviennent au mois de septembre, sauf Jeanne Desrosiers, qui se marie cet été.

— J'en ai parlé avec ma mère, grand-père. Elle me laisse libre de faire ce que je veux l'année prochaine.

— Qu'est-ce que ça veut dire ?

— Ça veut dire que si vous avez toujours l'idée de m'envoyer dans l'école au bout du rang Saint-André, j'aime mieux aller faire la classe à Nicolet au mois de septembre.

— C'est comme tu voudras, ma petite fille, déclara sèchement le vieillard, mais j'ai ben l'impression que tu vas t'en mordre les doigts. Je trouve que ta mère te laisse pas mal de corde pour une fille de dix-huit ans.

— Inquiétez-vous pas, beau-père, le rassura Corinne, sarcastique, je tiens les cordeaux bien serrés.

Gonzague salua les deux femmes et sortit de la maison.

Il s'empressa de monter dans le boghei où l'attendait son petit-fils.

— Envoye ! lui ordonna-t-il. On s'en retourne à la maison. On n'est pas pour passer notre journée sur le chemin.

Dans la maison, Madeleine s'était avancée vers la fenêtre et regarda partir son grand-père.

— J'espère que je fais pas une erreur, dit-elle à sa mère.

— T'es assez grande pour savoir ce que tu fais, déclara Corinne. Mais si je me trompe pas, je suis à peu près certaine que tu vas voir ton grand-père revenir avant la fin de l'été pour te dire que tu peux continuer à faire l'école dans notre rang. Si je le connais bien, ça va pas mal le fatiguer de voir qu'il lui manque une maîtresse d'école pour commencer l'année.

— Avec tout ça, m'man, on dirait que vous avez perdu votre chance de voir votre neveu préféré travailler pour vous, plaisanta la jeune fille en faisant un effort pour oublier sa crainte de ne pas avoir de travail l'automne suivant.

— À mon avis, c'est pas une grosse perte, fit sa mère. Si j'ai bien compris Alexandra, son mari fait pas grand-chose sur la terre des Boisvert. Il paraît même que ton grand-père aurait voulu en faire le chauffeur du *truck* que ton père conduisait, mais il trouvait ça trop fatigant.

— S'il se surveille pas, le cousin, il va avoir du poil dans les mains, plaisanta Madeleine.

Chapitre 5

La chute

Le lendemain, au milieu de la matinée, la toiture était aux deux tiers posée et Philippe décida de son propre chef de dire aux deux autres équipes qu'elles pouvaient descendre, qu'il finirait le travail avec son partenaire, Ian Sullivan. Les quatre ouvriers bénévoles allèrent rejoindre Léopold et les autres travailleurs qui avaient commencé à clouer d'épais madriers à mi-hauteur pour constituer le futur plancher du fenil où le foin serait entreposé.

— On a besoin d'autres planches de dix pieds, cria Philippe à ceux qui étaient chargés de scier le bois.

— Combien t'en veux ? lui demanda Norbert.

— Commence par une demi-douzaine, répondit Ian Sullivan, debout en équilibre instable sur la toiture, aux côtés de l'aîné de Corinne.

Norbert mesura et scia quelques planches que son oncle Simon alla tendre aux ouvriers sur le toit.

— Quand t'auras fini de fournir ton frère, dit Bernard Provencher à son jeune neveu, tu pourras lâcher ta scie et venir voir si t'es capable d'ajuster les fenêtres. On a encore deux hommes qui vont continuer à scier et…

L'entrepreneur n'eut pas le temps de terminer sa

phrase qu'un cri accompagné par le bruit d'une lourde chute l'interrompit.

— Calvince ! Il y a quelqu'un qui vient de tomber ! cria-t-il en se précipitant vers l'étable, suivi de près par trois bénévoles et Norbert.

Immédiatement, tous les ouvriers bénévoles avaient quitté leur poste et s'étaient attroupés autour de celui qui venait de chuter. Bernard se fraya un chemin jusqu'à lui.

— Batèche ! qu'est-ce qui est arrivé ? demanda-t-il en s'agenouillant auprès de Philippe étendu sur un tas de madriers, sur le plancher de l'étable.

— Je pense ben que le jeune a voulu faire le faraud et il s'est penché un peu trop pour poigner une planche qu'on lui tendait, dit Baptiste Jolicœur, du rang Saint-Pierre.

— Ouais, j'ai tout vu, intervint Joseph Melançon. Il a perdu pied, il aurait pu se tuer. En tout cas, il a l'air à moitié assommé, le jeune.

Simon Joyal, le visage blême, s'agenouilla près de son beau-frère et souleva doucement la tête de son neveu. Philippe bougea la tête et s'assit, l'air passablement étourdi.

Lionel quitta la scène de l'accident et courut prévenir sa mère à la maison.

— Aïe ! j'ai poigné une maudite débarque ! dit Philippe en grimaçant de douleur, sous le regard soulagé des spectateurs qui avaient fait cercle autour de lui.

— Comment t'as fait ton compte ? lui demanda son oncle Bernard.

— Je le sais pas. J'ai perdu l'équilibre.

— As-tu mal quelque part ? fit Norbert.

Philippe voulut s'appuyer sur une main pour se

remettre sur ses pieds. Il grimaça de nouveau et fut incapable de se relever. Corinne, Madeleine et Élise arrivaient précipitamment sur les lieux.

— Où est-ce que t'as mal ? demanda la mère affolée au blessé.

— J'ai juste mal au bras, dit-il, le front soudainement couvert de sueur.

— Il a peut-être un bras cassé, suggéra Ian Sullivan qui s'était approché après être descendu de l'échafaudage.

— T'es-tu cogné la tête ? fit la mère.

— Non, je suis tombé sur mon bras, répondit Philippe, le visage crispé de douleur.

— Bon, essaye de te lever, intervint son oncle Bernard en le soutenant avec l'aide de son beau-frère Simon.

Le jeune homme parvint à se mettre debout, mais il ne put se porter sur sa jambe gauche. Simon se pencha et examina la jambe de son neveu.

— Sa jambe a l'air d'être correcte, dit-il après l'avoir examinée. On dirait ben qu'il a juste une entorse. Elle a pas l'air cassée.

— On va faire venir le docteur Précourt pour regarder ça, dit Corinne, soulagée.

— Je pense que le mieux serait de l'emmener tout de suite chez le docteur, intervint Joseph Melançon. Moi, je dois retourner à la forge. Je peux le déposer au village. Il va être soigné plus vite et, de la manière que le petit docteur conduit son char, ça va être moins dangereux pour tout le monde.

Malgré la gravité de la situation, des sourires apparurent sur certains visages. La façon de conduire d'Adrien Précourt était devenue la fable de Saint-Paul-des-Prés. Il avait beau posséder sa grosse Buick noire depuis trois ans, son habileté à la manœuvrer ne s'était guère améliorée. Plus d'une boîte aux lettres et de nombreuses galeries de la paroisse pouvaient en témoigner.

— J'aurais ben pu aller le conduire, proposa Ian Sullivan.

— Laisse faire, fit le forgeron-mécanicien, de toute façon, je dois partir. J'ai le cheval de Lemieux à ferrer avant la fin de la journée.

— J'y vais avec vous autres, déclara Corinne, s'apprêtant déjà à retirer son grand tablier.

— Laissez faire, m'man, dit Philippe en grimaçant. Vous avez le dîner à préparer et ça va me fatiguer de vous savoir à m'attendre chez le docteur.

— Oui, mais comment tu vas faire pour revenir ?

— Je vais m'arranger avec ça, déclara Joseph Melançon.

Pendant toute cette discussion, Norbert était allé chercher le boghei du gros homme à l'épaisse moustache noire et l'avait approché de l'étable. On aida Philippe à prendre place sur le siège arrière. Corinne s'empressa d'aller chercher un linge mouillé avec lequel elle entoura la cheville blessée de son fils après avoir retiré l'une de ses chaussures.

— T'es sûr que tu veux pas que j'y aille ? lui demanda-t-elle, l'air inquiet.

— Ben non, m'man.

Elle regarda le véhicule quitter lentement la cour de la ferme.

— J'espère qu'il a pas autre chose de cassé, dit-elle, les larmes aux yeux.

— Ben non, inquiète-toi donc pas, la rassura son frère Simon. Il est solide, ton Philippe.

— Je pense que t'es mieux de retourner à la maison

avec tes filles, lui suggéra Bernard, prêt à reprendre le travail.

La mère et ses filles regagnèrent la petite maison grise et les bruits maintenant familiers du chantier reprirent.

— Faites ben attention ! cria Bernard aux bénévoles. Il faudrait pas qu'un autre accident arrive.

*
**

Avant d'atteindre le bout du rang Saint-Joseph, Joseph Melançon tourna la tête vers son passager muet à demi étendu sur le siège arrière de son boghei.

— On dirait ben que t'as perdu le goût de jaser, lui dit-il pour lui faire oublier son mal.

— J'en mourrai pas, plastronna Philippe sans trop de conviction.

— Peut-être pas, mais t'es pas rougeaud, par exemple, plaisanta le forgeron. Tu te fais pas trop secouer en arrière ?

— Non, je suis correct, monsieur Melançon, répondit le blessé en serrant les dents.

L'homme se tut. La voiture tourna dans le rang Saint-André et parcourut en silence le mille et demi qui le séparait du village. Stupéfait, Philippe le vit immobiliser la voiture devant la forge-garage dans la grande cour que son propriétaire partageait avec le magasin général d'Alcide Duquette. L'un des deux camions de son grand-père était stationné devant la porte.

— Si ça te fait rien, mon jeune, je vais demander à mon gars d'aller te conduire chez le docteur Précourt, dit Joseph Melançon à son passager en descendant de voiture. Comme je connais ton grand-père, il va vouloir que je m'occupe de son *truck* au plus sacrant, comme d'habitude.

Sur ce, le forgeron-mécanicien disparut à l'intérieur de la forge. Il en sortit deux minutes plus tard pour se diriger vers sa maison, située au fond de la cour. Plusieurs minutes passèrent sans qu'il réapparaisse.

— Qu'est-ce qu'il niaise, le bonhomme ? s'impatienta à haute voix le blessé que son bras élançait de plus en plus.

Philippe s'apprêtait à descendre de voiture pour se rendre à pied à l'autre bout du village chez le docteur Précourt quand Cécile Melançon, chapeautée et gantée, fit son apparition.

La jeune fille de vingt ans avait une taille élancée et le geste vif. On remarquait surtout son épaisse chevelure noire sur laquelle reposait un petit chapeau. Ses grands yeux noirs ne faisaient pas oublier sa bouche généreuse.

— Bon, où est-ce qu'il est, le mourant ? demanda-t-elle en prenant place sur le siège avant du boghei.

— Qu'est-ce que tu fais là ? fit Philippe, surpris de la voir s'emparer des rênes. C'est pas ton frère qui est supposé me mener chez Précourt ?

Il se redressa et fit un effort pour prendre un air dégagé quand elle se tourna vers lui pour le regarder.

— Il est pas là. Il est parti conduire ma mère à Yamaska, répondit la jeune fille en s'emparant des rênes. Mais si tu penses que t'aimerais mieux y aller à pied plutôt que d'être mené par une fille, t'es bien libre de le faire, ajouta-t-elle sèchement. Le docteur Précourt reste au bout du village, si tu le sais pas.

Il était évident que Cécile Melançon ne faisait que se plier à la volonté paternelle en conduisant le blessé chez

Adrien Précourt. Elle n'avait aucun penchant pour le fils de Laurent Boisvert qu'elle trouvait fendant et insignifiant, comme elle l'avait dit à sa mère quand cette dernière lui avait reproché de l'avoir bêtement éconduit quelques semaines auparavant.

— Tu vas finir vieille fille, l'avait menacée Victorine Melançon. On n'attire pas les mouches avec du vinaigre, ma fille.

— Eh bien ! j'en mourrai pas, m'man, avait-elle rétorqué, insouciante. Des gars comme le Philippe Boisvert qui s'imaginent qu'ils ont juste à regarder une fille pour qu'elle se jette à leurs genoux, j'en veux pas. Qu'ils aillent faire les beaux ailleurs.

Étrangement, la résistance farouche de la fille du forgeron à ses tentatives de rapprochement n'avait qu'incité le beau Philippe à s'entêter. C'était la première fois qu'une fille de Saint-Paul-des-Prés lui résistait et il ne comprenait pas.

— Je lui ai jamais rien fait, à la Cécile, avait-il déclaré à Norbert. Veux-tu ben me dire ce qu'elle a à me tenir au bout de la fourche, comme si j'avais la gale ?

— Pour moi, elle t'aime tout simplement pas la face, avait suggéré Norbert, jamais à court de taquineries.

— Elle est bête comme ses pieds avec moi, avait repris son frère, songeur et dépité de constater que son charme n'opérait pas sur la fille du garagiste de Saint-Paul-des-Prés.

Et voilà que subitement il se retrouvait en sa présence, mais en situation désavantageuse.

— T'es pas obligée de venir me reconduire, dit-il à la jeune fille au moment où elle se penchait pour s'emparer des rênes. Laisse faire, je vais y aller à pied, ajouta-t-il en esquissant le geste de descendre de voiture.

— Reste là, lui ordonna-t-elle en remarquant qu'il avait un pied nu. T'es pas pour traverser le village déchaussé.

La fille de Joseph Melançon mit son attelage en marche et traversa le village en silence, jetant de temps à autre un regard vers Philippe qui souffrait sans se plaindre. Elle ne le montrait pas ouvertement, mais elle avait pitié de lui.

— T'es chanceux, le docteur Précourt est à la maison, fit-elle en apercevant la grosse Buick noire du médecin stationnée près de la maison située en face de l'église.

Elle immobilisa la voiture près de la résidence du médecin, en descendit et tendit la main au blessé.

— Je suis capable de descendre tout seul, déclara Philippe.

— C'est pas le temps de faire le fier, le rembarra-t-elle. Tu peux pas marcher à cloche-pied jusqu'à la maison. Appuie-toi sur mon épaule et arrête de faire le jars.

Dompté, le jeune homme s'appuya contre elle et le couple alla sonner à la porte. Adrien Précourt vint leur ouvrir. Le petit homme à la voix de fausset les fit immédiatement passer dans son bureau.

— Je peux m'asseoir dans la salle d'attente, proposa Cécile.

— Tu peux rester là, répliqua le praticien. Tu vas peut-être pouvoir m'aider.

Le médecin fit enlever sa chemise au blessé et examina attentivement son épaule droite et son bras. Pendant ce temps, Cécile faisait celle qui n'avait pas remarqué l'imposante musculature de celui qu'elle accompagnait.

— On peut dire que c'est ton jour de chance, déclara le praticien à Philippe qui grimaçait chaque fois qu'il palpait son épaule et son bras droits. On dirait bien que t'as pas de fracture. T'as rien de cassé. Ton épaule est juste démise. Je vais te remettre ça en place. Ça va faire mal sur le coup, mais après, tu vas te sentir pas mal mieux.

— C'est correct, dit Philippe, bien décidé à montrer son courage à la jeune fille.

Adrien Précourt s'empara du bras droit de son patient avec beaucoup de douceur et, au moment où le blessé s'y attendait le moins, il le releva en lui donnant une violente secousse.

— Aïe ! cria Philippe alors que son front se couvrait de sueur.

— C'est fini, dit le médecin. Ça va être sensible un bout de temps. Je vais te mettre le bras en écharpe, et dans une semaine tu vas pouvoir t'en servir comme avant.

En quelques instants, le jeune homme se retrouva avec un bras retenu par une écharpe. Ensuite, Adrien Précourt examina sa cheville blessée.

— Là encore, tu as eu de la chance. Il n'y a pas de fracture. C'est juste une bonne entorse, déclara-t-il en se relevant. Je vais te faire un bandage et en rentrant à la maison, mets des compresses d'eau froide. Il va te falloir une dizaine de jours avant de pouvoir marcher comme avant sans douleur. As-tu une canne ou des béquilles chez vous ?

— Non, docteur.

— Je vais te prêter une canne. Tu me la rapporteras quand t'en auras plus besoin.

Une vingtaine de minutes après leur entrée, Cécile et Philippe quittèrent le bureau d'Adrien Précourt. Cécile l'aida à monter en voiture malgré ses faibles protestations.

— Je te ramène chez vous, déclara-t-elle en prenant place dans la voiture. Arrangé comme t'es là, les gens qui vont nous voir passer vont bien croire que je t'ai donné toute une volée, plaisanta-t-elle en lui adressant enfin un sourire.

— Ça les surprendra pas, dit Philippe dont le moral était remonté en flèche depuis qu'il savait qu'il n'avait rien de cassé. Tout le monde dans la paroisse connaît ton bon caractère.

— Aïe, Philippe Boisvert, veux-tu faire le reste du chemin à pied ? lui demanda-t-elle.

— Non, fais pas ça, dit-il en feignant de la supplier. J'aime ça être avec toi.

— Tiens ! Tu vas mieux, toi ! Tu commences à me chanter la pomme, dit-elle en tirant sur les rênes pour faire tourner le cheval dans le rang Saint-Joseph.

— Non, je suis sérieux, Cécile, fit Philippe en regardant son joli profil. J'aimerais ça pouvoir aller te voir de temps en temps.

— Pourquoi ?

La question sembla désarçonner le garçon durant un court moment. Puis il finit par lui avouer :

— Parce que je te trouve à mon goût.

— On verra, se borna-t-elle à dire, sibylline.

— Arrangé comme je suis là, je peux pas être ben dangereux, ajouta-t-il en lui montrant son écharpe et sa canne.

— Inquiète-toi pas, je suis capable de me défendre, rétorqua-t-elle, sérieuse, sans toutefois accepter qu'il commence à la fréquenter.

— Envoye donc ! la supplia-t-il.

— Je vais y penser, lui concéda-t-elle sans manifester grand enthousiasme.

Pendant un certain temps, le silence régna dans la voiture. Cécile regardait les champs environnants où les pousses avaient commencé à sortir de terre. Au loin, la forêt d'un vert plus foncé limitait chacune des terres à leur extrémité. Dans chacune des fermes que l'attelage longeait régnait une activité fébrile. En cette fin de matinée de juin, le ciel était sans nuage et les oiseaux dissimulés dans les ramures des arbres pépiaient à n'en plus pouvoir.

— Puis, est-ce que je vais pouvoir venir te voir ? lui demanda-t-il à nouveau.

— T'es pas mal jeune pour moi, dit-elle d'une voix un peu hésitante.

— Je suis pas si jeune que ça, protesta Philippe. J'ai eu vingt ans la semaine passée.

— Ah oui ! fit-elle en prenant un air surpris. C'est drôle, j'aurais cru que t'étais pas mal plus jeune que ça.

— Pourquoi tu dis ça ?

— Juste en voyant ta façon de faire avec les filles. Il me semble avoir entendu dire que tu t'amuses pas mal à aller accrocher ton fanal à gauche et à droite les fins de semaine.

— Le monde exagère, se défendit-il mollement.

— Bien sûr ! fit-elle, sarcastique. On va voir si le monde de Saint-Paul exagère tant que ça. Viens faire un tour dimanche prochain, finit-elle par dire sur un ton neutre. Mais je te le dis tout de suite, si ça fait pas mon affaire, tu vas vite plier bagage.

— Aie pas peur, lui dit-il pour la rassurer en lui

adressant son plus charmant sourire. Je vais être ben fin avec toi.

Le boghei s'arrêta près de la maison de Corinne alors que les hommes s'apprêtaient à reprendre le travail après le repas. Corinne et ses filles sortirent immédiatement pour venir au-devant du blessé. La veuve sursauta légèrement quand elle s'aperçut que la voiture était conduite par la fille de Melançon qu'elle ne connaissait que de vue.

— Je vous ramène votre garçon, madame Boisvert, dit cette dernière sans manifester la moindre gêne. Je suis allée avec lui chez le docteur Précourt, précisa-t-elle en tendant la main pour aider le blessé à descendre avant même que sa mère ou ses sœurs le fassent.

— T'es bien fine d'avoir fait ça. Qu'est-ce qu'il a de cassé ?

Philippe allait répondre quand son accompagnatrice le devança.

— Rassurez-vous, il a rien de brisé, dit-elle. Il avait l'épaule déboîtée et une entorse. Le docteur a tout arrangé.

— Ça me soulage et…

— Si ça vous fait rien, j'aimerais ben pouvoir m'asseoir quelque part, fit Philippe en grimaçant. J'ai mal à la cheville.

— Pour moi, madame Boisvert, vous avez pas fini de l'entendre se lamenter, dit Cécile sur un ton plaisant. Vous savez comment sont les hommes. Au moindre petit bobo, on dirait qu'ils sont en train de mourir.

Corinne et ses filles rirent de bon cœur. Philippe jeta un regard meurtrier à celle qu'il se proposait de fréquenter et eut du mal à ne pas lui adresser une remarque cinglante.

— Bon. Il faut que j'y aille, dit Cécile en remontant en voiture.

— Si t'as pas dîné, pourquoi tu restes pas pour manger avec notre grand blessé, lui proposa Corinne.

— Ce serait avec plaisir, madame Boisvert, mais ma mère est à Yamaska et mon père doit m'attendre pour lui préparer son dîner.

Philippe la remercia de s'être occupée de lui et la jeune fille quitta la ferme. Dès que la fille de Joseph Melançon se fut éloignée de la ferme, le jeune homme entra difficilement dans la maison.

— T'es chanceux d'avoir eu une belle fille comme elle pour aller te conduire chez le docteur, le taquina sa mère qui l'avait suivi à l'intérieur.

— C'est vrai qu'elle est pas laide, reconnut Philippe, mais elle est bête en maudit, par exemple.

Corinne adressa une œillade à Madeleine dans le dos de son fils qui refusa ensuite le repas que lui proposait sa sœur, préférant aller s'étendre une heure ou deux dans sa chambre à coucher.

À l'heure du souper, tous les bénévoles avaient quitté les lieux. Pendant que Léopold et Norbert faisaient le train, Bernard était venu dire quelques mots à son neveu Philippe pour s'enquérir de sa santé avant d'inviter Corinne à faire le tour du chantier.

— Aujourd'hui, on n'a pas niaisé, dit-il à sa belle-sœur. Regarde. La couverture est posée et on a eu assez d'aide pour clouer dessus toute la tôle. Le plancher du fenil est installé et les hommes ont même eu le temps de commencer à clouer de la planche sur les murs. Dans deux jours, si ça continue comme ça, ça va être fini.

— Tu peux pas savoir comment je me sens soulagée, déclara la veuve.

— Norbert a commencé à s'occuper des fenêtres. Dupras et Sullivan ont déjà fabriqué les deux grandes portes. Il y aura juste à les installer quand les murs seront faits.

— T'as tout ce qu'il te faut ?

— J'ai vérifié. Il devrait rien nous manquer. Demain, je serai pas là. Il faut que j'aille jeter un coup d'œil sur ce que font mes hommes sur le chantier de Victoriaville. Léopold et Norbert savent ce qu'il y a à faire. Juste du clouage. Ceux qui vont venir aider, s'il y en a, auront pas de misère. En plus, Germaine doit se demander si je suis pas mort, ajouta-t-il en souriant.

— Je te remercie bien gros.

— Je vais revenir aussitôt que je vais pouvoir, promit-il en se dirigeant vers son boghei auquel il avait attelé son cheval quelques minutes plus tôt.

Quand elles virent Norbert et Léopold revenir à la maison après le train, Madeleine et Élise déposèrent sur la table la fricassée cuisinée avec les restes du rôti de porc.

— C'est le dernier rôti qui nous restait, annonça Corinne aux siens en s'assoyant à une extrémité de la table.

Après la récitation du bénédicité, on mangea en silence et Norbert se chargea de couper des tranches dans la grosse miche de pain, travail habituellement exécuté par son frère. Au moment de servir le dessert, Élise ne put s'empêcher de déclarer :

— J'ai hâte que les fraises soient prêtes. Ça va faire changement avec la mélasse et le sirop d'érable.

— Fais pas le bec fin, la sermonna sa mère. On est encore chanceux de pouvoir manger à notre faim. Et toi,

Philippe, est-ce que le docteur t'a dit combien de temps t'étais pour rester comme ça ?

— À peu près deux semaines, m'man.

— Maudit chanceux ! s'exclama Norbert. Si j'avais su, je me serais garroché en bas de la couverture de l'étable, moi aussi. Deux semaines à rien faire et à regarder les autres travailler, il y en a qui sont gras dur.

— Beau niaiseux ! répliqua son frère. Comme si j'avais fait exprès.

— Ben, ça se pourrait… juste pour le plaisir de te faire minoucher par la belle Cécile.

— Tu dis n'importe quoi ! riposta son frère à qui la moutarde commençait à monter au nez.

— Ça me surprendrait même pas que tu te sois organisé pour qu'elle accepte de te recevoir dans son salon, continua l'adolescent, imperturbable.

Corinne écoutait l'échange sans intervenir.

— Oui, puis après ?

— C'est ben ce que je me disais. T'as dû faire le misérable pour attirer sa pitié.

— Je vais te sacrer une volée si tu continues à m'étriver, le menaça l'aîné en esquissant le geste de se lever.

— Reste assis, l'infirme ! le nargua l'incorrigible. T'as de la misère à mettre un pied devant l'autre.

— Quand je vais être guéri, tu vas me payer ça ! promit Philippe d'un air menaçant.

— Ça va faire, Norbert. Ferme ta boîte et mange, lui ordonna sa mère qui avait autant de mal que les autres convives à réprimer un sourire.

*
**

Les jours suivants, le nombre de bénévoles baissa sérieusement parce que la période de la cueillette des fraises avait débuté. Cependant, il y eut toujours un ou deux voisins pour poursuivre la construction de l'étable.

À plusieurs reprises, Corinne surprit Léopold en grande conversation avec le vieil Ernest Pouliot, le voisin des Rocheleau. Elle remarqua que les deux hommes se taisaient alors qu'elle passait près d'eux, de retour de son champ de fraises en compagnie de Lionel et de ses filles.

— Je sais pas ce qu'ils ont à faire des messes basses, ces deux-là, dit-elle, intriguée, à Madeleine, mais on dirait qu'on les dérange quand on s'approche.

— Vous vous faites des idées, m'man, fit la jeune fille en feignant de n'avoir rien remarqué.

Le samedi suivant, au milieu de l'après-midi, Bernard Provencher déclara que le travail était terminé. Le nouveau bâtiment avait un petit air pimpant qui jurait un peu avec l'écurie et la porcherie. Ian Sullivan et Jocelyn Jutras étaient venus aider à chauler l'étable neuve pendant que Corinne, délaissant ses fraises ce jour-là, avait peint les portes et les cadres des fenêtres d'un beau rouge vif. La veille, Norbert et Ernest Pouliot avaient fini l'installation des ports à l'intérieur.

Durant les trois derniers jours, Philippe avait piaffé d'impatience, condamné à demeurer assis sur la galerie à regarder les hommes travailler.

— J'espère que tu trouves pas ça trop fatigant, l'avait nargué Norbert à plusieurs reprises.

— Toi, mon maudit haïssable !

— Remarque que je peux toujours approcher ta chaise

berçante de l'étable, si tu veux mieux voir ce qu'on fait, poursuivait l'autre en riant.

— Tu perds rien pour attendre !

Cet après-midi-là, Corinne et ses filles, aidées par Germaine venue à Saint-Paul-des-Prés avec son mari, cuisinèrent durant de longues heures, malgré la vague de chaleur qui s'était abattue sur la région depuis deux jours.

— Demain, je vais demander à monsieur le curé de remercier tous ceux qui sont venus nous aider et, s'il en a le temps, de venir bénir notre étable, avait déclaré la maîtresse de maison. On va inviter tout le monde à venir voir notre étable et on va leur servir du pudding aux fraises, des tartes et du gâteau. C'est le moins qu'on puisse faire pour les remercier de leur aide.

— Vous avez pas une procession de la Fête-Dieu demain, vous autres ? demanda Germaine.

— C'est certain, s'il fait beau.

— Pour moi, ton curé va être tellement fatigué après la procession qu'il voudra pas venir bénir ton étable.

— Il pourra peut-être envoyer un des vicaires. Ça va faire la même chose, rétorqua Corinne.

— Parlant de gens qui vont venir, reprit Bernard, penses-tu qu'on va voir du monde de la famille de Laurent ?

— Ça, ça me surprendrait pas mal, répondit sa belle-sœur sans se donner la peine d'offrir de plus amples explications.

Quand les bénévoles eurent quitté la ferme des Boisvert, Bernard se campa devant l'étable aux côtés de Norbert, de Léopold, de sa belle-sœur et de sa femme.

— Il y a pas à dire, c'est ben d'aplomb, déclara-t-il.

— Je sais vraiment pas comment te remercier, fit Corinne, reconnaissante.

— T'as pas à me remercier. Je suis de la famille, c'est normal que je sois venu te donner un coup de main.

— J'espère que vous allez être là demain, poursuivit-elle.

— C'est certain, fit Germaine. À soir, on a promis d'aller coucher chez m'man à Saint-François. Demain, on va la ramener avec nous autres pour qu'elle voie ça, elle aussi.

— Dites bien à Anatole, Simon et Bastien que je veux les voir, eux autres aussi.

— On n'y manquera pas.

Après le repas, Philippe monta à sa chambre en claudiquant et en descendit, quelques minutes plus tard, tout endimanché.

— Tabarnouche, mon frère ! on peut dire que t'es de bonne heure pour aller à la messe de demain matin, se moqua Norbert en l'apercevant.

Corinne regarda sans rien dire son fils aîné aller se planter devant le petit miroir suspendu au-dessus de l'évier pour coiffer son épaisse chevelure brune.

— Je vais prendre le boghei pour aller au village, annonça-t-il.

— T'es capable de monter et de descendre de voiture ? lui demanda sa mère.

— Je pense que oui. Là, je vais aller atteler, dit-il, malgré son bras encore en écharpe.

— Laisse faire, je vais aller atteler pour toi, fit Norbert en se levant. Je vais même aller te reconduire et j'irai te chercher vers dix heures si tu veux.

— C'est correct, accepta son frère aîné, apparemment soulagé.

— En échange, tu diras bonsoir à la belle Cécile pour nous autres, ne put-il s'empêcher d'ajouter, moqueur.

— J'ai jamais dit que je m'en allais veiller chez les Melançon, se défendit mollement Philippe.

— On sait ben, tu t'en vas sans doute faire tes dévotions à l'église, laissa tomber l'adolescent avant de sortir de la maison.

— Comme tu montes au village, arrête chez Duquette et achète une douzaine de grosses bouteilles de liqueur, dit Corinne à Philippe. Il nous en faut pour le monde qui va venir demain.

— Vous pensez qu'il va se présenter tant d'écornifleux que ça ? s'étonna Philippe.

— Oublie pas, mon garçon, qu'il y a ben des gens de Saint-Paul qui sont venus nous donner un coup de main pour bâtir. Le moins qu'on puisse faire, c'est de leur montrer notre reconnaissance demain après-midi.

Quand Madeleine alla rejoindre Léopold qui l'attendait dans la balançoire depuis quelques instants, Corinne sortit s'asseoir sur la galerie pour chaperonner sa fille.

À son retour du village, Norbert s'installa sur la première marche de l'escalier conduisant à la galerie, aux pieds de sa mère et aux côtés de sa sœur Élise.

— Je m'étais pas trompé, dit-il à sa mère. C'est ben chez les Melançon que Philippe allait veiller. Je donnerais cher pour voir comment la belle Cécile a reçu mon frère, ajouta-t-il, moqueur. J'ai dans l'idée qu'il doit jouer au grand malade pour l'attendrir.

— Où est-ce que t'es allé chercher cette idée-là ? fit sa mère en levant le nez de son tricot. Mêle-toi donc pas des amours de ton frère. Laisse-toi sécher le nombril. T'as même pas encore dix-sept ans.

— Je vais les avoir dans trois mois, m'man, protesta l'adolescent. Je connais assez les filles pour…

— Toi, connaître les filles ? se moqua Élise. Fais-nous pas rire. T'en as jamais fréquenté une.

— Ah bien ! Il manquerait plus que ça, intervint la mère de famille.

— Moi, j'aimerais bien mieux savoir ce qu'ils se disent, eux autres, reprit Élise, curieuse, en montrant Madeleine et Léopold.

Dans la balançoire placée sous l'érable, les deux jeunes gens se parlaient à voix basse.

— Ma mère se demandait ce que vous pouviez bien vous dire, toi et Ernest Pouliot, confiait Madeleine à son amoureux. Il paraît que vous avez pas arrêté de jacasser ensemble toute la semaine.

— Et t'aimerais ben le savoir, toi aussi, pas vrai ? la taquina Léopold.

— Je voudrais pas être indiscrète, répondit la jeune fille.

— Je suis ben content de voir que ça te fait rien de pas le savoir, poursuivit-il en adoptant un ton sérieux. Mais je vais te le dire quand même… mais pas avant demain soir.

— Pourquoi ? demanda-t-elle, réellement intriguée.

— C'est un secret, avoua Léopold en prenant une mine de conspirateur.

— C'est correct. J'insiste pas, dit-elle, déçue. Il me semblait qu'on était pour tout se dire, ajouta-t-elle.

— C'est vrai, reconnut son amoureux, et c'est pour ça que je vais tout te dire… Mais demain soir.

Un peu avant dix heures, les Boisvert s'apprêtaient à aller se coucher quand Norbert revint du village où il était allé chercher son frère chez les Melançon. Le bruit de la voiture entrant dans la cour incita Madeleine à jeter un coup d'œil par la porte moustiquaire.

— Bon, voilà don Juan qui revient, dit-elle à sa mère.

Quelques instants plus tard, Philippe entra dans la maison en arborant un air assez satisfait de lui pendant que son jeune frère allait dételer le cheval.

— Je te demanderai pas comment s'est passée ta soirée, laissa tomber sa mère en le regardant traverser la cuisine d'été. On dirait même que tu boites presque plus… Je peux te demander où t'es allé ? ajouta-t-elle, comme si elle l'ignorait.

— Voyons, m'man, Norbert a dû vous dire qu'il m'avait laissé chez les Melançon. Je suis allé veiller avec Cécile.

— Puis ?

— Il me semblait qu'elle voulait pas te voir, intervint Élise.

— Élise, mêle-toi de tes affaires et monte donc te coucher, lui ordonna sa mère. Elle avait une belle façon ? demanda-t-elle en se tournant vers son fils.

— Une ben belle façon, se contenta de dire Philippe avant d'entreprendre de monter à l'étage en claudiquant.

— Fais attention, lui fit remarquer sa sœur. On dirait que tu boites pas de la même jambe qu'avant.

Philippe se contenta de lui jeter un regard furieux avant de poursuivre péniblement son ascension.

— Toi, fais ce que je viens de te dire et monte donc te coucher, dit Corinne à l'adolescente qui ne détestait pas parfois taquiner ses frères ou sa sœur.

Chapitre 6

Des surprises

Le jour suivant, tout le monde s'était levé à l'aurore chez les Boisvert. Une petite brise soufflait, apportant les odeurs des fleurs de la saison. Après le train, il avait été décidé que Madeleine irait à la basse-messe en compagnie de Léopold, Élise et Lionel. À leur départ pour l'église, Corinne sortit sur la galerie.

— Niaisez pas après la messe. Je dois aller voir monsieur le curé avant la grand-messe.

— Qu'est-ce qu'on va faire pour la procession ? demanda Madeleine en montant dans la voiture.

— Je pense que, pour une fois, on n'ira pas, répondit sa mère. Le bon Dieu va comprendre. Il faut tout arranger pour cet après-midi.

Le contentement qui se peignit immédiatement sur le visage de ses enfants ne lui échappa pas. Elle reprit, sévère :

— En échange, on fera une prière plus longue avant d'aller nous coucher à soir.

— Si c'est comme ça, moi, j'aime mieux aller à la procession, dit Norbert, frondeur.

— Il y a pas de problème, consentit sa mère, moqueuse. Dans ce cas-là, tu te quêteras une place dans une voiture pour revenir parce qu'on n'attellera pas pour aller te chercher au village.

— Parle donc pas pour rien dire, le réprimanda sa sœur Madeleine. Chaque année, il faut presque te tirer par les cheveux pour te traîner à la procession.

La voiture quitta la cour de la ferme. En attendant le retour des siens, la mère de famille s'occupa du dîner en houspillant ses deux fils qui ne se préparaient pas assez vite à son goût.

— Grouille-toi, Philippe, finit-elle par ordonner à son aîné. Ils vont être revenus et tu seras pas encore prêt à partir.

— Je pense que j'irai pas à la messe, déclara le jeune homme. Arrangé comme je suis là…

— Aïe ! fit sa mère en se campant devant lui, les mains sur les hanches. T'as été capable d'aller veiller hier soir chez une fille, t'es capable d'aller prier à l'église. Dans ma maison, il y a pas de mécréant, tu sauras !

Cette petite femme blonde à l'air sévère plantée devant son grand garçon qui la dépassait d'une tête aurait pu prêter à sourire si elle n'avait pas dégagé une telle autorité. Son fils n'eut d'autre choix que d'obéir.

Dès que la voiture fut revenue, Corinne y prit place avec ses deux fils. L'attelage longea tout le rang Saint-Joseph avant de tourner dans le rang Saint-André. Au passage, la jeune veuve jeta un coup d'œil au reposoir tout fleuri installé devant la boucherie Vigneault. Apparemment, Mariette Vigneault avait renoncé, cette année, à tenter d'égaler les fastes des reposoirs d'Alexina Duquette avec qui elle alternait. Celui-ci était simple et de bon goût.

Arrivés à l'église près d'une demi-heure avant le début

de la grand-messe, Norbert n'eut aucun mal à stationner le boghei.

— On est chanceux, nous autres, on arrive avant tout le monde, comme si la messe était pas déjà assez longue, se plaignit Philippe en descendant difficilement de voiture.

— Il y a rien qui t'oblige à entrer tout de suite, répliqua sèchement sa mère.

— On va entrer, m'man, intervint Norbert. Je vais en profiter pour le confesser.

Philippe haussa les épaules et suivit sa mère et son frère en claudiquant à l'intérieur. Sa cheville n'était pas encore assez remise pour lui permettre de demeurer debout de longues minutes à la porte de l'église. Il rejoignit Norbert dans le banc loué par sa mère pour l'année pendant que cette dernière poursuivait sa route jusqu'à la porte de la sacristie, voisine de l'autel dédié à saint Paul, le patron de la paroisse.

Norbert s'assit après une courte prière et regarda autour de lui pour voir qui était déjà dans le temple. Il n'y avait qu'une dizaine de personnes, surtout des vieillards occupés probablement à réciter leur chapelet. Au passage, son regard s'arrêta brièvement sur le grand crucifix qui remplaçait la station du chemin de croix en plâtre qu'il avait accidentellement brisée près de trois ans auparavant lors d'une corvée de nettoyage de l'église. Philippe avait suivi le regard de son frère.

— On peut dire que t'en as fait une belle cette fois-là, lui chuchota-t-il. J'aurais ben aimé voir la face du curé Bilodeau quand c'est arrivé. Il devait être en beau maudit.

— Ça, tu peux le dire, confirma Norbert. S'il avait pu, je pense qu'il m'aurait excommunié !

— Ça fait tout de même drôle que la fabrique l'ait pas remplacée encore, poursuivit l'aîné. C'est rendu qu'on voit même plus la tache blanche que ça faisait sur le mur. On doit être la seule paroisse où le chemin de croix est arrangé comme ça.

— C'est pas si grave que ça, murmura Norbert. D'après monsieur le curé, le crucifix qui prend la place de la station que j'ai fait tomber veut dire la même chose. Lui, ça a pas l'air à le fatiguer pantoute qu'il manque une station.

Pendant ce temps, le bedeau Leblanc avait fait pénétrer Corinne dans la sacristie où le curé Cormier, déjà vêtu d'une aube blanche, était en grande conversation avec ses deux vicaires. À la vue de la veuve de Laurent Boisvert, il laissa immédiatement ces deux derniers pour s'avancer vers elle.

— Bonjour, madame Boisvert ! la salua-t-il avec un sourire chaleureux. J'espère que vous venez pas confesser les nombreux péchés que vous avez dû commettre durant la semaine ?

— Pantoute, monsieur le curé. J'ai eu tellement d'ouvrage à faire que j'ai pas eu le temps d'en commettre un seul.

— Tant mieux, ça va me faire moins de travail, plaisanta le prêtre. J'ai appris que la construction de votre étable avançait pas mal vite.

— Elle est finie depuis hier, monsieur le curé. C'est pour ça que je viens vous déranger avant la grand-messe.

— Vous me dérangez pas, madame. Qu'est-ce que je peux faire pour vous ?

— Si c'est pas trop vous demander, j'aimerais que vous remerciiez pour moi les gens de la paroisse qui sont venus travailler chez nous pour nous aider et, en même temps, que vous les invitiez à venir manger un morceau de gâteau ou une pointe de tarte cet après-midi. Je sais que je tombe bien mal en pleine Fête-Dieu, ajouta-t-elle, mais j'aurais aimé que vous ou un des vicaires de la paroisse veniez bénir l'étable avant qu'on commence à s'en servir.

— Il n'y a pas de dérangement, madame Boisvert, la rassura le curé de Saint-Paul-des-Prés. J'irai moi-même la bénir vers deux heures et demie, si ça vous convient.

— Vous êtes bien accommodant, monsieur le curé. Je vous remercie, on va vous attendre.

— J'espère que vous allez me garder un gros morceau de gâteau, par exemple, plaisanta Hector Cormier.

— Vous pouvez compter là-dessus, lui assura sa paroissienne souriante avant de prendre congé et de retourner dans l'église.

Quand elle prit place dans son banc, elle aperçut Philippe en train de faire des signes à une Cécile Melançon imperturbable, agenouillée quelques rangs derrière lui. La mère de famille décocha un coup de coude à son aîné.

— Tiens-toi comme du monde à l'église, lui ordonna-t-elle à voix basse, sévère. C'est pas la place pour faire des simagrées. Tu t'imagines tout de même pas qu'elle va te répondre, non ?

— Je lui ai dit ça tout à l'heure, mentit Norbert, mais il a une tête de cochon. Il comprend rien.

Philippe lui adressa un regard furieux avant de tourner la tête vers l'avant et de fixer le maître-autel, les mâchoires serrées.

Quelques minutes plus tard, l'église se remplit progressivement. Corinne vit les Duquette prendre place dans le premier banc à l'avant, celui dont la banquette et l'agenouilloir étaient rembourrés et recouverts d'un beau cuir vert. Le président de la fabrique en était presque à la fin de son troisième mandat et, par tradition, il occupait cette place de choix depuis plusieurs années. Du coin de l'œil, la jeune femme aperçut Ian Sullivan remonter l'allée latérale en compagnie de sa mère. Il la laissa dans leur banc avant de poursuivre son chemin vers l'avant. Il s'arrêta devant les lampions et il en alluma ostensiblement un sans se presser. Il était visible que son voisin n'était pas le genre d'homme à vouloir passer inaperçu. Partout où il allait, il faisait en sorte d'être remarqué.

Corinne, les yeux mi-clos, ne put s'empêcher de l'examiner à la dérobée. Elle devait convenir que le fils de Rose Sullivan était bel homme, un très bel homme même avec sa moustache aux bouts cirés, sa chevelure ondulée et ses yeux noisette. Son costume noir avait du mal à contenir sa forte musculature et son large cou semblait un peu étranglé par son col en celluloïd.

Le curé Cormier fit son entrée dans le chœur, entouré par ses deux servants de messe vêtus d'une soutane rouge et d'un surplis blanc. L'officiant fit une génuflexion au pied de l'autel avant de monter les marches pour y déposer son calice. Les fidèles se levèrent et la chorale entonna le premier chant. En entendant ces voix en provenance du jubé, Corinne eut une pensée fugitive pour la défunte directrice de la chorale, Honorine Gariépy, et sa fille Catherine, décédées à une journée d'intervalle de la grippe espagnole, en octobre 1918.

« Pauvre Jocelyn ! Ça doit pas être drôle tous les jours de vivre tout seul », ne put-elle s'empêcher de penser en songeant à son voisin qui avait mis beaucoup de temps à se remettre de la disparition de sa femme.

Après la mort de Catherine, Corinne s'était fait un point d'honneur de cuire le pain du voisin, comme elle l'avait fait durant plusieurs années avant le mariage de ce dernier. En contrepartie, Jocelyn Jutras n'avait jamais été avare de son temps et lui avait rendu service de mille façons, surtout depuis l'accident de camion qui avait coûté la vie à son mari.

Soudain, la veuve se sentit tirée par la jupe et tourna la tête vers Norbert.

— M'man, je pense que vous dormez debout. Tout le monde est assis depuis une minute et vous regarde, lui chuchota-t-il.

Confuse et rougissante, sa mère s'assit, se promettant de suivre plus attentivement le déroulement de la messe. Lors de son sermon, le curé Cormier encouragea ses ouailles à participer en grand nombre à la procession qui allait suivre immédiatement la grand-messe.

Après le *Ite missa est*, le pasteur de Saint-Paul-des-Prés transmit les remerciements de la famille Boisvert à ses paroissiens ainsi que l'invitation de Corinne à venir voir la nouvelle étable l'après-midi même.

À leur sortie de l'église, Corinne demanda à ses fils de se dépêcher.

— J'aimerais bien qu'on se fasse pas trop remarquer en partant, leur dit-elle en pressant le pas. Le monde va jacasser sur notre dos parce qu'on se sauve de la procession.

— Moi, je peux pas aller plus vite, m'man, dit Philippe avec humeur, en s'appuyant sur sa canne.

Il était visible qu'il cherchait Cécile dans l'espoir de lui parler. Le sort voulut que sa mère trouve sur son chemin son beau-père, Gonzague Boisvert, en compagnie de son beau-frère Henri et de sa belle-sœur Annette.

Corinne eut du mal à réprimer une grimace d'agacement en constatant qu'elle ne pouvait les éviter sans paraître très impolie. Elle soupira et se résigna à les saluer.

— Est-ce que ce sont tes gars qui se préparent déjà à monter dans ton boghei ? lui demanda le gros Henri.

— Vous venez pas à la procession ? demanda à son tour Gonzague, le ton vaguement réprobateur et sans laisser à sa bru le temps de répondre à la question de son fils.

— Oui, Henri, c'est Norbert et Philippe. Bien non, beau-père, j'ai trop d'ouvrage qui m'attend à la maison. Je vais avoir pas mal de monde cet après-midi et il faut que je fasse manger les enfants avant que ce monde-là arrive.

— Qu'est-ce qui est arrivé à ton plus vieux ? demanda Annette, en regardant Philippe en train de parler avec Joseph Melançon et sa fille Cécile, près de la voiture.

— Il est tombé du toit de l'étable en posant la couverture.

— Comment il a fait son compte ? demanda son mari.

— Je crois bien qu'il a juste perdu l'équilibre.

— Il a rien de cassé ? demanda Gonzague.

— Non, il devrait être correct la semaine prochaine.

— Ça tombe ben. Je vais passer te voir dans le courant de la semaine pour te proposer quelque chose, ajouta le vieil homme, énigmatique.

— Vous pouvez tous venir quand même aujourd'hui, même si vous êtes pas venus aider, offrit Corinne en dissimulant mal son plaisir de leur montrer qu'elle avait bien remarqué leur absence durant tout le temps qu'avait duré la construction de la nouvelle étable.

— On va essayer, promit Henri sans se donner la peine d'expliquer pourquoi il n'avait pas jugé important de participer à la corvée.

— Bon, je vous laisse, sinon on va déranger tout le monde de la procession en partant, dit-elle en descendant déjà les marches du parvis.

À son arrivée près du boghei, Corinne salua Cécile et son père et fit signe à Philippe qu'il était temps de partir.

Quelques minutes plus tard, au moment de passer à table, la veuve s'étonna de ne pas voir Léopold venir occuper sa place habituelle.

— Où est-ce que Léopold est passé ? demanda-t-elle à Madeleine en déposant une omelette au lard au centre de la table.

— Il est parti faire un tour chez Pouliot, répondit sa fille. Il viendra pas dîner, il a mangé quelque chose avant de partir.

— Dis donc, est-ce que le père Ernest serait pas en train d'essayer de nous prendre notre homme engagé ? s'alarma-t-elle, soudain inquiète.

— Ça serait toute une perte, laissa tomber Philippe en ne faisant rien pour cacher son antipathie pour l'amoureux de sa sœur. Les hommes engagés, c'est pas ce qui manque.

— Un bon homme engagé comme Léopold, ça court pas les routes, le tança sa mère. À part ça, c'est pas à toi que je posais la question.

— Je penserais pas, m'man, répondit Madeleine après une brève hésitation.

Corinne prit place au bout de la table et, avant de réciter le bénédicité, ne put s'empêcher de s'enquérir auprès de sa fille :

— Vous vous êtes pas chicanés, j'espère ?

— Pantoute, m'man.

Après le dîner, la maîtresse de maison mit tout son monde au travail pour dresser deux grandes tables dans la cour sur lesquelles on déposa des assiettes, des tasses et des ustensiles après y avoir étendu une nappe blanche.

— Pourquoi on sort pas tout de suite les tartes et les gâteaux ? demanda Élise.

— T'es fine, toi ! fit sa sœur. Des plans pour que toutes les mouches de Saint-Paul viennent se poser dessus. Veux-tu que tout le monde nous prenne pour des sans-dessein ?

Cet éclat de Madeleine était si peu dans son caractère que sa mère interrompit sa tâche un court instant pour l'examiner. Il était évident que la jeune fille était rongée par l'inquiétude. Cela ne pouvait être dû qu'au comportement anormal de son amoureux depuis quelques jours. Corinne secoua la tête pour chasser ses sombres pensées et se mit en devoir de découper en portions tartes et gâteaux de manière à n'avoir qu'à les servir sur demande aux visiteurs.

Marie-Claire Rocheleau et les siens furent les premiers à arriver. Ils n'avaient eu que la route à traverser. Son amie, toujours pleine d'attentions, apportait un gâteau qu'elle tendit à Élise quand cette dernière lui ouvrit la porte.

— Mets ça avec le reste, ma belle, dit la voisine à l'adolescente.

— Voyons donc, Marie-Claire, t'aurais bien pu laisser faire. On en a pour les fous et les fins, protesta la maîtresse de maison.

— Je le vois bien, mais on sait jamais combien de

gens vont venir, répliqua la voisine avec un grand sourire.

— Merci. Ce qui est sûr, c'est que ton gâteau se perdra pas.

À peine venait-elle de finir de parler que trois voitures entrèrent dans la cour. Des clameurs joyeuses poussèrent les deux femmes à sortir sur la galerie.

— Est-ce qu'il y a de la place pour le monde de Saint-François et même de Sorel ? demanda Bastien, de fort bonne humeur, en descendant de voiture en compagnie de Rosalie. Je t'amène de la visite, annonça-t-il en désignant sa sœur Blanche et Amédée Desnoyers.

Corinne et ses filles s'avancèrent pour embrasser les visiteurs.

— Et nous autres, je suppose qu'on n'est rien ? plaisanta Bernard qui venait d'aider sa belle-mère à quitter sa voiture.

On se précipita pour embrasser la grand-mère, Bernard et Germaine, sans oublier Anatole et Thérèse qui étaient venus en compagnie de leur fils Gustave.

— Où est passé Simon ? demanda la maîtresse des lieux en ne voyant pas son frère cadet.

— Je suis là, batèche, fit le jeune homme. Est-ce que je suis rendu maigre au point que tu me vois plus ?

Corinne ne l'avait pas vu parce que Norbert l'avait attiré à l'écart pour chuchoter quelque chose à l'oreille de son oncle.

— Je crois bien que tous les Joyal sont là, déclara la veuve, heureuse de voir tous les membres de sa famille autour d'elle.

— Ils sont pas tous là, la corrigea Bastien, mais disons que les plus importants sont venus.

Germaine, Lucille et Rosalie sortirent des voitures des plats qu'elles avaient cuisinés pour l'occasion.

— C'était pas nécessaire de vous donner tant de mal, protesta Corinne à la vue de toute cette nourriture que les femmes venaient de déposer sur la table de cuisine.

— On n'en a jamais trop, la corrigea sa mère.

— Vous me gênez pas mal.

— Fais pas ta fière, dit en riant sa belle-sœur Rosalie. C'est juste un peu de dessert.

Quelques minutes plus tard, il y avait déjà tant de gens rassemblés dans la cour que Conrad Rocheleau sentit le besoin de conseiller aux nouveaux visiteurs de stationner leur voiture chez lui, en face.

Pour l'occasion, les enfants de Corinne s'étaient transformés en guides et faisaient visiter le nouveau bâtiment aux curieux. Peu à peu, des groupes se formèrent à l'ombre des érables. Si les femmes parlaient volontiers de leur progéniture, de leur jardin et surtout de la récolte de fraises qui battait son plein, les hommes discutaient de la crise économique qui frappait le Canada depuis quelques mois.

— On rit pas, déclara Fabien Gagnon, entouré par une demi-douzaine de cultivateurs. J'ai lu cette semaine qu'il y a un travailleur sur quatre qui a pas de *job*. Je sais pas si vous le savez, mais on est huit millions et demi au Canada, ça en fait du monde qui en arrache, ça.

— C'est peut-être à cause des nouveaux gros syndicats comme la CTCC, fit Joseph Melançon que Philippe ne quittait pas d'une semelle.

Le jeune homme avait été déçu de voir que Cécile n'avait pas accompagné ses parents, mais comme il désirait plus que tout être bien accueilli chez le forgeron à sa prochaine visite, il faisait des efforts louables pour cacher sa déconvenue.

— Nous autres, ça nous touche pas ben gros, fit remarquer Ian Sullivan, debout aux côtés de Jocelyn Jutras. Ce qui nous intéresse, c'est d'avoir une bonne récolte. Et comme c'est parti là, ça s'annonce pas trop mal. Le blé et l'orge commencent à lever dans le champ.

Il y eut des murmures d'approbation dans le petit groupe.

— Tu diras peut-être pas ça ben longtemps, reprit le maire. Quand les prix vont se mettre à descendre au marché, tu vas être touché, toi aussi. Quand il y a une crise, tout le monde y goûte, même les cultivateurs.

Une automobile bleu marine s'immobilisa à l'entrée de la cour, suscitant la curiosité de tous les gens présents. On ne connaissait personne à Saint-Paul-des-Prés possédant ce genre de voiture. Mis à part les deux vieux camions International de Gonzague Boisvert, les seules autos à sillonner le village étaient la Chevrolet du maire et la Buick du docteur Précourt, et les deux étaient noires.

Corinne, intriguée, fit quelques pas en direction du véhicule. Alors, elle eut la surprise d'en voir descendre sa belle-sœur Juliette, la sœur de Laurent et sa meilleure amie, à qui elle écrivait deux fois par mois depuis de nombreuses années.

Les deux femmes se précipitèrent l'une vers l'autre et s'embrassèrent avec effusion avant que Corinne s'exclame :

— Je commençais à me demander si on te reverrait un jour à Saint-Paul. Si je me trompe pas, on t'a pas vue depuis le commencement de mars.

— Je le sais, j'ai été sans-cœur, déclara Juliette avec

bonne humeur, mais mon associée est tombée malade et, comme je te l'ai écrit, j'ai été prise toute seule avec le restaurant pendant des semaines.

— Mais t'es bien fine d'être venue, fit Corinne en l'entraînant vers la galerie où sa mère était assise en compagnie de Rose Sullivan.

La jeune veuve s'immobilisa soudainement pour chuchoter à la visiteuse en indiquant le conducteur de l'automobile :

— Dis donc, cachottière, tu m'avais pas dit que tu t'étais fait un amoureux.

— T'es pas sérieuse, toi, fit la grande et grosse femme en éclatant de rire. Jérôme est le garçon de mon associée. J'ai le double de son âge. Je l'ai engagé pour me conduire aujourd'hui. Descends, Jérôme, ajouta-t-elle en interpellant le jeune homme, ils te mangeront pas.

— Es-tu en train de me dire que tu resteras pas quelques jours avec nous autres ? demanda Corinne.

— Si je m'écoutais, je resterais bien, répondit la restauratrice, mais j'ai promis à la mère de Jérôme d'être revenue au commencement de la soirée. Elle est pas encore assez forte pour s'occuper toute seule du restaurant bien longtemps. Mais inquiète-toi pas, tu vas me revoir avant la fin du mois de juillet, c'est promis.

Corinne eut à peine le temps d'assister aux retrouvailles entre Juliette, sa mère et ses sœurs que le curé Cormier arrivait en compagnie d'Anselme Leblanc, faisant office d'enfant de chœur.

— Ah ben ! V'là la commère du village avec monsieur le curé, s'exclama Ian en parlant du bedeau. Comme ça, on est corrects, tout le monde va savoir ce qui s'est passé exactement dans le rang Saint-Joseph aujourd'hui.

Il y eut quelques ricanements dans le groupe, puis on

se tut. Les gens se rassemblèrent rapidement autour du prêtre pour le saluer et lui faire comprendre à quel point on appréciait qu'il se soit déplacé pour bénir le nouveau bâtiment.

Hector Cormier possédait de nombreuses qualités qui plaisaient énormément à ses paroissiens. On l'aimait pour sa simplicité, son caractère égal et sa bonté, en effet on ne décelait chez lui aucune trace de méchanceté. De plus, ses sermons étaient toujours courts, ce qui était un heureux changement avec les prêches interminables de son prédécesseur.

Le curé passa son surplis et mit son étole autour du cou avant d'entreprendre de faire le tour de l'étable en aspergeant généreusement d'eau bénite les murs à l'aide du goupillon que lui tendait son bedeau. Tous les visiteurs le suivaient en silence. Revenu à l'avant du bâtiment neuf, le prêtre récita une courte prière et le bénit avant de retirer son étole. Immédiatement, Corinne s'avança vers lui pour le remercier et l'inviter à goûter à l'un de ses gâteaux ou à ses tartes.

— J'en ai de toutes les sortes et vous pouvez toutes les essayer, dit-elle avec bonne humeur.

— Dites donc, madame Boisvert, est-ce que vous m'offrez ça parce que je suis pas assez gras et qu'un curé maigre, ça annonce une paroisse pauvre ?

— À votre place, monsieur le curé, je me ferais pas prier, intervint Alcide Duquette, le président de son conseil de fabrique. Ce que vous allez manger chez madame Boisvert, vous le mangerez pas au presbytère et ce sera toujours ça de sauvé pour la fabrique, ajouta-t-il en plaisantant.

— Oui, vous avez raison, concéda Hector Cormier avec bonne humeur. Mais je remarque surtout qu'il est temps que votre mandat de marguillier finisse, monsieur Duquette. S'il devait durer plus longtemps, je finirais au pain et à l'eau avec mes vicaires sous le prétexte de sauver quelques sous à la fabrique.

Les gens qui l'avaient entendu éclatèrent de rire.

— Vous savez ben, monsieur le curé, que votre servante me laisserait jamais faire une affaire pareille, protesta le propriétaire du magasin général. Elle serait capable de m'arracher les yeux si je vous maltraitais.

Madeleine sortit à l'extérieur et tendit au prêtre une assiette contenant une généreuse portion de tarte aux pommes et un morceau de gâteau.

— Sacrifice ! Il y en a qui sont gâtés, s'exclama le président de la fabrique.

— Je peux vous servir la même chose, si vous voulez, proposa la jeune fille avec un sourire.

— T'es ben fine, mais je vais me contenter d'un morceau de tarte aux fraises, dit le marchand.

Au moment de rentrer dans la maison pour aller chercher le morceau de tarte demandé, la jeune institutrice vit du coin de l'œil Léopold marchant sur la route en direction de la ferme. À l'intérieur, sa mère et ses tantes Germaine et Blanche disposaient des morceaux de gâteaux et de tartes sur des assiettes avant d'aller les offrir aux invités demeurés dans la cour. Il régnait un bruyant va-et-vient ponctué par le claquement incessant de la porte moustiquaire.

Madeleine s'empressa de servir Alcide Duquette avant d'aller rejoindre son amoureux qui s'apprêtait, selon toute évidence, à s'esquiver discrètement.

— Léopold ! le héla-t-elle.

Le jeune homme s'arrêta devant la porte de la remise

qu'il semblait vouloir emprunter pour se glisser dans la maison. Il attendit qu'elle le rejoigne.

— Qu'est-ce que tu fais ? lui demanda-t-elle, intriguée.

— Ben, je m'en allais me reposer dans ma chambre.

— Ça te tente pas de participer à la fête ?

— C'est pas ben ben ma place, fit-il, l'air un peu mal à l'aise. Ta mère fait ça pour remercier tous ceux qui sont venus aider gratuitement. Moi, je suis l'homme engagé, j'étais payé pour travailler.

— Arrête donc, dit-elle. T'as plus fait pour nous aider que n'importe qui. S'il y a quelqu'un qui mérite d'être là, c'est bien toi. J'aimerais ça que tu restes avec moi. J'ai presque fini de servir. Monsieur le curé est à la veille de partir et pas mal de gens vont rentrer chez eux après avoir mangé quelque chose.

— C'est correct, je vais t'attendre, dit-il.

— J'en ai pas pour longtemps, lui promit-elle en regagnant la cuisine d'été.

La scène n'avait pas échappé à Corinne en train de proposer de la nourriture à quelques femmes qui admiraient les plates-bandes dont elle était si fière. En tournant la tête, elle aperçut du coin de l'œil Ian Sullivan qui l'épiait, mine de rien. La jeune veuve ressentit un certain agacement parce qu'à plusieurs occasions durant les deux dernières semaines, elle avait perçu le regard insistant du voisin sur elle.

Au passage, elle dit à sa fille :

— Tu peux bien t'occuper un peu de Léopold, si ça te tente. Nous sommes bien assez pour finir de servir le monde.

Madeleine remercia sa mère et retourna immédiatement auprès du jeune homme en arborant tout de même un air soucieux.

— Sais-tu que tu commences à pas mal nous inquiéter, lui dit-elle à mi-voix.

— Comment ça ? s'étonna son amoureux.

— À te voir continuellement avec monsieur Pouliot, ma mère se demande si tu cherches pas à aller travailler pour lui.

— Toi, qu'est-ce que t'en penses ? fit-il en guettant sa réaction.

— Je le sais plus trop. Est-ce que tu m'en parlerais avant de partir ? demanda-t-elle, soudain très inquiète. J'étais certaine que c'était sérieux entre nous deux.

— C'est sérieux, affirma-t-il sur un ton convaincu.

— Tu me soulages, avoua-t-elle sans la moindre honte.

— Je pense qu'il est temps que je te pose une question, reprit-il.

— Laquelle ?

— Ben, si je te demandais… si tu veux te marier avec moi. Qu'est-ce que tu me répondrais ?

— Es-tu sérieux ?

— Ben sérieux.

— Je te dirais oui, dit-elle, rose d'émotion en s'emparant de l'une de ses mains.

Les deux jeunes gens se regardèrent intensément dans les yeux, comme si tous les gens autour d'eux n'avaient pas été là. Ils avaient conscience de vivre un grand moment de leur vie.

Philippe, debout aux côtés de son oncle Bernard, remarqua la scène.

— Tu parles d'un maudit effronté de faire ça devant tout le monde, ne put-il s'empêcher de dire à haute voix avant d'esquisser un pas dans la direction des deux amoureux.

Bernard Provencher posa sa poigne solide sur son épaule pour l'empêcher d'intervenir.

— Reste donc tranquille, lui ordonna-t-il sèchement. Ils font rien de mal et ils ont pas besoin que t'ailles mettre ton nez dans leurs affaires.

Dompté, son neveu n'osa même pas se rebiffer et chercha des yeux Joseph Melançon qui s'était éloigné de quelques pas en compagnie du maire et de Conrad Rocheleau. Il laissa son oncle sur place et claudiqua jusqu'au trio en train de discuter de l'état des routes.

— Tout ça m'explique toujours pas pourquoi t'es toujours avec monsieur Pouliot depuis un bout de temps, reprit Madeleine, encore très émue par la demande de son amoureux.

— J'ai une grande nouvelle à t'apprendre et j'espère qu'elle va faire ton affaire, dit-il, mystérieux.

— Quoi ? Arrête de me faire languir, le supplia-t-elle.

— Ben, tout à l'heure, je me suis entendu avec le père Pouliot pour lui acheter son bien.

— Quoi ? demanda Madeleine, estomaquée.

— T'as ben entendu. Je lui ai signé une promesse d'achat pour sa maison, sa terre, son roulant et tous ses animaux.

— J'en reviens pas, déclara-t-elle. T'as fait ça ? Et si je t'avais dit que je voulais pas te marier ?

— La promesse d'achat était faite à cette condition-là. Monsieur Pouliot était d'accord.

— Et le prix de tout ça ?

— Il est tellement pressé d'aller rester chez son garçon à Drummondville qu'il m'a fait un ben bon prix.

— Tu me surprends tellement, avoua-t-elle, que

j'aurais besoin de m'asseoir. Tout va tellement vite avec toi que je sais plus où j'en suis. Si on se marie, ça se ferait quand ?

— Évidemment, ça va dépendre de ta mère, lui rappela-t-il.

— C'est certain, reconnut-elle, mais il va falloir que je fasse la classe un an ou deux pour t'aider à payer une partie de notre terre, ajouta-t-elle avec le sens pratique qu'elle avait hérité de sa mère. Mais toi, comment tu vas faire pour payer tout ça ? C'est tout de même pas avec les petits gages que ma mère te donne que tu vas arriver à rembourser tout l'argent que ça va coûter.

— Viens, on va marcher un peu sur la route, l'invita-t-il en se dirigeant déjà vers le chemin où moins de gens pouvaient entendre ce qu'il avait à lui dire.

Le couple se mit en marche vers la route sous le regard inquisiteur de Corinne. Léopold garda le silence assez longtemps avant de reprendre la parole.

— Bon, comme tu vas peut-être être ma femme, il faut tout de même que tu saches que je manque pas d'argent.

— Ah non ! fit-elle, surprise.

— Non, je suis capable de tout payer comptant à Ernest Pouliot et il va m'en rester assez pour pas m'inquiéter de l'avenir. Mais ça, ça doit rester entre nous deux. Ça regarde pas personne.

— Voyons donc ! protesta la jeune femme en le dévisageant, comme si elle était incapable d'en croire ses oreilles.

— Ça fait que t'es pas obligée pantoute de m'aider à payer quoi que ce soit. Tu peux même passer l'hiver prochain avec ta mère, si ça te le dit.

— Mais si t'as tant d'argent que ça, pourquoi tu continues d'être un homme engagé chez nous ?

— Parce que je veux rester avec toi, avoua-t-il en rougissant légèrement.

— Mais t'es donc bien riche ! ne put-elle s'empêcher de s'exclamer.

— L'héritage était pas mal, avoua-t-il sans donner le montant exact de la somme dont il avait hérité.

Puis, Léopold s'empressa de changer de sujet de conversation.

— Es-tu déjà entrée chez les Pouliot ? lui demanda-t-il.

— Jamais.

— Tout est d'aplomb. La maison a été ben entretenue et ressemble pas mal à celle de ta mère. La cuisine d'été est juste un peu plus petite. Les Pouliot ont même fait installer une pompe à eau sur l'évier et tout a été peinturé l'année passée, si je me fie à ce que sa femme m'a dit. Pour les bâtiments, tout est en bon état.

— Les animaux ?

— Monsieur Pouliot nous laisserait une douzaine de vaches, quatre cochons, deux douzaines de poules et deux bons chevaux qui ont moins que six ans. Le roulant est correct.

— Et ce serait notre chez-nous, fit Madeleine, qui n'en revenait toujours pas.

— Si ta mère le veut, lui précisa son amoureux en serrant sa main dans la sienne.

— Si ça te fait rien, je pense que t'es mieux d'attendre un peu avant de faire ta grande demande, lui suggéra-t-elle.

— T'as raison, je vais attendre le bon moment, quand elle sera pas trop fatiguée. De toute façon, le père Pouliot veut faire les foins et ses récoltes. Il entend pas partir avant la fin de septembre. Ça nous donne tout le temps de parler à ta mère.

— On va retourner dans la cour. Il faut que j'aide un peu.

Léopold regarda celle qu'il considérait déjà comme sa fiancée et, une fois encore, il put constater à quel point elle ressemblait physiquement à sa mère. Avec son visage aux traits fins, sa petite taille et ses yeux bleu myosotis, elle ne s'en distinguait que par ses cheveux bruns. Durant les trois dernières années, il avait été à même de constater à quel point la jeune femme qu'il aimait était courageuse et d'une droiture à toute épreuve. Il ne doutait pas un seul instant qu'elle était la femme de sa vie.

*
**

Alors que le curé Cormier quittait la ferme du rang Saint-Joseph, Gonzague Boisvert entra à pied dans la cour après avoir laissé son boghei près de plusieurs autres voitures, chez le voisin d'en face. Corinne ne se rendit compte de la présence de son beau-père qu'en le voyant en grande conversation avec son fils Philippe. Puisque le vieillard n'avait même pas eu la politesse de venir la saluer à son arrivée, elle l'ignora comme s'il n'avait pas été là et continua à discuter avec des visiteurs. Quelques minutes plus tard, elle le vit se diriger vers sa fille Juliette en train de rassembler des assiettes avec Madeleine et Germaine. Elle s'approcha.

— Je savais pas que t'étais à Saint-Paul, dit le vieillard à son aînée sur un ton de reproche.

— Je viens juste d'arriver, p'pa.

— Ça t'a pas tenté d'arrêter à la maison en passant ?

— Je voulais pas vous déranger, mentit-elle.

— Je suppose que tu vas coucher ici dedans à soir ?

— Non, p'pa. Je m'en retourne tout à l'heure.

— Il y a pas de train avant le souper, lui fit-il remarquer.

— J'ai pas pris le train. J'ai fait le voyage en automobile. J'ai mon chauffeur, précisa-t-elle en lui indiquant la Ford T bleue stationnée dans la cour.

— Cré maudit ! C'est rendu que tu te prends pour une grosse madame pour te promener en char, ne put-il s'empêcher de dire, sarcastique.

— Je suppose qu'Henri, Annette et leurs enfants étaient trop occupés pour venir faire une petite visite de politesse à Corinne cet après-midi, rétorqua la restauratrice sans se donner la peine de relever la remarque désagréable de son père.

— C'est en plein ça.

— Il y en a combien de la famille qui sont venus aider à bâtir l'étable ? finit-elle par demander avec curiosité.

— C'est tombé ben mal. Henri et Charles avaient trop d'ouvrage, ils ont pas pu venir.

— Une chance pour Corinne que ses voisins, eux autres, avaient rien à faire, laissa-t-elle tomber sèchement. Il y a des fois que ma famille me fait honte, p'pa, ne put-elle s'empêcher d'ajouter. On dirait qu'elle a pas de cœur.

— Parle donc avec ta tête, la rabroua le vieil homme avant de la planter là.

La restauratrice vit son père faire un détour pour ne pas avoir à saluer le maire de Saint-Paul-des-Prés, un adversaire politique qu'il détestait à s'en confesser, particulièrement depuis qu'il avait racheté son hôtel quelques années plus tôt par l'intermédiaire d'un homme de paille.

Un peu avant cinq heures, les derniers visiteurs de Saint-Paul-des-Prés quittèrent les lieux après avoir remercié leur hôtesse. Peu après, Juliette en profita pour saluer la famille de Corinne et promit encore une fois à cette dernière de revenir bientôt avant de monter dans la Ford qui disparut sur la route dans un nuage de poussière.

— On va remettre un peu d'ordre avant de partir, déclara Lucienne, toujours aussi énergique.

— Vous allez tous rester à souper avec nous autres, dit la maîtresse de maison aux membres de sa famille encore sur les lieux.

Tous trouvèrent une raison pour refuser son invitation. Bernard et Germaine devaient retourner à Nicolet pour s'occuper de leurs deux adolescents. Anatole et Thérèse avaient promis d'aller passer la soirée chez les parents de cette dernière et devaient ramener à la maison Gustave, Simon et Lucienne. Amédée et Blanche voulaient retourner tôt à Sorel tandis que Bastien ne pouvait pas laisser à son beau-père, un homme très âgé, le soin de faire le train tout seul.

— C'est tout de même bizarre que personne ait fait de remarques sur le fait que t'aies pas proposé un petit verre de caribou, dit Amédée à sa belle-sœur pendant qu'il aidait à démonter l'une des grandes tables installées sous les arbres.

— Ils ont dû penser que Corinne voulait pas enrichir la nouvelle régie des alcools du gouvernement, plaisanta Bastien.

— C'est drôle, mais moi, j'ai l'impression que ceux qui faisaient de la bagosse avant la loi se gênent pas trop pour continuer, même si c'est illégal, intervint son beau-frère Bernard en passant en compagnie de Simon avec qui il transportait des madriers ayant servi à constituer l'une des deux grandes tables.

Un peu plus tard, Lucienne attira sa fille Corinne à l'écart, à une extrémité de la galerie, pour lui dire quelques mots loin des oreilles indiscrètes.

— Sais-tu que j'ai eu une conversation pas mal intéressante avec la mère de l'un de tes voisins, dit-elle à mi-voix.

— La mère de qui, m'man ? demanda la veuve en repoussant une mèche blonde qui s'était détachée de son chignon.

— Madame Sullivan.

— Ah oui !

— Cette femme-là a l'air de te trouver pas mal à son goût, déclara Lucienne.

— Je la vois pas souvent, mais c'est vrai que je m'entends bien avec elle, reconnut Corinne. Elle est pas mal serviable et toujours prête à aider.

— Comme son garçon, compléta sa mère d'une voix pleine de sous-entendus.

— C'est vrai que Ian est jamais le dernier à proposer un coup de main quand il le faut, dit-elle.

— Je suppose que tu t'es jamais demandé pourquoi il était aussi fin avec toi ?

— Non, il me semble qu'il est comme ça avec tout le monde de la paroisse.

— Pas si j'en crois sa mère.

— Qu'est-ce que vous essayez de me dire, m'man ? s'impatienta la jeune femme.

— D'après sa mère, son garçon aurait des vues sur toi. Il paraît qu'il t'haït pas pantoute, mais qu'il est trop gêné pour te le dire.

— Ian Sullivan, gêné ? s'esclaffa Corinne. Ah bien, j'aurai tout entendu.

— Il t'a jamais fait des avances ? lui demanda sa mère.

— J'aurais bien voulu voir ça ! s'emporta Corinne. Je suis une femme honnête, moi. J'ai cinq enfants…

— Oui, oui, je sais tout ça, fit Lucienne avec un sourire narquois. Mais oublie pas que t'es encore pas mal jeune. Il y a rien qui t'oblige à finir ta vie toute seule. Un homme dans une maison, c'est parfois bien utile, ajouta-t-elle.

— Écoutez, m'man. Laurent est mort juste depuis deux ans…

— Deux ans et demi, la corrigea Lucienne. Ton deuil devrait être fini et t'as le droit de penser à ton avenir.

— Je suis vieille, m'man.

— Voyons donc ! T'as juste trente-huit ans, protesta Lucienne à mi-voix. C'est pas vieux, ça. C'est bien trop jeune, en tout cas, pour te coller une robe noire sur le dos jusqu'à la fin de tes jours.

Corinne eut un soupir d'exaspération et fit un pas pour retourner vers la cuisine d'été. Puis elle changea d'idée et fit face à sa mère.

— Pour vous dire la vérité, m'man, je me suis aperçue depuis un bout de temps que le voisin me regardait un peu trop quand j'avais le dos tourné. Mais je vous le dis tout de suite, ça m'intéresse pas. C'est pas à vous que je dois expliquer comment j'en ai arraché avec Laurent. J'ai pas le goût pantoute de recommencer ça.

— Tous les hommes sont pas pareils, plaida sa mère d'une voix raisonnable.

— C'est ce qu'ils veulent nous faire croire, mais j'ai déjà payé pour savoir.

— En tout cas, avant de le décourager, penses-y deux fois plutôt qu'une, lui conseilla Lucienne. Tes enfants vont vieillir et vont tous partir les uns après les autres pour vivre leur vie. Un beau jour, tu vas te réveiller toute seule, comme une dinde, dans ton coin. Il y aura plus personne pour s'occuper de toi… Et tu seras la seule à blâmer. Crois-en ta mère, ma fille. Si ton père était encore là, j'aurais une vie bien plus facile que celle que j'ai.

— C'est promis, m'man. Je vais y penser, fit Corinne avant de laisser sa mère pour aller voir à ce que la nourriture récupérée de la fête soit bien rangée.

Ce soir-là, recrue de fatigue, la veuve de Laurent Boisvert trouva la veillée bien longue à chaperonner sa fille assise dans la balançoire aux côtés de son amoureux. De temps à autre, les éclats de voix de Norbert, Élise ou Lionel en train de jouer aux cartes sur la table de la cuisine la faisaient sursauter. Quand l'obscurité tomba, Léopold et Madeleine rentrèrent pour finir la soirée au salon. La jeune fille remarqua alors l'épuisement de sa mère et chuchota quelque chose à l'oreille de son amoureux. Ce dernier hocha la tête.

— M'man, je pense qu'on est tous pas mal fatigués. On pourrait peut-être faire la prière tout de suite et aller se coucher après.

La mère de famille adressa un sourire de reconnaissance à sa fille prête à écourter sa soirée pour lui permettre de se mettre au lit plus tôt. Elle accepta tout en allumant la lampe à huile qu'elle déposa sur la table.

— Les enfants, on va faire la prière maintenant, dit-elle aux trois jeunes encore attablés. Où est passé Philippe ?

— Il est monté à sa chambre il y a au moins une heure, répondit Élise. Voulez-vous que j'aille le chercher ?

Corinne hésita un bref instant avant de lui dire de n'en rien faire.

— Avoir su, je serais monté, moi aussi, dit Norbert, envieux.

Sa mère fit comme si elle ne l'avait pas entendu et s'agenouilla au milieu de la pièce, aussitôt imitée par ses enfants et Léopold. La prière ne fut pas plus courte que d'habitude et les jeunes se relevèrent plusieurs minutes plus tard en frottant leurs genoux endoloris.

— Est-ce qu'on est obligés d'aller se coucher, nous autres aussi ? demanda Élise.

— Non, tu peux veiller et Norbert aussi, fit sa mère. Mais il est bien assez tard pour Lionel.

— Mais m'man, voulut protester le gamin.

— T'as juste neuf ans et il fait noir. Il est l'heure de monter te coucher. Discute pas. Vas-y tout de suite.

Évidemment, la mère de famille procédait ainsi par souci des convenances. Il n'était pas décent que Madeleine se retrouve seule à l'étage avec son amoureux, si Philippe avait déjà fermé les yeux.

— Et vous autres, faites pas trop de bruit, ordonna-t-elle à Norbert et Élise avant d'allumer une seconde lampe et d'ouvrir la porte qui permettait d'accéder à la cuisine d'hiver.

— Une chance que m'man se souvenait plus qu'on devait dire une prière pas mal plus longue à soir parce qu'on n'avait pas été à la procession à matin, chuchota Norbert à sa jeune sœur.

— Veux-tu que j'aille lui dire ? fit l'adolescente en se levant déjà.

— Reste là, toi, lui ordonna-t-il, sinon tu vas jouer aux cartes toute seule, je te le garantis.

Retirée dans sa chambre à coucher, Corinne enfila sa robe de nuit, souffla la lampe et se mit au lit en poussant un soupir d'aise. Avant de sombrer dans un sommeil sans rêve, elle se rappela qu'elle voulait demander à Philippe de quoi il avait discuté avec son grand-père quand ce dernier l'avait entraîné à l'écart, cet après-midi-là.

Chapitre 7

Comme son père

— Grouillez-vous, les jeunes, le train se fera pas tout seul, cria Corinne au réveil, campée au pied de l'escalier.

Il y eut divers bruits à l'étage avant qu'une porte s'ouvre pour livrer passage à Léopold déjà habillé et fraîchement rasé.

— Sainte bénite, tu t'es jeté en bas du lit pour être aussi vite, s'exclama la maîtresse de maison en l'apercevant.

— Je suis debout depuis quatre heures et demie, madame Boisvert. J'ai eu le temps d'allumer le poêle dans la cuisine d'été et de faire ma toilette.

Norbert et Lionel précédèrent de peu leurs sœurs dans l'escalier et tous les deux arrivèrent en même temps dans la cuisine d'été.

— Dépêche-toi d'aller chercher les vaches, Lionel, lui ordonna sa mère. Les garçons, vous allez faire la traite pour la première fois dans notre étable neuve. Élise et Madeleine, allez vous occuper de donner à manger aux poules, aux cochons et au cheval. Moi, je prépare le déjeuner.

— Et le grand flanc-mou, en haut ? demanda Norbert. Est-ce qu'on le laisse dormir ?

— Toi, va faire ce que je t'ai dit, répondit sa mère. Je vais m'occuper de ton frère.

Quelques minutes plus tard, Philippe descendit au rez-de-chaussée en claudiquant, le bras toujours en écharpe.

— C'est drôle, mais hier t'avais l'air mieux qu'aujourd'hui, lui fit-elle remarquer, narquoise.

— Ben non, m'man.

— En tout cas, tu dois être pas mal reposé après avoir dormi aussi longtemps, lui rappela-t-elle.

— Je suis correct.

— Tant mieux, si t'es pas encore capable d'aider aux bâtiments, tu vas pouvoir rester en dedans pour équeuter des fraises avec Lionel et les filles.

— Mon bras… commença-t-il à dire.

— Laisse faire ton bras. Tu vas avoir juste besoin de bouger tes doigts. Ça va te faire du bien. Ça va t'empêcher de t'ankyloser.

Son fils aîné n'osa pas répliquer. Sa mère avait bien deviné qu'il utilisait sa blessure comme prétexte pour se reposer. Après presque une semaine, son entorse n'était peut-être pas entièrement guérie, mais il pouvait aisément utiliser son bras.

Durant le déjeuner, la maîtresse de maison organisa son monde de manière que chacun fasse sa part.

— Même s'il y a menace de pluie, Madeleine et moi, on va faire le lavage après avoir remis un peu d'ordre dans la maison. Les garçons, vous allez rentrer ce qui reste du foin donné par les voisins avant qu'il se fasse mouiller. Élise et Lionel, vous allez cueillir des fraises. On ira vous rejoindre quand on va avoir fini dans la maison. Quand vous en aurez pas mal de ramassées, vous les apporterez ici, Philippe a offert de les équeuter.

Tous jetèrent un regard étonné au grand gaillard assis au bout de la table. Les traits de ce dernier se durcirent, mais il ne broncha pas, même si le travail que lui confiait sa mère était de ceux qu'on donnait traditionnellement aux jeunes enfants.

— Et je veux pas vous voir vous promener comme des queues de veau dans le champ de fraises, les avertit leur mère. Quand vous commencez une rangée, vous la videz au complet avant de passer à l'autre.

La remise en ordre de la maison ne prit que quelques minutes, le temps que Philippe, confortablement installé dans une chaise berçante sur la galerie, fume sa première pipe de la journée.

— J'espère que tu trouves pas la vie trop dure, fit Madeleine en venant secouer un paillasson au bout de la galerie.

Il ne se donna pas la peine de lui répondre. Elle rentra et commença à remplir la cuve d'eau de rinçage qu'elle venait d'installer à l'autre extrémité de la galerie, près de la corde à linge. Elle mit un carré de bleu à laver dans l'eau et installa le tordeur. Elle rejoignit ensuite sa mère occupée à frotter des vêtements avec sa planche à laver posée dans l'autre cuve remplie d'eau savonneuse.

Quelques minutes plus tard, Élise déposa sur la table de cuisine un petit seau plein de fraises fraîchement cueillies et retourna auprès de son jeune frère sans rien dire. Philippe se leva sans enthousiasme et alla s'installer à table.

— Mets du journal sur la table pour pas la tacher, lui ordonna sa mère, et prends un grand plat dans l'armoire pour y mettre les fraises équeutées.

Il ne dit rien et fit ce qu'elle lui demandait.

— Dis donc, pendant que j'y pense, tu m'as jamais raconté ce que ton grand-père te voulait hier après-midi, fit-elle en s'approchant de la table.

— Il voulait juste me parler d'une idée qu'il venait d'avoir.

Corinne fut immédiatement sur ses gardes. Elle connaissait depuis assez longtemps son beau-père pour savoir que les idées qu'il pouvait avoir étaient toujours à son avantage, pas au sien.

— Quelle idée ?

— Ben…

— Ben quoi ? insista-t-elle, soudain sur le qui-vive.

— Grand-père m'a dit qu'il viendrait vous en parler aujourd'hui. J'aimerais mieux qu'il le fasse lui-même.

— J'espère juste que ton grand-père se souvient que t'es pas encore majeur, lui fit remarquer sa mère d'une voix acide.

La veuve se rappela alors que Gonzague lui avait fait part la veille, après la messe, de son intention de venir lui parler d'un projet concernant son fils aîné. Moins d'une heure plus tard, elle entendit un bruit d'attelage et vérifia par la fenêtre l'identité du visiteur.

— Tiens ! Quand on parle du loup, on finit par lui voir le bout des oreilles, dit-elle à mi-voix en essuyant ses mains trempées d'eau savonneuse sur son tablier.

Philippe fit celui qui n'avait rien entendu et poursuivit son travail tout en guettant du coin de l'œil l'apparition de son grand-père devant la porte moustiquaire. Il y eut un bruit de pas sur la galerie, suivi d'un : « Il y a quelqu'un ? »

— Entrez, monsieur Boisvert, l'invita sa bru sans

manifester un grand entrain. Le crochet est pas sur la porte.

Le grand vieillard voûté pénétra dans la cuisine d'été, salua sa bru et son petit-fils et accepta de s'asseoir dans la chaise berçante qu'on lui offrait.

— Vous êtes parti trop vite hier après-midi, beau-père, on n'a pas eu le temps de se parler, dit Corinne en lui faisant sentir que c'était à lui de la remercier de l'avoir reçu chez elle.

— C'est pas grave. T'avais ben du monde à t'occuper, fit Gonzague, imperméable à ce genre de leçon.

— Est-ce que c'est juste une visite de politesse que vous venez nous faire ou bien vous voulez quelque chose en particulier ? lui demanda Corinne en renonçant à prendre des gants blancs pour connaître la véritable raison de sa visite en plein lundi matin.

— Comme je te l'ai dit hier, je voulais te proposer quelque chose pour ton garçon le plus vieux, dit le vieil homme en allumant sa pipe.

— Ah oui ! Quoi ?

— Tu sais que même si je vais avoir mes quatre-vingts ans dans deux mois, je suis encore obligé de m'occuper de mes contrats d'entretien des routes avec le gouvernement. J'aurais ben voulu qu'Henri prenne ça en main, mais il a pas le sens des affaires pantoute. J'ai l'impression qu'il va toujours être juste un bon habitant, rien de plus.

— Il y a Charles, lui fit remarquer sa bru.

— Charles est pas ben ben mieux que son père. En plus, il a l'air d'avoir la petite santé de sa mère. Je peux pas me fier à lui non plus pour prendre la relève.

Corinne laissa le silence tomber dans la pièce. Philippe

avait cessé d'équeuter des fraises et attendait que son grand-père poursuive et explique son projet à sa mère.

— Là, je suis ben mal pris, finit par reprendre Gonzague après avoir exhalé une bouffée de fumée.

— Comment ça ?

— Le *truck* que Laurent chauffait de son vivant et que le petit Dupré conduisait depuis deux ans…

— Oui.

— Ben, il est dans ma cour depuis quatre jours. Ce torrieu de Dupré-là est parti rester à Québec chez une de ses sœurs sans me prévenir. Ça fait que je suis pris avec un gros contrat et j'ai personne pour conduire mon *truck*.

— Demandez à Charles. Il est peut-être pas capable en affaires, mais il peut apprendre à conduire ça.

— Tu dis ça parce que tu sais pas tout ce qu'un homme a à faire quand il conduit ce genre de *truck*-là, rétorqua Gonzague. Il faut aussi qu'il soit assez solide pour pelleter du gravier et de la terre pour le remplir et le vider. Charles est pas assez fort pour ça.

— C'est bien de valeur, laissa tomber Corinne qui devinait maintenant où le vieil homme voulait en venir.

— C'est pour ça que je suis venu te voir, lui avoua son beau-père. J'ai pensé que ton Philippe avait toutes les qualités de son père…

— Et aussi une bonne quantité de ses défauts, l'interrompit Corinne.

— Il pourrait apprendre en une journée ou deux comment conduire mon *truck* et travailler pour moi. Ça ferait un salaire qui entrerait dans ta maison et ça aiderait à payer ta nouvelle étable.

— Occupez-vous pas de mes dettes, beau-père,

répliqua la veuve d'une voix cinglante. Je suis capable d'y voir toute seule.

— Écoute, sois raisonnable. T'as déjà Norbert et ton homme engagé pour faire tout l'ouvrage sur ta terre. T'as pas réellement besoin de ton plus vieux.

— C'est un pensez-y bien, reconnut-elle sans aucun enthousiasme.

Corinne, la mine songeuse, tourna la tête vers Philippe et sut d'instinct que le jeune homme de vingt ans mourait d'envie d'occuper le même emploi que son père. Bien sûr, elle pouvait refuser et son fils n'aurait d'autre choix que de lui obéir… mais à quel prix ? Emporté comme il l'était, il pouvait aussi bien disparaître le lendemain matin que se mettre à tout faire de travers sur la ferme, uniquement pour lui faire regretter son refus. Par ailleurs, si elle lui permettait de conduire le camion de son grand-père, elle y gagnerait sur deux tableaux. D'une part, il rapporterait un salaire à la maison, ce qui n'était pas à dédaigner ; d'autre part, la vie quotidienne y gagnerait en quiétude parce qu'il était très souvent à couteaux tirés avec Norbert et Léopold.

— Puis, m'man ? Qu'est-ce que vous en dites ? lui demanda son aîné, qui attendait avec une impatience non dissimulée sa décision.

— Ça dépend, finit-elle par laisser tomber.

— Ça dépend de quoi ? intervint son beau-père qui venait de se lever pour secouer sa pipe au-dessus du poêle dont il venait de retirer un rond.

— Ça dépend du salaire que vous êtes prêt à lui donner, monsieur Boisvert.

— Je vais ben le payer, comme j'ai toujours ben payé le monde que j'engage, rétorqua le vieil homme.

— Oui, mais ça me dit pas quel salaire vous allez lui donner par semaine.

— Je suis prêt à lui donner cinq piastres par semaine le premier mois, le temps qu'il apprenne comme il faut sa *job*. Après ça, je pourrai monter à six piastres. C'est mauditement ben payé pour de l'ouvrage pas forçant pantoute, ajouta-t-il.

— Il faudra finir par savoir, beau-père, reprit finement la veuve de Laurent Boisvert. C'est forçant ou ça l'est pas ? Vous venez de dire que c'était trop forçant pour Charles.

— Mais, m'man… voulut intervenir Philippe qui craignait que son grand-père ne renonce subitement à l'engager.

Il ne poursuivit pas quand sa mère le foudroya du regard.

— Je voulais dire que c'était de l'ouvrage trop dur pour Charles qui est une petite nature, mais pour un gars solide comme ton garçon, c'est une affaire de rien.

— Bon, je veux bien vous croire, monsieur Boisvert. Mais je vous le dis tout de suite : mon gars lâchera pas l'ouvrage qu'il y a à faire sur ma terre à moins que vous ne lui donniez sept piastres par semaine, et ça, dès la première semaine.

— Je peux pas faire ça, déclara tout net le vieillard, apparemment horrifié par la somme exigée par sa bru. Je donne six piastres à mon autre chauffeur. Je perdrais de l'argent si j'acceptais ça. T'oublies, ma fille, qu'il faut que je paye la *gasoline* et l'entretien des *trucks*.

— Savez-vous, beau-père, je suis pas trop inquiète pour vous. Vous avez pas la réputation de travailler à perte. J'ai pour mon dire que si c'était pas payant votre affaire, ça ferait longtemps que vous l'auriez lâchée et que vous vous seriez débarrassé de vos *trucks*.

— Encore une fois, je m'aperçois qu'essayer de parler d'argent avec les femmes, c'est perdre son temps, répliqua sèchement Gonzague, de fort mauvaise humeur. Elles comprennent jamais rien.

Il se dirigea vers la porte, apparemment prêt à partir et à renoncer à engager son petit-fils. Mais avant de franchir la porte, il marqua un temps d'arrêt. Finalement, il tourna la tête vers Philippe.

— Penses-tu que tu vas être d'aplomb d'ici jeudi ? lui demanda-t-il, comme si Corinne n'était plus dans la pièce.

— Certain.

— Dans ce cas-là, sois prêt à six heures et demie. Léon Tremblay va passer te prendre. T'es mieux d'apprendre vite ce qu'il va te montrer. J'aurai pas les moyens de payer sept piastres par semaine quelqu'un qui se traîne les pieds.

Sur ce, Gonzague sortit de la maison, monta dans son boghei et quitta la ferme, sans se donner la peine de répondre au salut de la main que lui faisait son petit-fils qui venait de sortir sur la galerie.

— Il a l'air ben en maudit, dit le jeune homme en rentrant dans la maison, tout heureux que sa mère ait accepté de le libérer du travail de la ferme pour faire quelque chose qui allait lui plaire. Un peu plus, m'man, vous me faisiez perdre cette *job*-là, ajouta-t-il.

— Je suis pas si sûre d'avoir bien fait d'accepter, rétorqua-t-elle, le visage assombri. C'est pas parce que ton père a fait cet ouvrage-là que ça va être le ciel. Dis-toi bien, mon garçon, que ton grand-père te fera pas de cadeau et que tu vas avoir à lui en donner pour son argent. Les sept piastres qu'il va te payer chaque semaine, sois bien certain que tu vas avoir à les gagner plutôt deux fois qu'une.

— L'ouvrage me fait pas peur, plastronna Philippe.

— Si c'est comme ça, commence donc par finir d'équeuter les fraises qui sont sur la table avant qu'Élise revienne avec une autre chaudière.

Il marmonna quelques mots que Corinne se garda bien de lui faire répéter. Cependant, une minute plus tard, au moment où elle sortait avec des vêtements lavés et prêts à être rincés par Madeleine, elle prit la peine de lui préciser :

— Là, il est bien entendu que tu me donneras six piastres par semaine sur ta paye. Je vais en garder une partie pour toi et le reste servira aux dépenses de la maison.

— Vous allez me prendre tant que ça ? s'insurgea son fils.

— Tu pensais tout de même pas que j'allais te laisser tout cet argent-là pour que tu le dépenses à des niaiseries ? répliqua sa mère. Tu veux faire la même chose que ton père, c'est correct. Quand il conduisait le *truck* de ton grand-père, c'est comme ça qu'on faisait. Mais si ça fait pas ton affaire…

— Non, non, c'est correct, s'empressa d'accepter le jeune homme, sentant que sa mère était prête à tout remettre en question.

À l'heure du repas, Corinne annonça à tous que Philippe ne participerait plus qu'occasionnellement aux travaux de la ferme parce qu'il allait devenir camionneur pour son grand-père. Elle jeta un regard scrutateur à Norbert, mais elle ne décela aucun signe d'envie chez le cadet.

— Est-ce que ça veut dire que tu vas avoir le *truck* tout le temps ? demanda Élise à son grand frère.

— Je le sais pas, grand-père en a pas parlé.

— Ouais, fit Norbert, comme s'il se parlait. Les routes de Saint-Paul vont devenir dangereuses en petit Jésus ! Avec le docteur Précourt d'un bord et le frère de l'autre, il y aura plus un sacrifice de piquet de clôture debout dans la paroisse à la fin de l'été.

— Tu peux ben parler, toi, rétorqua Philippe, incapable d'accepter la moindre plaisanterie. Pendant que tu vas te traîner en boghei, moi, je vais être assis dans l'International que p'pa a conduit.

Un peu plus tard durant l'après-midi, Corinne se retrouva avec Madeleine en train de plier les vêtements qu'elle venait de retirer de la corde à linge.

— Je dois dire, m'man, que ça me surprend que vous ayez fait autant d'effort pour faire plaisir à grand-père, dit l'institutrice.

— Si tu parles du fait que j'ai accepté que ton frère aille travailler pour lui, tu te trompes, répliqua la veuve. J'ai pensé qu'il serait plus utile à rapporter un salaire qu'à continuellement chercher la chicane avec tout le monde dans la maison. En faisant quelque chose qu'il aime, il va peut-être devenir plus facile à endurer, ajouta-t-elle.

— C'est vrai qu'on sait jamais par quel bout le prendre, reconnut la jeune fille. Il y a des fois où il me fait penser à…

— Dis-en pas plus, ma fille, lui ordonna sa mère, sachant fort bien à qui Philippe lui faisait penser.

Trois jours plus tard, la famille Boisvert finissait de déjeuner quand le gros International vert bouteille vint faire demi-tour dans la cour avant de s'immobiliser devant la remise. Léon Tremblay, un petit homme tout en nerfs et en muscles, sauta de la cabine, laissant tourner le moteur de son véhicule. Il n'eut pas besoin de monter sur la galerie ni de frapper à la porte. Prêt depuis une demi-heure, Philippe, débarrassé de sa canne et de son écharpe, guettait avec impatience son arrivée et s'avança au-devant du camionneur.

— Salut ! Est-ce que c'est à toi que je dois montrer comment conduire un *truck* ? demanda Tremblay.

— Oui.

— T'es un des garçons de Laurent Boisvert ?

— Oui.

— Tu lui ressembles. Bon, suis-moi, lui ordonna l'homme en se dirigeant vers l'International. Je sais pas si tu le sais, mais c'est moi qui ai montré à chauffer à ton père, ajouta-t-il. Tu vas voir, c'est pas ben compliqué. Il faut juste faire attention. De toute façon, ton grand-père me donne seulement l'avant-midi pour te montrer ce que tu dois savoir. Après ça, il va falloir que tu te débrouilles tout seul.

— Pas plus de temps que ça ? s'étonna le jeune homme en éprouvant un début de panique.

— Ton père a eu encore moins de temps que ça, lui fit remarquer son moniteur. Tout d'abord, il faut que tu saches que t'es responsable de ton *truck*. Je sais pas si ton grand-père te l'a dit, mais si tu le casses par ta faute, il va retenir sur ta paye le prix des réparations.

— Il m'a pas dit ça.

— Ben là, tu le sais.

Léon Tremblay ouvrit la portière, côté conducteur, arrêta le moteur et prit une manivelle sur le plancher du camion. Il entraîna le jeune homme devant la calandre du camion largement utilisé depuis cinq ans. Il se mit en frais d'expliquer à la jeune recrue comment faire démarrer le vieux véhicule à l'aide de la manivelle. Il ne sembla pas remarquer Norbert, Léopold et Lionel qui s'étaient approchés pour assister à sa démonstration. Il ne se soucia pas plus de Corinne et de Madeleine, debout sur la galerie, qui regardaient le spectacle à distance.

La vue de l'International dans sa cour rappelait à Corinne de bien mauvais souvenirs. Il était stationné là où Laurent l'avait toujours laissé lorsqu'il rentrait du travail. Avec un serrement de cœur douloureux, elle revit son mari, tout endimanché, monter à bord du véhicule ce samedi soir d'octobre dans l'intention d'aller boire à l'hôtel de Yamaska ou d'aller voir la jeune Amélie qu'il avait mise enceinte. Elle ne devait jamais le revoir vivant. Il s'était tué durant la nuit à bord de son camion en quittant violemment la route…

Le bruit du moteur que Philippe venait de faire démarrer la tira de ses sombres pensées. Elle vit son fils, tout fier, monter dans la cabine et prendre place derrière le volant. Léopold, Norbert et Lionel reculèrent prudemment jusqu'à la galerie pour se mettre hors de portée du conducteur novice à qui Tremblay dispensait ses premiers conseils sur les secrets de l'embrayage. Pendant de nombreuses minutes, le lourd véhicule avança et recula dans la grande cour, souvent avec des soubresauts inquiétants et des grincements de la transmission qui révélaient que l'apprenti était encore loin de maîtriser le passage des différentes vitesses.

Après quelques manœuvres plus ou moins habiles, l'instructeur donna l'ordre à Philippe de quitter lentement la cour et d'emprunter la route en direction du village. Les mains crispées sur le volant, ce dernier maintenait le lourd véhicule au centre du chemin, attentif à ne pas dévier de sa route. Lorsqu'il arriva au village, Tremblay lui indiqua d'arrêter le camion devant l'unique pompe à essence de la forge-garage de Joseph Melançon pour y faire le plein.

Tout fier d'avoir réussi à conduire le gros International jusqu'au cœur du village, le jeune homme descendit de la cabine et tourna les yeux vers la maison des Melançon dans l'espoir que Cécile l'ait aperçu au volant.

— Le jeune, t'es mieux de regarder plutôt ce que tu dois faire pour remplir le *truck*, lui suggéra son moniteur, agacé de le voir scruter la façade de la maison au lieu de s'occuper d'amorcer la pompe qui faisait monter l'essence.

Philippe, dépité par le commentaire, dut se concentrer sur les gestes exécutés par Tremblay.

— Quand t'as fini de remplir, tu vas dire en dedans la quantité de *gasoline* qui est indiquée sur le compteur. Ton grand-père passe chaque samedi payer Melançon. Fais ben attention que ça déborde pas, le mit-il en garde.

Quand il eut fait le plein, Tremblay lui fit signe d'aller à l'intérieur dire au garagiste la quantité prise. Comme Philippe poussait la porte, Cécile apparut sur la galerie de la maison voisine, mais elle fit comme si elle ne l'avait pas vu.

— Cécile ! la héla-t-il. Elle tourna la tête vers lui et le salua.

— T'as vu ? C'est moi qui conduis le *truck*.

— Comment ça se fait ?

— Je commence à travailler pour mon grand-père aujourd'hui.

— Bonne chance, lui dit-elle, sans paraître le moins du monde impressionnée par la nouvelle. Là, je suis en train de faire le ménage avec ma mère. Je peux pas te parler plus longtemps, expliqua-t-elle avant de rentrer dans la maison.

Déçu de n'avoir décelé aucune admiration chez la jeune fille, le fils de Corinne Boisvert entra dans le garage puis le quitta après avoir communiqué au garagiste la quantité d'essence tirée.

Ce jour-là, le jeune homme dut se passer du repas du midi parce que son mentor se fit conduire chez lui pour prendre possession de l'autre International appartenant à Gonzague Boisvert. Tremblay monta dans son camion noir et ordonna à Philippe de le suivre à la gravière. Les deux hommes remplirent les bennes de leurs véhicules à la pelle avant d'aller livrer le gravier sur une petite route de Saint-Gérard où les attendaient cinq ouvriers de la voirie.

À la fin de l'après-midi, Philippe se débrouillait déjà assez bien au volant de son camion pour ne plus avoir besoin de l'aide de Léon Tremblay. Les seuls intermèdes déplaisants furent dus à des crevaisons. À deux reprises, le nouvel employé de Gonzague Boisvert fut obligé de s'arrêter pour réparer l'un de ses pneus. La première fois, il eut la chance d'être suivi par son compagnon de travail. Ce dernier immobilisa son camion derrière le sien et lui enseigna comment utiliser le cric et retirer la roue. Si Philippe eut du mal à extraire le tube du pneu, par contre, il sut réparer facilement la crevaison avec la rustine trouvée dans le nécessaire placé sous la banquette. Il gonfla avec la pompe le pneu rafistolé et le remit en place. À la seconde occasion, peu avant la fin de sa journée de travail, il jura comme un damné, mais sut se tirer d'affaire seul.

— Veux-tu ben me dire comment ça se fait qu'on

poigne des *flats* comme ça ? demanda-t-il à Tremblay quand il le retrouva sur le chantier. Je viens d'en faire un autre.

— Ça, mon homme, tu devras le demander à ton grand-père, répondit son compagnon. Les pneus sont finis depuis longtemps, mais il s'entête à pas vouloir les changer. Il pense qu'il faut les user à la corde, comme les fers des chevaux.

À six heures, Léon fit signe aux cantonniers que leur journée de travail était finie. Trois d'entre eux montèrent dans la benne de l'International noir avec leurs pelles.

— Ça va être assez pour aujourd'hui, dit-il à Philippe. Moi, je ramène ces trois gars-là à Saint-Gérard. Toi, tu laisseras les deux autres à l'entrée du rang Notre-Dame. Tu les reprendras à la même place demain matin, en passant. Tu dis pas un mot de ça à ton grand-père. S'il savait qu'on fait embarquer les hommes, il voudrait leur retenir quelque chose sur leur paye.

— Et pour le *truck*, qu'est-ce que je fais après ?

— Tu le gardes chez vous. Ça, ton grand-père a fini par le comprendre qu'on perdait ben du temps à aller le chercher dans sa cour le matin avant d'aller travailler. Mais organise-toi pour être à la gravière à six heures et demie demain matin. Moi, je vais arrêter dire au *boss* que t'es correct pour faire l'ouvrage. Je pense qu'il va être content de le savoir.

— Aïe ! Moi, j'ai six enfants, fit l'un des cantonniers qui devaient monter avec Philippe. Je prends une maudite chance de monter avec le jeune.

— Si t'aimes mieux marcher, gêne-toi pas, répliqua sèchement Philippe en se tournant vers lui, l'air mauvais.

Cette réplique incita l'homme à se taire. Il monta dans

la cabine à la suite de son camarade de travail et attendit que Philippe mette le véhicule en marche.

Un peu après six heures trente, le fils de Corinne, fier d'être vu au volant du camion que son père avait conduit avant lui, voulut épater les siens en arrivant à la maison. Il se doutait qu'alertés par le bruit de l'International, ils se précipiteraient vers les fenêtres pour le regarder arriver. Alors, il entreprit de débrayer au moment de tourner dans la cour de la ferme, mais il écrasa l'accélérateur au lieu de la pédale d'embrayage. Il y eut des grincements et le moteur s'étouffa brutalement.

— Maudit calvaire ! jura le conducteur en s'apercevant que sa mère et Norbert étaient sur la galerie et avaient tout vu.

— Veux-tu que j'aille atteler le blond pour tirer ton *truck* jusqu'à la remise ? se moqua Norbert.

— Écœure-moi pas ! hurla son frère. Rends-toi plutôt utile, ajouta-t-il en lui tendant la manivelle servant à faire démarrer le moteur.

Le camion consentit à se mettre en marche et son conducteur alla le ranger près de la remise sans chercher à faire plus d'épate. À sa descente de la cabine, il se rendit compte à quel point il était fatigué. La tension nerveuse de cette journée avait eu raison de sa résistance.

Sa mère le regarda venir vers la maison et le précéda dans la cuisine.

— Lave-toi les mains et viens manger, lui dit-elle. J'ai gardé ton repas dans le réchaud.

Sans dire un mot, son fils aîné alla se laver à la pompe et vint s'asseoir à table. Elle déposa devant lui une assiette contenant des saucisses et des pommes de terre.

Lionel et Élise vinrent le rejoindre pour l'entendre décrire sa première journée de camionneur.

— Comme ça, si j'ai bien compris, t'es maintenant capable de te débrouiller ? lui demanda sa mère.

— Il y a pas de problème, affirma Philippe avec une suffisance certaine.

— Tant mieux, fit cette dernière. En passant, pendant que j'y pense, ajouta-t-elle, la prochaine fois que je t'entendrai sacrer, je te laverai la langue avec du savon.

Le jeune homme regarda sa mère et il ne douta pas un seul instant que cette petite femme blonde toute menue était bien capable de passer aux actes.

À la fin de la semaine, Corinne pouvait se vanter d'en avoir fini avec les fraises. Avec l'aide de ses enfants, elle était parvenue à ne rien laisser dans le champ et à confectionner une vingtaine de gros pots de confiture. Quand Philippe rentra de son travail, le samedi après-midi, il tendit sa paye à sa mère, non sans avoir prélevé au préalable le dollar d'argent de poche qui lui revenait.

À aucun moment, il ne proposa d'aller aider Léopold et Norbert à faire le train. En attendant de souper avec le reste de la famille, il entreprit de faire sa toilette.

— Est-ce que tu vas quelque part après le souper ? lui demanda sa mère à qui ses préparatifs avaient rappelé de douloureux souvenirs.

— J'ai arrêté chez Melançon en passant tout à l'heure. Cécile veut que j'aille veiller avec elle à soir, dit-il, comme si cela allait de soi.

— Dis-moi pas qu'elle a fini par s'habituer à ta face, intervint Norbert, qui venait d'entrer dans la cuisine.

— J'ai pas de boutons dans la face, le contra son frère avec bonne humeur. Ça fait qu'elle a pas eu de misère.

— Ça va faire, vous deux, ordonna Corinne qui sentait que la situation allait rapidement se détériorer.

S'il y avait un point sensible chez Norbert, c'était son acné. Il suffisait que quelqu'un fasse allusion aux boutons qui ornaient son front et son menton pour lui enlever toute envie de plaisanter.

— Essaie de pas rentrer trop tard, poursuivit Corinne en s'adressant à Philippe.

— Vous connaissez pas Cécile, vous, déclara-t-il. Elle a été ben claire. À dix heures, elle veut que j'aie débarrassé le plancher. Elle veut même pas embarquer avec moi dans le *truck* pour faire un tour.

— C'est sûr que son père et sa mère allaient pas la laisser monter toute seule avec un garçon, lui fit remarquer Corinne.

— Ils ont même pas eu le temps de dire un mot quand je l'ai invitée. Je me suis fait remettre à ma place, ça a pas été long. Elle est raide en maudit, cette fille-là.

— Pourquoi tu tiens absolument à aller veiller avec elle d'abord ? intervint Madeleine qui n'avait pas dit un mot durant tout le repas.

— Parce qu'elle est pas comme les autres filles que je connais, avoua-t-il avant de mettre sa casquette en toile et de sortir de la maison.

Chapitre 8

L'imprévu

En cette fin de la deuxième semaine du mois de juillet, il régnait une chaleur à la limite du supportable dans l'antichambre du bureau de monseigneur Joseph-Simon Brunault, évêque de Nicolet. Le curé Cormier passa un doigt entre son col romain et son cou tout en fixant la fougère en pot placée devant la fenêtre. Aucun souffle d'air ne venait agiter la plante. Le prêtre sursauta légèrement lorsque l'horloge murale sonna trois coups. Il attendait depuis plus d'une heure trente d'être reçu par son évêque.

Hector Cormier était vaguement inquiet depuis qu'il avait reçu la convocation de son supérieur lui demandant de se présenter à l'évêché le jeudi suivant. Même s'il n'avait rien à se reprocher, le brave homme avait connu des nuits plutôt agitées à s'interroger sur ce qu'il avait bien pu faire d'incorrect dans l'exercice de son ministère. Un paroissien s'était-il plaint ? Avait-il blessé quelqu'un sans le savoir ? Son rendez-vous était prévu pour deux heures. Il avait préféré se priver de dîner plutôt que de prendre le risque de faire attendre son supérieur. Par conséquent, il s'était présenté au secrétaire de monseigneur, l'abbé Morvan, près de trente minutes avant l'heure. Le jeune abbé l'avait invité à prendre place dans la salle d'attente avec la promesse de venir le chercher dès que l'évêque serait prêt à le recevoir.

Pendant qu'Hector Cormier suait sang et eau sous son épaisse soutane de drap noir, monseigneur Brunault, retranché derrière son imposant bureau en acajou, faisait face au curé de la cathédrale, Eusèbe Morin. Le prélat, le visage fermé, regardait sans complaisance le jeune prêtre de trente-six ans assis en face de lui. Il savait que la figure ronde et le ventre rebondi de cet homme dont la chevelure noire avait commencé à sérieusement reculer sur son front n'étaient pas synonymes de bonhomie, loin de là. Durant les trois dernières années, il avait maintes fois eu l'occasion de regretter de l'avoir nommé à la cure de la cathédrale.

En quelques semaines, le nouveau curé était parvenu à braquer contre lui ses vicaires et ses paroissiens les plus influents. Dès lors, il ne s'était guère passé de semaine sans qu'une plainte n'ait atterri sur son bureau. En général, on lui reprochait son inflexibilité, son manque de compassion, et parfois ses airs prétentieux et sa volonté de tout régenter autour de lui, sans jamais tenir compte des avis de son entourage. Son intransigeance face au moindre manquement à la morale était devenue intolérable. Il avait même trouvé le moyen de se brouiller avec son conseil de fabrique et d'insulter les supérieures des deux plus influentes congrégations religieuses du diocèse dès les premiers mois de son ministère. À plusieurs reprises, Joseph-Simon Brunault l'avait mis en garde et l'avait incité à se montrer plus humain et plus souple, mais en pure perte.

Deux jours auparavant, le prélat avait reçu une délégation des présidents des divers mouvements paroissiaux venus le supplier de les aider à améliorer le climat devenu irrespirable dans leur paroisse. L'homme de taille moyenne au long visage sévère avait compris qu'ils désiraient être débarrassés le plus rapidement possible de leur curé sans oser le dire ouvertement. Ils savaient que leur évêque, qui les fixait de ses yeux gris sans ciller derrière ses petites lunettes rondes, n'aurait jamais accepté qu'on vienne lui dicter sa conduite. Il les avait congédiés en leur promettant de réfléchir à leur demande.

Le prélat avait longuement réfléchi avant de prendre sa décision. Il avait finalement dicté une lettre à son secrétaire à l'intention du curé Cormier et il avait fixé un rendez-vous au curé de la cathédrale le jeudi suivant, quelques minutes avant de rencontrer le curé de Saint-Paul-des-Prés.

Assis devant son évêque, Eusèbe Morin affichait une humilité dont l'évêque n'était pas dupe. Les événements des trois dernières années avaient amplement suffi à le convaincre de l'arrogance déplaisante de ce prêtre quand il était hors de sa présence.

Durant les vingt dernières minutes, Joseph-Simon Brunault avait laissé le curé de la cathédrale lui expliquer à sa façon les raisons du mécontentement de ses paroissiens à son égard. Comme il l'avait pressenti, le jeune curé rejetait tout le blâme sur les fortes têtes dont sa paroisse était remplie. En aucun temps, il ne mit en cause son comportement. Selon lui, il faisait l'œuvre de Dieu et ceux qui s'opposaient à ses diktats étaient inspirés par le diable lui-même.

— Si je vous comprends bien, monsieur Morin, tout le monde a tort et vous êtes seul à détenir la vérité, lui dit le prélat d'une voix si doucereuse que cela aurait dû alerter son subordonné.

— Vous savez, monseigneur… commença le prêtre en devinant tout à coup le mécontentement pourtant manifeste de son supérieur.

— Bon, ça va faire ! dit sèchement l'évêque en élevant subitement la voix. Monsieur, en trois ans, je n'ai eu que des plaintes à votre sujet. À de nombreuses reprises, je vous ai conseillé de mettre de l'eau dans votre vin pour vous attirer les bonnes grâces de votre entourage. De toute évidence, vous n'avez tenu aucun compte de mes conseils.

— Mais, monseigneur… voulut protester le prêtre, le visage soudainement livide.

— Maintenant, monsieur, vous allez vous taire et écouter attentivement ce que j'ai à vous dire, fit le prélat d'une voix tranchante. Il est clair que vous ne convenez absolument pas au ministère que je vous ai confié.

Eusèbe Morin devint alors plus pâle encore, s'attendant à des remontrances sévères de son supérieur. Cependant, il ne s'attendait pas du tout à être honteusement chassé de la plus belle cure du diocèse.

— J'ai longuement réfléchi, monsieur, poursuivit monseigneur Brunault d'une voix sévère. Je ne vous cache pas que j'ai eu la forte tentation de simplement vous destituer et de vous envoyer comme vicaire dans une de nos paroisses.

Le visage du curé de la cathédrale vira au gris et ses mains croisées sur son ventre se crispèrent.

— Finalement, j'ai décidé de vous accorder une autre chance, reprit le prélat.

Ce dernier entendit nettement le soupir de soulagement de son subordonné.

— Mercredi prochain, reprit l'évêque de Nicolet sur un ton qui ne souffrait aucune contestation, vous quitterez la cure de la cathédrale pour aller occuper celle de la paroisse de Saint-Paul-des-Prés.

Eusèbe Morin voulut ouvrir la bouche pour dire quelque chose, mais le prélat leva une main impérieuse pour lui signifier de se taire.

— Vous avez été vicaire là-bas durant cinq ans, vous serez donc en territoire connu. Organisez-vous, monsieur, pour que vos nouveaux paroissiens soient satisfaits de votre ministère et, de grâce, faites un effort pour ne pas les prendre tout le temps à rebrousse-poil. Soyez ferme, mais sans exagération. Je n'aimerais pas être inondé de plaintes de vos administrés. Si cela devait se produire, je vous préviens tout de suite que je n'aurai pas le choix de vous destituer et que je n'hésiterai pas une seconde à le faire.

Sur ces derniers mots, Joseph-Simon Brunault se leva, signifiant ainsi la fin de la rencontre.

— Bonne chance, monsieur le curé.

— Merci, monseigneur, dit le prêtre d'une voix à peine audible avant de se retirer.

Hector Cormier ne vit pas sortir le curé de la cathédrale du bureau de l'évêque. Il avait dû somnoler légèrement parce qu'il n'entendit pas l'abbé Morvan ouvrir la porte de la salle d'attente. Il sursauta lorsque ce dernier l'invita à le suivre. Le curé de Saint-Paul-des-Prés s'empressa d'emboîter le pas au secrétaire qui lui ouvrit la porte du bureau de l'évêque.

— Entrez, monsieur le curé. Assoyez-vous, l'invita monseigneur Brunault, qui semblait avoir subitement retrouvé sa bonne humeur. Désolé de vous avoir convoqué une journée où il fait si chaud.

— Ce n'est rien, monseigneur, répondit le prêtre en adressant un sourire timide et nerveux à son supérieur.

— Je dois tout de suite vous dire, monsieur Cormier, que je ne vous ai pas fait venir à Nicolet pour rien. Je ne suis même pas certain que ce que je vais vous annoncer va vous faire plaisir, prit la précaution de dire le prélat.

Hector Cormier déglutit péniblement, craignant recevoir, de toute évidence, de graves reproches.

— Vos paroissiens semblent unanimes à vanter vos mérites, poursuivit l'évêque. Mieux, ils paraissent beaucoup vous aimer.

— Merci, monseigneur.

— Malheureusement, des circonstances, que je regrette, remarquez bien, m'obligent à vous changer de ministère. J'aurais aimé être capable de faire autrement, mais je ne peux pas…

— Je vous dois obéissance, fit humblement le curé de Saint-Paul-des-Prés.

— Je sais que vous n'êtes pas le genre de prêtre à courir les honneurs, mais je crois que vous êtes l'homme tout indiqué pour occuper la cure de la cathédrale.

— Moi, monseigneur ? demanda le curé Cormier, stupéfait. Je ne sais pas si je vais être capable…

— Oui, vous allez l'être, le coupa son supérieur. La révolte gronde dans cette paroisse et j'ai besoin d'un prêtre comme vous qui saura apaiser les tensions et restaurer un climat agréable. Par conséquent, j'aimerais que vous vous présentiez au presbytère de votre nouvelle paroisse dès lundi prochain, de manière que le curé Morin vous informe des affaires courantes. Comme monsieur Morin ira vous remplacer à Saint-Paul-des-Prés deux jours plus tard, vous pourrez, à votre tour, lui communiquer les renseignements dont il pourrait avoir besoin, ajouta le prélat.

— Oui, monseigneur.

L'évêque se leva, contourna son bureau, et tendit sa bague à Hector Cormier pour que celui-ci l'embrasse.

— Monsieur Cormier, dites-vous qu'en acceptant ce nouveau ministère, vous rendez un grand service à votre évêque, et je vous en remercie.

— Je vais faire de mon mieux, promit le prêtre en saluant monseigneur Brunault.

Bouleversé, le curé de Saint-Paul-des-Prés sortit de l'évêché et monta dans le boghei où l'attendait son bedeau.

— Est-ce que je vous emmène dîner quelque part ? lui demanda ce dernier.

— Merci, monsieur Leblanc, répondit-il d'une voix blanche, ce qui alerta le bedeau. On va rentrer tout de suite à Saint-Paul, si ça vous dérange pas.

Anselme Leblanc se rendit compte du trouble de son curé et lui, habituellement si bavard, fit des efforts méritoires pour se taire durant la plus grande partie du trajet qui les ramena à Saint-Paul-des-Prés. Assis sur la banquette arrière de la voiture, Hector Cormier réalisait peu à peu l'importance des bouleversements que ce changement de ministère allait apporter dans sa vie. Ce fils de cultivateur de Saint-Célestin n'avait quitté la campagne que le temps qu'avaient duré ses études. Il avait toujours exercé son ministère dans des paroisses rurales. Allait-il être à la hauteur dans une paroisse aussi prestigieuse que celle de la cathédrale ? En outre, il lui en coûtait énormément de quitter sa paroisse actuelle où il avait noué des liens avec beaucoup de gens…

À Baie-du-Fèvre, il aperçut au dernier instant le curé Robidoux, et il le salua de loin. Il était si profondément plongé dans ses pensées que la vue des champs riches d'une récolte prometteuse que le boghei longeait ne lui arracha pas le moindre sourire. Anselme Leblanc mesura l'ampleur du trouble de son curé quand ce dernier ne lui demanda pas de s'arrêter au passage ni au presbytère de Pierreville ni à celui de Saint-François-du-Lac, où il avait coutume de faire halte pour saluer ses confrères.

À son arrivée au presbytère de Saint-Paul-des-Prés un peu avant l'heure du souper, le prêtre remercia son bedeau.

— Si vous passez par le magasin général aujourd'hui, monsieur Leblanc, pourriez-vous demander à monsieur Duquette de venir me voir dans la soirée, s'il en a le temps ? lui demanda-t-il en descendant de voiture.

— Je vais faire ça pour vous, monsieur le curé, lui promit le bedeau.

Hector Cormier refusa la collation proposée par Mance Rivest et monta à sa chambre sous le prétexte de faire un brin de toilette pour se débarrasser de la poussière du voyage. Il s'installa ensuite un long moment dans son bureau en refermant la porte derrière lui, ce qu'il ne faisait pratiquement jamais.

— Je sais pas ce qui s'est passé à Nicolet, chuchota Mance Rivest aux deux vicaires en train de lire leur bréviaire sur la large galerie du presbytère en attendant le souper, mais monsieur le curé a pas l'air pantoute dans son assiette.

— C'est peut-être juste la chaleur, voulut la rassurer l'abbé Biron.

— Je l'espère, conclut la servante en rentrant pour aller dresser le couvert.

*
**

Au repas du soir, le pasteur de Saint-Paul-des-Prés se montra d'excellente humeur. Les abbés Biron et Dupras attendirent en vain qu'il leur révèle l'objet de sa convocation à l'évêché jusqu'au moment du dessert. Alphonse Dupras jeta un regard à son jeune confrère avant de s'adresser à son curé.

— Monsieur le curé, je suppose que c'est bien indiscret de vous demander si tout s'est bien passé à Nicolet ? Pas de mauvaises nouvelles, j'espère ?

— Ça concernait la paroisse et je pense que vous avez le droit de savoir, fit Hector Cormier en perdant le sourire factice qu'il arborait depuis le début du repas.

— Qu'est-ce qui se passe ? fit à son tour René Biron.

— Je vais vous quitter au début de la semaine prochaine, leur annonça leur curé.

— Pour combien de temps ? demanda l'abbé Dupras.

— J'ai pas l'impression que je vais revenir dans la paroisse, déclara le curé Cormier. Monseigneur m'a confié la cure de la cathédrale et il a nommé le curé Morin pour me remplacer. Il paraît qu'il connaît bien la paroisse. Il a déjà été vicaire ici.

— Quand devez-vous partir, monsieur le curé ? demanda le jeune abbé Biron.

— Lundi prochain. Si je me trompe pas, mon remplaçant arrivera le lendemain ou le surlendemain.

— On devrait vous féliciter, monsieur le curé, reprit Alphonse Dupras. Être curé à la cathédrale, c'est pas rien.

— Surtout pas ! s'exclama son supérieur. S'il y a une chose que je n'ai pas cherchée, c'est bien celle-là.

— En tout cas, nous, on aurait aimé mieux vous garder avec nous autres, avoua René Biron, chagriné par le départ imminent d'un homme qu'il aimait et respectait.

Assommés par la nouvelle, les deux vicaires restèrent sans voix. Ils allaient perdre un ami et une sorte de père. Ils ne connaissaient pas son remplaçant, mais il aurait sûrement du mal à être aussi bon avec eux.

— Bon, messieurs, c'est pas la fin du monde, dit Hector Cormier en faisant un effort pour secouer l'atmosphère de tristesse qui venait d'envahir la salle à manger. Personne est irremplaçable, moi encore moins que d'autres. Je vous laisse, je dois rencontrer le président de la fabrique.

Les deux prêtres demeurèrent un long moment silencieux, assis à table, sirotant sans grand plaisir le reste de leur tasse de thé. Quand Mance Rivest entra dans la pièce dans l'intention de desservir, René Biron ne put s'empêcher de lui dire :

— Madame Rivest, on vient d'apprendre que monsieur le curé nous quitte. Monseigneur vient de le nommer dans une nouvelle paroisse.

— C'est pas vrai ! s'écria la cuisinière en pâlissant sous le choc.

— C'est lui qui vient de nous l'apprendre.

— Bonne sainte Anne ! Pour une fois qu'on avait un curé qui avait du bon sens ! ne put-elle s'empêcher de dire. Ça me fait bien de la peine, ajouta-t-elle, les larmes aux yeux.

— À nous autres aussi, reconnut Alphonse Dupras.

— Est-ce qu'on sait qui va le remplacer à Saint-Paul ? demanda Mance.

— Le curé Morin. Il a déjà été vicaire dans la paroisse.

— Pas lui ! ne put-elle s'empêcher de s'exclamer.

— Vous le connaissez ? s'étonna René Biron.

— Oui, je le connais, fit Mance, l'air subitement mauvais. Le moins qu'on puisse dire, c'est qu'on va pas y gagner au change.

— Pourquoi dites-vous ça ? l'interrogea René Biron.

— Vous vous rappelez du curé Bilodeau ?

Les deux prêtres se regardèrent et firent une moue qui en disait long.

— Bien, il est exactement comme lui, laissa tomber Mance en retournant dans la cuisine après s'être emparée des assiettes sales sur la table.

— Ça va être gai ! ne put s'empêcher de dire Alphonse Dupras en se levant de table.

— Il a pu changer avec le temps, fit son jeune confrère.

— Ce sera pas long qu'on va le savoir, conclut l'aîné des vicaires avant de quitter la pièce.

Un peu après sept heures, ce soir-là, Alcide Duquette vint frapper à la porte du presbytère pour voir le curé Cormier. La rencontre fut brève et émouvante.

— Je m'excuse de vous déranger après votre journée de travail, mais ce sera pas long, fit l'ecclésiastique en invitant le président du conseil de fabrique à s'asseoir.

— Une bonne nouvelle, j'espère ? demanda le propriétaire du magasin général.

— Pour vous, sûrement, s'efforça de plaisanter le curé avec un mince sourire. Vous allez être débarrassé de moi à partir de la semaine prochaine.

— Vous êtes pas sérieux, monsieur le curé ?

— Bien oui, monsieur Duquette. Monseigneur vient de me nommer ailleurs et je dois partir lundi prochain. Je vais beaucoup regretter Saint-Paul et ses paroissiens, vous pouvez me croire.

— Jamais autant qu'on va vous regretter, avoua le propriétaire du magasin général. Est-ce qu'il y aurait pas moyen d'aller rencontrer monseigneur pour lui demander de vous laisser chez nous ? Je suis certain que bien des gens de la paroisse seraient prêts à faire le voyage à Nicolet pour lui demander ça.

— C'est bien aimable de votre part, mais je pense que ce serait inutile. Monseigneur a jamais accepté de changer une affectation, même quand des paroissiens le suppliaient de le faire… et ça se comprend.

— Qui va vous remplacer ?

— Le curé de la cathédrale, le curé Morin.

— Eusèbe Morin ? demanda Alcide, étonné.

— En plein ça, monsieur Duquette.

Le marchand se retint difficilement de dire une chose désagréable sur le compte du prochain curé de la paroisse. Après avoir renouvelé ses regrets de le voir partir, il salua Hector Cormier et rentra chez lui.

*
**

Évidemment, la nouvelle fit le tour de la paroisse comme une traînée de poudre. Il n'y eut pas un seul paroissien pour ne pas déplorer le départ de celui que tout le monde aimait. Les notables de Saint-Paul-des-Prés, soit Fabien Gagnon, Alcide Duquette, le notaire Ménard et le docteur Précourt, se réunirent dès le lendemain pour organiser une fête d'adieu le dimanche suivant. Il fut décidé que cette dernière aurait lieu dans le grand stationnement commun à la forge-garage et au magasin général. Des tables y furent dressées dès le samedi après-midi dans le but de recevoir la nourriture et les cadeaux destinés à celui qui partait.

Ian Sullivan manœuvra habilement et fit en sorte d'hériter de la tâche d'adresser quelques mots au nom de tous au curé Cormier. Alexina Duquette accepta sans rechigner de sortir les décorations réservées à l'ornementation de son reposoir de la Fête-Dieu pour décorer les lieux. Sans se consulter, beaucoup de dames de la paroisse préparèrent des desserts.

Le curé Cormier annonça son départ à la fin de la grand-messe avec la simplicité qu'on lui connaissait. Beaucoup de ses paroissiens le regardèrent quitter le chœur après son *Ite missa est* prononcé la gorge serrée par l'émotion. Sur le parvis, les gens se rassemblèrent comme tous les dimanches et les marguilliers se firent un devoir d'aller d'un groupe à l'autre pour inviter les gens à se rassembler dès deux heures dans le stationnement du magasin général et de la forge.

À l'heure dite, l'endroit avait été envahi par la quasi-totalité des habitants du village, même si le ciel s'était peu à peu couvert depuis le milieu de l'avant-midi. Deux longues tables croulaient sous les desserts. Philippe avait stationné son camion près du garage de Melançon et s'était ensuite approché de sa famille en compagnie de Cécile Melançon que Corinne connaissait très peu. La jeune fille salua poliment les Boisvert sans manifester la moindre timidité.

— Comme ça, c'est chez vous que mon gars va veiller les fins de semaine ? fit Corinne.

— Oui, madame Boisvert.

— Il te fait pas trop de misère ? lui demanda la mère de famille.

Philippe lui jeta un regard noir, mais n'osa pas ouvrir la bouche.

— Pas une miette, madame. J'ai juste un peu

d'ouvrage à casser son petit caractère, mais ça va arriver s'il continue à venir me voir, dit la jeune fille sur un ton plaisant.

— Avec moi, t'aurais pas ce trouble-là, intervint Norbert. Je suis le seul de la famille à avoir bon caractère.

— Ça, c'est toi qui le dis, répliqua Cécile en souriant. À part ça, t'es pas mal trop jeune pour moi. Quand tu seras plus aux couches, tu viendras me voir.

Les Boisvert éclatèrent de rire et l'adolescent rougit, incapable de trouver une réplique.

— On va s'approcher, déclara Corinne. Voilà monsieur le curé et les vicaires qui arrivent.

En effet, Hector Cormier arrivait à pied, encadré par ses deux vicaires. À la vue de tant de personnes rassemblées pour l'accueillir, il eut un léger geste de recul.

— Ça a pas d'allure de déranger tant de monde parce que je pars, reprocha-t-il à Alcide Duquette qui s'était avancé vers lui, suivi des quatre autres marguilliers.

— On leur a pas tordu un bras pour venir, monsieur le curé, lui fit remarquer le président du conseil. Ils voulaient absolument vous dire au revoir avant que vous partiez.

Une salve d'applaudissements salua l'arrivée des prêtres sur les lieux et Hector Cormier se mit en frais de faire le tour des gens présents pour leur adresser un mot gentil.

Ian Sullivan se matérialisa subitement auprès de Corinne que ses enfants venaient de laisser pour rejoindre des connaissances. Pour la première fois, elle se rendit compte à quel point il semblait plein de suffisance et assuré de son charme.

— Vous avez vu notre voisin, madame Boisvert ? lui

demanda-t-il en lui montrant Jocelyn Jutras à qui Émilie Michaud parlait avec un sourire des plus aguicheurs. Il a pas l'air de trop s'ennuyer, notre Jocelyn.

— On le dirait, reconnut-elle.

— Il est ben chanceux de pas être gêné avec les femmes, lui, fit le célibataire. Moi, je sais pas ce que j'ai, mais je fonds quand je suis avec une belle créature. Je sais pas quoi lui dire.

Les paroles de sa mère revinrent soudain à la mémoire de la veuve qui décida de s'amuser un peu aux dépens du solide gaillard penché vers elle.

— Savez-vous, monsieur Sullivan, que c'est pas mal insultant ce que vous venez de me dire là ? fit-elle.

— Comment ça ? demanda-t-il, apparemment désarçonné.

— Vous êtes en train de me parler, si je me trompe pas. Ça veut donc dire que je suis laide.

— Ben non, madame Boisvert, au contraire, s'empressa de dire le cultivateur, rouge de confusion, sa belle assurance tout envolée.

— Tiens ! Je pense que c'est à vous que fait signe monsieur Duquette, lui déclara-t-elle avant de diriger ses pas vers Marie-Claire et Conrad Rocheleau qui venaient d'arriver.

Planté là, le fils de Rose Sullivan vit, la mort dans l'âme, s'éloigner la femme qu'il cherchait à séduire. Il s'approcha d'Alcide Duquette qui lui chuchota quelques mots à l'oreille. Aussitôt, Ian alla prendre place près des tables où des chaises étaient placées sur une petite estrade en bois improvisée. Le tout avait été installé ainsi à l'intention du curé Cormier, de ses vicaires, du maire et de son épouse ainsi que des Duquette.

Le curé fut entraîné vers l'avant et invité à s'asseoir.

Les gens se rapprochèrent et les conversations s'éteignirent progressivement quand Fabien Gagnon prit la parole pour remercier le curé Cormier de tout ce qu'il avait fait pour les gens de la paroisse. Le discours du maire fut un peu long et on l'applaudit surtout par soulagement quand il prit fin. Ensuite, le président de la fabrique parla pendant quelques minutes du plaisir que lui et les marguilliers avaient éprouvé à travailler avec un prêtre aussi agréable. Enfin, Ian Sullivan fut invité à adresser quelques mots à Hector Cormier au nom de tous les paroissiens de Saint-Paul-des-Prés. Si certains s'étonnèrent qu'un paroissien aussi nouveau que le cultivateur du rang Saint-Joseph prenne la parole au nom de tous, ils ne regrettèrent finalement pas qu'il l'ait fait. Durant quelques minutes, l'homme sut faire sourire et même rire l'assistance en rappelant quelques incidents cocasses auxquels le curé Cormier avait été mêlé, souvent bien malgré lui, au cours des trois années où il avait dirigé les destinées de la paroisse. À la fin de son discours, on l'applaudit chaleureusement et on pria celui qu'on voulait honorer de dire quelques mots.

Le curé de Saint-Paul-des-Prés se garda bien de tomber dans le mélodrame, mais il fit toutefois nettement comprendre à ses paroissiens qu'il les quittait avec regret. On lui remit ensuite quelques petits cadeaux et les organisateurs invitèrent les gens présents à goûter aux sucreries disposées sur les tables. Des volontaires se mirent immédiatement au travail pour distribuer les beignets, les biscuits, le sucre à la crème et les bonbons aux patates cuisinés par des dames de la paroisse.

Vers quatre heures, Hector Cormier prit congé en compagnie de ses vicaires après avoir invité ses paroissiens à assister aux vêpres.

— Il y a pas à dire, déclara Marie-Claire Rocheleau à sa voisine, on perd là tout un bon curé.

— Le curé Morin va avoir des grosses bottines à chausser pour le rejoindre, ajouta son mari.

— Est-ce que c'est de notre ancien vicaire que vous parlez ? demanda Corinne, étonnée.

— Bien oui, t'étais pas au courant ? fit Marie-Claire.

— Première nouvelle.

Au moment où elle s'apprêtait à rentrer à la maison avec ses enfants, la veuve aperçut son beau-père qui se dirigeait vers elle en compagnie d'Henri, de sa femme et d'Alexandra, l'épouse de son neveu Charles. Après avoir salué les parents de son défunt mari, elle demanda à Gonzague :

— Puis, monsieur Boisvert, êtes-vous toujours satisfait de l'ouvrage de mon gars ?

— Il est pas trop pire, reconnut le vieil homme sans trop d'enthousiasme.

— Je suppose que s'il faisait pas votre affaire, vous le remplaceriez, ne put-elle s'empêcher de dire.

— Inquiétez-vous pas, ma tante, intervint Alexandra. Si grand-père le paye, c'est qu'il doit bien gagner son argent.

— Toi, t'es trop jeune pour comprendre, la rembarra sèchement le grand-père de son mari.

— Je veux pas être impolie, grand-père, reprit la jeune femme toujours aussi frondeuse, mais le monde change. C'est pas parce que je porte une robe que je suis stupide. Le temps où les femmes pouvaient parler seulement quand leur mari leur permettait de le faire est fini depuis longtemps. À cette heure, on a le droit de voter aux élections, au cas où vous le sauriez pas.

— Seulement au fédéral, ma fille, intervint Henri, réprobateur et gêné de voir sa bru manquer autant de tenue.

— Ayez pas peur, beau-père, on va finir par avoir le droit de vote au Québec aussi, affirma la jeune femme avec aplomb. J'ai lu dans *La Presse* que madame Gérin-Lajoie a créé un comité le mois passé pour nous avoir ce droit-là.

— C'est une bonne nouvelle, l'encouragea Corinne en lui adressant un clin d'œil.

— Ah ! Ça va être beau à voir, une affaire comme ça, se contenta de dire Gonzague en tournant son attention vers Corinne. Je voulais te dire qu'à la fin de la semaine prochaine, j'aurai pas besoin de ton garçon durant deux ou trois jours. Il paraît que le moteur du *truck* est presque fini. Melançon a été obligé d'en commander un autre. Je te dis, ma petite fille, que tout ça, c'est ben de l'argent…

— Si je vous connaissais pas si bien, monsieur Boisvert, je croirais que vous êtes dans la misère noire, plaisanta Corinne. En tout cas, ça va bien tomber. S'il fait beau, on va en profiter pour faire les foins, précisa-t-elle avant de prendre congé.

Sur ces mots, Corinne salua sa belle-famille et se dirigea vers ses enfants pour tranquillement commencer à réunir les siens et rentrer à la maison.

Quand Corinne parla du nouveau curé ce soir-là, Madeleine ne put s'empêcher de dire :

— Mon Dieu ! je vous dis qu'on n'a pas fini d'entendre parler du diable et de l'enfer.

— Moi, je me rappelle qu'il m'avait mise à genoux en avant de la classe quand j'avais pas été capable de répondre à une question du catéchisme, poursuivit Élise.

— C'est vrai qu'il était bête comme ses pieds, reconnut Norbert.

— Faites attention à ce que vous dites, les mit en garde leur mère. Vous parlez d'un prêtre.

Corinne jeta un coup d'œil inquisiteur à Philippe qui n'avait pas ouvert la bouche depuis son retour de la fête, quelques minutes plus tôt. Il affichait un air buté de mauvais augure. Elle en déduisit qu'il s'était probablement disputé avec Cécile et elle se garda bien de lui poser la moindre question.

Quand elle le vit monter à sa chambre après le repas au lieu de prendre la direction du village, elle comprit qu'elle ne s'était pas trompée.

En fait, le jeune homme avait commis une maladresse qui avait remis en question sa relation avec la fille du garagiste. Il l'avait quittée durant quelques instants durant la fête pour se rendre à son camion stationné près du garage. À son retour, Cécile avait cru renifler une vague odeur d'alcool. Elle avait attiré à l'écart son amoureux.

— Penche-toi donc un peu vers moi, lui avait-elle ordonné.

Philippe avait cru à tort qu'elle avait enfin choisi cet après-midi-là pour s'humaniser et lui permettre un petit baiser, mais il faisait une grossière erreur.

— Souffle donc un peu, avait-elle repris, l'air sévère.

— Pourquoi ? avait-il demandé en lui obéissant tout de même.

— Mais tu sens la boisson, Philippe Boisvert, s'était-elle insurgée en s'éloignant de lui de quelques pas.

— J'en ai pris juste une petite goutte pour fêter un peu, s'était-il excusé, comme si la chose n'avait aucune importance.

— Ah bien, là, mon ami, tu te trompes de fille si tu t'imagines que je vais endurer ça ! lui avait-elle dit, les dents serrées, en proie à une froide fureur.

— Juste une petite goutte ! avait-il répété, vaguement suppliant.

— Un gars qui boit, j'en veux pas. Tu t'imagines peut-être que ça s'est jamais su au village que ton père aimait lever le coude ! T'as l'air de vouloir prendre le même chemin. T'es libre de le faire, mais je veux pas voir ça. Trouve-toi une autre fille qui va endurer ça. Je veux plus te voir.

Sur ces mots, Cécile, l'image même de la vertu outragée, avait traversé le stationnement, où une vingtaine de personnes continuaient à discuter, et était rentrée chez ses parents sans un seul regard derrière elle. Dépité, le jeune homme était monté dans la cabine de son camion et était retourné chez lui.

*
**

Trois jours plus tard, Eusèbe Morin arriva au presbytère de Saint-Paul-des-Prés sans tambour ni trompette au milieu de l'après-midi. Depuis la veille, il tombait sur la région une petite pluie fine qui ne semblait pas près de prendre fin. Elle avait rendu le voyage depuis Nicolet des plus inconfortables et assombri encore plus l'humeur maussade du nouveau curé de Saint-Paul-des-Prés. Cependant, l'ecclésiastique était plus mortifié par la perte de sa cure qu'inquiet de l'accueil qui l'attendait dans sa nouvelle paroisse. Dans son for intérieur, il était persuadé que ses nouveaux paroissiens allaient être enchantés de le revoir.

Le prêtre descendit de voiture devant le presbytère et demanda à son chauffeur de transporter à l'intérieur ses deux grosses valises qui furent déposées sans ménagement dans l'entrée. Il remercia l'homme, mais ne lui proposa même pas d'attendre la fin de l'averse pour retourner chez lui.

Mance Rivest se présenta dans le couloir sans montrer le moindre empressement et attendit que le nouveau curé de la paroisse ait congédié son conducteur avant de le saluer.

— Bonjour, monsieur le curé ! dit-elle sans manifester une très grande chaleur.

— Bonjour, madame Rivest ! Je suppose que vous m'attendiez avec impatience ? dit-il à son tour en retirant le léger manteau qui l'avait protégé de la pluie.

— Pas particulièrement, monsieur le curé, répondit-elle franchement. J'ai préparé votre chambre. Vous pourrez vous y installer quand vous voudrez.

— Merci. Où sont les vicaires ?

— L'abbé Biron est parti visiter deux malades et l'abbé Dupras est à la sacristie en train de faire répéter de nouveaux servants de messe.

— Très bien, voulez-vous monter mes bagages dans ma chambre ?

Mance Rivest jeta un coup d'œil aux deux grosses valises déposées près de la porte.

— Elles ont l'air trop pesantes pour une femme de mon âge, monsieur le curé.

— Dans ce cas-là, demandez donc à monsieur Leblanc de les monter, fit-il, agacé.

— Je suis même pas sûre qu'elles seront pas trop

lourdes pour monsieur Leblanc, protesta-t-elle avec une mauvaise volonté assez évidente. Il prend de l'âge, notre bedeau, vous savez.

— Demandez-lui quand même de le faire, lui ordonna sèchement le prêtre avant de se diriger vers la pièce voisine qui avait toujours servi de bureau au curé de la paroisse.

— Eh bien ! Ça va être agréable de vivre avec lui, ne put s'empêcher de murmurer la cuisinière en retournant dans sa cuisine. Il pense tout de même pas que je vais me mettre à courir après le père Leblanc pour lui faire monter ses valises. Si je le vois, je lui dirai de le faire. Si je le vois pas, il se débrouillera tout seul avec ses bagages.

Eusèbe Morin ne quitta pas son nouveau bureau de l'après-midi, même si des bruits de voix en provenance du couloir lui apprirent que ses deux vicaires étaient rentrés au presbytère. Il était profondément vexé de constater que son retour à Saint-Paul-des-Prés ne suscitait pas plus d'enthousiasme.

— C'est effrayant comme les gens oublient vite ! murmura-t-il. On dirait qu'ils se souviennent pas du tout de ce que j'ai fait dans cette paroisse pendant tant d'années, ajouta-t-il avec amertume.

Il entendit des chuchotements dans la pièce voisine, mais se garda bien de se manifester. Il ne consentit à sortir de la pièce que lorsque la cuisinière agita la clochette pour signifier que le souper était servi.

Lors de son entrée quelque peu théâtrale dans la salle à manger, il découvrit René Biron et Alphonse Dupras, debout derrière leur chaise, en train tout probablement de l'attendre. Il se présenta brièvement et les invita à faire de même avant de les prier de prendre place.

À dire vrai, le nouveau curé de Saint-Paul-des-Prés s'efforça de se montrer très cordial lors de ce premier contact avec ses subordonnés. Il se rappelait trop bien la mise en garde de son évêque exigeant qu'il fasse preuve d'humanité dans ses relations avec les gens. Toutefois, de prime abord, il aurait été faux de croire que ses deux vicaires lui plurent.

De petite taille et plutôt bien en chair, Eusèbe Morin se méfiait de ceux qu'il appelait en son for intérieur les grands maigres. Or, René Biron appartenait à cette catégorie et, à l'entendre parler, le jeune prêtre ne semblait pas être doté d'une très grande force de caractère. Par ailleurs, Alphonse Dupras paraissait avoir approximativement le même âge que lui, mais son aplomb et son sourire charmeur l'irritèrent tout de suite. Il nota même mentalement d'exiger qu'il renonce à se gominer les cheveux.

— Nous vous souhaitons la bienvenue dans votre nouvelle paroisse, dit aimablement l'abbé Dupras avec un sourire.

— Merci, monsieur l'abbé, répondit Eusèbe Morin avec un air un peu contraint.

— J'ai déposé vos valises dans votre chambre, ajouta René Biron.

— Vous êtes bien aimable, l'abbé, le remercia son supérieur.

À la fin du repas, il entraîna ses deux vicaires dans son bureau pour établir la charge de travail de chacun et leur faire part des règles qu'il entendait imposer dans son presbytère. À leur sortie de la pièce une heure plus tard, les abbés Biron et Dupras se dirigèrent vers la large galerie qui ceinturait le presbytère dans l'intention de faire quelques pas.

— C'est étrange, marmonna Alphonse Dupras, mais j'ai comme l'impression qu'on rira pas trop souvent avec notre nouveau curé.

— C'est certain qu'il ressemble pas bien gros au curé Cormier, reconnut René Biron sur le même ton.

— Il m'a l'air pas mal sec.

— On va s'y faire, l'encouragea son jeune confrère. C'est parce qu'il nous connaît pas encore. Quand il va être plus à l'aise, il va changer.

— Je pense tout de même que madame Rivest a pas mal raison, poursuivit l'aîné des vicaires. On dirait le curé Bilodeau en plus jeune. Si c'est ça, la vie va pas être drôle tous les jours à Saint-Paul.

Chapitre 9

La grande demande

Depuis le début de cette dernière semaine de juillet, on attendait avec impatience la fin du mauvais temps pour commencer les foins. La température avait été si favorable depuis le début de l'été que tout laissait prévoir qu'on aurait du fourrage en abondance pourvu que le soleil veuille bien apparaître.

Chez les Boisvert, Corinne n'était pas moins impatiente que ses voisins. Pendant que Norbert et Léopold travaillaient aux derniers aménagements intérieurs de la nouvelle étable, Philippe, d'humeur maussade, avait repris le transport de terre et de gravier pour le compte de son grand-père tout en sachant qu'il devrait abandonner son travail durant quelques jours dès que le garagiste aurait reçu le nouveau moteur de son camion.

Chaque jour, il s'arrêtait au garage pour faire le plein avec l'espoir, toujours déçu, d'apercevoir Cécile. Le mardi matin, Joseph Melançon le prévint qu'il garderait son camion le soir même pour y entreprendre les réparations, et qu'il croyait être en mesure de le lui rendre le samedi matin, si tout se passait comme prévu. En fin de journée, à la demande de Corinne, Léopold attela le blond au boghei et ramena Philippe à la maison après que ce dernier eut abandonné le gros International dans la cour de Melançon. Au passage, ils virent Norbert en grande conversation avec Ian Sullivan.

— La pluie a arrêté, dit l'homme engagé en rentrant dans la maison après avoir dételé sa bête. Le vent est en train de chasser l'humidité. Je serais pas surpris que ça sèche pas mal pendant la nuit et qu'on soit capables de commencer les foins demain matin, si c'est toujours votre idée, madame Boisvert.

— Ce serait la meilleure chose qui pourrait arriver, déclara cette dernière en regardant son fils aîné ouvrir la porte de la cuisine d'hiver. Montes-tu déjà te coucher ? lui demanda-t-elle.

— Je suis fatigué, avoua ce dernier d'une voix éteinte. J'ai eu une grosse journée.

— Je suis contente que tu sois là demain pour nous donner un coup de main à commencer les foins, lui dit-elle.

Le jeune homme ne dit rien et referma la porte derrière lui. Sa mère prit son panier à ouvrage et sortit sur la galerie, apparemment décidée à profiter du rafraîchissement de l'air. Élise, assise à la table, lisait un livre de classe prêté par Madeleine tandis que Lionel cherchait à construire un château avec de vieilles cartes à jouer.

Madeleine s'approcha de Léopold et lui chuchota quelques mots à l'oreille. Ce dernier sembla hésiter un instant avant de hocher la tête en signe d'acceptation. Sous le regard attentif de son amie, le jeune homme alla se pencher devant le miroir suspendu au-dessus de l'évier, passa ses doigts dans son épaisse chevelure brune et se dirigea vers la porte moustiquaire en faisant un signe discret à Madeleine de le précéder. Tous les deux sortirent sur la galerie et vinrent s'asseoir près de Corinne en train de réparer un pantalon de Norbert. Léopold, l'air emprunté, se racla la gorge, ce qui incita la veuve à lever les yeux de son travail d'aiguille.

— As-tu pris le dernier morceau de lard dans le puits ? demanda-t-elle à sa fille.

— Oui, m'man. Je l'ai mis dans le fourneau. Il devrait être cuit avant qu'on aille se coucher.

— C'est effrayant comme la viande est partie vite cette année, ne put s'empêcher de faire remarquer la maîtresse de maison. Il me semble que c'est hier qu'on a mis dans le puits ce qui nous restait dans la chaudière. On a beau l'étirer autant que possible, on peut tout de même pas faire des miracles.

— C'est comme ça toutes les années, m'man, lui rappela Madeleine. Aussitôt que la glace a fini de fondre, on s'aperçoit qu'il nous reste presque plus de viande à mettre dans le puits.

— On n'a pas le choix. Il va falloir en acheter un peu chez Vigneault toutes les semaines à cette heure, dit Corinne avec un air résigné.

— M'man, Léopold aurait quelque chose à vous dire.

Tout de suite, le ton un peu solennel de sa fille alerta la veuve qui déposa son ouvrage sur ses genoux quand son homme engagé se leva.

— Qu'est-ce qu'il y a, Léopold ? lui demanda-t-elle.

— Ben, madame Boisvert, j'aimerais... j'aimerais vous demander la main de Madeleine, dit le jeune homme en rougissant.

— Voyons donc, Léopold, ça fait même pas un an que vous vous fréquentez, lui fit-elle remarquer.

— C'est vrai, madame, mais je la connais depuis trois ans, plaida le jeune homme.

— Elle vient juste d'avoir dix-neuf ans.

— Mais m'man, vous aviez dix-huit ans quand vous vous êtes mariée, ne put s'empêcher d'intervenir sa fille.

— Je le sais, Madeleine, et j'aurais dû attendre plus tard pour me marier. J'ai rien contre Léopold. Je sais que c'est un bon garçon et qu'il te ferait un bon mari. Mais là, je me demande juste avec quoi vous allez vivre.

— Il y aura pas de problème, madame Boisvert, dit Léopold en reprenant courage. J'ai ce qu'il faut.

— Bon, admettons, raisonna à haute voix la veuve. Si je te donne ma fille, vous allez rester avec nous autres, mais quand les enfants vont arriver, on va être pas mal tassés et…

— C'est pas ce qu'on avait l'intention de faire, la coupa Madeleine. Léopold a d'autres plans.

— Quels plans ? fit Corinne, intriguée.

— Ben, je me suis entendu avec monsieur Pouliot. Je lui ai dit que j'étais prêt à lui acheter sa terre, et il a accepté.

— Mais tu rêves, mon pauvre Léopold. Où est-ce que tu vas trouver l'argent pour payer cette terre-là ? Je sais que je t'en dois, mais c'est rien à côté du montant que le père Pouliot va te demander pour son bien.

— J'ai ce qu'il faut, madame.

— T'as ce qu'il faut ?

— Oui.

— En plus, tu devras acheter des bêtes, le roulant et aussi des meubles pour la maison.

— Monsieur Pouliot est prêt à me vendre tout ça et on s'est entendus sur un bon prix, précisa l'amoureux de Madeleine.

— Et t'as assez d'argent pour tout ! fit Corinne, stupéfaite.

— C'est déjà réglé, madame Boisvert. J'ai l'argent et j'ai signé à monsieur Pouliot une promesse d'achat si vous me donnez votre fille.

— Ah là ! j'en reviens pas ! Tes dettes…

— Malgré tout ça, j'aurai pas une cenne de dette, affirma-t-il.

— T'as autant d'argent que ça ?

— J'en ai un peu, répondit modestement son homme engagé.

— À ce moment-là, pourquoi t'es resté avec nous autres en te contentant des petits gages que je te donne ?

— Parce que…

— Parce que t'aimes ma fille, compléta Corinne avec un sourire de compréhension.

— C'est en plein ça, madame Boisvert, reconnut le jeune homme, rassuré.

— Mon Dieu, comme tout va vite ! ne put s'empêcher de s'exclamer la veuve, vaincue. Là, je viens de prendre un coup de vieux ! Madeleine qui va se marier…

— Est-ce que vous voulez, m'man ? lui demanda sa fille, dont les yeux brillaient d'espoir.

— Si c'est comme ça, je te la donne, dit Corinne à Léopold.

Les deux jeunes gens, transportés de bonheur, se prirent la main.

— Quand est-ce que vous voudriez vous marier ?

— On en a discuté, m'man, fit Madeleine, rose de plaisir. On ferait ça à la fin du printemps prochain. Monsieur Pouliot veut rester sur sa terre jusqu'à la fin de septembre et Léopold irait s'installer dans notre future maison au commencement d'octobre. Moi, j'aimerais faire la classe une autre année. Si grand-père m'engage pas, je pourrais passer l'hiver avec vous à faire des courtepointes. Qu'est-ce que vous en pensez ?

— Je trouve que ça a pas mal de bon sens, reconnut sa mère, soulagée que l'échéance soit aussi éloignée.

Ainsi, elle allait pouvoir s'habituer à l'idée que sa fille allait la quitter.

— L'hiver prochain, je pourrai travailler avec Norbert pour scier du bois autant sur ma terre à bois que sur la vôtre, si ça vous convient, proposa Léopold, tout aussi heureux que Madeleine.

— C'est une bonne idée.

— En plus, je me suis entendu avec monsieur Pouliot pour garder Tit-Bé, son homme engagé. Il paraît qu'il est pas mal fiable.

Celui qui était connu sous le nom de Tit-Bé dans Saint-Paul-des-Prés était un ouvrier agricole qui travaillait chez Ernest Pouliot depuis une vingtaine d'années. En d'autres mots, l'homme âgé d'une quarantaine d'années faisait partie du paysage paroissial. L'homme était grand et maigre, mais il avait la réputation d'avoir un appétit féroce que son patron n'avait jamais osé lui reprocher tant il abattait sa large part de travail sur sa ferme. Au demeurant, c'était un solitaire qui ne dérangeait personne. Certains le disaient un peu simple d'esprit tant il était long à répondre à la moindre question. En fait, on l'avait surnommé Tit-Bé parce qu'il commençait invariablement chacune de ses réponses par des « Bé… Bé… » assez désarçonnants quand on ne le connaissait pas.

— Quand est-ce que vous voulez vous fiancer ? fit Corinne.

Les deux jeunes gens se regardèrent. De toute évidence, ils n'en avaient pas discuté.

— Que diriez-vous de faire ça le premier dimanche de septembre ?

— Merci, madame Boisvert, répondit Léopold.

— Remarquez que j'aime pas bien gros l'idée de si longues fiançailles, sentit-elle le besoin de préciser. Je suppose que vous êtes capables de bien vous tenir tout ce temps-là ?

— Bien oui, m'man, répondit Madeleine, légèrement scandalisée que sa mère puisse penser autrement.

En réalité, Corinne songeait surtout que les dangers de ces longues fiançailles seraient sérieusement atténués par le fait que son homme engagé aurait quitté son toit à la fin de septembre. De plus, il y avait de fortes chances que sa fille enseigne ailleurs qu'à Saint-Paul-des-Prés à l'automne.

Pendant près d'une heure, on discuta de l'avenir. Léopold décrivit avec soin l'intérieur de la maison des Pouliot où Corinne n'avait jamais mis les pieds, même s'il s'agissait de voisins demeurant à quelques arpents de chez elle. Madeleine parla avec enthousiasme de ce qu'ils entendaient faire de leur vie et de son plaisir de s'établir si près de chez sa mère. Norbert ne revint du village qu'un peu après le coucher du soleil.

— Bon, c'est bien beau tout ça, mais on a une grosse journée d'ouvrage qui nous attend demain matin, dit Corinne en quittant sa chaise berçante. On va aller faire la prière et se coucher, annonça-t-elle au couple d'amoureux qui lui avait tenu compagnie une bonne partie de la soirée.

À leur entrée dans la cuisine d'été, Corinne vit Philippe

pénétrer dans la pièce par la porte communiquant avec la remise voisine. Il venait d'aller aux toilettes.

— Avant de réciter la prière, j'ai une grande nouvelle à vous apprendre, déclara la mère de famille aux siens.

Élise et Lionel, curieux, s'approchèrent de leur mère.

— Léopold vient de me demander votre sœur en mariage, annonça-t-elle.

— Ils vont se marier ? demanda Élise.

— Il y a des grosses chances, si m'man a dit oui, niaiseuse, répondit Norbert.

— J'ai accepté, poursuivit Corinne. Vous pouvez les féliciter. Léopold va faire partie de la famille le printemps prochain quand on va faire des noces.

Tous obéirent et s'avancèrent pour féliciter un peu maladroitement les futurs époux. La mère de famille remarqua tout de même l'air contraint de son fils aîné quand il s'exécuta.

Après la prière, tous quittèrent la cuisine d'été pour monter à l'étage. En s'emparant de la lampe pour se réfugier dans sa chambre à coucher, Corinne s'aperçut que Philippe n'avait pas suivi les autres.

— Tu vas pas te coucher ? lui demanda-t-elle.

— Non, j'ai dormi un peu après le souper et là je m'endors pas. Et puis, je voudrais vous parler de quelque chose.

— De quoi ?

— Ben, à propos du mariage de Madeleine.

— Qu'est-ce qui se passe ? J'ai bien vu que t'avais pas trop l'air content quand je l'ai annoncé tout à l'heure.

— Comment on va se débrouiller s'ils sont pour rester ici dedans ? On va être tassés et en plus, si j'ai ben compris, c'est moi qui vais être comme un étranger dans la maison parce que je travaille pas sur votre terre.

Corinne regarda son fils, incapable de dissimuler sa stupéfaction.

— Qu'est-ce que tu me racontes là ?

Le jeune homme lui répéta ce qu'il venait de dire, incapable de cacher sa frustration.

— Tu t'inquiètes bien pour rien, mon garçon. Tout d'abord, t'es le plus vieux de la famille et t'auras toujours ta place ici dedans, que tu travailles la terre ou pas. Ensuite, il est pas question pantoute que Madeleine et Léopold restent avec nous autres après leur mariage. Léopold a déjà acheté la terre des Pouliot, à côté de chez Sullivan, et c'est là qu'ils vont vivre.

— Sacrifice ! Il a ben de l'argent, lui, ne put s'empêcher de s'exclamer son fils aîné. Où est-ce qu'il a volé cet argent-là ?

— Sers-toi donc de ta tête avant de parler et essaye de pas te faire haïr par ton futur beau-frère, lui ordonna sèchement sa mère. Léopold va faire partie de notre famille et c'est un honnête garçon à qui l'ouvrage fait pas peur. D'où vient son argent ? Ça nous regarde pas une miette. Ce sont ses affaires.

Corinne l'embrassa sur une joue et se retira dans sa chambre, le laissant seul dans la pièce à remâcher son envie.

— Pas de danger que ça m'arrive à moi, une chance pareille ! dit-il à mi-voix en se laissant tomber sur le banc placé près de la table.

Depuis que Cécile l'avait congédié, il cherchait par tous les moyens à rentrer en grâce auprès d'elle, mais aucune idée valable ne lui venait à l'esprit. Il s'en voulait tellement de sa bêtise qu'il avait fini par lancer dans le champ la bouteille d'alcool dissimulée sous la banquette avant de son camion.

Le lendemain matin, Madeleine se leva avec une interrogation. Avait-elle bien entendu sa mère dire la veille que son Léopold lui avait prêté de l'argent ? En quel honneur ? À quelle occasion ? Tout de suite, elle s'inquiéta de la propension de son futur fiancé à lui cacher des choses.

— On s'était bien promis de tout se dire, murmura-t-elle en s'habillant pour aller aider sa mère à préparer le déjeuner.

Lorsqu'elle apparut dans la cuisine d'été, il n'y restait que sa mère et Élise. Les autres étaient allés soigner les animaux. La jeune femme attendit que sa mère envoie sa sœur cadette chercher des œufs dans le poulailler pour l'interroger.

— Dites donc, m'man, est-ce que je vous ai bien entendue, hier soir, quand vous avez dit que Léopold vous avait prêté de l'argent ?

— Oui, répondit sa mère sans détour.

— Comment ça se fait qu'il m'en ait pas parlé ?

— Ça, ma fille, il va falloir que tu le lui demandes, fit Corinne. Peut-être qu'il a jugé que c'était pas de tes affaires.

Le visage de la jeune fille se referma, ce que sa mère remarqua immédiatement.

— À ta place, je lui en parlerais, suggéra-t-elle doucement. Il a peut-être jugé que c'était mieux comme ça…

Après le déjeuner, Madeleine s'empressa de suivre son amoureux sur la galerie quand elle s'aperçut qu'il s'y retirait tout seul pour fumer sa première pipe de la journée.

— Tu m'as encore fait une cachette, lui reprocha-t-elle à voix basse pour que les siens ne l'entendent pas dans la cuisine d'été.

— Laquelle ? fit-il, surpris.

— J'ai bien entendu ma mère dire hier soir que tu lui avais prêté de l'argent, et tu m'en as pas dit un mot.

Le jeune homme eut l'air un peu mal à l'aise.

— Écoute, j'en ai pas parlé parce que je voulais ménager son orgueil. Je pense qu'hier soir elle s'est échappée devant toi.

— Là, est-ce que je peux savoir pourquoi tu lui as prêté cet argent-là ?

— Pour faire construire la nouvelle étable. Ta mère était mal prise et ton grand-père voulait lui charger des intérêts, si j'ai ben compris. Je pouvais lui prêter le montant, et c'est ce que j'ai fait.

— Et toi, évidemment, tu lui as prêté cet argent-là sans demander des intérêts ?

— Oui.

— Là, je te reconnais. Je dois te dire merci d'avoir aidé ma mère. T'es bien généreux.

— J'ai fait ça parce que j'haïs pas trop sa fille, répliqua Léopold avec un petit sourire.

— Moi aussi, je pense que je t'haïs pas, conclut-elle en lui serrant une main.

Chapitre 10

Un départ inattendu

Dès son réveil, le lendemain matin, Corinne s'empressa de sortir sur la galerie pour voir quel temps il faisait. Le jour venait de se lever dans un ciel gris et la brise de la veille n'était apparemment pas parvenue à chasser l'épaisse couverture nuageuse. Comme de la ouate, une légère brume s'était installée au-dessus des champs et gommait tout le paysage.

— Ça regarde mal pour commencer les foins, dit Philippe, qui venait de se planter derrière la porte moustiquaire.

— On verra ça après le train et le déjeuner. Le temps peut encore changer, lui fit remarquer sa mère toujours aussi optimiste.

Lionel sortit de la maison sans rien dire et prit la direction du champ dans l'intention de ramener les vaches vers l'étable où on allait les traire. Sur la galerie, près de la porte, Madeleine et Élise chaussaient leurs bottes avant d'aller nourrir les animaux et lever les œufs dans le poulailler. Leur mère était rentrée dans la maison et, silencieuse, avait entrepris de préparer de la pâte à crêpes pour le déjeuner. Les rondins en train de brûler crépitaient dans le poêle à bois.

Une heure plus tard, tous les habitants de la maison

étaient rassemblés autour de la table pour déjeuner. Au moment de servir le thé, la maîtresse de maison prit finalement une décision.

— Même si le temps est pas bien beau, on va commencer à faucher à matin. S'il mouille, on en sera quittes pour retourner le foin fauché et le faire sécher dans le champ. Là, on peut avoir l'aide de Philippe pour encore un jour ou deux, le temps que son *truck* soit réparé. On va en profiter.

Personne n'éleva la moindre objection, sauf Élise.

— Moi, je pourrais bien rester à la maison pour préparer le dîner et faire les lits, proposa-t-elle.

Sa mère avait constaté depuis quelque temps que l'adolescente rechignait de plus en plus souvent à accomplir certaines tâches, ce qu'elle ne pouvait accepter. Il n'était pas question que l'un de ses enfants fasse des caprices.

— Non, ma fille. Tu viens avec nous autres dans le champ, refusa-t-elle.

— Mais m'man, j'haïs ça, faire les foins.

— Dans ce cas-là, tu feras comme nous autres, tu les feras pareil. Ici dedans, tout le monde fait sa part, et sans chialer en plus.

Élise regarda ses frères et sa sœur mais aucun ne semblait prêt à l'appuyer. Elle renonça en marmonnant.

— Ça devrait bien aller, poursuivit Corinne avec bonne humeur. On a trois hommes pour faucher. Madeleine, Élise, Lionel et moi, on va faire les meules. Pendant qu'on va faire la vaisselle et mettre un peu d'ordre dans la maison, les garçons, vous allez aiguiser les faux et sortir les râteaux. Le temps qu'on finisse ici dedans, la rosée devrait avoir disparu.

— Aïe, la braillarde, dit Norbert à Élise en quittant la

cuisine, t'es chanceuse, t'auras pas trop chaud dans le champ parce qu'il y a pas de soleil.

— Va faire ce que je t'ai demandé, lui ordonna sa mère. Et toi, change d'air, dit-elle à l'adolescente qui affichait un air de martyre. On va se dépêcher, comme ça on va être capables de faire une bonne avant-midi d'ouvrage dans le champ.

Quelques minutes plus tard, tous se retrouvèrent dans le champ. Léopold et les deux frères, armés d'une faux, se mirent au travail, placés en quinconce pour ne pas risquer de se blesser. Chacun fauchait une largeur d'environ quatre pieds. Quand les hommes eurent pris suffisamment d'avance, les femmes et Lionel se mirent à râteler et à constituer des meules.

— Élise, fais des meules plus grosses, recommanda Corinne à l'adolescente. C'est pas d'avance quand il y a même pas deux fourchées dans une meule.

Sa fille marmonna quelque chose que sa mère feignit de ne pas entendre, tournant plutôt son attention vers Lionel qui s'appliquait à se rendre utile.

— Ça va bien, mon petit homme. Continue comme ça, l'encouragea-t-elle.

Plus tard, Corinne leva la tête et aperçut Jocelyn Jutras en train de faucher seul dans le champ voisin. Pour la première fois depuis le décès de sa femme et de sa belle-mère, il ne semblait pas être parvenu à trouver un ouvrier agricole pour lui prêter main-forte. Elle le regarda travailler en solitaire durant quelques instants avant d'abandonner son travail et d'aller vers Léopold et ses garçons à qui elle fit signe d'arrêter.

— Vous avez vu à côté, leur dit-elle. Ça a pas d'allure de laisser le voisin faire ses foins tout seul. Je vais lui proposer qu'on se mette ensemble.

— Mais ça va être ben plus long, lui fit remarquer Philippe en s'essuyant le front avec un large mouchoir qu'il venait de tirer de l'une de ses poches de pantalon. Ça va nous retarder en maudit, cette affaire-là, m'man.

— C'est certain, mais ça va lui rendre service et c'est un bel acte de charité chrétienne. Qu'est-ce que vous en pensez ?

— Moi, ça m'écœure de travailler pour rien, laissa tomber son aîné.

— Ça me dérange pas, fit Norbert.

— Et toi, Léopold ?

— Vous êtes la *boss*, madame Boisvert. À mon avis, c'est une bonne idée.

Sans plus attendre, Corinne se dirigea vers la clôture séparant son champ de celui du voisin. Ce dernier la vit s'approcher et vint à sa rencontre.

— Dis-moi pas que tu vas faire tes foins tout seul, lui dit-elle. Qu'est-ce que tu dirais qu'on se mette ensemble pour les faire ?

— T'es ben fine, Corinne, mais j'ai engagé deux des garçons d'Armand Desrosiers qui sont censés venir m'aider. J'ai juste pris un peu d'avance en attendant qu'ils arrivent. Toi, as-tu besoin d'aide ?

— Pantoute. Regarde, on est sept dans le champ.

— En tout cas, si t'as besoin d'un coup de main, fais-moi signe, lui proposa-t-il.

Corinne retourna à son travail. Lors de la courte pause que les siens s'accordèrent au milieu de l'avant-midi, ses fils n'eurent pas à lui demander ce qu'il était advenu de sa suggestion d'aider le voisin. Ils avaient bien vu les deux hommes venus travailler chez le voisin.

Le ciel demeurait couvert et la chaleur assez élevée, mais rien n'indiquait que la pluie viendrait gâcher la journée. Un peu avant midi, Corinne décida d'envoyer ses filles préparer un repas froid qu'on mangerait sur place.

— Si ça vous fait rien, m'man, je suis capable de continuer encore un bout, refusa Madeleine. Pourquoi vous allez pas à la maison avec Élise pour préparer le repas. Ça vous permettrait de souffler un peu.

— Est-ce que j'ai l'air si fatiguée que ça ? lui demanda sa mère.

— Non, mais ça va vous faire du bien. Vous avez pas arrêté depuis ce matin.

Corinne retourna donc à la maison avec sa cadette. Toutes les deux revinrent dans le champ alors même que l'angélus sonnait au loin, au clocher de l'église. Tous cessèrent le travail et se tournèrent vers le village pour une courte prière.

— Jocelyn, viens manger avec tes gars, cria Corinne à son voisin avant d'aller retrouver les siens qui venaient de s'asseoir à l'ombre des arbustes qui séparaient les deux champs.

Elle n'attendit pas que le voisin accepte. Avec l'aide de ses filles, elle étendit une nappe sur laquelle furent déposés deux miches de pain, du beurre, des cretons et des biscuits à la farine d'avoine. Deux cruchons d'eau froide furent placés au pied d'un arbuste.

Jocelyn s'approcha de la clôture et tenta de s'esquiver, gêné de s'imposer.

— J'ai préparé quelque chose à la maison pour dîner et…

— Envoye, Jocelyn, fais donc pas de cérémonie, lui ordonna sa voisine.

— C'est pas mal gênant, ajouta le veuf en passant

tout de même entre les deux fils barbelés séparant son champ de celui de Corinne.

— J'en ai amplement pour tout le monde, fit Corinne pour le mettre à l'aise ainsi que les deux jeunes dans la vingtaine qu'il avait engagés.

De fait, tous les travailleurs eurent suffisamment à manger et, après quelques minutes de repos, on décida de reprendre le travail.

— Si on peut encore faire les foins demain, dit Jocelyn avant de retourner sur sa terre, je vais apporter le dîner. J'ai le meilleur pain de Saint-Paul et mes cretons sont pas trop mal aussi, ajouta le veuf avec un sourire chaleureux.

— T'es pas obligé pantoute, fit Corinne.

— Ça va me faire plaisir, répliqua-t-il avant de s'éloigner.

Lorsqu'il avait parlé du bon pain, il savait qu'il faisait plaisir à celle qui le lui cuisait chaque semaine depuis le décès de sa femme.

Au milieu de l'après-midi, la maîtresse des lieux s'approcha des faucheurs pour leur dire :

— Je crois que vous êtes aussi bien de vous arrêter. Je pense qu'on est mieux de rentrer tout de suite le foin qu'on a coupé. On sait jamais, il peut mouiller pendant la nuit.

— On va aller atteler le blond, m'man, et on va garder Lionel pour conduire la charrette, déclara Philippe dont l'humeur s'était nettement améliorée depuis qu'il avait compris que les Boisvert n'auraient à s'occuper que de la récolte de leur fourrage. On n'aura pas besoin de vous autres. À quatre, ça prendra pas grand temps à remplir une voiture.

— Si c'est comme ça, on va retourner à la maison pour préparer le souper. On vous laisse Lionel.

Le gamin, tout fier de quitter le groupe des femmes pour être intégré à celui des hommes, rejoignit ses frères et Léopold.

Quand la première charretée de foin vint s'immobiliser devant la porte du fenil située dans le pignon de l'étable neuve, Madeleine quitta la maison et, armée d'une fourche, monta sur la charge.

— Lionel, va chercher les vaches, ordonna-t-elle à son jeune frère. M'man va faire la traite pendant qu'on va décharger.

— Norbert, monte avec Léopold dans le fenil. On va vous envoyer le foin, commanda Philippe, sans consulter personne.

— C'est correct, accepta son cadet, mais au prochain voyage, on va changer de place.

Même si le soleil ne s'était pas montré de la journée, il régnait une chaleur infernale sous les tôles du toit de l'étable. Léopold et Norbert échangèrent leur poste de travail pendant qu'on leur envoyait le foin à grandes fourchées. Celui qui était installé devant la porte profitait d'un peu plus d'air que celui qui était au centre du fenil pour projeter le foin au fond de la longue pièce.

Avant le souper, on eut le temps d'aller chercher une seconde charretée qu'on abandonna devant l'étable après avoir dételé le cheval pour l'envoyer paître dans l'enclos voisin.

— Si vous êtes pas trop fatigués, vous pourrez la décharger après le souper, déclara Corinne avant de rentrer dans la maison.

Après un court arrêt au puits pour se rafraîchir, tous les travailleurs vinrent prendre place autour de la table sur laquelle Élise venait de déposer une soupière, des tomates et du fromage. La fatigue d'une si longue journée de travail se voyait sur les visages et le repas se prit dans un silence quasi complet.

Au dessert, le cruchon de sirop d'érable passait d'un convive à l'autre, quand un coup de tonnerre lointain fit sursauter la maîtresse de maison.

— J'espère qu'on va avoir le temps de décharger avant que la pluie se mette à tomber, dit-elle avant de finir de boire sa tasse de thé.

— On va y aller tout de suite, dit Norbert en quittant la table, imité par Léopold et Philippe.

— Je vais y aller, moi aussi, fit Corinne en se levant à son tour.

— Non, m'man, vous en avez assez fait pour aujourd'hui, intervint Madeleine en la devançant. Je vous laisse la vaisselle et j'y vais avec les hommes. On n'en a que pour une demi-heure, au plus.

La mère de famille, épuisée, ne trouva pas la force de s'opposer à la volonté de sa fille.

À peine le quatuor venait-il de quitter la maison qu'un boghei entra dans la cour. Alertée par le bruit, Élise se précipita à la fenêtre pour identifier le visiteur.

— C'est Charles, m'man.

— Veux-tu bien me dire ce qu'il vient faire ? s'interrogea sa mère, intriguée par la visite du fils d'Henri.

Corinne déposa la vaisselle sale qu'elle tenait et sortit sur la galerie pour s'enquérir du but de la visite de son neveu. Elle vit le jeune homme chétif saluer de la main ses fils avant de se tourner vers elle.

— Bonsoir, ma tante ! dit-il en l'apercevant.

— Bonsoir ! Es-tu rendu que tu sors le soir sans ta femme ? lui demanda-t-elle.

— Non, je viens vous voir de la part de mon père et de ma mère.

— Qu'est-ce qui se passe ?

— C'est grand-père. Il vient de mourir, déclara-t-il sans montrer le moindre signe de chagrin.

— Comment ça ? Il avait l'air ben correct encore dimanche passé à la fête donnée pour le curé Cormier.

— On le sait pas, ma tante. Il a soupé avec nous autres et il a voulu absolument donner un coup de main à rentrer le foin. Mon père l'a laissé conduire la charrette. Il est tombé tout à coup en bas. Il était mort quand on l'a relevé.

— Voyons donc ! s'exclama Corinne.

— Comme dit mon père, il était plus jeune. Son heure était arrivée. C'est peut-être son cœur qui a lâché.

— En tout cas, t'es bien fin d'être venu nous prévenir, le remercia-t-elle.

Le mari d'Alexandra eut soudainement l'air un peu gêné.

— Ma mère aimerait ça que vous veniez l'aider, ma tante. Elle dit qu'elle sait pas trop quoi faire.

L'espace d'un bref instant, Corinne fut effleurée par la tentation de répondre à son neveu que sa mère et les siens n'avaient qu'à se débrouiller seuls, comme ils l'avaient toujours laissée seule quand elle avait eu besoin de leur aide. Elle secoua la tête autant pour chasser cette mauvaise pensée que la fatigue de cette journée de travail.

— C'est correct, lui dit-elle. Pendant que tu vas aller annoncer la mauvaise nouvelle à tes cousins, je vais aller me changer.

Ce serait mentir de dire que la nouvelle du décès de leur grand-père peina beaucoup les enfants de la veuve.

Celui-ci les avait toujours pratiquement ignorés et ils ne se souvenaient pas d'une seule fête offerte dans la grande maison de pierre du rang Saint-André.

Corinne changea de robe et fixa un chapeau sur son chignon blond. Une fois prête, elle sortit de la maison et alla jusqu'à la charrette de foin qu'on s'était remis à décharger sous le regard indifférent de Charles Boisvert.

— Je sais pas à quelle heure je vais revenir, prévint-elle ses enfants. Attendez-moi pas pour aller vous coucher.

— Avez-vous besoin de moi ? offrit Madeleine, debout sur la charge.

— Je pense pas. Jamais je croirai qu'Alexandra et ta tante Annette vont pas être capables de s'occuper de ce qu'il y a à faire, prit-elle le soin de préciser quand elle se rendit compte que son neveu allait accepter son offre.

Elle monta dans la voiture et Charles mit son attelage en marche. Quelques minutes plus tard, il la laissa descendre au pied de l'escalier menant à la large galerie de la grande maison où son père était assis en train de fumer sa pipe. La Buick noire du docteur Précourt était stationnée dans la cour. Dès que la visiteuse entreprit de monter les marches, la porte moustiquaire s'ouvrit pour livrer passage à sa belle-sœur Annette, suivie de près par sa bru Alexandra. Charles fit avancer sa voiture vers les bâtiments.

Corinne fut d'abord étonnée de constater à quel point les habitants de la maison ancestrale des Boisvert semblaient peu bouleversés par la mort du patriarche.

— Je vois que le docteur est déjà arrivé, dit-elle en montant les marches.

— Henri est allé le chercher tout à l'heure, dit sa belle-sœur Annette en s'avançant vers elle.

— Vous êtes ben fine d'être venue, ma tante, fit Alexandra. Il y a personne ici dedans qui sait trop quoi faire.

— Voyons, Alexandra, on n'est pas niaiseux ! la réprimanda sa belle-mère en se gourmant. Il y a juste qu'on a peur d'oublier quelque chose.

Corinne remarqua que sa belle-sœur, pas plus que son mari, ne songeait à la remercier de s'être déplacée pour leur venir en aide.

— Est-ce que quelqu'un est arrêté au presbytère pour prévenir monsieur le curé ? demanda-t-elle un peu sèchement.

— C'est pas si pressant que ça, déclara Henri sur un ton qui laissait croire qu'il prenait ça pour un blâme. Il sera toujours temps demain matin d'aller m'entendre avec lui pour le service.

— Je te dis pas ça pour le service, mais pour l'extrême-onction, rétorqua Corinne avec agacement.

— Il était déjà mort quand on l'a ramené dans la maison.

— Dans ces cas-là, on donne aussi l'extrême-onction, mais sous condition. C'est ce que m'a expliqué le vicaire quand il l'a donnée à ton frère Laurent.

— Je vais envoyer Charles avertir au presbytère, si c'est comme ça, dit le fils aîné de Gonzague.

— Naturellement, t'as pas eu le temps non plus d'aller t'entendre avec Camil Giroux.

— Ben non, j'irai à Yamaska quand le docteur sera parti.

— As-tu pensé à avertir Juliette et tes frères ?

— Sacrement ! Laisse-moi le temps de respirer, rétorqua Henri. C'est arrivé il y a pas deux heures.

Au moment où Corinne allait lui servir une réplique cinglante, Charles vint les rejoindre sur la galerie. Adrien Précourt apparut alors derrière la porte moustiquaire. Tout le monde rentra dans la grande cuisine de la maison ancestrale. En pénétrant dans les lieux, Corinne se rappela n'y être venue qu'à quatre ou cinq reprises durant les vingt dernières années et, chaque fois, pour une très courte visite de politesse ou d'affaires. Jamais on ne lui avait offert un repas ni même un simple rafraîchissement.

Le docteur Précourt s'assit à la table, sortit un formulaire de sa trousse et se mit à le remplir en posant quelques questions auxquelles Henri répondit.

— Si je sais compter, dit le praticien de sa petite voix de crécelle, votre père venait d'avoir quatre-vingts ans.

— Oui.

— C'est son cœur qui a lâché. Chez une personne de son âge, ça arrive, dit-il en apposant sa signature au bas du document. L'usure du temps pardonne pas.

— Il faut croire que son temps était fait, se contenta de dire Henri d'une voix neutre.

Le médecin scruta le fils aîné de Gonzague, probablement surpris par son manque d'émotion. Les yeux retranchés derrière les verres très épais de ses lunettes, il regarda les personnes présentes et dut se rendre compte qu'aucune ne semblait affligée par la mort du vieil homme. Il tendit le certificat de décès à Henri, se leva et après avoir offert de rapides condoléances, il quitta les lieux.

L'obscurité venait de tomber et Alexandra s'empressa d'allumer des lampes à huile.

— Qu'est-ce qu'on fait ? demanda Annette avec son air épuisé habituel.

— Le mieux serait peut-être que Charles conduise son père chez Léon Tremblay qui pourrait l'emmener en *truck* à Yamaska pour aller s'entendre tout de suite avec Camil Giroux, suggéra Corinne.

— Pourquoi Philippe irait pas avec mon père ? demanda Charles.

— Comme t'as pu le voir, le *truck* de Philippe était pas dans la cour. Il est en réparation chez Melançon, au village. Ton grand-père lui a demandé de changer le moteur qui était fini. Pendant que ton père sera à Yamaska, tu pourrais t'arrêter chez Duquette pour téléphoner à tes oncles Aimé et Raymond et à ta tante Juliette.

— On n'a jamais téléphoné aux frères d'Henri, intervint sèchement Annette. On sait même pas s'ils ont le téléphone.

Corinne se rappela alors la dispute qui opposait Henri à ses deux frères qui accusaient leur père d'avoir toujours favorisé indûment l'aîné à leur détriment. Ils en étaient même venus aux coups lors de son mariage.

— Dans ce cas-là, téléphone au moins à ta tante Juliette à Montréal et dis-lui de faire le message à tes oncles.

— Pourquoi tu l'appellerais pas, toi ? demanda Henri, l'air bougon.

— Parce que ça me regarde pas, dit abruptement Corinne. C'est ta famille, prit-elle soin de lui spécifier. Après avoir téléphoné, arrête-toi au presbytère et demande qu'on vienne donner l'extrême-onction à ton grand-père, poursuivit la veuve en s'adressant cette fois à son neveu.

— Quand est-ce qu'on va faire chanter le service ? demanda Annette en se tournant vers son mari.

— Ben, le plus vite possible, décréta Henri. Il y a les foins qui attendront pas indéfiniment et...

— Je veux pas me mêler de ce qui me regarde pas, intervint encore Corinne, stupéfaite par tant d'insensibilité, mais si vous l'exposez pas trois jours, toute la paroisse va en parler, et les gens comprendront pas.

— Mais trois jours, ça nous mène à samedi ! s'exclama Henri.

— Puis après ? C'est pas un étranger qui vient de mourir, c'est ton propre père.

— Il avait fait son temps, se contenta de répéter Henri sans manifester la moindre peine.

— En tout cas, vous faites ce que vous voulez, déclara Corinne en refusant d'en dire plus, comme si elle s'en lavait les mains.

— Je pense, p'pa, qu'on est mieux de faire chanter le service samedi matin, intervint Charles qui n'avait pratiquement pas ouvert la bouche.

— C'est correct, concéda son père à contrecœur. Bon, arrive ! Tu feras ce que ta tante t'a conseillé pendant que j'irai à Yamaska. Et vous autres, qu'est-ce que vous allez faire en nous attendant ? demanda-t-il aux trois femmes.

— Au cas où tu le saurais pas, Henri, un mort, ça se met pas comme ça dans un cercueil. Il faut faire sa toilette et l'habiller comme du monde pour l'exposer, lui répondit abruptement Corinne.

— Ah moi, je suis pas capable de faire ça ! s'empressa de dire Annette en réprimant un frisson. Si je le touche, je vais perdre connaissance.

— Eh bien, je sens que tu vas être utile, laissa tomber

sa belle-sœur, sarcastique. Et toi, Alexandra, vas-tu être capable de m'aider ?

— J'ai jamais fait ça, ma tante, mais je vais essayer. Vous aurez juste à me dire ce que j'ai à faire.

— C'est correct. Vous pouvez partir tous les deux, dit Corinne à son beau-frère et à son neveu, on va se débrouiller. Mais avant de vous en aller, demandez donc à votre homme engagé de venir. Il pourra aider Annette à placer le salon.

La porte venait à peine de se refermer que Corinne demanda à sa belle-sœur de sortir les meilleurs vêtements de son beau-père pendant qu'Alexandra remplissait un bol à main d'eau chaude.

— Ma pauvre Corinne, le beau-père avait juste du vieux linge. Je me souviens même pas de l'avoir vu s'acheter un morceau depuis des années.

— Sors ce qu'il a de plus mettable, on se débrouillera avec ça.

Corinne vit sa nièce par alliance prendre un pain de savon du pays et une serviette.

— T'as pas du savon d'odeur ? lui demanda-t-elle.

— Est-ce que c'est bien nécessaire ? fit Annette.

— Il me semble que pour une fois le beau-père pourrait être lavé avec autre chose que du savon de tous les jours.

— J'en ai un dans mes tiroirs, dit Alexandra. Je vais aller le chercher.

Un instant plus tard, les deux femmes pénétrèrent dans la chambre du rez-de-chaussée. La vue de Gonzague Boisvert étendu sur le lit rappela à Corinne que la seule autre personne dont elle avait fait la toilette mortuaire était grand-père Boucher, plusieurs années auparavant. L'unique différence était qu'elle avait beaucoup aimé le grand-père de son mari alors qu'elle n'éprouvait qu'une vague indifférence pour le grand vieillard décharné qu'elle entreprit de laver avec l'aide de sa nièce. L'estime de la veuve augmenta à l'égard d'Alexandra quand elle la vit faire des efforts pour maîtriser sa peur.

Si Corinne parvint à raser son beau-père sans lui couper le visage, elle ne put rien faire pour dissimuler l'hématome violet qu'il s'était fait à la figure en tombant de la voiture. Quand Annette entra dans la pièce pour lui tendre ce qu'elle considérait comme les meilleurs habits du défunt, elle les examina rapidement.

— Tu me feras pas croire que c'est son meilleur habit, dit-elle à mi-voix à sa belle-sœur en lui montrant le vieux costume noir lustré et élimé qu'elle venait de lui remettre.

— Il en a pas d'autre.

— Ça vaut bien la peine d'avoir gratté toute sa vie pour pas être capable d'être exposé dans du linge qu'un quêteux voudrait même pas, laissa tomber la jeune veuve.

Annette s'empressa de quitter la pièce dont elle referma la porte derrière elle. Avec l'aide d'Alexandra, Corinne finit d'habiller le mort.

— Bon, je pense qu'on a fait tout ce qu'on pouvait, dit-elle en peignant l'épaisse chevelure blanche et les favoris de son beau-père.

— Est-ce qu'on lui met ses bottines, ma tante ? lui demanda Alexandra.

— C'est pas utile.

À peine les deux femmes venaient-elles de terminer leur travail qu'on frappa à la porte de la chambre.

— Monsieur le curé vient d'arriver avec Charles, entendirent-elles à travers la porte.

— C'est correct, va le recevoir. On a fini, fit Corinne en s'emparant du bol à main pendant que sa nièce remettait rapidement de l'ordre dans la chambre mortuaire.

La porte s'ouvrit pour livrer passage au curé Morin qui venait de passer son étole mauve sur son surplis. La tête coiffée de sa barrette, le prêtre entra dans la chambre. Corinne reconnut aussitôt la figure ronde de l'ancien vicaire de la paroisse. Il n'avait guère changé durant les trois dernières années, si ce n'est que le petit homme semblait avoir pris un peu de poids et portait maintenant des lunettes.

Pour sa part, le nouveau curé de Saint-Paul-des-Prés reconnut immédiatement l'homme étendu devant lui, les mains jointes sur la poitrine. C'était bien celui qui s'était moqué de lui en refusant, quelques années plus tôt, de cesser de servir de l'alcool dans son hôtel au village durant le carême. Si c'était possible, il l'avait alors détesté autant que le défunt curé Bilodeau.

— Je vais lui administrer l'extrême-onction, annonça le prêtre en ouvrant la petite mallette en cuir noir qu'il portait à la main. Avez-vous des cierges ?

Alexandra s'empressa d'aller en chercher deux dans la pièce voisine. Ils furent allumés et placés de part et d'autre du cadavre. Annette entra dans la pièce et vint s'agenouiller avec les deux autres femmes pendant que le curé administrait les derniers sacrements à son beau-père. Après avoir récité différentes prières, il conclut en disant :

— Seigneur, nous vous recommandons l'âme de votre serviteur Gonzague Boisvert. Accordez-lui le pardon. *Amen.*

Eusèbe Morin venait d'accomplir le premier geste officiel de son ministère dans sa nouvelle paroisse. Il avait refusé l'offre de ses deux vicaires de venir administrer ce paroissien en affirmant que ce travail lui incombait. Après avoir rempli son office, il offrit ses condoléances aux personnes présentes en promettant de revenir prier au corps, lui ou l'un de ses vicaires, durant les jours suivants.

Quand il sortit de la chambre, il demanda à Charles de le ramener au presbytère.

— Je pense que je peux plus être bien utile ici dedans, déclara Corinne. Je vais partir avec monsieur le curé et Charles viendra me conduire à la maison.

— Merci, ma tante, dit Alexandra en l'accompagnant.

— T'attends pas Henri ? Il doit être à la veille de revenir avec monsieur Giroux, lui demanda sa belle-sœur.

— Ils ont pas besoin de moi pour mettre monsieur Boisvert dans son cercueil et l'installer dans le salon.

— Il reste encore pas mal à faire, insista la femme d'Henri au moment où le curé Morin sortait de la maison.

— Bien oui, Annette. Il y a encore pas mal à faire, lança Corinne avec une certaine impatience. Il va surtout falloir que tu cuisines pas mal pour tout le monde qui va venir saluer le père de ton mari.

— Pourquoi ça ? demanda sa belle-sœur en affichant un air surpris.

— Bien, voyons donc ! T'es déjà allée veiller un mort, non ? Tu sais bien qu'on sert toujours quelque chose à manger au monde avant qu'ils partent.

— Là, je sais pas si je vais pouvoir faire ça.

— T'auras juste à aider Alexandra. Je suis sûre qu'elle, elle va être capable de se débrouiller.

La bru haussa les épaules et accompagna sa tante et le prêtre jusqu'à la voiture.

— Ça vous dérange pas que je profite de la voiture, monsieur le curé ? demanda Corinne par politesse pendant que Charles allumait un fanal qu'il suspendit à l'avant du boghei.

— Non, pourvu que vous vous assoyez avec le conducteur sur le siège avant, répondit le prêtre.

Chapitre 11

Les enfants de Gonzague

Lorsque Corinne arriva chez elle, la maison était silencieuse et une lampe à huile était demeurée allumée sur la table de cuisine. Elle sursauta légèrement en apercevant Madeleine endormie dans l'une des chaises berçantes placées près du poêle. Elle s'approcha doucement de sa fille et mit sa main sur l'une de ses épaules.

— Madeleine ! Pourquoi t'es pas montée te coucher comme les autres ? lui demanda-t-elle à voix basse.

La jeune fille endormie avait légèrement sursauté en apercevant sa mère à ses côtés et il lui fallut quelques secondes pour reprendre pied dans la réalité.

— Je voulais juste savoir comment ça s'était passé chez grand-père, répondit-elle.

— Le pauvre homme est bien mort. J'ai juste aidé à faire sa toilette. Une chance que la femme de Charles a pas les deux pieds dans la même bottine parce que…

Elle s'arrêta en se rendant compte qu'elle allait manquer à la charité chrétienne.

— Vous devez être morte de fatigue après avoir passé la journée à faire les foins ?

— Disons que personne sera obligé de me bercer pour m'endormir, répondit sa mère avec un mince sourire.

— Ian Sullivan est passé quand on finissait de décharger, lui apprit Madeleine.

— Qu'est-ce qu'il voulait ?

— Ça avait pas l'air bien clair. Il m'a donné l'impression de surtout vouloir vous parler à vous, pas à nous autres. En tout cas, il est parti en disant qu'il y avait rien de pressant.

— C'est correct, il reviendra. À cette heure, allons nous coucher. On a une bonne journée qui nous attend demain.

*
**

Le lendemain matin, le mauvais temps déjoua les plans de Corinne. À son réveil, une petite pluie fine venait frapper les vitres de sa fenêtre. Elle se leva et alla allumer le poêle dans la cuisine d'été avant de jeter un coup d'œil à l'extérieur. La cour était détrempée. Il devait donc pleuvoir depuis plusieurs heures.

— On dirait bien qu'on pourra pas faire les foins aujourd'hui, dit-elle à mi-voix, fataliste. Ça allait trop bien.

À l'heure du déjeuner, Élise demanda à sa mère ce qu'ils allaient faire pour grand-père.

— On va tous aller le voir après le souper, annonça-t-elle aux siens. Je suppose qu'il va y avoir un peu de monde cet après-midi ; on n'a pas besoin d'aller passer toute la journée là.

Personne ne contesta sa décision.

— Je suppose que la mort de ton grand-père va changer pas mal de choses pour toi, poursuivit-elle en s'adressant à Philippe.

— Comment ça ? lui demanda son fils, surpris.

— À moins que ton oncle Henri ne veuille continuer à s'occuper du contrat de voierie de ton grand-père, j'ai bien l'impression qu'il va se débarrasser des *trucks*.

— J'avais pas pensé pantoute à ça ! s'exclama Philippe, catastrophé. Vous parlez d'une maudite malchance ! Pour une fois que j'avais une *job* que j'aimais.

— En attendant, c'est pas l'ouvrage qui manque, fit-elle en se levant de table. Il y a deux madriers à remplacer dans le plancher de la charrette et du ménage à faire autant dans l'étable que dans le poulailler.

Après le souper, la mère de famille exigea que chacun des siens procède à une toilette soignée. La pluie avait cessé depuis quelques minutes et une petite brise transportait une agréable odeur de trèfle.

— Oubliez pas qu'il va y avoir pas mal de monde chez votre grand-père, leur rappela-t-elle. Il a été maire de Saint-Paul, marguillier et président de la commission scolaire. Le monde a pas oublié.

— Je peux ben rester ici dedans et laisser ma place à Léopold, déclara Norbert. Après tout, je pense que grand-père m'a jamais dit un mot et…

— Bien oui, l'interrompit sa mère. Ça aurait l'air fin encore. C'est ton grand-père et ta place est de venir veiller au corps comme toute la parenté.

Durant une bonne partie de la journée, la veuve s'était demandé si on avait bien prévenu Juliette et ses frères de la mort de leur père. De la part d'Henri et de Charles, le contraire ne l'aurait pas étonnée. Elle se promit de téléphoner à la restauratrice si elle n'était pas sur place à son arrivée dans la maison des Boisvert du rang Saint-André.

Au début de la soirée, Corinne et ses enfants s'entassèrent tous les six dans le boghei.

— Conduis pas trop vite, recommanda-t-elle à Philippe. Il manquerait plus qu'on arrive tout crottés chez ton oncle Henri.

Pourquoi avait-elle dit « chez ton oncle Henri » ? Il n'y avait rien qui prouvait que ce dernier hériterait de la grande terre familiale des Boisvert. Gonzague n'avait jamais dit à personne que son bien irait à son fils aîné. Après tout, son beau-père était assez imprévisible pour avoir décidé que son bien devait être divisé également entre chacun de ses quatre enfants survivants.

« Qu'est-ce que je pense là ? se dit-elle. C'est certain qu'Henri va hériter de tout, il a toujours été le préféré de son père. Au fond, à bien y penser, ce serait presque justice. Il a toujours travaillé sur cette terre-là. »

La voiture quitta le rang Saint-Joseph dont le chemin étroit était parsemé de mares d'eau laissées par la pluie. Lorsque l'attelage passa devant chez Melançon, au village, Philippe regarda longuement la façade de la maison du garagiste dans l'espoir d'apercevoir Cécile. La galerie était déserte.

Un mille plus loin, il fit entrer le boghei dans la cour de la ferme de son grand-père. Corinne eut la surprise de découvrir que l'endroit était pratiquement désert. Il n'y avait que deux voitures près de la maison au lieu de l'encombrement qu'elle s'était attendue à trouver.

Elle descendit du boghei avec les siens et vint frapper à la porte qui s'ouvrit presque immédiatement sur sa belle-sœur Juliette, vêtue pour l'occasion d'une robe noire. La restauratrice de Montréal l'embrassa avec effusion ainsi que chacun de ses neveux et nièces. Corinne poussa ses enfants à aller rejoindre les gens au salon pendant qu'elle demeurait quelques instants en arrière pour dire quelques mots à celle qui était venue leur ouvrir.

— T'as été bien fine de venir t'occuper de mon père hier soir, chuchota Juliette à sa belle-sœur. Je suppose que cette pauvre Annette savait pas quoi faire.

— C'était la première fois qu'elle avait un mort dans la maison, l'excusa Corinne, en jetant un coup d'œil à la grande cuisine déserte. Où sont passés tous les gens ?

— Il y a juste le vicaire qui est venu réciter le chapelet et un voisin qui est passé avec sa femme. Tout le monde est au salon. Ça a été plutôt tranquille depuis que je suis arrivée, expliqua l'imposante veuve.

— Quand es-tu arrivée ?

— Au commencement de l'après-midi.

— Henri avait au moins pensé aller te faire prendre à la gare, j'espère ?

— Pantoute, ma fille. Tu le connais, il est regardant comme l'était mon père. Je me suis débrouillée.

— Est-ce que Charles t'avait demandé d'avertir tes frères ?

— Oui.

— Quand Henri m'a dit qu'il voulait pas leur parler, je lui ai suggéré que tu leur téléphones pour leur annoncer la mauvaise nouvelle.

— T'as bien fait, l'approuva sa belle-sœur. Raymond est censé venir tout à l'heure. Aimé viendra seulement demain de Saint-Césaire.

— J'espère qu'il se passera rien de désagréable avec Henri.

— Inquiète-toi pas pour ça. J'ai bien averti Henri de se tenir comme du monde, dit Juliette pour la rassurer.

Leur petite chicane a pas sa place devant le cercueil de notre père.

— On est aussi bien d'y aller avant qu'Annette vienne voir ce qui se passe, dit Corinne en prenant le bras de sa belle-sœur.

Les deux femmes pénétrèrent dans le salon. Corinne salua l'abbé Biron en train de parler avec Alexandra et Annette avant de s'approcher de la famille d'Henri rassemblée dans un coin de la pièce. Le père était en train de discuter à voix basse avec sa fille Hélène et son mari pendant que les autres écoutaient en silence. Corinne ne voulut pas être indiscrète et préféra alors aller rejoindre ses enfants debout devant le cercueil où reposait leur grand-père. La veuve remarqua tout de suite que l'entrepreneur des pompes funèbres était parvenu à maquiller assez bien la large ecchymose sur le visage de Gonzague qui, au demeurant, n'avait jamais eu l'air aussi détendu.

— Il a l'air naturel, murmura-t-elle à Juliette, qui s'était glissée à ses côtés.

— Je comprends. On dirait même qu'il va sourire, ce qui lui est pas arrivé bien souvent, répondit-elle à voix basse. Pauvre p'pa ! C'est de valeur de partir comme ça. Il a passé sa vie à ménager, mais il emportera pas son argent dans sa tombe.

Corinne se borna à secouer la tête en signe d'approbation. Elle regarda le vicaire qui, de toute évidence, attendait qu'il y ait un peu plus de visiteurs avant de réciter le chapelet pour le repos de l'âme du défunt.

On frappa à la porte de la cuisine d'été et Charles quitta le salon pour aller ouvrir. Il revint en compagnie de son oncle Raymond et de sa tante Amanda. Quand Henri aperçut le débardeur de Sorel, il se détourna ostensiblement. Juliette quitta Corinne et alla à la rencontre de son frère et de son épouse pour les accompagner jusqu'à la dépouille de leur père. Tous les trois demeurèrent un long moment à prier près du cercueil avant de se retirer dans le fond de la pièce où Corinne alla les rejoindre. Elle embrassa sa belle-sœur et le frère de Laurent avant de prendre de leurs nouvelles. Ces derniers étaient venus sans aucun de leurs quatre enfants. Il était évident qu'ils ne se trouvaient là que par obligation. Raymond avait beaucoup de mal à ne pas déverser son amertume quand il parlait de son père.

Après la récitation du chapelet, l'abbé Biron s'esquiva et les jeunes en profitèrent pour aller se réfugier sur la galerie, échappant ainsi à la chaleur qui régnait dans le salon. Pour leur part, Henri et Raymond demeurèrent à chacune des extrémités de la pièce, se contentant de se regarder de temps à autre en chiens de faïence.

Les deux commissaires de la commission scolaire vinrent faire une visite rapide par pure convenance et s'empressèrent de quitter les lieux à peine dix minutes après leur arrivée.

— Est-ce qu'Annette et Alexandra ont préparé un peu à manger ? demanda Corinne à Juliette alors que toutes les deux buvaient un verre d'eau près de l'évier.

— Si je me fie à ce que j'ai vu, pas beaucoup, laissa tomber la restauratrice.

— J'en reviens pas comme il y a peu de monde, reprit la veuve, un peu hors de propos.

— Il faut croire que mon père avait pas trop d'amis dans la paroisse, répliqua Juliette, un peu attristée. C'est sûr que prêter de l'argent à gauche et à droite en demandant des gros intérêts, c'est pas le meilleur moyen de se faire aimer.

— Au moins, il se perdra pas trop de manger s'il vient pas plus de monde que ça, conclut Corinne, tout de même peinée par une telle situation.

— On n'y peut rien.

— J'y pense, reprit Corinne. Veux-tu venir coucher à la maison ? Tu sais que j'ai toujours de la place pour toi.

— T'es bien fine, mais il faut tout de même du monde pour veiller mon père pendant la nuit. Annette dit qu'elle a pas la force de faire ça et Charles est pas bien mieux que sa mère. Je suis même pas sûre qu'Hélène va rester avec son mari. Ça fait qu'il reste juste Henri, Alexandra et moi.

— Je vais rester avec toi, décida Corinne, beaucoup plus par sympathie pour sa belle-sœur que par respect pour le défunt.

Charles pénétra à cet instant dans la maison, suivi par les Melançon. Le garagiste était accompagné par sa femme Victorine, son fils Oscar et sa fille Cécile. Tous les quatre présentèrent leurs condoléances aux gens présents et firent une courte prière devant le corps. Pendant que Joseph Melançon et sa femme parlaient avec Henri et Annette, Corinne regarda son fils Philippe s'approcher timidement de Cécile à qui il parla tout bas. Cette dernière secoua la tête en signe de dénégation. Elle le vit poursuivre avec insistance ce qui semblait être une demande et la jeune fille finit par accepter tout à coup de le suivre hors de la pièce. Le manège des deux jeunes gens n'avait pas échappé à Juliette Boisvert.

— Dis donc, est-ce qu'il y a quelque chose entre notre beau Philippe et la fille du garagiste ?

— Je le sais plus trop, reconnut Corinne. Il avait

commencé à aller veiller avec elle, puis tout à coup tout s'est arrêté. Pour moi, ils se sont chicanés.

— J'ai bien connu Victorine Dubois quand elle était fille, reprit Juliette. Si la petite a la moitié du caractère de sa mère, elle est armée pour lui faire manger de l'avoine un bon bout de temps, à ton garçon, ajouta-t-elle avec le sourire.

— Ça lui ferait peut-être pas de tort, admit la mère de famille. Il a toujours eu toutes les blondes qu'il voulait, le petit bonyenne. Il est peut-être temps qu'il y en ait une qui le remette à sa place.

Avant de quitter les lieux, Joseph Melançon prévint Philippe qu'il ne pourrait reprendre son camion avant encore deux ou trois jours. Il avait dû commander des pièces à Montréal et elles n'étaient pas encore arrivées.

Un peu avant dix heures, Raymond Boisvert et sa femme décidèrent de partir en même temps qu'Hélène et son mari. Corinne encouragea alors ses enfants à les imiter.

— Moi, je vais rester pour veiller votre grand-père cette nuit, leur précisa-t-elle. Norbert, viens me chercher après le déjeuner, demain matin.

Dès le départ des visiteurs, Juliette ne put s'empêcher de faire remarquer à la femme d'Henri :

— Il me semble, Annette, que t'aurais pu servir quelque chose à manger aux Melançon, aux enfants de Corinne et surtout à Raymond et à sa femme qui ont pas mal de chemin à faire pour rentrer chez eux.

— J'y ai pas pensé pantoute, s'excusa platement la petite femme au chignon poivre et sel. Tu comprends, je suis tellement fatiguée que j'en vois plus clair.

— C'est pour ça que je suis restée pour veiller

monsieur Boisvert, intervint Corinne, pas du tout dupe de l'excuse.

— Si c'est comme ça, je monte me coucher, dit-elle, apparemment soulagée de ne pas être obligée de se plier à ce qu'elle semblait considérer comme une corvée.

Les personnes présentes avaient déjà vu Charles s'esquiver rapidement à l'étage où se trouvaient les chambres à coucher.

— Moi aussi, je pense que je vais faire la même chose, annonça Henri en desserrant déjà la cravate qui l'étouffait à demi.

— Toi, c'est pas la même chose, dit Juliette d'une voix dure.

— Qu'est-ce que tu veux que ça lui fasse au père ? pesta le gros homme. Il est mort.

— C'est ton père qui est là, lui fit-elle sèchement remarquer. Si tu vas te coucher tout de suite, tu peux être certain que je vais aller te réveiller vers deux heures et demie pour que tu fasses ta part. Moi aussi, j'ai besoin de dormir… Corinne aussi.

— Aïe, toi ! Tu viendras pas me donner des ordres dans ma propre maison, s'insurgea son frère.

— Si ça te fait rien, mon frère, on va tout de même attendre l'ouverture du testament avant de dire que cette maison est à toi, répliqua-t-elle. Jusqu'à preuve du contraire, c'est la maison de p'pa et t'es pas plus maître ici dedans que moi.

— Moi, je vais veiller avec vous deux, intervint Alexandra sur un ton résolu. Avant ça, je vais aller vous préparer une des chambres en haut.

Le visage fermé, Henri prit une lampe à huile et suivit sa femme qui venait tout juste de monter.

— J'ai l'impression que ton frère est pas trop de bonne humeur, fit remarquer Corinne à Juliette.

— Arrête, tu vas me faire brailler, dit la restauratrice sur un ton indifférent. Ce gros égoïste-là est aussi pire que sa femme. Tu peux compter sur moi que je vais aller te les brasser tous les deux vers deux heures et demie et ils vont avoir affaire à descendre veiller au corps, je te le garantis. Ils ont toujours profité du père, il est temps qu'ils lui rendent quelque chose.

Quelques minutes plus tard, les deux femmes entendirent Alexandra descendre au rez-de-chaussée. Au moment où elles allaient s'inquiéter du fait que la jeune femme ne venait pas les rejoindre au salon, cette dernière apparut pour leur ordonner de venir à la cuisine. Elle avait dressé la table et elle leur servit une collation.

— C'est bien beau veiller, dit-elle à ses deux aînées, mais il faut aussi prendre des forces si on veut durer.

— Voilà bien la première fois que je réveillonne dans cette maison, ne put s'empêcher de dire Juliette.

— Moi aussi, ma tante. Mais il y a rien qui dit que c'est la dernière fois, par exemple, ajouta la jeune femme avec un sourire qui en disait long sur sa détermination.

— Est-ce que ton mari dort déjà ? lui demanda Corinne, qui trouvait sa nièce par alliance de plus en plus sympathique.

— Oh oui ! À moins qu'il ne fasse semblant, ce qui est pas impossible pantoute. Mais faites-vous-en pas, lui aussi va se lever cette nuit pour veiller son grand-père.

Les trois femmes passèrent les heures suivantes à papoter à voix basse, assises près du cercueil dans le salon. Quand l'horloge indiqua deux heures trente, Juliette se leva.

— Il est temps qu'on vienne nous remplacer,

annonça-t-elle en saisissant l'une des lampes de service déposées sur une desserte. Montez vous coucher. Corinne, laisse-moi de la place dans le lit, j'arrive.

La jeune veuve ne sut jamais comment sa belle-sœur fut reçue lorsqu'elle alla réveiller son frère et sa belle-sœur avant de venir se coucher. Toutefois, à son réveil le lendemain matin, elle trouva Henri, Annette et Charles en train de déjeuner lorsqu'elle pénétra dans la cuisine. Juliette la suivit peu après. Toutes les deux eurent à peine le temps de manger avant que Norbert vienne immobiliser le boghei près de la galerie.

— Viens déjeuner avec nous, l'invita Juliette.

— Merci, ma tante, mais j'ai déjà mangé. Il fait beau et on va faucher aujourd'hui.

Corinne salua tout le monde et monta dans la voiture. Il n'avait pas plu de la nuit et le ciel s'était dégagé de tous les nuages qui l'encombraient depuis quelques jours. L'humidité avait disparu et l'air sentait l'herbe fraîchement coupée.

— Avez-vous un peu dormi, m'man ? s'inquiéta Norbert en faisant reprendre la route à son attelage.

— J'ai veillé juste la moitié de la nuit, répondit Corinne. Vous autres, vous avez pas eu de mal à retourner à la maison, hier soir ?

— Pantoute, on peut même dire que Philippe était pas mal de bonne humeur.

— Comment ça ?

— Si j'ai ben compris, la Cécile a accepté que mon frère revienne veiller au salon avec elle, expliqua Norbert avec un sourire moqueur.

— Comme ça, ils s'étaient bien chicanés ?

— Je sais pas trop. Je pense qu'elle lui avait dit qu'elle voulait plus lui voir la face, mais je suis pas sûr.

C'est certain que si c'est ça qui s'est passé, Philippe est pas venu s'en vanter.

À son arrivée à la maison, la mère de famille s'empressa de changer de robe et d'aller rejoindre les siens au champ pour travailler, bien décidée à faire sa part. Madeleine voulut persuader sa mère de faire d'abord une sieste pour se reposer, mais cette dernière résista.

— Non, on a assez perdu de temps. Les foins se feront pas tout seuls, dit-elle en commençant à râteler le foin fraîchement fauché par les garçons.

*
**

Après le souper, Corinne rassembla ses énergies et s'esquiva quelques instants dans sa chambre pour procéder à sa toilette. Elle quitta la pièce quelques minutes plus tard vêtue de sa robe noire et la tête déjà couverte de son chapeau.

— Vous allez pas encore chez grand-père après la journée d'ouvrage que vous venez de faire, m'man ? lui demanda Madeleine. Ça a pas d'allure.

— Je serai pas partie longtemps, promit-elle. Là, il est juste six heures et demie. On va revenir de bonne heure.

— Est-ce qu'on est obligés d'y aller, nous autres aussi ? fit Élise.

La mère de famille réfléchit un peu avant de déclarer :

— Vous pourriez vous partager ça. Votre grand-père est exposé encore demain. À soir, les garçons pourraient venir et demain, Léopold, Madeleine et Élise les remplaceraient. Disons que ça aurait l'air moins fou que si j'arrivais là toute seule. Qu'est-ce que vous en pensez ?

Les enfants se consultèrent du regard.

— Est-ce qu'on y va à soir ? demanda Norbert à son frère aîné.

— On est aussi ben de s'en débarrasser tout de suite, répondit Philippe avec peu d'entrain. M'man, donnez-nous cinq minutes pour nous préparer.

— Pendant ce temps-là, je vais aller atteler, annonça Léopold en se dirigeant déjà vers la porte moustiquaire.

Le boghei de Corinne arriva chez son beau-père en même temps que la voiture de son beau-frère Aimé, venu de Saint-Césaire avec sa femme pour la circonstance. Avant d'entrer dans la maison, la veuve alla à la rencontre d'Aimé et de Marie pour les embrasser et demander de leurs nouvelles. Tout comme Raymond et Amanda, ils étaient venus sans leurs enfants.

— Ça a l'air pas mal calme, constata Aimé en regardant autour de lui. À part ça, on dirait ben qu'il y a pas grand-chose de changé sur la terre du père.

Cela faisait plus de vingt ans que le cultivateur n'avait pas mis les pieds sur la terre ancestrale des Boisvert et de toute évidence l'homme était en proie à une forte émotion en revoyant l'endroit où il était né.

La porte moustiquaire s'ouvrit pour livrer passage à Juliette qui se dépêcha de venir rejoindre les visiteurs debout au centre de la cour. Après les embrassades, l'épouse d'Aimé s'informa, apparemment un peu inquiète :

— J'espère qu'on se fera pas insulter ?

— Il manquerait plus que ça ! s'exclama la restauratrice, l'air mauvais. Aimé est aussi chez eux ici dedans que n'importe qui. C'est la maison de notre père.

— Est-ce qu'il y a eu beaucoup de monde aujourd'hui ? lui demanda Corinne.

— Deux ou trois voisins, pas plus.

Tous entrèrent et rejoignirent Henri et sa famille dans le salon. L'aîné des Boisvert ne fit pas un geste en direction de son jeune frère. Il demeura dans un coin de la pièce en compagnie de sa femme et de sa fille Hélène, comme la veille. Peu après, Fabien Gagnon et Alcide Duquette firent une courte visite de courtoisie, suivis par Rose Sullivan et son fils Ian, portant beau et toujours aussi sûr de lui.

Quelques minutes plus tard, d'autres visiteurs arrivèrent et la conversation se fit générale.

— Enfin, il vient du monde pour la peine, dit Corinne à sa belle-sœur. Là, je trouve ça plus normal. Après tout, ton père était pas n'importe qui à Saint-Paul.

— C'est vrai, reconnut Juliette. Et tu peux être certaine que je vais m'arranger pour qu'Annette sorte un peu de manger pour tout ce monde-là.

À cet instant précis, la fille de Gonzague Boisvert se tourna et découvrit Ian Sullivan dont le regard ne quittait pas celle à qui elle parlait.

— Qui c'est ce gars-là ? demanda Juliette à Corinne en lui désignant discrètement Ian Sullivan.

— Un de mes voisins.

— Marié ?

— Non, un vieux garçon.

— Un beau parti, non ?

— Voyons, Juliette ! s'offusqua sa belle-sœur.

— Depuis qu'il est arrivé, il te couve des yeux, ça en est presque gênant.

— Tu te trompes, répliqua Corinne, agacée.

— Je te le dis.

— Si c'est vrai, je vais finir par le remettre à sa place, lui, fit la veuve avec détermination.

— Laisse-le donc faire, lui conseilla doucement sa belle-sœur. Il a bien le droit de trouver que t'es une belle femme. Ça devrait même te faire un petit velours.

À l'extérieur, rassemblés sur la large galerie de la maison en pierre, une douzaine de jeunes gens discutaient. À une extrémité, trois enseignantes des écoles de rang de la paroisse étaient venues rendre un dernier hommage à celui qui les avait engagées. Elles parlaient de la prochaine année scolaire qui allait commencer dans environ un mois. Un peu plus loin, Philippe, Norbert et Charles s'entretenaient avec Victor Melançon et d'autres jeunes de Saint-Paul-des-Prés dont les parents étaient demeurés à l'intérieur.

— Je pense que tu vas pouvoir venir chercher ton *truck* demain, fit le fils du garagiste à Philippe. Mon père a eu les pièces à matin et il a passé la journée à le réparer.

— Si c'est comme ça, t'iras le chercher et tu le rapporteras ici, intervint Charles Boisvert en prenant l'air d'un patron parlant à un simple employé.

Aussitôt, l'atmosphère se chargea d'électricité.

— Et pourquoi je ferais ça ? lui demanda son cousin qui le dominait d'une demi-tête.

— Parce qu'il a pas d'affaire à être chez vous, répondit sèchement le mari d'Alexandra.

— Il a autant d'affaire chez nous qu'ailleurs, répliqua l'aîné de Corinne. C'est moi qui le chauffe, ce *truck*-là, et jusqu'à preuve du contraire, je vais m'en occuper.

Norbert et les autres se turent. L'affrontement devenait inévitable.

— Écoute-moi ben, Philippe Boisvert, fit Charles avec hauteur. Mon père et moi, on voit pas pourquoi on laisserait les quêteux de la famille prendre ce qui est pas à eux autres.

— Les quêteux de la famille ! répéta Norbert, en intervenant.

— C'est qui que t'appelles les quêteux de la famille ? demanda Philippe en empoignant son cousin par le devant de sa chemise pour le rapprocher brusquement de lui.

Charles pâlit soudainement et chercha du regard de l'aide autour de lui. Personne ne chercha à intervenir pour lui porter secours.

— Envoye, le pic ! Qui est-ce que t'appelles les quêteux de la famille ? répéta un Philippe de plus en plus menaçant.

— Vous autres, finit par dire le fils d'Henri en essayant vainement de se dégager.

— Mon sacrement de baveux ! jura son cousin en levant le poing, prêt à le frapper, je vais te faire rentrer dans la gorge ce que tu viens de dire.

— Arrête, Philippe, lui ordonna Norbert en cherchant à s'interposer. Ça vaut pas la peine.

Son frère, rouge de fureur, l'écarta violemment et allait frapper son cousin quand Ian Sullivan apparut brusquement entre les deux adversaires. Il attrapa le poignet de Philippe et lui fit lâcher Charles sans aucune difficulté.

— Ça va faire, les jeunes ! leur dit-il en les repoussant. C'est ni la place ni le temps de se chamailler. Il y a un mort en dedans, essayez de vous en souvenir.

— L'enfant de chienne a osé nous traiter de…

— Philippe ! s'écria Corinne dont la voix claqua comme un coup de fouet. Va nous attendre dans le boghei, lui ordonna-t-elle sur un ton sans appel. Toi, Norbert, va avec lui. J'arrive.

— Ils allaient… commença Ian.

— Merci, monsieur Sullivan, le coupa-t-elle avant de tourner les talons pour rentrer dans la maison, suivie de près par un Charles qui passa près d'elle sans oser la regarder.

Corinne demanda à Lionel d'aller rejoindre ses frères dans la voiture et alla saluer parents et connaissances. Devant l'air stupéfait de Juliette de la voir partir si tôt, elle lui expliqua en quelques mots que Charles et Philippe avaient failli se battre. Elle lui promit de revenir le lendemain soir. Avant de prendre congé, elle invita Aimé Boisvert et sa femme à passer la nuit dans sa maison.

— Merci, Corinne, mais on a promis à Raymond d'aller coucher chez eux, la remercia son beau-frère.

— En tout cas, vous êtes les bienvenus si le cœur vous en dit.

Corinne alla rejoindre les siens dans la voiture. Philippe, la mine sombre, mit l'attelage en route. Le soleil était en train de se coucher et déjà les ombres s'allongeaient. Pendant quelques minutes, tout le monde garda le silence.

— Est-ce que je peux savoir ce qui s'est passé ? finit-elle par demander à ses fils.

Chacun se signa en passant devant l'église.

— C'est Charles qui a tout commencé, fit Norbert.

— Commencé quoi ?

— Il nous a traités de « quêteux de la famille » devant tout le monde, l'écœurant ! fit Philippe d'une voix rageuse. Ils se prennent pour les *boss*, lui et son père.

— Les quêteux de la famille ! répéta sa mère.

— Ben oui, il paraît que c'est son père et lui qui nous appellent comme ça.

— Les effrontés ! ne put s'empêcher de dire la veuve, profondément insultée.

— Pourquoi tu dis qu'ils se prennent pour des *boss* ? reprit Corinne.

— Quand Victor Melançon m'a dit que mon *truck* était prêt, Charles m'a donné l'ordre d'aller le chercher et de le rapporter chez eux, demain matin.

Corinne se retint de dire ce qu'elle pensait d'Henri Boisvert et de son fils. Elle garda le silence jusqu'à ce que l'attelage entre dans le rang Saint-Joseph.

— Tu vas laisser le *truck* de ton grand-père chez Melançon, même s'il est réparé, fit-elle. Puis, à la première occasion, tu pourrais même dire à Léon Tremblay de refuser d'y toucher aussi, si tu veux. Comme il y a personne chez ton oncle capable de le conduire, il va rester là un bon bout de temps.

— Mais ça veut dire que j'ai plus de *job* pantoute, constata Philippe avec mauvaise humeur.

— T'es pas dans le chemin. Il y a de l'ouvrage pour toi sur notre terre. De toute façon, tu l'aurais perdue quand même, lui rappela sa mère. Il y a rien qui dit que ton oncle va continuer cette affaire-là. Si ça se trouve, il va se dépêcher de vendre les deux *trucks* pour s'en débarrasser.

— C'est ben de valeur que j'aie pas d'argent, se désola le jeune homme. J'en aurais ben acheté un.

Sa mère le laissa à ses rêves détruits. À leur retour à la maison, elle jugea bon de ne pas parler à Madeleine et à Élise de la scène disgracieuse qui avait eu lieu chez leur oncle. Tous firent la prière et on s'empressa de se mettre au lit.

Le lendemain, le beau temps était encore au rendez-vous et, à la fin de la journée, on s'attabla chez la veuve avec la nette impression d'avoir abattu une excellente journée de travail.

— Si ça continue comme ça, déclara la maîtresse de maison, satisfaite, on va finir les foins demain.

— Il y a l'enterrement de grand-père, lui fit remarquer Madeleine.

— On va avoir tout l'après-midi.

Ce soir-là, Corinne dut se faire violence pour se préparer à effectuer une dernière visite à la maison de son beau-père. Elle n'y allait que par convenance et, surtout, pour ne pas insulter sa belle-sœur Juliette. Elle n'avait pas cessé de retourner dans sa tête l'expression « quêteux de la famille » que Charles avait jetée à la figure de ses fils, la veille, devant des gens de la paroisse. Elle n'acceptait pas qu'on parle ainsi de sa famille alors que tous ses efforts depuis le jour de son mariage avec Laurent Boisvert n'avaient visé qu'à mériter le respect de son entourage. De plus, elle avait toujours fait en sorte de ne rien demander à la famille Boisvert. En revanche, Gonzague et Henri n'avaient eu de cesse de lui soutirer des services sans jamais rien lui donner en retour. Encore l'avant-veille, Henri et Annette lui avaient demandé de venir les aider à préparer le défunt...

— Nous ne serons pas longtemps partis, dit-elle à ses fils en quittant la maison. On va être revenus avant la noirceur.

Il ne leur fallut que quelques minutes pour parcourir les deux milles et demi qui les séparaient de la ferme du rang Saint-André.

— J'ai bien l'impression que nous mettons les pieds dans cette maison-là pour la dernière fois de notre vie, ne put-elle s'empêcher de dire à Madeleine au moment où la voiture s'immobilisait près de l'unique boghei arrêté près de la remise.

— Pourquoi vous dites ça, m'man ?

— Penses-tu que ta tante Annette va se mettre à nous inviter après l'enterrement de ton grand-père ? lui demanda sa mère en descendant de voiture. Elle l'a jamais fait de son vivant.

— Ça me surprendrait, moi aussi, fit la jeune fille à mi-voix.

— Je vais vous attendre dehors, déclara alors Léopold.

À l'entrée de Corinne et de ses deux filles, Charles s'esquiva et son père tourna à peine la tête vers elles avant de poursuivre la discussion à voix basse qu'il tenait avec deux voisins. Juliette laissa Hélène et Alexandra pour s'approcher de sa belle-sœur et de ses nièces qu'elle embrassa.

— Il est temps que ça finisse, dit-elle, les dents serrées. Si je m'écoutais, j'étranglerais mon frère, sa femme et même leur Charles. Tu peux pas savoir comment ils me tombent sur les nerfs.

— C'est nouveau, ça, se moqua gentiment Corinne.

— C'est pas nouveau, mais disons que c'est pire qu'avant. Ça fait des années que je suis pas venue coucher chez mon père. J'avais oublié comment ils étaient. Il y a juste la piastre qui les intéresse. Tu devrais voir comment ils sont en train de dépenser tout l'argent que mon père va leur laisser. Je leur ai dit tout à l'heure qu'ils feraient peut-être bien mieux d'attendre la lecture du testament avant de s'énerver. Sais-tu ce qu'ils ont eu le front de me répondre ?

— Non.

— Ils m'ont dit qu'ils savaient ce qu'il y avait dedans. Il paraît que mon père a jamais arrêté de leur dire qu'il leur laisserait tout. Grand bien leur fasse ! déclara sèchement la restauratrice avec humeur. Rien n'empêche qu'ils m'écœurent avec leurs signes de piastre dans les yeux. Une chance qu'il y a Alexandra pour réchapper les autres, et elle, c'est même pas une vraie Boisvert. Ma seule consolation, c'est de me dire que j'aurai pas à revenir dans cette maison parce que je risque pas d'être invitée de sitôt par ces gratte-la-cenne.

— Voyons, Juliette !

— Je pense que Charles est le pire de la bande, ajouta la matrone avec un mépris évident. Cette espèce de chenille à poils s'imagine déjà riche sans avoir à travailler !

— Pour les invitations, je disais la même chose à mes filles en arrivant. Je pense pas qu'Annette commence à se faire mourir à nous recevoir, dit Corinne. Mais tu sais que t'es toujours la bienvenue chez nous. La maison est moins grande, mais ça nous fait toujours plaisir de te recevoir.

L'abbé Dupras arriva quelques minutes plus tard. Il s'entretint quelques instants avec Henri et Annette avant d'inviter les rares visiteurs à réciter avec lui un chapelet pour le repos de l'âme du défunt. Corinne remarqua qu'Aimé et Raymond Boisvert n'étaient pas revenus veiller au corps de leur père et que, même en cette dernière soirée d'exposition, les gens de Saint-Paul-des-Prés étaient encore fort peu nombreux à être venus rendre un dernier hommage au vieux Gonzague Boisvert.

*
**

Le lendemain matin, Corinne et sa famille s'endimanchèrent pour aller assister aux funérailles. La température de ce dernier samedi de juillet était magnifique et ne se prêtait guère au genre de cérémonie qui allait être célébrée à l'église de Saint-Paul-des-Prés à neuf heures ce matin-là.

— Est-ce qu'on va jusque chez grand-père ? demanda Philippe pendant que tous les six venaient de s'entasser dans le boghei.

— C'est pas nécessaire, laissa tomber sa mère. On va attendre à la porte de l'église que tout le monde arrive.

— Qu'est-ce qu'on va faire après le service ? fit Madeleine.

— On va au cimetière et on revient tout de suite à la maison. On va dîner rapidement, puis on va finir les foins en après-midi.

Sur le chemin, Corinne et les siens aperçurent Ian Sullivan qui travaillait dans l'un de ses champs au passage.

— Tiens ! On dirait ben que l'Irlandais viendra pas au service, fit remarquer Philippe.

— Il a pas de raison de venir, dit sa mère.

— Ben, je sais pas trop, m'man. Je l'ai entendu dire à monsieur Duquette, avant-hier soir, chez grand-père, qu'il pensait à se présenter comme commissaire d'école pour le remplacer.

— Il y a des élections pour ça, lui rappela Corinne. Il y a rien qui dit qu'il va être élu.

— Il va ben finir par se faire élire quelque part, intervint Norbert. Moi, j'ai entendu dire au village qu'il haïrait pas ça pantoute être marguillier.

— Tout ça, ce sont des racontars, dit leur mère. C'est

un nouveau dans la paroisse. Ce serait bien surprenant qu'il soit nommé commissaire ou marguillier.

— Il pourrait peut-être demander à diriger la chorale, fit Madeleine avec un sourire. Madame Lévesque veut plus faire cet ouvrage-là.

— Qu'est-ce que tu racontes là ? lui demanda Corinne.

Émilia Lévesque avait remplacé, trois ans auparavant, Honorine Gariépy, décédée de la grippe espagnole. La dame, imbue de son pouvoir sur la quinzaine de chantres de la paroisse, avait la réputation de mener son monde à la baguette et d'imposer ses vues avec autorité au bon curé Cormier.

— J'ai parlé à Hélène hier soir. Il paraît qu'elle s'est chicanée avec notre nouveau curé qui lui a dit qu'il voulait plus la voir diriger la chorale.

— Est-ce qu'elle t'a dit pourquoi ils se sont chicanés ?

— D'après Hélène, monsieur le curé voulait que madame Lévesque vienne lui faire accepter la liste des cantiques que la chorale chanterait à la grand-messe, chaque dimanche. Il semblerait qu'elle lui aurait répondu carrément que ça le regardait pas et qu'elle lui disait pas, elle, comment dire sa messe.

— Madame Lévesque a pas osé lui dire ça ? s'exclama Corinne en pouffant.

— Vous savez bien, m'man, qu'elle en est bien capable, répondit Madeleine en riant elle aussi.

— En tout cas, ça va faire un drôle de service à matin s'il y a pas de chants.

Philippe venait à peine d'immobiliser son attelage près de l'église que le corbillard conduit par Camil Giroux et un assistant, suivi par deux voitures seulement, vint s'arrêter au pied du parvis. Corinne reconnut Aimé et Raymond Boisvert et leurs épouses qui attendaient déjà à la porte de l'église, et elle s'empressa d'aller les rejoindre avec ses enfants. Les deux porteurs regardèrent autour d'eux à la recherche d'amis ou de membres de la famille du disparu pour les aider à porter le cercueil à l'intérieur de l'église. Philippe fit un pas en avant pour se porter volontaire, mais sa mère le retint par le bras, obligeant ainsi Henri et son fils à le faire.

À l'arrière de l'église, le curé Morin, les épaules couvertes d'une lourde cape noire et entouré d'un porte-croix et d'un porteur de goupillon, accueillit le corps de son vieux paroissien. Le cercueil fut déposé sur un chariot et poussé vers l'avant du temple. Le célébrant, suivi par la famille, s'avança dans l'allée centrale derrière la bière jusqu'à la sainte table et attendit que l'assistance prenne place dans les bancs avant de commencer la cérémonie.

Corinne et ses enfants s'assirent dans les troisième et quatrième bancs, derrière tous les autres membres de la famille Boisvert. Seule Juliette était venue les rejoindre. Au moment où le curé Morin montait à l'autel, la fille du disparu tourna la tête vers l'arrière avant de se pencher vers sa belle-sœur pour lui dire, la voix un peu étranglée par l'émotion :

— Il y a pas à dire, le monde de Saint-Paul aimait pas bien gros mon pauvre père. À part la famille, il y a pas plus qu'une douzaine de personnes dans l'église.

Le nouveau curé de la paroisse célébra une cérémonie très sobre et ne fit aucun effort particulier pour chanter les louanges du disparu lors de sa courte allocution. Il se borna à rappeler que la paroisse venait de perdre l'un de ses paroissiens les plus âgés et qu'il laissait derrière lui une famille nombreuse et estimée.

Certaines personnes dans l'assistance s'étonnèrent que le service funèbre se déroule sans le moindre chant, mais le prêtre ne fit aucune allusion à ce fait inhabituel. À la fin de la cérémonie, ce dernier bénit le corps et invita les fidèles à le suivre dans le cimetière voisin pour assister à l'inhumation. Un servant déposa sur les épaules du prêtre la cape noire aux ornements argentés dont il s'était départi pour célébrer la messe, il se coiffa de sa barrette et fit signe au porte-croix de se mettre en marche.

Les porteurs se levèrent et poussèrent le chariot jusqu'à la porte de l'église avant de déposer le cercueil sur leurs épaules et de se diriger à pas comptés vers le cimetière voisin. La maigre assemblée suivit et vint prendre place autour de la fosse creusée dans le lot des Boisvert par le bedeau, la veille.

Eusèbe Morin attendit que le silence tombe sur l'assistance pour réciter quelques prières. Ensuite, le cercueil fut lentement descendu dans la fosse et, avant de quitter les lieux, chacun jeta une poignée de terre sur ce qui allait être la dernière demeure de Gonzague Boisvert.

Les gens se dirigèrent lentement vers la sortie. On avait rarement vu des funérailles où si peu de larmes avaient été versées. Juliette marcha en compagnie de Corinne et lui murmura :

— Sais-tu la meilleure ?

— Non.

— Ce matin, mon cher frère Henri a eu le front de me demander qui allait payer les funérailles de notre père. En plus, il avait déjà calculé ce qu'il allait demander à chacun de payer. Si ça peut te faire plaisir, t'étais même sur la liste. Tu devais payer la même chose que chacun des enfants.

— C'est pas vrai ! s'exclama Corinne à mi-voix, ébahie par un tel toupet.

— Je fais pas de farce, répliqua la restauratrice. Je lui ai dit qu'il avait du front tout le tour de la tête. Pour finir le plat, comme il avait pas le courage de demander leur part à Aimé et à Raymond, il voulait que ce soit moi qui m'en charge.

— Tu vas le faire ?

— Es-tu malade, toi ? Jamais de la vie. Je lui ai dit d'attendre la lecture du testament, qu'il y avait toutes les chances que notre père ait prévu un montant pour payer ses funérailles.

— Bon, tu t'en viens chez nous, déclara Corinne avec autorité.

— Je peux pas, Corinne. Mon associée a le restaurant sur le dos depuis trois jours.

— Elle peut bien attendre une couple d'heures de plus, s'entêta la jeune veuve avec un sourire. J'ai pas oublié que c'était ta fête la semaine passée et il est pas question que tu retournes en ville avant d'être venue à la maison manger le gâteau qu'on t'a préparé.

— Rendue à mon âge, je sais pas si ça me fait tellement plaisir de me faire rappeler ma fête chaque année, fit Juliette, à demi sérieuse.

— Inquiète-toi pas, tu vieillis pas plus vite pour ça, répondit sa belle-sœur avec humour.

— C'est correct, je vais demander au mari d'Hélène de venir me conduire chez vous. Ça le dérangera pas trop parce que notre chère Annette a jamais voulu inviter à dîner la famille après l'enterrement, même si Alexandra était prête à tout cuisiner.

— Ça me surprend pas, laissa tomber Corinne. Bon, je t'attends. Avez-vous vu Philippe quelque part ? demanda-t-elle à Madeleine et à Élise qui les avaient suivies sans rien dire.

Élise regarda dans toutes les directions avant de repérer son frère aîné.

— Il est là-bas, proche de la route, en train de parler à mon oncle Henri.

— Je sais pas ce qu'Henri peut bien lui dire, mais je vais en profiter pour aller saluer tes frères avant qu'ils partent, dit Corinne à Juliette. Je vais les inviter à dîner si ça les tente.

— J'y vais avec toi, fit sa belle-sœur. Je vois Hélène et son mari en train de parler avec les Duquette.

Henri Boisvert avait intercepté son neveu Philippe au moment où il se dirigeait vers le boghei familial.

— Attends, Philippe, lui commanda le gros homme en retirant son chapeau pour essuyer la sueur qui perlait à son front.

Le jeune homme s'arrêta, mais il prit soin de vérifier si son cousin Charles s'approchait de son père. Il n'en fut rien.

— J'ai parlé hier après-midi à un nommé Meunier qui s'occupe de l'entretien des routes du comté pour le gouvernement. C'est lui qui a passé le contrat avec ton grand-père. Il est venu me demander si j'avais l'intention de respecter ce contrat-là, même si mon père est mort.

Philippe se taisait, attendant de savoir où son oncle voulait en venir.

— Il paraît que ton grand-père avait déjà été payé et qu'il faudrait que je lui rembourse plus que la moitié du montant que le gouvernement a versé si je laissais tomber. J'ai pas le choix. J'ai décidé de finir la *job*. D'après le bonhomme, il y en a encore pour un mois d'ouvrage. J'ai parlé hier soir au petit Tremblay. Il va continuer à charrier de la terre et de la gravelle pour moi. Toi, as-tu l'intention de continuer ?

Son neveu prit le temps de réfléchir un court instant avant de demander :

— Au même salaire, mon oncle ?

— Au même salaire, admit ce dernier. Là, en t'en retournant, tu peux arrêter prendre le *truck* réparé chez Melançon. Il m'a dit cette semaine qu'il avait installé un moteur neuf. Fais-y ben attention. Ça va me coûter un bras, cette affaire-là. Quand je vais revendre les deux *trucks* à la fin du contrat, je veux pas être obligé de payer encore pour les mettre d'aplomb. Pour aujourd'hui et demain, on va laisser faire, mais il faut que tu recommences à travailler dès lundi matin.

— C'est correct, mon oncle, accepta le jeune homme.

Un peu plus loin, Raymond et Aimé Boisvert refusèrent l'invitation à dîner de Corinne tout en lui promettant de lui donner de leurs nouvelles plus régulièrement. Ils acceptèrent cependant avec plaisir d'être présents au mariage de Madeleine le printemps suivant. Avant de quitter les lieux, Corinne ne se donna pas la peine d'aller saluer Henri et les siens. Elle se contenta de s'approcher d'Alexandra pour l'embrasser sur une joue.

— J'aurais bien aimé que tout le monde se réunisse chez le beau-père, mais quand je l'ai proposé, ma belle-mère a pas voulu, déplora la jeune femme.

— Laisse faire, Alexandra, lui dit sa tante par alliance. Je me doute un peu comment ils ont réagi. Tu viendras nous voir dans le rang Saint-Joseph. C'est pas au bout du monde et la porte est toujours ouverte pour toi.

— Merci, ma tante.

Quelques minutes plus tard, Philippe confia les rênes à Norbert et descendit de voiture devant chez Melançon.

— Qu'est-ce que tu vas faire là ? lui demanda sa mère, étonnée.

— Mon oncle veut finir le contrat signé par grand-père. Il vient de me demander de continuer à travailler pour lui. Il veut que je recommence lundi matin.

— J'espère que tu t'es entendu avec lui pour le salaire ?

— C'est la première chose que j'ai faite, m'man.

— Est-ce que je peux embarquer avec toi ? demanda Lionel.

Philippe hésita un bref instant avant d'accepter.

Dès leur arrivée à la maison, Corinne et ses filles s'empressèrent de dresser la table sur laquelle on déposa un magnifique gâteau. Peu après, Juliette fut accueillie chaleureusement et on évita de parler du défunt durant tout le repas qui suivit. Au dessert, on remit à l'invitée quatre magnifiques tabliers brodés, ouvrages réalisés avec patience par Corinne et ses filles. Quand la restauratrice insista pour partir après le dîner, la maîtresse des lieux exigea que Philippe aille conduire sa marraine à la gare en utilisant le camion.

— Si jamais mon oncle s'en aperçoit, je vais en entendre parler, fit remarquer le jeune homme.

— Lui, que le diable l'emporte, trancha Juliette sur un éclat de rire avant de monter dans l'habitacle de l'International.

Chapitre 12

En double

Dès le dimanche matin, à Saint-Paul-des-Prés, l'arrivée du nouveau curé et le décès de Gonzague Boisvert cédèrent vite la place dans les conversations à la démission fracassante de la directrice de la chorale paroissiale. Ceux qui n'étaient pas encore au courant de l'affaire s'étonnèrent d'assister à une grand-messe sans hymnes chantés. Jusqu'au moment où Eusèbe Morin monta en chaire après avoir retiré sa chasuble, beaucoup de têtes se tournèrent vers le jubé pour tenter en vain d'apercevoir les membres de la chorale.

— Ça fait pas mal chenu quand on n'a pas de chant à la grand-messe, murmura le bedeau au président de la fabrique, agenouillé dans le dernier banc, au fond de l'église.

— Ça, père Leblanc, ça va être la *job* de notre nouveau curé, comme celle de me remplacer à partir de la semaine prochaine.

— Tu pars ?

— Mon mandat est fini.

— Tu peux toujours demander à monsieur le curé de le renouveler, lui suggéra le vieil homme.

— Il en est pas question, répliqua le marchand

général. J'ai fait deux mandats, c'est assez. Je laisse ma place à un autre.

Avant de commenter longuement l'évangile du jour, le nouveau pasteur de Saint-Paul-des-Prés se présenta à ses ouailles et parla de son rôle qui consistait, entre autres choses, à assurer le respect des bonnes mœurs et de la morale dans la paroisse tout en voyant à ce que chacun remplisse ses obligations de bon chrétien. À la fin de sa longue prédication, il remercia Alcide Duquette d'avoir si bien servi la paroisse à titre de marguillier et annonça la nomination de son remplaçant pour le dimanche suivant. Avant de quitter la chaire, il informa l'assistance, sans plus de précisions, du départ d'Émilia Lévesque et conclut en disant que la paroisse était à la recherche d'une directrice de chorale et d'une organiste.

La plupart des paroissiens, au courant des démêlés récents entre le nouveau curé et Émilia Lévesque, se jetèrent des regards entendus.

Cela dit, le prêtre retourna à l'autel et poursuivit la cérémonie religieuse. À leur sortie de l'église, les gens se rassemblèrent sur le parvis et dans le stationnement voisin de l'édifice pour échanger des nouvelles. Le ciel était gris et le temps particulièrement humide en cette dernière journée du mois de juillet.

— Sacrifice ! On peut pas dire que notre nouveau curé a perdu du temps, déclara Ange-Albert Vigneault à Euclyde Moreau. Il est pas dans la paroisse depuis quatre jours qu'il a trouvé le moyen de partir une chicane avec Émilia Lévesque.

— L'Émilia a tout un caractère, laissa tomber son interlocuteur.

— Peut-être, reconnut le boucher, mais lui aussi.

Un peu plus loin, quelques femmes s'étaient regroupées et échangeaient à voix basse.

— Je crois bien que notre nouveau curé a pas beaucoup changé, fit remarquer Alexina Duquette à Victorine Melançon, sa voisine.

— Vous avez raison, fit la femme du garagiste en surveillant du coin de l'œil sa Cécile que Philippe Boisvert venait d'aborder. Il a l'air aussi bête qu'avant. Pour moi, on n'a pas fini d'entendre parler du diable et de l'enfer.

— En tout cas, il y a personne qui va venir me faire croire qu'il a sauté bien souvent des repas dans sa cure de Nicolet, dit en riant l'épouse du maire. Il est gras comme un voleur…

— Et bête comme ses pieds, poursuivit Mance Rivest, qui venait de se joindre aux trois femmes. En tout cas, je peux vous dire une chose, leur déclara-t-elle, quand il me parle, j'ai l'impression d'entendre la voix du curé Bilodeau et j'en ai des frissons.

Un peu plus loin, Corinne venait de quitter Rose Sullivan pour aller dire quelques mots à Marie-Claire Rocheleau et à Mariette Vigneault. Cette dernière, une petite femme aussi grosse que haute, était reconnue dans la paroisse pour sa bonne humeur constante.

— On dirait bien que le beau Ian est en train de faire les yeux doux à Émilie Michaud, lui fit remarquer Marie-Claire en désignant le couple du menton.

Corinne tourna la tête et aperçut, avec un petit pincement de jalousie au cœur, le voisin penché sur la petite brune qui le regardait avec ce qui lui sembla une coquetterie tout à fait déplacée. Elle se retint pour ne pas faire une remarque qui aurait pu laisser croire aux deux femmes qu'elle était jalouse.

— Je voudrais bien être un petit oiseau pour savoir se qu'il peut bien lui raconter comme ça, à l'oreille, se moqua la femme du boucher. À voir l'air de madame Michaud, j'ai l'impression que ça doit pas être des prières.

— À votre avis, qui est-ce que monsieur le curé va nommer comme remplaçant de monsieur Duquette ? demanda Corinne pour changer de sujet de conversation.

— Mon mari aimerait bien ça être marguillier, dit Mariette.

— Pour ça, le mien aussi haïrait pas ça, fit Marie-Claire, mais j'ai l'impression que monsieur le curé va en parler avec les autres marguilliers cette semaine avant de choisir quelqu'un.

— Bon, il va bien falloir que je me décide à rentrer pour faire le dîner, dit Corinne avant de saluer les deux femmes.

— Moi aussi, déclara sa voisine en lui emboîtant le pas.

Les deux femmes descendirent du parvis.

— À ta place, je surveillerais le beau Ian, dit Marie-Claire à la veuve en riant. J'ai comme l'impression que la Michaud est en train de jouer dans tes plates-bandes, ajouta-t-elle avec humour.

— Arrête donc ! lui ordonna Corinne, à demi sérieuse. À t'entendre, on dirait que j'ai des vues sur l'Irlandais.

— Je veux pas me mêler de ce qui me regarde pas, fit la voisine, mais tu devrais commencer à en avoir. Le beau Ian serait pas le pire parti de la paroisse.

Corinne s'en tira en adoptant un air scandalisé qui fit rire son amie.

Le lendemain, la veuve de Laurent Boisvert et sa

famille eurent le temps d'engranger le contenu des deux dernières charrettes de foin avant les premières gouttes de pluie.

À six heures, ce matin-là, Philippe était monté à bord de son camion, prêt à aller rejoindre Léon Tremblay à la gravière. La veille, il avait longuement écouté le bruit du nouveau moteur installé par le père de Cécile en prenant des airs de mécanicien chevronné.

— À cette heure, le moteur de mon *truck* roule comme un moine, avait-il dit.

— Tant mieux, avait rétorqué son frère Norbert, sarcastique. Comme ça, ton *truck* va être assez bon pour t'emmener veiller chez ta blonde et te ramener, sans qu'on soit obligé d'atteler pour aller te chercher.

Après le départ de son fils aîné, Corinne déclara avec une satisfaction évidente :

— On est chanceux, les foins sont rentrés et on va pouvoir s'occuper des tomates dans le jardin avant d'en perdre. Il est temps qu'on en mette en conserve. Norbert, tu vas nous installer la sertisseuse. Moi, je vais faire cuire le pain pendant que les filles vont s'occuper d'aller ramasser les tomates.

— Mais il mouille, m'man, protesta Élise.

— C'est une petite pluie fine qui a l'air de vouloir arrêter. Aie pas peur, tu fondras pas, répliqua sa mère.

*
**

En cette fin d'avant-midi, l'abbé Dupras, pas du tout incommodé par ces quelques grains de pluie, revenait sans se presser d'une visite chez le vieux Alexis Gélinas, à l'autre bout du village. Il rencontra Émilie Michaud qui sortait du magasin général. Le vicaire salua poliment la jeune femme, prêt à poursuivre son chemin quand cette dernière l'arrêta. Debout sur le trottoir de bois, tous les deux eurent une assez longue conversation. Le vicaire ne remarqua pas le curé Morin qui venait dans sa direction.

Eusèbe Morin avait bien aperçu son vicaire en train de s'entretenir avec une paroissienne et il en avait tout de suite conçu un vague déplaisir. À son avis, il était tout à fait déplacé qu'un prêtre se conduise ainsi, au vu et au su de tout le monde.

Arrivé à la hauteur du couple, le curé de Saint-Paul-des-Prés, sans le moindre sourire, le salua d'un brusque hochement de tête et poursuivit son chemin jusque chez Duquette. À sa sortie du magasin général quelques minutes plus tard, son vicaire et Émilie Michaud avaient disparu. Il retourna au presbytère.

— L'abbé, j'aimerais vous dire deux mots, dit-il sur un ton cassant à Alphonse Dupras, à son entrée dans le salon.

Le vicaire déposa son bréviaire sur une table et suivit son supérieur dans son bureau.

— Fermez la porte, lui ordonna ce dernier.

L'abbé obéit et attendit de savoir ce que le nouveau curé lui voulait.

— L'abbé, je dois vous dire que j'aime pas beaucoup voir mes vicaires en grande conversation avec des jeunes paroissiennes au vu et au su de tout le monde. Les gens pourraient s'imaginer toutes sortes de choses, vous me comprenez.

— Il faudrait avoir l'esprit drôlement mal tourné, monsieur le curé, pour penser à mal. Justement, parce que ça se fait devant tout le monde et…

— Ça fait rien, je veux plus que ça se reproduise, le coupa son supérieur, l'air sévère.

— Je comprends, monsieur le curé, mais je peux pas me mettre à courir pour aller me cacher quand une paroissienne m'adresse la parole dehors.

— Faites ce que je vous dis, l'abbé, et discutez pas, lui ordonna Eusèbe Morin, sévère.

— Si je comprends bien, vous voulez pas savoir pourquoi madame Michaud tenait tant à me parler tout à l'heure ? répliqua le vicaire en arborant un air frondeur.

— Si ça concerne la paroisse, oui, je veux le savoir, répliqua le curé en feignant de ne pas remarquer le ton utilisé par son subordonné.

— Madame Michaud voulait proposer ses services comme organiste et directrice de chorale, si ça pouvait nous rendre service. Toutefois, elle n'y tient pas plus que ça et elle ne le ferait qu'en attendant que quelqu'un d'autre se propose.

— Lui avez-vous dit que c'était moi que ça concernait et qu'elle devait passer me voir ? demanda le curé sur un ton vindicatif.

— Bien sûr, monsieur le curé. Je lui ai dit que c'était vous le patron, répondit l'abbé avec un petit sourire moqueur. Elle m'a dit qu'elle était pour venir vous voir cet après-midi.

— Parfait, vous pouvez disposer, l'abbé.

Vers deux heures cet après-midi-là, Mance Rivest fit entrer Émilie Michaud dans la petite salle d'attente du presbytère avant d'aller prévenir le curé Morin qu'une paroissienne voulait lui parler. Le prêtre somnolait dans son bureau, aux prises avec une digestion difficile.

— Qui est-ce, madame Rivest ?

— Madame Michaud, monsieur le curé.

— Faites-la entrer.

Émilie Michaud pénétra dans le bureau du curé en apportant avec elle une délicate odeur de parfum. Eusèbe Morin se leva à son entrée et lui offrit l'un des sièges placés devant son bureau avant de se rasseoir. Il ne connaissait pas cette paroissienne, mais il fut favorablement impressionné par sa distinction.

— L'abbé Dupras m'a appris que vous étiez prête à diriger la chorale et à toucher l'orgue, commença le prêtre sans se prêter à des civilités qu'il jugeait inutiles.

— Pas tout à fait, le corrigea la visiteuse avec un charmant sourire. J'ai proposé de faire ce travail seulement en attendant qu'une personne de la paroisse s'en charge. En fait, l'idée ne vient pas de moi, elle vient de Ian Sullivan que j'ai rencontré hier après la grand-messe, monsieur le curé. Quand il a appris que je jouais de l'orgue et que je lisais la musique, il a tellement insisté pour que je vous propose mes services que j'aurais été gênée de pas le faire.

— Ian Sullivan ?

— Oui, monsieur le curé. C'est un cultivateur du rang Saint-Joseph qui vit avec sa mère. Il m'a l'air d'un bien bon catholique, toujours prêt à se dévouer pour la paroisse.

— Tant mieux, des hommes comme ça, on n'en a jamais assez pour donner l'exemple et nous aider, déclara le prêtre en posant une main sur son estomac qui le faisait souffrir.

Il y eut un bref silence dans la pièce avant que le prêtre reprenne la parole.

— Je suppose, madame, que vous comprenez que c'est une lourde responsabilité.

— Bien sûr, monsieur le curé.

— Vous croyez avoir les capacités de faire ce travail ?

— Je vais essayer, monsieur le curé.

— Je suis bien prêt à vous faire confiance, fit le prêtre avec une condescendance assez déplaisante. Je vous rappelle toutefois que vous devrez me soumettre chaque semaine les chants que la chorale aura à interpréter durant les services religieux.

— Évidemment, monsieur le curé, accepta la jeune femme. Monsieur l'abbé m'a appris ce matin que la chorale s'exerçait chaque mercredi soir. Comme je ne connais pas ses membres, peut-être pourriez-vous les prévenir qu'il y aura pratique après-demain soir ?

— Je vais demander au bedeau d'avertir les gens, fit Eusèbe Morin en se levant pour signifier que l'entrevue était terminée.

*
**

Deux jours plus tard, Philippe s'arrêta au garage Melançon pour faire le plein du camion à la fin de sa journée de travail. Il eut la chance de voir Cécile sur la galerie de la maison du garagiste. Tout heureux de voir que la jeune fille ne se pressait pas pour rentrer à l'intérieur, il s'empressa d'aller lui parler.

— Sacrifice ! Qu'est-ce que tu fais endimanchée en plein mercredi soir ? lui demanda-t-il.

Il craignit pendant un instant qu'elle ne se soit faite belle que pour recevoir un autre prétendant durant la semaine. La chose s'était déjà vue à Saint-Paul-des-Prés. Plus d'une jeune fille avait déjà eu deux et même trois amoureux, qui ignoraient évidemment qu'ils devaient partager ses faveurs. Elles les recevaient des soirs différents, persuadées de ne rien faire d'immoral parce qu'elles n'avaient rien promis à aucun.

— Tu oublies que c'est ma pratique de chorale, répondit Cécile.

— Il y a encore une chorale ? J'avais compris que madame Lévesque avait tout lâché.

— Bien oui, il paraît que madame Michaud va prendre sa place un bout de temps. J'ai bien hâte de voir ce qu'elle est capable de faire, elle, poursuivit Cécile. Si elle connaît vraiment la musique, je me demande bien pourquoi elle faisait pas déjà partie de la chorale.

Dans la paroisse, on avait vite appris qu'Émilie Michaud s'était proposée pour prendre la relève d'Émilia Lévesque et les langues s'étaient déliées.

— C'est bien la première fois qu'une femme de ce genre-là s'occupe de notre chorale, chuchota Mance Rivest à l'oreille de son amie Alexina Duquette. Je ne sais vraiment pas ce que ça va donner.

— Je veux bien croire que notre Émilia ne se prenait pas pour rien, mais on peut pas nier qu'elle connaissait son affaire, reconnut la femme du marchand général. Là, elle doit avoir les oreilles dans le crin et elle doit mourir d'impatience d'apprendre comment va se passer la première répétition sans elle. Je suis certaine que dimanche prochain, elle va être la première à entrer dans l'église pour entendre ce que va donner une chorale dirigée par quelqu'un qui doit rien connaître à la musique.

— À part ça, je vois pas qui, dans notre chorale, va être capable de chanter les solos. Sans être bien extraordinaire, elle avait une assez belle voix.

En ce mercredi soir estival, certains paroissiens, plus curieux que d'autres, se glissèrent dans l'église supposément pour faire leurs dévotions. En réalité, ils voulaient entendre ce qui se passait au jubé où Émilie Michaud vivait son premier contact avec ses choristes. Le curé Morin, peu rassuré sur les réelles compétences de sa nouvelle directrice, avait prétexté un oubli à la sacristie pour aller écouter ce qui se passait dans son église. Le prêtre entrebâilla la porte de la sacristie pour mieux entendre. Quelques minutes lui suffirent pour se rendre compte que la nouvelle directrice était une bonne organiste et, surtout, qu'elle savait imposer son autorité aux membres de la chorale.

Les jours suivants, la rumeur se répandit dans la paroisse que la nouvelle directrice avait l'air de connaître son affaire. Bien des paroissiens estimèrent qu'ils allaient être en mesure d'en juger eux-mêmes le dimanche suivant.

*
**

Ce matin-là, un changement d'habitude important se produisit chez les Boisvert. À la demande de Léopold, Madeleine avait approché sa mère la veille pour lui dire que son presque fiancé aimerait dorénavant assister à la grand-messe en sa compagnie le dimanche matin plutôt que d'aller à la basse-messe, comme il l'avait toujours fait. Après une brève hésitation, Corinne avait accepté d'en parler à Norbert et à Philippe. Ce dernier ne protesta pas parce que Cécile, accaparée par la chorale, ne pouvait assister à la grand-messe à ses côtés, en supposant que ses parents auraient accepté cela. Pour sa part, Norbert ne se fit pas prier pour céder sa place.

— C'est ben pour te rendre service, dit-il à Léopold, en prenant l'air d'un martyr.

— Surtout que tout le monde dans la maison sait bien que t'aimes bien gros les longs sermons, se moqua Madeleine qui n'était pas dupe.

— Et toi, Élise, vas-tu venir à la grand-messe avec nous autres ou bien t'aimes mieux la basse-messe ? lui demanda sa mère.

— Je vais aller à la basse-messe avec eux, m'man.

— Comme ça, tu vas pouvoir préparer la table pour le dîner et voir à ce que tout soit prêt quand on va arriver, lui précisa sa mère.

L'adolescente eut une grimace d'agacement, mais c'était là le prix à payer pour une cérémonie religieuse deux fois moins longue.

Les habitants de Saint-Paul-des-Prés s'entassèrent dans l'église surchauffée et attendirent avec impatience l'entrée dans le chœur du curé Morin encadré par ses deux servants de messe. Quand l'officiant apparut, l'organiste plaqua les premiers accords sur l'orgue et la chorale entonna le premier cantique de la cérémonie. Des curieux tournèrent la tête vers le jubé pour tenter d'apercevoir Émilie Michaud, mais ils n'aperçurent que son dos puisqu'elle faisait face à ses choristes. Quelques instants plus tard, une voix d'une incroyable pureté s'éleva dans l'église pour chanter l'Alléluia. Stupéfaits, beaucoup ne purent s'empêcher de se tourner pour constater que cette voix douce et cristalline appartenait bien à la nouvelle directrice de la chorale.

En ce 9 août 1921, Eusèbe Morin consacra son sermon au curé d'Ars, humble curé de campagne comme lui, qui avait consacré sa vie à son ministère. Il rappela que saint Jean-Marie Vianney était le patron de tous les prêtres et que ces derniers cherchaient à l'imiter dans une vie austère consacrée à la pénitence et au jeûne. Corinne sentit qu'on la touchait dans le dos. Elle tourna la tête vers Marie-Claire Rocheleau assise dans le banc derrière elle.

— Pour moi, ça fait pas trop longtemps que notre curé cherche à imiter son saint patron, chuchota-t-elle à l'oreille de son amie… surtout pour le jeûne.

Corinne sourit et opina de la tête.

Avant de quitter la chaire, le célébrant annonça avec un contentement mal déguisé que la paroisse avait la chance d'avoir une nouvelle organiste et directrice de chorale en la personne de madame Émilie Michaud et, du même souffle, il apprit à ses ouailles que monsieur Ian Sullivan remplacerait dorénavant monsieur Alcide Duquette au poste de marguillier de la paroisse.

Il y eut de nombreux chuchotements dans l'église. Évidemment, plus d'un se demanda comment ce nouveau venu était parvenu à se glisser dans les bonnes grâces du curé. Beaucoup de jaloux furent ulcérés de cette nomination alors qu'ils attendaient d'être remarqués depuis de nombreuses années. Bref, il y eut autant de mécontents que de gens surpris.

Le curé de Saint-Paul-des-Prés adressa un regard sévère à l'assistance et le silence revint progressivement dans le temple. Alors, il invita le nouveau marguillier à se présenter à l'avant pour prêter serment, comme tous devaient le faire avant de commencer leur mandat.

Corinne tourna la tête vers le banc occupé par les Sullivan et s'étonna de n'y voir que la mère de son voisin. Elle aperçut soudain l'homme, droit comme un « i » et les pointes de sa moustache bien cirées, s'avancer lentement dans l'allée centrale en direction de la sainte table.

— L'Irlandais a l'air de boire du petit lait, chuchota Marie-Claire dans le dos de Corinne.

Les fidèles entendirent clairement le nouveau marguillier prêter serment devant le docteur Précourt, nommé président du conseil de fabrique la veille.

Après cet intermède, le saint sacrifice reprit. Si les fidèles s'étaient attendus à d'autres solos de la directrice de la chorale, ils en furent pour leurs frais. Cette dernière laissa la place à Mariette Vigneault et à une voix masculine qu'on ne parvint pas à identifier. Dès que l'officiant eut donné sa dernière bénédiction, la foule s'écoula à l'extérieur. Les gens se rassemblèrent par petits groupes autant pour vanter la voix extraordinaire d'Émilie Michaud que pour discuter de la nomination surprenante du cultivateur du rang Saint-Joseph.

— Quelle belle voix ! ne put s'empêcher de s'exclamer Corinne, charmée. C'est bien de valeur qu'elle nous ait pas chanté autre chose.

— Émilia Lévesque doit être verte de jalousie, déclara Marie-Claire Rocheleau à mi-voix. Je viens de la voir passer. Je te dis qu'elle a pas l'air jasante pantoute à matin.

Soudain, Émilie Michaud parut sur le parvis et se glissa discrètement derrière un groupe d'hommes pour gagner le stationnement et traverser la route.

— Tiens, la v'là ! dit Marie-Claire.

— Il faut aller la féliciter, décida Corinne en entraînant avec elle son amie, Madeleine et Léopold. Je lui ai encore jamais parlé, révéla-t-elle aux autres.

— Moi non plus, fit Marie-Claire.

Le petit groupe intercepta la jeune femme avant qu'elle ne traverse la route et la félicita pour les beaux chants offerts durant la grand-messe.

— C'est facile, dit Émilie avec une belle humilité. Saint-Paul a une bonne chorale et madame Lévesque l'a bien formée.

— Pourquoi vous avez pas chanté autre chose ? lui demanda la voisine de Corinne.

— Parce qu'une chorale, c'est un groupe et ce serait injuste qu'un de ses membres prenne trop de place. On va chanter pour le plaisir, pas pour se faire remarquer.

— C'est bien de valeur, déclara Madeleine. Moi, je vous aurais écoutée pas mal plus longtemps.

— Vous êtes bien gentille, lui répondit Émilie.

Il était étrange de voir à quel point Madeleine et Émilie Michaud se ressemblaient, malgré la vingtaine d'années qui les séparaient. Ces deux brunes avaient la même taille et les mêmes traits fins.

— Quel homme chantait à la fin ? lui demanda Marie-Claire, curieuse.

— Monsieur Sullivan.

— Ian Sullivan ? s'étonna Corinne.

— Oui, dimanche passé, après la messe, il m'a demandé si j'accepterais pas de diriger la chorale, ajouta Émilie.

— Comment ça se fait qu'il savait que vous chantiez ? lui demanda Corinne, en proie à une vague jalousie.

— Parce qu'il m'a déjà entendue chanter à Nicolet, répondit Émilie sans donner plus d'explications.

Corinne aurait bien aimé avoir plus de détails, mais plusieurs dames de la paroisse venaient de s'approcher de leur groupe et voulaient féliciter la nouvelle directrice de la chorale.

— Pour moi, le beau Ian s'est servi d'elle pour être nommé sur le conseil, lui chuchota Marie-Claire en regagnant le boghei dans lequel son mari venait de monter.

— Tu penses ?

— Je commence à voir clair dans son jeu, à l'Irlandais, reprit son amie. À la place de Fabien Gagnon, je commencerais à m'inquiéter pour les prochaines élections. Il a l'air d'avoir les dents longues sans bon sens, notre voisin. En tout cas, je trouve pas ça tellement juste que monsieur le curé l'ait nommé avant d'autres plus méritants.

Corinne n'était pas persuadée que sa voisine eût raison. Elle croyait qu'elle était surtout dépitée de constater que Conrad, son mari, n'ait pas été élu marguillier à la place du marchand général. Il n'en restait pas moins qu'elle se devait d'admettre que le fils de Rose Sullivan prenait de plus en plus de place dans la paroisse et elle s'interrogea sur la véritable relation qui était en train de se tisser entre ce voisin et Émilie Michaud.

— Au fond, ça me regarde pas pantoute, cette histoire-là, finit-elle par se dire en changeant de robe à son arrivée à la maison.

*
**

Deux jours plus tard, Léopold rentra à la maison en disant avoir vu beaucoup de gros bleuets dans le boisé, au bout du rang, là où une partie de la forêt avait brûlé bien avant que Laurent et Corinne viennent s'installer à Saint-Paul-des-Prés. Le jeune homme y était allé la veille pour voir s'il y avait autant de bleuets que l'année précédente.

— Je vous le dis, madame Boisvert, j'en ai vu des gros comme le bout de mon petit doigt, affirma-t-il.

— Ce serait bien de valeur de laisser perdre ça, déclara Corinne à ses enfants. Cet après-midi, on va aller aux bleuets.

— C'est drôle, je suis passé dans ce coin-là avant-hier, fit Norbert, et j'en ai pas vu.

— Tu devais marcher le nez en l'air, répliqua Madeleine.

— Vous trouvez pas qu'il fait pas mal chaud pour faire ça, m'man, se plaignit Élise. En plus, c'est dans le brûlé. On va se faire manger tout rond par les maringouins.

— Peut-être que t'aimerais mieux attendre l'hiver prochain ? lui fit remarquer sa mère d'une voix acide. Secoue-toi donc un peu, Élise, et surtout, arrête de te plaindre à tout bout de champ pour n'importe quoi.

— Toi, Léopold, t'avais bien besoin de venir raconter ça, dit l'adolescente avec humeur en commençant à desservir la table.

— Tu peux venir charroyer du fumier avec nous autres cet après-midi, si t'aimes mieux ça ? intervint Norbert. Ça sent ben bon et ça, c'est une *job* plaisante quand il fait chaud.

— Beau niaiseux ! se contenta de laisser tomber sa sœur en lui tournant le dos.

— Toi, ma fille, t'es mieux de changer de caractère si t'as l'intention que je t'inscrive au couvent au mois de septembre, la tança sa mère, incapable d'en supporter davantage. Si tu continues comme ça, tu vas rester avec moi à la maison cet automne et je vais le casser, ton petit caractère.

L'homme engagé haussa les épaules et adressa un clin d'œil à Madeleine, ce qui fit sourire Corinne. Il quitta la maison en compagnie de Norbert pendant que les femmes rangeaient la cuisine. Quand tout fut en ordre, chacun se coiffa de son vieux chapeau de paille et prit un contenant.

— Lionel, remplis une cruche d'eau et vous autres, les filles, baissez vos manches de robe, ordonna la maîtresse de maison. Si vous continuez à les remonter en plein soleil, vous allez avoir les bras noirs comme les sauvagesses.

Ils se mirent en route tous les quatre sous un soleil de plomb, accompagnés par le vrombissement des insectes. La ferme des Boisvert avait beau être la dernière du rang, ils durent marcher une dizaine de minutes avant d'arriver au boisé. Au bout de la route, ils traversèrent non sans mal quelques buissons avant de trouver l'étroite piste qui conduisait à ce qui était connu dans la paroisse comme le « brûlé » du rang Saint-Joseph. Les cueilleurs n'eurent pas à chercher bien longtemps. Ils repérèrent immédiatement des bosquets couverts de petits fruits bleus dans le sous-bois.

— Aïe, m'man, il y en a toute une talle, annonça Lionel à sa mère avec enthousiasme en commençant déjà à cueillir de gros bleuets juteux.

— On dirait qu'on n'aura pas trop de misère à remplir nos chaudières, fit Madeleine en s'éloignant de quelques pieds pour se mettre au travail.

Corinne l'imita. Élise choisit un endroit éloigné d'une cinquantaine de pieds pour entreprendre sa cueillette, comme si elle avait décidé de bouder. Sa mère lui jeta un coup d'œil avant de dire à Lionel, tout près d'elle :

— Essaye de pas faire comme l'année passée et de remplir la moitié de ta chaudière avec des feuilles.

Après cette intervention, le silence revint. Les rayons du

soleil étaient si chauds qu'ils incitaient à la sieste. Les oiseaux semblaient se répondre d'arbre en arbre et les insectes faisaient entendre leurs vrombissements assourdissants. Corinne et ses enfants travaillaient à remplir leurs contenants de bleuets, conscients qu'ils n'auraient probablement pas le temps de revenir en cueillir cet été-là.

Élise, toujours à l'écart des membres de sa famille, n'en travaillait pas moins. Soudain, un bruit de branche brisée à proximité incita l'adolescente à lever la tête et à regarder peureusement autour d'elle. Alors, elle aperçut entre les branches une impressionnante masse brune se déplaçant à courte distance et venant dans sa direction.

— M'man ! hurla-t-elle en s'emparant de son contenant et en se précipitant vers sa mère.

Corinne sursauta et faillit échapper son petit seau déjà rempli à demi.

— Qu'est-ce qu'il y a, sainte bénite ? demanda-t-elle en se tournant vers sa fille qui accourait vers elle.

— Il y a un ours, là ! lui cria l'adolescente en pointant la main dans la direction d'où elle venait.

— Si c'est tout ce que t'as trouvé pour t'en retourner plus vite à la maison… la prévint sa mère.

— Non, m'man, regardez là ! s'écria sa fille en continuant de pointer un doigt tremblant vers l'endroit qu'elle venait de quitter.

Sa mère n'eut pas à s'interroger longtemps. Soudain, l'imposante masse brune d'un ours adulte se fraya un chemin au milieu des arbustes. Madeleine devint blanche comme un drap en l'apercevant et son jeune frère se rapprocha peureusement d'elle.

— Vite, les enfants ! commanda Corinne à mi-voix aux siens. Faites pas de bruit et venez-vous-en. Surtout, courez pas.

Elle leur montra la direction à suivre et leur fit signe d'avancer doucement. Elle n'osait pas quitter l'énorme bête des yeux tout en reculant pour aller rejoindre ses enfants. Heureusement, l'ours, ne se sentant probablement pas menacé, les ignora superbement. Quand Corinne sentit qu'ils avaient mis suffisamment de distance entre eux et l'animal, elle incita les siens à hâter le pas et c'est passablement essoufflés que les Boisvert reprirent pied sur la route.

— J'ai jamais eu aussi peur de ma sainte vie ! admit la mère de famille en jetant un regard effrayé derrière elle.

— Nous autres aussi, avouèrent ses filles en se remettant à marcher en direction de la maison qu'elles apercevaient au loin.

— Pas moi, crâna Lionel.

— Bien sûr, se moqua sa sœur Élise, un peu plus, on te retrouvait perché en haut d'un arbre tellement t'as eu peur.

À leur retour à la maison, ils prirent place autour de la table de la cuisine d'été et trièrent les petits fruits bleus.

— On va en manger avec de la crème fraîche pour souper, annonça Corinne, mais on va aussi faire des tartes aux bleuets et un pudding.

Quand Norbert et Léopold apprirent que les cueilleurs avaient vu un ours dans le brûlé, ils se promirent d'aller l'abattre après le souper. De retour de son travail, Philippe décida de se joindre à eux et s'appropria la seule arme disponible dans la maison.

— Léopold, va emprunter la carabine de Jocelyn Jutras, lui suggéra sa patronne en constatant à quel point son homme engagé était déçu de ne pas avoir une arme.

— C'est ça, fit Norbert, pendant ce temps-là, je vais aller emprunter celle de monsieur Rocheleau.

Quand les trois jeunes hommes furent prêts à partir pour la chasse, il restait un peu plus d'une heure de clarté avant que le soleil ne se couche. Au moment de leur départ, la maîtresse de maison ne put s'empêcher de les mettre en garde.

— Faites bien attention avec vos carabines, leur conseilla-t-elle. Organisez-vous pas pour vous blesser avec ces affaires-là.

— Moi aussi, je veux y aller, exigea Lionel du haut de ses neuf ans.

— Toi, tu restes ici, déclara fermement sa mère. C'est pas une place pour un garçon de ton âge.

Madeleine et sa mère s'installèrent dans les chaises berçantes sur la galerie tant pour profiter du peu de fraîcheur dispensée par cette soirée estivale que pour attendre le retour des chasseurs.

— De toute façon, on va les entendre tirer s'ils l'aperçoivent, fit remarquer Élise en adoptant un petit air supérieur.

— Elle, je sais pas ce qu'elle a, dit la mère à sa fille aînée, mais ses petits airs déplaisants commencent à m'énerver sérieusement.

— C'est l'âge ingrat, m'man.

— Si elle continue, je vais lui faire passer cet âge-là pas mal vite.

Aucun coup de feu ne fut entendu dans le rang Saint-Joseph et l'obscurité commençait à tomber quand le bruit des pas des jeunes hommes revenant sur la route alerta Corinne et sa fille demeurées assises sur la galerie.

— Tiens, voilà nos braves qui reviennent, se moqua gentiment Madeleine.

— On n'a rien vu, admit Léopold.

— On a pourtant regardé partout, poursuivit Norbert en se grattant furieusement.

— Pour moi, vous avez rêvé ça, fit Philippe, probablement déçu de ne pas pouvoir se vanter d'avoir abattu un ours.

— Bien oui, finfin, on est des folles, nous autres ! répliqua Madeleine.

— En tout cas, si nous autres, on a manqué votre ours, les maudits maringouins, eux autres, nous ont pas manqués, fit Norbert en se grattant de plus belle. Ils m'ont mangé tout rond.

— C'est bizarre, ça, fit Léopold, moi, ils m'ont pas piqué pantoute.

— C'est parce que tu te laves, intervint sa future fiancée avec un sourire moqueur.

— Vous êtes ben drôles. La prochaine fois, je vous laisserai aller le tuer tout seuls, votre ours… s'il existe, ben sûr ! rétorqua l'adolescent avec mauvaise humeur.

Évidemment, le bruit courut rapidement qu'un ours rôdait près du rang Saint-Joseph. Il y eut même une battue organisée par Ian Sullivan deux jours plus tard pour débusquer la bête et l'abattre. Sans résultat. Pendant un certain temps, plus d'un habitant de Saint-Paul-des-Prés se montra prudent dans ses déplacements quand il avait à s'éloigner de ses bâtiments. Comme on ne trouva jamais trace de cet animal, ce dernier entra dans la légende. Peu à peu, dans la paroisse, on en vint à désigner avec un air narquois tout phénomène peu crédible de l'expression l'« ours aux Boisvert ».

Chapitre 13

Un visiteur

Le samedi après-midi suivant, Corinne était en train de désherber ses plates-bandes dont elle tirait une véritable fierté quand Lionel, qui transportait des bûches pour le four à pain, la héla pour lui annoncer qu'une voiture venait de dépasser chez Rocheleau et se dirigeait vers leur ferme.

— Bon, qui est-ce qui vient encore me bâdrer ? demanda la jeune veuve avec impatience à Madeleine, qui balayait la galerie. On dirait que chaque fois que j'essaye de m'occuper de mes fleurs, il y a quelque chose qui m'empêche de le faire.

Le boghei entra dans la cour de sa ferme et vint s'immobiliser près d'elle.

— Mais c'est Juliette ! s'exclama la maîtresse de maison en reconnaissant l'une des deux personnes assises dans la voiture.

Elle était réellement ravie que sa belle-sœur ait trouvé le temps de venir lui rendre visite si rapidement après le décès de son père.

— Bien oui, c'est encore moi, la belle-sœur fatigante, dit la sœur de Laurent en descendant du boghei, le visage illuminé par un large sourire. Tu pensais tout de même pas que j'avais oublié ta fête, j'espère ?

Madeleine abandonna son balai sur la galerie et descendit les marches pour venir à la rencontre de sa tante préférée. Élise sortit rapidement de la maison et vint rejoindre à son tour la visiteuse alors que cette dernière finissait d'embrasser sa mère et sa sœur aînée.

Corinne enleva son chapeau de paille et fit un pas en arrière en se demandant pour quelle raison le conducteur de la voiture n'avait pas bougé de sa place. L'homme la regardait sans dire un mot, attendant probablement qu'elle l'invite à descendre. Vêtu strictement d'un costume noir et d'une chemise blanche, il avait des traits réguliers et une fine moustache brune. Ses yeux noirs n'avaient pas quitté le visage de la jeune veuve depuis qu'il avait arrêté son attelage.

Soudain, le visage de la veuve s'éclaira et ses lèvres tremblèrent un peu. Des larmes lui vinrent aux yeux et elle demanda d'une voix hésitante :

— Est-ce que je me trompe ? Est-ce que c'est Rosaire ?

— Bonjour, Corinne ! répondit-il, apparemment tout aussi ému qu'elle.

— Mais descends de là ! lui ordonna-t-elle. Qu'est-ce que t'as à rester assis sur ton perchoir ?

Madeleine et Élise voulurent se rapprocher de leur mère, mais leur tante les retint en leur faisant signe de la tête de ne pas bouger.

Le jeune homme âgé d'une trentaine d'années descendit avec souplesse du boghei, retira son chapeau et s'approcha de Corinne, l'air un peu intimidé.

— Mon Dieu, j'en reviens pas ! s'écria cette dernière, rose de plaisir. Pas mon Rosaire !

Elle saisit le visiteur par les épaules et l'embrassa sur

les deux joues avec fougue. Rosaire rougit et lui rendit son étreinte.

— Puis, qu'est-ce que tu penses de ma surprise pour ta fête, ma belle-sœur ? lui demanda Juliette, attendrie par la scène. Je t'amène monsieur Rosaire Gagné en personne pour ta fête.

— J'en reviens pas, répéta Corinne d'une voix altérée. Ça fait tellement d'années que je l'ai pas vu, je le pensais mort.

— Il est pas mort, comme tu peux le voir, mais je te le dis tout de suite, il est pas plus bavard qu'il l'était quand il était plus jeune, se moqua la restauratrice en donnant une bourrade à son conducteur.

— Les filles, vous vous rappelez pas de Rosaire ? demanda Corinne à Madeleine et à Élise. On peut dire qu'il vous a bercées presque aussi souvent que moi quand vous étiez petites, ajouta-t-elle. Qu'est-ce que tu penses de mes filles, Rosaire ?

— Elles sont devenues presque aussi belles que leur mère, parvint à dire le visiteur en rougissant.

— Il parle pas souvent, notre Rosaire, mais quand il le fait, il sait quoi dire, se moqua gentiment Juliette.

— En tout cas, pour une belle surprise, c'en est toute une, fit la maîtresse de maison en replaçant une mèche blonde qui s'était échappée de son chignon. Venez dans la maison, on n'est pas pour se laisser rôtir au soleil.

Rosaire s'empara de deux petites valises placées à l'arrière du boghei et suivit les femmes. Tous rentrèrent dans la cuisine beaucoup plus fraîche. Madeleine servit des rafraîchissements et on prit place autour de la grande table.

Corinne avait du mal à détacher son regard de l'orphelin qu'elle avait tant aimé et qui avait vécu à ses côtés durant près de sept ans. Il lui avait tellement manqué.

Elle n'avait jamais oublié le soir de septembre où, au retour d'une brève visite chez son frère Bastien, un Laurent aviné lui avait appris avoir flanqué à la porte l'adolescent de dix-huit ans.

« — Avec cinq enfants dans la maison, on n'a pas besoin d'une bouche inutile à nourrir, avait-il tranché sur un ton sans appel.

— Mais Rosaire fait partie de la famille, avait-elle vainement protesté. Tu peux pas faire ça. C'est pas un chien qu'on jette dehors à coups de pied. Il est avec nous autres depuis qu'on est mariés.

— J'en veux plus ici dedans et je veux plus en entendre parler, avait déclaré son mari avant de se retirer dans leur chambre à coucher. »

Cette nuit-là, elle avait été incapable de trouver le sommeil. Elle l'avait passée assise dans une chaise berçante, dans le noir, tentant d'imaginer comment l'adolescent qu'elle aimait comme un frère pouvait se débrouiller seul, sans argent.

Il lui avait fallu des mois pour s'habituer à ne plus le voir près d'elle. Elle en avait voulu à son mari au point d'avoir senti le besoin de s'en confesser. Rosaire était son ami, son confident et le seul être sur lequel elle pouvait toujours compter à Saint-Paul-des-Prés.

Puis, les années avaient passé. Pendant trois ou quatre ans, à la fin de chaque automne, le facteur avait laissé une courte lettre de l'orphelin dans sa boîte. Mais cette correspondance à sens unique avait soudainement cessé une dizaine d'années auparavant et Corinne n'avait plus eu que des nouvelles épisodiques par l'intermédiaire de

Juliette quand le jeune homme s'arrêtait manger à son restaurant.

— Rosaire est venu souper au restaurant mercredi soir, dit Juliette en finissant de manger la pointe de tarte aux bleuets que Madeleine avait déposée devant elle. Un peu plus, je le voyais pas. Tu le connais, c'est pas celui qui fait le plus de bruit.

— Je me rappelle, oui, fit Corinne en adressant un sourire de connivence à son invité.

— En jasant, je lui ai dit que j'avais l'intention de monter à Saint-Paul pour ta fête aujourd'hui et je lui ai offert de prendre le train avec moi. J'aurais bien aimé que le garçon de mon associée vienne nous conduire, mais il travaillait aujourd'hui. Ça fait qu'on a pris le train puis on a loué une voiture à Yamaska et nous voilà.

— C'est une bien belle surprise ! répéta Corinne. Si ça te dérange pas, Rosaire, tu vas coucher avec Lionel et Élise va dormir avec sa sœur.

— Je voudrais pas déranger, dit le jeune homme. Je peux bien aller coucher à l'hôtel, à Yamaska.

— Il manquerait plus que ça ! s'écria son hôtesse. Tu vas dormir avec nous autres, ça va te rappeler des souvenirs.

— Vous me gênez pas mal, Corinne.

— Quoi ! C'est à moi que tu dis « vous » à cette heure ? feignit de se fâcher la veuve. Tu vas me dire « tu », comme tu l'as toujours fait. Je suis pas ta mère. On a juste sept ans de différence, au cas où tu l'aurais oublié.

Son invité rougit à nouveau, mais dut s'incliner.

— Tu vas nous raconter tout ce qui t'est arrivé depuis que t'es parti, lui ordonna Corinne en commençant les préparatifs du souper avec l'aide de Juliette et de ses filles. Puis, organise-toi pas pour en oublier trop, le menaça-t-elle.

Pendant l'heure suivante, l'orphelin n'eut pas d'autre choix que de raconter sa vie depuis son départ de la maison de Laurent Boisvert alors qu'il avait dix-huit ans.

— J'ai pas fait grand-chose d'extraordinaire, balbutia-t-il, un peu mal à l'aise de déballer son passé devant tous ces regards. Quand je suis parti, j'ai trouvé de l'ouvrage au quai de Sorel et j'ai loué une chambre sur la rue Adélaïde. Je suis resté là jusqu'à la fin du printemps. Puis, j'ai perdu ma *job* et j'ai décidé de descendre à Montréal où j'ai travaillé dans une cour à bois à empiler et à livrer des planches et des madriers. J'ai été chanceux parce que le frère du propriétaire, monsieur Octave Vézina, avait une chambre à louer. Il a été un vrai père pour moi, reconnut Rosaire. Il travaillait pour la Ville de Montréal. Quand il s'est aperçu que j'aimais pas tellement l'ouvrage que je faisais, il m'a fait engager par la Ville et il m'a poussé à étudier pour avoir un meilleur salaire.

— Qu'est-ce que tu fais comme ouvrage ? lui demanda Madeleine.

— Je suis inspecteur en bâtiments depuis cinq ans.

— Est-ce que ça veut dire que tu travailles pas de tes mains ? fit Élise.

— C'est ça, reconnut Rosaire avec un sourire. Je vais faire des inspections et je remplis des rapports.

— T'es pas marié ? s'étonna Corinne.

— Non.

— Mais tu fréquentes quelqu'un ? insista la maîtresse de maison.

— Non, j'ai pas encore trouvé la femme qu'il me faudrait.

— Un beau garçon comme toi devrait être marié depuis longtemps, intervint Juliette, qui dominait sa belle-sœur de sa masse imposante.

— Il y a rien qui presse, s'entêta le jeune homme, apparemment un peu mal à l'aise.

— Est-ce que tu restes toujours chez monsieur Vézina ? reprit Corinne.

Un nuage de tristesse passa alors dans le regard de Rosaire.

— Non, il est mort pendant l'épidémie de grippe, il y a deux ans. Je reste dans un petit appartement sur la rue Saint-Urbain.

— Comme ça, t'es devenu un vrai gars de la ville ? demanda Corinne.

— Pantoute, je m'ennuie encore de la campagne. Je me suis jamais habitué à l'air étouffant de la ville. Il y a trop de monde. Il y a beau avoir les petits chars, les magasins de la rue Sainte-Catherine, le parc Lafontaine et le parc Sohmer, ça vaut pas la campagne, avoua le jeune fonctionnaire de trente-deux ans avec une nostalgie évidente.

— Ma tante Juliette s'est jamais plainte de ça, fit Élise. Moi, c'est en ville que je veux vivre. Ici, il se passe rien du tout. La vie est plate à mourir.

Corinne eut un rictus de déplaisir en entendant parler ainsi sa fille cadette. Sa réaction n'échappa pas à la restauratrice.

— Je me suis jamais plainte, ma petite fille, parce que ça aurait rien changé. Si je vis à Montréal, c'est que j'ai pas le choix. Quand je me suis mariée, ton oncle et moi, on devait aller vivre à Nicolet, mais son père est mort et lui a laissé son restaurant. On n'a pas eu le choix. Il a fallu aller demeurer en ville. J'ai continué parce que j'avais pas d'autre place où aller vivre.

Au moment où Juliette Boisvert finissait de parler, Norbert et Léopold rentrèrent à la maison en compagnie de Lionel. Corinne présenta Léopold non comme son employé, mais comme le futur mari de Madeleine, ce qui fit ouvertement plaisir à la jeune fille.

— Pour Norbert, tu dois certainement t'en rappeler, même s'il avait juste cinq ans quand t'es parti, reprit-elle en lui présentant l'adolescent de seize ans. Il a toujours été le plus haïssable de la famille, ajouta-t-elle.

— C'est pas vrai. C'est saint Rosaire en personne ! s'exclama l'incorrigible en serrant la main que le visiteur lui tendait.

— Saint Rosaire ? s'étonna l'orphelin.

— À entendre ma mère, t'as toutes les qualités et moi, juste des défauts.

Un éclat de rire général salua la repartie de l'adolescent.

— Arrête donc de dire des niaiseries et va faire le train, sinon on va encore souper tard, le sermonna sa mère sur un ton affectueux.

— En tout cas, t'as une poigne solide et tu fais ben plus que tes seize ans, le complimenta le visiteur.

— Tiens ! Je sens que je t'haïrai pas trop, toi, plaisanta Norbert.

— Donnez-moi une minute pour me changer et je vais aller vous donner un coup de main à faire le train, proposa Rosaire à Léopold et à Norbert.

— Quoi ! Un monsieur de la ville viendrait se salir dans notre étable ? plaisanta l'adolescent en feignant l'incrédulité.

— Ben oui, répondit Rosaire avec un sourire. Je faisais le train quand tu salissais encore ta couche.

— Et moi, là-dedans ? demanda Lionel en se campant devant l'étranger.

— C'est vrai, j'ai oublié de te présenter mon bébé. C'est Lionel.

— Aïe, je suis pas un bébé ! protesta le gamin.

— Si t'es pas un bébé, morveux, va chercher les vaches dans le champ avant que saint Rosaire change d'idée et veuille plus venir nous aider à les traire, lui ordonna son frère.

Après le départ des garçons, Juliette attendit que Madeleine et Élise aillent chercher de la laitue et des tomates dans le jardin pour demander à sa belle-sœur ce qu'elle pensait de Rosaire.

— Il est devenu un bien bel homme, ne put s'empêcher de dire Corinne.

— Oui, et il t'aime bien gros, fit la restauratrice avec un air entendu. Il a pas placoté beaucoup durant le voyage, mais chaque fois qu'il a ouvert la bouche, c'était pour parler de toi.

— Il m'aime comme un frère.

— De ça, je suis pas sûre pantoute, ajouta Juliette en hésitant.

— Arrête donc, protesta la veuve. Je vais avoir trente-neuf ans demain.

— Puis après, t'as pas l'âge de Mathusalem que je sache. À trente-neuf ans, on n'est pas vieille. On a encore le droit de faire des projets et de changer sa vie.

— T'oublies, la belle-sœur, que j'ai cinq enfants.

— Cinq enfants qui, bientôt, auront plus besoin de toi. Ouvre les yeux, Corinne. Madeleine va se marier le printemps prochain. Ton Philippe cherche à se caser.

Déjà, Élise et Norbert vieillissent vite… Dans quelques années, tu vas te ramasser comme moi, tu vas être toute seule comme une dinde à te demander quoi faire de ta peau.

Corinne préféra en rire après avoir dit à sa belle-sœur qu'elle devrait mettre elle-même ses conseils en pratique.

Les hommes se lavaient les mains avant de passer à table, quand le camion conduit par Philippe vint s'arrêter en grondant devant la porte de la remise. Il y eut un claquement de portière suivi par le bruit des pas de l'aîné de la famille montant sur la galerie.

Philippe entra dans la cuisine et reconnut sa tante qui s'approcha pour l'embrasser sur une joue.

— Attention, ma tante, je suis sale comme un cochon, la mit-il en garde.

Puis, il aperçut l'étranger qu'il chercha vainement à identifier. Ce dernier avait un peu blêmi en apercevant le grand gaillard qui venait de pénétrer dans la pièce.

— Philippe, c'est Rosaire, le présenta sa mère. Tu dois te souvenir de lui. T'avais neuf ans quand il est parti de chez nous.

— T'es le vrai portrait de ton père, ne put s'empêcher de dire l'invité en serrant la main du fils aîné de Laurent Boisvert.

Philippe le salua sans sourire et sans montrer qu'il l'avait reconnu avant de se diriger vers le lavabo dans l'intention de faire une toilette rapide avant de s'attabler avec les autres.

Durant le repas, il ne participa pas à la conversation, se contentant d'écouter les autres parler en arborant un air renfrogné assez désagréable. L'atmosphère s'allégea sensiblement quand il quitta la maison pour aller veiller chez Cécile Melançon. À la fin du repas, Rosaire proposa ses services pour laver la vaisselle, comme il le faisait à l'époque où il demeurait chez Corinne, mais cette dernière s'y opposa vivement.

— Il manquerait plus que ça ! s'écria-t-elle. On est bien assez de femmes dans cette maison pour s'occuper de la vaisselle.

Rosaire ne put que s'incliner et alla se planter devant la porte moustiquaire pour regarder autour.

— J'irais bien dire bonjour à Jocelyn si j'étais sûr d'être bien reçu par sa femme, dit-il sans s'adresser à quelqu'un en particulier dans la cuisine.

— Vas-y, ça va lui faire plaisir, l'encouragea son hôtesse. Catherine et sa mère sont mortes depuis presque trois ans et Jocelyn vit tout seul, comme avant son mariage. Puis, pendant que j'y pense, dis-lui donc de venir veiller avec nous autres. On va jouer aux cartes comme dans le bon vieux temps, quand mon mari était au chantier.

Le jeune homme quitta la maison, et Corinne, pensive, son linge à vaisselle à la main, le regarda marcher sur la route.

— À quoi tu penses ? lui murmura Juliette, apparue dans son dos.

— À rien.

— À rien ?

— Je pensais à tous ces hommes qui essaient de se débrouiller sans femme. À Rosaire, à Jocelyn et même à Ian Sullivan alors qu'il y a tant de vieilles filles qui se morfondent à attendre un mari.

— Il y a les vieilles filles et il y a aussi les veuves, fit sa belle-sœur sur un ton narquois.

— Dites donc, ma tante, essayez-vous de mettre dans la tête de notre mère de se remarier ? demanda Norbert, l'air un peu inquiet.

— Norbert, occupe-toi de tes oignons, le rabroua la restauratrice. Quand je voudrai que tu saches quelque chose, je te le dirai.

Ce soir-là, lorsque Philippe rentra de sa soirée chez les Melançon, il trouva sa mère et ses invités en train de jouer aux cartes. Il monta se coucher et constata avec un certain déplaisir la présence de Norbert dans son lit.

— Qu'est-ce que tu fais là, toi ? lui demanda-t-il.

— La maison est pleine. On n'a pas le choix, on se tasse, répondit l'adolescent avec philosophie.

— Si la mère peut arrêter de recevoir tout un chacun comme si on était une auberge, on serait pas poignés comme ça, se contenta de faire remarquer l'aîné en se laissant tomber sur le lit pour retirer ses bottines. Je comprends pas ce que vient faire ici dedans l'ancien homme engagé. Et ma tante Juliette pourrait ben aller coucher chez mon oncle Henri de temps en temps.

— Sais-tu que t'es recevant sans bon sens, se moqua son jeune frère. On croirait entendre grand-père Boisvert.

Philippe ne se donna pas la peine de lui répondre. Il souffla la lampe et se mit au lit.

— T'as oublié de me dire si ta Cécile était de bonne humeur à soir, chuchota Norbert dans le noir.

— Ça te regarde pas. Mêle-toi de tes affaires, répondit son aîné en lui tournant résolument le dos.

*
**

Le lendemain matin, Juliette fit en sorte d'être prête pour la grand-messe en même temps que Madeleine et Élise.

— Est-ce que je peux monter avec vous autres ?

demanda-t-elle à Léopold qui venait d'arrêter le boghei près de la maison.

— On va peut-être être un peu tassés, dit Madeleine en pensant qu'il n'y aurait pas suffisamment de place pour sa mère et Lionel.

— Attends, je vais demander à ta mère si elle pourrait pas monter avec Rosaire et Lionel dans la voiture qu'on a louée.

Madeleine lança un regard entendu à son futur fiancé qui attendait, les rênes à la main. Elle venait de comprendre que sa tante cherchait à ménager une conversation privée entre sa mère et Rosaire. La restauratrice sortit de la maison moins d'une minute plus tard.

— On peut y aller, ta mère va venir à la messe avec Rosaire, déclara-t-elle en se hissant dans la voiture.

Quand le boghei loué s'engagea sur la route quelques instants plus tard, Philippe le regarda partir, debout devant l'une des fenêtres de la cuisine.

— J'aime pas ce gars-là, dit-il entre ses dents en parlant de Rosaire, assis aux côtés de sa mère dans la voiture.

— Qu'est-ce que tu dis ? lui demanda Élise, déjà en train de dresser le couvert pour le dîner.

— Rien ! dit-il.

Ian Sullivan était debout sur le parvis de l'église et parlait avec Léopold, Madeleine et Juliette lorsque Rosaire entra dans le petit stationnement voisin où plusieurs voitures de fidèles étaient déjà immobilisées. À la vue de l'inconnu aidant Corinne à descendre du boghei, ses traits se durcirent et il parvint mal à dissimuler sa jalousie. Cependant, son changement d'expression n'échappa pas à Juliette et la veuve esquissa un vague sourire.

— Bonjour, madame Boisvert ! la salua l'Irlandais en soulevant son chapeau lorsque Corinne approcha.

— Bonjour !

— À ce que je vois, vous avez de la visite, fit-il en tournant un regard interrogateur vers Rosaire.

— Oui, monsieur Rosaire Gagné, un ami, dit-elle alors que Rosaire serrait la main du cultivateur à la carrure impressionnante.

— Enchanté, dit Rosaire, alors que l'autre lui écrasait volontairement les doigts dans sa poigne solide.

Corinne remarqua soudain que leur petit groupe formait un îlot que les fidèles devaient contourner pour entrer dans l'église.

— On va y aller avant d'être en retard, décida-t-elle.

— Nous autres, on va aller dans le jubé, m'man. Ça va vous laisser de la place dans le banc, déclara Madeleine.

— Vous pouvez ben vous asseoir avec ma mère dans notre banc, offrit Ian. Je dois chanter dans la chorale et elle est toute seule.

— Merci, monsieur Sullivan, dit Corinne sans préciser si elle acceptait ou non son offre.

Durant la grand-messe, célébrée, comme il se devait, par le curé Morin, Corinne n'eut guère la tête au recueillement. Durant toute la cérémonie, elle ne cessa de penser à la conversation qu'elle avait eue avec Rosaire en se rendant à l'église.

Le jeune fonctionnaire avait dû sentir que ce court trajet lui offrait une chance inespérée de dire à la veuve ce qu'il mourait d'envie de lui avouer depuis qu'il l'avait revue la veille. Toujours aussi timide, il dut faire un effort considérable pour s'ouvrir à la petite femme blonde endimanchée assise à ses côtés.

— Il y avait tellement longtemps que je voulais venir te voir, avait-il dit à mi-voix de manière à ne pas être entendu par Lionel, assis sur la banquette arrière.

— T'aurais pu revenir bien avant, l'avait-elle encouragé, attendrie par l'aveu.

— Peut-être, avait-il admis. Il aurait fallu que je vienne durant l'hiver, mais tu comprends que j'aurais pas voulu que tu penses que j'avais attendu que ton mari soit parti au chantier pour venir. Ça aurait pas été correct de faire ça et le monde aurait pu jaser.

— Voyons donc ! avait protesté la veuve de Laurent Boisvert. Je pourrais presque être ta mère.

— Exagère pas, on a juste sept ans de différence... En plus, t'as l'air tellement jeune que j'ai l'impression d'être plus vieux que toi.

— C'est toi qui le dis, avait-elle répliqué avec un sourire. J'ai cinq enfants et le plus vieux a déjà vingt ans. T'as l'air d'oublier qu'aujourd'hui, j'ai trente-neuf ans... Madeleine va se marier l'année prochaine. Je sais pas si tu t'en rends compte, mais je vais être grand-mère dans pas si longtemps que ça.

— Pour moi, tu seras toujours la même Corinne que j'ai connue, avait-il dit, la gorge serrée.

— Merci, avait-elle fait en riant doucement pour alléger l'atmosphère.

Le visage rouge, le jeune homme avait glissé un doigt entre son col de Celluloïd et son cou, comme s'il l'étouffait. Puis ses traits s'étaient crispés légèrement, comme s'il avait pris une résolution soudaine.

— Hier, tu m'as demandé si j'étais marié, lui avait-il rappelé de la même voix éteinte.

— Oui.

— Est-ce que tu veux savoir pourquoi ?

— T'es pas obligé de me le dire, avait-elle répondu, un peu mal à l'aise.

— C'est important que tu le saches, avait-il dit en la regardant. Je me suis pas marié parce que j'ai pas trouvé une femme qui te ressemble.

— Voyons donc ! avait-elle protesté, tout de même flattée.

— Je voudrais te demander si t'accepterais que je revienne te voir de temps en temps, mais sans Juliette.

Corinne l'avait alors regardé attentivement avant de lui répondre d'une voix hésitante.

— Je sais pas, Rosaire. Laisse-moi le temps d'y penser.

Et c'est à cet échange que la veuve n'avait cessé de penser durant toute la messe. Que devait-elle répondre à Rosaire ? Il était clair qu'il désirait être plus qu'un ami. Il lui avait purement et simplement demandé de la fréquenter, elle, une femme de trente-neuf ans et mère de cinq enfants… Qu'est-ce qu'elle voulait exactement ? Elle l'ignorait elle-même. Rosaire, c'était son passé. Qu'allaient dire les membres de sa famille quand il viendrait lui faire sa cour ? Elle aurait l'air ridicule. Les mauvaises langues de la paroisse n'allaient sûrement pas manquer de raconter qu'elle avait débauché un jeune qui pourrait presque être son garçon. Ils allaient même peut-être en déduire qu'il s'était passé des choses pas très catholiques entre eux à l'époque où le jeune homme habitait chez elle.

Il fallut que Juliette la tire par une manche pour l'inciter à s'agenouiller au moment du *Ite missa est* du célébrant.

— T'avais bien l'air dans la lune pendant la messe,

lui chuchota sa belle-sœur comme elles sortaient de l'église, suivies par Lionel et Rosaire.

— T'as pas honte de guetter tes voisins plutôt que de prier pendant la messe, toi ? répliqua en riant la jeune veuve.

— Remarque que je serais peut-être comme toi si j'étais entouré de tant d'hommes intéressants qui me font de l'œil, plaisanta à demi la restauratrice.

— Dis donc pas n'importe quoi, la rabroua Corinne. Est-ce qu'on va saluer ton frère et sa femme avant de rentrer ? demanda-t-elle à son invitée pour changer de sujet de conversation.

— On peut bien, accepta Juliette sans aucun enthousiasme au moment où Léopold et Madeleine les rejoignaient sur le parvis.

Ils se rapprochèrent d'Henri, qui précédait de quelques pas Annette. Corinne vit Madeleine chuchoter quelques mots à l'oreille d'Alexandra avant de s'écarter d'elle.

— Tiens, t'es en visite à Saint-Paul ? dit le gros cultivateur bourru en apercevant sa sœur.

— En plein ça, fit Juliette. C'est la fête de Corinne aujourd'hui.

— Batèche ! Ça fait tout un voyage pour une fête. Je me souviens pas que t'en aies fait autant pour la mienne.

— Il faut croire qu'il y en a qui le méritent, rétorqua sèchement Juliette.

— Bonne fête, ma tante, fit Alexandra en embrassant Corinne.

— Bonne fête, se contenta de dire Annette sans esquisser le moindre geste, mais cherchant à identifier le jeune homme qui se tenait silencieux derrière les deux femmes.

— Merci.

— Tu nous présentes pas ? demanda-t-elle à sa belle-sœur.

— Voyons, Annette, tu le reconnais pas ? fit Juliette. Il est resté chez vous un bon bout de temps pourtant. C'est le petit Rosaire que ton père avait fait venir de l'orphelinat.

Henri et sa femme dévisagèrent l'inconnu qui leur faisait face, mais Rosaire ne dit pas un seul mot et se contenta de les saluer d'un bref hochement de tête.

— Bon, nous autres, il faut y aller, déclara Corinne. Élise va finir par croire qu'on a décidé d'aller dîner ailleurs qu'à la maison.

Juliette embrassa Alexandra sur une joue et salua de la main son frère et sa belle-sœur avant de suivre son hôtesse. Cette façon de prendre congé disait assez ce qu'elle pensait d'Henri et de sa femme. Au moment de monter dans les bogheis, l'imposante restauratrice s'empressa de s'installer dans celui où Madeleine et Léopold avaient déjà pris place, de manière à permettre à Corinne de se retrouver avec Lionel dans celui conduit par Rosaire.

Cette dernière remarqua rapidement le visage fermé de son conducteur quand il mit l'attelage en route.

— On dirait que ça t'a pas fait grand plaisir de revoir mon beau-frère et sa femme, lui dit-elle.

— Ça m'a surtout rappelé des mauvais souvenirs, fit le jeune fonctionnaire après un long moment de silence. J'aurais peut-être dû me montrer plus poli, ajouta-t-il avec un rien de regret dans la voix.

— Pantoute, dit sa passagère. Ils t'ont maltraité quand

t'étais jeune, tu leur dois rien. C'est du monde qui a pas de cœur.

Ce jugement de Corinne sembla ragaillardir Rosaire à qui le sourire revint. Comme il se souvenait très bien de Gonzague Boisvert, elle lui raconta diverses péripéties auxquelles le vieil homme avait été mêlé durant les dernières années.

— T'as dû être surpris de voir Philippe conduire un *truck* ? conclut-elle alors qu'ils arrivaient à la ferme. Mon beau-père a vendu son hôtel pour acheter deux camions avec l'intention de travailler pour le gouvernement. Le *truck* que conduit mon garçon est le même que celui avec lequel mon mari s'est tué il y a deux ans et demi.

— Ça doit te rappeler pas mal de mauvais souvenirs de le voir tous les jours dans ta cour ? lui demanda Rosaire.

— Oui, mais ça achève. Dans un mois, le contrat avec la voierie va être fini, si je me fie à ce qu'a dit mon beau-frère. Il a décidé de vendre les deux *trucks* cet automne. Philippe va revenir travailler sur la terre avant d'aller au chantier cet hiver.

À leur entrée dans la maison, Élise avait mis le dîner sur le feu et il ne restait à Corinne qu'à trancher le rôti de porc qui allait être servi avec des pommes de terre et des carottes. N'ayant rien mangé depuis la veille pour avoir la possibilité d'aller communier à la grand-messe, les nouveaux arrivants étaient affamés.

Tout le monde s'entassa autour de la grande table et on mangea avec un bel appétit. Au moment du dessert, Madeleine sortit un gâteau de fête cuisiné la veille en cachette. Sa sœur l'avait glacé pendant leur absence à la fin de l'avant-midi.

— On va attendre avant de le servir, déclara Madeleine. Il y en a qui ont des choses à offrir à la fêtée.

Rosaire, Philippe et Juliette disparurent durant quelques instants et revinrent dans la cuisine d'été, portant chacun un paquet joliment enveloppé.

— À Philippe d'abord, décida Juliette en faisant signe à son neveu de présenter son cadeau à sa mère.

— C'est de la part de tous nous autres, déclara l'aîné en montrant ses frères et ses sœurs.

Émue, Corinne déballa une magnifique veste de laine rose ornée de petits boutons en nacre.

— Mais c'est bien trop beau ! s'exclama-t-elle. Je vais avoir bien trop peur de la salir.

— Dans ce cas-là, vous la mettrez juste le dimanche et elle va durer plus longtemps, plaisanta Norbert.

— Léopold aussi a tenu à fournir pour le cadeau, fit remarquer Madeleine.

— Merci, les enfants. Merci, Léopold, dit la maîtresse de maison en embrassant chacun.

— À Rosaire, à cette heure, fit Juliette, s'amusant à jouer au maître de cérémonie.

Rosaire tendit alors à son amie une boîte rectangulaire que Corinne s'empressa de déballer. Une boîte de chocolats. C'était la seconde fois qu'il lui offrait un pareil cadeau. Soudain, elle revit l'orphelin de onze ans qui avait consacré tout l'argent qu'il possédait à l'achat de ce présent pour le jour de sa fête. Elle en fut profondément émue et éprouva beaucoup de mal à dissimuler à quel point ce souvenir la bouleversait.

— Et moi, je me suis pas encombrée d'une grosse boîte, intervint Juliette en lui en tendant une toute petite enveloppée dans un papier argenté.

La jeune veuve découvrit dans un petit écrin de velours une petite croix en or.

— Voyons donc, Juliette ! T'as encore fait des folies ! protesta sa belle-sœur, rouge de plaisir. C'est la deuxième fois que tu me donnes un bijou.

— Puis après ! T'as bien le droit d'en avoir toi aussi, fit la restauratrice en souriant. À part ça, inquiète-toi pas. Tu risques pas de couler à pic à cause du poids des bijoux que je te donne si tu tombes à l'eau.

Tous les gens présents dans la pièce s'approchèrent pour admirer la petite croix.

— Bon, si c'est fini tout ça, on pourrait peut-être goûter à ce dessert-là, dit Juliette en montrant le magnifique gâteau au chocolat qui les attendait au centre de la table.

Pendant que chacun savourait sa part, Corinne ne put s'empêcher de se rappeler qu'elle n'avait reçu dans sa vie que trois boîtes de chocolats. La première lui avait été offerte par Rosaire et la deuxième par grand-père Boucher. La figure de Philippe sembla se renfrogner à cette évocation et il s'empressa de demander à sa mère, comme pour lui faire savoir qu'elle manquait de retenue :

— Et ça vous fait quel âge aujourd'hui, m'man ?

— Ah bien, mon effronté ! s'exclama sa tante Juliette, mi-sérieuse. Tu sauras qu'on demande jamais son âge à une femme, même à sa mère. Ta blonde t'a jamais dit ça ?

Alors qu'il allait répondre à sa tante, Corinne intervint pour lui suggérer :

— Si tu vas voir Cécile, cet après-midi, ramène-la donc pour lui faire goûter le gâteau de tes sœurs.

— Je peux toujours lui offrir de venir, dit-il, mais je

pense pas que sa mère accepte qu'on prenne le chemin tout seuls, tous les deux.

— Si elle fait ça, elle aura raison, fit Corinne. C'est le rôle d'une mère de voir à la réputation de sa fille.

Madeleine adressa un regard entendu à Léopold, qui se contenta de baisser les yeux.

Une heure plus tard, Philippe quittait la maison alors que Germaine et Bernard arrivaient chez Corinne en compagnie de Lucienne.

— Tu pensais tout de même pas qu'on allait oublier ta fête, fit remarquer cette dernière à sa fille en l'embrassant. Germaine et Bernard m'ont prise en passant. Je suis venue pour voir si t'étais pas morte, j'ai pas eu de tes nouvelles depuis un mois et demi, ajouta-t-elle avec une note de reproche dans la voix.

— Je le sais bien, m'man, mais c'était pas de la mauvaise volonté, s'excusa Corinne en entraînant ses invités à l'intérieur. Après la construction de l'étable, il a fallu se remettre d'aplomb, puis mon beau-père est mort juste quand il fallait s'occuper des foins. J'ai pas vu l'été passer.

La maîtresse de maison était heureuse de revoir sa mère qu'elle n'avait pas vue depuis la fête offerte à l'occasion de la bénédiction du nouveau bâtiment. Par ailleurs, cette dernière semblait contente de rencontrer à nouveau Juliette avec qui elle s'était toujours bien entendue, et très surprise de revoir Rosaire.

— Sais-tu que je t'aurais jamais reconnu si je t'avais rencontré quelque part, dit-elle à l'ami de sa fille. Mon Dieu, ce que t'as changé !

Durant un bon moment, on échangea des nouvelles de la famille. Ainsi, Corinne apprit que Blanche et Amédée allaient marier l'aîné de leurs fils le printemps suivant.

— Tu sais pas la meilleure, fit Germaine. Thérèse et Anatole sont enragés bien noir parce qu'ils viennent d'apprendre que leur Gustave a juste une envie, s'en aller en ville pour apprendre à piloter un aéroplane.

— Des plans pour se casser le cou, laissa tomber la grand-mère. J'ai beau lui répéter que si le bon Dieu avait voulu qu'on se promène dans les airs, il nous aurait donné des ailes, il veut rien comprendre. Il est têtu comme un âne. Pour moi, cet enfant-là tient de sa mère, ne put-elle s'empêcher d'ajouter.

Germaine lança à sa sœur un regard de connivence. Il était bien connu dans la famille que leur mère et leur belle-sœur Thérèse étaient à couteaux tirés depuis que celle-ci s'était installée dans la maison des Joyal vingt ans auparavant.

— De toute façon, m'man, ils s'en font bien pour rien, dit Corinne. Gustave a l'âge de Norbert et il va bien être obligé de faire ce qu'ils vont lui dire tant qu'il sera pas majeur.

— Je suis pas si sûre de ça, moi, rétorqua Lucienne.

— Les parents de Rosalie se sont finalement donnés à Bastien et à sa femme, annonça Bernard pour changer de sujet de conversation.

— Ils ont bien fait, déclara Lucienne. Bastien est un bon garçon, il leur fera jamais de misère, sentit-elle le besoin de préciser.

— Mais vous, vous êtes pas prête à vous donner à Anatole, même s'il aimerait bien ça, lui rappela Corinne. Vous avez pas confiance dans Anatole ?

— Non, c'est à Thérèse que je fais pas confiance.

Après avoir dégusté le gâteau apporté par Germaine en l'honneur de la fête de sa cadette, tous les invités décidèrent de profiter du beau temps de ce dimanche du mois d'août en allant s'asseoir sur la galerie. Léopold et Madeleine choisirent la balançoire qu'ils allèrent occuper en compagnie d'Élise et de Lionel. La conversation dériva rapidement sur le proche avenir de chacun.

— M'man a oublié de te dire qu'elle avait l'œil sur une maison au village, pas trop loin de l'église, annonça Germaine à l'hôtesse.

— Laquelle ? demanda la maîtresse de maison en se tournant vers sa mère.

— Celle du vieux Cléophas Bédard. Je lui ai parlé il y a quinze jours. Sa fille veut le prendre avec elle à Trois-Rivières. Sa maison est pas mal propre et serait pas trop grande à entretenir.

— Qu'est-ce qu'Anatole dit de ça ?

— Ton frère est pas trop enchanté d'avoir à m'acheter la terre, mais je pense que Thérèse lui pousse dans le dos pour qu'il accepte. Mais là, il faut pas s'énerver. Il y a encore rien de fait.

— De toute façon, madame Joyal, ma proposition tient toujours, intervint Bernard Provencher. Je suis prêt à vous construire une maison où vous voudrez.

— Merci, mais si je peux me débrouiller autrement, je vais le faire.

— Et toi, Rosaire ? demanda Germaine, tu dis rien, mais tu dois bien avoir des plans pour ton avenir. Te marier peut-être ?

— J'haïrais pas revenir vivre à la campagne, se contenta de dire l'inspecteur en bâtiment de la Ville de Montréal sans donner plus de précision, mais à l'air affiché par Juliette, il était évident que cette dernière avait deviné le fond de la pensée du jeune homme.

— Et toi, Juliette ? lui demanda Lucienne.

— Moi, il faut d'abord que j'attrape mon train de six

heures pour rentrer à Montréal à temps, plaisanta la restauratrice en se levant. Il est déjà trois heures et quart.

— Pourquoi tu restes pas à souper avec Rosaire ? Vous pourriez partir après et prendre le dernier train pour Montréal, offrit Corinne, désolée de voir ses invités la quitter si rapidement.

— J'aimerais bien ça, mais mon associée m'en voudrait.

Rosaire se leva à son tour en disant qu'il allait atteler la voiture louée. Bernard décida d'aller l'aider. Au lieu d'entrer dans la maison, Juliette se dirigea vers la balançoire, à la surprise de Corinne.

— Madeleine, je pars dans deux minutes. Avant de partir, j'aimerais te dire quelque chose, si Léopold y voit pas d'inconvénient, comme de raison.

— J'arrive, ma tante, dit la jeune fille en quittant son futur fiancé et en faisant quelques pas avec la restauratrice.

Juliette tira un petit paquet de la poche de sa robe et le tendit à sa nièce.

— Je pourrai pas venir à tes fiançailles dans quinze jours, dit-elle, mais je voulais te laisser un souvenir.

Confuse, Madeleine s'empressa de développer le cadeau. Dans une petite boîte bleue, elle découvrit une fine chaîne en or à laquelle était suspendu un camée.

— Mais c'est bien trop beau, ma tante, protesta la jeune fille en l'embrassant.

— C'est juste un souvenir pour te rappeler que je vais penser à toi ce jour-là.

Rosaire revint devant la maison à bord du boghei, puis descendit de voiture pour aller chercher les bagages demeurés à l'intérieur pendant que Juliette saluait toutes les personnes présentes. Corinne se glissa elle aussi à l'intérieur pendant que sa belle-sœur faisait ses adieux.

Rosaire s'immobilisa au milieu de la cuisine d'été lorsqu'il l'aperçut seule, dans la pièce. Le jeune homme ne dit rien, sa petite valise à la main. De toute évidence, il attendait un geste ou une parole de son amie.

— J'ai pensé à ce que tu m'as demandé à matin, chuchota Corinne.

— Oui.

— J'aimerais que tu me laisses encore un peu de temps pour y penser, ajouta-t-elle d'une voix légèrement altérée.

— Je vais attendre et te laisser tout le temps que tu voudras, fit Rosaire dans un souffle. J'ai glissé mon adresse sous ta porte de chambre, si tu veux m'écrire.

— Merci, dit-elle. Viens, Juliette t'attend. Vous allez finir par manquer votre train. Je veux que tu saches que j'ai été bien contente de te revoir, sentit-elle le besoin d'ajouter avant de pousser la porte moustiquaire pour lui permettre de sortir.

Au moment où Juliette et Rosaire s'apprêtaient à monter dans la voiture, Corinne les embrassa l'un et l'autre sur une joue en leur souhaitant un bon voyage. Quand le boghei s'engagea sur la route, un voile de tristesse assombrit son regard durant un instant.

— C'est bien beau tout ça, fit Bernard, mais nous autres aussi, on doit prendre le chemin.

— Je pensais que vous étiez pour rester à souper, protesta Corinne.

— On aimerait bien ça, répliqua Germaine, mais on a promis aux enfants de leur ramener leur grand-mère pour souper.

Avant de quitter sa fille, Lucienne trouva le moyen de

lui dire quelques mots en aparté en prétextant vouloir examiner un couvre-lit que Corinne avait entrepris de crocheter le printemps précédent. Aussitôt que les deux femmes se retrouvèrent dans la chambre à coucher, Lucienne n'y alla pas par quatre chemins.

— Je me suis demandé souvent si t'avais commencé à recevoir le garçon de madame Sullivan, fit-elle, curieuse.

— Non, m'man.

— Bernard m'a fait remarquer il y a deux semaines que ton voisin, Jocelyn Jutras, avait l'air de pas t'haïr, lui non plus.

— Ça se peut, ça fait tellement longtemps qu'on se connaît. Mais pourquoi vous me dites tout ça, m'man ?

— Je te dis ça parce que, au cas où tu le saurais pas, tu viens d'avoir trente-neuf ans, Corinne.

— Oui, je le sais. Puis après ?

— Je pensais m'être fait bien comprendre au commencement de l'été quand on s'était parlé, répondit Lucienne avec une certaine vivacité. T'as encore l'âge de te remarier. T'es pas pour finir tes jours toute seule, non ?

— J'ai mes enfants, m'man.

— Comme je te l'ai déjà dit, tes enfants vont partir les uns après les autres et tu vas te retrouver toute seule.

— Même si j'en avais le goût, j'y penserais à deux fois, ne put s'empêcher de dire Corinne. Chat échaudé craint l'eau froide. J'aurais bien trop peur d'avoir à revivre ce que j'ai vécu avec Laurent. J'en ai trop arraché.

— Bien, à ta place, je me dépêcherais d'oublier. Arrête de regarder en arrière, lui conseilla sa mère en lui caressant l'épaule, tu peux encore choisir un homme à ta convenance. Mais attends pas trop. Tu risques un beau jour de te ramasser le bec à l'eau.

Sur ce, Lucienne sortit de la chambre sans avoir accordé beaucoup d'attention au travail d'aiguille de sa fille.

Ce soir-là, Corinne mit beaucoup de temps à s'endormir. À force de se faire répéter qu'elle avait maintenant trente-neuf ans, son âge commençait à la préoccuper. Avant de se mettre au lit, elle avait déposé sa lampe à huile devant le miroir de sa commode et s'était scrutée sans ménagement. Son visage n'était pas encore trop marqué, mis à part deux rides apparues sur son front au fil des années. Il n'y avait encore aucun cheveu blanc dans son épaisse tignasse blonde. Ses maternités avaient à peine épaissi sa taille et elle jouissait d'une excellente santé.

— Qu'est-ce qu'ils ont tous à vouloir me voir remariée ? dit-elle à mi-voix. J'ai déjà bien assez de problèmes comme ça sans avoir à endurer un mari en plus.

Toutefois, cela ne l'empêcha pas d'examiner l'un après l'autre les hommes qu'elle croyait plus ou moins intéressés à elle.

Il y avait Ian Sullivan, un bel homme ambitieux, peut-être un peu trop d'ailleurs et cherchant toujours à attirer l'attention de son entourage. Comment savoir à quel point sa mère l'avait gâté ? Il avait un peu plus de quarante ans. Pourquoi ne s'était-il jamais marié ? Ce n'était pas très bon signe, à son avis. Cela dit, il semblait être le genre d'homme sur lequel une femme pouvait s'appuyer. Il connaissait ses enfants et, à première vue, la perspective de les avoir à charge n'avait pas l'air de lui faire peur puisqu'il avait, en quelque sorte, envoyé sa mère sonder le terrain. Par contre, il ne s'était pas déclaré et n'avait personnellement entrepris aucune démarche d'approche.

Ensuite, pouvait-elle considérer Jocelyn Jutras comme un parti possible ? Difficile à dire. Ce voisin si serviable avait-il jamais songé à en faire sa femme ? Il était si timide qu'il faudrait probablement le pousser dans ses derniers retranchements pour savoir s'il avait envie de la conduire au pied de l'autel. Dans l'obscurité, elle esquissa un mince sourire. Elle se voyait mal poursuivre de ses assiduités un homme qui n'avait peut-être jamais oublié Catherine Gariépy, sa femme décédée. De plus, voudrait-il hériter d'une famille toute faite ? C'était loin d'être sûr.

Enfin, où se situait Rosaire dans tout ça ? Sa demande de venir la visiter ressemblait beaucoup à une déclaration d'amour. N'avait-il pas dit être encore seul parce qu'il n'avait pas trouvé une femme qui lui ressemblait ? C'était bien gentil, mais qu'est-ce que cela signifiait exactement ? Serait-elle capable d'aimer d'amour quelqu'un qu'elle avait toujours considéré comme son meilleur ami et comme un véritable frère ? Elle n'en savait rien. Puis, il y avait la différence d'âge ! Sept ans, c'était énorme.

Non, il fallait vraiment qu'elle réfléchisse à tout ça. Au fond, il n'y avait aucune presse. Elle se sentait fatiguée et elle avait une foule de problèmes immédiats à résoudre. Tout d'abord, il fallait retirer de l'argent chez le notaire Ménard pour payer le couvent d'Élise. Elle devait aussi voir à ce que le trousseau de l'adolescente soit prêt pour le début des classes. Puis les fiançailles de Madeleine allaient avoir lieu dans trois semaines. Elle ne pouvait oublier non plus sa dette envers Léopold. Le moins qu'elle puisse faire était de prévoir un premier remboursement de la somme empruntée pour la construction de la nouvelle étable. Comment allait-elle se débrouiller après le départ de son futur gendre au début d'octobre ? Philippe voudrait probablement monter au chantier, Norbert pourrait-il alors couper seul du bois de chauffage ? Elle saurait lui donner un coup de main pour soigner les bêtes, mais pour le reste, c'était une bien grosse tâche à exiger d'un jeune homme qui n'avait pas encore dix-sept ans. Et Madeleine dans tout ça ? Allait-elle passer l'hiver avec elle ou allait-elle partir, elle aussi, pour enseigner ailleurs qu'à Saint-Paul-des-Prés ?

— Saudit ! je m'en sortirai jamais, murmura-t-elle.

L'horloge de la cuisine d'hiver sonna deux coups et Corinne sombra doucement dans un lourd sommeil.

Chapitre 14

Les fiançailles

Septembre arriva sans crier gare et n'entraîna aucun changement de température, elle continuait d'être douce et agréable, même si le soleil se couchait de plus en plus tôt. Chez Corinne, les journées n'étaient pas assez longues pour faire tout ce qui devait être fait.

Depuis une semaine, la mère de famille avait entrepris de cuisiner ses marinades. Son grand jardin avait été dépouillé de ses oignons, de ses concombres et de toutes ses tomates. La maison embaumait du matin au soir alors que le ketchup rouge, puis le vert mijotaient sur le poêle à bois. Après avoir coupé les tomates, les oignons et le céleri, Corinne et ses filles avaient ébouillanté les pots vides et préparé la paraffine qui servirait à conserver la vingtaine de pots qui allaient être rangés dans l'armoire, près des confitures de fraises, de framboises et des contenants de compote de pommes.

— Il nous reste encore les concombres à préparer et à faire mariner avant de nous occuper des patates, déclara la mère de famille en essuyant avec un coin de son tablier la sueur qui coulait sur son front.

— Il est temps pour les patates, fit remarquer Madeleine. Celles qui restent dans le caveau sont en train de germer.

— On n'en finira jamais, laissa tomber Élise en déposant sur la table le couteau qu'elle utilisait.

— C'est le prix à payer pour avoir de quoi manger cet hiver, la sermonna sa mère.

— Compte-toi chanceuse, tu vas te sauver de la préparation des citrouilles et t'auras pas à te casser les reins à récolter les patates, ajouta sa sœur sur un ton narquois. Tu vas même manquer la boucherie. T'auras pas le plaisir de brasser le sang du cochon pour l'empêcher de cailler quand on va faire du boudin.

— Ouach ! Arrête, tu me donnes mal au cœur, lui ordonna l'adolescente avec une mine dégoûtée.

— Pauvre petite fille ! la plaignit sa mère, tu vas faire des choses bien pires que celle-là dans ta vie, je te le garantis.

Ce soir-là, Philippe rentra à la maison de fort mauvaise humeur et ne fit aucun effort pour le cacher.

— Qu'est-ce qui t'arrive encore, toi ? lui demanda sa mère en constatant qu'il manipulait tout avec brusquerie.

— Rien.

— Dis-moi pas rien, rétorqua sèchement Corinne, j'ai des yeux pour voir.

— C'est le maudit Charles qui me tape sur les nerfs ! Je vais finir par lui sacrer une volée à ce maudit baveux-là, fit-il en serrant les poings.

— Qu'est-ce qui s'est encore passé ? demanda Corinne en déposant un plat de fèves au lard sur la table, à côté de la miche de pain cuite au four le matin même.

— Tremblay m'a averti à matin qu'on devait arrêter tous les deux chez mon oncle à la fin de notre journée d'ouvrage.

— Puis ?

— Quand on est arrivés là avec nos *trucks*, mon oncle était pas là. Charles est sorti en prenant un air de grand *boss* pour nous dire qu'on aurait encore de l'ouvrage pour quinze jours. C'était comme s'il nous faisait la charité. Après, il a fait le tour de chacun des *trucks* en les examinant. Il a eu le front de nous dire que c'était pas parce qu'ils étaient pas à nous autres qu'on devait mal les entretenir comme ça. J'ai eu ben envie de lui mettre mon poing sur la gueule.

— Retiens-toi, lui ordonna sa mère. Tu le connais, il aime ça provoquer le monde.

— Il a déjà oublié que j'ai failli lui en sacrer une quand grand-père est mort.

— C'est ton cousin. T'es pas obligé de l'aimer, mais c'est de la famille.

— Une chance que j'achève de travailler pour eux autres, déclara Philippe en s'emparant de l'assiette qu'on lui tendait. Mon oncle et lui me donnent toujours l'impression de me faire la charité quand ils me donnent ma paye le samedi après-midi.

Corinne venait à peine de terminer le rangement de la cuisine après le repas que Norbert annonça l'arrivée de Damien Sauvageau, du rang Notre-Dame.

— Veux-tu bien me dire ce qu'il peut nous vouloir ? demanda la maîtresse de maison en détachant son tablier.

Madeleine souleva un coin du rideau de l'une des fenêtres juste à temps pour voir descendre de voiture un petit homme sec dont les oreilles largement décollées servaient apparemment surtout à empêcher sa casquette de toile brune trop grande de descendre trop bas sur son front. Le cultivateur s'approcha de la galerie et demanda à parler à Madeleine.

— Vous pouvez entrer, elle est en dedans, l'invita Norbert en lui ouvrant la porte moustiquaire.

Le visiteur retira sa casquette en posant les pieds sur le paillasson.

— Bonjour, monsieur Sauvageau ! le salua Corinne. Êtes-vous en train de faire la visite paroissiale de monsieur le curé ?

— Pantoute, madame Boisvert, j'avais juste affaire à votre fille.

Madeleine s'avança, intriguée, et l'invita à s'asseoir. L'homme choisit de prendre place sur l'un des deux grands bancs près de la table.

— Je serai pas trop long. Je viens ici comme président de la commission scolaire. C'est moi qui ai pris la place de ton grand-père.

— Félicitations, dit Corinne.

— Il y a pas grand mérite, répliqua humblement le cultivateur. On est juste deux commissaires. Télesphore Hervieux était pas intéressé à être président en attendant les prochaines élections au mois d'octobre. Ça fait que je me suis nommé tout seul, précisa-t-il dans un éclat de rire.

Corinne et Madeleine attendirent pour connaître l'objet de sa visite.

— Je suis venu à soir pour te demander si tu serais pas intéressée à faire encore l'école à Saint-Paul, comme l'année passée. L'école est à la veille de recommencer et il nous manque une maîtresse.

— C'est certain, répondit prudemment la jeune fille, mais pas à l'autre bout du rang Saint-André, par exemple. C'est ce que j'ai dit à mon grand-père quand il a voulu m'engager le printemps passé.

— C'est ce qu'il nous a raconté au mois de juin,

confirma le nouveau président de la commission scolaire.

— Je suis bien prête à faire l'école, mais il faudrait que ce soit dans Saint-Joseph parce que je tiens à venir coucher chez ma mère.

— Je comprends, fit Damien Sauvageau en se grattant la tête. Le problème est que ton grand-père avait promis l'école de Saint-Joseph à la petite Dupré de Saint-Gérard.

— Au fond, monsieur Sauvageau, qu'est-ce que ça peut bien lui faire de faire l'école dans Saint-André plutôt que dans notre rang ? intervint Corinne. La petite Dupré sera pas plus proche de chez eux à une place ou l'autre, non ?

— C'est vrai ce que vous dites là, reconnut le cultivateur.

— En plus, ça doit pas être écrit en toutes lettres dans son contrat à quelle école elle va travailler, reprit la mère de famille.

— Vous avez raison, dit Sauvageau en sortant de la poche de poitrine de sa chemise une feuille pliée en quatre. Si t'es d'accord pour reprendre ton école la semaine prochaine, poursuivit-il en s'adressant cette fois à Madeleine, t'as juste à signer ton contrat tout de suite.

— Allez-vous marquer dessus que c'est pour l'école du rang Saint-Joseph, monsieur ? s'informa la jeune fille.

Le président de la commission scolaire eut une brève hésitation, mais il accepta de préciser l'école.

— Naturellement, vous l'engagez aux mêmes conditions que l'année passée, intervint encore une fois Corinne.

— Vous voulez dire pour le même salaire ?

— Oui et aussi avec le petit montant supplémentaire que vous lui avez donné l'année passée parce qu'elle ne restait pas à l'école et qu'elle vous coûtait moins cher de chauffage.

— C'est correct, accepta l'homme.

Après le départ de Damien Sauvageau, quelques minutes plus tard, Corinne ne put s'empêcher de dire à sa fille :

— Ça, c'est une bonne affaire de faite. Là, tu vas pouvoir avoir de l'ouvrage intéressant avant ton mariage.

— D'autant plus que l'école est presque en face de notre future maison, fit remarquer la jeune fille avec enthousiasme. Je vais pouvoir voir Léopold quand je le voudrai.

— Attention, ma fille, la mit en garde Corinne en baissant la voix pour ne pas être entendue par le futur fiancé, assis sur la galerie. Oublie pas que t'as pas le droit de faire entrer un homme dans ton école.

— Je le sais, m'man.

— Et j'espère que t'es assez sérieuse pour pas chercher à aller le voir chez eux. Souviens-toi qu'un homme marie juste une fille qui se respecte. Fais bien attention à ta réputation.

— Vous savez bien, m'man, que je suis pas assez niaiseuse pour faire une affaire comme ça.

— Je sais que t'as une tête sur les épaules, se contenta de dire sa mère.

*
**

Deux jours avant les fiançailles de sa fille, Corinne décida de suspendre la fabrication des conserves pour l'hiver afin de se consacrer au souper qu'elle se proposait d'offrir pour l'occasion. Consultés la semaine précédente, Léopold et Madeleine avaient préféré que l'événement se déroule en famille, sans cérémonie.

— De toute façon, m'man, tout le monde a bien autre chose à faire ces temps-ci, avait expliqué Madeleine. Vous, vous devez finir le trousseau d'Élise qui s'en va au couvent mardi matin, et moi, je dois faire le grand ménage de l'école avant que les enfants entrent. En plus, ça gênerait les gens et ils se sentiraient obligés de nous faire un cadeau.

— C'est comme vous voulez, mais on va tout de même préparer un souper spécial, dit la mère de famille.

Si Corinne s'était pliée de bonne grâce à cette demande raisonnable, elle désirait tout de même que ce souper offert le premier dimanche de septembre soit mémorable et laisse un agréable souvenir aux fiancés. Elle avait acheté un gros rôti de bœuf chez Vigneault et avait confectionné des tartes aux pommes.

Le dimanche matin, après la grand-messe, Corinne vit s'approcher Ian Sullivan au moment où elle s'apprêtait à monter dans son boghei en compagnie de Madeleine et de Léopold.

— J'ai appris que vous vous fiancez aujourd'hui, dit-il aux jeunes gens. Je tiens à vous féliciter. Je vous trouve ben chanceux de vous préparer à vous marier et je vous souhaite beaucoup de bonheur.

Madeleine et Léopold le remercièrent.

— Et pour vous, madame Boisvert, ajouta-t-il en se tournant vers Corinne, je suppose que ces fiançailles-là, c'est aussi ben du tracas. Quand on a une grosse famille et des amis qui restent en ville, ça fait pas mal de monde à inviter.

— Pantoute, monsieur Sullivan. On va fêter ça juste en famille.

En apprenant la nouvelle, le fils de Rose Sullivan sembla inexplicablement rassuré.

— En tout cas, je vous souhaite une ben belle journée, conclut-il avant de tendre la main pour aider la veuve à monter dans la voiture.

— Vous le trouvez pas un peu bizarre, m'man ? demanda Madeleine tandis que leur boghei s'éloignait du stationnement de l'église. On aurait dit qu'il cherchait à se faire inviter.

— Je vois pas pourquoi on l'aurait invité, répondit sa mère, qui croyait surtout que le voisin avait cherché à savoir qui serait présent à la fête.

Même si Corinne avait affirmé qu'il n'y aurait que la famille présente au souper, elle insista pour que Philippe invite Cécile à partager le repas de fiançailles de sa sœur.

— Tu viendras chercher Lionel à la fin de l'après-midi, lui ordonna-t-elle. Comme ça, ses parents auront rien à redire à l'invitation. Puis, pendant que j'y pense, reviens donc à la maison un peu avant quatre heures. Ce serait fin de ta part d'aider Norbert à faire le train. Il me semble que ce serait convenable que Léopold ait pas à le faire aujourd'hui.

— Ah ben, j'aurai tout entendu ! s'était-il exclamé. Pendant que l'homme engagé va se reposer, c'est moi qui vais être poigné pour faire son ouvrage.

— Aïe ! Philippe Boisvert, tu vas changer de ton et d'air, s'était emportée sa mère. Tu vas arrêter de regarder Léopold comme un homme engagé. C'est ton futur beau-frère et c'est un bon garçon. Il va être en plus un de nos voisins. Ça fait qu'arrange-toi pas pour te le mettre à dos. Tu m'as compris ?

— Ben oui !

— À cette heure, grouille-toi et fais ce que je te dis, conclut sa mère avant de lui tourner résolument le dos.

Le fils aîné avait quitté la maison en ronchonnant. Après avoir fait démarrer son camion avec la manivelle, il était monté dans la cabine et avait pris la route du village en laissant derrière lui un nuage de poussière.

— Quel caractère de cochon ! avait murmuré sa mère en se dirigeant vers l'une de ses plates-bandes pour y couper quelques fleurs avec lesquelles elle désirait décorer la table.

Cet après-midi-là, la mère de famille aurait bien aimé s'offrir une courte sieste pour se reposer, mais Madeleine et Léopold s'étaient installés dans la balançoire après le repas du midi et n'en avaient plus bougé. Comme il n'était pas question de les laisser sans chaperon, elle avait pris un ouvrage de broderie dans son panier d'osier et s'était installée sur la galerie, à l'ombre. Il faisait un soleil radieux et une petite brise rafraîchissante apportait toutes sortes d'effluves. Elle n'entendait que le bruit entêtant des criquets et les murmures des futurs fiancés. Peu à peu, ses yeux se fermèrent et sa tête s'inclina.

— Ah ben ! On peut dire que vous faites tout un chaperon, m'man ! fit Norbert en ricanant.

Corinne sursauta et échappa son ouvrage posé sur ses genoux. L'adolescent était planté devant sa mère en compagnie de son frère Lionel et de sa sœur Élise, au pied des marches conduisant à la galerie.

— Quoi ? Quelle heure il est ? demanda-t-elle, mal réveillée.

— Il est presque trois heures et demie, répondit l'incorrigible farceur. Je pense que ça fait au moins une heure qu'on vous regarde dormir sur votre chaise.

— Voyons donc ! protesta sa mère.

— Je vous le dis, m'man. Vous saurez jamais tout ce qui s'est passé sous votre nez pendant que vous cogniez des clous, se moqua l'adolescent.

Au même moment, le camion conduit par Philippe pénétra dans la cour et le conducteur cria à Lionel de monter. Quelques minutes plus tard, l'International vert bouteille était de retour et Corinne vit Cécile Melançon en descendre, suivie de près par un Lionel tout fier d'avoir fait une courte balade en camion.

Les Boisvert s'avancèrent pour accueillir l'amie de Philippe et Corinne invita cette dernière à entrer, le temps qu'elle mette son souper sur le feu. Philippe disparut avec Norbert pour aller changer de vêtements.

— Je vais aller leur donner un coup de main, déclara Léopold en s'apprêtant à quitter la cuisine d'été où il venait de pénétrer.

— Il en est pas question, trancha Corinne. Tu restes là avec Madeleine. Le jour de tes fiançailles, tu te reposes.

La fille aînée de la famille était, pour sa part, déjà en train de nouer les cordons de son tablier quand Cécile Melançon tendit la main pour l'en empêcher.

— Je vais aider au souper, si ta mère le permet, fit-elle. On peut se passer de toi aussi.

Corinne approuva et envoya le couple s'asseoir au salon pendant les préparatifs du repas. Durant l'heure suivante, la jeune veuve apprit à mieux connaître et à apprécier l'amie de son fils. Cette grande fille aux cheveux et aux yeux noirs avait du caractère et semblait savoir ce qu'elle voulait. Elle était efficace dans une cuisine et il n'était pas nécessaire de lui répéter ce qu'il y avait à faire. La mère de famille appréciait surtout l'absence de toute timidité chez la fille de Joseph Melançon qui ne se gêna pas pour dire à Élise comment dresser le couvert, par exemple.

Pendant qu'elle était allée chercher de la vaisselle dans les armoires de la cuisine d'hiver, l'adolescente, frustrée, ne put s'empêcher de confier tout bas à sa mère :

— Je vous dis qu'elle est pas gênée, elle. On dirait qu'elle est chez eux ici dedans. Elle veut nous faire croire qu'elle sait tout faire.

— Inquiète-toi pas, ma fille, la taquina sa mère sur le même ton. On va lui prouver que toi, tu sais bien laver la vaisselle après le souper.

— Vous êtes pas drôle pantoute, m'man, se rebiffa Élise.

Le repas de fiançailles fut très agréable et donna lieu à plusieurs plaisanteries. Pour une fois, le caractère ombrageux de Philippe ne gâcha pas l'atmosphère. La présence de Cécile incita ce dernier à faire preuve de bonne humeur. Au moment du dessert, Léopold sortit un écrin de la poche de son veston. Il en extirpa une petite bague en or blanc qu'il glissa au doigt de Madeleine sous les applaudissements de tous les gens présents autour de la table.

— Tu peux l'embrasser devant nous autres, déclara Norbert, narquois. Pour une fois que t'es pas obligé de te cacher.

Léopold et Madeleine rougirent et se regardèrent sans rien dire.

— Norbert, tiens-toi comme du monde ! le réprimanda sa mère en lui jetant un regard furieux.

Philippe mit sa main sur le bras de Cécile, sa voisine à table, dans un geste de possession. Cette dernière repoussa doucement la main sans même se donner la peine de lui adresser un regard. Cette réaction de la jeune fille n'échappa pas à Corinne qui eut du mal à réprimer un sourire à la vue de l'air dépité de son fils. Ensuite, on demanda aux fiancés de raconter leurs projets d'avenir, ce qui sembla intéresser singulièrement Cécile.

Après le départ de l'invitée à la fin de la soirée, Léopold et Madeleine remercièrent Corinne pour l'excellent repas qu'elle avait cuisiné pour leurs fiançailles.

— Vous allez trouver le dîner que je vais organiser pour vos noces encore meilleur, leur promit-elle avant de se retirer dans sa chambre à coucher.

Avant de s'endormir, elle planifia sa journée du lendemain. Elle aurait le temps de cuire son pain et de faire son lavage hebdomadaire avant d'aller conduire Élise au couvent en début d'après-midi. Elle allait profiter de l'aide de ses filles pour la dernière fois avant les vacances des fêtes. Dès le mardi matin, la confection des repas, l'entretien de la maison et les autres tâches ménagères n'incomberaient plus qu'à elle seule, la plupart du temps.

*
**

Lorsque Corinne se réveilla en ce lundi 5 septembre 1921, elle fut accueillie par un ciel gris prometteur de pluie.

— J'espère qu'il se mettra pas à mouiller cet avant-midi pour m'empêcher d'étendre le linge frais lavé, dit-elle à ses filles après le déjeuner.

— On aurait pu aussi se reposer et rien faire, nous aussi, dit Élise avec mauvaise humeur. Après tout, c'est une journée de fête.

— Oui, on le sait que la fête du Travail existe depuis 1886, se moqua sa sœur. Je pense qu'il y a juste les hommes qui en profitent, ajouta-t-elle en faisant allusion au fait que Norbert et Philippe venaient de s'asseoir sur la galerie en donnant l'impression de vouloir se la couler douce ce matin-là.

— Oh non, par exemple ! s'exclama leur mère en se dirigeant vers la porte moustiquaire d'un pas décidé.

Elle franchit le seuil et s'arrêta sur la galerie, les deux mains plantées sur les hanches.

— Aïe, mes snoros ! Vous pensez tout de même pas que vous allez passer la journée à nous regarder travailler.

— Mais m'man, je travaille pas aujourd'hui, lui fit remarquer Philippe.

— Tu veux dire que tu conduis pas le *truck* pour ton oncle. Ça veut pas dire qu'il y a rien à faire. Où est passé Léopold ?

— Il a dit qu'il s'en allait réparer l'enclos des cochons, répondit Norbert en se levant déjà.

— Ben, vous allez lui donner un coup de main avant de transporter les poches de moulée qui traînent dans la remise depuis une semaine. Après, je veux que vous me nettoyiez un peu le boghei. Il est tout crotté et on se salit quand on s'en sert.

— Bon, il faut croire que c'était trop beau qu'on souffle un peu aujourd'hui, dit Philippe avec mauvaise humeur.

— Ici dedans, tout le monde travaille en même temps ou tout le monde se repose, fit sa mère d'une voix tranchante en rentrant dans la maison.

— Avoir su, j'aurais sacré mon camp traîner au village après avoir mangé, dit l'aîné.

Sa mère fit comme si elle ne l'avait pas entendu.

Après le repas du midi, la mère de famille demanda à ses fils de charger les bagages d'Élise à l'arrière du boghei pendant qu'elles changeaient de robe.

— Je pourrais ben aller vous conduire en *truck* à Nicolet, si vous le voulez, proposa Philippe revenu à de meilleurs sentiments depuis que sa mère avait donné congé aux siens pour le reste de la journée.

— Non, merci, refusa-t-elle. J'ai pas envie que ton oncle Henri me mette sous le nez qu'on se sert du *truck* dans son dos. Si je suis pas revenue pour le souper, ajouta-t-elle à l'intention de Madeleine, tu pourras toujours servir le reste du bouilli de légumes.

— Vous pensez arrêter chez ma tante Germaine ? demanda Norbert.

— Le couvent est presque en face. Si ton oncle et ta tante sont là, je vais arrêter leur dire bonjour.

Quelques minutes plus tard, Élise sortit de la maison vêtue de la robe de couvent qu'avait portée sa sœur trois ans auparavant.

— J'ai l'air d'une vraie folle là-dedans, affirma-t-elle, le visage boudeur.

— Cette robe-là te fait comme un gant, répliqua sa mère. On dirait qu'elle est neuve. Là, tu me refais pas ta petite crise de la semaine passée parce que je te garantis que tu montes te changer et tu pourras dire adieu à ton année au couvent.

L'adolescente, domptée, monta dans le boghei et attendit que sa mère s'empare des rênes.

La semaine précédente, Corinne avait fouillé dans les tiroirs de Madeleine pour en sortir la petite robe noire à collet blanc qu'elle avait portée durant deux ans au couvent. Le vêtement était dans un excellent état et la mère avait décidé de faire l'économie de l'achat d'un nouveau tissu et de se limiter à ajuster cette robe aux mensurations de la future couventine. Cette décision avait déclenché alors une véritable crise chez l'adolescente qui acceptait mal de porter une vieille robe de son aînée.

— Cette robe-là est encore bonne et tu vas la mettre pour aller au couvent, avait tranché la mère de famille, à bout de patience. On n'a pas d'argent à jeter par les fenêtres pour des achats inutiles, lui avait-elle fait remarquer. Déjà, je me saigne aux quatre veines pour payer le couvent, exagère pas, sainte bénite !

Bon gré, mal gré, Élise avait dû se prêter aux séances d'essayage obligatoires et avait été obligée de se contenter de cette robe.

— J'aurais ben pu y aller avec vous autres et conduire, proposa Norbert pour la deuxième fois depuis la fin du repas.

— Laisse faire, fit sa mère, excédée. J'ai assez à endurer la face de bois de ta sœur sans avoir à supporter vos chamailleries en chemin.

Il était à peine une heure trente quand l'attelage dépassa la dernière maison du village de Saint-Paul-des-Prés. Un mille plus loin, Corinne tourna la tête vers la maison en pierre des Boisvert, mais elle ne vit personne à l'extérieur. Quand elle traversa Saint-François-du-Lac, elle résista difficilement à l'envie de faire un arrêt chez sa mère. Au moment de franchir le pont par lequel on accédait à Pierreville, elle fit taire ses remords en se disant que cet arrêt les aurait probablement fait arriver en retard au couvent. La pluie tant redoutée au début de l'avant-midi commença à tomber alors que la voiture arrivait à Baie-du-Fèvre. La conductrice tourna la tête vers sa fille qui avait à peine ouvert la bouche depuis leur départ de la maison.

— Une chance que c'est juste une pluie fine, lui dit-elle, sinon on aurait eu l'air fin d'arriver à Nicolet trempées comme des soupes. Des plans pour que les sœurs te prennent pour un chien mouillé et veuillent pas t'ouvrir la porte.

Cette remarque eut le don de sortir l'adolescente de la bouderie dans laquelle elle s'était enfermée durant la plus grande partie du trajet. À leur arrivée à Nicolet, Corinne l'accompagna au couvent. Elle passa régler le premier trimestre chez la sœur économe, comme il se devait, avant d'embrasser sa fille qui l'attendait dans le parloir où les nouvelles élèves étaient rassemblées pour dire au revoir à leurs parents.

— Écoute bien ce qu'on te dit et étudie, recommanda-t-elle à l'adolescente. Souviens-toi que ça fait des années que tu veux venir au couvent. Là, tu y es. Arrange-toi pour avoir de bonnes notes. Écris-moi chaque semaine. On va se revoir à la Toussaint. Si jamais il y a quelque chose d'urgent qui arrive, fais prévenir ta tante Germaine, elle va s'arranger pour m'avertir.

Élise, la larme à l'œil, embrassa sa mère avant que cette dernière la quitte. C'était la première fois qu'elle serait séparée des siens.

À sa sortie de l'institution, Corinne s'arrêta chez

Germaine et Bernard qui ne voulurent jamais qu'elle retourne chez elle avant d'avoir soupé à leur table.

— Il aurait bien fallu que j'arrête pour dire bonjour à m'man, dit-elle à sa sœur en l'aidant à dresser le couvert.

— Inquiète-toi pas, tu vas la voir la semaine prochaine, lui annonça Germaine. Elle nous a dit hier après-midi qu'elle monterait à Saint-Paul dimanche.

— Probablement pour t'annoncer qu'elle s'est entendue avec Anatole, poursuivit Bernard.

— Dis-moi pas qu'il s'est décidé à lui acheter la terre ? s'étonna la veuve en se rappelant à quel point son frère aîné et sa femme avaient tenté de persuader leur mère de se donner à eux.

— En plein ça, confirma Germaine. M'man a l'air pas mal soulagée. Si j'ai bien compris, Anatole va lui donner un assez gros montant pour lui permettre d'acheter la maison de Cléophas Bédard et il va lui verser une rente chaque année pendant les dix prochaines années.

— Et il peut se compter ben chanceux, fit son mari.

— Pourquoi tu dis ça ? lui demanda Corinne.

— D'abord parce que ta mère lui vend son bien à un sacrifice de bon prix et, en plus, elle le finance sans lui charger une cenne d'intérêts.

— C'est normal, rétorqua sa femme, c'est son garçon. Elle était tout de même pas pour lui demander des intérêts.

— Dis pas ça, fit sa sœur. Quand le beau-père nous a vendu notre terre, non seulement il nous l'a vendue la peau et les os, mais en plus, il nous a chargé les mêmes intérêts que le notaire demande aux étrangers.

— Comme tu peux le voir, tout cet argent-là l'a pas

empêché de mourir comme tout un chacun, conclut Bernard.

Le lendemain matin, Corinne eut du mal à s'habituer à l'idée qu'elle se retrouverait maintenant seule avec Norbert et Léopold toute la journée. Après le déjeuner, elle avait vu Madeleine et Lionel quitter la maison en direction de l'école du rang d'où ils ne reviendraient qu'en fin d'après-midi.

— Ça va être pire encore à la fin du mois, dit-elle à mi-voix en commençant son repassage. Quand Léopold sera parti vivre sur sa terre, la maison va être encore plus vide.

Chapitre 15

L'huile de ricin

Au milieu de la deuxième semaine de septembre, Léopold et Norbert avaient profité du beau temps pour faucher le blé et aller le faire moudre au moulin de Saint-David.

— Votre farine va être prête lundi prochain, déclara Norbert à sa mère en entrant dans la maison.

— D'après le meunier, même si la récolte est en retard d'un gros quinze jours, c'est une ben bonne année pour le blé, madame Boisvert, annonça Léopold, qui avait fait la livraison au moulin avec l'adolescent. Selon lui, vous allez avoir presque le double de farine que vous avez eue l'année passée.

— Tant mieux, fit la veuve. Voilà enfin une bonne nouvelle. Je vais pouvoir te rembourser au moins un petit montant sur ce que je t'ai emprunté après en avoir vendu à Alcide Duquette.

— Il y a rien qui presse, vous savez.

— Je le sais, mais j'aime pas devoir de l'argent, même à mon futur gendre, ajouta-t-elle avec un sourire.

À la fin de l'après-midi, Madeleine rentra de l'école en compagnie de Lionel. Corinne permit à son fils de manger quelques biscuits à la farine d'avoine qu'elle venait de cuire avant de l'envoyer chercher les vaches pour le train.

— Si tu veux finir d'éplucher les patates pour le souper, dit-elle à sa fille, je vais aller lever les œufs dans le poulailler et donner à manger aux cochons. Tu diras à Lionel d'aller nourrir le blond quand il reviendra.

Au moment de passer à table un peu avant six heures, Philippe revint de son travail, visiblement harassé. Après avoir effectué une toilette rapide, il prit place à table.

— T'as bien l'air fatigué, lui fit remarquer sa mère en lui servant un morceau de tête fromagée avec des pommes de terre.

— Ouais, on a couru comme des fous toute la journée pour fournir en gravelle les gars qui travaillent sur la route. Ils ont un nouveau *foreman*, un nommé Rondeau. Lui, il avait l'air de trouver que les hommes allaient pas assez vite. Ça fait que Tremblay et moi, on a été obligés de les fournir. Pour achever le plat, mon oncle et le maudit Charles sont arrivés et ont joué aux grands *boss* en essayant de nous pousser encore plus dans le dos. Bâtard ! ils oublient tous les deux que cette maudite gravelle-là, on doit la pelleter pour remplir nos *trucks*. Même Rondeau a pas eu l'air d'aimer les voir venir nous donner des ordres sur le chantier. Il les a remis à leur place et leur a dit qu'il avait rien à nous reprocher. Ils ont fini par sacrer leur camp.

— Prends patience, il te reste juste une couple de jours à travailler pour eux autres, l'encouragea sa mère.

— Une chance.

— Aïe ! J'ai oublié de vous le dire, intervint Lionel. J'ai vu deux renards dans le champ en allant chercher les vaches.

— Il est temps que tu te décides à nous le dire, lui fit

remarquer Norbert. Il manquerait plus que cette maudite vermine-là vienne manger nos poules, à cette heure.

— Après le souper, je vais prendre le fusil et aller voir dans le champ, déclara Philippe. Ça va me changer les idées.

Quand Corinne et Madeleine entreprirent de ranger la cuisine après le repas, Léopold s'en alla rendre visite à Ernest Pouliot qui se préparait à quitter sa maison. Les deux hommes avaient convenu de passer chez le notaire Ménard le surlendemain pour conclure la vente. Norbert se chargea d'aller porter à Jocelyn Jutras les deux miches de pain que sa mère avait fait cuire pour lui, comme chaque semaine. Pour sa part, Lionel s'attabla devant un devoir d'arithmétique donné par sa sœur.

— Et surtout tu me demandes pas les réponses, lui dit sévèrement cette dernière. C'est pas parce que je suis ta sœur que je vais faire des passe-droits.

Après avoir aidé à laver la vaisselle, l'institutrice s'installa à un bout de la table pour préparer sa classe du lendemain pendant que sa mère commençait à confectionner ce qui allait être le dîner du lendemain de Philippe.

Elle jeta un coup d'œil sur le comptoir où son aîné laissait habituellement la boîte en fer-blanc dans laquelle il transportait son repas du midi, mais elle ne la vit pas.

— Il l'a oubliée dans le *truck*, dit-elle.

— Qu'est-ce qu'il y a, m'man ? demanda Lionel en levant la tête de son devoir.

— Laisse faire, fais ton devoir, répondit la veuve en se dirigeant vers la porte moustiquaire.

Elle descendit de la galerie et alla jusqu'au camion dont elle ouvrit la porte du côté passager. Aussitôt, elle aperçut la boîte noire sur le plancher de la cabine. Elle allongea le bras et son coude heurta une bouteille à demi dissimulée sous la banquette. Surprise, elle tira la bouteille à elle et découvrit qu'il s'agissait d'une bouteille d'alcool. Elle en retira le bouchon, et aussitôt la forte odeur du caribou se répandit dans l'habitacle.

— Pouah ! fit-elle avec une grimace de dégoût.

C'était l'alcool préféré de son mari. Puis, elle réalisa subitement que c'était son fils qui, à son tour, buvait ça.

— Ah non ! C'est pas vrai ! s'exclama-t-elle. Dis-moi pas qu'il va faire comme son père !

La mère de famille était hébétée par sa découverte et ne se décidait pas à déposer sous le banc ce qu'elle venait d'y découvrir.

— Il vient d'avoir vingt ans ! Ça a pas d'allure ! J'ai bien envie de lui casser mon balai sur le dos, dit-elle, folle de rage.

Pendant un bref instant, elle eut la forte tentation de lancer la bouteille dans le fossé, mais elle se retint à la dernière seconde.

— Ça donnerait rien de faire ça, se dit-elle tout, bas. S'il est rendu comme son père, il dira pas un mot et il va aller s'en acheter une autre qu'il va cacher ailleurs. Il a passé l'âge où le balai lui fait peur.

Toujours penchée dans la cabine, elle réfléchit longuement à ce qu'elle pouvait faire. Puis, elle prit une soudaine décision : elle laissa la boîte noire sur place, ne gardant en main que la bouteille à demi pleine. Elle referma doucement la portière du véhicule et revint à la maison en dissimulant sous son tablier la bouteille d'alcool. Sans rien dire, elle traversa la cuisine d'été et se rendit dans l'armoire de la cuisine d'hiver où elle conservait les médicaments.

— Le petit vinyenne, il va s'en souvenir ! dit-elle en colère.

Elle s'empara de la bouteille d'huile de ricin et en versa une généreuse quantité dans la bouteille d'alcool qu'elle agita énergiquement avant de la reboucher. Ensuite, elle s'empressa de la rapporter dans le camion avant de revenir s'asseoir sur la galerie avec un ouvrage de couture.

Philippe ne rentra à la maison qu'au coucher du soleil en déclarant ne pas avoir vu de renard, même s'il s'était rendu jusqu'à leur terre à bois. Corinne était rentrée dans la maison quelques minutes plus tôt parce que la température s'était rafraîchie.

— Avant de faire la prière, j'aimerais bien préparer ton repas de demain midi, mais t'as oublié de rentrer ta boîte, lui fit remarquer sa mère. Va donc la chercher.

Philippe sortit de la maison et se rendit à son camion toujours stationné devant la remise. Corinne s'approcha de la fenêtre et jeta un coup d'œil à l'extérieur. Même s'il faisait noir dehors, elle s'aperçut tout de même qu'il avait fait le tour du camion pour ouvrir la portière du passager. Elle se demanda s'il n'en profiterait pas pour boire une rasade de caribou avant de rentrer.

Quelques minutes plus tard, toute la famille s'agenouilla au centre de la cuisine pour la prière du soir. La mère de famille pria spécialement pour que son fils ne sombre pas dans l'ivrognerie, comme son père l'avait fait avant lui. Elle alla se coucher après avoir vu Norbert éteindre le fanal qu'il avait allumé pour aller vérifier si tout était en ordre dans les bâtiments. Elle ne trouva le sommeil qu'après avoir récité tout un chapelet pour demander la guérison de son fils. Il s'agissait là d'une autre dure épreuve pour cette femme que la vie n'avait guère ménagée.

Le lendemain avant-midi, en sortant de la porcherie, Corinne s'aperçut que le facteur lui avait laissé du courrier dans sa boîte aux lettres, le drapeau rouge étant levé. Elle alla jusqu'au chemin et tira trois lettres de la boîte. La première venait de Juliette. Elle reconnut immédiatement son écriture soignée sur l'enveloppe. Elle eut beau retourner dans tous les sens la deuxième, elle fut incapable d'identifier l'expéditeur. Le plus bizarre était que la troisième était adressée à Philippe Boisvert et semblait venir du même correspondant.

Intriguée, elle rentra dans la maison, s'assit à table et décacheta d'abord l'enveloppe dont elle ignorait la provenance. Elle la lut lentement en remuant les lèvres. La missive venait de l'étude de maître Osias Larue de Sorel. Elle était convoquée à son bureau de la rue Sainte-Anne le mardi suivant, à trois heures, pour assister à la lecture du testament de feu Gonzague Boisvert.

— Je suppose que l'autre lettre vient du même notaire, dit-elle à voix haute. Sainte bénite, veux-tu bien me dire ce qu'on va aller faire là, tous les deux ?

Il lui fallut quelques minutes pour retrouver assez de calme pour lire la lettre envoyée par sa belle-sœur. Cette dernière lui apprenait qu'elle avait reçu une convocation du même notaire et que Rosaire était venu souper à son restaurant l'avant-veille, surtout pour parler d'elle.

Corinne eut un mince sourire en repliant la lettre. Elle laissa les deux convocations sur le comptoir avant d'aller déposer la lettre de Juliette dans l'un des tiroirs de son bureau, dans sa chambre à coucher. Ensuite, elle se dirigea vers son jardin. Le temps était venu de déterrer les pommes de terre et de les transporter dans un seau dans la cave. Toujours profondément bouleversée par sa découverte de la veille, elle n'en exécuta pas moins ce travail éreintant jusqu'à la fin de l'après-midi, ne s'accordant qu'une brève pause pour dîner en compagnie de Léopold et de Norbert, occupés ce jour-là à faucher l'avoine.

Quand Madeleine rentra de l'école avec son jeune frère, la mère de famille demanda à son fils de faire ses devoirs pendant qu'elle préparait le souper avec sa sœur.

À l'heure du repas, Philippe vint stationner son camion près de la remise et tarda un bon moment avant de les rejoindre dans la cuisine d'été où on venait de s'attabler.

— Qu'est-ce qu'il a à traînasser comme ça ? s'impatienta Madeleine qui attendait de lui servir son assiette avant de prendre place à table.

— Il est parti aux toilettes, lui expliqua Lionel qui venait de s'étirer le cou pour voir pourquoi son frère aîné ne rentrait pas.

Quelques minutes plus tard, Philippe, la mine défaite, entra dans la maison.

— Il est temps que t'arrives, tu vas manger froid, lui dit sa sœur en quittant sa place pour le servir.

— Laisse faire, lui ordonna-t-il, je me sens pas ben pantoute, je mangerai plus tard.

Sur ce, il ouvrit la porte de communication avec la cuisine d'hiver, apparemment décidé à gagner sa chambre à l'étage. Sa mère se leva et, sans dire un mot, le suivit dans la pièce voisine.

— Attends une minute, lui commanda-t-elle en refermant la porte derrière elle, j'ai deux mots à te dire.

— Est-ce que ça peut pas attendre, m'man ? lui demanda-t-il, l'air un peu misérable. Je sais pas ce que j'ai depuis à matin, j'arrête pas d'aller aux toilettes. Si j'y suis pas allé dix fois aujourd'hui, j'y suis pas allé une maudite fois. J'ai mal au cœur, à part ça.

— Ce serait pas, par hasard, à cause de la boisson ? lui demanda sèchement Corinne, plantée devant lui.

— Quelle boisson ?

— Celle que tu caches, par exemple, dans ton *truck*, ajouta-t-elle d'une voix sifflante.

— J'ai pas…

— Philippe Boisvert, viens pas me mentir en pleine face, tu m'entends ? fit-elle, menaçante.

— C'est pas une goutte de boisson qui va me rendre malade, avoua-t-il en changeant de tactique.

— Toi, écoute-moi bien, lui ordonna-t-elle sèchement. As-tu décidé de finir comme ton pauvre père ? C'est ce genre de vie-là que tu veux avoir ? T'as envie de te faire traiter d'ivrogne par tout le monde dans ton dos ?

— C'est pas une gorgée de boisson de temps en temps, m'man…

— Espèce de grand insignifiant ! l'interrompit sa mère. Comment tu penses que ça a commencé avec ton père ? À ton âge, il a commencé par une gorgée de temps en temps, lui aussi. Après, il a jamais plus été capable de s'arrêter. Et c'est comme ça qu'il s'est tué en conduisant soûl son *truck*. Tu veux faire pareil ?

— Ben non, vous exagérez.

— Non, j'exagère pas, mon garçon. Tu vas boire de plus en plus et tu vas être obligé de mentir à tout le monde pour cacher ton vice, comme t'as commencé à me mentir à moi, ta mère. Il me semble que l'exemple de ton père devrait te suffire. Tu veux maganer tes enfants comme il l'a fait ? Tu te souviens pas des volées qu'il t'a données pour un oui ou pour un non ? C'est ce genre de père-là que tu veux devenir ? Si c'est ça, continue, t'es bien parti. Moi, je te le dis tout de suite. Si je te prends encore une fois à boire, tu t'en vas. Tu viendras pas donner ce genre d'exemple-là à tes frères.

— C'est correct, finit par dire le jeune homme, le visage blême.

— Je voudrais pas être obligée de dire à Cécile Melançon quel genre de garçon t'es, le menaça-t-elle.

— Ce sera pas nécessaire, je boirai plus, lui promit-il.

— Dans ce cas-là, va jeter dans les toilettes ce qu'il y a dans la bouteille qui traîne dans ton *truck* avant d'aller te coucher, dit Corinne, la voix adoucie. Quand tu te lèveras, je te ferai à souper.

Dompté, Philippe sortit de la maison. Par l'une des fenêtres, sa mère le vit ouvrir la portière de l'International, s'emparer de la bouteille d'alcool et se diriger vers les toilettes sèches, au bout de la remise. Peu après, il rentra et se retira dans sa chambre sans dire un mot.

Dans la cuisine d'été, tous n'avaient pu faire autrement que d'entendre les éclats de voix de la mère de famille, mais aucun n'osa lui poser la moindre question au sujet de la violente dispute qui l'avait opposée à son aîné.

Le soleil venait à peine de se coucher que Philippe apparut dans la cuisine, l'air un peu remis de ses malaises de la journée. En le voyant, Corinne se promit de ne jamais lui révéler qu'elle avait trafiqué sa bouteille d'alcool.

« Il vaut mieux l'avoir rendu malade aujourd'hui que

d'attendre qu'il le soit parce qu'il a pris l'habitude de boire », se dit-elle pour se convaincre d'avoir bien agi.

Pendant que son souper réchauffait sur le poêle à bois, elle tendit à Philippe la lettre qu'il avait reçue durant la matinée. Madeleine et Norbert, curieux, attendirent de savoir ce que la missive contenait.

— Qu'est-ce que c'est ? demanda-t-il, étonné. C'est ben la première fois que je reçois une lettre, ajouta-t-il en ouvrant l'enveloppe.

— Puis ? fit sa mère, après lui avoir laissé le temps de lire la convocation du notaire.

Il se contenta de lui tendre la lettre. Corinne ne s'était pas trompée, c'était bien une convocation à assister à la lecture du testament de Gonzague Boisvert, le mardi de la semaine suivante.

— D'après vous, m'man, qu'est-ce que ça veut dire ? lui demanda son fils, intrigué et vaguement inquiet.

— Ça peut vouloir dire que ton grand-père t'a laissé un petit quelque chose.

— Voyons donc ! protesta-t-il. La seule fois qu'il s'est aperçu que j'existais, c'est quand il m'a engagé cet été pour conduire un de ses *trucks*.

— Pourquoi Philippe hériterait de quelque chose, et pas nous autres ? demanda Norbert, curieux.

— C'est vrai, ça, m'man, renchérit Madeleine.

— Écoutez, on peut pas savoir avant que le testament soit ouvert par le notaire. Moi aussi, j'ai reçu la même lettre que votre frère, et je suis certaine que votre grand-père m'a rien laissé. On verra bien ce qui arrivera la semaine prochaine.

*
**

Le surlendemain avant-midi, Corinne était occupée à changer la literie dans les chambres, à l'étage, quand des coups furent frappés à la porte de sa cuisine.

— Si c'est le quêteux qui passe déjà, j'ai rien à lui servir à manger, dit-elle à mi-voix en descendant. Il va se contenter de deux cennes. C'est tout ce que je peux lui donner.

À son arrivée devant la porte moustiquaire, elle eut la surprise de découvrir Jocelyn Jutras. Elle enleva le crochet et fit entrer le voisin.

— Viens pas me dire que tu manques de pain ? fit-elle alors qu'elle lui avait envoyé deux grosses miches la veille même.

— Pantoute, j'en ai mon content, répondit Jocelyn. J'ai toujours l'impression que j'exagère chaque fois que tu m'en envoies. Ça fait des années que tu fais cuire mon pain. C'est gênant.

— Voyons donc, protesta la veuve. T'arrêtes pas de m'envoyer de la farine et de la graisse.

— Mais c'est pas pour ton pain que je viens te voir, même s'il est ben bon, reprit le voisin. T'entends pas meugler ?

— Ah bien oui ! fit-elle après avoir tendu l'oreille.

— C'est une de tes vaches qui se lamente comme ça, lui apprit-il.

— Qu'est-ce qui va encore me tomber sur la tête ? demanda-t-elle, soudain alarmée.

— Léopold et Norbert sont pas là ?

— Non, ils sont partis porter de l'avoine chez Gignac, à Yamaska. Pourquoi tu me demandes ça ?

— Parce que s'ils avaient été ici dedans, ils se seraient immanquablement aperçus qu'une de tes vaches était en train de crever dans le champ.

— C'est pas vrai !

— J'ai sauté la clôture pour aller voir ce qu'elle avait à se plaindre comme ça. Je pense qu'elle a glissé dans la décharge et qu'elle s'est cassé une patte. J'ai pas été capable de la relever.

— Tu parles d'une malchance, se plaignit Corinne.

— Si tes hommes sont pas là, je peux ben aller te la tuer pour l'empêcher de souffrir pour rien.

— Attends, je vais y aller avec toi, dit-elle au voisin. Comme t'es ici, je vais te passer mon fusil.

Elle disparut un bref moment et revint avec le fusil de chasse laissé par Laurent. Elle tendit l'arme à Jocelyn et le suivit à travers champs jusqu'à la décharge. Au fur et à mesure que le couple approchait de la déclivité assez profonde où Corinne avait l'habitude de faire brûler ses déchets, les meuglements de la vache blessée devenaient de plus en plus assourdissants. Quand la fermière aperçut sa bête couchée sur le côté, au fond de la décharge, elle en eut les larmes aux yeux. La bête la regarda venir vers elle avec une sorte de confiance à briser le cœur.

— Sois fin, Jocelyn, supplia-t-elle son voisin. Tue-la vite sans la faire souffrir.

Ce dernier s'empressa de rejoindre la vache au fond de la décharge. Il laissa le temps à Corinne de s'éloigner quelque peu et de détourner la tête avant de tirer une balle en pleine tête de la bête.

— Tu peux pas savoir comment ça me fait mal au cœur de perdre une bête, lui dit-elle en se remettant en marche vers la maison. En plus, c'était celle qui me donnait le plus de lait.

— T'as tout de même des veaux et t'as même deux ou trois vaches qui sont prêtes à vêler, lui fit remarquer Jocelyn.

— Puis, ça va être tout un aria de creuser un trou pour l'enterrer, reprit Corinne, comme si elle ne l'avait pas entendu. Ça tombe mal en pleine récolte.

— Pourquoi tu demandes pas à Corriveau de t'en débarrasser ? Il peut venir te la chercher. Comme ça, Norbert et Léopold perdront pas une demi-journée à creuser une fosse pour l'enterrer.

— La dernière fois qu'on a perdu une vache, Laurent vivait et il avait mieux aimé l'enterrer après lui avoir enlevé la peau. Du bon cuir de vache, on en a toujours l'usage.

— C'est comme tu veux, consentit le voisin. Si tu changes d'idée, j'ai affaire chez Duquette cet avant-midi, je pourrais faire prévenir Corriveau. C'est vrai que t'aurais pas la peau de ta bête s'il vient, mais il va te donner un petit quelque chose pour elle.

Parvenue à la maison, Corinne remercia son voisin et accepta finalement qu'il prévienne l'équarrisseur. Ce dernier passa au milieu de l'après-midi et se fit aider par Léopold et Norbert pour charger la dépouille dans sa charrette. Il laissa deux dollars à Corinne avant de reprendre la route.

Quand Philippe rentra de son travail ce soir-là, sa mère lui apprit la mauvaise nouvelle.

— Il y a pas à dire, ça va pas ben, se contenta de dire son fils, l'air dépité. On perd notre meilleure vache et je perds ma *job* demain.

— Oui, mais pour ton ouvrage, t'étais au courant depuis un bon bout de temps. T'as même travaillé une semaine de plus que prévu, lui fit remarquer sa mère.

— Est-ce que quelqu'un pourrait venir me chercher chez mon oncle Henri demain après-midi, vers quatre heures ?

— Pourquoi ça ? lui demanda Norbert.

— Parce que notre cousin est venu nous dire cet après-midi qu'on aurait notre dernière paye demain, à la fin de la journée, comme d'habitude, mais qu'il voulait que les deux *trucks* restent dans la cour.

— Tu parles d'un beau cochon ! s'exclama l'adolescent. Est-ce qu'il a peur que tu le manges, ce *truck*-là ?

— Au fond, fit sa mère, c'est normal. Tremblay et toi, vous travaillerez plus pour ton oncle Henri. Il veut garder les *trucks* à côté de sa maison. Vous avez plus à vous en servir.

— Le meilleur, c'est qu'il voulait qu'on les lave ben comme il faut avant de partir, reprit Philippe, les yeux pleins de colère. Il peut ben manger de la…

— Philippe ! fit sa mère, sévère.

— J'ai rien dit, protesta le jeune homme, mais je le pense, par exemple. Le plus plate là-dedans, c'est que je vais être poigné pour aller veiller chez Cécile en boghei. C'était ben plus vite en *truck*.

— Tu t'habitueras, conclut sa mère avant de retourner au poêle s'occuper de la confection du souper.

Le lendemain après-midi, Norbert attela le blond pour aller chercher son frère à la grande maison de pierre du rang Saint-André. À sa grande surprise, il découvrit Philippe à mi-distance entre la maison de son grand-père et l'église de Saint-Paul-des-Prés.

— Sacrifice ! T'étais pressé en batèche de t'en revenir à la maison, lui fit remarquer l'adolescent en laissant monter son frère aîné à ses côtés. T'aurais ben pu m'attendre chez mon oncle, j'arrivais.

— Laisse faire, fit son frère, furieux. L'enfant de chienne de Charles, je vais finir par l'écrapoutir. Je suis parti avant de lui sauter dessus.

— Qu'est-ce qu'il t'a encore fait, la chenille à poils ?

— T'aurais dû le voir faire le tour du *truck* une dizaine de fois pour être ben sûr qu'il était pas poqué quelque part. Après ça, il a regardé en dedans pour voir si les outils étaient tous là. C'est ben clair, j'allais le poigner par la peau du cou quand Alexandra est sortie de la maison pour m'offrir une tasse de thé et des biscuits. Elle s'en est pas aperçue, mais elle a sauvé la peau de son mari.

— Pourquoi t'es pas revenu avec Tremblay ?

— Il a arrêté de travailler à midi, il devait aller à Pierreville avec sa femme, expliqua Philippe en retrouvant peu à peu son calme.

— En tout cas, tu seras pas de trop pour m'aider à récolter l'orge la semaine prochaine. Oublie pas que Léopold part de la maison lundi prochain.

— Ah oui ! je l'avais oublié, lui, dit Philippe sans la moindre trace de regret dans la voix.

Norbert lui jeta un coup d'œil, mais se garda bien d'ajouter quoi que ce soit. À leur arrivée à la maison, Philippe déposa sur la table son salaire de la semaine.

— C'est le dernier pour un bon bout de temps, rappela-t-il à sa mère.

— C'est pas grave, fit-elle, c'est pas l'ouvrage qui manque ici dedans. On mangeait quand même nos trois repas par jour avant que tu travailles pour ton oncle.

Chapitre 16

Un nouveau départ pour Léopold

Corinne décida d'aller visiter sa famille à Saint-François-du-Lac en ce dernier dimanche de septembre malgré la température maussade qui s'était installée sur la région durant la nuit précédente.

— Comment je vais faire pour aller chez Cécile si vous prenez le boghei ? demanda Philippe, qui venait de réaliser qu'il n'avait plus de moyen de transport pour se rendre au village.

— Ah ça ! mon garçon, il va falloir que tu te débrouilles, rétorqua sa mère en fixant son chapeau sur son chignon blond. Tu penses tout de même pas que je vais m'enfermer dans la maison toutes les fins de semaine parce que t'as besoin de la voiture pour aller veiller chez ta blonde.

— C'est là que ta Cécile va voir que tu l'aimes pour vrai, intervint Norbert, goguenard. Marcher presque trois milles pour aller passer l'après-midi avec elle, c'est pas tous les gars de la paroisse qui feraient ça.

— Achale-moi pas, toi ! lui ordonna son frère, de mauvaise humeur.

— Si t'es pas plus poli que ça, je te passerai pas mon bicycle, le menaça l'adolescent.

Une vague lueur d'intérêt s'alluma dans l'œil de

l'aîné. Il n'avait pas du tout songé à l'antique bicyclette sans frein de son frère qui dormait au fond de la remise depuis près de trois ans.

— Tu penses qu'il marche encore ? demanda-t-il, plein d'espoir.

— On peut aller voir, accepta Norbert.

Les deux frères quittèrent la maison pendant que Léopold allait atteler la voiture. Corinne avait proposé à Madeleine et à son futur gendre de l'accompagner afin de permettre aux Joyal de les féliciter pour leurs fiançailles. Avant même de quitter la cour, la mère de famille fut un peu rassurée en voyant son fils aîné passer près de l'attelage, monté sur la grosse bicyclette noire qui avait appartenu au docteur Précourt.

— Il me semble qu'il a l'air d'aller un peu tout croche là-dessus, fit remarquer Madeleine en prenant place dans le boghei.

— Il va s'habituer, lui expliqua son frère debout près de la voiture. On a gonflé les *tires* et mon bicycle roule correct. Il en a pas fait souvent et ça fait longtemps qu'il s'en est pas servi, mais il est capable de se débrouiller. C'est tout de même mieux que de marcher jusqu'au village.

— T'es bien sûr de ça ? insista sa mère.

— Faites-vous-en pas, m'man. S'il se casse la gueule, on va en entendre parler, plaisanta Norbert.

— T'es bien drôle, Norbert Boisvert, fit sa mère, sévère. Là, je te laisse avec Lionel, ajouta-t-elle en s'assoyant sur la banquette arrière du boghei. Il y a des cretons, des tomates et du pain pour souper, mais lavez votre vaisselle et mettez-moi pas la maison à l'envers pendant qu'on va être partis, sinon vous allez aussi en entendre parler.

Léopold prit les rênes et l'attelage s'engagea sur le rang Saint-Joseph. Jocelyn, assis sur sa galerie, les salua au passage. Un peu avant d'arriver au bout du rang, Corinne aperçut Philippe monté sur l'antique bicyclette. Selon toutes les apparences, le jeune homme peinait.

— Tu veux pas te tenir au boghei jusque chez Melançon ? lui proposa aimablement Léopold en obligeant sa bête à ralentir.

— Laisse faire, j'ai besoin de personne, répondit ce dernier, passablement essoufflé par l'effort qu'il devait fournir pour faire avancer la lourde bicyclette.

Léopold secoua la tête et poursuivit son chemin.

— Il est toujours aussi bête, lui, fit remarquer Madeleine en se tournant vers sa mère.

— Il a un caractère de cochon, on le sait depuis longtemps, confirma Corinne. Il manquerait plus qu'il se mette à mouiller pour arranger le plat avant qu'il arrive chez Cécile. Là, il serait pas à prendre avec des pincettes.

Cet après-midi-là, la veuve s'arrêta une heure chez son frère Bastien et sa belle-sœur Rosalie avant de se rendre chez sa mère à la maison ancestrale des Joyal dans le rang de la rivière, à Saint-François-du-Lac. À son arrivée, elle fut tout heureuse de retrouver sa sœur Blanche et son mari qu'elle n'avait pas vus depuis plusieurs mois.

— Dites donc, vous deux, c'est à croire que Sorel est rendu à l'autre bout du monde, fit-elle remarquer au couple. On vous voit plus. Avez-vous oublié que vous avez de la parenté à Saint-Paul ?

— Pantoute, se défendit Amédée en l'aidant à descendre de voiture. Ta sœur a passé son été à s'occuper de ma mère malade.

— Elle va mieux, j'espère ?

— Elle est correcte, la rassura son beau-frère. J'aime autant te dire qu'elle avait pas le choix de guérir avec Blanche. T'aurais dû voir tout ce qu'elle lui a fait prendre. Il fallait de la santé pour avaler tout ça.

— Arrête donc de dire n'importe quoi, le réprimanda sa femme en riant et en embrassant sa jeune sœur.

Lucienne, Anatole, Thérèse et leur fils Gustave s'avancèrent à leur tour pour saluer les visiteurs.

— Je crois ben qu'on n'aura pas le choix d'entrer dans la maison, dit Anatole. Je viens de recevoir une goutte de pluie.

En fait, une pluie fine se mit à tomber doucement, obligeant tout le monde à trouver refuge dans la cuisine d'été.

— J'ai bien l'impression qu'on est à la veille de déménager dans la cuisine d'hiver, dit Thérèse après que tous les gens présents eurent trouvé un siège dans la grande pièce. Ça commence à être pas très chaud le matin.

— Je pense que je vais faire ça cette semaine, si j'en ai le temps, déclara Corinne. Ça va être une grosse semaine. Léopold s'en va s'installer sur sa terre demain et je dois aller à Sorel mardi après-midi avec Philippe.

Durant de longues minutes, Anatole et Amédée interrogèrent Léopold sur la ferme qu'il venait d'acheter pendant que les femmes discutaient trousseau avec la future mariée.

— Quand vous viendrez à Saint-Paul, j'espère que vous allez arrêter me voir, conclut Léopold. Je vais ben entretenir la maison, ayez pas peur. J'ai pas le choix. Madeleine m'a fait promettre de tenir ça propre jusqu'à notre mariage.

— T'es pas tout seul à déménager, intervint Lucienne. Je me suis finalement entendu avec Cléophas Bédard. J'ai acheté sa maison, j'entre dedans dans deux semaines.

— C'est pas vrai ! s'écria Corinne en feignant d'ignorer la nouvelle qui lui avait déjà été communiquée par sa sœur Germaine.

— Bien oui, ça faisait assez longtemps qu'on en parlait.

— Ça doit vous faire mal au cœur de partir d'ici pour aller vivre au village, grand-mère ? demanda Madeleine.

— C'est certain, confirma la petite femme au chignon blanc, mais j'espère que ta tante et ton oncle vont m'inviter de temps en temps.

— C'est sûr, madame Joyal, la rassura sa bru.

— On est allés voir la maison du bonhomme, reprit Anatole. Elle va avoir besoin de tout un ménage. Il vivait là-dedans tout seul depuis une quinzaine d'années et ça paraît qu'il avait pas une femme pour l'entretenir.

— C'est vrai que c'est pas mal sale, confirma Lucienne.

— On va venir vous donner un coup de main, m'man, lui promit Corinne.

Ensuite, la conversation dériva sur la crise économique qui obligeait les cultivateurs à baisser le prix de leurs produits s'ils voulaient parvenir à les vendre.

— On n'est pas chanceux pantoute, déclara Anatole. Pour une fois qu'on avait une belle récolte, il faut la vendre moins cher que l'année passée.

— Plains-toi pas, fit le commis de quincaillerie. Au magasin, on vend pas la moitié de ce qu'on vendait d'habitude. Ça commence à paraître que le monde tire le diable par la queue.

À la fin de l'après-midi, la pluie n'avait pas cessé. Quand Corinne annonça son intention de rentrer à Saint-Paul-des-Prés, Thérèse insista pour que ses invités restent à souper. Pour sa part, Anatole refusa l'aide des hommes pour faire son train.

— Vous êtes pas habillés pour faire ça. Gustave va me donner un coup de main.

Pendant que Madeleine et Blanche participaient à la préparation du souper, Lucienne entraîna Corinne dans sa chambre sous le prétexte de lui montrer ce qu'elle venait de finir de tricoter.

— Sainte bénite, m'man, je me souviens pas avoir vu Thérèse d'aussi bonne humeur depuis le matin de ses noces ! chuchota cette dernière en refermant la porte de la chambre derrière elle.

— Elle a une bien bonne raison : elle a gagné. Ça fait des années qu'elle veut que je lui laisse toute la place ici dedans. Dans quinze jours, elle va l'avoir.

Corinne regarda attentivement sa mère.

— On dirait que vous partez un peu à reculons, finit-elle par dire.

— C'est presque ça. En vieillissant, ma fille, on est moins résistant et on finit par se fatiguer de se battre jour après jour pour garder son autorité sur sa maison. Là, au village, pas loin de l'église, je vais avoir la paix.

— Mais vous êtes pas obligée de partir si vous en avez pas le goût, m'man.

— Écoute, je peux pas dire que j'en ai pas le goût, précisa Lucienne. J'ai refusé de me donner à ton frère et à sa femme parce que je me voyais pas dépendre d'eux jusqu'à la fin de mes jours. Je leur ai vendu la terre pour rester indépendante. Je suis sûre que je vais m'habituer à vivre au village. Je connais tout le monde… et ta belle-sœur va être enfin heureuse dans sa maison.

Une heure après le souper, la pluie cessa et Corinne en profita pour donner le signal du départ. Amédée et Blanche décidèrent de l'imiter. La veuve invita tout le monde à venir la visiter à Saint-Paul-des-Prés.

— Attendez pas la première tempête de neige pour vous décider, les avertit-elle en riant. Profitez-en pendant que les chemins sont encore beaux.

Au retour, la maîtresse de maison ne trouva que Norbert encore debout en train de faire un jeu de patience sur la table de cuisine, à la lueur de la lampe à huile.

— Lionel est déjà couché ? lui demanda-t-elle.

— Pas juste lui, Philippe aussi.

— Tiens, il est déjà revenu de chez Cécile ? s'étonna-t-elle.

— Il est resté à souper chez les Melançon. Il paraît que madame Melançon a pas voulu qu'il prenne le chemin parce qu'il mouillait. Ça fait qu'il est revenu vers huit heures et demie en beau maudit.

— Bon, qu'est-ce qu'il avait encore ?

— Il s'est fait prendre par la pluie en revenant, lui expliqua l'adolescent. Vous auriez dû le voir quand il est rentré. Il était crotté jusqu'aux yeux et tout mouillé. Il faut dire que mon bicycle l'a lâché en entrant dans le rang. La chaîne a sauté, il paraît. Il a dû marcher en le poussant jusqu'ici. J'ai ben l'impression qu'on a dû l'entendre sacrer jusqu'au bout de Saint-Paul.

— Qu'est-ce qu'il a fait de son linge mouillé ?

— Je le sais pas. Il doit être en tas quelque part, dans sa chambre.

— C'est correct, je m'occuperai de ça demain matin, dit-elle, fatiguée par sa journée.

Ce soir-là, seule dans sa chambre à coucher, Corinne se demanda si son sort allait ressembler à celui de sa mère. Celui de ses fils qui allait reprendre la terre avec sa femme et ses enfants allait-il faire en sorte de la harceler pour qu'elle parte ? Allait-il chercher à la dépouiller de son bien en la poussant à se donner à lui ? Elle ne se laisserait pas faire… Mais aurait-elle la force de résister bien longtemps ? Peu à peu, ses pensées la conduisirent à se demander si la solution n'était pas de prendre un compagnon pour la protéger. Aussitôt, trois figures se présentèrent à sa pensée. Qui était le plus apte à la défendre et à prendre soin d'elle ? Jocelyn et Ian possédaient leur terre et pouvaient la mettre à l'abri… Rosaire était jeune et serait sûrement en mesure d'exploiter sa ferme plusieurs années encore… Mais comment faire un choix ? Elle aimait la virilité de Ian, mais appréciait autant la gentillesse de Jocelyn que la tendresse de Rosaire.

*
**

Le lendemain matin, Corinne découvrit avec étonnement Madeleine déjà debout dans la cuisine d'été. La jeune fille avait allumé le poêle et la table du déjeuner était déjà dressée.

— Veux-tu bien me dire ce que tu fais debout aussi de bonne heure ? lui demanda-t-elle en fermant sa robe de chambre.

— J'arrivais plus à dormir, répondit la jeune fille, l'air sombre.

Le ton de sa fille alerta Corinne qui tourna la tête vers elle.

— Qu'est-ce qui se passe ?

— Je pensais à Léopold qui va partir aujourd'hui, avoua Madeleine. Je serai même pas là pour le voir partir.

— Voyons donc ! protesta sa mère. Il s'en va pas au diable vauvert. Il va rester presque en face de l'école où tu passes tes journées.

— C'est pas pantoute la même chose, m'man. On est habitués de se voir matin et soir. On mange ensemble depuis des années…

— Je comprends, admit sa mère, un peu attendrie par cette peine qu'elle imaginait facilement.

— À partir d'aujourd'hui, je vais le voir juste le samedi soir et le dimanche. Ce sera pas pareil.

— Écoute, si ça peut te faire plaisir, tu pourras l'inviter à venir veiller un soir dans la semaine, le mercredi, par exemple.

Cette permission spéciale sembla alléger considérablement la peine de la jeune fille.

— Seigneur, on gèle tout rond à matin, reprit Corinne en s'approchant du poêle. On dirait bien que l'automne a fini par arriver.

— C'est normal, m'man, on est déjà le premier octobre. Il pouvait pas continuer à faire chaud indéfiniment.

— Je crois bien qu'il va falloir penser à s'installer dans la cuisine d'hiver, poursuivit la mère de famille en jetant un coup d'œil à l'extérieur où il faisait encore noir.

— Si vous décidez de faire ça aujourd'hui, attendez que je revienne de l'école pour vous donner un coup de main, proposa la jeune fille, avant de retourner dans sa chambre faire sa toilette.

Lorsque Madeleine rejoignit sa mère quelques minutes plus tard, elle lui fit remarquer :

— Ça va faire drôle de laisser partir Léopold à pied avec son bagage pour aller chez Pouliot.

— Mais il en est pas question, fit sa mère. On va demander à un de tes frères d'aller le conduire en voiture, voyons !

— Ça vous tenterait pas de venir voir la maison avec moi, m'man ? demanda l'institutrice. On aurait le temps après le déjeuner, avant que je commence l'école.

Corinne se rendit compte que sa fille mourait d'envie de voir sa future maison, mais qu'elle ne pourrait y aller seule avec son fiancé sans que sa réputation en souffre.

— Je veux bien si ça dérange pas Léopold.

— C'est lui qui me l'a proposé.

Après le déjeuner, Corinne demanda à Norbert d'aller atteler le cheval sans perdre de temps.

— Il est même pas sept heures, m'man, fit remarquer l'adolescent. Vous vous en allez tout de même pas au village à cette heure-là ?

— Non, on va aller visiter la maison de Léopold avec Madeleine avant que les enfants arrivent à l'école. Fais ça vite. En même temps, ça va permettre à Léopold de transporter ses affaires.

— Est-ce que je peux y aller, moi aussi ?

— On va déjà être quatre dans le boghei avec Lionel. Tu iras sentir là une autre fois, quand Léopold t'invitera.

— Tu peux venir n'importe quand, l'invita tout de suite le jeune homme, qui avait toujours apprécié le caractère enjoué de son futur beau-frère.

Pendant que Madeleine allait chercher ses préparations de classe dans sa chambre, Corinne entraîna son futur gendre dans la cuisine d'hiver.

— Avant que tu partes, je veux d'abord te régler tes gages et te rembourser vingt piastres sur le montant que je te dois.

— Ça presse vraiment pas, madame Boisvert, se défendit le jeune homme.

— Non, non, cet argent-là est à toi. Déjà que tu me l'as prêté sans me charger d'intérêt.

Corinne lui tendit l'argent qu'elle avait déjà préparé.

— Je dois te dire, Léopold, que t'as été un bien bon homme engagé. Je vais te regretter pas mal. Mais comme tu vas entrer dans la famille…

— Vous savez que vous pouvez toujours compter sur moi, madame Boisvert, lui promit Léopold, ému. Je vais rester tout près. J'espère que vous vous gênerez pas pour me demander un service.

— T'es bien fin, conclut la veuve en l'embrassant sur une joue.

Quelques minutes plus tard, le boghei ralentit et vint s'immobiliser près d'une maison à un étage au toit très pentu dont les déclins en bois avaient été soigneusement chaulés le printemps précédent. Comme chez les Boisvert, une large galerie ceignait deux des quatre côtés de la maison qui était prolongée, elle aussi, par une cuisine d'été et une remise attenante. Les portes et les cadres des fenêtres étaient de couleur verte. Le fond de la cour était occupé par une étable et une écurie. Deux autres petits bâtiments étaient érigés sur le côté droit. Tout était vieux, mais propre et semblait fort bien entretenu.

La porte de la maison s'ouvrit sur une petite femme au chignon gris retenu dans une résille.

— Entrez, dit-elle aux visiteurs. Mon mari est allé aux bâtiments avec Tit-Bé. Il devrait pas être long à revenir.

Léopold fit passer devant lui Corinne et Madeleine qui s'arrêtèrent sur le paillasson. Lionel préféra demeurer à l'extérieur, sur la galerie.

— Entre, mon garçon, fit Marie Pouliot en s'adressant à Léopold. T'es chez vous ici dedans. Inquiète-toi pas, on va être partis dans une heure. Samedi passé, notre gars est venu chercher presque tout notre barda et l'a transporté chez eux. Il est supposé venir nous chercher tout à l'heure.

— On voudrait pas vous déranger, s'excusa Corinne, qui avait très rarement eu l'occasion de parler à cette voisine.

— Vous me dérangez pas pantoute, madame Boisvert. Je suppose que c'est la future madame Monette, dit l'épouse d'Ernest Pouliot en se tournant vers Madeleine.

— Oui, madame.

— Je voulais juste leur faire voir un peu la maison avant que Madeleine s'en aille à l'école, expliqua Léopold.

— Écoute, va donc retrouver mon mari à l'étable pendant que je la leur fais visiter, suggéra la fermière avec bonhomie. Comme ça, tu pourras jeter un coup d'œil aux animaux avant qu'on parte.

Léopold accepta la proposition et quitta les lieux pendant que Marie Pouliot entraînait Madeleine et sa mère dans une visite rapide de la maison que son père avait construite près de quarante ans auparavant, selon son dire.

— Ça doit ressembler pas mal à votre maison,

madame Boisvert, dit-elle en montant l'escalier. Il y a quatre chambres en haut.

Elle ouvrit la porte de chacune des pièces pour montrer aux visiteuses qu'elles étaient toutes pourvues d'un lit et d'une commode.

— Au fond, la chambre bleue, c'est la chambre de notre homme engagé. Ça fait une douzaine d'années que Tit-Bé est installé là, expliqua l'hôtesse.

— On voit que c'est bien propre, se sentit obligée de faire remarquer Corinne, polie.

— Ah ça ! je pense pas que vous trouverez bien de la poussière dans la maison, fit Marie Pouliot avant de prendre les devants pour descendre au rez-de-chaussée.

Elle ouvrit la porte du salon dont une fenêtre donnait sur la route et l'autre vers le nord.

— Les fauteuils sont pas mal vieux, s'excusa-t-elle, mais Léopold tenait à les garder. À côté, c'est la chambre des maîtres, dit-elle en ouvrant la porte voisine. J'aurais bien aimé garder mon vieux *set* de chambre, c'est un cadeau que mon défunt père nous a fait quand on s'est mariés en 1884, mais mon garçon avait pas de place. Ça fait que je le laisse.

Le lourd mobilier en noyer occupait pratiquement toute la place.

Finalement, Marie Pouliot montra la cuisine d'hiver dont le centre était occupé par une table massive en chêne de chaque côté de laquelle étaient disposés deux longs bancs. Le poêle à bois à deux ponts répandait une douce chaleur et était flanqué de deux antiques chaises berçantes sur le siège desquelles était posé un coussin.

— Tu manqueras pas de vaisselle, en tout cas, dit la maîtresse des lieux en ouvrant successivement les quatre portes de ses armoires. Ton futur a acheté pratiquement toute ma vaisselle et mes chaudrons. Il a aussi acheté l'horloge. Au bout, t'as le garde-manger, ajouta-t-elle en montrant une petite pièce garnie de tablettes pratiquement vides. Ce sera à toi de les garnir, précisa-t-elle, non sans humour.

— Je me demande bien comment Léopold va faire pour manger, fit Madeleine. Il a jamais rien cuisiné.

— Dans ce cas-là, Tit-Bé va lui être bien utile, fit Marie Pouliot. Il mange peut-être comme un défoncé, mais il sait se débrouiller dans une cuisine.

— Là, vous me rassurez pas mal, madame Pouliot.

Enfin, cette dernière montra à ses deux visiteuses la cuisine d'été où trônaient un mobilier en bois blanc tout simple et un poêle beaucoup moins beau que celui de la cuisine d'hiver.

— Mon Dieu, on dirait bien que vous vous êtes même donné la peine de laver vos vitres avant de partir ! s'exclama Corinne.

— Vous vous imaginiez tout de même pas que j'étais pour laisser à un homme le soin de laver mes fenêtres. Ça, c'est des plans pour plus être capable de voir dehors deux mois après, plaisanta la maîtresse de maison.

Madeleine leva la tête et constata qu'il était déjà huit heures quinze.

— Seigneur ! il faut que je parte, sinon je vais ouvrir l'école en retard, expliqua-t-elle à sa mère et à la maîtresse des lieux. Merci beaucoup, madame Pouliot. M'man, vous direz à Léopold que j'ai dû partir.

Sur ces mots, la jeune institutrice quitta la maison qui allait devenir la sienne à la fin du printemps suivant et fit signe à son jeune frère de la suivre. Par la fenêtre, Corinne la vit sortir de la cour et prendre la direction de l'école du rang Saint-Joseph située à quelques centaines de pieds, de l'autre côté de la route. Marie Pouliot déposa deux tasses de thé et l'invita à s'installer à table en attendant le retour des hommes.

Quelques minutes plus tard, la veuve vit arriver Ernest Pouliot et son homme engagé en compagnie de Léopold. Malgré leurs grandes différences d'âge, les trois hommes semblaient très bien s'entendre. Ils s'arrêtèrent près du boghei et en retirèrent les maigres bagages du nouveau propriétaire avant d'entrer dans la maison.

— Tu vas avoir une bien bonne maison, déclara Corinne en se levant, prête à partir. En tout cas, Madeleine a eu l'air de la trouver bien à son goût. Bon, je vous laisse, j'ai pas mal d'ouvrage qui m'attend. Je vous souhaite bonne chance à Drummondville, madame Pouliot, ajouta-t-elle à l'intention de celle qui l'avait si gentiment accueillie. À vous aussi, monsieur Pouliot. Quant à toi, Léopold, la porte de la maison t'est toujours ouverte.

— Merci, madame Boisvert.

Le jeune homme la raccompagna jusqu'à sa voiture.

— Est-ce que tout est en ordre ? lui demanda-t-elle à mi-voix.

— Tout est ben correct. Les animaux ont l'air en santé et on manquera pas de foin pour l'hiver. Monsieur Pouliot me laisse même pas mal de farine et une bonne provision de patates et de carottes. En plus, j'ai Tit-Bé qui va me donner un coup de main pour commencer les labours d'automne et étendre le fumier.

Rassurée, Corinne prit la route et rentra chez elle où elle retrouva ses deux fils assis dans la cuisine.

— Norbert, va donc dételer le blond, commanda-t-elle à l'adolescent. Est-ce que l'étable est déjà nettoyée ? poursuivit-elle.

— On y allait justement, répondit Philippe, sans grand entrain.

— De quoi ça a l'air chez Léopold ? demanda Norbert, curieux.

— Il va être bien installé, se contenta de dire la veuve.

— Ça va faire du bien de se retrouver juste entre nous autres, laissa tomber Philippe en s'approchant de la porte pour chausser ses bottes.

— Dis donc pas n'importe quoi, le réprimanda sèchement sa mère. Léopold fait partie de la famille. En plus, dis-toi bien, mon garçon, que l'ouvrage qu'il faisait ici dedans, c'est vous autres qui allez le faire. C'est comme ça que vous allez vous apercevoir qu'il faisait sa large part.

— C'est vrai ce que vous dites, m'man, l'approuva Norbert. Léopold, c'est un bon homme.

— C'est correct, fit la veuve sur un ton énergique. Là, grouillez-vous, l'ouvrage attendra pas. Philippe, allume-moi le four dehors en passant avant d'aller à l'étable. Quand vous en aurez fini là-bas, vous reviendrez me voir, j'ai de l'ouvrage en masse pour vous deux, conclut-elle sans plus de précisions.

L'aîné et son frère quittèrent la maison et elle alla changer de robe avant d'entreprendre son lavage du lundi, même si de lourds nuages traversaient le ciel, poussés par un petit vent frisquet. Elle avait l'intention de commencer ce qu'elle appelait son « barda d'automne » dès qu'elle en aurait fini avec sa lessive. Comme ses garçons ne pouvaient travailler dans le champ parce qu'il avait trop plu la veille, elle allait les mettre à contribution. Tout d'abord, elle allait s'occuper de renouveler sa provision de savon du pays pendant que l'eau chauffait sur le poêle.

Elle sortit la grosse marmite en fonte de la remise et alla la déposer sur la plaque du four à l'extérieur. Elle jeta d'abord quelques rondins dans le feu allumé par Philippe avant de déposer dans la marmite une bonne quantité de gras animal, de l'eau de lessive et un peu de résine. Elle touilla le tout durant quelques instants avant de rentrer dans la maison.

— C'est écœurant ce que ça sent mauvais, dit Philippe en pénétrant dans la cuisine d'été quelques minutes plus tard.

— Tu dis ça chaque fois que je fais du savon. Si tu connais une autre façon d'en faire, tu me donneras la recette, fit sa mère. Pendant que je fais mon lavage, tu vas me transporter toutes les paillasses dans la tasserie. Il est plus que temps qu'on remplace la paille si on veut bien dormir cet hiver. Fais-toi aider par Norbert.

Dès qu'elle eut terminé d'étendre une première cordée de vêtements fraîchement lavés, la mère de famille alla rejoindre ses deux fils et décousit un coin de chacun des matelas pour en extirper la vieille paille et la remplacer par de la neuve avant de recoudre le tout. De retour à la maison, elle fit le tour des chambres pour vérifier l'état des oreillers, prête à ajouter des plumes dans certains, si nécessaire. Mais elle n'eut pas à le faire.

Après le repas du midi, les deux garçons durent laver le plafond et les murs de la cuisine d'été puis nettoyer les tuyaux du poêle pendant que leur mère transportait dans l'autre cuisine la vaisselle et la nourriture du garde-manger. Quand Madeleine et Lionel rentrèrent de l'école à la fin de l'après-midi, ils trouvèrent leur mère en train de laver le plancher de la pièce où la famille avait vécu tout l'été.

— M'man, je vous avais demandé de m'attendre pour faire ça, protesta l'institutrice en retirant ses souliers.

— J'avais le temps de le faire et j'ai eu l'aide de tes deux frères.

— Je peux te dire qu'on aime mieux travailler dehors, osa dire Norbert. Là, au moins, on n'a pas toujours un *boss* sur le dos.

— Tu sais ce qu'il te dit, ton *boss* ! reprit Corinne avec un certain humour. À partir d'aujourd'hui, les bottes vont rester dans l'entrée et le linge porté dans les bâtiments va être accroché derrière la porte. Je veux pas avoir de senteur de vache dans la maison. C'est clair ? À cette heure, Lionel, va te changer avant d'aller chercher les vaches. Madeleine, tu peux aller soigner les poules et nourrir les cochons pendant que tes frères vont faire le train. Moi, je vais aller démouler mon savon et le couper. Je devrais en avoir assez pour l'hiver. Après, je m'occuperai du souper.

— Pressez-vous pas, m'man, fit Madeleine, je vais avoir le temps de préparer le souper.

Après le repas, la mère de famille ordonna à Philippe :

— Va me chercher ton linge du dimanche que je le repasse. Il paraît que t'as attrapé la pluie avec, hier, en revenant de chez Cécile.

— Ça peut ben attendre, m'man, dit son fils en finissant d'allumer sa pipe.

— Non, ça peut pas attendre. T'oublies que demain après-midi, on doit aller chez le notaire, à Sorel.

— Est-ce que je suis obligé d'aller là ? demanda-t-il.

Moi, j'ai pas ben le goût de voir la face de Charles et même celle de mon oncle.

— T'as pas le choix, il faut y aller. Imagine-toi comme ça me tente, moi aussi ! lui fit remarquer sa mère.

— Je vais m'occuper du repassage, dit Madeleine en refermant son cahier de préparation. J'ai fini mon ouvrage et j'ai rien d'autre à faire.

La jeune fille alla chercher le fer à repasser qu'elle déposa sur le poêle avant d'ouvrir la porte qui libérait la vieille planche à repasser logée dans le mur. En attendant que son frère aîné revienne de sa chambre, elle jeta un coup d'œil à l'extérieur.

— Il fait noir de plus en plus de bonne heure, dit-elle à sa mère, et là, on dirait qu'il vient de commencer à mouiller.

En fait, la pluie, poussée par le vent, venait frapper les fenêtres.

— Je me demande comment Léopold a passé sa première journée dans notre maison, ajouta la jeune fille.

— Il est pas tout seul, lui fit remarquer sa mère. Je veux bien croire que Tit-Bé a pas la réputation d'être bien bavard, mais c'est tout de même quelqu'un à qui Léopold peut parler.

Quand Philippe déposa son unique costume sur la planche à repasser, sa sœur l'examina.

— Sainte bénite, t'es-tu roulé dans le fossé avec ton habit ? Il est tout taché. Il va falloir décrotter tout ça avant de pouvoir le repasser.

— Ça aurait été moins pire si le bicycle avait roulé comme du monde, répondit Philippe. J'ai été obligé de marcher à la pluie battante en poussant cette cochonnerie-là.

— T'essaieras de me l'emprunter une autre fois, intervint Norbert, fâché d'entendre son frère appeler sa bicyclette une « cochonnerie ».

Chapitre 17

Le testament

Le lendemain, la mère de famille servit très tôt le repas du midi afin d'avoir le temps de se préparer pour aller à Sorel. Elle dut houspiller son fils, guère pressé de partir.

— Je le sais que tu y vas à reculons, finit-elle par lui dire, mais c'est pas en te traînant les pieds que ça va arranger les affaires. Grouille-toi. Si on veut revenir, il faut partir.

— Même si j'aime mieux conduire un *truck*, j'aurais encore mieux aimé continuer à labourer comme à matin, rétorqua Philippe.

— Norbert va continuer.

Pour l'occasion, Corinne avait revêtu une robe grise agrémentée d'un collet en dentelle. C'était l'une des deux robes de sortie qu'elle s'était confectionnées au début du printemps précédent quand elle avait décidé que son deuil était terminé. Après avoir fixé sur son chignon blond son chapeau, elle enfila son manteau d'automne et attendit que Philippe vienne la rejoindre. Elle l'examina brièvement avant de lui dire :

— T'es bien beau, arrangé comme ça. Je pense qu'on peut y aller.

En fait, elle avait plus l'air de la grande sœur que de

la mère du grand et solide gaillard qui l'aida à monter dans le boghei avant de s'emparer des rênes.

En cette deuxième journée d'octobre, l'air était frais et le ciel partiellement dégagé. Les feuilles des arbres avaient commencé à changer de couleur. Le feuillage des érables plantés devant la maison de Jocelyn Jutras était déjà quelque peu jauni. Corinne aperçut Norbert, au loin, les mains soudées aux mancherons de la charrue et elle se demanda, encore une fois, s'il ne s'agissait pas là d'un travail trop éreintant pour un adolescent. Il avait beau être costaud, c'était tout de même une tâche d'homme.

— Il est pas mal bon, reconnut Philippe, qui avait suivi le regard de sa mère.

— Il y a pas de doute, il va faire un bon habitant, déclara Corinne.

— Meilleur que moi, en tout cas, laissa tomber son fils.

— Pourquoi tu dis ça ?

— J'aime plus ça pantoute, cet ouvrage-là, avoua-t-il à sa mère. J'ai hâte de monter au chantier. Quand je vais revenir le printemps prochain, je vais peut-être demander au père de Cécile s'il aurait pas de l'ouvrage pour moi au garage.

— T'es pas sérieux ? s'alarma Corinne. Et notre terre ?

— Ben, il y a Norbert, m'man.

— J'y arrivais avec Norbert parce que je pouvais compter sur Léopold quand t'étais pas là, raisonna la veuve, mais là, Léopold est parti. En plus, t'oublies que Joseph Melançon a déjà son garçon pour l'aider. C'est pas sûr pantoute qu'il ait de l'ouvrage pour toi.

— On verra ben le printemps prochain, dit Philippe

sur un ton évasif tandis que la voiture passait devant l'école.

Corinne aperçut les enfants en train de jouer dans la cour sous la surveillance de sa fille qui les salua de la main en les apercevant. Sa mère lui rendit son salut. Pendant de longues minutes, cette dernière garda le silence, plongée dans de profondes réflexions engendrées par les dernières paroles de son fils. Norbert ne serait jamais en mesure de tout faire seul. Comment allait-elle pouvoir exploiter sa terre sans aide supplémentaire ?

— Si c'est comme ça, il va falloir que je pense à me remarier, laissa-t-elle tomber sans vraiment y croire, alors que la voiture entrait dans le village.

— Hein ! Qu'est-ce que vous avez dit ? lui demanda son fils.

— J'ai dit que si c'était comme ça, j'allais être obligée de me trouver un mari.

— Vous y pensez pas, m'man, fit Philippe en affichant un air horrifié.

— Pourquoi pas ?

— Mais vous êtes rendue ben trop vieille pour ça, affirma-t-il avec la dureté propre à la jeunesse.

— Tu sauras, mon garçon, que je suis pas trop vieille pour me remarier. Il y a déjà deux ou trois hommes qui haïraient pas ça pantoute courtiser ta mère.

— Qui ça ?

— Laisse faire, ça te regarde pas.

Poussée dans ses derniers retranchements, Corinne n'osa pas prononcer à voix haute les noms de ceux qu'elle avait à l'esprit.

— J'espère que vous pensez pas à Rosaire Gagné, dit Philippe, méprisant.

— Pourquoi tu me parles de lui ?

— Parce que je suis pas fou. J'ai ben vu qu'il vous regardait avec les yeux dans la graisse de binnes quand il est venu au mois d'août. J'avais envie de lui sacrer une claque sur la gueule pour lui remettre les idées à l'endroit.

— T'es bien drôle, Philippe Boisvert, dit-elle sèchement. Laisse-moi te dire une chose, mon garçon. Quand j'aurai décidé de me remarier, t'auras rien à dire. Je choisirai qui je voudrai.

La veuve s'enferma dans un silence boudeur, se répétant inlassablement ce que son fils venait de lui dire, soit qu'elle était trop vieille pour se remarier. De son côté, Philippe se contentait de lui jeter des regards à la dérobée, pas encore persuadé que sa mère lui avait parlé sérieusement. Il lui semblait inconcevable qu'elle songe à remplacer son père.

Entre Yamaska et Sorel, Corinne prit la décision d'accueillir favorablement toute tentative ouverte de Jocelyn ou de Ian de la fréquenter. On allait bien voir si elle était trop âgée pour penser à se remarier. Sa mère et Juliette avaient peut-être raison. Il était temps qu'elle songe à son avenir et à celui de ses enfants. Forte de cette résolution, le sourire lui revint progressivement. À leur arrivée à Sorel, elle aida le conducteur à repérer la rue Sainte-Anne et l'étude du notaire Larue.

Un peu après deux heures trente, Corinne et son fils allèrent sonner à la porte d'une grande maison en briques rouges après avoir attaché leur cheval à côté des trois autres voitures qui encombraient la cour située sur le côté gauche du bâtiment.

Une dame d'un certain âge vint leur ouvrir et les invita à passer dans la salle d'attente. En posant le pied dans la pièce voisine, la veuve découvrit que Juliette était déjà sur place en compagnie de ses trois frères et de son neveu Charles. Sa belle-sœur se leva immédiatement pour venir l'embrasser ainsi que son filleul.

— Veux-tu bien me dire ce qu'on vient faire ici dedans ? demanda Corinne à mi-voix à l'imposante matrone après avoir salué d'un signe de tête Henri et son fils, cantonnés à une extrémité de la grande pièce.

Elle s'avança ensuite vers Raymond et Aimé et les embrassa.

— Je me pose la même question depuis une semaine, répondit la restauratrice tout aussi discrètement.

— Nous autres aussi, firent en même temps le débardeur de Sorel et le cultivateur de Saint-Césaire.

— Le père a toujours dit à tout le monde qu'il laissait tout au gros Henri, chuchota Aimé. Je vois pas l'utilité de faire tout le chemin depuis Saint-Césaire pour me faire répéter ça par un notaire.

— On va le savoir dans pas grand temps, précisa Raymond qui venait de voir dans le couloir le notaire Larue raccompagner jusqu'à la porte le client qui occupait son bureau.

— En tout cas, j'ai hâte que cette affaire-là soit finie, murmura Juliette à l'oreille de sa belle-sœur. J'ai l'impression que je sers d'arbitre depuis que je suis arrivée. J'ai peur qu'ils finissent par se sauter à la gorge avant même que le notaire ait lu le testament de mon père.

La situation n'eut pas le temps de s'envenimer à ce point-là parce que la porte s'ouvrit presque immédiatement pour livrer passage à un petit homme au costume noir tout lustré dont les yeux disparaissaient derrière des lorgnons retenus par une cordelette noire. L'homme âgé d'une cinquantaine d'années avait étalé sur sa tête avec beaucoup de soin ses rares cheveux, probablement désireux de poursuivre une lutte contre la calvitie qui semblait perdue d'avance.

— Bonjour mesdames, bonjour messieurs ! leur dit-il d'une voix onctueuse. Je vous invite à passer dans la pièce voisine où nous serons plus à l'aise pour procéder à la lecture du testament de feu Gonzague Boisvert. Si vous voulez bien me suivre.

Toutes les personnes présentes se levèrent en même temps, mais Henri et son fils furent les premiers à emboîter le pas à l'homme de loi, le visage éclairé par un sourire qui en disait long sur leurs attentes. Juliette adressa un regard plein de sous-entendus à sa belle-sœur avant de sortir de la pièce en sa compagnie.

— Si vous voulez bien vous asseoir, les invita Osias Larue en ouvrant la porte de la pièce voisine dont le centre était occupé par une longue table en acajou entourée de chaises.

Lui-même alla prendre place à une des extrémités où était déposée une chemise cartonnée. Sans s'être concertés, les Boisvert se séparèrent en deux clans. Henri et son fils s'installèrent sur le côté gauche, en face de Raymond, Aimé, Juliette et Corinne. Pour sa part, Philippe, mal à l'aise, s'était assis à l'autre bout de la table.

L'homme de loi jeta un coup d'œil aux personnes présentes par-dessus ses lorgnons avant de se décider à ouvrir la chemise cartonnée qui semblait ne contenir qu'un unique document.

— Je dois d'abord vérifier l'identité de chacune des personnes présentes avant de procéder, dit-il. Auriez-vous l'amabilité de vous nommer pour que je puisse vérifier si vous faites partie des ayants droit ?

Chacun se nomma et le notaire eut un sourire de contentement en constatant que toutes les personnes convoquées étaient présentes devant lui.

— Mais pourquoi tant de monde aujourd'hui ? demanda Henri, apparemment inquiet de voir autant de gens réunis dans la pièce.

— Tout simplement parce qu'ils sont concernés par le testament, monsieur, répondit Osias Larue.

Henri regarda son fils et fit signe à ce dernier de se taire au moment où il allait intervenir.

— Je vous offre d'abord mes condoléances pour la perte de votre parent, dit le notaire de la même voix douce. Comme je vous l'ai écrit, je vous ai demandé de vous réunir à mon étude cet après-midi pour vous faire lecture du testament de feu monsieur Gonzague Boisvert.

Il eut un bref regard vers le document qu'il tira du dossier placé devant lui sur la table avant de dire :

— Ce testament est daté du 18 juin 1921 et, après recherches, je suis en mesure de vous affirmer que c'est le dernier rédigé par le disparu.

— Le 18 juin passé ! s'exclama Henri. Est-ce que ça veut dire qu'il a changé le testament qu'il avait fait avant ?

— Je ne suis pas en mesure de vous le dire, répondit Osias Larue. Et même si je le savais, je n'aurais pas le droit de vous en faire part, monsieur. Les dernières volontés de quelqu'un ne concernent que lui, ajouta-t-il un peu plus sèchement. Bon, nous allons procéder à la lecture du document. Je vous demanderais d'attendre la fin de ma lecture pour poser des questions si certains points ne vous semblent pas clairs.

Toutes les personnes présentes acquiescèrent. Alors,

d'une voix lente et claire, l'homme de loi entreprit la lecture du testament.

« Moi, Gonzague Boisvert, sain de corps et d'esprit, j'ai décidé de léguer à mon fils Henri et à son fils Charles ma maison sise dans le rang Saint-André, à Saint-Paul-des-Prés, et tout ce qu'elle contient. Je leur laisse aussi ma terre, les bâtiments et leur contenu ainsi que les animaux. »

Henri et Charles se rengorgèrent, visiblement satisfaits de ce qu'ils venaient d'entendre.

« Par ailleurs, je lègue à chacun de mes autres enfants vivants la somme de trois mille dollars », enchaîna le notaire.

— Trois mille piastres ! ne put s'empêcher de s'écrier Aimé, stupéfait.

L'air réjoui de son frère Raymond disait assez que sa surprise était au moins égale à la sienne.

« Enfin, comme mon fils Laurent est parti avant moi, j'ai décidé de donner à Philippe, l'aîné de ses enfants, les deux camions que je possède ainsi que la somme de mille cinq cents dollars. Si je meurs avant sa majorité, sa mère administrera comme elle l'entend cette somme et pourra, si elle le désire, vendre les camions. »

À voir l'air confondu de Philippe, Corinne se rendit compte qu'il avait fort bien compris l'ampleur du legs que lui avait fait son grand-père. Par contre, l'air déconfit d'Henri et de Charles faisait plaisir à voir. Non seulement plus de dix mille dollars leur échappaient, mais en plus, on leur arrachait les deux camions dont ils étaient certains d'hériter.

Ils allaient intervenir quand le notaire leva une main et leur dit :

— Plus tard les questions, s'il vous plaît.

Et il poursuivit sa lecture.

« Après le paiement des taxes et des frais de succession, j'aimerais que la somme restante serve à faire chanter des messes à l'église de Saint-Paul-des-Prés pour le salut de mon âme. »

« Fait à l'étude de maître Osias Larue, le 18 juin 1921, et signé devant madame Marthe Larochelle, sa secrétaire, et Joseph Dubé, son clerc », conclut le notaire en repliant le testament et en le déposant devant lui.

— Est-ce qu'on peut savoir combien il reste pour les messes ? demanda Juliette, devançant de peu son frère aîné qui allait prendre la parole.

— Trois cent cinquante dollars, madame, répondit poliment l'homme de loi.

— Je suppose qu'elles doivent toutes être chantées à Saint-Paul ?

— C'est en effet le vœu exprimé par votre père.

— Très bien, j'en ferai aussi chanter à Montréal.

— Est-ce que vous êtes ben certain que ce testament-là est bon ? demanda sèchement Henri.

— Je ne vois pas pourquoi vous le contesteriez, dit le notaire Larue avec une certaine hauteur.

— Tout simplement parce que c'est pas pantoute ce que mon vieux père avait dit qu'il ferait. Il m'a toujours dit qu'il me laisserait tout à sa mort.

— C'était son droit de disposer de ses biens comme il l'entendait, lui fit remarquer Osias Larue sans parvenir à cacher l'antipathie qu'il éprouvait pour le gros homme.

— Je veux ben le croire, s'obstina un Henri Boisvert, hargneux, mais j'ai travaillé toute ma vie comme un esclave sur la terre qu'il me laisse et…

— Je crains qu'on ne puisse rien y changer, le coupa

le notaire pour mettre fin à ses récriminations. Maintenant, j'ai préparé tous les papiers permettant de clore cette succession.

Sur ces mots, il tendit à Henri et à son fils un document à signer et qui leur assurait la pleine et entière propriété de la ferme des Boisvert. Puis, il remit des chèques déjà préparés à Juliette et à ses deux jeunes frères. Ces derniers le remercièrent.

— Il me reste à finaliser ce qui revient à monsieur Philippe Boisvert, dit-il en adressant un sourire à Corinne et à son fils. Je n'ai pas encore libellé le chèque parce que j'ignorais si l'ayant droit était majeur.

— Il le sera au mois de mai prochain, précisa Corinne.

— Dans ce cas, madame, les titres de propriété des deux véhicules seront transférés à votre nom ainsi que le chèque de mille cinq cents dollars.

Philippe prit un air profondément contrarié en entendant ces mots et il attendit avec une impatience apparente que l'homme de loi tende les documents à sa mère. Cette dernière remercia Osias Larue qui se leva pour indiquer que la réunion était terminée. Toutes les personnes présentes dans la pièce s'empressèrent de l'imiter.

— Quand est-ce que je peux avoir mes *trucks* ? demanda Philippe au notaire avant de sortir de la salle de réunion.

— Je suppose que ces véhicules sont au domicile de votre grand-père, répondit maître Larue. Vous pouvez en prendre possession dès aujourd'hui, si vous le voulez.

— Merci.

À l'extérieur, Henri et Charles ne s'attardèrent pas. Le visage fermé, le père et le fils saluèrent du bout des lèvres Juliette, Corinne et son fils mais ignorèrent ostensiblement Aimé et Raymond avant de monter dans leur voiture.

— C'est ben triste qu'il ait pas tout eu, se moqua Aimé en montrant le dos de son frère aîné qui venait d'engager son attelage rue Sainte-Anne.

— En tout cas, je dois dire que je regrette de pas avoir fait la paix avec le père de son vivant, avoua Raymond, sur un ton beaucoup plus sérieux. J'aurais jamais cru qu'il m'aurait avantagé dans son testament.

— Moi non plus, reconnut Aimé.

— Il nous a fait tout un cadeau, pauvre p'pa, intervint Juliette, émue. Lui qui a passé sa vie à gratter la moindre cenne, il a été assez généreux pour oublier qu'on n'a pas été bien fins avec lui et il nous a tous laissé un gros héritage. Il y a juste toi, Corinne, qui as rien eu.

— C'est normal, dit la veuve sur un ton égal. Moi, je suis pas sa fille. Mais en donnant autant à Philippe, c'est tout un cadeau qu'il a fait à ma famille.

— Aïe ! On va pas se mettre tous à pleurer, fit Raymond avec bonne humeur. Venez boire quelque chose à la maison pour fêter ça.

Aimé et Juliette acceptèrent l'invitation, mais Corinne la refusa en prétextant le train à faire.

— Vous savez où je reste à Saint-Paul. Quand ça vous le dira, venez faire un tour, vous êtes les bienvenus, dit-elle aux parents de son défunt mari.

Sur le chemin du retour, Philippe fut incapable de retenir plus longtemps son excitation.

— C'est pas croyable ! se réjouit-il. Je suis riche à cette heure.

— Grâce à ton grand-père, lui fit remarquer sa mère, amusée par cet enthousiasme assez inhabituel.

— Ça veut dire que je vais pouvoir faire ce que je veux l'hiver prochain. Je suis plus obligé pantoute de monter au chantier. Je vais me reposer un peu. Ça va être à mon tour de jouer au *boss*. Les autres vont s'éreinter et je vais ramasser l'argent.

Sa mère le laissa à ses élucubrations durant plusieurs minutes avant d'y mettre fin de façon assez abrupte dans le but de lui ramener les pieds sur terre.

— Je pense que t'as oublié une couple de choses, lui dit-elle alors qu'ils approchaient de Yamaska.

— Quoi, m'man ?

— Tu pourras pas toucher à ton argent avant huit mois.

— Je le sais, mais j'ai les *trucks*.

— T'as mal compris le notaire quand il a parlé, le corrigea-t-elle. Les *trucks* sont à mon nom et je peux les vendre n'importe quand d'ici le mois de mai.

— Mais vous ferez pas ça ! s'insurgea le jeune homme.

— Je me gênerai pas pour le faire si je m'aperçois que t'es pas capable de te servir de ta tête, lui dit-elle sèchement. Ces *trucks*-là, ce sont pas des bébelles. On va les garder seulement s'ils rapportent quelque chose.

— Ben, je vois pas pourquoi ils continueraient pas à charroyer de la terre et de la gravelle comme avant.

— T'as oublié un détail important, mon garçon. Le dernier contrat de ton grand-père avec le gouvernement a fini la semaine passée, lui fit remarquer sa mère. Là, on va avoir deux *trucks* dans la cour qui serviront à rien tant qu'on saura pas quoi en faire.

— On peut transporter n'importe quoi pour les cultivateurs de Saint-Paul ou pour le moulin de Gagnon, suggéra Philippe, tout à coup beaucoup moins emballé.

— J'en doute pas mal. Il y a pas un habitant qui va payer pour faire transporter sa récolte ou autre chose quand ça lui coûte pratiquement rien de le faire avec ses chevaux et une voiture. Pour Fabien Gagnon, il est organisé depuis longtemps et il a pas besoin de nos *trucks*.

Philippe remarqua avec une grimace le « nos » utilisé par sa mère.

— D'après vous, qu'est-ce qu'on va faire ?

— Je pense que je vais écrire au député Ouellet pour voir si on pourrait pas avoir un contrat pour les routes le printemps prochain. Ton grand-père l'a aidé à se faire élire il y a deux ans. Je vois pas pourquoi il nous aiderait pas en retour.

— Quand est-ce qu'on va aller chercher les *trucks* ?

— Ça peut attendre demain, décida Corinne. Norbert va aller te conduire chez ton oncle et vous prendrez Léon Tremblay en passant. Il pourra conduire l'autre *truck*.

— Et pour l'argent ?

— Cet argent-là, j'irai le placer chez le notaire Ménard cette semaine. On va se garder un petit montant pour faire rouler les *trucks*, pas plus, trancha la mère de famille.

— Comme ça, je pourrai pas toucher à une cenne ?

— En plein ça, pas avant que t'aies vingt et un ans.

De retour à la maison, Corinne laissa à son fils la joie d'apprendre à ses frères et à sa sœur sa bonne fortune. Norbert fut littéralement ébahi par une telle chance et même un peu envieux.

— Il y a pas de saint danger que ça m'arrive, une affaire comme ça, fit-il.

— Si tu veux, je pourrai te montrer à chauffer un de mes *trucks*. Tu pourrais même devenir un de mes chauffeurs, lui proposa son frère.

— Toi, essaye pas de m'enlever mon bâton de vieillesse, plaisanta à demi sa mère.

— Il y a pas de danger, m'man. Moi, j'aime mieux travailler sur la terre que d'aller conduire ça.

— C'est comme tu voudras, rétorqua son frère. M'man, je pense que je vais atteler après le souper pour aller raconter ça à Cécile, poursuivit l'aîné de la famille en se tournant vers sa mère.

— À ton aise, accepta Corinne.

Ce soir-là, la veuve écrivit au député du comté pour lui expliquer sa situation et lui demander son appui pour l'obtention d'un contrat avec le ministère de la Voirie. Au retour de Philippe, un peu après neuf heures, elle ne put s'empêcher de lui demander comment Cécile avait pris la nouvelle.

— Elle est ben contente pour moi, m'man, mais elle est comme vous. Elle voit du pour et du contre dans toute cette affaire-là, répondit-il, l'air un peu assombri. Son père m'a dit que les *trucks* de grand-père avaient jamais servi à rien durant l'hiver depuis qu'il les avait. D'après lui, c'est à cause des chemins qui sont pas assez beaux et assez ben nettoyés pendant l'hiver pour qu'ils roulent à l'aise. Les contrats de grand-père étaient bons du commencement du mois d'avril jusqu'à la mi-octobre.

— C'est plein de bon sens ce qu'il dit là, reconnut Corinne. Joseph Melançon est bien placé pour le savoir. Oublie pas que c'est lui qui a toujours fait l'entretien des *trucks* de ton grand-père, si je me souviens bien.

— Je le sais ben, mais ça fait pas mon affaire pantoute. Si c'est vrai, qu'est-ce que je vais faire, moi, pendant l'hiver ?

— Il me semble que t'as le choix entre monter au chantier ou bûcher sur notre terre, lui rappela sa mère.

— Moi, ça m'intéresse pas ben gros de passer l'hiver sans voir Cécile, avoua-t-il.

— Tu serais pas le premier à pas voir ta blonde pendant cinq mois, lui fit remarquer sa mère. Presque tous les hommes ont connu ça.

*
**

Le lendemain matin, pendant que les garçons étaient occupés à soigner les animaux et que Corinne préparait le déjeuner en compagnie de Madeleine, la mère de famille s'aperçut que, pour la troisième fois, sa fille l'examinait à la dérobée sans dire un mot.

— Je sais qu'un chien regarde bien un évêque, dit-elle soudain, mais est-ce que je peux savoir ce que t'as à me regarder comme ça, en cachette ?

— Rien, m'man, fit la jeune fille, gênée d'avoir été surprise.

— Dis-moi pas ça, s'entêta Corinne. Je te connais, il y a quelque chose qui te trotte dans la tête.

— Ça a rapport avec ce que Philippe m'a raconté hier soir, avoua l'institutrice.

— Qu'est-ce que ton frère t'a raconté ?

— Je le crois pas, mais il nous a dit, à Norbert et à moi, que vous aviez dans l'idée de vous remarier.

Corinne eut un rire un peu forcé en entendant ces mots.

— Je suppose que toi aussi, tu penses que je suis trop vieille pour songer à me remarier ?

— Pantoute, m'man. Mais ça me surprend, fit Madeleine, l'air embarrassée.

— Pourquoi ?

— Parce que j'ai de la misère à m'imaginer un autre homme dans la maison, répondit-elle.

— Et parce que t'aurais l'impression que je trahis la mémoire de ton père, je suppose, poursuivit sa mère.

— Non, m'man, j'ai pas pensé à ça.

— Tu peux me croire, il y a pas de quoi s'énerver avec cette affaire-là, sentit-elle le besoin de préciser à sa fille. J'ai juste dit à ton frère que j'allais devoir penser à me remarier un jour si j'avais pas d'aide pour cultiver notre terre. Rien de plus.

Il y eut un long silence dans la cuisine, silence qui n'était rompu que par les assiettes déposées sur la table.

— En tout cas, m'man, si jamais vous pensez à vous remarier, moi, je dirai rien. Vous êtes encore une belle femme et je suis sûre qu'il y a des hommes dans la paroisse qui haïraient pas ça venir accrocher leur fanal certains soirs, poursuivit la jeune fille sur un ton plus léger.

— Tiens ! C'est ce que tu crois, toi ? fit sa mère, tout de même un peu flattée que sa fille conçoive qu'elle puisse encore plaire à son âge.

— Certain. Mais là, on aurait tout un problème sur les bras, m'man. Qui chaperonnerait l'autre si vous recevez le même soir que moi ?

— Si jamais ça se présente, on s'arrangera bien, dit Corinne en riant et en plaçant un châle sur ses épaules dans l'intention d'aller jusqu'au chemin pour déposer dans la boîte aux lettres la missive destinée au député.

À la fin de l'avant-midi, Léon et Philippe allèrent prendre possession des deux International chez Henri Boisvert. Ensuite, Philippe alla conduire chez lui celui qui avait travaillé avec lui l'été précédent avant de venir ranger le camion vert bouteille aux côtés du camion noir, près de la remise.

— Je vous dis que ça a été comme leur arracher une dent, déclara-t-il à sa mère en posant les clés de contact sur le comptoir. Si leurs yeux avaient été des fusils, je serais mort, ajouta-t-il en exagérant un peu.

— Les *trucks* sont pas à eux autres et ils le savent, conclut sa mère en suspendant les clés là où son défunt mari avait suspendu les siennes de son vivant.

— Mon oncle m'a dit qu'il aurait affaire à vous demain. Il est supposé passer vous voir dans l'après-midi. Si c'est pour racheter les *trucks*, j'espère que vous allez refuser, ajouta-t-il, l'air passablement inquiet.

— On verra, se contenta de dire la veuve. En attendant, tu pourrais peut-être aller donner un coup de main à Norbert pour charroyer du fumier.

Chapitre 18

La visite paroissiale

De bonne heure ce jeudi matin, alors que Corinne venait de déposer sa pâte à pain dans le four situé derrière la maison, elle vit, sans grand plaisir, arriver Henri Boisvert. Son beau-frère ne l'avait pas vue et il s'attarda un long moment à regarder sa nouvelle étable, debout près de son boghei. Elle laissa le gros homme monter l'escalier conduisant à la galerie et surgit derrière lui alors qu'il ne s'y attendait visiblement pas. Il sursauta brusquement en l'apercevant.

— Pousse la porte et entre, l'invita-t-elle.

— T'es toute seule ? demanda-t-il.

— Norbert et Philippe sont en train d'étendre du fumier sur un de nos champs. Ils profitent du beau temps. Toi, tu travailles pas aujourd'hui ?

— J'avais une couple d'affaires à régler au village et je me suis dit que j'allais en profiter pour venir te parler de quelque chose.

Corinne retira ses bottes et le châle qui lui recouvrait les épaules, puis invita son beau-frère à passer dans la cuisine d'hiver. Ce dernier la suivit en déboutonnant son manteau de drap brun. Elle lui indiqua l'une des chaises berçantes et lui proposa une tasse de thé qu'il refusa.

— Tu dis que t'avais des choses à voir au village.

Es-tu en train de me dire que tu reprends les affaires de ton père ? fit-elle, narquoise, en songeant qu'il était assez âpre au gain pour s'être lancé dans les prêts, comme son défunt père le faisait depuis des décennies.

— J'aurais ben voulu, reconnut Henri sans percevoir la moquerie chez sa belle-sœur, mais le père m'a pratiquement laissé sans une cenne. Il a donné tout son argent à gauche et à droite.

— C'est bien triste, ton histoire, fit Corinne sans éprouver la moindre compassion pour celui qui était assis en face d'elle. Mais je suppose que t'es pas venu ici juste pour te plaindre, poursuivit-elle. Philippe m'a dit hier que tu voulais me parler.

— Oui, il faut d'abord que je t'explique ça, même si je suis pas certain qu'une femme comprenne ben, fit Henri en adoptant un air d'homme d'affaires qui n'a pas beaucoup de temps à perdre.

— Je t'écoute, même si je suis juste une femme, rétorqua Corinne en faisant un effort méritoire pour ne pas formuler la réplique cinglante qui lui était venue.

— Je sais pas si tu te rappelles, mais le *truck* vert que ton gars conduisait était en réparation quand mon père est mort.

— Oui, je me rappelle.

— C'était une grosse réparation. Melançon a dû changer le moteur et le *truck* est resté au moins trois jours au garage.

— C'est vrai.

— J'en ai pas parlé dans ce temps-là, poursuivit le fils de Gonzague Boisvert en tirant un papier de l'une de ses poches, mais Melançon m'a fait payer cent treize piastres pour cette réparation-là.

— Et ?

— Ben, j'ai payé parce que je pensais que les *trucks* allaient me revenir, mais là, tout a changé. Les *trucks* sont à ton gars. Ça fait que je t'ai apporté la facture pour que tu me rembourses. Tu comprends que c'est pas à moi à payer ça.

— Tu veux que je te donne cent treize piastres ?

— En plein ça. Et je te charge pas une cenne d'intérêts, à part ça.

— T'es bien bon, fit Corinne, sarcastique. Mais dis donc, reprit-elle. Si je me trompe pas, tu t'es servi de nos *trucks* depuis le mois de juillet, non ?

— Tu le sais ben, ton gars en chauffait un.

— Est-ce que ça veut dire que t'as fait de l'argent en utilisant nos *trucks* ? demanda-t-elle en durcissant le ton.

— Ben, il a ben fallu que je finisse le contrat signé par le père. J'avais pas le choix.

— C'est correct. Mais à cette heure que tu sais que les *trucks* nous appartenaient, je suppose que tu vas m'apporter le contrat et me rembourser l'argent que le gouvernement t'a donné pour finir l'ouvrage, fit la veuve sur un ton passablement plus dur.

— Ben non, protesta Henri. T'oublies tout le trouble que j'ai eu avec cette affaire-là.

— Quel trouble ? C'est pas Léon Tremblay et Philippe qui conduisaient les *trucks* ?

— C'est sûr.

— En d'autres mots, toi, tu t'es contenté de ramasser l'argent.

— Je pense que tu comprends pas pantoute, s'entêta le beau-frère.

— Je comprends surtout que tu me dois d'abord l'argent que t'as fait avec nos *trucks* sans en avoir le droit. Commence par me donner cet argent-là et je vais te rembourser la réparation. Est-ce que c'est correct comme ça ?

— Non, c'est pas comme ça que ça marche.

— Je parle pas pour moi, mais pour mon garçon, lui fit remarquer sèchement Corinne. J'avais pas l'intention pantoute de t'achaler avec l'argent que t'as encaissé grâce aux *trucks* de Philippe, expliqua-t-elle à son beau-frère qui venait de se lever de sa chaise. Puisque c'est toi qui en parles, on va régler cette affaire-là sans perdre trop de temps. Tu m'apportes les papiers et l'argent que tu dois à Philippe et je te rembourse la réparation que t'as payée ou bien je vais chez le notaire Larue pour tirer cette affaire-là au clair. Comme tu dis, je connais peut-être rien là-dedans, mais j'ai bien l'impression qu'il va me donner raison et que tu vas devoir nous rembourser.

— On verra ben, dit Henri Boisvert, les dents serrées, en remettant la facture dans l'une de ses poches et en quittant la maison.

Quand ses garçons rentrèrent à la maison à la fin de la journée, leur mère leur raconta la visite de leur oncle.

— Vous parlez d'un écœurant ! s'emporta Philippe. C'est vrai ce que vous dites là, m'man. Il a fait de l'argent avec mes *trucks* pendant presque deux mois sans me donner une cenne.

— Énerve-toi pas avec ça, lui conseilla sa mère. Ce sera bien beau s'il renonce à nous faire payer la réparation, mais ça serait toujours ça de gagné. Cent treize piastres, c'est pas mal d'argent.

— Et le reste ?

— Oublie le reste, on aura au moins sauvé ça.

— Savez-vous, m'man, que vous êtes devenue aussi

dure en affaires que grand-père Boisvert, lui fit remarquer Norbert en riant.

— C'est pas un compliment que tu me fais là, mon garçon, le rembarra sèchement la petite femme blonde.

Quelques minutes plus tard, Madeleine rappela à sa mère que le curé Morin était passé l'après-midi même à l'école, dans le cadre de sa visite paroissiale.

— Seigneur ! J'ai eu l'impression d'entendre le curé Bilodeau quand il s'est mis à parler de l'enfer aux enfants.

— On sait tous qu'il est pas mal plus strict que l'était notre bon curé Cormier, lui fit remarquer sa mère.

— En partant, il m'a dit qu'il allait finir de passer dans le rang demain avant-midi. Je pense qu'il a déjà passé chez Léopold. Pour moi, il sera pas tard que vous allez le voir arriver demain matin.

*
**

Le lendemain, après le déjeuner, Corinne sortit à l'extérieur en même temps que ses deux fils. Il faisait un temps splendide en cette fraîche journée de la mi-octobre, le ciel était totalement dégagé. Les couleurs vives du feuillage des arbres donnaient une touche de gaieté au paysage. Une bruyante volée de canards survola les champs maintenant dénudés. La veuve se désintéressa des oiseaux pour regarder s'éloigner Madeleine et Lionel sur la route, en direction de l'école du rang. Puis, elle se tourna vers ses fils en train de chausser leurs bottes, assis sur les marches conduisant à la galerie et leur demanda de ne pas trop s'éloigner de la maison à cause de la visite paroissiale. Elle rentra ensuite dans la maison pour se lancer dans une chasse à la moindre poussière dans le salon.

Quelques minutes plus tard, Norbert rentra.

— M'man, on n'est toujours pas pour rester assis sur la galerie toute la journée à attendre monsieur le curé, protesta-t-il.

— On peut ben continuer à charroyer le fumier, suggéra Philippe, qui venait d'entrer dans la maison à son tour. On va être dans le champ en arrière de l'étable. Pourquoi vous viendriez pas nous avertir quand vous verrez le curé s'arrêter chez Jutras ? On va avoir amplement le temps de se changer avant qu'il arrive à la maison.

— Monsieur le curé, le reprit sa mère sur un ton sévère. C'est correct, allez-y.

Même si Corinne trouvait que le nouveau curé de Saint-Paul-des-Prés ressemblait un peu trop à feu le curé Bilodeau avec sa manie de brandir les flammes de l'enfer à tout propos, il n'en restait pas moins qu'elle éprouvait à son égard un très grand respect. C'était le fruit de l'éducation très religieuse dispensée par Lucienne Joyal à ses enfants. Les prêtres étaient les représentants de Dieu sur la terre et il fallait les respecter, faute de les aimer.

Philippe et Norbert allèrent travailler et elle termina son ménage avant d'aller s'endimancher et vérifier l'état de son chignon. Quand elle s'estima prête à recevoir le prêtre, elle s'installa dans sa chaise berçante, près d'une fenêtre donnant sur la ferme voisine, et entreprit de raccommoder des vêtements mis de côté dans son panier à ouvrage.

Un peu après dix heures, elle aperçut au loin le boghei du curé Morin s'arrêter chez le voisin. Immédiatement, elle couvrit ses épaules d'un châle et s'empressa d'aller prévenir ses fils qui rentrèrent rapidement à la maison après avoir entravé leur cheval.

— J'espère qu'il brettera pas trop longtemps ici dedans, dit Philippe avec humeur avant de monter changer de vêtements. On a encore pas mal de fumier à étendre.

Les deux garçons venaient à peine de descendre quand la veuve vit la voiture du prêtre quitter la ferme voisine.

— Sacrifice ! il a pas l'air de niaiser pantoute à matin, fit Norbert, irrévérencieux. Pour moi, il est même pas entré chez Jocelyn, il a dû se contenter de le bénir sur sa galerie avant de sauter dans son boghei.

— Arrête tes niaiseries, Norbert, lui ordonna sa mère en réprimant difficilement un sourire.

Quelques instants plus tard, la voiture du prêtre pénétra dans la cour de la ferme et Corinne se précipita vers la porte du salon, prête à l'ouvrir dès que le prêtre s'y présenterait. C'était la seule occasion de l'année où cette porte était utilisée, à moins qu'il ne se produise un décès dans la maison.

Eusèbe Morin n'eut pas à frapper. La porte s'ouvrit dès qu'il arriva devant elle. La maîtresse de maison, entourée par ses deux fils, l'invita à entrer et le débarrassa de son manteau avant de lui offrir un siège.

— Je me souviens pas d'être déjà venu dans cette maison, affirma le prêtre en regardant autour de lui.

— Vous avez raison, monsieur le curé, l'approuva Corinne sur un ton aimable. Au temps où vous étiez notre vicaire, c'était le curé Bilodeau qui venait chaque année pour la visite paroissiale dans notre rang.

— Vous êtes madame Boisvert, c'est ça ?

— Oui, madame Laurent Boisvert.

— Parente avec les Boisvert du rang Saint-André ?

— C'est mon beau-frère, le frère de mon mari qui est mort il y a trois ans.

— Je vois que vous avez des grands enfants pour vous aider, poursuivit le petit prêtre à la figure ronde en examinant à travers ses petites lunettes les deux garçons qui avaient pris place près de leur mère.

— J'ai trois autres enfants, dit la mère de famille avec fierté. Vous avez rencontré ma fille hier. Elle fait l'école dans le rang. J'ai aussi une fille qui vient d'avoir quatorze ans et qui étudie au couvent, à Nicolet, et un garçon de neuf ans qui est à l'école.

— C'est une belle famille.

Ensuite, le curé Morin s'informa des projets de chacun et se fit très attentif quand son hôtesse lui parla des fiançailles de sa fille.

— J'espère que vous surveillez ça de près, laissa-t-il tomber, suspicieux.

— C'est certain, monsieur le curé.

— Et toi, dit-il en s'adressant à Norbert. Est-ce que t'es pas celui qui avait jeté à terre une des stations du chemin de croix de l'église ?

— C'était un accident, monsieur le curé, bafouilla l'adolescent en constatant que le prêtre n'avait pas oublié cette bourde, même trois ans après qu'elle se fut produite.

— Et toi, fréquentes-tu une fille de notre paroisse ? demanda-t-il à Philippe, qui n'avait pas ouvert la bouche depuis le début de la rencontre.

— Oui, monsieur le curé, la fille de Joseph Melançon.

— C'est sérieux ?

— Il est encore pas mal de bonne heure pour le savoir, intervint la mère de famille. Ces fréquentations-là viennent juste de commencer et…

Soudain, Corinne sursauta. Elle venait d'apercevoir une vache passer devant la fenêtre du salon.

— Sainte bénite ! qu'est-ce qu'elle fait là, elle ? s'écria-t-elle en se levant brusquement, à la plus grande surprise du prêtre qui, tournant le dos à la fenêtre, n'avait rien vu.

— Qu'est-ce qui se passe, madame ?

— Il y a des vaches dans mes plates-bandes, expliqua-t-elle. Les garçons, allez voir ce qui se passe dehors, ordonna-t-elle à ses fils. Faites ça vite !

Corinne, un peu confuse, se rassit face au prêtre.

— Excusez, monsieur le curé, mais il y a rien de pire que des vaches lâchées dans un parterre.

— Je vous comprends. Pendant que vos garçons sont pas là, j'aimerais tout de même vous poser quelques questions.

Corinne se fit soudainement plus attentive.

— Je finis la visite de votre rang avec vous, madame Boisvert. C'est normal, vous restez au bout du rang. J'ai parlé avec vos voisins et on peut dire que vous avez une très bonne réputation.

— Merci.

— Vous êtes pas sans savoir que monsieur Sullivan, votre deuxième voisin, est célibataire. C'est un homme dans la force de l'âge et il est marguillier.

— Je sais ça.

— J'ai cru comprendre qu'il haïrait pas se marier.

— Il est bien libre de le faire, monsieur le curé, répliqua la veuve en devinant où le prêtre voulait en venir.

— Je me suis aperçu qu'il avait pas l'air indifférent à madame Michaud, la directrice de notre chorale. Par contre, il m'a dit à demi-mot qu'il ressent une certaine inclination envers vous.

— Là, vous me surprenez, monsieur le curé. Il m'en a jamais parlé, dit Corinne en feignant la surprise.

— Je pense qu'il est un peu timide.

— C'est drôle, c'est pas pantoute l'impression qu'il me donne, répliqua la veuve. Il doit tout de même se rendre compte que j'approche de quarante ans et que j'ai cinq enfants sur les bras.

— De grands enfants, madame Boisvert, la corrigea le prêtre, avec un sourire un peu figé. Je vous encourage tout de même à réfléchir à tout ça. Tout laisse croire que ça déplairait pas du tout à notre nouveau marguillier d'avoir pour femme une bonne chrétienne comme vous.

Philippe et Norbert, un peu essoufflés, rentrèrent à ce moment-là dans le salon.

— La barrière du pacage était mal fermée, expliqua Norbert. Les vaches en ont profité.

— Elles ont pas fait trop de dommages, j'espère ? leur demanda leur mère.

— Elles ont pas eu le temps, se contenta de dire Philippe.

— Je vais vous bénir avant de partir, annonça Eusèbe Morin en se levant.

La mère et ses deux fils s'agenouillèrent devant lui et il s'exécuta. Pendant que Norbert allait chercher le manteau du prêtre déposé sur une chaise dans la cuisine, ce dernier rappela à la veuve que la dîme devait être acquittée avant la fin du mois.

— Est-ce qu'on peut vous la donner en farine ? demanda Corinne. On vient de faire moudre au moulin.

— Si vous le voulez. Tiens, je vais demander à monsieur Sullivan de venir la prendre la semaine prochaine. Il doit justement passer au presbytère m'apporter sa dîme.

— C'est bien correct, monsieur le curé, accepta l'hôtesse en lui ouvrant la porte.

Le prêtre sortit de la maison en remettant sa barrette sur sa tête et descendit l'escalier. Philippe et Norbert s'empressèrent de quitter le salon pour aller changer de vêtements pendant que leur mère se plantait devant l'une des deux fenêtres de la pièce pour voir partir le curé.

Elle le vit soudain s'immobiliser après quelques pas dans la cour et se mettre à avancer à cloche-pied en parlant. Inquiète, elle allait ouvrir la porte pour s'informer auprès du prêtre de ce qui se passait quand elle aperçut au bas de l'escalier une énorme bouse de vache au milieu de laquelle se voyait nettement l'empreinte d'un pied. Elle retint de justesse son geste et se contenta d'entrouvrir subrepticement la porte pour écouter ce que disait son curé.

— Maudit batèche, par exemple ! jura le prêtre en colère en cherchant visiblement où essuyer son pied souillé.

Corinne referma la porte entrebâillée sans bruit et trouva refuge derrière son rideau, incapable de refréner une formidable envie de rire. Quand le curé Morin leva la tête vers les fenêtres, elle se dépêcha de s'écarter des rideaux de peur qu'il ne l'aperçoive.

Le curé de Saint-Paul-des-Prés renonça finalement à venir demander de l'aide pour nettoyer sa chaussure et le bas de sa soutane qui devaient pourtant dégager une odeur peu appétissante. La maîtresse de maison, toujours à l'affût, le vit jeter un regard furieux vers la maison avant de se décider à monter dans sa voiture. Corinne ne put s'empêcher de pousser un grand soupir de soulagement quand elle le vit partir. Pendant un long moment, elle avait cru qu'elle allait avoir droit à une crise de son curé outragé.

Philippe et Norbert descendirent de l'étage comme elle quittait le salon, encore secouée par le rire.

— Qu'est-ce qui est si drôle que ça ? lui demanda Norbert, étonné.

— Rien, rien pantoute, mentit-elle en tentant de retrouver son sérieux. Vous savez ce qui vient d'arriver à monsieur le curé ?

— Non.

— Il vient de marcher dans une bouse de vache, leur apprit-elle en s'efforçant de prendre un air sévère. Je vous dis qu'il était pas de bonne humeur. Il me semble qu'avant de rentrer, vous auriez pu aller voir en avant ce que les vaches avaient fait.

— On s'est pas occupés d'aller en avant, m'man, se défendit Norbert. Elles étaient déjà rendues sur le côté de la maison quand on est sortis.

— Après tout, il en mourra pas, laissa tomber Philippe.

— Sûrement pas, fit sa mère, mais il va finir par croire que les Boisvert lui portent malchance, conclut Corinne en se rappelant que le nouveau curé de la paroisse n'avait pas encore oublié que Norbert avait brisé une station du chemin de croix de l'église, il y a quelques années.

— Pourquoi il a offert que Sullivan vienne chercher notre dîme ? demanda Philippe en regardant sa mère d'un air soupçonneux. On n'est pas des infirmes. On est encore capables d'aller porter nos affaires au presbytère.

— Je pense que monsieur le curé tient à montrer à son nouveau marguillier comment se rendre utile, mentit la veuve avec aplomb.

Chapitre 19

Le premier prétendant

Le mercredi suivant, la température se rafraîchit considérablement malgré une lourde couverture nuageuse. En cette troisième semaine d'octobre, le rouge, l'orangé et le jaune qui avaient envahi le feuillage des érables étaient en passe de devenir de plus en plus ternes. Pendant que Norbert et son frère moissonnaient le sarrasin, dernière récolte de la saison, les cultivateurs des alentours procédaient à leurs labours d'automne sous un ciel menaçant. Ils étaient suivis par les cris assourdissants des mouettes se disputant bruyamment la maigre pitance que les charrues mettaient au jour.

À sa sortie du poulailler où elle était allée chercher des œufs, Corinne vit le facteur s'arrêter devant sa boîte aux lettres. Elle s'avança à sa rencontre.

— J'ai trois lettres pour vous aujourd'hui, madame Boisvert, lui annonça l'homme en lui tendant trois enveloppes blanches. Ma foi du bon Dieu, vous êtes rendue presque aussi importante que monsieur le maire. Vous recevez autant de courrier que lui.

— Rassurez-vous, monsieur Langlois, je suis bien moins riche que lui, dit la veuve en riant. À part ça, comment allez-vous ?

— Tant qu'il se met pas à neiger, j'ai pas à me

plaindre, répondit l'homme. Je pense un peu la même chose que le quêteux que je viens de voir dans Saint-André, ajouta-t-il. Passez une bonne journée.

Corinne rentra chez elle, retira son épaisse veste de laine brune et alla déposer son bol d'œufs sur la table avant de s'asseoir dans sa chaise berçante pour lire son courrier.

La première lettre provenait du bureau de son député. Elle la lut à deux reprises pour s'assurer de ne pas s'être trompée. Quand elle replia la courte missive, un air de profond soulagement se peignit sur ses traits. Le député Ouellet lui affirmait que le bureau du ministre des Travaux publics, Antonin Galipeau, après consultation avec le responsable de l'entretien des routes du comté, se disait prêt à renouveler à monsieur Philippe Boisvert le contrat consenti à son grand-père, Gonzague Boisvert, et cela, aux mêmes conditions. Tout comme les années précédentes, le ministère s'attendait à ce qu'on mette deux camions et leurs chauffeurs à la disposition du responsable de l'entretien des chemins du comté, du 15 avril au 30 septembre 1922.

— Ça, c'est une bonne nouvelle ! ne put-elle s'empêcher de dire à haute voix. Philippe va être heureux et il va pouvoir rassurer Léon Tremblay qui se demandait s'il y aurait de l'ouvrage pour lui le printemps prochain.

Elle s'empara ensuite de la deuxième enveloppe qu'elle ouvrit. Elle avait déjà reconnu l'écriture d'Élise. Contrairement à ce à quoi elle s'était attendue, l'adolescente ne semblait pas s'ennuyer au couvent, même si elle disait avoir hâte de profiter du congé de la Toussaint dans une dizaine de jours. Depuis le début de l'année scolaire, ses notes étaient bonnes et les religieuses paraissaient avoir peu de chose à lui reprocher.

L'écriture sur la troisième enveloppe ne lui rappela rien de précis. La lettre ne venait sûrement pas de sa mère, de l'une de ses sœurs ou même de Juliette. Curieuse, elle l'ouvrit avec soin et en tira deux feuillets couverts d'une écriture serrée. Tout de suite ses yeux allèrent à la fin pour identifier l'expéditeur. C'était Rosaire.

L'inspecteur en bâtiments de la Ville de Montréal était beaucoup plus bavard par écrit qu'en personne. Il décrivait aussi bien ses balades aux parcs Lafontaine et Sohmer durant le mois de septembre que ses visites de certains grands magasins de la métropole et les nouveaux circuits de tramway. Tout cela ne l'empêchait pas de dire que le calme de la campagne lui manquait. Son appartement avait beau jouir de l'éclairage au gaz, il était tout de même vide chaque soir quand il rentrait de son travail, déplorait-il. C'était la seule remarque qui pouvait laisser croire à Corinne que la solitude lui pesait. Dans un dernier paragraphe, il lui demandait des nouvelles de sa santé et des siens. Le tout laissait transpirer une tendresse qu'il n'osait pas exprimer ouvertement. Il était évident qu'il attendait un signe d'encouragement qu'elle n'était pas encore prête à lui donner.

Après avoir classé les lettres, la maîtresse de maison alla chercher une bouteille de sirop d'érable dans le garde-manger. Comme le sirop était rangé sur la même tablette que ses cinq bouteilles de vin de cerise, elle en profita pour examiner ces dernières afin de vérifier s'il ne s'était pas formé de dépôt au fond des bouteilles. Il n'y en avait pas. Par contre, elle remarqua que le contenu de l'une de ses bouteilles était beaucoup plus clair que celui des autres. Surprise, elle la déboucha et la sentit.

— Veux-tu bien me dire pourquoi ce vin-là est plus

clair que le reste ? demanda-t-elle à mi-voix en l'apportant dans la cuisine ainsi que le sirop.

Intriguée, elle prit un verre et y versa un peu de vin avant d'y goûter.

— Pouah ! Mais ça goûte juste l'eau, cette affaire-là ! s'exclama-t-elle. Qu'est-ce qui s'est passé ?

Elle s'empressa d'aller chercher les autres bouteilles qu'elle ouvrit les unes après les autres avant de goûter à leur contenu. Le vin était exactement comme il devait être. Il avait le goût qu'il avait toujours eu depuis qu'elle suivait méticuleusement la recette donnée par sa mère, plusieurs années auparavant.

Il lui fallut quelques minutes avant de concevoir ses premiers soupçons.

— S'il est rendu à boire mon vin de cerise en cachette, lui, ça se passera pas comme ça ! s'écria-t-elle furieuse, en songeant à Philippe. Il m'avait promis de plus toucher à la boisson. Ça a beau pas être fort, c'est de la boisson pareil.

Après avoir dressé le couvert, elle déposa au centre de la table la bouteille de vin et la bouteille de sirop. Ensuite, elle fit réchauffer les fèves au lard qu'elle avait laissées mijoter dans son four à l'extérieur, la veille, après avoir fait cuire son pain.

Quand ses fils rentrèrent, elle ne dit pas un mot, se contentant de remplir leur assiette.

— On en a fini avec le sarrasin, déclara Philippe. Il reste juste à aller le porter au moulin. Si ça vous fait rien, m'man, on pourrait le faire en *truck*, ça irait plus vite.

Avant que Corinne ait eu le temps de dire un mot, Norbert remarqua la présence de la bouteille de vin au centre de la table.

— Sacrifice, m'man, dites-moi pas qu'on va se mettre à boire du vin pendant les repas comme les Français ?

— Non, fit sèchement sa mère en déposant une seconde bouteille de vin à côté de la première. Regardez la couleur de ces deux bouteilles-là. Elle est pas pareille, non ?

— Ben non, fit Philippe d'une voix indifférente.

— Comment ça se fait, vous pensez ? reprit-elle, l'air sévère.

— Il y en a une qui doit avoir du vin pas mal plus fort, suggéra Norbert.

— C'est en plein ça, mon garçon, dit sa mère d'une voix rageuse. Il y a ici dedans quelqu'un qui a bu de mon vin et qui l'a remplacé, je crois bien, par de l'eau.

Philippe dut sentir le regard accusateur de sa mère peser sur lui parce qu'il se défendit immédiatement.

— Regardez-moi pas, m'man. Je bois pas de ça. C'est pour les femmes, ce boire-là. En plus, je vous ai dit que je buvais plus pantoute.

Étrangement, Corinne le crut.

— Si c'est comme ça, on n'a pas grand choix, reprit-elle. Il reste Norbert ou encore Lionel. Mais je pense pas que ton frère ait touché à mon vin.

— Non, c'est pas lui, m'man, reconnut Norbert en rougissant, c'est moi. J'en ai bu juste une ou deux gorgées pour savoir ce que ça goûtait. C'était ben trop méchant, ajouta-t-il avec une grimace expressive. J'ai eu peur que vous vous fâchiez. Ça fait que j'ai rempli la bouteille avec un peu d'eau. Je pensais pas que ça se verrait tant que ça.

— À cette heure que le mal est fait, il est trop tard. Je vais être obligée de jeter cette bouteille-là, lui déclara sa mère. En punition, tu devrais aller me chercher une citrouille dans le jardin et me la préparer à soir, après le souper.

— Mais c'est une *job* de femme, protesta l'adolescent.

— C'est en plein ça, comme le vin de cerise est une boisson de femme, répliqua sa mère. À cette heure, mange et fais-toi oublier, lui ordonna-t-elle, satisfaite.

La mère de famille se sentait soulagée d'apprendre que ce n'était pas Philippe qui avait bu son vin. Le geste de Norbert n'était pas très grave et elle n'avait pas du tout l'intention de l'obliger à l'aider à vider et découper une citrouille.

Après un court silence, Corinne reprit la parole.

— Pendant que j'y pense, Philippe, dit-elle à son fils aîné, j'ai reçu une réponse du député. Tu vas être content, je pense qu'on va garder les *trucks*. Il m'a promis un contrat pour le printemps prochain. Après le souper, tu pourras même aller avertir Léon Tremblay qu'on va avoir de l'ouvrage pour lui l'année prochaine.

— C'est correct, se contenta de répondre le jeune homme, le visage éclairé par un sourire.

Il était bien visible que la nouvelle lui apportait la plus grande joie.

*
**

Ce soir-là, Madeleine se dépêcha de ranger la cuisine avec sa mère et prévint son jeune frère de ne pas venir la déranger au salon pour l'aider à faire le devoir qu'elle avait donné à la classe à la fin de l'après-midi, avant de quitter l'école. À peine venait-elle de parler, qu'on frappa à la porte.

— C'est Léopold, lui dit sa mère. Va lui ouvrir.

Le fiancé entra dans la cuisine où régnait une agréable chaleur en cette soirée automnale. Il salua les personnes présentes dans la pièce.

— J'ai vu passer Philippe dans son *truck* tout à l'heure, dit-il sans s'adresser à quelqu'un en particulier.

Corinne le mit au courant de l'obtention du contrat gouvernemental.

— Est-ce que ça veut dire qu'il va passer l'hiver dans la paroisse ? demanda Léopold.

— Je le sais pas encore, avoua Corinne. Mais s'il veut monter au chantier, il va falloir qu'il se branche bien vite.

— S'il reste pas, on s'organisera avec Norbert pour couper du bois cet hiver, offrit le jeune homme. J'ai déjà Tit-Bé, mais un de plus fera pas de mal.

— En parlant de Tit-Bé, comment tu te débrouilles avec lui ? lui demanda Madeleine, curieuse. Il a presque l'âge d'être ton père.

— C'est un homme pas mal tranquille et pas ben jasant, admit le jeune cultivateur. Mais pour l'ouvrage, il travaille en pas pour rire.

— Vous vous débrouillez toujours pour le manger ? lui demanda sa future belle-mère.

— On n'a pas de trouble, madame Boisvert. Il y a rien que mon homme engagé sait pas faire dans une cuisine. Il a fait du pain avant-hier. Il est pas aussi bon que le vôtre, mais il est ben mangeable.

— Sais-tu que je commence à me demander si t'as besoin de te marier si ça marche aussi bien que ça, fit remarquer Madeleine d'une voix acide.

Léopold rougit légèrement, mais il répondit avant que Corinne n'ait à intervenir.

— Je me marie pas juste pour avoir une cuisinière à la maison, dit-il à sa fiancée.

— Ah bon ! Ça me rassure, fit la jeune fille en s'emparant d'une lampe à huile qu'elle venait d'allumer pour l'apporter dans le salon.

Le fiancé de Madeleine avait quitté la maison depuis moins de trois semaines et déjà une certaine routine s'était installée. Il venait veiller les mercredis, samedis et dimanches. Par ailleurs, il passait prendre Madeleine le dimanche matin pour la conduire à l'église et, pour éviter les rumeurs malveillantes, il faisait monter Lionel. Le dimanche après-midi, il venait passer une heure ou deux en compagnie de celle qui allait devenir sa femme le printemps suivant.

Philippe avait bien tenté de fréquenter Cécile Melançon à ce rythme-là, mais le père de la jeune fille s'y était opposé. Le garagiste et maréchal-ferrant avait clairement déclaré au fils de Corinne Boisvert qu'il ne pouvait venir veiller au salon que les samedis et dimanches soir, si sa fille était d'accord. Le jeune homme n'avait d'autre choix que de s'y plier.

En réalité, il s'était sérieusement attendu à ce que son amie se rebelle contre l'autorité paternelle pour lui prouver qu'elle acceptait mal de ne voir son amoureux qu'à deux occasions chaque semaine. Tel ne fut pas le cas, loin de là.

— Tu pourrais bien ne venir que le dimanche soir, lui suggéra-t-elle, comme si la chose n'avait aucune importance pour elle.

— On dirait que ça te fait rien qu'on se voie aussi peu souvent ! avait-il protesté, humilié de constater qu'elle ne semblait pas plus tenir à le voir que cela.

— Ça me fait quelque chose, avait-elle dit sans grande émotion, mais je suis sûre que j'en mourrai pas.

Bref, l'amoureux se l'était tenu pour dit et son amour-propre en avait sérieusement souffert. De fait, si Cécile avait montré qu'elle tenait beaucoup à lui, il l'aurait probablement délaissée peu à peu, comme il l'avait fait en quelques occasions avec d'autres jeunes filles de la paroisse. La réaction assez froide de la fille de Joseph Melançon eut l'étrange effet de fidéliser davantage encore son amoureux. Même s'il trouvait humiliant de ne pas être pris plus au sérieux par celle qu'il aimait, le fils de Corinne n'en souhaitait pas moins ardemment s'attacher cette fille si indépendante.

*
**

Le lendemain matin, Ian Sullivan vint frapper à la porte des Boisvert. Corinne ouvrit la porte au cultivateur tout endimanché.

— Bonjour, madame Boisvert ! dit poliment le voisin en retirant son chapeau, révélant ainsi son épaisse chevelure abondamment gominée.

— Mon Dieu, mais allez-vous à des noces ? s'exclama la maîtresse de maison en le faisant entrer.

— Non, je vais juste au presbytère. Monsieur le curé m'a demandé de lui apporter la dîme que vous lui avez promise.

— J'espère que vous vous mettez pas de l'eau d'odeur juste pour faire plaisir à monsieur le curé, dit-elle pour le taquiner.

Le cultivateur rougit légèrement, mais ne dit rien.

— C'était vraiment pas nécessaire de vous déranger,

reprit Corinne sur un ton plus sérieux, les garçons auraient bien pu aller porter notre dîme au presbytère.

— Ça me fait plaisir, affirma le célibataire. Mais ça sent ben bon chez vous, ajouta-t-il en inspirant bruyamment.

— C'est de la confiture de citrouille. Voulez-vous y goûter ?

— Pourquoi pas, accepta Ian. Ma mère fait pas cette sorte-là, expliqua-t-il en prenant place à table devant le petit bol de confiture que s'empressa d'y déposer la maîtresse de maison.

— C'est pas mauvais au goût si on y met un peu de cannelle, fit Corinne.

Le voisin y goûta.

— C'est vrai que c'est bon, reconnut-il.

— Je vais vous en donner un pot, offrit Corinne.

Il y eut dans la pièce un silence embarrassé que la veuve se décida à briser avant que cela ne devienne trop gênant.

— Je vous ai pas félicité d'avoir été nommé marguillier, dit-elle aimablement. C'est toute une réussite pour quelqu'un qui reste pas à Saint-Paul depuis bien longtemps. Vous faites des jaloux… En plus, vous avez commencé à chanter dans la chorale.

— C'est pour rendre service, répliqua Ian en se gourmant toutefois un peu.

Il était évident qu'il tirait beaucoup de fierté de tout cela.

— Je savais pas que vous aviez une belle voix, poursuivit l'hôtesse.

— Elle est pas si fameuse que ça.

— Elle doit tout de même être assez bonne pour que madame Michaud vous garde dans la chorale, lui fit-elle remarquer, heureuse d'avoir amené la conversation sur le sujet. Je connais pas cette femme-là, mais il paraît qu'elle est pas mal fine, ajouta-t-elle en lui tendant la perche.

— C'est vrai qu'elle est fine, déclara le voisin en tombant dans le piège. Elle connaît son affaire, à part ça. Vous l'avez entendue chanter ? Moi, en tout cas, j'ai jamais entendu une voix comme la sienne.

— Une belle femme comme elle, je suppose qu'un célibataire comme vous doit être intéressé, non ? demanda Corinne en guettant la réaction du voisin.

Ian parut embarrassé et ses doigts s'activèrent à replacer sa cravate qui était pourtant au bon endroit.

— Pourquoi j'irais chercher au village ce qu'il y a déjà dans le rang ? demanda-t-il en se levant.

— Qu'est-ce qu'il y a dans le rang ? fit-elle en feignant la surprise.

— Il y a vous, madame Boisvert, finit-il par dire en rougissant légèrement.

Puis, le visiteur sembla se décider à se jeter à l'eau.

— Les soirées sont souvent ben longues à la maison, avança-t-il, la voix un peu changée tout en triturant son chapeau.

— Vous avez pourtant votre mère avec vous.

— Oui, je sais ben, mais m'man se couche pas mal de bonne heure et on a souvent pas grand-chose à se dire, poursuivit-il. Il y a des soirs où j'aimerais ben ça venir jaser avec vous ou jouer aux cartes.

Consciente de ce que cette proposition dissimulait, Corinne hésita un bon moment avant de se décider à sauter le pas.

— Si ça vous le dit, vous pourriez venir jouer une partie de cartes ou deux un beau samedi soir.

— Vous pouvez être certaine que j'oublierai pas votre invitation, affirma le visiteur en retrouvant soudainement toute son assurance. C'est ben beau tout ça, mais il va ben falloir que je me décide à descendre au village, sinon monsieur le curé va finir par perdre patience.

Il prit le pot de confiture que lui tendait Corinne et se dirigea, comme à regret, vers la porte.

— Vous m'avez pas encore dit ce que j'avais à apporter à monsieur le curé ? demanda le nouveau marguillier à la jeune veuve.

— Deux grosses poches de farine. Je sors vous montrer où mes garçons les ont laissées avant de partir pour le moulin avec le sarrasin.

— Je les ai vus passer en *truck* tout à l'heure. J'ai entendu dire chez Duquette que votre plus vieux avait hérité des deux camions de son grand-père.

— Oui, mais ils serviront pas avant le printemps prochain, se contenta de répondre Corinne qui se doutait bien que le célibataire avait probablement choisi avec soin le moment où elle serait seule pour venir se présenter chez elle.

Après avoir endossé sa veste, elle le conduisit à la porte de la remise près de laquelle Philippe et Norbert avaient laissé la farine. Elle regarda Ian empoigner sans effort apparent les deux lourdes poches et les placer sur ses épaules pour aller les déposer à l'arrière de sa voiture. Elle le remercia encore une fois et le salua avant de rentrer. Elle était intimement persuadée qu'elle allait le voir se précipiter chez elle trois jours plus tard, impatient de profiter de son invitation.

Cet avant-midi-là, elle se demanda si elle avait eu une bonne idée d'inviter Ian Sullivan. C'était un bel homme et il donnait l'impression de le savoir un peu trop. Il était peut-être timide avec les femmes, mais quelque chose lui disait que cette timidité était un peu feinte. Elle s'interrogea aussi longuement sur les réactions de ses enfants quand ils verraient le voisin venir veiller à la maison un samedi soir. Étrangement, elle avait l'impression de trahir la confiance que lui manifestait aveuglément Rosaire, et cela la mettait mal à l'aise.

— Seigneur, j'avais complètement oublié que m'man déménage samedi ! s'exclama-t-elle soudainement. Si le beau Ian s'imagine venir veiller samedi prochain, il va se cogner le nez à une porte fermée.

Deux jours auparavant, son frère Bastien s'était arrêté quelques minutes à la maison pour lui apprendre que leur mère emménagerait dans l'ancienne maison du vieux Cléophas Bédard le samedi suivant.

— Qu'est-ce qui se passe pour le ménage ? avait-elle demandé à son frère. À entendre m'man, c'est une vraie soue à cochons.

— C'est pas si sale que ça, l'avait rassurée son frère. En tout cas, pour le ménage, il va falloir oublier l'idée de nettoyer la maison avant que m'man entre là-dedans. Le vieux m'a dit qu'il partait seulement jeudi après-midi.

— Pourquoi m'man attend pas une semaine de plus avant de s'installer au village ? avait-elle rétorqué avec bon sens. Ça nous donnerait le temps de remettre la maison d'aplomb.

— Je le sais pas, avait admis Bastien. Tu la connais, elle s'est mis dans la tête de partir samedi et elle dit qu'elle est fatiguée de vivre au milieu de ses boîtes.

Elle avait alors promis de venir aider avec Philippe et Norbert. Elle avait même offert de transporter les meubles de sa mère dans l'un des camions de son fils.

*
**

Le samedi matin, Corinne laissa Lionel aux soins de Madeleine et prit place dans l'International entre Norbert et Philippe. La dernière fois qu'elle s'était assise dans la cabine de ce camion, c'était aux côtés de son mari, quelques semaines avant sa mort. Cette pensée assombrit son humeur pendant une bonne partie du trajet qui les conduisit à la grosse maison en pierre des Joyal du rang de la rivière.

À leur arrivée, ils trouvèrent la maison ancestrale déjà prise d'assaut par les autres enfants de Lucienne. Si Thérèse et Anatole avaient l'air d'être surtout occupés à voir à ce que Lucienne ne parte pas avec des objets qui devaient leur rester, Bernard, Bastien et Amédée, pour leur part, transportaient des boîtes sur la galerie.

— C'est pas croyable comment on peut ramasser d'affaires dans une vie, ma petite fille, déclara Lucienne en embrassant Corinne. Je pense que j'ai de quoi meubler et remplir les armoires de deux maisons comme celle que je viens d'acheter, ajouta-t-elle en affichant un air très inquiet.

— Vous allez voir, m'man, ça va se faire vite. Les hommes vont charger vos affaires dans le *truck* et, dans le temps de le dire, tout va être placé chez vous.

— Cléophas Bédard est parti juste avant-hier, se plaignit sa mère. J'ai seulement eu le temps de laver ma chambre.

— Faites-vous-en pas, on est là pour vous donner un coup de main, fit Corinne, pleine d'énergie. Je suis sûre qu'à soir, vous allez vous coucher dans une maison propre.

— Envoye, Gustave, ôte tes doigts dans ton nez et

viens nous aider ! cria Norbert à son cousin, assis à table.

— Tu pourrais peut-être nous aider, toi aussi, dit Corinne à son frère Anatole. Aie pas peur, on partira pas avec les murs de ta maison.

Cette remarque un peu acerbe sembla secouer aussi bien le frère aîné que son épouse qui se mirent à transporter, eux aussi, des objets dans le camion.

Quelques minutes plus tard, Philippe annonça à ses tantes et à ses oncles

— Je pense qu'on va être obligés de faire deux voyages. Il y a plus de place. Qui vient m'aider à décharger ?

Plusieurs se proposèrent.

— Attends-nous pour commencer, lui demanda Bernard Provencher. On va y aller en voiture avec ta grand-mère. C'est elle qui sait où tout ça doit être placé.

— On va atteler, nous autres aussi, dit Anatole.

Gustave s'occupa de la voiture de son père qui suivit celles de Bastien et de Bernard. Quand ils arrivèrent devant la petite maison blanche située à quelques centaines de pieds de l'église du village, Philippe avait eu le temps de stationner le camion près de la porte arrière et il attendait les autres en compagnie de sa mère et de son frère.

Lucienne déverrouilla la porte de son nouveau foyer et se mit à diriger le ballet des déménageurs en indiquant à chacun où devaient être posés les meubles et les boîtes. Quand la benne du camion fut vidée, elle se prépara à retourner à la maison qu'elle avait occupée durant plus de quarante ans pour voir à ce qu'on dépose dans le camion ses derniers objets personnels. Corinne se rendit compte que sa belle-sœur Thérèse avait l'air de tenir absolument à accompagner sa belle-mère, probablement pour s'assurer que cette dernière ne s'appropriait pas quelque chose qu'elle devait laisser. Alors, elle ne put s'empêcher de demander à sa belle-sœur sur un ton narquois :

— Comme t'as l'air de tenir à retourner absolument chez vous, tu pourrais peut-être nous rapporter des escabeaux, des chaudières et des guenilles pour qu'on puisse nettoyer un peu ici dedans.

En attendant le retour du camion, Blanche et Corinne entreprirent de laver les armoires avant d'y déposer la vaisselle alors que Germaine et Rosalie nettoyaient le poêle.

— M'man va trouver ça pas mal plus petit, déclara Germaine en regardant la grandeur de la cuisine. Elle a même pas de cuisine d'été.

— Au fond, ça va lui faire moins grand à entretenir, dit Blanche. À son âge, c'est pas une mauvaise idée de ralentir un peu.

— L'écurie en arrière lui servira pas à grand-chose, fit remarquer Amédée qui n'avait pas cru bon de retourner à la maison du rang de la rivière.

— Ça lui fera une deuxième remise, suggéra Corinne. On connaît tous ma mère et on sait comment elle est ramasseuse. Elle a jamais trop de place pour mettre tous ses cossins.

— En tout cas, j'ai l'impression qu'à partir d'aujourd'hui, Thérèse va trouver qu'elle a pas mal plus de place dans sa maison, intervint Germaine en riant. Avec tout ce que m'man a apporté ici dedans, c'est comme si elle lui avait vidé la moitié de sa maison.

— C'est elle qui tenait absolument à ce que m'man

parte, c'est fait, déclara Blanche, la voix chargée d'une certaine rancune. Qu'elle vienne surtout pas se plaindre après ça. Depuis qu'on est arrivés, elle a pas arrêté d'être sur les talons de m'man, comme si elle avait peur qu'elle parte avec quelque chose qui lui appartient. Il faut avoir un front de beu pour faire ça. Elle oublie que cette maison-là, c'était à m'man bien avant qu'elle y mette les pieds.

— Tu t'énerves pour rien, lui dit son mari sur un ton apaisant. L'affaire est réglée maintenant. À partir d'aujourd'hui, ta mère va avoir ce qu'elle veut : elle va être chez elle et aura plus à l'endurer. Elle se sera pas donnée à ton frère et elle va lui avoir vendu la terre. D'un autre côté, Anatole et Thérèse vont se sentir plus libres. Ça fait presque vingt ans qu'ils sont mariés et ils ont jamais été tout seuls. Là, Thérèse va pouvoir mener son monde sans sentir ta mère dans son dos, prête à la critiquer.

À midi, un repas frugal fut servi dans la cuisine à tous ceux qui avaient aidé.

— Bon, si vous êtes d'accord, on va tous donner un coup de cœur pour finir de nettoyer la maison, déclara Germaine. La maison de m'man est pas bien grande. Si on niaise pas, on devrait avoir fini à la fin de l'après-midi. On est presque une douzaine.

Un murmure d'approbation suivit cette déclaration. En un rien de temps, on se partagea le travail. Certains allèrent à l'étage laver les plafonds et les murs des deux chambres tandis que les autres faisaient de même avec la cuisine et le salon du rez-de-chaussée. Les fenêtres furent lavées et le coffre à bois fut rempli de bûches trouvées dans la remise. À la fin de l'après-midi, les femmes purent suspendre les rideaux confectionnés par la nouvelle propriétaire durant le mois précédent. Quand vint le temps de partir, la maison reluisait de propreté.

— Je vous dis que ça sent le propre, dit Lucienne, la mine épanouie. Je regarde autour de moi et j'ai l'impression que ça fait des années que je reste ici dedans. Je me sens chez nous.

— C'est normal, m'man, avec tout ce que vous avez apporté, ne put s'empêcher de lui faire remarquer Anatole.

— Vous avez été de bien bons enfants de venir m'aider, poursuivit-elle en ne relevant pas la remarque. J'avoue que je me faisais une montagne de ce déménagement-là.

— Ça nous a fait plaisir, m'man, dit Corinne.

— On va se faire un bon souper, reprit Lucienne sur un ton décidé.

— Nous autres, on restera pas, fit Corinne. Madeleine reçoit Léopold à soir et Philippe doit aller veiller chez sa blonde. Ce sera pour une autre fois.

Quelques minutes plus tard, la veuve monta dans le camion aux côtés de ses fils, satisfaite d'avoir rendu service à sa mère. Ce ne fut qu'au moment où le véhicule s'engagea dans le rang Saint-Joseph qu'elle pensa à Ian Sullivan. « Pourvu qu'il choisisse pas de venir veiller à soir, lui, pensa-t-elle. Là, je suis vraiment pas d'humeur à jouer aux cartes. »

À leur arrivée, Philippe et Norbert se dépêchèrent d'aller faire le train pendant que Madeleine dressait le couvert.

— J'ai déjà soupé avec Lionel, expliqua la jeune fille. Je pensais que vous souperiez chez grand-maman. Là, je vais mettre à réchauffer votre souper. Pourquoi vous iriez pas vous étendre quelques minutes pendant que les garçons font le train. J'ai déjà nourri les cochons et le cheval. Lionel s'est occupé des poules.

Corinne accepta cette proposition avec reconnaissance et alla s'étendre tout habillée sur son lit. Quand Madeleine vint la réveiller vers six heures trente, elle eut l'impression d'avoir dormi de longues heures tant elle se sentait reposée. Tout en mangeant, elle se dit que tout compte fait elle se sentait prête à jouer aux cartes avec le voisin s'il venait. Elle verrait tout de même à ce qu'il quitte la maison en même temps que Léopold, qui arriva comme elle finissait de boire son thé. Philippe partit veiller chez Cécile et Norbert s'esquiva dans sa chambre.

Pendant que Madeleine finissait de ranger la cuisine, Léopold demanda à sa future belle-mère si elle était satisfaite de ses récoltes de blé, d'avoine et de sarrasin.

— J'ai pas à me plaindre, reconnut la veuve. J'en ai assez pour en vendre. La semaine prochaine, j'irai voir Duquette. Il m'a déjà acheté pas mal de farine. Je vais voir s'il veut de l'orge, de l'avoine et du sarrasin. Après ça, s'il m'en reste encore, j'irai en vendre à Yamaska.

— J'ai pensé à une affaire, madame Boisvert, fit Léopold. Moi, j'ai besoin d'au moins dix poches de farine, d'une poche de sarrasin et d'avoine aussi pour mes deux chevaux. Est-ce que vous voulez m'en vendre ?

— Je veux bien, accepta Corinne, mais là, je sais pas à quel prix je vais pouvoir te vendre ça.

— Mais au même prix qu'aux autres, dit le jeune homme. Si je vais l'acheter chez Duquette, il va même me faire payer ça plus cher parce qu'il va se garder un petit quelque chose pour son dérangement.

Quelques minutes suffirent pour que l'entente soit

conclue et Corinne se promit de consacrer une partie de la somme au remboursement de la dette qu'elle avait contractée auprès de lui. Quand le notaire Larue lui avait remis le chèque de mille cinq cents dollars dont elle allait avoir la responsabilité durant les huit prochains mois, elle avait eu la tentation de rembourser immédiatement son futur gendre, quitte à remettre peu à peu à Philippe la somme qui lui appartenait. Puis, elle avait changé d'idée en songeant que Léopold affirmait toujours que le remboursement n'était pas pressant alors que son fils allait sûrement exiger la totalité de l'argent légué par son grand-père le jour même de son anniversaire au mois de juin prochain.

Après l'entente, Madeleine entraîna son fiancé au salon pendant que sa mère s'installait dans sa chaise berçante de manière à surveiller efficacement les deux amoureux. Corinne décida de s'absenter quelques minutes pour aller vérifier sa coiffure dans le miroir et se poudrer un peu le visage. Avant de se rasseoir, elle sortit l'unique jeu de cartes de la maison et le déposa sur la table, certaine qu'elle aurait à l'utiliser durant la soirée.

Le tic-tac de l'horloge se mit à égrener lentement les minutes et la veuve ne pouvait s'empêcher de jeter un coup d'œil de temps à autre vers la fenêtre, comme si ce geste avait pu faire arriver le voisin plus rapidement. L'horloge sonna huit heures, puis neuf heures sans que Ian Sullivan ait montré le bout de son nez. Norbert semblait s'être endormi dans sa chambre et Lionel somnolait, assis au bout de la table.

— Va donc te coucher, lui ordonna la mère de famille. Oublie pas de faire ta prière avant de t'endormir.

Son fils monta à l'étage à son tour. Elle se leva et alla ranger les cartes inutilisées.

— Lui, il va sécher la prochaine fois, dit-elle à mi-voix en pensant au voisin.

En réalité, elle était dépitée de constater que celui qu'elle croyait déjà conquis ne s'était pas précipité chez elle pour la voir dès le premier samedi.

Après le départ de Léopold et le retour de Philippe, elle s'empressa de se retirer dans sa chambre. Quand elle eut posé sa lampe sur le bureau, elle s'examina longuement dans le miroir, s'adressa une grimace et entreprit de se dévêtir pour se mettre au lit. Elle souffla sa lampe et s'enfouit profondément sous les couvertures. Elle commença alors sa prière du soir, mais le sommeil l'emporta avant même de la terminer.

Chapitre 20

La Toussaint

Une semaine s'était écoulée sans que Corinne ait la moindre nouvelle de Ian Sullivan. Maintenant, son jardin était vidé. Le matin même, elle avait déposé les dernières carottes dans la cave et avait vu à ce que Norbert place sur la galerie les deux seules citrouilles qui restaient. Philippe était parti au début de l'avant-midi chercher sa sœur Élise au couvent de Nicolet. La mère de famille avait d'ailleurs profité de l'occasion pour envoyer à Germaine quelques pots de confiture de citrouille.

En ce dernier vendredi du mois d'octobre, les quatre érables montant la garde autour de la maison avaient maintenant perdu leurs dernières feuilles durant la nuit. Elles jonchaient le sol et ne tarderaient pas à se racornir et à prendre la vilaine teinte brune de celles qui les avaient précédées. Le ciel était nuageux, mais il faisait beaucoup plus chaud que lors des jours précédents. Un autre vol d'outardes traversa le ciel accompagné par leurs cris caractéristiques.

— On est bien dehors aujourd'hui, fit remarquer Madeleine en rentrant dans la maison.

— Attends la nouvelle lune, et tu vas voir que ça durera pas ce temps doux là, rétorqua sa mère en déposant sur la table le gâteau qu'elle venait de sortir du fourneau. Qu'il fasse beau ou pas, demain, c'est la Toussaint et on va aller au cimetière. Mais où sont passés Norbert et Lionel ?

— Norbert vient de me dire qu'il s'en allait faire un tour chez Léopold avec Lionel.

— Il faudrait tout de même pas qu'ils l'empêchent de faire son ouvrage, fit la mère de famille, mécontente.

— Il y a pas de danger, m'man. Vous savez bien que Léopold s'entend bien avec Norbert, dit l'institutrice en se dirigeant vers le salon.

Le silence revint dans la maison, rompu uniquement par le bruit des tisons qui tombaient dans le poêle. Pendant que Madeleine faisait le ménage du salon où elle allait recevoir Léopold le soir même, sa mère monta à l'étage pour changer la literie du lit d'Élise qui allait arriver incessamment pour son premier congé depuis le début du mois de septembre.

Lorsqu'elle descendit dans la cuisine quelques minutes plus tard, Corinne entendit du bruit à l'extérieur. Elle alla voir à la fenêtre et découvrit Jocelyn Jutras en train de vider sa voiture des bûches qu'elle contenait. La veuve s'empressa d'ouvrir la porte et de s'avancer sur la galerie.

— Veux-tu bien me dire ce que tu fais là, Jocelyn ? demanda-t-elle à son voisin.

— Je t'apporte un peu de bois, se contenta de dire le célibataire.

— Pourquoi ? demanda-t-elle, comme si elle ne connaissait pas déjà la réponse.

— C'est un peu pour compenser tout le bois que t'as brûlé pour cuire mon pain cette année, répondit-il, comme chaque fois qu'il lui en apportait.

— Voyons donc ! Tu sais bien que c'est pas nécessaire, protesta-t-elle.

— Je le sais, mais c'est pas mal utile, par exemple, déclara l'homme en jetant les deux dernières bûches sur le tas accumulé devant la porte de la remise.

— Viens prendre une tasse de thé, l'invita-t-elle.

— Je suis pas ben propre, prétexta Jocelyn.

— Ça dérange rien, t'auras juste à ôter tes bottes en entrant, dit-elle avant de retourner à l'intérieur.

Le voisin la suivit quelques instants plus tard. Après avoir laissé sa casquette sur la table de la cuisine d'été, il frappa discrètement à la porte de la cuisine d'hiver.

— Entre Jocelyn, viens t'asseoir, lui proposa la maîtresse de maison.

Elle déposa une tasse de thé devant lui ainsi qu'une assiette de biscuits à la mélasse cuisinés la veille.

— On dirait ben qu'on s'en va encore une fois vers l'hiver, dit le veuf. On est à la veille de rentrer les vaches pour de bon dans l'étable et il va falloir penser à faire boucherie.

— Tu t'ennuies pas ? lui demanda Corinne en prenant place en face de lui, de l'autre côté de la table.

— Pantoute, répondit franchement le voisin. J'ai pas le temps. T'oublies que je dois me faire à manger et nettoyer la maison en plus de voir à l'entretien des bâtiments et aux soins à donner aux animaux. L'hiver, je m'occupe aussi de ma provision de bois de chauffage et de la glace… Je te cache pas qu'il y a des soirs où je suis obligé de me coucher pas mal tard, mais je suis habitué.

— Tu devrais peut-être penser à te remarier, suggéra Corinne en épiant sa réaction.

— T'as peut-être raison, admit-il, mais à quarante-cinq ans, je suis pas facile à caser. En plus, j'ai été pas mal plus longtemps un vieux garçon qu'un homme marié, rappela-t-il à sa voisine. Je pense que j'ai pris toutes sortes de mauvais plis qu'une femme aurait pas nécessairement la patience ou le goût de me faire perdre.

Quelques minutes plus tard, Jocelyn Jutras quitta la maison après que Corinne l'eut remercié encore une fois pour le bois qu'il lui avait apporté.

— Corder ce bois-là, ça va occuper ton plus jeune, dit-il avant de refermer la porte derrière lui.

La veuve revint dans la cuisine d'hiver pour y trouver sa fille en train de ranger les chiffons utilisés pour le nettoyage du salon.

— Dites donc, m'man, êtes-vous rendue une marieuse, plaisanta la jeune fille. Je vous entendais parler au voisin tout à l'heure. On aurait dit que vous cherchiez à le pousser au mariage.

— Pantoute, se défendit mollement Corinne. Seulement, je trouve ça triste de le voir se débrouiller tout seul.

— Est-ce que vous auriez pas un œil sur lui, par hasard ? demanda Madeleine, mi-sérieuse.

— Va surtout pas partir cette rumeur-là, toi, lui ordonna sa mère. Jocelyn, c'est un bon homme, mais je suis pas certaine qu'il ferait un bien bon mari.

— On dit ça, fit Madeleine en riant.

Sa mère eut le bon goût de ne pas protester.

Un peu avant midi, l'International vert conduit par Philippe entra dans la cour. Élise descendit du véhicule et son frère lui tendit sa valise déposée dans la benne du camion. L'adolescente n'attendit pas son conducteur et se précipita vers la maison.

Corinne embrassa sa fille qu'elle n'avait pas vue depuis deux mois.

— Si c'est pour nous donner un coup de main pour le dîner, t'arrives trop tard, plaisanta Madeleine en embrassant sa sœur sur une joue.

— J'aurais bien voulu arriver plus de bonne heure, expliqua la couventine, mais Philippe a dû arrêter chez mon oncle Bernard et là, il était pas question de partir sans que ma tante Germaine nous fasse manger un morceau de la tarte aux pommes qu'elle venait de sortir du fourneau.

Norbert et Lionel rentrèrent peu après et tous les Boisvert s'entendirent pour reconnaître qu'Élise avait une bonne mine. D'ailleurs, la jeune fille ne cessa de parler durant tout le repas pour raconter sa vie au couvent ainsi que ses amitiés. Elle en profita pour donner à sa sœur des nouvelles des religieuses qu'elle avait connues durant ses études au même endroit.

Après le repas, sa mère l'invita à aller défaire sa valise dans sa chambre pendant qu'elle s'occuperait de laver la vaisselle avec sa sœur.

— Toi, Lionel, tu vas te rendre utile cet après-midi, ajouta-t-elle en se tournant vers son fils cadet. Tu vas aller me corder le bois que le voisin a laissé devant la remise. Il est pas question qu'on passe la journée de dimanche avec ce tas-là devant la porte.

Le jeune garçon sortit de la maison en rechignant.

— On dirait bien que les bonnes sœurs sont parvenues à casser un peu le petit caractère de ta sœur, dit la mère de famille à mi-voix à Madeleine un instant plus tard. On l'a pas encore entendue chialer depuis qu'elle est arrivée.

— On le dirait, reconnut l'institutrice. Mais on va bien voir si ça va durer, ajouta-t-elle d'un air sceptique.

— C'est vrai qu'il est peut-être un peu de bonne heure pour le dire, reprit Corinne. En tout cas, si elles y sont arrivées, juste ça, ça vaut le prix de sa pension.

*
**

Le lendemain matin, un ciel radieux attendait les habitants de Saint-Paul-des-Prés. Corinne refusa qu'on utilise l'un des camions pour se rendre à l'église quand vint le moment d'aller à la messe.

— Ces *trucks*-là, c'est pas pour se promener, décréta-t-elle à un Philippe mis de mauvaise humeur par la décision maternelle.

— Vous avez pas dit ça hier quand je suis allé chercher Élise, protesta-t-il.

— Discute pas et va atteler, lui ordonna-t-elle sèchement. Tu pourras t'en servir aujourd'hui pour aller voir Cécile, concéda-t-elle. Toi, Norbert, tu vas aller mettre les deux boîtes de fleurs qui sont dans la remise en arrière du boghei. Apporte aussi ce qu'il faut pour les planter.

— Je fais ça tout de suite, m'man, accepta l'adolescent. J'ai demandé à Léopold de me laisser monter dans son boghei avec Lionel et Madeleine. Comme ça, vous serez pas trop tassés.

En arrivant à l'église, la veuve aperçut Ian Sullivan en grande conversation avec les autres marguilliers. Elle se contenta de le saluer de la tête en passant près de lui, quand il souleva poliment son chapeau.

À son entrée dans l'église, elle entendit les membres de la chorale paroissiale en train de parler dans le jubé.

De toute évidence, Émilie Michaud avait terminé la répétition qu'elle tenait tous les dimanches, quelques minutes avant la grand-messe. La veuve fit une génuflexion en arrivant à son banc et s'agenouilla sur le prie-Dieu, imitée par Philippe et Élise. Elle ne tourna pas la tête pour vérifier si ses autres enfants étaient déjà arrivés dans le banc que Léopold avait loué trois semaines plus tôt.

Corinne aperçut du coin de l'œil Émilia Lévesque, l'ancienne directrice de la chorale. L'imposante matrone avait son air fermé des mauvais jours et, la tête bien droite, attendait le début de la grand-messe.

Le curé Morin célébra l'office et monta en chaire après la lecture de l'évangile. D'un air implacable, il fixa les portes de son église pour s'assurer qu'aucun fidèle ne chercherait à s'esquiver durant le sermon qui allait suivre. Il parla de la Toussaint et, bien sûr, de la fête des Morts célébrée le lendemain. Après avoir insisté sur le respect qu'on devait aux disparus, il s'étendit longuement sur le fait que la mort viendrait tous les chercher comme un voleur et qu'il importait qu'ils soient prêts à la recevoir à tout instant.

À la fin de son homélie, il passa aux annonces. Le curé de Saint-Paul-des-Prés en avait terminé avec sa visite paroissiale et il en profita pour encourager ses paroissiens à s'acquitter de leur dîme et de la location de leur banc d'église le plus tôt possible. Il fit savoir ensuite que les marguilliers avaient décidé de demander à l'évêque de Nicolet la permission de procéder à une quête spéciale dans le but de commander la station du chemin de croix brisée trois ans auparavant par un jeune paroissien maladroit. Ces derniers mots étaient si réprobateurs que Corinne dut faire un effort pour ne pas tourner la tête vers le banc où était assis Norbert, mais elle était certaine qu'il devait être gêné par ce rappel. Avant de descendre de la chaire, le prêtre trouva le moyen de reprocher à ses paroissiens leur manque de générosité à la quête dominicale et il les incita fortement à donner plus qu'un sou quand un marguillier allait passer de banc en banc.

La célébration de la messe se poursuivit, ponctuée par les cantiques de la chorale. Lorsque le curé Morin descendit les marches de l'autel pour distribuer la communion, on entendit avec ravissement la voix extraordinairement pure d'Émilie Michaud entonner le chant de communion. Comme chaque dimanche depuis qu'elle avait pris la direction de la chorale, la nouvelle directrice ne se permettait qu'un unique solo.

À la sortie de l'église, Philippe abandonna sa mère sur le parvis pour aller dire quelques mots à Simon Beauchamp, un jeune homme qu'il voyait de temps à autre et avec qui il était descendu au chantier les deux dernières années.

— Traîne pas trop, lui recommanda-t-elle. On doit aller au cimetière avant de rentrer.

Tandis qu'elle allait rejoindre Madeleine et Léopold, toujours suivie par Élise, la veuve aperçut son beau-frère Henri et Annette qui donnaient l'impression de vouloir l'éviter. Ce fut plus fort qu'elle, elle s'avança dans leur direction pour les saluer.

— Puis, Henri, as-tu fini par ramasser tous les papiers que t'es censé m'apporter ? lui demanda-t-elle, l'air narquois.

— C'est pas facile pantoute, se défendit le gros homme avec un air de faux jeton. Tu comprends, le père a laissé pas mal de paperasse et moi, j'ai pas grand temps pour jouer là-dedans.

— C'est pas bien grave, dit Corinne, sur un ton apaisant. Si jamais t'as perdu le contrat que tu veux m'apporter, t'as juste à t'arranger pour perdre à la même place la facture de Melançon.

— Désespère pas, je vais finir par le trouver, déclara-t-il avant de prendre congé avec sa femme qui avait à peine salué sa belle-sœur.

Corinne était maintenant sûre qu'elle n'entendrait plus jamais parler de cette facture. Il fallait croire que le contrat achevé par Henri avait été passablement payant. Mais à tout prendre, elle n'était pas certaine de gagner si elle devait payer un avocat pour le forcer à rendre des comptes. Mieux valait laisser s'éteindre toute l'affaire. L'important était qu'Henri Boisvert ne la prenne pas pour une idiote.

— Qu'est-ce qu'elle a, ma tante Annette ? demanda Élise qui n'avait pas dit un seul mot depuis sa sortie de l'église. Elle a bien l'air bête.

— C'est son air habituel quand elle a pas besoin de quelque chose, se contenta de lui répondre sa mère qui venait d'apercevoir du coin de l'œil Ian Sullivan en grande conversation avec Émilie Michaud. Nous autres, on va aller chercher les fleurs dans le boghei et on va arranger la tombe de ton père. Viens-t'en.

Les deux femmes venaient à peine d'entrer dans le cimetière que Corinne vit Madeleine, Norbert et Lionel les rejoindre près du lot où grand-père Boucher et leur père étaient ensevelis. C'était maintenant une tradition familiale de fleurir leur tombe à la Toussaint et de revenir le lendemain, prier pour le salut de leur âme. Pendant une quinzaine de minutes, on désherba et on arrangea le lot avant de se relever pour réciter une courte prière à l'intention des deux disparus.

Ils regagnaient les voitures, quand ils virent Philippe saluer le jeune Beauchamp et se diriger vers eux. Corinne eut envie d'adresser une remarque acerbe à son aîné, mais elle se retint. Léopold avait attendu patiemment ses passagers près de son boghei, laissant discrètement les Boisvert s'occuper seuls du lot familial.

Quand tous les membres de sa famille furent attablés devant une assiette contenant des pommes de terre et un morceau de veau, la mère de famille ne put s'empêcher de dire :

— Si les froids peuvent arriver ! Je commence à avoir pas mal hâte de faire boucherie. C'est le reste du veau que j'ai acheté la semaine passée chez Vigneault. La viande coûte cher et même si on n'en mange que trois fois par semaine, on n'a pas les moyens de s'en payer trop souvent.

— On est au commencement de novembre, m'man, intervint Norbert. Jamais je croirai qu'on va devoir attendre encore ben longtemps.

Il y eut un long silence dans la cuisine avant que Philippe, assis au bout de la table, se décide à parler.

— J'ai jasé avec Beauchamp après la messe. Il monte au chantier mercredi matin.

— Comme l'année passée, se contenta de dire sa mère.

— Oui, j'ai décidé que j'étais pour monter avec lui, si ça vous dérange pas, m'man.

— Tu peux y aller, accepta immédiatement sa mère. On va se débrouiller sans toi cet hiver, même si on n'a plus Léopold pour nous donner un coup de main. Je sais pas encore trop comment on va s'y prendre, mais on va y arriver.

Corinne aurait pu refuser en alléguant qu'elle avait besoin de lui puisqu'elle ne pouvait plus compter sur l'aide de Léopold. Cependant, elle savait très bien qu'il ne lui aurait servi à rien de s'opposer à son fils aîné et de l'empêcher d'aller travailler dans un chantier durant les cinq prochains mois. Il aurait fait une scène et l'atmosphère serait devenue irrespirable dans la maison durant tout l'hiver. À la limite, il lui aurait tenu tête et serait parti quand même pour le chantier.

En réalité, elle aurait préféré qu'il demeure à la maison cet hiver-là de son plein gré pour aider son frère à couper du bois de chauffage, mais elle n'avait pas l'intention de le supplier.

— Ça vous dérange pas trop ? demanda Philippe, comme s'il était prêt à renoncer à son projet.

— Tu fais comme tu veux, répondit-elle en espérant encore qu'il se rende compte par lui-même qu'elle aurait besoin de lui pendant l'hiver.

— Dans ce cas-là, je vais y aller, déclara-t-il.

— Ton linge va être prêt pour mercredi matin, se contenta-t-elle de lui annoncer d'une voix neutre.

Cet après-midi-là devait réserver deux grandes surprises à la veuve de Laurent Boisvert. Madeleine venait à peine de s'installer avec Léopold dans le salon qu'Élise s'approcha de sa mère, assise à faible distance de la pièce voisine pour jouer son rôle de chaperon.

— M'man, j'ai quelque chose à vous dire, fit l'adolescente à mi-voix.

— Quoi ?

— J'aime pas mal ça au couvent.

— Je l'espère bien, au prix que ça coûte.

— C'est pas ce que je veux dire, dit Élise, l'air un peu agacée. J'aime ce que les sœurs font.

— Ah oui ?

— J'aimerais ça entrer chez les sœurs, se décida à dire clairement l'adolescente en épiant la réaction de sa mère.

— Quoi ? Qu'est-ce que tu viens de me dire là ? lui demanda sa mère, interloquée.

— Je viens de vous dire que j'aimerais entrer chez les sœurs. Sœur Marie de la Rédemption dit que j'ai tout ce qu'il faut pour faire une bonne religieuse. Je pourrais faire l'école quand même.

Corinne était sidérée. Sa fille cadette, religieuse ! C'était bien la dernière qu'elle aurait imaginée tentée par ce genre de vie.

— T'as jamais arrêté de te plaindre que la prière du soir était trop longue et tu voudrais passer ta vie à prier ? demanda-t-elle à sa fille.

— Les sœurs font pas juste prier, m'man. En plus, prier à la chapelle, c'est pas comme rester à genoux au milieu de la cuisine.

— Depuis quand tu penses à entrer chez les sœurs ?

— Depuis le mois de septembre.

Corinne garda le silence un long moment. Elle était profondément religieuse et savait depuis toujours qu'on ne s'opposait pas à l'appel de Dieu. De tout temps, on avait dit et répété chez les Joyal qu'un religieux ou une religieuse dans une famille, c'était une bénédiction. C'était le devoir des parents de soutenir leur enfant s'il était tenté par la vie religieuse.

— Écoute, Élise, reprit-elle, là, on est juste au mois de novembre. Tu vas prendre le reste de l'année pour penser à ton affaire. Si à la fin du printemps prochain t'as pas changé d'idée, il y aura pas de problème. Je vais t'aider à faire ton trousseau.

— Ça va être pas mal long, m'man.

— Pas si long que ça, la rassura Corinne. Oublie pas que c'est pour toute ta vie. Il faut prendre le temps de bien y penser.

L'adolescente ne protesta pas davantage.

À la fin de l'après-midi, Philippe rentra à la maison après avoir passé quelques heures en compagnie de Cécile.

— Dis donc, toi, l'interpella sa mère. Tu m'avais pas dit que Joseph Melançon voulait que t'ailles voir sa fille seulement les samedis et dimanches soir ? lui demanda-t-elle alors que Norbert sortait de la maison pour commencer le train.

— Ben oui, mais aujourd'hui, c'était pas pareil. J'ai dit à Cécile que je montais au chantier après-demain. Son père a rien dit quand je suis allé chez eux.

— Qu'est-ce que ta Cécile a dit quand tu lui as appris ça ?

— Elle était pas ben contente, mais je pense qu'elle s'y attendait un peu.

— Est-ce qu'elle t'a promis de t'attendre ? demanda Corinne, curieuse de savoir à quel point les fréquentations de son fils étaient sérieuses.

— Elle m'a dit qu'elle allait m'attendre, affirma-t-il avec une certaine fierté.

— Tiens ! Tiens ! fit sa mère, moqueuse, on dirait que t'es bien accroché.

— On s'est parlé, m'man, finit par avouer le jeune homme. Quand je vais descendre du chantier ce printemps, je vais avoir presque vingt et un ans.

— Au mois de mai, précisa sa mère.

— C'est ça. À ce moment-là, je pense que je vais m'associer avec le père de Cécile. Il a un garage, et moi, j'ai deux *trucks* à faire entretenir. Le frère de Cécile va même être capable d'en chauffer un si Tremblay peut pas.

— Puis ?

— Puis, ça se pourrait que Cécile et moi, on se fiance l'été prochain.

Corinne encaissa le coup.

— Tu penses déjà à te marier ? lui demanda-t-elle, la voix changée.

— Ben oui, c'est normal, non ?

— Je te trouve encore pas mal jeune, ne put s'empêcher de lui dire sa mère.

— Je pense que Cécile va me faire une bonne femme, fit Philippe, l'air convaincu.

— Si elle est capable de t'endurer, ajouta sa mère.

— J'ai pas si mauvais caractère que ça, vous saurez, protesta-t-il. En tout cas, elle aura pas à m'endurer cet hiver, je serai pas là, conclut-il en se dirigeant déjà vers l'escalier conduisant aux chambres dans l'intention d'aller changer de vêtements. Bon, il faut que j'y aille, sinon Norbert va se lamenter que je suis jamais là pour l'aider.

Ce soir-là, la veuve fut la proie d'une vague de tristesse insurmontable. Toujours à son poste de chaperon, elle ne parvenait pas à distraire sa pensée de ses enfants qui s'apprêtaient à la quitter les uns après les autres. Madeleine allait épouser Léopold au printemps et, même si elle allait demeurer tout près, elle n'habiterait plus à la maison. Élise désirait entrer au noviciat. Têtue comme elle était, il était loin d'être certain qu'elle ait changé d'idée à la fin de l'année scolaire. Enfin, Philippe parlait de s'associer avec Joseph Melançon. Elle soupçonnait le garagiste d'avoir insidieusement mis cette idée dans la tête de son aîné. Cette dernière n'était peut-être pas mauvaise, mais l'homme allait en profiter pour s'attacher celui qu'il désirait pour gendre. Si les amours de son fils n'étaient pas contrariées, elle ne serait pas surprise qu'il épouse sa Cécile l'automne suivant. En d'autres mots, elle demeurerait seule en compagnie de Lionel et de Norbert… Pour combien d'années encore ?

*
**

Le lendemain après-midi, Corinne demanda à Philippe d'atteler le blond pendant qu'elle allait chercher un peu de crème dans le bidon que Norbert s'apprêtait à plonger dans le puits pour en conserver le contenu. L'aîné se rendit en rechignant à l'écurie. C'était chaque année la même scène quand il était obligé de changer de vêtements pour assister à la cérémonie célébrée dans le cimetière par le curé de la paroisse, le jour de la fête des Morts.

— Il me semble qu'on a ben assez d'avoir passé l'avant-midi à l'église hier matin sans aller perdre encore du temps là, avait-il protesté après le repas.

Un silence de réprobation de ses frères et sœurs avait accueilli cette remarque.

— Whow ! Whow ! cria-t-il au cheval un peu nerveux qu'il venait de sortir de l'écurie et qu'il cherchait à faire reculer entre les menoirs du boghei.

Impatient, le jeune homme se mit à frapper la bête avec la longe en cuir qu'il tenait à la main. Corinne se retourna alors qu'elle montait l'escalier conduisant à la galerie et aperçut son fils en train de maltraiter la pauvre bête.

— Ah bien non, par exemple ! s'emporta-t-elle en déposant son bol de crème sur la galerie et en s'emparant du balai posé près de la porte.

La veuve, furieuse, courut vers son fils et eut le temps de lui assener deux violents coups de balai dans le dos avant qu'il cesse de frapper le cheval pour se tourner, stupéfait, vers sa mère qu'il n'avait pas entendue venir, tellement il était enragé.

— Ayoye, sacrement ! jura-t-il en faisant un pas de côté pour éviter un autre coup. Ça fait mal, ça !

— Toi, tu vas te calmer, mon énergumène ! lui ordonna sa mère, en proie à une rage froide. C'est pas vrai que tu vas maganer nos animaux, tu m'entends ? Si jamais tu refais ça, c'est avec le manche que je vais te battre. Finis l'ouvrage comme du monde et arrête de crier après ce cheval-là. Tu l'énerves pour rien.

Sur ce, la mère rentra dans la maison sans même se donner la peine de regarder son fils pour connaître sa réaction. Quand elle sortit quelques minutes plus tard en compagnie de ses autres enfants, elle se conduisit comme s'il ne s'était rien produit.

Elle arriva avec les siens au cimetière quelques minutes avant la cérémonie. Elle apportait quelques fleurs qu'elle avait cultivées dans la maison depuis la fin de l'été. À la vue des lots bien entretenus et fleuris, elle constata que la plupart des familles n'avaient pas oublié leurs morts. Un grand nombre de paroissiens se rassemblèrent près de la croix plantée au centre du cimetière. Ils attendaient l'arrivée du curé Morin en discutant à mi-voix avec des voisins et des connaissances. Corinne chercha des yeux la famille de son mari. Personne ne semblait s'être dérangé pour honorer la mémoire de Gonzague Boisvert et de son épouse, décédée plusieurs années avant lui.

Le curé Morin, la tête couverte par sa barrette et vêtu d'une chape noire au liséré brodé de fil d'or, entra dans le cimetière, entouré par ses deux vicaires qui avaient endossé, pour l'occasion, un surplis blanc sur leur soutane. Le pasteur de Saint-Paul-des-Prés fit une longue prière pour le repos de l'âme des disparus de la paroisse et une courte homélie de circonstance avant de laisser les gens aller prier sur la tombe de leurs chers disparus.

Corinne se dirigea directement vers le lot fleuri la veille, après la grand-messe. Ses enfants l'entourèrent et prièrent pour leur père décédé depuis trois ans déjà. Après quelques minutes de recueillement, elle leur fit signe qu'ils pouvaient se retirer.

— Partez pas tout de suite, ordonna-t-elle aux siens, on va aller dire une prière pour votre grand-père.

Elle les entraîna vers le lot des Boisvert. Elle déposa ses fleurs, d'abord destinées à son défunt mari, au pied du petit monument en pierre sous lequel reposaient Gonzague et sa femme. Entourée de ses enfants, elle récita une courte prière à l'intention du disparu.

— Si c'est pas une pitié de voir ça, fit Madeleine qui marchait à ses côtés vers la sortie du cimetière. Même pas une fleur !

— Qu'est-ce que tu veux ? Ils sont comme ça. On les changera pas, dit sa mère en parlant d'Henri et de sa famille.

La mère de famille passa le reste de la journée à examiner les tenues d'Élise qui devait retourner au couvent le lendemain. Après le souper, elle lui cuisina du sucre à la crème qu'elle déposa dans une petite boîte.

— Si tu manges ça toute seule, lui fit remarquer son frère Norbert, tu vas devenir grosse comme Rachel Malenfant.

La jeune fille citée était dotée d'un tour de taille plutôt remarquable. Élise ne dit rien et se contenta de déposer la boîte dans un coin de sa valise ouverte sur une chaise.

— Pour moi, on serait mieux de t'aider tout de suite à en manger un peu, insista son frère. Attends pas d'être rendue au couvent pour te décider, il va être trop tard.

— Non ! fit Élise, je vais en donner aux filles au couvent.

— C'est ça ! Fais passer les étrangères avant ton propre frère, dit l'adolescent en prenant un air misérable.

— Toi, l'haïssable, fais de l'air, lui ordonna sa mère. Laisse ta sœur tranquille.

Le lendemain, après le dîner, Corinne demanda à Philippe d'aller conduire sa sœur en camion à son couvent, à Nicolet. Le jeune homme avait passé une bonne partie de l'avant-midi à préparer le camion noir pour l'hiver et il s'apprêtait à s'occuper de l'autre véhicule.

— Norbert pourrait pas aller la conduire en boghei ? demanda-t-il avec impatience. Là, j'ai commencé à les préparer pour l'hiver. J'en ai monté un sur des blocs, il me reste à m'occuper de l'autre.

— Tu feras ça en revenant. Vas-y et profites-en en te disant que t'auras pas la chance de conduire ton *truck* avant la fin du printemps prochain, se contenta de lui dire sa mère avant de rentrer dans la maison.

Philippe reconnut qu'elle avait raison et il avait retrouvé sa bonne humeur au moment d'aller conduire sa sœur. À son retour, il s'empressa de préparer le camion, comme le lui avait conseillé Joseph Melançon, dans le but de ménager les pneus et la suspension des véhicules.

Le lendemain matin, le congé de la Toussaint était déjà chose du passé. Madeleine et Lionel retournèrent à l'école après le déjeuner. Quelques minutes plus tard, Philippe prit la route en compagnie du jeune Beauchamp après avoir promis à sa mère de donner de ses nouvelles dès qu'il le pourrait.

À la fin de la matinée, Corinne fut mal à l'aise de constater à quel point le départ de son aîné avait allégé l'atmosphère qui régnait dans la maison. Sans se l'avouer ouvertement, elle éprouvait la même sensation que lorsque Laurent s'en allait chaque automne pour le chantier. C'était une sorte de libération. Ne plus avoir à supporter les sautes d'humeur imprévisibles de son fils la soulageait énormément.

— Je dois pas être une bonne mère, dit-elle en se sentant coupable de ressentir un tel soulagement.

Chapitre 21

Les premiers froids

Les premiers froids arrivèrent la semaine suivante, rendant la terre dure comme de la pierre. Le paysage s'était sensiblement transformé tout au long de l'automne et maintenant, en cette deuxième semaine de novembre, le gris le disputait au noir et au brun.

— Il est temps de faire boucherie, déclara Corinne à Norbert après la traite du matin. À partir d'aujourd'hui, on va garder les vaches dans l'étable.

— Ça, ça veut dire pas mal plus de nettoyage, dit l'adolescent.

— À matin, tu vas aller voir Jocelyn pour lui demander s'il viendrait pas nous aider à tuer une vache et un cochon, poursuivit sa mère.

— Je pense que je serais capable de le faire tout seul, m'man.

— J'en suis certaine, acquiesça sa mère, mais de toute façon on aura besoin d'aide pour les suspendre dans l'entrée de la grange.

Au milieu de l'avant-midi, le voisin, toujours aussi serviable, se présenta chez elle. Elle endossa un vieux manteau et le précéda dans l'étable pour lui désigner la bête à abattre. Norbert fit sortir la vache qui résistait en meuglant, sentant peut-être sa fin prochaine. Elle n'eut pas le temps de souffrir. Armé d'une masse, Jocelyn la frappa en plein front dès qu'elle eut franchi la porte de l'étable et elle s'écroula sur place. Avec l'aide de l'adolescent, le veuf attacha la carcasse de la bête et passa la chaîne dans un gros anneau vissé au cadrage de la porte de grange. Le blond tira la charge qui fut suspendue à trois pieds du sol.

— Est-ce qu'on s'occupe de ton cochon tout de suite ? demanda Jocelyn à Corinne.

— Si c'est pas trop te demander.

L'un des quatre porcs engraissés durant l'année fut cerné dans un coin de la porcherie et ils ne furent pas trop de deux pour lui lier les pattes et le traîner à l'extérieur avant de le suspendre, lui aussi, aux côtés de la vache. La bête couinait à fendre l'âme.

— On est aussi ben de l'égorger tout de suite, déclara Jocelyn.

Corinne accepta et s'empressa de présenter un seau dans lequel elle recueillit le sang du porc.

— Tu veux que je te donne un coup de main pour enlever la peau de ta vache ? proposa le voisin.

— T'es bien fin, Jocelyn, mais on va être capables de se débrouiller, Norbert et moi, répondit-elle en se mettant à brasser le sang du porc pour éviter qu'il ne coagule.

— Dis donc, Corinne, tu m'avais pas dit à la fin de l'hiver que t'aimerais ça te trouver un deuxième cheval parce que le tien commençait à prendre de l'âge et qu'il en arrachait pour déneiger ? demanda le voisin.

— Oui, mais j'ai pas vraiment cherché, admit la veuve. En plus, j'ai eu bien des dépenses avec la construction de l'étable. Remarque que je veux bien en avoir un autre, mais à un prix raisonnable. Pourquoi tu me dis ça ?

— J'ai rencontré Omer Gosselin chez Duquette, hier après-midi. Si je l'ai ben compris, il cherche à se débarrasser de sa jument. Il paraît qu'elle s'entend pas pantoute avec l'autre.

— Elle a quel âge ?

— Il me semble qu'il m'a dit qu'elle avait trois ans. Elle est débourrée, ça, c'est sûr.

— Oui, mais je serai pas plus avancée si c'est une bête vicieuse ou malcommode, fit-elle remarquer. En plus, ça dépend du prix qu'il va demander.

— Il est tellement écœuré de l'avoir qu'il m'a dit qu'il la laisserait aller pour vingt piastres.

— C'est pas mal d'argent.

— Ça dépend, reconnut Jocelyn, c'est pas trop cher si c'est une bonne bête. Elle peut en valoir le double facilement.

— Je vais peut-être aller y jeter un coup d'œil, dit-elle en demeurant assez vague.

— Tarde pas trop, j'ai comme l'impression qu'elle pourrait partir pas mal vite à ce prix-là, lui conseilla le voisin.

— J'hésite, je m'y connais pas bien gros en maquignonnage, avoua Corinne.

— Est-ce que tu veux que j'y aille avec toi ?

— Si ça te dérange pas trop, ça me rassurerait.

— C'est correct. Dès que t'es prête, tu m'avertis, conclut Jocelyn avant de rentrer chez lui.

Corinne et son fils travaillèrent toute la matinée à vider la vache et à retirer sa peau en faisant attention de ne pas l'abîmer. Après le dîner, ils entreprirent de dépecer le porc.

À son arrivée à la maison, Madeleine s'empressa de changer de vêtements et de venir leur prêter main-forte pour découper et envelopper dans de la jute les morceaux de viande qui furent déposés dans l'un des deux grands coffres en bois placés dans la remise. Le travail ne cessa que lorsque l'obscurité tomba. Avant de rentrer dans la maison pour préparer le souper et réaliser la recette du boudin qu'elle entendait faire avec le sang du porc, la veuve s'assura que la carcasse de la vache était suspendue assez haut pour échapper aux prédateurs.

Le lendemain, le froid était aussi vif quand la mère et le fils commencèrent à débiter la vache, installés sur des tréteaux posés dans l'entrée de la grange pour se protéger un peu du vent. À la fin de l'avant-midi, tout le travail était achevé, à la plus grande satisfaction de la veuve, certaine maintenant d'avoir assez de viande pour la plus grande partie de l'année. Après le repas du midi, qui fut pris assez tardivement, elle décida de tenir compte du conseil du voisin et d'aller voir le cheval d'Omer Gosselin, dans le rang Saint-Pierre.

— Je te laisse nettoyer le reste pendant que je vais aller voir chez Gosselin si sa bête a de l'allure, dit-elle à son fils.

— C'est correct, je vais vous atteler le blond, accepta Norbert.

Corinne disparut dans sa chambre pour faire un brin de toilette et quitta la maison quelques minutes plus tard. Elle fit un bref arrêt chez Jocelyn Jutras qui monta à ses côtés. Au passage, Ian Sullivan les aperçut et les salua de la main avant de disparaître dans son étable.

Corinne n'était jamais allée chez Omer Gosselin. Un peu avant leur arrivée à la ferme du rang Saint-Pierre, Jocelyn, qui semblait bien connaître les lieux, la prévint qu'elle allait peut-être trouver l'endroit un peu en désordre.

Dès que la voiture s'immobilisa dans la cour, la veuve trouva la remarque de son passager pour le moins faible. Elle ne se souvenait pas d'avoir déjà vu pareil fouillis. Il y avait tellement de choses qui traînaient dans la cour qu'il semblait dangereux de s'y déplacer. On y trouvait de tout, de l'instrument aratoire déglingué et de la broche rouillée à des boîtes et divers matériaux.

— J'aime autant ne pas voir de quoi ça a l'air dans la maison, murmura-t-elle à Jocelyn, qui s'apprêtait à aller frapper à la porte de la maison, dont deux carreaux brisés de la fenêtre située près de la porte avaient été remplacés par du carton.

Un grand homme au visage osseux vint ouvrir à Jocelyn. Heureusement, il ne proposa pas aux visiteurs de pénétrer dans son antre. Avant même que Jocelyn soit revenu à la voiture, Corinne vit Omer Gosselin sortir à l'extérieur en boutonnant son manteau.

— Il paraît que vous voulez voir ma jument, madame Boisvert ? lui demanda-t-il.

— Si ça vous dérange pas trop, répondit Corinne en se décidant enfin à descendre de voiture.

— J'espère que vous êtes pas aussi dure en affaires que votre beau-père, dit l'homme en entraînant ses visiteurs vers l'écurie située du côté gauche de la cour.

— Pantoute, fit Corinne, très occupée à voir où elle posait les pieds pour ne pas trébucher.

Arrivés à l'écurie, le maître des lieux entra seul dans le petit bâtiment, passa un mors à sa bête et revint à l'extérieur en la tenant par une longe. La jument à la robe toute noire semblait passablement nerveuse. Sans rien dire, Jocelyn fit le tour du cheval et l'examina soigneusement pendant que Corinne s'approchait et passait une main apaisante sur l'encolure de la bête qui sembla soudain se calmer.

— Cocotte est pas pire pantoute pour le gros ouvrage, dit le propriétaire, mais quand je la mets avec mon autre jument, c'est le diable aux vaches. Il y a plus moyen de rien faire. Tant qu'à avoir à la nourrir pour rien, j'ai décidé de m'en débarrasser et peut-être de me trouver une autre bête moins malcommode.

— Je vous comprends, fit Corinne.

Jocelyn demanda à Omer Gosselin de lui laisser la longe et il conduisit doucement Cocotte jusqu'au cheval de Corinne attelé au boghei. Les deux animaux ne manifestèrent aucun signe d'animosité.

— Je pense qu'il y aurait peut-être moyen qu'ils s'entendent, ces deux-là, fit-il remarquer à Corinne.

Après avoir hésité un bref moment, Corinne se décida finalement à demander au cultivateur :

— Combien vous demandez pour votre cheval, monsieur Gosselin ?

— Trente piastres, madame.

— Il les vaut peut-être, mais c'est trop cher pour moi, dit-elle avec une pointe de regret dans la voix.

Jocelyn se tut, laissant les intéressés à leur marchandage.

— Combien vous pensiez mettre ? fit l'homme.

— Pas plus que quinze piastres, certain, affirma la veuve. Vous nous excuserez de vous avoir dérangé pour rien, ajouta-t-elle en faisant signe à Jocelyn qu'il était temps de partir.

Ce dernier remit la longe à son propriétaire et suivit sa voisine qui se dirigeait déjà vers la voiture.

— Attendez, madame. On peut peut-être finir par s'entendre, s'empressa de dire l'homme qui voyait déjà son acheteuse prête à partir. Qu'est-ce que vous diriez de vingt-cinq piastres ? C'est vraiment pas cher, vous savez. Cette bête-là en vaut plus que le double.

— Je veux bien vous croire, mais c'est pas dans mes moyens, répliqua Corinne avec un sourire d'excuse.

— Faites-moi un prix, au moins.

— Le plus que je pourrais vous donner, et là, c'est vraiment tout ce que je peux faire, c'est vingt piastres, pas une cenne de plus, offrit-elle. Mais je veux pas vous forcer. C'est certain que vous allez trouver quelqu'un capable de vous donner plus pour votre jument.

Omer Gosselin lui laissa le temps de faire encore quelques pas vers le boghei avant de se décider à dire :

— C'est correct pour vingt piastres. Vous pouvez partir avec.

Corinne revint sur ses pas, fouilla dans l'une des poches de son manteau et compta vingt dollars au cultivateur.

— Tout ce que je peux vous dire, madame Boisvert, c'est que vous faites une maudite bonne affaire, lui assura le cultivateur. À cette heure, je le sais, vous êtes aussi dure en affaires que le vieux Gonzague Boisvert l'était.

— Bien non, monsieur Gosselin. Ce sont des idées que vous vous faites. Je connais rien aux affaires, ajouta-t-elle avec un sourire.

— Ça, c'est vous qui le dites, fit l'homme, apparemment sceptique.

Pendant que Jocelyn attachait la bête à l'arrière du boghei avec une autre longe apportée par Corinne, Gosselin prit tout de même la précaution de prévenir cette dernière.

— Vous ferez attention, madame Boisvert, cette

jument-là est pas mal nerveuse. Ça se peut que ça lui prenne un bout de temps avant de s'habituer à vous.

Corinne le remercia et Jocelyn s'empara des rênes et mit la voiture au pas. Cocotte renâcla un peu, mais suivit la voiture sans autre manifestation de mauvaise humeur.

— Pour moi, ton père devait être maquignon, plaisanta Jocelyn alors qu'ils s'éloignaient de la ferme du rang Saint-Pierre.

— Là, tu te trompes, fit Corinne en riant. Mais comme tu m'avais dit qu'il était prêt à s'en débarrasser pour vingt piastres, j'étais pas pour lui en donner trente, lui expliqua-t-elle.

À leur arrivée à la ferme, Norbert sortit de l'écurie.

— Je lui ai nettoyé l'autre stalle. Ça fait drôle, on n'a jamais eu deux chevaux, précisa-t-il en se dirigeant vers la jument noire.

Il s'approcha lentement d'elle et la flatta doucement avant de détacher la longe et de la conduire au pas vers l'étable où il lui donna de l'avoine. Quand il revint vers le blond pour le dételer et le conduire à l'écurie, l'adolescent ne put s'empêcher de dire à sa mère et au voisin :

— C'est un beau cheval. En plus, il a l'air obéissant.

— Méfie-toi quand même pendant une couple de jours, le mit en garde Jocelyn avant de prendre congé.

*
**

Au même moment, le climat était tout autre au presbytère de Saint-Paul-des-Prés. Mance Rivest avait posé sur la table du salon l'unique lettre laissée par le facteur à la fin de l'avant-midi. Distrait, Eusèbe Morin ne l'avait pas vue lorsqu'il s'était rendu à la salle à manger pour dîner en compagnie des abbés Dupras et Biron.

Quelques minutes après le repas, la cuisinière desservit et remarqua au passage la lettre demeurée sur la table. Elle la prit et alla frapper à la porte du bureau du curé. Ce dernier venait de sombrer doucement dans une agréable sieste provoquée par un repas un peu trop copieux. Les coups frappés à sa porte le firent sursauter violemment.

— Qu'est-ce qu'il y a ? demanda-t-il d'une voix mécontente en remettant sur son nez ses lunettes qu'il avait déposées sur son bureau.

La servante ouvrit la porte et s'avança en lui tendant la lettre.

— Vous l'avez pas prise sur la table, monsieur le curé. J'ai pensé que vous l'aviez pas vue.

— Merci, madame Rivest, se contenta-t-il de dire avant que Mance quitte la pièce en refermant la porte derrière elle.

Dès qu'il avait vu l'enveloppe, Eusèbe Morin avait su que le message provenait de l'évêché. Un peu inquiet, il ouvrit l'enveloppe, déplia l'unique feuille qu'elle contenait et se mit à lire. Au fur et à mesure de sa lecture, son visage pâlit et ses traits se durcirent.

— Maudit batèche ! jura-t-il en assenant une claque retentissante sur son bureau. C'est tout de même pas ma faute si la fabrique veut avoir un chemin de croix complet ! Et l'autre qui est allée se plaindre que j'avais pas été juste envers elle ! Qu'est-ce que j'ai fait au bon Dieu pour mériter ça ? pestait-il hors de lui, en élevant progressivement la voix.

Le prêtre se leva et se mit à faire les cent pas dans la pièce, toute envie de faire une sieste envolée.

Monseigneur Brunault ne mâchait pas ses mots pour lui reprocher d'avoir incité les membres de son conseil de fabrique à lui demander la permission de faire une quête spéciale pour remplacer la douzième station de son chemin de croix. La réponse était non. Il n'en était pas question en cette période où le diocèse voyait ses recettes brutalement baisser à cause de la crise économique qui sévissait depuis le début de l'été. De plus, l'évêque de Nicolet faisait état d'une lettre que lui avait fait parvenir madame Émilia Lévesque se plaignant qu'il lui avait retiré la direction de la chorale paroissiale pour donner la place à une paroissienne qui lui plaisait plus. Le prélat lui rappelait lui avoir demandé de faire preuve de plus de souplesse dans sa nouvelle paroisse en lui confiant la cure de Saint-Paul-des-Prés. Il concluait sa lettre en souhaitant que tout rentre dans l'ordre rapidement.

— En d'autres mots, monseigneur veut plus entendre parler de Saint-Paul, dit-il à haute voix. Mais rien n'empêche que c'est injuste. J'ai juste suggéré au conseil de demander une permission spéciale. Pour Émilia Lévesque, elle, l'hypocrite, elle va entendre parler de moi. J'ai jamais voulu la remplacer, c'est elle qui a pas accepté de me présenter la liste des chants qu'elle voulait faire chanter par la chorale. Bondance ! c'est tout de même moi, le curé de cette paroisse.

Après mûre réflexion, Eusèbe Morin reprit place derrière son bureau, s'empara d'une feuille vierge et rédigea une longue lettre d'explications destinée à son supérieur. Quand il quitta la pièce, une heure plus tard, il déposa une enveloppe sur la petite table du couloir de manière que la servante la remette au facteur lorsqu'il passerait le lendemain avant-midi.

Même après s'être longuement expliqué par écrit, son

humeur n'en demeura pas moins assombrie pour le reste de la journée. À l'heure du souper, les deux vicaires s'en rendirent compte et le repas se prit dans un silence assez inconfortable. Quand le curé Morin se retira de la salle à manger, l'abbé Dupras chuchota à son confrère :

— Pour moi, monsieur le curé s'est fait frotter les oreilles par monseigneur.

— Pourquoi dis-tu ça ? lui demanda René Biron.

— Il était normal à midi. Il y avait une lettre pour lui et j'ai vu qu'elle venait de l'évêché. Depuis qu'il l'a lue, on dirait qu'il a envie de mordre tout le monde.

Le lendemain, Émilie Michaud rendit une courte visite au curé Morin autant pour lui soumettre la liste de chants du dimanche suivant que pour l'informer de certains changements. La jeune femme, toujours aussi soignée et bien mise, attendit que le prêtre l'ait invitée à s'asseoir avant de parler.

— Monsieur le curé, je vous ai apporté la liste des chants, dit-elle en lui tendant une feuille qu'elle venait de tirer de la poche de son manteau.

— C'est parfait, l'approuva Eusèbe Morin après avoir consulté la liste.

— Je voulais aussi vous parler de la chorale, reprit Émilie. Vous vous rappelez que j'ai accepté de m'en occuper seulement en attendant que quelqu'un soit en mesure de la diriger ?

— Bien sûr, et tout le monde dans la paroisse l'apprécie, confirma le curé de Saint-Paul-des-Prés en faisant un effort pour se montrer aimable.

— Je voulais vous dire que madame Vigneault se débrouille maintenant très bien à l'orgue et qu'elle est capable de s'occuper de la chorale.

— La femme du boucher ? s'étonna le prêtre.

— Oui, monsieur le curé. Elle joue du piano depuis plusieurs années et elle n'a pas de difficulté à toucher l'orgue. Elle m'a dit qu'elle sera prête à s'occuper de la chorale à partir de Noël, si vous êtes d'accord.

— Et vous, madame Michaud ?

— Je dois m'absenter pour aller en ville assez souvent, monsieur le curé. Si vous le permettez, madame Vigneault va diriger quand je serai pas à Saint-Paul, du moins jusqu'à Noël.

— Êtes-vous vraiment obligée d'aller en ville ? demanda Eusèbe Morin, curieux.

— Oui, monsieur le curé, se contenta de lui répondre sa paroissienne, apparemment bien décidée à ne pas lui donner plus d'explications.

— Si c'est comme ça, on va essayer madame Vigneault. Mais vous savez, monseigneur aimerait bien que madame Lévesque reprenne son poste, lui avoua-t-il. Peut-être pourriez-vous lui parler pour la persuader de revenir ?

— Non, monsieur le curé. Je pense pas que madame Lévesque apprécierait que je me mêle de ses affaires. Je suis certaine qu'elle m'aime déjà pas beaucoup parce que j'ai pris sa place.

Émilie Michaud se leva, remercia le prêtre de l'avoir reçue et quitta le presbytère. Eusèbe Morin, debout devant sa fenêtre, la regarda traverser la route. Il était dépité de constater que la nouvelle directrice de la chorale paroissiale abandonne son poste si tôt.

— Je voudrais bien savoir ce qu'elle a tant à faire en ville aussi souvent, cette femme-là. Au fond, je la connais pas. Je sais même pas si c'est une veuve ou une vieille fille.

*
**

Le samedi suivant, Corinne avait attelé Cocotte pour la première fois dans l'intention d'aller faire quelques achats chez Duquette, au village.

— Voulez-vous que j'y aille avec vous, juste au cas où elle s'énerverait en chemin ? lui offrit Norbert en lui montrant la jument qui attendait près de la galerie.

— C'est pas nécessaire, avait refusé sa mère. Si ça se trouve, elle est encore moins nerveuse que le blond. Je me demande bien ce que Gosselin pouvait avoir à lui reprocher, à cette bête-là. Non, va plutôt nettoyer l'étable. Moi, j'en ai tout au plus pour une heure.

La veuve s'emmitoufla soigneusement et prit la route sous un ciel gris. L'air était sec et le froid assez vif. Ce matin-là, le frimas couvrait les toitures et les champs, donnant aux gens le goût de demeurer frileusement près du poêle. Elle s'arrêta un moment chez Marie-Claire Rocheleau pour lui offrir de rapporter quelques denrées dont sa voisine aurait pu avoir besoin. Cette dernière la remercia et l'invita à venir boire une tasse de thé au retour.

Un peu plus d'une heure plus tard, ses emplettes faites, Corinne revint du village. Elle allait passer devant la maison des Sullivan quand Ian apparut au bord de la route en lui faisant signe de s'arrêter. L'homme était tête nue et son manteau n'était pas boutonné malgré le froid.

— Bonjour, Corinne ! la salua-t-il avec ce qui parut à la veuve comme un aplomb qu'il ne possédait pas auparavant.

Elle avait tout de suite remarqué qu'il l'avait appelée par son prénom, ce qui la surprit. Où était passé le fils timide de Rose Sullivan qui n'osait même pas lui demander de venir la voir ?

— Bonjour, monsieur Sullivan ! fit-elle à son tour, sans déroger à son habitude de le vouvoyer.

— Pourquoi vous m'appelez pas Ian, comme tout le monde ? Vous appelez ben Jocelyn Jutras par son petit nom, lui fit-il remarquer en ne perdant rien du sourire communicatif qu'il affichait.

— Jocelyn, c'est pas pareil, répondit-elle. C'est un ami depuis presque vingt ans.

— J'espère que vous me considérez aussi comme un ami ? demanda-t-il.

— Bien sûr.

— En vous voyant passer, je me suis souvenu que vous m'avez invité à jouer aux cartes, lui rappela-t-il.

— C'était pas pour le samedi soir il y a trois semaines ? fit Corinne en retenant d'une main solide sa jument qui piaffait d'impatience.

— En plein ça. J'ai voulu y aller, mais ça a pas adonné pantoute. Ce samedi-là, il y a du monde de la paroisse qui sont venus à la maison pour me demander de me présenter comme commissaire d'école à la fin du mois. Je voulais pas trop, mais ils m'ont pas mal forcé la main. Puis, les deux autres samedis, j'ai encore eu des empêchements. On aurait dit que le diable s'en mêlait pour m'empêcher d'aller jouer aux cartes chez vous.

— Ah bon ! se contenta de dire la veuve en admirant l'homme costaud au charme irrésistible, debout près de sa voiture.

— Ça fait que je me suis dit que j'étais pour prendre une chance et vous demander si votre invitation tenait toujours, poursuivit-il en ne la quittant pas des yeux.

— Pourquoi pas ? dit-elle en lui adressant un sourire.

— Dans ce cas-là, vous pouvez être certaine que je vais venir chez vous après le souper.

— C'est bien correct, je vais vous attendre.

Comme promis, Corinne s'arrêta quelques minutes chez Marie-Claire. Elle profita de l'absence du mari de cette dernière pour lui raconter sa rencontre avec Ian Sullivan.

— On peut dire qu'il a du front tout le tour de la tête, l'Irlandais, dit la voisine en riant.

— Pourquoi tu dis ça ? s'étonna la veuve.

— Il faut avoir du front en pas pour rire pour raconter que des gens de Saint-Paul sont allés le supplier de se présenter comme commissaire alors que c'est lui qui fait de la cabale dans la paroisse depuis le commencement du mois d'octobre pour se faire élire.

— C'est drôle, j'ai rien entendu de ça.

— Tu dois bien être l'une des rares qu'il est pas allé voir, supposa Marie-Claire. En tout cas, je commence à me faire ma petite idée du bonhomme et comment il est arrivé à se faire assez remarquer par monsieur le curé pour être nommé marguillier… Je trouve qu'il commence à avoir les dents pas mal longues, le garçon de Rose Sullivan.

— Tu trouves ?

— Oui, pas mal. Je sais pas si tu l'as remarqué, poursuivit son amie, avant, il fondait quand une femme de la paroisse lui adressait la parole. Là, depuis une couple de mois, ça a plus l'air de le déranger pantoute.

En rentrant, Corinne ne put s'empêcher de se dire que Marie-Claire n'avait vraiment pas digéré le fait que Ian ait été nommé au conseil de fabrique plutôt que son mari.

— C'est sûr qu'elle l'a sur le cœur, se dit-elle en descendant de voiture devant l'écurie.

Norbert sortit de l'étable et s'approcha pour dételer.

— On n'a pas pantoute à s'inquiéter pour ce cheval-là, lui dit-elle en ne cachant pas sa satisfaction. Il est docile et pas mal plus rapide que le blond.

*
**

Ce soir-là, Corinne demanda à Madeleine de préparer le souper un peu plus tôt avant de sortir faire le train avec Norbert.

— On va souper un peu plus de bonne heure, expliqua-t-elle à sa fille. Comme ça, ça va te donner plus de temps pour te préparer à recevoir Léopold. Lionel, tu vas me remplir le coffre de bûches avant d'aller nourrir les poules et les cochons, ordonna-t-elle au garçon qui venait de célébrer son dixième anniversaire.

Quand elle revint dans la maison en compagnie de ses deux fils, Madeleine finissait de faire rôtir des saucisses qu'elle servit avec des pommes de terre et du navet.

Dès que la cuisine fut rangée, Corinne disparut dans sa chambre et fit une toilette soignée. Elle changea de robe et consacra plusieurs minutes à coiffer son chignon blond tout en se livrant à un examen sans pitié de son visage. Même si elle était assez satisfaite de son teint de pêche, elle se poudra légèrement avant de revenir dans la cuisine.

— Sacrifice, m'man, attendez-vous quelqu'un ? lui demanda Norbert, surpris de la voir dans sa toilette du dimanche.

— Peut-être, se contenta-t-elle de lui répondre en allant jeter un coup d'œil à la fenêtre.

Norbert regarda sa sœur Madeleine qui venait de descendre de sa chambre. Celle-ci lui fit signe de se taire. La jeune fille alluma une lampe à huile qu'elle alla déposer sur la table du salon pendant que sa mère prenait place dans sa chaise berçante et s'emparait d'un tricot commencé deux semaines auparavant.

Quelques minutes plus tard, on frappa à la porte et Madeleine alla ouvrir, persuadée qu'il s'agissait de son fiancé. Elle ne se trompait pas. Ce dernier pénétra dans la cuisine d'été, suivi par Ian Sullivan. À demi surprise, elle entraîna les deux hommes vers la cuisine d'hiver.

— M'man, c'est Léopold et monsieur Sullivan, dit-elle à sa mère.

— Bonsoir, madame Boisvert ! la salua son futur gendre. Je vous ai amené de la visite. Monsieur Sullivan s'en venait chez vous quand je passais en voiture.

Madeleine s'empara des manteaux des visiteurs qu'elle alla déposer sur le lit de sa mère avant de revenir dans la cuisine. Elle laissa son fiancé parler durant quelques minutes avec Ian et sa mère avant de l'inviter à passer au salon.

Norbert était demeuré assis à table en compagnie de son frère Lionel à qui il disputait une partie de cartes. Quand il vit sa mère offrir au voisin de prendre place dans l'une des deux chaises berçantes, il ne put s'empêcher de jeter des regards soupçonneux au visiteur tout endimanché.

Durant quelques instants, Ian Sullivan sembla avoir perdu toute sa superbe et parut assez embarrassé dès que Léopold et Madeleine eurent disparu dans la pièce voisine. Puis, peu à peu, il retrouva son aplomb pour parler des préparatifs auxquels on ne pouvait échapper à l'approche de l'hiver. Corinne et lui discutèrent des dernières récoltes, des vaches qui allaient bientôt vêler et de la santé de la mère du visiteur qui était chancelante depuis une semaine. Quand Ian parla du docteur Précourt venu visiter sa mère la veille, Corinne en profita pour faire participer son fils à la conversation en lui faisant raconter comment il avait obtenu l'ancienne bicyclette du médecin et certaines des mésaventures de ce dernier au volant de son automobile qu'il n'avait toujours pas appris à maîtriser.

Un peu malgré lui, Norbert dut participer à la veillée. Après le départ de Lionel vers sa chambre, l'adolescent accepta de jouer aux cartes avec sa mère et le voisin. De temps à autre, Corinne délaissait les cartes pour jeter un coup d'œil à ce qui se passait au salon.

Norbert quitta la table pour aller jeter deux rondins dans le poêle. Ian ne perdit pas un instant et posa sa main sur celle de son hôtesse. Surprise, cette dernière la dégagea avec une certaine brusquerie.

À dix heures trente, Léopold sortit du salon, prêt à partir.

— Est-ce que je vous ramène chez vous ? offrit-il à l'Irlandais.

— C'est vrai qu'il est pas mal tard, fit remarquer Corinne en se levant pour signifier qu'il était temps de partir.

Son visiteur n'eut d'autre choix que de se lever à son tour, mais il était évident qu'il le faisait sans plaisir. Léopold sortit le premier pour aller retirer l'épaisse couverture qu'il avait déposée sur le dos de sa bête à son arrivée. Corinne accompagna son visiteur jusqu'à la porte de la cuisine d'été.

— J'ai perdu presque toute la soirée, dit-il sur un ton plaisant. J'espère que vous allez me donner la chance de me reprendre, ajouta-t-il en endossant son manteau que lui tendait Madeleine.

— Bien sûr, fit son hôtesse.

— Demain ? insista Ian.

— Pourquoi pas, accepta-t-elle.

— Vous êtes ben fine, madame Boisvert.

— En passant, vous pouvez m'appeler Corinne, si ça vous tente, lui permit-elle en lui ouvrant la porte.

— C'est sûr que ça me tente, fit-il en sortant après s'être coiffé de sa casquette.

Après le départ des visiteurs, Norbert affichait une humeur assez sombre. Il alluma un fanal dans l'intention de faire la tournée des bâtiments pour s'assurer que tout était en ordre. Avant de sortir, il ne put s'empêcher de demander à sa mère :

— Voulez-vous ben me dire, m'man, pourquoi le voisin est venu bretter ici dedans à soir ? S'il a tant envie de jouer aux cartes, il peut toujours jouer avec sa mère, non ?

Madeleine adressa un sourire de connivence à sa mère.

— Tu l'as entendu comme moi. Sa mère est malade, répondit Corinne avant de se diriger vers sa chambre à coucher après avoir allumé une lampe de service.

Quelques minutes plus tard, la jeune femme était étendue dans le noir et tentait d'analyser les sentiments qu'elle éprouvait à l'égard de l'homme venu veiller près d'elle. Elle reconnaissait qu'il était difficile d'échapper à son charme. Elle se sentait excitée comme une jeune fille qu'un garçon venait de serrer entre ses bras pour la première fois. Sous certains aspects, Ian lui rappelait son

Laurent des belles années, à l'époque de leurs premières fréquentations. Il en avait l'air conquérant et l'aplomb, mais il semblait posséder en plus une maturité et une ambition que son défunt mari n'avait jamais eues.

Elle se rappela en réprimant un frisson le contact de sa forte main sur la sienne. C'était certain qu'il y aurait du réconfort à pouvoir se reposer sur un tel homme. Soudain, elle se rendit compte qu'elle commençait à en avoir assez de dormir seule dans un grand lit froid.

— Veux-tu bien me dire ce qui me prend ? se demanda-t-elle à mi-voix dans le noir. On dirait que je viens d'avoir seize ans, ajouta-t-elle pour se moquer de son comportement.

Pour changer ses pensées, elle prit son chapelet suspendu à la tête de son lit et se mit à prier. Le sommeil finit par l'emporter doucement dans l'oubli.

*
**

À son réveil, le lendemain matin, Corinne eut la surprise de découvrir par sa fenêtre de chambre un paysage tout blanc. Elle fut secouée par un frisson et s'empressa de mettre sur ses épaules le châle de laine déposé au pied de son lit.

— Nous voilà encore repartis pour six mois à geler tout rond, murmura-t-elle.

Après avoir allumé le poêle, elle cria à ses enfants de se lever avant de s'habiller pour aller faire le train. À sa sortie de la chambre, les bruits à l'étage lui apprirent qu'on l'avait bien entendue. Elle alluma l'un des deux fanaux posés en permanence sur la table de la cuisine d'été, mit son vieux manteau et ses bottes et sortit de la maison.

Il n'était tombé qu'un ou deux pouces de neige, mais cela suffisait à éclairer tout le paysage. Elle se dirigea sans plus attendre vers l'étable d'où provenaient déjà les meuglements de ses vaches. Norbert et Lionel vinrent la rejoindre tandis que Madeleine allait s'occuper des poules.

En montant dans le boghei, quelques heures plus tard, la veuve dit à Norbert :

— Je pense qu'on est en train de faire un de nos derniers voyages en boghei. Il va falloir que tu regardes la *sleigh* pour voir si elle est correcte.

— Oui, je le sais, m'man. Demain, je vais aussi m'occuper de la gratte. J'ai ben hâte de voir ce que ça va donner cette année avec deux chevaux pour la tirer. Je suis certain que l'ouvrage va se faire pas mal plus vite que l'hiver passé.

Durant la grand-messe, beaucoup de têtes se levèrent vers le jubé quand on prit conscience qu'il n'y avait pas de solo d'Émilie Michaud ce dimanche-là. En fait, il n'y eut aucun solo d'un membre de la chorale. À la fin de l'office religieux, Alexina Duquette se fit le plaisir de propager la nouvelle que la chorale avait été dirigée ce matin-là par nulle autre que Mariette Vigneault.

— C'était loin d'être aussi beau que quand madame Lévesque dirige, mais c'est mieux que rien, chuchota-t-elle aux trois femmes qui l'entouraient sur le parvis.

L'épouse du propriétaire du magasin général était, selon toute évidence, un peu jalouse de la femme du boucher avec qui elle était obligée d'alterner depuis quelques années dans la construction du reposoir de la Fête-Dieu. Par ailleurs, elle s'était bien gardée de comparer les chants entendus ce matin-là avec ceux dirigés par Émilie Michaud parce qu'elle n'aimait pas plus cette nouvelle paroissienne dont on ne savait pratiquement rien.

Cet après-midi-là, Norbert sortait de la remise quand il vit arriver Léopold en compagnie de Ian Sullivan.

— Pas encore ce maudit fatigant-là, jura-t-il entre ses dents. Qu'est-ce qu'il veut encore ?

Il s'avança vers les deux hommes en essayant de faire bonne figure.

— Tiens ! V'là notre partenaire pour jouer aux cartes ! fit l'Irlandais avec une joyeuse animation dans la voix.

— Ça me tente pas ben gros de jouer aux cartes cet après-midi, laissa tomber l'adolescent, incapable de dissimuler sa mauvaise humeur.

— C'est pas grave, Norbert, Madeleine et moi, on va jouer avec ta mère et monsieur Sullivan, lui dit son futur beau-frère.

— Aïe ! Je veux pas nuire à vos fréquentations, moi, protesta le voisin pour la forme.

— Ça dérangera rien, le rassura Léopold en entraînant le visiteur vers la galerie.

Durant les trois heures suivantes, Norbert se contenta d'assister aux parties de cartes disputées par les quatre adultes attablés dans la cuisine. Il entendit surtout Ian Sullivan parler à n'en plus finir du conseil de fabrique et de la grande confiance qu'il avait d'être élu commissaire la semaine suivante. Il aborda même les changements qu'il entendait apporter à la commission scolaire. Corinne, Madeleine et Léopold se contentaient de l'écouter la plupart du temps, un peu ébahis par un tel bagout.

Après le départ des deux hommes, à la fin de l'après-midi, il était bien évident que Norbert commençait à avoir des doutes sur les intentions de Sullivan et cela était loin de lui plaire.

— Ouf ! Ça va faire du bien de se reposer un peu les oreilles, fit l'adolescent. J'ai jamais entendu une pie pareille. Il a pas arrêté une minute de jacasser. Pour moi, il vient s'échouer ici dedans parce que sa mère peut plus l'endurer.

— Norbert ! protesta mollement sa mère.

— C'est vrai qu'il est pas mal bavard, dit Madeleine en riant. Je dirais même qu'il est un peu vantard. Vous trouvez pas, m'man ?

— Peut-être, admit Corinne en commençant à préparer le souper.

La semaine suivante fut sans histoire. Certains habitants de Saint-Paul-des-Prés s'étaient attendus à essuyer la première tempête de la saison, mais il n'en fut rien. Il tomba tout au plus quelques grains de neige au milieu de la semaine. Norbert eut donc tout le temps voulu pour préparer la *sleigh* et la gratte en prévision des premières neiges. Ensuite, il s'empressa d'aller s'entendre avec Jocelyn Jutras dans l'intention de former un tandem avec lui pour bûcher durant l'hiver.

— T'aurais pu m'en parler avant, lui reprocha sa mère, mécontente de ne pas avoir été consultée.

— Ben, m'man, on n'a plus Léopold et je pouvais tout de même pas aller bûcher tout seul, expliqua l'adolescent. Jocelyn m'en avait parlé la semaine passée et j'ai pensé que c'était une bonne idée.

— Léopold avait proposé de bûcher avec toi, lui rappela sa mère.

— Je le sais, m'man, mais Jocelyn va aussi me montrer à marquer les bons arbres à couper. En plus, j'ai pensé que ce serait une bonne idée de pas déranger Léopold et Tit-Bé, qui sont déjà deux.

— T'aurais pu aussi t'entendre avec Ian Sullivan, lui fit-elle remarquer.

— J'aime mieux Jocelyn, répliqua impulsivement Norbert. Lui, il parle pas pour rien dire.

— Pourquoi tu dis ça ?

— Il m'étourdit, l'Irlandais, se contenta de dire son fils.

En fait, Corinne n'aurait pas détesté voir son fils travailler avec celui qu'elle considérait un peu comme son prétendant. L'adolescent aurait pu apprendre à mieux connaître et apprécier le voisin. Ainsi, si les choses devenaient plus sérieuses entre elle et Ian, son opposition pourrait être moins forte.

Les jours suivants, Jocelyn et Norbert allèrent marquer des arbres et commencèrent à en abattre. Ils travaillaient en alternance tantôt sur la terre de l'un, tantôt sur celle de l'autre.

Le samedi suivant, deux jours avant les élections scolaires, Corinne vit arriver Ian très tôt au début de la soirée. Il accueillit avec un large sourire la proposition de la veuve de ne pas jouer aux cartes ce soir-là.

— Bonne idée ! s'exclama-t-il. On va chaperonner les jeunes dans le salon, poursuivit-il en s'appropriant l'une des deux chaises berçantes sans en demander la permission.

Dès que Léopold et Madeleine furent installés au salon, il alluma sa pipe et entreprit de parler de choses et d'autres, attendant visiblement que Lionel et Norbert se trouvent une occupation ailleurs que dans la cuisine. Quand Corinne rangea son tricot, il approcha sa chaise de la sienne et se mit à lui parler doucement de manière que ses enfants n'entendent pas ce qu'il avait à lui dire.

— T'as pas d'amis autour ? finit par demander le visiteur à l'adolescent.

— Oui, j'en ai deux ou trois.

— Ça t'arrive jamais d'aller passer un bout de veillée chez eux ?

— Ça m'arrive, reconnut Norbert, mais là, je peux pas, il faut que je surveille ma mère, ajouta-t-il, frondeur.

Corinne rougit en entendant l'allusion, mais elle ne trouva rien à dire. Lionel finit par monter se coucher, mais son frère demeura stoïquement au poste jusqu'à ce que Léopold choisisse de quitter la maison, en fin de soirée, en compagnie de Ian Sullivan.

— Je trouve que t'as été pas mal effronté, mon garçon, dit la mère de famille à son fils dès que la porte se referma sur les visiteurs.

— J'ai pas été effronté, protesta Norbert. Je comprends pas pourquoi il aimerait que je sois pas là. On dirait que c'est lui qui est chez eux ici dedans et moi, un étranger.

— Tu te fais des idées, répliqua Corinne au moment où il sortait pour aller faire sa tournée des bâtiments.

La veuve se rendait bien compte que Ian déplaisait à son fils, et elle ne comprenait pas trop bien pourquoi. Elle espérait que Philippe lui ferait meilleure figure quand il reviendrait du chantier au printemps.

Le lendemain, les paroissiens de Saint-Paul-des-Prés ne purent, encore une fois, profiter de la belle voix d'Émilie Michaud. À la fin de la messe, Ian Sullivan quitta rapidement les autres membres de la chorale pour venir s'entretenir avec les gens sur le parvis de l'église. Quand il aperçut Corinne, son sourire s'élargit et il vint à sa rencontre pour la saluer et lui demander s'il pouvait passer lui rendre visite après le dîner. Ravie, cette dernière accepta avant d'aller rejoindre Norbert qui l'attendait déjà dans le boghei.

Après le repas, la veuve prit la décision de jouer cartes sur table avec ses deux fils.

— Vous deux, je veux pas vous voir collés tout l'après-midi dans la cuisine à dévisager monsieur Sullivan comme s'il était un veau à deux têtes, leur dit-elle.

— Est-ce que ça veut dire que vous voulez qu'on aille geler dehors pendant qu'il va être ici dedans ? demanda Norbert.

— Non, ça veut juste dire que t'as pas à me surveiller, Norbert Boisvert, s'il faut te mettre les points sur les i. Ta sœur et Léopold sont dans la maison. Crains rien, il m'arrivera rien. Tu peux aller faire un tour chez Jocelyn, comme tu le fais souvent le dimanche, et Lionel peut aller jouer avec le petit Vallée, si le cœur lui en dit.

— C'est correct, j'ai compris, fit l'adolescent en sortant de la cuisine.

Deux minutes plus tard, Corinne vit son fils quitter la cour et se diriger vers la maison de Jocelyn Jutras. Pendant tout l'échange, Madeleine s'était bien gardée de dire un mot, jugeant que sa mère avait bien le droit de tenter de refaire sa vie, même si la personnalité de l'Irlandais ne lui plaisait pas plus qu'à Norbert. Peu après, Lionel quitta la maison à son tour en promettant d'être revenu pour le souper. Après le départ de ses fils, la veuve, incapable de demeurer les mains inoccupées, se mit à placer les morceaux de tissu qu'elle allait utiliser dans la confection de sa prochaine courtepointe. Cet hiver, elle ne pourrait pas compter sur l'aide de sa fille aînée puisque cette dernière allait consacrer tout son temps libre à terminer son trousseau.

Quand Léopold arriva, Madeleine le fit passer au salon. Sa mère n'ouvrit la porte à son cavalier que quelques minutes plus tard.

Ian sembla apprécier à sa juste valeur l'absence des deux fils de son hôtesse et, dès les premiers instants, il se montra si entreprenant que cette dernière dut le remettre à sa place en lui montrant la pièce voisine où les fiancés se tenaient. Il lui avait volé un baiser, ce qui avait poussé la jeune femme à le repousser sèchement. Ce dernier, apparemment repentant, s'empara alors de l'une de ses mains en s'excusant de sa fougue.

— Ça fait des mois que je rêve de toi, chuchota-t-il. Ça me retourne les sangs quand t'es à côté de moi, comme ça.

— C'est bien beau tout ça, fit Corinne en prenant un air sévère, mais je suis une femme honnête et une mère de famille. Il y a des convenances à respecter, ajouta-t-elle sur un ton plus doux.

Elle l'invita à s'asseoir, mais elle ne put l'empêcher de venir placer sa chaise berçante tout près de la sienne, comme s'il ne pouvait sentir un vide entre elle et lui.

— T'es la première femme que je fréquente depuis que je suis tout jeune, lui avoua-t-il, le visage empreint de sincérité. Depuis que je t'ai vue, il y en a pas une autre qui m'intéresse.

— Ça fait juste deux ans que tu restes dans la paroisse, fit Corinne, moqueuse.

— Deux ans, pour un homme en santé comme moi, c'est une éternité, ajouta-t-il en posant sa main sur son bras.

À ce contact, la veuve se sentit envahie par une chaleur intense et elle ne put s'empêcher de presser la main de son amoureux. Maintenant, les choses étaient claires : il lui avait avoué son amour. Elle, de son côté, était de plus en plus sensible à son charme.

Chapitre 22

Le menteur

Le lendemain, Ian Sullivan fut élu commissaire d'école sans grande opposition. Son unique adversaire, Armand Beausoleil, n'avait pas mis beaucoup d'efforts pour briguer les suffrages. Corinne s'était attendue à ce que son prétendant arrête chez elle pour célébrer sa victoire, mais elle ne le vit pas ce soir-là.

À la fin de cette dernière semaine du mois de novembre, les gens de la région eurent droit à la première véritable tempête de neige de la saison. Durant la matinée du jeudi, le ciel s'ennuagea rapidement et prit une teinte violacée de mauvais augure. Vers onze heures, les premiers flocons se mirent à tomber, poussés par le vent qui venait de se lever.

— J'espère que les enfants vont être assez fins pour revenir à la maison avant que ça commence à tomber pour de bon, dit Corinne à mi-voix en regardant à l'extérieur par l'une des fenêtres de la cuisine. J'ai bien l'impression qu'on va y goûter.

Il faisait maintenant tellement sombre qu'elle dut allumer une lampe avant de se remettre à son travail d'aiguille. La soupe, en train de mijoter sur le poêle, répandait une odeur appétissante dans la pièce. En se levant pour déposer son chaudron sur le réchaud, elle entendit des pas sur la galerie. La porte s'ouvrit et il y eut des bottes secouées bruyamment sur le paillasson.

— Je pense qu'on est revenus juste à temps, fit la voix de Madeleine en entrant dans la cuisine d'hiver. J'ai renvoyé les enfants à la maison en leur disant de pas revenir à l'école avant demain.

— T'as bien fait, l'approuva sa mère. C'est pas en pleine tempête qu'il faut se décider à les renvoyer à la maison. La soupe est déjà prête pour le dîner. J'espère que Norbert attendra pas trop longtemps avant de revenir du bois.

— Inquiétez-vous pas pour lui, m'man, je viens de le voir dans la cour de Jocelyn Jutras. Il s'en vient, dit l'institutrice pour la rassurer.

— J'ai bien l'impression qu'on va avoir un après-midi pas mal tranquille, fit la mère de famille en poursuivant son travail pendant que sa fille montait à l'étage derrière Lionel.

Corinne n'avait rien dit des deux lettres laissées le matin même par le facteur. Dans la première, Élise racontait sa vie au couvent avec le même enthousiasme que celui qu'elle avait manifesté au début du mois quand elle était venue à la maison. La seconde lettre était de Rosaire. L'inspecteur de la Ville de Montréal l'avait fait sourire en lui racontant quelques mésaventures survenues à son travail. Il avait mentionné sa visite au restaurant de Juliette Marcil qui lui avait appris le départ de Philippe pour le chantier et celui de Léopold pour sa ferme. Il avait conclu sa missive en lui proposant à demi-mot ses services comme homme engagé.

— Il manquerait plus que ça ! s'était exclamée la veuve en lisant ce dernier passage. Comme si ça aurait de l'allure qu'un monsieur de la ville vienne faire l'homme engagé sur ma terre.

Corinne tourna la tête vers la fenêtre à temps pour voir arriver Norbert, la tête penchée vers l'avant pour éviter la neige qui s'était subitement mise à tomber avec de plus en plus de force.

— Secoue-toi bien comme il faut pour pas mettre de la neige partout, lui cria-t-elle quand elle l'entendit refermer la porte derrière lui.

Durant le repas, le vent se mit à hurler comme s'il cherchait à arracher la toiture et la neige formait un rideau si opaque qu'il était devenu impossible de voir de l'autre côté de la route. Quand Corinne alla ouvrir la porte une heure plus tard pour tenter d'évaluer l'épaisseur de neige déjà tombée, une brusque rafale l'obligea à s'arc-bouter pour la refermer.

— Bonne sainte Anne ! s'écria-t-elle en rentrant dans la cuisine d'hiver, on dirait que le ciel est en train de nous tomber sur la tête. Il y a rien à faire, il faut attendre que ça arrête, ajouta-t-elle, fataliste.

— Si c'est comme ça, je vais aller faire un somme, déclara Norbert en se dirigeant vers l'escalier, au fond de la pièce.

— Moi, je vais vous donner un coup de main à faire votre courtepointe, proposa Madeleine en s'assoyant à table, en face de sa mère qui venait d'étaler le piqué composé de triangles de tissu aux couleurs vives.

À la fin de l'après-midi, l'obscurité totale était tombée beaucoup plus tôt qu'à l'accoutumée et il continuait à neiger, même si le vent semblait avoir un peu faibli.

— C'est bien beau tout ça, fit la veuve en se levant, mais il va falloir aller faire le train quand même. On va tous y aller ensemble, ça va prendre moins de temps.

Ils s'habillèrent chaudement tous les quatre et chaussèrent leurs bottes. Madeleine et Norbert allumèrent chacun un fanal. Avant de sortir, Corinne recommanda à Lionel de suivre sa sœur au poulailler et à la porcherie pendant que Norbert et elle s'occuperaient des vaches et des chevaux. Norbert ouvrit le chemin, de la neige à mi-jambe et la tête penchée vers l'avant pour ne pas être aveuglé par les flocons qui continuaient à tomber serrés. Les autres le suivirent. Madeleine et Lionel ne quittèrent l'étroit sentier tracé par Norbert et leur mère qu'à proximité du poulailler à l'intérieur duquel ils s'engouffrèrent.

À leur arrivée à l'étable, Norbert dut repousser plus de deux pieds de neige accumulée contre la porte avant de pouvoir ouvrir. Sa mère le suivit. Après avoir soigné les animaux, ils rentrèrent tous dans la maison. Les empreintes de leurs pas avaient déjà disparu et la neige tombait toujours.

— Seigneur, on dirait que c'est la fin du monde ! s'exclama Madeleine, un peu essoufflée, en repoussant la porte.

— Non, mais c'est une saudite bonne tempête, fit sa mère en retirant sa tuque couverte de neige. Pendant qu'on va préparer le souper, vous autres, les garçons, vous allez me remplir le coffre à bois. Ça me surprendrait qu'on puisse commencer à déneiger durant la soirée.

En fait, la veuve se trompait. De violentes bourrasques de vent se levèrent durant le souper, chassant rapidement les derniers nuages et ébranlant les vitres des fenêtres. Le calme soudain qui succéda à la tempête surprit tout le monde. Norbert quitta la chaise berçante où il venait de s'asseoir pour jeter un coup d'œil à l'extérieur.

— On voit pas grand-chose dehors, mais on dirait qu'il neige plus pantoute, annonça-t-il à sa mère et à sa sœur en train de ranger la cuisine. Je vais aller voir ça.

Il traversa la pièce et pénétra dans la cuisine d'été. Après s'être habillé, il sortit sur la galerie. Il régnait à l'extérieur un silence impressionnant, comme si tout était étouffé par une épaisse ouate blanche. De fait, tout était blanc à perte de vue et l'adolescent aurait pu jurer que la moindre trace de vie humaine avait disparu. Il rentra un instant pour annoncer qu'il ne neigeait plus et qu'il allait commencer à passer la gratte.

— On va aller te donner un coup de main à nettoyer, lui dit sa mère. Si on se met ensemble, ça va prendre moins de temps à se désembourber. Penses-tu avoir besoin d'aide pour atteler les chevaux à la gratte demanda-t-elle à son fils.

— Je vais essayer de me débrouiller tout seul, répondit ce dernier en sortant.

Lionel et Madeleine entreprirent de déneiger la galerie et les marches pendant que leur mère, armée elle aussi d'une pelle, alla dégager les entrées de chacun des bâtiments. Avant de se mettre au travail, elle regarda Norbert sortir d'abord le blond de l'écurie et attacher l'une des chaînes de la gratte à son harnais. Elle ne bougea pas, attendant de voir comment Cocotte allait réagir lorsqu'elle se retrouverait attelée en tandem avec l'autre bête. Norbert sortit en tenant la jument par le mors. Il la fit reculer aux côtés de l'autre cheval et attacha la chaîne sans que la bête manifeste le moindre signe de nervosité.

— C'est là qu'on va voir si elle est bonne à quelque

chose, dit l'adolescent à sa mère en prenant place derrière les trois épais madriers en chêne longs d'environ douze pieds reliés entre eux par des travers.

On avait fixé à chaque extrémité de l'instrument rudimentaire lourdement lesté des chaînes de longueur inégale qu'on attachait au harnais des chevaux.

— Hue ! cria donc Norbert en agitant les rênes.

Après une légère hésitation, les deux bêtes se mirent à avancer lentement, surprises par le poids inattendu qu'elles devaient tirer derrière elles. Aussitôt, les madriers traînés en oblique se mirent à repousser la neige sur le côté.

Norbert fit d'abord lentement un passage dans la cour, puis un second. Sa mère, qui venait de dégager la porte du poulailler, le regarda faire.

— Ça a l'air d'aller pas mal bien, cria-t-elle à son fils.

— Même si je vais être obligé de passer au moins deux fois à la même place parce qu'il est tombé trop de neige, ça va pas mal mieux que l'hiver passé, reconnut l'adolescent. Cocotte est solide.

— Je vois ça, dit sa mère. Quand t'auras fini de nettoyer la cour, mets-leur une couverte sur le dos et laisse-les souffler un peu avant d'aller sur le chemin. En plus, tu vas avoir besoin de te réchauffer.

Norbert fit signe de la tête qu'il avait bien compris et poursuivit son chemin en tenant solidement les rênes de son attelage qui avançait à un rythme régulier.

Même avec deux chevaux, il eut besoin de pratiquement toute la soirée pour dégager la cour et la portion de route qui longeait la terre des Boisvert. Quand il rentra dans la cour, les mains et les pieds gourds à cause du froid, il retrouva sa mère sur son chemin.

— Rentre te réchauffer. Je vais m'occuper des chevaux, lui ordonna-t-elle.

— Voyons donc, m'man, je suis capable de le faire, protesta-t-il faiblement.

— T'es complètement gelé. Fais ce que je te dis, fit-elle en s'emparant des rênes.

La veuve conduisit les bêtes tout près de l'étable. Elle les débarrassa des chaînes qui les entravaient et les conduisit l'une après l'autre dans l'écurie. Elle prit le temps de les bouchonner avant de leur servir une bonne ration d'avoine. Elle éteignit ensuite son fanal et regagna sa maison. Ce soir-là, elle avait subitement compris en regardant travailler son fils qu'il était devenu un homme, capable d'abattre un travail solide.

*
**

Deux jours plus tard, Corinne s'empressa de laver la vaisselle sale du souper avec Madeleine avant de gagner sa chambre à coucher pour faire sa toilette. Elle attendait cette soirée avec impatience depuis plusieurs jours et avait cuisiné une recette de sucre à la crème, friandise que son amoureux semblait particulièrement apprécier. Elle se coiffa devant son miroir après s'être lavée avec le savon de toilette qu'elle n'utilisait habituellement que pour donner une bonne odeur à ses vêtements dans ses tiroirs de commode. En se poudrant légèrement les joues, elle se promit de reprocher à son amoureux de n'être pas venu lui apprendre son élection au poste de commissaire au début de la semaine.

— Je lui dirai peut-être rien, dit-elle tout bas. Il faudrait pas qu'il pense que je m'attache à lui à ce point-là. Par contre, je pourrais peut-être lui faire comprendre qu'il pourrait aussi venir veiller le mercredi soir, comme Léopold. J'ai l'impression qu'il serait bien content de ça, ajouta-t-elle avec un sourire.

Elle gagna la cuisine au moment même où Léopold y entrait. Le jeune homme s'informa de la manière dont Cocotte s'était tirée d'affaire lors de la première tempête et parla un peu avec Norbert de la coupe de bois sur leurs terres respectives.

— Si jamais Jocelyn Jutras veut plus continuer, offrit le fiancé de Madeleine, on pourra toujours s'arranger pour travailler ensemble avec Tit-Bé.

Madeleine conduisit ensuite son fiancé au salon et sa mère prit un tricot avant de s'asseoir près du poêle dans sa chaise berçante. Norbert décida de monter dans sa chambre, comme s'il ne désirait pas voir Ian Sullivan, mais Lionel demeura dans la pièce, occupé à compléter un devoir donné la veille par sa sœur.

Durant l'heure suivante, la maîtresse de maison ne cessa de faire des allers et retours jusqu'aux fenêtres, scrutant la route pour voir si Ian arrivait.

— Veux-tu bien me dire ce qui le retarde comme ça ? se demanda-t-elle à mi-voix à plusieurs reprises en reprenant son tricot après s'être assise.

La soirée s'étirait, interminable, ponctuée par le tic-tac agaçant de l'horloge murale. Norbert finit par descendre de sa chambre alors que Lionel était invité à monter se coucher par sa mère. L'adolescent, surpris de constater l'absence du voisin, se garda de poser la moindre question. Il prit le jeu de cartes délaissé par son jeune frère et se mit à faire une patience. Il voyait bien que sa mère était nerveuse et inquiète.

Peu après dix heures, Léopold vint saluer Corinne et Madeleine l'accompagna jusqu'à la porte avant de revenir dans la cuisine. Si la jeune fille était surprise de retrouver sa mère seule, elle n'en fit pas mention. La prière du soir fut expédiée rapidement et chacun put aller se coucher. Quand la porte de sa chambre se referma sur elle, la veuve ne put empêcher sa frustration et sa colère d'éclater.

— Lui, il va m'entendre demain, dit-elle, les dents serrées. Il me prendra pas deux fois pour une dinde à passer mes soirées à l'attendre pour rien. C'est pas vrai !

Elle s'endormit en se répétant les reparties cinglantes qu'elle allait avoir le plaisir d'adresser à son amoureux transi le lendemain après-midi.

Le lendemain matin, sa colère était beaucoup moins vive. Soudain, elle venait de penser que madame Sullivan avait pu avoir un malaise et que son fils avait dû être dans l'obligation d'en prendre soin la veille. Une vache avait pu vêler dans la soirée, l'empêchant ainsi de venir lui tenir compagnie. Il avait pu tomber malade lui-même. Pourquoi pas ? Assiégée par toutes ces suppositions, elle fut passablement distraite durant la grand-messe. Elle remarqua toutefois qu'Émilie Michaud était de retour puisqu'elle entonna de sa voix extraordinaire le solo du chant de communion.

À sa sortie de l'église avec Norbert et Lionel, Corinne s'empressa de rejoindre Madeleine et Léopold. En ce dernier dimanche du mois de novembre, les *sleighs*, les berlots et quelques élégantes catherines avaient remplacé les bogheis. Corinne aperçut du coin de l'œil Henri et Annette s'esquivant rapidement vers leur *sleigh*.

Puis, elle vit Ian en grande discussion avec Émilie Michaud et deux autres membres de la chorale qui venaient d'apparaître sur le parvis. Pendant quelques instants, la veuve attendit que son prétendant vienne la rejoindre, ne serait-ce que pour lui expliquer la raison de son absence la veille. Quand elle se rendit compte qu'il n'avait pas cette intention, elle eut un mouvement d'humeur et pressa Norbert de la ramener à la ferme du rang Saint-Joseph. Lionel, comme d'habitude, allait revenir à la maison dans la voiture de Léopold pour chaperonner les fiancés. À son retour chez elle, elle demeura endimanchée, se contentant de protéger sa plus belle robe avec un tablier pour ne pas la salir en cuisinant le dîner.

— Dites donc, m'man, vous êtes-vous chicanée avec monsieur Sullivan ? finit par lui demander à voix basse Madeleine alors qu'elles s'activaient dans la cuisine.

— Non, pourquoi tu me demandes ça ? feignit de s'étonner sa mère.

— Bien, parce qu'il est pas venu veiller hier soir.

— Il est pas obligé de venir toutes les fins de semaine, lui fit remarquer Corinne, sur un ton qui laissait clairement entendre qu'elle ne souhaitait pas poursuivre cette conversation.

Sa fille comprit et se mit à parler de l'appétit sans bornes de Tit-Bé, si elle se fiait à ce que lui avait rapporté Léopold.

— Vous le croirez pas, m'man, mais il mange six œufs le matin avec du lard et presque la moitié d'un pain.

— C'est à se demander où il met tout ça, fit sa mère que le sujet intéressait peu. Il est maigre à faire peur, cet homme-là.

Cet après-midi-là, la veuve attendit encore vainement son amoureux. Ian Sullivan ne vint pas plus frapper à sa porte que la veille. De plus en plus nerveuse et inquiète, elle essaya de se rappeler la dernière soirée passée ensemble pour tenter de voir ce qu'elle avait bien pu faire ou dire qui aurait pu l'insulter. Elle ne trouva rien.

Après le départ de Léopold, Corinne changea de robe et alla faire le train avec ses enfants. À leur sortie des bâtiments, une petite neige s'était mise à tomber doucement. L'humeur sombre, la mère de famille, aidée par son aînée, servit le souper et rangea la cuisine avant de sortir la courtepointe qu'elle avait entrepris de piquer. Elle venait à peine de s'asseoir quand des pas sur la galerie la firent légèrement sursauter.

— Madeleine, appela-t-elle, Léopold arrive.

— C'est correct, je vais ouvrir, répondit l'institutrice en sortant du salon où elle venait de déposer une lampe à huile.

Les voix dans la cuisine d'été attirèrent l'attention de la maîtresse de maison.

— Oui, monsieur Sullivan, ma mère est dans la cuisine, entendit-elle Madeleine dire au visiteur.

Avant même que le voisin entre dans la pièce avec Madeleine et Léopold, Corinne s'enfuit dans sa chambre après avoir laissé tomber sa courtepointe près de sa chaise berçante.

— Saudite affaire ! dit-elle avec rage en allumant la lampe de service posée sur sa table de nuit. Je suis même pas préparée.

Elle enleva ce qu'elle appelait sa robe de semaine pour mettre celle du dimanche. On frappa à la porte de la chambre.

— M'man, c'est monsieur Sullivan qui vient d'arriver, entendit-elle sa fille lui dire à travers la porte.

— Fais-le asseoir et dis-lui que j'en ai pour cinq minutes, répondit-elle à sa fille, le cœur battant la chamade.

Après avoir boutonné nerveusement sa robe, elle s'examina dans le miroir, vérifia le bon ordre de son chignon et se poudra légèrement le nez. Avant de quitter la pièce, elle s'efforça de se composer un visage neutre.

De retour dans la cuisine, elle salua Léopold et Ian tout en constatant que sa fille avait rangé sa courtepointe et que Norbert s'était esquivé. Madeleine disparut rapidement dans le salon avec son fiancé et l'hôtesse invita son amoureux à prendre place dans l'une des chaises berçantes après lui avoir proposé une tasse de thé et du sucre à la crème. Elle mourait d'envie d'apprendre pourquoi il lui avait fait faux bond la veille et l'après-midi même, mais sa fierté l'empêchait de quémander des explications. Elle n'eut cependant pas à attendre bien longtemps avant que le nouveau commissaire de Saint-Paul-des-Prés lui donne la raison de ses absences.

— Hier soir, j'aurais ben aimé venir veiller avec toi, lui dit-il à voix basse, mais un cousin de Verchères est arrivé à la maison hier après-midi et il est resté collé jusqu'au souper, aujourd'hui. Je l'aurais ben laissé tout seul avec ma mère, mais ça aurait pas été ben poli, tu comprends ?

— C'est pas grave, le rassura Corinne. Va surtout pas te sentir obligé de venir veiller avec moi tous les samedis et dimanches. À dire vrai, je t'attendais pas pantoute, mentit-elle effrontément.

— J'espère que je te dérange pas à soir, au moins ? demanda Ian, un peu surpris par sa réponse.

— Non, comme t'as pu le voir, j'étais en train de travailler sur une courtepointe quand t'es arrivé.

Bref, quelques minutes à peine après l'arrivée de son amoureux, Corinne avait pratiquement oublié les heures pénibles qu'elle avait vécues depuis la veille. Tout était rentré dans l'ordre et Ian se montrait aussi tendre que pressant, ce qui avait le don de l'émouvoir singulièrement.

Se sentir de nouveau belle, désirée et admirée la transportait d'autant plus qu'elle n'avait pas éprouvé cette sensation depuis la lointaine époque de ses fiançailles, plus de vingt ans auparavant.

À la fin de la soirée, Ian parvint à lui voler un baiser en partant, ce qui la choqua et la ravit en même temps.

Cette nuit-là, des rêveries très agréables l'empêchèrent de s'endormir. Par conséquent, elle eut du mal à quitter son lit le lendemain matin. Il fallut que Madeleine vienne frapper à sa porte pour qu'elle consente enfin à reprendre pied dans la réalité.

— Êtes-vous malade, m'man ? lui demanda la jeune fille, qui ne se souvenait pas d'avoir déjà eu à réveiller sa mère.

— Non, j'ai seulement mal dormi, mentit-elle en serrant frileusement son châle sur ses épaules. On gèle dans la cuisine.

— Je viens d'allumer le poêle, lui dit sa fille.

En ce lundi matin, Corinne fit son lavage après le départ des siens. Elle tendit des cordes dans la cuisine et y étendit les vêtements qu'elle venait de laver. Les vitres s'embuèrent alors rapidement à cause de l'humidité. Après avoir tout rangé, elle décida de préparer sa pâte à pain, comme elle le faisait au début de chaque semaine. Au moment de se mettre au travail, elle s'aperçut avec dépit qu'elle n'avait plus suffisamment de levure et qu'elle avait oublié d'en acheter le samedi précédent chez Duquette.

— Dis-moi pas que je vais être obligée d'atteler et d'aller au village juste pour ça, dit-elle à haute voix.

Elle se demanda si elle n'attendrait pas après le repas du midi pour y aller, puis elle se décida à se débarrasser avant le dîner de cette corvée. Elle s'habilla, alla atteler Cocotte à la *sleigh* et prit la direction du village. Norbert avait quitté la maison un peu après sept heures avec le long traîneau auquel il avait attelé le blond.

La veuve entra dans le magasin général en même temps que Mance Rivest, la servante du curé Morin. Elle la salua ainsi qu'Alexina Duquette et son mari, debout derrière le long comptoir en bois. Émilia Lévesque lui adressa un sourire contraint avant de reprendre sa conversation avec les deux propriétaires du magasin. Corinne lui rendit son sourire avant de se diriger vers l'une des trois rangées de produits offerts par le commerce. Elle eut le temps de voir la servante du curé s'approcher du trio pour participer à leur conversation.

Les gens rassemblés au comptoir semblèrent oublier pendant un moment la présence de Corinne. Pour sa part, cette dernière ne prêta aucune attention à leur discussion, du moins jusqu'à l'instant où elle entendit parler de l'Irlandais. Alors là, elle tendit l'oreille en feignant d'examiner divers produits rangés sur une tablette devant elle.

— Je suppose que ça a pas dû faire trop trop l'affaire de madame Vigneault de voir revenir la Michaud hier matin pour la grand-messe ? demanda l'ancienne directrice de la chorale. Elle devait évidemment s'attendre à diriger la chorale.

— C'est bien normal, fit Alexina Duquette.

— Bien sûr, Émilie Michaud devait être encore partie en ville, fit Mance.

— Le bedeau reste à côté de chez elle. Il m'a dit que ça fait deux bonnes semaines qu'elle va en ville les fins de semaine, sentit le besoin de préciser Alcide Duquette.

— Je sais pas si ça a enragé Mariette Vigneault de la voir revenir diriger la chorale à sa place à la grand-messe, hier matin, fit sa femme, mais Sullivan, lui, devait être pas mal content.

— Est-ce que c'est vrai qu'il y aurait une petite histoire d'amour entre l'Irlandais et cette femme-là ? demanda Mance sur un ton un peu méprisant.

— On le dirait ben, confirma Alcide Duquette. Je me suis laissé dire que ça durait même depuis un bon bout de temps.

— C'est bien ce que le père Leblanc m'a raconté, reprit la servante. Il m'a dit qu'il voyait l'Irlandais entrer chez la Michaud un ou deux soirs par semaine à part le samedi et le dimanche, comme de raison. Pour moi, ça va virer en basse-messe cette histoire-là.

— Vous êtes certaine de ça, madame Rivest ? lui demanda Alcide Duquette.

— Il me l'a juré sur la tête de ses enfants, répondit la servante.

— Qu'il la marie serait la moindre des choses, intervint Émilia Lévesque, le bec pincé. Si ça a de l'allure de voir un homme et une femme pas mariés, tout seuls, sans chaperon, dans une maison. C'est sûr qu'ils passent pas leur soirée ensemble pour dire leur prière, ajouta-t-elle, l'air franchement scandalisée. Vous savez comme moi que le bedeau est une vraie commère. S'il commence à raconter ça à gauche et à droite, ça va être un vrai scandale. La directrice de la chorale paroissiale qui fricote avec un marguillier. Monsieur le curé va bien piquer une crise s'il apprend ça.

Si l'une des quatre personnes rassemblées près du comptoir avait pris la peine de jeter un coup d'œil à Corinne, elle se serait rendu compte que la veuve s'était immobilisée, tétanisée par ce qu'elle venait d'entendre. Cette dernière attendit un bon moment afin de retrouver son calme avant de se présenter à la caisse avec la levure qu'elle venait de prendre sur une tablette.

Elle paya au marchand ce qu'elle lui devait, adressa un bref sourire aux dames présentes, les salua et quitta le magasin sans se retourner. Elle était certaine qu'on s'était mis à parler d'elle dès que la porte s'était refermée dans son dos. Elle s'en fichait, on n'avait rien à lui reprocher. Sa conduite et celle des siens étaient inattaquables.

Quand elle monta dans la *sleigh*, elle était dans une rage folle.

— Si c'est vrai ce que je viens d'entendre, Ian Sullivan est un maudit menteur ! Un maudit menteur ! répéta-t-elle à plusieurs reprises et de plus en plus fort. Il a bien ri de moi ! Mais qu'est-ce que j'ai fait au bon Dieu pour tomber encore une fois sur un homme comme ça ? s'écria-t-elle au bord des larmes.

Elle se rappelait trop bien comment son Laurent l'avait traitée lors de leurs fréquentations. Elle n'avait appris que quelques mois après son mariage qu'il l'avait fréquentée en même temps que Catherine Gariépy, celle qui allait devenir l'épouse de Jocelyn Jutras. Il n'avait abandonné la fille d'Honorine Gariépy que peu de temps après leurs fiançailles.

— Tu parles d'un bel hypocrite, à part ça ! Si ce qu'on raconte est vrai, il est venu veiller avec moi les deux dernières semaines juste parce que la Michaud était en ville. Pourquoi se gêner ?

Folle de rage, elle donna un coup de poing sur le siège de la *sleigh*.

— C'est facile. Quand une est pas là, il a juste à venir voir la veuve du rang Saint-Joseph ! dit-elle, sarcastique. À l'entendre, il avait pas fréquenté une femme depuis qu'il était jeune ! Un beau menteur, oui ! Je suis tombée encore une fois sur un beau parleur et moi, la niaiseuse, j'ai cru tout ce qu'il m'a dit. Ça m'apprendra ! Dire que j'allais lui offrir de venir veiller aussi le mercredi soir ! C'est sûr qu'il se serait trouvé une défaite parce qu'il aurait été trop occupé à aller minoucher la Michaud !

Elle détela Cocotte et la fit entrer dans l'écurie avant de regagner la maison. Après avoir retiré son manteau, elle s'empressa d'aller jeter deux rondins dans le poêle avant de se laisser tomber dans sa chaise berçante, le cœur en miettes et son orgueil blessé.

— Si ça se trouve, il a jamais eu la visite d'un cousin la fin de semaine passée. Il était chez la Michaud pendant que je l'attendais à me ronger les sangs comme une belle niaiseuse ! Maudit menteur ! répéta-t-elle encore une fois. C'est pas demain la veille qu'un autre homme va venir rire de moi en pleine face.

Les dents serrées, elle se releva et entreprit de préparer le dîner avant d'ajouter la levure à sa pâte à pain. Elle le cuirait quand Norbert serait retourné travailler, même si elle n'avait qu'une envie, celle d'aller s'étendre dans sa chambre pour pleurer sur son sort. Elle passa l'après-midi à penser à sa mésaventure et à celui qui avait trahi sa confiance. Pourtant, elle finit par se raisonner progressivement.

— Au fond, c'est pas la fin du monde, réfléchit-elle à

un certain moment, répétant sans s'en rendre compte la phrase apaisante que sa mère disait si souvent. Ian Sullivan a ri de moi, mais personne doit être au courant dans la paroisse. Il s'en est certainement pas vanté à sa mère ou à quelqu'un d'autre. À cette heure, lui, il va apprendre comment je m'appelle. S'il a le front de se présenter ici dedans, il fera pas de vieux os, je le garantis.

Forte de cette résolution, elle poursuivit la tâche qu'elle venait d'entreprendre tout en surveillant la cuisson de son pain. Il y avait déjà quatre miches dorées sur la table et les deux dernières finissaient de cuire quand Norbert revint en compagnie de Jocelyn. Tous deux avaient bûché toute la journée sur sa terre à bois. Elle se précipita vers la porte qu'elle ouvrit.

— Jocelyn ! héla-t-elle le voisin. Arrête une minute, ton pain est prêt.

Le veuf entra dans la maison. Elle lui offrit une tasse de thé pour se réchauffer, mais il refusa sous prétexte de vouloir faire son train de bonne heure. Il la remercia pour le pain et rentra chez lui.

— Ça va ben, déclara Norbert, satisfait de sa journée de travail. On va être capables de rapporter deux bons traîneaux de bois demain avant-midi avant d'aller bûcher chez eux.

Ce soir-là, la mère de famille s'enferma dans un mutisme inhabituel pendant que Madeleine préparait sa classe et que Lionel faisait ses devoirs à table. Sa folle colère à l'endroit de Ian Sullivan avait fait place à une froide détermination. Par fierté, elle n'allait ni lui faire une crise de jalousie ni lui reprocher quoi que ce soit. Non, elle n'allait même pas chercher à le reconquérir. Un menteur et un hypocrite semblable ne méritait que d'être ignoré. Elle prit la décision d'invoquer toutes sortes d'excuses pour ne pas le recevoir quand il se présenterait chez elle. À la longue, il finirait par comprendre qu'elle ne voulait plus avoir affaire à lui et tout rentrerait dans l'ordre, sauf la profonde blessure à son amour-propre qui prendrait sûrement beaucoup de temps à se cicatriser.

— S'il y a une justice en ce bas monde, murmura-t-elle avant de s'endormir ce soir-là, il va payer pour ce qu'il m'a fait.

Chapitre 23

Le scandale

La semaine passa sans événement notable, du moins jusqu'au vendredi matin. Comme tous les jours, Corinne s'était réveillée à cinq heures et demie. Depuis l'arrivée des premiers froids, elle avait renoué avec l'habitude de se lever à période fixe durant la nuit pour alimenter le poêle, sinon la maison se transformait en véritable glacière. Cette précaution n'empêchait nullement la maison de se rafraîchir, mais cela aurait été pire si elle ne l'avait pas fait. Quand elle se levait si tôt, c'était autant pour éviter qu'il n'y ait plus un tison dans le poêle au réveil que pour faire le train avant le déjeuner.

Avant de réveiller les siens, la veuve s'était habillée en grelottant et avait déposé la vieille théière sur le poêle que les flammes faisaient ronfler.

— Grouillez-vous, les enfants. Il est bien proche six heures, cria-t-elle, debout au pied des marches de l'escalier qui conduisait à l'étage des chambres.

Elle eut le temps d'endosser son manteau, de chausser ses bottes et d'allumer les deux fanaux déposés sur la table de la cuisine d'été avant de voir paraître ses trois enfants, les yeux encore gonflés de sommeil. Sans rien dire, elle sortit de la maison. Un froid vif et un ciel étoilé l'accueillirent. Elle pressa le pas en direction de l'étable, sans vérifier si Norbert la suivait ou pas.

Son fils l'avait rejointe dans le bâtiment depuis quelques minutes quand les cris apeurés de Madeleine faillirent lui faire échapper le seau contenant le lait de la vache qu'elle venait de traire.

— Bonne sainte Anne ! s'exclama-t-elle en se précipitant vers la porte de l'étable après avoir déposé son seau, qu'est-ce qui se passe encore ?

La mère de famille eut à peine le temps d'ouvrir la porte qu'elle vit accourir sa fille vers elle. Lionel sortait de l'écurie voisine au même moment.

— Qu'est-ce que t'as à crier comme une perdue ? lui demanda Corinne.

— Il y a quelqu'un ou un animal en haut, dans le poulailler ! fit la jeune fille, hors d'haleine et prête à défaillir. J'ai jamais eu aussi peur de ma vie.

— Qu'est-ce que tu racontes là ? fit Norbert, qui venait de sortir de l'étable à son tour. Il y a rien en haut. Qu'est-ce qu'un animal ferait là ?

— C'est peut-être un renard, suggéra Lionel.

— Ben non, répliqua son frère. Si c'était un renard, il serait en bas après les poules, pas en haut.

— En tout cas, il y a quelque chose là, dit Madeleine en reprenant son souffle. J'étais en train de lever les œufs quand j'ai entendu tout un charivari en haut. J'ai failli avoir une syncope.

— T'es pas allée voir ? fit Norbert.

— Es-tu malade, toi ? s'emporta l'institutrice.

— Comme ça, on n'est pas plus avancés. On sait pas ce qu'il y a dans le grenier, répliqua sa mère.

— En tout cas, moi, je retourne pas là-dedans, déclara Madeleine sur un ton péremptoire.

— C'est correct, occupe-toi d'aller nourrir les cochons et va préparer le déjeuner, fit sa mère. Il commence à faire clair. On va aller voir ce qu'il y a là. Toi, Norbert, va chercher le fusil à la maison.

— Ben non, m'man, on n'a pas besoin du fusil, répliqua l'adolescent avec assurance. Un bâton va être ben assez. Je vais m'en occuper tout seul.

Cette mâle assurance parut légèrement suspecte à la mère de famille et elle décida de l'accompagner.

— Attends, j'y vais avec toi, lui ordonna-t-elle. Et prends un bâton, on sait jamais à qui on a affaire.

L'air subitement contrarié de son fils convainquit Corinne qu'il y avait anguille sous roche. Elle n'avait pas fait trois pas en direction du poulailler que Norbert l'arrêta.

— C'est pas nécessaire pantoute que vous veniez, m'man. Je sais ce qu'il y a en haut du poulailler. Je m'en occupe.

— Bon, il me semblait bien aussi, laissa tomber sa mère. Qu'est-ce qu'il y a là ?

— La chienne des Lavallée a eu des chiots il y a trois semaines, expliqua l'adolescent. Alexandre m'en a donné un hier. Je savais que vous en voudriez pas dans la maison. Ça fait que je l'ai installé en haut. Il nuit à personne.

— Norbert Boisvert, je t'ai dit cent fois que je voulais pas de chien. Un chien, c'est juste bon à faire peur aux vaches et aux chevaux ! s'écria Corinne.

— Mais m'man, il est tout petit, plaida Norbert. Il peut pas faire peur à rien, c'est lui qui a peur de tout.

— Je t'ai dit…

— Attendez, je vais vous le montrer, la coupa son fils en se dirigeant vers le poulailler d'où il sortit quelques instants plus tard en portant un petit chiot tout noir qui gémissait comme un enfant.

— Regardez, m'man, s'il est beau, fit Norbert en caressant doucement la bête qu'il serrait contre lui.

Corinne se laissa attendrir en voyant le petit labrador que tenait son fils. De plus, l'adolescent avait l'air si heureux qu'elle aurait eu mauvaise conscience de lui demander de renoncer à son chiot.

— C'est correct, tu peux le garder, mais dans la remise. Si jamais j'aperçois ce chien-là dans la maison, tu vas t'en débarrasser tout de suite.

Norbert, tout heureux de la décision maternelle, remercia sa mère et s'empressa d'aller installer sa bête dans la remise avant de revenir terminer le train.

Quand Madeleine apprit que c'était un chiot qui lui avait causé une si grande peur, elle balança durant quelques instants entre la colère et le rire. Finalement, elle choisit de rire de sa mésaventure et suivit son frère dans la remise après le déjeuner pour y admirer le nouveau pensionnaire.

— Comment tu vas l'appeler ? demanda-t-elle à son frère en se préparant à partir pour l'école.

Norbert réfléchit un court instant avant de dire :

— Je pense que je vais l'appeler Noiraud.

— En tout cas, on peut pas dire que tu t'es creusé trop trop la cervelle pour lui trouver un nom original, fit sa sœur en faisant signe à Lionel de sortir de la maison devant elle.

*
**

Corinne passa une bonne partie du samedi après-midi à chercher une façon d'expliquer à ses enfants qu'elle ne voulait plus voir Ian Sullivan entrer dans la maison. Finalement, à l'heure du souper, elle se décida à leur parler.

— Si jamais Ian Sullivan vient frapper à la porte à soir ou un autre jour, j'aimerais que vous lui répondiez que j'ai la grippe, que je suis couchée, que je peux pas le voir.

Norbert tourna vers sa sœur Madeleine un visage qui exprimait la plus parfaite incompréhension.

— Qu'est-ce qui s'est passé ? demanda-t-il, curieux.

— C'est pas de tes affaires, mon garçon, lui répondit sèchement sa mère. Contente-toi de faire ce que je te dis. De toute façon, ça devrait pas te faire trop de peine. Si je me trompe pas, tu peux pas le sentir.

L'adolescent ne protesta pas et se le tint pour dit.

Ce soir-là, Léopold venait à peine de s'installer au salon qu'on frappa à la porte. Corinne ne broncha pas et fit signe à Norbert d'aller répondre. Ce dernier sortit de la cuisine et alla ouvrir dans la pièce voisine. Il en revint moins d'une minute plus tard en arborant un air satisfait.

— Il avait l'air pas mal dépité, se contenta-t-il de dire. Il vous souhaite de guérir vite. Il va revenir demain après-midi.

Sa mère ne dit pas un mot. Elle se leva et regarda par la fenêtre le voisin s'en retourner à pied chez lui. Elle reprit sa place dans sa chaise berçante et se mit à tricoter en songeant qu'on était presque à la mi-décembre et qu'il lui faudrait bientôt planifier les fêtes de fin d'année.

— Si jamais tu vois un sapin qui a du bon sens, dit-elle à son fils qui s'apprêtait à aller s'amuser avec son chiot dans la remise, coupe-le et apporte-le à la maison. On va l'installer ici dedans.

— Je vais regarder, promit-il.

Le lendemain, Corinne vit sans surprise un Ian Sullivan tout souriant s'approcher d'elle tandis qu'elle s'apprêtait à monter dans la *sleigh* après la grand-messe.

— Je vois que tu vas pas mal mieux qu'hier, lui dit-il.

— Pas tellement mieux, se contenta-t-elle de dire en se couvrant les jambes avec la lourde couverture de carriole.

— Est-ce que tu penses que je pourrais aller passer l'après-midi avec toi ? osa-t-il lui demander.

— Sais-tu, Ian, je me sens pas très bien depuis une semaine, mentit-elle. J'ai besoin de me remettre d'aplomb. Je pense que le mieux serait que je t'envoie un de mes enfants t'avertir quand je me sentirai mieux.

— Es-tu sérieuse ? fit-il, soudain frappé par son ton plutôt froid.

— C'est ce qu'il y a de mieux à faire. Bon, tu m'excuseras, mais je commence à geler et c'est pas bien bon pour ma grippe.

Norbert, qui n'attendait que ce signal pour mettre l'attelage en marche, laissa sur place un Ian Sullivan un peu abasourdi par ce qu'il venait d'entendre.

— Est-ce que vous avez vraiment l'intention de nous envoyer l'avertir ? demanda l'adolescent à sa mère.

— Ça me surprendrait, fit Corinne, contente de s'être sortie de cette manière de la situation humiliante où elle se trouvait.

Durant le trajet de retour à la maison, elle se mit à espérer que son prétendu amoureux ait bien compris que c'était terminé et qu'il n'aurait pas le culot d'insister pour revenir veiller chez elle.

Le hasard fit en sorte que cela ne risquait pas de se produire de sitôt.

*
**

Trois jours plus tard, au milieu de la soirée, le docteur Précourt rentrait chez lui après avoir visité une patiente quand il vit des flammes sortir par la cheminée de la petite maison blanche habitée par Émilie Michaud. Il faisait très froid et le médecin eut du mal à immobiliser son énorme Buick sur la chaussée glissante. Il se précipita pour aller frapper à la porte de la directrice intérimaire de la chorale paroissiale. Il fut bientôt rejoint par Anselme Leblanc, le bedeau, qui venait de remarquer les flammes alors qu'il quittait l'église.

— Le feu est poigné dans la cheminée, déclara le vieil homme en frappant à coups redoublés à la porte de la jeune femme.

— Je comprends pas que madame Michaud s'en rende pas compte, fit le médecin en l'imitant.

La porte s'ouvrit tout à coup sur un Ian Sullivan à la chevelure ébouriffée et apparemment mal réveillé. Il n'avait même pas pris le temps de passer ses bretelles. Le bedeau prit un moment pour surmonter sa stupéfaction avant de lui crier :

— Aïe, le feu est poigné dans les tuyaux de ton poêle. Si tu te grouilles pas, toute la maison va y passer.

Sans prendre la peine de refermer la porte, le célibataire se précipita vers le poêle et vit que les tuyaux avaient viré au rouge. Il s'empara de la boîte de gros sel qu'on tenait toujours près du poêle pour contrer ce genre d'accident et il la vida dans le poêle après avoir soulevé un rond.

— Qu'est-ce qu'il y a ? demanda Émilie Michaud qui sortait de la pièce voisine en serrant le cordon de sa robe de chambre.

Elle sursauta en apercevant les deux hommes qui la regardaient, debout sur le pas de la porte, ce qui l'encouragea à retourner avec précipitation dans la pièce qu'elle venait de quitter avant même d'attendre la réponse.

Le feu maîtrisé, Ian reprit ses esprits et comprit que les deux spectateurs attentifs avaient saisi la scène plutôt intime qui venait de se dérouler dans la maison.

— Je vous remercie de nous avoir avertis. On s'en était pas aperçus, dit-il au bedeau et au médecin avant de refermer la porte.

Avant même d'avoir regagné la route, les deux hommes purent entendre le cultivateur jurer à tue-tête. Anselme Leblanc eut un gloussement. Il anticipa tout le plaisir qu'il allait avoir à révéler avec force détails dans quel état il avait trouvé la directrice de la chorale et le nouveau marguillier. C'était certain que toute la paroisse allait pouvoir en faire des gorges chaudes durant des semaines.

*
**

Si le docteur Précourt était habitué à la discrétion, on ne pouvait évidemment en exiger autant de la pire commère de Saint-Paul-des-Prés. Personne n'aurait pu imposer le silence à Anselme Leblanc, surtout quand il connaissait une histoire aussi croustillante. Dès le lendemain midi, la moitié des habitants du village savait qu'on avait trouvé Émilie Michaud et Ian Sullivan en petite tenue, si occupés à faire des choses qu'on ne pouvait raconter devant les enfants, qu'ils n'avaient pas remarqué qu'un feu pris dans la cheminée risquait d'incendier la maison.

Comme il fallait s'y attendre, l'histoire se rendit aux oreilles d'un curé Morin absolument abasourdi qu'un tel scandale frappe deux personnalités si en vue de sa paroisse.

— Maudit batèche ! jura-t-il en assenant une claque retentissante sur son bureau. Il fallait qu'un scandale pareil se produise dans ma paroisse.

Pendant quelques instants, il chercha à qui il pourrait bien s'en prendre. Il ne pouvait blâmer personne d'autre que lui pour le choix du marguillier. Par contre, Émilie Michaud lui avait été recommandée par l'abbé Dupras. Il se leva et se rendit dans le salon où les deux vicaires étaient en train de lire leur bréviaire en attendant l'heure du souper.

— Il y a pas à dire, l'abbé, vous en avez fait une belle, dit-il avec hargne à l'abbé Dupras.

— Qu'est-ce qu'il y a, monsieur le curé ? demanda le vicaire, surpris par cette sortie inattendue de son supérieur.

— Il y a que c'est vous qui m'avez recommandé madame Michaud pour diriger la chorale. Je suppose que vous êtes au courant, vous aussi, du scandale qu'elle cause dans la paroisse.

— Non, monsieur le curé.

— Eh bien, vous devez être le seul à pas le savoir, l'abbé ! répliqua durement Eusèbe Morin. On l'a surprise au lit avec Ian Sullivan hier soir. Le feu était pris dans sa cheminée.

— Je pouvais pas deviner quelle sorte de femme

c'était, plaida l'abbé d'une voix égale. Si je me trompe pas, monsieur le curé, c'est pas moi qui ai nommé Sullivan marguillier, ajouta le vicaire.

La riposte du prêtre laissa Eusèbe Morin sans voix. Il tourna les talons et s'engouffra dans son bureau, prêt à recevoir Émilie Michaud qu'il avait envoyé chercher par le bedeau quelques minutes plus tôt.

— Elle, je l'attends avec une brique et un fanal, déclara-t-il, l'air mauvais. Elle viendra pas donner le mauvais exemple dans ma paroisse.

Dans le salon, l'abbé Biron regarda son confrère avec un petit sourire narquois.

— Regarde-moi pas comme ça, lui ordonna Alphonse Dupras. J'y suis pour rien si Sullivan avait un feu plus pressant à éteindre que celui de la cheminée.

— Alphonse ! s'exclama René Biron, scandalisé.

Malheureusement, le curé de Saint-Paul-des-Prés allait être dans l'obligation de ronger son frein encore plusieurs heures. Anselme Leblanc revint au presbytère pour lui annoncer que la dame était trop occupée ce soir-là pour venir le rencontrer et qu'elle passerait le voir au début de l'après-midi, le lendemain.

*
**

Le lendemain, Émilie Michaud, toujours aussi pimpante, se présenta au presbytère. Mance Rivest, l'air plus pincé qu'à l'ordinaire, la fit passer dans la salle d'attente et alla prévenir le curé Morin.

— La Jézabel est dans la salle d'attente, monsieur le curé, lui dit-elle en se gourmant.

Eusèbe Morin ne dit rien. Il se leva et alla inviter la directrice de la chorale à passer dans son bureau.

— Madame, je suppose que vous devinez pourquoi je vous ai demandé de venir me voir ?

— Pas du tout, eut le toupet de répondre Émilie Michaud en lui adressant son plus charmant sourire.

— On vous trouve au lit avec un homme qui est pas votre mari, et vous trouvez ça normal, vous ? s'emporta brusquement le prêtre dont le front venait subitement de se couvrir d'une rougeur.

— Mais je suis pas mariée, monsieur le curé, protesta la jeune femme, comme si cette réalité lui donnait tous les droits.

— C'est bien là où est le problème, madame, dit le curé Morin d'une voix cinglante. Avez-vous pensé au mauvais exemple que vous donnez à toute la paroisse ? Malheur à celui par qui le scandale arrive ! s'écria-t-il en citant les Saintes Écritures.

— Personne l'aurait su si votre bedeau n'était pas une langue sale, monsieur le curé, fit sèchement la dame qui commençait à perdre patience. De plus, il invente. J'étais pas au lit avec monsieur Sullivan.

— On discutera pas jusqu'à la fin des temps pour rien, finit par dire Eusèbe Morin. La paroisse va devoir se passer de vos services comme directrice de la chorale, précisa-t-il, comme s'il lui imposait une très lourde punition.

— C'est parfait, accepta la jeune femme en se levant. De toute façon, je devais venir vous prévenir que je ne pouvais plus continuer jusqu'à Noël, comme je vous l'avais proposé. Si ça peut vous rassurer, monsieur le curé, monsieur Sullivan était venu me saluer parce que je quitte définitivement Saint-Paul la semaine prochaine.

— Très bien, madame, dit-il en la raccompagnant jusqu'à la porte de son bureau.

Le prêtre s'était retenu à temps, car il s'apprêtait à dire : « Tant mieux ! » Son soulagement en apprenant que sa visiteuse s'en allait vivre ailleurs était tel qu'il ne chercha même pas à savoir où elle comptait aller vivre ni ce qui avait motivé son départ.

Quelques minutes plus tard, la servante vint le prévenir de l'arrivée de Ian Sullivan, convoqué l'après-midi même. Le cultivateur du rang Saint-Joseph avait passablement perdu de sa superbe quand son curé le fit passer dans son bureau en arborant un air sévère.

— Je n'irai pas par quatre chemins avec vous, monsieur Sullivan, dit le prêtre d'entrée de jeu. Quand je vous ai nommé marguillier, je pensais avoir choisi judicieusement, même si plusieurs paroissiens m'ont reproché par la suite d'avoir fait un passe-droit en vous nommant. Même si vous n'êtes à Saint-Paul que depuis deux ans, je vous ai fait passer avant plusieurs vieux paroissiens méritants. Vous vous en rendez compte ?

— Oui, monsieur le curé, répondit le marguillier en arborant un air repentant.

— Vous avez créé un scandale dans la paroisse. Je n'ai plus confiance en vous.

— Vous pourriez peut-être me donner une petite chance, osa demander le visiteur, assez pitoyable.

— Non, monsieur. Vous allez me remettre votre démission comme marguillier ce soir même. Écrivez que c'est pour des raisons personnelles.

Le visage de Ian Sullivan était devenu blafard. Il venait de perdre bêtement un titre auquel il tenait et qui le plaçait parmi les notables de la paroisse.

— Si j'ai un conseil à vous donner, ajouta le curé de Saint-Paul-des-Prés d'une voix cinglante, en se levant pour indiquer que la rencontre était terminée, faites-vous donc oublier un peu. À votre place, je me retirerais aussi de la chorale. Moins on vous verra, moins les gens seront portés à parler de vous.

Ian Sullivan, abattu, quitta le presbytère et rentra chez lui.

Ce ne fut que ce soir-là que Corinne apprit la mésaventure survenue l'avant-veille à son ex-amoureux. Marie-Claire Rocheleau était venue veiller à la maison et s'était fait un plaisir de rapporter avec force détails tout ce qui se racontait au village.

La nouvelle ne réjouit pas particulièrement la veuve. Elle ne fit que lui rappeler la trahison de Ian. Bizarrement, elle se souvint d'une phrase prononcée par le voisin l'été précédent. « Je fonds quand je suis devant une belle créature. »

— Devant moi, il fondait pas, par exemple, dit-elle amère. Il faut croire que je suis pas assez belle !

L'une des conséquences de la trahison de Ian Sullivan avait été d'enlever à la jeune veuve toute confiance dans son charme. Depuis qu'elle avait appris que l'Irlandais fréquentait aussi la directrice de la chorale, elle se sentait vieille et peu attirante.

Chapitre 24

Une autre déception

La veille de la deuxième tempête de neige de la saison, quelques clients un peu désœuvrés s'étaient frileusement rassemblés près de la fournaise qui trônait au centre du magasin général.

— P'tit Jésus ! se moqua Anselme Leblanc, il faut croire que les règles ont pas mal changé sans que je m'en aperçoive. C'est rendu que le mandat des marguilliers dure même pas trois mois à cette heure. À ce compte-là, tous les hommes de la paroisse vont finir par l'être un jour ou l'autre.

— Il paraît même que l'Irlandais a voulu démissionner aussi de sa *job* de commissaire, chuchota Alcide Duquette. Les deux autres commissaires ont pas voulu, mais ç'a été dur de le convaincre de rester. Pour moi, il va être pas mal moins faraud pour un bout de temps.

— C'est sûr que cette affaire-là est pas mal gênante pour lui, reprit Joseph Melançon qui venait de bourrer sa pipe. Mais entre nous autres, qui aurait refusé de faire une petite politesse à la belle Émilie Michaud s'il en avait eu la chance ?

Les hommes présents se firent des clins d'œil entendus.

Durant la nuit du 20 décembre, une violente tempête

se déchaîna, faisant oublier durant quelques jours le départ précipité de l'ancienne directrice de la chorale et la déconfiture largement publicisée de l'ex-marguillier de la paroisse. Évidemment, au matin, il n'était pas question que les enfants se rendent à l'école dans la tourmente. Les écoles de rang et celle du village demeurèrent fermées et l'unique signe de vie était la fumée qui s'échappait de la cheminée des maisons.

Pendant que la tempête faisait rage, Corinne et ses enfants, prisonniers de la maison, en profitèrent pour décorer de guirlandes et de petits anges le sapin rapporté la veille par Norbert.

— Vous trouvez pas que notre arbre est pas mal chenu ? demanda l'institutrice en montrant les larges espaces dépourvus de branches.

— Aïe, la grande ! fit Norbert. C'est un sauvageon. C'est le plus beau que j'ai trouvé. Si t'es pas contente, t'as juste à aller t'en bûcher un dans le bois.

— Il va faire l'affaire, dit sa mère sur un ton apaisant.

— Il y en a qui mettent des chandelles dans leur arbre, intervint Lionel.

— Pas ici dedans, dit Corinne. Ça, c'est une affaire pour mettre le feu à la maison. Tiens, pendant que j'y pense, ajouta-t-elle. Norbert, mets donc de l'eau dans la chaudière. Il faudrait pas que cet arbre-là sèche avant le jour de l'An. On va avoir de la visite et je voudrais bien qu'il soit encore regardable.

— Quand cette tempête-là va finir, dit Madeleine, on va en avoir encore pour deux ou trois jours à se désembourber.

— Moi, j'espère juste que les chemin vont être

dégagés à temps pour qu'on puisse aller chercher Élise, fit sa mère en jetant un coup d'œil à l'extérieur.

Elle ne vit rien qu'un rideau blanc opaque que le vent projetait à l'horizontale.

— Il reste juste deux jours de classe, reprit sa fille. Si je m'écoutais, je dirais aux enfants de rester à la maison tellement ils sont tannants. Depuis une couple de jours, on dirait qu'ils ont le diable au corps.

— Pas moi, en tout cas, protesta Lionel.

— Non, c'est vrai, reconnut sa sœur. Toi, t'es pas mal tranquille.

— Quand on va avoir fini de nettoyer la cour et notre bout de chemin, déclara Norbert à son frère, je vais t'emmener avec moi dans le bois. On va mettre nos raquettes et on va aller chercher du sapinage avec le traîneau. J'ai idée que les piquets de clôture vont avoir disparu avec toute cette neige-là. Il va falloir baliser le chemin, on n'aura pas le choix.

Corinne approuva. Son fils était de plus en plus responsable et avait rarement besoin de se faire dire quoi faire. Elle avait la nette impression qu'il allait devenir un bon habitant, comme sa mère disait souvent.

Au milieu de l'après-midi, la tempête s'essouffla brusquement et il ne tomba plus qu'une petite neige folle poussée par un vent timide. Norbert annonça qu'il allait sortir pour commencer le déneigement. Sa mère et sa sœur poursuivirent la confection des pâtés à la viande et des tartes qui allaient être servis durant la période des fêtes, une tâche qu'elles avaient entreprise dès après le dîner. Depuis plusieurs heures, la cuisine baignait dans des effluves appétissants de bœuf et de porc hachés en train de mijoter avec des oignons sur le poêle.

— Arrive, Lionel, lui ordonna son frère aîné. J'aime

autant aller geler dehors que d'endurer ces senteurs-là qui me donnent la faim, ajouta Norbert, la mine gourmande, en se penchant au-dessus de la poêle de fonte où le mélange achevait de cuire.

— Norbert Boisvert, ôte ton grand nez de ma casserole, lui commanda sa mère qui venait d'aller porter sur la table deux tartes aux raisins qu'elle venait de sortir du fourneau. Envoye, va travailler !

— C'est correct, j'ai compris ! Vous voulez même pas me laisser goûter un petit peu.

— C'est en plein ça. Décampe et que je te voie pas sortir ton saudit chien dehors pour faire peur aux chevaux pendant que tu passes la gratte, le prévint sa mère.

Chez les Boisvert, on ne parvint à déblayer toute cette neige tombée depuis la nuit précédente qu'au milieu de la soirée. Léopold arriva chez sa future belle-mère au moment où Norbert était occupé à dételer le blond et Cocotte. Avant de pénétrer dans la maison, le jeune homme s'approcha de l'adolescent.

— On peut dire que tu te traînes pas les pieds pour nettoyer, lui dit-il en contemplant la grande cour bordée déjà d'un haut remblai de neige.

— Il y a pas intérêt. Demain matin, je dois aller chercher ma sœur à Nicolet.

— Si ça te tente, tu pourras toujours prendre ma catherine pour monter là-bas, lui proposa l'ancien homme engagé de sa mère. Ça file en tabarnouche ! Je l'ai essayée la semaine passée.

— C'est sûr que ça me tente, accepta l'adolescent. Avec Cocotte attelée à ça, je niaiserai pas en chemin, certain.

— Tu devras juste faire attention parce que c'est pas mal versant, le prévint le fiancé de Madeleine. Il faut pas oublier que cette voiture-là est beaucoup plus haute sur patins qu'une *sleigh*.

— Inquiète-toi pas, fit Norbert, tout excité par cette perspective d'un long trajet effectué à bord d'une élégante catherine.

À son entrée dans la maison, Léopold apprécia les odeurs de cuisson qui flottaient dans l'air de la maison.

— Ça sent ben bon chez vous, madame Boisvert, complimenta-t-il à la maîtresse de maison. J'ai pas besoin de vous demander ce que vous avez fait cuire. Je suis resté assez longtemps ici dedans pour le savoir.

— Et naturellement, t'es invité au réveillon et au souper de Noël, sentit le besoin de lui préciser Corinne pendant que Madeleine aidait son fiancé à retirer son lourd manteau de drap.

— Merci beaucoup. Ah ! pendant que j'y pense, Madeleine, je me suis arrêté pelleter le balcon de l'école et j'ai même eu le temps de te faire un chemin jusqu'aux toilettes en arrière.

— T'es bien fin, Léopold, lui dit la jeune fille. Comme ça, j'aurai pas à sortir de l'école demain matin pour pelleter après avoir allumé la fournaise.

— Si tu veux, je peux toujours aller te l'allumer en revenant de faire mon train, lui proposa Léopold.

— J'aime autant pas, refusa Madeleine. Ton voisin pourrait te voir entrer dans l'école et penser que je suis déjà là. Ça ferait jaser.

— Ian Sullivan sait ben que t'es pas déjà à l'école à cette heure-là, plaida Léopold.

— Lui, il lui arrive tellement d'affaires ces temps-ci qu'il vaut mieux pas lui donner la chance de devenir désagréable, répliqua Madeleine.

— C'est peut-être vrai ce que tu dis, reconnut son

fiancé. Qui est-ce qui va passer pour la guignolée demain, dans notre rang, d'après vous, madame Boisvert ?

— Pourquoi tu me demandes ça ?

— Ben, normalement, ça aurait dû être Ian Sullivan. Il m'avait même demandé de lui donner un coup de main à passer. Là, j'en ai pas eu de nouvelles. J'ai juste su qu'il était plus marguillier.

— À ta place, je m'inquiéterais pas trop de ça, fit Corinne. Monsieur le curé va bien trouver quelqu'un pour le ramassage.

Après avoir mis un gâteau aux fruits au fourneau, la maîtresse de maison termina cette longue journée de travail en plaçant dans une boîte diverses denrées destinées aux défavorisés de la paroisse. Elle alla déposer cette boîte sur la table de la cuisine d'été. En rentrant dans la cuisine d'hiver bien chauffée, elle entendit les jappements excités de Noiraud de l'autre côté de la porte séparant la cuisine d'été de la remise.

Elle l'entrouvrit pour dire à Norbert qu'elle était certaine de trouver là :

— Arrange-toi pas pour attraper ton coup de mort à jouer avec cet animal-là.

— Je viens juste d'arriver, répondit son fils. Il s'ennuie, il faut que je le dresse un peu si je veux qu'il serve à quelque chose.

Corinne vit le labrador s'approcher de la porte qu'elle tenait entrouverte et s'empressa de la lui refermer devant le museau.

— Ma foi du bon Dieu ! s'exclama-t-elle à mi-voix avec un léger sourire, on dirait un enfant avec ce chien-là.

*
**

Le lendemain matin, Norbert se prépara à aller atteler la *sleigh* dès la dernière bouchée de son déjeuner avalée.

— Traînez pas trop si vous voulez que je vous laisse à l'école en passant, dit-il à sa sœur et à son frère en mettant son manteau.

— Il est bien serviable tout à coup, fit remarquer sa mère en s'adressant à Madeleine.

— Il peut bien l'être, m'man, Léopold lui passe sa catherine pour aller chercher Élise.

— C'est quoi, cette histoire-là ? demanda Corinne en se tournant vers l'adolescent.

— Il y a pas d'histoire là-dedans, fit Norbert en enfonçant sa tuque sur sa tête. Léopold m'a proposé d'essayer sa catherine et j'ai accepté.

— J'aime pas bien ça, laissa tomber sa mère. C'est versant comme tout, ce genre de traîneau-là.

— Je vais faire ben attention, je suis pas fou, plaida l'adolescent, la main sur la poignée de la porte.

— En tout cas, va pas trop vite, le mit en garde sa mère. Et oublie surtout pas d'arrêter une minute chez ta tante Germaine pour lui dire qu'on l'attend pour le souper de Noël. Arrête-toi aussi chez ta grand-mère pour l'inviter et dis-lui de rappeler à tes oncles Bastien et Anatole qu'ils sont invités, eux autres aussi.

— J'oublierai rien, promit Norbert, en s'empressant de sortir avant que sa mère revienne sur sa décision de ne pas s'opposer à ce qu'il essaie la catherine de Léopold.

Après avoir laissé Madeleine et Lionel à l'école, l'adolescent poursuivit son chemin sur quelques arpents avant d'immobiliser la lourde *sleigh* familiale devant l'écurie de son futur beau-frère. Tit-Bé sortit presque immédiatement de la maison et vint l'aider à atteler Cocotte à la catherine, un traîneau élégant monté sur de hauts patins. Léopold vint le rejoindre à l'instant où il s'apprêtait à partir.

— Tu feras ben attention de pas verser dans le fossé avec ta sœur, lui dit-il. Si ça t'arrivait, ta mère m'en voudrait pas mal.

— Je ferai pas le fou, certain, promit-il avant de quitter la cour, heureux de la sensation de légèreté que lui donnait ce traîneau aux lignes élancées. Cocotte elle-même semblait plus fringante, attelée à ce véhicule moins lourd.

La route était très inégalement déblayée en ce lendemain de tempête. Même s'il ne chercha pas à aller trop vite, Norbert couvrit la distance entre Saint-Paul-des-Prés et Saint-François-du-Lac beaucoup plus rapidement qu'il l'avait escompté. Il décida alors de s'arrêter chez sa grand-mère au village pour lui transmettre l'invitation de sa mère avant de poursuivre son chemin jusqu'à Nicolet où il arriva passablement frigorifié.

Son oncle Bernard vint lui ouvrir. L'entrepreneur et sa femme l'obligèrent à entrer pour se réchauffer.

— Ta sœur est au chaud au couvent. Elle peut ben t'attendre un peu, lui fit remarquer Bernard Provencher en lui offrant un siège dans la cuisine alors que sa tante Germaine lui tendait une tasse de thé bouillant et déposait une assiette de biscuits devant lui.

Durant plusieurs minutes, on parla de la dernière tempête de neige et on échangea des nouvelles des membres de la famille. Norbert commit la maladresse d'évoquer brièvement les soirées que Ian Sullivan avait passées à la maison, ce qui provoqua un échange de regards entendus entre son oncle et sa tante.

Une heure plus tard, le jeune homme se présenta à la porte du couvent et aida sa sœur à transporter ses bagages dans la catherine.

— C'est quoi, ce traîneau-là ? D'où il sort ce cheval-là ? demanda Élise.

— Tiens-toi ben, lui ordonna son frère. Ce traîneau-là, c'est la catherine de Léopold. Tu vas t'apercevoir que ça file pas mal plus vite que notre *sleigh*. Pour le cheval, c'est Cocotte, une jument que m'man a achetée au mois de novembre.

Tous les deux montèrent dans le traîneau et Norbert excita son cheval pour qu'il prenne de la vitesse. Ce dernier se mit au trot.

— Essaye de pas nous tuer, lui demanda sa sœur en le voyant faire accélérer leur attelage un peu trop rapidement à son goût. Moi, j'ai pas envie d'avoir un accident aujourd'hui.

Le hasard fit tout de même bien les choses. À plusieurs reprises sur la route entre Nicolet et Baie-du-Fèvre, l'adolescent dut faire avancer la catherine au pas parce qu'un traîneau chargé de bois encombrait le chemin trop étroit pour qu'il puisse songer à le doubler.

Finalement, le frère et la sœur arrivèrent indemnes à la maison pour le dîner. Après avoir embrassé sa fille avec effusion, Corinne permit à son fils d'aller échanger la catherine pour sa *sleigh* avant le repas pendant qu'Élise rangeait ses affaires dans sa chambre.

Cette dernière venait à peine de descendre au rez-de-chaussée quand on frappa à la porte.

— Va donc ouvrir, Élise, lui demanda sa mère en train de touiller la soupe qui mijotait sur le poêle.

— M'man, c'est la guignolée, cria l'adolescente à sa mère de la pièce voisine.

Corinne déposa sa cuillère sur le comptoir et alla dans la cuisine d'été où l'attendaient Alcide Duquette et Joseph Melançon pour recueillir ses dons. Elle les salua et leur offrit un verre de caribou qu'ils refusèrent.

— J'ai une lettre de votre garçon pour vous, madame Boisvert, fit le garagiste avec bonne humeur. Un gars de Saint-François a lâché le chantier la semaine passée et votre garçon lui a donné deux lettres. Il y en avait une pour ma fille et l'autre pour vous.

Corinne le remercia et lui tendit la boîte de nourriture préparée la veille. Dès que les deux hommes eurent quitté la maison, elle s'empressa d'ouvrir l'enveloppe pour avoir des nouvelles de Philippe. Ce dernier n'avait écrit que quelques lignes pour dire qu'il était en bonne santé et que tout allait bien.

— J'espère qu'il en a écrit un peu plus long à sa blonde, sinon elle en a pas eu pour sa dent creuse, dit-elle à mi-voix en réprimant un sourire.

Cette lettre lui rappela qu'elle n'avait pas reçu de réponse de sa belle-sœur Juliette et de Rosaire qu'elle avait invités pour la période des fêtes. Par ailleurs, pour la première fois depuis trois ans, elle n'avait pas proposé ses services pour la constitution des paniers de Noël. Mariette Vigneault ne l'avait pas approchée pour faire partie de son équipe de bénévoles. Si la femme du boucher avait besoin de son aide, elle savait où la trouver.

Ce soir-là, la mère de famille parla longuement avec sa fille Élise et elle fut bien obligée de convenir que l'adolescente n'avait pas changé d'idée et qu'elle se croyait toujours appelée à devenir religieuse. Elle se garda bien d'émettre la moindre opinion, faisant confiance à l'œuvre du temps.

— Savez-vous ce qu'on devrait faire ? demanda Madeleine à sa mère et à sa jeune sœur. On devrait mettre nos raquettes après le souper et aller marcher dehors. Il fait pas trop froid et on serait bien. Demain, à midi, c'est le commencement du congé des fêtes et j'ai envie de célébrer ça.

Toutes les deux acceptèrent.

La mère et ses deux filles chaussèrent les vieilles raquettes entreposées dans la remise et marchèrent lentement à travers les champs, passant de leur terre à celle de Jocelyn Jutras, puis à celle des Lavallée et celle des Sullivan pour enfin s'arrêter à la porte de Léopold. La faible lueur d'une lampe à huile éclairait la cuisine du jeune homme.

— Demain matin, il y a des voisins qui vont bien se demander quels sont les écornifleux qui ont passé derrière leurs bâtiments, déclara Corinne en se penchant pour enlever ses raquettes.

Tit-Bé vint ouvrir et fit entrer les trois visiteuses.

— Dites-moi pas que j'ai de la visite à soir, fit Léopold en accueillant sa future belle-mère et ses filles. Une chance qu'on a lavé la vaisselle de la journée tout à l'heure. J'ai l'impression qu'on se le serait fait dire, plaisanta-t-il.

L'homme engagé de Léopold sortit des tasses dans lesquelles il versa du thé bouillant que les visiteuses burent avec plaisir.

— Ça manque de décorations des fêtes, fit remarquer Madeleine en regardant autour d'elle, mais l'année prochaine, ça va être une autre paire de manches.

Pendant une heure, on parla de choses et d'autres. Quand Corinne se leva pour signifier qu'il était temps de rentrer, ses filles et elle décidèrent d'emprunter la route plutôt que les champs. Le jeune homme les vit sortir de sa cour, leurs raquettes sous le bras.

*
**

Le surlendemain, la température fut particulièrement douce et tout le monde était heureux qu'il fasse si beau en cette veille de Noël. À la fin de l'après-midi, Corinne se préparait à aller rejoindre Norbert déjà parti à l'étable pour faire le train quand elle vit Ian Sullivan entrer à pied dans sa cour.

— Qu'est-ce qu'il veut, ce fatigant-là ? dit-elle à haute voix en finissant de boutonner son vieux manteau.

— Qui est-ce, m'man ? demanda Madeleine en train de chausser ses bottes aux côtés d'Élise.

— Ian Sullivan.

— Je vous laisse vous débrouiller avec lui, déclara la jeune fille en entraînant sa sœur avec elle à l'extérieur.

Le voisin frappa à la porte et Corinne lui ouvrit immédiatement après s'être coiffée de sa tuque.

— Bonjour, Corinne ! la salua-t-il. Je te dérange pas trop ?

— Je m'en allais faire le train, répondit-elle d'une voix neutre en ne l'invitant pas à entrer.

— Cet après-midi, je me suis dit que je pourrais peut-être venir te prendre avec un ou deux de tes enfants pour aller à la messe de minuit.

— T'es bien aimable d'y avoir pensé, mais ce sera pas nécessaire, refusa la veuve. Avec la voiture de Léopold et la nôtre, on a en masse de place.

Le cultivateur garda le silence un bref moment avant de reprendre un ton plus bas :

— J'espère que t'as pas cru les histoires que les langues sales du village colportent sur mon compte ? demanda-t-il.

— Pantoute, mentit Corinne, peu désireuse de discuter de ce sujet.

— Est-ce que tu penses qu'on pourrait se voir pendant le temps des fêtes ?

— Je croirais pas, finit-elle par lui dire carrément. J'ai pas mal de parenté à recevoir et je dois aller en visite à Saint-François et à Nicolet. J'ai bien pensé à mon affaire. À mon avis, t'es pas le genre d'homme qu'il me faudrait. Regarde ailleurs, je suis sûre que tu vas trouver quelqu'un qui te conviendra mieux que moi.

— Pourquoi je serais pas le genre d'homme qu'il te faut ? s'accrocha le voisin, qui avait perdu tout son bel aplomb des dernières semaines.

— Je vais te le dire franchement, Ian, et prends-le pas en mauvaise part, dit sèchement Corinne. Tu ressembles trop à mon défunt mari, et ça, je pourrais pas l'endurer. À cette heure, tu m'excuseras, mais je veux pas laisser faire tout le train par les enfants.

Elle sortit sur la galerie, ferma la porte derrière elle et prit la direction de l'étable, sans se retourner pour savoir ce que faisait le visiteur qu'elle avait planté là.

« C'est peut-être pas bien charitable ce que je viens de faire là, pensa-t-elle, mais mon Dieu que ça fait du bien ! »

Au milieu de la soirée, Corinne et ses filles dressèrent les couverts pour le réveillon et procédèrent à leur toilette. Avant de quitter la maison pour aller assister à la messe de minuit, Norbert prit soin de mettre deux grosses bûches dans le poêle de manière à s'assurer de retrouver quelques tisons au retour de l'église.

Corinne et les siens s'entassèrent dans la catherine de Léopold et dans la *sleigh* familiale pour se rendre à l'église. Ils arrivèrent assez tôt pour trouver de la place dans le stationnement. Norbert et Léopold déposèrent une couverture sur le dos de leur bête avant de suivre leurs passagers dans le temple déjà à demi rempli de fidèles, même s'il restait près d'une heure avant le début de la messe de minuit.

Pendant que la chorale, dirigée par Mariette Vigneault, répétait les chants au jubé, beaucoup de personnes présentes parlaient, avec leurs voisins à mi-voix. Dans le chœur, Anselme Leblanc était occupé à allumer les cierges du maître-autel et les marguilliers prenaient leur poste, prêts à diriger les derniers arrivants vers les rares places qui seraient encore libres. La chaleur élevée des lieux avait incité un bon nombre de gens à déboutonner leur manteau et quelques-uns, peu habitués à se coucher aussi tard, somnolaient déjà, malgré le brouhaha qui régnait autour d'eux.

La messe allait commencer, quand Corinne se tourna discrètement vers la gauche pour vérifier si Ian Sullivan était arrivé avec sa mère. Elle ne le vit pas. Tout laissait croire qu'il avait choisi de n'assister qu'à la basse-messe du lendemain matin.

Revêtu d'ornements sacerdotaux blancs, le curé Morin fit son entrée dans le chœur au moment où l'horloge indiquait précisément minuit. Les membres de la chorale entonnèrent *Minuit, chrétiens* et la messe de la nativité du Christ fut célébrée en grande pompe. La nouvelle directrice de la chorale s'en tira fort bien et peu de paroissiens de Saint-Paul-des-Prés regrettèrent Émilie Michaud dont ils vantaient encore la voix extraordinaire dix jours auparavant.

À la sortie de l'église, Corinne arrêta Jocelyn Jutras au passage et l'invita à venir réveillonner avec les siens, comme il l'avait fait à de nombreuses reprises les années précédentes.

— Le temps de jeter une bûche dans mon poêle en passant et je vous rejoins, accepta-t-il avec reconnaissance.

Montant dans la *sleigh* aux côtés de Norbert, la mère de famille vit arriver Cécile Melançon qui voulait souhaiter un joyeux Noël à la famille de son ami de cœur.

— Si t'as une chance de venir faire un tour à la maison pendant le temps des fêtes, lui déclara Corinne, gêne-toi pas. Ça va nous faire plaisir de te voir.

— Vous pouvez être certaine que je vais essayer de passer, madame Boisvert, lui promit la jeune fille.

Quelques minutes plus tard, la veuve et ses filles prenaient place à table après avoir servi des assiettes où une généreuse portion de pâté à la viande voisinait avec des pommes de terre et du ragoût de boulettes.

— Gênez-vous pas pour en redemander, dit la maîtresse de maison. Il y a aussi du ketchup vert et du ketchup rouge sur la table, si ça vous tente.

Tout le monde mangea de bon appétit. On servit de la tarte au sucre au dessert. Quand Corinne se rendit compte que Lionel avait du mal à combattre le sommeil, elle l'invita à monter se coucher. Son fils cadet regimba un peu avant de se plier à sa volonté. Pendant ce temps, Norbert et Élise se disputaient. Corinne dut intervenir avec autorité pour faire cesser cette querelle. Élise décida alors d'aller se coucher pendant que son frère quittait la pièce pour voir si son chien avait tout ce qu'il lui fallait.

Les quatre adultes se retrouvèrent seuls à table. Jocelyn avait assisté à la scène sans rien dire. Apparemment, le voisin était un peu mal à l'aise.

— Ah ! les enfants, se contenta de dire Corinne en versant du thé dans sa tasse.

— Je sais pas comment tu fais, laissa tomber Jocelyn en secouant la tête. Je dois être trop vieux, mais je pense que moi, je serais jamais capable d'endurer des enfants.

Corinne fut surprise d'entendre cette déclaration d'un homme dont elle avait toujours admiré le calme et la pondération, des qualités tout à fait étrangères à son mari.

— Tu t'habituerais probablement.

— Ça me surprendrait, répliqua-t-il avec un sourire désabusé. Au fond, c'est peut-être une chance que Catherine et moi, on n'ait pas eu d'enfants. À la longue, on s'habitue à avoir la paix dans la maison.

— Mais à qui vas-tu laisser tout ce que t'as quand tu mourras ? lui demanda-t-elle.

— Pour moi, c'est pas ben important, admit-il.

Quand Jocelyn quitta la maison en compagnie de Léopold moins d'une heure plus tard, la veuve décida de ne ranger que la nourriture qui pouvait se gâter.

— On fera la vaisselle quand on se lèvera, dit-elle à Madeleine avant de jeter quelques rondins dans le poêle et de se retirer dans sa chambre.

Même s'il était près de trois heures du matin, elle ne trouva pas facilement le sommeil. Jocelyn l'avait profondément déçue. Sa déclaration prouvait hors de tout doute qu'il n'aimait pas particulièrement ses enfants.

— Il a quarante-cinq ans, dit-elle à mi-voix dans le noir, c'est normal qu'il soit devenu égoïste avec le temps.

Il a jamais eu d'enfant. Il a passé presque toute sa vie à s'occuper juste de lui…

Elle finit par se demander pourquoi elle était si touchée par cette constatation. Force lui fut de reconnaître qu'elle avait vaguement envisagé de faire en sorte qu'il l'épouse. Elle le savait timide et s'apprêtait à le pousser à sortir de sa réserve, mais là, tout avait soudain basculé. Après la trahison de Ian Sullivan, voilà qu'un autre homme dont le caractère lui aurait particulièrement convenu venait de déclarer qu'il ne pourrait jamais endurer des enfants… ses enfants ! À moins d'un miracle, elle se voyait déjà condamnée à finir sa vie seule. Comment un homme aussi gentil et serviable pouvait-il choisir de vivre sans femme ? Est-ce que cela valait encore la peine d'essayer de le charmer ? Elle en doutait fortement au moment où la fatigue l'entraîna dans un sommeil sans rêve.

Chapitre 25

Les fêtes

Quelques heures plus tard, Corinne se réveilla, encore fatiguée parce qu'elle n'avait pas assez dormi. Durant un bref moment, elle fut tentée de demeurer au lit et de profiter de la tiédeur de ses couvertures. Elle entendit l'horloge sonner huit heures dans la pièce voisine, ce qui la décida à finalement poser ses pieds sur le parquet froid. Cela acheva de la réveiller.

Après avoir ranimé le poêle qui ne consumait plus que des braises, elle décida de laisser dormir les siens et de se charger seule du train.

— Les pauvres bêtes doivent bien se demander ce qui se passe à matin, murmura-t-elle en endossant son manteau.

Elle sortit sans bruit de la maison et l'air vif de ce matin de Noël lui fit du bien. Le ciel était parfaitement dégagé et laissait présager une belle journée. Les deux camions stationnés près de la remise disparaissaient sous une épaisse couche de neige.

« C'est parfait, se dit-elle, contente. Personne va avoir de la misère à venir souper. »

Une heure plus tard, elle rentra après avoir nourri tous les animaux. En retirant ses bottes et son manteau, elle entendit le chiot japper dans la remise. Tandis qu'elle poussait la porte de la cuisine d'hiver, elle vit Madeleine et Élise entrer dans la pièce, en provenance de l'étage.

— Grouillez-vous de manger quelque chose, les filles. Je viens de finir le train. On a pas mal de choses à faire avant que la visite se mette à arriver, dit leur mère.

— Avez-vous déjà déjeuné ? s'étonna Madeleine.

— Non et j'ai pas faim.

— Vous auriez pu venir nous réveiller, m'man, lui fit remarquer Élise. On serait allés vous donner un coup de main.

— C'est pas grave, rétorqua Corinne. Mangez, et après ça vous irez faire votre lit.

— Les garçons, eux autres ? demanda Élise.

— Le train est fait. Ils sont aussi bien de continuer à dormir. Comme ça on les a pas dans les jambes, répondit sa mère.

Corinne ne réveilla les garçons que vers midi pour les inviter à venir dîner.

— Aïe, les paresseux ! Faites ça vite, sinon vous allez passer sous la table, leur cria-t-elle en demeurant au pied de l'escalier.

Après un repas plutôt frugal, elle confia à Lionel le travail de remplir les deux coffres à bois, tant celui de la cuisine d'hiver que celui de la cuisine d'été. Pour sa part, Norbert, un peu honteux d'avoir laissé sa mère faire le train toute seule, reçut la tâche d'allumer le poêle de la cuisine d'été et de ranger la pièce pendant que ses sœurs s'occupaient de dresser la table pour le souper.

— Mais m'man, même si tout le monde vient, on sera pas assez nombreux pour avoir besoin de l'autre cuisine, protesta l'adolescent.

— Laisse faire. Tous les hommes fument, on va les

envoyer boucaner dans la cuisine d'été. Ça va nous permettre de mieux respirer ici dedans.

Un peu avant trois heures, les premiers visiteurs arrivèrent. Bastien et Rosalie avaient emmené avec eux Lucienne qu'ils avaient fait monter dans leur *sleigh* en passant au village de Saint-François-du-Lac. À peine venaient-ils de déposer leurs effets sur le lit de la grande chambre du rez-de-chaussée, que Blanche et Amédée descendaient de voiture en compagnie de Simon, le visage rougi par le long trajet entre Sorel et Saint-Paul-des-Prés. Enfin, Germaine et Bernard, suivis par Anatole, Thérèse et leur fils Gustave franchirent la porte de la petite maison grise du rang Saint-Joseph.

— Où sont tes enfants ? demanda l'hôtesse à sa belle-sœur Thérèse.

— Estelle et Pauline avaient promis d'aller passer la soirée avec mon père et ma mère, répondit la femme d'Anatole. Je me suis dit que t'aurais bien assez de monde sur les bras, sans les avoir en plus.

— Est-ce qu'il y en a d'autres que t'as invités ? plaisanta Bastien. Si on est tous là, je suis aussi ben de barrer la porte tout de suite.

— Tu peux la laisser débarrée. On sait jamais, s'il y en a à qui le souper plaît pas, rien les empêchera de partir plus vite, répondit l'hôtesse sur le même ton.

— C'est ben correct, je me charge de leur part, s'il y en a qui veulent s'en aller sans manger, intervint Bernard.

Quelques minutes plus tard, la conversation était devenue générale dans la grande cuisine et on avait du mal à s'entendre. Les femmes avaient toutes pensé à apporter un plat cuisiné pour soulager un peu la maîtresse de maison qui les recevait. Depuis quelques instants, elles s'étaient même mises à échanger des recettes.

— Nous autres, on pourrait peut-être s'en allumer une ? suggéra Anatole en sortant sa pipe et sa blague à tabac.

— Ma mère a prévu une place spéciale pour les boucaneux, déclara Norbert. Elle m'a fait chauffer la cuisine d'été exprès pour eux autres.

— Ça, c'est une bonne idée, approuva Blanche. On va respirer mieux ici dedans.

— Norbert, tu vas faire l'homme de la maison et servir un peu de boisson à nos invités. Je m'occupe du vin de cerise. S'il y en a qui exagèrent, tu viens m'avertir tout de suite, dit-elle en riant. Il manquerait plus qu'ils se soûlent dans la maison d'une veuve respectable un soir de Noël.

Tous les hommes quittèrent la pièce et Gustave fut le premier à emboîter le pas à son cousin dans la cuisine d'été. Bernard Provencher ne suivit pas le mouvement immédiatement. Il s'approcha de sa belle-sœur Corinne et lui chuchota quelques mots à l'oreille. Cette dernière sembla hésiter un long moment avant de hocher la tête en signe d'approbation. Satisfait, l'entrepreneur passa dans la pièce voisine et alla rejoindre les hommes qui avaient tous pris place autour de la table, un verre à la main.

— Qu'est-ce que Bernard te voulait ? demanda Lucienne, curieuse, à sa fille.

— Il a acheté quelque chose à Norbert et me demandait s'il pouvait lui donner son cadeau tout de suite.

Germaine adressa un sourire de connivence à sa jeune sœur.

De l'autre côté de la porte, les hommes avaient allumé

leur pipe sous le regard envieux de Gustave et de Norbert, qui n'avaient pas encore la permission de fumer.

— Ah ! j'y pense, fit Bernard. J'ai quelque chose pour toi, mon Norbert.

L'oncle fouilla dans la poche de son veston et en tira une pipe en bruyère et une blague qu'il avait pris soin de remplir de son tabac. Il tendit les deux objets à son neveu.

— Merci, mon oncle, dit l'adolescent, ravi du présent. C'est juste de valeur que j'aie pas encore le droit de fumer.

— Ta mère te le donne, je viens de lui parler, fit l'oncle. Tu travailles comme un homme, t'as le droit de fumer comme un homme.

Les yeux de Norbert s'allumèrent de plaisir et il entreprit d'imiter ses oncles réunis autour de la table en remplissant sa pipe et en l'allumant avec une joie évidente. La première bouffée le fit s'étouffer tant le tabac de son oncle Bernard était fort.

— Attention, mon gars, le mit en garde son oncle Amédée. Fumer la pipe, c'est pas comme les cigarettes que t'as dû fumer en cachette. C'est pas mal plus fort.

— Mais…

— Énerve-toi pas, intervint Bastien Joyal en riant, on a tous fumé en cachette, nous autres aussi.

— Puis moi, p'pa ? demanda Gustave en se tournant vers Anatole.

— Toi, tu vas attendre encore une couple de mois. T'es plus jeune que ton cousin, il y a rien qui presse.

— T'es pas obligé de fumer, lui fit remarquer son oncle Simon, le seul homme dans la pièce à ne pas le faire.

Le cadet de la famille Joyal demeurait à Sorel depuis

la mi-juillet, dans un petit appartement voisin de celui de sa sœur Blanche. Depuis peu, le jeune homme au visage émacié faisait des livraisons pour un commerce de la rue Adélaïde, ce qui lui permettait d'ajouter une petite somme à sa maigre pension de blessé de guerre. Il était évident qu'il aurait préféré demeurer dans la pièce voisine, loin de toute cette fumée qui commençait déjà à stagner au plafond, mais il ne voulait pas rester seul avec les femmes et devenir le sujet des moqueries de ses frères et beaux-frères.

Les dernières paroles de son père incitèrent Gustave à bouder, ce que les hommes présents dans la pièce trouvèrent amusant. Puis, Amédée Cournoyer, toujours intéressé par la politique, se mit à parler des élections fédérales du 6 décembre précédent qui avaient porté Mackenzie King au pouvoir.

— C'est en plein le Premier ministre qu'il nous fallait à nous autres, les Canadiens, affirma le commis de quincaillerie avec conviction. Les bleus sont morts et pour longtemps dans la province avec le coup de cochon qu'ils nous ont fait avec la conscription. Des gars comme Meighen, qui ont pas de parole, leur chien est mort, remarquez ben ce que je vous dis là.

— C'est drôle, mais moi, j'ai pas pantoute confiance en ce bonhomme-là, intervint Bernard. J'ai entendu dire qu'il parle à sa mère morte…

— Tu sais ben que ce sont des menteries racontées par les bleus pour salir sa réputation, le coupa son beau-frère. Il nous a promis toutes sortes d'affaires pendant les élections.

— Des promesses d'élection, on sait ce que ça vaut, laissa tomber Bastien sur un ton désabusé.

— Dis pas ça, Bastien, reprit Amédée. Si tu lis les

journaux, t'as vu que sur neuf millions de Canadiens, on est presque deux millions et demi dans la province. C'est du monde à la messe, ça. King aura pas le choix de tenir parole, il sait ben qu'on va s'en souvenir à la prochaine élection.

— En attendant, il va falloir que ton King se mette à faire quelque chose pour régler la crise, intervint Anatole.

Un peu avant cinq heures, tous les hommes, sauf Amédée et Simon, décidèrent d'aller aider à faire le train, même s'ils étaient habillés proprement.

— On va tous sentir l'étable quand on va rentrer, plaisanta Bastien.

— Ça va mettre les femmes de bonne humeur, se contenta de dire Bernard.

Quand ils revinrent des bâtiments, Corinne les remercia simplement sans formuler aucun commentaire sur l'odeur qu'ils dégageaient. Aidée par Madeleine et Blanche, la maîtresse de maison se mit à servir le repas. C'était sensiblement le même menu que celui du réveillon de la nuit précédente, mais elle avait ajouté du jambon pour surcharger encore plus les assiettes. Le repas se prit dans la bonne humeur et on en profita pour rappeler des souvenirs des années passées.

Quand certaines anecdotes faisaient revivre Napoléon Joyal, les yeux de Lucienne et de certains de ses enfants s'embuaient au souvenir du bon vivant disparu maintenant depuis quelques années. Étrangement, aucun récit ne fit état de Laurent Boisvert, peut-être parce que le mari de Corinne n'avait jamais eu l'occasion de participer aux fêtes de fin d'année, lui qui était retenu au chantier.

On laissa passer un long moment entre les mets principaux et le dessert, question de « se faire de la place », comme le dirent certains invités. Les hommes avaient discrètement desserré leur cravate et leur ceinture pour faciliter une digestion qui s'annonçait difficile.

Quand ils retournèrent dans la cuisine d'été pour laisser aux femmes de l'espace pour ranger la pièce et laver la vaisselle, Germaine chuchota à sa sœur Corinne :

— Je sais pas pourquoi, mais j'étais sûre qu'à soir t'en profiterais pour nous présenter ton prétendant.

— J'ai pas de prétendant, déclara Corinne, surprise.

À l'air étonné affiché par l'ancienne institutrice, la veuve comprit que l'un de ses enfants avait parlé de Ian et elle en fut mécontente.

— On s'était laissé dire qu'un voisin venait veiller avec toi de temps en temps, intervint sa mère, qui avait tout entendu.

— Si vous parlez de Ian Sullivan, m'man, se défendit Corinne, il est venu juste deux ou trois fois.

— Puis ? demanda Blanche, l'œil égrillard, en se joignant à la conversation.

— Puis, rien, fit sèchement Corinne, qui se sentait mise sur le gril. Si je dois tout vous dire, ajouta-t-elle sur un ton assez bas pour ne pas être entendue par Madeleine et Élise en train de retirer la nappe, il avait trop le caractère de Laurent.

— Si c'est comme ça, t'as bien fait, ma fille, l'approuva Lucienne en lui tapotant un bras.

Corinne s'empressa de changer de sujet de conversation en se promettant de dire deux mots à ses enfants après le départ des visiteurs.

Dans la pièce voisine, c'était au tour de Léopold de se faire mettre en boîte parce que, disaient les hommes mariés, il avait besoin de leur expérience pour survivre à son mariage qui approchait. Le tout se faisait dans la bonne humeur et on évitait les termes trop crus à cause des oreilles indiscrètes de Norbert, Lionel et Gustave.

— Qu'est-ce que vous diriez si on éteignait nos pipes pour aller rejoindre les femmes à côté ? proposa Bastien. J'ai apporté mon accordéon et on pourrait peut-être en profiter pour chanter un peu. Pour une fois qu'on n'a pas de deuil dans la famille…

— T'oublies que Corinne a perdu son beau-père, lui fit remarquer Anatole.

— Je pense pas que ça va l'empêcher de chanter, dit Bernard en riant.

La soirée de Noël prit fin vers onze heures et on s'amusa beaucoup. Chacun des convives dut s'exécuter. Il avait le choix entre entonner une chanson à répondre ou raconter une histoire drôle. Quand vint le temps de se quitter, il fut entendu que tout le monde était attendu chez Germaine et Bernard pour le souper du jour de l'An, à Nicolet.

Après le départ des invités, on nettoya sommairement la pièce et on ramassa les verres épars un peu partout. À cet instant, la maîtresse de maison se rappela soudainement les questions indiscrètes auxquelles elle avait été soumise par ses sœurs et ses belles-sœurs.

— Avant de monter vous coucher, dit-elle aux siens, j'aimerais bien savoir quelle pie est allée bavasser dans la famille sur ce qui se passait ici dedans ? demanda-t-elle en regardant Norbert, Élise et Madeleine.

— De quoi vous parlez, m'man ? demanda Élise, surprise.

Elle n'obtint aucune réponse.

— C'est pas moi, en tout cas, se défendit Madeleine en se tournant vers son frère.

— C'est pas moi non plus, assura-t-il.

— Eh bien ! C'est drôle, ça. Il y a un petit oiseau qui est allé raconter dans la famille qu'un voisin venait veiller avec moi de temps en temps, se moqua leur mère.

— Est-ce que c'est vrai, m'man ? fit Élise, scandalisée par une telle possibilité.

— Bien non, tu sais bien, répondit sa mère en continuant à fixer Norbert. On va aller se coucher et rêver à ce petit oiseau-là, décréta-t-elle en s'emparant d'une lampe.

*
**

Le surlendemain, un peu avant midi, Corinne venait de terminer son repassage quand elle entendit à l'extérieur un bruit de grelots. Elle était seule dans la maison. Norbert était parti bûcher avec Jocelyn Jutras alors que Madeleine avait emmené Élise et Lionel à l'école du rang pour l'aider à faire le ménage de sa classe. La veuve se pencha pour regarder par la fenêtre, persuadée qu'il s'agissait de Marie-Claire Rocheleau et de son mari. Son amie lui avait dit la veille qu'elle passerait lui demander si elle avait besoin de quelque chose au village avant d'aller faire ses emplettes chez Duquette.

— De la belle visite ! s'exclama-t-elle, heureuse, en voyant descendre de voiture Juliette Marcil et Rosaire.

Elle s'empressa de vérifier l'état de son chignon et enleva son tablier avant de se précipiter vers la porte pour accueillir les visiteurs.

— Pensais-tu qu'on t'avait oubliée ! s'écria sa belle-sœur en la serrant dans ses bras.

À côté de Juliette, Corinne avait l'air minuscule. Rosaire, debout sur le paillasson, attendait la fin des effusions entre les deux femmes.

— Et toi aussi, Rosaire, t'es venu ! Ça, c'est fin de ta part, fit Corinne en l'embrassant sur les deux joues. Tu peux dételer ton cheval et l'installer dans l'écurie à côté de notre nouvelle jument. Norbert a attelé juste un cheval, à matin.

L'inspecteur de la Ville de Montréal sortit de la maison pour aller mettre sa bête à l'abri pendant que les deux femmes entraient dans la cuisine d'hiver où l'hôtesse s'empara du manteau de son invitée.

— Où est ta valise ? demanda Corinne en remarquant soudain que sa visiteuse n'avait pas de bagages.

— J'en ai pas. Je pourrai pas rester à coucher, même si j'en ai pas mal envie. T'oublies que l'année passée, j'ai pris quatre jours de congé pendant les fêtes. Cette année, c'est au tour de mon associée de se reposer. Je viens juste passer la journée avec toi.

— Je suis pas mal déçue, fit Corinne.

— Inquiète-toi pas, je vais me reprendre cet hiver. Là, c'est Rosaire qui insistait pas mal pour venir entre Noël et le jour de l'An et, tu le connais, il était trop gêné pour venir tout seul.

— Voyons donc ! protesta la maîtresse de maison, tout de même flattée.

— Dis-moi donc, pendant qu'on est toutes seules. Est-ce que ton beau Ian a essayé de revenir te voir ? demanda la restauratrice à qui Corinne avait révélé la trahison de son amoureux dans sa dernière lettre.

— Oui, mais je peux te dire qu'il a pas fait long feu.

— Et ton Élise, toujours décidée à devenir une bonne sœur ?

— On le dirait, mais il est encore bien de bonne heure pour que ce soit certain.

Quand Rosaire entra dans la maison quelques minutes plus tard, il demanda des nouvelles des membres de la famille Joyal qu'il connaissait bien ainsi que des enfants de Corinne. Ensuite, les deux femmes finirent ensemble de préparer le dîner pendant que le jeune homme regardait de temps à autre par l'une des fenêtres de la cuisine.

— Tiens, v'là tes enfants, dit-il à Corinne en lui montrant Madeleine entrant dans la cour en compagnie de son frère et de sa sœur. On dirait que c'est toi quand t'étais plus jeune, ajouta-t-il.

— C'est vrai qu'à cette heure, je suis pas mal plus vieille, fit-elle, coquette.

— Ben non, protesta-t-il à mi-voix. T'es encore plus belle, ajouta-t-il en rougissant.

— Merci, Rosaire. Il faudrait que je t'invite plus souvent pour me remonter le moral.

À l'écart, Juliette les observait tous les deux avec un sourire narquois. Elle quitta la cuisine d'hiver pour aller accueillir son neveu et ses nièces en train de secouer leurs pieds couverts de neige sur la galerie avant d'entrer dans la maison. Les trois enfants de Corinne furent heureux de revoir une de leurs tantes préférées et ne cachèrent pas leur plaisir de revoir Rosaire. Norbert rentra quelques minutes plus tard, le visage rougi par le froid.

— Mon pauvre Norbert, t'es gelé bien dur, le plaignit sa tante en l'embrassant.

— C'est pas si pire, ma tante, prétendit l'adolescent, on s'habitue.

Pendant qu'on dressait le couvert, Norbert discuta avec Rosaire avec qui il avait, de toute évidence, des atomes crochus.

Le repas fut passablement animé. Juliette parla abondamment de sa clientèle et Rosaire dut sortir de sa réserve habituelle pour raconter l'insalubrité de nombreuses maisons du quartier Saint-Henri et de ce qu'il appelait le « faubourg à m'lasse ». Il dut faire état de ses difficultés à faire respecter les règles d'hygiène les plus élémentaires.

Après le repas, Juliette accompagna sa belle-sœur quelques minutes dans sa chambre à coucher pour se renseigner sur ce qu'il advenait de Jocelyn Jutras.

— Tu m'as écrit qu'il pourrait faire un mari bien correct, dit-elle à voix basse. Lui as-tu fait des avances ?

— Voyons, Juliette ! protesta Corinne en adoptant un air faussement scandalisé. Moi, faire des avances à un homme !

— C'est pas ce que je veux dire, se corrigea sa belle-sœur en riant doucement. Je veux juste savoir si tu lui as fait comprendre que t'haïrais pas qu'il vienne veiller avec toi de temps en temps.

— Non, je pense que ce sera pas nécessaire, déclara la veuve revenue à plus de sérieux.

— Comment ça ? s'étonna la visiteuse.

— Quand je l'ai invité à réveillonner à Noël, il a clairement dit qu'il pourrait jamais endurer des enfants parce qu'il aime trop sa tranquillité. Dans ce cas-là, c'est pas pantoute le genre d'homme qu'il me faut. J'ai des enfants, moi, ajouta-t-elle avec force.

— T'as bien raison, l'approuva sa belle-sœur. Tes enfants passent d'abord.

Quelques minutes plus tard, Norbert dut partir pour retourner bûcher avec le voisin et Juliette suggéra qu'on pourrait peut-être aller voir la ferme de Léopold, si Madeleine croyait que leur visite ne le dérangerait pas trop.

— Ça me surprendrait, ma tante, dit Élise, on lui a parlé plus tôt aujourd'hui. Il a dit que lui et Tit-Bé ne retournaient pas dans le bois cet après-midi. Tit-Bé avait des commissions à faire au village.

Tout le monde s'habilla chaudement et Juliette fit en sorte que son neveu et ses deux nièces marchent à ses côtés sur la route pour laisser seuls Corinne et Rosaire derrière eux.

L'un et l'autre avançaient sans se presser en se rappelant des souvenirs de l'époque où ils passaient ensemble l'hiver avec les enfants pendant que Laurent était au chantier. Ils se souvenaient du nombre incalculable de fois où ils avaient tiré la traîne-sauvage sur laquelle les enfants étaient entassés et les occasions où ils étaient venus à la rencontre de Philippe, de Madeleine et de Norbert à leur sortie de l'école quand une tempête menaçait.

Alors qu'ils approchaient de la ferme de Léopold, Rosaire se décida à plonger la main dans l'une des poches de son manteau et tendit un petit paquet à sa compagne.

— Qu'est-ce que c'est ? demanda Corinne, intriguée.

— C'est juste un petit cadeau du jour de l'An, répondit-il.

Quand il vit qu'elle s'apprêtait à retirer ses moufles

pour déballer ce qu'il venait de lui remettre, il posa sa main sur son bras.

— J'aimerais autant que t'attendes que je sois parti pour l'ouvrir, lui dit-il.

— Mais voyons donc, Rosaire ! protesta Corinne.

— Il y a rien qui presse. C'est moins gros et moins bon que du chocolat, sentit-il le besoin de lui préciser en riant, faisant référence à la boîte de chocolats qu'il lui avait offerte lors de sa dernière visite.

La veuve obtempéra un peu à contrecœur et enfouit le paquet dans l'une de ses poches comme ils entraient dans la cour de la ferme de Léopold. Ce dernier parut enchanté de recevoir des visiteurs. Il laissa Madeleine faire les honneurs de la maison pendant qu'il visitait ses bâtiments avec Rosaire.

À la fin de l'après-midi, Juliette et Rosaire durent se préparer à partir, malgré l'insistance de Corinne pour les garder à souper.

— On aurait bien aimé rester, déclara Juliette, mais le train nous attendra pas.

La maîtresse de maison mit son manteau et les accompagna jusqu'à la *sleigh* dans laquelle la restauratrice et son compagnon de voyage montèrent. Ces derniers la quittèrent sur la promesse de revenir bientôt. Alors que l'attelage se mettait lentement en marche, Rosaire ne parvenait pas à détacher ses yeux de celle pour qui il semblait éprouver une véritable adoration.

— Je pense que t'es mieux de regarder où tu mènes le cheval, sinon on va se ramasser dans le fossé, le taquina Juliette en lui donnant une bourrade.

Rosaire Gagné, soudainement attristé, se décida à saluer encore une fois Corinne de la main avant de regarder la route.

Corinne rentra, enleva son manteau et ce n'est qu'en enfouissant ses moufles dans l'une des poches qu'elle se souvint du cadeau offert par Rosaire. Elle prit le paquet et alla se réfugier dans sa chambre à coucher, à l'abri des regards inquisiteurs, pour le déballer. Elle découvrit alors un petit écrin de velours rouge dans lequel était rangé un magnifique camée et une chaîne en argent. Le bijou finement ciselé représentait la tête de la Vierge.

— Mais je peux pas accepter une belle affaire comme ça, dit-elle à mi-voix, émerveillée. Il le savait et c'est pour ça qu'il voulait pas que je le développe avant qu'il soit parti, ajouta-t-elle, émue.

*
**

Le matin du jour de l'An 1922, Corinne et les siens se rendirent à la messe sous un ciel nuageux. La grand-messe fut célébrée par l'abbé Biron, en l'absence du curé Morin et de l'abbé Dupras, tous les deux partis visiter leur famille. Le jeune prêtre officia une cérémonie sobre avant de regagner le presbytère déserté même par Mance Rivest.

À la sortie de l'église, Corinne dut se faire violence pour aller souhaiter une bonne année à Henri et à Annette Boisvert qui n'avaient pas esquissé le moindre mouvement dans sa direction quand ils l'avaient aperçue en compagnie de ses enfants.

— Je vous souhaite une bonne année et le paradis à la fin de vos jours, dit la veuve en embrassant son beau-frère et sa belle-sœur.

— Pareillement, répondirent-ils sans manifester la moindre chaleur.

La veuve rentra à la maison après avoir offert ses

vœux aux Rocheleau et à Jocelyn Jutras, présents sur le parvis.

— Vas-tu dans ta famille aujourd'hui ? lui demanda le voisin au moment où elle montait dans la *sleigh*.

— Chez ma sœur, à Nicolet. Il y a juste Norbert qui va rester à la maison pour faire le train.

— Dis-lui d'y aller, je vais m'occuper de votre train, offrit Jocelyn. J'ai rien à faire de la journée.

— On n'est pas pour te laisser notre train sur les bras en plein jour de l'An, protesta-t-elle.

— C'est pas un problème, ça va juste m'occuper.

— T'es bien fin, on te revaudra ça, promit-elle.

Norbert s'avança pour le remercier à son tour.

*
**

Au début de l'après-midi, une faible neige se mit à tomber et la température s'adoucit.

— Il est temps de partir, déclara Corinne. On va laisser mourir le poêle. On le rallumera en revenant.

Les membres de la famille Boisvert prirent place dans la *sleigh* familiale et dans la catherine de Léopold après avoir déposé à l'arrière le sucre à la crème, les fondants et le gâteau aux fruits cuisinés par Corinne et ses filles.

La réunion familiale à Nicolet ressembla beaucoup à celle tenue la semaine précédente chez Corinne, le soir de Noël. Seul Simon n'avait pu s'y rendre, indisposé par sa maladie chronique aux poumons. Par ailleurs, après le repas offert par Germaine et Bernard, il y eut une distribution d'étrennes aux enfants.

— Mais je suis plus une enfant, protesta Madeleine en recevant un lainage tricoté par sa mère.

— Tu seras toujours une enfant pour moi, fit Corinne,

heureuse de voir que son cadeau plaisait à sa grande fille.

Après un repas très copieux, on chanta et on dansa dans la grande maison des Provencher jusqu'aux environs de minuit. Quand les invités commencèrent à parler de partir, leurs hôtes leur offrirent de rester à coucher.

— Il neige un peu. Vous êtes pas pour prendre le chemin aussi tard, insista Bernard.

— Il faut y aller, déclara Corinne en endossant son manteau. On n'a pas le choix. Personne va venir faire notre train demain matin.

Léopold et ses enfants s'habillèrent et remercièrent les maîtres de la maison après avoir salué tous les invités. Norbert et son futur beau-frère allèrent allumer un fanal qu'ils suspendirent à l'avant de leur véhicule pendant que leurs passagers finissaient de se préparer.

Germaine était parvenue à persuader sa mère de demeurer à coucher chez elle et Bastien promit d'aller allumer le poêle de la petite maison blanche au village après son train, le lendemain matin, de manière que leur mère retrouve une maison chaude à son retour à Saint-François-du-Lac.

À la sortie de Nicolet, la neige avait cessé de tomber et les conducteurs pouvaient voir aisément la route bien balisée qui s'ouvrait devant eux. À l'avant, Léopold faisait en sorte de retenir son attelage pour ne pas trop distancer la *sleigh* de sa belle-mère, beaucoup plus lourde que sa catherine.

Lionel et Élise somnolèrent durant presque tout le trajet de retour, bien enfouis sous une lourde couverture de carriole. Corinne, pour sa part, songeait à l'époque où la bénédiction paternelle servait de prémices à cette réunion familiale.

À leur arrivée à la maison des Boisvert au milieu de la nuit, Léopold laissa descendre Madeleine et Élise de sa voiture.

— Je suis plus chanceux que vous autres, dit-il. Je vais rentrer dans une maison pas mal plus chaude à cause de Tit-Bé qui a dû chauffer toute la soirée.

Pendant que Norbert allait dételer son cheval et le conduire à l'écurie, Corinne entra dans une maison glaciale avec ses enfants.

— Gardez votre manteau sur le dos, leur ordonna-t-elle en allumant une lampe.

Elle jeta dans le poêle de petits rondins et un morceau de journal avant de l'allumer. Les flammes se mirent à crépiter et elle en profita pour déposer une bûche. Quand Norbert rentra à son tour dans la maison, elle conseilla aux siens d'aller se coucher et de dormir tout habillés.

— Moi, je vais rester à côté du poêle un bon bout de temps pour lui donner la chance de réchauffer un peu la maison.

*
**

Le lendemain avant-midi, les enfants se levèrent avant leur mère et firent en sorte de faire le moins de bruit possible. Norbert, le premier réveillé, avait déposé des bûches sur les tisons qui restaient dans le poêle quand Madeleine vint le rejoindre.

— Je sais pas à quelle heure m'man s'est couchée, dit-elle, mais on devrait la laisser dormir. Je vais aller faire le train avec toi.

Quand Corinne se leva vers onze heures, ses enfants étaient dans la cuisine en train de manger.

— On dirait ben qu'il y a pas juste les marmottes qui

passent leur vie à dormir, se moqua Norbert en voyant sa mère, les yeux encore gonflés de sommeil, entrer dans la cuisine en bâillant.

— J'en reviens pas d'avoir dormi aussi longtemps.

— Vous deviez être pas mal fatiguée, m'man, dit Élise. Ça vous a fait du bien.

— Je dois vieillir, fit Corinne. Je pense que les fêtes me fatiguent plus qu'une vraie journée d'ouvrage.

— Comme ça, ça vous tente pas de venir faire de la raquette avec nous autres ? lui demanda Madeleine.

— Non, je vais rester bien tranquille à la maison.

Une heure à peine après le départ des siens, la veuve était occupée à tricoter paisiblement devant l'une des fenêtres de la pièce quand elle vit Cécile Melançon immobiliser son attelage près de la galerie. Elle regarda la jeune fille jeter une épaisse couverture sur le dos de son cheval et ne se décida à quitter sa chaise berçante que lorsqu'elle la vit se diriger vers la porte.

— Entre, Cécile, reste pas à geler dehors, dit-elle à l'amie de son fils Philippe. Il me semble que c'est pas mal plus froid que la nuit dernière quand on est revenus de Nicolet.

— Bonjour, madame Boisvert ! Vous avez raison, le vent vient de se lever et c'est vraiment pas chaud, fit la fille du garagiste en entrant et en s'empressant de refermer la porte derrière elle. Je suis venue vous souhaiter une bonne année, ajouta-t-elle aimablement en demeurant debout sur le paillasson.

— T'es bien aimable d'avoir fait tout ce chemin-là pour ça, répondit Corinne. Enlève ton manteau et viens t'asseoir quelques minutes pour te réchauffer un peu.

Cécile ne fit pas de manières et suivit son hôtesse dans ce qu'elle appelait le « haut côté ». Cette dernière lui versa une tasse de thé bouillant avant de prendre place en face d'elle à table. Après quelques politesses, Corinne ne put s'empêcher de demander à la visiteuse :

— Philippe m'a laissé entendre avant de partir pour le chantier que vous aviez des projets sérieux, tous les deux. Est-ce que c'est vrai ?

— Oui, madame Boisvert. Il a même parlé de demander ma main à mon père en revenant le printemps prochain.

La mère de famille songea à demander à la fille de Joseph Melançon si elle ne trouvait pas un peu prématuré de parler de fiançailles alors qu'ils ne se fréquentaient que depuis quelques mois. Puis, elle se rendit compte que la jeune femme à l'opulente chevelure noire assise en face d'elle n'avait rien d'une étourdie et elle se retint de poser la question. Elle préféra orienter différemment la conversation.

— T'as pas trop de problème avec le caractère de mon garçon ? lui demanda-t-elle avec un sourire entendu.

— Pantoute, madame Boisvert. Quand il monte sur ses grands chevaux ou qu'il élève le ton, il a affaire à se calmer. Je pense qu'il commence à comprendre que je suis pas du genre à me laisser marcher sur les pieds.

Corinne n'entretenait aucun doute là-dessus, uniquement à voir le visage volontaire de la jeune fille. Son ton énergique disait assez qu'elle n'était pas de celles que son Philippe allait être capable de malmener.

— Tu fais bien, Cécile, l'encouragea-t-elle. Philippe est pas méchant, mais il a hérité du mauvais caractère de son père. Si tu sais le tenir, il va te faire un bon mari pas mal travaillant.

— C'est bien mon intention, madame Boisvert. Je lui

ferai pas de misère, mais je peux vous garantir qu'il m'en fera pas, lui non plus.

— C'est parfait, je sens qu'on va bien s'entendre, conclut Corinne avec un grand sourire.

— J'en suis sûre, répliqua Cécile. En attendant, je dois vous avouer que je trouve le temps pas mal long sans lui. J'ai hâte qu'il revienne.

— Ah oui ?

— Oui, mais je lui dirai pas ça quand il va descendre du chantier. Je le connais, si je lui avoue ça, il va faire le coq et va se croire tout permis.

La veuve l'approuva.

Quand Cécile quitta les lieux une heure plus tard, la mère de famille avait la nette impression que son Philippe avait trouvé la femme qu'il lui fallait. Elle semblait posséder la tendresse et la détermination nécessaires pour faire le bonheur de son fils.

*
**

Quelques jours plus tard, Corinne se serait aisément passée de célébrer la fête des Rois, mais ses enfants y tenaient tellement qu'elle accepta de respecter la tradition. Durant l'avant-midi, elle confectionna un gâteau dans lequel elle dissimula une fève et un pois. Le hasard voulut que le pois soit trouvé par Norbert et la fève par Élise, qui profitait de son dernier jour de congé scolaire. Ils allaient être roi et reine et leurs désirs seraient exaucés, si on s'en tenait à la tradition, évidemment.

— Comme ça, j'ai le droit de faire ce que je veux aujourd'hui, déclara Norbert en allumant sa pipe avec un air frondeur.

— Dans les limites du raisonnable, tint à lui préciser

sa mère qui avait entrepris de desservir la table avec l'aide de Madeleine.

— Moi, j'ai décidé de rien faire de la journée, fit Élise. Pour une fois, j'aurai pas de vaisselle à faire.

Corinne jeta un regard de connivence à Madeleine qui se contenta de sourire.

— Moi, je veux avoir mon chien avec moi toute la journée, intervint Norbert.

— C'est correct, accepta sa mère, mais prépare-toi à geler dans la remise un bon bout de temps.

— Vous devriez, m'man, me donner le droit de l'entrer dans la maison aujourd'hui, pour faire changement, reprit l'adolescent sur un ton légèrement suppliant. Je vous le dis, il fera pas de dommages.

Corinne hésita avant de répondre.

— Je veux bien, finit-elle par accepter, mais il est pas question que cet animal-là coure partout dans la maison. Je veux pas l'avoir dans les jambes. S'il fait des dégâts, tu vas les nettoyer, roi ou pas. Tu le gardes dans ta chambre, pas ailleurs. S'il jappe ou s'il dérange, il retourne dans la remise. De toute façon, il va retourner là à soir. C'est pas la place d'un animal dans une maison. Je te l'ai déjà dit, il me semble.

Norbert s'empressa d'aller chercher son labrador et le fit monter dans sa chambre, suivi de près par son frère Lionel.

— Ça veut faire l'homme, mais ça se conduit encore comme un véritable enfant, dit Corinne en s'adressant à ses filles.

Après le souper, la mère de famille aida Élise à rassembler les affaires qu'elle devait apporter le lendemain matin au couvent. Pendant ce temps, Madeleine avait étalé devant elle, sur la table, ses préparations de classes qu'elle vérifiait à la lueur de la lampe à huile.

La jeune fille sursauta quand elle entendit des coups frappés à la porte. Elle se leva et alla ouvrir. Elle découvrit sur le pas de la porte son oncle Bernard et sa tante Germaine en train de secouer la neige qui les recouvrait. Elle s'empressa de les inviter à entrer.

— M'man, on a de la visite, cria-t-elle à sa mère encore dans la chambre d'Élise.

Corinne descendit et fut tout heureuse de voir sa sœur et son mari.

— Ma foi du bon Dieu, voulez-vous bien me dire ce que vous faites sur le chemin quand on gèle autant ?

— On revient de Sorel, dit Bernard. J'avais des commissions à faire et Blanche a voulu nous garder à souper. En chemin, on s'est dit que ça ferait peut-être ton affaire qu'on prenne ta fille en passant pour l'emmener coucher chez nous. Elle sera déjà rendue demain matin pour rentrer au couvent et ça t'évitera de faire le voyage.

— Surtout qu'il est en train de tomber une bonne bordée de neige, fit remarquer Germaine.

— Je descends tout de suite mes affaires, ma tante, dit Élise en se dirigeant déjà vers l'escalier.

— Aurélie et Germain vont être bien contents de te revoir, même si vous vous êtes vus au jour de l'An, dit la tante.

L'ancienne institutrice attendit que sa nièce ait disparu à l'étage avant de continuer.

— Je te dis que j'ai hâte à demain que les deux miens retournent à l'école, dit-elle à sa sœur. Ils passent leur temps à se chamailler. Je suis à la veille de perdre patience et de leur allonger une bonne claque.

— Ma tante ! s'exclama Madeleine en feignant l'indignation, vous, une ancienne maîtresse d'école !

— Tu sauras, ma petite fille, qu'une bonne taloche de temps en temps, ça peut faire pas mal de bien.

— On demandera pas à qui, intervint son mari en riant.

Quelques minutes plus tard, Élise monta dans la *sleigh* de son oncle après avoir embrassé les siens et promis de donner de ses nouvelles. La neige tombait toujours et il faisait un froid sibérien. Quand Bernard Provencher mit son traîneau en marche après avoir allumé un fanal à l'avant, les grelots de son attelage sonnèrent clair dans l'air de cette soirée glaciale de janvier.

Quelques minutes plus tard, Norbert ramena Noiraud dans la remise et alla vérifier si tout était en ordre dans les bâtiments avant de rentrer. Pendant ce temps, Lionel avait rempli le coffre à bois d'une bonne quantité de bûches.

— On gèle ben dur dehors, dit l'adolescent en retirant son manteau.

— Ça, ça veut dire qu'il faut pas prendre la chance de laisser éteindre le poêle cette nuit, fit remarquer sa mère.

— On pourrait se lever chacun notre tour pour jeter une ou deux bûches dedans, proposa Madeleine. Il est pas écrit nulle part que vous êtes obligée de faire ça toute seule, m'man.

— Je suis habituée, fit sa mère. C'est rendu que je me lève la nuit sans que ça me dérange. En tout cas, je pense que les fêtes sont bien finies, poursuivit-elle en changeant de sujet de conversation. Demain, c'est la routine qui recommence. En plus, il va falloir encore déblayer la neige qui est tombée.

Chapitre 26

Les cadeaux

Le lendemain de la fête des Rois, les enfants de la paroisse rentrèrent à l'école et le curé Morin revint au presbytère après une semaine de congé. Le prêtre était d'excellente humeur et bien reposé quand le bedeau s'empara de sa valise à la gare de Pierreville où il était venu le chercher.

— Vous avez fait un beau voyage, monsieur le curé ? lui demanda Anselme Leblanc.

— Bien agréable, monsieur Leblanc.

— Je vous conseille de baisser les oreilles de votre casque de fourrure, monsieur le curé, parce que vous allez vous apercevoir que ça pince pas mal sur le chemin à matin, dit le bedeau en sortant de la petite gare construite à la limite de la réserve d'Odanak.

— Si je me fie à votre haleine, on dirait bien que vous risquez pas de geler, lui fit remarquer Eusèbe Morin d'une voix un peu acide.

— Il faut ce qu'il faut, monsieur le curé, répliqua le bedeau d'une voix égale. Un bon petit boire avant de prendre le chemin l'hiver, ça tient au chaud.

— Je veux bien vous croire, mais en autant que ça nous fasse pas prendre le bord du fossé, laissa tomber le prêtre en s'enfermant ensuite dans un silence morose.

Eusèbe Morin releva le large col de son manteau après avoir abaissé les oreillettes de sa tuque. Il prit soin ensuite de se couvrir jusqu'à la taille avec l'épaisse couverture en fourrure avant que le bedeau mette le cheval en route.

À son arrivée au presbytère, le prêtre remercia Anselme Leblanc avant d'aller souhaiter la bonne année à Mance Rivest, en train de préparer le repas dans la cuisine, ainsi qu'à chacun de ses vicaires.

— Monsieur le curé, le docteur Précourt et le maire m'ont fait savoir qu'ils aimeraient vous rencontrer cet après-midi, si ça vous convient, lui apprit René Biron en prenant place à table pour le dîner.

— Est-ce qu'ils vous ont dit pourquoi ?

— Non, monsieur le curé, mais ça avait l'air important. Ils devraient passer vers une heure et demie.

Après le repas, les deux vicaires quittèrent le presbytère en même temps. L'abbé Biron devait passer à l'école du village tandis qu'Alphonse Dupras avait promis de rendre visite à deux personnes malades.

Le curé Morin venait à peine de s'asseoir dans son fauteuil préféré quand un coup de sonnette suivi par les pas de Mance Rivest lui apprit qu'il avait un ou des visiteurs. Moins d'une minute plus tard, la servante vint l'avertir que le docteur Précourt et Fabien Gagnon désiraient lui parler. Le pasteur de Saint-Paul-des-Prés se leva en poussant un soupir résigné et se dirigea vers la salle d'attente.

Après l'échange traditionnel des vœux de bonne année, Eusèbe Morin invita les deux visiteurs à passer dans son bureau.

— Ce sera pas nécessaire, monsieur le curé, fit Adrien Précourt de sa petite voix de crécelle. On veut pas vous déranger bien longtemps, pas vrai, monsieur le maire ? ajouta-t-il en se tournant vers Fabien Gagnon.

— Oui, monsieur le curé, on est passés vous voir cet après-midi pour vous apporter un petit cadeau qui devrait vous faire plaisir.

— Un cadeau ? s'étonna le prêtre.

— En plein ça, fit l'homme d'affaires. Vous permettez, on l'a laissé dans l'entrée. On revient tout de suite avec, poursuivit-il en faisant signe au médecin de l'accompagner.

Les deux hommes sortirent de la salle d'attente et y revinrent moins d'une minute plus tard en portant un paquet d'environ quatre pieds de hauteur sur trois pieds de largeur qui semblait passablement lourd. Le tout était grossièrement enveloppé dans un épais papier kraft. Ils posèrent le paquet contre le mur avec un soulagement évident.

— On vous laisse le soin de le développer, monsieur le curé, dit Adrien Précourt avec un sourire.

Eusèbe Morin s'approcha, soudain timide.

— Je sais pas trop si je peux accepter ça, dit-il, la voix hésitante.

— Vous savez même pas ce que c'est, monsieur le curé, lui fit remarquer le maire avec un sourire. Attendez au moins de voir avant de refuser.

Le prêtre se pencha et entreprit d'enlever le papier avec des gestes de plus en plus saccadés au fur et à mesure qu'il découvrait ce que le paquet contenait.

— C'est pas vrai ! s'exclama-t-il, ravi, en dévoilant la douzième station du chemin de croix où le Christ crucifié était entouré des deux larrons.

L'œuvre en plâtre aux couleurs vives portait la signature du statuaire Faucher, auteur des quatorze stations du chemin de croix qui ornait les murs de l'église de Saint-Paul-des-Prés.

— Comment vous avez fait pour avoir ça ? demanda le curé Morin, véritablement ému.

— Ça a été bien simple, monsieur le curé. On l'a commandé et Faucher l'a fait. Il devait nous la faire livrer avant Noël, mais il a eu des problèmes de démoulage, il paraît.

— Avec quel argent vous avez payé ça ? Vous le savez, monseigneur a refusé qu'on fasse une quête spéciale, s'inquiéta soudainement l'ecclésiastique.

— Faites-vous-en pas avec ça, monsieur le curé. C'est un cadeau que le docteur Précourt et moi, on vous fait, à vous et à la paroisse.

— Je sais vraiment pas comment vous remercier, dit Eusèbe Morin, confus et rouge de plaisir. C'est le plus beau cadeau que j'ai jamais reçu.

— Tant mieux. On vous laisse, monsieur le curé, poursuivit Adrien Précourt. J'ai un malade que je dois passer voir et j'ai promis à monsieur le maire de le laisser au moulin en passant. Sa Chevrolet a pas encore voulu démarrer à matin, ajouta-t-il pour taquiner le maire. J'espère juste que c'est pas parce qu'il a oublié de mettre de la *gasoline* dans le réservoir, comme c'est déjà arrivé.

— Adrien, cherche pas à m'étriver aujourd'hui, tu perds ton temps, le prévint Fabien Gagnon avec bonne humeur.

— Vous direz à ceux qui vont avoir à l'installer de faire très attention, monsieur le curé, reprit le médecin, soudain plus sérieux. C'est en plâtre et vous êtes bien placé pour savoir à quel point c'est fragile.

— Je vais y voir en personne, promit le prêtre en les reconduisant à la porte.

Lorsque les deux vicaires rentrèrent à la fin de l'après-midi, leur supérieur s'empressa de les entraîner dans la petite salle d'attente pour leur faire admirer le don reçu quelques heures plus tôt.

— On pourrait presque dire que c'est un miracle ! s'exclama René Biron avec enthousiasme.

— Sans aller jusque-là, reprit son confrère, je dirais que Dieu a entendu nos prières. Les paroissiens vont être bien heureux de voir leur chemin de croix enfin complet.

Après avoir laissé ses deux vicaires admirer l'œuvre pendant quelques instants, Eusèbe Morin dit :

— On peut pas laisser ça là. Quelqu'un pourrait le faire tomber.

— Il fait encore clair, monsieur le curé, on pourrait peut-être transporter la station dans la sacristie, proposa l'abbé Biron. Demain, on trouvera bien deux ou trois hommes prêts à venir l'accrocher à sa place. Je suis certain que les crochets sont encore fixés au mur.

— Qu'est-ce que vous en pensez, l'abbé ? demanda le curé à Alphonse Dupras.

— Si le maire et le docteur ont été capables de l'apporter jusqu'ici, je vois pas pourquoi on pourrait pas transporter cette station-là dans la sacristie.

Les trois prêtres mirent leur manteau et chaussèrent leurs bottes.

— Je vais vous ouvrir les portes, déclara le curé Morin en joignant le geste à la parole au moment où les deux vicaires soulevaient sans difficulté l'ouvrage. Est-ce que c'est bien pesant ? demanda-t-il à ses deux subordonnés.

— Pas tellement, monsieur le curé, s'empressa de le rassurer l'abbé Biron.

Ils sortirent sur la galerie et entreprirent de descendre en crabe et avec précaution les douze marches les conduisant à l'étroit trottoir reliant le presbytère à l'église. Le curé les suivait en leur prodiguant des conseils bien inutiles de prudence.

— C'est un peu glissant dans les marches de l'escalier, fit remarquer le longiligne René Biron. Il aurait presque fallu pouvoir se tenir à la rampe.

— Tu ferais mieux d'oublier ça, rétorqua son confrère. On a juste deux mains et on n'en a pas de trop pour tenir la station.

À l'instant où Alphonse Dupras prononçait ces paroles, son pied droit se prit dans sa soutane et il broncha au point de déséquilibrer l'abbé Biron qui tenta d'empêcher sa chute en lâchant d'une main son fardeau pour se rattraper à la rampe.

— Attention, bondance ! hurla Eusèbe Morin.

L'avertissement fut parfaitement inutile. Alphonse Dupras tomba assis sur les marches, arrachant ainsi des mains de son confrère l'œuvre du statuaire qui dévala les six dernières marches avant d'aller s'écraser au bas de l'escalier en émettant un crac ! de bien mauvais augure.

— Mon Dieu ! Pas ça, supplia vainement Eusèbe Morin, en repoussant d'une main le cadet de ses vicaires pour arriver plus rapidement en bas.

Dans le jour qui baissait, le spectacle qui s'offrit à ses yeux le fit pousser un gémissement. La plaque de plâtre avait éclaté en cinq morceaux et le Christ avait perdu la tête qui avait roulé quelque part, un peu plus loin.

Absolument catastrophé, le curé de Saint-Paul-des-Prés s'agenouilla, essayant de rassembler les morceaux épars d'une main fébrile pour voir s'il n'y aurait pas un moyen de coller le tout. Impossible ! Ses deux vicaires l'avaient rejoint et se tenaient prudemment à quelques pas de distance en se jetant des regards désolés.

Le visage blanc de fureur, Eusèbe Morin finit par se relever et se tourner vers ses deux subalternes.

— Vous deux, vous savez pas ce que j'ai envie de vous faire ! les menaça-t-il, les dents serrées. Ramassez-moi ça et venez me rejoindre dans mon bureau.

Sur ces mots, il rentra dans le presbytère sans jeter le moindre regard derrière lui.

Quelques minutes plus tard, les deux vicaires vinrent frapper à la porte de leur supérieur. Ce dernier leur montra les deux chaises placées devant son bureau.

— Je suppose que vous êtes fiers de ce que vous venez de faire ? leur demanda-t-il, apparemment toujours aussi en colère.

— C'était un accident, monsieur le curé, lui fit remarquer Alphonse Dupras sans manifester la moindre trace de remords.

— C'est vrai, monsieur le curé, dit à son tour René Biron, c'est un malheureux accident.

— Alors, qu'est-ce que vous pensez que je vais pouvoir dire au docteur Précourt et au maire quand ils vont venir me demander pourquoi leur station du chemin de croix est pas encore accrochée au mur de l'église ?

— Bien là… commença l'abbé Dupras.

— Bien là, quoi ? demanda le curé en le fusillant du regard.

— Vous pensez pas que le mieux est de leur dire tout simplement la vérité. On l'a échappée dans l'escalier. Ça nous est arrivé, comme ça aurait pu arriver à n'importe qui.

— Batèche ! On va avoir l'air fins… Sans parler que l'histoire va finir par faire le tour de la paroisse et peut-être même du diocèse, reprit le curé d'une voix éteinte. Bon, au moins que l'un de vous deux prévienne le bedeau d'aller chercher le maire et le docteur tout de suite après le souper. Je suis sûr qu'ils vont être bien contents quand je vais leur montrer ce qui reste de leur cadeau.

Lorsque la cuisinière vint frapper à la porte du bureau quelques minutes plus tard pour inviter Eusèbe Morin à passer à table, le prêtre se contenta de lui dire qu'il n'avait pas faim.

— Est-ce que je peux dire aux vicaires de souper sans vous, monsieur le curé ? fit-elle, surprise.

Il n'avait pas l'habitude de sauter un repas. Il n'y avait qu'à regarder son petit ventre avantageux pour s'en convaincre.

— C'est ça, madame Rivest, dites-leur de manger et de venir me rejoindre après le repas.

— Vous êtes pas en train de me couver quelque chose, j'espère ? demanda la cuisinière en le regardant avec insistance.

— Bien non, madame, j'ai peut-être trop mangé pendant les fêtes, mentit-il pour se débarrasser d'elle.

Mance Rivest n'eut pas à s'interroger très longtemps sur la cause du manque d'appétit de son curé. Les vicaires, attablés dans la salle à manger, la mirent au courant de la catastrophe qui s'était produite dans l'escalier du presbytère quelques minutes auparavant.

— Est-ce que c'est Dieu possible d'être aussi malchanceux ? s'exclama la grande femme en mettant une main devant sa bouche. Pauvre monsieur le curé ! Il y a de quoi être à l'envers.

Elle servit le repas. Elle dut convenir que, de toute

évidence, leur mésaventure n'avait pas l'air d'avoir coupé l'appétit des deux responsables de l'accident.

Un peu avant sept heures trente, Fabien Gagnon et Adrien Précourt, engoncés dans leur épais manteaux de chat sauvage, sonnaient à la porte du presbytère. La servante vint leur ouvrir et les fit passer immédiatement dans le bureau du curé Morin où le pasteur et les vicaires les attendaient.

— Je vous dis qu'il faut vous aimer, monsieur le curé, pour venir vous voir à soir, déclara le maire en déboutonnant son manteau. Il doit ben faire -25, certain. On entend les têtes de clou péter dans les murs tellement on gèle dehors.

— C'est sûr que c'est pas chaud, renchérit le petit médecin, mais…

Le praticien n'acheva pas sa phrase, frappé tout à coup par les mines d'enterrement des trois ecclésiastiques.

— Voulez-vous bien nous dire ce qui se passe pour que vous ayez cet air-là ? demanda-t-il à la ronde.

— On a une bien mauvaise nouvelle, déclara Eusèbe Morin sur un ton lugubre. Assoyez-vous d'abord, ajouta-t-il en leur présentant les chaises disposées près de son bureau.

— Vous commencez à m'inquiéter, fit le maire en regardant tour à tour les trois prêtres.

— L'abbé Dupras va vous raconter ça, dit le curé en faisant signe à son subordonné de parler.

Le vicaire narra la mésaventure survenue deux heures plus tôt avec une voix mesurée. Au fur et à mesure qu'ils entendaient ses paroles, la figure des deux donateurs exprimait la plus totale incompréhension.

— Jériboire ! ne put s'empêcher de jurer le médecin, franchement dépité.

— Vous parlez d'une maudite malchance ! s'écria à son tour le maire. Deux cent cinquante piastres chez le diable !

— Votre bonne action reste quand même, s'efforça de dire le curé Morin pour les consoler. Dieu va en tenir compte, même si on en verra pas le résultat sur le mur de l'église.

— Je suppose que ça sert à rien de se lamenter jusqu'à *amen*, conclut Fabien Gagnon en se levant le premier. Ça recollera pas les morceaux.

— En effet, fit le médecin sur un ton fataliste en l'imitant. J'ai l'impression qu'on n'est pas près d'arrêter de voir un simple crucifix à la place de la douzième station de notre chemin de croix.

— On s'excuse de notre maladresse, intervint René Biron d'une voix pleine de contrition. Je me doute que ça doit être pas mal décevant pour vous deux.

— Bah ! il y a pas mort d'homme, le rassura Adrien Précourt. On va survivre.

Les jours suivants, l'histoire fit le tour de la paroisse en suscitant les commentaires les plus divers. Cependant, en règle générale, on mit le tout sur le compte de la malchance et bien peu osèrent blâmer les vicaires.

*
**

Au début de la troisième semaine de janvier, le froid intense n'avait pas desserré son étreinte depuis plus de dix jours. Même si Corinne ne cessait d'alimenter le poêle, une épaisse couche de glace recouvrait en grande partie les vitres des fenêtres. Norbert avait beau se couvrir chaudement pour aller bûcher, il n'en restait pas moins qu'elle aurait préféré qu'il demeure à la maison certains jours où le mercure avoisinait les -30 degrés.

Un jeudi matin, elle était occupée à assembler les pièces de tissu d'une courtepointe quand elle entendit des grelots sur la route. La maîtresse de maison regarda par la fenêtre en croyant voir la *sleigh* du facteur devant sa boîte aux lettres. Il n'y avait rien. Intriguée, elle se rendit à la fenêtre ouvrant sur la cour et elle vit un inconnu engoncé dans un manteau de drap brun en train de jeter une couverture sur le dos de son cheval.

— Veux-tu bien me dire qui c'est cet homme-là ? demanda-t-elle à haute voix.

Elle vit l'homme revenir vers la voiture, repousser l'épaisse couverture de fourrure, se pencher et prendre un enfant dans ses bras. Ensuite, il monta sur la galerie et vint frapper à sa porte. La veuve aurait hésité à lui répondre s'il n'avait pas porté un enfant. Elle traversa la cuisine d'hiver, ouvrit la porte communicante et alla accueillir le visiteur.

— Madame Boisvert ? demanda l'homme en déposant l'enfant sur le parquet.

— Oui, fit Corinne qui reconnaissait vaguement le visiteur sans pouvoir mettre un nom sur son visage rougi par le froid.

— Vous avez pas l'air de me replacer, poursuivit-il. Je m'appelle Armand Lacharité.

Aussitôt, le visage de Corinne se ferma. Elle venait subitement d'identifier l'homme robuste qui se dressait devant elle. C'était l'un des deux frères qui avaient servi une raclée mémorable à son mari quelques mois avant sa mort.

— Qu'est-ce que vous voulez ? lui demanda-t-elle, guère rassurée.

— Si vous étiez assez fine pour nous laisser entrer au chaud, moi et la petite, fit l'homme, je pourrais vous l'expliquer.

Corinne jeta un coup d'œil à l'enfant de deux ou trois ans qui la regardait en se dissimulant à demi derrière l'homme. Elle eut pitié d'elle.

— C'est correct, entrez vous réchauffer un peu, offrit-elle à contrecœur au visiteur.

Armand Lacharité pénétra dans la maison en poussant devant lui l'enfant. Il retira sa tuque et ses bottes, prit l'enfant dans ses bras et suivit la maîtresse de maison dans la cuisine d'hiver.

— Vous pouvez ôter votre manteau et celui de votre enfant, dit-elle au visiteur.

— Merci, madame, dit Armand Lacharité en retirant son manteau après avoir enlevé celui de la petite.

L'homme saisit le regard inquisiteur de son hôtesse et lui présenta l'enfant.

— Elle s'appelle Constance. Elle a deux ans et demi, précisa-t-il.

— Vous avez une belle petite fille, dit Corinne en adressant un sourire à l'enfant, qui ne s'écartait guère de l'homme.

— C'est pas mon enfant, dit Armand Lacharité.

— Restez pas debout, lui suggéra Corinne en faisant un réel effort pour faire preuve d'hospitalité. Je vais vous donner une tasse de thé pour vous réchauffer.

— Merci.

— Est-ce que la petite boirait un peu de lait et mangerait un biscuit ? ajouta-t-elle.

Constance hocha la tête et consentit enfin à s'écarter

de celui qui l'accompagnait pour s'approcher d'elle. La petite fille avait des yeux noirs et une abondante chevelure brune un peu bouclée. Corinne, attendrie, lui tendit les bras et, sans aucune crainte, l'enfant s'avança vers elle et se laissa déposer sur le banc près de la table.

— T'as bien des beaux yeux noirs ! dit-elle à l'enfant.

La maîtresse de maison lui servit un verre de lait et déposa un grand biscuit à la farine d'avoine devant elle avant de tendre au visiteur une tasse de thé.

— Je trouve que vous manquez pas de front de venir ici dedans après ce que vous avez fait à mon mari, se décida-t-elle à dire à Armand Lacharité en prenant un air revêche.

— Vous avez raison, madame, reconnut l'homme aux larges épaules après avoir bu une gorgée de thé bouillant. Vous devez comprendre que mon frère Constant et moi, on était ben enragés après votre mari, surtout quand on a appris qu'il était marié et qu'il pouvait pas réparer ce qu'il avait fait à notre sœur.

Soudain, Corinne réalisa qu'elle avait devant elle la fille de Laurent. Son visage se figea, mais elle n'en continua pas moins à écouter les explications embarrassées de son visiteur.

— C'est sûr qu'on y est allés un peu fort quand on lui a sacré une volée. Mais vous pouvez pas dire qu'il l'avait pas méritée, par exemple.

Corinne ne dit rien, attendant la suite.

— Vous avez remarqué qu'on l'a plus jamais achalé après ça. On s'est dit qu'il était déjà marié et qu'il avait des enfants. Quand il a eu son accident, on a même trouvé ça ben triste pour vous, ajouta l'homme, parce que c'était tout de même pas votre faute ce qu'il avait fait à notre sœur.

— Je suppose que c'est pas juste pour me raconter ça que vous êtes venu à Saint-Paul à matin ? demanda la veuve assez abruptement.

— Non, c'est pour vous raconter le reste de l'histoire, poursuivit Armand Lacharité en cherchant ses mots. D'abord, je dois vous dire que ma sœur est morte en mettant Constance au monde, deux mois après la mort de votre mari.

— Pauvre femme ! ne put s'empêcher de dire Corinne.

— Après ça, ma mère a jamais voulu que la petite soit donnée à l'orphelinat. Même si elle avait pas une grosse santé, elle a décidé de la garder et d'en prendre soin. Mon frère et moi, on n'est pas mariés ni l'un ni l'autre. Notre mère est venue rester chez nous avec Constance. Pour Constant et moi, le bébé, c'était notre nièce. C'était normal qu'on s'en occupe.

Corinne ne dit rien, sentant que le récit était loin d'être terminé.

— Il y a quinze jours, ma mère est morte. Constant était même pas là. Il passe toujours l'hiver au chantier. Une voisine s'est occupée de la petite jusqu'à hier, mais là, elle peut plus continuer. Elle a déjà une trâlée d'enfants.

— Je comprends, murmura Corinne.

— Là, j'ai toutes les affaires de la petite dans la *sleigh*, dit Armand Lacharité dont les yeux s'étaient remplis d'eau. Je peux pas la garder tout seul et j'ai personne pour en prendre soin. J'ai fait le tour de toutes les femmes qui auraient pu la prendre, personne en veut. Elles ont toutes leur famille. Ça fait qu'à matin j'ai décidé de faire un détour par chez vous pour vous la montrer avant d'aller la porter à l'orphelinat de Nicolet. J'ai pas le choix, même si je l'aime ben gros, cette enfant-là.

— Je comprends toujours pas pourquoi vous êtes venu me la montrer, comme vous dites, reprit Corinne, intriguée.

— Ben, vous m'aviez donné l'impression d'être une femme qui avait du cœur quand on était venus vous voir. Je me suis dit que vous pourriez peut-être la garder une semaine ou deux en souvenir de votre mari, le temps que je trouve quelqu'un.

— En souvenir de mon mari ! Vous êtes drôle, vous ! s'emporta la veuve. Tout un souvenir !

À ce moment-là, Constance descendit du banc et vint tendre les bras à Corinne, assise dans sa chaise berçante, près du poêle. Sans même réfléchir, cette dernière l'installa sur ses genoux et se mit à la bercer doucement.

— Qu'est-ce que vous pensez que je pourrais dire à mes enfants quand ils vont rentrer tout à l'heure à la maison ? reprit-elle. Je peux tout de même pas leur dire que c'est leur demi-sœur…

— Je comprends, dit Armand Lacharité en se levant. Ça empêche pas que je trouve ça ben triste de devoir la placer dans un orphelinat. Qu'est-ce qui me dit qu'elle va être ben là-bas ? Il paraît que ça arrive que les enfants soient maltraités là-dedans.

La veuve demeura assise et continua à bercer l'enfant qui s'était confortablement appuyée contre sa poitrine. Un long silence plana dans la pièce et il était évident qu'elle était déchirée. Finalement, elle sembla prendre une décision.

— Écoutez-moi bien, finit-elle par dire au visiteur. Je

vais vous la garder deux semaines, juste le temps que vous finissiez par trouver une femme prête à en prendre soin. Dans deux semaines, vous venez la reprendre, que ce soit pour l'emmener chez cette femme-là ou à l'orphelinat. Je peux vraiment pas faire plus, vous me comprenez.

Les traits du visage du visiteur s'illuminèrent.

— Je le savais que je venais frapper à la bonne porte, dit-il. Dans deux semaines, vous me direz combien je vous dois pour la pension et…

— Laissez faire la pension, le coupa-t-elle. Je suis peut-être pas riche, mais je suis pas pauvre au point de charger quelque chose pour nourrir une enfant.

— Je sors vous chercher ses affaires, annonça l'homme en endossant son manteau.

Il rentra dans la maison moins de deux minutes plus tard en portant une boîte de carton contenant quelques vêtements et une vieille poupée de chiffon.

— Je vous attends sans faute dans deux semaines, lui dit Corinne comme il quittait la maison après avoir embrassé Constance sur le front.

La veuve passa le reste de l'avant-midi à bercer l'enfant en se demandant ce qu'elle allait bien pouvoir raconter aux siens pour expliquer la présence de Constance dans la maison. Finalement, quelques minutes avant le retour de Norbert pour le repas du midi, elle décida d'user d'un demi-mensonge.

— C'est la petite fille d'une cousine de ton père. Sa mère est morte et j'ai décidé de la garder une couple de semaines, le temps que son mari trouve une gardienne.

L'adolescent se contenta de cette explication et amusa Constance, le temps que sa mère prépare le dîner. Au retour de Madeleine et de Lionel de l'école, à la fin de l'après-midi, elle leur donna la même explication.

— Vous trouviez pas que vous aviez assez de votre tâche ? lui demanda la jeune institutrice.

— On n'a jamais trop d'ouvrage quand il s'agit de rendre service, lui répondit sa mère.

— Vous avez trop bon cœur, m'man. Il me semble que tout le monde en profite. Son mari aurait pu aller voir ma tante Annette et même la femme de Charles…

— T'es pas sérieuse, ma fille, se moqua Corinne. Des plans pour faire attraper la jaunisse à ta tante.

Durant la soirée, il devint évident que Constance s'était déjà habituée à tous les Boisvert habitant la maison et elle était même devenue la préférée de tous les membres de la famille. À l'heure du coucher, Corinne refusa l'offre de Madeleine de coucher l'enfant dans sa chambre.

— Laisse faire, elle va coucher avec moi. Mon lit est plus grand que le tien. Elle me dérangera pas.

— Je peux toujours lui monter le lit d'enfant qui est dans la remise, proposa Norbert, plein de bonne volonté.

— Non, ce sera pas nécessaire.

Avant de réciter la prière du soir, la veuve fit la toilette de l'enfant et la coucha dans son grand lit. Quelques minutes plus tard, elle venait à peine de prendre place dans son lit que Constance se lova contre elle, lui apportant une chaleur bienvenue en cette nuit glaciale.

— Je sais pas ce qu'il dirait s'il voyait sa fille installée dans son propre lit, à sa place, dit-elle à voix basse en songeant à son défunt mari.

Ce fut sa dernière pensée avant de s'endormir.

Chapitre 27

La maladie de Norbert

Trois jours plus tard, Corinne se réveilla au milieu de la nuit avec la nette impression que quelqu'un avait fait du bruit dans la cuisine. L'esprit encore embrumé par le sommeil, elle avait l'impression qu'elle s'était levée à peine quelques minutes plus tôt pour mettre du bois dans le poêle. Elle tendit l'oreille et il lui sembla avoir entendu une toux sèche en provenance de la pièce voisine. Elle repoussa doucement Constance endormie contre son épaule et se leva.

Elle fut secouée par un brusque frisson en posant ses pieds nus sur le parquet froid. Elle s'empressa de déposer un châle sur ses épaules et de chausser ses pantoufles avant de sortir de sa chambre à coucher.

Il faisait noir dans la cuisine, mais quelqu'un se berçait doucement près du poêle.

— Qui est là ? demanda-t-elle, le cœur battant.

— C'est moi, m'man, répondit Norbert d'une voix éteinte.

— Qu'est-ce que tu fais là en plein milieu de la nuit ?

— Je suis malade, j'ai de la misère à respirer, chuchota l'adolescent.

Sa mère ne perdit pas un instant. Elle s'avança à tâtons

vers la boîte d'allumettes rangée sur une tablette, près du poêle, en prit une et alluma une lampe. Elle s'approcha de son fils, persuadée qu'il couvait une bonne grippe. Il avait le teint blafard et paraissait avoir du mal à respirer.

— As-tu mal à la gorge ?

— Oui, répondit-il, incapable de réprimer une toux sèche qui le fit grimacer de douleur.

— Mal à la tête ?

— Non, j'ai juste de la misère à respirer, répondit-il en haletant. J'ai un poing dans le dos qui lâche pas. Je me suis levé parce que j'étouffais, avoua-t-il.

— Veux-tu bien me dire quelle sorte de grippe t'as attrapée là, toi ? demanda-t-elle, soudain inquiète, en posant sa main sur son front. T'as pourtant pas l'air de faire de la fièvre.

Une quinte de toux secoua l'adolescent et l'air sortait en sifflant de sa gorge.

— J'étouffe, m'man ! se plaignit Norbert dont le front venait de se couvrir de sueurs froides.

— C'est pas normal pantoute, cette affaire-là, dit-elle pour elle-même en remarquant soudain que le teint de son fils avait l'air de devenir violacé. Respire lentement, lui conseilla-t-elle. Bouge pas.

Elle le laissa assis dans la chaise berçante près du poêle et monta à l'étage réveiller Madeleine.

— Madeleine, lève-toi, dit-elle en la secouant doucement par une épaule. J'ai besoin de toi tout de suite.

— Quoi ? Qu'est-ce qui se passe ? demanda la jeune fille, surprise de découvrir sa mère debout près de son lit en pleine nuit.

— Viens, Norbert est malade.

Madeleine se leva, mit sa robe de chambre et descendit au rez-de-chaussée derrière sa mère.

— Norbert étouffe et je sais pas ce qu'il a. En tout cas, ça a pas l'air d'une grippe.

Madeleine s'approcha de son frère pour juger de son état.

— Vous avez raison, m'man, fit-elle en voyant son frère en proie à une autre quinte de toux sèche qui le laissa pantelant.

— Je pense que je vais atteler et aller chercher le docteur Précourt au village, déclara la veuve. Ça m'inquiète trop.

— Non, je vais y aller, m'man, décida la jeune fille. Vous saurez mieux que moi quoi faire si ça empire.

Sur ces mots, elle monta s'habiller et descendit moins de deux minutes plus tard. Pendant ce temps, sa mère avait mis son manteau et ses bottes et avait allumé un fanal.

— Je vais aller te donner un coup de main à atteler Cocotte, dit-elle à sa fille en ouvrant la porte.

La mère de famille fut surprise par le refroidissement subit de la température. La veille avait été marquée par un redoux qui avait fait fondre un peu la neige et il était même tombé un peu de verglas à la fin de la journée. Le froid de la nuit avait gelé toute cette eau et rendu tout déplacement extérieur plutôt hasardeux.

— Mon Dieu ! le chemin va être glissant sans bon sens, déclara-t-elle en sortant la jument de l'écurie et en la faisant reculer entre les menoires de la *sleigh*. Tu feras bien attention, recommanda-t-elle à sa fille.

— Inquiétez-vous pas, m'man, dit Madeleine en montant dans la *sleigh*.

— Dis bien au docteur que ça presse, lui recommanda-t-elle en mettant en branle l'attelage.

Elle rentra dans la maison et s'empressa de retourner auprès de Norbert qui se plaignit d'un poing dans la poitrine qui ne voulait pas céder. Sa mère alla chercher une épaisse couverture qu'elle déposa sur lui et l'attente commença. Elle saisit son chapelet suspendu à la tête de son lit et s'assit près de lui. Elle entreprit sa récitation pour demander à la Vierge que son fils soit épargné.

L'attente dura plus d'une heure et parut interminable à la mère qui ne cessait de scruter le chemin par la fenêtre dans l'espoir d'apercevoir la lueur des phares de l'automobile du docteur Précourt.

— Ça lui prend donc bien du temps à arriver ! murmura-t-elle en songeant au médecin. J'espère qu'il est rien arrivé à Madeleine.

Finalement, elle aperçut les phares de la Buick du médecin perçant la nuit. Cette dernière avançait lentement, probablement à cause du verglas qui recouvrait la route. Quand elle vit Adrien Précourt descendre de sa voiture à la porte de la maison, elle s'empressa d'aller lui ouvrir.

— Bonsoir, madame Boisvert ! dit le praticien en retirant son manteau qu'il lui tendit. Votre fille s'en vient. Où est le malade ?

— Il est assis près du poêle, docteur, répondit Corinne en l'entraînant dans la cuisine d'hiver.

— Parfait, je vais examiner ce jeune homme, annonça-t-il de sa petite voix haut perchée en repoussant ses lunettes très épaisses qui avaient glissé un peu sur son nez.

Le médecin posa quelques questions à Norbert tout en ouvrant sa trousse d'où il tira son stéthoscope. Pendant qu'il auscultait minutieusement l'adolescent après lui avoir fait déboutonner le haut de son épais sous-vêtement d'hiver, Corinne se tenait à l'écart, attentive aux commentaires du praticien.

— Tu peux te reboutonner, dit Adrien Précourt à son jeune patient. J'aime pas le bruit qu'il fait en respirant, ajouta-t-il à l'intention de Corinne. Vous vous êtes pas trompée, c'est pas une grippe qu'il a. Si je me fie à ce que j'entends, je dirais plutôt qu'il a une pleurésie.

— Mon Dieu ! s'écria Corinne en entendant le nom de cette maladie qui lui était inconnue.

— Je veux pas vous inquiéter pour rien, madame Boisvert, mais il va falloir transporter votre garçon à l'hôpital de Sorel et lui faire faire une ponction pour savoir quelle sorte de pleurésie il nous fait.

— Une ponction ?

— Écoutez, madame. Une pleurésie, c'est l'enflure des tissus qui enveloppent les poumons. Souvent, il s'accumule un liquide et il faut faire une ponction pour l'enlever. C'est pour ça que votre garçon a tant de difficulté à respirer.

— À l'hôpital de Sorel, dit Corinne, catastrophée et très inquiète.

— Je vais le transporter moi-même, déclara le médecin. Si vous voulez venir avec lui, vous pouvez monter. Apportez-lui quelques vêtements, il se pourrait qu'on le garde là-bas un certain temps.

— Est-ce qu'on peut attendre que ma fille revienne ? demanda la mère de famille.

— Elle devrait arriver bientôt, la rassura Adrien Précourt.

En fait, Madeleine arriva à la maison une dizaine de minutes plus tard. Quand sa mère lui apprit qu'elle devait aller à Sorel pour accompagner Norbert, la jeune fille la rassura immédiatement en lui disant qu'elle allait emmener Constance à l'école et qu'elle la garderait là toute la journée, si besoin était.

L'horloge venait de sonner trois heures quand l'imposante Buick noire du docteur Précourt quitta la cour de la ferme avec à son bord Corinne et Norbert. Le médecin avait insisté pour que l'adolescent s'étende sur la banquette arrière et change de position quand il éprouverait du mal à respirer. À l'avant, Corinne pria sans discontinuer. Si, au début du voyage, c'était pour la guérison de son fils, ses prières demandèrent rapidement d'arriver d'abord sains et saufs à Sorel tant la conduite erratique du médecin avait de quoi donner des sueurs froides à sa passagère.

Adrien Précourt avait une façon toute personnelle de conduire son lourd véhicule. Il occupait habituellement le centre de la route, mais sa vue faible faisait qu'il ne se décidait à prendre les virages qu'à la toute dernière seconde, ce qui avait le don d'inciter ses passagers à se cramponner de toutes leurs forces tant ils croyaient leur dernière heure venue.

Finalement, le médecin conduisit Corinne et Norbert à bon port. L'adolescent fut transporté sur une civière dans un département de l'institution pendant qu'on invitait la mère à prendre place dans la salle d'attente. Cette dernière dut s'endormir sans s'en rendre compte parce qu'elle sursauta légèrement quand elle découvrit Adrien Précourt debout devant elle.

— Tout va bien, madame Boisvert, lui annonça-t-il. Le docteur Bélanger s'occupe de votre garçon. Moi, je retourne à Saint-Paul, voulez-vous que je vous ramène ?

— Je vous remercie beaucoup, docteur, mais je vais attendre de voir mon garçon avant de rentrer. J'ai une sœur qui reste à Sorel, son mari va me ramener.

— Comme vous voudrez. Avant de partir, je vais dire que vous attendez pour voir votre garçon, dit Adrien Précourt avant de prendre congé.

L'attente de Corinne reprit. Elle vit le jour se lever et devint de plus en plus angoissée au fur et à mesure que les minutes s'écoulaient. Un peu avant neuf heures, une religieuse vint enfin la chercher pour la conduire dans une petite pièce où un homme à l'épaisse moustache blanche l'invita à s'asseoir.

— Votre fils vient de s'endormir, madame, lui dit-il. Je lui ai fait une ponction pour retirer le liquide de ses poumons. Soyez sans crainte. À cet âge-là, on est pas mal résistant. Je vais toutefois être obligé de le garder sous observation à l'hôpital jusqu'à samedi prochain. À moins de complications, il devrait être en mesure de rentrer chez vous samedi matin.

— Merci, docteur. Vous pouvez pas savoir combien vous me soulagez.

— Il va s'en remettre, craignez rien, la rassura le médecin. Cependant, il va falloir prévoir de quatre à six semaines de convalescence pour lui permettre de refaire ses forces, tint-il à lui préciser. Vous pouvez aller le voir quelques minutes avant de rentrer chez vous, ajouta Émile Bélanger en se levant pour lui signifier que la rencontre était terminée.

Soulagée, la mère de famille le remercia encore et suivit la même religieuse dans une chambre que Norbert partageait avec trois autres malades. Elle s'approcha du lit de son fils sur la pointe des pieds. Il avait le visage blafard, mais ses traits étaient détendus et sa respiration semblait beaucoup moins oppressée. Elle l'embrassa sur le front, le regarda un long temps, les larmes aux yeux, avant de quitter la pièce.

À son arrivée dans le hall d'entrée de l'hôpital, elle eut la surprise d'y découvrir Léopold Monette qui l'attendait.

— Mais qu'est-ce que tu fais là ? lui demanda-t-elle, stupéfaite.

— Je suis venu vous chercher, madame Boisvert. À matin, avant d'entrer à l'école, Madeleine est arrêtée à la maison avec Lionel et la petite fille que vous gardez. Elle m'a raconté que vous étiez rendue à Sorel. Ça fait que je suis d'abord allé faire votre train et jeter une couple de bûches dans votre poêle avant de venir vous chercher. J'ai aussi averti Jocelyn Jutras que Norbert était malade et qu'il pourrait pas aller bûcher avec lui.

— Tu peux pas savoir combien tu me soulages, fit sa future belle-mère. Je me demandais justement si mon beau-frère Amédée aurait le temps de venir me conduire à Saint-Paul après sa journée d'ouvrage.

— C'est rien, madame Boisvert, dit le fiancé de Madeleine. Comment va votre garçon ?

— Pas trop mal, mais ils doivent le garder toute la semaine.

Léopold ramena Corinne jusqu'à l'école du rang Saint-Joseph. Elle prit Constance au passage avant de rentrer à la maison où le poêle venait de s'éteindre. Elle le ralluma et emmena la petite fille faire une sieste avec elle.

Quand elle se réveilla, elle découvrit Constance sagement assise dans le lit à ses côtés, en train de s'amuser avec sa poupée de chiffon. Elle se leva, confectionna le dîner et décida d'écrire une lettre à sa belle-sœur Juliette dans laquelle elle lui raconta toute la vérité à propos de Constance et de la maladie de Norbert. Elle fut incapable de lui cacher son angoisse devant la nouvelle situation à laquelle elle devait faire face.

Au mieux, durant le prochain mois, elle allait être obligée de soigner les animaux et d'entretenir la maison seule. Elle était incapable d'imaginer comment elle allait s'en sortir sans le bois de chauffage que son fils ne pourrait aller couper et sans la glace qu'il ne découperait sur la rivière. Qu'allait-il arriver si une tempête de neige s'abattait sur la région ? Elle avait beau être vigoureuse, elle ne possédait pas la force physique nécessaire pour passer la gratte. Il lui faudrait faire appel aux voisins alors qu'eux-mêmes seraient aux prises avec la neige.

Quand elle s'habilla pour aller déposer sa lettre dans sa boîte sur le bord du chemin, elle pensa surtout aux comptes qu'elle allait devoir payer dans les semaines à venir. Il y avait la pension d'Élise au couvent, le remboursement d'une partie de l'argent dû à Léopold et surtout la facture de l'hôpital et celle du docteur Précourt. Tout cela à une époque de l'année où tout avait l'air de se liguer contre elle pour l'empêcher de coudre les courtepointes et les catalognes promises à des clientes pour le printemps suivant.

Pourtant, ce moment de découragement passa rapidement. La veuve avait un caractère trop bien trempé pour ne pas réagir face à l'adversité.

À la fin de l'après-midi, Madeleine rentra de l'école avec Lionel comme sa mère sortait de l'étable en tenant Constance par la main.

— Venez pas me dire que vous avez fait le train toute seule ! s'exclama la jeune fille en déposant son sac d'école dans l'entrée.

— Oui, on vient de finir. Lionel, mange un biscuit et va nourrir les chevaux, commanda-t-elle au gamin.

— Qu'est-ce que vous avez fait avec la petite pendant que vous soigniez les animaux ?

— Je l'ai assise dans le foin. Elle a pas bougé, expliqua Corinne en enlevant le manteau de la petite fille.

— Vous trouvez pas que vous auriez pu nous attendre, m'man ? lui reprocha Madeleine. On est capables de faire notre part, nous autres aussi.

— T'auras bien assez de m'aider à soigner les animaux demain matin, dit sa mère en entrant dans la cuisine d'hiver où le souper était déjà en train de mijoter sur le poêle.

Durant les quatre jours suivants, Corinne parvint à « faire son ordinaire », comme elle disait, et à soigner les animaux avec l'aide de ses deux enfants. Le hasard voulut qu'une vache tombe malade le mercredi soir, au moment où Léopold était venu visiter Madeleine. Ce dernier renonça à sa veillée au salon pour l'aider à soigner la bête.

Le lendemain, la région dut affronter la première vraie tempête de 1922. La neige tomba sans arrêt durant près de vingt-quatre heures, noyant tout le paysage sous une épaisse couche blanche. Cette fois-là, ce fut Jocelyn qui se dévoua pour venir déneiger la cour de la ferme de sa voisine ainsi que la portion de route qu'elle était tenue de nettoyer et de baliser.

Le samedi avant-midi, Corinne put encore profiter de la grande obligeance du fiancé de sa fille. Ce dernier vint à la maison au milieu de la matinée pour lui proposer de la conduire à Sorel pour aller chercher Norbert.

— J'espère juste que les chemins sont praticables, dit

le jeune homme. Entre Yamaska et Sorel, il y en a qui sont pas ben vites pour entretenir leur bout de chemin. Remarquez, madame Boisvert, je pourrais ben y aller tout seul, proposa-t-il, toujours aussi serviable.

— T'es bien fin, Léopold, mais il faut que je paie l'hôpital et que je voie le docteur, je suppose, avant de sortir Norbert de là.

— Dans ce cas-là, je vous emmène, si vous voulez. Mais je pense qu'on va plutôt prendre votre *sleigh* que ma catherine qui est trop versante quand il y a aussi épais de neige sur le chemin.

Même s'il s'était écoulé moins d'une semaine depuis son entrée à l'hôpital, Norbert semblait avoir passablement maigri quand sa mère le retrouva assis sur son lit, à côté d'un sac contenant ses quelques vêtements.

— Je pensais que vous m'aviez oublié, dit-il en apercevant sa mère et Léopold. J'ai hâte de revenir chez nous.

— On a dû passer à la comptabilité avant de monter, lui expliqua sa mère en s'emparant de son sac. Vas-tu mieux ?

— J'ai pas mal moins de misère à respirer, répondit-il.

— Tant mieux, je me sens soulagée, lui avoua sa mère. Viens-t'en, tout le monde t'attend à la maison. Tu vas pouvoir te remplumer.

L'adolescent fut installé le plus confortablement possible dans la *sleigh* et recouvert jusqu'au menton avec l'épaisse couverture de carriole.

— Arrêtez-vous chez ma tante Blanche ? demanda Norbert à sa mère quand Léopold mit le traîneau en marche.

— Non, on s'en retourne tout de suite à la maison.

T'es pas pour traîner dehors plus longtemps que nécessaire.

Avant midi, l'adolescent était installé dans son lit, en train de manger un bol de soupe aux pois. Sa mère, soulagée, avait laissé la porte de sa chambre ouverte en lui recommandant de l'appeler s'il avait besoin de quelque chose.

— Quand tu te sentiras assez fort, tu viendras t'asseoir dans la chaise berçante, près du poêle.

— C'est ça, m'man, comme un petit vieux ! se moqua Norbert avec un pâle sourire.

— Ça durera pas longtemps, tu vas voir. Le docteur m'a dit que, dans un mois ou deux, tu vas être aussi haïssable qu'avant, lui dit sa mère pour le dérider.

Chapitre 28

L'amour

Le surlendemain, Corinne sortait de la porcherie où elle était allée nourrir les animaux quand elle aperçut un homme debout sur la galerie de sa maison. L'inconnu lui tournait le dos, une valise à ses pieds.

— Vous cherchez quelqu'un ? lui demanda-t-elle en s'avançant vers la maison.

L'homme se tourna vers elle et, bouche bée, elle se retrouva en face de Rosaire Gagné, engoncé dans un épais manteau de drap.

— Rosaire ! s'exclama-t-elle. Mais c'est toute une surprise ! Tu m'as jamais écrit que t'avais l'intention de passer nous voir, lui dit-elle en l'embrassant sur une joue.

Le jeune homme se contenta de lui sourire, apparemment très heureux de se retrouver en sa présence. Il fit un pas en arrière pour la laisser ouvrir la porte.

— Entre, reste pas dehors à geler. Je t'ai jamais entendu arriver. Où est passée Juliette ?

— Je suis tout seul. Je suis venu avec le facteur, expliqua l'inspecteur en bâtiments. En descendant du train à Pierreville, je l'ai reconnu. Il venait de laisser du courrier pour le train. Il m'a fait embarquer dans sa *sleigh* et me v'là.

Il suivit la maîtresse de maison dans la cuisine d'hiver après avoir enlevé ses bottes et suspendu son manteau à l'un des crochets fixés près de la porte. En pénétrant dans la pièce, Rosaire vit tout de suite Constance assise sagement dans la petite chaise berçante que grand-père Boucher avait fabriquée plusieurs années auparavant pour Philippe.

— C'est Constance ? demanda-t-il à Corinne.

— T'es au courant ? fit-elle, estomaquée.

— Je suis allé manger au restaurant de Juliette jeudi passé. Elle m'a parlé de la petite et aussi de la maladie de Norbert. Au fait, est-ce qu'il va mieux ?

— Ça s'améliore, mais ça va prendre du temps, répondit-elle, la mine soudainement assombrie. On est allés le chercher à l'hôpital samedi avant-midi. Mais toi, tu travailles pas durant la semaine ?

— Non.

— Comment ça se fait ? demanda-t-elle, intriguée, en lui versant une tasse de thé qu'elle déposa sur la table en lui faisant signe de s'asseoir.

— Parce que j'ai lâché mon ouvrage, avoua Rosaire en baissant les yeux.

Corinne examina son visiteur. L'orphelin qui avait vécu sept ans chez elle était devenu un jeune homme de trente-deux ans très séduisant. Ses cheveux ondulés, sa fine moustache brune et ses yeux noirs ne faisaient pas oublier qu'il était solidement bâti.

— T'as lâché ton ouvrage d'inspecteur ! s'écria-t-elle, médusée. Mais ça devait être bien payé, non ?

— Le problème était pas là, expliqua Rosaire. J'avais plus envie de faire ça. Je voulais revenir travailler sur une terre.

— Voyons donc ! Ça a pas d'allure, ce que tu dis là !

ne put s'empêcher de dire la veuve en repoussant une mèche échappée de son chignon.

— Ben oui, ça a de l'allure, la contredit le visiteur. Mais j'ai pas lâché pour travailler n'importe où. C'est sur ta terre que je veux travailler. Je savais que Philippe était descendu au chantier. Quand j'ai appris que Norbert était tombé malade, je me suis dit que tu refuserais pas l'aide d'un homme engagé.

— Mais j'aurai jamais les moyens de te payer le salaire que tu gagnais en ville, protesta Corinne.

— J'ai pas besoin de salaire. Je suis prêt à travailler pour le vivre et le couvert, lui dit-il sur un ton légèrement suppliant.

— Je sais vraiment pas quoi te répondre, fit la maîtresse de maison.

— Écoute, t'as besoin de quelqu'un pour prendre soin des animaux, nettoyer l'étable, déneiger quand c'est nécessaire, couper le bois de chauffage et découper la glace sur la rivière. Je l'ai fait ben des fois tout seul ou avec Jocelyn. Pour moi, c'est rien de nouveau. Tu sais que je suis capable de faire tout ça.

— Je trouve pas ça juste pour toi, finit par dire Corinne, très fortement tentée d'accepter cette aide inespérée.

— Accepte, il y a rien qui pourrait me faire plus plaisir.

— Et tes affaires ?

— Mes affaires importantes sont dans ma valise. Le reste, je peux le faire venir n'importe quand. Mon propriétaire a accepté de le garder dans sa cave en attendant.

— C'est correct, accepta la veuve en se levant. Monte avec moi, je vais t'installer dans la chambre d'Élise et tu pourras, en même temps, voir Norbert qui doit dormir comme un bienheureux. Il a déjà pris l'habitude de faire un somme après le déjeuner.

La surprise passée, Norbert, Madeleine et Lionel acceptèrent rapidement la présence de Rosaire dans la maison. Les deux premiers l'avaient bien connu durant leur enfance et ils eurent vite l'impression de retrouver un grand frère après une très longue absence. Même Constance perdit sa timidité à son endroit dès le premier jour et lui tendit les bras pour se faire prendre le soir même de son arrivée.

Le lendemain, Rosaire s'arrangea avec Jocelyn Jutras pour poursuivre avec lui la tâche entreprise par Norbert au début de l'hiver. Après le déjeuner, les deux hommes se dirigèrent vers la terre à bois de Corinne pour y bûcher jusqu'à l'heure du dîner. Après le repas, ils continuèrent leur travail et ne s'arrêtèrent qu'à l'heure où il fallait revenir soigner les animaux.

Après une semaine où il lui avait fallu courir du matin au soir pour arriver à accomplir sa tâche de ménagère et les travaux de la ferme, Corinne fut très heureuse de pouvoir se reposer sur un homme aussi dur à la peine.

*
**

La veille de la Saint-Valentin, la veuve reçut un mot d'Armand Lacharité lui apprenant qu'il avait trouvé une lointaine parente heureuse de se charger de Constance et qu'il passerait le lendemain prendre sa nièce.

Après avoir lu la courte missive, elle demeura longtemps songeuse, incapable de se décider sur la conduite à tenir. Finalement, Rosaire rentra à la maison un peu plus tôt qu'à l'ordinaire parce que la neige s'était mise à tomber abondamment. Profitant du fait que Norbert s'était réfugié dans sa chambre, elle fut incapable de cacher son dilemme à son ami.

— L'oncle de Constance vient de m'écrire pour me dire qu'il vient la chercher demain, dit-elle, la voix changée. Il paraît qu'il a trouvé une parente prête à s'en occuper.

— C'est pas ce qui était entendu entre vous deux ? demanda Rosaire.

— Oui.

— Je sais pas si Juliette s'est trompée, mais il me semble qu'elle m'a dit que t'avais accepté juste pour éviter qu'elle n'aille à l'orphelinat.

— C'est vrai, reconnut Corinne. C'est pas ça le problème. Je me demande depuis un bout de temps si je devrais pas dire aux enfants que c'est leur demi-sœur.

Un air de doute se peignit sur le visage de Rosaire.

— T'as pas l'air de penser que c'est une bonne idée.

— Ben, je me demandais si ça allait changer quelque chose qu'ils le sachent, répondit le jeune homme. Parmi tes enfants, il y en a peut-être qui vont vouloir que tu la gardes à tout prix ou qui comprendront pas ce que leur père a fait.

— Tu penses ?

— Peut-être que tes plus vieux vont mépriser leur père pour ça…

— T'as raison, finit par reconnaître Corinne. Je pense que je suis mieux de me taire et de laisser partir la petite comme elle est venue.

Le lendemain avant-midi, Armand Lacharité se présenta chez la veuve pour reprendre la petite Constance. L'enfant s'était déjà attachée à Corinne et pleura quand cette dernière entreprit de l'habiller en lui disant qu'elle partait avec son oncle.

— Elle va se consoler vite, dit-elle au célibataire qui ignorait comment la faire cesser de pleurer.

Quand l'enfant fut prête à partir, l'homme remit son manteau et chaussa ses bottes.

— Bon, il reste maintenant à régler nos comptes, dit-il en sortant un vieux porte-monnaie en cuir noir. Combien je vous dois, madame Boisvert ?

— Absolument rien, déclara Corinne en lui tendant le sac contenant les effets personnels de la petite. Disons que ça m'a fait plaisir de vous rendre service.

— Vous êtes ben bonne, madame, dit l'oncle de Constance. Je vous remercierai jamais assez de ce que vous avez fait pour elle… et pour moi. Si jamais vous passez à Yamaska et que vous vouliez voir la petite, vous pourrez vous rendre chez madame Gascon, c'est une cousine de mon père qui demeure à côté de la boulangerie. C'est là que va rester la petite. Je vais lui dire de vous la laisser voir.

— C'est bien correct comme ça, accepta la veuve en lui ouvrant la porte de la maison. Faites bien attention à ce qu'elle attrape pas froid en chemin, lui recommanda-t-elle.

Lorsqu'elle eut refermé la porte, Corinne alla à la fenêtre pour regarder l'homme installer l'enfant dans sa *sleigh*. Elle se sentait triste de voir partir définitivement la petite fille. Elle savait déjà que ce départ allait créer un vide dans sa maison. Elle n'avait rien dit quand Armand Lacharité lui avait proposé d'aller voir Constance à Yamaska aussi souvent qu'elle le désirerait, mais elle savait très bien qu'elle ne s'arrêterait jamais chez sa parente pour revoir l'enfant. Cela ne lui apporterait rien, pas plus à elle qu'à Constance.

*
**

À la fin de cet après-midi-là, elle se retrouva dans l'étable en compagnie de Rosaire à soigner les animaux. À l'extérieur, il tombait encore une faible neige, mais la température s'était adoucie.

— On a presque fini, dit-elle au jeune homme. Je rentre à la maison pour aider Madeleine à préparer le souper.

— Est-ce que tu peux m'attendre une minute ? lui demanda-t-il en déposant une bonne quantité de foin devant une vache. J'ai quelque chose à te demander.

Corinne suspendit son fanal près de la porte et attendit quelques instants qu'il en ait terminé avec son travail. Quand il eut déposé sa fourche contre le mur, il s'avança vers elle en s'essuyant les mains contre son pantalon. La veuve remarqua tout de suite qu'il semblait peu à l'aise.

— Qu'est-ce qui se passe ? demanda-t-elle en s'approchant.

— Tu sais quel jour on est ?

— Mardi, non ?

— C'est la Saint-Valentin, dit-il d'une voix étouffée. La fête des amoureux.

Corinne ne dit rien, incertaine de la conduite à tenir. Cette fête n'avait jamais été célébrée chez elle pour la simple raison que Laurent avait toujours été au chantier à cette époque de l'année.

Rosaire sembla prendre son courage à deux mains avant de murmurer :

— Je sais que c'est pas ben ben la place pour ça, mais je pouvais pas te le demander devant tes enfants.

— Quoi ?

— Corinne, ça fait des années que je t'aime, lui avoua-t-il en rougissant. J'ai toujours rêvé à toi. Ça fait des jours que je me dis que ça sert plus à rien d'attendre pour te le demander. Veux-tu être ma femme ?

— T'es pas sérieux, Rosaire ? Je suis plus vieille que toi et j'ai cinq enfants, répondit la veuve en fixant sur lui ses yeux bleus.

— Je te l'ai déjà dit, on n'a que sept ans de différence, reprit Rosaire, la voix mal assurée. Si t'acceptes, je te promets de toujours prendre soin de toi et d'aimer tes enfants comme s'ils étaient les miens.

Corinne était émue au-delà de toute expression. Même si elle s'attendait inconsciemment à une telle demande depuis sa première visite, l'été précédent, elle n'en était pas moins bouleversée par l'adoration que lui vouait l'homme debout devant elle. Elle connaissait Rosaire depuis de nombreuses années. Elle savait aussi jusqu'à quel point il était doux, compréhensif et attentionné, tout le contraire de son défunt mari. Durant un bref instant, elle se demanda s'il n'était pas écrit dans le ciel depuis le premier jour où l'orphelin avait franchi le seuil de sa maison qu'il était appelé à devenir l'homme de sa vie.

— Ça fait tellement longtemps qu'on se connaît… commença-t-elle à dire.

— Justement, l'interrompit Rosaire en posant une main sur son bras, sentant instinctivement son hésitation.

— Comment je pourrais annoncer une affaire pareille aux enfants ? se défendit-elle en secouant doucement la tête.

— T'as le droit, toi aussi, d'être heureuse, Corinne, lui dit-il en y mettant toute la force de persuasion dont il était capable. Laisse-moi en parler à tes enfants. Je suis sûr qu'ils vont comprendre.

— Je comprends toujours pas pourquoi tu veux me marier, finit-elle par dire, prête à se rendre.

— Je te l'ai dit : je t'aime, dit-il en s'enhardissant au point de l'embrasser doucement sur les lèvres.

Un lourd silence, troublé uniquement par les meuglements des vaches, tomba dans le bâtiment. Corinne regarda intensément le jeune homme qui lui faisait face.

— Je veux bien, si les enfants acceptent, murmura-t-elle avant de l'embrasser à son tour. À cette heure, il faut rentrer avant qu'ils se demandent ce qu'on peut bien faire dans l'étable.

Fou de joie, Rosaire lui ouvrit la porte. Il la laissa passer devant lui et la suivit jusqu'à la maison.

Pendant que Corinne et Madeleine dressaient le couvert, Rosaire parla de sa journée de travail avec Norbert.

— Vous pouvez approcher, c'est prêt, dit la maîtresse de maison en déposant un plat de fèves au lard et de grillades de lard sur la table.

Tout le monde s'assit autour de la table et, comme d'habitude, Corinne récita le bénédicité avant de remplir l'assiette de chacun. On mangea dans un silence relatif. De temps à autre, elle levait les yeux vers Rosaire, qui semblait perdu dans ses pensées.

Soudain, elle sembla prendre une décision alors que chacun s'apprêtait à manger son dessert.

— Je pense que Rosaire a quelque chose à vous dire, fit-elle en adressant un signe de tête à son amoureux.

Ce dernier, un peu pris au dépourvu, mit quelques secondes avant de se décider à prendre la parole d'une voix un peu hésitante.

— Je sais pas trop comment vous dire ce que je veux vous dire, commença-t-il, d'une voix embarrassée. Ça fait ben des années que je vous connais, même si j'ai été parti en ville un bon bout de temps.

Les enfants se regardèrent, passablement intrigués par cette entrée en matière.

— Bon, je tournerai pas autour du pot plus longtemps, poursuivit Rosaire, le visage un peu pâle. Je dois vous dire que j'aime votre mère.

— Tiens ! Tiens ! se moqua Norbert. On s'en serait jamais doutés.

— Norbert ! fit sa mère en lui jetant un regard sévère.

— Je l'aime tellement que je lui ai demandé tout à l'heure de devenir ma femme, reprit Rosaire, la voix un peu chevrotante. J'ai pas l'intention de remplacer votre père. Je veux juste que vous me regardiez comme un ami, un ami qui sera toujours là pour vous aider, ajouta-t-il. C'est tout ce que je voulais vous dire.

Le silence s'épaissit autour de la table et les têtes se tournèrent vers Corinne qui jouait nerveusement avec une cuillère.

— Votre mère m'a dit qu'elle accepterait pourvu que vous soyez d'accord. Je pense que vous l'aimez assez pour comprendre qu'elle a le droit, elle aussi, d'être heureuse.

Madeleine fut la première à réagir.

— Moi, m'man, je suis pas contre, dit-elle.

— Moi aussi, s'empressa d'intervenir Norbert. S'il est capable d'endurer une prière le soir qui en finit plus, je vois pas pourquoi il serait pas capable de nous endurer.

— Moi aussi, fit Lionel.

— Merci, les enfants, dit Corinne, la larme à l'œil.

— Il restera juste Philippe et Élise, reprit Norbert.

— Élise va être d'accord, trancha Madeleine. De toute façon, elle est bien décidée à entrer chez les sœurs et je vois pas pourquoi elle serait contre. Pour Philippe, il va être tellement pressé de s'occuper de ses *trucks* et de Cécile quand il va descendre du chantier, qu'il aura rien à redire à ce que m'man aura décidé.

À l'évidence, cet appui des enfants enchanta Rosaire dont le bonheur faisait plaisir à voir. Il se leva et alla rejoindre Corinne assise au bout de la table.

— Si votre mère le veut, je pense qu'on pourrait considérer le souper qu'on vient de prendre comme notre repas de fiançailles, dit-il en tirant un écrin bleu de la poche de son pantalon.

Il ouvrit l'écrin et en tira une bague en or jaune.

— Eh bien ! On dirait que t'avais prévu ma réponse, fit Corinne en se levant à son tour.

— Non, se défendit son fiancé. Je l'avais seulement espérée, tint-il à lui préciser alors qu'elle tendait vers lui son annulaire pour qu'il y glisse la bague.

Les enfants applaudirent.

— Quand pensez-vous vous marier ? leur demanda soudain Madeleine.

Corinne jeta un bref regard à Rosaire avant de déclarer :

— On pourrait faire ça la veille de Pâques. Qu'est-ce que t'en dis, Rosaire ?

— Je suis ben capable d'attendre encore deux mois, plaisanta ce dernier.

Ce soir-là, Madeleine s'empressa d'apprendre la nouvelle à Léopold avant même qu'il ait retiré son manteau. Le jeune homme tint à féliciter sa future belle-mère et son fiancé avant de suivre la jeune fille dans le salon. Une heure auparavant, Lionel, un peu enrhumé, avait choisi d'aller se coucher après le souper et Norbert, encore un peu faible, l'avait suivi pour faire une courte sieste.

Quelques minutes plus tard, Rosaire se leva de la chaise berçante et s'approcha de Corinne, debout devant le comptoir, en train de placer de la vaisselle dans l'armoire. Elle l'entendit venir vers elle et se tourna vers lui comme il posait une main sur l'une de ses épaules.

— J'espère que tu regretteras jamais de m'avoir dit oui, lui chuchota-t-il à l'oreille.

Pour toute réponse, elle se serra contre lui et l'embrassa avec fougue. Des pas dans l'escalier l'incitèrent à s'écarter soudain de son amoureux. Norbert apparut alors au pied des marches.

— Je viens de penser à quelque chose, leur dit-il. Ça va pas être reposant jusqu'à Pâques. Je vais ben être obligé de faire le chaperon tout le temps et d'ouvrir l'œil pour que la morale soit respectée ici dedans.

— Voyons, Norbert ! protesta sa mère, avec une feinte indignation.

— Dites pas ça, m'man. Je vous ai souvent entendue dire que sa réputation, c'est tout ce qu'une femme a.

Corinne et son fiancé ne purent s'empêcher d'éclater de rire devant l'air faussement vertueux de l'adolescent.

La plus jeune des filles de Lucienne et Napoléon Joyal s'apprêtait à passer une très belle soirée. Tous ces sourires et la déclaration d'amour de Rosaire la rendaient heureuse. Elle avait attendu ce bonheur depuis si longtemps.

Fin

Sainte-Brigitte-des-Saults
juillet 2010

Table des matières
Tome 3

Table des matières
Tome 4

Achevé d'imprimer par N.I.I.A.G.
en juillet 2011
pour le compte de France Loisirs, Paris

N° d'éditeur : 64868
Dépôt légal : juin 2011

Imprimé en Italie